CIDADE EM CHAMAS

A marca FSC® é a garantia de que a madeira utilizada na fabricação do papel deste livro provém de florestas que foram gerenciadas de maneira ambientalmente correta, socialmente justa e economicamente viável, além de outras fontes de origem controlada.

GARTH RISK HALLBERG

Cidade em chamas

Tradução
Caetano W. Galindo

COMPANHIA DAS LETRAS

Copyright © 2015 by Garth Risk Hallberg

Grafia atualizada segundo o Acordo Ortográfico da Língua Portuguesa de 1990, que entrou em vigor no Brasil em 2009.

Título original
City on Fire

Capa
Claudia Espínola de Carvalho

Ilustração de capa
Celso Koyama

Preparação
Camila von Holdefer

Revisão
Jane Pessoa
Ana Maria Barbosa

Os personagens e as situações desta obra são reais apenas no universo da ficção; não se referem a pessoas e fatos concretos, e não emitem opinião sobre eles.

Dados Internacionais de Catalogação na Publicação (CIP)
(Câmara Brasileira do Livro, SP, Brasil)

Hallberg, Garth Risk
    Cidade em chamas / Garth Risk Hallberg ; tradução Caetano W. Galindo. — 1ª ed. — São Paulo : Companhia das Letras, 2016.

    Título original: City on Fire.
    ISBN 978-85-359-2704-7

    1. Ficção norte-americana I. Título.

16-01171   CDD-813

Índice para catálogo sistemático:
1. Ficção : Literatura norte-americana   813

[2016]
Todos os direitos desta edição reservados à
EDITORA SCHWARCZ S.A.
Rua Bandeira Paulista, 702, cj. 32
04532-002 — São Paulo — SP
Telefone: (11) 3707-3500
Fax: (11) 3707-3501
www.companhiadasletras.com.br
www.blogdacompanhia.com.br
facebook.com/companhiadasletras
instagram.com/companhiadasletras
twitter.com/ciadasletras

*Para Elise,
que acreditou*

"Ali está a sua preciosa ordem, aquele poste fino de ferro, feio e infértil; e ali está a anarquia, rica, viva e se reproduzindo — ali está a anarquia, esplêndida em verde e dourado."

"Mesmo assim", replicou Syme paciente, "neste exato momento você só está vendo a árvore à luz do poste. Eu fico aqui pensando quando é que você iria ver o poste à luz da árvore."

G. K. Chesterton, O homem que era quinta-feira

Sumário

Prólogo, 15

LIVRO I   Fomos apresentados ao inimigo, e ele somos nós, 19
INTERLÚDIO   OS NEGÓCIOS DA FAMÍLIA, 167

LIVRO II   Cenas da vida privada, 185
INTERLÚDIO   OS FOGUETEIROS, PRIMEIRA PARTE, 325

LIVRO III   Liberty Heights, 347
INTERLÚDIO   A IMPOSSIBILIDADE DA MORTE NA MENTE DE ALGUÉM AGORA VIVO, 569

LIVRO IV   Mônadas, 597
INTERLÚDIO   PONTE E TÚNEL, 709

LIVRO V   O Irmão Demoníaco, 729
INTERLÚDIO   "PROVA", 813

LIVRO VI   Três tipos de desespero, 817
INTERLÚDIO   OS FOGUETEIROS, SEGUNDA PARTE, 855

LIVRO VII   No escuro, 877
PÓS-ESCRITO   ESTA CIDADE, QUE NÃO CONTEMPLAR SERIA COMO A MORTE, 1029

Agradecimentos, 1037
Uma nota sobre as fontes, 1039
Agradecimentos adicionais, 1041
Créditos das imagens, 1043

CIDADE EM CHAMAS

Prólogo

Em Nova York você pode conseguir que te entreguem de tudo em casa. Pelo menos é por esse princípio que eu me guio. É o meio do verão, o meio da vida. Estou num apartamento que de resto está deserto, na West 16th Street, ouvindo o zumbido tranquilo da geladeira no cômodo ao lado, e apesar de ela só conter uma meia barra mesozoica de manteiga que o pessoal que está me hospedando deixou para trás quando se mandou para a praia, dentro de quarenta minutos posso comer basicamente tudo que me der vontade. Quando eu era novo — mais novo, eu devia dizer —, dava até para pedir drogas pelo telefone. Uns cartões de visitas com um número de área de Manhattan e aquela palavrinha isolada, *entregas*, ou, na maioria das vezes, alguma bobajada sobre massagens terapêuticas. Não posso acreditar que um dia eu tenha esquecido isso.

Ao mesmo tempo, agora a cidade é outra, ou as pessoas querem outras coisas. Os arbustos que encobriam as transações na Union Square desapareceram, assim como os telefones públicos que você usava para ligar para o traficante. Ontem à tarde, quando fui até lá para dar uma volta, tinha uns dançarinos modernos fazendo uma bagunceira em câmera lenta embaixo das árvores revitalizadas. Famílias sentadinhas em ordem nuns cobertores, com uma luz cor de vinho. Eu ficava vendo essas coisas em tudo, arte pública que era difícil de distinguir da vida pública, carros pintados com bolinhas parados em ponto morto na Canal, bancas de revistas embrulhadas como pacotes de presentes. Como se os próprios sonhos pudessem ser dispostos como opções no cardápio das experiências possíveis. Mas o que é estranho é que essa racionalização de todo e qualquer desejo, o excesso do que é essa cidade atual de excessos, acaba na verdade te lembrando que o que você realmente quer não é alguma coisa que você vá achar *lá fora*.

O que eu, pessoalmente, ando querendo, desde que cheguei há seis semanas, é sentir a minha cabeça de um certo jeito. Na época, eu não teria conseguido dizer isso com todas as letras, mas agora acho que é alguma coisa parecida com a sensação de que as coisas ainda podem mudar a qualquer momento.

Um dia fui um filho nativo daqui — saltador de catracas, furador de lixeiras, inquilino improvisado de casas de desconhecidos no centro da cidade — e essa sensação era o pano de fundo da minha vida. Hoje, quando ela vem, vem só em relances. Ainda assim, eu tinha concordado em cuidar deste apartamento aqui até setembro, torcendo pra isso ser o bastante. Ele tem o formato de um bloco de empilhar de algum jogo primitivo de video game: quarto e sala na frente, aí a copa e o quarto principal, com a cozinha se projetando que nem uma cauda. Enquanto me bato com esses comentários iniciais sentado à mesa de jantar, o crepúsculo está se aprofundando do outro lado das janelas altas, fazendo os cinzeiros e os documentos empilhados na minha frente parecerem ser de outra pessoa.

Só que, de longe, o meu lugar preferido é lá depois da cozinha e da portinha dos fundos — uma varanda, sobre umas colunas tão altas que isso aqui até podia parecer Nantucket. Tábuas de um verde de banco de praça e, embaixo delas, um carpete de folhas que caem de dois ginkgos esbeltos. "Quintal" é a palavra que fica se insinuando para mim, apesar de que "poço de ar" também poderia servir; altos prédios de apartamentos cercam aquele espaço onde ninguém consegue entrar. Os tijolos brancos do outro lado da rua estão descascando, e nas noites em que estou disposto a abandonar de vez o meu projeto, acabo indo até ali para ver a luz subir e ficar mais suave enquanto o sol desce por mais um céu sem chuva. Deixo o meu telefone vibrar no bolso e fico olhando as sombras de galhos tentarem alcançar aquela distância azul em que o rastro de um jato, cada vez mais gordo, passeia à toa. As sirenes e os ruídos do trânsito e dos rádios flutuam vindo das avenidas como lembranças de sirenes e ruídos de trânsito e de rádios. Por trás das janelas de outros apartamentos, TVs vão sendo ligadas, mas ninguém se dá ao trabalho de baixar as persianas. E eu começo a sentir mais uma vez que as fronteiras que até aqui delimitaram a minha vida — entre passado e presente, fora e dentro — estão se dissolvendo. Que algo ainda me pode ser entregue.

Não há nada aqui neste quintal, afinal, que não estivesse aqui em 1977; talvez não seja este ano, mas aquele, e tudo que se segue ainda esteja por vir. Talvez um coquetel molotov esteja riscando as trevas, talvez um jornalista de uma revista qualquer esteja correndo por um cemitério; talvez a filha do fogueteiro continue sentadinha num banco coberto de neve, mantendo sua solitária vigília. Pois se as pistas apontam para alguma coisa, é que não existe uma Cidade única, una. Ou, se existe, ela é a soma de milhares de variações, todas disputando o mesmo lugar na corrida. Isso pode ser só a manifestação do meu desejo; ainda assim, não consigo deixar de imaginar que os pontos de contato entre este lugar e a minha própria cidade perdida não cicatrizaram direito, deixaram as marcas que eu tateio quando ergo os olhos pelas saídas de incêndio rumo ao quadro azul da liberdade mais além. E você lá fora: de alguma maneira você não está aqui comigo? Quer dizer, quem é que ainda não sonha com um mundo diferente deste aqui? Quem entre nós — se isso quer dizer abandonar a insanidade, o mistério, a beleza totalmente inútil de um milhão de Nova Yorks um dia possíveis — está sequer disposto a desistir da esperança?

LIVRO I

FOMOS APRESENTADOS AO INIMIGO, E ELE SOMOS NÓS

Dezembro de 1976-janeiro de 1977

*A vida na colmeia encarquilhou a minha noite;
o beijo da morte, o abraço da vida.*

Television, "Marquee Moon"

1

Uma árvore de natal subia a 11th Avenue. Ou, melhor, tentava; depois de ter se enroscado num carrinho de supermercado que alguém tinha deixado no meio da faixa de pedestres, ela estremecia e se arrepiava e arfava, prestes a irromper em chamas. Ou era o que parecia para Mercer Goodman enquanto ele se esforçava para salvar o topo da árvore da sucata torta do carrinho. Tudo naqueles dias estava *prestes*. Do outro lado da rua, marcas de fuligem conspurcavam a doca de carga onde os malucos locais faziam fogueiras à noite. As putas que ficavam ali tomando sol de dia agora assistiam através das lentes dos óculos de sol baratinhos, e por um segundo Mercer ficou extremamente preocupado com a sua própria aparência: um negro quatro-olhos com roupa de veludo cotelê fazendo o que podia para andar de ré, enquanto lá na outra ponta da árvore um branquelo de cabelo desgrenhado com uma jaqueta de motociclista tentava dar puxões no tronco sem nem ligar para o carrinho. Aí o sinal mudou de NÃO ANDE para ANDE, e miraculosamente, por alguma combinação de puxa-e-empurra, eles estavam livres de novo.

"Eu sei que você está de saco cheio", Mercer disse, "mas será que dava pra não exagerar?"

"Eu estava exagerando?", William perguntou.

"As pessoas estão olhando."

Como amigos, e até como vizinhos, eles eram uma dupla improvável, o que pode ter sido o motivo que levou o cara que vendia as árvores dos Escoteiros ali no terreno perto do acesso do Lincoln Tunnel a hesitar tanto para pôr a mão no dinheiro deles. Era por isso também que Mercer nunca ia poder convidar William para conhecer a sua família — e por isso que eles tinham, agora, que comemorar o Natal por conta própria. Dava para ver só de olhar para eles, o burguês de pele escura e troncudo, o moleque claro e mirrado: o que é que podia ter atado esses dois um ao outro, além do poder oculto do sexo?

Foi William quem escolheu a maior árvore que ainda restava no terreno. Mercer tinha insistido para ele considerar o quanto o apartamento já estava entupido, isso para nem falar da meia dúzia de quadras que os separavam de lá, mas era assim que William ia castigá-lo por querer uma árvore, para começo de conversa. Ele tinha puxado duas notas de dez do rolo que guardava no bolso e anunciado de forma sardônica, e alto o suficiente para o cara das árvores poder ouvir: *Eu pego no pau, então*. Agora, entre o vapor que lançava a cada respiração, ele acrescentou: "Você sabe... Jesus ia ter mandado nós dois pro lago de fogo. Está lá no... em algum lugar do Levítico, acho. Eu não entendo qual é a de ter um Messias que te manda pro inferno". Testamento errado, Mercer podia ter objetado, além do fato de eles não pecarem juntos há semanas, mas era imprescindível não morder a isca. O Chefe Escoteiro estava só uns cem metros atrás deles, no fim de uma trilha de espinhos.

Gradualmente as quadras iam ficando vazias. Hell's Kitchen naquela hora se reduzia basicamente a terrenos baldios e chassis de carros queimados e um ou outro pedinte de semáforo. Era como se uma bomba tivesse explodido, deixando só os párias, o que deve ter sido o principal fator que atraiu William Hamilton-Sweeney para a região, perto do fim dos anos 60. A bem da verdade, uma bomba *tinha* explodido, poucos anos antes de Mercer se mudar para lá. Um grupo com uma daquelas siglas violentas que ele nunca conseguia lembrar tinha explodido um caminhão na frente da última fábrica ativa, abrindo caminho para mais lofts vagabundos. O prédio deles, numa outra encarnação, foi uma fábrica de balinhas da marca Knickerbocker. De certa maneira, pouco havia mudado: a passagem de comercial a residencial tinha sido improvisada, talvez ilegalmente, e deixou um resíduo industrial pulverizado, como que cravado entre as tábuas dos pisos. Por mais que você esfregasse, restava um enjoativo aroma de hortelã.

O elevador de carga estava quebrado de novo, ou ainda, e custou meia hora levar a árvore cinco lances de escada acima. A seiva sujou toda a jaqueta de William. As telas dele tinham migrado para o estúdio no Bronx, mas de algum modo o único espaço para a árvore era em frente à janela da área de estar, onde seus galhos tapavam o sol. Mercer, antecipando isso, tinha arrumado provisões para dar uma animada nas coisas: luzes de prender na parede, um enfeite para o pé da árvore, um litro de batida não alcóolica de gemada. Ele deixou tudo no balcão, mas William desabou no futon, comendo as balinhas que ficavam na tigela, com a gata dele, Eartha K., empoleirada, toda cheia de si, no seu peito. "Pelo menos você não comprou um presépio", ele disse. Doeu, em parte porque Mercer estava bem naquele momento fuçando embaixo da pia para ver se achava os bonequinhos dos reis magos que Mamãe tinha enviado na última caixa de lembranças.

Mas o que ele encontrou ali foi a pilha de cartas, pilha que podia jurar que tinha deixado largada bem à vista em cima do aquecedor de manhã. Normalmente Mercer não teria aguentado uma coisa dessas — ele não conseguia passar por uma das bolas de pelo de Eartha sem ir pegar a pazinha de lixo —, mas um certo envelope ainda fechado estava ali apodrecendo havia uma semana entre o segundo e o terceiro avisos de cobrança da Companhia de Cartões Americard Cartões, redundância *sic* mesmo, e ele esperava que hoje pudesse ser o dia em que William finalmente prestaria atenção na sua presença ali. Ele reembaralhou a pilha mais uma vez para o envelope ficar por cima. Largou tudo de novo sobre o aquecedor. Mas seu namorado já estava levantando para jogar a gemada em cima da maçaroca das balinhas verdes, como algum cereal matinal futurista. "Café da manhã dos campeões", ele disse.

O negócio é que William era meio que um gênio quando se tratava de não perceber o que não queria perceber. Outro exemplo conveniente: hoje, Véspera de Natal de 1976, era dia de comemorar os dezoito meses da chegada de Mercer a Nova York, vindo da cidadezinha de Altana, na Geórgia. *Ah, mas eu conheço Atlanta*, as pessoas costumavam lhe assegurar, com uma condescendência toda alegrinha. *Não*, ele corrigia — *Al*-tan-*a* — mas depois acabou deixando para lá. A simplicidade era mais fácil que a precisão. Até onde o pessoal de casa sabia, ele tinha ido para o norte a fim de dar aula de inglês no segundo ano da Wenceslas-Mockingbird School para meninas no Greenwich Village. Por baixo disso, claro, estava sua ardente ambição de escrever o Grande Romance Americano (ainda ardente, se bem que por razões diferentes). E por baixo *disso*... bom, o jeito mais simples de explicar seria dizer que ele tinha conhecido um certo alguém.

O amor, como Mercer até então o tinha entendido, envolvia vastos campos gravitacionais de dever e desaprovação que esmagavam os envolvidos, transformando até conversinhas à toa numa tentativa desesperada de conseguir respirar. Agora lhe aparecia essa pessoa que era capaz de deixar de atender às ligações dele por semanas a fio sem sentir a mais remota necessidade de pedir desculpas. Um caucasiano que rodopiava pela 125th Street como se fosse dono do lugar. Um sujeito de trinta e três anos de idade que ainda dormia até as três da tarde, mesmo depois que os dois passaram a viver juntos. A determinação de William de fazer exatamente o que quisesse, quando quisesse, de início foi uma revelação. Era possível, subitamente, separar o amor da sensação de *obrigação*.

Só que mais recentemente começou a parecer que o preço da libertação era uma recusa a olhar para trás. William só falava da sua vida pré-Mercer nos termos mais vagos: o período de dependência de heroína no começo dos anos 70, que tinha deixado nele aquela insaciável fome de doces até hoje; as pilhas de pinturas que ele se recusava a mostrar para Mercer ou a qualquer pessoa que pudesse comprar; a banda de rock implodida cujo nome, Ex Post Facto, ele tinha riscado com o arame de um cabide nas costas da jaqueta de motociclista. E a família? Silêncio absoluto. Por muito tempo Mercer não tinha nem compreendido que William era um *daqueles* Hamilton-Sweeney, o que era mais ou menos como ser apresentado a Frank Tecumseh Sherman e não pensar em perguntar sobre algum parentesco com o General.* William ainda gelava toda vez que alguém mencionava a Companhia Hamilton-Sweeney na frente dele, como se tivesse acabado de achar

---

* Referência a William Tecumseh Sherman, um dos líderes da Guerra Civil Americana. (N. T.)

uma unha na sopa e estivesse tentando tirá-la sem chamar a atenção dos companheiros de mesa. Mercer dizia a si mesmo que o que ele sentia não teria mudado nadinha se William fosse um zé-ninguém ou um Dinkelfelder. Ainda assim, era difícil não ter alguma curiosidade.

E isso foi antes do Espetáculo Inter-Religioso das Escolas Primárias, no começo do mês, que o Diretor Acadêmico praticamente exigiu que todos os professores prestigiassem. Com quarenta minutos de apresentação, Mercer estava tentando se distrair com a infindável lista do elenco quando um nome lhe saltou aos olhos. Ele correu um dedo sobre as palavras na fraca luz do auditório: `Cate Hamilton-Sweeney Lamplighter(Coro Infantil)`. Ele normalmente lidava com o ginásio — com vinte e quatro anos de idade, era o professor mais jovem ali, e o único afro-americano além de tudo, e as crianças menores pareciam vê-lo como um zelador bem vestido — mas depois dos aplausos ele procurou uma colega que dava aula para o jardim de infância. Ela indicou um grupinho de ecumênicas criaturinhas perto da porta do palco. Aquela "Cate" aparentemente era uma delas. Isto é, uma das alunas dela. "E por acaso você sabe se tem algum William na família dela?"

"Will, o irmão, você quer dizer? Ele está na quinta ou na sexta série, acho, numa escola lá no centro. Eles aceitam meninas, não sei por que não mandam a Cate pra lá também." A colega pareceu se conter. "Por que você queria saber?"

"Ah, por nada", ele disse, se virando para sair dali. Era exatamente o que ele tinha imaginado: um equívoco, uma coincidência, coisa que ele já estava fazendo o possível para esquecer.

Mas não foi Faulkner quem disse que o passado não era nem mesmo passado? Semana passada, no último dia do semestre, depois que a última retardatária entre as bolsistas havia entregado a prova final, uma mulher branca e de aparência nervosa tinha se materializado à porta da classe dele. Tinha aquela coisa das mães atraentes — só a saia provavelmente custava mais que todo o guarda-roupa de Mercer —, mas era mais do que isso o que a fazia parecer familiar, ainda que ele não conseguisse atinar direito. "Posso ajudar?"

Ela comparou o papelzinho que tinha na mão com o nome dele na porta. "Sr. Goodman?"

"Eu mesmo." Ou *Eu próprio?* Difícil dizer. Ele pôs as mãos sobre a mesa e tentou parecer inofensivo, como tinha o costume de fazer quando lidava com as mães.

"Eu não sei como fazer isso com jeitinho. Cate Lamplighter é minha filha. A professora dela mencionou que o senhor teve algumas dúvidas depois do espetáculo da semana passada."

"Ah, nossa…" Ele corou. "Foi uma confusão. Mas, por favor, me desculpe qualquer…" E aí ele viu: o queixo pontudo, os olhos azuis espantados. Ela podia ser um William mulher, só que com cabelo castanho em vez de preto, e penteado num corte curto, reto e simples. E, claro, a roupa elegante.

"O senhor andou perguntando sobre o tio da Cate, eu acho, que foi de onde veio o nome do irmão dela. Não que ele fosse saber disso, já que nunca conheceu o sobrinho. O meu irmão. William Hamilton-Sweeney." A mão que ela estendeu, em contraste com a voz, era firme. "O meu nome é Regan."

Cuidado, Mercer pensou. Aqui na Mockingbird, um cromossomo Y já era uma vulnerabilidade e, apesar de tudo que disseram quando o contrataram, ser negro também era. Navegando entre a Cila do demais e a Caribde do quase, ele tinha se esforçado muito para projetar uma assexualidade recolhida. Até onde seus colegas soubessem, ele morava apenas na companhia dos livros. Ainda assim, saboreou o nome dela entre os dentes. "Regan."

"Posso perguntar qual seria o seu interesse no meu irmão? Ele não lhe deve dinheiro ou alguma coisa assim, por acaso?"

"Ah, não, imagina. Nada disso. Ele… é um amigo. Eu só não sabia que ele tinha uma irmã."

"Nós não estamos exatamente em bons termos. Não nos falamos há anos. A bem da verdade, nem sei como encontrar o meu irmão. Desculpe o abuso, mas será que eu podia deixar isso aqui com o senhor?" Ela se aproximou para colocar alguma coisa na mesa, e enquanto se afastava, uma dorzinha vibrou dentro dele. Do meio do imenso oceano silente que era o passado de William, um mastro surgira, apenas para singrar de volta rumo ao horizonte.

Espera aí, ele pensou. "Na verdade eu estava indo pegar um cafezinho. Você aceita?"

No rosto dela ainda restava um desconforto, ou uma tristeza, algo abstrato mas dominante. Ela realmente era muito impressionante, apesar de meio magra. Em geral os adultos, quando tristes, pareciam se dobrar para dentro e envelhecer e ficar repulsivos; talvez fosse alguma coisa adaptativa, para ir gerando aos poucos uma raça superior de hominídeos emocionalmente inabaláveis, mas, se fosse isso, o gene tinha pulado esses Hamilton-Sweeney. "Não dá", ela disse finalmente. "Tenho que levar as crianças para a casa do pai delas." Ela indicou o envelope. "Mas se o senhor puder, se você vir o William antes do Ano-Novo, dar isso para ele, e dizer que... dizer que eu preciso dele lá este ano."

"Precisa dele onde? Desculpa. Não é problema meu, obviamente."

"Foi um prazer falar com o senhor, sr. Goodman." Ela se detém na porta. "E não se preocupe com as circunstâncias. Eu estou feliz por ele ter alguém."

Antes de ele ter tempo de lhe perguntar o que ela estava insinuando, ela já havia desaparecido. Ele foi quietinho até o corredor para vê-la se afastar, saltos estalando nos quadrados iluminados das lajotas. Foi então que ele olhou para o envelope lacrado nas mãos. Não tinha selo, só uma mancha de corretivo líquido onde devia estar o endereço e uma caligrafia apressada que dizia *William Hamilton-Sweeney III*. Ele não sabia que havia um algarismo romano.

Ele acordou na manhã do Natal se sentindo culpado. Mais sono podia ajudar, mas anos de rituais pavlovianos tornaram essa hipótese impossível. Mamãe entrava nos quartos deles quando ainda estava escuro e jogava meias entupidas de laranjas da Flórida e de bricabraques das lojinhas baratas no pé de sua cama e da do C.L. — e aí fingia ficar surpresa quando os filhos acordavam. Agora que ele era teoricamente adulto, não havia mais meias, e ele ficava deitado ao lado do namorado que roncava pelo que lhe parecia uma eternidade, vendo a luz avançar pela parede de placas de gesso. William tinha instalado aquela parede às pressas para inventar um cantinho no espaço sem divisórias do loft, mas ela acabou sem pintura. Além do colchão, as únicas concessões a uma ideia de domesticidade eram um autorretrato inacabado e um espelho de corpo inteiro, virado de lado para ficar paralelo à cama. Constrangedoramente, ele às vezes pegava William olhando para o espelho quando eles estavam *in flagrante*, mas era uma das coisas que Mercer sabia que não devia perguntar. Por que ele não conseguia simplesmente respeitar esses bolsões de reticência? Em vez disso, eles o atraíam cada vez para mais perto, até que, para poder preservar os segredos de William, ele se via, necessariamente, também mantendo segredos.

Mas é claro que o sentido do Natal era não mais cismar e desviar. A temperatura vinha caindo direto, e a roupa de frio mais pesada que William tinha era a jaqueta do Ex Post Facto, e assim Mercer tinha decidido lhe dar uma parca, um envelope de calor que o envolveria onde quer que ele fosse. Ele guardou cinquenta dólares de cada um dos seus últimos cinco contracheques e entrou na Bloomingdale's ainda usando o que William chamava de seu uniforme de professor — gravata, blazer, remendos de couro nos cotovelos —, mas isso pareceu não fazer diferença na hora de convencer os vendedores de que ele era um freguês de verdade. De fato, um segurança da loja com um bigodinho de roedor ficou andando atrás dele dos agasalhos à seção masculina e à de roupa formal. Mas talvez tenha sido providencial; não fosse por isso, Mercer poderia não ter descoberto o sobretudo reto chesterfield. Era deslumbrante, marrom, como que tecido com finos fios da pelagem de filhotes de gato. Quatro botões e três bolsos internos, para escovas e canetas e cadernetas. A gola, o cinto e o comprimento eram de três tons diferentes de lã de ovelha. Era extravagante o suficiente para William poder usar, e quente como o diabo. Também estava bem além do poder aquisitivo de Mercer, mas uma espécie de rebeldia enlevada ou de enlevo rebelde o levou até o caixa, e dali para o balcão de pacotes de presente, onde eles o envolveram com um papel marcado com enxames de *B*'s dourados. Fazia uma semana e meia, agora, que ele estava escondido embaixo do futon. Incapaz de esperar mais, Mercer fingiu um ataque de tosse, e logo William estava de pé.

Depois de passar o café e acender o pinheirinho, Mercer pôs a caixa no colo de William.

"Jesus amado, que coisa mais pesada."

Mercer deu um piparote num pompom de poeira. "Abre."

Ele ficou olhando William atentamente enquanto a tampa soltava seu suspiro de ar e o papel de seda farfalhava em resposta. "Um casaco." William tentou gerar um ponto de exclamação, mas declarar o nome do presente, todo mundo sabia, era o que você fazia quando estava desapontado.

"Experimenta."

"Por cima do roupão?"

"Cedo ou tarde você vai ter que experimentar."

Só então William começou a dizer as coisas certas: que ele estava precisando de um casaco, que aquele era muito bonito. Ele sumiu no cantinho da cama e ficou por lá um tempão. Mercer quase podia ouvi-lo se virando diante do espelho enviesado, tentando decidir como se sentia. Finalmente, a cortina de contas se abriu de novo. "Ficou ótimo", ele disse.

Parecia ótimo, pelo menos. Com a gola levantada, o casaco destacava os traços finos de William, a aristocracia natural daqueles zigomas. "Você gostou?"

"O casaco tecnicolor dos sonhos." William imitou vários gestos, batendo nos bolsos, virando para a câmera. "É que nem usar uma jacuzzi. Mas agora é a sua vez, Merce."

Do outro lado da sala, as lampadazinhas da farmácia piscavam debilmente contra a luz da tarde. O enfeite ao pé da árvore estava vazio, salvo os pelos de gato e uma ou outra agulha de pinheiro caída; Mercer tinha aberto o presente da Mamãe na noite anterior, enquanto falava com ela ao telefone, e sabia pelo jeito como assinou os nomes dos outros na etiqueta que C.L. e o Pai tinham esquecido ou desistido de mandar presentes separados. Ele tinha se preparado para a probabilidade de que William não tivesse lhe comprado nada, também, mas agora William desencavou do cantinho da cama um pacote que tinha embrulhado com jornal, como que bêbado. "Seja bonzinho", ele disse, largando o pacote no chão.

E por acaso Mercer vinha sendo alguma outra coisa? Um cheiro de óleo de máquina o atacou quando ele removeu o papel para revelar linhas ordenadas de teclas brancas: uma máquina de escrever. "É elétrica. Eu achei numa loja de penhor lá no centro, quase nova. Dizem que é bem mais rápida."

"Você não devia ter comprado isso", Mercer disse.

"A sua outra é uma porcaria. Se aquilo fosse um cavalo, você sacrificava."

Não, ele não devia *mesmo*. Embora Mercer ainda não tivesse arranjado coragem para dizer isso a William, o lento desenvolvimento daquela obra em desenvolvimento — ou, na verdade, a falta dele — nada tinha a ver com o equipamento, pelo menos não no sentido convencional. Para evitar ter que fingir mais, ele pôs os braços ao redor de William. O calor do corpo dele penetrava mesmo através do suntuoso sobretudo. Aí William deve ter visto de relance o relógio do forno. "Merda. Tudo bem eu ligar a TV?"

"Não me diga que tem jogo. Hoje é feriado."

"Eu sabia que você ia entender."

Mercer tentou por uns minutos ficar ali sentado e assistir ao adorado esporte de William, mas para ele o futebol americano na televisão era tão interessante, e até tão narrativamente compreensível, quanto um circo de pulgas, então ele levantou e foi para a cozinha lidar com as outras estações da via crucis natalina. Enquanto a multidão soltava coletivos suspiros e os anunciantes louvavam as virtudes de aparelhos de barba com duas lâminas e do macarrão instantâneo com queijo Velveeta, Mercer temperou o pernil e cortou as batatas-doces e abriu o vinho para deixar ele respirar. Ele não bebia — tinha visto o que aquilo fez com o cérebro do C.L. —, mas achou que o Chianti podia ajudar a deixar William no clima.

O calor ia crescendo sobre o fogão de duas bocas. Ele foi abrir uma fresta da janela, assustando uns pombos que tinham pousado ali na sua floreira de gerânios, despida nesse inverno. Bom, era só concreto, no fim. Eles voaram pelos cânions das velhas fábricas, ora perdidos nas sombras, ora explodindo em luz. Quando ele olhou para William, o chesterfield estava de volta na caixa, no chão ao lado do futon, e o saco gigante de jujubas estava quase vazio. Ele podia ver a si mesmo se transformando na sua mãe.

Eles se sentaram no intervalo do jogo, pratos equilibrados no colo. Mercer tinha imaginado que, como a ação estava suspensa, William podia desligar a televisão, mas ele nem mesmo diminuiu o volume ou desviou os olhos. "O inhame está ótimo", ele disse. Como o reggae e a Noite dos Amadores no teatro Apollo, a *soul food* era uma das afinidades eletivas de William com a negritude. "Ia ser tão legal se você parasse de me encarar desse jeito."

"Que jeito?"

"Como se eu tivesse matado o seu cachorrinho. Desculpa se eu hoje não fiquei à altura de sei lá o quê que você tinha na cabeça."

Mercer não tinha percebido que estava encarando. Ele desviou os olhos para a árvore, já se ressecando naquele suporte de alumínio. "É o meu primeiro Natal fora de casa", ele disse. "Se tentar preservar uma ou outra tradição me transforma num sonhador, acho que eu sou um sonhador."

"Será que de vez em quando você não acha revelador ainda dizer 'lá em casa'?" William limpou um cantinho da boca com o guardanapo. A etiqueta dele, incongruente, perfeita, devia ter sido um alerta no começo. "A gente já está grandinho, sabe, Merce. A gente pode criar as nossas próprias tradições. O Natal pode virar doze noites de discoteca. A gente podia comer ostras todo dia no almoço, se quisesse."

Mercer não conseguia saber quanto daquilo era sincero e quanto era William fascinado pela possibilidade de vencer a discussão. "Sério, William, ostras?"

"Cartas na mesa, meu amor. A questão aqui é aquele envelope que você fica tentando meter embaixo do meu nariz, né?"

"Bom, e você não vai abrir?"

"E por qual motivo? Não tem nada lá dentro que vá fazer com que eu me sinta melhor do que já estou. Vá se foder!" Ele levou um segundo para perceber que William estava falando com o jogo de futebol americano, onde uma contenda qualquer anunciava o início do terceiro quarto.

"Sabe o que é que eu acho? Acho que você já sabe o que tem ali dentro." Como o próprio Mercer também achava, na verdade. Ou pelo menos tinha lá suas suspeitas.

Ele foi pegar o envelope e o segurou na frente da televisão; uma sombra aninhada provocativamente ali dentro, como o segredo no coração de um raio X. "Acho que é da sua família", ele disse.

"O que eu queria era saber como foi que esse negócio chegou aqui sem passar pelo correio."

"O que eu quero saber é por que esse negócio aqui te ameaça tanto."

"Eu não consigo conversar com você quando você fica desse jeito, Mercer."

"Por que é que eu não tenho o direito de querer coisas?"

"Você sabe pra lá de bem que não foi isso que eu disse."

Agora era a vez de Mercer ficar pensando o quanto estava dizendo aquelas palavras a sério e o quanto só queria ganhar. Ele podia ver nas margens a louça, a prateleira de livros em ordem alfabética, o pinheirinho, todas as acomodações físicas que William tinha feito por ele, verdade. Mas e em termos emocionais? Enfim, ele tinha falado demais agora para recuar. "O que você quer é o seguinte: a sua vida fica bem igualzinha, enquanto eu me enrosco em você que nem uma trepadeira."

Surgiram pontos claros nas bochechas de William, como surgiam sempre que se rompia a fronteira entre a sua vida interior e a exterior. Houve um segundo em que ele podia ter vindo voando por cima da mesinha de centro. E houve um segundo em que Mercer podia ter agradecido por isso. Isso poderia ter provado que ele era mais importante para William que o seu autocontrole, e, de um embate físico enfurecido, como teria sido fácil passar para aquele outro embate, mais doce. Em vez disso, William pegou o sobretudo novo. "Eu vou sair."

"É Natal."

"Está aí outra coisa que a gente pode fazer, Mercer. A gente pode querer ficar sozinho."

Mas *Solitas radix malorum est*, Mercer pensaria depois, revendo a situação. A porta fechou, o que o deixou só com a comida que mal tinha sido tocada. O apetite dele também tinha desertado. Havia algo de escatológico na fraca luz do entardecer, que a árvore e a camada de fuligem que forrava a janela deixavam ainda mais fraca, e no vento gélido que soprava pela fresta que ele tinha aberto. Toda vez que passava um caminhão, as pontas esfarrapadas do protetor de vime da garrafa de vinho tremiam como as agulhas de algum sismógrafo delicadíssimo. Sim, tudo, pessoal, histórica e mundialmente, estava se desmantelando. Ele fingiu um pouco que se distraía com o fluxo das camisas dos times na tela. Só que na verdade tinha se enfiado de novo no seu crânio com minúsculas ferramentas para fazer o tipo de ajustes que lhe permitiria continuar vivendo daquele jeito, com um namorado que o deixava sozinho em pleno dia de Natal.

2

Ultimamente Charlie Weisbarger, de dezessete anos, vinha gastando muito tempo com aparências. Ele não era vaidoso, achava que não, nem curtia lá muito a sua, mas a perspectiva de ver Sam de novo ficava sugando Charlie de volta para o espelho. O que era engraçado: o amor supostamente te levava para além das suas próprias fronteiras, mas de alguma maneira esse amor por ela — como a música que ele descobriu naquele verão, ou a propositada perda do seu juízo — só tinha era acabado por jogá-lo de volta às praias de si próprio. Era como se o universo estivesse tentando lhe ensinar alguma lição. O desafio, ele imaginava, era se recusar a aprender.

Ele tirou um disco da pilha ao lado da vitrola e colocou uma moedinha na agulha para ela não pular. O primeiro LP do Ex Post Facto, de 74. Curiosidade bônus: lançado poucos meses antes de a banda se separar, o disco acabou sendo o último. Enquanto os acordes pesados rasgavam os alto-falantes, ele foi pegar uma caixa preta redonda na prateleira do armário onde tinha exilado os apetrechos da infância. Poeira grudada na tampa, como uma película sobre uma sopa fria. Em vez de voar quando ele soprou, a coisa fez um redemoinho e entrou em sua boca, então ele limpou o resto com o que estava mais à mão, uma luva velha de beisebol escrotamente esmagada contra a base do criado-mudo.

Embora ele soubesse o que estava dentro da caixa, a visão do gorrinho preto de pele que tinha sido do Vovô nunca deixava de provocar uma onda de solidão que o atravessava, como topar com um ninho abandonado. O Gorro Velho de Camponês, a mãe dizia — assim: *David, Será que ele tem que usar aquele Gorro Velho de Camponês de novo?* Mas para Charlie seria sempre o Gorro de Manhattan, o que o Vovô usou uns anos atrás naquele dezembro em que eles foram para a Cidade, só os dois. O pretexto era um jogo dos Rangers, mas, e Charlie precisou jurar que ficaria de boca fechada, eles na verdade foram ao Radio City Music Spectacular. Ríspido como o diabo, o velho Bialystoker, abrindo caminho entre a multidão. Honestamente, Charlie nem via a razão de tanto mistério folhetinesco: ninguém ia acreditar que o seu avô ia mesmo pagar para ver aquelas *shiksas* dançantes. Depois, por coisa de uma hora, talvez, eles tinham ficado olhando o rinque do Rockefeller Center, vendo o pessoal patinar. Charlie não estava vestido adequadamente para aquele frio, mas sabia que era melhor nem reclamar. Finalmente o Vovô estendeu a mão encarquilhada e mostrou. Dentro dela, embalsamado em papel-manteiga, estava um caramelo que Charlie não tinha ideia de como ele tinha encontrado, como a última relíquia de família que alguém conseguiu tirar escondido de uma zona de guerra, mais preciosa por ter ficado escondida.

    A verdade era que o Vovô estava com pena dele. Desde o nascimento miraculoso dos irmãos gêmeos de Charlie, ninguém devia reconhecer o fato de que o filho mais velho estava ficando de lado, mas o Vovô queria redimir esse estado de coisas — uma franqueza que Charlie apreciava. Ele tinha pedido para ir passar o Chanucá deste ano em Montreal, mas a Mãe e o Vovô ainda ficavam botando a culpa pela morte do Pai um no outro. Então era como uma segunda morte, quase. A única coisa que restava para Charlie era o gorro.

    Ele ficou surpreso ao descobrir que a cabeçorra imensa do Vovô não era maior que a sua. Fez pose no espelho do armário, meio-perfil, perfil direito. Era difícil saber que aparência ele teria para Sam porque, fora o gorro, ele estava usando só cuecas e camiseta, e também porque volúveis névoas de encanto e repulsa pareciam se interpor entre Charlie e o espelho. Seus longos membros brancos e aquela penugem de gói nas bochechas detonaram um espasmo hormonal, mas também naquele tempo isso vinha até do sacudir de um banco no ônibus da escola, do cheiro de óleo de bebês, de certos vegetais com formatos provocativos. E a asma era um problema. Aquele cabelo ruivo-ketchup era um problema. Ele achatou bem o gorrinho na cabeça, encheu o peito encavado de ar. Mudou a postura para esconder a espinha que brotava na coxa direita. (Mas era possível a pessoa ter espinha até na coxa?) Ele se comparou à foto na capa do LP: três homens sem pose, esquálidos como ele, e um travesti que era de dar medo. Ele não sabia bem se conseguia imaginar o gorro em algum deles, mas tudo bem; ele achava lindo.

Além disso, tinha escolhido o gorro precisamente por conta da sua violação dos ditames do bom gosto. No vago e mediano centro da mediana e vaga Long Island, 1976 tinha sido o ano do pós-ski. A ideia era ter a aparência de alguém que encarou uma pista de *slalom* a caminho da escola: blusas de lã sintética e touquinhas de tricô e casacos acolchoados de plumas com aqueles crachazinhos que dão acesso aos elevadores nas pistas de esqui presos na cabeça do zíper. Esses crachás, agora de um melancólico amarelado envelhecido, eram a única razão de Charlie saber o nome dos resorts; a tribo dele, por definição, não esquiava. E o gorro do Vovô... bom, daria na mesma ele sair por aí com uma peruca empoada. Mas era esse o objetivo dos punks, Sam tinha lhe ensinado. A rebeldia. A *derrubada*. Lembranças do verão ilícito dos dois, mais de uma dúzia de idas à Cidade antes que a Mãe acabasse com tudo, agitavam-se deliciosas dentro dele, como tinham se agitado semana passada quando ele pegou o telefone e era a Sam do outro lado. Mas com que velocidade o prazer se perdia de novo em meio à borra das sensações de sempre: a mistura de ansiedade e arrependimento, como se algo que ele tanto estava quanto não estava pronto para abandonar estivesse prestes a ser tirado dele.

Ele colocou o lado B, caso houvesse algum riff que tivesse conseguido perder ou alguma nuance de fraseado que não tivesse decorado ainda. *Brass Tactics* era o nome do disco. Era o favorito da Sam; ela era louquinha pelo cantor, o baixinho de jaqueta de couro e cabelo moicano que mostrava um dedo do meio que lhe saía direto da manga. Agora era o favorito de Charlie também. Nesse outono ele tinha ficado ouvindo o disco sem parar, aquiescendo diante dele como não aquiescia diante de mais nada desde *Ziggy Stardust*. *Sim*, ele também estava se sentindo sozinho. *Sim*, ele também sabia o que era dor. *Sim*, ele tinha ficado deitado de lado no piso do sótão depois do enterro do Pai ouvindo o vento quente nas árvores lá fora, e *Sim*, ele tinha ouvido as folhas ficarem marrons e tinha ficado pensando, mesmo, se alguma coisa ainda fazia qualquer sentido. *Sim*, ele tinha se posto naquele ano com uma perna para fora da janela do sótão e visto o seu crânio estourar que nem um balão cheio d'água no concreto cheio de rachaduras da entrada da casa, mas, *Sim*, ele se conteve por alguma razão, e talvez fosse essa a razão. Ele tinha descoberto o Ex Post Facto tarde demais para ver eles tocando ao vivo, mas agora a banda tinha se reconstituído para um show de Ano-Novo, com um carinha que a Sam conhecia no lugar do Billy Três-Paus no vocal, ela disse, e com alguma pirotecnia preparada para o final. Esse "um carinha" azedava a coisa toda, mas ela não tinha praticamente admitido que precisava *dele* — ou seja, *Charlie*?

A neve estava se acumulando na soleira da janela quando ele passou novamente diante da cômoda. Estremecer não era coisa de homem, e ele estava determinado a não sentir frio. Por outro lado, aquelas ceroulas o deixavam meio assexuado, e, quando Sam abrisse a calça dele hoje à noite — quando eles se vissem sozinhos sob a luz da lua que banhava a sala da sua imaginação (a mesma eventualidade para a qual ele tinha guardado uma camisinha velha, tamanho grande) —, ele não queria estragar tudo. Decidiu, para ficar no meio do caminho, usar a calça do pijama por baixo do jeans. Assim o jeans ficava mais justo, como se ele fosse o quinto Ramone. Ele aspirou longamente a bombinha, desligou o som e pôs a sacola no ombro.

Lá em cima, a sua mãe estava lavando louça. Os gêmeos estavam sentados no linóleo enrugado perto dos pés dela, jogando um brinquedo de lá para cá. Um carrinho Matchbox, Charlie viu, com um boneco de plástico preso por elásticos à capota, como se fosse bagagem. "Ele tá doente", Izzy explicou. Abe fez um som de ambulância: "Ninó ninó". Charlie fechou a cara. A Mãe agora estava ciente da sua presença, e ele não conseguia imaginar que a mentira não fosse estar escrita em toda a sua cara quando ela se virasse. Aí ele percebeu a espiral de cabo que se estendia da cabeça dela até o telefone preso à parede. "É você, querido?", ela disse. E, ao telefone: "Ele acabou de entrar aqui". Ele teria perguntado com quem ela estava falando, só que já sabia.

"É, eu estou saindo", ele disse com cuidado.

Ela estava com o fone preso entre o ombro e o queixo. Os braços continuavam com as abluções na água fervente da pia. "Você queria carona?"

"É só ali no Mickey. Dá pra ir a pé."

"Dizem que a neve ainda vai piorar antes de melhorar."

"Mãe, beleza."

"Acho que a gente se vê no ano que vem, então."

A piada o desorientou por um momento, como fazia todo ano, como a primeira menina que o beliscara no Dia de São Patrício. Mesmo depois de ter entendido, parecia que um líquido amargo lhe inundava a garganta. O que ele queria mesmo era exatamente isso, que ela se virasse e olhasse para ele e tentasse detê-lo. Mas por quê? Ele só estava escapando por uma noite, e ia voltar de manhã cedinho, e nada ia mudar, porque nada jamais mudava. Nunca.

Lá fora, livre dos complicados sortilégios que o prendiam à casa, seus movimentos ficaram mais fáceis. Ele pegou a bicicleta ao lado da garagem e escondeu a sacola atrás do HVAC. A sacola tinha uma camada falsa de roupa suja que ele catou do chão do quarto. A neve agora estava caindo mais pesado e tinha começado a grudar nas calçadas, uma folha lisinha de papel-manteiga. Os pneus iam deixando largos arcos negros atrás dele. Quando passou por baixo de um poste, da terra à sua frente ergueu-se um monstro: estreito embaixo, imenso nos ombros e na juba (jaqueta fofa, gorro de pele). Ele seguiu, apertando os olhos para se proteger das adagas da neve.

O centro de Flower Hill, apesar de todos os esforços da prefeitura, não conseguia apagar totalmente o que era. De dia, a região afetava uma urbanidade dilapidada — tinha uma loja de flores, uma de vestidos de noiva, uma loja de discos não-das-melhores —, mas de noite as vitrines iluminadas anunciavam as coordenadas das verdadeiras urgências da cidade. Massagem. Tatuagens. Armas e Penhores. Na frente de uma padaria vazia, um Papai Noel mecânico rodava rígido ao compasso de "Jingle Bells", com as pernas acorrentadas a uma cerca. Charlie, que não conseguia mais sentir as mãos, parou e entrou correndo para pegar um café. A cafeína estava batendo dez minutos depois, quando ele enfiou a bike embaixo de uns arbustos na estação. Ele ia ter que dar um jeito de lembrar de comprar um cadeado.

Encontrou Sam esperando num cone de luz lá na ponta da plataforma. Fazia meio ano que ele não a via, mas podia dizer pelo jeito de ela roer a unha do polegar da mão que segurava o cigarro que ela estava incomodada com alguma coisa. (Ou enfim, *devia* ter sido capaz de dizer, graças à conexão telepática que eles tinham. Quantas noites desde o castigo ele tinha passado acordado conversando mentalmente com ela? Mas quando você encarava a coisa de frente, telepatia, gnose e todos os outros superpoderes que ele em ocasiões diferentes imaginou que tinha, nada disso existia. Ninguém na vida real conseguia atravessar paredes. Ninguém (ele pensaria mais tarde, depois de acontecer o que aconteceu) seria capaz de reverter a flecha do tempo.) Espantosamente, ela não viu ele escorregar na neve enquanto tentava se apressar em sua direção. Mesmo quando estava praticamente grudado nela, ela continuava encarando o mostrador lunar do relógio da estação e os flocos brancos que sumiam nele. Ele queria lhe dar um abraço, mas como o ângulo dos seus corpos estava errado, se satisfez com um soquinho no ombro — que saiu fraco, nem perto de ser o sinal de carinho que teria sido em mãos mais experientes que as dele, então ele fez aquilo virar uma dancinha, socando o ar, fingindo que tinha acertado um nela só por acidente. *'Ey! 'O! Let's go!* E finalmente ela virou para ele o rosto que lhe tinha sido sonegado por tanto tempo: os olhos negros penetrantes, o nariz arrebitado com sua argolinha de prata e a boca feita para o cinema, um pouquinho larga demais, de onde aquela voz áspera por causa da fumaça — a melhor coisa nela — agora saía. "Quanto tempo."

"Pois é. Eu ando meio ocupado."

"Eu achei que você estava de castigo, Charlie."

"E teve isso."

Ela esticou a mão para apanhar o gorro de pele. O rosto de Charlie pegava fogo enquanto ela examinava o traumatismo capilar autoinfligido que tinha indiretamente levado àquele exílio. *Você parece um louco de hospício*, a mãe dele tinha dito. Tinha crescido de novo, quase. Enquanto isso, Sam também tinha feito alguma coisa no cabelo, que estava curto como de menino e tingido de preto, de castanho que era. Ela era quase da altura de Charlie, e com um blazer escuro lhe escondendo as curvas, ela parecia Patti Smith na capa de *Horses* — o segundo disco preferido dos dois. Se bem que não dava para saber o que ela andava ouvindo agora que foi para a universidade na Cidade. Quando ele perguntou como era no dormitório, ela disse que era um saco. Ele ofereceu o gorro. "Quer usar? É quentinho."

"Foram só quinze minutos."

"A rua está escorregando pacas. E eu tive que parar pra pegar um café. Desculpe a falta de carro." Ele nunca mencionava como era terrível para a sua asma o fato de ela ficar fumando um cigarro atrás do outro, e ela, reciprocamente, agora estava fingindo não notar que ele chupava uma respirada química daquela bombinha mané. "A minha mãe acha que eu vou ficar na casa do Mickey Sullivan, pra você ver em que planeta ela mora." Mas Sam já tinha se virado para onde os trilhos se curvavam rumo às trevas. Uma luz veio deslizando até eles como uma bela bola de beisebol rumo à base. O das 8h33 para a Penn Station. Em poucas horas o arremesso pararia na Times Square, e homens e mulheres de toda a cidade de Nova York se virariam para quem quer que estivesse ao seu lado para pedir um beijo inocente, ou um não-tão-inocente. Ele fingiu que o aperto que sentia no peito quando eles embarcaram era só cafeína. "Até parece que eu dou a mínima pro que o Mickey pensa. Aquele otário nem me cumprimenta mais na cantina." Os três — Mickey, Charlie e Samantha — deviam estar na mesma turma no colegial. Mas o pai apavorante de Sam, o gênio dos fogos de artifício, tinha mandado ela estudar com as freiras no primário, e depois numa escola particular em Nova York propriamente dita. Deve ter dado certo; Sam era só seis meses mais velha, mas era tão inteligente que tinha pulado a sexta série, e agora estava na NYU. Ao passo que ele e Mickey eram alunos nota C e não eram mais amigos. Talvez ele devesse ter encontrado alguém mais disposto a servir de álibi para a noite de hoje, na verdade, porque se a Mãe ligasse para a casa dos Sullivan de manhã para agradecer (não que ela fosse lembrar, mas *se*), ele ia estar numa "M" desgraçada, fedorenta e ferrada. E se ela descobrisse onde ele conseguiu o dinheiro para cobrir duas viagens de ida e volta para a Cidade? Ele ia ficar trancado no quarto até tipo 1980. "Você está com os bilhetes?"

"Eu achei que era você que ia pagar", ela disse.

"Os ingressos do Ex Post Facto."

Ela puxou um folheto amassado do bolso. "É Ex *Nihilo* agora. Vocalista novo, nome novo." Por um momento, o estado de espírito dela pareceu mais negro. "Mas enfim, não é ópera, isso aqui. Não tem entrada."

Ele foi atrás dela pelo corredor, sob lâmpadas tremeluzentes, esperando o máximo que podia antes de lembrar a ela que não podia sentar virado para o fundo, por causa do enjoo. De novo, o rosto dela se fechou; por um segundo, ele ficou com medo de já ter ferrado aquele (que ele não podia deixar de considerar como um) *encontro*. Mas ela abriu a porta, conduzindo-o para o próximo vagão.

A Long Island Rail Road naquela noite era das crianças. Até os adultos eram crianças. Eles eram tão poucos que cada grupinho de foliões podia deixar várias fileiras de assentos do vermelho-e-azul do Bicentenário de cada lado, como isolamento. Falavam bem mais alto sobre o que fariam se fossem adultos, e dava para ver que eles queriam ser ouvidos pelos outros, como forma de se garantir, como um jeito de dizer: *Eu não estou com medo de você*. Charlie ficou pensando quantas mães do Nassau County hoje não tinham ideia de onde seus filhos estavam — quantas mães tinham simplesmente lhes concedido liberdade. Assim que o condutor passou, começaram a circular as cervejas. Alguém tinha um rádio transistorizado, mas o alto-falante era uma porcaria, e naquele volume só dava para ouvir uma voz gemendo de um jeito horrendo. Provavelmente Led Zeppelin, cujos devaneios Tolkienianos eram a trilha sonora do lava-carro em que Charlie trabalhou no primeiro ano da escola, banda à qual eles renunciaram no verão do ano passado depois de Sam ter escanteado Robert Plant como um *criptomisógino exibicionista*. Ela às vezes era assim, rápida e cáustica, e o silêncio dela agora o deixava sem chão. Quando um garoto a algumas fileiras de assentos dali fingiu que jogava uma lata de cerveja na direção deles, Charlie fez que ia pegar, que nem um idiota. Os amigos do carinha riram. "Filhinhos de papai", Charlie resmungou no que sentia que era um tom ácido, só que num volume inaudível, e se afundou de novo no courvin ruidoso do seu assento virado para a frente do vagão. Sam tinha virado o rosto para fitar os casebres do Queens que cintilavam do outro lado da janela, ou o vapor da sua respiração que os transformava em fantasmas. "Escuta, tá tudo bem?", ele disse.

"Por quê?"

"É dia de festa, né. E você não está parecendo, assim, superanimada. Fora que você não devia estar documentando isso tudo pra aquela coisa da sua revista lá?" Havia um ano ela estava publicando um fanzine de mimeógrafo sobre a cena punk da cidade. Aquilo era uma parte central da pessoa que ela era, ou tinha sido. "Cadê a sua câmera?"

Ela suspirou. "Não sei, Charlie. Eu devo ter esquecido em algum lugar. Mas eu te trouxe isso aqui." Da sacola militar que tinha no colo veio uma garrafa marrom gosmenta e sem rótulo. "Foi a única coisa que eu achei lá em casa. O resto já virou tudo água a essa altura."

Ele cheirou a tampinha. Schnapps de pêssego. Ele levou a garrafa até a boca, torcendo para não ter germes. "Tem certeza que você está legal?"

"Sabia que você é a única pessoa que me pergunta isso na vida?" A cabeça dela descansou no ombro dele. Ele ainda não sabia dizer o que ela estava pensando, mas o calor medicinal da bebida tinha chegado até as suas entranhas e um outro beijo — um outro *amasso*, diria um Robert Plant da vida — parecia estar dentro dos limites do possível. Pelo resto da viagem ele teve de imaginar a papada molenga do presidente Ford para não ficar com uma ereção total.

Mas na Penn Station o estado irrequieto normal de Sam voltou. Ela se enfiava entre as multidões que cheiravam a cachorro-quente, rostos que passavam rápido demais para o olho poder distinguir. Charlie, a essa altura já bem lubrificado, tinha a impressão de uma grande luz que brilhava em algum ponto atrás dele, e que incendiava cada cabelinho tingido de preto da parte de trás da cabeça dela, os vários brincos, aquelas partezinhas esquisitas achatadas no topo das orelhas dela, que pareciam meio de elfo — como se uma equipe de filmagem estivesse vindo atrás deles, iluminando Sam. De uma luz que não se refletia nas coisas, mas vinha de dentro delas. De dentro *dela*.

Eles deram sorte e entraram num expresso número 2 rumo à Flatbush Avenue que estava vazio, e no que rasgava uma estação local o trem parecia ecoar as sílabas emboladas do condutor: *Flat-bush, Flat-bush*. Sam se virou no assento. As vigas da plataforma alongada estilhaçavam a luz em estrobos. Charlie notou pela primeira vez uma tatuagenzinha atrás do pescoço dela. Parecia meio que uma coroa de rei desenhada por uma criança desajeitada, mas ele não queria perguntar e acabar fazendo com que ela se lembrasse de tudo a respeito dela que ele aparentemente não sabia mais. Ele soltou a barra que estava segurando e meteu as mãos nos bolsos e ficou ali parado tentando absorver os baques — *Flat-bush, Flat-bush*. Era um joguinho que ela tinha ensinado, e que se chamava "surfe de metrô". Perdia quem perdesse o equilíbrio primeiro. "Olha", ele disse. Quando ela não olhou, ele tentou de novo. "Faz comigo."

"Agora não." A voz dela não tinha nada da indulgência materna a que ele estava acostumado, e mais uma vez ele sentiu que a noite ameaçava ruir, como a luz da estação que ficou para trás.

"Melhor de cinco."

"Às vezes você é tão crianção, Charles."

"Você sabe que eu não gosto disso."

"Bom, pare de agir como um Charles, então."

Ele ficou com vergonha por ela ter dito isso tão alto. Alguém que não estivesse ligado podia achar que ela nem gostava dele. Então ele se jogou no banco do outro lado, como se tivesse decidido sozinho que ali era o seu lugar. Na 14th Street, uma das portas travou, deixando só uma abertura pequenininha para eles saírem. E, claro, cavalheiro que era, ele deixou ela sair primeiro, não que tenha havido qualquer agradecimento da parte dela. Aí era só pegar o local e andar um ponto e se mandar para a Christopher Street. Antes de descobrirem, e de ele se ferrar, eles ficavam ali tomando sorvete e Mandrix e bebendo o uísque do pai dela. Semichapado no fim da tarde, ele ficava sacaneando os veados que entravam nas sex shops como quem migrava para o sul, prédios que se erguiam como reinos. O céu que tinha se estendido sobre eles como a imensa pele laranja-azul e pulsante de um tambor agora se descascava aos pouquinhos e caía. E ele estava torrando dentro das calças duplas. Disse a ela que tinha que mijar.

"A gente está meio em cima da hora aqui, Charlie."

Mas ele entrou correndo num banheiro de pizzaria onde o aviso **SOMENTE PARA CLIENTES!** era bem visível. Com a porta trancada, ele tirou a calça jeans e a do pijama, embolou o pijama no bolso da jaqueta e vestiu de novo a calça. O cara do balcão ficou encarando-o enquanto ele saía.

"Sabe, se é pra você ficar desse jeito...", ela começou.

"Que jeito?"

"Assim. Dá pra sentir você meio que *irradiando* ansiedade. E será que dava pra você prestar atenção? Tem gente querendo passar aqui na calçada."

E, ele viu, tinha mesmo. Os quarteirões daquela região, do West ao East Village, estavam coalhados de turistas e riponhas e outros carinhas da NYU. Mas desde quando ela dava a mínima para questões de educação? "Sam, eu estou achando que você está puta comigo, e eu nem fiz nada."

"O que é que você quer de mim, Charlie?"

"Eu não quero nada", ele disse, perigosamente perto de choramingar. "Foi você que me ligou, lembra? Eu só quero que a gente seja amigo de novo."

Ela pensou nisso um segundo. Se houvesse algum sinal que ele pudesse dar, algum daqueles apertos de mãos arcanos dos aluninho da terceira série, cuspir na palma da mão, desenhar uma cruz, ele podia ter feito. "Beleza", ela disse, "mas então vamos de uma vez aonde a gente está indo?"

O lugar aonde eles iam era a antiga sede de um banco, coberta de merda de pombo, num trecho especialmente acabado da Bowery, com um pórtico de colunas entupido de pichações que ela normalmente ia insistir em fotografar. A fila saía por uma porta lateral, e eles se acomodaram no fim, sob a errática luz de um poste. Um alfinete de fralda piscou para Charlie no rosto de um cara mais alto umas doze pessoas na frente deles; ele parecia um amigo da Sam com cara de ogro que eles tinham encontrado uma vez, não muito longe dali. Charlie começou a se incomodar por ter vindo de gorro. Ele queria tirar antes que o cara, se é que era o cara, os visse ali, mas a luz tinha desaparecido. Quando ela voltou zumbindo, ele cutucou Sam. "Ó, você não conhece aquele cara ali?"

Ela olhou em volta irritada. "Quem?" Mas o alfinete de fralda tinha sido engolido pelo prédio, e os olhos dela caíram em outro sujeito, que tinha o tamanho e o formato de uma geladeira industrial, que abria e fechava a porta corta-fogo de aço sem parecer ver as pessoas que passavam. "Ah, é só o Canhão." Ela parecia quase colecionar essas ligações obscuras com homens mais velhos. Aquele ali era todo tatuado — lâminas de tinta negra que se estendiam desde o pescoço até o rosto cor de caramelo, como uma pintura de guerreiro — e vestido de couro dos pés à cabeça, com um brinco em forma de faca. "Ele é o leão de chácara."

"Eu não tenho carteira de identidade", Charlie sibilou.

"E pra quê? Fica numa boa. Faz o que eu fizer."

Ele puxou o gorro de pele para cima dos olhos e se forçou a ajeitar a postura. Os seus esforços para parecer adulto no fim não fizeram diferença; o leão de chácara estava erguendo Sam do chão num abraço de urso, com o rosto se abrindo num largo sorriso cor-de-rosa. "Já estava achando que a gente não ia te ver por aqui hoje, gatinha."

"Um monte de coisa por aí", ela disse. "Você sabe como é."

"Quem que é o varapau?", ele apontou com a cabeça na direção de Charlie sem olhar para ele.

"É o Charles."

"O Charles parece um agente da Narcóticos com aquele gorrinho."

"O Charles é boa-praça. Diz oi aí, Charles."

Charlie resmungou alguma coisa mas não estendeu a mão. Ele tinha um pouco de medo dos negros em geral, e em particular desse cara que, se estivesse a fim, podia partir o Charlie em cima do joelho como se ele fosse um galho seco. Isso se ele fosse mesmo negro, e não superbronzeado, ou turco ou alguma coisa assim — com as tatuagens não era mole dizer.

"Escuta", Sam disse, se aproximando do cara. "Alguém andou perguntando por mim?"

"Por você?"

"É, assim... será que alguém veio te perguntar se eu estava aqui? Um tipo filhinho de papai? Bonitão? Coisa de trinta anos? Meio peixe fora d'água aqui?" Ela parecia tremer, brilhando com a neve derretida, curiosa. Charlie fez o que pôde para manter o rosto neutro. Nunca deixe eles te verem sangrar, o Vovô tinha dito, antes de sumir num DC-10 uma semana depois do Shivá.

Enquanto isso, algo como pena, um olhar meio *Cadê os seus pais?* tinha se infiltrado na máscara jovial do leão de chácara. "Não sei, querida. Eu só cheguei às oito, e, eu te disse, eu nem achava que ia te ver."

"Charlie", ela disse, "será que dá pra você ficar aqui com o Canhão um minutinho enquanto eu vou dar uma olhada num negócio?" Então ele ficou esperando, trocando de pé de apoio, tentando ficar algo afastado do leão de chácara. Pombos aninhados no curvo pescoço do poste de luz. Uma pessoa vestida como um mímico, só que sem necessidade de maquiagem para deixar o rosto branco, saiu cambaleando pela porta e caiu na calçada coberta de gelo. Ela ria sem parar, e Charlie queria ir até ela, mas ninguém mais se mexeu. O leão de chácara deu de ombros, como quem quer dizer, *Fazer o quê?*

E ele, ele *ia* fazer alguma coisa? O verão do Bicentenário, o verão de Sam, tinha chegado como uma onda de um azul-vítreo, que pegou aquela sua vidinha miserável num só caldo e a jogou para a frente num ângulo tão violento que ele teve que erguer os olhos para ver a praia. Mas, como é próprio das ondas, aquela também quebrou e, de qualquer maneira, ele sempre teve medo de altura. Ele só a viu mais uma vez depois disso, do banco do carona da perua que a sua mãe não o deixava dirigir mais. Ela estava sentada num ponto de ônibus em Manhasset. E talvez ela o tenha visto, mas algo nele tinha se contido e algo a conteve também — a parte dela que ele agora via que tinha ficado aqui, pegando uma onda redobrada, testando a cidade para ver se ela lhe resistia. *Fica numa boa*, ele disse a si mesmo. *Só fica numa boa.*

"Charlie, escuta aqui", Sam disse, quando reemergiu. "Se por acaso eu tivesse que dar uma corrida até o norte de Manhattan, você ficaria beleza aqui sozinho por uma hora?"

Ele teria feito qualquer coisa por ela, claro. Teria perdido o Ex Post Facto se ela quisesse, ou sei lá que nome que eles estavam usando agora. Mas o que é que acontecia quando o que ela queria era que ele não fizesse nada? "Mas que porra, Sam? Eu achei que você queria passar o Ano-Novo *comigo*."

"Eu quero, mas vou me achar uma merda se você perder a primeira parte e eu estou... tem um problema aqui que não tenho mais como ficar evitando." Abafado pela parede do depósito, o som de um tambor sinalizou a passagem da música gravada para a banda. "Vai começar. Você vai ficar legal?" Ela se virou para o leão de chácara. "Canhão, dá pra você cuidar do Charlie aqui?"

"Ele não pode se cuidar sozinho? O Charlie é retardado?"

"Isso não tá certo", Charlie disse, meio que para ninguém.

"Canhão..."

O leão de chácara estendeu a mão e, numa pinça de imensos polegar e indicador, ergueu a aba do gorro do Vovô para Charlie poder ver os seus olhos. "Você sabe que eu só estou de sacanagem, chefia."

Charlie lhe deu um gelo, centrou-se em Sam. "E aquela história de *Eu preciso de você, Charlie*?"

"Mas eu preciso de você, Charlie. Vou precisar de você. Olha, se eu não tiver voltado às onze, vá atrás de mim. A gente pode se encontrar quinze pra meia-noite naqueles bancos perto da estação da 72. Você sabe onde?"

"Claro que eu sei." Ele não tinha ideia.

"De um jeito ou de outro, eu juro que a gente passa a meia-noite juntos." A palma da mão dela entre a orelha e a bochecha dele era como uma piscina fresca num dia quente. Aí ela foi saindo de costas, e pela primeira vez desde a plataforma da Long Island Rail Road pareceu que ela o viu de verdade. Apesar dos segredos que Sam nitidamente ainda guardava, ele queria acreditar nela. Queria acreditar que era possível que aquela criatura selvagem precisasse dele. Mas ela foi embora. O leão de chácara, Canhão, abriu a porta de supetão. Charlie pensou num carro de portas abertas passando pelo estacionamento da escola, escapando do seu alcance ao mesmo tempo que vozes lá dentro diziam: *Anda, Weisbarger. Entra*. Mas aquilo não era mais de verdade — nem era de verdade o fato de ele já ter beijado Sam, lá no porão daquela casa esquisita na East 3rd Street tantos meses atrás. O que era de verdade, no vácuo que ela deixou, era a lembrança da pele dela na dele e a música que agora jorrava da goela do clube.

3

Não havia lugar mais desolado que um supermercado Gristedes na véspera de Ano-Novo. Raminhos de salsa murcha presos aos buracos das cestas de compras; pavorosas lâmpadas fluorescentes, uma delas já cinza como um dente morto; o velho todo torto na frente da fila do caixa, sacudindo a bolsinha de moedas. Era o último lugar em que você queria avaliar a sua vida. Na verdade, durante quase toda a década passada, Keith Lamplighter tinha dado um jeito de não ter nem que pensar em compras. Ele seguia disciplinadamente para a Lamplighter Capital Associates de manhã, voltava para casa mais ou menos a essa hora, sete ou oito, e encontrava uma geladeira reabastecida — como se as cabeças de alface tivessem simplesmente brotado ali enquanto a porta estava fechada, Regan dizia, no fim. "Você nem sabe *onde* é o mercado." O que não era verdade; Keith sabia. Era só que os números lhe escapavam: entre a 56 e a 64? Ou a 64 e a 63? Ele passou a pé na frente do mercado várias vezes, mas aquilo não ocupava espaço na sua consciência, como o número do seu ramal no escritório não ocupava, porque ele nunca tinha motivo para ligar para si próprio. Agora estava começando a conhecer o Gristedes como a gente conhece uma pessoa com quem está muito puto: intimamente, por dentro, ele pensou, no que um sonzinho soltava a gaveta do caixa de seu esconderijo.

Não, Regan estava certa, como sempre. O sucesso nos Estados Unidos era como ser ator pelo Método Stanislávski. Você recebia um único problema, bem definido, para encarar, e, se fizesse bem o seu papel, conseguia se convencer da sua — do problema — relevância. Enquanto isso, os atores que não estiveram à altura percorriam esbaforidos os bastidores, puxando cordas, para garantir que, quando você se dirigisse à lua, ela estaria bem ali. Você dizia a si mesmo que era o único que se esforçava, ainda que naquele exato momento a cortina atrás de você estivesse balançando, como que movida por leves passos de ratos passantes. Quantas vezes, recentemente, Keith tinha se decidido a manter em mente seus coadjuvantes maltratados? Ser uma pessoa melhor e mais parecida com Cristo? Mas era como se alguma reação alérgica ao Gristedes estivesse impedindo essa tentativa. A luz tinha um lúgubre tom verde que deixava tudo em que caía com cara de doente. Talvez fosse para irradiar a comida, para evitar que esporos microscópicos se espalhassem pela superfície dos mantimentos de solteiro de Keith — pretzels e salsichas Sabrett e pãezinhos Air-Puft — até ele conseguir sair dali. Se conseguisse sair dali um dia.

Depois que o velho na ponta da fila saiu vacilante porta afora, as únicas outras pessoas por ali eram mulheres. Elas ficavam encarando o piso sem cor de lajotas salpicadas ou as estrelas de novela nas estantes de revistas. Bem à frente dele, uns fiapos tinham se soltado do rabo de cavalo de uma mãe adolescente já grávida do próximo filho — um penteado para alguém que não tinha tempo de fazer um penteado. Ela parecia não ver a filha que lhe puxava o cachecol comprido, pedindo por favorzinho um chocolate Almond Joy. Por um segundo, a cortina esteve prestes a se abrir, o coração de Keith estava em movimento... Aquela podia ter sido a sua pontinha de cachecol, um dia. Podia ter sido a sua mão tateando no bolso a moedinha que certamente teria achado se aquela menina fosse sua. Mas ele achou que tinha coisa melhor para fazer da vida, e a menina aparentemente sabia; quando ele lhe deu o que era para ser um sorriso qualquer, ela meteu a cara na perna da mãe, que olhou de volta para ele com uma expressão que dizia bem nitidamente: "Tarado".

Levou ainda muitas vidas para ele chegar ao caixa. O *caixeiro*, os meninos diziam. Will queria ser *caixeiro* quando crescesse. Isso quando tinha três ou quatro anos de idade, e Regan ainda ficava com ele o dia todo em casa, a não ser que tivesse alguma coisa na Diretoria. Ela enrubesceu, apesar de Keith não ter desejado manifestar nenhuma desaprovação. "Não foi isso que você disse ontem, meu anjo. Diz pro Papai o que você disse ontem." Keith podia sentir alguma coisa subindo dentro dele. *Ele queria ser que nem o pai!* Mas quando Will não respondeu, Regan disse: "Caminhão de bombeiro. Ele queria ser um caminhão de bombeiro". Bom, claro que queria, porque como é que ele ia poder, com quatro ou sei lá quantos anos que ele tinha, entender o que era um consultor de investimentos? Nem o próprio Keith entendia, no fim. Mas este seria um daqueles momentos, um dos pequenos momentos domésticos que ele ia deixar passar por trás da cortina enquanto estava ocupado na boca de cena, com o Sucesso. E agora, fazendo muita força para encontrar os olhos da adolescente macambúzia que processa as suas compras e lembrar que ela era tão real quanto ele, Keith estava fazendo aquilo de novo. Pensando só em si próprio, em como chegar aonde estava indo. E em quanto ele agora já estava atrasado.

A bem da verdade, ele sempre esteve à cata de alguma desculpa para não ir ao baile anual de gala dos Hamilton-Sweeney. O tio Amory tinha assinado pessoalmente o seu convite, mas até os *intermezzi* de cinco minutos em que ele e Regan se encontravam para entregar as crianças eram insuportáveis, e mesmo que fosse tecnicamente possível eles se evitarem num grupo de centenas de pessoas, ele sabia que isso jamais aconteceria. Regan ia se manter perto dele, ostensivamente porque eles eram adultos e podiam agir como adultos, mas na verdade como uma espécie de autopunição. Ele ultimamente vinha percebendo que ela estava se punindo havia muito tempo.

Se bem que agora que ela tinha levado Will e Cate pro Brooklyn, Keith achava que *ele* também estava sendo punido. Ele andava pelo apartamento velho como algum espectro sem poderes para alterar o que via. Descontada a metade dos livros, que era dela, os que ficaram tinham desmoronado em pilhas decrépitas nas prateleiras ou caído no chão. Ela tinha levado as luminárias também, e o milhão de fotos em porta-retratos. Às vezes, à noite, no escuro, ele ouvia crianças fantasmas escorregando de meias pelo corredor. Eles ainda podiam estar morando ali, se Regan não tivesse ficado sabendo daquela vez em que ele levou a amante para o apartamento. Foi a única informaçãozinha que ele deixou de fora da sua confissão, sabendo a dor que ela causaria. (Bom, isso e a idade dela. E o nome.)

Ele tinha jurado que nunca mais ia levar Samantha ali, e, desde que tinha rompido com ela, se recusava a atender quando ela ligava. Aí, no começo da semana, ela o encontrou no trabalho. Ela de algum jeito achou o número — aquele que ele mesmo não sabia. Ela estava vindo a Nova York para o Ano-Novo; será que eles podiam se ver? Ele ficou com uma ereção meio desconsolada pensando nela, ou no fantasma dela, de joelhos no sofá com as calcinhas brancas de algodão, cotovelos no apoio de braços, olhando para trás por sobre o ombro, como quem o desafia. "A gente precisa conversar", ela disse. "Eu não estou grávida, só pra você saber. Mas é importante." Ele disse que a família da mulher dele contava que ele estivesse no baile. Era verdade, tecnicamente, e caso ela achasse que tinha arruinado a vida dele, ele queria que ela entendesse que não era verdade. Mas ele podia, acrescentou, ter um tempinho mais no começo da noite, desde que eles se vissem em algum lugar público. "Não precisa se preocupar, Keith", ela disse. "Você não é tão irresistível assim. E eu vou estar com um amigo." E assim ficou estabelecido que eles iam se encontrar às 21h30, num clube noturno do centro chamado The Vault.

O ar fresco da noite o fez voltar a si. A avenida se estendia calada sob a primeira neve. Ele ficou ali parado um minuto, respirando aquilo, ouvindo os meticulosos tiques dos flocos que batiam na sacola de compras que apoiava no quadril. A meia quadra dali, uma figura com um carrinho de supermercado tinha entrado distraída na faixa de pedestres. O sinal piscava NÃO ANDE, manchando a neve de vermelho. Keith percebeu os faróis de um cardume de táxis mais ao norte, trazendo a velocidade morro abaixo. Será que os taxistas estavam enxergando, com aquele tempo?

Ele alcançou o indivíduo ilhado bem a tempo de meio que empurrá-lo para o outro meio-fio. Era o velho do mercado, um camaradinha careca com um boné de pescador todo sujo. "Meu Deus. O senhor tem que tomar mais cuidado", Keith disse. O sujeito piscou para ele por trás das lentes grossas, olhos úmidos e inertes como os de um animal de fazenda. Numa voz aguda ele disse algo que soou espanhol, mas as consoantes tinham sido todas mascadas nas gengivas. Keith se pegou respondendo a meia velocidade, e com sotaque, como se isso fosse deixar seu inglês mais compreensível. Finalmente, ele conseguiu determinar, por meio de uma pantomima ridícula, apontando para as coisas e erguendo certos dedos, que o velho morava algumas quadras ao sul dali.

Na verdade, era muitíssimo mais longe que isso. O velho era obviamente capaz de seguir adiante, mas, apoiado no braço de Keith, e na neve cada vez mais funda, ele se locomovia apenas em deslizadas minúsculas e truculentas. Levaram dez minutos para percorrer os primeiros cem metros; atravessar a 59 foi ainda mais lento. Keith começou a pensar se na verdade não estava mais aterrorizando o homem do que ajudando — se o sujeito talvez não acreditasse que estava sendo sequestrado. Ele silenciosamente pedia que os passantes ajudassem, mas eles tinham lá seus compromissos e, sabendo da obrigação que ele queria lhes impor, fingiam que não o viam. Nitidamente, Deus queria que o velho fosse responsabilidade de Keith.

Quando eles chegaram à terra de ninguém da Grand Central, as mãos nuas de Keith estavam amortecidas, sua sacola de compras empapada começava a rasgar. Ele não tinha ideia de que horas eram; Samantha já podia ter desistido de esperar por ele. Finalmente, diante de um prédio decrépito, o homem parou de se mover. "Aqui?", Keith disse. "É aqui que o senhor estava indo?" *Yes acá que el señor estaba yindo?* "*Domicilia? La casa?*" Inseguro, ele foi soltando a manga. O homem se apoiu nas barras da cerquinha que protegia as latas de lixo de sabe-se lá o quê podia ameaçar as latas de lixo. As mãos dele se enroscaram nas barras. "Dei ralah ih" ele disse, parecia, e lambeu cuspe dos lábios.

Keith tentou sacudir a impressão de déjà-vu. "Vamos lá, senhor. Deixa eu levar o senhor pra casa, então."

Mas o homem não largava. "Dê allah ihr", ele insistia. Ou será que era uma pergunta? Ele olhava por sobre o ombro de Keith, de olhos arregalados de medo. Um táxi ilegal passou silencioso pela rua lisa de neve. Velhinho teimoso. Keith se afastou e foi dar uma espiada na entrada do prédio, torcendo para encontrar alguém que conhecesse o sujeito e pudesse colocá-lo para dentro, isso se aquele fosse mesmo o seu prédio. Viu carpete estragado pela fumaça, pilhas de listas telefônicas amareladas junto a uma parede, uma luz de elevador travada no quarto andar, mas nenhum ser humano. Quem é que deixava um velho maluco sozinho daquele jeito?

Ele lembrou, do meio do nada, de um livro das *Mil e uma noites* que tinha dado para Will num certo Natal. Ou, na verdade, um livro que Regan tinha comprado no nome dele. Capa de cuchê, ilustrações coloridas, o cheiro da cola da encadernação. Às vezes, quando chegava em casa a tempo, ele tinha que ler aquele livro para Will. A história que Will ficava pedindo, sempre, era a de um velho que pedia para um viajante carregá-lo até o outro lado do rio. Depois de ter subido nas costas do homem, o velho se recusava a sair. Will não parecia ficar incomodado, mas Keith achava aquilo medonho, especialmente a ilustração: a pele azul-clarinha do velho, suas pernas mirradas impedindo a respiração do seu protetor, agora escravizado. Uma alegoria da paternidade, talvez, ou do amor romântico. E ele também não conseguia lembrar como o feitiço finalmente se quebrava, porque nas histórias as maldições sempre acabam se quebrando. Será que era só nas histórias?

De repente uma moça estava ao lado dele, tendo se precipitado da neve. Tinha lábios cheios, dominicana ou porto-riquenha, com uma saia curtinha e meias arrastão que não estavam ajudando com o frio. "Isidor", ela disse. "Que feio." Ela foi desengatando o velho da cerca como alguém que arranca uma rosa da treliça. "Você está enrolando esse pobre cavalheiro, né?" Os membros paralisados do velho, dessa distância, pareciam triunfalmente aquiescer. Ela olhou para Keith. Ele conseguiu ver que ela não era nada jovem — provavelmente da idade dele —, mas tinha tanto batom e tanto rímel que sob os faróis de um carro que passava, digamos, podia parecer uma coadjuvante num filme pornô. O rolo de gordura que lhe escapava entre a parca e o cós, como um material excedente que ficou ali durante a fabricação daquela mulher, só tornava mais delicado o que ele sentia por ela. "Ele faz isso com as pessoas. Não sei por quê. Ele anda direitinho." Eles ficaram olhando o velho arrastar os pezinhos virados na direção da porta do prédio. Uma unha pintada girava ao redor de uma orelha. "*La locura.*" E então, depois de dar mais uma sacada geral em Keith, ela saiu rebolante rumo à esquina.

Enquanto olhava ela se afastar, Keith foi assolado pela suprema ironia: ele conhecia essa quadra. Ali, na esquina, ficava o clube de striptease chamado Lickety Splitz. E logo ao lado ficava o motelzinho barato aonde ele levava Samantha, diante do qual go-go girls nas horas de folga se misturavam a travestis prostituídos que vinham lá da 3rd Avenue. Ele apertou os olhos por causa da neve. Algo nele desinflou. Centro, norte; que sentido fazia tentar decidir qualquer coisa? Largou a sacola de compras numa das latas de lixo amassadas e foi atrás da stripper. Era como se, ele disse a si mesmo, a decisão tivesse se imposto sozinha. Como se não fosse o seu próprio cérebro lhe dizendo que toda avenida que o afastava dos seus pecados o levava de volta, mais fundo, para eles. O som da brancura que pousava em toda a sua volta era como o som de pés por trás de uma tapeçaria, ou como uma risada minúscula e glotal, se não de Deus pai, então quem sabe de um de seus anjos, arcanjos, principados, tronos, dominações, potestades, serafins, ele sabia todas de cor quando era coroinha em Stamford. Qual era a última? Um pássaro passou num arco alto sobre ele, de terraço a terraço. Ah, certo, querubim, o cupido, o menino risonho.

4

Mas, para começo de conversa, o que era que ele estava fazendo ali mesmo? Por que naquele dia, naquela hora, exatamente? (E por trás disso, como um sino de vento perpétuo e muito vago: Por que eu, e por que não nada, logo de uma vez?) Logo, logo William Hamilton-Sweeney teria motivos para rever essas questões. Só que, naquela hora, ele teria dito que tinha ido à Grand Central exatamente pela razão que havia dado a Mercer: para ficar sozinho. Havia anos ele vinha aqui quando precisava pensar, ou não pensar, ou agir ou não agir no que se referia às coisas em que queria ou não queria pensar. Tudo bem que tinha também aquele monte de detalhes arquitetônicos que o deixavam de quatro quando era mais jovem, os arcos, as arandelas e aquele zodíaco azul abobadado bem no meio de tudo, onde os pombos se aninhavam entre os astros. Mas a fuligem tinha amortecido as cores e a publicidade, arruinado as linhas havia muito tempo. O que restava era a sensação da vida de uma pessoa qualquer se afilando entre a multidão até virar uma fatia finíssima que podia derreter. A proximidade do prédio de escritórios de quarenta andares que tinha o nome da família um dia representou a possibilidade de um escândalo, ou de pena, mas qualquer assecla do Papai que estivesse seguindo rumo aos subúrbios e com que ele trombasse ao subir do nível inferior provavelmente não iria nem baixar os olhos do quadro que marcava os horários das partidas antes de seguir apressado. E, na verdade, o que os anos tinham feito era deixar ainda mais nítido e total o anonimato de William aqui. Nos círculos em que agora transitava (se é que podia dizer que ele ainda transitava em algum círculo), ir ao norte da 14, pelo menos a leste da 8th Avenue, era navegar até cair da borda do mundo.

Ele estava agora perto de uma escadaria, apenas esperando para ver quão seriamente a traição com o envelope o tinha abalado. Lembranças da aparência queixosa de Mercer ameaçavam levá-lo a lembranças da mãe, mas aí ele fez aquilo que um professor de desenho uma vez lhe ensinou, deixar-se correr para o mundo, deixar os olhos esquecerem o que se esperava que estivessem vendo. *Você é o que você percebe.* Ele percebia pernas de calças com as marcas fuliginosas das escadas rolantes. Portas térreas que se abriam com o vento para acolher os sinos dos Papais Noéis do Exército da Salvação. Partículas quase douradas crivadas entre lâminas da triste luz do fim da tarde, papel molhado e cinza de cigarro e a pele esfarelada dos americanos. A multidão era mais ou menos a que se podia esperar com o feriado, e até isso era uma espécie ilusória de presença. Sério, esses consumidores lastimáveis que passavam correndo com os seus pacotinhos de última hora já estavam lá em Westchester, de chinelinho felpudo, vendo a fogueira queimar. Só certas almas raras, William estava pensando, estavam *aqui* de verdade, quando da arcada que levava ao trem número 7 veio cabisbaixo um punk chamado Solomon Grungy.

Ele chamaria a atenção até sem os alfinetes de fralda ou o uniforme de hóquei tão branco que brilhava ou a sacolona de viagem no ombro. Tinha quase dois metros e parecia mais pálido que o normal, com a boca apertada como a de um coelho. Foi com algum alívio que William percebeu que os olhos dele ainda estavam no chão. E aí, como que sentindo a presença do perigo, não estavam mais. Fingir não ter visto Solomon seria abusar da credulidade dele. Como o mundo seria mais simples se as pessoas pudessem admitir abertamente que se detestavam! Por outro lado, este mundo não era aquele. E William ainda acreditava, descontadas as questões utópicas, nas cortesias sociais. "Sol!", ele disse, se esforçando para parecer caloroso.

"Billy."

"De todas as estações deste mundo..." Sol já estava procurando uma saída, o que significava que William estava em vantagem aqui. Idem com a camisa com o distintivo dos Rangers; Sol era agressivamente punk, de cabeça raspada, com inúmeros piercings e tatuagens (aquela ali no pescoço era nova?), e deveria, por princípio, se opor ao fascismo dos esportes coletivos. Mas aí William lembrou das suas próprias roupas, o casaco ridículo que batia no chão quando ele andava. Aquilo quase com certeza seria relatado ao seu ex-inimigo número um, Nicky Caos, de quem Sol era soldadinho, acólito, avatar. O truque era se manter na ofensiva, para evitar que Sol percebesse. "Umas comprinhas de última hora?"

"Como? Ah." Sol deu uma espiada na sacola como se algum predador das selvas tivesse caído de uma árvore em cima dele. "Não, ãh... treino de hóquei. O rinque gratuito mais perto fica no Queens."

"No dia do Natal? Eu nem sabia que você jogava."

"Mas eu jogo." Ninguém jamais acusaria Solomon Grungy de ser espirituoso.

"Acho que no fundo você sempre levou jeito pra zagueiro", William disse. "Só não vá me ficar com esses piercings na hora de ir jogar." Sem resposta. "Mas e aí? Como é que está o Nicky?"

Agora Sol ficou irritadiço; por que todo mundo sempre achava que ele sabia como o Nicky estava?

"É brincadeira. Eu só estava perguntando, assim, sem a banda, o que é que vocês andam aprontando."

"Tem gente que precisa trabalhar."

"Eu não lembro de o Nicky ser um desses. Me disseram que ele estava tentando pintar agora."

"É a sua cara, Billy, isso de fazer de conta que a pintura ainda faz diferença, com o mundo indo pras cucuias bem na sua cara." E aqui, de volta à velha obsessão de Nicky por isso de arte versus cultura, Sol pareceu relaxar; dava até pra ver um raciocínio, que em outras pessoas teria passado num relance, se arrastando por sua cara. "Mas acho que o Nicky estava a fim de falar contigo. O que a gente anda armando é que a gente vai voltar com a banda."

"Nem a pau."

Desde a origem, o Ex Post Facto era cria de William. Bom, dele e da Vênus de Nylon. Eles conceberam a coisa toda naquele nebuloso verão de 73. William esboçou um manifesto e umas músicas, eles chamaram uns amigos para fazer a cozinha, Vênus achou uns uniformes de boliche no mercado de pulgas e os reformou para que ficassem meio paramilitares, e eles foram com aquela roupa até um clube onde um membro dos Hells Angels que morava no prédio de William às vezes ficava de porteiro. Fizeram aqueles primeiros shows como um quarteto. Só depois que eles tinham gravado um disco é que Nicky Caos apareceu. O som deles precisava de outra guitarra, ele insistiu, apesar de ele, como músico, fazer o Nastanovich, no baixo, parecer a porra do Charlie Mingus. Não, Nicky queria tocar guitarra porque William tocava guitarra, pintar porque ele pintava. Às vezes parecia que Nicky Caos queria ser mais William que o William, mesmo enquanto William se lascava para virar outra coisa. Sol ajeitou o peso da sacola no ombro e apertou os olhos. "É sério, o Nicky agendou um show de Ano-Novo, pra marcar a volta."

"E pra que ele ia fazer uma coisa dessa? Não sobrou nenhunzinho da formação original."

"A gente achou um PA de verdade pra eu cuidar dessa vez."

Provavelmente roubado, conhecendo Sol. Como o uniforme de hóquei, que estava estranhamente imaculado, considerando a lama nos coturnos, a sujeira preta embaixo de suas unhas.

"Fora que o Big Mike está com a gente."

Ah. Então eles tinham roubado o baterista dele também. E se estavam com o Big Mike, quem é que ainda podia ficar no caminho? A Vênus tinha lavado as mãos, e o Nastanovich não estava mais em posição de reclamar. De repente William não conseguia mais lembrar ao *que* ele ainda estava tentando se agarrar. Ainda assim, a indiferença habitual de Nicky para com as outras pessoas fez vir à tona o seu aristocrata interior. "Bom, desde que vocês não usem o nome."

"Como é que é?"

"Diz pra ele que ele pode ficar com o Big Mike, mas o nome, Ex Post Facto — o nome é meu."

"Mas a gente precisa do nome, bicho. Como é que você acha que a gente descolou um show no Vault?"

"Eu tenho certeza que vocês vão achar alguma coisa. O Nicky sempre foi bom com palavras."

Por um momento, um desconsolo se alojou, um apelo a uma camaradagem que nunca existiu de verdade. "Você devia ir ver a gente tocar, sabe. Você podia se surpreender."

"Até pode ser que eu vá. Mas espera um minuto... você não está esquecendo alguma coisa?"

"Ãh?"

"O taco." Ele estendeu o braço para tocar o ponto do ombrão de Sol em que um taco de hóquei deveria estar descansando. O seu casaco farfalhante devia estar carregado de eletricidade estática, porque uma faísca saltou entre eles, muda em meio aos ruídos da estação. E foi estranho como o tempo pareceu ficar lento. Como, no ápice do que foi literalmente o salto de Sol, o medo se escancarou por trás do seu rosto branco de choque. Então ele forçou o rosto a voltar a um fac-símile do velho sorrisinho cínico Grungy.

"Quebrei na cabeça de um cara que me irritou."

"Posso apostar", William disse. "Enfim, a gente se fala." E depois de concordar com isso — talvez o Ano-Novo? — Sol saiu correndo na direção do 6 para o centro.

Merda de época de festas, William pensou. Ostensivamente ocasiões para você repensar a vida, mas como é que você podia fazer isso quando os outros ficavam te arrastando de volta ao que você era antes? Agora mesmo, por exemplo, ele sabia que não ia conseguir ignorar a curiosidade sobre o que Nicky Caos estava aprontando — exatamente como sabia que em poucos minutos ia estar de volta aos banheiros do subsolo, em busca das várias formas de alívio maravilhoso que o esperavam por lá. Para falar a verdade, foi provavelmente por isso mesmo que ele decidiu vir para cá. Mas então, fora aquela bobagem do hóquei, qual era a desculpa do Sol Grungy?

5

Mercer desatou o barbante da pilha magra de folhas de manuscrito, que colocou viradas para a mesa de centro, e pôs uma folha A4 no tambor da IBM Selectric novinha, cujo zumbido parecia acusatório. Havia meio ano, agora, ele deixava William acreditar que este era um ritual mais ou menos diário. Se, quando ele chegava da escola, William estava lá no Bronx lidando com a sua própria obra-prima — um dístico chamado *Provas I e II* —, então tudo bem; Mercer podia usar o tempo para desbravar o matagal do romance. E se mais tarde, jantando, Mercer se recusava a discutir o progresso daquele dia, seria porque era uma política sua não revelar detalhes, e não porque eles não existiam. Ele até sentava mesmo de vez em quando diante da Olivetti toda periclitante, como fazia lá em Altana. Só que normalmente ele ficava de bobeira no futon embaixo de um volume esparavonado de Proust. Bloqueio, ele pensava. Mas será que esse tipo de bloqueio criativo tinha segurado o velho Marcel? Provavelmente era só um sinônimo de incapacidade de tomar vergonha na cara e trabalhar, e assim que ele tocasse aquelas teclas virgens, um fogo irromperia no seu cerebelo, letras flamejantes lhe voariam pelos dedos para chamuscar a página. Quando William voltasse, um milagre de Natal estaria completo — a duplicidade exorcizada para todo o sempre, meses de inércia transubstanciados em arte.

Mas as coisas não aconteceram como nos romances, e o nada seguiu fluindo. Os últimos raios do sol palmilhavam como um cortejo fúnebre a mobília de segunda mão, o cartaz de Os homens preferem as louras, a gata odaliscada na Magnavox de orelhas de coelhinho, o linóleo recortado da cozinha, o espelhinho em cima da pia porque o banheiro era lá no corredor, dividido com todo mundo daquele andar (outra particularidade dos tempos da fábrica). Os restos cinéreos da ceia de Natal, duplicados ali, eram como uma exposição no seu museu pessoal de fracassos.

A natureza derivativa da distração de Mercer — distração da distração — podia ser medida pelo fato de ele não ter ouvido alguém subindo as escadas até a maçaneta começar a chacoalhar. A noite tinha caído, a pessoa que tentava entrar era apenas uma silhueta contra o vidro martelado, e havia algo estranho no porte daquela figura. Algum drogado de olhos estanhados escondendo uma faca? Um vigilante branco determinado a des-integrar sozinho toda a região? Era William. E quando ele abriu a porta e acendeu a luz do teto, estava com a boca rasgada, o olho direito completamente inchado. Sob o *chesterfield* que tinha nos ombros, algum tipo de tipoia improvisada lhe prendia ao torso o braço direito. No desorientado microssegundo que antecedeu seu salto, Mercer ficou suspenso entre presente e passado, *eros* e *philia*.

"Santo Deus, William, o que foi que te aconteceu?"

"Não foi nada." A voz dele vinha de um ponto alto do tórax, um lugar que Mercer nem sabia que existia. Ele desviou o rosto enquanto Mercer o examinava detidamente.

"Credo! Isso não é um nada!"

"Não seja dramático. Só deslocou. Vai ficar bom."

Mercer já estava revirando seu estojo de barbear em busca do mercurocromo, que a Mamãe achava um santo remédio quando o C.L. chegava em casa desse jeito. A paga do pecado. Ele fez William sentar no futon e ajustou a luminária basculante. Ergueu o rosto dele para a luz e com o polegar tirou dali o cabelo emaranhado. Havia outro corte na testa e um roxo do tamanho de um punho no braço. "Imagino que você não vai me contar o que aconteceu."

William estava pálido. Tremendo um pouco. "Por favor, Mercer. Eu só caí numa escada."

Mais provavelmente tinham caído em cima dele para roubar a carteira. William gostava de provocar Mercer com o que ele chamava de "medo dos negões", mas, na única ocasião em que Mercer se deixou ser arrastado a norte da 110 — costelinhas de porco no Sylvia's, seguidas por Patti LaBelle no Apollo —, a pobreza tinha deixado a situação atual dos dois em termos de moradia parecendo simplesmente um luxo. Uns sem-teto ressequidos se coçando contra os umbrais, de olho nele como se ele fosse algum Benedict Arnold.... Ele delicadamente tentava passar mercúrio no corte. William puxou uma respiração curta. "Ai!"

"Você merece, meu amor, por me matar de susto desse jeito. Agora fique bem paradinho."

Naquela noite, e na verdade em toda a última semana de 1976, William se recusou a ir ver um médico. Típico, Mercer pensava. Mas secretamente ele sempre admirou a independência do seu amante: o sorriso que ele mantinha mesmo em meio às mais acirradas discussões com amigos em volta de uma mesa de jantar, e o código Morse que a mão dele parecia fazer na coxa de Mercer por baixo da borda branca da toalha da mesa, o ar de secreta isenção. Morar com ele era como ver o lado da lua que normalmente nos virava a cara. E, enquanto cuidava dos ferimentos de William — olho roxo, queixo dolorido, uma luxação autodiagnosticada como "leve" —, Mercer mais uma vez começou a sentir que, se fizesse tudo direitinho, William podia um dia chegar a confiar *nele*. Ele levou a TV para o canto da cama. Preparou refeições complicadas, sem nem abrir a boca quando William acabava se enchendo de chocolates. Contra cada fibra do seu instinto, ele não pressionou mais para saber o que havia acontecido. E quando, na véspera do Ano-Novo, William finalmente disse que estava começando a pirar, que tinha que ir trabalhar umas horas no estúdio, Mercer engoliu suas objeções e o espantou porta afora.

Assim que se viu sozinho, Mercer liberou o quanto pôde a superfície do velho balcão de armar e pegou a tabuazinha serrada de passar roupa. Da arara que ficava perto da porta ele tirou o smoking de William e o seu terno bom, o que estava usando quando veio para a cidade e que agora percebia que o deixava com cara de vendedor de seguros. Ele tinha feito reservas para as nove naquele bistrozinho desconstrucionista no centro que o William achou tão bacana no verão. E de repente eles podiam sair depois, só os dois. Era verdade que fazia um tempão que eles não iam dançar. Ele metodicamente atacou uns vincos e estendeu os paletós sobre a colcha. Pareciam bonecos de papel, o paletó branco do smoking de William, seu terninho marrom comum, se tocando bem de leve na altura das mangas onde deveriam estar as mãos. Mas quando o telefone tocou, ele já sabia até antes de atender quem seria. "Cadê você?", ele não podia deixar de perguntar. "São quase oito horas."

Mudança de planos, William disse. Ele tinha mencionado que acabou encontrando um velho conhecido, que lhe disse que Nicky e os outros iam estrear um projeto novo hoje à noite? Ele tinha decidido que lhe cabia verificar com os próprios olhos que a coisa seria um desastre completo. "Você devia vir. Vai ser igual ficar vendo o Hindenburg." Havia vozes atrás dele.

"Parece que você já está com um pessoal."

"Eu estou num orelhão, Mercer. Uma chinesa está tentando me vender cigarro num furgãozinho." Havia um som abafado, e ele de fato podia ouvir William, a alguma distância do bocal, dizendo *Não. Não, obrigado*. "Mas tá, eu acho que a gente até podia encontrar um pessoal lá. Você não vai precisar pagar. O Canhão vai estar de porteiro."

"O Canhão me dá medo, William."

"Eu não posso não ir. Eu preciso ver com os meus próprios olhos a extensão do pastiche todo."

"Eu sei, mas achei que com esse seu braço ainda meio ruim..."

"É punk rock, Merce. Venha como estiver."

Houve um súbito aumento do ruído de fundo. Uma televisão ou um rádio parecia estar apregoando alguma coisa, mas o que, exatamente, se perdia nos quilômetros de cabos. Visão à distância. Audição à distância. Alguém tão perto, que abafava até as propagandas, riu ou tossiu. Pela primeira vez em que ele admitiu esse fato conscientemente, Mercer começou a pensar se por acaso William não estava jogando sujo com ele. "Sabe o quê? Eu não estou muito no clima."

"Do que você está falando?"

"Meio dolorido. Gripado." Era detalhado demais; o segredo de mentir, ele tinha aprendido, era não parecer muito ansioso para persuadir. Mas ele queria que William detectasse a enrolação, que viesse para casa confrontá-lo. O segundo que transcorreu ali foi suficiente para Mercer entender que ele não faria isso. A voz dele ficou honestamente rouca. "Você não quer pelo menos trocar de roupa?"

"Por que você não vem, querido? Se dê uma folguinha."

"Eu te disse que não estou legal. Tenho que ir pra cama."

O silêncio que se seguiu era audível; o cabo pegou esse silêncio e o distorceu em som, um vago zumbido felpudo. "Bom, não fique me esperando. A gente provavelmente vai ficar até tarde na rua."

"A gente quem?"

"Se cuide, Merce. Tome bastante líquido. A gente se vê no ano que vem." E, em outra erupção de ruídos — riso, quase certamente —, a ligação se encerrou, deixando apenas o tom da linha livre.

Mercer voltou para o canto da cama com seus paletós emparelhados. Ele queria que William visse aquilo como uma espécie de recanto feliz; agora aquele futuro lhe tinha sido arrancado, e a única coisa que ele enxergou quando pôs os óculos foi como ficava jovem no espelho da parede. Não de um jeito sexy e andrógino, como os tempos preferiam, mas na verdade, francamente, de um modo ingênuo. Aquela barriga macia, a pele negra contrastando com o elástico branco das cuecas. Ele tinha suposto que o desconforto que às vezes sentia quanto a sair com William em público tinha a ver com a vergonha do... bom, do jeito como eles eram. Mas agora pensava se o que ele temia não era, na verdade, que fosse apenas isso, a cor da pele, que William via quando olhava para ele. A possibilidade de as pessoas pensarem que ele era algum tipo de troféu. Os melhores tempos tinham sido bem aqui neste apartamento, onde eles encenavam para ninguém mais senão um para o outro: sonhos narrados, jogos de Scrabble, o prazer (William) ou a tolerância (Mercer) com eventos esportivos na televisão. Atrás dele no espelho restava o pinheirinho mirrado. E, em cima do aquecedor, aquele maldito envelope.

Ele não encostava naquilo desde o Natal, mas agora ele foi pegar: cremoso, densamente texturizado, perfumado (em meio ao cheirinho de caixinha de areia do loft) com alguma coisa tão preciosa que só existia em livros — mirra, quem sabe, ou raiz de mandrágora. O ferro ainda estava quente o suficiente para abrir o envelope com o calor. O cartão, como ele suspeitou, era um convite. *Os Gould, de altaneiras divisas*, William dizia, quando falou da madrasta e do tiodrasto, naquela única vez em que os mencionou, na semana em que Mercer descobriu que ele era de fato o herdeiro dos Hamilton-Sweeney, apesar de ter sido deserdado. *Taco de golfe rampante sobre campo blau.* Ele copiou o endereço, lacrou novamente o envelope. Na mesinha de centro de aramado, William tinha deixado uma garrafa de brandy, que para Mercer sempre tinha conotações literárias, conotações à la Robert Burns, via Salinger. Ele tomou um golinho especulativo e aí mais um. Não conseguia relatar nenhuma das supostas sensações de elegância e sofisticação. Mas gradualmente foi sendo envolvido por vestes de férrea resolução.

    Ele se enfiou no smoking do namorado e no casaco chesterfield que William tinha deixado para trás em favor da jaqueta de motociclista — quase como se já soubesse. Mercer torceu a gravata-borboleta de William em volta da mão, querendo, de alguma maneira, que ela o machucasse. Ele bebeu. Quando a pessoa no espelho já parecia suficientemente remota, desceu com pressa, para não correr o risco de mudar de opinião. Era impossível achar um táxi em Hell's Kitchen depois de escurecer, especialmente quando você também era escuro. Mas o frio deixava tudo mais nítido, de modo que ele conseguia ver a duas longas quadras de distância o globo verde semidestruído dos trens. Os galhos de uma última árvore sobrevivente, uma pereira de Callery sem frutos, estavam riscados de branco. Atrás deles, perdida entre espirais de neve, a coroa do Empire State flutuava numa luz fina como gaze, e Mercer podia sentir algo dentro dele flutuar também — esperança, ele imaginava. O ano de vida passiva estava acabado. Hoje ele ia agir por conta própria, e algo grande resultaria disso tudo. Tinha que resultar. Sim, este ano, o Ano de Mercer, ia ser diferente.

6

Regan tinha estado imersa demais na ideia do que era ser uma Hamilton-Sweeney para poder vê-la com clareza. Para ela, a mansão em que tinha crescido em Sutton Place não era diferente da casa dos seus colegas de escola: espaçosa, claro, mas nada que chamasse a atenção. O Papai trabalhava muito, e ela e o William tomavam conta da casa. Quando estava no segundo ano do colegial, ela conhecia já cada centímetro daquele lugar, os esconderijos mais seguros e quais janelas recebiam mais sol em que momentos do dia, e aquilo podia ter seguido assim para sempre, como uma vila dentro de um globo de neve, só os três (ou quatro, contando com Doonie, a cozinheira e praticamente a babá dos dois) lacrados na hermética claridade deixada pela morte da mãe, caso os Gould não tivessem ideias diferentes.

Ela acabou considerando os dois assim, como um pacote — *os Gould* —, apesar de Felicia ter aparecido antes. Numa noite em que a mesa estava posta para quatro, lá estava ela no vestíbulo: uma mulherzinha minúscula, um passarinho, cujo casaco quem pegou foi o próprio Papai. Ele a apresentou como sua "amiga" para Regan, que ficou olhando da escada, e não precisou que mais nada lhe fosse dito — não precisou das ávidas mãozinhas de Felicia roçando espaldares e mesas, já separando o caro do meramente sentimental, ou das olhadelas significativas de Doonie, daquela cabeça balançando com a boca cerrada. Então, meses depois, Amory surgiu, como um punho que sai de uma luva de pelica. Ele entraria para a empresa, Papai anunciou depois de várias atípicas taças de vinho. William, do outro lado da mesa, escondia a irritação sob uma camada de obséquios. E o irmão de Felicia também não se permitiria perder o posto de mais solícito, então o jantar virou uma espécie de torneio de gladiadores da insinceridade, que se desdobrava bem diante dos olhos do Papai, que passou o tempo todo com um grande sorriso no rosto, como se estivesse sentado em outra mesa, em algum sonho particular e agradável.

Logo o Papai tinha decidido, independentemente, ele disse, que os talentos de William seriam mais bem desenvolvidos num internato. *Está vendo?*, disse William num interurbano de Vermont, e aí revelou um apelidinho novo. *Os Grude jogam duro*. Ela disse a si mesma que isso era só a mania de perseguição do irmão, mas era verdade que Amory e Felicia vinham bem mais à casa deles agora que William não estava mais lá. E quando o Papai finalmente pediu a mão dela, Felicia começou a planejar a mudança de todo o clã para aquele castelo no Upper West Side.

Ou quem sabe não fosse um castelo, era difícil dizer. A casa ficava empoleirada num grande prédio de tijolo à vista, invisível da rua, de modo que você só podia ver a casa de dentro dela — como a nossa cabeça, ocorreu a Regan, parada diante dela na véspera do Ano-Novo. Não havia número de apartamento, e a palavra "cobertura",* graças a Bob Guccione e sua revista *Penthouse*, ficaria abaixo da dignidade do sobrenome da família, que Felicia, claro, assumia como sendo dela própria. Você dizia que tinha vindo "ver os Hamilton-Sweeney". Essas últimas cinco sílabas nunca tinham parecido mais estranhas a Regan do que hoje. O porteiro e outro empregado estavam assistindo a uma televisão pequena atrás do balcão. Regan não podia imaginar Felicia aprovando isso, mas, antes que os olhos do porteiro pudessem se desligar da tela, ela se sentiu culpada por essa condescendência. Como era o nome dele? Manuel? Miguel? "Para o baile", ela acrescentou.

A maneira como ele a olhou fez com que ela ganhasse consciência de partes do seu corpo que vinha ignorando, a clavícula nua sob o casaco, o

---

* Em inglês, *penthouse*. (N. T.)

decote triste que tinha tentado esconder com um broche de borboleta, os fiapos de cabelos que fugiam do penteado e lhe pinicavam a nuca. Ela devia estar parecendo uma aluninha de colegial embonecada para o baile de fim de ano. E por que Miguel teria que reconhecê-la? Ela evitava tanto quanto podia vir aqui. Só recentemente, com a memória do Papai começando a se apagar, foi que ela começou a vir pegar um autógrafo dele em diversas coisinhas da empresa. E, além disso, ela não era a mesma pessoa de meses atrás: estava solteira. "Meu nome é Regan. Eu sou a filha."

"*Sí*. Ms. Regan." Ele deu uma espiada na lista, como que para verificar de novo que ela não era membro de algum grupo terrorista que tentava se infiltrar no apartamento. "Eu acompanho a *señora*."

O elevador era do tipo antiquado, com uma porta pantográfica e uma sensação incômoda de flutuação. Embora houvesse um banquinho ao lado das alavancas, Miguel continuou de pé. Regan não conseguia pensar em nada para dizer. Aí a porta se abriu e revelou um saguão de entrada de pé-direito alto, vazio a não ser pelo grande quadro azul de Mark Rothko na parede e, ao lado dele, dois, como é que ela podia chamar aquelas coisas...? Braseiros, ela imaginava, altos, cada um coroado por uma chama a gás.

Pouco havia mudado em uma década no baile de gala que Felicia dava no Ano-Novo. Era como aquela brincadeirinha de Estátua. Você virava as costas por um ano, a vida prosseguia, mas quando voltava, tudo estava exatamente como quando você foi embora. As mesmas quatrocentas pessoas, a mesma conversa, a mesma gargalhada bêbada diante das mesmas piadas velhas. A única diferença seria o tema. Um tema impunha certo grau de disciplina a um grupo social que de resto era irrequieto, Felicia acreditava. No ano anterior (Jesus, fazia mesmo tão pouco tempo?), tinha sido "Noite Havaiana", o que significava que em vez de sabe-se lá que coisa que estaria normalmente sobre as mesinhas de canto, havia agora vasos de Strelitzia e abacaxis grudentos de cola com glitter. Guirlandas de orquídeas de verdade, trazidas de avião do Pacífico, enrolavam-se com precisão nas colunas das escadarias. A saia de palha de Felicia quase tinha engolido seu corpinho mirrado. No ano anterior àquele tinha sido uma coisa meio ibérica; Regan só lembrava de metros de veludo cru e calças de toureiro. E o que será que significavam aqueles braseiros? *Faça-se a luz? Let me stand next to your fire?* Se Keith estivesse aqui, teria brincado de tentar adivinhar, mas, assim que estivesse lá dentro, socializando, teria tido facilidade para disfarçar o quanto achava frívolo aquilo tudo. A ideia de encarar o Papai e os Gould sem ele fazia ela querer se refugiar em Brooklyn Heights, se acomodar ao lado da babá. Metade das caixas na casa nova ainda estava por abrir. Mas era tarde demais. Miguel provavelmente já estava de volta ao seu posto, e lá estava ela, diante da porta, sozinha. Ela pendurou o casaco no closet, ignorando o balcão para receber os casacos que estava preparado no corredor à sua esquerda. Ser tratada como alguém especial ainda a fazia sentir culpa. A vários cômodos de distância soavam os devaneios bêbados do piano. Ela tomou fôlego como um mergulhador e seguiu na sua direção.

Ela sempre tomava um susto com a onda de som que a apanhava no que virava para entrar no grande salão de recepção, com suas dezenas de pessoas. As tiras de tecido verde que enfeitavam as paredes a faziam pensar num jogo de beisebol que assistiu com o pai anos atrás, antes de eles demolirem o Polo Grounds e de ela se converter aos Yankees — as passagens toldadas de sombra e infestadas de pombos, pontuadas por quadrados de um verde-claro e que levavam ao verão, à humanidade e à vida. Só que, com o brilho de mais uma meia dúzia de tochas internas, este verde aqui era infernal, inflamável. O falatório se acumulava nas abóbadas do teto. Embaixo, cada convidado usava uma meia-máscara, como na commedia dell'arte. O estômago dela deu mais um nó; ninguém lhe disse para trazer uma máscara. Além disso, ela mal via a razão; será que as pessoas não se reconheciam em função dessa faixa estreita de traços — zigomas, nariz — estar coberta? Não, o verdadeiro objetivo das máscaras era dar à anfitriã uma maneira de confirmar que tinha conseguido impor seus desejos aos convidados ali reunidos. No que se referia a Felicia, só havia duas posições viáveis que uma pessoa podia adotar: fugir completamente, como William acabou fazendo, ou se dobrar.

Bem naquele momento, um horripilante Scaramouche apareceu logo ao lado dela. O nariz falso era longo e cheio de furúnculos, e parecia balançar de maneira sugestiva. "Jesus", ela disse, pondo uma mão no peito. "Você me deu um susto."

A voz por baixo da máscara era apertada, fanhosa. Ele não era muito mais velho que o seu filho, ela viu, e ela não conseguia entender o que ele dizia.

"Como?"

"Eu disse: posso lhe oferecer uma?"

Ela olhou para baixo, para a cesta que ele oferecia, onde máscaras pretas e baratas de Cavaleiro Solitário estavam empilhadas. Para ser educada, ela pegou uma e passou o elástico em volta da cabeça. Antes de ela conseguir agradecer, o menino tinha se evaporado.

Mas o que não faltava eram criados. Eles pareciam ser mais numerosos do que os convidados. Canapés circulavam na altura dos ombros das pessoas. Por trás de um bar que acompanhava cada parede, um par de Polichinelos com coqueteleiras de martíni se virava para acompanhar a demanda, como um organismo único de quatro braços. Regan esperou na fila. Ela na verdade estava mais à vontade agora que tinha sua própria máscara. Apesar da figura reconhecivelmente esbelta por baixo da roupa de festa, nenhum dos convidados parecia saber quem ela era. Ninguém prestou atenção por ela ter chegado atrasada, ou por ser a nova diretora de RP da empresa, ou a herdeira putativa e mais jovem membro da diretoria, e ninguém, mesmo, perguntou por Keith ou pelas crianças. Ela podia passar uma hora assim, fácil, e aí podia ir pra casa. Tirar os sapatos, se colocar no seu lugar com uma cervejinha, pôr uma Carly Simon num volume que não acordasse o Will e a Cate, e dar uma olhadinha na cara deles, cada uma iluminada por uma faixa de luz do corredor, antes de voltar para a sala de estar para dar a sua própria festinha, do tipo em que você pode chorar se quiser; alguém ia morrer de orgulho lá na terapia.

Quando chegou a sua vez, ela pegou um copo de champanhe e se afastou. Uma brecha na multidão lhe ofereceu a primeira visão da mulher do seu pai, iluminada por trás, pela lareira que era tão grande que você podia andar dentro dela. Contra as chamas, o corpo de Felicia era um borrão, a não ser pela máscara, cujas lantejoulas vermelhas cintilavam inteligentes. Penas de pavão decolavam de cada lado de sua testa. Aí a festa a engoliu uma vez mais. Regan não sabia dizer se Felicia não tinha visto que ela estava ali ou se estava só fingindo. De um jeito ou de outro, podia ser uma bênção, mas ela ficava sem jeito por ver que era sempre Felicia quem dava as cartas. A máscara tinha deixado Regan com mais coragem, ou foi o champanhe, que lhe fazia cócegas na garganta. Ela pegou outro copo de uma bandeja que passava e aí, sem nem lembrar de ter atravessado a sala, esperou que Felicia estendesse as mãos para pegar o dignitário ou potentado com quem estava conversando. Esse ato de apertar as mãos nas dela era uma maneira de dizer que você estava liberado.

Quando o homem foi embora, Regan e a madrasta ficaram cara a cara. Os olhos de Felicia pareceram se recolher àquela plumagem extraordinária, e só ali, escondidos e protegidos, arriscaram vê-la. Porque era sempre um risco, não era, ver as coisas? Regan sentiu o nascer da sabedoria, uma descoberta represada dentro dela, que irrompia como uma aura no que Felicia estendia as mãos.

"Regan, querida, é você? Eu mal te reconheci."

"Você está ótima. Essa máscara é sensacional." Regan não conseguia se convencer a pegar as mãos dela.

"Ah, é só uma coisa de carnaval que o seu pai trouxe no ano passado lá dos trópicos. Agora você vai ter que me dar a sua opinião honesta sobre a decoração, já que você sabe que quase todo mundo diz só o que acha mais simpático. Os tempos andam difíceis, mas a gente investiu mais do que nunca nisso aqui."

Investiu mais o dinheiro do Papai, ela queria dizer. Mais do que teriam sido os recursos de Regan, se ela não tivesse renunciado aos seus direitos sobre a fortuna dos Hamilton-Sweeney. "Você se superou de novo", ela disse. "Por falar no Papai... ele está por aqui em algum lugar?"

"Eu disse para ele não marcar o voo de volta para o dia do baile. Eu disse, Bill, nunca dá para saber. Chicago? Do jeito que vêm aquelas mudanças de clima lá daquele lago sem nem avisar? O Amory e eu moramos décadas em Buffalo. Nós sabemos o que é um inverno de verdade."

"Eu achei que a clínica era em Minnesota. O que é que ele está fazendo em Chicago?"

"Escala. A assistente dele ligou às quatro para avisar que só iam limpar a pista quando a neve parasse, nove da noite na melhor das hipóteses, o que foi só" — ela verificou o relógio, uma coisinha apertada de ouro — "uma hora atrás. E claro que eu não passei nem *perto* de um telefone de lá para cá. Acho que agora quem pode estar começando a ver sinais daquela tempestade somos nós."

"E você tocou a festa mesmo assim?"

"Bom, mas é claro. Ia ser irresponsável não prosseguir. Esse pessoal todo depende de nós." Os olhos pareciam se erguer dos buraquinhos lantejoulados de onde espreitavam. O resto da sala estava se derretendo. "Mas onde é que foi parar aquele seu marido? Ele sempre foi tão divertido, socialmente."

"Eu acho que o Keith não vem hoje", Regan disse, baixo.

"Mmm?"

Regan tinha desistido havia muito tempo de tentar espiar dentro da caixa preta que era o casamento do pai, e portanto não tinha ideia se a comunicação deles em particular ultrapassava o que àquela altura já era uma emurchecida mutualidade pública; ainda assim, parecia impossível que eles estivessem a caminho de um divórcio sem que Felicia tivesse captado alguma coisa. Como quase todo regime autoritário, os Gould dependiam de um serviço de Inteligência. A bem da verdade, Amory tinha trabalhado no Escritório de Serviços Estratégicos quando era jovem, antes de ir para a iniciativa privada.

"Nós decidimos nos separar. É um teste."

Regan detestava todas as construções possíveis, incluindo aquela, assim que elas lhe escapavam de entre os dentes. *Dar um tempo. Rever a situação.* Mas, por mais que fosse estranho dizer, o cirquinho de emoções calculadas aparentemente se suspendeu; a boca de Felicia se abriu, e Regan teve a sensação de que ela queria tirar as máscaras. Talvez ela *realmente* não soubesse. E então o momento passou.

"Você informou o seu pai, imagino."

"Claro que sim."

"Ele sempre foi bom para julgar personalidades."

"O Papai *adorava* o Keith."

"Bom, era exatamente o que eu estava dizendo. Nós vamos lamentar a perda dele. Diga isso para ele na próxima conversa de vocês, sim? Apesar de o nosso coração estar, claro, com você e com as crianças."

"As crianças vão ficar ótimas. Elas se acomodam a essas coisas, como você provavelmente lembra. Eu não consigo imaginar por que o Papai não teria mencionado isso, nem na situação atual dele." A festa tinha entrado em foco novamente. Tinha ocorrido um nítido espessamento, uma pressão de braços e ombros de paletós. Em algum lugar por ali, uma travessa aspergia odores de carne assada. O piano estava sendo molestado mais uma vez. Estava sendo molestado sem parar.

"Eu estou aqui pensando agora se é por isso que o seu tio Amory está com uma cara tão séria hoje. Ele está procurando você, sabe. Diz que são coisas da Diretoria, alguma coisa da firma, esses assuntos que como você sabe continuam sendo incompreensíveis para mim. Agora onde é que ele foi parar?" A mulherzinha pôs-se ridiculamente na ponta dos pés, como se dois centímetros a mais de altura fossem lhe permitir encontrar o irmão no meio da multidão. Regan ficou aliviada quando ela des-levitou, com a desilusão esparramada talvez exageradamente visível no rosto. "Bom, eu não estou achando. Mas tenho certeza que vocês vão acabar se trombando antes de a noite acabar. Ele estava fazendo questão de me dizer para não deixar você sair sem ele ter uma chance de conversar."

Regan não daria a Felicia a alegria de perceber que ela estava se sentindo ameaçada. "Bom, tenho certeza que você também tem que conversar com muita gente, e eu estou precisando de outro drinque."

"Claro."

"Mas como eu estava dizendo, você se superou mesmo. E tem um tema, aliás, nisso tudo?"

"Você não recebeu o convite?"

"Eu devo ter lido na pressa."

"'Máscara da Morte Vermelha.' Uma piadinha particular do meu irmão. Tempos de peste e coisa e tal, ele diz. Ele tem aquele senso de humor incomum, como você sabe."

"Muito engraçado."

"Fabuloso te ver, Regan."

Era a conversa mais longa das duas em vários anos, e certamente a mais desconcertante, e assim num dado momento Regan baixou a guarda, pelo menos no que se refere literalmente às mãos — e agora Felicia caiu em cima dela. As palmas daquelas mãos, envolvendo as de Regan, eram como plantas carnívoras frescas. A pressão que ela gerava era imensa. "E, Regan, querida, nós não podemos nos deixar abater. É a nossa vida, assim como é a vida dos homens isso de serem incorrigivelmente homens, e quem é que vai dizer, no fim, qual delas é mais dura?"

Então eles *sabiam*, Regan pensou, menos amarga que profeticamente, enquanto voltava para o grupo. Quando olhou para trás, sua madrasta era novamente uma marca escura contra a lareira, como um feixe de lenha à espera das chamas.

Evitar Amory Gould nunca foi fácil, e hoje não foi uma exceção. Os perigos do salão de recepção eram óbvios; estava ficando cada vez mais cheio ali, e cada vez mais alcoolizado à medida que se aproximava a meia-noite, e ele podia estar à espreita atrás de qualquer uma daquelas máscaras. Por outro lado, espaços menores também a deixavam exposta. Ela se trancou num banheiro por um tempo, mas não podia ficar ali para sempre, e quando a balança ali dentro começou a convidá-la a verificar o peso, coisa que Altschul, na terapia, tinha proibido que ela fizesse, ela se retirou para uma sala adjacente em geral usada para música (de onde vinham os sons do piano). Ficou com as costas contra uma parede para se apoiar e foi tomando sua terceira champanhe. Aguente a barra até a meia-noite, ela pensou. Mais uma hora, e você vai ter cumprido a sua pena. Em cima de uma mesa coberta de panos laranja, uma TV manchava a semiescuridão. Dick Clark não tinha envelhecido desde que ela se formou na universidade. Um homem mudou de canal para o jogo de futebol. Alguém se incomoda? "Sinta-se à vontade", ela disse.

Se você tivesse sugerido quinze anos atrás — digamos, no fim de semana do que acabou sendo a festa de noivado do pai dela com Felicia, na casa de veraneio dos Gould em Block Island — que ela um dia teria algum grau de poder sobre essas pessoas, aqueles homens com suas calças de gabardine, as esposas de lencinho na cabeça e calças capri, ela não teria acreditado. Nos bastidores, ela era basicamente uma nulidade, sem a loquacidade que tinha o seu irmão. Foi o que a levou ao teatro em Vassar: alguém já tinha escrito o que você teria que dizer. E mesmo assim, na véspera do seu casamento, o Papai tinha pedido para ela entrar para a Diretoria da empresa. Mesmo antes disso ele devia ter percebido quanto peso ela tinha perdido, e ter sentido a infelicidade dela (o que na teologia comum a eles significava fraqueza espiritual). "O senhor não é obrigado a fazer isso", ela disse. Eles ficaram bastante tempo se olhando. Aí ele lhe disse que acreditava nela. Era como se estivesse guardando aquele lugar para William, o seu herdeiro homem, mas agora pudesse reconhecer o quanto era adequado para ela. Além disso, ela não ia construir uma carreira nos palcos; ela era uma Hamilton-Sweeney, ora bolas.

Ela ficou lá, calada e aplicada, durante anos de reuniões mensais da Diretoria, e aí no verão passado, bem quando Altschul sugeriu que, com a

Cate indo para a escola, talvez Regan pudesse achar alguma maneira de ocupar mais o seu tempo, apareceu aquela vaga no problemático departamento de Relações Públicas e Questões Comunitárias da empresa. Ela insistiu em passar por uma entrevista como todo mundo, mas era uma conclusão já dada que ela conseguiria o emprego. Ela não conseguia imaginar candidato mais bem qualificado; tentar fazer as coisas não parecerem tão ruins quanto eram era basicamente o que ela vinha tentando fazer a vida toda.

 Por outro lado, ela não podia ter certeza de que a saída do antigo diretor de RP não tivesse sido arranjada por Amory, pois arranjar coisas, acima de tudo, era o que ele fazia. Você nunca via esses arranjos acontecerem, claro; simplesmente percebia que ele estava cortando os cantos de uma sala qualquer, veloz como um predador marinho, deixando mais escuro o ambiente à sua volta... e aí você poderia inferir a intervenção dele do fato de que as coisas tinham saído como ele queria. O Irmão Demoníaco, diziam os executivos dos escalões mais baixos. Se trabalhasse tempo suficiente na empresa, você passava a sentir que ele estava em tudo e em parte alguma, como a concepção de Deus de um religioso. Se bem que parte da genialidade dele, ela acabou percebendo, era que ele só chegava mesmo a intervir nas ocasiões em que isso era importante de fato. Só uma vez, naquele fim de semana distante em Block Island, ela tinha sentido pessoalmente o poder dos seus arranjos. Ele ainda era jovem naquele tempo, com o rosto iluminado por centelhas de tochas enquanto lhe levava bebidas frutadas em taças com formato de deuses havaianos, uma mão macia e insistente na parte baixa das costas dela. Ela não tinha percebido as nuvens negras de tormenta que tinham começado a se acumular na tira de um azul cada vez mais intenso lá no oeste.

 Num certo sentido, elas nunca tinham se dissipado. E quando ouviu agora a voz dele no corredor a poucos metros dela, aquela voz aguda inconfundível e suave, dizendo para alguém atrás dele que ele "já ia dar uma olhada no placar", ela pôde sentir que estava encolhendo. Pressionou a taça de champanhe contra a bochecha para regular a temperatura do corpo, e o pé da taça prendeu no elástico da máscara, que acabou se soltando do grampo. A máscara caiu. Uma esposa lhe dirigiu um olhar desaprovador. Beleza, talvez ela estivesse tontinha, mas o que foi que aconteceu com a solidariedade entre os sexos? Aí a porta do banheiro estava fechando no salão, e ela viu sua escapatória. Virou o que restava da bebida, pôs a taça na superfície mais próxima e saiu discretamente dali. Amory não estava à vista. Atrás dela, o salão de recepção estava uma loucura. Para o outro lado, a porta de mola da cozinha se destacava em linhas brancas. Ela se apressou naquela direção, esperando ter sumido dali antes de Amory emergir do banheiro. Mas aparentemente os convidados se multiplicavam, sempre seguindo rumo ao centro da festa. Pior, ela estava sem máscara. Em anos anteriores eles se satisfaziam falando com Keith, com quem você podia falar de qualquer coisa. Para Regan, eles mal tinham palavras. Só que agora que era fundamental que ela chegasse à outra ponta desse salão, mãos lhe agarravam a manga do vestido. Regan, você está linda, tão magrinha. Como é que está o Keith? Cadê o Keith? O que queria dizer, ela supunha, *É verdade isso que andam comentando*? Ela parecia ter perdido seu dom de isolamento. Pensou ter ouvido a descarga do vaso. "Horrível, na verdade, nós vamos nos divorciar", ela cuspiu. E, sem esperar pela reação, seguiu rumo à porta de mola.

A cozinha era uma galé estreita que não parecia combinar com o resto do apartamento, até que você passasse a considerar que se tratava do único cômodo em que os convidados não iam ficar te encarando. Regan desde sempre tinha fantasias de passar as tardes ali, lamentando com a Doonie, mas Felicia tinha demitido a cozinheira deles para contratar a sua, e Regan acabou se resignando a permanecer marginalizada, considerada parte do grupo dos ricos do outro lado da porta. Havia agora seis ou oito mulheres amorenadas que trabalhavam em vários balcões, enxugando louça, descongelando uma massa que perfumava o ar de leveduras. Ao contrário dos garçons que entravam e saíam sem parar, elas não usavam máscaras. E lá do outro lado, sentado diante de uma mesa lotada de garrafas de vinho, sem que ninguém se desse conta de sua presença, estava um negro com um paletó branco. Ele tinha empurrado a cara falsa para a cabeça, e até inebriada ela levou só um segundo para reconhecer a de verdade, que estava ali embaixo: bochechas redondas, óculos deselegantes, dentuço. "Sr. Goodman! É o senhor?"

Ela tinha esquecido que os negros podiam enrubescer. Ele murmurou algo que ela não entendeu direito, e aí ela o pôs de pé e lhe ofereceu a bochecha para um beijo. A cozinheira mais próxima deu uma olhadela reprovadora. Regan sentou, determinada a fazer parecer que ela e o amante de William — pois era isso que ele obviamente era — eram velhos amigos. "Eu não acredito que você conseguiu fazer ele vir! Onde é que ele está?" Ela olhou em volta.

"William? Ele, ãh... ele não sabe exatamente que eu estou aqui."

O coração dela murchou. "Não exatamente?"

"Não sabe. Eu meio que achei que podia vir no lugar dele. É uma longa história." Ele examinava uma das garrafas. A umidade da cozinha tinha começado a deixar aquele rótulo enrolado. A visível melancolia dele a distraiu da sua própria.

"Mas e o que você está fazendo aqui? Devia estar lá entre os chiques e os bons. Você sabe que Normal Mailer está lá." Ela deu um soquinho na manga daquele paletó muito pequeno. Talvez isso fosse íntimo demais, já que eles só tinham se visto aquela vez, mas pelo menos aqui estava *alguém* que não devia lealdade aos Gould.

"Eu não durei nem dez minutos. Uma mulher me deu isto aqui." Ele tirou de um bolso um guardanapo amassado, uma trouxinha de comida semimastigada. "Acho que ela achou que eu era garçom."

"O smoking não há de ter ajudado. É do William?"

O sorriso dele, mesmo constrangido, era lindo, ela viu. "Você acha que é demais?"

"Pelo menos você vai ter uma bela história pra contar quando voltar pra sua outra vida. Já eu não tenho nada pra voltar. Isso aqui é a minha outra vida."

"Parece que combina com você."

"É?" Ela levou as mãos ao rosto. Um deles — mãos ou rosto — ainda estava quente, mas ela não saberia dizer direito qual. Era geralmente mau sinal quando a cabeça e o corpo dela se desconectavam daquele jeito. "É só a bebida. Por falar nisso, a gente devia tomar alguma coisa." Ela tinha tirado a garrafa de vinho da mesa entre eles e estava procurando um saca-rolhas em cima dos balcões.

"Você tem certeza que precisa de mais uma?"

Ela revirou uma gaveta com todo tipo de coisas, ignorando a consternação periférica dos criados. "Pra comemorar isso de a gente ter se encontrado. É uma surpresa muito boa."

Ela não conseguiu localizar o saca-rolhas, mas ali, entre elásticos de borracha e fouets e pincéis, a oculta desordem da casa de Felicia, estava um canivete suíço peso leve. Ela foi puxando as várias lâminas. Saca-rolhas, saca-rolhas... Era de imaginar que os suíços teriam pensado nessa situação, mas o melhor que ela conseguiu encontrar foi uma lâmina longa e estreita. Ela mergulhou aquilo na rolha e começou meio alucinadamente a tentar tirá-la dali.

"Ãh... Regan?", Mercer disse, e estendeu a mão para ela. E foi aí que o canivete se fechou. Houve um momento, depois que o gume tinha cortado a pele e entrado na carne do polegar dela (mas antes que os sinais de alerta lhe chegassem lá da imensidão neuroquímica), em que podia ser o dedo de outra pessoa preso ali, ou um pedaço de cera anatômica. *Caramba*, ela pensou. Parece que cortou fundo. E aí veio um silvo quase audível enquanto o futuro que ela estava projetando para si — uma taça de vinho; um brinde dividido com Mercer Goodman; uma fuga da festa, sem ser detectada por Amory — se dissolveu, e o dedo tornou-se seu. Era espantoso que algo tão rubro e espesso pudesse vir do corpo dela. Olha ela ali esse tempo todo pensando que a sua vida não lhe pertencia, e a vida ali, batendo dentro dela. Houve aquele segundo de quase tontura, como sempre, antes de você sentir a dor.

7

Charlie estava a noite toda tentando agir como se aquilo não fosse nada demais — como se ele fosse a esses clubes toda hora —, mas na verdade ele estava contando com Sam para ser seu sherpa na terra de cordas de veludo e bolas de espelho que ele imaginava. Em vez disso, lá estava ele, totalmente sozinho, nos fundos de um lugar escuro e quente, entupido que nem vagão de metrô. O palco era invisível; a única coisa que ele podia ver ali eram ombros, pescoços, cabeças e, nos espaços entre elas, um nimbo de luz, um esporádico pedestal de microfone ou um punho ou um jato — do que era aquele jato? cuspe? — que se erguia no ar. A música, também, era meio indefinida, e, sem os anéis decíduos de um LP para ele poder examinar, era difícil dizer onde acabava uma música e começava outra, ou se o que ele estava ouvindo eram músicas mesmo. O máximo que ele podia fazer era apontar o nariz na direção para onde todos estavam olhando, pular no mesmo lugar em algum tipo vago de ritmo, e torcer para ninguém perceber a sua decepção. E quem ia perceber? O barman era a única pessoa que estava mais longe do palco. Charlie tirou a jaqueta e tentou amarrar as mangas na cintura como as crianças faziam na escola, mas ela caiu no chão, com o peso da calça do pijama dentro do bolso, e agora tinha alguém olhando, uma menina, e ele teve que fingir que tinha deixado a jaqueta cair de propósito, de tão empolgado que estava com a música. Fez a careta mais feia que pôde e tentou imaginar que cara teria aquele tipo de êxtase.

"Caralho", a menina disse, quando finalmente terminou a sequência de músicas.

Ela estava falando com ele? "O quê?"

"Do cacete, hein?" O PA berrava músicas gravadas; um emaranhado de luzes de Natal tinha sido aceso de novo em cima do bar, o que era duplicado pelas partes de um longo espelho que não estavam cobertas de tinta spray, e a multidão seguia naquela direção, como água numa tigela sacudida. A menina era alta — ainda que não tão alta quanto Sam — e roliça por sob uma camiseta grandona dos Rangers. O rosto dela era delicado e feminino. "Mas eu acho que você está pisando no casaco de alguém."

"Ah, eu... é meu mesmo." Ele se abaixou para pegar a jaqueta de uma poça do que ele só podia torcer que fosse cerveja. Quando se endireitou de novo, a menina estava trocando alucinadas mímicas com alguém lá do outro lado da sala. Provavelmente tirando sarro dele; Charlie achou que tinha detectado o símbolo internacional de "bêbado" — polegar apontado para a boca, mindinho erguido como tromba de elefante. Bom, ela que se foda. "Eu vou ficar ali agora", ele disse.

"Não, espera." Ela agarrou a parte de cima da manga dele. "Eu gostei do seu jeito de dançar. Sem nem se foder se os outros estão vendo. Você não é um desses caras afetados da universidade que só ficam tentando desaparecer no grupo. Hoje em dia neguinho tem medo de pirar desse jeito aí."

Ela devia ter tomado alguma coisa, Charlie pensou, para ficar com os olhos baços daquele jeito, com as luzes de Natal brilhando lá que nem umas estrelas baratas; alguma coisa que a fazia parecer mais velha e mais descolada do que era. Ele deu de ombros. "Eles são simplesmente uma das minhas bandas favoritas."

"Dá o fora daqui?"

"Como é que é?"

"É o nome da banda. Get the Fuck Out. Se você gostou deles, espera só até ouvir a banda principal."

O erro deixou Charlie constrangido. Não era de estranhar que ele não tivesse curtido tanto. "Não, não foi isso que eu quis dizer", ele disse. "O Ex Post Facto. Ou Nihilo."

"*Nihilo*", ela disse, com um *agá* aspirado.

"Claro. Eles são foda."

"É? O meu namorado cuida do som deles. Eu provavelmente consigo te botar no camarim. Mas você ia ter que me fazer alguma coisa em troca. Ah, caralho. Eu adoro essa. Vem dançar comigo."

"Eu nem sei o seu nome."

"Pode me chamar de S.G.", ela disse por cima do ombro enquanto abria caminho entre redemoinhos de punks.

"Charlie", ele disse, ou balbuciou. Aí trocaram o disco. Uma voz como a de uma velha amiga surgiu dos alto-falantes: *Jesus died/ for somebody's sins,/ but not mine*. No espelho grafitado por cima do bar, ele ainda estava com uma cara horrível, mas alguém aparentemente discordava, e que diferença fazia se ela estava um pouquinho acima do peso? Ele só lamentava Sam não estar por ali para ver.

Eles dançavam perto de uma tábua que corria pela parede na altura do peito dele. Charlie podia nem ter percebido esse detalhe não fossem as fileiras de copos plásticos com jeito de lemingues que se amontoavam ali, com gelo de várias cores derretendo pelos cantos. Ele pegou uma das bebidas para S.G. não ver que ele era menor. Era difícil até para ele mesmo lembrar que só tinha dezessete, uma tímida folha de erva brotando dos coturnos. À medida que a música ia alcançando a velocidade de escape, Charlie também ia chegando lá. Impossível que esse fosse o mesmo lugar em que ele estava se sentindo tão sozinho dez minutos antes. Para todo lado havia gente, almiscarada, fedorenta, ondulante. E aqui estava aquela meneante menina maneira com a camisetona grande, chegando mais perto, e quando o peito dele acidentalmente achatou os seios dela, ela só sorriu, como se houvesse uma TV na parede atrás dele e ela tivesse visto algo engraçado. Charlie virou o restinho da sua gosma azul translúcida; com aquilo ainda lhe anestesiando o céu da boca e soprando sua pele do rosto para longe do crânio, ele passou um braço em volta dela. "Que bom que você decidiu falar comigo", ele berrou. Ele estava exatamente ponderando a adequação ou a imbecilidade de explicar que tinha tomado um bolo quando ela pôs um dedo diante da sua boca.

"Espera. Agora é a melhor parte."

Ele pulou o meio segundo em que podia ter ficado magoado e se entregou ao resto da música, o mané extasiado numa sala fumacenta e cintilante com o cabelo suarento grudado na testa e a jaqueta na mão como um pom-pom.

Quando o disco terminou, Charlie olhou os Nazgûl que circulavam em volta deles, sendo que qualquer um podia ser o namorado que ele acabava de lembrar que existia. Ele não sabia bem o que devia fazer agora; sua virilha se agitou toda contente quando, no nível inferior e invisível de subaltura-dos-ombros, ela roçou as costas da mão ali.

"Então, olha só, Charlie, aquela coisa do favor e tal. Você tem mais?"
"Mais…?"
"Assim, mais disso aí que você tomou. Porque eu definitivamente quero um pouco, seja lá o que for."
"Hm… 'cabou de acabar", ele disse. Era Sam quem comprava as drogas, quando havia drogas. Ele não ia saber nem com quem falar, fora os carinhas da escola que vendiam Valium roubado da caixinha de remédio da mamãe. E agora a menina se afastou, enojada; a mão dela já tinha voado para longe das pernas dele.

"Putz", ela disse, jogando o cabelo comprido. "Eu ia fazer valer a pena, total." Mas ela também não parecia especialmente desolada. De repente já estava chapada demais para se incomodar. "Mas o Sol provavelmente arranja alguma coisa, se você quiser ir no camarim comigo. Eu só preciso de dez paus."

Sol era o nome daquele songamonga que a Sam conhecia; devia ser ele, então, lá fora. "Espera. O Solomon Grungy é o seu namorado?"
"Isso, o cara da mesa de som. Eu achei que você tinha dito que eles eram a sua banda favorita."

E foi quando as luzes se apagaram novamente. A música gravada parou no meio de uma sílaba. As pessoas começaram a rumar para perto do palco, quase derrubando Charlie. "Escuta aqui, seus merdinhas…", disse uma voz, e o resto se perdeu num urro que se ergueu em torno dele. Aquilo o arrastou para a frente, e, apesar de a multidão ficar mais densa a cada passo — seu avanço foi detido a vários metros do palco por uma parede de jaquetas de couro cobertas de pontas metálicas —, ele agora estava mais perto do que nunca da música ao vivo, a não ser que pudesse levar o bar mitsvá em conta. O mero poder monofônico daquele som apagou completamente qualquer impressão que aqueles bocós de smoking pudessem ter deixado. Era uma avalanche, rolando montanha abaixo, quebrando árvores e casas como brinquedinhos de lata, pegando todo som que encontrasse e obliterando num troar branco. Enquanto Charlie se viu sendo levado, totalmente incapaz de decidir se era bom ou ruim — incapaz, até, de dar bola. No disco, nas versões do Ex Post Facto, as músicas eram sólidas e geométricas, com cada instrumento dialogando com os outros: a bateria espasmódica, o baixo lacônico, e o Farfisa da Vênus de Nylon, que parecia um dia de verão. Foi, especialmente, o abismo entre o canto falado sardônico e falsamente britânico e os uivos passionais da guitarra que tinha atraído Charlie. Era como se a guitarra estivesse articulando a dor que o vocalista, Billy Três-Paus, não se permitia descrever. Agora todo mundo daquela capa do disco tinha se mandado, menos o batera. Uma guitarra estava nas mãos de um negro de cabelo verde, e a outra estava em volta do pescoço grosso que acabava de aparecer acima dele. Era o novo cantor, o mais recente amiguinho da Sam. Ele tinha cabelo raspado, escuro, era selvagem e tinha um corpo poderoso. Uma pessoa que *fazia* coisas, ela tinha dito no telefone, ambiguamente. Aquele rosto branco, úmido e tensionado estava a poucos metros dali, inclinado por cima deles. Ele parecia prometer plena liberdade, com a condição de uma entrega plena. E se entregar calhava de ser o que Charlie Weisbarger fazia melhor na vida. As mãos dele estavam nos ombros de desconhecidos. Ele estava se jogando na direção do cantor para gritar com ele a letra que um dia fora só de Charlie e Sam: *Cidade em chamas, cidade em chamas/ Um é fogo, dois arde mais/ e nós também somos uma cidade em chamas.*

Uma hora aquilo acabou. As luzes acenderam, a sala esvaziou. Uma voz incorpórea estava dizendo que a banda volta à meia-noite para mais um bloco, e Charlie sentia que estava se contraindo dolorosamente de volta ao tamanho normal do seu corpo. Para se medicar, ele pegou mais uma bebida semicheia da prateleira da parede, mas era quase só gelo derretido. Aí viu S.G. na lateral do palco, conversando com outro cara com jeito de motoqueiro. Foi a vez de Charlie agarrar o braço dela. Pareceu que ela levou um minutinho para lembrar quem ele era. "O que foi?", ela disse.

"A gente vai no camarim, né?"

"Eu achei que você tinha se mandado."

"Eu estou com vintão na carteira. Não me obrigue a implorar."

Ela deu de ombros e se virou de novo para o motoqueiro. "Beleza se o meu amigo aqui vier também?" O cara bocejou e desprendeu uma corda sebosa de veludo do poste em que estava presa.

No fim das contas, os camarins eram um subporão labiríntico iluminado por lâmpadas expostas e tão entupido de grampos e canhotos de ingressos e farrapos de folhetos antigos que não dava para ver a cor que um dia a tinta teve. Eles chegaram a uma sala de teto baixo com um ralo afundado no chão. As únicas concessões ao conforto eram umas velas votivas e um sofá-cama verde-ranho em que o cantor estava largado. Da porta, ele parecia escorçado, com uma cintura estreita que se inchava em pernas grossas, pernas que cediam a vez a botas de pisotear gente. Tinha um cavanhaque e um dente da frente lascado e estava coberto do pescoço para baixo por tatuagens. Na frente da sua camiseta sem mangas, as palavras "Please Kill Me" estavam rabiscadas com um marcador preto. A visão de S.G. aparentemente o fez voltar à vida. Ele deu tapinhas na almofada ao seu lado. "Olha só. Chega mais aqui." Em dois passos, ela estava do outro lado da sala e aterrissando de joelhos no sofá. Ela passou um braço em torno dos ombros do cantor e ficou encarando a porta, obscuramente vitoriosa. Charlie de repente não lembrava o que era que as pessoas faziam com as mãos.

"Vocês estavam demais. Ah, Nicky Caos, esse aqui é o, ah..."

"Charlie", Charlie disse. Será que ele devia dizer mais alguma coisa? *Puta show?* Ah, não, *Puta show* não — tudo menos isso! Mas Nicky Caos também não ia ter dado bola mesmo. Ele pôs a cabeça perto da menina para sussurrar alguma coisa. Charlie estava confuso; ele achava que o namorado dela era o Sol Grungy. Ele não podia ir embora sem demonstrar fraqueza, mas não podia ficar sem chamar a atenção para a sua falta de um motivo para tanto. Os membros do Get the Fuck Out estavam carregando guitarras e amplificadores no corredor atrás dele. De mais longe ainda vinha o zumbido da plateia, distorcido pelo piso de cimento. Então o olho de Nicky estava nele de novo. "Você vai dizer alguma coisa, Charlie, ou vai só ficar olhando?"

"Qual você prefere que eu faça?" Aquilo simplesmente escapou, mesmo, e foi sincero: Charlie estava pronto para fazer tudo que se esperasse dele. Mas soou, até aos ouvidos dele mesmo, como uma metidice. Nicky Caos ficou intensamente imóvel, como quem tenta chegar a uma decisão.

"Alguém arranja uma cerveja pra esse moleque", ele disse finalmente, "eu meio que curti o cara" — apesar de a pessoa com quem ele estava falando aparentemente ser Charlie.

Alguém lá do corredor colocou uma cerveja gelada no ombro de Charlie. O negro de cabelo verde, o guitarrista. Charlie tentou evitar que as mãos tremessem, mas a cerveja se afastava dele exatamente na mesma velocidade em que ele estendia a mão para pegar, lembrando aqueles carinhas na Long Island Rail Road. Aí ela parou. Os dedos dele se fecharam, agradecidos, em volta da lata.

Quando olhou de novo para o sofá, S.G. parecia ter apagado com a cabeça numa almofada. O cantor a olhava como se ela fosse dinheiro que alguém tivesse largado em seu colo. "Então de onde é que você conhece a nossa amiga aqui, Charlie?"

Charlie enrubesceu. "A gente acabou de se conhecer."

"Bom, não esquece de usar tipo três camisinhas se estiver a fim de relar a mão nela", o guitarrista disse seco, atrás dele.

"Ô. Você está falando da minha menina aí, Tremens", disse outra voz que vinha do corredor. Era um skinhead impossivelmente alto com alfinetes de fralda atravessando as sobrancelhas e as duas orelhas e um rosto de quem tinha chupado um limão. Pode crer: Solomon Grungy, que Charlie tivera o distinto desprazer de conhecer naquela outra vez, no Quatro de Julho. Naquele dia ele pareceu intimidante, mas agora lembrava uma versão aguada de Nicky Caos. Parrudo como ele, só que mais largo, mais pálido e menos peludo. E menos inteligente.

"É, bom, é melhor você manter ela longe do Charlie aqui. Acho que ela estava à beirinha de chupar o garoto até o talo", Tremens disse.

Charlie ficou olhando para a parede enquanto Sol o inspecionava. Fungou. "Eu te conheço. Você é o cachorrinho da Sam, no verão. Você não ganha chupada nem de uma ventosa."

Tremens riu, mas Nicky Caos disse, numa voz férrea, para deixarem o Charlie em paz.

"É, então, manda ele largar mão da minha menina", Sol disse. Então ele deu as costas e saiu lentamente, resmungando alguma coisa sobre a mesa de som.

"Parece que alguém andou pegando a doença da propriedade de novo",

Nicky disse para a menina, que tinha aberto os olhos ao ouvir alguma coisa que alguém falava. "É contrarrevolucionário. Pré-pós-humano. Ele vai te dar trabalho." Aí, para Charlie: "Olha só, você estava pensando em tomar isso aí?".

Charlie engoliu metade da cerveja, ciente de que a qualquer momento eles iam se cansar dele e pedir para ele sair, e aí ele não estaria mais *batendo papo*, caralho, com os caras do Ex Sei Lá O Quê. O baterista, Big Mike, agora foi entrando, junto com o novo tecladista, os dois acenando com a cabeça para Charlie como se esperassem encontrá-lo por lá. Os anéis de uma Rheingolds exalaram satisfeitos, e outra gelada apareceu na mão dele. Ele ficou imaginando de onde elas vinham: uma geladeira, um isopor, alguma árvore inexaurível de alumínio que brotava das profundezas do covil de maravilhas que eram os "camarins".

Ouvir eles falarem de quem estava na plateia fez Charlie lembrar que essa era a primeira aparição de verdade deles. *Aquela bichinha da galeria, Bruno, estava lá, vocês viram? E os Anjos do Canhão, uns carinhas de dar medo, bicho, de dar medo. Fora os da dissertação, a Brigada Nietzschiana. Mas e alguém viu o Billy? O filho da puta provavelmente está... Olha...* Enquanto isso, a menina do sofá, sentando de novo, encarava Charlie. "Então você conhece a Sam", ela disse. "Você nunca me disse."

"É, a gente é bem amigo ."

Nicky pareceu ficar interessado, embora Charlie tivesse a impressão de que ele estava tentando esconder isso. "Sam Cicciaro? Ela estava com você aqui?"

"Bom, estava, mais ou menos, mas ela teve que dar uma corrida no centro pra resolver um negócio. Olha, vocês sabem onde que é a estação da 72? É pra gente se encontrar lá se ela não aparecer logo", ele disse, todo importante. "Eu ia odiar perder o segundo bloco, mas..."

S.G. se pôs de pé. "E, por falar nisso, deixa eu ir baixar a bola do Sol pra ele não foder com a mixagem inteira. Vem, DT. Você vai ficar torto demais pra tocar." Charlie fez que ia atrás dela e do guitarrista até ela o deter. "O Sol às vezes é bem ciumentinho. Provavelmente não é a melhor ideia do mundo ele me ver com você." Uma gargalhada pulsou na pequena câmara que era a sala.

"Não, eu só..." Só que ela já tinha deixado ele para trás. Ele queria explicar para os recém-chegados, *Ela foi legal comigo*, mas acabou se ouvindo dizer: "Ela ia me dar uma...".

Nicky Caos riu, e isso bastou para abafar a voz minúscula que gritava o ódio que Charlie sentiu de si próprio. "Essa foi boa, bicho."

Outra pessoa disse: "Ah, meu. O Charlie é uma criancinha".

"Só que ele precisa de um codinome."

"Codinome?"

"É. Que nem a nossa amiguinha ali. Que tal Charlie Camarim?"

"Charlie Boy, Charlie Baby", Nicky disse. "Carlos Magno. Não Perca o Charme."

"Ou Charlie Chupadinha. Chuck Suck-Suck."

Charlie não entendia o que era tão engraçado, nem se eles estavam rindo com ele, dele, contra ele... A mão de Nicky Caos no seu ombro era reconfortante. "Anda, Char-O-Lês. Eu quero te mostrar uma coisa."

Fingindo não ver que ele deu uma piscadinha, Charlie se deixou levar a algum ponto mais fundo das entranhas do clube. Não havia árvore de cerveja — só tetos cada vez mais baixos, lâmpadas expostas e papel pega-moscas balançando no ar. "Olha onde pisa aí", o cantor disse. Tudo quanto era tipo de porcaria estralava sob os passos deles: cabos, ossos de galinha, pedaços de tijolos escuros. Charlie estava ficando nervoso de novo. Era, qual era a palavra, "sepulcral". Catacumbesco. Eles passaram pelo umbral de um banheiro coberto de azulejos e sem porta. "A gente ainda tem que tocar outro bloco", Nicky Caos disse. "Você sabe o que isso quer dizer?" Ele puxou um saco plástico do bolso. "Zum-zum."

Naquele verão, com Sam, Charlie manteve um limite claro em mente, como a linha numa tira de papel tornassol, que separava aquelas brincadeiras deles com químicos proibidos das coisas mais barra-pesada. Líquidos âmbar, cogumelos acinzentados, o vermelho-vivo das latas de Chantilly em spray que não foram sacudidas, comprimidos azul-leitosos de analgésicos que o deixavam com a boca cheia d'água: tudo o.k. (fora os palitinhos finos da erva de segunda da Washington Square, que ele não conseguiu fumar por causa da asma). Mas eles recusavam qualquer coisa branca. Ele tinha visto *Os viciados*; aquela merda acabou com a vida de muita gente. Ao mesmo tempo, ele nunca tinha se imaginado aqui, no sub-subporão de um ex-banco, sozinho com um cara que a qualquer minuto ia pedir para ele cimentar aquela amizade. Era como se aquela trouxinha de plástico do tamanho de um polegar contivesse não drogas comuns, mas alguma substância mágica, um olho de salamandra branco como giz ou o chifre moído de um narval.

Esse espírito tinha tomado conta de Nicky Caos também. Os gestos expansivos dele foram ficando totalmente objetivos enquanto ele se dobrava sobre a torneira que pingava, tirava a camiseta, usava o pano para enxugar toda e qualquer umidade da pia industrial. Com todas aquelas tatuagens no seu corpo de super-herói ele era como o Homem Visível, mas parecia completamente desligado da sua aparência — inconsciente até de que houvesse alguém ali com ele. Charlie já podia ver que ele entraria no palco daquele jeito, levado pelo momento, seminu, e que essa desconsideração para com as delicadezas interpessoais seria parte do poder que ele exercia. O rosto dele estava retesado de concentração e no entanto ao mesmo tempo algo vazio enquanto ele pinçava com os dedos a abertura do saquinho e usava um indicador para derrubar um pouquinho na borda de metal da pia. Um canivete lhe saiu do bolso, e com o lado cego ele dividiu o pó em dois monturos claros, um grande, um pequeno, as coisas mais brilhantes ali dentro. A faca caiu com estrondo na pia, mas ainda estava aberta e plenamente visível quando ele se virou para Charlie como um sujeito que acabou de ficar milionário e está mostrando a mansão a parentes próximos. "Você já cheirou coca?" Os azulejos cobertos de limo amplificaram a tosse de Charlie, que virou uma pequena granada. A música pulsava distante acima deles.

Ele mentiu. "Opa. Claro, uma vez."

"Bom, manda ver, então."

Uma imagem dele banguela e dormindo numa caixa de papelão piscou dentro de Charlie, mas também havia algo profundamente atraente em ação ali, o glamour de um longo mergulho em câmera lenta numa piscina vazia, e os rostos de todos que o tinham decepcionado contemplando, lamentando sua incapacidade de detê-lo. O rosto da Mãe. O rosto de Sam. "Ah, pode ir primeiro."

"Hospitalidade, *hombre*. Primeiro os convidados."

Charlie respirou fundo e se curvou para deixar a cabeça na altura da pia. Ele achava que você punha um dedo por cima de cada narina, e que aí uma fungada só resolvia. Mas outra pessoa estava olhando da porta atrás dele.

"Dá um tempo pro moleque, Nicholas."

Era um carinha pequeno com uma jaqueta de motoqueiro e um monte de cabelo preto e uma capa de disco presa de um jeito estranho embaixo de um braço. O lado direito do rosto dele estava inchado, o olho, inchado e todo roxo, o que foi o motivo de Charlie ter demorado um tempinho para reconhecer que aquele era o grande Billy Três-Paus.

"Cacete, o que foi que te aconteceu?", disse Nicky, mas ele tinha se posto radicalmente ereto, às ordens.

"Um sujeito entra num bar."

"Assim, eu sabia que tinham te pegado, mas não desse jeito assim literal e tal... Será que cabe? Te pegarem?"

"Nada ia me impedir de vir dar uma olhada nas suas mais recentes aventuras."

"Você é generoso pacas com o seu tempo", disse Nicky, com algum calor.

"Puro egoísmo. Eu tinha que ver se você não ia ferrar com a minha reputação."

"Você não deixou a gente usar o nome, esqueceu? Mas você vai gostar de saber que o primeiro bloco foi do *caralho*. Anda, fala pra ele." Nicky deu um cutucão em Charlie, mas Billy Três-Paus não se convencia.

"Quem que é o seu amiguinho aí, Nicky? Tem certeza que quer entrar nessa de corromper a juventude? Olha, se você tem noção do que vale a pena na vida, garoto, é melhor ficar bem longe desses bostas."

"Ele cheira o tempo todo, ele me disse. E olha quem fala."

"Além disso", Billy continuou, "parece que você vai precisar ficar esperto, Nicky. Pelo que me disseram, você está a fim de entrar numas de glória explosiva geral. Curto mas eficiente, né?"

Nicky gelou. Foi como se todo o ar tivesse sido sugado do espaço entre eles. "Quem foi que te disse?"

"Como assim, quem foi que me disse? Daqui a meia hora vira o ano, e o Canhão disse que você trouxe um monte de fogos de artifício pra soltar no fim do bloco. Algum tipo de rojão fodido."

Por mais que tivesse relaxado, parecia que a armadura de Nicky estava amassada agora. "Sabe, Billy, a gente ainda podia tentar fazer a banda funcionar legal. Nunca é tarde pra mudar."

"Sério, eu só fiquei foi feliz de ver que o Ex Nihilo é de verdade; eu tinha ficado meio cismado que fosse alguma sacanagem. Aliás... eu trouxe um presente de Natal atrasado." Billy estendeu o disco que estava com ele. "Considere isto aqui meio que uma oferta de paz. Coisa séria, mas, se você ouvir direitinho, rola uma mensagem."

Charlie teve um impulso obscuro de dizer para Billy Três-Paus não desistir nem se entregar tão fácil, mas ficou de boca fechada, porque o que estava sendo resolvido ali, fosse o que fosse, não era da sua conta. E Sam teria morrido se soubesse que estava perdendo esse encontro de mestres, Ex Post Facto, Ex Nihilo. E aí ele lembrou: *Quinze pra meia-noite... Sam!* Ele podia vê-la, esperando na saída do metrô sob a neve que caía diagonal, olhando para um lado e para o outro, sozinha. O punhadinho de neve diante dele emitiu um último e poderoso encanto, mas nem mesmo a promessa dos fogos de Nicky conseguia se equiparar à pureza da visão de Charlie, que era a pureza dos sonhos. "Acabei de lembrar aqui", ele disse. "Eu tenho que sair." Ele passou pelo cara da porta, que um minuto antes mal teria ousado tocar. Mas que parecia diminuído por aquela alguma coisa que ele tinha acabado de ceder ao seu substituto. Só lá no corredor Charlie foi olhar para trás, de modo que a última coisa de que ele se lembrava de ver antes de abrir caminho pelo labirinto do porão e escada acima eram dois homens, um forte e um pequeno, inclinados quase talmudicamente sobre a pia, murmurando algo a respeito do que ela continha.

8

O banco já estava quase desaparecido depois dos primeiros cinco ou dez minutos, tábuas verde-garrafa já brancas para combinar com a neve acumulada no chão. Agora, à medida que o vento aumentava, sua boca foi recolhendo fiapos do forro do capuz que voavam, mas ela mal se dava conta disso, ou do vento, ou da neve, ou do fato de que Charlie não tinha aparecido — porque ele ia acabar aparecendo, isso é que era lindo e trágico no Charlie. Em vez disso, sua atenção estava nos globos felpudos de luz diante do prédio de apartamentos rua abaixo e na portinha brega do vestíbulo. Cada vez que a porta abria, ela se inclinava um pouco para a frente... mas acabava sendo só algum casalzinho da sociedade que enfrentava a tempestade, seguindo rumo a um táxi preto reluzente que naquele exato momento, como que por um acordo prévio secreto, estava justamente encostando no meio-fio. Sam acabou o cigarro e fechou mais o casaco e apertou os olhos para enxergar através de uma guirlanda de fumaça. Tinha chegado a uma resolução: amanhã ia parar de fumar, parar de acordar com aquela dor chiada nos pulmões, parar de contribuir com cinco paus semanais para as malévolas multinacionais. Restava um último cilindro da morte, no entanto, rolando dentro do maço. Ela imaginava quanto tempo ainda lhe sobrava.

Elaborar resoluções era coisa que ela fazia normalmente com a mãe. O Ano-Novo era o único momento do ano em que a Mãe deixava de lado o triguilho e o gérmen de trigo no mercado em favor dos doces que Sam queria tanto, e aí elas sentavam juntas no sofá, molhando *pizzelle* no chocolate quente até entrarem em choque glicêmico. Sam era gorda naquela época. A Mãe provavelmente estava chapada. Mas e o Pai, onde é que ele estava? Trabalhando, provavelmente. O Ano-Novo era a segunda melhor noite do ano para o pessoal dos fogos de artifício, e ele ainda não tinha perdido o contrato para cuidar de todos os espetáculos a céu aberto da prefeitura, e nem tinha se acomodado naquela automitologia cervejeira com o repórter de revista que se tornaria o seu Boswell. Ou Groskoph, conforme fosse o caso. A televisão era metade propaganda, mas a Mãe deixava ligada. Cada imagem de Guy Lombardo com a gravatinha-borboleta e aquele microfone do tamanho de um porrete de dar em foca as deixava mais perto do grande momento. Havia um relógio patrocinado pela Timex no canto superior direito da tela e, faltando trinta minutos na contagem regressiva, a Mãe ia pegar as resoluções do ano anterior, que tinham ficado gradualmente esquecidas entre os florilégios imantados na geladeira. Sam ainda lembrava do cheiro da mãe quando ela voltava ao sofá, chocolate em pó e marshmallow derretido, sim, mas também uma intricada coisa meio florestal que dizia Califórnia, de onde ela tão improvavelmente viera.

O que você fazia era o seguinte, você lia as resoluções em voz alta e fazia uma marquinha do lado das que tinha conseguido cumprir. As outras viravam o ponto de partida para a sua lista nova. Cinquenta por cento era considerado um índice bem razoável, diferente da escola. Só que agora, olhando para trás, várias coisas chamavam a atenção de Sam. A primeira foi que a Mãe já estava acalentando desejos que ela não deve ter percebido que eram legíveis lá, nas resoluções que ficaram expostas para todo mundo ver durante os últimos trezentos e sessenta e quatro dias, era só o Pai ter pensado em ir ver. A segunda foi o jeito culpado com que a Mãe tinha dado uma olhada nos riscos de açúcar derramado no poliéster das coxas da filha enquanto Sam lia em voz alta sua promessa prévia de perder dez quilos. E, finalmente — agora que ela contava com mais dez anos de informações a respeito dos dois e mais cinco sozinha (pois Sam era uma documentadora maníaca e tinha palmilhado todas as listas) —, tinha este fato: como isso tudo fazia pouca diferença. No fim, como todo projeto humano, esses planos que no dia 31 de dezembro ardiam tão vivos no cérebro consciente iam se escoar e acabar em dor. Era impressionante quantas dessas suas resoluções Sam esquecia durante o ano. Elas lhe voltavam no fim como mensagens lacradas, garrafas postas à deriva por algum outro eu na margem oposta de um vasto mar.

Por exemplo, depois de jurar que não ia mais ver Keith (isso estava bem no topo da sua lista para 77), ela se via esperando por ele. A porta de vidro era como o obturador de uma lanterna a gás: o retângulo de luz amarela na calçada brilhava mais quando ela abria, mas dessa vez era só o porteiro com um sobretudo comprido de dragonas, dando uma escapada para fumar. Como que empaticamente, e antes de conseguir se deter, ela acendeu o seu último cigarro e ficou olhando a figura solitária, rosto da cor de uma casca de noz-pecã, andar de um lado para o outro numa nuvem da sua própria respiração. O brinco do nariz estava ardendo na narina dela. Era difícil não amassar o maço de cigarros agora que seus dedos tinham perdido toda a sensibilidade, mas ela não estava — *não estava* — com frio. Esse tinha sido um adendo de última hora à lista: que só naquela noite, em nome de se sentir corajosa o bastante para fazer o que viera ali para fazer, ela ia tentar não se incomodar com as horas ou a temperatura. A *pessoa mais teimosa do mundo*, o seu pai dizia. Ele não sabia da missa a metade. Com quem ela amava — com o Charlie, ou com o próprio pai — ela podia ser, na sua própria avaliação, bem flexível. Era implacavelmente teimosa quando o oponente era ela mesma. Por que, afinal, quantas das suas resoluções eram proibições de verdade? Não vou *x*; não irei de *y*. Tinha ficado olhando a mãe bem de perto, naqueles tempos tão distantes em que era pequena demais para saber exatamente que tipo de coisas você devia se prometer. Ela copiava a sintaxe da lista da Mãe, negação por negação, e sentia uma onda de proximidade cada vez que a Mãe dizia: "Olha, essa é boa". Casar com o Pai por si só já tinha sido uma espécie de negação. O problema com Sam era que, até bem em cima do prazo final, meia-noite ou qualquer data que ela tivesse estabelecido para deixar de fazer alguma coisa, ela dobrava a sua indulgência, como quem acumula provisões para um período de escassez. Um ano ela largou os doces durante a quaresma, e tinha se entupido de Pez até passar mal na véspera da Quarta-Feira de Cinzas, e assim sentiu ainda mais falta dos doces. Na hora da missa do meio-dia, ela estava com a cabeça dolorida, salivando, e assim que chegou a Páscoa ela chafurdou em ovinhos Cadbury. A verdade era que, no fundo, no fundo, ela não queria abandonar *nada*.

Quando a Mãe foi embora, ela desmoronou por um ano, e depois teve que mais ou menos se reconstruir todinha. Isso ela fez em segredo, nos limites do seu quarto, demandando apenas fotos tiradas de revistas e a rádio AM, e a cola, que era a sua necessidade de não sofrer mais. O eu que ela montou era uma espécie de Minerva dos subúrbios: agressiva, cosmopolita, sem confiar em ninguém. Seu corpo estava mudando — ela deu uma mãozinha vivendo de Marlboro por seis meses, soltando a fumaça pelo ventilador da janela —, e, quando emergiu, sua mãe mal a teria reconhecido. Ela se livrou da virgindade aos catorze, no primeiro ano que passou numa escola particular na cidade, com um veterano, artilheiro do time de lacrosse e o segundo menino mais rico da sua turma. Os pais dele nunca estavam em casa, e havia algo de emocionante e perigoso naquele apartamento vazio de décimo sétimo andar em que eles podiam fazer o que quisessem. Por um mês, eles ficaram por lá de bobeira depois da aula, se chapando, olhando as revistas de mulher pelada do pai dele, que ela declarou "nojentas", e trepando. Na época ela achava que sabia o que estava fazendo. De um jeito ou de outro, ela aprendeu um bocado. Aprendeu a se portar, sexualmente, como *alguém* que sabia o que estava fazendo.

E aprendeu que não dava para acumular provisões de nada que, no fundo, tivesse importância. Sensações, gente, músicas, sexo, fogos: eles só existiam no tempo e, quando o tempo acabava, acabavam também. Agora os ramos despidos das árvores sobre a sua cabeça eram como juntas de dedos, como a angulosa letra cursiva de uma criança no delicado véu púrpura do firmamento, e havia neve empapando os seus jeans, e a água no cantinho dos seus olhos estava ali parada, congelando, negando-se a cair, e o homenzinho caminhava na frente da fortaleza de pedra, mas no mesmo segundo em que acabasse essa espera interminável, começaria tudo a sumir no passado, a se tornar irreal. A necessidade que ela sentia de ver Keith era agora um fato físico, como se as células do seu corpo gritassem em desespero, mesmo tendo ela aberto a porta dentro de si só um quase nada. Mas ela ia esperar mais um minuto, e mais outro, porque sim.

Em certo sentido, claro, ela já sabia o que estava por vir seis semanas atrás, esperando por ele no parque perto do escritório. Ele estava montando aquela ceninha em público para ela ser obrigada a manter a sua frágil (supunha ele) compostura. Parte daquilo que o tornava atraente vinha, em primeiro lugar, do modo como ele conseguia ser completamente transparente para ela enquanto se mantinha opaco para si próprio. Ela adorava as coisas em que ele queria acreditar a respeito de si próprio, como você adora uma criança quando ela mente sobre quem quebrou o vaso de flores. Ele queria acreditar, por exemplo, que estava se aproximando dela nesses últimos meses, quando na verdade o importante era do que ele vinha se *afastando*. Enquanto ele subia os degraus que levavam ao parque, um oásis desconhecido elevado um andar acima da baderna de Midtown, ela viu como essa fuga o tinha deixado mais velho. Estava com umas rugas em volta da boca que ela nunca tinha percebido antes, e umas bolsinhas moles embaixo dos olhos por causa da falta de sono. Honestamente, aquilo a deixava com tesão, uma carga erótica que atravessava a barreira da sua resignação. Ela se imaginou beijando aqueles sinais. Montada nele num quarto cortinado, se curvando para lavar suas preocupações com a língua. Mas o máximo que ele lhe deu foi um beijinho na bochecha, e mesmo isso foi como se estivesse lhe fazendo um grande favor. O parque era propriedade semiprivada dos prédios de tijolo à vista na Tudor City Place, e ao meio-dia estava pouco ocupado. Ela e Keith circulavam por ali como cisnes num lago, um longo e lento giro por uma trilha que podia ter sido feita só para eles.

"Tem uma coisa que eu andava a fim de discutir com você, Samantha."

"Ai-ai-ai. Parece coisa séria." Ele só usava o nome dela quando estava se sentindo especialmente paternal. Ela pescou umas castanhas do saquinho de papel que ele tinha na mão — mas quanto aquilo podia ser sério, se ele tinha parado para comprar castanhas? — e enfiou na boca, despreocupada; esperava. "Mas a gente está conversando neste exato momento."

"Eu não devia ter deixado você subir no apartamento aquele dia."

Ora, claro que não. Eles não deviam estar trepando para começo de conversa, se ele queria ser estritamente ético quanto àquilo tudo. Era impressionante; ele parecia acreditar que suas ações tinham consequência do mesmo jeito que as crianças acreditam na Fadinha dos Dentes: porque os outros diziam que era verdade e porque quando você levantava o travesseiro... olha! Uma moedinha!

"Tem uma parte inteira da minha vida que você não enxerga, Samantha. Parece que eu meio que me dividi em dois em algum momento... E eu ali com você, aquilo me fez sentir como se aquele eu estivesse vendo este aqui, e percebi que isso tudo foi um gesto imenso de irresponsabilidade pessoal. Você sabe que eu gosto de você. Mas o outro eu sempre foi o cara que quero ser."

A essa altura eles já tinham, contando as pausas tensas, dado uma volta inteira no parque, mas a trilha de pedrisco diante deles, em que um menininho perseguia uma bola de borracha, parecia agir como uma isca para ele. Ou talvez fosse a perfeição lapidada do seu discurso, que ele devia ter ficado preparando mentalmente dias a fio, como um entalhador com um pedaço de rocha particularmente resistente. Ele estava dizendo que achava que precisava de um tempo para entender as coisas, porque achava que podia ter cometido uns... equívocos no caminho, e, fosse como fosse que isso tudo ia acabar, os filhos eram... olha só, eles eram a coisa mais importante da vida dele. Ele não merecia aqueles meninos. (*Mas claro*, Sam pensou. *Os pais nunca merecem*.)

O rosto dele agora estava ressecado pelo frio, e ele tinha se deixado levar por certa emoção, ainda que não às lágrimas propriamente ditas, e ela sentiu um quase desgosto quando ele disse que esperava que ela não achasse que era alguma coisa pessoal. "Não seja condescendente, Keith. Claro que é pessoal."

"Eu só preciso dar um tempo."

"Beleza. A gente não se vê mais, então. Eu não sou criança."

Agora ele parou e olhou para ela. Era *ela* então quem estava terminando com *ele*? A centelha de sentimentos de meia-idade tinha sumido de seus olhos, e todo o seu corpo estava tensionado num ponto a meio caminho entre fúria e fome, que é exatamente onde ela gostava de vê-lo. No segundo em que pensou que ele podia lhe arrancar um beijo, ela pôde ver como ia ser difícil aquilo tudo, na verdade, desistir dele, daquele animal irrequieto que ela tinha aprendido a fazer trotar ou galopar. Mas ela se forçou a meter a mão no saquinho translúcido que ele estava segurando e pegar o que restava e dizer, com a boca cheia de castanhas: "Estava ficando meio sem graça mesmo".

E, com isso, estava essencialmente acabado, ainda que eles tenham dado mais umas voltas no parque: uma com ele em modo impulsivo, ardente; uma minimizadora — *coitadinha, foi se meter numa coisa dessas, não sabe o que está dizendo* — e uma, finalmente, com ele de volta ao seu eu impossível, altruísta e egoísta. Ele segurou as mãos dela com as suas dentro de luvas caras e olhou para Sam, e ela podia ver a força do desejo dele de que ela não tivesse ficado permanentemente estropiada por causa dos últimos três meses. (Ele também era católico, ela sabia. Na cripta lacrada do motelzinho barato, ela ficou deitada com a cabeça no peito dele e fuçando com os dedos no crucifixo de prata que ele usava, até Keith lhe dizer para parar com aquilo.) Ele queria que ela lembrasse, ele disse, que ele gostava dela e que ela merecia coisa melhor. Ele não ia usar a palavra amor, e nem ela. Não teria sido verdade e, de qualquer maneira, ela não queria lhe dar aquele gostinho.

Devia ser quase meia-noite agora. Os táxis tinham se sublimado da Central Park West para serem depositados em outras regiões mais populosas. (Engraçado como na cidade o dinheiro seguia a energia, mas sempre ficava um pouco para trás.) O calor persistente dos pneus deixava marcas negras na rua. Fora isso, instaurava-se uma alva perfeição. Pegada alguma marcou a calçada em que Sam estava sentada. Cão algum a tinha deixado amarelada. O brilho do semáforo se esticava quase até o vestíbulo, a festa, Keith: vermelho, aí verde. Ela nunca tinha percebido que ele fazia até um barulhinho quando mudava. Do outro lado da rua, na frente da sinagoga, um halo de neve verde marcava a entrada da estação das linhas B/C, de onde Charlie continuava não emergindo, e, de repente, com um estremecimento, ela foi tomada pela sensação de uma profunda fissura na justiça das coisas. O adulto que trepou com ela e a abandonou tinha que voltar ao mundo que ficava vinte andares acima do nível da rua, enquanto ela, a moça de dezessete, ficava largada sozinha no frio. Ela apagou o cigarro, o último. Seguiu para a porta. Tinha mudado de opinião; ia invadir a fortaleza, fodam-se os bons modos. Atacar em meio aos fraques e casacos de pele em nome de toda mulher injustiçada desde o início dos tempos, passar vergonha mesmo, como uma espécie de aviso. Ela ia lhe dizer que era melhor ele vir ouvir o que ela tinha a dizer, se não queria que fossem acabar os dois na cadeia, ou pior, e todos que ele conhecia e respeitava, todo mundo a cuja opinião ele dava valor, veria a verdade a respeito dos dois, assim que ela cumprisse o seu dever.

Ela chegou perto de tocar a maçaneta curva de bronze. Podia ver o porteiro no seu posto, e o fantasma do seu próprio rosto flutuando na frente dele. A indignação a deixava linda, até para si própria. Ela não teria como saber ao certo qual delas era a esposa, mas isso não queria dizer que a esposa não fosse perceber quem *ela* era, e haveria um momento em que os olhos das duas se encontrariam e Sam teria de encarar o que tinha feito com aquela mulher, o quanto tinha machucado aquela mulher. Aí Sam pensou nos filhos dele, e especialmente no menino, cinco anos mais novo que ela. A cena que ela faria, os sussurros dele que dariam um jeito de encontrar um caminho de volta, a potencial sensação dele de que aquilo, de alguma maneira, era culpa sua. Ela deu de ombros, constrangida, para o porteiro, o equivalente visual de um "Desculpa, prédio errado". Marchou adiante, fria e sem cigarros, de volta ao seu banco. Era quase uma nevasca agora; como é que alguém ia ver a bola quando ela caísse? Possivelmente já tinha caído, e os fogos lá no porto estavam longe demais para ela poder ouvir. Mas então onde é que estava o Charlie? Ela desejou que ele viesse logo. Estava prestes a sentar quando alguém, lá na entrada do parque, disse o seu nome. Ela não conseguia distinguir direito a figura que estava ali parada, uma nova profundidade nas sombras, na neve, mas a voz foi abrindo linguetas dentro dela, numa fechadura que trancava outras coisas que ela devia saber. "Oi", a voz disse. "A gente andou por tudo atrás de você."

9

"O que que foi aquilo?"

"O que foi o quê?"

"Você não escutou?" Tinha sido um estalo, uma falha mecânica no silêncio de resto imaculado do Parque, tão pequeno que Mercer podia ter só imaginado. Ele pôs a cabeça de lado, como que para invocar de novo o ruído. Comemorações distantes se infiltravam por camadas de pedra e vidro; lá na Columbus, um limpa-neve seguia exausto e pastoso. O único outro som era o da irmã de William tossindo ao seu lado. A luz que passava pela porta cortinada lhe riscava orelha e mandíbula, mas o rosto dela, virado na direção do fim da quadra, estava invisível. "Talvez um rojão ou alguma coisa assim", ele disse.

"Você acha que já é ano que vem? Porque, se for, você tem que me beijar."

"O William ia adorar essa", ele disse.

"Ponha a culpa no álcool." Regan parecia mesmo estar bem bêbada. E chapada também.

"Mas ele sabe que eu não bebo."

"Então o que era que você estava fazendo com aquele vinho quando eu te achei na cozinha?"

"Espera, será que...? Diacho, eu achei que tinha escutado de novo. Deve ser algum problema comigo."

A sacada era da suíte dela. Ou na verdade, *da suíte que a esposa do pai dela insistia em fingir que lhe pertencia*, como ela tinha dito uns minutos antes, enquanto ele lhe segurava a mão ferida sob a torneira (sendo aparentemente seu fardo na vida isso de bancar a enfermeira dos Hamilton-Sweeney). Água rosada pelo sangue se abria em leque contra a porcelana da pia e se prendia em gotas às laterais, e quando uma aba de pele se esbateu sob o jorro, ele viu que ela ia ficar com uma bela cicatriz. Sorte dela que não atingiu o osso. Ele procurou no armário de remédios. Não só eles não tinham mercurocromo como não tinham nem band-aid. "Não espere achar nada por baixo da superfície", ela disse animada. A champanhe foi um analgésico. "Eu não passo uma noite aqui desde a época da universidade. A Felicia só gosta de deixar com essa cara de habitado." Ele tinha dobrado em três uma toalha com iniciais bordadas e, depois de secar o ferimento, enrolou a bandagem improvisada na mão dela. Tinha que manter a pressão, ele disse, até estancar. Mas como prender o torniquete? "Que tal aquela coisa ali?" Ela fez um gesto com a cabeça na direção do espelho. Ele examinou o reflexo — o carpete marfim do quarto lá atrás. Aí viu que ela estava olhando para o próprio peito, o broche de borboleta preso por um alfinete.

"Ah, eu não quero usar isso aí. Vai ficar todo torto."

"Foi presente de Natal da Felicia, eu só coloquei pro Papai me ver usando."

"O que é que ele vai pensar quando vir você usando isso de grampo de roupa?"

"O que é que ele vai pensar quando vir você grudado na minha mão? Porque é basicamente essa a alternativa." Ela estava raciocinando surpreendentemente bem para alguém que estava bêbado.

A mão esquerda dele continuava pressionando o ferimento; ele teve que usar a direita para abrir a presilha do alfinete e tirar o broche do vestido decotado. Era como o Jogo da Operação. O dedo mínimo dele estava a centímetros do seio da irmã do seu namorado. "Você não está ajudando muito, encarando desse jeito."

"Tenha paciência comigo, Mercer. É a coisa mais divertida que me aconteceu hoje."

Finalmente, o broche estava solto. Quando conseguiu prender a toalha, ele se retirou para o outro cômodo para se jogar na cama. O abajur fazia o quarto flutuar numa luz mais forte. Era o ideal platônico do quarto de uma menina, o quarto que ele imaginava como aquele para o qual as suas alunas voltavam depois de uma tarde puxada jogando hóquei de grama: colcha de babados, cômoda laqueada. Regan, agora abraçada à mão ferida, foi cambaleante para as portas-janelas.

"Por favor, dê uma limpada melhor nessa mão quando chegar em casa", ele disse. "Eu ia odiar ver você com tétano."

"Vem aqui. Eu vou te mostrar um negócio." E ela tinha levado Mercer até a sacadinha.

A vista era divina, cinematográfica: a Cidade com a qual ele sonhou lá naquele seu lugar a mais de mil quilômetros de distância. Ganhando nitidez na neve, como uma imagem que entra em sintonia na televisão, estavam prédios com ameias, açúcar cristal peneirado sobre os hotéis de pão de ló da Central Park South. A poluição luminosa parecia emanar das nuvens, subproduto de algum processo orgânico oculto, como o calor gerado pelo sangue. Mais a oeste, o Parque era uma imensa pedreira negra. Os lintéis e pérgolas e gárgulas aglomerados no alto mantinham, no geral, a neve longe dali, mas ele estava surpreso que Regan, com aquele vestidinho fino, não quisesse voltar imediatamente para dentro. Na verdade, ela parecia estar respirando melhor ali fora, no silêncio. "Você tinha que ver num dia limpo."

"Não, é uma vista do cacete", ele disse.

"Assim, eu não quero que você pense que estou encantada com a Felicia, mas é que achei que ia ser uma pena não te mostrar a melhor coisa deste quarto, já que você está aqui. Fora que…" Remexendo com uma mão só na *clutch*, ela tirou um isqueiro e o que parecia ser um palito de dentes meio suculento. "Eu peguei isso aqui com a mulher que arrumou o meu cabelo. Está a fim?"

Mercer declinou. "Eu também não faço isso."

Ela disse: "Eu não faria, normalmente, mas estou no meio de um divórcio e tal, e essa festa aqui foi uma catástrofe, e eu pensei… Será que você podia segurar o isqueiro pra mim?".

Ele é que estava ficando com frio, mas fez o que ela pedia, e, quando ela tinha dado uma longa tragada naquela coisa com cheiro de queimado — o calor irradiava —, ele decidiu que já estava bem fora do seu padrão naquela noite mesmo. Sem pedir, pegou o fino da mão boa dela e copiou seus gestos, a pinça de três dedos, a respiração presa. "Não solte ainda. Assim. Devagar."

Ele tossiu. "Vocês dois são iguaizinhos mesmo, hein?"

"Quem?"

"Você e o William. Ele não fala com você, você não fala com a madrasta…"

"Esposa do pai." Suas vozes discordavam, mas as mãos cooperaram para fazer o baseado voltar a ela. As ruas lá embaixo eram como as dos mapas, livres de gente e da desordem do nível dos olhos, e ele podia sentir a força da estima mútua que os unia. "O meu irmão também odeia ela. Ele não fala disso?"

"Não desse jeito."

Ela suspirou. "O que é que você está realmente fazendo aqui, Mercer? Assim, o que exatamente você e o William são um do outro? Tudo bem… você pode me dizer."

Foi nesse momento que ele ouviu o primeiro estalo.

"Sério, eu não sei", Mercer disse agora, como se a pergunta dela tivesse acabado de chegar até ele. "Eu não sei mais. Quer dizer, que nem você disse, é bom ter alguém. Mas seja lá o que foi que aconteceu entre vocês dois, é uma coisa que tortura ele, meio que um buraco dentro dele que ele acha que precisa esconder. Acho que a sensação de mistério foi parte do que me atraiu nele. Mas eu não vim pra Nova York porque queria morar com um estranho. Em algum momento, achei que ele ia… sei lá." Ele pediu o baseado com um gesto, mas agora já estava pequeno demais para fumar sem queimar os dedos, então ele o jogou com um peteleco, fazendo com que caísse vários andares, uma tocha nas trevas.

"Olha só. Você tem talento." Ela guardou o isqueiro na *clutch*, dizendo alguma coisa sobre os filhos encontrarem, mas não deu sinal de que ia voltar à festa.

"Você não está congelando?", ele perguntou.

"É só que eu não consigo voltar pra lá ainda. Tem um pessoal ali com quem não faço a menor questão de conversar."

Ele se abraçou e bateu os pés no chão, esperando que uma hora se sentisse diferente. "Enfim, Willliam tem muito mais experiência nisso que eu, sabe? Em relacionamentos."

"Foi o que ele te disse?"

"Achei que de repente porque eu sou menino, ou homem, acho, que era por isso que ele estava me deixando num compartimento e vocês no outro. Mas aí quando você apareceu na escola semana passada…"

"Desculpa se eu te pus numa saia justa. Eu tinha acabado de sair do apartamento do meu marido. Eu precisava demais falar com alguém, e achei que de repente o divórcio significava que tudo também podia mudar. Quem sabe o William finalmente estivesse pronto pra derrubar aquele muro idiota que ele ergueu."

"E acho que de minha parte eu estava achando que ele ia abrir aquele convite e que alguma porta dourada ia se abrir de uma vez, e aí a gente não ia mais ter que viver como tem vivido. Tem lá os seus encantos, mais ou menos, mas como é que a gente pode ter um futuro juntos se eu não posso nem saber essas coisas mais básicas do passado dele?"

"Ele sempre foi de ter segredos, o meu irmão. Desde pequenininho. Ele acha que cria algum tipo de poder pessoal, isso de ter uma vida dupla. Acho que ele leu gibi demais."

"Então talvez eu tenha vindo aqui porque sabia que ele ia ficar puto se descobrisse. Não que você não seja uma companhia deliciosa." E um sorriso quase inexplicável irrompeu de algum lugar lá dentro dele. Era verdade. Ele *gostava* de Regan. Ela o fazia lembrar de outras brancas que tinha conhecido, as colegas da faculdade de letras que o adotaram na Universidade da Geórgia. "A gente pode entrar agora, por favor? Eu estou glacial pacas aqui."

Ela encostou no braço dele com a mão boa. "Olha, por que é que você não vem comigo?"

"Ir com você?"

"Eu fui convocada pelo irmão da Felicia. Eu te apresento, e você pode ver o que é que o Willliam tem que enfrentar. E de repente você pode me proteger."

"Proteger do quê?" Mas ela tinha se virado de novo para o calor do quarto. Ele apanhou a sua máscara. "Você tem certeza que não ouviu aquele barulho?", ele perguntou, antes de fechar a porta-janela. "Eu sou do Sul. A gente conhece arma."

Ela deu de ombros. "É a Central Park West, Mercer. Provavelmente foi só o escape de um caminhão."

Lá dentro, o passo dela foi ficando mais confiante a cada porta que eles cruzavam, como se ela estivesse tirando força da presença dele, ou da droga, apesar de ele não poder saber ao certo se não era apenas o andamento flutuante da sua própria cabeça. Os convidados também pareciam mais adensados. De um amontoado de corpos surgiam mãos agarradas a garrafas, dentaduras expostas em relinchos de riso republicano, dentes medonhos de tão perfeitos, como Chiclets Adams. Ele era o único convidado não branco — apesar de não ter sido convidado no sentido mais estrito do termo. E já devia passar da meia-noite. Onde será que o William estava agora? Recostado na parede do banheiro masculino de algum bar enquanto uma cabeça loura cuidava dele lá embaixo? Ele afastou aquela imagem, deixou sua consciência virar uma maré que percorria os tapetes persas. Regan que conduza.

Ele não poderia dizer quantas vezes ela foi detida, quantos beijos de uísque aturou de quantos cavalheiros de meia-idade, quantos elogios à sua aparência — você está *bem*, uma mulher disse, *saudável*, eufemismos cujas referências ele não conseguia sacar direito —, quantas caras tristes diante daquela mão envolta na toalha, nem quantos olhos o avaliaram pelas fendas do papelão. Empregado? Penetra? Caridade? Ainda assim, isso o incomodava menos do que tinha incomodado na sua primeira hora da festa, que ele passou escondido atrás de uma imensa palmeira num vaso. Se ainda não conseguia adentrar o círculo encantado dos Hamilton-Sweeney, ele podia pelo menos analisar detidamente os seus efeitos, e quem sabe um dia pudesse voltar de mãos dadas com Willlliam, e nenhum deles ia ousar abrir a boca. E Regan, que parecia tão desanimada quando ele a viu na cozinha — será que só fazia mesmo meia hora? —, estava magnífica, até sem máscara. Ele tinha visto isso em William também, aquele botão que ligava entre multidões. O que Mercer tinha atribuído a uma patologia pessoal era aparentemente genético. Ela estava brilhando como um enfeite de Natal enquanto ele ia atrás obediente, sem saber direito se estava se divertindo horrores ou se sentindo um horror.

Aí, no meio de uma sala alta lotada de gente, ele ergueu os olhos. Três metros acima da sua cabeça, onde deveria estar um segundo andar, uma galeria percorria todo o perímetro, com uma porta de entrada em cada um dos quatro lados da sala. E lá em cima, virado para eles, estava um homenzinho de cabelo branco que parecia sorrir diretamente para Mercer. Ele não usava fantasia ou máscara. Ainda assim tinha, com aquele smoking preto, o ar de um duque que supervisiona seus domínios. Mercer sentiu as cabeças mascaradas se retraírem, o falatório se encolher como o mar que se afasta numa concha, o calor dos corpos reunidos se desvanecer. O homem soltou uma mão da balaustrada de ferro forjado, ergueu a palma virada para cima e fechou a mão com um estalo.

Então Mercer percebeu que o Tio Amory — pois só podia ser ele — estava chamando Regan, e não ele. Deu um cutucão nela, e ela se livrou da conversa qualquer em que estava envolvida. Ela passou o braço ferido pelo de Mercer e o guiou na direção de uma escadaria espiral. Eles subiram para o mezanino como que atravessando um fluido gélido e resistente. O sorriso de lábios cerrados do homem nunca vacilou. Ele deve ter sido bonito em algum momento; não se via um único raio de cor naquele cabelo perfeitamente penteado. "Querida", ele disse para Regan. "Eu estava com esperanças de te encontrar hoje."

"Amory Gould", ela disse. "Permita-me apresentar Mercer Goodman."

Com uma sensação de afundamento, Mercer percebeu que ele não tinha sido apresentado *como* coisa alguma, e que a implicação era que ele estivesse de alguma maneira envolvido com Regan, e não com William. Os dados brutos da sua aparência estavam sendo usados para chocar, até para ferir. Mas desfazer a confusão seria uma traição, e ele não conseguia; a mão boa dela agora espremia o seu bíceps como um aparelho de medir pressão. Ele tinha consciência do quanto sua boca estava seca e das batidas quase audíveis do coração. O estranho era que o Tio Amory não tinha parado de sorrir. Era impossível dizer o que nele gerava angústia, sem contar aquele duro olhar azul. "Então, sr. Goodman", ele disse. "Qual a sua linha de atuação?"

Mercer tossiu. Ele provavelmente estava com cheiro de Woodstock. "Perdão?"

"O que você faz da vida, filho?"

Ele tinha aprendido a não deixar que condescendência ou até insultos diretos o levassem a reagir. *Você é a única pessoa que tem poder sobre você*, Mamãe o lembrou antes de ele ir para a universidade, apesar de ele não saber ao certo nem se um dia chegou a acreditar nisso. O que ele sabia com certeza era que Amory Gould não acreditava. O homem estava olhando para ele como uma criança olha uma formiga sobre a qual focalizou o sol com uma lente de aumento.

"Eu sou professor", ele arriscou. "Leciono no Colegial da Wenceslas-Mockingbird."

"O senhor deve conhecer Ed Buncombe, então, o Diretor de Pessoal."

"O dr. Runcible é o novo encarregado." Depois, ele ia ficar pensando por que não tinha parado aí. Mas as garras de Regan estavam praticamente perfurando o tecido do seu paletó, e Amory Gould ainda sorria larga e impenetravelmente, e, à medida que o silêncio ali no mezanino foi se espessando, Mercer teve a sensação de que as pessoas estavam começando a olhar lá de baixo. "E eu escrevo." Ele soube imediatamente que aquilo era um erro.

"Sei. E o que o senhor escreve, sr. Goodman?"

"Amory, por favor, não exagere", Regan disse. "Mercer, você não precisa responder."

"Ela tem razão. Absolutamente", Amory disse. "Quando se chega a uma certa idade, você esquece como essas coisas podem ser frágeis. Um sopro pode derrubar tudo. O senhor acreditaria que eu mesmo compunha lá os meus versos, na faculdade? Uma coisa terrível. Acabei largando isso tudo, assumi uma carreira mais prática no governo, depois como empresário. As três idades do homem, como o senhor sabe. Mas me deixe lhe fazer uma pergunta, sr. Goodman." A cabeça agora parecia estar inflando, chegando mais perto. Seus olhos, contornados de cor-de-rosa, como cubos de gelo que tivessem feito um buraco na mão que lidava com eles. "No seu emprego normal, como professor, eles por acaso conhecem essas suas outras inclinações pessoais? Porque nós devemos, a eles e a nós, essa honestidade."

"Como?"

"A literatura, meu rapaz. Ah! Você não achou que eu estava falando de... Que coisa mais constrangedora."

Inclinações. A insinuação aqui tinha pouco ou nada a ver com ele, diretamente; ele sabia que a finalidade era atingir sua suposta acompanhante. E no entanto a leveza do olhar do Tio Amory era, por si só, humilhante. E Regan também não fez nenhum esforço para defendê-lo. Como ele pôde um dia se enganar achando que poderia fazer parte daquele mundo?

Balbuciando alguma coisa sobre já ser tarde, se despediu. Amory não se dignou a apertar-lhe a mão, ou a dizer que tinha sido um prazer; ele já tinha se virado para Regan e estava lhe dizendo que, se ela tivesse um minutinho, eles tinham *assuntos importantes* para tratar; e o que era que ela tinha feito com aquele dedo? Quando Mercer espiou por sobre o ombro, contando com a chance mínima de ela, pelo menos, estar olhando com cara lamentosa, os dois já tinham sido sugados por uma das portas do balcão. Ele queria poder desaparecer assim tão fácil, mas a única saída era descer a escadaria espiral e atravessar toda aquela sala. A máscara dele de repente não fazia mais sentido. Ele estava nitidamente ciente do escuro da sua pele contra o paletó branco, da secura que tinha nos olhos e na boca, da densidade do seu cabelo. As mulheres, com suas fantasiazinhas variegadas, pareciam aves da savana que se voltavam para ver um rinoceronte ferido passar aos tropeços. Até a moça que pegava os casacos no vestíbulo parecia farejar a fraqueza de Mercer. Ela não teve pressa para pegar o Casaco de Diversas Cores, e ainda assim ele teve que lhe dar uma gorjeta, a fim de não confirmar as piores intuições dela. O elevador era ridiculamente lento.

Quando deu com o ar da noite, ele começou a ficar um tanto mais sóbrio, com a vergonha se resfriando e virando uma espécie de melancolia. Cá estava ele, expulso do jardim do Éden, de volta à rua, onde um poste era de novo poste, um carro estacionado tinha exatamente o tamanho de um carro estacionado. As espiras de Midtown se perderam na neve, e até a sacada de onde (ainda que brevemente) ele tinha possuído a cintilante vida que desejava parecia esfumada e borrada, como a lembrança de um sonho. Por um minuto, o único indício de que estava numa cidade funcional e não nas ruínas do futuro foi o banco do outro lado da rua, onde uma mancha verde tamanho pessoa em meio à neve atestava uma ocupação recente. Alguém esperando, sem dúvida, o ônibus.

Aí, miraculosamente, bem lá para a Central Park West, bem à beira do que a neve que caía agora mais leve lhe permitia ver, outro indício rebrilhou no seu campo de visão: duas luzes sob uma tiara luminosa. Era sempre uma aposta vã tentar calcular se as ruas da superfície ou o metrô te poriam em casa mais rápido, mas ele tinha aprendido por tentativa e erro a não subestimar o pássaro do transporte público que estivesse à mão, especialmente não depois da meia-noite, e haveria algo adequado, não haveria, em terminar aquela noite e aquele ano num ônibus urbano lerdo e prosaico, entre alcoólatras, epilépticos e outros condenados, com luzes frias de morgue, sobre um piso grudento, no assento mais perto do motorista?

No instante em que essas ideias de chapado levaram para atravessar aos trambolhões o palco da sua atenção e fazerem suas piruetas, os semáforos tinham passado de amarelos para vermelhos, cravando o ônibus no lugar a umas doze quadras dali. Ele se apoiou no poste do ponto, tentando recuperar a imagem anterior que tinha de si como figura romântica, o solitário em seu longo sobretudo marrom. Assoviou uns compassos de *La Traviata*. Pensou, compungido, sobre ele mesmo pensando. Estava apreciando o comovente enfunar-se da sua respiração diante do rosto quando, de trás do muro de pedra do outro lado da rua, do parque escuro, veio o som mais perturbador que já tinha ouvido na vida. Era um soluço: alto, sem fôlego, gorgolejante, como uma foca moribunda. E aí parou. Deve ter sido outra fantasia, ou no mínimo algo que não era da sua conta, mas, ainda antes de o som começar uma segunda vez, alguma matriz animal por sob a pele da sua consciência havia sido ativada. O ônibus estava agora a apenas dez quadras dali, ou menos, se abaixando para descarregar um passageiro. Ele quis forçá-lo mentalmente a vir mais rápido. Ele ia embarcar, e o som, se é que isso era mesmo um som, seria problema da pessoa que agora descesse. Só que os semáforos tinham ficado vermelhos de novo. *Merda*, ele pensou. Merda. O que é que ele devia fazer?

O ruído não se repetiu. Ele pensou em todas as coisas inofensivas que aquilo podia ser. Uma raposa moribunda; havia raposas no Central Park, não havia? O vento gemendo por sobre um saco plástico preso numa árvore. Um daqueles sujeitos tristes e compulsivos que andavam pelos lugares públicos em busca de sexo anônimo e violento. Fosse o que fosse, não era responsabilidade dele, e aquela oportuna carona para casa, aquela compensação por tudo que ele tinha aguentado naquela noite, era...

O motorista sentou a mão na buzina quando Mercer disparou na frente do ônibus que chegava, na direção do outro lado da rua e da entrada do parque. Enquanto mergulhava sob o emaranhado de galhos enlouquecidos de neve e rumo ao bosque, ele tinha que se guiar pela memória, ou por uma impressão de algo que não estava tentando ouvir. Parecia que vinha de perto do muro, não? Ele amaldiçoou os sapatos sociais, que ficavam ameaçando derrapar no caminho descendente e coberto de gelo. Você é uma besta, Mercer Goodman, ele pensou — um bobo na charneca, sem seu Lear. Ainda assim, e se fosse um ser humano? Bom, e daí? Naquele caso, provavelmente havia mais de um ser humano, um atacante e uma vítima, e Mercer, com sua gravatinha-borboleta e suas mãozinhas macias de diletante, ia ser só mais uma.

Ele passou por cima dos tubos de ferro da altura do seu joelho que cercavam a trilha e abriu caminho na marra entre dois arbustos. De início, a terra que ia até o muro era uma lâmina ilegível de neve e sombra. Mas ele, com aquela mesma sintonia animalesca que o tinha levado até ali, deve ter sentido uma respiração, ou um calor, porque, enquanto encarava a base daquele muro, um montinho amarfanhado foi ganhando definição. Ele se aproximou. Uns passarinhos empoleirados nos tijolos se acomodaram em suas penas, vigilantes. Era só uma criança, ele viu. Menino. Não, menina, de cabelo curto. O rosto dela estava virado para cima, na direção do plano de luz que se espalhava pelo muro, a cabeça torcida incomodamente para trás. Estava inconsciente, talvez estivesse morta. O sangue do ombro dela tinha escorrido e tingia a neve. Mercer ficou chocado com a lembrança de que o sangue tinha cheiro, um cheiro meio de cobre. Ele pensou por um segundo que podia vomitar.

"Socorro!", ele gritou. Sua voz bateu no muro e se dissipou no vazio atrás dele. Ele gritou de novo. "Socorro!" Os pássaros se reacomodaram. A menina não se mexeu. Você não deve mexer num corpo, e ele nem queria encostar, então ficou ali um minuto, olhando para a forma negra com a qual estaria agora envolvido para sempre. Aí ele saiu, por entre os arbustos, para a trilha, fantasma irrompido da boca do inferno, gritando como se alguém pudesse salvá-lo.

10

Regan tinha sentido os olhos antes de poder vê-los, passando por sobre ela como os dedos de um penhorista. E, se tinha imaginado que estar de braço dado com o namorado gay e negro de William podia ser uma proteção, aqueles olhos a fizeram sentir que até aquilo tinha sido coreografado, como o divórcio, a tempestade lá em Chicago, a faca com que tinha se cortado. O que obviamente estava bem perto do coração dos poderes do Tio Amory: estar na presença dele era ficar perto de desígnios bem maiores e mais velhos que você, grandes mapas estelares que giravam na cúpula de um planetário vazio. Até onde ela soubesse, esses desígnios constituíam a única base do interesse dele por outras pessoas. Não curiosidade, não empatia, nem mesmo diversão, mas, por baixo de toda a simulação ardilosa que orienta uma pessoa normal, a simples questão de qual vantagem ele obteria ali. Fosse ela qual fosse, nesse caso, deve ter sido significativa, porque a última vez que ele a avaliou assim tão descaradamente foi naquele fim de semana longínquo em Block Island, quando ela confundiu aquilo com atração. E também havia a rapidez com que ele tinha se livrado de Mercer, caindo em cima do segredo dele como uma ave de rapina. Ela se sentia mal por causa disso, mas, comparada com a sua ferida de décadas, era só um arranhão; Mercer ia se curar. Ela entrou rápido na sala que dava para o mezanino não para abandoná-lo, mas para privar Amory da oportunidade de conduzi-la.

Era a velha estufa, o único cômodo da cobertura tríplex que ela nunca pôde suportar. Quando comprou o apartamento para Felicia, o Papai tinha ajeitado aquele cômodo como uma biblioteca de verdade. Regan gostava de pensar nisso como um oblíquo pedido de desculpas para William e para ela por causa do casamento iminente. (Claro que, àquela altura, William já estava na segunda ou terceira escola, e enfim, ele sempre confundiu estoicismo com ausência de sofrimento.) Os livros da mãe dela, com suas lombadas de todas as cores, eram facilmente localizáveis entre os conjuntos de couro uniforme de *gesammelte Schriften* que Felicia tinha comprado por atacado na Strand. No primeiro e único verão que passou nesse lugar, Regan tinha se recolhido entre as escadinhas com rodas e os sofás macios a fim de se recuperar. No crepúsculo, a luz de sudoeste, sem obstruções de qualquer prédio mais alto entre esse ponto e o rio, jorrava pelas coloridas janelas de vitrais. Aquilo fazia ela se sentir como se estivesse numa cena do *Titanic*: o barco estava condenado, mas a lembrança podia ser incrível. No entanto, de que serviria lembrar essas coisas agora? As escadinhas não estavam mais lá. Onde antes ficava uma prateleira com os livros da Mãe, agora havia uma espécie de televisão, que ela reconheceu como um dos novos terminais eletrônicos da empresa para acompanhar a Bolsa de Valores. E, em lugar do sofá de couro em que se deitava, num luto secreto por tudo que tinha perdido, havia uma mesa imensa ocupada quase toda por uma maquete arquitetônica. Ela podia dizer pelo complexo silêncio que Amory ainda estava espiando, então se enrijeceu. Puxou as rédeas e controlou a cabeça. "Você se acomodou bem direitinho aqui."

"Isso?" ele passou ao lado dela, deixando uma mão se arrastar pela borda da mesa, e se sentou na cadeira giratória. "Isso foi ideia do seu pai. Com ele trabalhando tanto em casa ultimamente, ele queria um lugar onde eu estivesse à mão. Mim Sexta-Feira, por assim dizer." Às vezes Regan ficava pensando se o seu pai ainda ainda existia mesmo, ou se era apenas uma conveniência silogística, uma variável flutuante que podia ser invocada para equilibrar as contas. "Sente."

"Eu passei a noite inteira sentada", ela brincou, mas sabia que aquela sua postura atrás da poltrona com as mãos no espaldar provavelmente parecia ser de medo.

"Como você quiser." Amory sorriu, inofensivo. Aí ele se reclinou como que para ver melhor a maquete na mesa. Era algum tipo de estádio, Regan via, que se erguia entre dúzias de prédios mais pontiagudos perto de um rio azul achatado que tinha um enésimo do seu tamanho real. Ele interpretou o olhar dela, algo prontamente, como uma pergunta. "Ninguém ainda tinha lhe mostrado o projeto para Liberty Heights?"

"Não me diga que a gente vai comprar um time de futebol."

"Claro que não. Só o estádio. Construir, na verdade. O empreendimento âncora de oitenta acres de construções."

"Isso aqui é South Bronx? Aquilo anda um incêndio atrás do outro há anos. Os nossos investidores iam se revoltar."

"O que para um é obstáculo, Regan, para outro é oportunidade. Você ia ficar surpresa com a velocidade com que se consegue ver uma região ser decretada Zona de Decadência Urbana, depois que já queimaram boa parte dela. E aí você consegue pacotes inteiros de quadras, revendidos por quase nada. Investimento governamental em contrapartida. Renúncia fiscal."

"Não exatamente a definição de livre mercado."

Mas era como se ele houvesse inconscientemente entrado em seu registro de vendedor e não pudesse mais ouvi-la. "Nós demos início à Primeira Fase em novembro, apesar de isso ainda não ser oficial, assim que o decreto da Zona de Decadência foi aprovado. Eu não estou conseguindo acreditar que isso não chegou até você. De qualquer maneira, você logo vai estar envolvida nisso tudo, quando revelarmos formalmente os planos."

Desde sua entrada na empresa, a diversificação era o lema de Amory; Regan foi percebendo isso basicamente como uma série de aquisições financiadas, à espera da aprovação da Diretoria. Ela se inclinava a votar contra, junto com outros da velha guarda, mas, durante os intervalos das reuniões da Diretoria, aquele homenzinho ainda elegante, que ficava lá quase imperceptível na sua poltrona na altura da metade da mesa, se ocultava em cantinhos vazios com esse ou aquele diretor. Depois, quando eles se reuniam para votar, Amory inevitavelmente ganhava. E Regan estava envolvida com mais problemas domésticos naqueles anos. Foi só quando passou a trabalhar em tempo integral que ela viu a escala dos empreendimentos que tinha que divulgar: minas de alumínio, cigarros e uma grande fábrica de café na América Central, e agora, além de tudo, imóveis, coisa que ele sempre tratou com curioso otimismo. *Por que investir nos outros, quando você pode fazer os outros investirem em você?* Ele cobriu a maquete com um pano que estava dobrado atrás dela. O ímpeto proselitista parecia ter diminuído.

"Mas nós estamos todos tão atarefados ultimamente, Regan, quem é que pode nos culpar por não estarmos informados?"

"Informados de quê?"

"Bem, da notícia que eu tenho o prazer de revelar, antes que ela chegue a você por algum outro canal. Uma questão de família. De certa forma, pode ser uma bênção o seu pai não estar aqui hoje, na medida em que isso nos dá mais algum tempo para tomar certas decisões."

Notícia era sinônimo de má notícia, e ela não pôde evitar antever as piores conclusões. Chegaram os resultados dos exames; a nuvem que tinha tomado a mente do Papai era um tumor no cérebro. Ou o avião dele estava numa vala ao lado da pista de pouso do O'Hare, em chamas. Ou as duas coisas. Ainda assim, ela não ia implorar que Amory lhe dissesse.

"Não há como dourar essa pílula, eu receio", ele disse, depois de uma pausa longa demais. "Quando o seu pai desembarcar do avião amanhã ele vai ser preso."

"O quê?"

"Uso indevido de informação privilegiada, segundo me disseram. É tudo muito complicado."

"Quem foi que disse? Eu achava que os indiciamentos eram lacrados, ou sigilosos, ou alguma coisa assim."

"Eu tenho uma lista de contatos bem ativa. Você sabe disso."

"Você está inventando isso."

Depois de fazer ela soltar isso de uma vez, Amory estava livre para ir com tudo, mostrar suas vontades. Ele estava estranhamente bronzeado para dezembro, ela pensou. Deve ter ido de novo até o istmo para se reunir com o pessoal do Café El Bandito, ou com os seus chapinhas da Junta. "Mas por que, minha cara sobrinha, eu faria uma coisa dessas?"

De fato, por que, ela pensou, se com a volta do Papai ela ia descobrir simplesmente que ele estava mentindo? "Ótimo", ela disse, "pode até ser verdade. Mas nós somos processados o tempo todo. É por isso que temos um departamento jurídico."

"Isso é outra coisa. Alguém na empresa agiu como delator. O seu pai é o acusado principal. Há a possibilidade de uma detenção, sem nem falar do escândalo."

"Bom, o que é que você propõe que a gente faça?"

Depois de engolir sua repulsa, ela decidiu com ele que o Papai ia continuar em Chicago até segunda, quando ia se entregar pessoalmente diante de um juiz. Assim, eles podiam manter tudo fora dos jornais, ou pelo menos confinado à seção financeira. Amory, claro, estava confiante, ele disse, depois de ter torturado Regan suficientemente, de que não tinha havido crime de fato. De que isso ia passar.

Mas e ia? Quando Regan chegou à rua meia hora depois, as sirenes que vinha ouvindo à distância eram iminentes. Luzes vermelhas e azuis lambiam a porta do elevador. A quadra diante das janelas da rua era agora um espetáculo horrendo de viaturas policiais e ambulâncias e de gente caindo pelas calçadas: gente da festa, gente de outras festas, mulheres de outros prédios por ali com o cabelo cheio de neve, que tinham saído de casa de chinelos, putativamente para levar os minúsculos cãezinhos para mais um passeio antes de o dia nascer, mas na verdade só de curiosas. E que vergonha, Regan, você aí fingindo que o seu coração é mais puro. O primeiro instinto dela, apesar das endorfinas e dos canabinoides que se acotovelavam na sua corrente sanguínea, foi ir perguntar: A polícia já tinha chegado? E aí Miguel explicou, com uma voz contrita, que alguém tinha sido baleado no parque. Ela desejou poder voltar no tempo e apagar a parte dentro dela que tinha acreditado que isso devia ter alguma relação com o seu Pai, com os seus problemas. "Coisa mais triste", o porteiro disse. "Uma criança." E, subitamente, lá estavam suas próprias crianças, desprovidas de carapaças, nas suas camas, com apenas três fechaduras e a sra. Santos, a babá, como proteção, e ela só queria se pôr em movimento, em direção a elas.

Seguiu precariamente até a Amsterdam com aqueles saltos e pegou um táxi. Pediu para o motorista pegar a Transverse, para evitar aquele imbróglio lá no Papai. Só depois de um minuto foi que lhe ocorreu que tinha dado ao taxista o endereço da casa antiga, por reflexo. Ela se inclinou para pedir que ele dobrasse à direita quando eles chegaram à 5th Avenue — eles na verdade iam para o Brooklyn. Ela ainda pensava naquilo nesses termos, como um *pedido*, e não uma *instrução*. Ele podia muito bem ter adotado alguma rota alternativa para fazer rodar o taxímetro, ou ter deixado ela à beira da morte num descampado perto de um dos aeroportos, depois de lhe tomar a carteira. Ela antigamente tinha um talento para confiar em pessoas que diziam saber o caminho, mas por toda parte, hoje em dia, essas histórias de horror ficavam voando na sua cara, como folhas de tabloides que decolavam da sarjeta numa rajada de vento. Ladrões disfarçados de taxistas. Assassinos se passando por policiais. E agora *Criança baleada no Parque*.

Lutando contra a náusea, ela apoiou a testa na janela. Pelo vidro frio e através da neve ela podia ver até o topo do muro que cercava a transversal. Ramos tatuavam o céu. Um homem com uma arma ia de árvore em árvore, no encalço dela, mas não de verdade. Quando foi que ela ficou tão cagona? Tinha conseguido, via várias estratégias convolutas, manter essa resposta oculta até de si própria. Essas coisas sempre envolviam um homem, a análise tinha a ajudado a perceber. Foi o Papai, depois o William, e aí Keith, cada um assumindo onde o antecessor tinha fracassado. Mas agora não sobrava ninguém para cuidar dela, ou a quem alguém que lhe fizesse mal tivesse que prestar contas. Ela mesma era a proteção, a última linha de defesa entre Will, Cate e o mundo, e o que lhe dava medo ela teria simplesmente que encarar.

Os buracos da 5th Avenue e a suspensão acolchoada do táxi faziam o seu estômago sair flutuando de novo. A neve estava diminuindo do outro lado do vidro embaçado. Por toda uma rua que cruzava com aquela, as luzes da Times Square brilhavam frias e desumanas. Era surpreendente a velocidade com que ela esvaziava depois que desligavam as câmeras. A neve ia ser soprada pelo vento e revelar trepadeiras escalando casas, pumas espreitando a entrada do metrô. Não uma ordem natural das coisas, mas o caos: crianças se rebelando contra os pais, carros caindo em buracos na rua. Distritos comerciais vazios, bairros dominados. Indigentes encolhidos em becos, erguendo os olhos de guaxinins para a varredura dos faróis dos carros que passavam, patas apertadas, rostos maculados de sangue. E, por baixo disso tudo, um estalo ecoante — o som que ela agora percebia que tinha ouvido também, lá em cima na sacada, de uma arma disparando. Num mundo justo, ela achava, aquela criança, fosse quem fosse, estaria de pé, e Amory seria a pessoa naquela ambulância, indo aos gritos para o centro.

Ela não conseguia tirar a voz dele da cabeça. *Isso tudo vai passar.* Uma Zona de Decadência Urbana. E também não conseguia esquecer aquele tiro. A bile subia-lhe quente pela garganta. Ela chegou até a via expressa, mas aí teve que pedir para o taxista encostar. Ela se encolheu, mãos nos joelhos, sobre a divisória das pistas. Não tinha fechado a porta quando saiu, e lá de dentro vazavam a luz do teto e o som do rádio, que o taxista deve ter aumentado para encobrir o ruído do vômito. Era aquele locutor que recebia chamadas, o cara do Grito Primal, um Dr. Fulano, com Z, não era médico de verdade. Mas será que era possível que o programa dele já estivesse no ar, sei lá que horas da madrugada, num sábado? E outra; será que ela podia mesmo estar ouvindo ele debater sobre investidores criminosos, tão pouco depois de ter combinado com Amory que eles iam manter o indiciamento em segredo? Ela podia sentir aquele aumento ameaçador da temperatura corporal. O álcool não queria largá-la. Ela não ia, mas não ia mesmo, meter o dedo na garganta; fazia meio ano que não se forçava a vomitar, e se os meninos pudessem ver a mãe neste momento? Carros passavam zunindo por ela, um emaranhado de luzes telegráficas que imprimiam sombras trêmulas no concreto. E aí veio, seu tempo recorde acabou, de modo que se pode dizer que o primeiro ato oficial de Regan em 1977 foi vomitar até as tripas no acostamento da FDR.

11

    Ornatos revestidos de um ouropel-alumínio que se desprendem de seus diademas, confete sujo de fuligem, línguas de línguas de sogra pisadas no asfalto, pés quebrados de taças descartáveis de champagne, guimbas de Luckies cáqui e de pálidos Pall Malls, trouxinhas de drogas como pulmões colabados, fora as garrafas: meio cheias, vazias, partidas no gargalo para uso em atividades criminosas ou estilhaçadas em verdes e castanhas explosões que a luz vermelha de um *peep show* faz parecer românticas, de um jeito meio sórdido. Isso é o que você não vê na TV. Metragem extra de filme, rolo alternativo das imagens do depois. Personalidades televisivas deixam que seus guarda-costas do Fruto do Islã as enfiem nas cabines traseiras estofadas de táxis. Um técnico sindicalizado com uma jaqueta de cetim enrola cabos no antebraço como se fosse uma espia náutica; sua ponta solta fustiga a neve. Quando a bola, que escorregou monorquídica, se apagou sobre a Times Square, as últimas massas escorreram para o metrô. Por um segundo a cidade parece se inclinar para a frente e fazer contato com um seu futuro: destruída, despovoada e quase imóvel. Num hangar lacrado, economistas forenses circulam entre lotes numerados com balanças e paquímetros. Acreditando-se evoluídos, além da ilusão e da solidão, além da doença e do desejo e do sexo, eles cantarolam distraídos e se perguntam o que aquilo tudo significou. Na medida em que tenham razão a respeito de si próprios, não vão ter como saber.

E não esqueçamos os pombos, que não deviam estar ativos assim tão tarde, mas estão. Eles reviram papéis de hambúrguer que foram soprados contra as fachadas dos prédios, carregam seu espólio de volta até os leões da Biblioteca Pública a algumas longas quadras dali. Normalmente não iriam tão longe em busca de comida, mas hoje estão agitados por causa das sirenes que cantam um tempo desconjuntado, coisas que saíram terrivelmente erradas. O que pode explicar por que um grupinho deles se refugiou no teto solar quebrado de uma delegacia nos quarteirões silentes ao sul do Lincoln Center. Eles se juntam num coro em torno de uma bolsa pendente de plástico transparente. Suas garras fazem ruídos miúdos quando eles se movem.

Mercer Goodman vai levar algum tempo para identificar as sombras ovoides lá em cima, mas também, sentado quase diretamente debaixo do buraco desleixadamente aberto no forro da Sala de Interrogatórios número 2, tempo não é exatamente o que lhe falta. O revestimento acústico em torno do buraco termina em bordas descoloridas que parecem cortadas menos a serra do que a dente. Um pouco de água se juntou na barriga pendente do forro plástico que grampearam ali. Toda vez que o vento bate, as emendas chiam asmáticas, deixando entrar o ar de gelar os ossos, e aí no silêncio que se segue vêm os ruídos miúdos. Mercer estremece. Logo atrás dos olhos dele há uma pressão pontilhista como o estalido de mil rolhas de champagne. Ou, mais precisamente, veias. Espremer as órbitas com as mãos traz algum alívio, mas, por motivos em que está tentando não pensar, ele não quer fechar os olhos. Começou a se perguntar, não exatamente de um modo abstrato, se por acaso aquele buraco no teto é algum tipo de convite — se, pondo-se de pé na mesa à sua frente, ele consegue alcançar o teto e fugir —, quando lhe ocorre que as sombras não são ovos, mas aves. O que explica aquele cheiro ali dentro, como serragem e os galinheiros sujos da sua infância. É como se eles tivessem vindo atrás dele.

E, de certa forma, eles são uma distração bem-vinda; esta sala é, em vários outros aspectos, um vazio angustiado. No nível dos olhos, o branco é monolítico: porta branca, tampo branco de fórmica na mesa, paredes brancas para você ficar olhando enquanto espera a volta de um homem branco, aquele que o trouxe até aqui no banco de trás de um carro cujas portas não tinham maçanetas pelo lado de dentro. Como era o nome do cara? McMahon? McManus? Mercer estava abalado demais na hora para prestar atenção em detalhes, mas tem certeza que era McAlguma-Coisa. Ele tinha empurrado um copinho de isopor uns centímetros para a frente, como que para deixá-lo exatamente a meio caminho entre ele e o detento, branco sobre a mesa branca. Seu corpo grandalhão ocupava toda a porta. Mercer podia ver, atrás dela, o escritório sem paredes que tinha acabado de atravessar sob escolta, a muralha de blocos de vidro como gelo intocado pela luz, apesar de a garganta de Mercer (cinzas acres) e seus olhos (rasgados por lixas) sugerirem que devia ser quase de manhã. Os tubos de luz agora no alto revelaram que os óculos do Detetive McAlguma-Coisa eram discretamente escurecidos. A região mais baixa das lentes, do mesmo azul da sua íris, reduziam-lhe os olhos a pupilas. *Sente*, ele disse. *Eu volto em cinco minutos.*

Claro que, sem relógio na sala, Mercer não tinha como contar os minutos. Não havia como saber quanto tempo se passou desde que, num frenesi de compaixão, ele tinha metido sua moedinha no aparelho da NYTel lá do centro. Será que já era tarde a ponto de William estar em casa? E, se sim, será que ele estava começando a ficar preocupado?

Não que Mercer estivesse preso. Ainda não, pelo menos. Na verdade, ele parecia ser vítima de certa ambiguidade do termo "testemunha", que tinha imaginado que conotava o fato de alguém ter testemunhado um acontecimento. Só que o que ele testemunhou, em vez disso, foi o que vinha depois, coisa que os paramédicos que atenderam seu telefonema, ou os próprios policiais, podiam descrever tão bem quanto ele. Ele ainda podia vê-los, os primeiros a chegar na cena, emergindo do parque mais lúgubres do que tinham entrado. Podia ver a maca, o grotesco morro dos pés sob o lençol branco. E o braço esticado, a neve ensanguentada. Estava tudo gravado a fogo dentro das suas pálpebras. Daí seu esforço por se concentrar apenas no que estava ali diante dele.

Sua dura cadeira de presídio estava parafusada no chão, e havia um buraco na mesa por onde passariam as algemas, caso ele estivesse algemado. O copinho de café tinha como que uma mordida faltando na borda. Tudo aquilo contribuía para o ar de experimento que a sala tinha, ar de um elaborado desafio. Preso na parede estava um espelho que provavelmente não era espelho, e ele podia imaginar três ou quatro policiais assistindo, amarrotados, mais para gordos. *Cinco paus que ele tenta a claraboia. Não, cincão que ele pega o copinho. Cinco paus aqui que em cinco minutos esse negão desmonta e confessa tudo.*

Se bem que talvez isso tudo ainda fosse paranoia causada pela maconha que eles sem sombra de dúvida sabiam que ele tinha fumado, ou um desejo por algum tipo de castigo, ou o resíduo remanescente dos programas de TV de William que vazavam pela cortina de contas à noite e entravam nos seus sonhos, *Baretta* e *Starsky* e *Barnaby Jones*. Porque quando a porta finalmente abriu de novo, lá estava apenas o Detetive McAlguma-Coisa, e as longas e baixas fileiras de paredes de cubículos atrás dele, dividindo a delegacia esvaziada em escritórios, infernos retangulares embutidos. "Tudo certinho aqui?" Sem esperar uma resposta, ele largou a jaqueta de imitação de couro no encosto de uma cadeira vazia. A coronha do revólver se projetava do coldre como uma mão ansiosa por um cumprimento.

Para dizer bem a verdade, não estava tudo certinho — além de estar meio louco por causa dessa incerteza, Mercer estava gelado pra caralho, e podia ter dado um bom uso àquela jaqueta ali —, mas sabia muito bem que não devia ser franco; ele já estava vendo como aquilo ia se encaminhar.

Do bolso de uma camisa tropical colorida emergiu um caderninho daqueles de virar as páginas para cima, e depois de certo tatear de bolsos muito teatral — mais adiamentos — emergiu também um meio lápis sem borracha conhecido das quadras de golfe em miniatura e do topo dos catálogos de biblioteca. "Eu vou lhe fazer umas perguntas agora, sr. Freeman."

"Goodman."

"Claro. Goodman." O policial bocejou, como se fosse mais cansativo estar sentado daquele lado da mesa julgando do que do outro, sendo julgado. Aí ele começou a anotar as mesmíssimas informações que Mercer tinha fornecido imediatamente lá na Central Park West, quem sabe testando para ver se as respostas mudavam. Mercer deu sua data de nascimento. "Então o senhor está com... quantos anos mesmo?"

"Vinte e cinco." Ou quase vinte e cinco, mas se o cara não queria se dar ao trabalho de fazer as contas...

Um tênis provindo do espaço abaixo da mesa encontrou apoio na cadeira vazia ao lado dele. O detetive foi se alavancando até uma posição reclinada e preguiçosa. O chiclete que ele mascava estalava como um pneu murcho. Será que era para Mercer pensar *Nossa, nós somos iguaizinhos, eu e você,* ou será que isso tudo simplesmente era parte de um rebaixamento geral dos níveis de exigência, da guinada entrópica de todas as coisas? "Eu estou vendo que o senhor se transferiu para cá."

"Eu não sou daqui, não."

Veio um leve crepitar de perigo no que o tira ergueu os olhos do bloco para ver se estavam rindo dele. Não, por sabe-se lá qual motivo, McAlguma-Coisa não gostava dele. A paranoia cresceu. Era como quando você passava pela patrulha rodoviária e de repente parecia totalmente possível que houvesse um cadáver no porta-malas. E será que eles sabiam disso também? Será que a possibilidade de eles saberem era um dos complexos parâmetros daquela situação?

Pediram um endereço, ele deu.

"Isso é permanente, ou...?"

"Eu estou na casa de um amigo até poder me ajeitar melhor." Era uma frase que ele tinha usado com a mãe. Não sabia mais dizer se era mentira ou não, tecnicamente falando.

"Certo, agora eu estou lembrando. E me refresque aqui a memória, qual era mesmo o nome desse amigo?" As inflexões da periferia de Nova York do sujeito tinham ficado mais nítidas, de modo a transmitir a imensa e cada vez mais ampla diferença entre eles. Mercer já tinha ouvido aquilo, essa postura especial de macho, reservada a transviados potenciais. *Você nunca vai me contaminar, bichinha!* Como se Mercer um dia pudesse se sentir atraído por um rosto tão comum. Tire os óculos, e era como que uma média de todo rosto irlandês-americano daquela cidade; um punhado de sardas ao longo de um nariz só-um-tantinho-arrebitado. Mas era verdade também que as bochechas dele tinham covinhas quando ele sorria. "Ah, espera lá, eu tenho aqui. É Bill alguma coisa. Billy-boy. Bill Wilson." Mercer tinha catado um sobrenome de um conto de Poe; se o pegassem, ele podia dizer que alguém tinha ouvido errado. "Isso é só uma situação de dividir um apê, né? Dois amigões do peito." A camisa havaiana parecia preencher a sala toda, e ali estava Mercer, minúsculo, indefeso, em queda livre entre coqueiros e a lua sobre as águas e sem nada em que se agarrar.

Ele soprou as mãos. "Posso lhe fazer uma pergunta, Detetive?"

"Acabou de fazer."

Dezoito anos à mercê do C.L. deviam ter bastado para que o medo eliminasse a sua resistência. Você ficava era com a sua cabeça idiota bem abaixadinha. Você *Sim-senhorava* e você *Não-senhorava*, e você não lhes dava uma desculpa. Mas isso ali era 1976, não 1936 — ou será que era 1977, na capital do mundo livre, e *ele não tinha feito nada errado*. "Se o senhor já sabe isso tudo, por que repetir as perguntas?"

O silêncio que se seguiu não podia significar boa coisa. Mas aí veio uma batida na porta, tá tarará tá, e uma cabeça grisalha, bem mais baixa do que faria sentido que estivesse qualquer cabeça, introduziu-se na fresta que se ampliava entre porta e umbral. "Eu não estou incomodando aqui, estou?"

O detetive não respondeu, nem se virou.

"Maravilha." A porta abriu mais, e um corpo entrou na sala atrás da cabeça. Dada a obstrução dos ombros de McAlguma-Coisa, para nem falar dos outros cálculos em que estava envolvido, Mercer levou um segundo para sacar o que era que não estava bem certo no que se referia àquela cabeça: ela nunca se endireitava. Com olhos de quem estava se divertindo, aqueles zigomas avermelhados que pareciam bolas de sinuca, uma boca que praticamente desaparecia sob um grosso bigode grisalho, ela dava a impressão de estar caindo para a frente, arrastando o corpo atrás de si como uma âncora puxa a corrente. Uma muleta canadense de metal estava presa abaixo do cotovelo do blazer esporte do recém-chegado; o baque surdo da sua ponta distal no piso de concreto fez os pombos se reacomodarem na claraboia. Mais ruídos miúdos. *Tic, tic.* O outro braço agarrava um saco de papel pardo, que o sujeito largou na mesa. Soltando a muleta, ele agarrou a borda da mesa e estendeu outra mão para Mercer com um sorriso apertado. "Larry Pulaski."

Mercer apertou relutante a mão dele. Os ossos dele se moviam ali dentro como bolas de gude numa bolsa de camurça. O homem sacou três copos de café para viagem. "Tem que andar um bocado pra achar café a essa hora da noite."

"Então de onde foi que isso veio?", Mercer perguntou, acenando com a cabeça para o copo de isopor sobre a mesa. Ele não teve forças para se conter, outro pequeno gesto de desafio, e agora se preparou para ver a mão enorme do Detetive MacAlguma-Coisa soltar o cadernínho e voar como um beijo contra a sua boca. (E como é que ele ia explicar o lábio cortado para William, sem revelar aonde tinha ido?) Em vez disso, recebeu um sorriso amarelo de desdém.

"Isso é pras gotas que caem quando a claraboia vaza. Se quiser tomar cocô de pombo, fique à vontade."

O mais velho continuou sorrindo. "Alguns dos meus colegas mais jovens, sr. Goodman, como o Detetive McFadden aqui, se contentam com aquela coisa de acrescentar-água-e-mexer."

"Eu não entendo o que é que você tem contra Nescafé", McFadden disse. "Eu estou sinceramente me sentindo assim meio... como é que chama? Desvalorizado."

"Mas os dinossauros como eu, nós temos lá os nossos hábitos."

Pulaski também era detetive, então, e isso devia ser parte do joguinho deles, da rotina ali. Mas havia alguma coisa enferrujada naquilo. Como o veterano calejado, Pulaski era delicado demais. E ele fazia McFadden, com a sua camisa hipnoticamente polinésia, parecer de súbito menos convincente também. Era como se eles tivessem passado por uma sala de figurino no caminho para cá, pegando o que estivesse à mão. "Então o senhor é o tira bom?"

McFadden se virou para seu parceiro. "O sr. Goddman aqui decidiu bancar o espertinho."

"Eu tenho direito a um advogado?"

"Está vendo o que eu disse, Inspetor?" Para Mercer, ele disse: "Você não está preso, inteligência. Advogado só com detenção."

"Então eu posso ir embora?"

O sorriso de Pulaski boiava sobre a mesa como o de um crupiê. "Eu estava torcendo que com um cafezinho de verdade na mesa a gente pudesse fazer isso aqui menos asperamente, sr. Goodman. Vai lá, registra logo algum depoimento, e aí pode ir cuidar da sua vida. Eu tenho um fraco e doce, um com leite e um preto." Ele tocou a tampa de cada copinho enquanto os identificava. "Eu sou flexível, então posso me virar de qualquer jeito aqui. Preferências, Detetive?"

McFadden deu de ombros. "Desde que esteja quente."

"Então nós somos flexíveis, está vendo? A escolha é sua, sr. Goodman."

Se o Pai estivesse aqui, ele teria dito algo sobre confiar em Pulaski. Homens como aquele tinham vigiado os ancestrais de Mercer em canaviais e plantações de algodão; uma postura *camarada* era só um disfarce para mais uma *camaçada* de pau. Mas você não sentiu cheiro de café na vida antes de cheirar um cafezinho de padaria bem quentinho às, digamos, quatro e meia da manhã na noite em que viu o seu primeiro assassinato. Ou tentativa de assassinato? "Eu fico com o com leite", ele disse.

Distribuídos os cafés, Pulaski puxou a cadeira em que o pé de McFadden estava descansando. Ele ficou com o blazer, como se pudesse sair a qualquer momento, mas soltou a muleta do antebraço e a deixou apoiada na mesa. McFadden empurrou o caderninho na direção dele. "A gente estava chegando perto do fim das preliminares, Inspetor. Eu vou continuar agora. Tudo bem pra você?"

Aquilo foi um pouco cáustico, mas Pulaski ergueu a mão sem tirar os olhos do bloco, como que para indicar que ele, Pulaski, nem estava ali. "Por favor." Então, na medida em que ele era mesmo aquela criatura mítica, o tira bonzinho, ia ser completamente inútil na tarefa de defender a testemunha desse colega mais jovem e gigante, que agora se apoiava nos cotovelos sobre a mesa. Mercer bebeu um longo gole de café, só para colocar algum objeto entre ele e seu interrogador.

"Então o que você estava me contando lá no parque é que você sai de uma festa na 72, vai até o ponto esperar o ônibus. Você não estava usando essa roupa de pinguim, né? Quer dizer, está frio lá fora."

"É um smoking, Detetive. E não, eu estava com um sobretudo."

"Beleza, você parece um cara que entende de roupa de homem. E esse sobretudo seria, o quê, um belo casaco de lã de ovelha? De alguma loja da 5th Avenue?"

"Bloomingdale's. O senhor deve ter visto o casaco cobrindo a..."

"A vítima. Isso mesmo."

O casaco ausente, lhe ocorria, era mais uma coisa que ia ser difícil explicar para o William. "Ele provavelmente, sei lá, veio na ambulância ou alguma coisa assim, ou ainda está lá no parque. Eu não entendo que diferença isso faz."

"Ah, uma prova desse tipo, a gente não ia deixar lá no parque, isso eu posso lhe garantir." McFadden estava começando a gostar daquilo, da cena, mas Pulaski torcia o nariz, como quem tem que engolir, em nome da etiqueta, um canapé que não estava a contento.

"Acho que podemos passar por cima de um pouco dos detalhes, pra o sr. Goodman poder voltar pra casa mais rápido."

"Mas é engraçado", McFadden disse. "Usar um sobretudo bacana daqueles, mas ficar esperando o ônibus em vez de pegar um táxi?"

"É do meu colega, se o senhor precisa saber."

"Ah. Então estamos de volta. O misterioso coleguinha. William Wilson."

Pulaski ergueu os olhos. "Isso me lembra uma pessoa que nós dois conhecemos, Detetive, quando você faz isso com os detalhes."

"Ótimo. Vamos recapitular aqui. Essa festa, essa festa superchique em que o senhor disse que estava. Havia algum consumo de substâncias controladas nessa festa, até onde o senhor tem conhecimento?"

Mercer estava perdido. "Eu não sei do que o senhor está falando. O senhor está falando de champagne?"

"Eu estou falando de... o senhor sabe do que eu estou falando, sr. Goodman. O senhor esteve sob influência de narcóticos em algum momento dessa noite?"

Mas, de novo, Pulaski torceu o nariz, e dessa vez o gesto foi acompanhado por uma tosse minúscula.

McFadden parecia quase tão frustrado quanto Mercer. "O negócio, Pulaski, é que eu não estou gostando da história dele."

"Eu liguei pra vocês", Mercer disse. "*Eu* liguei pra *vocês*. Eu podia simplesmente ter deixado ela ali, fingido que nem tinha visto nada. Fiquei esperando vocês aparecerem."

"Alguma coisa não bate. O senhor trabalha com o quê, sr. Goodman? Qual é a sua fonte de renda?"

Mercer podia sentir o rosto queimando. "Eu trabalho na Wenceslas-Mockingbird School. Trata-se de uma escola muito prestigiosa, lá na 4th Avenue."

"Bom, e, assim, o senhor atende o telefone, ou esfrega chão, ou o quê?"

"Por que é que vocês não ligam lá pra conferir?"

"São quatro da manhã de um feriado nacional, então isso é bem conveniente pro senhor. Mas pode apostar que a gente vai ligar assim que eles abrirem."

A mandíbula de McFadden ondulou no que a mão de Pulaski subiu mais uma vez. "Detetive, se não for incômodo, o sr. Goodman de fato ligou pra polícia, e eu posso ver que as suas notas aqui são muito meticulosas. Se o senhor não se incomodar de ir datilografar as preliminares, eu e o sr. Goodman podemos esclarecer um pouco dessa confusão que ainda sobrou aqui."

Os dois trocaram um breve olhar, que Mercer teve certeza de que não deveria ter visto. Duas mãos agarradas ao mesmo bastão inefável. Para sua surpresa, Pulaski ganhou.

No minuto em que McFadden saiu, o eriçar do perigo sumiu completamente da sala. O que Mercer sentiu por Pulaski então era próximo da gratidão. O homenzinho, que ficava corcunda mesmo sentado, demorou uma eternidade para se livrar do blazer e dobrá-lo por cima do encosto da cadeira. "Pólio, na infância", ele disse *sotto voce*, como se tivesse percebido o olhar de Mercer mas não quisesse constrangê-lo. "Mais comum" — contorce daqui, contorce dali — "do que o senhor imagina. Não se preocupe. Não dói." Ele estava ligeiramente sem fôlego quando sentou de novo. Ajustou a muleta para que formasse um ângulo reto com a borda da mesa. Tirou o seu próprio bloco de notas de um bolso interno, que parecia ser o lugar onde eles os deixavam, e o alinhou ortogonalmente à sua frente. Tateou as calças — "Agora onde foi que eu deixei aquela caneta?" — e aí, com o floreio ardiloso de um mágico, sacou uma caneta de prata, como a Waterman que Mercer um dia teve. "Eu tenho uma fraqueza, segundo a minha esposa. Mas o meu lema sempre foi necessidades modestas atendidas com exuberância." Quando a caneta estava perfeitamente paralela ao caderno, Mercer achou ter ouvido um ronronar de satisfação. "Eu devo lhe explicar, sr. Goodman…"

"O senhor pode me chamar de Mercer."

"Mercer, obrigado. O detetive McF, por mais que possa ser meio rude, é um bom policial. Ele acredita, e ninguém ainda provou o contrário, que as pessoas são basicamente animais, e que pra conseguir que elas façam qualquer coisa, você tem que mostrar o chicote que tem na mão. Mas eu" — leve ajuste na posição do bloco — "eu tenho cá as minhas ideias meio esotéricas, que evoluíram ao longo de mais anos do que me agrada lembrar, e que me dizem que, desde que haja cooperação mútua, por que dificultar as coisas?"

Mercer pode até ter detectado uma ameaça implícita aqui, mas o seu corpo, ainda zumbindo com a química do alívio, se negava a dar bola para isso. E na súbita ausência de qualquer tensão que o mantivesse alerta, ele percebeu que estava exausto. "Está gelado aqui."

"Cortes orçamentários."

"Que noite..."

"Posso imaginar." Claro que Pulaski podia imaginar. O registro de dez mil noites como essa estava contabilizado nos cabelos brancos generosamente distribuídos no seu corte à escovinha. Nas dobras da coluna, visíveis através do tecido da camisa quando ele se dobrava para pegar o caderno. Era Mercer quem não podia imaginar. *A testemunha é terminalmente solipsista*, a Waterman escreveria. "Agora, Mercer, o que eu ia gostar que você me fizesse aqui, o que ia me ajudar, era se você simplesmente começasse do começo, e me dissesse, do jeito mais direto, como encontrou a srta. Cicciaro. Ela é a vítima. E o nome é confidencial neste momento, já que ela é menor. Eu pediria para você não repetir esse nome por aí."

"Posso lhe fazer uma pergunta antes, Detetive?"

"Manda ver."

"Ela está viva?"

Pulaski ergueu os olhos, uma mirada de infinda piedade. "A última coisa que eu soube era que ela estava entre cirurgias."

"Como assim?"

"Olha, se eu fosse médico..." Seria supérfluo ele tocar na muleta; a essa altura, Mercer sentia que eles se entendiam perfeitamente. Isso se confirmou quando Pulaski pegou um maço de cigarros do bolso do blazer e o empurrou para aquele espaço intermédio em que o copinho de isopor ainda estava. "Eu parei pra pegar isso aí também." As mãos de Mercer estavam trêmulas, de fadiga ou de frio ou de nervoso, e ele teve que se concentrar para guiar o cigarro até o isqueiro do detetive. A chama dançou numa pequena cruz dourada. "Pra te ser franco, Mercer, ela sobreviver ou não já não é uma coisa que a gente possa decidir aqui. A gente tem que se concentrar na justiça, e isso quer dizer tratar isso tudo como tentativa de homicídio. Agora, qualquer coisa que você possa me dizer. Qualquer coisa mesmo, começando do começo."

Ele teve que lutar para não tossir. Fazia muito tempo que o C.L. tinha tentado ensiná-lo a fumar, mas todas as suas pequenas renúncias pareciam estar desmoronando naquela noite. Acima dele, uma mancha marrom de umidade com o formato da flórida maculava o material branco do forro. Uma placa empenada pendia um tanto além da borda do vigote limpo, revelando uma escuridão onde espreitavam cabos, tripas, câmeras, vá saber. De certa maneira, saber como começar era o grande problema da vida de Mercer. Mas agora, quando fechou os olhos, ele pôde sentir a memória vindo como uma enxaqueca: o gatilho, a aura e a dor.

A entrevista deve ter durado mais uma hora, conduzida a passos miúdos, movida por Pulaski. O colega que não pode ir à festa. Mercer lá em seu lugar. As salas lotadíssimas, cozinha, pia rosa, conversa na sacada, fugaz como fumaça. Ele pensou — Mercer agora empalidecia na sala de interrogatório —, ele pensou ter ouvido dois estalos, ecoando como bombinhas no meio da noite. E aí o parque, o corpo. Talvez vinte minutos depois. De pernas abertas como quem tenta fazer um anjo na neve. Ele viu sua mão devolvendo o fone do orelhão ao seu aparelho. Tinha ficado ali sozinho um tempão, sob a luz doentia da cabine. Então tinha ido dar uma olhada nela. E aí voltou quando ouviu as sirenes, se inclinou sobre uma viatura de polícia, tentando explicar a quem pudesse querer saber, com o paralama do carro frio contra as coxas, sal acumulado no capô. Mais veículos congelados em ângulos doidos na rua, atrás dos quais se acumulavam mais foliões, rostos que cresciam e sumiam com a luz das ambulâncias. O compartimento traseiro daquela mesmíssima viatura, cujos pneus que esparramavam água, cuja secura, cuja escuridão e cujo aquecedor enfisemático tornavam remoto o mundo além da janela. A luz no painel que os levava por cruzamentos já vazios.

Quando ele por fim levou a narrativa até o pequeno cubículo branco em que agora estavam, ele e o detetive bocejaram, tão quase simultaneamente que era impossível determinar quem tinha influenciado quem. Mercer, constrangido ao ver o quanto tinha baixado a guarda, não sabia ao certo o que dizer mais. Pulaski também estava calado. As lâmpadas fluorescentes por trás de seu retângulo de plástico texturizado emitiam uma insistente luz felpuda, descolorida. Pulaski tinha anotado coisas em pequenas letras de fôrma, e, enquanto ele repassava as páginas anteriores (como ele tinha conseguido escrever tanto, tão direitinho e em tão pouco tempo?), Mercer tentava ler as notas de cabeça para baixo. REGAN, ele viu. E ÔNIBUS: MIO? Será que ele tinha percebido as omissões conscientes de Mercer? Bom, não era problema de Pulaski saber com quem Mercer decidia dormir, e apesar de ser literalmente problema dele saber que Mercer estava saindo de um barato de maconha, não tinha a ver com o crime que tinham que resolver. Ele achava que estava sentindo na atenção do detetive ainda outras lacunas, não intencionais: perguntas que ele não tinha pensado em fazer, motores obscuros por trás da superfície das coisas. Mas talvez o ruído dos pombos o estivesse deixando maluco. Em seguida a Waterman bateu no bloco e Pulaski ergueu os olhos, um olhar perfunctório. "A gravata", ele disse.

"Perdão?"

"Você estava de gravata quando chegou à festa. Você disse que parou pra ajeitar o nó antes de entrar." A parte de trás da caneta de prata apontou para o colarinho aberto da camisa de Mercer. "Você deve ter tirado em algum momento."

"É. Sim, senhor. Quando eu estava esperando o ônibus, acho." Mas ele só lembrava de ter estado com ela. De um extremo da noite, ele olhava e revia o outro, um rapaz numa esquina deserta. O prédio do outro lado da rua tinha sido um imenso cruzeiro de férias todo de vidro. Se ele simplesmente conseguisse chegar até a porta, todos os sonhos se realizariam. Tinha se agachado para tirar um pouco de neve de um espelho retrovisor lateral enquanto desfazia e refazia o nó da gravata. Depois de ter treinado aquilo mil vezes, ele precisava do espelho só para verificar se a aparência estava boa. Ainda não tinha entendido que precisava de mais do que uma gravata-borboleta para deixar as coisas com a cara certa. "Eu devo ter deixado no bolso do sobretudo."

Pulaski fez um sinal com a mão, e a porta da sala se abriu. Era McFadden, com o sobretudo de William na mão. Ele o jogou no meio da mesa como um tapa de luva de lã, ficou convenientemente encarando Mercer, e aí deu as costas e saiu. "Algum palpite de onde foi que a gente achou isso aqui, sr. Goodman?", Pulaski disse.

"Eu estava tentando deixar ela quentinha até a ambulância chegar."

"E algum palpite do que foi que a gente achou aqui dentro?" Ele meteu as duas mãos no bolso. Uma delas emergiu e se desdobrou, e uma gravata preta se desamassou. Quando Mercer esticou a mão para pegá-la, a outra mão colocou sobre a mesa, com uma delicadeza medonha, um estojo de couro do tamanho de uma Bíblia pequena. Dentro dele, duas seringas e uma ampola de pó enrolado em plástico transparente.

"Sabe, Mercer, isso aqui é meio confuso pra mim. Eu sou da polícia. Você sabe qual é o nosso emprego aqui? Provas. Isso e papelada. Análise de caligrafia e digitais, só. E o que eu tenho aqui é um casaco, ligado a você, ligado à moça, e o que parece ser um grama de heroína do tipo que se vende na rua."

"Mas isso não é meu!" Parecia que ele tinha tomado um chute no saco — a mesma náusea fosca que se espalhava pelo corpo. Estavam armando para ele. Ele queria um advogado. Aí ele soube onde tinha visto o estojo antes: ah. Ah. "Deve ser de outra pessoa. Do dono do casaco."

"Parece que o senhor e essa pessoa precisam bater um papo, então." Eles ficaram se encarando sabe Deus quanto tempo. Por trás do bigode felpudo, o rosto do policialzinho se contorcia. Mercer estava prestes a estender os braços e pedir as algemas de uma vez quando Pulaski acrescentou: "Enquanto isso, é melhor o senhor mandar para a tinturaria. Está sujo de sangue. A gente vai ficar com isso aqui, claro". Ele pegou o estojo.

"Espera, vocês não vão me prender?"

"Mercer, eu estou te dizendo, eu me complico por causa dessas coisas, mas você tem uma cara que me dá vontade de confiar em você, e acho que você foi sincero comigo, até onde te foi possível."

"Eu fui. Eu juro. Fui mesmo."

"Então o nosso acordo aqui vai ser o seguinte… ", e agora, de algum lugar entre as misteriosas dobras do caderninho, emergiu um cartão pessoal. "Se alguma coisa te vier à mente — eu estou falando da menor coisinha —, você me liga. De resto, sei onde você mora." Mercer foi pegar o cartão. Por um segundo, os dedos deles estiveram em contato. "Agora vem o momento em que você se manda daqui de uma vez."

Pulaski deixou ele levantar, pegar o casaco e seguir para a porta, tudo isso enquanto fingia estar tomando mais notas. Ele estava quase na porta quando o cara disse, como que para ninguém: "Você sabe que pode ter salvado uma vida hoje". E foi engraçado, naquele momento específico, porque era exatamente assim que Mercer se sentia a respeito do detetivezinho. Ou inspetor, na verdade. **INSPETOR DELEGADO LAWRENCE J. PULASKI**, dizia o cartão. E enquanto ele ficava ali parado, algo já estava lhe vindo à mente, algo que podia ter dito a Pulaski caso não suspeitasse de que isso o teria deixado ainda mais tempo ali. Ele tinha achado, por um momento, que alguém estava vigiando o que ele fazia no parque. Ali, ajoelhado na neve — estúpido como um pombo, ajeitando o lindo sobretudo por cima do corpo contorcido e agora silente cujo cheiro jamais o abandonaria —, ele tinha tido certeza, por uma fração de segundo, de que não estava sozinho.

12

Cabos percorrendo acordes e quiálteras, vez por outra inflando-se em conexões corroídas, estranhas formas contra o céu, triângulos e esferas como uma mensagem codificada que tentasse lhe dizer alguma coisa. Nesta manhã, toda a muda amplidão de Long Island tentava lhe dizer alguma coisa: que ele era um bosta, um covarde, que devia estar lá com a Sam, em vez de aqui neste trem, com a calça do pijama nas suas pernas sem jeans e aquele gorro na cabeça para ficar com aquela cara idiota de pirado. Transformadores de energia erguiam-se inclinados como exaustos crucifixos, marcados de ferrugem e gelo do outro lado de uma janela que sua visão atravessava apenas de maneira imperfeita, assim como ele só lembrava a noite de modo imperfeito. A condensação traçava linhas nas partes embaçadas do vidro, e atrás dessas linhas flutuavam aves num céu que se abria, as gaivotas da estação Jamaica. Caules de grama brotavam da neve como fios de bigode num rosto cinza e pálido. "Bilhetes", o condutor disse. "Bilhetes." Bem baixinho, Charlie começou a cantarolar, tanto para se acalmar quanto para que o condutor quem sabe achasse que ele era pirado mesmo e aí passar direto. *Keep your 'lectric eye on me, babe. Press your raygun to my head...*

O fato era que ele não tinha bilhete. Havia passado as últimas horas escondido em meio ao espetáculo bizarro que eram os momentos antes da aurora na Penn Station, tentando achar um lugar longe o suficiente dos turistas, cafetões, drogados e daqueles raros policiais com carinha de nenê para dormir um pouco em paz. Mas podia sentir olhos famintos que o avaliavam. *Eu sou um ser humano!*, ele queria gritar; *Me deixem em paz!* E quando conseguiu encontrar um pedaço de piso livre no andar superior, na área de espera deserta da Amtrak, entre duas floreiras de hostas mirradas, a última coisa de que se sentia capaz era de dormir. O fedor do subsolo chegava até ele mesmo ali, como água de salsicha misturada com piche de isolamento de teto e deixada para apodrecer num beco, e, quando fechava os olhos, um branco de alta frequência estourava contra o cor-de-rosa normal e tranquilizador. Isso devia ser alguma mistura de cerveja, aguardente e pânico. Por que ele não tinha ideia de para onde ela tinha sido levada. Quantos hospitais havia na cidade? Com uma lista telefônica e uma pilha de moedinhas ele podia ter ligado para todos. Mas ao mesmíssimo tempo que cada célula interior se contorcia e estremecia, por fora ele estava como que em coma, enroscado de lado, com o gorro do Vovô de travesseiro e as calças de pijama se sujando no piso e os coturnos tamanho 44 tentando se manter encolhidos para ninguém ver entre as feias floreiras de estuque. E como ele ousaria sentir pena de si próprio, quando podia ser neve embaixo *dele*, ou uma maca, ou...

Ele estava tentando lembrar como se rezava, *Baruch atah*, quando ouviu uma nuvem de música de discoteca em algum ponto próximo. Abriu os olhos para ver um negro velho que arrastava seu carrinho de limpeza pelas fileiras e mais fileiras de assentos vazios. Eles podiam ser as duas únicas pessoas no andar da Amtrak àquela hora, e o sujeito fingiu não ter visto Charlie enquanto juntava os jornais de ontem de cima das cadeiras e os enfiava num saco de lixo. Mais significativo, havia um rádio transistorizado preso a uma das pernas do carrinho. Era cedo demais para que os jornais do dia tivessem sido entregues nas bancas fechadas da estação, mas as notícias vinham de dez em dez minutos na 1010 WINS, se Charlie conseguisse dar um jeito de fazer o rádio voltar. E se a AM penetrasse aqui embaixo. Com o cara já quase invisível, Charlie foi se esgueirando atrás dele. E quando o carrinho desaparecia atrás de uma coluna, Charlie se escondia do outro lado. Ele ia ficando perto o bastante para ouvir a música de discoteca dar a vez a comerciais sem fim, mas nunca ficava a mais de três metros do carro, e, quando ele desceu as escadas, o sinal se perdeu. Charlie ainda estava esperando ele voltar uma hora depois, quando o quadro que marcava as partidas começou a ondular com os primeiros trens da manhã de sábado. E como é que ele podia se culpar por ter esquecido que o bilhete da volta estava no bolso da calça jeans, num arbusto no Central Park, e que tinha dado todo o dinheiro que tinha para uma menina num clube em que nem deveria estar para começo de conversa?

Agora mais próximo, ele ouvia o estalido do perfurador de bilhetes do condutor, um barulhinho minúsculo, elegante, como um bico que batia numa árvore. Ele fuçou no bolso da jaqueta e achou uma luva amarrotada e um pacotinho de Juicy Fruits já todo ressecado. E se o condutor tivesse sacado qual era a dele? E se eles estivessem revistando todos os trens rumo leste em busca de um carinha, cintura 28, pernas 43, sem calças? Ele não queria chamar a atenção para si próprio, então parou de cantarolar. Tinha decidido — devia isso à Sam — chegar em casa sem que o pegassem.

Talvez fosse uma coisa boa, então, ele ainda não ter ouvido notícias a respeito dela. Porque digamos que ela estivesse no Bellevue, digamos que algum apresentador tivesse aparecido no rádio entre o Wild Cherry e a Sunshine Band e dito, assim, *Baleada no Central Park, unidade de trauma, Bellevue*; será que ele podia saber ao certo que mesmo assim não estaria nesse trem, tentando fugir, tentando se convencer de que podia ser mais útil para ela se estivesse livre, sem que ninguém soubesse que a coisa toda era, indiretamente, culpa dele?

Ele tentou rezar mais uma vez. Não sabia muito nem o que ia pedir — voltar no tempo, fazer tudo diferente, fazer ela ficar bem? —, e tinha pensado, lá na Penn Station, que o problema era esse. Mas não era. E também não era o seu hebraico inexistente, ou a pletora de distrações, o zumbidinho do motor de brinquedo do trem, os subúrbios que iam passando ruidosos, os outros passageiros, o click-clack-click do perfurador do condutor; era o silêncio por trás disso tudo, o silêncio em resposta. E talvez Charlie Weisbarger não recebesse resposta a suas orações porque não sabia a quem se dirigir: ao D-s da Mãe e do Pai, que tinham (apesar de ele fazer o que podia para esquecer disso) arrancado ele de um orfanato aos dois meses e meio, ou à Virgem intercessora a quem os seus ancestrais biológicos recorriam quando precisavam, ou ao Jesus cabeludo e boa-praça que ficava

Super Numa Boa com os meninos da catequese na escolinha...? Antes de poder chegar a uma resposta, o condutor já estava parado bem em cima dele. "Bilhetes, por favor, todos os bilhetes."

"Acho que entrei no trem errado", ele se ouviu balbuciar, falso. "Esse aqui vai pra Garden City?"

"Esse aqui é o Oyster Bay, garoto. Você não presta atenção nos anúncios?"

"Eu queria ir pra Garden City."

O condutor, um sujeito baixinho, tinha mãos grandes, rosto impassível — era longo, o seu turno —, mas era seco como o pai do menino. Pai adotivo, Charlie se forçava a lembrar, e no entanto o melhor e o único que ele pôde conhecer. "Você vai ter que descer na próxima parada, voltar e fazer uma baldeação."

"Mas e se eu ficasse aqui mesmo? Eu podia ligar pra minha mãe ir me pegar em... ãh, Glen Cove ou alguma coisa assim."

"Você ainda assim precisa de um bilhete."

"Mas eu só tenho dinheiro pra ir até Garden City."

Isso também era blefe. Mas de repente algum vestígio daquela tática de insanidade ainda resistia nele, ou de repente o condutor achou que ele era um sem-teto e ficou com pena, ou talvez ele estivesse simplesmente contaminado pela necessidade premente de dar as costas para a safadeza do ano passado, porque só disse: "Jesus amado, garoto. Faça o que você quiser fazer", e seguiu em frente.

Não, aquilo era definitivamente um lampejo da divindade. Alguma força lá fora queria que ele chegasse em casa, e ele estava sendo preservado para algo maior. Assim que se visse em casa, livre, ele ia revirar todos os jornais, ligar para todo e qualquer hospital, se necessário, para saber da Sam. Quando os cabos diminuíram a velocidade mais uma vez e o trem chegou a Flower Hill, ele já estava, na sua cabeça, ao pé do leito dela, consertando tudo.

13

Sobe o pano. Ou não tinha cortina. Onde ela estava? Uma janela grande. Luz sobre uma parede pintada. Ah, o apartamento novo. O décimo quarto andar. Brooklyn. Como quase tudo na vida dela agora, as cortinas estavam numa caixa em algum lugar na grande baderna de caixas, de modo que qualquer coisa que você quisesse muito num dado momento estava no último lugar em que você pensaria em procurar. Será que isso era uma metáfora de alguma coisa? A luz da janela virada para o leste batia em seu rosto como um trauma de força bruta. Será que *isso* era uma metáfora de alguma coisa? E por que ela não tinha percebido antes? Ela normalmente estava de pé mais cedo, era por isso. *Alguém* estava de pé — ela sentia o cheiro dos ovos fritos, e a TV estava ligada na sala de estar —, mas não era, aparentemente, ela. Por que a TV não podia estar numa caixa, e as cortinas, instaladas? Pó de giz parecia recobrir-lhe a boca e a garganta. O polegar latejava. Uma dor rastejava lenta das têmporas para a abóbada do crânio, onde agora restava seu cérebro murcho, ditador minúsculo em seu trono superdimensionado, jogando conversa fora sozinho em vez de fazer o que devia estar fazendo, que era dormir para ver se a ressaca passava. Ela tinha bebido champanhe demais — tinha vomitado tudo, agora lembrava, na beira da FDR, o que explicava a boca de giz, apesar de que ela devia ter escovado os dentes, ela não ia ter deitado sem escovar os dentes, ou ia? Sinceramente, quem é que podia lembrar? Ela tinha certeza de que se virasse para o outro lado, para evitar o sol, a parte de trás do seu cérebro ia bater como uma onda contra os ossos da cabeça e a dor ia começar a oscilar, mas ela tinha que se virar ou nunca ia voltar a dormir. Segurando bem fechadinhas as cortinas das pálpebras, ela respirou e rolou, gemendo. Algum pano de fundo de atividade no quarto ao lado se interrompeu. "Mãe?" Ela devia mesmo era levantar, não sabia o que pensar do Will usando o fogão enquanto ela dormia, mas ovo frito tinha cheiro de morte. Era um dos sintomas das suas ressacas, ela lembrava, que, na época em que tinha deixado as tais ressacas para trás, haviam virado barrocas profusões de sintomas. Sinestesia. Coração acelerado. Esquisitices auditivas. Mania. Repulsa por si própria. Neurose. Uma incapacidade, depois de acordar, de fazer a única coisa capaz de curá-la, ou seja, dormir de novo. Ela puxou um travesseiro para cima da cabeça e deu uma espiadela cuidadosa no relógio da mesa de cabeceira. 8h15. Como é que eles podiam já estar de pé, quando em qualquer outra manhã tirar o Will da cama assim tão cedo ia ser que nem arrancar um dente? Por que, na caixa que era a sua vida, eles não podiam estar ainda deitados, sonhando coisas lindas, sendo puro potencial? A dor agora não estava para brincadeira, correndo para invadir seu cerebelo de punhal e adaga na mão. Mentalmente, ela ia ensaiando os próximos passos. Sentar. Escovar os dentes de novo; tomar água da torneira; engolir uma aspirina. Preparar sua cara para ver outras caras... Ruim, mas necessário. Porque se tinha uma coisa que Regan sabia de si própria era que ela não ia mais adorm

Sobe o pano. TV ainda ligada, apesar de não serem mais desenhos animados, as vozes abafadas pelas paredes eram adultas demais para isso. Além de tudo, o chuveiro estava ligado. Fronhas de flanela lhe amortalhavam a cabeça como se ela fosse uma múmia, mas ali dentro não havia simplesmente nada. Ela não ia ter conseguido amarrar o cadarço naquele momento. Estava espantada por ainda ter uma linguagem com que pudesse pensar, isso supondo que a gente pensava com algum tipo de linguagem. Ela foi deixando a réstia de luz entre os travesseiros se alargar. Eram quase dez horas, dizia o relógio. Ficar ainda mais naquela sonolência seria uma abdicação; ela já tinha conseguido as suas oito horas, mais ou menos. E, no entanto, cada movimento a afastava um pouco mais da capa de calor que seu corpo tinha escavado na matéria da noite. Ela tinha que tentar achar um jeito de voltar àquela mesmíssima posição. Mas o que foi que a acordou dessa vez? Não foi o relógio, pois ela não tinha ligado o despertador, e não foi a TV, pois ela já estava ligada. Não, foi a sensação de estar sendo observada. Com um esforço heroico, ela se virou de costas e deixou a mão ferida cair solta para longe, e ali, um passo adentro da porta aberta do quarto, estavam perninhas de palito que se projetavam de uma camisola. Cabelo louco de estática. Era Cate.

"O Will disse pra eu não entrar aqui, mas eu disse que você ia querer que eu viesse."

Cada sílaba era um martelinho em miniatura percutindo a represa que continha a dor de cabeça de Regan. Ela puxou a coberta de um canto quentinho da cama e bateu com a palma da mão. "Vem aqui, querida. Mas venha... devagarzinho, que a Mamãe está com dor de cabeça."

Era tarde demais. Qualquer incerteza tinha desaparecido enquanto Cate vinha saltitante e se catapultava para a cama. E claro que era uma espécie de alívio ter aquela pequena fornalha se sacolejando ali ao lado, fazendo ela lembrar que havia outros corpos, e mais importantes que o nosso. Uma mão passou pela testa dela como se fosse um animalzinho doméstico, verificando se ela estava com febre, como ela mesma tinha feito tantas vezes em Cate. Aquilo tinha virado uma das invenções preferidas dela, quando não queria ir para a casa de Keith. *Mamãe, eu estou com febre, põe a mão na minha testa.*

"Eu estou bem, meu amor." Ruguinhas se formavam no rosto sem rugas, que se franzia num amuo de desprazer. Percebendo o hálito que devia ter, Regan cobriu a boca. "Desculpa."

"Mamãe! O que foi que aconteceu com a sua mão?" Cate já estava examinando o polegar enfaixado como se fosse uma quiromante e, por mais que doesse, Regan estava adorando aquilo tudo, os cuidados descuidados, o jeito de Cate, com seis anos, ainda não ter internalizado-barra-alucinado a diferença entre a sua própria dor e a dor dos outros.

"Não foi nada, querida. Só um arranhão."

"A gente ainda tem que ir pra casa do Pai?"

"Com certeza." Um espasmo explodiu na cabeça de Regan quando ela sentou. "Escuta, você acha que consegue trazer um copo d'água e uma aspirina pra Mamãe?"

"O Will não quer sair do banheiro."

"Não seja fuxiqueira, fofinha. E além de tudo está no *meu* banheiro. Deve ter um kit de primeiros socorros na pia. No frasquinho está escrito A, S, P... se não estiver lá está numa das caixas."

Ter um dever a cumprir pareceu absorver a ansiedade que continuava boiando em torno de Cate. Tal mãe, tal filha. Mas ela levou um quarto do tempo que Regan teria levado para achar a aspirina. Ficou olhando, satisfeita, enquanto a mãe virava três comprimidos na mão, e aí monitorou para ver se ela fazia descer com um gole d'água. "Um dia você vai ser uma médica maravilhosa, Cate."

"Médica de cavalinho."

"Veterinária. Agora, querida", Regan disse, quase sussurrando, puxando Cate para uma conspiração, "eu preciso de uns vinte minutos pros comprimidos começarem a fazer efeito. Você acha que pode garantir que o seu irmão não vai entrar aqui?"

Cate concordou com a cabeça.

"Vinte minutos, aí eu levanto, juro. Agora vem cá." Ela lambrecou um beijo na testa de Cate, e enquanto deitava de novo nos travesseiros e deixava as pálpebras escorregarem rumo ao sul, conseguiu ouvir a menina sair correndo para ir esperar na frente do banheiro das crianças e ser mandona com o Will.

Sobe o pano, de novo. Era quase meio-dia, dizia o relógio, e as paredes branco-osso e o piso de brilhantina em torno dela latejavam com a luz amarela. Havia janelas em duas paredes. A corretora tinha ficado falando sem parar da "face sul" — parecia que era a resposta dela a toda reserva que Regan exprimia quanto ao apartamento, que ela não teve muito tempo para encontrar. "Ah, mas a insolação é magnífica." A disposição de Regan quanto ao resto da humanidade era basicamente de desconfiança naquele momento, e portanto ela não conseguia acreditar exatamente no entusiasmo da mulher, que afinal de contas estava tentando lhe vender alguma coisa.

Eles tinham isso de face sul lá na East 67th, também, mas só significava uma bela vista das janelas do prédio quase idêntico do outro lado da rua. E depois de umas semanas nesse apartamento novo, ela tinha esquecido aquilo tudo, exatamente como tinha esquecido as outras vantagens da compra. *Energia incluída* queria dizer que você estava à mercê do senhorio no que se referia à temperatura e à duração do aquecimento e da água quente. *Quartos/Closets acolhedores* queria dizer ou um ou outro, pode escolher. Eles tinham se mudado bem no meio da parte sem luz do ano, quando o céu no máximo se aquecia até ficar com cor de leite desnatado. Quando ela chegava do trabalho, os últimos raios de sol estavam sangrando no horizonte atrás do World Trade Center, e logo antes de ela baixar as persianas, a tigela torta do porto lhe surgiria como uma folha de chumbo, rompida apenas pelas luzes de uma balsa que se movia lenta. Agora ela entendia: aqui em Brooklyn Heights não havia obstruções para tapar a vista, e quando, como hoje, as nuvens se abriam, a luz do meio-dia jorrava da água como um segundo céu. Era como tentar dormir na superfície do sol.

Ela desgrudou a gaze que não lembrava direito de ter enrolado no polegar. Contra a colcha laranja, o corte parecia lívido, possivelmente infectado. Além disso, havia aquela outra aflição; seu pai, sessenta e oito anos e na melhor das hipóteses já a caminho da senilidade, ia ser detido na segunda-feira. Ela quis de novo que seu irmão estivesse ali para ajudá-la a ficar de pé. Ainda assim, a luz nas paredes e na cama e nos pelos dourados dos seus braços respondia a algo que lhe vinha do fundo do corpo. E havia a probabilidade iminente de café, que, com grande antevisão, ela tinha comprado ontem. Chega de alcoolismo. Beleza, mundo. Beleza. Ela ia levantar.

Ela entrou na sala enorme de roupão e arrastando os chinelinhos, com cuidado para não derrubar o café escaldante, ou tropeçar nas caixas empilhadas na entrada. A árvore de Natal parecia solitária no seu cantinho, sem quaisquer móveis em volta. Tudo que era necessário para deixar um abeto sem encantos, afinal, era a luz direta do sol. Algumas bolotas de papel de presente tinham ido parar como pompons de poeira no canto da sala. Uma guirlanda de espinhos secos decorava o piso.

"Nossa, Mãe. Você está a cara da Edith Bunker", Will disse, e se virou de novo para a TV antes que ela pudesse compor no rosto qualquer que fosse a reação que ele desejava. A separação parecia já ter deixado ele mais velho. O jeito que ele agora tinha de se fechar quando estava perto dela, de ficar como que recluso e cansado do mundo, tinha bastante destaque na contabilidade dos seus arrependimentos. Ela sentou no sofá ao lado dele, e ele ficou com os olhos grudados nos comerciais, como se as respostas para as grandes questões da vida pudessem a qualquer momento piscar no pé da tela. No apartamento antigo, eles tinham um limite rígido, cinco horas de TV por semana; ele podia ter passado disso só hoje, mas dos muitos elementos da antiga ordem das coisas que se evaporaram de uma hora para outra, esse parecia, ao menos agora, o que menos valia uma reclamação. "Cadê a sua irmã?"

Ele deu de ombros.

"Bom, obrigado por ter feito o café da manhã pra ela." Ela tirou o cabelo molhado dele da frente dos olhos. Ela sabia que ele se achava feio, porque estava naquela idade, mas para ela, mesmo de calça de pijama e com uma das camisetas desbeiçadas do Keith — mesmo que ele nunca a perdoasse —, ele era lindo. Ele às vezes fazia ela se lembrar do irmão. "Você foi ótimo com ela, nessa história toda. Eu sei que um dia ela vai dar muito valor. Eu já dou."

"Mãe..."

"Tudo bem." Ela lhe ofereceu sua caneca, e ele tomou um gole de café, tentando não deixá-la ver que fazia uma careta por causa do gosto.

"A Cate disse que você não estava legal", ele disse.

"Eu estou ótima, eu vou ficar ótima."

"Pelo menos se divertiu? Viu o Vovô?"

"Ele e a sua avó adoraram os presentes de Natal", ela disse. As crianças não sabiam da visita à Clínica Mayo, e agora não era hora.

"A Cate está no quarto dela, acho, arrumando a mala. Parece que ela tem que escolher os cinco melhores bichos de pelúcia e todos os melhores livros de figurinhas e cada blusinha de lã que ache que possa querer usar."

"A gente podia comprar umas cômodas pra vocês colocarem na casa do Pai. Vocês podiam deixar umas roupas nas duas casas."

"Não é isso", ele disse, e estendeu de novo a mão para o café dela. Naquele momento, pelo menos, ele estava principalmente chateado com ela por ter deixado os dois sozinhos tanto tempo: dezesseis, dezoito horas desde que ela chamou a sra. Santos e lhes deu um beijo de boa-noite. Ela ia ter que se esforçar mais; o livro que tinha ganhado na análise alertava quanto aos complexos de abandono que as crianças podiam desenvolver. Porém, com um divórcio, como é que você podia evitar? Exatamente quando eles precisavam do dobro de atenção e de cuidados, você se via tendo apenas metade para dar, porque tinha que trabalhar dobrado, ganhar o dobro de dinheiro e sustentar as suas próprias necessidades redobradas. "Não me parece uma coisa saudável. A gente só vai passar uma noite."

"Bom, eu posso precisar que vocês fiquem lá domingo também."

"Por quê?"

O noticiário do meio-dia estava começando, e ela de repente ficou com medo: E se ela não tivesse imaginado aquela coisa do programa do "Dr." Zig no rádio ontem de noite, mas tivesse sido traída, de novo, por Amory? E se ele não tivesse conseguido postergar a detenção até a manhã de segunda? E se o filho dela acabasse espiando ali e vendo o avô e inspiração do seu nome sendo retirado algemado de um avião? Ela precisava evitar a tentação, às vezes, de se abrir com ele como se ele fosse o adulto que parecia ser quando falava. "Não me pergunte o porquê. Apenas ponha uma camiseta e uma cueca a mais quando você for juntar as suas coisas. A gente vai encontrar o Pai daqui a uma hora."

"Eu sou rápido."

"Eu sei, mas por que você não cuida disso agora, e aí nós dois podemos ficar preocupados com a Cate."

Com ele seguramente distante, Regan podia ceder à sua curiosidade. Ela baixou o volume e ficou a menos de um metro da TV. E pode apostar que a terceira notícia tinha um repórter com protetores de orelha, parado diante de um fundo do Central Park, agora ensolarado. O coração dela martelava; a dor de cabeça estava ensaiando um retorno com a força de todo aquele sangue. Ela se ajoelhou para ouvir melhor. Mas acabou que o repórter estava falando dos tiros de ontem à noite. A vítima, caloura de uma universidade local, estava em condições críticas. Menor. Possível tentativa de roubo. A polícia tinha várias pistas, mas nenhum comentário que fosse além disso. Ela se odiava pela gratidão que sentia: era como se os tiros de alguma maneira tivessem feito com que as acusações contra o Papai nunca tivessem acontecido. *Não vamos revelar o nome, em função da idade da vítima*, o camarada estava dizendo, quando uma voz atrás de Regan lhe deu um susto. "Mãe?"

"Você não ia fazer a mala?"

"Eu falei que eu era rápido."

"Bom, deixa eu vestir alguma coisa, que aí a gente pode descer pro playground e correr um pouco por ali antes do seu pai chegar."

"Eu estou com doze anos, Mãe. Eu não fico correndo à toa."

"Eu estou com trinta e seis, e até eu preciso dar uma corrida de vez em quando", ela disse. O que ela precisava, mesmo, era se afastar desses lembretes. "Anda, está esquentando lá fora, pelo que a meteorologia disse. Pode levar séculos pra gente ver outro dia assim."

Eram menos de cem passos da porta da frente do novo prédio até o portão de ferro forjado do playground da Pierrepont Street — era o que a corretora havia dito, e o que Cate tinha verificado na tarde da mudança, dando passos um pouquinho maiores que o normal, "tamanho adulto", ela tinha explicado para Regan enquanto os contava escrupulosamente. Era um parquinho bem decente também, encravado num espaço em que antes estiveram duas ou três casas geminadas, de frente para o porto, e hoje, com boa parte da neve já derretida, os brinquedos estavam entupidos de crianças que Cate foi correndo encontrar. Aqueles corpinhos eram tão mais eficientes para bombear sangue; a qualquer minuto Cate viria correndo perguntar se podia tirar o casaco. Regan se acomodou num banco perto de umas mulheres que achou que conhecia da fila da mercearia lá na rua principal. Fazendo sua melhor imitação de uma mãe responsável, não--de-ressaca, ela acenou com a cabeça, um gesto grande o suficiente para pedir uma reação, mas pequeno o suficiente para poder passar como algo acidental. Os acenos que voltaram foram pequenos demais para ser interpretados como convites, então ela se virou de novo para as crianças. Cate, com uma noção inata de distâncias, tinha sido quem protestou de maneira mais veemente contra a saída da East 67th, argumentando que ia ficar longe das amigas. Agora ela estava com duas novas. Elas tinham se desgrudado do grupo daquele jeito confidencial das menininhas e estavam fuçando em galhos em volta de uma árvore ainda com a base coberta por camadas brancas. Teriam gostado de mais neve, ela pensou; foi a primeira do ano, e elas eram novinhas demais para saber que deviam aproveitar o derretimento enquanto ele durava. Ela resistiu ao impulso de dizer para elas tomarem cuidado com os pássaros nos galhos do alto, cujo esterco tinha transformado o asfalto embaixo da árvore numa coisa branco-acinzentada e meio verde, porque fosse lá quem tivesse dito que a juventude era desperdiçada nos jovens estava completamente errado. Era a maturidade que era um desperdício.

Will, enquanto isso, estava apoiado meditabundo contra um trecho vazio da cerca, com a sua sacola de roupas e a da irmã aos seus pés. Teria sido terminalmente careta ficar sentado com a mãe, uma admissão da sua própria dificuldade de fazer amigos, apesar de que a única razão possível para alguma criança querer fazer amizade com o seu filhinho brilhante e caloroso e sensível de dar medo, agora estendendo braços cruciformes e enroscando as mãos nas barras, teria sido ciúme. Ele parecia um anúncio publicitário do tédio. Atrás dele, o céu, Nova Jersey e a água eram um sorvete de um brilho cada vez menor. Ele tinha razão. Estava velho demais para parquinhos. Mas ela não queria que eles fizessem a longa viagem de metrô ou de táxi até o centro sozinhos — não parecia seguro —, e quando Keith, depois de ela ter se recusado a aceitar um meio-termo (e por que aceitaria?), concordou em vir até aqui pegar os dois, ela descobriu que não suportava a ideia dele no seu apartamento novo, ou até no corredor que levava até a porta. Era esse o sentido da mudança, afinal, e talvez a razão de tudo ainda estar nas caixas — porque ela não conseguia saber com certeza o que *ela* (a outra *ela*, fosse ela quem fosse) tinha tocado. E assim, às terças e sábados de agora até quando as crianças estivessem grandinhas, eles iam vir todos para cá e ficar esperando Keith... que era o que, ela percebia, já estava fazendo. Tinha escolhido aquele banco pela vista que oferecia, não dos seus filhos, mas da entrada do parque. E o que as outras mulheres iam pensar quando ele chegasse? Ela cruzou os braços.

E aí Cate estava arrastando o irmão até a árvore, e as outras menininhas estavam gritando e rindo e fugindo antes da chegada do gigante invasor. Will se abaixou para examinar o ponto que elas estavam cutucando. Ele deu uma espiada em Regan, e seu olhar fez com que ela entendesse a coisa no chão de maneira diferente. "Querida — queridas —, não encostem nisso aí, por favor." Alguma subfrequência de preocupação fez as outras mulheres se virarem para ela, mas ela já estava de pé e indo na direção do montinho de penas que elas tinham descoberto. "Isso aí está provavelmente entupido de micróbios." E agora, novamente empurrada ao seu papel de mãe por uma emergência menor, ela se ajoelhou no asfalto, ignorando as pedrinhas úmidas de sal que lhe forçavam a pele do joelho, para ver a coisa.

Não era o tipo de pássaro que você via na cidade. Era grande demais. Mesmo. Do tamanho de uma bola de futebol ou de um cachorrinho pequeno. E colorido demais para se fundir com os prédios e as ruas. Sua plumagem era do azul e do laranja das flores das florestas, pontilhada de preto. Ela tentou lembrar qualquer coisa que já tivesse aprendido sobre aves. Um pica-pau, talvez, ou alguma gralha mutante? Devia estar com a cabeça enfiada debaixo do corpo. Havia um galhinho no seu campo de visão, também, com a ponta trêmula a centímetros do pássaro, e ela supôs que fosse de Will a mão na outra ponta, mas, quando quis pegar o galho, descobriu que ele estava preso a uma criança nova, ou não a uma criança nova — as dela eram, supunha ela, as crianças novas —, mas a uma criança que não era dela. Ele era ou japonês ou coreano, a meio caminho entre a idade de Cate e a de Will, com um cabelo de palha preta que se espetava para fora de um boné dos Yankees e um rostinho liso que não entregava nada. Nos segundos em que ele sustentou o olhar dela, Regan sentiu que ele era mais velho do que Will. Do que ela, na verdade. Isso tinha que ser alguma coisa da ressaca, esse misticismo rampante, ou racismo, ou sei lá o quê. Aí o menino deu de ombros e soltou o galho.

Ele ficou tremendo um pouco na mão dela. Ela quis parar quando sentiu o peso macio do pássaro na ponta do galho, mas (isso era absurdo) o menininho japonês, lá da sombra debaixo da aba, parecia estar avaliando seu desempenho, e mais longe, na indistinta distância média, ela tinha certeza de que as mães a quem pertencia esse parquinho estavam de olho.

"O que é que você está fazendo, Mamãe?", Cate perguntou. Will pediu silêncio com um ruído, mas parecia meio pálido enquanto Regan ia mais fundo com o galho no espaço entre a asa de baixo e o asfalto. Na verdade ela não sabia. O pássaro ainda estava respirando? Ela ia ter que dar um golpe de misericórdia? Aquela flexibilidade era nauseabunda, a articulação caída de uma asa que se negava a sair do chão. E aí, como se um quadro do filme estivesse faltando, o corpo virou e a cabeça, previamente oculta, veio à luz. Um olho não estava lá, ou estava vazado, era impossível saber em meio ao sangue castanho coagulado. O sangue tinha ofuscado as penas — era o que as estava grudando ao chão. Mas o outro olho, intacto, do tamanho de uma ervilha, encarava na direção dos céus abandonados. Tinha uma pálpebra minúscula, ela percebeu. Imaginou o pássaro perdendo o rumo durante a nevasca, interrompendo a migração, indo cair na vizinhança errada, sozinho, mas supondo que se manteria no ar, que tudo ia continuar exatamente como estava antes. Ela não tinha chorado ontem à noite, quando viu a maca, mas agora quase — quase — se deixou levar. Foi a criança desconhecida quem a deteve.

"Tudo bem com a senhora?"

Ela fungou. Ela estava ótima. Ela tinha que estar ótima. "Um gato deve ter pegado ele."

"Se fosse um gato ia ter mais sangue", o menino disse, cientificamente.

"Bom, algum predador. Qualquer um. Will, será que você consegue me achar um saco ou uma caixa ou alguma coisa assim, por favor? A gente não pode ir deixando ele aqui assim, pra pisarem nele."

Quando Will voltou com um jornal velho, ela juntou o pássaro com a seção de esportes. Parecia indigno. Pensou em perguntar ao japonesinho se ele conhecia algum jeito especial de dobrar o papel, mas achou melhor não. Em vez disso, encontrou uma lata de lixo quase cheia e depôs aquela trouxinha de jornal lá dentro. No chão ali perto havia galhos secos com as folhas ainda presas. Ela pegou um deles e o colocou delicadamente sobre o jornal. "Alguém quer dizer umas palavrinhas?" Quando ninguém disse, ela começou: "Adeus, passarinho".

"Tchau, passarinho", Cate repetiu, largando outro galho. Will e o outro menino eram velhos demais ou meninos demais para esse tipo de sentimentalismo, mas cada um deles acrescentou um galho, e quando aquilo acabou, as linhas de texto que informavam outra derrota dos Knicks mal estavam visíveis por entre a pira de folhas de um marrom invernal. Por um momento, Regan relaxou.

Aí algo a fez se virar. Keith estava olhando os quatro lá da entrada do parque. Mas principalmente, ela não pôde deixar de perceber, olhando para ela. Pela sua barba por fazer e certo apertar dos olhos, o seu palpite era que ele tinha passado a noite como ela, bêbado — talvez com a outra, apesar de ele negar, ou com outra pessoa qualquer. Mal parecia justo o quanto a dissolução moral o deixava mais atrante, aquela sombra azul como que de aço que destacava a linha forte do queixo, os olhos azuis feridos, o sulco descentralizado entre as sobrancelhas que costumava surgir quando ele estava muito concentrado. E mal parecia justo que ele pudesse ficar olhando abertamente para ela, e sem rancor, quando a separação era culpa dele. Para evitar um movimento em sua direção, ela tocou o ombro dos filhos. Os ritos que realizaram para o pássaro tinham deixado todos eles muito próximos; eles ergueram os olhos da lata de lixo em uníssono, como antílopes que pastam e ouvem um som distante. Nenhum deles correu para o pai, ela ficou aliviada de perceber, e também condoída. E Keith também não veio até eles. Ele parecia reconhecer a linha invisível traçada no asfalto. Este era o território de Regan, e não dele. Will recolheu as sacolas que tinha deixado ao pé da cerca, e juntos eles atravessaram o parquinho que se derretia.

"Feliz Ano-Novo", foi a primeira coisa que Keith disse, depois que Cate tinha se aferrado à sua perna. "Eu mandei o cheque pra pagar a escola."

"Já foi depositado." Regan não sabia direito se eles deviam trocar um aperto de mãos ou um abraço. Deixou que ele lhe desse um beijo no rosto. "Não sei se feliz é a palavra certa."

"Ou felizardo, quem sabe. Sete sete. Vai ser melhor que o ano passado, pelo menos."

Por ter tido a inteligência de ficar longe da festa, ocorreu a ela, ele não teria ficado sabendo do indiciamento, ou dos tiros no Parque, ou de qualquer outra coisa. Ela tinha um anseio, irracional, de se abrir com ele, mas as crianças estavam paradas bem ali, Will já mais próximo dele que dela. "Keith, eu preciso de um favor. Apareceu um probleminha lá no trabalho, e eu posso precisar ir bem cedo na segunda de manhã. Você acha ruim ficar com eles direto?"

Atrás do seu quase ex-marido, os prédios de arenito do Brooklyn eram um borrão: senhoras com carrinhos de compras, gente passeando com os cachorros, verrugas de gelo diante dos prédios cujos proprietários não tinham espalhado sal e, por todo o caminho morro acima, árvores pingando no ar rarefeito. Ele parecia estar tentando ler as suas entrelinhas. "Claro, Regan. Numa boa."

"Eu agradeço muito. Sei que não é o seu dia."

"Não. Não faz isso", ele disse. "Já é bem difícil assim." E aí ele desgrudou Cate da perna e a ergueu, e o rosto dela estava borrado de lágrimas. Regan pôs a mão nas costas de Cate.

"O que foi, querida?"

"O que você acha que foi?", Will disse.

Cate levou alguns segundos para controlar a respiração a ponto de poder falar por si própria. "Quem é que vai cuidar da Mamãe?", ela urrou, e aí enterrou a cara no peito do casaco de Keith.

Keith perguntou do que ela estava falando.

Regan enrubesceu. "Nada. Eu estava meio mal hoje de manhã, e a Cate ajudou demais." Mas será que realmente não era nada? Porque ela ia estar por conta própria durante as próximas trinta e seis horas, no apartamento vazio. Tinha se virado direitinho na casa velha de Uptown, quando Keith estava dormindo no sofá do seu amigo Greg Tadeli e vinha levar as crianças para passear no gelo ou ver um filme. Aquele apartamento entendia Regan. Aquele espelho foi o que devolveu os seus olhares durante todo aquele outono para lhe lembrar que, por mais que tudo estivesse ruim, ela não ia enfiar o dedo na garganta. Mas ontem à noite ela tinha vomitado de novo, e quando as crianças tivessem ido embora nada mais ia impedir que ela fosse ao banheiro para repetir aquilo, e repetir, e repetir. Nada além dela mesma.

"Eu vou ficar bem, fofinha", ela disse, e teve que se aproximar de Keith para apertar o ombro da filha. Ela podia sentir o cheiro da loção pós-barba dele. Podia sentir os olhos dele sobre ela.

"A gente devia conversar uma hora dessas", ele disse.

Ela ignorou. "Normalmente dá pra achar um táxi lá na Clinton. E me faça esses dois lavarem as mãos assim que eles chegarem." Ela deu mais um apertão em Cate. "Dá um beijinho na Mamãe, fofinha. Eu vou ficar bem. Vocês vão ficar bem." Cate fungou e concordou com a cabeça. "Vocês se cuidem", Regan sussurrou no ouvido de Will.

"São só duas noites." O abraço dele era travado. E aí ela teve que dar um passo atrás, para interromper o contato. Senão jamais os deixaria ir embora.

"Diz pro seu pai que eu mandei Feliz Ano-Novo", Keith disse, sem jeito.

Ela ficou olhando enquanto eles subiam a Pierrepont Street, Keith segurando a mão de Cate, e com a mão livre levando as duas sacolas. As mãos de Will estavam nos bolsos, ele de cabeça baixa, olhando o sal grosso que varria esparramado rumo ao ralo com os pés. E ela aceitava tudo isso não por ser uma pessoa má, mas porque não havia alternativa. Ela podia se manter ocupada até eles voltarem. Tinha que fazer certas ligações. Tinha — nem me fale — caixas para desfazer. Ela ia ficar ótima. Tudo ia ficar ótimo.

14

Tivesse o atrito da chave na fechadura levado William à porta — ou estivesse William esperando no futon, de braços cruzados, vestido com o brilhante quimono azul da repreensão — e tivesse ele então exigido saber onde diabos Mercer tinha passado a noite, Mercer podia se ver preparado para confrontá-lo de vez sobre a heroína. Mas, às 6h15 da manhã do primeiro dia do ano do senhor (de alguns) de 1977, o loft estava vazio, exceto pelo gato. Sob a luz azul-acinzentada que vinha das janelas, o monte formado pelos lençóis sobre a cama era de fato um monte formado por lençóis. Teria então sido uma espécie de vingança devolver o sobretudo chesterfield para sua caixa, colocá-lo de volta sob o futon onde tinha ficado esperando tanto tempo? Ou será que era mais um teste, para ver se William percebia que ele não estava mais ali? Cansado demais para tentar decidir qualquer coisa em termos definitivos, Mercer se arrastou até o canto da cama, espantou Eartha do seu travesseiro, se enfiou semidespido sob a colcha e se entregou ao sono dos justos.

Acordou quatro horas mais tarde com o calor de outro corpo na cama, um braço pesado em cima do peito, respiração montante e vazante na sua nuca, neutra de pasta de dente. O ligeiro nó na garganta de William significava que ele, também, tinha começado a sonhar. Antes que o choramingo inevitável começasse, Mercer decidiu levantar.

Ele colocou um dos discos atrasados de Puccini que tinha pegado na biblioteca. Ligou bem alto. Bateu coisas na cozinha, preparando café para apenas um; de um jeito ou de outro, ele ia começar uma briga. Porém, quando William atravessou nu a cortina de contas (pois ele sempre dormia nu), parecia mais inocente que Adão. Marcas em forma de dedos apareceram no braço dele, onde tinha sido ferido uma semana antes, e ele ainda segurava aquele braço contra o peito, para proteger. Será que não haveria marcas de agulha? "O que é que você está fazendo, sujeitinho ridículo? É Ano-Novo, e você não está bem."

"*Eu* não estou bem?" Esse foi Mercer, ainda/novamente cheio de dúvidas.

"A sua gripe." Ah, tá. A gripe. "Por que é que você não volta pra cama e me deixa cuidar de você? Deus sabe o quanto você cuidou de mim quando eu estava mal."

William levou a Magnavox para o canto de dormir, colocou sobre uma toalha no aquecedor ao pé da cama. Mercer ficou olhando ele mexer nas orelhas de coelho. Ele decidiu dizer alguma coisa. "Você se divertiu ontem à noite?"

"*Comme ci, comme ça*. O revival do Ex-Post parece bem inofensivo, se bem que acabei meio surdo. Eu fiquei com saudade." Então talvez tudo desde aquela conversa ao telefone tivesse sido uma confusão, Mercer pensou. Ou, se não tivesse sido, ele não tinha certeza se queria saber. Descansou a cabeça no peito do namorado e deixou que a estática e o brilho de um novelão o levassem embora.

Para o almoço — ou a janta, na verdade —, eles pediram comida chinesa. Garfaram seu porco mu-shu nas caixinhas de papelão ali mesmo na cama, uma concessão à pretensa falta de saúde de Mercer. De um jeito ou de outro, passar o dia todo na cama tinha bastado para fazer ele *ficar* meio doente, como um menininho que quer matar aula. William ia fornecendo migalhas de informação sobre os ex-membros da sua banda, travestidas de anedotas — só o suficiente para não parecer que ele estava escondendo alguma coisa. Ocasionalmente, Mercer lhe dava a consideração de uma tosse. Ele não conseguia achar um jeito de fazer a conversa mudar para o assunto das drogas, e aí William tinha caído no sono de novo.

E isso também não era uma coisa nova, o ritmo de conversa à toa e procrastinação, a elegante dança nô em torno do que quer que estivesse em questão. William sempre teve uma noção sobrenatural de quanto ele podia fazer passar batido, de quando empurrar e quando recuar. Mercer encarava através de uma membrana amniótica de luz televisiva aquele rosto adormecido, tentando imaginá-lo como o rosto de um junkie. O olho roxo combinava, pelo menos. E ele queria tanto contar àquele rosto o que tinha lhe acontecido — e lhe perguntar: O que foi que *te* aconteceu? Mas e se perguntasse? O kit com sua agulha e sua colher, ainda nítido contra o branco da sala de interrogatórios na mente dele, parecia ligado por invisíveis fios a toda a dor particular que precedia Mercer, os assuntos de que William nunca falava, aquele afastamento retraído que ele, Mercer, fingia não ver. Era onde todas as pontas soltas se atavam. Se começasse a puxar, toda a vida deles podia desfiar. Na sala ao lado, uma campainha começou a tocar.

Era o crepúsculo propriamente dito agora, com a prateleira onde jazia o telefone submersa em sombras. O toque parecia antiquado, de algum modo, prematuramente exótico, como o carrilhão de uma igreja do interior, com sua demolição já agendada. Mercer deixou aquilo continuar, para ver se William se mexia e, quando ele não se mexeu, tomou fôlego e pegou o fone. Sendo feriado, tinha que ser a sua mãe. "Eu estava começando a pensar que você tinha sido atropelado por um ônibus", foi a abertura dela.

Ele queria não suspirar, para não ser o tipo de pessoa que suspira para a mãe. "Navalha de Occam, Mama. Feliz Ano-Novo pra você também."

"A ligação está ruim. Eu não estou te entendendo."

"Eu estou dizendo, por que atropelado por um ônibus? Eu podia estar trabalhando, ou na cidade, ou só ter decidido não ligar. Eu podia estar fazendo zilhões de coisas diferentes."

"Bom, mesmo assim. Eu estou feliz que você esteja bem. O que foi?"

"O quê?"

"Você disse alguma coisa?"

No canto de dormir, William tinha gemido teatralmente. Mercer jogou uma almofada do sofá, mirando a cortina de contas, mas errou e ela acabou acertando a janela. Mais pássaros saíram voando da floreira de concreto lá fora: lampejos luminosos liberados sob aquela claridade. Lá na rua, uma van branca estava estacionada em fila dupla, atulhada de pixações, mas por que, na Nova York de 1977, você ia querer pintar uma van de branco pra começo de conversa? "Nada, Mama. Só abrindo a janela aqui."

"Mas não está frio aí? O rádio hoje de manhã disse que estava abaixo de quatro graus. Você sabe que eu sempre confiro o seu clima aí, o seu e o do seu irmão. Eu é que não ia conseguir viver que nem vocês, com esse frio. E como é que estão as coisas aí com esse seu novo colega de quarto? Acho que ele nunca conseguiu te dar um recado meu."

Ela tinha agarrado a palavra "colega" desde a primeira vez que ele a soltou, e a vinha usando como um escudo ou uma arma desde então. Era uma coisinha de nada, na verdade, e descrevia bem as coisas lá à sua maneira, mas cada repetição feita por uma das partes em cartões de boas-festas e de aniversário e nos cartões de agradecimento que ele escrevia quando um cheque dela aparecia do nada (com o objetivo de gerar um obrigado) deixava ele se sentindo um pouco mais culpado, até que ele parou de vez de escrever para casa — outro fracasso que ela tinha detectado com entusiasmo. "Você deve andar ocupado, Mercer, porque quando alguém aí consegue atender normalmente é o fulaninho." Tradução: *Será que você acredita mesmo que está ocupado demais para poder falar com a sua própria mãe?* Ela era uma espécie de Rembrandt das insinuações.

"Pra falar a verdade, apliquei a última prova tem duas semanas, eu te disse. Estou meio livre de lá pra cá."

"Bom, a gente ficou com saudade de você aqui no Natal. O C.L. ficou com saudade, que eu sei."

"Eles deixaram ele ir pra casa de novo?"

"O seu pai ficou com saudade." E sempre tinha isso, o *sfumato* da culpa. Sempre *o seu pai*. E, no entanto, se ele pedisse para ela colocar o velho no telefone... o que eles teriam feito, então? "Quem sabe se desse pra você vir pra Páscoa..."

"Nossa, Mãe. É dia primeiro de janeiro. Eu vou ter que dar uma olhada no calendário da escola."

"Eles não liberam as crianças na Semana Santa? Que tipo de escola é essa?"

"Nem todo mundo é cristão, Mãe."

"Bom. Nas férias do meio do ano, pelo menos", ela disse, apesar de os dois saberem que ele também não ia voltar nesse período. E, tão fingido quanto ela, concordou que ia pensar no assunto.

Depois de desligar, teve que deitar de cara contra o futon e com a almofada por cima da cabeça. Podia ouvir William de pé e se vestindo do outro lado da cortina de contas. Ela se abriu e se fechou com estalidos. "Devo supor que o senhor andou de novo falando com a sua família?"

Mercer grunhiu, impotente diante de certa necessidade de se deixar sofrer.

"O que foi que a gente falou sobre isso? Você tem que simplesmente fazer uma caixinha na cabeça, pôr todo mundo ali e lacrar."

Mas o que Mercer queria não eram conselhos; era comiseração. Ele virou de costas e deixou a almofada cair no chão. William tinha acendido a luminária, mas, fora isso, era noite. As janelas azuis do depósito do outro lado da rua estavam pretas. "O meu pai é maluco", Mercer disse.

"Não seja dramático, meu amor. O pai de todo mundo é maluco. Tem um quadradinho que eles fazem cada um marcar com um xis no hospital antes de deixar alguém levar uma criança pra casa." Porém William já estava novamente no piloto automático; ele não estava olhando para Mercer, mas remexendo na arara que lhes servia de closet. Mercer observava do futon, como quem recolhe provas: a luminária estendendo seus dedos por sobre a nuca de William, seu rosto levemente ansioso, o olho inchado. O dia na cama, o festim chinês, foi tudo uma mentira em que ambos quiseram acreditar, mas agora William estava novamente relapso e distante, e as coisas iam chegar ao fim. Com ou sem recaída, Willliam uma hora ia abandoná-lo. "Você viu o meu sobretudo?"

"Qual?", Mercer disse, embora soubesse muitíssimo bem qual.

"O que você me deu, amor. O lindão."

Eis ali diante dele, afinal: uma chance. Mas como ele ia explicar por que tinha pegado o casaco, e como tinha descoberto as drogas que estavam nele, sem revelar aonde tinha ido ontem à noite? Ele precisava de mais tempo para se preparar. "Ah, aquele? Eu tive que levar para a tinturaria."

"Mas por que você foi fazer uma coisa dessas? Que tinturaria?"

"Vai estar tudo fechado agora. Acendi uma vela ali na estante de livros e derrubei que nem um pateta e joguei cera em tudo. Eu sinto muito mesmo."

"Isso foi ontem? Bom, e quando eles disseram que fica pronto?"

"Não sei. Uma semana?"

"Uma semana?"

"Eu não saquei que era uma coisa tão séria, William. Afinal você nem estava usando o casaco." Ele estava tentando decidir se a dificuldade de William de se manter calmo confirmava os seus medos. Apesar de que talvez essa necessidade de confirmação fosse por si só uma espécie de confirmação.

"Então acho que vou com essa aqui mesmo." William passou a mão na sua jaqueta de motoqueiro, a sua jaqueta Ex Post Facto, que estava no chão. "Vou tentar entrar bem quietinho quando voltar."

"Você vai sair?"

"Eu estou matando trabalho demais, amor. Muita coisa pra fazer; estou há semanas atrasado no díptico. E imagino que você vá deitar cedinho, com isso da gripe e tal." William lhe deu um beijo rápido no rosto, e com isso se foi, deixando Mercer de alguma maneira mais sozinho do que estava antes — como se o que fizesse diferença fosse o fato de ele um dia não ter estado sozinho.

15

Naquele domingo, quando Ramona Weisbarger metesse a cabeça no porão, encontraria Charlie deitado no carpete ainda dourado com fones de ouvido gigantes na cabeça e os olhos fechados e as mãos dobradas em cima do peito como um faraó. Ele era sensível à iluminação e a tudo mais, e dois anos atrás, no ano Bowie, todas as luminárias do quarto dele tinham ficado cobertas com echarpes, de modo que ela começou a pensar que ele podia ser homossexual. Agora era só a luz acinzentada da janela lá bem perto do teto, o que o deixava meio macilento. Ele estava com uma cara ruim ontem na hora da janta também, e mal tinha aberto a boca, mas ela tinha botado isso na conta de ele ter ficado acordado até altas horas com os meninos dos Sullivan, que a Maimie não controlava. E ela na hora não percebeu que ele não apareceu para o café da manhã — tinha muitas outras coisas com que se preocupar —, mas, quando um dos gêmeos reclamou de uns barulhos esquisitos vindo do quarto do Charlie, ela desceu e o encontrou daquele jeito. Ela sabia muito bem que era melhor não perguntar se tinha alguma coisa errada; não havia jeito melhor de começar uma briga. Em vez disso, perguntou o que ele estava fazendo, e não recebeu resposta. Com os nós dos dedos ela batucou um solo meio incerto no batente da porta. "Terra para Charlie."

Ele abriu os olhos, apontou significativamente para os fones. Disse as palavras só mexendo os lábios: *Fones de ouvido.*

Então tire essa porra de uma vez, ela podia ter dito, quando tinha um marido para lhe dar apoio. Só que desde aquele bate-boca no verão, umas coisas assim calmas como a que tinha acontecido passaram a parecer umas bênçãos, e ela nunca parou para pensar se valia a pena abalar aquela paz.

Não que os fones na verdade obstruíssem muita coisa. O rádio estava bem baixinho, ela teria percebido se quisesse e, por sobre o vácuo sem ar em torno das orelhas, Charlie podia ouvi-la muito bem, como agora ouvia os degraus rangendo com a sua retirada e, bem acima dele, os gêmeos discutindo quem lutava com o monstro e quem ficava esperando. Como é que ela podia não ter percebido o dinheiro que faltava no envelope do pagamento por cuidar das crianças? Como é que ela podia não ter ficado pensando por que ele tinha voltado tão cedo para casa no sábado de manhã? Como é que ela podia não ter percebido o álcool que ele transpirava por todos os poros na hora do jantar? Quando ela chegou ao primeiro andar, ele foi fechar a porta de novo, que, em algum patético gesto para simbolizar uma onipotência materna, ela tinha deixado aberta. Dessa vez ele passou a chave.

Ele se estendeu de novo no tapete, cautelosamente. A trinta quilômetros dali, no hospital Beth Israel, a melhor amiga que ele teve na vida estava deitada mais ou menos na mesma posição, e a única coisa que ele queria era ir ficar com ela, cuidar dela, protegê-la, mas chegou atrasado, e agora estava preso aqui nessa cela forrada de painéis de madeira, onde ninguém sabia que a vítima, aquela cujo nome o rádio disse que eles não iam revelar, era Samantha Cicciaro, ou que o seu amigo Charlie Weisbarger tinha estado com ela antes e depois dos tiros, ou que a qualquer segundo agora alguma máquina podia começar a dar o bipe medonho que significava que o coração dela tinha parado. O que lhe parecia, ali examinando as caóticas estalactites de textura spray no teto, era que cada pessoa na terra estava lacrada na sua própria capsulazinha, incapaz de tocar ou de ajudar ou até de entender os outros. Você só podia era piorar as coisas.

Os fatos que sustentavam essa teoria ele tinha passado o fim de semana pescando, um a um: a pixação nos azulejos da estação da 81st Street, o portão de saída como o pote de pentes de um barbeiro, o som rascante que aquilo fez quando Charlie o empurrou para passar. Estava até cantarolando, ele agora lembrava — cantarolando! —, quando foi ao encontro dela. Era um costume que ele tinha desde que era garoto, algo tão enraizado no seu corpo que ele nem sempre sabia direito quando estava fazendo. Ou talvez gostasse da ideia de não ter cem por cento de controle sobre si próprio, o que significava que não podia ser responsabilizado. Fora que quando você cantarola audivelmente em público, os outros se mantêm à distância. Isso tinha ficado cada vez mais importante neste último ano, quando ele se viu forçado a passar mais tempo da sua vida em salas de espera, numa casa lotada de primos vestidos de preto e de gente do templo, no escritório de Altschul, com seu diploma de terapeuta de luto. Mas não estava assim tão entupido de gente naquele trem para Uptown. Era ou logo antes da meia-noite ou logo depois — não um momento em que alguém quisesse se ver fora do alcance de TVs e amigos e meninas a quem eles estivessem prontos a entregar sua virgindade. O próprio Charlie só estava ali porque tinha perdido a noção de tempo. O pai dele tinha lhe deixado um relógio em testamento, mas Charlie se negava a usar, primeiro como parte de alguma rebelião generalizada contra a tirania dos horários e relógios, e depois (quando o Vovô o lembrou que se tratava de um relógio bem decente, e que David podia tê-lo dado aos seus próprios descendentes de sangue, Abe e Izzy) como uma espécie de penitência. Logo, ele não tinha ideia do quanto estava atrasado para encontrar Sam. Mas tinha esperanças. Isso sem contar — de verdade agora — uma vontade desgraçada de fazer xixi.

Na superfície, a neve tinha começado a cair de novo. As árvores no gramado do Museu de História Natural, que aparentemente ficava logo ali, estavam todas enlaçadas por lâmpadas de cerâmica, e nas bolas de luz vermelha, azul e laranja em torno delas ele podia ver que estava nevando grosso e inclinado. Um ônibus solitário passou sibilante quando os semáforos ficaram verdes. Incrível como a cidade podia ficar silenciosa aqui, entre os prédios altos e o deserto do parque.

Ela tinha dito os bancos perto da saída do metrô, e Charlie, incapaz de lembrar direito as mentiras que tinha contado a respeito da sua familiaridade com Manhattan, tinha agido como se soubesse do que ela estava falando. E agora havia mais de um quilômetro de bancos que se estendiam para lá e para cá a partir da 81, junto do muro de granito que cercava o parque, e nem sinal da Sam, o que significava que podia nem ser meia-noite ainda e que ela não tinha chegado, ou já ter passado, e que ela tinha desistido. Ou que ela tivesse dito 72 em vez de 81, o que — *bosta* — era definitivamente o caso.

Ele levou um minutinho para entender para onde ficava o sul. Seguiu trotando, olhando através da neve em busca da mais tênue silhueta logo à frente. Seus coturnos estralejavam no chão. O parque à sua esquerda era ameaçadoramente negro, e era um fato conhecidíssimo que depois que escurecia seus donos eram assaltantes e drogados e bichas. Histórias da cidade em decadência tinham chegado até a Long Island. Por outro lado, o movimento estava sacolejando o conteúdo da sua bexiga, e se ele não mijasse logo, ia meio que supurar. Estava chegando a uma interrupção no muro. Sem sinal de Sam, ele tomou coragem e mergulhou portão adentro, sob as árvores.

Tinha saído da trilha e estava talvez a um segundo de abrir a braguilha quando uma voz o fez parar: três meras sílabas que pareciam vir primeiro do muro de pedra e depois de perto da trilha, saindo a galope sem orientação por toda a vegetação mal iluminada. "Socorro", foi o que ela disse. No silêncio que se seguiu, ele percebia sua própria respiração, o vento em rajadas, o berro atroz do sangue nos ouvidos. Talvez naquela agitação ele tivesse tomado um desses sons, ou alguma mistura de todos eles, pela *vox humana*. Ele se afastou mais da trilha. Havia agora uma dorzinha contínua na região logo atrás da fivela do seu cinto; sistemas de tubos e reservatórios hidráulicos cujos nomes ele não tinha conseguido decorar na aula de biologia estavam estabelecendo suas exigências: se ele não aliviasse a pressão *agora mesmo*... mas antes que conseguisse atravessar o metro e meio mais ou menos que teria garantido a sua privacidade, ela veio de novo. "Socorro!" E agora, consternadíssimo, ele se viu mais uma vez na trilha, espreitando longe do círculo de luz, na direção do que num nível quase ósseo tinha sido lido como um chamado às armas.

E que soldado improvável, Charlie Weisbarger, lutando contra os galhos despidos pelo inverno, escorregando em trechos lisos onde pés haviam compactado em gelo a neve. Ainda assim, era incapaz de não se imaginar indo resgatar aquela pessoa que tinha chamado. Homem, pelo som, talvez encurralado por um assaltante, ou talvez, se Charlie desse sorte e o incidente já tivesse acabado, precisando de ajuda apenas para chamar a polícia. Ele emergiria do parque como herói. Sam, esperando embaixo de um poste, lhe daria um belo abraço.

O padrão das pegadas na trilha branco-acinzentada ficou mais denso, depois menos. Não houve um terceiro grito; ele estava começando a pensar que tinha passado do ponto, ou imaginado aquilo tudo, quando ouviu passos apressados vindo de trás dele. Olhou para trás e achou a trilha vazia. A não ser. A não ser pelo fato de que atrás dos arbustos laterais alguém arquejava. Contra seu lado mais racional, ele se deixou ser atraído para fora da trilha e circundou os arbustos, esperando o momento em que os galhos iam ficar mais ralos para ele poder enxergar direito.

O solo se inclinava para baixo. Aqui, sob as árvores, a neve mais antiga estava intocada. Ela conformava uma vala cinza contra a qual ele distinguiu formas negras, pedras. Havia o muro delimitador, mais alto aqui, porque o chão estava quase cinco metros abaixo do nível da rua. E ali, aos pés do muro, estava uma forma negra murmurando, ajoelhada, a cerca de dez metros de Charlie e olhando para o outro lado. Ou duas formas negras. Um negro, ameaçadoramente encolhido, e o corpo de costas na neve.

Charlie não conseguia seguir adiante, nem respirar: estava com medo que uma nuvem de respiração saísse flutuando pelo espaço aberto e chamasse a atenção para ele, e aí ele também ia virar corpo estendido na neve. Mas também não podia simplesmente se mandar — nem com o pinto começando literalmente a latejar de tanta vontade de fazer xixi —, porque ele percebeu, estava percebendo naquele exato momento, enquanto a vista se acostumava, onde Sam estava o tempo todo.

Aí uma sirene soou em algum lugar, um uivo distante, e o negro levantou os olhos do que estava fazendo. Ele se pôs de pé, cambaleante, e saiu aos trancos, arrastando uma mão pelo muro, como quem tenta sair de um labirinto. Com as mangas do paletó arregaçadas, ele estava ainda menos preparado para o frio do que Charlie, e a parte mais esquisita, Charlie depois perceberia, foi que ele pareceu estar seguindo na direção da sirene, e não para longe dela. Assim que ele desapareceu, Charlie estava ajoelhado ao lado de Sam. Ela subitamente parecia tão pequena — quando foi que ela ficou tão pequenininha, caralho? — sob o sobretudo grosso que tinha sido estendido por cima dela. O fato de ela não estar tremendo lhe deu medo. Estava com a boca frouxa, olhos fechados. O sobretudo tinha uma mancha escura. A neve em volta da cabeça dela estava escura também, e lamacenta, a neve em que ele estava ajoelhado, e quando ele encostou nela e levou os dedos ao rosto, veio um cheiro de queimado, como o da broca no dentista. A solidez do braço dela contra a sua perna. O peso dela. "Ah, meu Deus!", ele disse. "O que foi que ele te fez?"

O buraco que se abriu no peito dele ameaçava engoli-lo inteiro. Ele pode ter começado a mijar um pouquinho. Acima da cabeça dele, sirenes chamavam e respondiam, um kadish que se ramificava pelas ruas desertas. *Isso está acontecendo de novo. Ainda.* Ele cutucou o ombro dela. "Sam, anda. Acorda." Ele já sabia que não se tratava de acordar. "Sam. Sou eu. Eu vim te salvar." Ah, se ela tivesse ficado ao lado dele. Por que ela não tinha ficado? E isso também o torturaria retrospectivamente, porque não devia estar pensando em si próprio naquele momento, ou imaginando que as coisas não tinham sido do jeito que tinham sido. Ele teria que se acostumar com o fato de que era assim que ele reagia ao sofrimento dos outros — de um jeito egoísta —, e haveria momentos, ele já sabia, em que ia querer que fosse ele deitado inconsciente ali no chão, em vez de acordado, tendo que fazer escolhas.

Lá em cima, onde acabava o muro, raios azuis e vermelhos giravam, ancorados por todo o parque. Ele podia ouvir o bater de portas — como agora, no seu quarto no porão de Flower Hill, podia ouvir os aquecedores chiando, os pés inábeis dos irmãozinhos nos degraus. Antes até de eles baterem na porta, ele berrou: "Sumam daqui!". De olhos fechados, parecia que estava arrancando um tumor do peito, e ainda assim a náusea continuava. Ele tentou mais uma vez invocar alguma figura nevoenta e barbada que pudesse ouvi-lo. *Senhor, tende piedade de mim, pecador*, mas Abe e Izz tinham se retirado, e fora dos fones só havia silêncio. A figura barbada também tinha fugido dele. Ou será que tinha sido ele, Charlie, quem fugiu? Porque, na hora do vamos ver, ele também tinha fugido de Sam. Ele se viu de novo ajoelhado ao lado da amiga, literalmente com sangue nas mãos. Uma voz, a voz que antes pedia socorro, passava por cima do muro, onde faróis furavam a noite, espalhando os pássaros: "É por aqui". A bexiga de Charlie tinha desistido finalmente, e o calor lhe escorria pela perna, e ele estava mordendo o lábio para não gritar de vergonha e sofrimento e pavor, e no que lhe pareceu ser o último segundo possível, por puro instinto, tinha disparado de novo para os arbustos e em direção à trilha e saído correndo para dentro das trevas, agarrado à virilha. Ele supunha que estavam no seu encalço.

Quando percebeu que não ia ser alcançado, que ninguém nem sabia que tinha estado lá, ele já estava no meio do parque: um campo imenso e lúgubre, que se estendia até uma franja de árvores negras. Exceto pela sua respiração, o silêncio era perfeito. As nuvens cinza-arroxeadas estavam imóveis, quebradiças. Os assaltantes que deveriam estar à espreita por ali não estavam em parte alguma. Longe, prédios eram torres carcerárias iluminadas, sem vida ali dentro. Era como um deserto nuclear com Charlie sendo a única coisa viva. A calça dele estava empapada de urina. E lágrimas e muco congelavam na pele do seu rosto, então ele devia estar chorando. Só queria deitar e fechar os olhos, mas algo nele sentia que se fizesse isso não iria mais abri-los, e outra coisa ainda, algo pusilânime e antipunk, não podia nem lhe dar permissão. Ele tirou a calça molhada e a cueca, embolou tudo junto e meteu num arbusto. Nu da cintura para baixo, usou um punhado de neve para tentar lavar a urina da perna. Tinha ouvido dizer que gente que se perdia no Ártico se enterrava na neve para se aquecer, mas ele era mariquinha demais para fazer aquilo por mais de um segundo. Tirou a calça do pijama do bolso da jaqueta e vestiu e, deixando o resto para trás, seguiu pelo campo, mirando na torre que parecia estar no canto do parque. Estava com as pernas ficando amortecidas, muito, mesmo, por causa do vento que atravessava o algodão fininho, e esse amortecimento deixava tudo um pouco melhor, então correu ainda mais, jurando a si próprio que logo ia estar na cama, em casa, e que quando acordasse de manhã isso tudo teria afinal sido apenas um sonho muito de merda.

Quando subiu quietinho as escadas no fim da tarde de domingo, sua mãe estava de novo falando ao telefone com o Cuzão; ele podia ouvir lá da entrada o murmúrio da voz na outra ponta da linha. A hora em que a luz disponível fora da casa superava a luz na sala de estar tinha passado, e ainda assim a Mãe não se dava ao trabalho de esticar o braço meio metro para puxar a corrente do abajur. Ela só ficava ali sentada, que nem uma velha. Aí o umbral estava atrás de Charlie e os dedos dele se fechavam sobre a jaqueta que ela não tinha dito que era melhor ele usar e a tiravam do gancho. Parecia impossível que duas noites atrás, quando aquela jaqueta tinha ido com ele para a cidade, ele estivesse tão cheio de esperança, ele achava. E agora a porta da cozinha se fechou como sua juventude atrás dele.

A respiração presa do mundo às cinco da tarde no inverno. O céu sobre as auréolas dos postes, ar elétrico indiferente a tudo que acontecia ali embaixo.

Ele deixou que a gravidade o puxasse morro abaixo na direção da igrejinha na esquina da estrada, Nossa Senhora da Lamentável Perpetuidade. Fora os holofotes que iluminavam o presépio ali na frente, a igreja não dava sinais de estar aberta. Por um momento, teve certeza de ter perdido tempo. No edital de vidro ao lado da porta da igreja, letras plásticas brancas tinham sido encaixadas no feltro negro. MISSA MATINAL, MEIO-DIA, VESPERTINA, DELE SEGREDO ALGUM SE OCULTA. Quando tinha tentado explicar aquela sensação de que às vezes o mundo todo estava tentando se comunicar com ele, tinha ouvido na terapia: "Eu fico aqui pensando, Charlie, se isso não torna mais fácil você acreditar".

"Acreditar em quê?"

"Bom, no que você acha que estão te comunicando."

Ele deu uma olhada no pé do edital para o caso de umas letras terem caído ali, alguma parte da mensagem que ele estava perdendo, mas não havia nada. Pegou a maçaneta da porta da igreja. Estava destrancada. Ele entrou.

Não era sua primeira vez numa igreja, nem mesmo naquela igreja. Tinha ido até ali no ginásio para ver Mickey Sullivan fazer a primeira comunhão. Aí no ano passado, no hospital católico, quando a Mãe tinha pedido um tempinho só com o Pai, ele tinha estacionado o carrinho já pequeno demais na loja de lembranças, com o Abe e o Izzy dentro, e dado uma escapadinha até a capela ao lado do saguão para ficar ali sentado com as mãos no colo. Seus irmãos nem piaram, e isso só piorava, de alguma maneira, esse tropismo, essa secreta apostasia. Só que o hospital deve ter dado uma aliviada na coisa, porque ele tinha esquecido do Messias de gesso colorido que pendia sobre este altar aqui, com os olhos azuis mirando tristes por entre gotas de sangue com cara de ketchup. Mais à frente nas fileiras de bancos estavam três velhas de preto. Como o padre que matraqueava lá no palco, elas estavam de cabeça baixa, olhos supostamente fechados. Charlie foi silencioso mais para a frente, entrou num dos bancos à sombra e fingiu não estar espiando pelas frestas dos olhos fechados. Eles fizeram aquela coisa da cruz na frente do peito, rápido demais para ele acompanhar. Aí o padre anunciou que leria um trecho do livro de Daniel. Mas e *existia* um livro de Daniel? Ah, é. Ele lembrou o resumo geral das aulas de religião na escola hebraica. Israel jazia novamente derrotado. O rei Gentio, incomodado, convocou um judeu que tinha dons proféticos. O Senhor sempre sabe, como se estivesse sentado bem ali neste exato momento.

A primeira leitura, decepção, foi em inglês, não em latim. Aí veio um Evangelho. E súbito, enquanto o padre ia lendo, Charlie finalmente conseguiu sentir a presença Dele, deslocando o ar na sua nuca — não um gigante benévolo, nem uma figura de gesso, mas um sujeito em boa forma, só um pouquinho mais velho que o próprio Charlie, ligeiramente marcado de acne por trás da Sua barba, ajoelhado no banco logo atrás, olhando fixo para um ponto entre as omoplatas de Charlie e enxergando seu coração destroçado:

> E virá a hora em que todo aquele que vos tirar a vida julgará prestar culto a Deus. Procederão deste modo porque não conheceram o Pai, nem a mim. Disse-vos, porém, essas palavras para que, quando chegar a hora, vos lembreis de que vo-lo anunciei. E não vo-las disse desde o princípio, porque estava convosco. Agora vou para aquele que me enviou, e ninguém de vós me pergunta: Para onde vais? Mas porque vos falei assim, a tristeza encheu vosso coração.

Sim! Encheu sim! A tristeza tinha enchido o coração de Charlie. Era como se Jesus estivesse falando especificamente com ele. Charlie não conseguia se virar, no entanto, para se certificar de que não estava imaginando coisas, porque e se acaso visse que *não* estava imaginando coisas, que um mendigo tinha mesmo sentado no banco logo atrás dele? Ou que em verdade era aquele o Senhor Jesus Cristo, que viera fazê-lo se render?

> Quando vier o Paráclito, o Espírito da Verdade, ensinar-vos-á toda a verdade, porque não falará por si mesmo, mas dirá o que ouvir, e anunciar-vos-á as coisas que virão. Ele me glorificará, porque receberá do que é meu, e vo-lo anunciará. Tudo o que o Pai possui é meu. Por isso, disse: Há de receber do que é meu, e vo-lo anunciará. Ainda um pouco de tempo, e já me não vereis; e depois mais um pouco de tempo, e me tornareis a ver.

Charlie segurava as mãos e se balançava para a frente de olhos fechados, mas na escuridão aveludada por trás das pálpebras, como um teatro cortinado onde as luzes tinham se apagado, ele ainda via o Salvador, Jesus Cristo, com ombros de nadador e uma expressão de saudade. A voz do padre ia longe. Muito mais perto, uma voz sussurrou: *Não temas, Charlie Weisbarger*. Ele agora estava apavorado, nas trevas dos seus próprios olhos fechados, totalmente só e quase às lágrimas. *Pus minha marca em ti. Vou te fazer instrumento da força de minha mão direita. Tu precisas apenas te arrepender.*

Eu me arrependo, Charlie não conseguia não pensar, ainda enquanto imaginava onde estava se metendo — o que aquela palavra, que tinha ouvido tantas vezes, realmente significava. E aí a visão sumiu, deixando apenas um imenso silêncio que preenchia os espaços do peito de Charlie, expulsando dali o que antes lá estava. Quando olhou, não havia mendigo.

Malgrado ter acontecido seja lá o que fosse, ele não conseguiu se levar a comungar. Na próxima vez em que as viúvas baixaram a cabeça para rezar, ele saiu meio abaixado por um corredor lateral, rapidinho, até o fundo da igreja. O padre estava olhando, confuso, mas Charlie mantinha o passo constante, como se a redenção fosse uma tigela de sopa que se ele não cuidasse ia derramar.

Lá fora o vento estava mudando, fustigando as árvores molhadas, atacando no ar as aves de Long Island. Exércitos delas, vingadores em cerradas fileiras, espiralavam contra o céu ferido. Ele diminuiu de velocidade na calçada para não ter que ficar olhando os coturnos, e aí, sob um poste queimado, parou. *Parai*, ele ouviu. *Parai e reconhecei que estais com Deus*. Sobre a caixa branca que era o posto da Exxon zuniam as sombras das aves, uma a uma, sucessivamente, como que lançadas por alguma catapulta do lado de lá do telhado. Gaivotas ali, pombos, pardais, gralhas e estorninhos, um congresso de aves por algum motivo convergentes sobre Nassau County, todos os seres alados do mundo que logo se postariam nas barricadas.

Ele deu o domínio, onde quer que habitem, sobre os homens, os animais terrestres e os pássaros do céu.

Não a Charlie, claro. Em algum lugar dessa sua ancestralidade de empréstimo havia certo patriarca a quem várias coisas tinham sido confiadas, e olha lá no que tinha dado aquilo tudo. As mãos que agora estavam nos bolsos não podiam dominar coisa alguma, e nem outras mãos poderiam, a não ser as do Messias. E o Messias, Charlie sabia, não ia sair da igreja lá na frente do posto de gasolina enquanto Charlie ainda estivesse ali. O Messias não estava pronto para ser visto. Mas Ele viera reclamar os animais e os pássaros e os filhos dos homens e Sam, e salvar Charlie, pessoalmente, de todo o seu pecado. O coração dele era como asas que batiam, e por trás desse som Charlie ouviu de novo as palavras. *A soberania jamais passará a outro povo: destruirá e aniquilará todos os outros. Enquanto ele subsistirá eternamente*. Mas primeiro a terra tinha que ser preparada. E assim, sob uma tempestade de pássaros, armado pelos céus contra a tentação de voltar atrás, Charlie Weisbarger correu para casa à espera de novas ordens.

INTERLÚDIO

OS NEGÓCIOS DA FAMÍLIA

14 de maio, 1961

Eu fico aqui pensando o quanto você lembra da velha casa dos Hamilton lá em Fairfield County? Você não devia ter mais que três ou quatro anos de idade na última vez em que esteve lá. Naquela época a gente já estava pagando um zelador; a mobília estava toda coberta com aqueles panos cor de creme que você e a sua irmã usaram a tarde toda para brincar de esconde-esconde, com os gritos de vocês enchendo os cômodos abandonados.

    No entanto, quando eu era menino, nós éramos mais de uma dúzia morando ainda embaixo daquele imponente telhado de ardósia. O interior de Connecticut era o contrário de uma cidade naquela época: umas pradarias sem fim, longas alamedas que terminavam num círculo sem saída na frente das casas, árvores no que era quase o horizonte apagando as vidas dos outros. Seis manhãs por semana o nosso motorista, Hans, tirava o Packard preto do celeiro e subia os quatrocentos metros de pedrisco até a beira da varanda da frente. O motor de ignição a alavanca, mesmo em ponto morto, punha a casa toda tremendo. E quando eu penso no meu avô, o seu bisavô, Roebuck Hamilton, Jr., é nesse tremor que penso primeiro. Quando o candelabro da sala do café da manhã começava a sacudir, uma espécie de agitação interna o tomava, a violência do martelo em posição de ataque. Ele era disciplinado demais para pular de uma vez da poltrona, mas já teria enviado centenas de pequenos sinais que denotavam a natureza contingente da sua presença entre nós. O chapéu-coco preto apoiado no joelho, a bengala enganchada na borda da mesa comprida; o relógio de bolso colocado ao lado da xícara de ovo-cozido e o jeito de os olhos dele ficarem correndo para o relógio enquanto ele importunava a casca com a colher... tudo isso agora ligeiramente estremecido, como se, parado entre ele os negócios que o esperavam, pudesse simplesmente explodir.

    Segundo sua tia-avó Agnes, nossa autoridade

em história da família, o Vovô tinha ido a pé até West Virginia aos dezenove anos de idade, depois de atracar em Nova York vindo de Manchester. Sua atividade de mineiro não rendeu frutos por mais de um ano, e no entanto ele persistiu, marchando por aqueles morros todos, caçando animais que defumava em fogueiras de lenha verde. Em cinco anos ele seria dono de metade do carvão que jazia sob aquele estado.

 Por uma questão de hábito, a última coisa que ele fazia antes de ir encontrar Hans de manhã era se barbear. Queria que a pele em volta do bigode estivesse no ápice da lisura quando chegasse aos escritórios em Manhattan, o que para mim, pequeno, parecia um lugar tão distante quanto as terras da Índia ou dos índios. Ele se trancava no banheiro debaixo da escada, contra cuja porta eu às vezes gostava de apoiar a orelha. Os sons que eu conseguia detectar por sob o troar oceânico do Packard eram diferentes, de alguma maneira mais ricos, que os sons que o meu pai fazia ao se barbear. Em particular, a navalha do Vovô me fascinava, como o que é proibido há de fascinar qualquer criança em que o mundo ainda não forçou sua disciplina. Eu ainda posso ver aquela navalha saindo do seu estojo de couro para ser afiada. O cabo com as iniciais dele. A lâmina como que de vidro polido.

Numa manhã, eu lembro, depois de ter pedido licença para sair mais cedo da mesa do café, que entrei escondido no banheiro debaixo da escada para dar uma olhada nela. O estojo estava esperando sobre um cesto de roupa suja. Eu desdobrei o couro e extraí a navalha cuidadosamente, primeiro o cabo, de seu lugar entre as tesouras de aparar bigode e o pincel bicolor de barbear.

A luz reluzia na lâmina, difundida pela janela congelada riscada pelos padrões das sombras cinzentas dos galhos lá fora. Quando eu virei a navalha, os reflexos dançaram por cima do meu suéter.

Logo, eu estava brandindo a lâmina como um pirata de um livro, mandando os prisioneiros andarem na prancha. Eu naquela época vivia me desligando do mundo real; de alguma maneira eu não ouvi, sobre o motor do carro lá fora, os passos do Vovô, o baque da bengala, até eles já estarem quase na porta do banheiro. Veio uma voz de um ponto mais distante no corredor, e ele se deteve por um momento com a maçaneta sustentada a noventa graus do ponto de repouso. Só então foi que eu reconheci a magnitude da minha transgressão. Tive tempo de meter a navalha de volta no estojo, mas não havia como fugir do banheiro. Havia, no entanto, um grande móvel com espelho na frente do armário dos remédios, e no último instante possível eu me enfiei lá dentro e fechei a porta, e tudo era estrépito e escuridão.

 De início, eu só tinha as batidas estrondosas do meu coração para marcar o tempo. Para que lado a lâmina estava virada quando eu cheguei? E quando pus de volta? Aí surgiu uma faixa de luz de uns dois centímetros à minha frente; a trepidação da casa tinha deslocado a porta do móvel. Eu devia ter puxado de volta, mas em vez disso me aproximei da fresta. A visão das costas nuas do Vovô me levou a um pressentimento atroz: eu tinha apanhado o meu avô no meio de algum ritual hermético do tipo que os meus primos comentavam entre os dentes. A bem da verdade, era só a camisa que não estava lá. Com o olho apertado contra a fresta, eu podia vê-la bem dependurada num gancho atrás da porta, podia ver os suspensórios dele pendentes da cintura alta das calças. Embora a pele da parte de cima do corpo dele estivesse salmilhada pela idade, os músculos por baixo dela eram os de um homem mais jovem, e pareciam se contorcer ou ondular enquanto ele passava a navalha pela pele sem sabão. E ele assobiava, eu lembro, como que para aumentar o grau de perigo, ou como se estivesse de fato feliz (aquele homem que eu jamais vi sorrir), uma melodia que eu mal reconheci por cima do troar do carro como o lied de Schubert sobre a truta. Aí minha testa bateu de novo na porta que me ocultava, fazendo com que ela se abrisse mais, e no espelho sobre a pia nossos olhos se encontraram. Quando me dei conta, estava sendo arrastado das trevas por esse estranho imenso que morava na minha casa. A navalha flutuava entre nós. Então?, ele perguntava.

A única coisa que eu consegui dizer foi: Por que o senhor não usa sabão?

Veio uma só risada. Quase um latido. Menino, tem uma coisa que a gente aprende quando sai por aí para viver com nada (uma intensidade admoestadora arroxeando-lhe o rosto enquanto ele pronunciava esta última palavra). Não é o sabão que faz uma barba rente; é a própria lâmina.

Ele pegou a minha mão e passou a navalha pelo meu indicador tão velozmente que eu não senti nada. Como a mais ínfima das linhas da pena de um calígrafo, uma linha de sangue surgiu, tornou-se uma gota, duas gotas. Aí ele destrancou a porta. Enquanto eu corria pelo corredor, estava convencido de que ele estava no meu encalço, que eu podia sentir o seu hálito azedo no meu pescoço, mas quando olhei para trás, ele ainda estava parado semivestido na porta do banheiro, sorrindo, borrado pelas minhas lágrimas. Esse era o seu avô: um homem distante e totalmente aterrador.

 Peculiarmente, foi o meu próprio pai que eu vim a considerar responsável pela cicatriz no meu dedo. Eu não acho que tenha conseguido perdoá-lo pela incapacidade de me proteger naquele dia, ou por forçar a minha mãe e eu a morar sem reclamar ao lado de uma pessoa que, agora me parecia, podia nos matar enquanto assobiava Schubert e aí limpar os dentes com os nossos ossos. Mesmo depois que nós tínhamos nos mudado para a Upper 5th Avenue, para o meu pai poder ficar mais perto do escritório da Empresa (cujas operações diárias tinham sido deixadas nas mãos dele), eu desejava ardentemente romper de vez com a família.

 Eu queria ser dramaturgo, por acaso a sua mãe lhe disse isso alguma vez? Um dia, quando eu não era muito mais jovem do que você é agora, a tia Agnes me levou para ver <u>Desejo</u>, do sr. Eugene O'Neill. O palco era como que a solução de um problema que eu ainda não tinha formulado.

 Talvez se eu fosse para a universidade em algum ponto do Meio-Oeste, eu pensava, longe da minha vida solitária e cheia de gente, eu podia descobrir qual era ele. O meu pai, é claro, esperava que eu o sucedesse na Empresa. Com que nitidez eu lembro de ser convocado a vê-lo em seu escritório (pois, se era para você vê-lo entre as oito da manhã e as seis da tarde, ia ter que ser no escritório). Nós ficamos sentados, só nós dois, sob um ventilador que girava lentamente. Nós não ficávamos sozinhos havia o que parecia ser uma década. Qual era essa história que ele andava ouvindo, de Chicago?, ele queria saber; Yale tinha sido boa o suficiente para ele.
 Eu me forcei a dizer o que pensava havia muito. Mas eu não sou como o senhor.
 Nesse momento ele pôs as mãos nas pernas das calças e se inclinou para a frente. Ele sempre foi uma presença meio fantasmagórica para mim, o meu pai, um eco da explosão em surdina que tinha sido o seu pai. Parte disso pode ter sido por causa do bigode vasto que ele mesmo cultivava, que lhe

escondia quase toda a parte de baixo do rosto, e parte pelo pincenê por trás do qual seus olhos agora cintilavam. Bill, ele disse delicadamente. Você acha que *eu* sou como eu?

Eu queria dizer, eu disse, que não tenho atração pelos negócios da família. E nem fui abençoado com o toque de ouro do Vovô.

Ele tomou outro gole de uísque. Mastigou um cubo de gelo. Por acaso eu andava conversando de novo com a tia Agnes?

O próprio Vovô me contou, eu disse, como ele construiu isso tudo. Tudo aqui em volta da gente.

Já que nós estávamos falando de homem para homem, meu pai disse (e sem dúvida já que o tema da nossa discussão àquela altura estava morto havia cinco anos), por que será que eu achava que o Vovô andava de um lado para o outro tão enfurecido o tempo todo? Era porque ele sabia que não tinha feito isso. Ele queria, acima de tudo, ser um self-made man, como George Hearst ou William A. Clark: autossuficiente, atento aos desejos da terra, escolhido por ela para administrar o mundo. Na verdade, a terra não quis muita conversa com ele.

Mas e West Virginia? Eu perguntei. E aquilo de viver com nada?

O seu avô perdeu dois dedos dos pés por congelamento, contraiu disenteria crônica, e não conseguia manter uma mula viva por mais de um mês, o meu pai disse. Foi só com o capital da Vovó (os Sweeney tinham cervejarias em Belfast) que ele conseguiu comprar metade do vale do Monongahela, e o preço que pagou por isso foi uma sensação vitalícia de fracasso, e a hifenação do nosso sobrenome. Ele vendeu as suas cotas durante o boom de 1890 e voltou manquitolando para a cidade com um baú de cédulas de dinheiro, porque era aí que estava o seu talento: não em perfurar e escavar, mas em comprar, vender, acumular. Cada novo milhão só deixava mais claro que ele não era um dos grandes homens.

Sabe, nós, os Hamilton-Sweeney, não somos descobridores, o meu pai disse, nós somos investidores. Nós geramos a grandeza alheia.

E isso é o que significa ser um homem: aprender a ver o mundo não como uma questão de o que você quer ser, mas de o que você é...

    Mas está tarde, e eu sinto que estou me afastando muito do que pretendia dizer. É como se nos muitos anos que se passaram desde a última vez que eu pus uma caneta assim no papel, as lembranças tivessem amadurecido além do ponto dentro de mim. Ou como se o tempo do meio do caminho fosse uma ilusão, e em vez desse estúdio acanhado em Sutton Place em que eu agora estou, eu estivesse de volta ao meu primeiro escritório no Edifício Hamilton-Sweeney, sob a luminária de bancário com a sua cúpula verde depois de todos terem ido embora. Eu sempre achei mais fácil me expressar com uma caneta. Você arrisca uma parcela menor, de alguma maneira, daquele mundo inteiro lá fora — ou arrisca mais lentamente.

    William, o que eu estou tentando te mostrar aqui é que eu entendo a sua raiva. Que eu consigo imaginar o quanto a minha vida pode lhe parecer arbitrária. Você acha que eu sou distante e frio, que eu não vi o que sacrifiquei, que eu não sei como sonhar com coisas que estejam fora do meu controle. Mas você tem que acreditar em mim, como alguém que cometeu os mesmos erros a respeito do próprio pai, e do pai do seu pai, que o que você enxerga não sou eu inteiro.

    Daqui a alguns meses, Felicia Gould e eu vamos nos casar. Eu não estou pedindo para você ver todas as várias qualidades que ela tem, para passar a gostar dela da forma como eu passei a gostar (que não é, eu tenho que dizer, a forma como eu gostava da sua mãe). Eu não estou pedindo para você querer o que eu quero, e nem mesmo prevendo que as suas próprias ambições, sejam elas quais forem, vão se provar tão inatingíveis quanto as minhas. Mas eu estou pedindo para você me enxergar com clareza antes de decidir como reagir. Para você ver que se eu escolho não passar o resto da vida de luto — se eu não sou tão forte ou não tenho princípios tão vigorosos quanto você poderia ter nas mesmas circunstâncias —, eu faço isso conscientemente. Que o seu pai é um homem, filho, como você: é essa a impossibilidade que eu lhe peço para imaginar.

Eu não preciso rever o que escrevi aqui para ouvir a nota de autocomiseração que você sem dúvida terá detectado. A bem da verdade, eu provavelmente vou jogar esta carta no fogo assim que tiver terminado. Começar de novo, num cartão pronto que vai limitar o meu estado de espírito mais confessional, e simplesmente perguntar, em algumas breves linhas, se você aceita ser o meu padrinho no casamento. Mas mesmo as chamas da nossa lareira engolindo estas páginas, deixando o papel da cor da tinta, isso não vai apagar o fato de que eu sentei aqui bem depois da meia-noite de hoje, desenterrando coisas que achava que nunca ia lhe contar, na esperança talvez vã de que você possa recebê-las sem confundir intenções, suspeitas, mágoas, como parece ser o que vem no nosso sangue, de pai para filho, de Hamilton-Sweeney para Hamilton-Sweeney.

E então mais uma lembrança, se você tiver

paciência. É de como foram fortes os seus urros, William, quando eu peguei você no colo pela primeira vez. Você estava com medo, disse a Kathryn; eu devia estar te apertando muito. Eu olhei para ela, exausta naquele leito de hospital, e ela olhou para você, e você olhou para mim olhando para ela com olhos que jamais haviam conhecido outra coisa, e por um breve momento eu juro que nós nos enxergamos com uma clareza que nada pode alterar, nem o tempo, nem as dores, nem a morte. E em certo sentido, filho, eu ainda estou te segurando com a mesma força contra o peito, continuando a ser

   Apaixonadamente, apesar de distante,
   Seu pai

LIVRO II

CENAS DA VIDA PRIVADA

1961-1976

*Tentamos conter a cidade,
mas a cidade escapuliu;
e agora, Peter Minuit,
vai ser dos inuítes...*

Lorenz Hart, "Devolva para os índios"

O fato de que Chicago, Filadélfia e Boston não estejam passando pelos mesmos problemas sugere uma loucura especial aqui [...] os americanos não gostam muito, não admiram, não respeitam, não confinam e não acreditam muito nesta cidade.

Rowland Evans e Robert Novak, Inside Report

16

    Keith sempre tendeu a ver os grandes eventos da sua vida não como coisas que ele fazia acontecer, mas como coisas que aconteciam *com* ele, como o clima. E, acreditando que não havia o que pudesse fazer para mudar essas coisas, ele as aceitava como vinham. Quando seu professor de educação física do ginásio lhe pôs uma bola de futebol americano nas mãos, por exemplo, ele saiu correndo com ela. Quando o futebol lhe rendeu uma bolsa para uma universidade estadual, ele foi. Quando estourou o joelho no último ano, ele continuou aparecendo para os jogos, usando a camisa do time por baixo do blazer, para mostrar ao aluno do segundo ano que o substituía na escalação que não guardava rancor. Regan, então, desde o começo, tinha sido uma espécie de exceção: Ela era algo a que ele não tinha direito naturalmente. Algo que tinha escolhido para si próprio, livremente.

    Não que ele fosse constitucionalmente capaz de enquadrar as coisas desse jeito na primavera de 1961. Em vez disso, havia basicamente uma excitação oblíqua que lhe percorria o peito quando, se masturbando até dormir em Mansfield, ele pensava nela na casa da fraternidade em que morava em Poughkeepsie. Ele nunca tinha visto o quarto dela na casa — exigia-se que os visitantes ficassem esperando no salão de entrada da imensa mansão vitoriana até que as moças estivessem prontas —, mas imaginava que fosse espartano, cru, tendo como único luxo um espelho como o que ficava no corredor da casa dos seus pais. Tendo a indiferença pela própria aparência que têm as pessoas atraentes, ele mal percebia o espelho, na sua juventude, mas por algum motivo era aquele que lhe vinha à mente quando imaginava Regan nua, de pé diante de um espelho, com o corpo quase tocando o vidro enquanto encarava ali alguma coisa que ele ainda não podia ver.

Talvez ela tivesse passado um tempão parada assim na noite em que iria levá-lo de carro até Nova York para conhecer a família. De um jeito ou de outro, ele estava largado fazia mais de meia hora no sofá do térreo. Toda vez que ele dizia alguma coisa, a menina da fraternidade empoleirada no braço do móvel, a acompanhante, entre aspas, distraidamente tocava o rosto, o colar, o joelho branco nu que ela fingia não perceber que a saia estava deixando cada vez mais descoberto. Keith não pensava duas vezes no ano anterior, e podia ter conseguido o telefone dela sem dificuldade, mas ele se via cada vez menos interessado ultimamente no que vinha fácil.

Por fim Regan surgiu na escadaria central da casa, com um cardigã azul comprido que praticamente a engolia. O cabelo ruivo, solto, lhe escondia as laterais do rosto. Quando a irmã lhe disse que ela estava linda, Regan pareceu se arrepiar um pouco, como se essa não tivesse sido sua intenção. E de fato não havia mesmo existido certa ansiedade naquele convite para ele ir para a Cidade com ela? A voz dela não tinha se acelerado, como se estivesse tentando cuspir aquela pergunta antes de poder pensar duas vezes? Keith lhe deu um beijo na boca bem na frente da acompanhante. "Você está linda mesmo", ele disse. "Como sempre." Aí ele a ajudou a vestir a capa de chuva e abriu seu guarda-chuva sobre ela e seguiu com ela pelo gramado molhado até o Karmann Ghia branco todo bonitinho que ela tinha.

A chuva martelava a capota do conversível como se fossem dedos numa mesa. Parecia que aquilo calava não apenas Regan, ao volante, mas também os faróis dos outros carros que percorrriam a Thruway. Em algum ponto ao norte do Bronx ele encontrou o sinal de uma estação de AM que achou legal, música pop de sábado à noite, as seráficas harmonias vocais dos Everly Brothers. A Cidade àquela altura já devia estar manchando de roxo o horizonte, mas lá fora tudo seguia negro. A chama abrigada do mostrador do rádio iluminava apenas o queixo e o nariz de Regan, os dentes que não largavam o macio lábio inferior. "Nervosa?"

"Eu odeio ser tão bola murcha", ela disse, "mas tudo bem se eu só ficar aqui pensando?"

Aquilo lhe pareceu uma pegadinha, um dos pequenos testes da sua devoção que ela sempre fazia. Ele baixou o volume da música. "Eu não vou fazer você passar vergonha, Regan. Juro."

Ela procurou o braço dele com a mão, o que significava que ele devia ter feito alguma coisa direito. Em geral ela não era fisicamente demonstrativa; dava até para dizer que era meio arisca. "Não é com você que eu estou preocupada."

"Mas eles podem ser tão horríveis assim?"

"Não é só o William, nem o Papai. A noiva dele vai estar lá também, o que significa o Irmão Demoníaco, e eu... eu só não queria que você se sentisse numa emboscada, só isso."

Puta jeito esquisito de você falar da sua própria família, ele pensou, mas "emboscada" no fim descreveria bem direitinho certos aspectos da experiência. A casa, para começo: uma mansão de verdade, de tijolos e isolada em Sutton Place, cravada bem no meio do East Side de Manhattan, alheia aos arranha-céus que tinham parecido tão impressionantes em visitas anteriores. Ele sabia que ela era rica, obviamente — ela carregava o sobrenome de uma holding cuja sede era num dos prédios mais altos de Nova York —, mas teve que lutar para o seu queixo não cair enquanto ela ficava ali tentando achar a chave da porta lateral. Antes de ela conseguir abrir, uma mulher de cara séria com um uniforme que parecia de enfermeira abriu a porta por dentro. "O seu pai está na sala de estar." Keith sempre pensava naquele termo, em gente que podia ter uma sala só para permanecer, e o termo fez o buquê de flores que tinha na mão parecer flácido, minúsculo, bem quando a mulher o arrancou dele. "Eu vou colocar isso num vaso", ela disse, com o mesmo tom com que podia ter se oferecido para jogar as flores no lixo.

Na luz vacilante do cômodo recoberto de painéis de madeira em que Regan o fez entrar, as pessoas já estavam postadas como estátuas. Um dos homens era bem alto. O outro homem e a mulher deviam ter menos de um metro e sessenta. As esquadrias das janelas eram de chumbo, os tapetes, persas, o fogo na lareira, moribundo... foi tudo que ele teve tempo de registrar antes que a mulher atravessasse a sala, com as mãos estendidas diante do corpo como se ela estivesse sendo rebocada involuntariamente ali atrás. "Você deve ser o Keith. Nós já ouvimos falar demais de você." Então as mãos de Felicia Gould o estavam passando para o sujeitinho manso, grisalho e bem-arrumado que ela apresentou como seu irmão, Amory. O terceiro homem, supostamente o pai de Regan, ficou para trás, como quem aguarda uma permissão. Ele tinha começado a perguntar se Keith precisava de uma bebida quando a noiva interrompeu. "Paciência, querido. A Lizaveta vai aparecer com os martínis a qualquer minuto. Você está incrível, aliás, Regan. Você andou perdendo peso?"

Regan ainda estava meio perdida perto da porta. "Cadê o William?"

"Aah, a gente busca ele depois. Sentem, crianças." Felicia se largou na ponta de um longo divã e dava tapinhas na almofada ao seu lado enquanto o pai mexia na lareira e o baixinho continuava olhando inescrutavelmente para eles. Felizmente, era da natureza de Keith ser encantador — em especial depois que um daqueles martínis mais secos que areia lhe tinha desaparecido goela abaixo e outro se materializou na sua mão. Só que para responder as perguntas de Felicia Gould (sobre a família dele e o futebol, e não era verdade que Hartford era um lugar lindo na primavera?), ele tinha que se virar para a lareira e dar as costas a Regan, sentada à sua direita. Ele quase tinha a sensação de que Regan tinha planejado aquilo, que era parte do mesmo número de desaparecimento mágico em que entravam o cardigã e a franja solta. Do que ela estava com medo? A madrasta parecia totalmente inofensiva. Futura madrasta, na verdade; ela e Bill iam se casar em junho, ela explicou, notando que ele observava o anel.

Mas àquela altura um rapaz magro, de cabelo preto, com uma camisa de lenhador e macacão jeans, tinha se detido à porta. "William!" Dessa vez foi Regan quem levantou e atravessou a sala. O menino corou quando ela o abraçou. E apesar de ninguém mais ter levantado, Keith achou que devia ir lá se apresentar.

Regan tinha falado muito do irmão, normalmente preocupada com suas tendências à delinquência. Ele tinha só sete anos quando a mãe deles morreu, ela disse, e tinha sofrido muito com aquilo (como se houvesse alguma maneira mais nobre de encarar um acidente automobilístico fatal; como se ela, aos onze anos, fosse o retrato da maturidade — o que ele supunha que, comparativamente, ela era mesmo). No ano anterior, enquanto ela passava um semestre na Itália, William tinha conseguido ser expulso de três escolas preparatórias, um recorde pessoal. "Eu não sei o que ele vai fazer se eu não me mudar pra Nova York depois da formatura", ela tinha dito. Keith lhe disse que tinha certeza de que William ia se virar. Foi a única vez que ela ficou enfurecida com ele, até ali, e era como se ela não soubesse como se fazia aquilo. A voz dela ficou baixa e embargada, o som de uma bolinha de gude na garganta. Ele sentiu por um segundo que talvez fosse ali, por baixo de tudo, que ela guardava o que sentia a respeito da mãe.

"Não, você não está entendendo. O meu irmão é... sensível. Quem sabe até um gênio."

Keith achava gênios sensíveis criaturas chatas por princípio. Mas em pessoa não pôde deixar de gostar do garoto, tanto porque em geral Keith gostava das pessoas quanto porque William não parecia estar nem se importando se ele gostava ou não dele. "Os Grudes estão se comportando?", ele perguntou a Regan, enquanto se servia de um martíni da coqueteleira que a empregada tinha deixado no aparador. Aí os irmãos se foram, murmurando juntos em sua própria língua secreta. Keith estava começando a entrever exatamente o que Regan tinha em mente ao dizer "sensível" — havia algo eriçado, feminino até, no porte de William — quando Felicia se aproximou. "William, querido, nós não podemos monopolizar o nosso convidado. Ele deve estar morrendo de fome, com todos esses músculos. Keith, passamos para a sala de jantar?"

"E aí, Keith? Passamos?", o menino disse. Era impossível apontar direitinho o que deixava aquilo sarcástico, ou mesmo quem era o alvo do sarcasmo. Mas Regan, como que revigorada pela presença do irmão, soltou a voz — "Isso, passamos" — e deu o braço a Keith.

A sala de jantar era longa e estreita, dominada por dois retratos a óleo de homens com suíças que podiam ser gêmeos. Iterações anteriores da linhagem Hamilton-Sweeney, aparentemente; por sob os acessórios que os datavam — um capacete de sáfari num, um pincenê no outro —, eles tinham o mesmo crânio em formato de ovo e a testa proeminente do pai de Regan. Que, aliás, parecia agora mais seguro, como se a mesa absurdamente longa à sua frente e a semiescuridão em que se via lhe oferecessem certo grau de proteção. Aqui estava ele, praticamente gritando para fazer com que Keith o ouvisse.

"Perdão?"

"Eu disse: como foi que você e a minha filha se conheceram?"

A coisa de duzentos metros dali, no pé da mesa, William gemeu. Keith não sabia direito como reagir, mas nem Felicia nem o futuro tiodrasto, sentado à sua frente, deram qualquer sinal de ter ouvido, e ele não podia olhar para Regan sem parecer estar conspirando com ela. "Regan estava numa peça antes do Natal, *Noite de reis*, eu tenho certeza que o senhor foi ver."

Veio um pigarrear, estranhamente nasalado. Talvez um sacudir da cabeça. "Você é do teatro, então?"

"Não, não, eu só gosto de assistir. Eu tive que ir me apresentar a ela depois." Cada palavra ali era verdade, apesar de Keith omitir o fato de ter sido arrastado para o que seria a última encenação da peça por outra menina de Vassar, de quem ele desertou na festa de encerramento. "Ela é uma grande atriz, a sua filha."

A mulher que antes pegou as flores agora depositou diante dele uma tigela de um líquido castanho. Ele não sabia se era para lavar as mãos ali, por exemplo. Regan deve ter percebido, porque encostou na perna dele por baixo da mesa. Uma série de acenos e espiadas mudos indicaram que ele devia fazer o que ela fizesse. Ele adivinhou qual colher usar dentre as três à disposição e polidamente sorveu o caldo salgado que depois aprenderia a chamar de *consommé*.

Seguiu-se uma salada e um peixe, e entre as perguntas que lhe vinham da cabeceira da mesa e a colorida fita de conversa que a noiva mantinha no ar, silêncios constrangedores foram basicamente evitados. Durante a carne, Felicia lhe explicou num tom confidencial que a cozinheira deles tinha estudado na Cordon Bleu e estava emprestada para os Hamilton-Sweeney. Tudo parte de um lento processo de preparação para eles se mudarem lá para o outro lado do parque, para longe desta casa e dos seus fantasmas. Ela se virou para olhar a pintura pendurada sobre seu futuro marido, ou talvez a antiga carabina de caçar elefante num suporte de ganchos de bronze na parede abaixo do quadro. Sim, tinha sido mesmo um noivado longo, ela concordava, mas eles não queriam mudar demais a vida do jovem William antes de ele se formar. Aqui no outro extremo da mesa, o objeto da sua solicitude parecia profundamente infeliz. Ele não falava havia meia hora.

Quanto ao outro irmão, Amory Gould, ele podia ser um boneco recheado de serragem, pelo menos até os pratos de sobremesa estarem vazios e o café aparecer. Aí ele pegou seu talher e o ergueu bizarramente para a luz. O gesto era tão estranho — tão chamativo — que até Felicia parou de falar. "Mas Keith", ele disse, quando tinha a atenção de todos à mesa. A colher seguia no ar; seus olhos continuavam nela, como quem verifica retroativamente se havia manchas. "É Keith, não é? Você chegou a considerar a economia, por acaso?"

Keith estava justamente contando agora ao pai de Regan que estava tendo que se sobrecarregar de disciplinas de ciências, para se preparar para a faculdade de medicina. Sim, ele gostaria de ter ido para uma faculdade como Yale, mas para falar com franqueza não tinha se aplicado o quanto devia, antes de se machucar. "Economia?"

"Bancos, meu rapaz. Investimentos. Os negócios da família, por assim dizer." A voz era delicada, insinuante, como se você estivesse entreouvindo enquanto ela falava sozinha. Involuntariamente, Keith se inclinou para a frente para ouvir. "Onde se negocia confiança, no fim. Já eu, receio não ter o que se poderia chamar de o carisma necessário para ser uma figura pública. Eu fico por trás das cenas, eu reúno as pessoas. Mas um rapaz bem-apessoado como você, sempre com um sorriso no rosto, eu não posso deixar de pensar que você podia vender um triciclo a um paraplégico. Que obviamente é onde as pessoas podem fazer fortuna. Figurativamente falando. Não há necessidade de um histórico, ou de treinamentos especiais, só da capacidade de pensar rápido." O talher pousou. "O nosso mundo está se alargando, Keith. Se você por acaso quiser ter uma conversinha a respeito do seu lugar nele, eu posso dar um jeito." Um olhar manso, azul, sem piscar e nem se desviar dos olhos de Keith do outro lado da mesa. Ao lado dele, o silêncio de Regan era profundo, mas ele não podia vê-la; era como se tivesse sido empurrado para a sombra pela palidez glacial do rosto do homem, a racionalidade óbvia daquela voz.

Aí uma cadeira guinchou nas tábuas do piso. "Posso me retirar?", William perguntou, já quase de pé. Logo antes de sair da sala, ele lançou um olhar significativo para Keith, mas significativo de quê? E Keith podia ter jurado que William ficou esperando um minuto ainda no corredor, aguardando a sua resposta. Ele limpou a garganta. "É uma oferta incrivelmente generosa, sr. Gould", ele disse, "mas eu já estou em outro caminho agora. Talvez seja melhor seguir nele."

Houve uma pausa. "Claro", Amory disse. "Eu jamais ia querer atrapalhar o seu caminho."

Depois, quando dos apertos de mãos e de ele ter prometido que ia aparecer mais, Regan foi com Keith até a porta. Eles tinham planejado que ela ia passar a noite em Sutton Place enquanto ele pegava o trem madrugueiro de volta para Connecticut, e ele supôs que ela tinha vindo dizer tchau. Em vez disso, ela disse: "Eu tinha que sair dali".

"Por quê? Eu fiz tudo certo?"

"Ah, meu amor." Ela se deteve na calçada molhada, como que espantada com a pergunta. Ele estava de pé na sarjeta. A chuva tinha parado, mas águas com centímetros de profundidade e que portavam pétalas brancas empapadas caídas de árvores em flor se dividiam em torno dos seus sapatos. "Você estava ótimo. Você estava perfeito."

Eles estavam quase da mesma altura daquele jeito, e ele teve um impulso de pegar nela, de prendê-la ao chão, para ela não poder escapar de novo sem que ele entendesse todos os seus mistérios. "O seu irmão gostou de mim?"

"Ele vai amar você, quando souber tudo de você. Como eu."

Foi a primeira vez que ela disse aquela palavra, "amar", e, tipicamente, foi num contexto em que ele não tinha como responder. Além disso: Tudo *o quê*?

"Vamos pra algum lugar", ela disse, de repente. "Eu estou liberada da casa da Chi Ômega até amanhã."

"Certeza?"

Pelo menos dessa vez ela não se afastou. As coxas dela eram macias contra as dele, a boca, aberta para ele, e ele podia sentir que naquela noite em particular ela ia deixá-lo fazer o que quisesse com ela. Uma vaga sirene no fundo da mente já lhe alertava que não devia ser desse jeito, como alguma espécie de prêmio por bom comportamento, mas outra voz lhe dizia que podia ainda levar meses para ela se sentir assim de novo, e eles estavam se contorcendo juntos, quase caindo sobre o Karmann Ghia estacionado, e ela lhe tinha segurado as mãos e as colocado nas costelas, e por vontade própria uma delas estava subindo para um daqueles seios maravilhosos e miúdos, quentes por sob a firme armadura do sutiã, quando ele se conteve. Eles ainda estavam a menos de uma quadra da família dela. "Não se desconcentre", ele disse. "O.k.?"

Eles acabaram num hotel perto da Grand Central, registrados como sr. e sra. Z. Glass; ele ia ter que viver de atum enlatado pelo resto do mês, mas valeu a pena. Eles nem acenderam a luz ou desfizeram a cama, mas fizeram amor de pé, contra uma porta-janela onde as gotas da chuva ainda restavam. Foi como ficar na beira de um grande fosso escavado. Quando ele fechava os olhos, parecia estar bem no meio de tudo, cercado de luzes minúsculas e flutuantes que chamavam por ele, mas havia mais daquilo quanto mais fundo ele ia. Foi só logo antes de gozar, imensamente, e espantado, que ele percebeu que para ela, assim como para ele, não era a primeira vez, e que ele ainda não tinha conseguido tocá-la de verdade. E mesmo agora, na sua memória, ali deitado esfriando a cabeça no escuro do seu dormitório, Regan era todo um mundo, satisfeito com ele por razões que não conseguia entender...

17

Já seu irmão William, com dezessete anos, estava separado apenas pela mais fina das membranas do mundo que o continha. O que vale dizer: um menino da cidade, definitivamente. Ele sabia exatamente que ponto de que plataforma do metrô correspondia a que escada de outra plataforma. Sabia que vagões vazios no metrô eram coisas a se evitar — alguém tinha mijado ali, ou vomitado, ou morrido. Sabia como fingir que nunca tinha ouvido falar da pessoa famosa a quem você estava sendo apresentado, e como fingir aceitar o fingimento da pessoa famosa que nunca tinha ouvido falar de você. Tinha aprendido, no verão do ano passado, a cantar homens adultos nos banheiros públicos, e todos os lugares do parque que a Delegacia de Costumes nunca visitava. Ele não ia conseguir arremessar uma bola de futebol americano nem que a sua vida dependesse disso, mas bastava lhe darem um cabo de vassoura e uma bolinha de borracha que ele conseguia acertar o rio daqui.

Periodicamente, nos últimos anos, ele vinha sendo enviado a vilarejos bocejantes como Putney, Vt., e Wallingford, Conn., e Andover e Exeter, N.H., lagos bem fornidos em que desaguavam os afluentes de riqueza e o privilégio daquela nação. Outros garotos gostavam de rir do sotaque dele. Para os garotos de Grosse Pointe e Lake Forest, nova-iorquino estava a um passo de distância de *judeu*. Mas ele nunca sofreu de inveja deles, nem cultivou, como a irmã, aquela pronúncia desenraizada da Costa Leste. Ele acreditava que sua ligação com Manhattan seria seu apoio, como uma âncora mergulhada em águas turbulentas.

E ela o apoiou mesmo, até aquele verão — o verão em que ele finalmente se formou no colegial. Mas, acordado, alta madrugada, na véspera do casamento do pai em junho, ele podia sentir que a corrente se tensionava, que a ligação estava a ponto de se desfazer. Ou já era manhã? O céu do outro lado das barras ogivais da janela da cozinha em Sutton Place tinha ficado claro o bastante para revelar as rosas de cabeça pendente ali enroscadas, da sua mãe. Elas pareciam acenar para ele, aconselhando; sabiam o que teriam feito no lugar dele.

Ele foi para a sala de jantar. Dos ganchos de bronze na parede retirou a carabina de safári do Bisavô Hamilton. Verificou a câmara; a bala que tinha descoberto quando era garotinho ainda estava lá. As meias sociais silenciavam os seus pés na escada.

O corredor do segundo andar mal se podia identificar como aquele em que ele e Regan encenavam desfiles. O tapete já tinha sido levado para a casa de Felicia, do outro lado do parque, junto com quase toda a mobília. Amanhã — ou, correção, hoje — chegaria o pessoal da limpeza para preparar esta casa para os novos proprietários. Mas os quartos de hóspedes tinham sido deixados intactos para os vários parentes homens e parceiros comerciais que tinham vindo para o casamento. Ele os ouviu chegar do jantar do ensaio perto da meia-noite e ficar acordados dissecando o vexame que ele tinha causado lá, a desgraça que tinha trazido para a família. Não estava claro se sabiam que ele estava acordado bem embaixo deles, consumindo desgraçadamente meio litro de uísque irlandês roubado do bar do salão de banquetes. De qualquer maneira, eles não tinham descido para a cozinha. E o uísque tinha um efeito engraçado; depois de um certo limite, cada gole da garrafa lhe desanuviava o pensamento, até que a casa toda parecia já tremer de tanta claridade. A lucarna no fim do corredor do andar de cima. A entrada lacrada do que um dia foi o quarto dos seus pais. E além disso, o quarto de hóspedes onde um universitário ossudo com os restos órfãos de um smoking roncava estatelado no chão, com os punhos duplos da camisa de abotoadura escancarados como flores. Foi esse cara? Tinha que ser. Os que estavam apagados nas camas eram velhos demais.

William ficou parado na meia-luz pelo que devem ter sido minutos com o longo cano do rifle oscilando perto da orelha direita do cara. Anda, bichinha. Puxa o gatilho. Se você fosse homem de verdade, você puxava. Mas onde é que estava o namorado da Regan, ou noivo, agora, o Keith, que teria obrigação de dar conta disso? Porque o melhor que William podia fazer, no fim, era deixar a carabina no chão do quarto de hóspedes, torcendo para o merdinha ali desmaiado ver quando acordasse e saber o quanto esteve perto de morrer. Ou quem sabe acabar com aquilo por conta própria.

Tremendo, William saqueou o seu próprio quarto em busca de roupas para encher uma sacola. Pegou seu violão, o livro de gravuras de Michelangelo que Regan trouxe quando passou um semestre no exterior, o seu estojo de barba herdado e chaves que estavam no criado-mudo. Depois de uma última dose de coragem líquida, tinha saído pela porta e estava acompanhando a fila de carros estacionados na frente da casa. O suor e a roupa social faziam uma pasta entre as suas costas e o banco do motorista do Karmann Ghia de Regan. Do outro lado da janela, cheiros que o orvalho invocava da terra inerte: o barro das árvores plantadas, o asfalto vagamente salgado, todo um verão de aromas de cascas apodrecidas de frutas e pó de café *faisandé* que se evolava do lixo empilhado no meio-fio. A placa de Pare brilhava na esquina. Se soubesse exatamente quanto tempo levaria para ele voltar a essas ruas, ele podia ter tido vontade de listar as coisas mais minuciosamente, mas agir como quem se despedia daria realidade ao que estava fazendo, e, se fizesse isso, ele podia nunca levar aquilo a cabo, então não fez.

Ele estava ao volante só desde que Doonie o ensinou a dirigir, lá onde o metrô acabava, no Queens. Foi o que fez ele ser expulso da sua terceira escola (ou foi a quarta?), mas o motor ligou na primeira tentativa e ronronou como um animal quando ele pisou no acelerador. Os semáforos da 3rd Avenue ficavam num circuito sincronizado; a quarenta e quatro quilômetros por hora você podia seguir tranquilo até o Harlem sem parar. A ponte estava quase sem trânsito num domingo assim tão cedo, e logo ele estava voando rumo a localidades ao norte, costurando só o mínimo necessário.

Foi quando parou para abastecer perto de New Haven e espiou pelo minúsculo vidro traseiro a sacola com o zíper fechado pela metade no banco de trás que a angústia tomou conta dele. Aonde, exatamente, estava indo? Vermont? Versalhes? Valhalla? De um telefone público logo ao lado da estrada ele deu à telefonista um nome arrancado dos confins da memória. Era um estado grande, ela disse; ela não conseguia encontrar o número a não ser que ele soubesse a cidade. "Mas você não pode dar uma olhada?", ele disse. "É emergência." Algo naquela voz — algum chiado de dor — deve ter sido persuasivo, porque um minuto depois vieram as conhecidas inflexões europeias.

"William? E como é que eu podia esquecer? Se você está por perto, ora, você tem que dar uma passada aqui em casa."

"Por perto" era bondade; foram ainda oito horas, seguindo orientações detalhadíssimas, antes de ele sair de uma estrada de montanha toda cheia de curvas e entrar numa espécie de bosque. No fim de um acesso de mais de um quilômetro, num flanco íngreme de montanha, ficava ou uma choupana grande ou um chalé pequeno. O barulho do carro tinha atraído Bruno Augenblick, o antigo professor de desenho de William, até a porta; ele mal estava visível ali, à sombra da varanda larga e atrás de uma camada de tela. "Deixe as suas coisas", ele gritou por sobre o motor que se apagava. "Primeiro vamos arranjar uma bebida pra você." O menino da cidade, ainda tremendo por dentro, não ia ver a cidade de novo por meia década. E então já estaria com vinte e dois anos.

William conheceu Herr Augenblick quando estava na escola que veio antes da escola que veio antes da última, cuja preferência por incentivos em vez de castigos, na época eles acharam, podia beneficiar um rapaz com aquelas... idiossincrasias. Nas tardes de sexta-feira, os meninos que tinham se comportado bem faziam mais de cinquenta quilômetros de ônibus até a região metropolitana de Boston, onde por algumas horas podiam andar livremente pela Harvard Square e respirar o ar do lugar em que, se Deus quisesse, poderiam um dia ingressar. William tinha feito só dois amigos na escola nova, sendo que nenhum deles tinha a sua habilidade, adquirida com bastante sofrimento, de evitar as advertências formais dos professores, e assim ele muitas vezes se via andando sozinho pela praça, enquanto seus colegas iam ao cinema. Ele gostava especialmente de entrar escondido na universidade e se passar por aluno. Podia fumar seus cigarros abertamente. Podia garfar um almoço grátis nos salões das residências, desde que andasse com um livro no qual poderia imergir (e se não tivesse trazido o seu, sempre se podia afanar algum da biblioteca). Numa dessas sextas-feiras, ele viu um grupo de alunos com Caras Muito Sérias, sentados num dos gramados, reproduzindo nos seus blocos gigantes de desenho uma estátua de bronze de algum puritano macambúzio das antigas. Ele se viu curioso, de repente, por saber até onde iria a sua impostura. Um bloquinho custava cinquenta centavos na livraria do campus, e os lápis lhe morderam mais um níquel. Ele encontrou os alunos onde os tinha deixado, agrupados num meio-fio de tijolos de frente para a estátua. Ninguém nem levantou os olhos quando ele sentou entre eles, nem espiou o bloco em que tinha começado a desenhar. Tinha até chegado a perder a noção de tempo quando um par de mãos bateu uma vez. De pé diante dele estava um homem vestido de anarruga, com talvez seus quarenta anos, óculos de casco de tartaruga meio corujentos e um crânio totalmente raspado. "E com isso a nossa sessão aqui chega ao fim." O sotaque era alemão ou suíço. As mangas da camisa estavam abotoadas até o punho, malgrado o calor do veranico. "Por favor, deixem o seu trabalho em cima do banco. Eu vou lhes transmitir minha avaliação na semana que vem." Os alunos começaram a se levantar, mas o homem deteve William. "E o senhor é...?"

"William Hamilton-Sweeney. Eu vim de transferência."

Ele apontou para o bloco embaixo do braço de William, que William entregou. O rosto permaneceu ilegível enquanto examinava o desenho, que tinha começado como cartum e terminado quase sério. Finalmente, sem dar aviso, o instrutor arrancou a página, fez uma bola com ela e a depositou na lata de lixo de arame à sua esquerda. "Comece de novo."

Naquele outono, William se tornaria o aluno mais aplicado da aula de sexta à tarde, apesar de fingir que não esperava ansiosamente por ela. O instrutor nunca lhe deu uma única palavra elogiosa, mas sempre separava algum tempo para analisar o seu trabalho no fim do encontro, e, depois da última aula do semestre, chamou William num canto. Tinha planejado uma reuniãozinha para o sábado à noite, "uma espécie de sarau. Alguns dos alunos mais adiantados vão estar lá, e artistas locais, e alguns dos professores catedráticos. Você podia achar edificante". Revelar sua incapacidade de estar presente seria admitir que o tempo todo ele tinha sido apenas um refugiado de um internato; assim naquela noite ele escapou do campus e fez a pé os três quilômetros até o posto de ônibus da Route 117.

A casa em Beacon Hill era como um museu, com quadros pendurados aleatoriamente em todas as paredes. A comida estava totalmente à altura de Doonie. Herr Augenblick — agora apenas Bruno — vivia bem pacas para um instrutor visitante, parecia. William se permitiu uma ou duas taças de champanhe além da conta e, reunindo toda a perspicácia que lhe estava disponível, foi se inserindo em diversas conversas. Não se incomodou de ouvir as pessoas sussurrando enquanto ele se afastava que aquele era *o rapaz que o Bruno tinha mencionado, o Hamilton-Sweeney*; ficou contente de ver outros convidados — todos mais velhos, quase todos homens — ouvindo suas piadas como cãezinhos obedientes. Ocasionalmente via Bruno olhando para ele do outro lado da sala, mas foi só no fim da noite, quando os convidados estavam vestindo seus casacos, que o instrutor de desenho se aproximou dele. "Aqueles dois ali vão voltar a pé para a universidade. Talvez você prefira companhia."

"Não, obrigado", William disse, fingindo examinar a pilha sobre a cama em busca do seu paletó. "Eu gosto de ficar sozinho."

"E você na verdade nem vai para aquele lado, não?"

"Como?"

Bruno fez um gesto na direção da gravata verde e dourada que escapava do bolso do blazer que William tinha desencavado. "As cores de um dos nossos liceus locais, creio."

"O senhor sabia o tempo todo, não é verdade?"

"Não finja que está surpreso. Você nunca apareceu na lista de chamada."

"Tudo bem, mas por que o senhor não falou nada?"

"William, um artista é alguém que combina uma necessidade desesperada de ser entendido com o mais violento amor pela privacidade. O fato de seus segredos poderem ser óbvios para os outros não significa que se esteja disposto a abrir mão deles." Mas que merda isso tudo queria dizer? William ficou pensando. Mas claro que já sabia. Ele soube o que Bruno era desde o primeiro dia daquela aula, quando a luz rebrilhava no domo calvo da sua cabeça, mas não tinha percebido que Bruno tinha enxergado tão fundo dentro dele. "Mas agora o período do meu contrato de visitante acabou. Você vai ter que decidir por conta própria o caminho que quer seguir."

"E o que é que acontece com isso tudo aqui?"

"Isso aqui? É do Bernard", ele disse, acenando na direção do juvenil chefe do departamento de História da Arte ali do outro lado da sala, que William tinha conhecido antes e em quem, a bem da verdade, Bruno tinha ficado grudado a noite toda. "Eu tenho uma casa em Vermont para onde vou entre os compromissos. É uma terra que me lembra a minha casa."

E talvez fosse verdade que William precisasse ser entendido, porque, se não fosse isso, como explicar a desilusão que tinha sofrido ao saber que Bruno não estaria ali no outro semestre? Mas isso no fim nem teve importância. Depois de insistir em ir sozinho para a escola, ele foi pego tentando entrar escondido ao nascer do sol — o pio dos passarinhos dos subúrbios de Massachusetts o traiu como teriam traído os pombos boêmios que nunca dormiam cedo em Nova York —, e, como se tratava de uma terceira ocasião, foi expulso antes de terminar o semestre.

Sentado agora na varanda da casa de montanha, vendo suar seu copo alto de coquetel e a azáfama dos mosquitos em volta do aquecedor do pomar, ele ainda não sabia muito bem se tinha tomado a decisão certa. Bruno parecia diferente do que ele lembrava; mais pesado, menos descoladamente über-humano. Talvez sentindo a inquietude do convidado, Bruno não pressionou, a não ser para perguntar a respeito do smoking.

"Isso aqui?" William tinha esquecido que estava usando aquilo. "Acabou a minha roupa limpa. Era a única camisa limpa que eu tinha. Cadê todo mundo? Cadê o Bernard?"

"Bernard está em Boston."

"Ah." As sombras das montanhas eram como dorsos serrilhados de dinossauros. Apenas vinte e quatro horas antes ele estava no restaurante do Central Park, cercado por oligarcas com suas taças de champanhe. A taça que ergueu para brindar o pai era mais estreita que o copo que agora lhe tremia na mão, e ele não conseguia mesmo lembrar o que tinha dito que causou tantos problemas.

"Você pode ficar o quanto quiser, William."

"Você não vai me fazer te contar o que está rolando?"

"Eu não preciso saber 'o que está rolando'. Nós recebemos visitas sem parar durante o verão. Neste momento são três os quartos vagos. Você pode ficar com o que quiser."

Mas William ficou na varanda muito tempo depois de Bruno ter ido deitar, e não apenas para evitar a possibilidade de um convite para ir junto com ele. A essa altura, seu pai estaria casado com Felicia Gould, e isso era algo a que, depois de anos de se acostumar, e de mais se acostumar, ele aparentemente não conseguia se acostumar. O fato de o Papai ter se recusado a cancelar o casamento no último minuto não devia ter sido uma surpresa. Na verdade, se William III fosse ser honesto, ele podia até estar procurando uma desculpa para romper com William II, como o estágio líquido de um foguete pode desejar escapar do sólido. Mas ele não estava preparado para ver Regan, a única pessoa além da Mãe e de Doonie em quem já tinha confiado na vida, ficar do lado do inimigo. Se era para ele sobreviver àquilo, ela ia ter que ir para a fogueira também. E dormir agora era uma impossibilidade. O vento mudou. Os mosquitos se contorciam, como que em chamas. O gelo estava explodindo no seu Drambuie.

Ele tinha imaginado que Bruno estava sendo apenas educado ao falar das visitas que não paravam de entrar e sair da casa de montanha, mas no fim ele estava mesmo falando sério. Começou já no fim de semana seguinte, com uma carrada de sujeitos pálidos vindos de um dos centros urbanos — Boston ou Philly, ele não estava prestando lá tanta atenção — esmigalhando o pedrisco do acesso. Eles emergiam com chapéus de palha e óculos de sol, camisas semidesabotoadas, bebidas aparentemente já à mão. Paravam com os braços abertos sobre a porta do carro e ficavam encarando um ponto além da figura de Bruno, que esperava nos degraus da varanda, e contemplavam o vale atrás deles, infestado de mosquitos e fumacento no meio da tarde. Eles não chegavam a dizer de fato: *Ora, mas olha só aquilo*; nem precisavam.

E era estranho: houve tempos em que William ia estar atrás deles, fazendo papel de ingênuo, mas mal conseguia se erguer da espreguiçadeira para acenar com a mão. Ainda mais estranho, nenhum deles parecia se incomodar. Ele tinha quase certeza que Bruno lhes diria alguma coisa depois, em particular — *Deixem ele se encontrar*, talvez —, mas o que explicava o fato de que agora, na hora em que chegavam, os homens que marchavam direto por ele na sombra da varanda olhavam para ele com a expressão bondosa das pessoas que *já estiveram aqui antes*? Ninguém, William achava, tinha qualquer chance de ter estado *aqui* antes. Em meio a toda essa generosidade, e no entanto incapaz de pensar na sua casa sem que a xícara do espresso começasse a sofrer tremores no pires e sem que os carros imóveis parados no acesso e as longas flores silvestres esfiapadas começassem todos a como que boiar no ar diante do recôndito fresco da varanda, como coisas vislumbradas num acesso de febre. Em um dado momento ele parou de se balançar. Gritos ecoavam morro acima vindos de um lago natural, fraturados por seixos e gargantas. Por entre os troncos negros dos pinheiros ele discerne carne, um relance, no que uma das visitas sobe na pedra de onde mergulhavam; houve uma pausa entre seu desaparecimento e o espirro da água em resposta.

Depois do pôr do sol, no jantar coletivo, William ficou sentado em silêncio, fazendo o melhor que podia para não estragar a diversão dos outros. O resto dos rostos à roda da mesa, corados de vinho e de exercício, eram como rostos de prisioneiros que tiveram suas penas anuladas. Enfim, era puro narcisismo pensar que a sua devastação interna poderia ter acabado com aquilo para eles. Ele era só um menino lindo, um silfo, um fugitivo, que estava ali para o prazer dos olhares dos outros. Só Bruno — poderoso, paciente, impenetrável — se deu ao trabalho de perceber que William mal tinha comido. E mesmo isso ele assimilou num único segundo de atenção, sem abrir a boca.

Logo William estava inventando desculpas para comer na varanda. Ele ajeitava o prato de vitela ou *spätzle* ou espaguete na mesa calombuda de ratã e nem se dava ao trabalho de acender a lanterna. O riso escorria pelas frestas da porta. Em torno do riso e da brasa do cigarro enxameavam insetos, junto com odores de fumaça e de molho de tomate em temperatura ambiente, como num piquenique rançoso. Ele tentava imaginar a escuridão da varanda se fundindo à escuridão mais além, e ele junto, um animal trombando com o mato sob as árvores. Tentava imaginar Bruno vindo mais tarde até a porta, quando a louça já estava toda lavada, procurando Narciso e achando apenas as trevas sem fim. Mesmo isso — a velha fantasia de que ainda havia alguém no mundo disposto a correr atrás dele, a lhe perguntar o que estava errado — agora não causava prazer.

Às vezes, quando as visitas tinham voltado à outra metade, a metade urbana das suas vidas, Willliam em teoria se via mais livre, e no entanto se sentia, na melhor das hipóteses, um pouco pior. Não conseguia ler, nem dormir, nem afinar o violão. Só algumas atividades, localizadas num exato meio-termo entre estupidez e concentração, eram ainda capazes de mantê-lo absorvido, e era com elas que ele tinha que montar a colcha de retalhos do seu dia. Um jogo de beisebol no rádio; as palavras cruzadas do jornal; um texto numa revista, sobre Elizabeth Taylor ou Marilyn Monroe. Ele mandava listas de títulos de revistas quando Bruno ia até a cidade fazer compras. William se oferecia para pagar (depois de passar a ser legalmente adulto, tinha pleno controle do dinheiro que sua mãe lhe deixou — mais a grana que veio da venda do Karmann Ghia de Regan nos classificados locais), mas Bruno sempre recusava, de um jeito que devia ser bem-vindo porém que só parecia condescendente. Ele voltava carregado de sacolas de comida grátis, mas William ainda não tinha apetite para nada. Até a beleza da paisagem era uma abstração, como a beleza de um cara numa propaganda de perfume que você não podia cheirar. Entre ele e ela, o tempo morto se acumulava: tantos segundos, tantas horas, tantos anos. Tantas toneladas de comida e hectares cúbicos de líquido que ele teria que encarar antes de morrer, coisa que provavelmente faria ali mesmo, no Reino do Nordeste, num dia exatamente como aquele, no fim de uma sequência de dez mil dias precisamente como aquele.

Numa tarde de meados de julho, depois de descarregar as compras do carro, Bruno sentou na sua própria cadeira de balanço. Mais visitas chegariam amanhã, e William achou que ele ia dizer algo a respeito disso — achou, com uma espécie de frisson estranho, que Bruno finalmente tinha perdido a paciência —, mas Bruno só disse: "Trouxe uma coisa pra você". Fez um gesto com a cabeça na direção do saco de papel na mesinha entre eles. Dentro havia um bloco de desenho. Bruno se balançava e sorvia o coquetel, olhando para os morros distantes em que William fingia estar concentrado.

"O Bernard não tem aparecido", William disse, finalmente. "Ele deve vir ainda?"

"Bernard e eu tivemos uma desavença."

Ele tinha imaginado isso havia bastante tempo, mas a questão era machucar. "Daí a generosidade."

"Ninguém está te segurando aqui, William. Você pode ir quando quiser."

"Você tem uma vaga e está a fim de preencher. Admita. Você quer me comer." As lágrimas na voz dele o surpreenderam, minúsculas miçangas de desespero, mas ele não conseguia se deter: ele não *queria* largar aquilo que estava sendo a sua morte. Não *queria* mudar.

Bruno suspirou. "Como sempre, William, a sua maneira de ver o mundo é sui generis." Ele se levantou para entrar. "E, não, eu não ia me aproveitar de você nem que não tivesse mais ninguém com quem me divertir. Você é uma criança."

Ele queria se levantar para impedir que Bruno saísse. Queria sentir o rígido pulso teutônico acertar-lhe um zigoma. Em vez disso, quando os últimos sons de Bruno se ajeitando para dormir desapareceram, ele se esgueirou para o banheiro e puxou a cordinha da lâmpada e se olhou no espelho. Era verdade: ele era uma criança, sebento e pálido e magro e ingrato, impossível de amar e já sem amor. Mesmo a mãe que ele carregava dentro de si era menos uma lembrança que um sonho. Ele abriu a torneira, ruidosamente, e arrancou a antiga navalha do seu estojo de barbear e considerou por bastante tempo a imagem que ela fazia contra o seu pulso branco como a barriga de um peixe. Mas, outra vez, a vida se provou maior que William Hamilton-Sweeney. O que mais havia de se fazer senão afiar mais a lâmina e atacar o feio bigodinho infantil que tinha lhe aparecido no lábio superior?

Seria enrolação dizer que a escuridão desapareceu de dentro de William imediatamente depois disso; as doenças não funcionam assim. Mas ele pelo menos começou a dormir direto a noite toda com mais frequência e a se barbear toda manhã. De tarde, fazia uma caminhada até o lago, por trilhas cobertas de folhas empapadas, ou o que pareciam ser trilhas, espaços do tamanho de um homem entre árvores cujos nomes ele decorava enquanto as desenhava. Seu caderno lentamente se encheu de tsugas e tramazeiras, e dos animaizinhos que iam entrando nas clareiras se ele ficasse bem quietinho, ou cuja presença se revelava quando ele chegava, esquilos, jabutis tomando sol, uma vez um cervo. Ele comia o sanduíche que tinha trazido e nem percebia que havia começado de novo a sentir o gosto, e aí retomava a caminhada. O riacho que descia do lago tagarelava próximo. A ordenada floresta antiga se abria para uma imensa laje de pedra por cuja face tropeçava uma catarata, e aqui, sob a luz, na pedra corada pelo sol, com a água fervilhante nos ouvidos e o ozônio da vegetação exuberante no nariz, ele recebeu o que tinha esperado conseguir nos primeiros dias, quando chegou: ele foi ninguém, sem passado e sem futuro, nada além do agora e agora e agora da água espumante que se arremessava no vazio.

E à noite, sentado à longa mesa de jantar, ele começou a se abrir um pouco. Na verdade, o riso dos homens era ainda mais vigoroso do que no sarau de Bruno em Boston, e a parte dele que vivia para aquilo aparentemente ainda estava viva. Só que agora havia outra parte, uma decorrência da sua doença recente, como se sua melancolia tivesse, num universo adjacente a este, tomado posse de sua vida. Como se ele fosse seu próprio fantasma, de pé logo atrás de si próprio, observando. Ele notou que àquela altura teria ficado feliz de virar a concubina de Bruno, por pura gratidão. E observou que por trás do sorriso indulgente havia uma parte de Bruno, também, que se continha, como alguém que se queimou uma vez vai se manter afastado das chamas. Bruno agora tomava cuidado para nunca deixar a porta do quarto aberta, literal ou figurativamente. Às vezes, tarde da noite, William ouvia através daquela porta o som de algo fustigando o ar, um grunhido de prazer ou de dor.

Pela metade de agosto, o calor envolvia as montanhas como um tapete molhado. Lá em Nova York, ele podia se dar o direito de pensar sem muita amargura que os envelopes de Yale deviam estar se acumulando na mesa de correspondência da cobertura do West Side onde seu pai agora morava: cartas sobre matrículas em determinados cursos, sobre vacinas, sobre Serviço Militar voluntário, sobre lençóis extragrandes, cartas com os seus quatro nomes todos gravados pela máquina de escrever: William Stuart Althorp Hamilton-Sweeney III. De início pareceu que seria um problema: como ir no outono para aquela máquina de perpetuação de privilégios de classe sem voltar também para a família em honra da qual o prédio de ciências da terra da universidade recebia o seu nome. Então, como um nó de mágico, o problema se resolveu sozinho; ele simplesmente não iria. E depois de tomada essa decisão, seu futuro parecia garantido. Era parte do encanto desse vale, fazer tudo parecer possível.

Aqui, por exemplo, estava William, imóvel acima do lago natural, de pé numa rocha do tamanho de um fusca. Seus pés descalços se agarravam ao granito morno como se tivessem sido feitos para ele. Lá embaixo rotacionavam os corpos ebúrneos dos homens. Nas margens em que suas roupas se acumulavam em pilhas bem-arrumadas, dois desses corpos eram amarfanhados e pendentes e desproporcionais, mas na água eles viravam deuses. Através do vidro ondulante da superfície, partes cresciam e se recolhiam, ora uma coxa, ora um braço, ora uma bunda de um branco lunar, quando o mais jovem, o mais bonito, se virou para gritar animado: "Você é o quê, uma bichinha?".

Ele deu uma espiada na direção de onde Bruno estava sentado com sua camisa de manga longa e seu chapéu de aba larga, lendo o *Frankfurter Allgemeine Zeitung*, que levava oito dias para chegar pelo correio. Ontem à noite, quando a casa estava quieta, William tinha percorrido silenciosamente o corredor e entrado na cama do homem que agora o estava provocando, e depois de ter feito ele jurar ser discreto, eles tinham trepado atleticamente. Mesmo quando tinha entrado em carros de desconhecidos, ou em banheiros da Grand Central, William nunca tinha deixado as coisas irem além do oral, do manual, do intercrural, e agora entendia por que eles chamavam aquela outra coisa de *consumação*. Mas ficava pensando se Bruno tinha ouvido. Ficava pensando se tinha desejado que Bruno ouvisse.

"Anda! Pula!"

William sacudiu a sombra da sua traição, se abaixou e tirou as calças, ficou ali parado com o vento sobre a pele. Ali ele era lindo, protegido, admirado. Não havia malícia naquilo. Só homens admirando uns aos outros sem vergonha e sem segredo. E era Bruno quem possibilitava o Éden. Bruno quem ficava sentado lendo e não olhava para o menino esguio, agora com dezoito anos, que dava dois passos velozes e caía como bomba na água gelada.

Depois, ele se estendeu na areia perto de Bruno, sem saber mais ao certo se seu corpo valia tanta atenção. "Você devia cair na água."

"Ach."

Não fosse aquela única sílaba, Bruno podia estar dormindo por trás dos óculos escuros. E claro que Bruno nunca nadava. A pele dele não tinha defesas contra o sol, ele dizia. Agora sua manga direita tinha subido um pouco no braço, revelando uma tatuagem azul, um número. William tinha certeza de que Bruno teria coberto a tatuagem se soubesse que estava aparecendo. Envergonhado, ele pegou as calças onde as tinha jogado. "Eu só estou dizendo que você até podia aproveitar, já que está aqui", ele disse, se vestindo.

"William, a gente precisa conversar sobre uma coisa."

"Sério? Conversar é tão chato."

"Você teve, me pareceu, um bom verão. Você está com uma aparência saudável. É um grande país, o lugar que permite isso tudo. Mas o que é que você vai fazer no outono, quando eu voltar para Nova York?"

"Eu não sabia que você ia embora."

"Já é quase setembro, William. Toda temporada um dia acaba."

A arquitetura do futuro de repente se reorganizava, corredores que viravam becos sem saídas. Será que isso era o castigo por causa da noite de ontem? "Eu podia ficar por aqui. Cuidar da sua casa."

"Eu achei o seu bloco de desenho na sala de estar hoje de manhã. Tomei a liberdade de dar uma olhada. Você melhorou."

"Aquilo é particular", William disse.

Mas Bruno pareceu não ter ouvido. Havia uma universidade a cento e cinquenta quilômetros ao sul dali, ele disse, bem conhecida entre os artistas. Ele tinha vários conhecidos dando aula lá, homens e mulheres que conhecia de suas passagens por outras instituições. Ele achava que William podia ser aceito com facilidade. "Ia ser um jeito de você continuar aqui nas montanhas, se é isso que você quer."

William olhava para o lado, os homens, as brincadeiras como de lontras. "Bruno, eu ainda não estou entendendo. Por que é que você está deixando isso tudo tão fácil pra mim?"

Bruno agora percebeu a manga e começou a baixá-la sobre o braço. Não ficou claro que isso estivesse ligado a qualquer outra coisa, apesar de ele ter mesmo dito: "Pode acreditar, não é por você".

O fato de que a universidade ia mesmo aceitar William assim tão de improviso provavelmente não significava nada, já que eles nunca rejeitavam ninguém. Era uma daquelas escolas "progressistas" que estavam surgindo por toda a nação na esteira da administração Eisenhower, como cogumelos depois de uma chuva forte. Em termos práticos, isso significava que William podia fazer o que quisesse, o que lhe caía melhor que o "rigoroso processo de formação de caráter" de que tão recentemente fora beneficiário. Ele se matriculou em desenho, e filosofia, e filosofia do desenho; cinema realista social, latim, psicanálise, ecologia da mente... Uma disciplina fez com que ele passasse um semestre inteiro pintando uma única natureza-morta; em outra, ele ficava sentado no chão e colava pedacinhos de fita magnética. Isso para não falar das atividades que aconteciam no campus: um concerto para rádio transistorizado, outro em que a música era muda. Ou as tardes que ele passava à toa sob o grande carvalho americano no coração do bosque da Arcádia, falando merda com os amigos sobre o Bhagavad-Gita. Quase tudo era merda, num certo sentido, mas era uma merda que ele achava extremamente importante, e, em duas áreas — música e artes visuais —, a paixão teve força suficiente para queimar o véu que separava os dois Williams, o real e o fantasma.

No seu segundo ano ali, ele estava organizando exibições no chalezinho que tinha alugado num morro na periferia da cidade — o que depois as pessoas iam chamar de "happenings". William acompanhava os loops de uma fita com o seu violão de cordas de nylon enquanto membros do corpo docente circulavam numa névoa de maconha e vinho tinto, inspecionando as pinturas dos amigos. (As pinturas do próprio William nunca iam parar na parede; ao contrário da música, elas eram uma coisa, não um evento, e de alguma maneira nunca pareciam estar *prontas*. Como é que você podia saber quando estava pronto, quando trabalhava como ele estava aprendendo a trabalhar, jogando tinta contra as telas em grandes gotas sanguinolentas? Como é que você podia saber quando tinha sangrado todas as sensações?)

Durante seus cinco anos como aluno, ele teria casos com professores e alunos, e até uma vez, sem sucesso, com uma mulher. Por que não? Todo tipo de barreira estava caindo. Em 1964, ele tomou LSD com vários outros alunos e ficou deitado numa formação à la Busby Berkeley numa plantação de pêssegos numa noite de verão, olhando as estrelas pulsarem como ventrículos do lado de dentro de um imenso coração azul. "Nossa", duas pessoas disseram ao mesmo tempo, e todo mundo acabou beijando todo mundo. Foi o ano de dirigir chapado e nunca bater. De entrar nas salas de aula no escuro e cobrir a lousa com escrita automática e sair sem acender a luz. De tomar anfetamina e pendurar espelhos na floresta que cercava a universidade, e de as pessoas se pintarem e pintarem as árvores de cores diferentes.

Aplicar cada vez mais cores ainda era uma área de interesse, como tinha sido quando ele vira imagens dos protestos de gente sentada em Oklahoma na TV lá de Sutton Place, com a Doonie parada à porta atrás dele. Ele agora não tinha TV — se opunha por princípio —, mas acompanhou a Campanha de Birmingham e a Marcha para Washington pelo rádio e desejou que houvesse negros aqui em Vermont a quem pudesse demonstrar seu comprometimento. O máximo que pôde fazer foi organizar uma venda de bolos em homenagem a Alice B. Toklas no campus e mandar os lucros para o Comitê de Coordenação da Não Violência entre os Estudantes — como que um adiantamento para o dia em que alguém como ele tivesse mesmo que trabalhar para ganhar a vida, em vez de passar uma temporada no campo aqui na escola de arte, e alguém como Doonie pudesse se aposentar na Riviera, em vez de em Hollis, no Queens.

Ainda assim, certas barreiras se mantinham relevantes. Num momento de fraqueza induzida por champanhe, ele tinha ligado para Felicia no Natal de 1962, com planos de pedir desculpas a Regan, atrasado, por ter roubado o carro dela. Mas acabou sendo atendido pela Lizaveta Fedegosa, a nova *femme de chambre* de Felicia. "Quem fala?", ela disse, enquanto ele lutava para silenciar a respiração. "Tem alguém aí?" E havia a barreira das montanhas, que mantinha à distância o pulsar das cidades. Quando o Presidente Kennedy foi morto em Dallas, parecia que era ficção, como um relato proveniente de um lugar imaginário. Depois de se formar, ele foi ainda mais para o interior do país — e ainda mais para dentro da pintura. Sua compreensão dos fatos atuais era, portanto, ainda mais tênue, e foi só algumas semanas depois, parando no correio para pegar sua correspondência, que ele encontrou a sua "Determinação de se Apresentar para o Exame Físico das Forças Armadas", coberta de selos carimbados com **ENCAMINHAR**.

Só Deus sabe como o carteiro tinha conseguido achá-lo. Ele devia ter se apresentado para a sua junta local de alistamento duas semanas antes — e esse escritório ainda era, segundo esse documento, o da Church Street em Lower Manhattan. Provavelmente havia alguma maneira mais simples, ele pensou mais tarde, de mudar o seu endereço e assim evitar ter que pegar quase quinhentos quilômetros de estrada até Nova York na antiguidade que era a caminhonete que ele tinha na época. Mas a súbita perspectiva de ver de novo a cidade, a sua cidade, deixou seu coração se debatendo como um animal numa jaula pequena demais. Na manhã seguinte, com suas telas e o violão e as caixas de livros de arte que tinha acumulado bloqueando o retrovisor do passageiro, ele estava descendo todo chocalhante pelas estradas de curvas fechadas, na direção do Vale do Hudson e da vertiginosa terra-mãe que o esperava.

O sargento que o entrevistou não acreditou naquilo de homossexualidade. "Claro", ele disse. "Certo. Como todos os outros espertinhos que entram por aquela porta."

"Não, mas o que eu quero dizer é que eu sou *praticante*." Qualquer vergonha que pudesse ter existido, seu exílio de cinco anos tinha calcinado inteira. E a ideia de ser bombardeado ou baleado tendia a manter a mente dele concentrada. Fora da salinha de vidro, zumbiam pás de ventilador, longas tiras de papel pega-mosca se contorcendo como enguias, pontinhas presas às jaulas de aço dos ventiladores. Havia fileiras de mesas de metal com máquinas de escrever, e toda vez que alguém puxava um formulário do tambor, ele ia para baixo de um peso de papel para não voar. O entrevistador, um sujeito do Sul com bochechas vermelho-maçã que ainda tinha uma faixinha branca na nuca onde lhe rasparam o cabelo, parecia razoavelmente refrescado, mas, apesar do tremor do vidro, que vinha de toda aquela datilografia marretada, nem o mais tênue zéfiro chegava aonde William estava sentado, desconfortavelmente próximo da mesa.

"Com um sobrenome que nem o seu, rapaz, acho que deve ter algum jeito mais fácil de conseguir uma dispensa."

William estava começando a ficar nervoso de verdade. Ele já tinha concluído havia muito tempo que o Deus de amor da sua mãe era um personagem infantil, e nunca teve muita fé nem no velho que ficava de lado aparando as unhas e deixava os Hamilton-Sweeney acumularem lingotes nos cofres, mas em momentos de extrema ansiedade ele não escapava de imaginar um demiurgo pedante e caprichoso que quisesse castigá-lo pelos seus pecados. "Eu fumo maconha também, se isso conta contra mim."

"Se contar, sr. Hamilton-Sweeney, nós perdemos metade dos candidatos."

"Sargento, o que é que eu preciso fazer para provar que eu sou veado?" O que, na verdade, ele estava fazendo? Estava inclinado para a frente, tocando a mão do homem. "Se necessário, nós podemos ir para um lugar mais privado..." O estrépito das teclas das máquinas de escrever pareceu morrer. Numa voz mais baixa, ele acrescentou: "Não que eu me sinta atraído pelo senhor pessoalmente, o senhor me entende, mas em nome da ciência...".

Então uma dor luminosa lhe zumbiu no ouvido, onde o sargento tinha batido. "Existem regras aqui, meu filho", ele disse um minuto depois.

"E elas envolvem agredir os seus candidatos?"

"Apenas tente fazer um escândalo por causa disso e eu te ponho na cadeia."

"Eu não vou sair daqui sem o meu documento", William teve a presença de espírito de dizer, da sua posição encolhida. O carimbo desceu como um casco de cavalo. *Inadequado para o Serviço Militar*. O cara nem olhou para ele.

Na saída, ele passou por outro oficial, que tinha supostamente vindo ver qual o motivo daquele rebuliço. William brandiu o documento, deu mais uma esfregadela na orelha, e saiu desfilando para a sala de espera onde filas de jovens desleixados de calças jeans esperavam, de pé ou sentados, com um uniforme aparência inquieta. Se esperava que eles aplaudissem, estava enganado; eles ficaram encarando como se ele fosse um avestruz fugido da fábrica de frangos, sendo eles os condenados a virar jantar. Tudo bem; ele estava livre. Abriu caminho às pressas pela escadaria e escancarou com um baque as portas duplas, irrompendo assim na luminosidade da pátria ao meio-dia.

Era 1966 — o ano do Black Power e de Jerry Lewis com os deficientes e de "Eight Miles High". Por trás da bandeira azul do céu, um homem passeava em torno de uma cápsula espacial, atado a ela apenas por um cordão umbilical de borracha. Enquanto isso, lá embaixo, a bem cuidada fachada do mundo que ele deixara para trás desmoronava. Flâmulas de marijuana flutuavam no ar da hora do almoço; nós de linhas grafitadas tinham brotado das caixas de correio e das cornijas dos prédios públicos; perto de onde William tinha deixado o carro, dois jovens brancos, menino e menina, estavam sentados em cima de uma caixa achatada na calçada, pedindo trocados aos corretores de ações, como se isso não fosse mais moralmente significativo que pedir as horas. E, para William, aquilo tudo parecia indicar não decadência, mas progresso — parecia pressagiar o surgimento de algum modo de vida mais estático e penetrante. Pois como poderia seu pai, a própria encarnação da ordem burguesa, ter aparecido nas ruas em que o filho agora estava? Não, William pensou, caçando as poucas moedas que tivesse no bolso para dar à menina com cara de coiote: Nova York agora era do futuro. E ela ia protegê-lo dessa vez, ele tinha certeza. Eles nunca mais iam se decepcionar um com o outro.

18

O National Magazine Award de 1973 foi entregue num salão de banquetes dilapidado lá perto da Columbia School of Journalism — uma área não conhecida pela sua elegância. Se bem que os jornalistas também não eram. E assim, se você tivesse passado os olhos pelo público antes de as luzes diminuírem, seus olhos podiam ter se detido numa mesa não muito longe do palco, e num sujeito alto cuja nobreza o mantinha obscuramente à parte. Ela não estava em suas roupas; pela maneira com que trajava aquele smoking alugado, podia muito bem ser apenas um conjunto de jeans e blazer. Nem no seu porte, exatamente (umas migalhas do jantar ainda lhe pendiam da barba). Na verdade, era algo interior, algo que o ambiente físico que o cercava não conseguia tocar direito. Era o repórter de revistas Richard Groskoph. E quando retiraram os pratos e o sistema de alto-falantes começou a chiar, ele nem estava lá. Estava cinco minutos no futuro, onde o trabalho de toda a sua vida acabava de ser justificado.

Ele era um indicado perpétuo, é verdade, na categoria de "Excelência em Reportagem", mas nesse ano tinha chegado entre os finalistas. O artigo em questão era ligado ao cancelamento do programa de alunissagens. De alguma maneira, no entanto (como vivia acontecendo com o trabalho de Richard), tinha sofrido uma metástase e virado algo completamente diferente. Ele levou quase dois anos para pesquisar e escrever o artigo, e quando olhava para os colegas nas mesas mais próximas, a nata da Nova York manchada de tinta de imprensa, ele sabia que tinha a concorrência nas mãos. Estava tão perto do parlatório que podia ver os filamentos de fiapos nas lapelas negras do mestre de cerimônias. Podia ficar imaginando o cara, um Jerry Lewis local de segunda categoria, ensaiando as piadinhas numa cozinha em Rego Park, de cueca samba-canção e meias com ligas enquanto a patroa lhe passava as calças a ferro. As crianças brigavam no chão da sala ao lado e a chaleira estava apitando e tinha coisa demais acontecendo ali para alguém perceber o estado deplorável daquele paletó, e de repente os colegas de Richard na mesa estavam aplaudindo. Ele ganhou? Ganhou mesmo?

Não. Um editor do *Atlantic Monthly* estava abrindo caminho até o palco para aceitar o prêmio — mais devagar do que seria necessário, esfregando na cara mesmo. Bom, na verdade o prêmio nunca tinha feito sentido, Richard se fazia lembrar. Ainda assim, havia certos tipos de falta de sentido que você queria vivenciar pessoalmente, sentindo os flashes acariciarem a sua pele enquanto você erguia a estatueta de cobre acima da cabeça.

Ela tinha até nome, ele depois ficou sabendo; "Ellie", em homenagem ao mais glamoroso Emmy. O principal checador da revista era um antigo membro da roda em que Richard jogava pôquer às quartas-feiras, e deve ter dito alguma coisa para os outros caras, porque naquela semana eles começaram antes de Richard conseguir tirar o casaco. "Não fique com essa cara", disse Benny Blum, do City Hall. "A Ellie vem quando menos se espera."

"Se bem que aqui é um caso de uma Ellie na mão…", alguém disse.

"Mas nem é pro autor que vai a Ellie. É pro editor", disse o checador.

"Verdade isso, Rick? Então você nem perdeu a Ellie?"

"Ei… não chame o cara de Rick", interpôs outra voz. Era o barítono do outro lado do túnel para quem Richard estava se preparando: o "Dr." Zig Zigler.

Ele e Zig tinham sido amigos muito próximos quando eram focas no caderno de notícias locais do *World-Telegram*, onde quase todos naquela mesa tinham se conhecido. Como muitos bêbados, Zig era muito engraçado, até o momento em que deixava de ser. Só Richard conhecia os detalhes da debacle. Em vez de se demitir em protesto contra "aquela patacoada que era a ideia da objetividade jornalística", como ele gostava de defender, Zig tinha sido demitido por inventar histórias, e alguma combinação desse segredo com uma pancadaria subsequente em que acabou quebrando o nariz de Richard tinha causado a rixa entre os dois. Zigler tinha emergido menos exuberante e mais cáustico de um longo período de recolhimento. Mais recentemente, tinha alcançado certa notoriedade como apresentador de um programa madrugueiro de entrevistas na rádio local. Todo dia da semana, ele usava as ligações de talvez pouco mais de uma dúzia de ouvintes devotados, além das manchetes dos jornais matutinos, como pretextos para uma ininterrupta lamúria sobre as condições da cidade. Ainda assim, ele invejava Richard. E agora, com todos virados para ele, terminou a frase. "Um pouquinho de respeito aí. Você está falando com o sr. Richard Groskoph, finalista do National Magazine Award."

Por incrível que pareça, o apelido pegou. Sua vez, Finalista do National Magazine Award. O Finalista do National Award magazine aumenta... paga para ver... cai fora. Richard fez o que pôde para sorrir e balançar a cabeça, como quem diz, tudo bem, manda ver, podem se divertir. Só Larry Pulaski parecia perceber que algo estava errado. Desde quando o convocou pela primeira vez para o jogo, coisa de quinze anos atrás, o jornalista tratava o minúsculo tira quase como um mascote. Mas ele já tinha sido promovido a detetive havia muito tempo, e a delicadeza franciscana dos seus modos, o ar de martírio que a pólio lhe conferia, disfarçavam uma capacidade monstruosa de ler a expressão dos outros. "Tudo bem aí?", ele perguntou no fim da noite, quando, com vinte paus a menos (Richard) e a mais (Pulaski), eles vestiam os paletós para ir para casa. "Maravilha", Richard disse, e recusou a carona que Pulaski lhe ofereceu. Ele preferia ir a pé, ainda que apenas até o bar mais próximo.

E ele nem estava nessa pela glória, não é? Quando tinha vinte e três anos, recém-retornado da Coreia e preso na mesa de copidesque do jornal local, não havia Ellies, nem faculdade de jornalismo, e nada nem parecido com um artigo de doze mil palavras. Alguém faltava ao trabalho e outro alguém te metia um lápis na mão e te virava na direção de um prédio em chamas em algum lugar e te dizia para não voltar sem uma frase do comandante dos bombeiros, garoto, e pronto: você tinha virado repórter. Bom, isso e um gotejamento constante de éteres alcóolicos. Mesmo agora, às sete da manhã, nesse barzinho perto da Penn Station, jornalistas se debruçavam sobre seus copos como se fossem alguma ordem inferior de monges. Você os reconhecia pelo volume da voz; estavam quase surdos depois de uma noite de telefones aos berros e do chocalhar dos linotipos e dos latidos dos sub-subeditores. Fazia parte da dignidade da coisa toda, o longo sofrimento, o orgulho pé-sujo.

E, na verdade, essa promessa de identidade coletiva era o que tinha atraído Richard àquela profissão desde o começo, pois a qualidade que o distinguia não era uma qualidade, nem de longe, mas sua falta. Ele sabia desde a puberdade que tinha o que um analista podia chamar de "uma noção fraca do *eu*". A não ser, claro, que essa vigorosa noção de não possuir um eu constituísse por si própria um eu. Os outros meninos na escola pareciam portadores de algum mapa interior dos seus destinos, de quem se tornariam, que os estabilizava durante todas as transformações internas, mas Richard, o primeiro menino de treze anos com um metro e noventa, sentia que tinha sido jogado no deserto sem nem ao menos um chiclete. Ou como se houvesse mais de um Richard: uma multidão inteira, boa e má. Nunca sabia, ao acordar, qual Richard ele seria. E em vez de se suavizar com o tempo, a dissonância foi ficando mais difícil de tolerar. Na noite da formatura, ele espatifou o carro do pai numa árvore, meio de propósito. Decidiu-se, com a clara luz da manhã, que talvez o melhor para ele fosse o Exército, e numa semana seu pai estava indo com ele num carro novo até a junta de alistamento.

A expectativa — até da parte de Richard — era que a disciplina militar pudesse moldá-lo em algo definitivo, mas na verdade o vazio que trazia por dentro se provou imoldável. O cabelo raspado e o uniforme que não servia direito só deixaram mais claro que ele não era um recruta, assim como não era qualquer outra coisa. No exterior, ele passou todo o tempo livre que tinha lendo, ou debruçado sobre a vitrola portátil, ouvindo discos que um primo mandava de casa. Os outros sujeitos tendiam a interpretar isso como arrogância, mas na verdade o que Richard estava basicamente fazendo, com seu Lester Young e os livros da biblioteca do soldado, era tentar encontrar uma saída. Numa noite, na volta do rancho para a caserna, ele percebeu um grupo de correspondentes estrangeiros aglomerados no seu canto da barraca da cantina, jogando baralho sob uma lanterna coalhada de insetos. "Puta que pariu", um deles disse, com um sorriso. Richard já tinha visto aqueles homens antes, claro, mas nunca tinha *visto* de verdade, aquele desleixo estrambótico e aquela lida escorçante (ele estava tentando encarar Faulkner na época). E ele pensou, do meio do nada: *Está aí* um exército em que eu podia entrar.

Foi o tipo de salto intuitivo que seria útil para um repórter. Como, na verdade, seria útil a falta de uma personalidade fixa. As primeiras rondas de Richard em casa foram no Village, e, quando não havia notícias dignas de nota — nada de greves no porto, de assassinatos, nada de roubos para ele ir azucrinar Larry Pulaski —, ele passava horas nos clubes de jazz, absorvendo entre os blocos a conversa dos músicos que vinham lá do Harlem para tocar. Podia ouvir sua voz sem sotaque ecoar a gíria deles enquanto ficava ali com eles, querendo mais. As histórias que contavam formariam as primeiras parcelas da coluna que começou a ser publicada por ele na seção Cidade. Notas de Toda Parte, ele a chamou, com a gabolice autoirônica que era o senso de humor da coluna. "Toda Parte", nesse caso, queria dizer os cinco bairros. Ele fez perfis de performers de espetáculos bizarros em Coney Island; de um sujeito que tocava cello numa estação do metrô em Long Island; de uma mulher no Mount Morris Park que dava comida tanto para os pombos quanto para os vagabundos. Aquilo só era notícia na medida em que aparecia no jornal, mas Nova York adorava acima de tudo ler sobre si própria. Por alguns meses, no começo dos anos 60, o nome da coluna, em letras cursivas de trinta centímetros de altura como o nome na caixa de uma confeitaria, decorou as laterais dos caminhões de entrega do jornal, *Agora com Notas de Toda Parte Às Terças e Sextas*. Devia ter sido um sucesso: todo mundo lá fora sabia quem Richard era, mesmo que ele não soubesse. Mas ele queria mais.

No começo daquele ano, Truman Capote tinha lançado o seu "romance de não ficção". Richard tinha ouvido falar dos méritos daquele texto, claro, quando foi publicado serializadamente na *New Yorker* em trechos de cem mil palavras — uma indulgência antes condedida apenas ao bombardeio de Hiroshima, e a vinte e cinco cents por palavra, dinheiro para pagar jantares por pelo menos um ano (se bem que provavelmente um pouco menos, se você fosse o Capote). Agora, da janela da livraria da esquina, pirâmides e campanários de *A sangue-frio* o provocavam, junto com uma fotografia apoiada num suporte, como um cartão-postal francês, do autor reclinado num divã escuro. A foto estava desatualizada; na última vez em que Richard tinha visto Capote numa festa, ele estava mais velho e mais gordo, mas ainda vaidoso como o diabo e estranhamente sáfaro. E, mesmo assim, ele não podia deixar de dar uma olhada, se aproximando tanto que o seu próprio rosto pairava diante do de Capote no vidro limpo. Finalmente, depois de verificar bem se ninguém que ele conhecia estava ali por perto, ele entrou e comprou a merda do livro. Eram dez da manhã. Ele acabou às dez da noite. E, por mais que doesse admitir, aquilo *era* genial. Truman tinha lá os seus demônios — qualquer um que tivesse virado uns copos com ele podia lhe dizer isso —, mas ninguém podia lhe tirar o que ele tinha conseguido fazer aqui: desaparecer completamente na vida dos outros. Daqui até a eternidade, ele ia poder olhar no espelho e ver o autor de *A sangue-frio*. E assim, quando o editor de uma das revistas semanais veio até Richard com a oferta de textos maiores, prazos mais amplos, temas mais variados, Richard mergulhou de cabeça na oportunidade como se ela fosse uma boia salva-vidas.

Os jornalistas, no seu magote igualitário, tinham reclamado da autoindulgência do "Novo Jornalismo" que surgia. (P: "Como é que se chama alguém que nem contribui nem se destaca?". R: "Editor especial!".) Mas agora, com o salário da revista, Richard podia passar uma manhã inteira desmontando e reconstruindo uma única sentença — *Sexta-feira à noite o West Side se reúne... É noite de sexta-feira, e o West Side está se reunindo* —, sem vozes externas uivando do outro lado da sala seus pedidos de textos finalizados. O que ele queria acima de tudo acertar era a teia de relacionamentos que trinta centímetros de coluna nunca tinham conseguido conter. Família, trabalho, romance, igreja, municipalidade, história, acaso... Queria seguir a alma por essas linhas de relacionamento até poder descobrir que não havia um ponto determinado em que uma pessoa acabava e começava outra. Ele queria que seus artigos fossem não exatamente infinitos, mas grandes o bastante para sugerir a infinitude.

Alguns dos universos que ele explorou, à medida que os anos 60 abriam caminho para os 70: a liga negra de beisebol, folk rock, evangelismo na TV, *stand-up comedy*, *stock-car*. Foi este último, de uma maneira meio enviesada, que acabou levando ao banquete da premiação. Ele estava espreitando as franjas de uma grande festa pós-corrida em Daytona, Flórida, quando um dos mecânicos o convidou para uma fogueira de madrugada, na praia. Uns hippies estavam reunidos ali para assistir ao lançamento da Apollo 15. O que era esquisito era que eles estavam totalmente sóbrios. Conversando com as pessoas, ele descobriu uma espécie de seita sem líderes, devotada à escatologia dos foguetes. O lançamento era seu sacramento. Eles acreditavam, segundo lhe disseram com uma honestidade que o deixou sem defesas, que a Terra estava prestes a sofrer um dilúvio de mil anos ("Aquário, bicho... sacou?"), e que naquele tempo os foguetes os levariam a um lugar seguro, um novo lar no espaço sideral. Soube imediatamente que tinha uma história nas mãos.

Para poder pesquisar, ele entrou para o grupo. Deixou o cabelo e a barba crescerem, se amontoou com uma linda aeromoça de vinte e quatro aninhos que usava o que ela insistia ser um pedaço de rocha lunar num cordão de couro no pescoço. Ela, de resto, era maravilhosa: articulada, passional, muito (mas excentricamente) lida, e ele muitas vezes pensou, mais tarde, que devia ter ficado com ela. E daí que ela acreditava que a vida na Terra estava chegando ao fim? Quem podia dizer que não era verdade? No dia 7 de dezembro de 1972 (que ele não lhe disse que seria sua última noite ali), ele se viu de volta à mesma praia. Cercado pelo que tinha passado a considerar sua gente, vítimas do ácido, sujeitos que lutavam com aligátores e Jesusólatras alucinados, ele ficou vendo o último dos foguetes Saturno V decolar como um grande rojão. E certamente havia ali a sensação de que *algo* se acabava — sendo arrastado por aquele foguete, para nunca mais pousar. Eles todos sentiram, ali naquela praia. Colocar em palavras o que seria aquilo, lhe ocorreu, era o que ele estava tentando fazer havia quase uma década.

Ou foi o que disse ao editor da Lippincott que entrou em contato com ele depois do banquete do prêmio. Havia uma cláusula no seu contrato com a revista que lhe dava o direito de republicar seus textos em formato de livro, e desde A *sangue-frio* ele oscilava entre a certeza de que o que escrevia não era para ser lido no banheiro e a imagem da aparência da publicação em capa dura. "Eu quase estou vendo", o editor disse. "Aquela viagem toda da 'Morte do sonho americano', o Hunter lidou muito bem com isso tudo. Mas depois de dar uma olhada no manuscrito, acho que o que a gente precisa ver aqui é um texto novo, a cereja do bolo, pra meio que destilar e conectar o grande tema."

Ele tinha razão. Fosse qual fosse a mudança que Richard tinha sentido no *zeitgeist*, ela continuava tantalizantemente indefinida. Algo a respeito de uma perda, algo a respeito de inocência, algo a respeito de desejo, de América, do individual e do todo... Era uma metáfora pela metade, um conteúdo em busca de um veículo.

"Você podia vender pra revista também, claro", o editor disse. "Receber duas vezes, e ainda promover o livro. Você acha que dá conta?"

Ele tinha juízo suficiente para não pedir um adiantamento antes de o livro estar pronto — e, caso sua derrota para o *Atlantic Monthly* não tivesse acordado de novo sua fome de ser alguém específico, ele podia ter tido força suficiente para isso. Mas ali estava alguma coisa, finalmente, para projetá-lo ao firmamento habitado por Talese, Mailer, Sheehy... e, claro, Capote. Ele seria Richard Groskoph, autor de *A solidão do sucesso passageiro*, ou sabe-se lá que outro título aquilo acabasse levando. "Eu tenho certeza que dou um jeito", ele disse ao editor, e, duas semanas depois, eles lhe deram um cheque.

Já está óbvio que o dinheiro era amaldiçoado? Ele sentou diante da mesa às oito e meia da manhã seguinte e viu que não tinha ideia do que iria escrever. Tentou listar o conteúdo da sua mesa. Às vezes isso o ajudava, como se juntos os objetos pudessem refletir um caminho:

a) uma garrafa térmica revestida com padrão escocês;
b) uma máscara de Dia das Bruxas, jamais usada;
c) uma foto antiga de um amolador de facas do Lower East Side;
d) uma estrela-do-mar seca;
e) uma edição de bolso do <u>Webster's New Collegiate Dictionary</u>;
f) um chapéu estilo fedora;
g) uma pedra perfurada, numa gargantilha;
h) capas de LPs: <u>Live at the Apollo</u>, <u>Forever Changes</u>;

i) uma máquina de escrever marca Underwood;
j) um receptor de frequências policiais, a pilha;
k) várias contas domésticas fechadas e folhas de papel A4;
l) copo de uísque com soda com casca de laranja, aparas de lápis, escova de dentes velha;
m) pilha de The New York Times, com cerca de doze centímetros de altura;
n) pilha de The New York Post, com cerca de trinta e cinco centímetros de altura;
o) um rojão, nunca aceso;
p) uma lâmpada de quarenta watts sem o filamento;
q) Os Prefácios de Henry James;
r) pilha de The New York Daily News, com cerca de trinta centímetros de altura.

Mas às dez da manhã ele já não tinha mais o que listar. Seja paciente, disse a si mesmo. Alguma coisa vai aparecer. Ele tinha adquirido num leilão da polícia uns anos atrás uma jukebox Wurlitzer dos bens confiscados de um clube da máfia. Uma calota de carro cheia de moedinhas reais e falsas descansava sobre ela, e ele ficou pelas próximas horas com a cabeça reclinada, ouvindo seus 45 rpm, tentando não pensar na palavra "travado".

Richard sempre, ritualmente, se recompensava por uma manhã de trabalho sério com um ou dois drinques na hora do almoço, mas naquele verão foi ficando difícil terminar de tomar o café antes de passar a mão na garrafa. Às três — outro ritual — ele se permitia sair para comprar os jornais do dia, mas agora, simplesmente para se afastar do silêncio da máquina de escrever e do telefone, ele chegava a sair ao meio-dia e ia a bancas de jornais cada vez mais afastadas. Numa tarde de quinta-feira a Union Square era rabelaisiana: as pessoas chapadas em plena luz do dia. Num banco sob uma árvore, um garoto de cabelo comprido e uma moça sem seios ou vice-versa metiam a língua um na boca do outro, com os olhos fechados de quem dorme. Em outro ponto da praça um estudante com um megafone exigia justiça para os cambojanos. Eles estavam onde quer que ele olhasse, de repente, esses garotos que não acreditavam mais no progresso. E por que deveriam acreditar? O progresso era Watergate e a Destruição Mútua Assegurada. O progresso tinha ficado olhando enquanto florestas e palhoças sumiam sob um tapete de chamas. O progresso tinha estuprado camponesas em My Lai e passado a baioneta em bebês. Mas como abordar isso tudo? Como abraçar a loucura que restou, quando o belo mapinha Rand McNally do mundo, em que você até ali se fiava, tinha sido enrolado todo de volta teto acima?

Houve um tempo em que ele podia ter ido buscar consolo na música — na verdade, tinha vagos pensamentos a respeito da ideia de topar com uma banda cuja história pudesse prismatizar perfeitamente a passagem daquela era —, mas até a música agora o traía. Dos pequenos clubes de jazz e música folk onde ele tinha ficado esperando a passagem dos seus vinte e dos seus trinta anos e dos porões de igrejas e salões de sindicatos saíam sons novos que, em vez de harmonizar o que era dissonante, criavam mais dissonância. Numa tarde, ele estava andando à toa por uma dessas ruelas cujos moradores ele um dia descreveu tão bem, quando ouviu um som como um ruído branco que vinha da Broadway. No canteiro central cheio de plantas, uma mulher com um sobretudo totalmente inadequado à estação, largada num banco, perto de um carrinho de mercado inchado para todo lado com seus bens. Um rádio em cima de tudo parecia estar funcionando com sua própria energia, e apesar do seu instinto de fuga ele parou para ouvir. Tramado entre os pesados acordes de guitarra e a bateria revoltada estava um órgão Farfisa, como o harmônio do estadiozinho de beisebol das crianças da sua juventude em Oklahoma. Aí uma voz que soava inglesa começou a berrar palavras que ele não conseguia distinguir direito. A calçada se escancarava sob Richard como a face de baixa gravidade da Lua.

Ele pensou num telefonema que tinha recebido naquela mesma manhã. Em vez de alguém do seu exército de fontes (*Meu, que história que eu tenho pra você*), tinha sido a aeromoça com quem ele se amontoou, ligando lá da Flórida. Ela estava grávida de oito meses, disse. Ela não esperava nada dele, não depois de ele ter se mandado daquele jeito, mas, agora que era tarde demais para ela mudar de opinião, achava que era seu dever lhe informar que ela teria o bebê. Richard ficou encarando rua abaixo os carros que rastejavam pela West Side Highway, e o sol e o Hudson mais distantes. Para qualquer um que passasse naquele exato momento, ele não teria parecido mais são que a louca do canteiro central, esperando o dia do juízo. E se o grande Deus Jeová, da altura do Pan Am Building, viesse com sua carruagem pela avenida nesse momento, qual seria seu juízo a respeito de Richard Groskoph? Covarde. Fracasso. Bêbado. Se continuasse daquele jeito, ia estar estendido em Bellevue antes de o verão acabar.

Quando chegou em casa, ele ligou para o agente de viagens. Meteu num saco de lixo toda a comida da geladeira e limpou o interior com água e suco de limão — a primeira vez que fazia isso desde que alugou aquele apartamento. Tirou a jukebox da tomada. Colocou os vasos na calçada, para os vizinhos pegarem, e livrou o banheiro de qualquer coisa que tivesse uma data de validade. Encheu uma valise com tudo que coubesse e aí ficou sentado ao lado da janela olhando o céu ficar rosado e tomou um copo de bourbon ou três, em nome dos velhos tempos. Na manhã seguinte o céu já caía sob a asa prateada de um avião que se afastava de Idlewild, ou JFK como agora se chamava, dos milhares de quilômetros quadrados de terra devastada, estradas, usinas elétricas, prédios de apartamentos, e dos minúsculos eus apressados em que ele esteve tão perto de se transformar. Imagine um inseto escavador que se esconde da luz. Ou imagine Ulisses tentando desviar a trajetória do destino. Imagine polegar e indicador parados a milímetros de distância um do outro.

19

Quando era pequeno, ele adorava passar os dedos pela lombada dos LPs, as capas pesadas de papelão. Adorava, também, o tão pouco que aquelas cores variegadas (creme, laranja, azul) revelavam sobre a música lá dentro. Seu pai metia um prato de cozinha negro qualquer lá no tapete de borracha da radiola, e aquilo podia ser um órgão, violinos, ou Gene Krupa sovando a bateria como se ela fosse feita de panelas e chaleiras. Aí o Pai se afundava na poltrona com o jornal como se não estivesse percebendo Charlie brincando no chão do outro lado da sala. Mas às vezes o cantinho do jornal se abaixava e por trás dele aparecia um quadrante do rosto que Charlie adorava ficar olhando, magro e doce e barbeado, e ele era capaz de dizer só a partir daquele olho visível, amplificado pelos óculos de leitura, que seu pai estava sorrindo. Charlie devolvia tímido o sorriso e fingia que estava regendo com um tronco de brinquedo.

Naquela idade, ele normalmente seria encontrado no chão do cômodo que seus pais estivessem ocupando. Era como se a casa fosse dividida em dois reinos: um que começava na altura dos joelhos, outro que pertencia a Charlie. Sob a mesa da cozinha, as bordas pensas da toalha formavam o dossel de uma floresta. Pernas de madeira eram os grossos caules das árvores. Soldadinhos de metal com pequenas barbatanas extras no pescoço onde a máquina os retirou dos moldes escalavam esses troncos para cumprir missões de reconhecimento numa noite de sexta, no inverno. O rádio do balcão não deveria estar ligado — Charlie sabia disso porque, sempre que o seu avô vinha visitar, não havia música do pôr do sol de sexta até o pôr do sol de sábado. Mas agora estava tocando uma música de big band, de antes de ele nascer, uma coisa lenta, nostálgica, que parecia um candelabro resplandecente, em torno da qual um clarinete dava rasantes e mergulhava como um pássaro que tivesse entrado pela janela. Quando ele meteu a cabeça para fora da floresta, o vapor fazia uma meia cortina cinzenta na metade inferior da janela da cozinha. Sua mãe, curvada diante da máquina de lavar louça, não percebeu. Havia um pequeno acúmulo de meia-calça perto do tornozelo dela onde você podia de fato ver a cor da meia como algo diferente da pele. Os pratos faziam sua própria música sob as suas mãos ágeis, estalidos melodiosos, como os sons que Charlie ouvia quando segurava a respiração e virava submarino na banheira. Aí o Pai estava afastando a Mãe da louça e saindo com ela num balanço que os levava ao espaço aberto. Os pés deles, ela de chinelo, ele com os sapatos sociais, encontraram um ritmo, e o desaparecimento de Charlie se fez total. Aquilo respondia a certa necessidade profunda e doce que ele sentia de ser parte deles — uma sensação de ser, ele mesmo, imperfeitamente moldado —, que talvez se ligasse a ainda uma outra música, lá atrás do véu placentário de esquecimento que cobria os rostos desconhecidos que acalentaram o Charlie recém-nascido na Casa da Mãe Solteira lá no East End.

    Claro que Charlie não podia ficar assim tão próximo da mãe e do pai para sempre. Aos seis anos ele começou a ir a pé para a caixa de tijolos aparentes que era a Escola Charles Lindbergh. As outras crianças às vezes provocavam Charlie por ele ser um judeu ruivo, mas o seu talento para a marginalidade também o ajudou aqui. E de um jeito ou de outro a comunidade mais ampla de onde vinham os alunos era mais que ligeiramente mista: eslavos, italianos e até alguns gregos. Os homens eram sindicalizados ou se agarravam aos degraus mais baixos das profissões liberais; as mulheres tinham empregos de meio período ou eram do lar. Eles tinham um carro por família, feito nos Estados Unidos, bebiam moderadamente, quando bebiam, e dedicavam os fins de semana aos cuidados do gramado, a hobbies conduzidos no porão, ou a assistir a partidas de golfe de tarde com as lâmpadas da sala apagadas, ostensivamente para reduzir o brilho da tela, mas na verdade para ninguém perceber quando eles caíam no sono. Era o meio do meio da classe média. E era por isso que tinham saído dos bairros decadentes — não pela liberdade de fazer o que quisessem por trás de portas fechadas (apesar de que isso deve também ter existido), mas para se perderem na grande massa da América. A normalidade era o principal produto industrial de Long Island. Com o tempo, suas características foram gravadas em Charlie. Enquanto o seu cabelo estivesse comprido, mas não demais, e o seu colarinho fosse largo, mas não demais, e as suas calças fossem nem caras nem baratas demais, e você assistisse às obrigatórias oito horas de TV no horário nobre toda semana e se mantivesse a par das aventuras do Capitão América e do Homem de Ferro e não trouxesse nada esquisito demais para o lanche, você basicamente estava tranquilo.

O melhor amigo de Charlie naquela época, Mickey Sullivan, era ruivo também. Em teoria, isso devia ter imposto certa distância entre eles; um cenourinha por turma era necessário para equilibrar as coisas, mas dois juntos era demais. Mickey era grande para a idade, no entanto, e tinha irmãos mais velhos, e era do tipo que batia, então os outros meninos deixaram a amizade deles em paz. E como Ramona Weisbarger parecia ter tomado por solidão o fracasso de Charlie em sobressair, ela lhe dava permissão para ir de bicicleta até a casa de Mickey depois da aula.

Mickey tinha uma coleção de discos de 45rpm comprada com o dinheiro da merenda dos outros, e sempre tinha três ou quatro dos mais novos com ele na escola para mostrar para Charlie. Em casa, tinha uma vitrola portátil Fancy Trax com alto-falante embutido, e eles matavam horas e horas fazendo dancinhas patéticas na frente do espelho ou tocando guitarras de raquete de tênis. (Como assim, por acaso ele achava que eles estavam nadando em dinheiro? Foi o que a mãe de Charlie disse quando ele perguntou se talvez podia ganhar uma vitrola Fancy Trax.) Nas faixas mais rápidas, Mickey sempre insistia em tocar os solos relegando Charlie ao acompanhamento. Nas lentas, eles ficavam um de costas para o outro e se abraçavam sozinhos e faziam barulhinhos tipo mmuá-mmuá até não conseguirem mais fazer bico de tanto que estavam rindo. E assim os sucessos de Dave Clark Five e Herman's Hermits e Tommy James and the Shondells também estavam entre as canções que Charlie passaria a associar à sua infância em Long Island. No segundo ano do colegial, eles estavam empilhados na jukebox do seu peito, se alternando velozmente.

Em algum lugar, também, estava o som de um chantre que ensaiava, uma voz que vazava pelo teto manchado de nicotina da SALA DE REUNIÕES B no porão da sinagoga de Flower Hill, onde os mesmos quinze meninos eram reunidos à força para a aula de hebraico todo domingo. O rabino Lidner era fumante, e parecia ter sempre um cigarro queimando numa mão e outro aceso num cinzeiro periclitantemente apoiado no porta-giz da lousa que estava atrás dele. A cinza do cigarro intocado crescia até ficar do tamanho de uma borracha de lápis. De um toco de lápis. Charlie ficava esperando o momento mítico em que ela ia chegar até o filtro, criando um cigarro todo fantasma, mas, como o momento em que o balanço do parquinho girava por sobre a barra, ele nunca chegava. O rabino Lidner invariavelmente decidia suplementar seus monólogos com as Escrituras, o que, afinal, era o que o qualificava como rabino, e o remexer dos seus dedos com formato de salsicha no porta-giz ou o raspar do giz na lousa sacudiam o cinzeiro e faziam desmoronar aquela cinza magnífica. Charlie, por causa da asma, ficava olhando do polo oposto do círculo de cadeiras de armar, perto de uma janela que deixava entreaberta mesmo no inverno. Daquela distância, as frases em inglês no quadro não eram mais inteligíveis que as que estavam no hebraico, que ele tinha esquecido de estudar. Dava na mesma ele pedir ajuda às marcas acastanhadas sobre a cabeça.

Os últimos minutos de cada aula eram separados para histórias sem conclusão em que a lealdade lutava contra a honestidade, ou a honestidade contra a sabedoria, ou a sabedoria contra a coragem, e o rabino esperava que Charlie e os seus pares, que mal conseguiam manter os dedos fora do nariz, dissessem o que um judeu deveria fazer. "Digamos que vocês estão mexendo no escritório do pai de vocês...", ele podia começar.

"Não me deixam entrar lá", Sheldon Goldbarth cuspia. Charlie tinha fontes sólidas que confirmavam que a mãe de Sheldon Goldbarth deixava ele beber café de manhã, mas o rabino Lidner estava acostumado com esses rompantes.

"Então você já descumpriu um mandamento, boa lembrança, Sheldon. Mas, enquanto você está mexendo, digamos que você descobre que o seu pai também descumpriu outro. Ele..."

"Cobiçou a esposa do próximo!", disse Sheldon Goldbarth.

"Cobiçou o asno do próximo", resmungou o altíssimo Paul Stein, para risinhos de todos.

Forçar obediência não era o forte de Lidner, nem o do judaísmo reformista em geral. "O seu pai... roubou alguma coisa do trabalho. O que é que você faz?"

A implicação, como Charlie a via, era que os judeus tinham que atender a padrões de exigência extraordinários: coragem *e* sabedoria *e* honestidade *e* lealdade, tudo ao mesmo tempo. Era essa premissa de extraordinariedade, paradoxalmente, que permitia que Shel e Paul matassem aula. No fim, o sangue os predestinava a coisas melhores. Era como a história da origem do super-herói dos quadrinhos — o pingo de gosma radioativa, o vago brilho dourado que vinha da mãe. Só havia um probleminha: até onde ele pudesse ver, Charlie não tinha superpoderes. Claro que tinha visto judeus chassídicos quase louros no trem com aqueles cachinhos e as barbas ralas, e o rabino Lidner tinha mostrado histórias de adoção na Torá; Moisés era adotado, ele disse. Sim, Charlie pensava, mas por gentios. E todos os grandes feitos eram realizados por hebreus a cuja linhagem Charlie não podia biologicamente pertencer, heróis de sandálias e reis guerreiros. Diziam que, numa hora de aperto, você devia procurar a ajuda de um judeu desconhecido antes de falar com o seu melhor amigo gentio. E quem podia dizer que os pais de verdade de Charlie, fossem eles quem fossem, eram góis do tipo bondoso? Quem podia dizer que o seu avô de *verdade* não tinha, como a bruxa de João e Maria, cuidado de um forno alemão?

Num domingo, quando estava no ginásio, Charlie estava voltando da sinagoga de bicicleta e por acaso passou pela igreja que se localizava no pé do morro em que ficava a sua casa. O sino tinha acabado de soar, soltando barquinhos de som por sobre todo um mundo verde, famílias invadindo o gramado e a fila dupla quase militar de crianças da idade de Charlie, meninos de calças à direta, meninas de saias pelo joelho à esquerda. Talvez tenha sido toda a imobilidade deles que lhe atraiu o olhar, pois quando era que Charlie tinha visto um grupo misto ficar tão quietinho? Uma pessoa com uma roupa meio pinguinesca estava acocorada diante deles. Quando ela fez um sinal, eles se viraram e voltaram para a igreja já livre de fumaça. A cabeça ruiva de Mickey Sullivan, mais alta que as outras, se virou logo à frente do lugar em que Charlie estava parado, pé apoiado num pedal, mas, se ele viu, não deu sinal.

Charlie estava nervoso quando perguntou sobre aquilo no dia seguinte — nervoso com a ideia de que Mickey pudesse lhe dar uns petelecos ou um cuecão, como tendia a fazer quando surgia algum constrangimento entre eles. Para sua surpresa, o que a pergunta fez foi aparentemente deixar Mickey cinco anos mais velho. Sofisticado. Blasé. Olhando para um ponto atrás de Charlie onde as mesas do almoço já estavam ficando cheias, ele meteu a mão no bolso. Dentro do punho fechado ele trouxe uma corrente de ouro aninhada. Uma pequena cruz repousava sobre a linha ou do amor ou da saúde da palma da mão de Mickey. Quando Charlie quis pegar a cruz, a mão se fechou num estalo. "Eu não posso usar até fazer a primeira comunhão."

"Que que é comunhão?"

"O que você viu a gente treinando pra fazer, bocó. Você vai lá e ajoelha assim numa almofadinha e eles te dão uma bolachinha que é o corpo de Jesus, e aí você toma o sangue dele."

"Vocês tomam sangue?" O Vovô tinha falado dessas coisas, mas, também, o Vovô era cheio de umas superstições esquisitas.

"Não sangue de verdade, sua anta."

"Ah", Charlie disse, fingindo entender.

"E tem uma festa, e você ganha presente" — os góis ganhavam presente por qualquer coisa —, "e aí você é basicamente adulto."

"Então é que nem um bar mitzvá."

"Deve ser." Mickey mostrou a Charlie como era que você punha uma mão sobre a outra, à espera da tal bolachinha, mas deu um soco no ombro de Charlie quando ele fez aquilo para a tia da cantina, pedindo sopa de milho. Aquilo era um sacrilégio, ele disse. Era como se Mickey tivesse perdido completamente o senso de humor — como se já tivesse virado adulto.

Sabendo o que a sua mãe diria, Charlie preparou uma lista de motivos pelos quais devia receber permissão para ir à primeira comunhão de Mickey. A igreja ficava logo ali na mesma rua, e como é que ele podia querer que as pessoas fossem em seu bar mitzvá se ele não fosse nas coisas delas? *Não mesmo*, ela disse. Mas ele foi mesmo assim; ia ser mole dizer que o rabino Lidner tinha segurado todo mundo até mais tarde na escola de hebraico. Era como uma das antinomias morais do rabino. Honrarás teu pai e tua mãe, o mandamento dizia, mas como era possível, na verdade, desonrar o que era simplesmente uma extensão de si próprio? Os pais dele ainda não eram facetas daquela unidade que ele sentiu embaixo da mesa da cozinha? Claro, aquilo ia ficar mais ou menos diferente com as reacomodações da vida cotidiana, como um lago entrevisto em meio às arvores por alguém que está num carro em movimento, mas o lago estava sempre lá, não estava? A Orquestra de Benny Goodman estava sempre tocando em algum lugar.

Se bem que se ele tivesse parado para pensar naquilo — se tivesse parado de pedalar um minuto — podia ter percebido o borrão desorientador que os postes das caixas de correio e os orelhões e outras coisas sólidas da sua infância vinham se tornando. Seus pais andavam mais distraídos que o normal, mais empolgados, mais angustiados. Sua mãe tinha deixado de verificar com o mesmo rigor se ele não usava a mesma camiseta ou levava o mesmo lanche dois dias seguidos. E o Vovô estava para chegar de Montreal naquela manhã, para uma visita, anunciada às pressas e de duração não especificada. Mas Charlie ainda era criança naquele tempo. Ele via o que lhe dava prazer ver.

Os novos comungantes estavam sentados no primeiro banco da igreja. Mesmo lá de trás ele podia ver a cabeçona ruiva de Mickey. Não era para bater palmas nem nada. A música do órgão era mais rala e mais de plástico do que ele teria esperado. Soava como o órgão de uma partida de hóquei. Mas o mais esquisito era como as pessoas na frente dele ficavam conversando com Jesus, como se ele não estivesse morto, mas ali flutuando por cima da cabeça deles. Como de fato estava, uma figura de gesso vitrificado, mais ou menos em tamanho real, brilhante como uma maçã encerada, parafusada na parede azul-bebê. *Escutai-nos, Senhor Jesus*. Era como se a igreja fosse uma casa assombrada por Jesus. Ele tentava imaginar Moisés ou Abraão assombrando o templo, mas não conseguia. Os patriarcas que assombravam os judeus eram aqueles que, como o Vovô, ainda estavam vivos.

Depois, na casa dos Sullivan, teve um grande bolo de confeitaria decorado com uma cruz. Ele ficou pensando se aquilo também representava alguma coisa — se ele estava enfiando o garfo no cérebro esponjoso de Cristo e, se fosse assim, se devia comer, ou se o Deus judeu ou cristão entregaria

Charlie Weisbarger, que naquele momento em particular não era seguidor de nenhum deles, ao fogo do inferno. Mas ele não conseguiu se conter. O bolo era mais seco do que parecia, porém as flores de açúcar, duras como uma crosta, lhe deram uma agradável sensação como que de dor de cabeça.

"Então, aprenderam o quê, hoje?" O Vovô perguntou quando ele chegou em casa. Era um sujeito alto, meio barrigudo, com uma cabeça do tamanho da de um índio de loja de tabaco, e com pelos nasais de uma exuberância impossível. Duas rugas fundas lhe moldavam o queixo, fazendo com que ele parecesse engonçado. Sua valise estava ao seu lado no sofá da sala. O Pai, como que para dar espaço ao seu próprio pai, estava empoleirado na lareira decorativa. A Mãe reclinava na poltrona, onde o Pai devia estar. Obviamente Charlie tinha interrompido alguma coisa.

"A gente chegou até o, hmm, Deuteronômio."

"Ele não está falando do rabino Lidner, Charlie. Maimie Sullivan ligou pra dizer que você tinha deixado o suéter na casa do Mickey. E você está com cobertura de bolo na boca."

"Mãe, desculpa. Eu não queria que o Mickey pensasse que eu não estava a fim de ir na festa dele."

"Você não precisa explicar", o Pai disse. "O seu avô só quer saber se você aprendeu alguma coisa."

A mandíbula do Vovô parecia ainda mais de madeira do que o normal. Charlie fez o que pôde para não olhar. "Bom, eles são meio esquisitos com aquele Messias." Eles ficaram quietos, então ele continuou. "É meio confuso. Se ele era o Messias de verdade, então por que é que Hashem ia ter deixado ele morrer? Por outro lado, se a gente está o tempo todo esperando o Messias, a gente não vai deixar de ver quando ele vier?"

"É bem disso que eu estou falando", o Vovô disse, misteriosamente. Se bem que tudo que ele dizia era misterioso.

O Pai disse: "De uma festa, você tirou isso tudo?".

"Bom, não exatamente." Ele podia ter tentado outra lorota, mas não suportava a distância que os segredos pareciam criar entre eles. "Eu fui à missa também."

"Charles Nathaniel Weisbarger."

"O quê? Eu não sei qual que é o problema, se eu posso ir na festa."

"É a mentira, Filho."

Ele não podia evitar pensar que ao menos em parte aquilo tudo era para impressionar o Vovô. Mas, para sua surpresa, o velho ficou do lado dele. "E como é que o menino não ia ficar confuso? Vocês querem honestidade, e enquanto isso ficam escondendo isso tudo dele."

"Escondendo o quê de mim?"

"Pai...", seu pai disse.

"Menino, você vai ter um irmão."

"O quê?"

"David..."

"Pai, agora o senhor vai ter que sair. Vá tirar a sua soneca. Isso é coisa nossa."

Foi a primeira vez na vida de Charlie que ele viu o pequeno, o delicado David Weisbarger enfrentar o Vovô, e o velho recebeu aquilo melhor do que ele teria esperado, a não ser pelo fato de que, no limiar da sala, ele se virou e olhou direto para Charlie. "Lembre, tem dois jeitos de tirar um esparadrapo."

"O que é que isso tem a ver com esparadrapo?" Ele se virou para a mãe. "Eu *quero* um irmão. Ter irmão é legal. Irmã também é bacana, se foi isso que vocês escolheram. Eu só não sei por que vocês não queriam me contar. Por acaso é alguma coisa que vocês acabaram de decidir?"

Quando eles ouviram a porta fechar no primeiro andar — era no quarto de Charlie que o Vovô ficava quando vinha visitar, rebaixando Charlie a um colchão de ar aqui no térreo —, o Pai disse: "O que o seu avô estava tentando dizer, Charlie, é que não é outra adoção. A sua mãe está grávida. A gente queria te contar, mas nunca é garantido assim bem no começo, especialmente na idade dela e com o nosso histórico, e a gente não queria te perturbar. As coisas andaram bem complicadas; é por isso que o seu avô vai ficar aqui até os bebês nascerem. A Mãe vai ficar de repouso...".

"Mas parece que você vai ter irmãos, querido. Dois. Gêmeos."

Por um minuto, Charlie hesitou. Gêmeos. Ele estava se sentindo como o ponteiro de *The Price is Right*, quando a roda gira, gira, com possibilidades diferentes passando uma a uma, a possibilidade de você ganhar muito dinheiro, nada, algo no meio do caminho.

"Você sabe que isso não quer dizer que a gente vai te amar menos", a Mãe disse.

Charlie pôs a mão no ombro dela. Ele estava se sentindo muito calmo agora. A grande roda parou. Ele só tinha que abrir os olhos para ver onde tinha parado. "Mãe?"

"O que é, querido?"

"Como é que você acha que eu devia me sentir?"

Será que significava alguma coisa o fato de ela não ter respondido imediatamente? "Você devia se sentir como estiver se sentindo. Mas o que eu ia torcer pra você sentir é que isso não muda nada. O fato de a gente ter te adotado, isso devia era te dizer o *quanto* a gente queria você."

"Bacana, então é isso que eu acho." Ele testou aquilo; parecia sólido o bastante para dar conta por enquanto, e de qualquer maneira ele odiava quando ela chorava.

Só que naquela noite, no colchão de ar, ele não conseguia se acomodar. Toda vez que achatava um calombo, outro aparecia em outro ponto. Ele acabou estatelado, com o cobertor solto em volta das coxas, numa luz que lhe lembrava o cinema, quando eles filmavam a luz do dia com um filtro e chamavam de noite. Um volume dentado perto da lareira ganhou a forma de um conjunto de ferramentas para lidar com o fogo. Ele conseguia definir o atiçador e a escova, e caso se concentrasse podia ler, ou imaginar que podia ler, a palavra "Harmony" na frente do piano de armário. Uma casa dá uns estalinhos de noite, como um motor que vai esfriando; ele ficava imaginando qual poderia ser a física por trás daquilo. Ar escapando da madeira? Deriva continental? Mas, no geral, o que ele estava tentando era amortecer o que estava vindo. Na superfície, tudo estava igual, a Mãe e o Pai e o Vovô estavam dormindo no primeiro andar. Por outro lado, tinha toda a seriedade com que eles lhe deram a notícia, como se ele devesse pensar que aquilo mudava tudo. Ele agora imaginava como o Messias Gói devia ter sentido, se lhe dissessem que ele ia ter um irmão. Ele também era adotado, em certo sentido. Claro que, por ser perfeito, ele teria lidado com aquilo de um jeito perfeito. Num dado momento, ele ouviu o rangido da escada da entrada. Era o seu pai, ele tinha quase certeza, que o observava. Fingiu que dormia. E aí dormiu mesmo, e um Jesus hippie com um chapeuzinho de papel estava sorrindo do outro lado do balcão de uma lanchonete, perguntando se podia anotar o pedido de Charlie.

Devia ser importante o fato de a Mãe estar com trinta e nove, porque ninguém — nem o Pai, nem os médicos, nem a sra. Sullivan — parecia capaz de falar de gravidez sem mencionar aquilo. *Uma bênção*, era a outra coisa que todos eles diziam. As pessoas no templo começavam a falar da Olimpíada, ou da nova centrífuga elétrica que tinham visto na TV, e logo aquilo levava a: "Bom, sabe, né? Ela está com trinta e nove... é uma bênção". Uma dupla bênção, Charlie pensava, com dois corações. Mas ele podia sentir o mundo se reacomodando, com o equador localizado em algum ponto em torno daquela cintura que se expandia, no sofá onde ela passou quase inteiros o sétimo e o oitavo meses, de repouso, e Charlie lá longe, no polo Norte.

De maneiras menores, também, o terreno da sua vida se alterava. O pó começou a se acumular em superfícies onde ela nunca teria deixado isso acontecer — em cima dos porta-toalhas e das chaleiras, nos botões brancos do rádio da cozinha. E o Pai nem ligava mais o rádio, nem quando estava preparando uma das suas especialidades (cassarola de atum, salsicha com feijão, palitinhos de peixe) ou o *pierogi* pronto para servir que o Vovô trazia de um mercadinho polonês na cidade. Finalmente, Charlie perguntou se podia levar o rádio para o seu quarto. Seu Pai, aparentemente exausto de uma hora para a outra, nem ergueu os olhos da panela que estava mexendo, mas disse claro que sim, o que deixou Charlie pensando o que mais ele podia conseguir assim tão tranquilamente. *Posso pegar a chave do carro? A gente pode comprar um cachorro?* O dia seguinte era aquele em que você devia levar o seu pai para a escola para ele falar da sua carreira, mas o sr. Weisbarger não podia ir. "A minha mãe vai dar à luz em um mês", Charlie disse à professora, emprestando a frase do pai. "Ela tem trinta e nove anos. É uma bênção." Então quem veio foi o Vovô, e ele explicou como fazer sapatos até todo mundo estar chorando de tédio.

Depois ele teria uma lembrança dos braços do Vovô catando o seu corpo de uma cadeira de plástico na sala de espera do hospital, como se fosse uma bola de sorvete; ou dos faróis da via expressa passando cintilantes pela porta do carro em que ele estava encostado; ou de acordar na parte de cima do beliche de Mickey Sullivan. Sua ligação com Mickey já estava desaparecendo, e a orquestração dos adultos conferiu um sabor estranho ao que restava dela. Eles jogaram basquete na frente da garagem na manhã seguinte (ou, no caso de Charlie, simplesmente tentaram evitar errar a tabela), mas não conversaram muito, e quando conversaram, Mickey parecia um refém lendo frases na TV.

"A minha mãe diz que às vezes é mais demorado mesmo quando elas estão mais velhas."

"Eu sei", Charlie disse.

"Deve ser alguma coisa de vagina."

"Beleza, Mickey, saquei."

"As minhas irmãs tinham umas escamas quando vieram. Elas ficaram descascando em tudo quanto é lugar. E uns tocos nojentões no umbigo."

Aquela insistência de todos de que tudo estava bem lhe deu uma terrível premonição de que não estava, mas, no segundo dia, o Pai e o Vovô vieram pegá-lo, e quatro dias depois a Mãe estava em casa com duas pessoinhas enrugadas de cabelo preto enfiadas nuns charutos de cobertor azul. Meninos, aparentemente. Astronautas. Ele segurou a respiração e beijou aquelas cabecinhas, que eram quentes e minúsculas e vagamente úmidas, como narinas viradas do avesso. Ele queria agradar a mãe, mas não queria respirar escama de bebê, ou poeira espacial. Era com o contrário que a Mãe estava preocupada. "A gente tem que ter muito cuidado. Eu sei que você vai ser um grande protetor." Aí estava na hora de eles dormirem de novo. Sendo "eles" todo mundo, menos Charlie.

Sua inconspicuidade era, agora, como a proverbial coisa que você deve ter cuidado ao desejar; ia a toda parte com ele, e, em vez de grudá-lo aos pais, ela o deixava grudado longe deles. Quando a Mãe e o Pai conversavam entre si ou com ele, era sobre os bebês, ou através dos bebês. Cada sorriso gasoso, cada garra formada pelos dedinhos em miniatura se revelava plena de significados. "Olha, Charlie. Ele te ama." Até quando a Mãe pôde voltar à mesa do jantar, ela ficava levantando para dar uma olhada no berço no primeiro andar, onde Abe e Izz estavam sempre de manha.

Aí um dia o seu pai o levou a uma loja de eletrônicos e o conduziu até a gôndola das reluzentes vitrolas estéreo. Eles lembraram! Ele quase correu para as Fancy Trax.

"Tem certeza que é essa, Charlie? Porque eu vou te dar o que você quiser. Abaixo de, digamos, sessenta dólares."

Em pedestais acarpetados descansavam fileiras de aparelhos de oito pistas, com gabinetes de madeira, fonógrafos embutidos de botões enormes, equalizadores Fisher com suas listrinhas de frequência gravadas e cintilantes, todo aquele espectro luminoso. Pelo menos quatro estações de rádio estavam tocando. Fragmentos de luz estilhaçada pelos carros que passavam o cercavam todo. Mas algo o detinha: a noção, talvez, de que estava sendo comprado. Ele agora viraria uma figura marginal na sua própria casa, e o estéreo seria seu único consolo.

Por outro lado, não estava assim tão descolado da fria bússola da economia para deixar de ver que aquele era o melhor negócio que iria conseguir.

Em casa, tinham transformado o quarto dele num berçário, e ele foi transferido para o porão — eles tinham estendido um carpete grosso ouro-velho sobre o piso de concreto. *Um andar inteiro só pra você*, foi como a coisa lhe foi anunciada. O Pai instalou a vitrola nova — um deck Scott 330R com cinco entradas e um plugue de fone de ouvido e chaves que diziam FILTER, MODE, TAPE e LOUD — ao lado de sua cama, como ele tinha pedido, e aí subiu de novo para os outros filhos que nitidamente não lhe tinham saído da cabeça. Eles se viam na hora da janta, ele disse, que Charlie sabia que ia ser peito de frango Stouffer, ou café da manhã na janta, de novo.

Assim que ele saiu, Charlie se largou de bruços na cama, com os braços estendidos como os daquele salvador em que não devia acreditar. A colcha sintética tinha estrelas e planetas em escalas distorcidas. Ainda tinha o cheiro do plástico da embalagem. Em cima do teto, um dos gêmeos começou a chorar de novo, o que fez o outro chorar. Ele estendeu a mão e, depois de deixar o amplificador aquecer como o vendedor tinha lhes mostrado, ligou os alto-falantes. Veio uma voz tonitruante — o volume deve ter mexido no transporte — mas, quando ele o diminuiu, o botão do sintonizador ainda estava na estação que estava sintonizada na loja. Sobre uma figura majestosa de piano, a voz cantava que Marte não era um bom lugar para se criar uma criança. "A bem da verdade, é frio pra diabo." O verso abalou algo dentro de Charlie. Com o nariz apertado contra o cobertor da era espacial e os braços agora embaixo do corpo como asas, ele estava chorando, ainda que não com o tipo de abandono que fosse abafar a música. Assim ele podia se dizer que a única razão de ninguém vir consolá-lo era que ninguém ouviu.

Elton John gerou Queen, e Queen gerou Frampton. Como Charlie se arrepiava de vergonha, anos depois, quando lembrava do show de Peter Frampton na Long Island Arena que ele forçou o pai a ir ver com ele — a lembrança do Pai fingindo não sentir o cheiro da maconha que se erguia até a pavorosa última fileira das arquibancadas. De tentar desesperadamente fazer o Pai enxergar a mágica que acontecia quando Charlie estava sozinho: o inglês pequenininho lá no palco *literalmente fazendo a guitarra falar*. E Frampton gerou Kiss (o vocalista tinha crescido no Northern Boulevard!) que gerou Alice Cooper, que gerou Bowie... que, por um tempão, gerou apenas mais Bowie.

Por essa época, a tempestade da puberdade já tinha caído, transformando o seu porão numa espécie de covil lamacento, destroçando-lhe o corpo, de onde surgiam espinhas e pelos e todo tipo de protuberância, e enchendo-lhe o tórax com sensações de formatos estranhos e grandes demais para caber ali. Abe e Izz podiam ficar uns minutos sem estar no colo, restaurando uma parcela da autonomia da sua mãe, mas nem ela nem o Pai desciam muito até ali, talvez por conta do cheiro. Não que fizesse diferença, no esquema cósmico das coisas. O planeta estava morrendo, dizia o feioso andrógino amedrontador e amistoso que encarava Charlie lá da capa de *Ziggy Stardust*. *Cinco anos, é tudo o que nós temos*. E o disco já tinha sido lançado fazia algum tempo. Pelos cálculos de Charlie, o ano em que *todas as pessoas magras-gordas e todas as pessoas-ninguém* iam deixar de existir era 1977.

Isso não significava que foi tudo um negror apocalíptico, nessa fase Ziggy Stardust. Quando não estavam chorando ou monopolizando seus pais, ele adorava ter irmãos. Adorou ver os dois vomitarem em vários parentes no seu bar mitzvá em junho (e adorou a chance de deixar Mickey Sullivan tão pouco à vontade quanto ele tinha ficado na primeira comunhão de Mickey). E, descontado o medo que sentia do Vovô, ele sempre gostou da francófona Montreal, aonde os Weisbarger foram de novo no agosto seguinte, todos os cinco enfiados na perua. Foi nesse ano também que o Vovô começou a lhe demonstrar uma solicitude estranha e especial — no verão eles deram aquela escapulida até o Radio City.

Só que era naquelas horas solitárias quentes abafadas lá no porão que ele depois ia ficar pensando. Ligar a música bem alto e tirar a roupa e ficar se vendo no espelho da parede entre os pôsteres e capas de disco que tinha prendido com tachinhas no revestimento de madeira com um mero milímetro de espessura. Apesar de Mickey dizer que nunca fazia aquilo, que você ganhava sete anos de purgatório por cada infração, Charlie não conseguia deixar o seu corpo em paz. Ele pressionava o corpo contra o colchão e via seios encantadores como sorvete de creme. Tentava gozar sem se tocar, pensando que isso podia suavizar a pena, mas no último minuto sua determinação acabava. A cada vez, ele se sentia sempre mais excitado e depois, subitamente, com uma vergonha tão grande. O que devia ter sido sua confirmação de que Mickey estava certo. E na semana que se seguiu ao primeiro dos dois ataques cardíacos de David Weisbarger, Charlie percebeu que a pena não tinha sido aplicada a ele, mas ao seu pai. Era como se cada punhadinho da geleia perolada que ele extraía de si tivesse custado sete anos da vida do pai. Ou — sejamos honestos — sete semanas.

De novo, o Vovô tinha vindo para ficar, se bem que dessa vez era o Pai e não a Mãe no hospital, e Charlie ficou em casa. Ele preferia o silêncio do Vovô a ser mandado para a casa dos Sullivan, onde Mickey, naqueles tempos, estava mais interessado em erguer pesos na garagem. E ele preferia as duas coisas ao hospital e o seu cheiro cantinoso, vagem, água sanitária, que ele agora sabia que era o cheiro da morte. Com o caninho plástico correndo pelo nariz, como os tubos do bong do irmão mais velho de Mickey, o Pai parecia desbotado, com toda a cor sugada pelas máquinas. E naquela noite, através do teto do porão, Charlie ouviu um choro que sabia que não era dos gêmeos.

No mês que se seguiu ao enterro, Charlie sentia que algo imenso e mecânico estava passando por cima dele — como se o próprio céu fosse a placa fosca e sólida de uma prensa imensa demais para ele ter percebido antes. Como se toda a música tivesse sumido do universo. Era difícil sair da cama de manhã e difícil manter a cabeça longe do tampo da mesa na aula de química. Shel Goldbarth e o altíssimo Paul Stein sabiam, claro, que o pai dele tinha morrido, e pegaram leve com ele, como fizeram todos os outros cujos pais liam jornal. Mas para os atletas e os veteranos anônimos, ele era apenas o mesmo garoto esquisitinho. *Cale*, eles ficavam dizendo. *Cale Waisaber*. Ele é que não ia lhes dizer por que merecia outro tipo de tratamento; ele não ligava, no fundo. O que doía era como Mickey Sullivan não abria a boca quando eles usavam aquele apelido na frente dele. O jeito como Mickey tinha retirado a sua proteção.

Um dia, ele foi até o telefone da cozinha e socou os dígitos familiares da casa dos Sullivan. Claro que as chances de pegar Mickey naquela família grande e intacta eram de sete para um; foi a mãe de Mickey que atendeu. Por um segundo, Charlie ficou paralisado. "Alô?", disse uma mulher que cortava a casca dos sanduíches dele e tirava o quadradinho suarento de queijo de supermercado que ele não podia comer com a mortadela. "Alô?" Ele não tinha planejado aquilo até o fim. Havia os antigos clássicos, relógios que adiantam, televisões que estão no ar, mas naquele íntimo zumbido intracraniano, eles pareciam menos hilários do que na mesa da cantina. Sem contar que o Vovô estava vendo TV logo ali ao lado. Qual era o termo tradicional? "Respiração ofegante". Ele exalou no bocal do telefone, deixou uma névoa de condensação sobre o plástico. "Alô? Quem é?" Ele desligou.

Na noite seguinte, quem atendeu foi o sr. Sullivan, que disse que aquilo *não tinha a menor graça*, e que fosse lá quem estivesse do outro lado da linha, ele *ia descobrir, e quando...*

Só que *tinha* graça, na verdade, aquele jeito de a mais aleatória das compulsões virar um sentido para a sua vida. As últimas aulas de cada dia na escola começaram a se alongar incomodamente, como um telescópio virado ao contrário. O dia todo era um túnel cada vez mais estreito que levava àquele único momento, logo antes de eles desligarem, quando o Sullivan do outro lado da linha sabia que era o Desconhecido, e sabia que o Desconhecido sabia que eles sabiam.

Aí um dia veio uma batida na porta. Talvez tenha sido o horário que deu a dica a Charlie, porque ninguém batia na porta dos Weisbarger naqueles dias a não ser missionários mórmons ou mulheres da Beth Shalom que traziam pratos quentes — era uma casa triste demais para visitas sociais —, e eles não viriam à noite daquele jeito, com chuva. Não, era o apagar das velas, que vinha esmagar a sua vida como uma barata. Ele se esgueirou escada acima até seu antigo quarto, agora coberto de sombras de berços e cercados e prateleiras de brinquedos, de onde bichos de pelúcia assistiam e desaprovavam. Ele não ousou acender a luz: ela podia ser vista da calçada lá na frente, e ele não queria acordar os gêmeos. Silente como um gato, foi até a janela, ergueu a persiana. Chegou tarde demais para ver quem estava à porta; pegou apenas um arco de nylon negro, separado do restante do guarda-chuva pelo beiral do telhado. Ele tremia num vigoroso acompanhamento para palavras que Charlie não conseguia discernir. Ele podia ouvir sua melodia, num crescendo de frustração. Uma voz de homem, que foi interrompida pela de outro homem — a do seu avô. "Por que é que vocês não deixam o coitadinho em paz?"

O vovô nunca mencionou aquela visita para Charlie; nem, evidentemente, para a mãe dele. Mas no dia seguinte, na escola, Mickey, agora imenso, encontrou Charlie perto da doca de descarregamento atrás da cantina e silenciosa, formal — quase arrependidamente —, lhe deu uma surra. E foi o fim oficial da amizade.

Mas foi de fato o fim do Desconhecido? Lá nos bons tempos, Charlie tinha como que uma intuição de que as cronologias eram uma ficção. Que o tempo parecia uma seta apenas porque o cérebro das pessoas era ínfimo demais para dar conta de tudo que estaria presente, se não fosse por isso. Ele tinha tentado explicar isso uma vez para Mickey, quando eles estavam testando ideias para a história em quadrinhos que queriam escrever — de universos paralelos e coisa e tal, mas também de como encaixar a simultaneidade das coisas nos quadros que se sucediam inexoravelmente. A teoria dele levou logo à chacota, mas foi um consolo interno. Agora, no entanto, ele via por que Mickey podia ter se defendido contra ela. Porque se cada momento de uma vida está presente em todos os outros, então quem também está são todos os outros eus que você tentou deixar para trás. E aí como saber — se o eu atual sempre parecia tão tênue, de alguma maneira, em comparação com aquele tão agudamente vivo sob a mesa da cozinha — qual de você, especificamente, existe de verdade?

A não ser que Charlie quisesse ir no ônibus da escola — e ele ficava na mesma rota de Mickey —, tinha que fazer a pé o quilômetro quase inteiro que o levava para casa. Em março, na Ilha, o solo ainda estava duro demais para plantar, então quem estava em casa ficava dentro de casa. Com pouca roupa, porque na desorientação do pós-sono tinha confundido a luz lá fora do porão com calor, que de qualquer maneira não teria sobrevivido às nuvens que vieram com a tarde, ele meteu os punhos nos bolsos do casaco e fez o que pôde para se perder nas ruelas vazias. Era impossível, claro; elas formavam uma grade perfeita. Ele passou pelo campo de beisebol onde tinha jogado quando criancinha, sob o patrocínio da Jaycees ou da Kiwanis ou alguma coisa assim. Quando o vento ficou mais forte, a corda solta na verga fez um estrondo contra o mastro de metal sem bandeira, um alerta que fez o coração dele ficar tenso como se algo estivesse prestes a acontecer. O que era ridículo, porque o que era que acontecia em Long Island, a não ser gente nascendo e gente morrendo? Ainda assim, decidiu uma vez na vida ser um *mensch*. Ele pulou a cerca e deu uma corridinha para o lado direito do campo, soprando nas mãos para esquentar, e prendeu a corda no encaixe da base do mastro. Voltando pela grama morta, ele parou. Alguém estava olhando de um dos bancos de reservas.

Era uma menina, ele percebeu, quando tinha se aproximado o suficiente para conseguir enxergar na escuridão criada pelo teto de metal. Uma menina magra e alta com cabelo castanho até o ombro. Ela estava com uns fones de ouvido enormes, com uma antena. A jaqueta camuflada e as latas grandes de cerveja ao lado dela no banco podiam ser de uma mendiga, mas a postura era pura amazona. E a voz — a voz, rouca de cigarros, absolutamente acabou com ele. "Bom samaritano, hein?" Ela não tirou os fones.

"Eu só pensei que aquele barulho devia estar deixando o pessoal da vizinhança louco. Quer dizer, estava me deixando louco. Mas, ó, você pega música aí nesse negócio?"

"Não, eu só uso isso pros caras mais esquisitos não virem me encher o saco." Ela o examinava através dos diamantes da cerca. "Quer uma cerveja?"

Ele queria, no mínimo porque era ela quem oferecia, mas lhe disse, sincero, que não devia. A mãe dele tinha sangue de perdigueiro.

"Certeza? Você está com cara de quem precisa de umazinha."

Ele tinha esquecido completamente que estava com o rosto inchado. "Eu caí", ele disse. "O meu nome é Charlie."

Agora ele podia ver com bastante nitidez um sorriso de gato de Alice se espalhando pelas sombras de trás da cerca. "Bom, não se prenda aqui por minha causa, Charlie. Eu só vou te atrapalhar a vida."

"Beleza", ele disse. "Beleza", e fez seus pés se moverem pela grama crocante, na direção da cerca que agora via que teria que pular bem na frente dela. Ela tremeu com o seu peso; a jaqueta dele ficou um segundo presa numa pontinha de metal lá no alto, mas miraculosamente ele não caiu.

Quando chegou em casa, o Vovô estava vendo TV com o som desligado. Ele não mencionou o atraso de Charlie, e a Mãe, aparentemente, estava dormindo, como quase sempre ultimamente. Ainda tonto, Charlie sentou na sala, com o olho inchado totalmente desviado do velho. Na tela, a câmera dava uma panorâmica bêbada por uma arquibancada cheia de gente que torcia, fechando numa mulher obesa que pulava no lugar. Ao mesmo tempo que isso adiantava o arco narrativo — aquela mulher seria a próxima concorrente no programa —, a sequência transmitia um denso conjunto de mensagens a respeito de sorte, destino, prosperidade, comunidade. Na sua vida anterior, Charlie nem teria registrado essas coisas. Agora elas pareciam destacadas, artificiais, como a massa sacolejante dos cabelos da mulher, o laranja etéreo do moletom de universidade que ela usava. Talvez por ser canadense, o Vovô, na sua poltrona, não mudou de expressão. Mas quando o programa foi para os comerciais, ele se ergueu com um gemido e foi arrastando os pés para a cozinha. Quando voltou, colocou na mão de Charlie um saco congelado. Um montinho de ervilhas Eagle Eye reluzia na etiqueta, mais sedutoras do que qualquer ervilha já foi na vida real. Será que tinha acontecido alguma coisa com o cérebro do Vovô? "Pro olho", ele disse. "Diminui o inchaço."

Enquanto Charlie punha o saco de ervilhas sobre o rosto dolorido, o Vovô desligou a TV. Na sala ao lado, a geladeira chiava, repondo o ar gélido que ele tinha deixado escapar. "Algum menino da escola te fez isso aí, então?"

"Eu não quero falar disso."

"Você mereceu?"

"Vô, eu não quero..." Algo no rosto do velho o deteve. Era como se ele estivesse bem dentro de Charlie, e já estivesse lá havia algum tempo. "É. Dá pra dizer que eu mereci."

"E ninguém veio te defender?"

Charlie sacudiu a cabeça.

"Então você aprendeu alguma coisa, não foi? Agora, na próxima vez que alguém te perguntar o que foi que aconteceu, se você está bem, você diz: 'Você precisa ver o outro cara'."

"Você precisa ver o outro cara."

"Mas com confiança. Com um sorriso. Como se o seu rosto pudesse rachar no meio."

"Você precisa ver o outro cara."

20

Chegando no terminal rodoviário de Port Authority em julho de 1975 com sua valise de papelão numa mão e a carta da Escola para Moças Wenceslas-Mockingbird na outra, Mercer não tinha certeza de quanto tempo podia acabar ficando em Nova York. Já antes da carta ele não sabia ao certo: uma parte dele ficava borboleteando com Jay Gatsby por uma Gotham imaginária; a outra, fleumática e terrena, com o nariz em cima da fritadeira, no ar abafado fervilhante do Sul. Ele tinha dito para si próprio — à noite no quarto da sua infância, com aquela cama pequena demais e a pilhinha de livros atrasados da biblioteca no criado-mudo — que a tensão entre as duas partes era insuportável, que ele tinha que escapar ou, como os mais puros produtos da América, pirar. Tinha se imaginado inúmeras vezes batendo a tampa da máquina de escrever, atando aquele manuscrito magro, parado ao lado da estrada com o polegar apontado para o norte. Só que também era igualmente possível que fossem aquelas incertezas que o mantivessem são — com a vida desperta servindo de desculpa para a impossibilidade da vida onírica, e vice-versa. Caso seu antigo professor de Shakespeare na universidade não tivesse feito aquele convite para ele vir para a tal entrevista de emprego, ele podia ainda estar lá no quarto onde não cabia mais, revirando nas mãos o chapeuzinho de papel, o cozinheiro de espelunca mais alfabetizado do nordeste da Geórgia.

Ele tinha mostrado a carta primeiro para a mãe, numa espécie de teste, e ficou olhando sua boca se estreitar como se ele tivesse lhe dado uma fatia de bolo que ela soubesse estar envenenada. "Mas você não conhece ninguém em Nova York", ela disse finalmente, porém ele já estava bem na frente dela. Conhecia o professor Runcible, para começo de conversa, e o C.L. tinha um conhecido do Exército que tinha um quarto vago no seu apartamento subsidiado. E ela também não quis ser professora, no seu tempo, antes de se apaixonar pelo Pai? "Eu estou com vinte e três anos, Mãe. Nada garante que eu consiga um emprego, mas eu devia pelo menos ir lá e conversar com os grandões."

Em Shakespeare, a tragédia era a chama que surgia do choque entre princípios morais; aqui, entre o desejo materno de vê-lo com um emprego decente e aquela desconfiança à la Velho Testamento que ela tinha das cidades. Os lábios dela ficaram ainda mais cerrados. "No mínimo é educado. Mas você vai ter que pedir pro seu pai." O que acabaria sendo, como ele temia, um tipo de drama completamente diferente.

Depois, no calor naftalinado do seu quarto sob o beiral, ele ficou tentando se convencer de que era do Pai que ele estava fugindo, ou do C.L., ou da seca cultural da cidadezinha cuja caixa-d'água distante ele podia ver da janela. Ou que sonhava com Nova York porque era onde os salvadores da sua juventude viveram. Melville e James Baldwin e especialmente Walt Whitman. Mas o Pai obviamente suspeitava que ele tinha outros motivos, coisa que Mercer não conseguia tirar da cabeça dele, nem enxergar.

Na manhã seguinte, ele estava entrando num ônibus Greyhound, com um America Pass de trinta dólares. O dia todo e noite adentro ele viajou com as pernas enroscadas no espaço apertado da poltrona de janela, com uma edição barata e detonada de *A era da inocência* sobre elas, o terno marrom cuidadosamente estendido no maleiro em cima da poltrona. Claramente a sua principal fraqueza como romancista até ali tinha sido sua incapacidade de acompanhar a complexidade da vida real. De imaginar, por exemplo, que o triunfo que o seu herói fugitivo ia sentir com as florestas de pinho que passavam zumbindo e as lanternas traseiras dos seus conterrâneos enfileiradas como um colar adiante pudesse se ver temperado por uma culpa igualmente fina. Ou, num nível puramente físico, por desconforto. Com o sol ainda no céu, estava quente demais, mas, quando a noite caiu, Mercer gelou. Por mais que fosse larga a janela, o ônibus tinha o cheiro dos carpetes podres dos quartos somente para pessoas de cor dos hoteizinhos da sua infância distante. Ele leu e dormiu, mas passou mais tempo olhando pela janela e tentando não fazer contato visual com os passageiros que iam serialmente pousando no assento ao seu lado: um fazendeiro peso-mosca com uma almofadinha de hemorroida, um ex-presidiário que subiu no ônibus na frente da cadeia, uma testemunha de Jeová com meias de compressão que entre meia-noite e duas da manhã leu audivelmente uma Bíblia toda marcada. O fato de ele poder ouvi-la não era um acidente, disso ele estava bem certo; ela queria sua alma imortal. Mas ela desembarcou em Washington, e a poltrona ficou abençoadamente vazia até o ônibus encostar no estacionamento escangalhado de um minicentro comercial em algum ponto de Nova Jersey.

O céu estava então rosa de aurora. O único lojista viável parecia ser um Orange Julius. Por ter cuidado direitinho do seu dinheiro, Mercer se deu de presente um dos sucos da casa. Voltou e encontrou o bagageiro do ônibus aberto e um soldado à paisana fazendo flexões de braço ali perto. Duas mulheres velhas demais para ursinhos de pelúcia brincavam com ursinhos de pelúcia. O motorista, um paquistanês baixinho com cara de uva-passa cuja dependência de nicotina os fazia parar a cada quarenta minutos, estava encarando a pista. Na ausência de carros estacionados, os postes serpentinos de metal escovado pareciam deslocados e amedrontadoramente regulares, como que largados ali por um óvni. Um garoto branco queimado de sol, de boné e com uma capa de zíper para raquetes de tênis, ficava trocando de tênis de apoio, esperando o embarque. Tinha um queixo forte, rosto liso, delicados triangulozinhos de penugem na nuca onde acabava o boné. Mercer soube na hora que o menino ia sentar com ele.

Seguindo rumo ao litoral, eles não trocaram uma palavra. Aí chegaram ao topo da encosta de Weehawken, e lá estava ela, a cidade de Nova York, projetando-se dos opacos quilômetros de água como um buquê de lírios de aço. Enquanto desciam ruidosos, passando por outdoors na direção do grande vórtice da entrada do túnel, o braço do garoto meio que se deixou cair contra o dele no apoio entre as poltronas, de modo que estavam ligeira, ligeirissimamente se tocando, marrom e bege, um plano de contato com a extensão de um único átomo, e os imensos sentimentos opostos dentro de Mercer se inflaram até o ponto em que ele começou a pensar que podia simplesmente explodir ali, um rojão nas alturas de Nova Jersey, sem jamais chegar ao seu destino. Mas quinze minutos depois, vendo o motorista descarregar a sua máquina de escrever no lusco-fusco oleaginoso do sub-subsolo da rodoviária, Mercer podia estar metendo aquele momento em algum bolsinho interno. O menino tinha zarpado com as suas raquetes para jamais voltar a ser visto, apesar de Mercer para sempre agora associar o horizonte de Manhattan ao cheiro da colônia English Leather.

Ele subiu por átrios brutalistas e escadarias bizantinas, braços parecendo arrancados das articulações, olhos com aquele tipo especial de secura dos ônibus de viagem. Mas Nova York, acima de tudo, eram as pessoas. Ele nunca tinha visto tanta gente como diante dele naquela manhã. Ali na calçada, na altura da sua cabeça, havia incontáveis outras cabeças, que subiam e desciam com os corpos a que se ligavam, como frutos maduros que boiam num barril. Rostos gordos, rostos magros e rosados, rostos marrons, de barbas e pelados, calvos e enchapelados, masculinos, femininos e tudo mais que houvesse a meio caminho. Calado pela desorientação, com o coração praticando calistenia dentro do peito, ele era uma obstrução, uma abstração; as massas podiam tê-lo esmagado, caso desejassem. Em vez disso, partiam-se diante dele no último dos últimos segundos, sacudindo-lhe o corpo, talvez, mas deixando intocado o Mercer essencial. Sem querer ser detalhista aqui, mas quem, na merda daquela cidade acelerada, dava a mínima bola para quem fosse o Mercer Goodman essencial? Foi isso, tanto quanto qualquer outra coisa, que fez ele sentir que tinha entrado num sonho.

Carlos, o amigo de C.L., morava em cima de um cineminha pornô na Avenue B. O quarto extra que ele tinha para oferecer era mais um closet, só que sem a privacidade. Havia uns pontos roídos no batente da porta onde deveriam estar as dobradiças, e um lençol desbotado separava da cozinha aquele espaço. Depois de alguma discussão, Carlos aceitou dormir ele mesmo ali, e pelo privilégio de pegar o quarto maior, com a porta que trancava e um ventilador e um colchão sobre o qual é melhor nem falar muito, Mercer soltou duzentos e vinte dólares por um mês, que eram setenta dólares a mais do que Carlos pagava pelo apartamento todo. Essa situação funcionava mais do que bem para Carlos, que andava com dificuldade de se manter num emprego desde que deu baixa; o seguro-desemprego e essa ligeira extorsão que praticava com quem dividia o apartamento eram suas únicas fontes visíveis de renda. Mas aquilo foi um golpe imprevisto para o orçamento de Mercer. Assim que se acomodou, na medida em que era possível se acomodar, ele ligou para a Wenceslas-Mockingbird para agendar uma reunião.

O dr. Leon Runcible, recentemente empossado como Gestor de Pessoal, era mais ou menos uma lenda no campus da Universidade da Geórgia quando Mercer esteve por lá. Ele tinha basicamente toda a eminência que pode ter um professor que ainda não é um catedrático. Líder da classe em Groton, escolhido por W. H. Auden para a série Yale Younger Poets ainda antes de fazer trinta anos, posteriormente autor de um elogiado livro a respeito da poesia dos metafísicos ingleses... Seus modos ainda eram vagamente grotonianos — especialmente a voz, declamando decassílabos —, mas, quando a turma de Shakespeare em que Mercer estava chegou à cena de Lear na charneca, ele jogou os braços para cima e agarrou o vazio com uma intensidade que lhe fazia saltarem as veias nas mãos. Aí, com a mesma presteza, estava de volta ao equilíbrio aristocrático, soltando uma alusão a Whitman que Mercer depois ia seguir no artigo que lhe valeu o prêmio de redação entre os calouros (o que fez dele o primeiro negro a receber essa distinção). Por um semestre, ou mais, depois disso, Mercer tinha deixado sua mãe acreditar que ele ainda estava inclinado a se graduar como contador. Na verdade, quase toda manhã ele estava na segunda fila do grande anfiteatro do prédio de letras modernas, vendo o jovem professor produzir sentenças e mais sentenças de exegese, como pães que surgiam de um cesto sem fundo.

A imensa escrivaninha de um escritório de diretor não diminuiu em nada a aura de Runcible, mas Mercer sentia suas láureas do tempo da graduação como uma guirlanda murcha que trazia na testa. Enquanto uma secretária lhes trazia chá com biscoitos, ele se ouviu arriscar uma leitura freudiana da Condessa Olenska, putativamente a heroína do livro que Runcible tinha enviado junto com a carta. Ele estava só começando a gerar percepções profundas de verdade quando Runcible suspirou. "Ouvir você falar, Mercer, me faz ficar pensando por que foi que eu deixei a sala de aula em troca do trabalho ingrato da administração." Ele fez um gesto com as costas da mão como quem quer desconsiderar os livros de capa de couro, a lareira de pedra, as janelas imensas que davam para a 4th Avenue. "Mas a minha falecida mãe estudou aqui e doou dinheiro para a escola, e eu imagino que em algum nível eu tivesse esperança de prestar tributo à devoção que ela tinha a este lugar. Agora, sobre o emprego. Os administradores aqui, a diretoria anterior, eles podem ser bem conservadores quanto a certas coisas. Eles nem sempre ouvem as cantilenas mais variadas que eu ouço. Cantilenas que, para falar a verdade, o conselho municipal de quem nós dependemos para certas isenções tributárias ouve cada vez mais."

Espera um minuto; era a *mente* de Mercer que eles queriam, certo? Runcible interrompeu.

"Como eu sou recém-chegado aqui na escola, só faz sentido para mim instalar aqui alguns representamtes do meu ponto de vista. Por exemplo: eu olho para você, Mercer, e vejo um jovem acadêmico articulado, que seria o orgulho de qualquer programa de pós-graduação no país. Mas, por um acaso da vida, você está aqui, livre, e cá estamos nós com uma vaga para professor de inglês na quarta linha — o que é um anglicismo para segundo ano colegial —, e eu só tenho uma preocupação, na verdade."

"Não tem problema. Eu estou acostumado a ser o único negro na sala de aula."

Runcible tossiu, como se uma lasca de biscoito tivesse lhe descido pela traqueia. Aquilo durou tempo suficiente para dar medo, dez ou quinze segundos, e quando ele se recuperou, o rosto por trás das mãos continuava bordô. "Ah, não, Mercer. Para mim, isso não é uma questão... Mas sim — posso falar com sinceridade? O fato de você ser homem." A palavra caiu com um efeito estranho. "As adolescentes podem parecer mulheres, mas ainda veem os professores como figuras poderosas. Eu estou falando por experiência própria. O sujeito que seria o seu antecessor aqui saiu sob certa nuvem. Limites que não foram respeitados, se é que você me entende. Eu preciso ter certeza de que você está me entendendo quanto a isso."

Mercer jurou ao dr. Runcible que não havia motivos para preocupação. Se ganhasse uma oportunidade aqui, ele não faria coisa alguma que diminuísse a reputação do seu mentor, ou da escola, ou da memória dos srs. Wenceslas e Mockingbird (fossem eles quem fossem). "Disso o senhor pode ter certeza."

* * *

 Ele não seria incluído oficialmente na folha de pagamento — não precisava apresentar uma ementa e nem preparar a sala de aula — antes da semana que antecedia o Dia do Trabalho. E assim, durante o resto daquele verão, teve todo o tempo que podia precisar para fazer grandes progressos com a sua primeira obra. Só havia dois problemas. O primeiro era que ele mal tinha dinheiro para a comida. O segundo era o apartamento. O dia todo, os gemidos e o calor do cinema lá embaixo subiam como uma distração que se infiltrava pelas tábuas do piso. E Carlos aparentemente nunca saía, nem para levar roupa na lavanderia. O costume que tinha de ficar sentado na sala, examinando a própria sombra na tela cinza-lama da TV desligada, era incômodo, assim como o cigarro perpetuamente em brasa entre seus dedos de juntas inchadas. Depois que Mercer um dia saiu para tomar um café e não achou mais sua caneta Waterman na volta — era um presente de formatura de sua mãe —, o incômodo foi virando paranoia. E quando ele conseguiu juntar coragem para dizer essas coisas a Carlos, ele só deu de ombros e disse que o aluguel ia subir em setembro.

 Mercer começou a trancar o quarto de manhã e ir para a grande biblioteca da 42nd Street, onde você podia pedir qualquer um dos três milhões de livros do subsolo. Ele ficava virado para o relógio, embaixo de uma ventoinha poderosa que soprava um ar gelado como mármore. Uma mulher desmazelada com luvinhas sem dedo ficava sentada ali perto, enchendo pilhas de papel com palavras imensas, cinco ou seis em cada página, letras tão grandes que Mercer nem conseguia ler direito. Se ele conseguia encher uma página com suas próprias palavras de tamanho normal, o dia era um sucesso. Flaubert tinha levado uma semana, afinal, para dar conta da mesma tarefa. Isso desde que você acreditasse em Flaubert. À tarde ele tomava notas para o trabalho do dia seguinte e, em nome da pesquisa, mergulhava em O *vermelho e o negro* e A *educação sentimental* e mordiscava a abertura de Proust.

 E aí, para economizar o dinheiro do metrô (e postergar seu retorno a Carlos e ao calor de sovaco da Avenue B), ele caminhava. Manhattan revelou estar disposta sobre uma série de morros quase imperceptíveis. Eles te erguiam um pouco mais ou menos a cada quilômetro, oferecendo um panorama de interseções em perspectiva, um mar tom de carne. Os cruzamentos mais movimentados — 7th Avenue com 14th Street, 6th com 8th Avenue — funcionavam como represas para mendigos e mascates e mulheres caribenhas como aquela do ônibus, estendendo panfletos religiosos como se fossem cardápios de entrega, avisando para Mercer que o fim estava próximo, que só o x-sus podia salvá-lo. Quanto mais ele entrava no sul da cidade, mais desprovida de Deus ela se via. Ele por vezes encontrava homens de mãos dadas, como que desafiando os outros a dizer alguma coisa. Era fascinante — apenas em termos antropológicos — que eles pudessem coexistir com os guardas de trânsito e os pregadores de esquina, em universos que se sobrepunham mas de alguma maneira não se tocavam. E bem de vez em quando alguém certamente se enganava quanto ao pertencimento de Mercer a um ou outro desses universos, porque ele sentia que também estava sendo destacado da multidão. Ele se virava e via um hispânico de calça jeans branca que o sacava abertamente do outro lado de uma avenida, ou um sujeito mais velho com um terno de tweed que olhava de um café, com um cigarro flutuando como um preguiçoso sinalizador. Era Mercer quem tinha que baixar os olhos. Mas esse gesto aparentemente também transmitia uma mensagem; uma ou duas vezes ele também sentiu que estava sendo seguido, e não podia ter certeza de que não tinha pedido por aquilo, ainda que acidentalmente.

Numa tarde ominosa de agosto, debaixo da primeira trovoada em semanas, ele estava matando tempo no labirinto em que a West 4th Street cruza com a West 11th, absorvido em não se deixar absorver por essas coisas, quando sentiu uma mão no ombro. Ele se virou e viu um branco todo amarrotado que sorria para ele. "Oi, acho que você deixou cair um negócio." Com aquele cabelo escuro e traços de lince, a bela clavícula branca à mostra entre as lapelas da jaqueta de couro, ele era... você não diria classicamente bonito, mas impressionante. Numa mão havia um estojo de guitarra; na outra, um lápis amarelo, que ele segurava com a borracha para cima. Mercer levou um minuto para mudar de quadro de referência. "Ah", ele disse, pegando o lápis. "Obrigado." E deu mais uma espiada nos olhos cor de tempestade antes de se virar para ir embora.

Ele ficava pensando agora se não tinha sido injusto com Carlos; se não tinha simplesmente derrubado a Waterman por aí. Num nível mais profundo, ficava pensando se por acaso não estaria, como aqueles protagonistas curiosamente incompletos sobre os quais vinha lendo, os Luciens e Juliens e Marcels, de alguma maneira enganado sobre quem era. Aí ficou pensando se não estava, afinal, no quadro de referência certo, porque lá estava, a uma quadra dele, o mesmo baixinho, que o seguia.

Mercer se enfiou numa loja, sem fôlego. Ficou constrangido ao descobrir que ela basicamente vendia brinquedos eróticos. Pegou de uma estante de livros o título mais plausivelmente literário — *Por quem meninos cobram* — e ficou esperando ver seu perseguidor passar pela janela. O homem agora parecia apressado; o estojo da guitarra o seguia de perto. O fato de ele não ter nem olhado para a janela foi curiosamente uma decepção. Antes de poder pensar no que estava fazendo, Mercer tinha deixado o livro erótico de lado e saído correndo da loja e já seguia o sujeito rumo leste, na direção das ruas com nomes de letras, como se houvesse algo que não podia mais esperar para descobrir.

Na entrada do Tompkins Square Park, no entanto, sua presa desapareceu. As trilhas sob as árvores estavam lotadas de adolescentes brancos e brancas com camisas sebosas e cabelo bagunçado. Ele estava lá abrindo seu caminho (*Perdão, Com licença*) quando um guincho metálico quase o ensurdeceu. Por toda a volta, mãos espetaram o ar verdejante, como quem invoca uma tempestade. E aí o barulho começou.

Numa clareira perto da base de um poste de luz, um baterista sentava o braço, abafado pelos alto-falantes. Um hispânico grande com uma roupinha de enfermeira sexy estava curvado sobre um pequeno órgão elétrico. Sem camisa, o cantor — gritador, na verdade — mal tocava a guitarra que tinha pendurada no ombro. Tatuagens inflavam e saltavam no seu peito enquanto ele berrava seu estranho manifesto num megafone. *Connecticut*, parecia que ele estava dizendo. *Connecticut. Connecticut.* Mas as camadas de som que quase o afogavam estavam vindo do outro guitarrista, o perseguidor de Mercer, que mirava o rosto para o alto, para as nuvens ferventes, com os tendões da garganta assustados, de um branco fantasmagórico. Enquanto ele chicoteava o instrumento, os garotos em volta de Mercer se davam encontrões e saltavam no mesmo lugar. "O que é isso?", ele perguntou a um sujeito de cabelo verde que pogava ali perto. Mas a resposta, se houve, não se ouviu.

Haveria mais cinco músicas naquele dia (as cinco últimas, afinal, que o Ex Post Facto propriamente dito executou). Aí o céu se rasgou em brancos e se abriu e a chuva caiu, um verdadeiro cinco-da-tardocalipse, e quando a guitarra parou, qualquer pressão ou coesão que até ali mantivesse a plateia junta se dissipou. Os garotos foram correndo para baixo das árvores protetoras. Mercer se juntou a eles, fazendo força para enxergar, através do vapor que se erguia do chão, o que estava acontecendo ali na clareira. A drag queen em frangalhos já tinha começado a desmontar o órgão, a enrolar os cabos elétricos alaranjados. O cantor continuava gritando no megafone, mas mal se podia ouvi-lo com o som da chuva pesada. Aí vieram luzes de sirenes, girando. Mercer ficou olhando o cantor encarar um policial, como um empresário de beisebol batendo peito com o juiz. Ele percebeu o outro guitarrista encostado num tronco de árvore ali perto com o estojo na mão. Os garotos mais perto dele o reverenciavam demais para se aproximar, apesar de nitidamente terem vontade. Como seria, Mercer pensava, exercer esse tipo de poder? Se bem que talvez, no caso de um dom como aquele te ser confiado, você não fosse ter ideia. Ele se aproximou mais. "Eu só queria te dizer que aquilo ali... foi bem legal."

"Oi, cara do lápis. Não tinha sacado que você era fã."

Será que um aceno breve contava como mentira? "E como é que você ia poder sacar?"

"Enfim, tomara que tenha dado pra você, porque o Billy Três-Paus aqui não vai mais ficar dando a cara pra essa molecada. Eu só saí da minha aposentadoria por causa do Nastanovich." Nastanovich, evidentemente, foi o baixista, até a sua overdose. Esse show de despedida era para ganhar dinheiro para pagar a funerária.

"Eu sinto muito."

O cara desviou os olhos. "Fazer o quê?"

"Billy Três-Paus, então... é você?"

"Identidade secreta. *Nom de plume.*"

"*De guerre*, você quer dizer. *De plume* é pra escritor."

As sobrancelhas do guitarrista se contorceram brevemente. Aí ele largou o estojo da guitarra e, de algum canto da jaqueta de couro, puxou uma garrafa de bolso. "De verdade, é William. Está com sede?"

Correndo o risco de parecer careta, Mercer disse que não bebia. Ou, pensando bem, de repente a caretice podia servir para dar uma freada em sei lá o que que estava transpirando aqui. Mas William simplesmente disse: "Não me diga que você não come também, porque a melhor pizza da cidade fica logo ali na esquina".

Na sua outra vida, William era artista plástico, pintor, e, quando ficou sabendo que Mercer era novo na cidade, se ofereceu para levá-lo numa turnê guiada pelo Metropolitan Museum naquele fim de semana mesmo — isso se Mercer estivesse livre. "Nas férias, na época do colegial, eu praticamente morava aqui", ele explicaria, conduzindo Mercer até o guichê. A doação sugerida de dois dólares ia praticamente zerar Mercer até o fim do dia, mas William só entregou uma moedinha, e indicou com o olhar que Mercer devia fazer a mesma coisa, o que ele fez, com um tanto de culpa.
"Você cresceu em Nova York?"
"Mais ou menos", William disse, "até eles me mandarem pra escola preparatória."
"Eu vou começar a dar aula daqui a umas semanas na escola para moças Wenceslas-Mockingbird. É o meu primeiro emprego de verdade, a não ser que ser chapeiro conte."
Mas, no que eles erravam pelas galerias, era William quem lecionava, improvisando a respeito das obras de arte nas paredes e os contextos que, ele dizia, tinham produzido cada uma. Se Mercer não tivesse juízo, ele teria achado que era *William* quem estava tentando impressioná-*lo*. "Olha", ele disse, parando na frente de uma tela do Renascimento.
"Jacó e o anjo, né?", Mercer disse. "A igreja da minha mãe tem um vitral enorme."
"Mas aqui." William apontou uma discrepância. A perna musculosa do anjo parecia real, sutilmente tridimensional, enquanto a túnica em que ela desaparecia era toscamente geométrica, mais como um ícone de uma peça de roupa do que como a coisa em si. "Isto aqui é toda a história da pintura ocidental, bem aqui. A luta pra representar as coisas com precisão. E aí, quando a gente desenvolve uma linguagem pra transpor com rigor formas 3-D para um espaço bidimensional, a gente descobre o quê? Que a gente está mais longe da verdade do que nunca. A túnica aqui pode ser menos real que a mão, mas pelo menos ela é mais honesta quanto ao seu estatuto

como representação. E, claro, as duas estão a serviço de uma história da carochinha. É aquela velha história do Nicolau de Cusa."

Algo se empolgou dentro de Mercer. "Que seria..."

"Bom, Nicolau era um monge que percebeu que quanto mais lados você acrescentar a um polígono inscrito num círculo, mais ele fica parecendo um círculo, porque o círculo só tem um lado." William desembrulhou uma bala e pôs na boca. "Ou de repente não tem lado, eu não lembro."

"Então é meio que nem um paradoxo?"

"Depende de você aceitar ou não a solução do Nicolau."

"Que seria?"

William agora estava a centímetros de distância, apesar de os dois continuarem olhando para o quadro, e Mercer podia sentir cheiro de suor e de couro e do que era ou caramelo ou rum. "O Nicolau dizia que você só pode eliminar a fronteira entre os dois através de um ato de crença. Um salto de fé." E ele estendeu o braço e apertou a tela com um dedo. "Olha, encostei numa obra-prima."

Esse seria sempre o ponto alto de William, a discussão de ideias e movimentos e coisas, a matriz de extrema abstração e total concretude que constituía a cultura. Já a noção de cultura de Mercer, formada primeiro na Biblioteca Pública de Greater Ogeechee e depois sob as asas do dr. Runcible, era essencialmente nostálgica: a grandeza tinha deixado de existir nas artes bem na época em que o pai dele estava lá quebrando o pau com Hitler. Era William quem iria apresentá-lo a Schoenberg e La Monte Young, ao Situacionismo e à arte tribal da África Oriental e ao Fluxus. Naquele exato momento, enquanto eles comiam cachorro-quente sentados num banco atrás do museu, ele estava especulando sobre "Camp — algumas notas" de Susan Sontag e os méritos artísticos do grafite que lhe parecia estar engolindo os postes e as latas de lixo de Nova York. No grande tapete verde do Parque, círculos marrons tinham começado a surgir como queimaduras de cigarro. O calor de agosto esfumava os prédios do outro lado. Um trompete em algum lugar estava tocando uma melodia de Harold Arlen — e não Hoagy Carmichael, como William disse, mas Mercer não corrigiu. Era fácil demais continuar no assento do passageiro e ser levado para onde William quisesse ir. Se recostar, por assim dizer, e deixar que ele remexer as ideias que tinham animado sua própria banda, lá bem antes de a coisa toda dar em merda. Mais recentemente (já que uma coisa valia tanto quanto a outra, na leitura de Sontag), o gosto de William estava indo mais para o disco e o reggae, ele disse. Punk rock era branco demais, pra te falar a verdade. Os termos genéricos não faziam sentido para Mercer, mas ele sabia que este último dado era pensado para ele. Ficou olhando William tirar pedaços do pão do cachorro-quente para jogar para um pombo. Ficou olhando um universitário ali pertinho, com seus vinte um ou vinte e dois anos, tentar cantar uma mulher mais velha. Ficou olhando o sol surgir por detrás de uma nuvem, e os galhos dos olmos jogados para cima como braços de dançarinos, e as vestes verdes que eles estendiam aos ventos. Detalhes, tudo isso, claro, mas era exatamente o que aquela cidade conferia, e que faltava aos romances: não aquilo de que você precisava para poder viver, mas o que fazia a vida valer a pena para começo de conversa.

Aí chegou o outono, soprando para longe o fedor das calçadas. O farfalhar dos sicômoros secos diminuía o barulho do trânsito. Lá pelo fim de setembro, havia guirlandas prematuras jogadas pelo chão, de modo que, se você apertasse um pouco os olhos, quase podia imaginar as calçadas como pastagens marrons, e você como um bardo errante. Ou talvez isso fosse Walt Whitman escapando das margens pautadas de um dia de aula; Mercer estava pastoreando suas alunas ao longo do "Canto da estrada aberta". Estava descobrindo que gostava daquele trabalho — gostava daquelas meninas com nomes que podiam ser sobrenomes, com aparelhos e joelhos ossudos, gostava do chiclete que não conseguia encobrir direito o cheiro do tabaco ilícito. Ele não se incomodava ao ver que elas coravam quando ele as chamava; não era por ele ser homem, ou negro, ele se dizia, mas por ter separado uma delas do rebanho. Ele tentava fazer isso com delicadeza, com justiça, tentava usar o poder sobre o qual o dr. Runcible tinha falado para o bem, e não para o mal. Ele gostava de como elas tentavam ocultar sob um ar de sofisticação as angústias que mesmo assim esse poder provocava. E gostava de como, de dentro da segurança dos grupos, elas tagarelavam maternalmente em volta dele, com aquelas perguntas constrangedoramente pessoais. Ele estava se acomodando direitinho? Estava comendo comidinha caseira? Com aqueles modos desajeitados, elas o faziam lembrar de si próprio. Acima de tudo, ele gostava da oportunidade que tinha de oferecer às "suas meninas" (como passou a pensar nelas) um "eu" mais amplo, mais livre — um "eu" que tinha lido Cervantes e Aphra Behn, e conseguia citar de memória os sonetos de John Donne. Ele era como um chef que apresentava novos pratos fabulosos, lagostas do intelecto, figos da sensibilidade, exatamente os sabores que tinham conseguido libertá-lo de Altana.

Depois que o sino das três horas havia tocado e que a sua última aluna retardatária tinha conseguido se arrastar até o treino de hóquei de campo, ele enchia a bolsa de couro italiano em que tinha torrado boa parte do seu primeiro contracheque e se mandava para as quadras de casas de pedra ao norte da Washington Square. Era outra coisa de que ele gostava: a proximidade do glamour do sucesso. Os dias estavam terminando mais cedo, e com a luz mais suave ele conseguia ver através do filtro das árvores o interior de casas diferentes de todas as que já tinha visto. Canta, ó Musa, os altos forros de gesso e as estantes de livros embutidas entupidas de capas duras! Canta as poltronas estofadas de escarlate e os gaveteiros laqueados quais espelhos e as sombras altaneiras das palmeiras envasadas! Canta um candelabro todo feito de galhadas! O que parecia ser um Matisse de verdade na parede sobre a lareira!

Claro que ele ainda não tinha divulgado para William os seus planos de se tornar um grande escritor. E por que faria uma coisa dessas? Eles eram só amigos, afinal, que, no modelo cosmopolita, não se deviam nem explicações nem desculpas. Depois de uma noitada de comida chinesa e bebida, festa no loft de alguém e bebida, ou só bebida (Mercer sempre virgemente sem álcool), eles se viam no alto de um lance de escadas do metrô e Mercer mencionava a pilha de redações que estavam à sua espera lá em Alfabetolândia, e aí estendia a mão para um cumprimento formal, tentando não imaginar onde William, que não tinha essa pilha de redações (se bem que, na metade das ocasiões, Mercer também não tivesse), passaria o resto da noite.

Até quando tinha mesmo trabalhos para corrigir, Mercer muitas vezes se esquecia deles, ficando desperto até tarde e sonhando acordado. Pois esses sonhos eram seguros, como eram seguras identidades secretas, fronteiras bem defendidas e também compartimentos à prova d'água. Ele confinava sua amizade com William a oeste da Broadway e a sul da Houston Street, certo de que ninguém da escola ia descobrir. Ele devia estar fazendo alguma coisa direito, porque, durante três esplendorosos meses — um outono que foi ficando maduro e rubro como alguma maçã premiada —, a vida foi ficando fácil, mais ou menos. Nos fins de semana, quando sua mãe ligava, ele tinha que se esforçar para não contar vantagem.

Aí numa tarde, no fim do semestre, logo antes de ir para casa passar as férias do Natal, ele se viu saindo de um filme legendado em algum pedaço da cidade que mal conhecia. Ou "película", para usar uma palavra de William, que ficava meio que saltitando parado ao ritmo de algum metrônomo interno, sorrindo para a lua ovalada. "Jesus. Não te parece que acabaram de te ensinar a *ver* de novo? Quando ele joga o pote de morangos na porta — pra mim parece que eu tenho que ficar com a cabeça bem retinha, pra nada do que eu vi vazar daqui de dentro."

E ainda enquanto dizia isso, ele já estava girando para assimilar a reação de Mercer. Eles se conheciam havia apenas quinze semanas e meia, mas Mercer já tinha adotado o papel do hétero. Ele suspeitava que William gostava da sua desconfiança, dessa corruptibilidade potencial, dessa falta de à vontade com seus próprios instintos. Na metade da película, a mão dele tinha se deixado ficar um minuto inteiro na coxa da calça de veludo de Mercer, a centímetros da virilha, e agora Mercer estava se sentindo quente e tonto, e ele também um pouco perigoso. "Eu teria escrito diferente", ele disse. "Onde é que estava a trama? Acho que eu caí no sono uma ou duas vezes."

"Trama é um detalhe. Aqueles morangos!"

"É. Acho que eu dormi nessa hora aí."

"Seu filisteuzinho!" William lhe deu um soco forte no braço. "Eu estou chocado."

"A bem da verdade, será que o cinema devolve o dinheiro da entrada? Eu posso ter que ir lá pedir."

Mas William o segurou no que ele fingia se virar para voltar e o puxou para a entrada de um prédio, com uma mão em cada braço. Tinha álcool na boca — devia estar no copo de refrigerante —, e o álcool logo estava na de Mercer. Quantas vezes, anos depois, ele ia voltar àquele sabor, e ao calor das mãos de William e ao atrito das costeletas dos dois no escuro! Era a razão, ele agora via, de a cidade tê-lo chamado. Ou era a razão de William ter chamado. E ele, aparentemente já em dezembro de 75, tinha parado de se dar ao trabalho de distinguir uma coisa da outra.

21

O conceito, originalmente, era de um quarteto. A Vênus cuidava dos teclados e do figurino; Big Mike esmurrava a bateria; Billy Três-Paus na guitarra, vocais, direção de arte, e quase todas as composições, e Nastanovich, que nunca tinha nem encostado num baixo antes de 1973, fornecia o loft em que eles ensaiavam. Quando Nastanovitch perdeu o emprego, no entanto, e teve que voltar para a casa da mãe no Queens, eles não tinham mais onde tocar. William é que não ia, nem fodendo, chamar aqueles caras lá para Hell's Kitchen, para eles tirarem sarro das telas que ele ainda não tinha vendido e arranjarem encrenca com os Angels do sexto andar. Aí, na festa de lançamento do disco naquele verão, um carinha apareceu e se identificou como fã. Tinha ouvido falar que eles precisavam de um lugar para tocar, ele disse. Bom, então, a casa onde ele estava morando tinha um depósito nos fundos que ninguém usava. Ficava bem pertinho da 2nd Avenue F. Eles estavam interessados?

Pareceu a solução ideal, a princípio, e o carinha era só boa vontade (embora o apelido — Nicky Caos — pudesse ter servido de aviso). Ele emprestou uma mesa de som para eles conectarem os instrumentos e até um gravador de quatro pistas, para o caso de eles estarem a fim de fazer uma fita com alguma coisa, e trouxe um amigo dele chamado Solomon, um lavador de janelas com um pouco de treino técnico no colegial, para cuidar da mesa. Nicky assistia a todos os ensaios, aparentemente sem nem piscar, gargulado no alto de um amplificador. Depois de cerca de um mês, no entanto, começou a oferecer críticas construtivas, e aí só críticas, ponto final. A voz com que William cantava, dizia ele, era anglófila demais para ser revolucionária de verdade. Muito falsa Londres. Se fosse ele, faria assim. E ele pulou do amplificador e pegou o microfone, e apesar de os uivos que se seguiram evocarem porcos entalados, você tinha que reconhecer — o cara sabia as letras todas de cor.

Logo ele tinha se insinuado na banda como segundo guitarrista. E eis o problema de você administrar uma banda de acordo com um modelo não hierárquico: mesmo que estivesse em posição de dizer não para Nicky Caos, o que àquela altura eles não estavam, quem falaria em nome do grupo?

Agora, quando Nicky ficava autoritário ou temperamental ou William simplesmente ficava de saco cheio de ouvir a voz dele, ele ia até a loja de discos na Bleecker para se fazer lembrar por que ele e Vênus tinham começado a tocar juntos para começo de conversa.

A equipe da loja sempre ficava feliz quando ele aparecia. Isso podia não estar desvinculado de uma atividade paralela que William tinha naqueles tempos, 73, 74, que era a de descolar pequenas quantidades de cocaína para vários amigos e conhecidos, não excluídos aí os vendedores de lojas de discos. "Hobby" era provavelmente uma palavra melhor que "atividade". Ele não fazia aquilo pela grana — o fundo financeiro ainda era mais do que suficiente para ele viver naquele tempo —, mas como uma espécie de filantropia, uma maneira de fazer sua pequena parte no combate à gigantesca encheção que parecia estar tomando aos poucos o processo de se obter drogas boas, porque, na opinião dele, era dando que se recebia. E além disso: ele estava em posição de fazer aquilo. Uma das suas conquistas de Uptown tinha virado traficante e, mesmo quando já não estavam mais trepando, estendia a William um desconto que lhe permitia comprar em quantidades tamanho-família, que depois ele saía distribuindo como o Papai Noel diante da lista dos Bonzinhos. Ele gostava de como aquilo lhe abria portas, de como aquilo fazia as pessoas ficarem felizes ao vê-lo, não porque ele era William Hamilton-Sweeney III, o herdeiro perdulário, ou Billy Três-Paus, líder do mítico Ex Post Facto, mas porque, parecia, ele era ele mesmo.

Quanto à coca propriamente dita, ela o deixava engraçado e bonito, mas ele já era essas coisas, então podia ficar com ela ou largar. Ele em geral ficava em abstinência de domingo a quarta-feira, e nunca ficava chapado antes de pintar. Podia largar o trabalho mais cedo à medida que o fim de semana ia chegando para bater uma carreira antes do happy hour, ou cair de cabeça no que tinha em casa durante um encontro romântico que começasse a ficar arrastado, ou se estivesse indo aos bares do Village, ou para a Grand Central para percorrer os banheiros masculinos, em nome dos velhos tempos, mas isso era mais ou menos até onde ele iria. A coca era como o Partido Democrático: ele aderia por uma questão de princípios, porém aquilo não lhe dizia muito, pessoalmente.

Mas depois da primeira vez que usou heroína, no escritório de teto inclinado do gerente da loja de discos, ele passou o resto da semana calculando como ia escapar o mais cedo possível para entrar a nado na sua própria cabeça, na deliciosa brancura daquela tela, uma vez mais.

Isso foi no outono de 1974, um dia terrivelmente quente de setembro. Ele estava levando uns discos de 45 rpm para deixar em consignação na loja. "Kunneqtiqut" c/ "Cidade em Chamas!" Eles tinham gravado aquelas faixas já se preparando para o segundo LP, ainda quando o Nicky estava confinado ao seu topo de amplificador. Agora parecia que o disco ia seguir numa direção diferente, ou pelo menos que ia levar algum tempo para William retomar o leme da banda, então ele tinha bancado a confecção daquele compacto. Antes de entregar os discos ao balconista, ele largou no buraco bem no meio da pilha de discos uma trouxinha de coca. O cara esperou até estar com o saquinho lacrado a quente já no bolso para dizer a William que não tinha dinheiro.

Tudo bem, William disse. Considere um presente.

"Quer dizer, eu sei que tem dinheiro ali no caixa, mas eu não posso meter a mão naquilo, bicho. Eu já fui demitido umas cinco vezes. Mas se desse pra você dar uma subidinha aqui rapidão, de repente a gente dava um jeito nisso."

O ventilador de teto rodava inebriado, e a porta da rua estava aberta, uma moldura de luz verde e o ruído ambiente do trânsito.

"Cuida aqui do caixa, meu amor?", o balconista disse.

A única outra pessoa ali era a gordinha de macacão e camiseta de alcinhas que passava os olhos pela estante de fanzines ao lado da porta. Será que William a conhecia de algum lugar? E aí o seu amigo o estava conduzindo para cima, para um escritório minúsculo cujo teto se inclinava para um lado, embaixo de mais um lance de escadas. Havia velhos cartazes de shows que descascavam da parede, um cofre com uma vitrola em cima, uma namoradeira e uns alto-falantes grandões, descobertos. Dava para ouvir as crianças do andar de cima correndo de um lado para o outro, como sapatos dentro de uma secadora. O amigo desligou o reggae que tocava na vitrola ("Eu detesto essa merda. Isso é coisa do dono.") e trocou por um pirata com rótulo branco. Aí ele sacou de uma gaveta um sachê minúsculo do que parecia areia. "*Brown sugar*, rapaz. Uma mão lava a outra."

William a essa altura estava suando em golfadas. Não havia ventilador ali em cima, e a única janela, minimamente aberta, dava para um poço de ventilação e estava amarelada demais pela fumaça para ainda ter alguma transparência. Ele tinha visto os junkies embaixo do trilho do Elevado lá na 125th e apagados nos degraus da entrada do seu prédio, e naquele momento não tinha nem fiapos de instinto de autodestruição. Devia ter dito: *Não, obrigado*, e dado as costas e saído sem olhar para trás. Devia ter voltado a Hell's Kitchen e pintado por mais algumas horas. Por outro lado, aquilo ali não seria a vida dele, também, tentando lhe dizer alguma coisa? E seu trabalho, como artista, não era ouvir o que ela tinha a dizer? Ele disse, beleza, certinho, e o amigo — ou era só um conhecido, no fim? — disse: "Opa, peralá peralá peralá. Não quer dar uma provadinha?".

William puxou a faca e ficou procurando uma superfície para alinhar umas carreiras, mas de novo o cara, de quem William já estava começando a duvidar até se *gostava*, o deteve.

"Não não não não, meu", ele disse, como se William fosse uma criança brincando com uma lata de inseticida. "Isso aqui é caviar. Tem que meter nos canos."

Enquanto o cara amarrava um garrote no braço dele, William desviou os olhos. O medo que tinha de agulhas, desde pequeno, era lendário. Cada vez que Regan contava de novo a história da antitetânica, era maior o número de enfermeiras que tiveram que ajudar a Mãe a segurá-lo. Só que aparentemente o medo era apenas a máscara que o fascínio usava para se esconder de si próprio. Porque no mínimo era fascínio o que ele sentia agora, uma certa empolgação, como se talvez fosse essa a coisa que estava procurando nos últimos meses, enquanto o futuro da banda ia ficando mais negro. A *coisa distinta*. Agora de onde foi que essa expressão apareceu? O cheiro da droga no fogo era como cabelos ou milho queimado, ou como uma consulta odontológica, acre mas doce. Veio uma mão no seu antebraço e um beliscãozinho vituperativo. "Fica firme, rapaz. Você está que não para."

"Eu não estou sentindo nada", ele disse. E aí ele estava entrando, do braço para a frente, numa banheira da temperatura do corpo, pensando desinteressadamente, no momento em que aquilo lhe chegou ao peito, se ia gozar nas calças. O rosto dele estava viajando para longe da, o quê, da alma, que estava entrando de cabeça no calor, que era onde Deus estava. E isso só nos dez primeiros segundos. Ele sentiu o queixo bater no peito, que nitidamente era o seu lugar mesmo.

Maravilha. Não te disse? A voz vinha de longe, muito longe.

Ele ouviu uma outra voz uma oitava mais baixa que a sua, uma linda voz densa, ronronando: "Maravilha". Ele estava só vagamente consciente da primeira voz, dona nem de ronronado, nem de queixo, e que agora se garroteava, e depois dizia que William podia ficar ali em cima o quanto quisesse, quando na verdade o que William queria saber era se era possível ir ainda mais alto.

As caixas dos alto-falantes subiam sem parar. O disco falava de Cortés, o conquistador, o assassino, e era angelical, imensas nuvens cúpreas de guitarras que singravam como galeões em direção às alturas, de onde William ficou observando, totalmente nu, numa brisa doce e casta que subia das calçadas e lixeiras lá de fora. Havia algo infinitamente triste, e assim infinitamente lindo, naqueles navios e no verde-mar e no pôr do sol yucateco e nas mínimas partículas de cinza nos folículos do carpete. Ele queria pintar o pó volante, o verde distinto. *A coisa distinta* era a morte, claro, a Morte já estava vindo do litoral distante para onde tinha levado sua mãe, mas, se era assim que a coisa acontecia, então, como dizia Nicky, ele estava *pouco se fodendo*. Os navios estavam longe demais para poder feri-lo agora, e ele ficou um tempo olhando, nu com sua máscara de esqueleto, enquanto alguém entrava e alguém saía e os canhões cintilavam nas encostas como miçangas de baba no braço de uma poltrona. Ele mal conseguia voltar a agulha para o começo da faixa, e aí depois de um tempo nem precisava mais. A música estava por dentro. Ele tinha engatinhado para dentro do alto-falante.

22

Naquelas primeiras semanas de acompanhamento psicológico, Charlie foi pela LIRR. Ele chegava sempre atrasado; invariavelmente seu trem ficava enroscado no túnel do rio East. Ele não tinha como saber quanto tempo tinha passado a não ser que perguntasse a outras pessoas — o relógio do pai ainda estava numa caixa com formato de caixão dentro da sua gaveta de cuecas —, e já estavam olhando esquisito para ele porque ele estava fazendo aquilo de cantarolar quando ficava nervoso. Os olhares só o deixavam mais nervoso, o que levava a mais música em volume baixo, e quando saiu do metrô ele atravessou correndo as últimas cinco quadras até o consultório e chegou suado e sem fôlego, chupando a bombinha. Altschul deve ter dito alguma coisa para a Mãe, porque depois que ele tirou a carteira de motorista, em maio, ela insistia que ele fosse com a perua, assim como tinha insistido naquilo do acompanhamento, para começo de conversa.

O consultório ficava na Charles Street, no subsolo de uma casa antiga que você não teria identificado como algo diferente de uma residência. Até a discreta plaquinha embaixo do interfone — *Para todas as consultas, favor tocar* — não mencionava especialidades. Isso era provavelmente em nome da paz de espírito dos clientes (pacientes?), para que ninguém na sala de espera soubesse para que você estava ali, quem precisava de acompanhamento psicológico profissional e quem precisava de sei lá o que que a esposa de Altschul (também, confusamente, chamada Altschul, claro) fazia. Honestamente, o mero fato de Altschul ser casado já era uma coisa para lá de improvável. Ele era aquele tipo de gordo peitudo que conseguia fazer até uma barba parecer uma coisa assexuada. Charlie ficava tentando decorar o cardigã de zíper do doutor, para poder determinar no encontro seguinte se era o mesmo. Mas, assim que ele se acomodava, o dr. Altschul meio que se reclinava todo na sua imensa poltrona de couro e colocava contente as mãos sobre a barriga para perguntar: "E aí, como é que nós estamos hoje?". As mãos de Charlie, por sua vez, ficavam metidas embaixo das coxas. *Nós estávamos bem.*

O que só podia significar uma coisa: Charlie ainda estava *em negação*. Há oito ou dez semanas agora ele vinha resistindo à pressão das perguntas de Altschul, o convite quase búdico feito por aqueles dedos achatados mas não artríticos. Charlie preferia se concentrar nos objetos sortidos na mesa e nas paredes do terapeuta — diplomas, estatuetas entalhadas em madeira, intricados padrões tramados no tapete de franja. Ele suspeitou, desde a primeira visita, que Altschul (*Bruce*, ele ficava pedindo para Charlie chamá-lo) pretendia passar um aspirador no seu crânio e substituir tudo que estivesse ali dentro por coisas diferentes. A suspeita se ligava ao fato de o doutor driblar cuidadosamente os usos da palavra "pai" e de seus equivalentes, o que obviamente mantinha a pessoa em questão absolutamente na boca de cena da mente de Charlie. Mas e se eles estivessem certos: o orientador psicológico da escola, a mãe? E se o pai falecido instalado no seu crânio estivesse lhe fazendo mal, e se Altschul conseguisse arrancar o Pai dali, como um dente estragado. O que então restaria de Charlie? Então ele acabava falando da escola e do beisebol juvenil, dos Sullivan e de Ziggy Stardust. Quando recebeu uma "lição de casa" — pensar num momento em que tivesse ficado com medo —, ele falou do dentista medonho que a sua mãe o fazia consultar no trigésimo oitavo andar do Edifício Hamilton-Sweeney; como o velho dr. DeMoto uma vez esfregou a camada de placa bacteriana numa bolacha salgada e fez ele comer; e como a janela, a meros centímetros da sua cadeira, dava para uma queda livre de quase duzentos metros. A Mãe tinha lá essa ideia de que para os melhores profissionais de saúde você tinha que ir a Manhattan. Na verdade, talvez camelar até o consultório de um analista chique agora fosse uma compensação pelo Pai; talvez ela pensasse que, se tivesse sido levado às pressas para um hospital na cidade depois do segundo ataque cardíaco, ele ainda estaria vivo. "Altura... disso sim eu tenho medo", Charlie dizia. "E fogueiras. E cobras." Um deles nem era de verdade. Tinha acrescentado só para testar Altschul, ou despistar.

Aí, numa sexta-feira, um mês antes do fim das aulas, ele se viu discorrendo com inesperada veemência a respeito do rabino Lidner. Era outra das "lições de casa", "recuperar" seus sentimentos a respeito da adoção. "O Abe e o Izz não vão ter problemas com a coisa de estudar a Torá, está no sangue deles, mas sério, às vezes eu fico com pena deles. Eles não sabem o que têm pela frente."

Veio um estremecimento, uma redisposição dos dedos sobre o cardigã, como a mão de um cellista no seu instrumento, um movimento do canto da boca do terapeuta, rápido demais para a barba poder camuflar. "O que é que você acha que eles têm pela frente, Charlie?"

"Essa coisa toda de ser pastoreado, vigiado... Tanto eu quanto o senhor sabemos que é bobagem, doutor. Se eu fosse um irmão de verdade, eu pegava eles num cantinho e contava tudo."

"Contava o quê? Vamos fazer de conta?"

Charlie deixou seu olhar cair sobre os breguetes panteísticos de Altschul. "O senhor sabe. Vocês estão sozinhos, vocês estiveram sozinhos, vocês vão estar sozinhos."

"É uma visão de mundo que você tem."

"Faz só uns dois meses que eu estou dizendo isso. O que me parece é que, basicamente, a gente é um alienígena largado num planeta hostil, com uns habitantes que estão o tempo todo tentando você, pra fazer você confiar neles. O senhor viu *O homem que caiu na terra*?" O rosto de Charlie estava quente, a asma lhe fechava a garganta. "Eu sei que parece que isso é uma metáfora, mas se o senhor ouvir David Bowie, ele está pensando no que as pessoas vão ter que encarar no futuro. Acho que eu também estou tentando. Porque tem dois jeitos de arrancar um band-aid."

Será que era ao cardigã que ele era alérgico? Aquele bordado florentino sinistro parecia ocupar a sala toda. E bem ali, naquele momento de fraqueza, foi que o doutor atacou. "Charlie, que lembranças você tem do seu pai?"

Todo o brilhante jogo de cintura de Charlie o deixou na mão. "Dizendo assim parece que ele morreu há trinta anos."

"Isso é o que a gente chama de evasão, Charlie."

"E se eu só te mandasse à merda? Isso ia ser uma evasão?"

"Você se irrita quando eu te pergunto sobre o seu pai?"

"Os nossos cinquenta minutos já acabaram?"

"A gente ainda tem uma meia horinha."

Charlie decidiu ficar ali sentado em silêncio de braços cruzados pelo resto da consulta, mas depois de uns dois minutos Altschul ofereceu uma trégua. Ele parecia estar se sentindo meio mal, mas provavelmente isso, também, era fingido. Eles obviamente treinavam aquele pessoal para eles não terem sentimentos. Quando Charlie levantou para abrir a porta, o médico lhe disse que a sua "lição de casa" da semana era *pensar nisso*. Uma senhora ruiva no sofá da sala de espera ergueu os olhos, curiosa; *Pensar em quê?*. Ele teve ganas de arrancar a revista da mão dela e rasgar em duas. Em vez disso, falou uma coisa que uma menina da escola lhe disse uma vez: "Tire uma foto, vai durar mais". E escapou pela estreita porta do porão, raspando a cabeça na viga.

Era meio-dia agora, ar mais quente e mais parado do que quando ele entrou. O feltro verde-limão do pólen sobre os carros que travavam a perua da Mãe informava que fazia um tempinho que eles não saíam dali. E que não varriam a rua; amorinhas podres caídas das árvores coalhavam o asfalto como bosta de cachorro. Charlie seguiu em frente. À medida que as quadras se acumulavam entre ele e o consultório do terapeuta, sua indignação foi amadurecendo e virando algo que era quase um prazer. Caos, morte, fúria justificada: esse era o mundo de Charlie. E lhe dava *prazer* ver que as frutinhas estavam se estragando e que as casas desmoronavam e que a janela plástica de um conversível que ele viu no caminho tinha sido cortada, com cabos jorrando do painel do carro, onde antes houve um rádio. Era Altschul que era o monstro, encolhido na sua caverninha obsessiva, tentando fazer Charlie engolir um mundo que fizesse sentido. Era o dr. Bruce Altschul quem estava em negação.

Na Bleecker Street, um alto-falante na frente de uma loja de discos urrava música jamaicana. Ele viu dois carinhas com jaquetas de couro, um negro, um branco, matando tempo lá dentro entre fundos cestos de LPs. A tática normal de Charlie teria sido passar correndo, mas a chama clara do desafio ainda estava acesa; ai de quem tentasse sacanear ele agora. Não que os carinhas sequer tivessem visto ele entrar. Eles não estavam tanto matando tempo, na verdade, quanto fingindo matar, enquanto alguém que ele não tinha percebido tirava fotos lá do outro lado da loja. "Bom", ela disse. "Maravilha. Só que será que dava pra tentar não olhar pra câmera, jumento?"

Bastou a voz. Era *ela*: a menina do campo de beisebol. O cabelo estava diferente, ou de repente era só a ausência dos fones de ouvido, mas os traços ainda eram um abuso: o nariz com a argolinha, a boca larga e expressiva. Ele mexeu nuns discos que estavam ali perto. Em rápidos relances viu mais dos carinhas do outro lado da loja. Ou homens, possivelmente, com algum uniforme. Slogans de vários matizes lhes cobriam as jaquetas pretas, abafados por um logo idêntico recém-pintado nas costas de cada uma. O cabelo do cara branco era curto e irregular, como que cortado por uma máquina de aparar grama. O negro estava com um gorrinho de lã. A câmera os deixaria com cara meditativa, ali contemplando as pilhas de discos; click, click, ela fazia, um som devorador, ou era o que Charlie imaginava. Na verdade era impossível ouvir com aquele baixo matador martelando em todas as superfícies. Aí o branco, o gigante, anunciou que estava de saco cheio. "Acabou aí?"

"Você está de brincadeira? Você faz isso todo dia, Sol. Pô."

"É, mas não na frente da câmera. Você não falou que ia ficar chato pra caralho com a câmera. Fora que o Nicky ia me matar se ele descobrisse. Chega de câmera, segundo ele."

"Nicky, Nicky, Nicky. E por que é que eu devia dar ouvidos pra um cara que se nega até a vir me..."

"... só porque você nuca larga a porra da câmera! Enfim, eu tenho que ir trabalhar."

"Beleza, tranquilo", a menina disse. "Acabou o meu filme mesmo. Vai pastar." Mas assim que os caras saíram pela porta, ela começou a mirar a lente na porcariada perfunctória da loja de discos, os cartazes na parede, o incenso fumegante, o furão enjaulado et cetera et cetera. Ela acabou pousando em Charlie. O olho não tapado pela câmera se abriu e aí se estreitou, como que para tentar focalizar uma lembrança. "Epa, espera aí. Eu te conheço. De onde é que eu te conheço?"

Quando ele tentou falar, o cheiro forte de patchuli virou uma coceira no fundo da garganta, que levou a um ataque de tosse, e aí ao chiado na respiração, e finalmente à bombinha. "Do campo do vfw", ele por fim arrancou, com pequenas lágrimas no canto dos olhos. "Você estava com uns fones de ouvido." E fez o gesto universal que significava fones de ouvido.

"Ah, caralho, isso mesmo. Mas você está fazendo o que aqui?"

Ele deu uma olhada para o lugar onde antes estavam as jaquetas iguaizinhas. "O que é que esse povo todo está fazendo aqui?", ele disse. "Fugindo da porra de Long Island."

Lá no banco de reservas, a menina era uma estudante, como Charlie; agora era o emissário de um mundo mais adulto. "Olha só, eu estou acordada desde ontem de manhã, e eu tenho que descolar uma cafeína. Quer vir comigo?" Ele ficou pensando se ela não o estava empurrando para fora da loja para se poupar do constrangimento de ser vista com ele, caso os amigos voltassem, mas lá fora ela estendeu a mão. "O meu nome é Sam, aliás. Eu não queria te mandar um interrogatório lá dentro."

"Nossa, não mesmo. Só que é esquisito pacas topar com você de novo assim. Você não devia estar na escola?"

"E você?"

"Eu tinha uma consulta no médico. Senão a minha mãe não ia me deixar vir de carro."

"Isso, o perdigueiro. Eu lembro." Ela acendeu um cigarro. Ele controlou a tosse com a força do pensamento. "O meu pai também às vezes não é mole, mas ele acha que eu estava num campeonato de vôlei ontem de noite. Ele só precisava pegar o telefone pra confirmar que eu nunca encostei numa bola de vôlei na vida, mas aí ele ia ter que me chamar e, assim, conversar comigo em vez de se esconder na oficina. E enfim, quem é que ia querer perder isso aqui?" Era verdade. O Greenwich Village numa sexta-feira na hora do almoço era o contrário de tudo que Charlie odiava no subúrbio. Gente por toda parte, músicos de rua, cheiros de quinze comidas diferentes flutuando de portas calçadas para ficarem abertas. Numa lanchonetezinha fumarenta, ela o levou para uma mesa perto da janela e pediu dois cafés. A garçonete ficou encarando até Sam dizer: "O que foi?".

"Não dava pra você pedir uma salada ou alguma coisa assim? Isso está virando rotina, Sam."

"Eu vou te compensar... juro."

O café veio em copinhos de papel, como que convidando os dois a se mandar dali, mas ela pegou o dela, soprou, e deu um gole, preto. "Então, o que é que você tem?"

"Ãh?", ele disse.

"A sua consulta."

"É, hmm... não é esse tipo de médico."

"Bom, óbvio, né. Aqui nesse cu de mundo, e se você veio dirigindo sozinho. É um terapeuta, né? O que eu quis dizer era se os seus pais estão se separando, ou qual é?"

"O meu pai...", Charlie tossiu de novo. Quando tinha acabado, a voz dele saiu mais baixa do que ele pretendia. "O meu pai morreu em fevereiro. Logo antes de eu te ver, acho."

"Cacete! Você devia ter dito alguma coisa. Você está legal?", ela disse, e pôs uma mão sobre a dele. O coração dele quase parou.

"Eu não quero falar disso."

"Eu respeito isso aí. A maioria dos caras, eles só iam querer usar uma coisa dessas pra te jogar na cama."

Lá fora, pombos disputavam migalhas no meio-fio. Ele fingiu que gostava de café, e depois de um tempo passou a gostar. "Você deve vir pacas aqui, pra conhecer a garçonete e tudo."

"Depois que a minha mãe deu no pé, o meu pai decidiu bancar uma escola metida a besta." Ele admirou o jeito casual com que ela pagava a confidência dele com outra. "É logo ali na esquina. E eu vou começar na NYU agora no segundo semestre. Eu devia estar terminando o colegial, mas pulei um ano."

"E os seus amigos, os caras lá da loja...?"

Ela sorriu. "O Sol, o comprido, eu conheci através da namorada dele, que eu conhecia de uns shows. Eu ando fazendo uma revista, assim, tentando documentar a cena toda. Mas levou três meses pros amigos dele me deixarem fazer as fotos. Um deles ainda não deixa. Eles às vezes são meio esquisitos nisso de te aceitar ou não."

"Eu estava querendo saber era se eles estudam com você."

"Escola não é coisa de punk."

"Punk?"

"Estou vendo que eu vou ter que te educar."

Ele usou uma colher para dragar os cristais de açúcar marrons de café lá do fundo do copinho para poder lamber, como uma abelha colhendo néctar. "Eu sou tremendamente educável."

Por alguma razão, aquilo a fez rir. "Alguém já te disse que você é um encanto, Charlie?"

Ele deu de ombros; ninguém.

"Sério, o Sol e os outros caras, esses Pós-Humanistas, a ideia que eles têm de mudar o mundo é só dizer 'não' pra tudo. Eu não acho que dá pra mudar alguma coisa de verdade se você não estiver disposto a dizer sim. Não, eu já decidi. A gente, os filhos de Flower Hill, a gente tem que se apoiar nisso aí. Você vai ser o meu projeto pessoal."

Charlie sentiu que talvez houvesse algo não exatamente certo naquilo tudo, já que acabava implicando uma necessidade de melhorias. Por outro lado, era um dia bacana, ele não estava mais no consultório do terapeuta, e tinha toda a atenção de uma menina bonita. De novo na rua, eles jogaram os copinhos de café vazios numa lata de lixo transbordante. Charlie não teve a habilidade necessária para evitar que toda uma humilhante pilha de garrafas de refrigerante e jornais e embalagens de comida de isopor desmoronasse em cima dos seus Hush Puppies, mas Sam só riu de novo, e não era o tipo de risada que subtraía alguma coisa; era uma brisa morna que o erguia no ar.

Aí Sam estava cravando os dedos em volta das omoplatas de Charlie e o empurrando de volta pelas portas da loja de discos. O caixa ficava numa plataforma elevada perto dos fundos da loja. O funcionário com jeitão de urso também parecia conhecer a Sam, pois a cumprimentou com a cabeça lá do alto. Charlie foi se deixando ir para a área dos *B*'s e começou a ir vendo *Ba, Be, Bi, Bo*. A seleção de Bowie ali era impressionante, pelo menos na comparação com a lojinha vagabunda do centro comercial com que ele estava acostumado. Tinha um compacto de "Suffragette City" de vinil colorido e uma cara gravação ao vivo com um adesivo que dizia *Importado*. Ele queria olhar com mais cuidado, mas assim que viu Sam se aproximando, colocou o disco de novo no lugar e foi olhar outra divisão aleatória do estoque.

"George Benson? Eca!"

"Quê? Não. Eu estava só de bobeira."

"Bom, eis a sua primeira missão, caso você decida aceitá-la." Ela lhe deu um 45 rpm.

Havia uma vitrola perto do caixa onde você podia ouvir os discos antes de comprar. Sam colocou os fones de ouvido na cabeça de Charlie — um gesto esquisitamente íntimo — e pôs a agulha no lado B e ficou olhando a cara dele enquanto ele ouvia. De início ele achou que tinha alguma coisa errada com os fones; a música era uma tempestade distante de bateria e guitarras aceleradas. Mas quando os instrumentos se encontraram e começou o vocal, ele entendeu que era um estilo: amador, ruidoso, agressivo. Era raiva em ponto de fervura, onde virava como que alegria — a mesmíssima sensação que Charlie teve naquela manhã, ao sair tempestuosamente do consultório. Quando ele ergueu os olhos, a boca de Sam se mexia. Ele tirou o fone. "O quê?"

"Maneiro, né?"

"É maneiro mesmo. Mas eu não tenho grana."

"Eu compro pra você."

"Não vai dar pra eu deixar você fazer isso."

"Lógico que vai. Enfim, eu estou te devendo."

"Pelo quê?"

"Você disse que está de carro, né? Você vai me levar pra casa."

E levou mesmo, fazendo o que pôde para meter os cartuchos Stereo 8 embaixo dos bancos da perua para ela não poder ler os rótulos. Ela morava do outro lado de Flower Hill, onde as residências iam acabando, numa casa com cara de rancho revestida de tábuas brancas cujo terreno terminava numa ladeira que descia. Parados ali na frente, ela não deu sinal de que ia descer. Do quintal veio um ruído que parecia o zumbido de um avião. "O que que foi isso?"

"Nada", ela disse. "É o meu pai. Se ele não está dormindo, está trabalhando."

Ele achou que devia dizer alguma coisa, cerimonializar o momento. Não que aquilo ali tivesse sido um encontro de namorados ou coisa assim, mas tinha sido basicamente o seu dia mais feliz desde lá antes do nascimento dos gêmeos.

"Bom, obrigado pela aula."

"Ah, sem galho."

"De repente a gente podia sair de novo outra hora."

"Você acha que dava pra pegar o carro de novo? A gente podia chegar na cidade cheio de chinfra."

"Claro. A minha mãe ultimamente nem sai de casa direito. Ela está estudando pra fazer a prova pra corretora. E ela tem que cuidar dos meus irmãos."

"Você não falou que tinha irmãos."

"Gêmeos, tenho sim. Mas eles são nenês."

"Meu, você é misterioso, Charlie. Eu nem sabia que ainda tinha gente misteriosa aqui nesse cu de mundo." Ela usou um dedo para escrever seu número de telefone na poeira do painel. "Me liga esta semana que a gente inventa alguma coisa. E não esquece de ouvir o lado A. Vai ter prova."

Enquanto ela saltitava pelo gramado que levava até a porta, ele tentava arquivar os contornos daquela calça jeans e o matiz exato daquele cabelo. Castanho era meio... prosaico demais, de alguma maneira. Era mais assim uma balinha de caramelo. E aí — qual que era a dele? pirou? — ele catou uma caneta embaixo do banco e copiou o telefone dela no papel amassado da sacola da loja de discos. Naquela noite, à medida que começava a desgastar os sulcos de "Cidade em chamas!" do Ex Post Facto, ele tocava nos algarismos de tinta de caneta mais ou menos a cada cinco minutos, como que para garantir que o vento não tinha levado aquilo embora.

Para o profeta Charlie Weisbarger, aquele seria o ano em que o punk começou: 1976. Depois, quando aprendeu mais, ia ficar parecendo que outros anos tinham direito ao título, 1974, 1975, os últimos discos dos Stooges, os primeiros dos Ramones, mas aquela passagem de primavera ao verão foi quando a cultura se fez conhecida para ele pela primeira vez. Às sextas e sábados, e às vezes aos domingos, ele pegava Sam na casa dela ou, se ela tivesse passado a noite na cidade, se encontrava com ela no Village. Eles ficavam dando um giro pela cidade, roubando coisas das farmácias, escrevendo letras de músicas com pincel atômico nos tapumes dos prédios em demolição e reunindo discretas fotografias dos carinhas sebosos que apareciam cada vez mais pelas ruas de Manhattan, lá onde as esquinas se entortavam, os esfarrapados e marginalizados pacas. Normalmente ela tinha na bolsa uma garrafa retirada do armário de bebidas que eles tinham em casa — teria sido da mãe dela; a bebida preferida do pai era cerveja —, e quando descobriu que Charlie não podia fumar maconha por causa da asma, ela se mostrou mais do que capaz de arranjar cola de aeromodelos e Mandrix e analgésicos, dos verdes e dos azuis. Estes últimos distendiam o tempo; ele tinha lembranças de ficar olhando lá do alto de alguma escada, sorrindo para os caras bisonhos que iam passando. A Cidade o consolava de um jeito que a Ilha nunca conseguia, porque era impossível, simplesmente em termos estatísticos, que ele fosse o mais bisonho ali. Uma vez ele ficou agachado com ela perto da entrada de uma loja da Carvel vendo chapéus esquisitos, calças rasgadas, botas cósmicas passarem, com sorvete de chocolate lhe escorrendo pelos dedos como lama. (A mão esquerda dele lhe parecia ser de outra pessoa — o que era ocasionalmente útil na intimidade, mas desajeitado quase sempre.) Um homossexual que passava com shortinhos minúsculos soltou muxoxos e balançou a cabeça na direção dos dois, as pobres criancinhas perdidas, e Charlie não pôde evitar uma tiradinha, como se Mickey Sullivan ainda estivesse por ali. Mas deu para trás quando Sam, citando o princípio da solidariedade entre os bisonhos, lhe passou uma reprimenda. "Foi mais assim um elogio", ele disse. "Que nem aquelas blasfêmias que se referem a Deus."

"Você não é tão estúpido quanto parece, né?", ela provocou, e ele sentiu uma bolha de álcool cálido que se expandia e lhe subia pela cabeça.

"Foi você que pulou um ano de escola, universitária."

"Não, eu sou muita coisa, mas não sou mais esperta que você, Charlie. Você é meio que o mané mais inteligente que eu conheço."

Aí vinham as horas infinitas lá naquela lanchonete dela, tentando ficar sóbrio com café antes de pegar o carro para ir para casa. Ela lhe contou melhor como sua mãe tinha se mandado com um professor de ioga, e ele falou um pouquinho da sua adoção e do pai.

Mas basicamente eles falavam de música. O Punk era um deus ciumento, que não tolerava a existência de outros tipos de música, então Charlie não ousava falar para Sam da sua duradoura estima por *Honky Château*, mas depois de mergulhar na leitura de fanzines xerocados, ele agora podia falar como um entendido sobre Radio Birdman e Teenage Jesus e os Hunger Artists e discutir os méritos relativos do Ex Post Facto e de Patti Smith.

Ele, na sua cabeça, achava que *Horses* podia ser o maior disco de todos os tempos; uma música chamada "Birdland" ele deve ter ouvido umas mil vezes. Mas em voz alta ele concordava com ela que o falecimento do baixista, e consequentemente da banda, tornava o *Brass Tactics* do Ex Post Facto um documento mais valioso. Ela tinha copiado o disco para ele numa fita de oito pistas, e eles ficavam no carro perto da West Side Highway esperando baixar o barato da cola e se deixando levar por aquela música majestosa. Ele aumentava o volume tanto quanto podia, porque não ia poder lhe dar os decibéis que merecia em casa; sua mãe era mestre em fazer não valer a pena. Todo o tempo que ele passava com Sam, ela achava que ele estava na terapia ou na praia com Shel Goldbarth, ou vendo *Tubarão* três vezes seguidas no Hempstead Triplex. Consequentemente, o máximo que ele conseguia era ficar na rua até as dez horas da noite, quando tinha que estar em casa. Bem quando a Sam estava se preparando para ir até o Sea of Clouds ou o CBGB, ele era exilado de volta para Long Island. Parava num posto de gasolina para esfregar sabonete na camiseta para cobrir o cheiro dos cigarros da Sam e bochechar com o frasco de antisséptico bucal para viagem que levava para eliminar o gosto gosmento que os comprimidos deixavam. A Mãe nunca mencionava o cheirinho limpo que ele sempre tinha; ela normalmente estava na cama quando ele chegava em casa. Ele suspeitava que ela simplesmente estivesse aliviada por ele ter achado *amigos* com quem parecia estar passando tanto tempo, segundo a "recomendação" de Altschul.

Só uma coisa naquilo tudo o incomodava: O que a Sam ganhava ali? Ela tinha toda uma outra vida noturna de que Charlie não podia participar, a não ser para arrancar dela no dia seguinte, ao telefone, cada detalhezinho extasiante do show que ela tivesse visto. Ela podia ter passado os dias, também, com os seus amigos mais descolados, Sol Grungy e os outros. E no entanto, quando Charlie estava por ali, naquelas longas tardes, eram só os dois. Ele não era um completo imbecil; sabia que ela gostava de ficar com a perua dos Weisbarger à sua disposição. Mas será que era por isso mesmo que ela estava passando tanto tempo com ele? Ou será que ela, assim... *gostava* dele, por exemplo?

"Charlie, isso não tem a ver com a nossa última consulta, não é? Porque nós vamos ter que falar disso mais cedo ou mais tarde. Eu sou um terapeuta de luto, não esqueça."

"Não tem nada a ver com isso, Bruce. É uma decisão que eu tomei por conta própria."

"E o que a sua mãe acha disso?"

"Não é ela quem tem que vir aqui passar por isso. Eu já tenho idade pra pensar por mim mesmo."

"O objetivo da terapia na verdade não é que você fique... como foi que você disse..."

"Curado."

"Curado. Sem nem falar que nós nunca chegamos a abordar de verdade o que está te fazendo sofrer."

"Mas se eu não vou me curar, por que fazer isso tudo aqui? Ou será que você não consegue imaginar algum jeito de uma pessoa crescer ou mudar sem um terapeuta metido na história?" Ele e Sam tinham ensaiado. "E por que será que parece que terapia nunca melhora a vida de ninguém? Parece algum tipo de máquina de moto-perpétuo."

"Eu estou sentindo hostilidade na sua voz, Charlie, e isso me faz pensar que tem algum elemento pessoal em jogo aqui. Se for isso mesmo, você devia saber que há muitos outros psicólogos com abordagens diferentes. Eu não ia me incomodar de passar você para a minha mulher aqui no consultório ao lado, por exemplo, ou para um terapeuta completamente diferente."

"Nada a ver, meu. Eu estou te dizendo. Curadinho."

O terapeuta o avaliava. Com a ponta dos dedos destacada do cardigã felpudo como uma cadeia de pequenas montanhas. "Bom, nesse caso, acho que é melhor a gente encerrar esse processo. Apesar de eu ter que te cobrar a hora cheia."

"Mande para a minha mãe", ele disse, e saiu do consultório, seguindo até o fim da quadra, onde Sam estava esperando, assobiando os primeiros compassos de "Gloria". Na versão da Patti.

23

É difícil de explicar para quem está no Norte, mas os invernos do Sul têm lá sua dureza peculiar. O clima mais ameno significa que ninguém sabe como isolar termicamente uma casa, e, quando os dias vão ficando mais frios, a luz foge dos campos devastados, recolhendo-se aos pinhais. Entre aqui e lá resta essa sensação de total vazio, de que, se você berrasse, nem os animais te ouviriam. E todo o pavor que Mercer sentiu disso tudo quando era pequeno voltou, com juros e correção monetária, nas férias de fim de ano de 1975. Apesar de seu pai não ter lhe dirigido a palavra desde que ele foi embora para Nova York, sua mãe inventou múltiplas desculpas para eles se reunirem em torno da cadeira de rodas a que o Pai estava agora confinado e se comportarem como se tudo estivesse normal. *Normal*, nesse caso, significava a Mãe solando os seus monólogos sobre quais das amigas da igreja estavam mal de saúde e como o C.L. estava indo bem no tratamento residencial lá em Augusta, enquanto Mercer mudava inquieto de posição no divã. Ele se sentia um idiota com aquele novo bigodinho, as roupas de loja de departamento. A Mãe parecia não perceber quanto do seu sotaque original tinha desaparecido, mas, apesar de os olhos do Pai nunca abandonarem o objeto qualquer que tivesse provocado a reunião (prato de comida, pinheirinho, televisão), ele nitidamente fechava a cara quando o filho falava. Quando Mercer achou que não precisava mais daquilo — que ele ia literalmente explodir dessa vez, deixando pedacinhos de cérebro grudados no papel de parede —, ele se voluntariou para levar a Sally lá fora, seguiu o collie velho e artrítico até a grama morta que a luz da varanda não alcançava. Ele ficava chocado, toda vez, com a imensidão de estrelas que dava para ver ali, as mesmas que os gregos e os troianos contemplaram, uma lembrança de que você estava à deriva numa vastidão insana em que ninguém sabia o seu nome.

Foi só depois de voltar para Nova York que ele finalmente conseguiu respirar de novo. Encontrou todas as luzes apagadas no apartamento, mas isso não era novidade. Ele não achava que Carlos tinha ido viajar no feriado — nem sabia direito se Carlos tinha uma família para ir visitar. Afastando a fumaça de cigarro perto da porta, ele deu um grito de cumprimento. Mas qualquer afeição que sentisse por Carlos desapareceu quando ele chegou ao seu quarto. Uma corrente de ar erguia as capas dos cadernos de provas empilhados à cabeceira do colchão. Ou não uma corrente — o ventilador de teto estava ligado. Ele deu uma olhada geral em papéis e roupas, tentando lembrar como tinha deixado tudo. Voltou para a sala, procurando os olhos de Carlos sob a luz que vinha de fora. "Oi. O ventilador está ligado lá no meu quarto."

Veio um ruído chupado, como um beijo seco. Um rosto assomou brevemente, laranja na semiescuridão.

"Carlos, por acaso você entrou no meu quarto?"

"Aqui fica meio fumacento."

"Você entrou no meu quarto, Carlos?"

Mercer achou ter visto um lampejo, um dar de ombros. "Você é igualzinho ao seu irmão, sabia?"

Ele agora estava quase tremendo. "Carlos, eu te dou dinheiro. O quarto é meu. Você não pode entrar no meu quarto."

"Você tinha que ter visto o meu chapa C.L. na floresta, rapaz. Hipernervosinho."

A decisão de Carlos, de não sair da cadeira, agora revelava seu brilhantismo tático. Se Mercer fosse até lá lhe dar o que ele merecia, ele quase certamente acabaria numa ala ortopédica; no entanto, como Carlos estava sentado, ia parecer que ele, Mercer, tinha sido o agressor. Ele teve visões de sirenes luzindo na fachada do prédio, de ser retirado algemado a uma maca e enviado de volta a Altana. Por fim, ele se recolheu ao seu quarto. Desligou o ventilador de teto, acionou o mecanismo da maçaneta que ia trancar o quarto quando ele fechasse. Amanhã ele dava um jeito de entrar de novo; enquanto isso, suas coisas iam estar em segurança, supondo que Carlos não tivesse energia para arrombar a porta. Só para garantir, ele meteu as quarenta páginas de manuscrito, intocadas desde o meio do ano, na bolsa de couro italiano.

"Mercer?" Visto pela fresta iluminada entre o umbral e a porta do seu loft, William parecia perplexo — não infeliz por vê-lo, mas despreparado. Será que tinha sido um erro?

"Eu briguei com o cara que divide o apê comigo", Mercer se forçou a dizer. "Eu estava pensando se de repente eu podia dormir no seu sofá hoje, enquanto as coisas dão uma esfriada."

William lançou um olhar para o interior antes de remover a corrente. "É um futon, não é dos melhores, infelizmente, mas é todo seu. Como é que estavam os Confederados?"

"Um horror." Mas sua boca tinha decidido irromper num sorriso e se movia na direção da de William. Era como se aquele divã lá na Geórgia estivesse posicionado sobre um alçapão, que mantinha fechado, e se o que estivesse lá dentro fosse o fato de que ele estava o tempo todo sonhando com isso. "Eu fiquei com saudade."

"Não diga isso antes de ver o apartamento."

Na única vez antes disso em que Mercer tinha subido, o loft parecia razoavelmente arrumadinho (se bem que é preciso admitir que William o tinha arrancado dali em poucos minutos, para jantar), mas agora parecia que tinha passado um furacão por ali. Havia roupas por cima de tudo, fora as latas de refrigerante, caixinhas com restos de arroz, potes leitosos de pincéis, papéis de bala, um carrinho de supermercado cheio de livros de arte, telas apoiadas contra as paredes. Do olho de um vórtice de cuecas, a gata, Eartha K., mirava tranquila. Mercer não podia não rir. "Jesus amado! Você é um zoneiro secreto."

"Quando começo a trabalhar pesado, eu fico meio…"

"Você se dá conta do quanto isso é totalmente fofo, você ter escondido isso de mim?"

William parecia acanhado.

"Deixa eu cuidar dos balcões, pelo menos, William. É o meu jeito de dizer obrigado."

Ele já tinha começado a lavar a louça quando William abriu uma cerveja gelada e se largou no futon atrás dele para começar a libertá-lo aos poucos dos horrores do Natal. As festas, para ele, tinham passado sem nem ser percebidas, ele disse. O Ex Post Facto normalmente fazia um show de Ano-Novo; sem os ensaios da banda, ele não soube o que fazer da vida a não ser trabalho trabalho trabalho.

O calor da água nas mãos de Mercer e dos olhos nas suas costas eram uma única e mesma sensação. "Trabalho trabalho trabalho", ele repetiu. "Coitadinho."

William, pondo-se de pé, passou um braço à frente dele e pegou o pano de prato.

"Você é um amor, sabia? Mas você já fez coisa demais aqui."

"Fiz, é?"

E aí eles estavam se agarrando sobre as tábuas novinhas do piso. Cintos e camisas sumiram. Luzes se apagaram. Mãos acharam pele. Tudo o que podia acontecer aconteceu bem até o irrevogável, mas, no momento em que o medo o fez recuar, Mercer ainda era, tecnicamente, virgem. "Você sabe o que eu prefiro?", ele perguntou, arfando (como se ele soubesse).

"Mm."

"Só dormir com alguém. Só ficar com alguém durante a noite, dormindo."

William parecia disposto a entrar nessa, ainda que nada empolgado. E aquilo de alguma maneira liberou Mercer para mudar de opinião, e aí eles estavam se agarrando de verdade, dois corpos que se fundiam dolorosamente.

Depois, com as luzes acesas, foram suarentos para o canto onde ficava a cama. William tirou umas caixas de cima da cama. Ele se virou para a parede — não se ofenda, ele disse, mas ele não conseguia dormir sem estar virado para a parede. Mercer, de sua parte, ficou acordado ouvindo os ônibus reduzirem marchas na rua lá embaixo e as abordagens das prostitutas postadas no orifício do Lincoln Tunnel. Ele se sentia machucado, vagamente, mas também era verdade que havia uma sensação de suspensão, de ainda não ter voltado ao tamanho e à forma e cor do seu próprio corpo. De profundezas em que tinha esquecido que estava imerso e que agora ficavam transparentes, como se pudesse mergulhar e tocar bem no fundo da sua vida. Ele tentou se calcar no que o cercava. Devia ter uma fresta na janela que ficava ao pé da cama, porque tinha se formado um pouco de gelo nos cantos, entre os dois painéis de vidro. Lá fora, os dedos desnudados pelo inverno de uma árvore solitária brincavam contra o céu purpúreo. Quantas palavras o antigo Mercer teria jogado em cima daquela árvore, dos ossos da árvore, os ossos negros salmilhados dessa árvore torturada pelo vento, e em cima do céu? E quanto elas o teriam afastado da sensação que ainda crescia dentro dele? Aqui estava ele, com seis meses de vida nova, e já essa criatura ao seu lado, branca sob a luz dos postes da rua, dentro de quem sonhos loucos podiam estar se desdobrando naquele exato momento, era dele.

É claro que a história tinha lá seu jeito de persistir, como agora fazia na pessoa de Carlos. A solução de Mercer foi evitar completamente Alphabet City. Ele podia entrar quietinho às cinco da manhã, para trocar de roupa para ir trabalhar, ou às vezes nem passar por lá. Tinha instalado um ferro de viagem no apartamento de William para passar as rugas das roupas do dia anterior. Ele as consagrava com gotas de loção pós-barba e aí seguia direto para o outro lado da cidade, para as aulas. As noites da sua própria educação em Hell's Kitchen normalmente eram longas, mas ele sentia, em termos puramente pedagógicos, que os benefícios para a sua saúde mental mais do que compensavam qualquer cansaço.

Sexualmente, William era um naturalista, e preferia fazer amor em casa, em pelo, sem acessórios, sobre a firme superfície do piso da sala ou no cantinho de dormir protegido pela parede. A única coisa mais estranha era que ele às vezes pedia um tapa. Bom, isso e o espelho que ele tinha colocado no seu lado da cama. Mas Mercer não queria deixar transparecer que era inexperiente demais para saber se isso era algo que justificava ele se sentir desconfortável. Depois, descansando, suspirando, escoriado, ele ficava examinando o reflexo do amante adormecido ali ao lado, e o comparava ao autorretrato inacabado pregado na parede com tachinhas. O cabelo do desenho era mais curto do que o que agora estava na cabeça que ele amava, mas as sobrancelhas estavam pesadas bem como deviam ser, carvão por carvão. A tudo que William dissesse, elas acrescentavam intensidade. O nariz: torto, quebrado uma vez, William lhe disse, com aquela vagueza que informava a Mercer que era melhor não perguntar. Mas era ali que o desenho acabava. Abaixo era só espaço em branco.

Numa noite de meados de fevereiro, ou na verdade no começo da manhã, Mercer se viu numa cabine de orelhão na frente de uma discoteca na 3rd Avenue. Ele tinha acabado de jogar a chave pela entrada de cartas da porta de Carlos e de levar as últimas coisas para o apartamento de William, e aí eles tinham ficado na rua comemorando até tarde. Agora era a hora de explicar a mudança de endereço para a mãe. Ele estava contando com o horário absurdo e o pulso arterial da música que ainda latejava dentro dele para ganhar o embalo de que precisava para dizer o que tinha de dizer. Mas sua coragem murchou com o som da voz da Mãe, enfronhada no sono, como se ela estivesse falando através de um pedaço da camisola piniquenta. "Não, você não me acordou, querido. Eu estava era indo abrir a massa dos biscoitos."

"Que horas são aí?"

"O mesmo horário daí, Mercer, você sabe disso. Algum problema?"

Nenhum problema, ele pensou. *Eu conheci uma pessoa. Diga.* O porta-lista telefônica vazio balançava como uma mão quebrada. Do outro lado do vidro manchado de luz, da sua acne de impressões digitais, um homem de aparência não domesticada fuçava numa pilha de lixo.

"Filho?"

"Não é nada", ele disse. "Problema nenhum. É só, eu estava acordado e pensando em vocês aí."

O silêncio que se seguiu o fez ficar pensando no quanto ela já sabia. "Você não andou bebendo álcool, né?"

Ele fechou os olhos. "Mãe, você sabe que eu não bebo."

"Bom, muito querido você pensar na gente, meu bem, mas posso te ligar no fim de semana? Eu odeio fazer você gastar com esses interurbanos…"

O fato de ele ter ligado a cobrar nem era mencionado. Menos de um minuto depois eles já tinham se despedido e desligado.

Quando então veio à luz uma outra virtude de William: ele reconhecia os limites das palavras. Quando Mercer não saiu da cama na manhã seguinte, ele não perguntou se havia algum problema, mas simplesmente pôs uma mão entre as suas omoplatas.

Na verdade, tudo o que era importante nos detalhes domésticos dos dois tinha sido decidido, como a própria coabitação, sem essa indignidade de falar a respeito. Ficou decidido, por exemplo, que William ia mudar suas atividades artísticas para um estúdio que podia alugar a troco de nada lá no Bronx. Ficou decidido, também, que eles não iam falar a respeito da família de William. Não havia nenhuma fotografia, nem sinais de uma vida anterior àquele loft, e parecia natural, quase, que William não tivesse passado. Para Mercer, ele não tinha sempre sido uma espécie de ser mitológico, nascido já pronto de uma fogueira ou de um lago ou de alguma testa por aí? E, no entanto, quase que em proporção direta à sua reticência a respeito das próprias origens, William adorava ouvir Mercer falar das suas. Depois de jantar, quando tinha tomado já uns copos a mais do que devia do Chianti tamanho-família que sempre tinha em casa, ele fazia Mercer dar aquela arejada na roupa suja da família Goodman de novo. Adorava especialmente ouvir falar das ambições utópicas que o Pai tinha trazido da guerra — aquele lado kibbutznik, William dizia — e das lutas quase bíblicas entre o Pai e o C.L. "Sabe, eu nunca percebia na época, mas acho que eu também não era fácil", Mercer confessou um dia, enxugando os pratos. "Ou nada fácil, a bem da verdade." E ele contou a William como tinha nocauteado o pai aleijado na véspera da sua primeira vinda a Nova York. No tempo em que ainda acreditava que a vida seguia como que um diagrama de Freytag, ele achava que isso podia ser um belo de um primeiro clímax para o seu livro de ficção.

"E é por isso que ele não fala com você?" William estava na sua postura pós-prandial de sempre: esticado no futon com as mãos na fivela do cinto e a cabeça apoiada para ficar olhando enquanto Mercer limpava a cozinha. "Bom, acho que essas coisas ou você põe pra fora ou põe pra dentro."

Quando Mercer olhou para ele, intrigado, era como se uma máscara tivesse caído. William estava pensando em voz alta, lembrando alguma coisa, e durante alguns segundos o rosto dele não sabia o que fazer de si próprio. Mercer repentinamente sentiu a medida plena da sua desvantagem em termos de idade, de independência financeira, de tom de pele e de cosmopolitismo sexual — em termos de quanto ele idolatrava William, e queria e precisava dele. Tinha certeza que William, que não acreditava nisso de precisar das pessoas, desejaria apenas que eles se sentissem como iguais, mas existia algo chamado poder, que não era concedido a todos na mesma medida, e era simplesmente assim, o mundo. Então, em vez de perguntar: "O que é que você põe pra dentro, meu amor?", ele ficou de boca fechada, como um bom menininho. E quem foi que disse que isso não era confiança, também?

Foi só quando chegou o verão, e a comemoração do Bicentenário, que Mercer teve a primeira suspeita de que podia haver algo errado com aquela situação. Depois de ficarem olhando os imensos navios lá de cima do telhado, eles tinham seguido para uma das boates de porão que estavam só começando a aparecer ao sul da Houston Street. A Marinha estava na cidade, trens cheios de marujos. Mercer achou esquisito eles estarem indo jantar em vez de ver os fogos, mas o amigo que tinha escolhido aquele lugar tinha montes de motivos para suspeitar de qualquer nacionalismo, William disse. E quem não tinha? "Você tem que parar de estar sempre tão *au fait*." Ele parecia acelerado, com o paletó branco do smoking e a calça jeans rasgada. Mas talvez fosse só porque já tinha bebido bastante; o Canhão, o membro dos Hells Angels que morava no andar de cima, tinha convidado o seu pessoal para beber, e eles estavam passando garrafas de uísque no telhado.

Eram nove horas quando chegaram ao restaurante. Na frente dele esperava um cara mais velho de crânio raspado, com roupas de anarruga e óculos de casco de tartaruga, e uma oriental, bem mais jovem, que parecia compartilhar da ambivalência de Mercer quanto à mera ideia de estar ali. Com fogos troando invisíveis a oeste, as apresentações foram apenas semi-inteligíveis: Bruno, Mercer; Mercer, Bruno; William… Jenny? Jenny. A mulher se mexia sem parar com seus sapatos de salto alto, como que sentindo saudade dos tênis. Ela disse alguma coisa sobre a cozinha fechar mais cedo por causa do feriado, mas Bruno conhecia o maître d'hôtel — que ele pronunciou perfeitamente, até em volume alto.

Enfim, era um restaurante europeu, pelo menos como alguém que nunca esteve na Europa imagina que eles deveriam ser: free jazz no som, papel pardo em cima de uma mesinha bamba, delicados croquetes de bochecha de cordeiro, velas aquecendo o ar não condicionado e um ambiente de resto desorientadoramente desprovido de iluminação, turvando o vinho nas taças. Como aquele lugar não tinha licença para vender álcool, William e Bruno tinham comprado cada um várias garrafas, e à altura do prato principal eles já estavam adiantados na terceira. Mercer, que não queria parecer capiau, tinha se permitido uma tacinha de nada, e agora se sentia à deriva num mar de calor, rosto iluminado. Ribombava uma risada de algum lugar na semiescuridão e ele ria por reflexo, sem nem querer saber qual era a graça. Tinha certa noção de que cenas como essa estavam ocorrendo em outros pontos da cidade, pequenas conspirações expatriadas como aquela, de boa comida e boa bebida, enquanto as cinzas choviam sobre o Hudson, os soviéticos rugiam de raiva e cientistas no Meio-Oeste moviam os ponteiros do relógio do fim do mundo um segundo mais para perto da meia-noite. Só era preciso alguém para pagar por tudo.

Nesse caso, ele supunha, o mecenas era Bruno Augenblick. Mercer conseguiu entender que Bruno era algum tipo de marchand de arte, o que podia explicar o nervosismo de William, e o objetivo do jantar, só que o clima entre eles parecia nada comercial. De qualquer maneira, Bruno muito claramente não era heterossexual; a acompanhante, a mocinha possivelmente japonesa que trabalhava na galeria dele, e cujo nome Mercer já tinha esquecido, parecia estar ali basicamente para ilustrar para William que Bruno também tinha sua protegida. Como Bruno monopolizava William, ela e Mercer acabaram conversando diagonalmente sobre a mesa. Ia começar o seu segundo ano como professor, ele disse, cuidadosamente, quando ela perguntou qual o motivo de ele ter vindo para a nossa bela cidade. Estava pensando em dar uma sacudida no seu programa de aulas para o próximo semestre. Tendo ela mesma sido aluna de colegial, de repente ela podia ajudar. Ela tinha lido *As ilusões perdidas*, de Balzac?

Ela tinha lido *sobre* o livro em Berkeley, ela disse, ainda com cara de quem queria estar em outro lugar. Era Balzac que Marx adorava, ou era aquele outro?

Mercer não sabia, mas *As ilusões perdidas* era um dos seus favoritos pessoais. Basicamente, um jovem poeta do interior vai a Paris fazer fortuna e, na plenitude dos tempos, descobre que estava errado sobre tudo. Todos que ele considera gênios são idiotas e vice-versa. "É como que um clássico gênero francês. Eu na verdade estou trabalhando numa atualização", ele se ouviu confessar. "No original, o pano de fundo é o Segundo Império, mas no meu é o Vietnã."

O sorriso do outro lado da mesa pareceu enrijecer. Porque Jenny *Nguyen* era vietnamita, não japonesa! Ah, maldito vinho desgraçado.

"Assim... ainda está bem no começo", ele acrescentou. "Muita coisa pode mudar."

"Autobiográfico?", perguntou Jenny.

Ele podia sentir o sangue lhe subindo à cabeça. Não tinha planejado deixar escapar isso do romance na frente de William. "Ah, não. Nada mesmo", ele disse.

"Eu só pensei, por causa daquela coisa toda de 'escreva sobre a sua aldeia'..."

"Não, ainda estou só tateando. Esqueça que eu mencionei isso."

"Na verdade não parece horrível. Sabe, eu tenho certeza que o Bruno conhece gente do mundo editorial. Deus sabe que ele conhece gente em todos os outros mundos."

"Ah, não. Eu não quis sugerir..."

Ele olhou para o namorado, constrangido, mas William ainda estava mergulhado numa discussão com Bruno. E tinha de alguma maneira conseguido um cigarro. Apesar de Mercer nunca ter ficado sabendo que ele fumava, teve que admitir que William parecia aristocrático com a fumaça saindo pelas narinas, e aí — bem quando a cinza parecia perigosamente longa — se inclinando para a frente para bater o cigarro no gargalo de uma garrafa de vinho vazia. A cinza singrou leve pelas verdes trevas internas, tocando o fundo como um cavalo que mergulha no circo. "Pessoalmente, eu tenho grandes esperanças", William estava dizendo, acerca de... bom, de quê, mesmo? "O fracasso é tão mais interessante. Todos os indícios sugerem que Deus considera a humanidade um fracasso. As coisas ficam interessantes exatamente no ponto em que se desmontam."

Bruno sorriu, como se estivesse tentando explicar ética para um bebê cabeça-dura. "Eu e você só podemos nos dar o direito de pensar essas coisas, obviamente, William, porque a nossa vida inteira se nutriu do capitalismo. Nós somos como os cogumelos num tronco."

Ah. Certo. Essa coisa da crise fiscal. *FORD PARA NY: MORRA À MÍNGUA.*

"Que é exatamente o que eu estava dizendo", William disse. "O que cresce do que apodrece."

"Metáfora desajeitada, tudo bem. Mas vamos pensar em termos de fatos aqui. Digamos, o seu amigo, aquele que usurpou a sua ideia musical."

"Nicky Caos nunca foi meu amigo. Ele era só um carinha que ficava aparecendo nos shows e que por acaso, sr. Galerista Figurão, ofereceu um lugar pra gente ensaiar numa hora que a gente precisava. Eu não sabia que ele ia tomar posse da porra da banda inteira."

"Você devia ter visto uma insurreição no ar. Esse sujeito é daqueles que carregam Nietzsche no bolso com um marcador de páginas na metade. Ele te disse que veio me procurar para ver se não podia ser meu cliente?"

"Vocês estão falando do Capitão Caos?", perguntou Jenny Nguyen. "O niilista que não entende um não? Eu odeio lidar com aquele cara. Ele ligou quase todo dia no semestre passado. Parecia meio desesperado, pra falar a verdade."

"Provavelmente porque a banda tinha acabado", William disse.

Bruno continuou. "Ele acredita que é um grande artista que também faz música; na verdade, ele é um mau músico tentando também fazer arte. E qual é a arte dele? Spray. Para ele, *Kulturkritik* é um bigode desenhado nas senhorinhas do catálogo da Sears. Ele acha que alfinetes de fralda são joias. Confunde brutalidade com beleza. Isso é muito americano."

"Às vezes eu acho que ele está tentando virar uma versão de mim", William disse.

"Uma versão mais capitalizável, você quer dizer."

"Não venha me dizer que você aceitou ser o marchand dele! Meu Deus, Bruno, eu tinha mais consideração por você."

"Como você mesmo descobriu, Nicky Caos leva a persistência até o ponto da obsessão. De certa forma, ele mesmo já é uma obra de arte. Fato de que ele sem dúvida não está consciente, ou ia estragar tudo. Mas o que é mais importante: Um dia eu combino de vender a única tela que ele me mostrou para um conhecido meu, banqueiro. 'Um investimento', eu lhe digo. Ele nunca vai saber a diferença, mil dólares são um erro de arredondamento para ele. Mas para Nicholas? Agora ele pode comprar comida por um ano. Você acha que isso é possível sem a ajuda da burguesia, todos esses lindos rapazotes indefesos alugando casarões e comendo ossobuco?"

"Aquela casa na East 3rd é uma ocupação. Acho que ele nunca pagou aluguel na vida."

"Nós somos como bebês, William. Eu me incluo também, claro. Nós podemos não acreditar que a Mamãe e o Papai existem quando não estamos olhando para eles, mas isso não quer dizer que não dependemos deles."

"Mas, sério, essa é a sua definição de 'interessante'?" William estava com outro cigarro aceso. Por um segundo, Mercer teve a impressão de que ele não tinha apagado o primeiro. "Porque se for isso, olha bem como o seu adorado sistema de livres empreendedores deformou o mundo. De verdade. Na hora de trocar os nossos sonhos pelos sonhos deles, o sistema acaba sendo tão eficiente quanto qualquer Comitê Central."

"Mas e por que as alternativas têm que ser ou a corporatocracia ou os gulags?", disse Jenny, exasperada. Dava a impressão de que ela podia ter acabado com aquela conversa em coisa de três segundos, se os dois homens tivessem se dado ao trabalho de incluí-la. O que talvez fosse a razão de eles não a incluírem.

"Só que nesse caso os sonhos são eróticos, e não pesadelos. A América não está tão longe assim do totalitarismo, Bruno. Só que por acaso você gosta do perfume que ela está usando."

"Só um americano diria uma coisa dessas."

"Olhe em volta. É o fim da semana, e como a gente expressa a nossa insatisfação com o sistema? A gente vai pra um restaurante e resmunga tomando vinho com tampa de rosquinha. A gente se transforma numa burguesia-reserva, caso alguma coisa aconteça com a de verdade. Escolha não é a mesma coisa que liberdade — não quando outros estão preparando as escolhas pra você."

Mercer tinha a desconfortável sensação de ser como que o assunto em pauta. O guardanapo que tinha no colo estava manchado como um avental de cirurgião. O que os pais das suas alunas pensariam disso tudo?

"E, William, você prefere, em vez do bem-estar comum... alguma espécie de ideal platônico de liberdade."

"E como é que a anarquia podia ser pior pro bem-estar comum do que isso aqui? Por mim podem deixar a cidade falir, os prédios caírem, podem deixar a grama ocupar a 5th Avenue. Deixem os pássaros fazerem ninho nas fachadas das lojas, as baleias nadarem pelo Hudson. A gente pode caçar de manhã e fornicar de tarde, e de noite a gente dança no teto e entoa shanti shanti pro céu."

"Mas por que sair da banda, se você é tão politicamente afinado com o Nicholas?"

"Eu posso concordar com ele em certas coisa e ainda acreditar que fundamentalmente ele é um sociopata."

"Num mundo sem lei, são os sociopatas que mandam. Os Stálins, os Maos, você sabe disso, Willliam."

"O que é que você acha, Mercer?", Jenny agora interrompeu; ele não sabia dizer se ela estava tentando lhe fazer um favor ao introduzi-lo na conversa ou chamando a sua atenção por ele não ter feito o mesmo gesto por ela. O jazz dissonante que vinha da cozinha tinha acabado abruptamente. Três pares de olhos se cravaram nele.

"Eu acho que pode ser verdade", ele disse, cuidadoso, "o que Bruno está dizendo, na medida em que eu tenha conseguido entender. Mas isso não quer dizer que não seja deprimente. O motivo de podermos dizer o que quisermos na América é o fato de isso não fazer a menor diferença."

Qualquer sombra de orgulho que Mercer pudesse ter tido do seu *aperçu* se dissolveu quando viu William e Bruno brindarem com suas taças e beberem à sua saúde; ele estava enganado, de alguma maneira, sobre a seriedade dos dois. Aí William estava perguntando ao garçom onde ficava o toalete. O garçom pediu desculpas; estava com problemas, esperando um encanador.

"Bom, então acho que eu vou ter que resolver o problema à moda antiga. Vou deixar vocês três aqui conversando."

Ainda sorrindo, William subiu trôpego a escada para chegar a uma parte da cidade de que as pessoas falavam como se fosse o Velho Oeste. Mercer, abandonado, redispôs o guardanapo. Pôde sentir o olhar de coruja que se voltava novamente para ele. "Então", Bruno disse. "Qual é a sensação?"

"Você vai ser impertinente a noite toda, Bruno?", Jenny perguntou. "Porque se for, eu me retiro agora mesmo." Outro favor, Mercer percebeu; por motivos que ele nem conseguia imaginar, Jenny Nguyen estava tentando lhe dar uma mão a noite toda.

"Você tem razão, querida, como sempre. Retiro a pergunta."

Mas ainda assim Mercer queria saber. "Espera. Qual é a sensação de quê?"

"De ser o mais recente acréscimo à coleção de William."

Ele olhou em volta, mas a única ajuda que encontrou foi o seu próprio rosto desorientado que piscava para ele na parede espelhada. Era por isso que as pessoas fumavam cigarros, ele agora via, ou escolhiam óculos ridículos. Sem acessórios, você ficava nu.

"Viu? Ele não fazia ideia", Bruno disse sem se virar para a sua acompanhante, que a essa altura estava demonstrando vivo interesse pelo que sua bolsa continha, talvez procurando o dinheiro do táxi. "Posso esclarecer as coisas para você?" Ele cruzou os braços. Um cigarro ardia entre dois dedos. (Era impressionante o quanto você podia dizer de um homem só pelo jeito de ele segurar um cigarro, Mercer pensou de passagem. Bruno, como Carlos, tinha uma considerável tolerância à dor.) "Até onde eu consigo ver, sr. Goodman, o senhor é um cavalheiro. Mas o senhor devia saber que o nosso comensal tem um histórico de desaparecimentos diante da primeira complicação emocional. Eu odiaria que o senhor não estivesse preparado para isso."

"Você deve achar que conhece o William muito bem, então."

"Ele adora esses joguinhos hipotéticos sobre a chegada da revolução, mas ainda resta nele aquele lado que está acostumado a ver qualquer capricho atendido, qualquer desafio eliminado. É o que dá ser criado como príncipe."

"Príncipe de quê?"

"Príncipe de Nova York, claro." O olhos dele se estreitaram. "O senhor deve saber que o nosso William é, ou era, herdeiro de uma das maiores fortunas da cidade."

Foi como se, Mercer pensaria depois, ele tivesse descoberto uma marca de nascença que William estava escondendo — das grandes, bem no meio do peito. Por que aquilo tinha sido escondido dele? (E por quem, na verdade? Mercer não podia dizer que não tinha percebido a elasticidade do orçamento do seu amante, um orçamento com a profundidade das fontes subterrâneas, e possivelmente com sua infinitude, nem fingir que não teve a nítida sensação, às vezes, de que William tinha se estabelecido naquela velha fábrica dilapidada não por pobreza, mas por rancor.) Mais ainda, por que Bruno estava lhe dizendo aquilo agora? Ele estava prestes a dizer a Bruno, falsamente, que não acreditava naquilo, quando William reapareceu, esfregando o nariz com o lenço de bolso. "Perdi o quê?"

Os dedos de Bruno formavam uma cúpula na frente do rosto enquanto ele observava. *Você é adulto*, Mercer se fez lembrar. Mas, então, por que a vida adulta, que seria a parte da vida em que você era teoricamente mais livre para ir atrás do que queria, parecia sempre precisar desse tipo de concessão? "Nada", ele disse. "Você não perdeu nada."

"Então, quem tem espaço pra uma sobremesa? Alguém?"

Muito embora Bruno tenha fingido lutar por ela, William acabou pagando a conta, puxando um maço de notas de vinte do bolso interno do paletó. "Não, deixa comigo." Mercer fingiu que não viu o olhar cúmplice de Bruno.

Lá fora, depois que o quarteto tinha se desintegrado, William disse que ia pagar um táxi para eles voltarem para casa. "A gente não tem grana", Mercer lhe disse. "Eu não me incomodo de ir de trem. Nem de ir a pé, está uma noite gostosa" — e não estava, era uma noite tropical, abafada, horrorosa, com o fedor de pólvora dos fogos ainda no ar, e já, do deserto úmido das ruas pós-celebratórias, um táxi tinha se materializado, uma grande resposta amarela a uma pergunta que Mercer não sabia como formular. Ele deixou sua testa em chamas repousar contra o lado de dentro do vidro e ficou olhando as ruas vazias se desenrolarem, varetas de rojões, bandeirinhas pisoteadas, os portões metálicos das docas de carga grafitados com os cem nomes secretos de Deus.

"Como é que foi?", William perguntou.

"Você faz isso parecer um teste. Mas acho que o fato de eu ser negro e coisa e tal meio que acabou com todas as dúvidas que o Bruno pudesse ter."

"É bem verdade que os austríacos não são famosos pela sua noção de fraternidade transracial."

"Pode brincar quanto você quiser, mas eu não gosto disso de você ficar me exibindo por aí." O Papaya King da 6th Avenue ainda estava aberto. Uma sombra recurvada lá na frente parecia estar vomitando na sarjeta, mas quando Mercer piscou era apenas uma caixa de correio. "Ele tentou me alertar quanto a você, sabe."

"O quê, que eu tentei dormir com ele?"

"Você tentou dormir com o Bruno?"

"Eu era menino, Mercer, foi nos anos 60. Enfim, pelo que me lembro, ele não deu a mínima."

"Eu estou dizendo que ele tentou me alertar sobre quem você é. De onde você vem."

"Ah." A mão de William, no encosto do banco, roçou acanhada o ombro de Mercer. "Mas eu meio que imaginei que você já tinha sacado isso."

"Pois não tinha. Eu estava tentando respeitar a sua privacidade."

"Você não vê, Mercer, que isso é uma coisa que eu adoro em você?" Foi alto demais; os olhos do motorista correram para o retrovisor, mas William lhe devolveu uma mirada feroz, e o cara ligou o rádio e continuou dirigindo. "Você é a primeira pessoa que eu conheci na vida que, se eu deixasse um diário aberto por aí, ia fechar sem ler."

"Só porque eu ia me sentir culpado. Não quer dizer que quero que a gente tenha segredos, William."

"Então por que você não me disse que estava escrevendo um romance?"

"Não era pra você ter ouvido. É constrangedor, foi por isso."

Quando William tocou seu rosto, Mercer sentiu seu corpo, contra sua vontade, se apoiar na mão branca e macia. "Então vamos deixar um espaço pra cada um, um pouco de mistério. Criar a nossa própria utopia. O Bruno que fique com ciúme; ele não tem o que a gente tem." Os olhos do motorista correram de novo para o espelho, e William deixou a mão cair. Mas quando eles passaram num trecho negro, uma ruela lateral onde todos os postes tinham sido derrubados, seus dedos se encontraram novamente sobre o assento.

Era só Mercer ter conseguido deixar tudo assim. Mas no dia seguinte, enquanto o seu namorado dormia para curar os efeitos do que ele ainda não percebia que era provavelmente cocaína, ele atravessou a cidade para ir à biblioteca. Escalou os degraus de mármore que separavam a Paciência da Fortaleza, dois amigos leoninos que não via desde aqueles dias simples em que era só mais um arrivista da sala de leitura.

A sessão de periódicos era uma caverna escondida no primeiro andar, rescendente a café queimado e papel envelhecido. Naquela tarde, e nas várias que se seguiram, ele se debruçou sobre uma das máquinas macrocefálicas, com páginas de microfilmes se desenrolando rápido demais, a bem da verdade, para ele poder ler. Era como a sua vida, de alguma maneira — algo que você olhava passar rápido demais, e a única decisão real nas suas mãos era parar ou continuar com aquilo. Era difícil até saber onde procurar — 69? 65? Finalmente, em 1961, ele achou um artigo de coluna social sobre o casamento iminente de Felicia Marie Gould, de Buffalo, Nova York, com William Stuart Althorp Hamilton-Sweeney II, Presidente e CEO da empresa Hamilton-Sweeney. Numa foto, o casal ombro-a-cotovelo, cercado pela família. O noivo estava correto, a noiva, resplandecente. Quando Mercer tentou ajustar o tamanho da imagem, a máquina gemeu nervosa. Ausente do retrato: o irmão da noiva. Mas de um lado estava uma mulher identificada como filha do noivo, flanqueada pelo seu próprio noivo... e aí o filho, um William em finais de adolescência. Mercer nunca tinha visto uma foto dele dessa época, e uma grande ternura, ou uma grande compaixão, cresceu dentro dele. William era ainda mais magro do que hoje, com o corpo largado como um ponto de interrogação dentro do terno grande demais. E alguma coisa estava errada: pela cara dele aquilo o estava consumindo inteiro por dentro. Não era de estranhar que ele não quisesse falar a respeito.

Lá fora, os grandes plátanos envelhecidos pulsavam com a luz âmbar, como semáforos para os ônibus da hora do rush na avenida. Uma porta girou atrás dele — era hora de fechar, gritos dos guardas ecoavam sob os tetos abobadados, dizendo a todos os aplicados e pálidos pesquisadores que era hora de ir embora —, mas era como se o ar os desintegrasse com o primeiro contato, ou como se os amplos espaços da praça elevada os diluísse, porque as únicas pessoas que restavam ali eram mendigos e doentes mentais. Uma mulher com luvinhas sem dedo se aproximou, e Mercer tinha lhe impingido todo um punhado de moedas antes de reconhecê-la como sua antiga colega, aquela da letra gigante. Vendo-a se afastar, ele se sentiu culpado por não deixar ela terminar o que queria lhe perguntar; por que estava tão apressado? Será que era só a memória fraca, ou coisa mais grave? Ia pensar de novo nisso uma semana depois, quando, andando à toa na direção do começo da Madison, ele se virou e viu a inscrição entalhada como uma piada ruim no frontão de calcário da estrutura mais alta dali, a que tinha o remate dourado. *Edifício Hamilton-Sweeney*, ela dizia.

24

Quando ele saiu dos Estados Unidos em 1974 — guerras sujas, rebeliões raciais, cultura de drogas, Watergate —, Richard Groskoph achava que o país inteiro estava em chamas. O que ele procurava era um lugar sem notícias, e, numa pequena ilha ao norte da Escócia, ele mais ou menos encontrou esse lugar. Por que a Escócia? Era o país dos avós da sua mãe, para começo de conversa. Além disso, ele não ia precisar aprender outra língua. Havia prédios na Park Avenue com mais residentes do que o vilarejo onde ele encontrou uma casa de fazenda para alugar. O dinheiro um dia teria que ser devolvido — ele tinha abandonado o seu livro hipotético, aquela busca de uma história final —, mas esse um dia estava tão distante, e enquanto isso aquele adiantamento continuava surpreendentemente fungível. Como companhia, comprou um terrier de um vizinho. Ele chamou o cão de Claggart porque sempre achou que Melville tinha sido duro demais com Claggart em *Billy Budd*, e porque o nome lhe parecia adequado ao corpo peludo e atarracado, ao focinho importuno que lhe trombava contra as canelas, exigindo comida ou um passeio.

Durante o dia, Richard cuidava do jardim e lia e praticava sua carpintaria ao som de uma péssima rádio pop. À noite, descia tranquilo a estradinha sem acostamento que levava ao vilarejo para tomar o drinque cotidiano que ainda se permitia. E, não fosse a televisão, as coisas provavelmente podiam ter continuado assim. Ele não tinha um aparelho de TV no seu ermitério, por questão de princípios — era mais fácil abrir um rombo no telhado, ou no topo do crânio, e invocar a volta dos demônios —, mas numa prateleira bem alta do pub ficava um pequeno modelo em cores, antiquadíssimo, usado basicamente para jogos de futebol. Numa noite ele chegou e o encontrou ligado. Sentada no seu banquinho perto da porta, a viúva Nan McKiernan o cumprimentou com o copinho de xerez, numa celebração obscura. Ele seguiu o olhar dela até a TV. O céu róseo enevoado ali representado inequivocamente não era escocês. E agora surgiu o cobre esverdeado da Senhora Liberdade girando lenta pela janelinha do helicóptero, e grandes bandos de barcos e as etéreas torres de Manhattan que se erguiam para entrar no enquadramento lá atrás. Como ele podia ter esquecido? Era Quatro de Julho, o Bicentenário dos Estados Unidos. O que significava que ele estava longe já havia dois anos inteiros.

Enquanto ele se permitia um segundo drinque, e depois um terceiro — chamando a bebida de *Scotch*, como um turista —, o céu na tela desbotava para a cor do que estava lá fora. Fagulhas irrompiam nele, punhados lapidários de azul, vermelho e ouro, como lembranças dos seus primeiros verões em Manhattan. Só que não de verdade, dizia a BBC: em consequência da crise fiscal, a Cidade tinha trocado de fornecedores, e pela primeira vez em todos os tempos aquela queima de fogos estava sendo conduzida por computador. Será que fazia diferença, Richard pensava, o fato de serem robôs em vez de homens nos barcos, acendendo os pavios? Mas então, será que não se perderia alguma nuance, algo humano? E será que o computador lembraria de enviar uma programação musical especial para as estações de rádio, sincronizada com as detonações? Lógico que eles ainda faziam isso. Lógico que "Rhapsody in Blue" estava naquele exato momento soando em todos os carros naquela outra ilha, que um dia foi o seu lugar. E de repente todo o seu aparato jornalístico estava de novo aceso e zumbindo, pois aqui, ele via, estava o veículo que ele estava esperando, a história que lhe faltava. História, cenário, destino, impermanência, desastre, política, a cidade, tudo acumulado num único rojão, à espera da combustão. Música tornada visível: fogos de artifício.

O espetáculo se arrastava. Testando os milhões de modos de narrar aquilo, Richard mal percebia os ganidos queixosos do cachorro aos seus pés, ou o tinido do caixa que descarregava sua gaveta, ou as cadeiras sendo viradas de pernas para o alto sobre as mesas. Ele nem queria piscar. Aí, bem no começo do grand finale, a luz na tela murchou até virar um pontinho e morreu. O barman tinha tirado da tomada. Lá perto da janela, a viúva Nan McKiernan tinha sumido como uma aparição, deixando apenas a taça vazia. Richard largou um abuso de notas de libras no balcão e se preparou para ir atrás. Claggart hesitou, com cara de amedrontado.

"O que foi?"

Mas de alguma maneira Claggart deve ter entendido, ainda antes de Richard: uma semana depois ele estaria de volta a Nova York com um cachorro embaixo do braço, destrancando o apartamento, se preparando para enfrentar a poeira e os cocôs de rato que sem dúvida teriam se acumulado ali em sua ausência, e todas as outras imperfeições que nunca apareciam na lembrança.

O endereço em Long Island que ele conseguiu com uma de suas fontes não tinha cara de ser o da terceira maior empresa pirotécnica da Costa Leste, ou, na verdade, da terceira maior qualquer coisa. Era só uma estradinha de pedrisco no fim de uma rua sem saída, levando até os fundos de uma casa modesta estilo rancho. Jesus, essas casinhas! Ele meteu uma nota de vinte na mão do taxista e disse para ele deixar o taxímetro correr. Cortinas de batique davam uma aparência fechada e impassível às janelas. Richard apertou a campainha da porta da frente, pressionou a orelha contra o vidro corta-tempestade. Nada. Ou não nada; havia um outro som, mais profundo — uma espécie de trovão grave que se formava não dentro da casa, mas atrás. Torcendo para que o seu velho chapéu fedora e a gravata deixassem claro que ele não era um invasor, ele foi até o quintalzinho abandonado. Numa árvore perto do pátio, uma casa de árvore estava desmoronando. E aí, enfiado num arvoredo no fundo de uma ladeira, ficava um hangarzinho de metal corrugado do tamanho de uma cabana. Paredes ribombando. Um caminhão pequeno estava estacionado ao lado: *Cicciaro & Filhos Div rs es*. Por três ou quatro metros em toda direção, a grama crescia alta, com um verde descabido, hiperfertilizado.

A batida na porta do hangar não gerou resposta, mas um cheiro de enxofre parecia sair de trás dela. Ele bateu de novo, dessa vez mais alto, e o ribombar se fez mais grave, como que reduzindo a marcha. Uma voz berrou alguma coisa que ele não conseguiu entender. Ele gritou em resposta: "Oi?".

Um sujeito parrudo com uma camisa de flanela apareceu na frente dele, colocando em volta do pescoço os protetores de ouvido. Tinha cabelo cor de ferro. Os traços ríspidos de um operário, como o rosto de um semeador das ilhas Orkney, só que mais escuro, mais áspero de barba por fazer, o rosto riscado de um lado por graxa.

"Carmine Cicciaro?"

O homem não reagiu.

Richard se apresentou, mostrou uma credencial de uma revista que não publicava nada dele havia quase quatro anos.

"Eu não leio revista", o homem disse. Ele não tinha parte do dedo anular da mão esquerda, Richard percebeu. Atrás dele estavam as fontes do troar: grandes ventiladores industriais presos a dutos de ventilação. E por acaso aquilo ali, entrevisto sobre a mesa, era uma espingarda calibre 12?

Richard explicou que só queria uns comentariozinhos sobre os fogos do Bicentenário. (Era um truque velho — dar uma chance de eles colocarem as coisas em pratos limpos.) "Um amigo meu na prefeitura disse que a cidade decidiu contratar outra empresa este ano, e eu queria garantir que entendi direito o raciocínio aqui." Era gostoso estar apurando notícias de novo, sentindo os olhos, a boca e a memória se sincronizarem como partes de uma máquina. Mas Carmine Cicciaro já tinha recolocado os protetores de ouvidos. "Eu te dou quinze segundos pra sair do meu terreno."

Será que a habilidade de Richard o deixara na mão? "Sr. Cicciaro, Benny Blum me deu pessoalmente o seu nome, disse que o senhor era o homem certo se eu quisesse entender qualquer coisa sobre fogos de artifício. Se o senhor quiser saber, ele ainda disse que achava que era um erro a cidade passar o trabalho para um conglomerado. 'Injustiça', foi a palavra que ele usou."

Cicciaro lhe deu um olhar como se, durante toda essa falação, ele estivesse com espinafre grudado no dente. "De onde é que você conhece o Benny Blum?"

"Nós servimos juntos na Coreia", Richard disse. O que era verdade, tecnicamente, apesar de eles só terem se conhecido meses depois, na mesa de pôquer.

"E você veio mesmo lá da cidade até aqui?" Aí Cicciaro suspirou. "Me dá um minutinho." Ele voltou ao hangar, onde o zumbido dos ventiladores morreu. Quando emergiu, ele colocou um cadeado na porta. "Não dá pra descuidar hoje em dia. E eu estou bem precisado de uma cerveja mesmo."

Eles acabaram sentados em cadeiras de varanda craquentas, bebendo latas de Schlitz morna que vieram de um isopor cujo gelo já tinha virado água fazia tempo. "Eu deixo aqui, pra minha filha não ficar com vontade", Cicciaro disse. "Você tem filhos?" Richard sacudiu a cabeça, negando, porque "filho" fazia ele pensar em presenças, personalidades. Apesar de que, àquela altura, o seu rebento com a comissária de bordo, menino ou menina, teria o quê? Quase três.

"Pior que não."

"Bom, é de te tirar o sono."

"É o que dizem mesmo."

"Pra mim, é meio que uma ressaca constante, das levinhas. Felizmente eu sou muitíssimo bem treinado. Brincadeira." Cicciaro olhou na direção do hangar. "A Sammy basicamente tem uma cabecinha bem firme, mas com um lado meio doido que ela não puxou de mim. Antigamente ela sentava no meu colo e vinha conversar. Mas aí elas batem nos treze anos e viram mulher, vem tudo de uma vez. Mal fica em casa ultimamente. E quando ela fica, eu nem sei te descrever o barulho que vem daquela vitrola. Eu tenho que viver com os exaustores, mas ganho dinheiro com isso, sabe como? Ou ganhava. Ela vai começar na universidade no segundo semestre." Ele tomou um longo gole de cerveja. Naquela temperatura, Richard pensou, dava mesmo para sentir o gosto do alumínio.

"Eu e você, nós somos de uma geração diferente", ele arriscou.

"Pode crer. Eu me lembro de quando ainda tinha macieiras na Mulberry Street. Mas não foi pra me perguntar isso que você veio aqui."

"Espera lá. Você cresceu na Mulberry Street? Eu morei na Mott, quando cheguei na cidade."

"A gente morava no 270 da Mott, que era a casa do meu vô. A gente ficava no andar de cima."

"Bem na frente da igreja lá, de São Patrício", Richard disse. Ele tinha se preparado.

"Isso mesmo."

Em algum momento durante aquela cerveja ou a seguinte, Cicciaro explicaria como seu avô tinha passado pela Ilha Ellis em 1907 ou 1908. "A lenda da família é que o Vô foi expulso da Sicília porque um pessoal do vilarejo achava que ele tinha pacto com o diabo. Ele nasceu pra fogos de artifício, sabe como? Sabia mandar a pólvora fazer o que ele quisesse. Isso é mágica das antigas, lá do tempo do Marco Polo. Ele que inventou a fórmula que a gente usa até hoje, seis, sete vezes mais forte que uma granada comum. Eles provavelmente iam deixar ele ficar por lá se ele não usasse mais a fórmula, mas o problema com esse nosso ramo é que não é você que escolhe o trabalho, é o trabalho que te escolhe." Por trás da fachada estoica, ele estava obviamente tão sequioso de contar a sua história quanto qualquer outra pessoa no mundo, mas Richard não queria assustar o entrevistado sacando cedo demais a folha A4 dobrada que deixava no bolso para tomar notas. Na América, Cicciaro continuou, o avô começou a disparar foguetes ainda antes de eles terem onde passar a noite. Anos a fio, nos dias de festa, os vizinhos lá do Lower East Side se reuniam nas escadinhas da frente das casas e nas janelas enquanto ele arregaçava as mangas e fazia o fogo dançar. "Aí um sujeito, que trabalhava pro Tammany Hall, bate os olhos no meu vô um dia, com cara de quem estava colocando bomba na rua. Ninguém confiava nos italianos naquele tempo. Sacco e Vanzetti e tudo mais, sem nem falar na Mano Negra no bolso de todo mundo. Aí arrastaram ele até o chefe daquela secional, e o meu vô ali parado — pelo menos foi assim que me contaram —, e por dentro ele está se desmontando, porque com o pessoal das antigas, sempre tinha lá no fundo esse medo de eles serem mandados de novo pra Palermo, onde eles ainda marcavam a hora com relógio de sol. Mas, visto de fora, ele parece feito de pedra, que é uma coisa bem siciliana também. Autoridade? *Vaffancul'*. Enfim, não iam mandar ele embora daqui", Cicciaro disse. Não, acabou que queriam que ele disparasse bombas no Dia da Independência, cortesia da máquina Democrática. "Que nem eu te disse, é o trabalho que te escolhe."

Richard viu sua deixa. "Sabe, o Benny tinha mencionado uma parte dessa história, mas ouvindo você falar aqui, fico pensando se por acaso a história do seu avô, e da sua família, não pode acabar virando uma parte maior do que eu imaginava nesse meu artigo. É uma bela história, e podia ajudar a prefeitura a ver o que eles estão perdendo quando decidem ir nessa dos computadores."

"Daqui a cinco anos todo mundo vai estar usando computador. Mas acho que tudo bem, se você quisesse falar um pouco do meu vô."

E aí veio a parte que era sempre tão delicada. "Eu ia precisar sentar pra conversar uma ou duas vezes com você, quando você puder. Eu ia tomar notas. As coisas iam ficar registradas."

"Ah." Veio uma pausa. O eletrocutador de insetos pegou mais um inseto. "Não sei não, sr. Groskoph. Eu ia precisar dar uma pensada nisso."

Foi a filha dele, Carmine depois diria, quem o convenceu a concordar com a proposta de Richard. Ele nunca admitiu que aquilo fosse mais do que uma obrigação que ele tolerava; passava os primeiros dez minutos depois que Richard chegava fuçando nos armários da cozinha, montando dois sanduíches de mortadela com pão fatiado sem casca e picles verruguentos, mais uma latinha de Schlitz, tudo para preservar a ilusão de que aquilo ali era meramente a hora do almoço, de que ele estava pensando em dar uma paradinha mesmo. Mas quando parava de falar já era tarde, com os sanduíches já numa memória longínqua. E mesmo aí, depois de esquecida qualquer rajada passageira de autorrevelação, eles continuavam sentados lá fora nas cadeiras bambas de plástico, tomando a cerveja que vinha do isopor bolorento, ou um refrigerante, se Richard estivesse se sentindo virtuoso.

Depois, ele pilotava sua velha Schwinn de volta pelas conurbações do Nassau County com o Queens, até a estação do metrô 7 em Flushing. Levar a bicicleta custava coisa de uma hora a mais tanto na ida quanto na volta, mas poupava o táxi, e o que podia ser melhor? O trajeto era bucólico, em geral, passando por vizinhanças com fileiras de casas pretensamente Tudor emendadas ou isoladas, parquezinhos com árvores de sombra que podiam ser lá do tempo dos holandeses. O sol brilhava através dos olmos e choupos já mais ralos, o ar tinha o frescor da cidra, a corrente chiava, a roda traseira clicava. Ele sentia naqueles momentos, e a bem da verdade durante todo aquele outono antes dos tiros, que tinha conseguido dar um jeito de transferir para este lado do Atlântico o equilíbrio que tinha trabalhado tanto para atingir do lado de lá. E às vezes se punha de pé sobre os pedais, um metro e noventa, quarenta e seis anos de idade, e traçava um longo arco aberto perto de um bando de pássaros que ciscavam na sarjeta, só para ver a detonação do voo, para congelar um deles em meio bater de asas com a câmera da sua mente. Pois tinha feito as pazes, finalmente, pensou, com o fato de que Richard Groskoph era isto: uma câmera presa a um gravador. Um desaparecedor em tudo que não fosse ele. Um receptor, um conector, uma máquina feita exatamente para isso.

25

Pensando melhor, talvez Keith tivesse entendido mais a respeito de Regan do que admitiu para si próprio lá em 61, naquele último semestre antes das suas vidas de adultos. No mínimo, no mínimo, tinha decidido ficar quietinho sobre o seu segundo encontro com o Irmão Demoníaco. Foi logo em seguida à sua última prova de química orgânica, que tinha revelado, de maneira incontestável e algo majestosa, a profundidade da sua incapacidade para a medicina. Na tarde em que as notas foram divulgadas, ele se viu num telefone público no fundo do bar do campus. Será que estava mesmo bêbado, apesar de ainda nem ter escurecido? Claro, mas se sentia tão responsável pelo primeiro fato quanto pelo segundo. Essas coisas acontecem, ele se imaginava explicando a Regan. E agora esta outra coisa estava acontecendo: sua mão estava indo na direção do fone. Sua boca pedia para falar com Amory Gould.

Sua agenda registraria uma reunião na semana seguinte, num café da 79th Street perto da Madison. Na época, Keith não conseguiu entender por que eles simplesmente não se encontravam no Edifício Hamilton-Sweeney, mas de repente era assim que funcionavam as altas esferas do mundo financeiro. Quanto maior a altitude que você atingia, menos tempo ficava atrás de uma mesa. E aí tinha a questão dos objetos — acessórios. No seu escritório, Amory teria apenas as duas linhas telefônicas diferentes que Regan havia mencionado e quem sabe uma caneta e uns clipes de papel para ficar remexendo e desorientando os outros, mas aqui havia xícaras de café, torrões de açúcar, argolas de guardanapo, facas de carne, colheres compridas pensadas para chegar ao fundo dos copos de milkshake... coisas todas que ele manuseou incansavelmente enquanto levava Keith por um papinho de meia hora de Boas-Vindas à Família. Parecia que Amory tinha solicitado ele mesmo a reunião, com o objetivo de consertar, com aqueles instrumentos arcanos, o que quer que estivesse rompido entre ele e Regan. Quando empurrou sobre a mesa o cardápio plastificado e disse para Keith pedir o que quisesse, eles ainda não tinham chegado nem no campo visual da questão do futuro de Keith.

No entanto, enquanto Keith comia, os gestos de Amory ficaram de alguma maneira quantitativos, como os gestos de um homem que tenta comprar tecidos numa língua que não fala. O gesto *Quanto custa*, o *Não, de maneira alguma*, o gesto de Láquesis de medir alguma coisa para mandar cortarem fora. E quando o envelope de couro sintético com a conta tinha sido devolvido ao garçom, ele levou as mãos ao colo. "Então. Negócios."

O efeito da interrupção abrupta dos movimentos foi uma súbita nitidez na sua cabeça, como se a imobilidade tivesse caído de repente sobre a mesa. Antes disso, Keith sentia, ele estava vendo o sujeito em meio a uma névoa de desconhecimento. Agora via as minúsculas imperfeições na pontinha do nariz, cada veia capilar no branco dos olhos de um azul tênue. "Você veio a mim, pelo que entendi, por consequência de algum revés na sua educação. E porque você deseja ter uma base sólida embaixo dos pés antes de continuar com a minha futura sobrinha. Você quer ter certeza de que vai poder sustentá-la no estilo a que ela se acostumou. Você está pensando, em resumo, numa mudança de campo."

Keith aquiesceu, como um pássaro que segue uma semente balançada à sua frente.

"Agora, como eu já disse, nós estamos num momento empolgante, de expansão, para os Hamilton-Sweeney. Eu ia simplesmente adorar abrir um espaço para você na empresa."

"Alguma coisa lhe impede?"

"Pense, Keith." Era praticamente um sussurro. "Você quer que a Regan veja você caminhando com as próprias pernas. Ela faz muita questão, como eu tenho certeza de que você sabe, de não ficar em dívida com os outros. Não, o que eu tomei a liberdade de fazer em vez disso foi combinar um encontro entre você e o meu velho amigo Jules Renard do escritório Renard Frères. Só precisei mencionar você, e ele está bem ansioso. Se tudo der certo, você economiza dinheiro por uns anos..."

Era a mesma linha de raciocínio que Keith usaria com Regan depois da formatura, depois que os Renard tinham lhe oferecido um emprego na divisão de Títulos e Obrigações, no outono. Ele até adotou certos elementos da abordagem meio de caranguejo de Amory, vindo primeiro com um convite para o melhor restaurante francês de Poughkeepsie. Quando deu a notícia, no entanto, ele pôde ver que tinha trombado com uma parte dela que lhe causava dor. "Achei que você ia ficar feliz", ele disse. "Eu nunca tive inteligência pra ser médico, nós dois sabemos, e assim a gente podia andar com os próprios pés. Quer dizer, se isso fosse uma coisa que no fim a gente quisesse fazer."

"Por que você está tentando transformar isso numa decisão minha, Keith?"

Mas ele já estava correndo, como tantas vezes desde aquela noite no hotel, com o futuro dos dois metido embaixo do braço como uma bola de futebol americano. "A gente podia alugar um apê no segundo semestre, onde você quisesse, e daqui a uns poucos anos eu já ia ter guardado dinheiro pra comprar. Você podia continuar com o teatro. E você ia ficar mais perto do seu irmão, o que eu sei que faz diferença. Você está chorando? Por que você está chorando?" E por que, num restaurante caro desse jeito, a porcaria da mesa era tão grande? Ele acabou tendo que arrastar a cadeira em volta dela para pegar a mão de Regan, apesar de isso poder ter parecido impulsivo para os outros ali; o desconforto de Regan novamente já tinha se tornado quase imperceptível, não fosse aquela pedrinha ou aquela balinha presa na garganta. "Eu te amo", ela disse.

"Eu também te amo."

"E eu confio em você, querido."

"Você está fazendo isso parecer um alerta."

"Não é, mas..."

"Então confie na *gente*", ele disse, e acariciou o anular de Regan com seu polegar. Na época do casamento do pai dela, que equivale ao desaparecimento do seu irmão, ele já teria colocado ali um diamante todo dela, comprado em prestações que, com o salário de um negociador de títulos, ele achava que ia conseguir pagar até o fim do ano.

Em vez de fazer os recém-contratados passarem por algum tipo de treinamento de verdade, os frères Renard jogavam os novatos entre os veteranos e viam quem tinha vontade de sobreviver ali. Keith supunha que seria parte desse grupo seleto. Ele tinha uma mulher, afinal, que achou que ia casar com um médico, e a quem ele achava que devia um sucesso razoavelmente imediato, razoavelmente considerável. Mas a influência do Irmão Demoníaco tinha lá seus limites. Naquela primeira semana, depois de passar nas provas para ser corretor, Keith gastava oito horas por dia sentado na semiprivacidade do seu cubículo, vendo o oblongo negro de couro do caderno de corretagem se atrofiar como lava resfriada sobre a mesa. Atrás das divisórias de vidro ondulado, o toque dos telefones formava um contínuo vívido e angélico, mas o seu próprio telefone restava mudo no console, até que, na sexta de manhã, a cabeça do camarada na mesa ao lado surgiu como uma meia-lua calva por sobre o vidro. Tadelis, o nome dele. Todo nome aqui era sobrenome, ou terminava num som vocálico — Mikey, Matty, Boby — ou as duas coisas. "Acorda, Lamplighter. Você está fazendo todo mundo parecer um gênio aqui."

"Eu não consigo engatar nada."

O ruído que Tadelis soltou não era o que tradicionalmente se considera uma risada; estava mais para um espasmo espremido entre placas tectônicas de ansiedade. "Como assim, você acha que é só ficar esperando o telefone tocar que aí você atende e o dinheiro sai voando do bocal? Dê uma olhada em volta. É isso que você está vendo? Não, sério, levante e dê uma olhada."

O Renard Frères tinha adotado uma planta dinâmica para aquela sala, com apenas aquelas baias separando os corretores de nível mais baixo. O objetivo era o livre fluxo de ideias — uma espécie de meio-termo satisfatório entre o organizacionalismo e o socialismo ateu. Mas, por toda parte, nos rasos prismas dos cubículos, havia sujeitos como Tadelis, sem paletó, debruçados sobre telefones em posturas radicais, quase defecatórias. Mãos balançavam canetas. Penteavam cabelos ralos já escuros de suor.

"Não, o que você está vendo é um monte de caras que nunca ganharam nada de mão beijada. Está vendo o Jimmy O ali? Ganhou um milhão de doletas pra empresa no ano passado. Não sei nem se ele cursou o colegial." A voz de Tadelis era de alguma maneira tanto presunçosa quanto conspiratória, sendo sua boca uma nuvem rósea atrás do vidro. "Agora você entra aqui todo fru-fru, que nem um peso morto, e fica todo mundo tentando sacar qual é a sua, qual que é o valor de base desse ativo."

"Puro nepotismo", Keith . "Um favor a um amigo."

"Nem a pau. Pra uns caras do tamanho dos Renard, não existe isso de favor." Ele apertou os olhos. "Não, agora eu saquei. Você pode não ter uma mísera ideia dentro dessa sua cabeça bonita, Lamplighter, mas as pessoas querem fazer coisas por você. Olha pra mim, eu mal estou me agarrando degraus mais baixos da escada, eu devia estar te sovando completamente, e aqui estou eu te dando uma mão. Você é vendedor. Você vende."

"Não vendo se ninguém ligar."

De novo, a risada. "Você acha que isso aí que você está ouvindo são chamadas? São *retornos*, meu chapa. Olha, a coisa normalmente funciona assim: você pega aquele caderno que está ali, o antigo do Jimmy Schnurbart, Jimmy Gordão, a gente dizia, que descanse em paz aquele barrigão, e liga pra qualquer entidade que estiver registrada na outra ponta de uma transação." Certo, então, Keith pensou, mas Tadelis não tinha acabado. "Só que, a bem da verdade, isso aí a essa altura já não vale mais nada."

"Como?"

"Eu e o Jimmy O já pegamos tudo que podia ter algum valor pra nós. Veja isso como um empurrãozinho. Um cara que nem você devia estar lá no andar de cima, de corretor de ações, atrás de uns WASPs ricões que estão só esperando você ligar e dizer: Deixa eu ganhar cem mil pra você."

"Como é que eu ia ganhar cem mil para eles?"

"Meu Deus, Lamplighter. Você leva uma porcentagem do que entra e do que sai. Que diferença faz se eles ganham os cem mil?"

Keith não sabia ao certo até onde devia ler literalmente a análise de Tadelis, mas testar aquilo não tinha como ser menos produtivo que ficar sentado à toa tocando punheta o dia inteiro, como ele agora percebia que parecia estar fazendo. Ele abriu o caderno. Discou. E discou. Mas o que ele descobriu no mês que se seguiu foi que seu interesse não eram entidades, eram pessoas. A última chamada que ele fez naquele telefone foi para Jules Renard, para pedir para ser transferido para o setor de ações.

Tadelis raramente estava certo, mas acertou quanto a isso: Keith conseguia vender praticamente qualquer coisa para praticamente qualquer um. O segredo... bom, eram dois. Um vinha de ter crescido católico, o hábito da compaixão que ele tinha naqueles tempos. Havia um momento, antes de qualquer negociação de ações, em que você tinha posicionado bem o seu cliente sobre o fulcro entre o sim e o não, e qualquer sopro podia fazê-lo cair para lá ou para cá. Naquele momento, Keith fechava os olhos e meio que soltava o seu espírito, como numa oração, até estar sentado bem ao lado do cliente do outro lado da linha, desejando que o negócio fosse bom para ele.

O segundo segredo era que Keith tinha facilidade para acreditar no que estava vendendo. Isso não queria dizer que ele sempre entendesse o que vendia; para falar a verdade, ainda achava surpreendentemente difícil segurar todos os detalhes de rendimentos de títulos e spreads de capital na memória, como peixes escorregadios numa cesta. Mas no Escritório Dinâmico, aquele ambiente darwiniano de nervos e sangue e metáforas genitais, havia mesmo certo desprezo pela teoria. Eles diziam que todas as grandes ideias do mundo — a roda, *Hamlet*, a gravidade newtoniana — cabiam num guardanapo de papel, e Keith era um sujeito bem guardanapo. Ele acompanhava três ou quatro níveis de uma árvore de custo-benefício, com uma só escolha tendo já se ramificado em oito, ou dezesseis, e aí, no meio do exame dessas opções, abandonava tudo e seguia o seu instinto. "Realmente acho que você ainda vai sentir a mesma firmeza que eu estou sentindo nessa decisão", ele podia dizer, cheio de esperança. Você só precisava estar certo cinquenta e um por cento das vezes para ficar à frente do mercado, e, naquele tempo, Kennedy, Johnson, era difícil perder dinheiro. A mesma energia libidinosa que corria na televisão e pelas ruas lá fora parecia estar fazendo o dinheiro se multiplicar.

Ele empregou os dois segredos na sua vida doméstica também. Número um: ame outras pessoas. Na noite do dia em que fechou sua primeira transação de dez mil dólares, ele entrou estrepitosamente pela porta da frente boiando numa névoa dourada de cerveja por causa de todas as rodadas que tinha pagado aos colegas e ergueu Regan do chão e a beijou até que suas coxas se abriram para admitir as dele. "Cuidado", ela disse. "O nenê." Provavelmente ela só queria dizer que ia ficar mais confortável deitada de costas — o médico tinha lhes garantido, perifrasticamente, que eles podiam continuar a gozar dos frutos do casamento. Mas havia maneiras mais delicadas de obtê-los. Depois de carregá-la até a cama, ele ergueu sua camisola, desceu para entre as pernas dela e sorveu aquele cobre picante até que, por sobre o trêmulo morro da barriga e dos seios dela, ele viu o rubor subir-lhe ao pescoço, as mãos dela torcendo os lençóis ao lado da cabeça.

Ele era louco por ela naquele tempo, no apartamentinho de dois quartos de recém-casados no Village, e em táxis e teatros da Broadway e na casinha de madeira no lago Winnipesaukee, onde, naquele terceiro ano da vida de casados dos dois, eles conceberam uma criança. Keith achou que podia preencher, com o corpo, o dinheiro e a alma, os lugares solitários que a mãe, o irmão e sabe lá mais quem tivessem deixado em Regan. E ela permitiu que ele pensasse assim, ele viria a entender (como se, caso ele tivesse compreendido que o que foi retirado era insubstituível, ele fosse deixar de amá-la).

Quando o bebê nasceu, eles o chamaram de William. Keith já gostava mesmo do nome e, se tinha entendido direito, William III não tinha grandes chances de produzir seu próprio herdeiro para dar continuidade à linhagem... mesmo supondo que ele um dia voltasse do meio do mato em que se meteu na véspera do casamento do Velho Bill. Assim que a carteira da Seguridade Social foi emitida, eles foram até o banco, e Regan passou para o nome do menino todo o dinheiro da família que lhe cabia, menos o que herdou da mãe. Para o futuro dele, ela disse. Para a universidade. Keith, que era administrador da nova conta, perguntou se ela tinha certeza de que queria fazer isso. Mas ela era capaz de grandes decisões. E, agora que tinha acabado de assinar os documentos, Regan estava livre dos Hamilton-Sweeney.

Ou tão livre quanto se podia ser, morando na mesma cidade, sendo membro da Diretoria, vendo todos nos feriados. Natal com a família Spock, Keith passou a chamar aquelas reuniões depois da chegada de *Jornada nas Estrelas*, com o velho Bill se mantendo galaticamente distante e Felicia se provando algo mais gelada do que de início parecia. (Amory, para grande alívio de Keith, sempre estava fora, fechando negócios em algum território estrangeiro, então seu nome quase nunca era mencionado.)

Fora essas visitas à família, com aquela alegria forçada, Regan àquela altura já tinha desistido do teatro. Ficou claro, desde o nascimento de Will, que na verdade ela nunca quis mesmo continuar com aquilo, que a maternidade seria o destino dos seus talentos. Mas Keith a encorajou a não desistir do grupo de leituras dramáticas. Na verdade, ele tinha dado apoio para todos os hobbies meio Greenwich Village da esposa: meditação, clube de leitura, comida saudável, conservação do bairro. Quando ela teve que dar um depoimento numa consulta a respeito de um dos infinitos planos de reurbanização da cidade, ele pediu folga para ficar cuidando do Will. Ele sempre lembraria, achava, do jeito como agarrou o selim da bicicleta nova do garoto e ficou correndo pelo parque que os investidores mais informados ainda diziam que ia ser arrasado para abrir caminho para uma estrada, e como, no fim da enésima volta, Regan tinha chegado em meio a um aglomerado de mulheres de saia, ela a mais jovem e mais bonita. Como ela corou e ergueu os punhos cerrados em comemoração. Ele sentiu naquele exato momento como se sua alma tivesse inchado até preencher a pele toda — como depois de um jogo renhido na escola, quando ia para casa jogando uma bola para si próprio enquanto a noite caía rápido, revivendo corridas de sessenta jardas para um touchdown.

Aquele, pensando bem, foi provavelmente o ápice geométrico da vida dele, porque o Segundo Mandamento (de novo) do vendedor era Acredita no que Estás Vendendo, e esse, no fim, era um tiquinho mais complicado que o Primeiro, quando o que estavas vendendo era a si próprio. Em 1970, por exemplo, com Regan grávida de novo e Will quase na idade de ir para a escola, Keith começou a achar que estava ganhando pouco dinheiro. Cada nova alíquota fiscal era como que uma colina de onde você podia contemplar tudo que ainda não podia pagar. Se Regan gostava do clube de leitura que se reunia na casa da sua amiga Ruth, imagine quanto mais teria gostado de uma casa em que pudesse ela mesma receber os outros? Se gostava da horta comunitária que ela e outras mães tinham feito no terreno baldio da quadra, quanto mais teria gostado do seu próprio jardim particular? Ou de uma sacadinha onde pudesse manter vasos de temperos?

Quando confessou a Regan que estava conversando com um corretor imobiliário, ele já tinha se decidido. Uptown, num apartamento clássico de seis cômodos, Will e o bebê iam ter seus quartos, e não teriam que viver com os chapados e os doidos varridos que ultimamente tinham tomado conta do Village. Claro que isso ia significar trabalhar mais pesado, para levar mais dinheiro para casa, os dois sabiam, mas na verdade Keith estava ficando entediado nos patamares médio-altos da carreira na Renard. Tinha uma bela carteira de clientes; e se um outro escritório o deixasse levar aquela carteira e começar uma carreira própria de consultoria financeira? Ele acreditava sinceramente, enquanto expunha tudo isso para ela, que era isso que queria. Os jantares de caridade, os cruzeiros pelo porto, os piqueniques da empresa em que você arranjava novos clientes... ele gostava daquilo, não gostava? Gostava de ter que ligar os motores do seu charme, depois de ter bebido um pouquinho além da conta. E ele agora seria alguém, o chefe do seu próprio grupo — Lamplighter Capital Associates. Com suas camisas Brooks Brothers, aquele relógio suíço elegante e um motorista esperando lá embaixo, ele finalmente sentiria que a merecia.

Não foi muito depois disso que Keith começou a explorar as maravilhas da alavancagem de rentabilidades. A versão de guardanapo era assim: você combinava dois dólares emprestados a juros baixos no banco com um dólar da conta de um cliente, aí cada dólar ganho no investimento de três dólares praticamente dobrava o dinheiro do cliente. O setor em particular em que ele fazia suas experiências era o militar. Pessoalmente, Keith era uma flor, e tinha doado cheques polpudos para Hubert Humphrey durante a eleição de 68. Mas mesmo assim se aproveitou do mercado em baixa que se seguiu comprando grandes lotes de ações da Dow Chemical, da Raytheon, da Honeywell, tanto para os clientes quanto para si próprio. E apesar de haver certo risco em manter essas ações — a guerra não podia continuar indefinidamente, podia? —, o fato de Nixon expandir os combates para o Camboja e o Laos parecia abrir uma demanda para todo tipo de novas linhas de produtos. Se Keith estivesse certo, ele teria se alavancado direto para uma bela casa moderna em New Canaan quando chegasse a próxima estabilização. Enquanto isso, em nome da diversificação, Keith agora estava entrando na própria cidade. Ou seja, tinha começado a passar os seus clientes para títulos de longo prazo da prefeitura de Nova York.

Eles haviam chamado a sua atenção pela primeira vez lá pelo fim de 1972, quando tinha certeza de que os títulos estavam subvalorizados. É verdade que os últimos anos da guerra tinham sido cruéis com a economia local. No começo dos anos 60, o Lower West Side logo cedo ainda era tão lotado de pallets de carga que mal dava para andar; agora as docas estavam todas lacradas e amortalhadas de grafite. Dava para ouvir os pombos arrulhando ali atrás do aço corrugado. A receita fiscal estava em queda, e já se falava, se você ouvia o Dick Cavett ou o programa do "Dr." Zig, de uma mudança permanente para uma economia simbólica, ou uma economia de serviços — uma economia baseada em qualquer coisa que não fosse produção humana mensurável —, mas Keith achava que isso já era o pior tipo de pira intelectualoide. E o mercado imobiliário? Houve tempos em que, das oito às oito, a cidade era *musique concrète*: furadeiras britadeiras lixadeiras serras e o plinc em pizicato de martelos sobre pregos. Ele lembrava dos andaimes maculando a fachada dentuça de metade dos prédios de Midtown, bolas de demolição como punhos lentos que sovavam os cortiços. Will, com dois ou três anos de idade, adorava ficar vendo os guindastes, e desfraldada sobre a cabine ou o ninho do operador ficava sempre a colorida bandeira americana. Agora as cifras presunçosas do teletipo diziam que o mercado estava em queda. Aquilo fazia Keith ficar com vontade de levar o teletipo até o topo do Edifício Hamilton-Sweeney para lhe mostrar o terreno limitado de Manhattan. O que acontecerá quando dois por cento de homens americanos entre dezoito e trinta e quatro anos, que neste momento chafurdam em arrozais do Sudeste da Ásia, voltarem para alugar apartamentos, procurar emprego, consumir bens duráveis? A base tributária explode de novo, óbvio. Isso aqui não é a Rússia comunista. A gente está falando da América. Pelo amor de Deus, isso aqui é Nova York.

O baque do petróleo poucos meses depois o fez se sentir profético. A Dow Jones deu um mergulho, mas as agências de classificação tinham reclassificado a dívida da cidade como AAA, e Keith já tinha colocado quatro milhões em títulos municipais de trinta anos e até comprado um de cem mil dólares em seu nome. E quando, no começo de 74, esses mesmos municipais caíram vinte por cento abaixo do valor nominal, ele voltou à fonte com mais quatro milhões de dólares. Dessa vez comprou os títulos em margem, casando um dólar de dívida para cada dólar de equidade. Se não pediu a permissão explícita dos clientes, foi só porque estava mais do que claro que a alavancagem era o que eles escolheriam. As suas contas pessoais tinham ainda menos liquidez, mas ele conseguiu juntar dinheiro suficiente para comprar mais cinco títulos em margem para si próprio.

Na altura do outono, ele tinha seis milhões de dólares em dinheiro de outras pessoas, trezentos mil dólares do seu, e 2,2 milhões de dólares do banco num instrumento não tributado e virtualmente desprovido de riscos. Só que aconteceu uma coisa esquisita. Não só o mercado global continuou em baixa, mas nada em Nova York parecia estar andando bem: nem a construção civil privada, nem a pública, nem a reurbanização, nem a construção de áreas comerciais. As taxas de ocupação do recém-construído Trade Center andavam em torno de trinta por cento. Até o Radio City agora estava na mesa do leiloeiro. Não devia ter sido surpresa; na última vez em que Keith esteve lá, os cinco mil lugares estavam tão vazios que dava para ouvir não só alguém tossir, mas o farfalhar da embalagem da pastilha contra tosse. Era uma matinê de *As novas aventuras do Fusca*, numa quinta-feira, mas ele estava precisando de umas horas afastado da realidade. Porque, em meio a conversas de que o governo federal teria que compensar o orçamento da cidade, a sua festança de 8,5 milhões de dólares de títulos agora valia não os 10 milhões de dólares que deveria estar valendo, numa estimativa conservadora, mas 6,4 milhões de dólares. Se o banco pedisse a compensação das margens, ele teria de absorver perdas de quase cinquenta por cento; aqui no mundo físico a alavancagem, tristemente, acabava sendo só um sinônimo de amplificação. E de qualquer maneira, se os seus clientes acordassem para o que ele estava fazendo pelas costas deles — a favor deles! —, ele podia perder as contas.

Graças a Deus, então, que suas especulações militares-industriais continuavam de vento em popa, cuspindo seus soporíficos cheques de dividendos. No baile de Ano-Novo de 1974/75 dos Hamilton-Sweeney, homens de smokings, rostos praticamente irreconhecíveis, ficaram enfileirados em grupos de três ou quatro para apertar a sua mão. Eles não tinham a menor ideia do imenso buraco que se escancarava nas suas planilhas de investimentos.

E nem Regan. "Parece que você é uma celebridade, ou alguma coisa assim", ela disse depois, empoleirada na beirinha da cama, se abaixando para enrolar a meia-calça. Ela sempre ia de má vontade a essas festas; ele tinha a impressão de que ela teria preferido ficar em casa vendo A *família sol-lá-si-dó* com as crianças, mas havia algo novo na voz dela no que se endireitou para olhar para ele, que lutava com o nó da gravata. "Eu fico orgulhosa de você, sabia?"

Os dois tinham tomado vários copos de champanhe, mas ele queria acreditar que, se fizessem amor naquela noite, pela primeira vez em — será que era mesmo um mês? —, não ia ser só por causa do álcool. Ficaram deitados de lado com as luzes apagadas, mal se mexendo, tentando não acordar as crianças, e enquanto parte dele escorregava para dentro de Regan, palmilhando o caminho que levava à liberdade, outra parte pensava: Então é essa a sensação de ser um homem de verdade. Não o jogador de futebol americano que leva a taça do campeonato para casa, mas a criatura que fazia concessões, que se confundia, e que não era exatamente sincera e que agora tentava fingir para a mulher que estava tão mergulhado naquele momento quanto ela estava.

Ou finge estar. Pois Regan parecia estar lá com seus problemas. Cate tinha sido uma gravidez difícil, que a deixou presa em casa por longos períodos. E Regan de qualquer maneira teria sido uma moradora recalcitrante daquela região do East Side; era mais feliz no solo mais pedregoso do sul da ilha. Agora que seus vários empenhos pessoais — e o empenho mais amplo de achar o empenho correto — desmoronaram, quase todo o seu tempo que não era ocupado com as questões da Diretoria ela entregava totalmente a um ou outro dos filhos. Não que Keith fosse ciumento, exatamente, mas aquilo de todas as conversas deles acabarem sendo sobre as crianças o preocupava. Porém ao mesmo tempo ele também não poderia perguntar a ela, porque provavelmente era tanto culpa dele quanto dela. Ele tinha perdido havia muito tempo a noção de quem tinha começado primeiro a se esconder.

Começou a evitar a casa, ficando até mais tarde no escritório depois que todos tinham ido embora ou indo até a YMCA para ficar nadando em várias piscinas até ficar com os olhos doloridos do cloro, ou correndo pela FDR enquanto as sombras se esticavam sobre a cidade, devorando os pneus estourados e pesadas sacolas de compras e incrustações de guano que forravam o caminho dos pedestres até ser tudo apenas fumaça de escapamento que entrava e saía rascante dos seus pulmões, e buzinas fantasmáticas e as luzes de freio incorpóreas que seguiam no ritmo calmo de um corredor pela estrada.

Quando finalmente chegava ao grande apartamento novo, sua janta estaria em papel-alumínio sobre a mesa da sala de jantar. Will podia ainda estar no tapete, de bruços, daquele jeitinho lindo e indefeso dele, com a lição de casa toda espalhada em volta. Mas Cate estaria no quarto dela, dormindo, ou ocupada com os hamsters que Regan tinha comprado para ela. E Regan estaria enroscada no quarto deles lendo peças de teatro e usando o que ele tinha passado a conceber como as calças de castidade — umas coisas amorfas de algodão. Nem aquelas calças conseguiam disfarçar a sua perda de peso, maior do que seria provavelmente saudável. Às vezes ele tinha a vaga intuição de que devia perguntar alguma coisa a respeito disso, mas e se ela lhe dissesse que não era nada, e o deixasse ali sozinho estendido por sobre o abismo? Ou, por outro lado: e se ela lhe dissesse alguma coisa que ele não queria ouvir? E lhe perguntasse, por sua vez, por que ele andava evitando o apartamento? Como ele podia fazê-la entender que não era que ele não adorasse aquilo tudo; que na verdade adorava aquilo demais para aceitar contaminar tudo com a infecção que, aparentemente, era ele? Em vez disso, pegava um drinque e colocava o seu LP de gaitas de fole escocesas e ficava olhando pela janela a cidade ao longe. Estava na sua própria bolinha transparente de hamster, ele pensava, rolando, incapaz de fazer contato.

No dia em que a palavra "calote" começou a se imiscuir pelas páginas dos jornais — no dia em que as pessoas começaram a pensar se pelo menos havia um fundo naquele poço —, ele só conseguiu pensar em ligar dizendo que estava doente para não ir trabalhar. Levou Will para o parque depois da escola, para treinar com o taco de lacrosse. Quando Keith era pequeno, "esporte" era futebol americano, beisebol e basquete, mas eles não estavam pagando um colégio particular justamente para o menino ter escolhas? Bom, tinha isso e o fato de que as escolas públicas davam medo até em Keith. E ele ainda tinha que admitir que gostava do calor resinoso da madeira nas mãos, do zunido velocíssimo das malhas cortando o ar quando ele mandava a bolinha lá longe no gramado — sua velha amiga, a alavancagem de novo. Só que Will, no que se refere à coordenação motora, era totalmente Hamilton-Sweeney. Caminhando desengonçado pelo campo, com aquelas canelas compridas subindo demais à sua frente, a camiseta inflada como a vela de um navio, ele parecia por um momento seu xará, o irmão desaparecido de Regan que, Keith lembrava vagamente, também jogou lacrosse por uns dois semestres. Era tão impressionante que ele quase não percebeu o olhar tristonho e vazio de Will, quando ele voltou.

Pôs-se atrás do menino, ajeitou as mãos dele no taco, tentando deduzir a mecânica do movimento que ele mesmo já tinha dominado. (Por que ele não tinha ficado fazendo o que fazia bem?) "Não, assim." As posições relativas dos seus corpos evocavam um outro dia, anos atrás, em que estava ensinando Will a empinar pipa, ou arremessar um frisbee, ou alguma outra coisa, ele não lembrava direito mais, seus sentidos estavam entupidos por este filho aqui, dez anos de idade, cabelo na altura do peito de Keith. Quando foi que deixou de ser louro quase branco? E quando foi que aquele corpo dócil, que antes teria feito quase qualquer coisa para ficar perto do pai, ficou tão rígido, como se houvesse algo pouco viril no fato de as mãos dos dois se encontrarem no taco de lacrosse? "Beleza, beleza, saquei", Will disse, e se afastou de ré. Outros adultos e outras crianças flutuavam atrás dele, mosquitinhos coloridos contra a grama. "Manda ver aqui, paiê. Senta o braço." Keith, que por motivos insondados tinha que vencer toda e qualquer competição em que se encontrasse, recolheu o braço e soltou a bola mais forte que pôde. Ela voou por cima do ombro de Will e foi parar no campo, mais longe, e Will xingou quando se virou para ir buscar, como se o seu pai, que nunca tinha o ouvido usar uma palavra tão feia, não estivesse parado bem ali. Keith pensou de novo nos boatos que estavam voando por Wall Street naquela manhã. Um deles dizia que os títulos de Nova York estavam saindo pela metade do valor. Outro, que ele tinha medo de confirmar, era de que *ninguém vai comprar uma roubada dessas agora*. Mas, depois, Keith iria decidir que foi naquele momento que ele realmente desistiu — o momento em que se tornou invisível até para o próprio filho.

Mas ele tinha mesmo planos de ser franco com Regan a respeito dos seus erros — àquela altura tinha começado a tirar dinheiro emprestado do fundo de Will só para cobrir os gastos da família —, mas na noite em que eles sentaram para comer *lo mein* depois que as crianças tinham ido deitar, eles quase só falaram do quanto ela precisava de alguma mudança. Ela ultimamente se pegava pensando, disse, se seu irmão não teve razão em se mandar de vez de Nova York, tanto tempo atrás. Ela tinha acreditado nas promessas dos anos 60, afinal, mesmo que só tivesse participado indiretamente daquilo tudo. E eles não tinham dito que não seriam como a geração dos seus pais, presos em escolhas que tinham feito aos vinte anos de idade?

Havia ainda mundos dentro de Regan que não se limitavam ao seu papel de esposa, de mãe, ele via. Mas ainda que esses relances o empolgassem, eles também o machucavam, por lembrar tudo o que ele tinha esquecido... e em nome de quê? Ele mal conseguia se lembrar. Ele tinha no dedo um anel que já usava havia catorze anos, batido e arranhado e lindo, de ouro branco, e quando foi a última vez que se deu conta disso? Era como se, Keith achava, ele tivesse adquirido seu próprio Irmão Demoníaco: a deprê, o marasmo, o bode preto que te seguia por toda parte. Era como se cada americano tivesse agora o seu gêmeo do mal, a possibilidade da vida vivida de alguma outra maneira, que te encarava das vitrines e dos armários de remédios. Será que os pais dele tiveram isso? Os avós? Ele percebeu que era Regan encarando.

"O que foi?"

"Se tem alguma coisa te incomodando, meu bem, pode me contar."

Mas como ele poderia contar? Como era que você achava o caminho para voltar ao espelho e à vida de verdade que ficava do lado de lá do vidro?

Deux ex machina, era isso. Ele estava inscrito numa conferência de três dias para financistas sobre O Futuro da Cidade, na esperança de entrever alguma saída da catástrofe em que tinha se metido. Era propaganda enganosa; no lugar da palavra "Futuro", eles deviam ter posto "Crise", porque todos ali só falavam disso. Crise do petróleo e crises de demanda, crises de confiança. Tinha gente que acreditava que, numa era de moeda flutuante, a confiança era a única coisa que evitava que o sistema todo desmoronasse. E esses eram os otimistas! As pessoas que, como Keith, continuavam defendendo ideias antiquadas de que o valor era algo empiricamente determinável —, essas tendiam a pensar que tudo estava fodido *mesmo*.

Na manhã de sexta-feira, tendo aprendido quase nada, Keith saiu de uma das sessões para pegar um pouco de ar. O saguão estava vazio, e o som dos seus mocassins no mármore liso lhe pareceu sóbrio, apesar de talvez isso se dever ao peso acumulado de mais aquela palestra. *A cidade americana acabou*, o palestrante estava dizendo, enquanto slides de Detroit ou Pittsburgh pós-tumultos tremeluziam na tela atrás dele. *Não se vai começar qualquer empreendimento maior em Nova York nos próximos vinte anos.* Aquela mesma Nova York em que Keith estava se enterrando — ainda lhe parecia impossível que ela fosse fracassar. E por falar no impossível: Quem é que estava ali sentado numa mureta, com um terno de alfaiataria, senão Amory Gould?

Sem querer ser grosseiro, Keith foi lá dar um oi. Em lugar de um cumprimento, Amory estendeu um maço de cigarros. Ele tinha grana para comprar Dunhill ou Nat Sherman, Keith pensou, mas os que estavam sendo oferecidos pareciam baratos, com um nome espanhol: *Epicúreo*. Por etiqueta, ele aceitou. A primeira tragada fez sua cabeça boiar; ele não tocava em tabaco desde aquela semana, ou duas, da melancolia que se seguiu à sua lesão no futebol americano nos tempos da universidade. "Obrigado", ele disse. "Eu não esperava ver você aqui entre os profetas do fim dos tempos."

"Ah, eu nunca perco a chance de ver alguém preso num erro categorial."

Keith ergueu os olhos. Com aquele cabelo branco, Amory um dia pareceu tão mais velho que era quase como se ele viesse de um outro século, mas agora eles podiam ser contemporâneos. Na verdade, entre eles, Amory era provavelmente o mais cheio de vida. "Você acha que eles estão errados lá dentro?"

"O que eu acho é que liquidez e visão ainda conseguem realizar grandes coisas, filho. O resto é só fumaça e espelhos."

"Você deve saber de alguma coisa que eu não sei."

"Digamos que soubesse. Abrir essa ideia seria vantagem para mim? Você não lucraria mais supondo que eu estava desviando a sua atenção?" Amory estreitou os olhos contra a fumaça do seu próprio cigarro que voltava com o vento. Keith nunca tinha percebido que ele fumava; ele o fazia como uma pessoa apressada, ou alguém que tivesse crescido num clima extremamente frio. Como de fato, Keith lembrou, era o caso. "Eu sempre gostei de você, você sabe, Keith."

"Acho que sei. Acho que eu nem estaria aqui se não fosse você."

"Ah, eu não quis dizer isso. Não, o que você tem você mesmo conquistou, e por isso eu o cumprimento. Mas isso não altera o fato de que sempre senti que eu e você podíamos fazer muita coisa juntos, se para tanto nos ajudassem engenho e arte."

Keith, um pouco perplexo, sugeriu que Amory parecia estar se dando lá muito bem sem ele. Afinal, não estavam se abrindo ainda novos mercados globais para os Hamilton-Sweeney? Os lucros do trimestre passado, miraculosamente, não tinham quase dobrado?

"Você não me compreendeu bem. Eu quero dizer que passei a gostar de você, Keith, você é praticamente meu sobrinho. E me interesso pelas pessoas de quem gosto. E eu tenho maneiras de cuidar das pessoas por quem me interesso. E agora, mais uma vez, você precisa de alguns cuidados, não é verdade? Sim, tem alguma coisa com que você precisa que o Tio Amory te ajude."

O tom pareceu deslocado para Keith, mas ele estava agora além do ponto em que podia ter demonstrado isso. Naquele momento, achou que entendia por que Regan não gostava de Amory. "Mas como é que você podia descobrir uma coisa dessas?"

"Você está supondo que eu ia precisar sair procurando. Mas o seu rosto sempre foi um livro aberto."

Exércitos de pombos farfalhantes mergulharam de uma fachada de prédio do outro lado da rua. Aí, bem quando parecia que estavam prestes a bater na calçada, eles se alçaram de novo para se acomodar em janelas bem altas. Repetiram esse feito várias vezes, tornando tudo inexplicável. Por que aquelas janelas? Por que sair de lá? Era como se as aves estivessem presas à repetição de algum trauma original, travadas entre o que tinham e o que queriam. Não fazia sentido tentar esconder coisas de Amory. Keith se viu explicando os títulos comprados, agora cotados abaixo de nada, as perdas que logo virariam insolvência. A nicotina devia ter lhe subido à cabeça. Ainda assim, só contar tudo a alguém já era um alívio. Mesmo aquele alguém. "No final eu fui uma bela decepção."

"Não mesmo." Amory acendeu outro cigarro. Refletiu. "Deixa eu te dizer uma coisa, Keith. Quando eu era mais jovem, as pessoas punham a sua melhor roupa para viajar de avião. Os assentos do metrô eram de vime, e um cavalheiro sempre cedia o seu lugar para uma dama. Tudo tinha lugar e proporção, e um homem como você... bem, você simplesmente seria um sucesso. Agora as coisas são diferentes, naturalmente. É mais difícil encontrar pessoas em quem a gente possa confiar. Mas o que um dia foi verdade continua sendo. Ainda existe dinheiro cobrindo essas ruas todas." A voz dele soava como se estivesse vindo de um ponto muito mais distante, atravessando tundras e mares, e não meramente do quadrado de calçada entre os dois, no qual Keith, quando olhava para baixo, quase esperou ver cédulas soltas. "Nem todo mundo tem a coragem de pegar esse dinheiro. As pessoas estão esperando que outros cacem o búfalo, você está me acompanhando? Agora, eu estou te olhando de longe há anos, você entrou de sola. Você ganhou dinheiro. Existe um termo vulgar para isso, que eu me lembre. Você, Keith, demonstrou ser capaz. É um fato deste mundo que um vendedor capaz pode enfrentar tempos difíceis. Mas aí quem é que vai alimentar a tribo? Onde é que eles ficam? Nós não podemos deixar isso acontecer — não por causa de você, mas por *eles*." Ele se deteve. Inclinou-se para a frente. "Oitenta e nove centavos por dólar. Seria o bastante? Porque é isso que o seu sogro estaria disposto a oferecer."

Keith, atordoado, achou difícil — ou mais difícil — fazer as contas. Com aquele tipo de dinheiro, ele ia conseguir pagar o banco e deixar os clientes na estaca zero de novo, apesar de ainda estar meio no vermelho pessoalmente, depois de tapar os buracos nas contas das crianças.

"Você ia receber uma comissão, claro", Amory continuou. "Digamos trinta e cinco."

"Trinta e cinco mil?"

"Tudo em pratos limpos. O que não significa que não seja melhor mantermos isso entre nós."

"Eu não sei o que dizer."

"Não diga nada. Vai-te, e não peques mais."

"Jesus", ele disse. "Obrigado. você não tem ideia do favor que está me fazendo." E segurou a mão de Amory, antes de Amory poder retirar essas condições extragenerosas.

"Nós não estamos mais no mundo dos favores, Keith. Pense nisso como uma troca."

"Então, o que é que eu te devo?"

Amory amassou o cigarro decorosamente na sola do sapato e aí deu um sorriso plácido. "Ah, pode ter certeza que eu te aviso, quando chegar a hora."

Tapado o buraco, reequilibrada a carteira de investimentos, e com o verão se estendendo diante dele como uma praia, Keith devia ter se sentido um novo homem. Ele queria chegar em casa a tempo, ou até um pouco cedo, para levar todo mundo para comer pizza, comemorar. Mas, quando acabou chegando em casa, encontrou um bilhete dizendo que eles já tinham ido comer pizza. E mesmo que não tivessem saído, e se eles perguntassem: *Por que essa munificência assim de repente?* Foi então que Keith entendeu que o seu erro não permitia uma fuga assim tão fácil — que ele estava vivendo num mundo pós-erro. O parasita podia ter sido eliminado, mas tinha deixado um oco dentro dele, um homem desmontado.

Se bem que isso podia ser só a noção de que o Irmão Demoníaco ainda esperava por ele. Pois muito tempo depois de a venda ter sido executada, com a transferência dos títulos das contas dele para a do pai de Regan — depois de Felix Rohatyn ter entrado em cena e dado um jeito de salvar o orçamento da cidade, rendendo novecentos mil dólares para a Companhia Hamilton-Sweeney com uma estratégia que tinha sido de Keith; depois de Regan ter arranjado um emprego (ainda que na empresa da família) —, Amory Gould ligaria para o seu escritório. A voz dele, que normalmente soava tão distante, se afastava ainda mais, como se a linha estivesse ruim. Ele precisava fazer uma coisa, dizia, e será que Keith não podia fazer por ele?

Em geral, funcionava assim: numa quinta ou sexta-feira, tarde mas não no fim do expediente, Keith pegava sua pasta. Dentro dela estaria um envelope de papel pardo, que teria chegado via mensageiro dentro de um envelope maior de manhã. Inventando alguma desculpa para sair mais cedo, ele passava por Veronica e pela sala das secretárias e embarcava no elevador para descer até a rua. Seu destino era uma casinha acabada a leste da

Bowery, o tipo de lugar que mandava um pouquinho dele com você toda vez que você ia embora, em forma de pó nos sapatos, no pulso das camisas, de uma fina película cinzenta na ponta dos dedos, onde você tinha tocado a campainha empoeirada. Mas Keith nunca tocava a campainha; Amory não tinha falado nada de entrega em mãos. Era mais fácil simplesmente usar a entrada de cartas.

O que havia naqueles envelopes? Intimações judiciais? Pagamentos a uma amante secreta? A um filho ilegítimo? Ele é que não ia perguntar. Amory tinha uma vastíssima rede de contatos, não só nos círculos da inteligência em que tinha transitado quando era mais jovem, mas também entre a espantosa máquina de processamento de dados que estava assumindo o controle do mundo financeiro; ele achava que informação era o seu negócio. Não Keith Lamplighter. Ele só se abaixava um pouco e metia os envelopes na fenda. Está certo que o esquema era um pouco desconfortável. Grandes senhores da velha Nova York um dia viveram naquelas casas de pedra, mas agora se tratava de um território abertamente hostil à sua classe social. E se algum conhecido o visse por ali? Mas é claro que nem os nativos o viam. As pessoas estavam ocupadas demais se chapando, ou amedrontadas demais para sair à rua. O mais próximo que ele chegava do contato humano era o latido de um cachorro, ou o som abafado de uma vitrola.

Aí, depois da quarta ou quinta vez, ele estava voltando até as quadras mais seguras para achar um táxi quando foi tomado por uma sensação nauseante. Equilibrou a pasta no topo arredondado de uma caixa de correio e abriu o fecho, e lá dentro estava o envelope longo e sem endereço que ele devia entregar. Isso podia não ter incomodado tanto, não fosse o fato de que o seu gêmeo fraterno, um certificado de ações lacrado à espera da assinatura de um cliente importante, estava ausente. Ele tentou relembrar o momento em que tinha passado o envelope pela fenda, mas não conseguiu. A cabeça dele já estava no norte da ilha, em casa. Ele voltou à casa. O barulho que vinha pelas paredes do porão e pela porta de aço amassada com seu grafite hieroglífico gigantesco não podia ser chamado exatamente de música. Era mais como se alguém estivesse injetando uma loja de discos na veia. Ele bateu até ficar com as mãos doloridas e esperou uma pausa no barulho, mas ela não veio. Agosto de 1976, com o ar espesso, o sol batendo firme.

Em algum momento desde a última vez que ele tinha prestado atenção, a campainha tinha sido arrancada como um olho da órbita; um único gânglio retorcido de fio elétrico arrancado como uma rolha do umbral da porta. Ele se agachou e ergueu a aba rangente da fenda de cartas, para ver se conseguia enxergar seu envelope largado no chão lá dentro. O suor lhe escorria do cabelo para o olho. Ele podia sentir presenças atentas por trás de cortinas fechadas do outro lado da rua. Será que as pessoas ainda chamavam a polícia por aqui? E se chamassem, será que a polícia ousava vir? Talvez se ele fizesse um tipo de gancho com o fio da campainha... Estava prestes a gritar pela fenda, a perguntar se alguém podia abrir a porta, quando uma sombra caiu por sobre ele. Ele ergueu os olhos. Ali, suspensas contra o céu úmido, estavam duas pernas muito compridas vestidas de jeans. A moça a quem elas pertenciam estava apoiando uma pilha de discos contra o quadril. Sua camiseta preta estava cortada curtinha para revelar uma pálida faixa de barriga. Seu cabelo castanho ficava dourado onde pegava o sol. Ela apertou bem os olhos lá de cima, mas a voz, quando saiu, era curiosa, rica, profunda — quase divertida, ele poderia ter dito, bem depois de ter esquecido as palavras exatas que ela disse.

Que foram, só para constar: "Oi... procurando alguma coisa aí?".

INTERLÚDIO

OS FOGUETEIROS, PRIMEIRA PARTE

~~O Fugitivo~~
~~Na Casa De Meu Pai Há Muitas Mansões~~
~~Que Reino Foi Aquele~~
~~macacos invadem o palácio celestial e expulsam o dragão~~
~~Ano da Cobra~~
~~Ninguém Mais Vai Lá~~
Os Fogueteiros

A CASA ERA DE UM MODELO DE RANCHO, BRANCA, REVESTIDA DE
alumínio, afastada do meio-fio de um beco sem saída entre
as ramificações dos subúrbios de Nassau County, Long
Island. A não ser pelo seu relativo isolamento ali, podia
ser milhares de outras. O encanamento era temperamental.
As paredes vazavam som. Porém, quando Carmine Cicciaro,
Jr., trouxe sua jovem esposa lá do Queens para dar uma
olhada, na primavera de 1963, viu que ela daria para o
gasto: nos fundos havia exatamente a quantidade certa de
terra plana para acomodar um pátio, um galpão do tamanho
de uma cabana e uma fileira de pinheiros e olmos para
cobrir o barulho do trânsito da Long Island Expressway,
na direção da qual o resto do quintal se inclinava
indelicadamente. Eu na época estava morando em Manhattan
e, nos anos que se seguiram à mudança dos Cicciaro para
Flower Hill, devo ter passado por ali uma dúzia de vezes
em caminhadas de verão até Montauk, sem olhar duas vezes
para a casa. Certamente eu nunca imaginei que um dos
maiores artistas nativos de Nova York tinha feito daquele
lugar o seu lar. Ao mesmo tempo, até o verão do
Bicentenário, em 1976, e os eventos que a ele se
seguiram, eu provavelmente não teria pensado em chamar
o que Cicciaro faz para viver de "arte".

 O que Cicciaro faz para viver, ou fazia, até bem
recentemente, é disparar fogos de artifício. Para os

colegas, o espetáculo que ele organizou sobre o Porto de Nova York no dia 4 de julho de 1971 continua sendo a maior realização neste campo, em toda uma geração. Mas esse campo é tão negligenciado pelo resto do mundo que ninguém consegue nem ao menos concordar com um nome para ele. Seus textos seminais todos têm centenas de anos de idade. A Grande Arte da Artilharia, escrito por Casimir Simienowicz em 1650, usa a expressão latina equivalente a "mestre de fogos", enquanto outras obras do período se referem, de maneira algo críptica, a "homens ferozes" ou "homens verdes". Fontes mais recentes falam de "piroctécnicos", mas eu descobri que os próprios homens em questão (e são todos homens) preferem "fogueteiro".

 Eles são de ascendência italiana, em sua grande maioria -- os Rozzi de Cleveland, os Zambelli da Pensilvânia, os Ruggier da França --, e são como clãs, recolhidos e lacônicos e bruscos. A bem da verdade, quando eu consegui encontrar a casa da colina, Carmine Cicciaro, Jr., relutou diante da mera ideia de falar de si próprio. Quando lhe perguntava sobre suas realizações, ele recorria a platitudes. "Não é você que escolhe esse ramo, mas ele que te escolhe", ele deve ter dito isso três vezes no mesmo número de minutos, enquanto estávamos parados à porta da sua oficina. Quando o forcei a se estender, ele só disse que os fogos estavam no sangue. Criança, ficava vendo os irmãos mais velhos, Frankie e Julius, carregarem rojões na barca da família. Ficava vendo o pai pilotar a barca para o Porto de Nova York. Depois, ficou vendo do convés enquanto o céu se iluminava e milhares de cabeças no litoral se inclinavam para trás, bocas abertas em grandes "o"s. A minha sugestão de que essa era uma maneira bem bizarra de se consumir uma juventude gerou apenas um dar de ombros e outro truísmo: "Ninguém entra nesse trabalho pela glória".

Como que para sublinhar essa ideia, Cicciaro se portava menos como um mestre americano que como um pirata exilado em terra firme. Tinha uma barba de dois dias e uma barriga que parecia a proteção de um apanhador de beisebol, além de uma camisa xadrez de lã vários tamanhos maior que ele, como se o seu próprio corpanzil pudesse desaparecer lá dentro. Na mão esquerda lhe faltava metade do anular (quase todos os fogueteiros perdem um ou outro apêndice), mas ele nunca se referiu a isso, ou ao anel de prata que usava na falange que lhe restava, a não ser para ficar girando a aliança enquanto eu pedia uma entrevista. Sobre uma mesa, na oficina, estava uma carabina. Ele podia ter me dispensado de vez, mas quando entrou em cena o meu serviço militar na Coreia, pareceu que eu tinha passado em algum teste. Nós logo estávamos sentados no pátio dos fundos da casa dele, bebendo latas de Schlitz que saíam de uma caixa de isopor.

Descobri que a cerveja o deixava mais relaxado. Desde que o tema fosse suficientemente distante, ele podia chegar a ser efetivamente digressivo. Quando lhe contei que a minha pesquisa sobre o tema dos fogos de artifício tinha ido pouco além de um sienês do século XVI chamado Vannoccio Biringuccio, ele disse: "Tem que saber onde procurar". Ele deve ter passado centenas de horas quando era adolescente fuçando na biblioteca. "História chinesa, manuais técnicos de química e metalurgia, história militar na época da Guerra dos Cem Anos... Você encontrou um François de Malthus? Naquele tempo, o cara que fazia os espetáculos em tempo de paz era o mesmo que misturava a pólvora nas batalhas. Eu provavelmente podia lembrar os códigos dos livros, mas a minha memória já não é mais a mesma."

Achei que era outra esquiva. Cicciaro tinha só quarenta e oito anos; sua memória era nitidamente boa.

Mais ainda, ele queria falar. Naquele verão e outono nós iríamos passar muitas horas naquele pátio, onde fui extraindo dele a história da sua profissão, um relato spengleriano de triunfo e declínio. Fomos ficando tão à vontade na companhia um do outro que ele parecia não se importar se eu entrava para me reabastecer do refrigerante que tinha passado a beber, em vez de tentar acompanhar o seu ritmo, cerveja a cerveja. Mas quando confessei que não esperava que ele me deixasse entrar depois daquela primeira visita, ele disse que eu tinha dado sorte. A filha dele conseguia convencê-lo a fazer quase qualquer coisa.

O nome dela era Samantha, ela tinha dezessete anos, e foi o primeiro tema realmente pessoal que ele se dispôs a abordar. Isso foi em agosto. Em um mês, quando os dormitórios reabrissem, ela entraria para a Escola de Arte da NYU. Cicciaro não parecia ligar a palavra "arte" ao seu próprio trabalho. "Música, filmes, poemas... ela é doida por isso tudo aí", ele disse, apesar de ter esperanças, já que estava pagando por aquilo, de que a universidade fosse levá-la a algo "mais prático". Ele ergueu a lata de cerveja equilibrada no joelho e fez um gesto na minha direção. "Quem sabe até jornalismo. Ela está fazendo uma revista inteirinha sozinha, com foto e tudo mais. Não que ela me deixe ler."

Mais tarde, ele teria motivos para falar de Samantha e de seus segredos com raiva e mágoa. Porém, naquela primeira vez, sua boca se contraiu como se ele tivesse chupado escondido uma bala de limão. Então nós ficamos sentados, na doce ignorância, e conversamos mais um pouco e ficamos vendo as árvores sacudidas pelo vento no fundo do jardim, cujas folhas já douravam pelas bordas. Eram três da tarde, e aí três e meia, e o trânsito ficava mais pesado na L.I.E. e o sol vinha descendo.

QUANDO NÓS FALAMOS DE FOGOS DE ARTIFÍCIO, ESTAMOS NA verdade falando de três coisas diferentes. Cerca de metade dos seiscentos e cinquenta e três membros da Guilda Confederada dos Pirotécnicos trabalham com artilharia militar, e não saberiam diferenciar um rojão de um rombo no chão. O resto são "diversões", que ainda se subdividem em instalações fixas e "aéreos". Qualquer fogueteiro que se preze sabe montar uma instalação fixa. Nos espetáculos que eu cresci vendo nos feriados de Tulsa, uma armação em chamas que dizia "Deus Abençoe a América" era uma coda ubíqua. Poucas décadas depois, o grand finale propriamente dito seria um palácio em tamanho real ou uma roda de catarina cuspindo fagulhas na terra ou na água. Mas melhorias tecnológicas deram mais destaque ao ramo aéreo. A base de um espetáculo profissional hoje é um rojão disparado como um morteiro, que você raramente vai ver alguém do ramo chamar de outra coisa que não seja bomba.

 A ciência básica que fundamentava tanto as instalações quanto as bombas, Cicciaro fez remontar até os anônimos vilarejos chineses em que a pólvora primeiro apareceu, cerca de dois mil anos atrás. "Claro que não era pólvora de canhão, então", ele me disse, "porque eles não tinham canhão." Ainda assim, a se julgar pelos seus esforços para monopolizar o pó, os imperadores da dinastia Tang devem ter reconhecido as implicações bélicas daquele produto. Já no século VII os fogos de artifício eram uma constante nas festividades reais, e os fogueteiros eram empregados oficiais, como mágicos ou carrascos. Então, por volta de 1300, Marco Polo conseguiu contrabandear alguns rojões não detonados para Veneza. "Ou pelo menos é o que dizem." Mas os alquimistas que trabalhavam para os doges se mostrariam tão incapazes de conter a oferta quanto os Tang; ao longo de vários séculos, os fogos se espalharam por toda a bota da Itália.

Na década de 1850, quando eles chegaram ao lar ancestral dos Cicciaro, o vilarejo de Pozzallo na Sicília, os italianos tinham feito modificações. Uma foi a ideia de substituir as esferas fechadas que os chineses preferiam por cilindros abertos de um lado que rodopiavam no ar, espirrando fagulhas ainda antes de estourarem. Outra foi o "polverone", um pó negro misturado com diversos agentes umidificadores para diminuir a velocidade de queima. E no começo do século XIX, os fogueteiros descobriram dezenas de outras ligas que ampliavam sua paleta muito além do padrão quase branco. Havia o estrôncio para a cor vermelha, o sódio para o amarelo, bário para o verde. Como regra geral, Cicciaro disse, as cores ficam cada vez menos estáveis à medida que se sobe pelo espectro da luz visível. Normalmente o azul é considerado a cor mais volátil, e a mais difícil de se produzir, mas os anais pozzallanos sustentam que, quando ainda estava de calças curtas, o avô de Cicciaro, Gian' Battista, achou uma maneira de ir além dele, até um roxo que beirava o ultravioleta.

Fosse ou não verdade, Gian' Battista Cicciaro atracaria perto da virada do século no Novo Mundo, onde os fogos de artifício viraram uma das primeiras formas de entretenimento de massa. A cidade americana daquele tempo era primariamente uma unidade econômica, não cultural, e as tensões étnicas e de classe ameaçavam romper esse tecido. No entanto, o fogaréu inesperado que Gian' Battista montava nos feriados dava aos inquietos italianos e irlandeses e alemães e judeus algo em comum -- pelo menos enquanto duravam. Isso não passou despercebido no Tammany Hall. A empresa Cicciaro & Filho Diversões logo foi registrada e recebeu um contrato renovável de dez anos para o Dia da Independência, o Réveillon e a Festa de San Gennaro. Em 1934, com a guerra de gangues distraindo a máfia de

Chinatown, o filho e sucessor de Gian' Battista, Carmine Sr., acrescentou o Ano-Novo Chinês à lista, consolidando o controle da família sobre o que os fogueteiros chamam de "Os quatro grandes".

Carmine Jr., que àquela altura já tinha testemunhado dezenas de espetáculos, diz que não se lembra de nenhum deles. O que lembra, diz ele, é ficar acordado em casa depois deles, no apartamento da família na Mott Street, esperando ouvir o rangido dos passos do pai na escada da frente de casa. O cheiro era acre, vagamente diabólico. "Ele pairava quase como um amarelo ou vermelho no escuro", ele disse. "E aí no dia seguinte tinha um aro de pó preto na banheira para a minha mãe limpar. Dava pra escrever o nome naquilo com o nó do dedo." Foi raspando esses resíduos e guardando numa latinha de balas Knickerbocker, deixando secar ao sol no telhado, misturando alguns compostos ilícitos, e inserindo uma cabeça de palito de fósforo como pavio, que Carmine Cicciaro, Jr., sete anos de idade, fabricou sua primeira bomba.

EU JÁ ESTAVA FREQUENTANDO A CASA HAVIA COISA DE DOIS meses quando Cicciaro se ofereceu para me "mostrar a oficina". Achei que ele estava se referindo ao galpão ali fora, onde ele mesmo trabalhava, cujos ruidosos ventiladores de exaustão eram o motivo (eu supunha) de não terem construído outras casas ali por perto. Em vez disso, ele me levou de carro para as instalações que seu pai tinha construído em Willets Point, no Queens, quase já no fim da Depressão.

Hoje, Willets Point é uma região de arame farpado e latidos e esgoto a céu aberto, tudo isso espremido contra os pátios de trens da IRT. Até que se construa um sistema moderno de saneamento, não são mais permitidos prédios residenciais, então os principais ocupantes são oficinas

de metalurgia e ferros-velhos e depósitos não
identificados que atraem caminhões-tanques e de carga.
Pode ser difícil acreditar até que você está em Nova York
antes de entrever, atrás dos mamilos das cúpulas da usina
de tratamento de água, os florões dos prédios do centro.
Logo ali ao lado ficam as instalações da Cicciaro & Filho,
dezessete galpões metálicos numerados em mais ou menos um
acre de terra sem grama. Uma placa de cobre está aterrada
através de um poste ao lado de cada porta; antes de entrar
você encosta na placa para descarregar toda a estática que
possa ter acumulado. (Observe atentamente um fogueteiro e
você vai ver que eles transformam isso num hábito: na
entrada de qualquer cozinha ou banheiro ou loja de posto
de gasolina, uma mãe tateia inconscientemente o umbral.)
Quando se acende uma luz num dos galpões, uma lâmpada
vermelha do lado de fora informa a todos que ele está
ocupado. E atrás da última fileira de galpões fica o
trecho dos fundos do terreno, conhecido como "O
Laboratório": um pedaço vazio e pontilhado de sujeira,
protegido por todos os lados por dunas artificiais cuja
face interna, torrada até ficar preta, fica
permanentemente pontilhada por dezenas e às vezes centenas
das gaivotas locais. É o acúmulo de nitratos na terra que
as atrai, Carmine me disse. "Como você precisa do ferro de
um bife. Algum desequilíbrio mineral no sangue."

Ele começou a vir trabalhar aqui depois da aula no
começo dos anos 40, quando seus dois irmãos foram para
a guerra. Suas principais tarefas eram deixar tudo limpo
e seguro quando os técnicos iam para casa. Mas ali,
sozinho entre os materiais inflamáveis, Cicciaro começou
a experimentar. Logo ficou claro que ele tinha herdado o
talento do pai para as cores. Ele era capaz de enxergar
distinções e nuances que escapavam aos outros; de
sentir, através de uma leve forma de sinestesia, os tons
precisos que resultariam das várias misturas químicas,
e de sentir precisamente até onde podia ir com aquilo e

continuar vivo. Um dos seus primeiros triunfos foi o que o escritor (e entusiasta da pirotecnia) George Plimpton chamou de "um dos grandes e raros azuis". Ele queimava num tom escuro e ao mesmo tempo com um brilho forte, apesar de a fórmula secreta de Cicciaro ser tão poderosa que os rojões só podiam ser embalados um ou dois dias antes do disparo.

Aí, em novembro de 1944, um bombardeiro americano que levava Frankie, o irmão de Cicciaro, caiu sobre o Pacífico. Julius Cicciaro foi morto na Bélgica não muito depois disso. Houve uma condecoração póstuma por bravura. A mãe deles virou uma daquelas católicas vestidas de preto que só saem do apartamento uma vez por dia, para a missa. O pai simplesmente trabalhou mais duro, assim como o filho restante. O inverno há muito tempo é a época em que os fogueteiros ficam mais ocupados, preparando bombas para os espetáculos do verão, e a fábrica em Willets Point ficava aberta de segunda a sábado. Quando abandonou oficialmente a escola aos dezesseis anos, Carmine Cicciaro, Jr., estava cumprindo algo entre dez e doze horas por dia nos galpões. Aí no domingo, depois da igreja, ele seguia para a grande biblioteca pública da 42nd Street e se enfiava em livros de páginas ressecadas.

Mas mesmo enquanto mergulhava na história, Cicciaro estava de olho no futuro. No mundo todo que o cercava, as coisas estavam se uniformizando. As pessoas não tinham mais que esperar uma récita de ópera; podiam comprar o disco e ouvir sem parar, igualzinho a cada vez. E, no entanto, os fogos se mantinham imunes até às mais básicas noções de composição. Na ausência dos filhos mortos, com quem tinha uma espécie de telepatia, Carmine Sr. agora tinha que confiar em técnicos cegados pelos clarões que corriam de um lado para outro para acender os pavios à mão, tentando enxergar os movimentos dos braços deles no escuro.

Um dia, Carmine Jr. chegou a Willets Point e encontrou esses técnicos em volta do rádio do escritório do pai no Galpão 8. Todas as estações estavam dando a notícia da detonação de Fat Man sobre Nagasaki. Era a maior explosão jamais realizada pelo homem, e a guerra ia acabar, com uma compensação mais do que suficiente pela morte dos seus irmãos. Os homens pareciam basicamente curiosos quanto à engenharia da bomba. Um deles explicava que o principal problema elétrico tinha sido conseguir fazer o material explosivo entrar todo em combustão simultaneamente em redor do núcleo... Ao ver o rapaz de luto ali perto, ele parou. Mas o próprio Cicciaro já estava lidando com alguns esquemas. A Bomba-A era quase o contrário de um rojão aéreo: uma transformação de ordem em calor, onde os fogos transformavam calor em ordem. E, no entanto, a necessidade de se controlar a taxa de ignição era praticamente a mesma.

	Dentro de um mês, Cicciaro já estava nas dunas com uma tosca placa de circuitos que tinha montado para sequenciar e disparar múltiplos pavios. Esse aparelho, que depois ficou conhecido como "Placa de Cicciaro", permitiria a complexa sincronização que hoje associamos aos espetáculos pirotécnicos. Ela, portanto, teve grande influência no processo que deixou esses espetáculos prontos para ser transmitidos pela televisão. Quanto a uma patente, no entanto, Cicciaro disse que isso nunca lhe ocorreu, exatamente como não teria ocorrido ao fogueteiro que descobriu que o perclorato de magnésio gerava chamas de um rosa vívido. O que vale dizer que, pelo que não seria a última vez, Carmine Cicciaro, Jr., tinha se posto um passo mais próximo da obsolescência -- de se ver consumido pelo fogo que gerava.

UMA BOMBA, ESSENCIALMENTE, SE CONSTITUI DE UM INVÓLUCRO, um pavio e duas cargas. A primeira dessas partes, o invólucro, é um corpete de papel pardo com várias camadas de espessura e de até trinta centímetros de diâmetro. Quando o fogueteiro retira o invólucro do molde de madeira, ele prende um longo fósforo, ou passafuoco, lá dentro. Ele vai detonar a carga de elevação ainda enquanto o fogo prossegue mais lento pelo polverone e pelo pavio propriamente dito. No centro da bomba vai o tubo de metal, menor, chamado de cânula, que contém a pólvora mais forte: a carga de explosão.

No domingo em que visitamos Willets Point, a fábrica estava praticamente vazia, mas dentro do Galpão 15 um técnico chamado Len Rizzo, recentemente divorciado (outro risco da profissão), estava usando latas vazias de tomates San Marzano para preparar umas bombas para uma comemoração de "Réveillon" no litoral de Nova Jersey. Fiquei vendo ele encher o espaço entre a parede externa de cada lata e o invólucro de papel com espoletas do comprimento de um dedo e com bloquinhos de produtos químicos do tamanho de um pedaço de carne para picadinho, conhecidos como "estrelas". Estes últimos eram as cores da bomba. A volatilidade deles era o motivo de serem carregados antes de qualquer uma das cargas, Carmine me disse -- "Sempre monte de fora pra dentro" --, apesar de eu não poder dizer que essa precaução tenha me deixado minimamente menos tenso quando ele me pediu para tentar fazer um.

Com a cor e o som prontos, a bomba seguia para outro galpão, onde a cânula recebia sua carga de explosão. Ela era secionada para gerar várias detonações no ar, como um foguete de múltiplos estágios. No fundo da cápsula, num terceiro galpão, Cicciaro inseria a carga de elevação e a "bochetta" de papel do mecanismo de disparo, e aí lacrava as duas pontas. O passo final era envolver o rojão finalizado com barbante italiano, numa espécie de padrão de cama de gato. Isso aumentava a integridade do rojão, me disseram, mas hoje eu me pergunto se aquilo não era feito apenas pela beleza, como um cenógrafo pode encher uma gaveta cujo interior a plateia jamais verá. Puxando barbante de embalagem de um rolo que pendia do teto do Galpão 7, as mãos deformadas e cobertas de cicatrizes de Carmine tornavam-se quase delicadas, e, apesar de eu nunca ter aprendido a fazer aquele invólucro final, podia ter ficado ali o dia todo vendo-o trabalhar.

Os rojões prontos eram armazenados nos Galpões de 1 a 3, separados do resto das instalações por uma vala de drenagem estagnada. Eu observei para Cicciaro que, na distribuição das duas partes, a própria fábrica era uma versão gigante de uma bomba: cada elemento em seu compartimento. "Misturar as coisas cedo demais é o que te mata", ele disse. Quando uma família de fogueteiros viu sua oficina explodir na primavera de 1973, lojistas a quinze quilômetros de lá tiveram janelas quebradas. "O filho que morreu era um sujeito cuidadoso. Mas nunca dá pra saber. Bom, os cachorros sabiam. Os vizinhos disseram que eles ficaram latindo meia hora antes da explosão."

Estava escurecendo lá fora, e perguntei se a gente podia disparar alguma coisa. Aqui não, ele disse. "A prefeitura só deixa a gente disparar de quinta a sábado. Mas acho que eu sei um lugar. Você está pensando em alguma coisa especial?" Eu disse que ia gostar de usar uma das bombas que nós tínhamos acabado de fazer. Apesar de todos os seus avisos sobre segurança, ele entrou no Galpão 3 e saiu de novo com uma delas na mão, sem luvas, e a entregou como uma bola de futebol. "Só não derrube", ele disse, então eu fiquei sentado com ela no colo na caminhonete, pulando de susto a cada ruído enquanto passávamos sacolejantes por dobermanns e buracos no asfalto e seguíamos para a via expressa.

Paramos num parque isolado a meia hora dali, no caminho de Long Island. Cicciaro tinha uns tubos de morteiro na caçamba da caminhonete -- era isso que eu estava ouvindo bater lá trás -- e meteu um direto no pedrisco do estacionamento, angulado na direção de um prado vizinho. Ele largou a bomba ali dentro. O pavio principal ele dobrou por sobre a borda do tubo e acendeu com a naturalidade de quem acende um cigarro. Ele andou os poucos metros que o separavam de onde eu estava. A lentidão daquele pavio era quase dolorosa. Aí a chama passou pela borda e sumiu lá dentro.
   De início nada aconteceu, e eu devo ter me mexido para ir investigar, porque ele me agarrou pelo braço. Obviamente, veio então um baque que eu pude sentir na própria areia e um grito como que lacerando o ar e uma cusparada de luz nas alturas da noite sombria. Ele tinha preparado uma bomba de múltiplos tons, um para cada uma das sete explosões. Primeiro veio um jato de um azul de elevada altitude, depois um laranja de alerta, algo mais baixo. Aí o verde afogou todas elas, com um verde ainda mais profundo no centro -- como uma bomba dentro de uma bomba. Aí âmbar, ouro, e finalmente um vermelho-escuro, carmesim, quando a bomba caía para a terra. Essa última cor brilhou tão clara que delineou o queixo frouxo de Cicciaro, e eu me dei conta de que a única coisa que podia descrever a sua cara era um menino totalmente obcecado. Era como se ele estivesse ali na minha frente, um ano depois da morte dos irmãos, sozinho com a linguagem aparentemente secreta do seu ofício.

NORMALMENTE CICCIARO ESTAVA NA OFICINA QUANDO EU chegava, mas na minha próxima ida a Nassau County, na sexta-feira depois do Dia de Ação de Graças, encontrei a porta com três cadeados, e nada da

caminhonete. Eu estava contando com uma carona dele para
pegar o trem na volta, e já tinha dispensado o táxi.
A pé eu ia levar uma hora, na chuva. Foi especialmente
isso que me levou, voltando até a frente da casa,
a tocar a campainha. Por um tempo, nenhuma resposta.
Quando eu estava prestes a ir embora, no entanto,
a porta interna recuou, e lá estava Samantha, a filha,
olhando através do vidro contra a tempestade. Nas fotos
de infância presas com durex na geladeira ela ainda era
rolicinha, mas pessoalmente, a primeira coisa que você
via era o quanto ela tinha ficado esguia. A segunda era
que ela não sabia como lidar com isso. Tinha a
insegurança cabisbaixa que você às vezes enxerga em aves
que caminham na água rasa, antes de voarem assustadas.
O cabelo, na altura do queixo e negro como vidro de
garrafa, deixava o rosto dela sério, mas aí a boca
relaxava, suavizando tudo à sua volta. Fiquei pensando
se por acaso ela estava esperando outra pessoa. "Você é
o cara da revista, né? O pai não está."

    Eu lhe dei meu sorriso mais cativante e disse que
nós devíamos ter confundido os horários. "Eu estava aqui
pensando se podia usar o seu telefone pra pedir outro
táxi. E de repente abusar da sua atenção um minutinho,
já que você está em casa."

    Os olhos dela se estreitaram. Então ficaram de novo
imensos, negros, meditativos, e a porta se abriu. Ela
não ficou olhando enquanto eu consultava números na
cozinha, nem se deixou ficar por ali. Eu devia ter ido
esperar na frente da casa depois de desligar. Em vez
disso, segui o único corredor da sala até os quartos. Eu
a encontrei sentada numa velha cama de dossel, olhando
para os dedos que estavam nos trastes de uma guitarra
verde. Tinha um disco no estéreo; ela estava tentando
aprender a tocar aquela música quando as minhas batidas
no umbral da porta a interromperam. "Nem tive chance de
te agradecer ainda", eu disse.

"Agradecer o quê?" Na parede atrás da cama havia dezenas de fotos de roqueiros.

"Por convencer o Carmine a continuar conversando comigo", eu disse.

Ela dava de ombros como o pai. "Na minha modesta opinião, se alguém te dá uma chance de ficar famoso, você aproveita."

"Fama é uma palavra meio exagerada pra o que eu tenho a oferecer", eu disse.

"Não se você está no ramo dele." Ela tocou um acorde, desligada.

"Ela não se sentia tentada a trabalhar para ele, então?", eu perguntei.

"Era pra isso que você queria abusar da minha atenção? Porque se for, já chega de abuso."

"Isso é o que os pais fazem", eu disse. "Eles se preocupam."

"Se ele está conversando com você agora, isso não te dá o direito de se meter na minha vida." De novo, o polegar pincelou um acorde, errado, e muito fora do tempo. "Enfim, espero que você não leve tudo cem por cento a sério, porque ele anda meio esquisito ultimamente." A música era uma antiga, de Van Morrison. Quando ela se curvou para tocar, percebi uma bandagem infantil, de plástico, no seu pescoço, um padrão de animaizinhos brancos cobrindo o que eu presumia ser um ferimento. As cordas fizeram um som morto, desconectado de tudo. Tive uma fugaz ideia de que ela estava de luto por alguma coisa. "Ou paranoico", ela disse. "Ele acha que estão tentando forçar ele a fechar as portas."

"Você quer dizer o pessoal daqui da vizinhança? A máfia?"

"Por favor. Eu estou falando dos competidores. A gente tinha o contrato da prefeitura havia uns cinquenta anos, e agora esses bocós, ou os representantes deles, me aparecem e levam o trabalho." Eu tinha ouvido falar desses contratos perdidos ainda antes de conhecer Cicciaro, mas até aqui ele só tinha falado disso de passagem, como do fracasso do seu casamento, e eu sabia muito bem que não devia pressionar no que se referia ao seu orgulho. Mas claro que era só uma questão de negócios, nada pessoal.

"Eu admito que fiquei curioso pra saber por que ele guarda uma arma lá atrás."

"É o lado siciliano. Como se a gente estivesse em algum vilarejo medieval onde você tem que proteger as suas coisas na espada. Se bem que se alguém se metesse mesmo com ele, certeza que ele saberia lidar com aquele negócio. Ele é durão, o velho."

"Está no sangue, então?" Era para ser um elogio, mas saiu solícito demais. Aí uma buzina soou lá fora.

"O seu carro."

"Mi ré lá", eu disse. Eu ainda consigo ver a cara desorientada dela. "Os acordes. Mi Mi Mi Ré Lá. Glo-o-o-ri-a." E ali, por um segundo, veio seu sorriso.

EU SÓ IA VOLTAR A PENSAR NAQUELES CONTRATOS UMAS semanas depois, quando, para compensar por ter me dado o bolo, Cicciaro finalmente fez a oferta que eu estava esperando: queria saber se eu podia ir ajudar a detonar um espetáculo. "Não fique esperando nada chique", ele me avisou. Era só aquele Revéillon fuleiro que ele tinha arranjado no litoral de Jersey. "Quinze minutos, umas centenas de bombas, Feliz Ano-Novo, pronto." Ainda assim, parecia que esse seria o futuro do fogueteiro independente, e se eu quisesse ver, podia ir com eles.

O espetáculo seria detonado de uma barcaça de lixo reformada que ficaria à deriva num braço de água salgada do lado continental da cidade. Nem Cicciaro nem os outros técnicos que tinham ido de carro nos encontrar aparentavam perceber o cheiro de lixo azedando, ou a neve que tinha começado a cair na diagonal diante do único poste de luz do estacionamento. Com o mais limitado vocabulário de grunhidos e gestos secos, nós carregamos a barcaça. Alguns jovens com parcas ficaram olhando de longe, prontos para sumir na escuridão. Para eles, apesar da gravata e do fedora, eu também era um fogueteiro.

Perto das onze, nós empurramos a barcaça para a água, com o próprio Cicciaro ao leme. Ancoramos à vista da luz do estacionamento e dos juncos negros da praia, mas a uma distância suficiente, eu percebi, para que, no caso de algo dar errado, os danos se limitassem aos que estavam a bordo. Aí só restava esperar. Os técnicos se mantinham na extremidade do convés que ficava mais distante dos morteiros, mas a distância entre eles e o chefe parecia menos espacial que espiritual. Ele recentemente tinha confessado para mim que teve que realizar uma rodada de cortes de custos na primavera. A tecnologia tinha dificultado uma empresa sem sócios competir em termos de preço. Os grandes conglomerados podiam mandar os taiwaneses montarem bombas por centavos, e contratar um consultor para vir programar sua placa de Cicciaro. Na verdade, à medida que Nova York se livrava da crise fiscal que tinha levado a cidade tecnicamente à bancarrota, Cicciaro foi informado de que para recuperar os contratos municipais ele teria que cortar seus preços pela metade. Ele foi para a oficina um dia e reuniu seus homens, quase todos com família para sustentar ou pensões a pagar, e anunciou que, pela primeira vez na história, seria preciso demitir. Aí, com aquelas vagas eliminadas, foi informado de que sua equipe era pequena demais para competir pelo Bicentenário.

Eu não tinha lhe perguntado sobre o Ano-Novo, mas agora, como que entreouvindo meus pensamentos, ele falou lá do compartimento do piloto. "Você sabe que tem um espetáculo melhor hoje em Nova York. Os mesmos caras que fizeram o dia Quatro. Eu nunca saquei por que você não está falando com eles."

Eu lhe disse que preferia de longe estar aqui, com alguém que conhecia as tradições, e não com algum otário que mete cartões num computador.

"Sem querer te jogar um balde de água fria, mas logo logo não vai dar pra você ver a diferença." O primeiro rojão subiu como um foguete, avermelhando as nuvens. Até para esse trabalho menor ele tinha inventado alguma coisa especial: uma bomba que espalhava pelo céu tomado pela neve uma dúzia de orbes efervescentes de ouro. Elas ficavam ali como que penduradas.

"Duvido muito, Carmine", eu disse.

"Você se mata de trabalhar pra fazer alguma coisa de valor, e aí o dinheiro entra em cena." Ele parecia estar sopesando alguma coisa. "Eu não ia te dizer isso, mas naquele dia que a gente se desencontrou, no Dia de Ação de Graças, tinham assaltado a minha oficininha dos fundos. Levaram três gramas do meu polverone. Agora, por que se dar a esse trabalho? Eu não posso provar nada, mas acho que alguém queria me dizer que pode me pegar."

Três gramas não eram nada, a essa altura eu já sabia. Um erro de arredondamento ou, na pior das hipóteses, uma sacanagem de alguns rapazes como aqueles que eu tinha visto na praia. "Eu conheço gente na polícia", eu comecei.

"Você não procura a polícia, na minha terra. E isso não é..."

Mas Len Rizzo, o técnico, deve ter ficado impaciente lá na proa, ou apertado o botão errado, porque naquele exato momento mais uma dúzia de luzes riscou o céu, uma grande rajada de estalidos no barco. Eram das bombas mais recentes de Carmine e, por mais que seja difícil acreditar, as duas coisas que

aconteceram então conspirariam para meter a história do
roubo em algum canto escondido da minha consciência por
meses. A primeira coisa, que transcorreu mais
lentamente, começou com a badalada de um sino de igreja
na praia. Era meia-noite, Réveillon, 1977. O que
significava que, a pouco mais de cem quilômetros dali,
a filha de Carmine já estava estendida no Central Park,
com duas balas de um desconhecido, ou desconhecidos,
enfiadas na cabeça, a neve ficando rosa com seu sangue.
No entanto isso ainda estava distante da nossa
consciência, e a coisa súbita, que me pasmou na hora,
foi que, em vez de só ficarem ali, ou de cambalearem
lentas para a terra, como uma vida toda de gravidade
tinha me feito esperar, os orbes dourados à minha
frente começaram a subir.

MAS AÍ, HAVIA UM DUPLO DE CAR

LIVRO III

LIBERTY HEIGHTS

Janeiro-julho, 1977

*Marcus Garvey estava dentro da Prisão Distrital
de Spanish Town,
e quando iam tirar ele dali,
ele profetizou e disse:
"Como eu passei por este portão,
nenhum outro prisioneiro vai entrar e passar",
e é assim até hoje;
o portão foi trancado — e daí?
Wat a liiv on bambaie
quando os Dois Setes se chocam.*

Culture, "Two Sevens Clash"

26

Quase uma década tinha se passado desde a última viagem de Richard Groskoph ao Bronx — foi no fim dos anos 60, quando ele estava concluindo um artigo sobre os reis do *klezmer* no Grand Concourse —, e agora, quando o trem número 4 saía de debaixo da terra depois do rio e as luzes se apagavam, ele teve uma visão de si próprio como um astronauta voando na direção de algum planeta inóspito que na verdade era uma versão futura do seu. Monólitos pétreos isolados, azuis à luz da lua, se projetavam de uma paisagem quase sem árvores. Guindastes se erguiam aqui e ali, fósseis com cabeças de bola de demolição. Acima pairavam colunas de fumaça densas demais para serem culpa de incineradores. Aí as luzes voltaram, e nenhum dos seus companheiros de viagem parecia perceber que tinham se apagado, ou que algo lá fora ardia em chamas. Em vez disso, eles encaravam seus jornais ou as letras e os números arranhados nas janelas. *Stash*, *Taki 183*, *Moonman 157*, encantamentos para manter afastado o mundo que passava. Nada diferentes, se você parar para pensar, daqueles anúncios lá em cima, que vendem pediatria, cirurgia plástica, ortodontia. Os médicos eram todos brancos; os pacientes, marrons. Richard era o único gringo nesse pedaço do trem. E ninguém mais estava levantando para descer na próxima estação.

Lá embaixo havia um pedaço de asfalto onde copinhos de papel e produtos plásticos se juntavam em volta das vigas, cores obliteradas pelo inverno. Havia avisos de coisas para alugar, com opção de compra. Seringas. Grafite supurando nos escudos metálicos das fachadas das lojas. Quando parava para olhar por entre as grades, ele distinguia pernas de cadeiras viradas para cima. Mott Haven um dia foi uma terra prometida para trabalhadores cansados dos cortiços. Agora os únicos sinais de vida eram uma fogueira numa lata de lixo num terreno daquela quadra e o restaurante de entrega na esquina, balconista fantasmático atrás de um vidro à prova de balas. Claro, uma definição possível da palavra "cidade" podia ser *um ponto de mudança concentrada*, e essas transformações estavam ocorrendo muito antes de Richard ter ido embora. Mas ele de alguma maneira imaginava que sua saída pudesse afetar a taxa de decadência. Não foi isso que Heisenberg disse? Aparentemente não. E também — ele pensou de novo em Samantha Cicciaro no seu leito de hospital — não adiantava dar as costas para essas ruas. Ele ergueu a lapela do blazer, meteu as mãos nos bolsos e adentrou mais fundo no gueto.

Numa praça de concreto entre duas torres de conjuntos habitacionais, veículos de emergência em ponto morto, sirenes desligadas. Bombeiros com cabecinhas nuas sentados, fumando, nos para-choques. Luzes vermelhas variam a multidão reunida atrás de catenárias de fita policial. Richard de novo sentiu-se agudamente caucasiano, mas ninguém parecia prestar atenção nele. Por talvez dez minutos eles todos ficaram vendo os policiais entrarem e saírem do prédio mais próximo. Então, através do vidro sujo do vestíbulo, Richard percebeu um policial à paisana que se esgueirava de muletas na direção dele. Teria reconhecido aquele homem em qualquer lugar, apesar do cabelo em grande parte grisalho. O Polaquinho. Larry Pulaski.

Quando eles se conheceram, não havia muletas. Richard estava com vinte e dois ou vinte e três anos de idade, rodando a cidade em busca de notícias. Uma estratégia era ficar à toa numa certa taverna na Jane Street, que, se você conseguia tolerar batatinhas molhadas como jornal que saiu da prensa e uma ou outra lasca de osso no bife, tinha a vantagem da proximidade da 6ª DP. Policiais de folga lotavam o bar. Uma rodada de bebidas podia diluir a antipatia natural daquele grupo até o ponto em que eles cuspissem algo útil, um nome, um telefone. Eram homens fisicamente grandes, quase todos. Pulaski se destacava por ser tão pequeno e por sempre se sentar para beber.

Havia uma ligeira corcunda que aparentemente só Richard percebia; quando ele se levantava da mesa, as omoplatas pressionavam como hastes de barraca o uniforme azul engomado. Depois, tendo descoberto seu amor mútuo por Patsy Cline, Richard se permitiu perguntar se ele jogava baralho.

Agora ele olhava Pulaski, com um sobretudo de lã tamanho infantil, se dirigir ao motorista de uma ambulância. O ponto morto aspirado subiu de volume. A multidão se abriu para deixar o carro passar, bem quando as luzes da sirene se apagavam; ele não tinha pressa. Uma mulher começou a resmungar. Meninos com jaquetas de esqui e gorrinhos de meia — ele não devia pensar *meninos*, mas era o que eles eram, jovens com as barbinhas mais ralas — mantinham poses com um tom de hostilidade. Quanto tempo fazia que Richard tinha coberto uma cena de crime? Ele queria fugir de volta para Chelsea, a uma dúzia de estações dali, para esquecer de novo os termos íntimos em que as pessoas conviviam com a morte. Mas se Carmine não podia se dar a esse luxo, ele também não deveria se dar. Quando o último caminhão dos bombeiros tinha se afastado ruidoso, ele se agachou por baixo da fita. *Eu tentei arrancar aquela merda... quebrar o meu crânio*, a resmungante resmungava. Pulaski ergueu os olhos lá de onde tinha se apoiado contra um carro civil para remover as luvas de látex. Estender a mão provavelmente não era o gesto certo aqui, mas Pulaski se reequilibrou para aceitá-la. A expressão dele era benévola. Até avuncular. "Richard Groskoph, caramba. Onde é que você andou nas últimas décadas?"

"Faz um tempinho", Richard concordou. O tempo tinha agravado os problemas vertebrais de Pulaski, torcido seu torso em formato de vírgula. As pernas dele se tocavam na altura dos joelhos, mas se alargavam abaixo disso como um tripé para sustentar o peso descentrado lá em cima. Obviamente Richard, ele mesmo ficando mais velho, não tinha direito de mencionar isso. Apontou com a cabeça na direção do prédio de apartamentos. "Posso perguntar?"

"Os meus rapazes chamam isso aqui de Simulação de Incêndio Mitchell Lama", disse Pulaski. "Trave o elevador, acione um alarme num andar alto, se instale com uma arma no poço da escada perto do saguão e assalte o pessoal que for descendo. Só que às vezes a arma dispara. Dois corpos aqui."

"Que horror!"

"Mas me surpreende ver um repórter aqui tão ao norte da cidade. Dá pra você ficar largando bombas incendiárias em quadras e mais quadras hoje em dia sem atrair um gravadorzinho que seja." Sua mirada era a de um alfaiate, medindo no olho.

"Pra ser sincero, Larry, na verdade eu não estou aqui profissionalmente. Você tem um minutinho pra conversar?"

Pulaski se virou na direção do saguão do prédio, onde subordinados faziam o que podiam para parecer ocupados. "Não parece que a gente vá prender alguém agora. Deixa eu avisar o responsável, e aí a gente pode ir pra um lugar mais tranquilo."

Ele era surpreendentemente ágil com as muletas; lembrava quase um morcego, deslizando por entre as sombras diagonais das poucas luzes que sobreviviam sobre os trilhos do elevado. Lá no restaurantezinho de entrega, um balcão de fórmica amarela de frente para a rua oferecia espaço suficiente para se comer de pé. Richard, subitamente faminto, pediu um sanduíche de carne com queijo. Pulaski ficou só no cafezinho. O balcão batia no meio do seu peito, mas ele nem mencionou algum desconforto, então Richard tentou não disfarçar sua própria estatura, nem se sentir desconfortável por causa de Pulaski. Ninguém tinha *pedido* para Richard ir até ali; ninguém tinha dito que a moribunda era problema pessoal seu. Mas como é que ele poderia diminuir a distância entre o corpo preso a um tubo respiratório e o outro, que tinha estado sentado diante dele dois meses atrás, tocando uma guitarra verde-maçã? "O negócio", ele disse, enfiando o guardanapo no cestinho de papelão em que o sanduíche demolido tinha sido trazido, "é que eu queria falar de um caso seu. Cicciaro é o nome da vítima."

Pulaski olhou para trás, como se alguém pudesse estar ouvindo, apesar de que a única outra pessoa ali, fora o balconista, fosse o velho chapeiro chinês. "Refresque a minha memória..."

"Noite de Ano-Novo. Central Park. Menina branca de dezessete anos. Em coma. Apareceu na imprensa."

"Posso apostar que apareceu, sendo naquela área. Mas onde foi que você achou o nome dela? A gente não liberou."

"Acontece que eu sou meio que amigo da família."

"Quem, do pai? Aquilo é amigo seu?"

"Ou conhecido. Tema. Eu estou escrevendo um perfil."

"Você está de sacanagem."

"Fogos de artifício e tal. Já são cinco meses, você acaba conhecendo as pessoas."

"Só que é esquisito que eu nunca tenha ficado sabendo disso", Pulaski disse. "Eu ia lembrar se ele tivesse mencionado você."

"Provavelmente ele não achou que era importante na hora." Essa movimentação em círculos fazia Richard pensar numa dança de acasalamento entre caranguejos, cada um tentando agarrar sem ser agarrado.

"E eu não imagino que nesses cinco meses, Richard, você tenha ficado sabendo de alguma coisa que eu precise saber."

"Por exemplo?"

Uma sobrancelha subiu quase imperceptivelmente. "Amigos meus, amigos nossos, um cara que conhece um cara que..."

Richard teve a mesma sensação de desorientação do 1º de janeiro, quando atendeu o telefone. *Que hospital? Você está aí agora?* A voz de Carmine na hora estava com o tom duro e seco de uma criança que tenta se convencer de alguma coisa. Por três minutos no PS, ele disse, o coração de Samantha tinha parado. Aí Richard entendeu. "Ah, qual é? Isso é porque eles são italianos? O cara está a quilômetros de ser esse tipo, Larry. Ele ia morar em Marte, se pudesse."

"Você sabe que eu tenho que perguntar. Aliás, isso aqui é tudo em off."

"Que é exatamente o meu problema. Eu vim aqui te perguntar se tem algum jeito de deixar ele e a menina fora da mídia. Eu contei onze artigos na primeira semana de janeiro, e isso só com o material básico que vocês liberaram. Eu ia odiar ver uma turba de jornalistas batendo na porta do Cicciaro. Ou sei lá o coletivo certo, manada, um bando."

"Por eles, você ia odiar?" E aí, quando Richard se negou a entrar nessa: "Acredite em mim, eu preciso tanto da imprensa nessa história quanto preciso de um buraco na testa. Com o perdão da expressão. Mas o que mais que tem pra eles cobrirem? É uma vítima anônima e um atirador desconhecido. A gente não tem pistas, não tem um caso, e neste exato momento você é o único que sabe quem ela é. Até o pessoal da universidade com quem eu falei achou que ela só tinha caído fora. Espere mais uma semaninha, e todo mundo passa pra próxima história."

"Você deu uma olhada na papelada, Larry? Ela faz dezoito amanhã. Daqui a..." — ele conferiu o relógio na parede atrás do vidro de quase três centímetros de espessura — "daqui a umas duas horas, Samantha Cicciaro não é mais menor. Tudo que se refira a ela vira registro público. A começar pelo nome."

Por um momento Pulaski ficou completamente imóvel. O reflexo dele era uma sombra na janela. "A data de nascimento. Putz. Alguém devia ter visto isso."

"Eu vi. E eu estou te avisando. Você quer mesmo ver a vida dela toda no jornal da tarde e aí mais um mês de cobertura?"

Pulaski tomou um gole de café, bateu as gotículas que lhe pendiam do bigode. "Mas e qual que é a sua ideia? Você está querendo resolver isso sozinho?"

"Eu só estou tentando terminar o meu perfil. Provavelmente não vão nem publicar, agora que aconteceu tudo isso." Ele queria acreditar que só tinha pensado até aí. Mas será que recebeu, breve, um olhar cético do seu velho amigo?

"Beleza, Richard. Deixa eu ver o que consigo inventar. Mas enquanto isso boca fechada. E chega de visitinhas surpresa." Pulaski largou o copo de papel no balcão, um som oco, e entregou um cartão com seu novo título, Inspetor Delegado. "Se te ocorrer alguma coisa, é a minha linha direta." Prendendo as muletas aos antebraços, ele pareceu repentinamente vulnerável, como um molusco que se recolhe à concha. "Sabe, por um tempinho cheguei a achar que você tinha se mandado de vez."

"Fazer o quê? Está na cara que eu não sei o que é bom pra mim."

"Eu, egoísta, fico satisfeito. As noites de quarta não são mais as mesmas sem você e o 'Dr.' Zig. Sinto falta de ter um pato fácil por perto."

"Espera aí... o que houve com o Zig?"

"Ligue o rádio uma hora pra você ver. Parece 1962 de novo. Foi o ano que vocês brigaram, não foi?" Era estranho: Richard achava que seu rompimento com Zig Zigler, como seu motivo, era um segredo. E aí o que mais o Pulaski sabia? "Mas se cuida no volante, Richard."

"Eu vim de trem."

"Nesse caso, Deus te ajude, então." Quando os dois trocaram um aperto de mãos, ambos cuidaram para não pressionar demais, ou deixar o outro ver que esse cuidado existia. Ainda assim, algo pairava entre eles, que Richard só depois iria perceber que não era exatamente um acordo.

27

O parque no primeiro dia do ano era uma brancura abandonada, ou uma série de brancuras, delimitadas por árvores negras como lençóis enroscados num arame farpado. A neve tinha derretido e congelado de novo nas trilhas, deixando uma casca fina que desmontava sob o peso dos sapatos e das muletas de Pulaski, empapando-lhe as meias e conferindo a cada passo características meio convulsivas. Claro que, no que se referia a Larry Pulaski, "convulsivo" era um termo relativo. Talvez, quando comprou café esta manhã para dar uma amaciada naquele menino Goodman, ele devesse ter ficado com o descafeinado. Agora já era quase meio-dia; os peritos já estavam desenrolando a lona, não havia mais testemunhas, e o caso nem era de Pulaski, tecnicamente. Ele podia estar de volta à sua cama em Staten Island há uma hora, com os pés sequinhos. Então por que tinha preferido voltar ao parque, para manquitolar de novo por todo o perímetro da cena do crime?

A resposta que você receberia provavelmente ia variar dependendo de quem você abordasse. Os detetives que trabalhavam para ele, McFadden e os outros, teriam dito que Pulaski era meticuloso, *obsessivo*, que nada era feito direito se não fosse ele mesmo quem fazia. E talvez houvesse um grão de verdade nessa ideia. Em 1976, houve quase dois mil homicídios na cidade de Nova York, e a equipe de Pulaski prendeu um quinto dos culpados — um para cada dia do ano. O índice geral de sucesso era de cerca de trinta por cento. Depois da terceira vez que ele tinha trabalhado pessoalmente em determinado caso e descoberto uma testemunha ocular deixada de lado, ele anunciou que queria uma cópia do dossiê de cada caso na sua escrivaninha. Agora, duas ou três vezes por semana ele aparecia numa cena como essa, se introduzia na investigação, só para manter todos os pingos em todos os i's. Crec.

Ele saiu da trilha. Entre ela e o muro era onde Mercer Goodman dizia ter encontrado o corpo, e apesar de haver fortes indícios circunstanciais de que ele fosse heroinômano, o instinto de Pulaski era acreditar nele. Funcionários com saquinhos de plástico presos em argolas dos cintos estavam agora agachados ali. Mas para o leste havia um bosque, e atrás dele o Pasto das Ovelhas. Pulaski escalou um morro com algum esforço, respirando pesado. Ele sempre dizia a si mesmo que não precisava das muletas, que elas eram só para garantir, mas para ser honesto ele não sabia mais ao certo. Num dado momento ele escorregou numas pedras, mas ninguém estava olhando.

Pulaski via certa vantagem tática em ser subestimado. Os seus chefes achavam que por ser aleijado ele não podia encarar as patrulhas, então o promoveram a Inspetor Delegado, supostamente um trabalho interno. Os policiais que trabalhavam para ele — uns meninos, no fundo, cabeludos e com costeletas e roupas que pareciam nunca ter ouvido falar de lavanderias — achavam que como sabia se vestir e mantinha as unhas limpinhas, ele vivia como algum tipo de monge, quando na verdade o sexo entre ele e Sherri ainda era incrível depois de quinze anos de casamento. Ele achava incrível, pelo menos. Mas se você perguntasse a Sherri por que ele ultimamente andava fazendo mais horas extras do que podia contar, ela talvez sugerisse que não era tanto zelo profissional, mas sim o incômodo a respeito do que o esperava em casa. Provavelmente havia também alguma verdade nisso. Uma década mais nova que ele, Sherri estava com trinta e oito agora, e ficava cada vez mais claro que nem o sexo incrível ia produzir filhos, talvez por causa da pólio, talvez por causa de alguma coisa com ela, ele tinha medo de descobrir, como ela um dia teve.

Ele dizia a si mesmo que era melhor assim. O pai dele era um bebum, e não do tipo bacana. Larry já tinha perdoado o pai havia muito tempo.

Ficar olhando o seu filho arder de febre, olhos revirados até ficarem todos brancos, deve doer ainda mais que a própria febre. Você sabia que *você* ia morrer, afinal. Era esse medo, dos seus filhos imaginários, de ferrar com eles ou coisa pior, que pesava como uma grossa placa de gelo bem no alto do seu peito, invisível mas opressiva, sempre que Sherri lhe mostrava algum artigo sobre novos avanços no tratamento da infertilidade. Ele tinha dado a notícia a pais demais, depois de encontrar filhas sob viadutos, com a calcinha enroscada nos tornozelos. De achar filhos emaranhados nos galhos de uma árvore num jardim entre as avenidas C e D, inchados depois de dias de chuva. Secreta, vergonhosamente, cada ano sem filhos que passava lhe trazia uma espécie de alívio.

Só que ultimamente Sherri tinha passado a falar em sair de vez de Nova York. E às vezes a chorar no banheiro à noite. Ela abria o chuveiro para encobrir, mas esquecia de molhar o cabelo. E ele não conseguia encarar o fato de que, depois de anos deixando a esposa feliz, como tinha declarado que faria, não sabia como consertar essa situação. Então ele trabalhava. Muito. Talvez fosse a coisa certa; talvez fosse por isso que eles não conseguiam engravidar. Se bem que agora, de um jeito estranho, ele revia sua vida de adulto, dias e dias descendo da balsa, às vezes nem estando em casa às nove da noite, e na tranquila casa organizada, de adultos, e apesar de Sherri quem sabe ter começado a fazer as pazes com a ideia — tendo pelo menos aprendido a chorar —, Larry ainda parecia ter seus arrependimentos. Crianças estavam morrendo a torto e a direito, ele via o tempo todo. Mas talvez isso também fosse a vontade de Deus. Outra vantagem em relação a homens mais fisicamente vigorosos era que ele tinha aprendido a não tentar entender a vontade de Deus. Ele supunha que o pai celeste que tinha aleijado seu corpo daquele jeito tinha de ser como o pai terrestre: distante, arbitrário. A função do filho era só amá-Lo. Por que Ele mandava amar e pronto.

O sol agora tinha nascido, limpando pontos calvos do pasto. A neve de ontem à noite era como um sonho. Crianças moldavam melancólicas bolas com o que restava. Os detetives atrás de Larry estavam invisíveis; nenhum deles tinha pensado em ir tão longe. Ele se sentia de alguma maneira atilado. Retirado dos seus devaneios. Algo reluzia num arbusto perto de onde ele emergira.

Ele foi até lá, aos trancos. Pássaros, espantados do mato baixo, voejaram contra o branco. Ele retirou uma bola de tecido úmido. Jeans. Um rebite do bolso foi o que brilhou. Um calombo dentro de uma das pernas revelou ser uma cueca embolada que ele pôs as luvas para manusear. Manchas de urina na braguilha. Num bolso, um bilhete ferroviário de ida e volta de Long Island, perfurado só uma vez. No outro, uma folha mimeografada, rasgada ao meio. **ex nihilo (ex-ex post facto) / get the fuck out**. E acima dessa algaravia uma marquinha estranha, ou um símbolo; ele já não tinha visto aquilo em algum lugar?

Provavelmente não era nada. Os transviados vinham aqui para os seus encontros, o pessoal da Delegacia de Costumes vivia fazendo rondas, um deles perdeu as calças. Ainda assim, era meio que a única prova encontrada até aqui, e ele odiava deixar aquilo nas mãos do McFadden, que estava teoricamente cuidando deste caso. Por costume, ele carregava um estoque de saquinhos de perícia. Devolveu o papel à calça, ensacou a calça e espremeu o pacote todo dentro de um grande bolso interno do sobretudo de lã escovada. Ele não ia mencionar para ninguém agora. Não sabia bem se confiava no sistema, se confiava que eles iam tratar aquilo direito. E ninguém ia se dar ao trabalho de mencionar que Pulaski estava meio calombudo, já que era mesmo a aparência dele, ultimamente.

28

No fim da primeira semana de janeiro, circulou um memorando interno que convocava uma reunião plenária do nível mais alto da administração: representantes da Diretoria, do conselho empresarial, executivos financeiros, vice-presidentes e, do Escritório de Relações Públicas e Assuntos da Comunidade, Regan Lamplighter, em solteira Hamilton-Sweeney. A única pessoa ausente era o pai dela, que estava em casa, recuperando-se do "choque" que seu sistema recebera.

Ou, pelo menos, era o que dizia a história que circulou no período tenso que antecedeu aquela reunião. A bem da verdade, o sistema do Papai estava em declínio havia muito tempo, e a denúncia não foi um choque. Quando Regan conseguiu falar ao telefone com ele em Chicago, Felicia já tinha lhe dado o aviso a respeito dos policiais federais acampados no La-Guardia; isso, e não a neve, tinha sido o motivo de eles terem esperado até segunda-feira para trazê-lo para casa. Em Nova York, os policiais tinham concordado em não algemá-lo, tinham-no deixado ser levado no seu próprio carro preto com chofer direto para o tribunal no centro, onde Regan esperava numa entrada lateral junto com a equipe jurídica dele. Apesar de ela achar exorbitante a fiança estabelecida pelo juiz, o Papai tinha saído cabisbaixo mas por conta própria duas horas depois, livre até o caso ir a julgamento. Não, o que o mantinha em casa não era o choque, nem a progressiva corrosão mais definitiva das suas faculdades. Era que alguém tinha avisado a imprensa. Havia duas dúzias de repórteres esperando por eles lá na escadaria do tribunal, um enxame de gafanhotos brancos. Cravadas no fundo da cena, vans alçavam antenas de quinze metros para o céu de um cinza gelatinoso. Regan deveria estar preparada para isso; era o seu emprego. Mas a principal imagem dos jornais noturnos naquele dia seria um clipe de dois segundos do pai dela, mortalmente pálido e confuso, enquanto uma mulher não identificada e ligeiramente fora de foco se pendurava ao seu cotovelo. "Nós não temos comentários neste momento", ela repetia sem parar. O ângulo variava sutilmente dependendo do canal que você estivesse assistindo.

E era ridículo, o jeito de eles cobrirem essa história! Ele não tinha sido condenado por nada e, malgrado as insinuações federais de especulação financeira, o pior crime de que o indiciavam, segundo alguns dos mais caros advogados de defesa do mundo livre, eram duas acusações por uso de informação privilegiada que não chegavam nem a um milhão de dólares — uma fração minúscula do faturamento anual da empresa. Mas ninguém queria que a cena do tribunal se repetisse na frente do saguão do Edifício Hamilton-Sweeney toda vez que o Papai entrasse ou saísse. E assim, enquanto a longa mesa da sala de reuniões ia sendo ocupada, a cadeira da cabeceira continuava vazia.

Houve momentos de tensão depois que a porta se fechou. Sem o Velho Bill, quem iria conduzir a reunião? Aí, de uma cadeira meia mesa acima de onde Regan estava, ergueu-se uma cabeça alva. Os olhos não pareciam vê-la. A voz deveria ser inadequada para preencher a grande sala, e no entanto ela ouviu o Irmão Demoníaco como se ele estivesse transmitindo direto no seu ouvido interno: "Como eu tenho certeza de que todos aqui sabem, Bill considerou mais adequado ficar em casa esta semana, trabalhando na defesa".

Ninguém falou, mas houve uma alteração na textura do silêncio, um desconcerto que passou por aquiescência. Tendo todas as cabeças se virado para ele, Amory Gould sentou novamente. Ele não se dava ao trabalho de tapar a boca quando tossia.

"Na ausência dele, os fatos que precisamos encarar são os seguintes. Nosso destemido líder foi acusado de violar os estatutos do mercado. Rmrm.

Que nós sabemos que foram estabelecidos para assediar americanos bem-sucedidos." O rosto dele era calmo, mas suas mãos pareciam querer se vingar de alguma maneira da caneta à sua frente, e a puxavam pelas duas pontas. "Temos plena confiança — total confiança — de que Bill vai ser inocentado das acusações. Nossa tarefa enquanto isso é coordenar uma reação, de maneira que esta empresa, um legado do seu trabalho duro e da sua, rmrm, visão, possa estar à altura dos desafios do momento. Elaborar, em resumo, uma estratégia." *Legado* soava como se o Papai não estivesse se recuperando, mas morto. E quem era aquele *nós*? No tempo que Regan levou para formular essas objeções, Amory deve ter aberto a questão à discussão, porque agora os embaixadores de vários departamentos começaram a se manifestar.

O Jurídico advogou em favor de uma política de silêncio em toda a empresa enquanto eles tentavam estabelecer um diálogo com a Procuradoria. O Contábil estava conduzindo uma auditoria. As Operações Globais queriam estabilidade acima de tudo, para que fontes vitais de renda não se vissem ameaçadas. Apesar de toda a sua exibição de circunspecção, da sua recusa em passar para a cabeceira da mesa, das tosses nervosas que produzia a intervalos quase que algorítmicos, Regan conhecia o tiodrasto bem o suficiente para ver que ele estava gostando daquilo. A bem da verdade, quase todos os homens que estavam contribuindo com a conversa eram aliados dos Gould e pareciam estar competindo para dizer o que quer que o deixasse mais satisfeito.

Aí ela percebeu o louro tomando nota no canto que ficava atrás dela. Ainda fingindo ouvir enquanto Amory fingia ouvir todos os outros, ela deu uma espiadela por cima do ombro. Ele tinha que ser a pessoa mais nova ali na sala. O cabelo dele parecia gérmen de trigo misturado com mel. Cabelo de comercial de xampu. Estava mais comprido que o de Keith, mas de alguma maneira era sóbrio, sério, mesmo caindo por cima do colarinho da camisa Arrow. Na verdade ela já tinha visto aquele cabelo antes, no refeitório do décimo terceiro andar, na época em que ficou sabendo da infidelidade do marido. Ela trombou com ele carregando a bandeja. Naquela época estava desorientada demais para perguntar o seu nome; na sua cabeça, ele era só o Cara do Cabelo. Agora, enquanto as sílabas de funcionários cada vez mais próximos do trono vazio se abemolavam e se distorciam até perder o sentido, ela se viu pensando o que o Cara do Cabelo estaria fazendo ali. "...Regan?", alguém estava dizendo.

Ela se voltou de novo para o bloco amarelo à sua frente, com um calor lhe subindo pelo rosto. "Perdão?"

"O Artie sugeriu que a gente devia ouvir o que as Relações Públicas têm a dizer." A voz do tiodrasto estava cheia de algo que ela não conseguia decifrar. Mais para a frente, perto da cadeira vazia do presidente, o velho Arthur Trumbull, oitenta e oito anos e meio surdo, olhava para ela com os olhos de um cavalo, úmidos e negros e bondosos. Ele era Diretor desde o tempo do avô dela, e fiel defensor da família. "Você teria algo a acrescentar?"

Ela limpou a garganta numa angustiada ecolalia, tentando lembrar dos argumentos que pretendia expor. "Bom, primeiro eu acho que se deve registrar que o Papai não... que o meu pai não sofreu nenhuma condenação." Ela olhou de novo as notas que tinha feito de manhã. "Quer dizer, eu entendo a posição do Jurídico, e a ideia de querer abrir uma margem de negociação, mas se não há ofensa provada, por que agir de maneira diferente? Ele não estar aqui conosco agora já passa certa impressão para o pessoal da mídia lá fora. Tudo o que fizermos vai passar alguma impressão. Parece importante — e é essa a opinião do departamento — que a nossa mensagem seja de que estamos prontos para a luta."

Enquanto ela falava, Amory tinha levantado para contemplá-la por sobre as cúpulas das cabeças a meio caminho. Seus lábios finos sorriram. "Que dádiva ter alguém tão eloquente assim entre nós para representar os interesses da família. Mas as coisas também têm de ser consideradas de um ponto de vista empresarial, e eu receio que meter a cabeça na areia e fingir que nada aconteceu... bom, isso é uma tática, Regan, não uma estratégia."

A atenção dele era desconfortável, quente, como a luz na cabeça do cirurgião antes de você apagar. "Ótimo. Então eis uma estratégia. O *kabuki* pré-julgamento vai se arrastar até, quando, julho? E enquanto isso a repercussão na imprensa só vai piorar. Se quisermos ter a menor chance de garantir um júri decente, precisamos de uma opinião pública favorável. O que significa reconsiderar a imagem geral da empresa. Nós temos que voltar a ser vistos como o gigante benévolo, o criador de empregos. Então o que eu gostaria de fazer" — quando elaborou esse segundo argumento, ela tinha pensado no projeto do estádio que Amory tinha lhe mostrado, mas agora mal estava pensando, só tentando lhe meter um dedo retórico no olho —, "o que eu gostaria de tentar nos próximos meses é realizar uma revisão total de todos os empreendimentos em que estamos envolvidos, e que afetem o mercado local. Claro que eu iria precisar de dados referentes a todas as aquisições, todas as participações consideráveis que incluímos no nosso portfólio, todo projeto de construção. Assim que completarmos esse estudo, podemos pensar em incorporar esses dados a uma campanha. Algo como, Hamilton-Sweeney: Fazendo Nova York Funcionar."

"Querida..." Amory se virou para seus colegas. "O que você está propondo não é praticável. Só o volume de... um escritório de, quantas são mesmo, duas pessoas? Rmrm. Impraticável."

Do cantinho, o Cara do Cabelo se manifestou. "Bom, na verdade, no que se refere a influenciar a opinião pública, ela tem razão. Não dá para simplesmente comprar anúncios de página inteira e jogar uns dobrões pros órfãos; os nova-iorquinos são calejados demais pra cair nessa. Vocês já ouviram aquele programa *Gestalt Terapia*?"

Amory tinha se teletransportado para um ponto atrás da cadeira do presidente. As mãos dele descansavam no encosto.

Artie Trumbull ergueu os olhos para ele. "Eu concordo, Amory. O que a Regan está dizendo faz sentido. Sublinhar o bem que a gente já está fazendo, e aí a gente pode ter uma chancezinha melhor na hora do vamos ver. Ou convencer a Procuradoria de que temos essa chance, caso a gente decida recorrer."

Como a pessoa mais velha na sala, ele ainda tinha influência; sua proposta de ampliar o escopo das atividades de Regan foi aprovada com tanta rapidez que até ela ficou surpresa, e o melhor que Amory pôde fazer foi fingir que a ideia era dele. A não ser que ele só se incomodasse com o primeiro argumento dela. "Evangelizar em favor da nossa obra, de fato, será essencial. Mas no que se refere à agenda diária do Bill, eu tenho que dizer que não sei se esse sabático não acabará sendo para o bem dele, mesmo." Ele correu os olhos pela mesa. "Até o Bill ficar livre de todas as acusações, como indubitavelmente vai ficar, melhor deixá-lo longe dos riscos, não? Na ausência de quaisquer objeções, será proposto na reunião da Diretoria de hoje à tarde que seja nomeado um presidente interino." Agora veio um silêncio, mesmo de Artie Trumbull. Mesmo do Cara do Cabelo.

E assim não havia por que se deixar ficar para angariar apoio na sala, Regan decidiu enquanto a reunião se dissolvia. O resultado final daquele dia seria a tomada de poder do Tio Amory — ou a formalização de um poder que ele já tinha, ao longo de muitos anos, assumido. Ela tentou calcular se conseguiria correr até o norte da ilha para dar uma olhada no Papai e ainda estar de volta para a abertura da reunião oficial da Diretoria às cinco. Talvez, apertado, se ela corresse.

A tela de Rothko perto dos elevadores passou por ela num relance, uma chaga rubra que combinava com a contusão azul lá no apartamento. O elevador estava vazio, mas aí, no último segundo, alguém segurou as portas: o Cara do Cabelo. Eles ficaram parados num silêncio bem-educado e olharam os números descerem. O prédio era um dinossauro, uma aberração neoclássica de um tempo em que os elevadores não tinham quebrado a barreira do som. Só quando a porta abriu no saguão foi que ela se permitiu olhar o rosto do homem. "Eu só queria te agradecer."

"Agradecer o quê?", ele disse.

"O quê? Você estar ali, acho."

Ele tinha nome, ele disse. Era Andrew. Andrew West. "Bom, superobrigada, Andrew West." Aí ela sumiu no frio, sem ousar olhar para trás. *Superobrigada?* Ela parecia uma aluninha de terceira série. E ainda estava com aquela gaze idiota na mão, de quando quase cortou o polegar fora. Meu Deus, Regan, quando foi que tudo entortou desse jeito?

29

A primeira Bíblia cristã que Charlie viu na vida foi num quarto de hotel de beira de estrada quando tinha seis ou sete anos. Normalmente, para economizar, o Pai gostava de fazer a viagem para ver o Vô em Montreal num fôlego só, de um dia inteiro. A nova, larga e dessemaforizada interestadual facilitava. Mas naquele mês de dezembro em particular, o trecho que atravessava as Adirondack estava repleto de neblina, gelo e fechamentos, e quando a escuridão os apanhou a norte de Albany, eles foram forçados a parar para dormir. O Pai mostrou a Bíblia da mesa de cabeceira para a Mãe com um olhar de suave ironia, como um homem que entrega a roupa de baixo de alguém. Deve ter achado que Charlie, tentando sintonizar *Petticoat Junction* nas antenas móveis da televisão, não viu.

Mas, uma década depois, os dois tiros que sua melhor amiga tomou, bem como a subsequente aparição do Senhor Jesus Cristo pessoalmente diante dele, fariam com que Charlie saísse catando sua própria Bíblia. Ele achou um exemplar — vários, na verdade — nos fundos de uma loja do Exército da Salvação no centro de Flower Hill, onde os livros tinham cheiro de bolor mas custavam só vinte e cinco cents. Ele escolheu uma edição de bolso que dentro tinha um carimbo com as palavras GIDEÕES INTERNACIONAIS. Sua capa de imitação de couro em tons de verde e dourado não ficaria deslocada num disco do T. Rex, mas provavelmente não foi isso que ajudou na escolha. Provavelmente foi a lembrança daquele hotelzinho no norte do estado, em que não tinha pensado durante todos esses anos.

Na semana seguinte, embrulhado em cobertores no seu frio porão, ele tinha começado a ler. Ou a reler; os primeiros livros ele tinha coberto na escola hebraica. Agora eles foram se enfronhando mais na memória. Mas era ao Evangelho de Marcos, misterioso e nada judeu, que ele ficava voltando. Ele dizia: Perdoa-te, Charlie. Dizia: Adiante. Dizia: Hoje é o primeiro dia do resto da tua vida.

O problema era que cada novo dia era exatamente como o anterior. Ele acordava com o fato de que sua amiga estava estendida num leito hospitalar a trinta quilômetros dali, em coma (ou era o que a *Newsday* tinha indicado numa seca reportagem a respeito do crime). O que Jesus faria? Jesus estaria no primeiro trem para Nova York, para ficar ao lado dela. Charlie, de sua parte, não conseguia ir além da LIRR. À tarde, depois da aula, ficava trêmulo na plataforma, olhando para os trilhos vazios rumo leste, como sempre faziam os passageiros que seguiriam para oeste. Como tinha feito com a Sam na véspera do Ano-Novo. Mas e se ele chegasse ao hospital e a encontrasse de olhos abertos, encarando como quem diz: *Por que você não estava lá, Charlie?* Ou e se eles ficassem fechados? E se, enquanto ele estava ali, o coração dela parasse? E aí ele acabava de volta no quarto, tentando sondar a mente do Deus dos góis. (P. ex.: Se não havia pecado tão mau que não pudesse ser perdoado, por que Ele tinha se recolhido ao silêncio deístico depois daquela noite na igreja? Ou, supondo que a voz fosse simplesmente algo que Charlie inventou para se consolar, por que ele não conseguia fazê-la voltar?)

Então, numa tarde, depois de semanas de tentativas, ele conseguiu chegar a ir à cidade. Erguendo-se sobre o pequeno parque que se estendia entre algumas igrejas e a 2nd Avenue, o Beth Israel Hospital parecia a torre de Barad-dûr, com um olho vermelho piscando lá no topo. Era tanto prédio lá no alto, e tão pouco Charlie aqui embaixo, onde tudo era cinzento; pedras cinzentas nas calçadas, troncos cinzentos das árvores, cercas de ferro negro forjado que a fuligem tornava cinzentas. Os únicos pontos de cor eram os gorros de lã e as luvinhas dos sem-teto espalhados por ali. E Charlie e sua cabeça de cobre, tremendamente exposto.

Mas não foi isso que o deteve. O que o deteve foi que ele ainda não sabia o que encontraria lá dentro. E se as ataduras a deixassem com cara de múmia? E se um olho não estivesse mais lá, com aquela órbita rosa e frouxa escancarada como o olho de uma pintura que te segue pela sala? Enquanto ele ficasse ali fora, tudo permanecia potencial, inclusive a possibilidade de que Sam pudesse saltar a qualquer momento para acender um cigarrinho. E aí não ia ser grandes coisas ele não ter aparecido para visitar. Ele sentia o peso da Bíblia no bolso. Esperou mais uma vez para ver se Deus falava com ele, mas só pôde ouvir o vento estapeando as árvores nuas e um ônibus passando num zás e, mais perto, os grunhidos apocalípticos de um velho num banco.

Aí, enquanto seguia o ônibus com os olhos, percebeu que não podia estar a mais de umas dez quadras da casa em que ele e Sam acabaram passando a noite do Bicentenário. Ele ficou pensando se os outros amigos dela, os amigos da Cidade, ainda estavam morando lá. Ficou pensando se eles tinham ido visitá-la no hospital. Se, na verdade, ainda eram amigos dela; Sam parecia tão animada para ir ver o pessoal tocar no Ano-Novo. Era como se alguma coisa tivesse acontecido com ela naquele outono, enquanto Charlie estava de castigo em Long Island. Se ele conseguisse descobrir o que era, podia, atrasado, chegar até ela. Claro que isso era basicamente uma desculpa por não ter colhão para entrar naquele instante pelas portas do hospital. Ainda assim, ele se deixou ser sugado rumo sul, para o East Village.

Embora as quadras fossem perfeitamente quadradas, a aparência sempre similar dificultava a localização da casa, em especial se você tivesse esquecido o número da rua. Outra coisa que ele não conseguia lembrar direito, depois de encontrar a dita rua, era se a porta da frente estava tão surrada assim no verão passado. Ele parecia lembrar que antes havia ali um grande grafite como uma coroa do Burger King, que se espalhava sobre o aço. Eles estavam, ambos, chapados de cogumelo; ele provavelmente estava vendo coisas. Mas lembrava, sim, que a porta ficava destrancada. (*O que você acha que isso aqui é? Um clube de campo?*) Quando ninguém respondeu depois de bater, ele entrou. A sala desmazelada à sua esquerda tinha estado cheia de luzes negras e barris de chope e de música de uns punks que ele tinha feito o possível para evitar, meio que arrastando sua amiga semiconsciente para a segurança do porão. Em janeiro, estava vazia. Não havia nem gesso nas paredes.

Ele subiu um lance de escadas. E outro. Ainda sem sinais de habitação. O que não o deixou menos nervoso que aquela festa.

Finalmente, no último andar, ele ouviu vozes. As janelas estavam sujas demais para permitir a passagem da luz, mas um pouco de um sol cinzento caía de uma claraboia no teto. Devia ser por isso que estava tão frio ali dentro — por isso que Charlie podia ver sua respiração. Enquanto ele se aproximava da escadinha que levava até o teto, seu coração dava uma de John Bonham dentro do peito. Ele não estava mentindo quando disse a Altschul que tinha acrofobia. Mas dar para trás agora significaria admitir que tinha dado para trás no Beth Israel; que essas investigações não eram nada sérias.

Ele emergiu atrás de uma chaminé. Ou meia chaminé, na verdade. O resto tinha desmoronado sobre o teto embarrigado. Contornando os tijolos quebrados vinham vozes, homem e mulher. A menina com quem ele tinha dançado no show do Ex Nihilo estava passando um baseado para o guitarrista negro que tinha sacaneado Charlie com a cerveja. Ele estava dizendo: "Eu não entendo por que a gente não pode se livrar deles…".

"É por isso que o pessoal os chama de pombinhos, D.T."

O guitarrista coçou o cabelo lima-limão. "Tudo bem então, mas por que eles tinham que decidir vir morar todo mundo ali no galpão? Não eram mais de dez uma semana atrás."

Eles estavam encarando uma construção que ficava no jardim dos fundos, cujo teto, Charlie via, estava coberto, não de neve, mas de aves aninhadas. Devia haver umas cem. O galinheiro de aramado em que o guitarrista se apoiava estava vazio. "A gente podia simplesmente mandar bala neles…", ele disse, pensativo.

"E fazer a polícia aparecer aqui? Fora que Sol ia te quebrar de porrada. O galinheiro é dele pra começo de conversa. Ou, enfim, ele que roubou e tal. Ô, Sol…", ela gritou.

De repente, Charlie estava sendo erguido pela gola da jaqueta. O céu de inverno rodopiou até ele estar face a face com o alfinete de fralda, o suposto amigo de Sam, Solomon Grungy. Fe-fi-fo-fum. "Olha só o que eu achei."

"É aquele carinha do show", disse a menina. "O que ele está fazendo aqui?"

"Me larga!", Charlie cuspia atabalhoado. E quando tinha sido largado no chão: "Eu sou amigo da Sam Cicciaro, lembra?".

"Beleza, mas que porra que você veio fazer *aqui*, rapaz?", disse o guitarrista negro.

Charlie estava aterrorizado, assim tão perto da borda. Parecia que alguém tinha roubado a saliva da sua boca. "A gente ficou aqui no verão. Ele convidou a gente." Fazendo um gesto com a cabeça na direção do gigante Grungy. "Eu não sei se vocês estão sabendo, mas a Sam se ferrou legal na virada do ano."

"Claro que a gente sabe. O que é que você está tentando dizer — que a gente não é do tipo que ia saber?"

Charlie não sabia o que estava tentando dizer.

"O Nicky devia ficar sabendo dessa", o guitarrista decidiu. "Enfim, vamos levar esse carinha pra baixo, antes que os pombos do Sol venham cagar na gente."

"Eu já te falei, filho da puta. Aqueles pombos filhos da puta não são meus."

Eles forçaram Charlie a descer a escadinha e depois a escadaria. No segundo andar, numa sala cujas paredes estavam inteiramente cobertas de capas de discos — dúzias de cópias de *Whipped Cream & Other Delights* de Herb Alpert —, eles encontraram alguém sentado em posição de lótus no chão sem tapetes. Nicky Caos. Como foi que Charlie não o viu quando subiu? Os outros três pareciam orgulhosos de si próprios, ou na expectativa, como que contando que Nicky Caos fosse reconhecer o valor do sacrifício humano que tinham trazido para ele. Mas ele agora estava usando uns óculos com armação de metal que o deixavam com uma aparência surpreendentemente civilizada. Largou o livro que estava segurando. Coçou a barbicha do queixo. Esfregou uma tatuagem do braço. "Não, não, eu estou lembrando. Charlie Bastidores, né?"

Uma coisa estranha disso do carisma: as mesmas pessoas que conseguem fazer você se sentir com dois centímetros de altura também conseguem fazer você se sentir imenso, revigorado, às vezes quase ao mesmo tempo. Charlie de repente estava louco para se explicar. "Eu só vim para cá no impulso. Eu estava no hospital."

"Eles te deixaram entrar? A gente estava imaginando que aquilo lá ia estar coalhado de polícia."

Charlie não quis dar a entender que havia realmente chegado ao quarto de Sam. "Ela está em coma."

Houve outro silêncio eriçado, e aí Solomon fungou atrás dele. "E daí, quer chorar no colinho?" O cara de cabelo verde, D.T., começou a rir, tossir, rir-tossir. Mas a voz com que Nicky Caos falava, um barítono ressonante a partir do qual só um lunático teria extrapolado suas elaborações musicais, aquietou a todos.

"O Sol tem razão, as pessoas querem coisas, o que foi que você veio fazer aqui, Charlie?"

"Eu não sei, vocês são do tipo mãos à obra, certo? Gente que... que *faz* coisas. Era o que a Sam dizia."

"E isso quer dizer o quê pra você? Quer pintar uns pôsteres? Ligar pros programas que aceitam ligações, marchar por aí cantando músicas de protesto, isso vai fazer você se sentir melhor?"

Charlie deu um passo adiante. Solomon foi atrás dele, mas Nicky, ainda sentado, dispensou a sua presença com um gesto de uma mão tatuada. As mãos de Charlie travaram. Ele estava imenso ao lado de Nicky Caos. E vice-versa, parecia, estranhamente. "Eu quero um julgamento. Quero achar quem fez isso e quero vingança."

Como soava nua sua voz, aqui nessa casa fria, no escuro. Mas a de Nicky veio com a mesma suavidade, como se os dois estivessem sozinhos. "É essa a sua então, cara? Anjo vingador? Mensageiro do fim dos tempos?" Quando Charlie não respondeu, Nicky concordou com a cabeça, e mãos vindas de trás começaram a tatear seus flancos, seus bolsos, animaizinhos que farejavam. Quando Charlie percebeu que estava sendo revistado, as mãos estavam segurando seus ombros. *Ele está limpo.* Nicky se levantou e fez o sinal da cruz. "*Ego te absolvo.*" E aí: "Santo Deus, rapaz, eu não tinha ideia de que você era dos nossos". Sua risada fedia a baseado. "Mas vamos dar um jeito em você aqui. Ô Saco de Gosma, eu preciso dar um confere aqui com o seu velho um minutinho, mas por que é que você não vai dar um olhada se a gente ainda tem um remedinho lá embaixo pro Profeta Charlie."

A menina desceu com Charlie para a cozinha, onde todas as portas dos armários tinham sido retiradas. Dentro havia praticamente só fezes de rato — ele pensou que estava conseguindo sentir o cheiro do veneno —, mas ela deu um jeito de arranjar uma xícara de chá. Depois de enxaguar a xícara e colocar um pouco d'água para ferver, ela a largou na frente dele diante de uma mesa de baralho aleijada. À luz do dia, a vibe dela era meio maternal. E ao mesmo tempo ainda sexy. Ela provavelmente pesava mais que Charlie, mas estava tudo socadinho nos lugares certos. Uma barriga onde dava pra você se encostar. As grandes coxas quentinhas que ele sentiu contra as suas, dançando no Vault. Ela não parecia se importar por ele estar encarando o espaçozinho sombreado que os peitos dela criavam quando ela se inclinava, também. Despido o casaco, ela estava usando só a camiseta dos Rangers que lhe ia até as coxas e umas botas vermelhas de dançarina de aluguel; com os olhos sonolentos, ela olhou para ele como aquela Muppet sensual que tocava na banda. "Está com frio?" Quando ele fez que sim, ela pegou as mãos dele e as esfregou entre as suas. Aí pegou outro baseado, acendeu, sacudiu o fósforo. "Tá a fim?"

"Eu tenho uma asma pesada."

"Quantos anos você tem, Charlie?"

"Dezoito", ele disse, arredondando. E, levemente desafiador: "Por quê? Quantos anos você tem?".

"Vinte e dois. Mas eu já andei por aqui, se é que você me entende."

"Eu não acredito em reencarnação." Ele imaginou um test-driving da ideia: *Eu agora sou cristão.*

"É porque você tem uma alma jovem. Mas beleza. *Chaque a son goût.* Minha mãe dizia isso." Ela parou para uma crise de tosse que soava como se os pulmões estivessem querendo sair pela boca. Aquele rosto largo ficava lindo com uma corzinha. "Quer dizer cada um na sua, alguma coisa assim. Ela era meio hippie, no fim das contas. Agora provavelmente é um passarinho ou um veado ou alguma coisa genial." Ela deu outra baforada, considerou Charlie através da fumaça acre, doce. "Você sabe que a sua amiga Sam também não tinha mãe. A gente se identificava por causa disso, lá nas antigas." E quando ele não disse nada: "Eu sou meio que a matrona aqui".

"Mas posso te perguntar um negócio? Vocês usam umas iniciais, né? S.G., D.T...."

"D. Tremens. D é Delirium."

"Saquei. Mas por que que eles te chamam de Saco de Gosma?"

"O Nicky diz que eu estou presa num nível mais impuro da consciência. Por eu ser de Shreveport, alguma coisa assim. Parece que se você não cresceu na cidade é difícil o materialismo dialético ser a sua parada. Eu ainda fico toda sentimental com essas coisas de mães e veados e com o meu horóscopo e tal."

"Essa provavelmente era a palavra que a Sam mais odiava. Sentimental. Você leu o fanzine dela alguma vez?"

"Você não perde uma, hein?", ela disse, e levantou para servir o chá. De dentro de uma bota de dançarina ela tirou um saquinho de comprimidos. Metodicamente, esmagou um com as costas de uma colher e colocou as migalhas em seu chá. "Você teve um dia pesado hoje, assim a gente vai ficar meio na mesma onda." Ele mal conseguiu dar um golinho no chá, quase se afogando com o calor, mas pôde sentir o comprimido funcionando quase imediatamente, a não ser que aquilo fosse sua imaginação.

"Escuta só, você está com fome?", ela disse. "Eu sempre fico com fome essa hora. A hora de se chapar." Ela riu. "Que é meio que toda hora. Eu podia ir buscar um lanchinho pra gente."

Ele não tinha dinheiro. Mas beleza, ela disse. Era meio parte do trabalho dela, receber os noviços. Ela voltava rapidinho. Vestiu um longo casaco de pele falsa por cima da camisa — nada de calças — e saiu, deixando Charlie sozinho. Ele se levantou para examinar a cozinha, meio cambaleante. O Mandrix, ou sei lá o quê, era mais forte do que os que a Sam normalmente conseguia, ou ele estava mais receptivo. Manchas d'água cresciam e sumiam como grandes medusas castanhas no gesso acima dele. Logo ele estava perdido num labirinto de rachaduras que se desenroscavam do forro. Num certo ponto havia um buraco do tamanho de um soco. Ele empurrou um pouquinho do gesso experimentalmente; ele caiu crepitante nas trevas, mas o som de quando chegou ao fundo ficou perdido por trás do que parecia ser um zumbido metálico cinzento lá nas suas obturações. Ele percebeu que era a coifa, que por algum motivo ficava sobre a pia, e não sobre o fogão. Desligou a coifa.

Os outros agora desciam barulhentos as escadas, indo para o quintal. Pela janela manchada de cigarro, ele os viu desaparecerem dentro do galpão, sob um dossel de pássaros. Havia uma flora que lhe bateria quase pela cintura entre aqui e ali. Ela vazava para o quintal ao lado, e para o outro, com esses quintais se unindo num só fluxo, delimitado por cortiços, todos cercando aquele pequeno aviário, ou fortaleza. Ele ainda estava parado na frente da pia com o chá, mergulhando lentamente na negra caligrafia das plantas do inverno, quando a Saco de Gosma voltou.

"Ai, Jesus", ela disse, estendendo a mão para a coifa. "Charlie, o exaustor tem que ficar ligado. Não tem muita regra por aqui, mas essa é meio que a número um." Ela lhe ofereceu um salgado meio amarrotado. Ele já tinha provado *pasteles*? "Eu moro em Long Island", ele disse, e quando as suas sinapses se fundiram no cérebro, ela começou a rir de novo; aquilo era o lugarzinho mais careta do mundo, não era? Charlie não se incomodava. Ele gostava de ficar ali chapado e fingindo que não estava observando os peitos dela sacolejarem de um lado pro outro como grapefruits numa sacola. Ele sabia que eram as drogas fazendo-o se sentir melhor, mas depois de um dia como aquele, que mal será que tinha? E será que não era assim que a Sam se sentia, de bobeira aqui na casa? Talvez ele tenha dito essa última parte em voz alta, porque parecia que eles estavam falando dela de novo. Era impressionante, disse a Saco de Gosma, como as pessoas eram fãs da Sam. Os homens em especial. "O Nicky não era exatamente fã disso aí, mas isso porque ele vê tanta coisa a mais que a gente. Ele sempre coloca essas coisas em termos assim de como é que isso vai afetar o Falanstério. Sabe... se vai comprometer o projeto."

De dentro da gaze da droga, algo sólido lutava para vir à superfície. Ele conseguia distinguir alguma coisa: forma, tamanho e cor. "Que projeto? Você está falando do Ex Nihilo?"

"Provavelmente é melhor você conversar com o Nicky sobre isso."

Mas quando Nicky voltou do frio uns minutos depois, pôs as mãos no ombro da Saco de Gosma e disse que Charlie tinha passado um dia complicado, e que de repente era hora de ele ir pra casa. Os outros tinham que trabalhar.

"Eu posso voltar?", Charlie perguntou.

O sorriso de Nicky então foi um objeto de beleza — um ardiloso rasgo no brim do tempo. "Ah, claro. Ah, com toda a certeza. A gente *espera* que você volte, Profeta. Entrou, está dentro."

30

A casa modelo rancho da rua sem saída tinha encolhido desde o outono, como algum órgão atrofiado. Mas pelo menos não havia vans de imprensa em todo lugar, afundando o gramado enlameado, iluminando as paredes, esperando dotar de um significado sinistro as imagens do seu último morador restante verificando a correspondência. Richard deu a volta até o quintal, mas, pela primeira vez que ele pudesse lembrar, o hangar de alumínio estava em silêncio, os seus imensos ventiladores imóveis. Talvez Carmine estivesse no hospital, e eles tivessem passado um pelo outro em algum momento da última hora, um indo, outro voltando. Então Richard achou que viu movimento por trás da porta de correr que dava para a cozinha. Ele seguiu tateante pelo pátio congelado. Do outro lado do vidro, a geladeira estava aberta, um breve parêntese de luz; Carmine, usando apenas uma toalha, tinha se abaixado para colocar alguma coisa na prateleira de baixo. A visão do amigo espiando por ali aparentemente não o assustou quando ele se endireitou. A porta correu nos trilhos. "Desculpa", Richard disse. "Eu vim ver como é que você está."

"Eu estava entrando no banho", Carmine disse, como se as palavras tivessem levado um segundo para chegar até ele.

Você devia ter parado por ali, Richard pensaria, retrospectivamente; longe dele isso de se interpor entre um homem e o seu banho. Mas quando foi que ele soube a hora de parar? "Você se incomoda se eu entrar um minutinho?"

Carmine, nada constrangido pela frouxidão grisalha do seu peito e barriga, ou possivelmente inconsciente disso, deu um passo de lado para ele poder passar.

A mesa da cozinha ainda estava posta para dois. Sobre uma das esteirinhas de prato repousava um rosário de jacarandá; sobre a outra, um cilindro de cobertura de bolo Duncan Hines. "É aniversário da Sammy", ele explicou.

"Eu lembro."

"Eu estava na esperança de colocar a cobertura rapidinho enquanto a água do chuveiro esquentava, mas o bolo está muito quente. O treco simplesmente derrete. Eles não dizem isso na embalagem."

"Como é que ela está, Carmine?"

"Depende de quando você viu ela pela última vez." Era totalmente possível que isso fosse uma declaração honesta, e não algo pensado para fazer Richard se sentir culpado pelas mais de duas semanas de silêncio.

"Foi na última vez em que eu falei com você. Na sala de espera, dia primeiro."

"Grave mas estável, é o que eles estão dizendo agora. Seja lá o que isso quer dizer. Assim: 'Está feio, mas não está piorando'." Richard mal podia aguentar ficar ali olhando a seminudez bíblica de Carmine, nem as mãos cerradas em torno do tubo de cobertura. Elas queriam um trabalho para fazer, cartuchos para carregar, pescoços para torcer. Lá fora, o sol tinha se retirado do céu, derrotado, mas nenhuma luz estava acesa aqui dentro. "Está precisando de uma cervejinha?"

"Eu estou indo devagar", Richard disse. "Mas aceito um copo d'água."

Carmine foi até a torneira. Veio um grunhido, um tremor, uma praga. "Maldita pressão dessa casa. Eu esqueci que o chuveiro ainda estava ligado."

"Não se preocupe comigo, vá lá tomar o seu banho."

"Não, não, deixa eu ir ali fechar."

"Por favor, Carmine. Eu posso esperar aqui até você terminar."

Carmine resmungou alguma coisa para si próprio e seguiu caminhando pesado pelo corredor que levava aos quartos. Richard já tinha estado lá uma vez. Agora o carpete abacate parecia cinzento. A semiescuridão fazia a água nos canos soar mais alta.

O quarto de Samantha, como ele tinha razão para saber, ficava no segundo andar, à direita. As cortinas azuis, com batique de girassóis, tinham ficado abertas pela metade. Outros vestígios da presença de uma menina restavam aqui e ali — a penteadeira com adesivos no espelho, o toldo preso à cama. Lá no outono, dúzias de fotos Kodachrome estavam presas com pregadores de roupa em pedaços de barbante na parede da frente da janela, mas agora nada delas; ele mal conseguia discernir os retângulos mais escuros de tinta que o sol não tinha desbotado. Carmine deve ter deixado os policiais levarem tudo que pudesse, ainda que remotamente, ser uma prova. Não que isso fosse problema de Richard. Era só aquele onívoro cínico, o jornalista, que teria se permitido ficar empolgado, digamos, pelo balde plástico de roupa para lavar estacionado na frente do armário, como se o quarto tivesse sido abandonado havia poucos minutos. Ainda assim, só em termos hipotéticos, o que Richard poderia estar procurando, se estivesse procurando alguma coisa? A gaveta central da penteadeira estava trancada. Pensou em verificar embaixo do colchão; era onde ele, na infância, guardava o baralho pornográfico que o primo Roger tinha trazido lá da guerra na Itália. Aí ele percebeu a lata de filme no criado-mudo. Dentro dela estava a chave. A gaveta se abriu com um rangido amadeirado. Ele encontrou no fundo um trio de panfletos ou revistas feitos em casa, papel sem pauta grampeado duas vezes na dobra. Cada capa era uma maçaroca de palavras, algumas escritas, algumas datilografadas, outras recortadas de revistas e coladas ali como se num bilhete de sequestro, tudo isso xerocado. *Número 1. Número 2. Número 3.* A última tinha um pedaço de durex ainda preso à borda externa. 25 ¢ no alto. *Você quer.* Mas agora a água correndo pelas paredes tinha parado, e Richard, com os sentidos aguçados, pensou que ouvia portas se abrindo e fechando. Ele meteu os panfletos entre a calça e as costas, cobriu com o blazer e saiu apressado para a sala, tentando lembrar quantos centímetros a porta estava entreaberta. Ele acabava de tirar a mão da maçaneta quando Carmine falou. "Está precisando de alguma coisa por aqui?" Richard nunca tinha visto Carmine daquele jeito, com uma camisa branca engomada. Linhas marcadas pelo pente no cabelo ajeitado para trás.

"Só o banheiro, Carmine."

"Tem um ali na sala. Você sabe, você já usou."

"Certo."

Ele passou por Carmine sem olhar direto para ele e foi tentar mijar no banheiro da frente. Ali parado diante do vaso verde-azulado, com a tampa acarpetada, vários eus lutavam dentro dele. Uma parte da sua personalidade sentia outra parte tentando se meter com o que nitidamente agora era o artigo. E ele tinha jurado que não ia se enrolar de novo com as pessoas que entrevistava. Não depois daquela coisa na Flórida. Ele não tinha dito a Pulaski que seu objetivo era apenas terminar o perfil? E, no entanto, lá estava aquele corpo dissimulado, esse Richard feito em partes, voltando à cozinha, reiterando que tinha certeza que Samantha ia ficar bem (e não tinha), e que Carmine devia dormir um pouco (e ele provavelmente não conseguia), e só ali em geral tecendo aquele tapetinho de bobajadas que o mundo espera que você insira entre quem lamenta uma perda e o fato de que ninguém, no fim, saiu com vida desta vida. "Eu estava querendo te contar", ele disse. "Eu consegui achar o meu amigo Inspetor Delegado."

Carmine tinha tirado o bolo de novo da geladeira para espalhar a cobertura com uma faca de cozinha. Agora ele se deteve, considerando o fruto do seu trabalho. "Por que você foi fazer uma coisa dessas?"

"Eles iam ter que liberar o nome dela pra imprensa agora que ela é legalmente maior, mas consegui fazê-lo segurar. Eu sei que você valoriza a sua privacidade."

"E se alguém por aí tivesse alguma informação... você não pensou nisso?"

A faca, perpendicular, deixou cair uma bolota de gosma branca. Qualquer que fosse o Richard no controle agora, ele se sentiu meio nauseado. Estava convicto, até ali, de que tinham sido seus anjos bons que o levaram ao Bronx. "Você tem que confiar em mim, a grande imprensa pode ser bem cruel. E com um crime desse tipo, aleatório, não deve fazer diferença se o nome dela aparecer ou não."

"Mas eu vou te contar algo, Richard, cá entre nós. Às vezes eu fico pensando se as coisas são tão aleatórias assim."

Ele ficou examinando o rosto de Richard, como quem o desafiasse a não levar aquilo a sério. Por um momento, algo farfalhou entre os arquivos lotados da mente de Richard. Mas era só vontade de acreditar naquilo, ele sabia. E Samantha não tinha usado a palavra "paranoico" para descrever o pai? A paranoia do próprio Richard era atualmente de que os panfletos, agora suarentos, pudessem cair a qualquer momento no linóleo. Ele disse delicadamente que também às vezes ficava pensando; uma causa lógica significaria que as coisas não estavam fora de controle. Mas, na sua experiência, procurar demais uma causa podia levar você a se sentir culpado, a fazer você *virar* essa causa, quando você era a coisa mais distante disso. "Sério, Carmine, não sei como é que você está segurando as pontas. Eu só queria dar um tempo pra você lidar com isso sem uns canalhas como eu se metendo na sua vida."

Por um segundo ali junto ao bolo, Carmine pareceu enfraquecer. E aí voltou a ser ele mesmo, um estoico pedaço de mármore italiano.

"Enfim, eu tenho que voltar", Richard disse. Quando ele levantou, foi com extremo cuidado, tentando não deslocar sua mercadoria roubada.

"Você não precisa fazer isso."

"Não, de verdade. Quer que eu mesmo abra a porta?"

"Espera, Rich. Eu ia levar esse bolo pra ela. Deixa eu te dar uma carona?"

Enquanto se arrastavam pelas melancólicas vias expressas cobertas de sal de Nassau County meia hora depois, eles iam ouvindo uma rádio de esportes, mas os detalhes passavam despercebidos por Richard. Ele só conseguia pensar nos panfletos grudados na parte de baixo das suas costas, e se conseguiria por acaso metê-los sorrateiramente embaixo dos assentos da caminhonete de Carmine antes de ela chegar à cidade, para que ficassem ali como se Samantha tivesse derrubado. Mas não fez isso, no fim. Por que por acaso aquilo não era, se ele fosse ser honesto, exatamente o tipo de coisa que ele tinha ido lá torcendo para encontrar, para começo de conversa, depois de uma hora de viagem para ir e para voltar? De qualquer maneira, assim que estava de volta à segurança da porta trancada do seu apartamento, ele puxou os panfletos e começou a ler. E assim começou sua primeira, cautelosa, imersão na vida secreta da filha.

31

A quinta-feira seguinte era o dia da posse do presidente, meio período na escola, e depois do último sinal, Charlie voltou à East 3rd Street. Ele disse a si mesmo que ia dar uma passada no hospital também, para dar parabéns para a Sam, mas sabia já de cara que não ia dar tempo, antes de escurecer. Em vez disso ele ia passar as últimas horas do dia claro naquela cozinha detonada, tomando mais daquele chazinho especial da Saco de Gosma... Na melhor das hipóteses, ela podia iluminar para ele, finalmente, os mistérios de Sam. Na pior, ele teria alguém para quem fazer sua própria confissão: que ele esteve — que *ainda* estava — apaixonado pela melhor amiga. E de repente se Solomon não estivesse em cena, a Saco de Gosma podia oferecer ao coitadinho do Charlie o consolo de um abraço maternal. Ele ia se enfiar no abismo daqueles seios, e jamais seria visto novamente. Mas nem ela nem Sol estavam, nem qualquer outra pessoa, fora Nicky Caos, que veio até a porta (que, estranhamente, estava trancada) com a camisetinha mamãe-sou-forte que dizia *Please Kill Me*. "Perfeita sincronia", ele disse, como se estivesse esperando por Charlie, e deu uma mordida numa nectarina comida pela metade. "Eu bem que estou precisando de uma mãozinha."

Aparentemente, o galpão no quintal estava com um vazamento. Alguma rachadura nas fundações tinha deixado entrar neve derretida, e seria essencial, Nicky disse, que o piso ficasse seco. Um equipamentozinho bem temperamental por ali. Então o que eles iam fazer era estender um oleado e aí reutilizar o carpete que estava no porão. Era isso que significava Falanstério, aliás: dar conta das suas próprias necessidades. Cada um ajudando com o que sabe. "Você já arrancou carpete?"

Charlie estava com receio de que se dissesse que não, eles não iam mais deixá-lo voltar ali, sem falar que Nicky tinha um jeito de dizer as coisas que fazia você ficar com muita vontade de não decepcionar. Então ele seguiu Nicky até o mesmíssimo porão em que, seis meses atrás, pela primeira e única vez, ele e Sam Cicciaro se beijaram. Quase toda a mobília — um espelho rachado, o sofá estripado em que ele tinha ficado com a cabeça dela no colo — agora tinha sumido. Assim como, quando ele se virou, Nicky Caos.

Charlie levou mais de uma hora, trabalhando com um alicate de ponta fina e um estilete, para tirar o carpete, e o forro de espuma embolorada, e os grampos com cara de mal-intencionados que seguravam tudo no lugar. Aquilo fazia você suar, apesar do frio dentro da casa; primeiro a jaqueta e depois o moletom saíram de cena. A essa altura, seus braços doíam. Ele estava com a garganta apertada, olhos remelentos de poeira e partículas de fibra. O grande rolo de carpete e forro era pesado demais para ele carregar de uma vez só, então ele picou tudo em seções, como quando cortava uma salsicha para o feijão dos irmãos. Quando a última leva tinha sido carregada até o alto da escada, o porão estava descaracterizado. Ao mesmo tempo, não dava pra você viver dentro de uma lembrança. E lá estava o banheirinho embutido na parede, onde ele tinha ajudado Sam a se lavar. Ele foi procurar alguma coisa com que enxugar o suor, mas, quando puxou a cordinha, ainda não havia toalha, nem capacho. Em vez disso, o box estava lotado de engradados plásticos do que pareciam ser garrafas de leite, como o leite não refrigerado e ligeiramente aguado de um leiteiro. O exaustor não conseguia sugar direito o mesmo cheiro acre da cozinha na semana passada. Ele apagou a luz e se retirou, mas não antes de ser visto por Nicky Caos, que de novo estava parado no pé da escada do porão.

Houve talvez dez segundos em que nenhum dos dois abriu a boca. Charlie se sentia como se tivesse sido convocado para a sala do diretor, apesar de não saber por que motivo. Aí Nicky se abaixou para pegar alguma coisa entre as dobras do moletom de Charlie. Ele brandiu a bibliazinha verde. "O que é que eu tenho na cabeça, Profeta, de ficar te dando trabalho braçal? A gente tem que lidar é com a sua cabeça, bicho."

A casa lá nos fundos, para onde ele levou Charlie, ainda servia como columbário — ainda mais pombos, se isso fosse possível —, e Charlie teve que fingir não se incomodar com o cheiro. Dentro dela, as janelas tinham sido cobertas com papel-alumínio, bloqueando completamente a luz do dia. A única fonte de luz era uma lâmpada isolada, descoberta. Empilhada num canto do piso de concreto, o canto oposto àquele em que os rolos de carpete e de forro tinham sido largados, estava uma montanha de equipamento — estojos de guitarra, amplificadores, mesas de som, cabos emaranhados. Difícil dizer se eram os mesmos instrumentos do show do Ano-Novo, ou se alguma coisa ali tinha sido usada para gravar *Brass Tactics*. Era como uma daquelas barricadas que os franceses ficavam sempre montando nas aulas de história da Europa. Um matagal onde quase não se podia enxergar.

Amontoadas sobre um dos cabeçotes de amplificador estavam torres de livros, que Nicky só conseguia alcançar com o auxílio de uma escadinha. Foi pegando um por um e entregando a Charlie: Nietzsche, Marx, Bakunin. Charlie ia pegando, até que os livros ficaram pesados demais e ele teve que achar um lugar seco para largar. Talvez aquilo fosse um teste, como em *Kung Fu*, em que David Carradine teve que ficar o dia todo com um balde d'água na cabeça. Mas quando ele ergueu de novo os olhos, Nicky estava arrastando dois rolos de carpete para o centro do cômodo. Ele sentou em um, puxando as pernas para baixo do corpo, e Charlie entendeu que era para ele, Charlie, usar o outro. Finalmente, Nicky estendeu a Bíblia dos Gideões. Até o exato momento em que sua mão se fechou sobre a encadernação, Charlie não tinha certeza se Nicky não ia puxá-la de volta.

"Olha, eu sei o que você está pensando", ele disse, fazendo o que podia para imitar Nicky, para dobrar suas pernas desajeitadas na posição de lótus. Havia algo incômodo em ficar sentado desse jeito, sem uma barreira entre eles. Seu polegar acariciava a capa texturizada em busca de consolo. "Mas Jesus curtia uns lances bem punks."

"Você está falando daquela porra de 'amar uns aos outros'?"

"Eu estou falando de ferrar com os agiotas. De ressuscitar os mortos."

"Charlie, isso é acomodacionismo liberal, e só." Toda vez que os dedos de Nicky se mexiam, as tatuagens de seus grossos braços nadavam. Elas eram tantas que pareciam mangas, basicamente. "Olha, você me parece supersério, um carinha sério. E a Saco de Gosma me disse que você quer saber do nosso projetinho aqui. O negócio é que não dá na mesma saber e entender uma coisa, saca? Eu fiquei dois anos e meio no City College, mas precisei vir pra *downtown*, começar esta casa aqui, pra eu meio que sacar a diferença. E a gente não está nem começando do mesmo lugar. Eu, o meu velho era meio guatemalteco, e a minha mãe só fala grego. Você e a Sam são, sei lá, de Great Neck ou alguma coisa assim?"

"Flower Hill."

"Flower Hill." Enquanto estava falando, Nicky tinha tirado o cinto. Agora ele estava batendo o que parecia talco de bebê de um frasquinho no verso da grande fivela de prata. Ele baixou uma narina até a fivela, depois a outra, apertou o nariz, sacudiu a cabeça; deu um profundo suspiro. "O que eu estou dizendo, Charlie, é que você ainda está no primeiro nível. As suas defesas estão em alerta."

"Não estão, não."

"Está vendo? E o lance que você tem que sacar antes de poder *entender* de verdade o que isso tudo aqui é, é, o que exatamente você está defendendo? Aqui, *mi casa es su casa*."

Charlie ficou esperando que algo o impedisse de se abaixar até a fivela que estava na palma da mão de Nicky, mas aí percebeu que nada o fazia. Foi surpreendentemente fácil. Surpreendentemente rápido. De algum ponto atrás do céu da boca lhe veio um fresco formigamento metálico, como lamber a ponta de uma pilha AA. Nicky ainda estava falando.

"Me diga... olha em volta. Não agora, assim em geral. O que é que você vê? A terra está acabada, as empresas controlam o nosso cérebro, os políticos são uns bandidos. Eu podia ficar pregando aqui na sua frente, mas é pra isso que servem os livros, e enfim, você sabe que é verdade, ou não ia ser um punk digno do nome."

Charlie concordou com um gesto tímido de cabeça, como um cara numa ponte de corda que não tem certeza se aquilo aguenta seu peso.

"E o que é que a gente faz, Charlie? A gente reage. A gente defende. A gente cede o nosso direito de berço, que é o poder de definir o nosso próprio campo de ação." Dando mais uma grande aspirada de cocaína. "Assim, de um lado, tem, sei lá, quarenta porrilhões de armas nucleares lá pra garantir o status quo. Do outro lado, uns universitários bacaninhas, inteligentes, leem A *ideologia da sociedade industrial* e pensam: Opa, eu vou ali fazer pressão política no meu... sei lá quem.. e aí a gente vai acabar com essas ogivas. Sem ver que o que eles estão fazendo é ancorar o próprio sistema que gerou as ogivas, pra começo de conversa. Assim, dá pra você votar no burrico ou no elefante, e dá pra ficar em casa, chupando a tetinha de raios catódicos, mas de um jeito ou de outro, você assinou embaixo de um sistema imoral. A lata de espuma de barba que você compra na Duane Reade, aquela grana banca a fabricação de Napalm. O objetivo e a *raison* do sistema todo é ser total, sabe como? Um circuito fechado. E por falar nisso..."

Lá em cima das viperinas extensões elétricas e dos alto-falantes sem tela havia uma televisão, que Nicky agora se levantava para ligar. Devia ser mais de cinco da tarde, o noticiário tinha começado, com imagens do discurso de posse em Washington. Tinha passado tanto tempo? Nicky bateu uma carreira, sem nem interromper de verdade o ritmo das palavras. Os ombros dele dançavam como os de um boxeador.

"Eu estou chegando na parte que explica a coisa da Falange, Charlie. Mas, primeiro, se pergunte: Esse sistema imoral, como é que você faz pra sair dele? Primeira opção, você casca fora, corta as conexões. Eles chegaram até aí em 68, né? Eles levaram isso aí até onde deu, até eles dizerem, eu sou livre, você é livre, kumbaya e ganido whitmanniano e blá-blá-blá, e olha só no que deu. O problema com essa viagem toda do Rousseau é que o homem é primordialmente um animal social, no sentido de um clã ou de uma tribo. Marx diz isso em algum lugar. Você se desliga completamente e não só não consegue achar uma saída assim de cara, contra a sua natureza, mas perdeu toda e qualquer força de resistência grupal. E você acaba voltando, de quatro, com os formulários dos pedidos de crédito na mão, implorando pra poder entrar."

O cara da Geórgia estava com uma mão sobre a Bíblia, silenciosamente jurando sustentar ou defender ou sei lá mais o quê. A tela, coisa mais estranha, ficava embranquecendo, como se algo estivesse interferindo na transmissão.

"Segunda opção: resistência organizada. Mas o problema com qualquer organização é que ela recapitula o sistema. Hierarquias e parâmetros. O Bentham, o Mill, mas o Barthes e o Marcuse também. Ontogênese e filogênese, sacou? Veja lá o Heidegger e os nazistas. Se prepare pra ser comercializado. Ou foi o que eu comecei a sentir, pelo menos, Charlie, lá nos meus estudozinhos filosóficos em Hamilton Heights. Tem um gueto em volta do City College, você sabia dessa? Até onde a vista alcança. E era pra eu dizer a mim mesmo que estava melhorando o mundo, só porque não estou seguindo a carreira do meu velho, nos Fuzileiros? Eu só estou é aliviando as tensões. Deixando o sistema mais eficiente. A energia fica todinha dentro do sistema, por isso que é um puta sistema. O sistema do humanismo liberal."

Ele agora falava mais rápido, ou Charlie ouvia mais rápido, com as palavras todas miraculosamente caindo bem no centro do seu cérebro, como se ele fosse o maior jogador de beisebol do mundo, com oitenta e dois braços e montes de luvas e sempre posicionado exatamente no local onde caíam as bolas que o Técnico mandava para o meio do campo.

"Só que... só que tem o Fourier, Charlie, não o utopista, mas o outro, o cientista, ele te diz que não pode existir um sistema total. Sempre tem uma energia que escapa. Tensão. Atrito. Calor. A gestalt ocidental é assim, meu, vamos recapturar e controlar de novo aquela energia ali. Esteticizar a energia. Comercializar. Sentar um jiu-jítsu nela até ela ganhar identidade, como produto, partido político, lenda, religião, como a sua bibliazinha ali. Alguma coisa, qualquer coisa diferente do que ela é, que é a possibilidade da mudança. Mas o que eu comecei a pensar, olhando pelas janelas daquelas salas de aula, é o que é que acontece se em vez de tentar aliviar o atrito você prefere deixar ele mais sério? Agora a gente está no fim dos anos 70, a destruição da viagem, com as contradições internas desmoronando e estrondando, o retorno dos reprimidos. É o sistema, que engoliu tudo, tendo a sua indigestão. Pelo milagre da dialética surge uma terceira via, que é você dar um cutucãozinho. Você melhora as coisas, as pessoas relaxam. Você piora as coisas, elas se rebelam. Assim, as coisas têm que piorar antes de melhorar. Assim está escrito."

"Mas eu não estou entendendo. O que é que isso tudo tem a ver com a banda?"

"Chega de banda, Charlie. Chega de arte. Chega de tentar mudar a cultura com cultura."

"Não dá pra fazer as duas coisas?"

"A gente tentou, e olha no que deu. Olha onde a Sam acabou." O rosto dele escureceu. "Digamos que é uma resolução de Ano-Novo. A gente vai começar do zero. Definir um novo campo de ação. A gente se nega a ser enrolado. A gente recusa qualquer cumplicidade a mais com um sistema corrupto. Porque sabe quem era cúmplice? Os alemães. Os franceses."

"Você está dizendo que o Ex Nihilo é como a França de Vichy?"

"Charlie, a gente está além dessa merda toda de arte. Dessa merda de Walter Pater. A gente está no Pós-Humanismo. A Falange Pós-Humanista. A gente redime a possibilidade da desordem dentro do sistema. E a gente está só no começo. Morou?"

Se Charlie *queria* morar é que parecia ser a pergunta mais relevante ali. Ele pensou um minuto. *Eu trabalho nas trevas por ele que virá com a luz.*

Ele percebeu que tinha dito isso em voz alta só quando Nicky perguntou: "O que é isso?".

"É um treco que eu li por aí." Ele ainda estava alto, mas sóbrio o bastante para recusar outra carreira. Já estava escuro lá fora; a reunião de emergência do clube de cinema que ele tinha inventado para a mãe já teria que estar no fim, ou perto do fim, dependendo da escala da emergência cinemática.

"Assim encerrastes vosso aprendizado por hoje, eu acho", Nicky disse. "Só que eu quero que você leve esses livros. Se eduque. Chegue às suas próprias conclusões." Charlie estava um pouquinho preocupado que, como com a voz de Uma-Certa-Entidade, essa fosse a única preleção que ele ia receber. Ainda assim, levou todos os livros que couberam na mochila. Ele até deixou os livros de história por ali, para abrir espaço — se bem que, no fim, não deixou a Bíblia. Nicky foi bem persuasivo, mas Charlie ainda não conseguia saber ao certo o que seria necessário, se houvesse qualquer esperança de salvar a Sam.

32

O rosto diante dele mal era um rosto. Parecia mais um tecido de hematomas, Keith pensou. Um saco de porcelana fina, arremessado aos touros. Aí ele se odiou. Era para isso vir depois: os voos metafóricos, a fuga do mundo fenomenológico. Ele forçou a mente a ficar quieta e simplesmente ver o que estava ali. A ver as linhas de sutura que lhe desciam da cabeça coberta de gaze. A ver os olhos roxos e fechados pelo inchaço causado pela fratura do nariz quando foram entubá-la. A ver o próprio tubo, listrado, como o lençol em que ela jazia, pela sombra da persiana, os foles que sopravam robóticos sob o vidro, o bolo de aniversário estragado sobre o criado-mudo. Havia outro tubo, opaco, menos flexível, que lhe entrava pela garganta. O nome dela, quando ele o disse, soou alto demais no quarto vazio, e ele ficou com medo de que alguém entrasse correndo. Sabia em algum nível que o bandido ali era ele. Mas em outro nível — o nível em que sempre foi o menino dourado, cujas ações, todas, eram boas a priori — ele ainda não conseguia imaginar essa situação. Como não tinha conseguido imaginar, antes de vê-la com os próprios olhos, que era realmente Samantha quem tinha sido baleada.

Talvez tenha sido por isso, nas semanas que se seguiram ao Réveillon, que ele tenha deixado de fazer qualquer ligação entre sua amada de vinte e dois anos de idade e a menor sem nome dos tabloides. Ou talvez fosse o fato de que ele não lia os tabloides, e tinha outras coisas na cabeça; a única coisa que se via no *The Wall Street Journal* eram manchetes sobre o pai de Regan. A bem da verdade, quando o porteiro numa certa noite tocou o interfone para avisar a Keith que ele tinha visitas, a primeira coisa que lhe passou pela cabeça foi que era a Polícia Federal. Seriam dois, como nos filmes, com cortes de cabelo ordinários e ternos pretos iguais. Um diria tudo; o outro, no momento fulcral, iria abrir uma pasta de documentos relacionados à desova de oito milhões e meio de títulos da dívida municipal. Solicitações de margem, histórico de preços, registros dos autos. Ele tirou o casaco do cabide e tocou de novo na portaria. "Você pode dizer que eu encontro com eles na frente do prédio?" Pelo menos assim podia evitar a indignidade de ser algemado dentro do próprio prédio, desfilando diante dos vizinhos.

Mas quando ele chegou à rua, só havia um visitante: um camarada com jeito de cegonha, cabelo meio comprido e uma barba grisalha. Ele tinha uns bons cinco centímetros a mais do que Keith, e seu blazer de veludo cotelê era mais de um professor da área de humanas que de um tira. Quando disse o nome da revista onde publicava, tudo se encaixou. Por causa de um único escorregão em termos de atos profissionais, Keith Lamplighter seria arrastado não só para um tribunal, mas também para o tribunal da opinião pública. E o que é que ele diria aos filhos?

"Por favor, sr. Groskoph, eu não posso conversar com o senhor aqui", Keith tinha dito. Ele seguiu num passo rápido para a esquina, o parquinho da escola pública local. Ficariam menos expostos ali. O homem foi atrás dele sem abrir a boca. O que era bom, significava que Keith ainda sabia ser convincente, apesar de por dentro estar tremendo como um efebo. Quando chegou ao campo de beisebol, ele se fez da altura da grade e abordou seu visitante. "Vamos deixar uma coisa bem clara. Eu não aprecio essa sua ida à minha casa, essa invasão de privacidade."

O repórter parecia realmente despreparado para isso. "Se o senhor puder só me dar uns minutinhos, sr. Lamplighter..."

"Eu devo supor então que o senhor já ouviu a versão do Amory?"

"Perdão?"

Eles se reavaliaram com certo desconforto. Por que Keith ficava pondo o carro tão na frente dos bois? "Desculpa. Qual é o nosso assunto?"

"O senhor não me deixou mencionar: a vítima baleada no Central Park no mês passado. Eu estava com esperanças de que o senhor lembrasse alguma coisa dela."

"Ãh?" A beligerância deu lugar à desorientação. Desorientação e certo alívio. Ele tentou se recuperar. "O senhor deve ter me confundido com outra pessoa. Eu não sei absolutamente nada dessa história."

"Mas eu tinha impressão de que o senhor se correspondia com ela. A menina. Ela deixou isto aqui." O homem estendeu uma pequena pilha de folhas. Na quarta capa estava o nome de Keith. A capa parecia a que ele tinha visto uma vez no quarto de Samantha na universidade. TERRA DE 1000 DANÇAS. E ele quase teve que sentar ali mesmo, no asfalto coberto de gelo. A *vítima, Ano-Novo...*

Ele se virou para o prédio da escola. Em vez de se encontrar com Samantha naquela noite, como eles tinham marcado, ele ficou olhando cuecas voarem na 3rd Avenue. E agora algum junkie no parque tinha vacilado com o gatilho, e Samantha estava... será que estava... "Ela está...?"

"Ela está viva, sr. Lamplighter, mas ainda não recobrou a consciência. Eu lhe peço desculpas, não me ocorreu que os assinantes dela não iam estar sabendo. Eu só estou tendo dificuldade para encontrar as pessoas mencionadas aqui nestas páginas. Mas então vocês não estavam em contato?"

Keith estava imaginando se seu tremor era visível. "Não pessoalmente. Quer dizer, obviamente eu era, hmm, um assinante. Tentando me manter a par das novidades na música. Mas isso é uma loucura. Eu preciso de um cigarro."

Depois de ter tentado algumas vezes com seus fósforos, o cara lhe ofereceu um Zippo. O parquinho da escola sumiu atrás da chama do isqueiro. A fumaça rascava como fibra de vidro.

"Imagino que o nome Sol não lhe diga nada, então? Iggy? Ou as iniciais D.T.? FPH?"

Keith sacudiu a cabeça. "Mas de onde foi que o senhor tirou isso tudo?"

"O outro mistério, e esse é meio que um chute, mas eu fico aqui pensando se o senhor já ouviu falar de uma casa no East Village onde pode ser que ela tivesse uns amigos. Não consigo dar jeito de encontrar um endereço."

Keith viu de novo os envelopes lacrados que ocuparam sua caixa de entrada na firma durante todo aquele verão-outono. Mas o que aquilo tinha a ver com tudo? "Desculpa", ele disse.

O homem se mexeu um pouco para avaliar o rosto dele. Fosse ele o tipo de repórter que fosse, estava na cara que não era investigativo. A bem da verdade, sua atitude parecia estranhamente leviana, como se as respostas de Keith fossem um adendo às próprias perguntas. "Ela nunca mencionou a casa?"

"Como eu lhe disse, nunca cheguei a conhecê-la pessoalmente." Era só isso? Ele estava livre? Tinha fechado bem o casaco para se proteger do vento do inverno, que soluçava em volta dos brinquedos do parquinho. "A polícia sabe da revista dela?"

"Eu posso apostar que eles têm uns exemplares. Apesar de eu não entender como é que isso vai ajudar a elucidar um assalto que acabou mal. Se isso lhe preocupa...", o repórter tirou um cartão do bolso. "Fica aqui uma linha direta que o senhor pode usar, caso lhe ocorra alguma coisa que possa ser útil."

Mas não era nem o cartão de Groskoph, Keith viu, quando voltou ao apartamento. Ele trancou a porta atrás de si e foi até a pilha de jornais ao lado do lixo da cozinha. Estava ali, no *Times*: a vítima do Central Park tinha ido para o Beth Israel. Ele estava com medo de respirar, enquanto procurava o hospital na lista telefônica. Tinha esquecido o número do quarto da sobrinha, disse para a mulher que atendeu, e lhe deu o sobrenome de Samantha; queria mandar flores. Ele esperou que lhe dissessem que essa pessoa não existia. Em vez disso, a mulher disse que na ala de recuperação cirúrgica os internos não podiam receber presentes, mas que a sobrinha dele deveria voltar para a UTI na segunda. O horário de visitas era das sete às sete. Alô? O senhor está aí?

E agora que ele *estava* ali, ou aqui, a coisa em que não conseguia parar de pensar era que se tratava da verdade: ele mal a conhecia. Havia apenas dezoito velas no bolo. Tinha contado duas vezes, para garantir. E ela parecia até mais jovem que isso — dez anos mais jovem, pelo menos, do que na primeira vez em que ele a viu, na escada da frente daquela maldita casa. Bem mais jovem do que fingia ser, ali parada à sua frente, olhando direto nos olhos dele e sorrindo só com um canto da boca diante dos papéis que eles se viram representando. E ele tinha se deixado enganar por aquilo. Num quarto de motel com a chuva lambendo as janelas, com a amora madura daquele mamilo na boca e as longas pernas dela trançadas nas suas costas num doce sofrimento quase imóvel, ele quis ser iludido. Aquelas pernas estavam perdidas sob o cobertor verde-hospital. O crânio dela, raspado para a cirurgia, o fazia pensar no crânio macio dos bebês, e ele quis muito, por um mero segundo, se dobrar e cheirar ali onde os ossos se fundiram, para sentir a aspereza do cabelo que voltava, para fechar os olhos e pressionar o nariz contra aquela pele pálida e sem rugas que não estava sob o sol havia vinte e dois, não, havia dezoito anos — como se ela fosse sua filha, e não sua amante. Ou nem isso. Ele tinha pegado todas as inadequações do seu casamento e da sua vida e tinha lhes dado a forma de fantasia. Sob a casca da consciência, ela era uma desconhecida. Estava segurando flores compradas na lojinha do térreo, caso as enfermeiras começassem a suspeitar. Agora as colocou na bandeja, ao lado do bolo. Neutras íris brancas. "Feliz aniversário, Samantha." Ele beijou os próprios dedos e tocou de leve um pedaço não roxo do braço dela. E aí, Keith sabia, era hora de ir embora, antes que alguém — o pai, a lei, ou só um jornalista menos crédulo — ficasse sabendo que o antigo amante dela, uma fraude, um homem casado, ainda estava à solta por aí.

33

Regan ia preferir morrer a admitir, mas o Irmão Demoníaco tinha razão; ela tinha muito pouca noção do que significaria verificar cada torta em que o polvo da Hamilton-Sweeney tinha agora um tentáculo. Não havia considerado a mera quantidade de tortas, ou o volume da papelada que acompanhava cada uma delas: relatórios de lucratividade, discursos públicos, cartas de interesse, memorandos de acordos. Isso além dos documentos do divórcio, das contas do analista, de matrículas das crianças nas colônias de férias, e dos seus deveres como membro mais jovem da Diretoria. Toda manhã, quando ela destrancava o escritório, um zigurate de papel de meio metro de altura estava à sua espera, como que depois de se reconstruir da noite para o dia. O trabalho dela tinha se tornado, essencialmente, vencer o zigurate, e, com a única funcionária do escritório em licença-maternidade, ela era basicamente um exército de uma mulher só. Se bem que às vezes, erguendo os olhos de algum documento que não entendia, ela visse uma cabeleira dourada flutuando por sobre os topos dos cubículos lá fora, ou seu dono, alto e de ombros largos, brevemente escoando por um corredor transversal. Ela fingia que os olhos dos dois tinham se encontrado. Fazia pactos tácitos consigo mesma: se eu ficar sentadinha trabalhando mais meia hora, aí vou me permitir ir até o bebedouro. Andrew West, o Cara do

Cabelo, nunca estava lá, é claro, e ela teria que se castigar acrescentando os minutos que tinha perdido no fim das horas de trabalho. Era um padrão antigo, regras para gerar rebeldia, a rebeldia levando a novas regras, mas ela mantinha essa percepção abaixo do nível do reconhecimento consciente, pois, caso se permitisse enxergar aquilo plenamente — admitir para Altschul, por exemplo, que tinha ficado encantada por um homem que não era seu marido, ou ex, ou sei lá o que Keith era agora para ela —, seria só mais um motivo para ela se castigar.

Aí, numa certa manhã, ela afastou a cadeira da mesa e descobriu sob o tampo um tubo marrom simples que tinha pedido do Arquivo vários dias antes, junto com a documentação comprobatória. Ela colocou o zigurate no chão e desenrolou o que estava dentro do tubo. Em cima havia uma elevação de um litoral sem árvores, o típico campo minado urbano, mas coberto por uma transparente cidade dos sonhos: campinas verdejantes pontilhadas de lojinhas, prédios com mansardas e hortas nas sacadas, dois edifícios compridos de escritórios e aquele estádio que ela tinha visto em maquete no Réveillon. As representações artísticas de um pessoal de pele rósea erguiam taças em cafés ao ar livre, com uns poucos rostos mais escuros para criar um contraste. **RENOVAÇÃO URBANA DE LIBERTY HEIGHTS, SEGUNDA FASE**, dizia a legenda no alto, sendo que "renovação" era o termo atual para desocupação de cortiços. Desde que tinha perdido a licitação para construir o Lincoln Center na virada dos anos 60, o ramo de investimentos da Empresa Hamilton-Sweeney tinha dirigido quase toda sua energia para as questões internacionais, cigarros Epicúreo, café El Bandito (cujo bigodudo porta-voz, Pepe Rodríguez, ela estava em posição de saber, era na verdade um armênio do sul de Nova Jersey). Enquanto isso, a baixa na construção civil tinha praticamente parado todas as obras nos cinco bairros; não era mais possível tocar um projeto com um décimo do tamanho daquele, nem com a prefeitura por trás. E não era verdade que os novos senhores da cidade, em Albany, ainda antes das acusações, tinham se apressado em se afastar do velho maquinário do poder que tinha levado à crise fiscal — e assim se afastado dos Hamilton-Sweeney? E no entanto aquilo ali, Liberty Heights, era a iniciativa de cem milhões de dólares a que Amory tinha levado a empresa. E no fim ele estava certo! Um único decreto de Zona de Decadência tinha mudado tudo, transformado barreiras em incentivos. Era como se ele soubesse já em 75, o ano daquela planta, que esse decreto era inevitável, e agora lá estava ela, erguendo e baixando a transparência: realidade, fantasia; fantasia, realidade. Uma batida na porta a interrompeu. Uma imaculada cabeleira se inclinou para dentro do espaço aéreo dela, como um retriever encarando o vento do arrasto aerodinâmico. "Sra. Lamplighter? A senhora queria ver isto aqui?"

O Cara do Cabelo se aproximou para colocar uma pasta sanfonada na mesa dela. Era mais jovem do que ela tinha pensado: ele se movia com o desleixo que o mundo arranca de você lá pelos vinte e sete. "Obrigada", ela disse. "Isso é bem desagradável, mas eu não lembro o que é que você faz, exatamente, Andrew. Você está nos Imóveis ou no Jurídico?"

"Operações Globais, na verdade."

"Mas isto aqui são prestações de contas, não são?"

"Departamento de Contabilidade das OGs." Ele brilhava diante dela como um diamante com uma única faceta.

"Nós temos dois departamentos de contabilidade?"

"É agora as OGs engoliram os Imóveis. É meio complicado."

Resistindo às dúvidas, ela devolveu a planta a seu tubo. "Você acha que podia ficar um minutinho para traduzir isto aqui?" A voz dele era linda, e enquanto ele explicava diversas tabelas e planilhas naquele primeiro dia, ela ficou sentada com as mãos no colo, e deixou o cérebro afrouxar, até as palavras dele, *a receber, com acréscimos, depreciação padrão*, virarem poesia de vanguarda.

Na terceira dessas sessões, porém, certa predisposição genética para cifras entrou em ação, e ela conseguiu perceber o ceticismo que Andrew estava fazendo de tudo para esconder. Até para ele os livros das OGs eram um labirinto, créditos e débitos zunindo pelas colunas e pelos cantos, e aí de três em três esquinas você topava com uma bonequinha russa de companhias de fachada. Quase todas pareciam estar registradas na mesma república centro-americana de onde vinham os cigarros e o café, mas, com Andrew já de volta à sua mesa, não ficava claro se o fluxo líquido de capital era de entrada ou de saída. O que ficava claro, já só pelo fato de ele ir embora dali, era que essa indefinição toda não podia ser acidental. E *cui bono*? Bom, aqui e mais ali estava a assinatura aracnídea de seu pai. Ela não queria dizer que a complexidade por si só era um crime, mas será que ela queria mesmo ter que entregar isso tudo por um mandado do governo? Especialmente quando a mídia, liderada todo dia pela transmissão, às quatro da madrugada, daquele tagarela da WLRC, estava mais hostil do que ela teria imaginado? Nesse ritmo, eles iam ter que transferir o julgamento para Albuquerque.

Ainda assim ela não conseguiu reunir coragem para pressionar o pai a respeito de qualquer dessas coisas quando passou pelo norte da ilha na hora do almoço para ver como ele estava. Atrás da escrivaninha na biblioteca onde agora passava o dia (apesar de não conseguir se entender com o novo terminal de dados), ele era o mesmíssimo Papai de sempre: imponente, bem-composto, vagamente imperial em seu terno azul-marinho. E aquela retidão era heroica, Regan achava, dado o arco do seu declínio cognitivo, e mesmo antes disso. Ela tinha aprendido muito tempo atrás que o que parecia ser contenção era na verdade só uma maneira de proteger o que era realmente importante.

Aí um dia seu novo neurologista agendou uma visita à casa do paciente. Era só uma consulta preliminar, questionários e exames de sangue, mas Regan tirou a tarde de folga para lidar com aquilo — Felicia achava exaustivas as consultas médicas dos outros —, e, quando ela chegou, uma mesa como a de uma massagista estava armada na sala de exercícios. O paciente estava sentado, usando um avental da cor de um frasco de Mylanta. Seus pés ficavam balançando para a frente e para trás, como uma criança que chuta a água da piscina. Os tornozelos dele, carecas depois de meio século de meias, a enchiam de um pavor irracional. Mas a qualquer minuto agora o neurologista ressurgiria. "Papai?" Ele pareceu retornar do porto da sua infância que estava visitando. O fato de ele ainda conseguir fazer isso era bom sinal, ela pensou. "A gente precisa conversar. Sobre o seu caso."

"Sim. Tudo bem." Ele nunca foi falante, exatamente, mas nos últimos tempos tinha limado ainda mais seu arsenal verbal, até chegar a essas asserções telegráficas que obscureciam a porção que tinha sido entendida daquilo que você falou. O que podia ser sua finalidade. Os médicos na Mayo não tinham conseguido chegar a um diagnóstico, nem os outros especialistas, mas quanto mais ela pensava nessas esquivas do Papai, mais ficava imaginando se na verdade ele não estava decaindo havia muito mais tempo do que ela supunha: dez anos, quem sabe até quinze.

"Lembra a nossa conversa mês passado, de levar isso pro tribunal? O Amory queria fazer um acordo, e eu disse: Não, Papai, o senhor devia encarar e lutar. O senhor lembra?"

E aí às vezes tinha isso: o lampejo de lucidez, mesmo quando era quase indesejado. "Claro que eu lembro. Por que eu não haveria de lembrar?"

"Isso é importante, e eu preciso que o senhor preste atenção. Quando o senhor for falar com os advogados segunda-feira, acho que o senhor devia falar pra eles tentarem conseguir um acordo."

"Eu quero conseguir um acordo."

"Isso mesmo."

"Mas, querida, Regan, por que eu ia tentar conseguir um acordo, a não ser que eu tivesse feito alguma coisa errada?"

Ah, o que ela não teria dado para ter a mãe de volta? Ou a segunda melhor hipótese, que desde que ela tinha onze anos de idade era o seu irmão. Devia ser William ali sentado em todas aquelas reuniões da Diretoria. William escudando todos eles de Amory. E era William, ela agora sentia, quem poderia ter explicado a seu xará essa sensação ominosa. Apesar de tudo que possa ter pensado quando se mandou tantos anos atrás, ele sempre foi quem o Papai mais amou. Mas aí ela se lembrou de Andrew West. "É meio complicado", ela disse.

34

Como matar aula? Você mente. Você toma banho como se fosse um dia qualquer, ou passa um pente molhado pelo cabelo para uma simulação verossímil. Às 18h45, você desliga o "Dr." Zig — esta cidade não é uma máquina, é um corpo, e está de — e com a sua sacola militar cheia de Marx e Engels e com os restos deteriorados do almoço que não comeu ontem, você sobe desconfiado as escadas. Você serve o cereal dos seus irmãos, cuidando para nenhuma tigelinha ficar com mais marshmallows que a outra. (As coisinhas de aveia não têm importância; elas vão acabar todas espalhadas pela mesa mesmo, ou esmigalhadas num pó rico em sódio que vai cobrir o chão. Aliás, quando foi que você comeu Lucky Charms quando era pequeno?) Para testar sua invisibilidade, tente resmungar sobre ficar esperando o ônibus debaixo da neve fininha. A sua mãe pode te oferecer uma carona, fazendo todos os planos naufragarem: bem mais difícil escapar dos monitores de corredor na escola do que desta casinha indefesa aqui. Mas isso supondo que a Mãe vai estar ouvindo, e ela não vai. Em vez disso, vai estar entrando e saindo da cozinha, tentando descobrir onde foi que deixou a) a chave, ou b) *o outro brinco igual a este aqui* (mostrando um brinco), ou c) *as duas coisas*. Os olhos dela estão inchados. Ela foi dormir tarde de novo. Telefone, de novo. Você pode querer lhe perguntar quem era do outro lado da linha, mas lembra que numa situação como essa a atenção dela não é desejada, e hoje em dia é sempre uma situação como essa; a atenção dela é sempre indesejada. Bem como sua falta. De qualquer maneira, você já sabe com quem ela estava falando. Você é o Profeta Charlie, afinal de contas: vidente, visionário adolescente, adepto dos *noumena*. Tudo que se há de passar já se passou na sua cabeça.

Quando os Lucky Charms forem só leite horroroso, com a sua mãe ainda esperando a babá, siga rumo à porta. Depois de uns minutos no ponto de ônibus, comece a caminhar, ostensivamente para se esquentar, ostensivamente só até o próximo ponto de ônibus. Não há por que verificar se a sua antiga casa já desapareceu no cinza indefinido atrás de você; você vai conseguir sentir o súbito eclipse do raio trator que a casa emana. Do seu campo de força de tristeza.

Como criar uma consciência revolucionária: se eduque. No trem, por exemplo, leia as mesmas duas páginas de *O capital* repetidamente, fazendo força pra elas fazerem sentido. Ou desista e folheie de novo páginas marcadas da Bíblia que você ainda não está cem por cento disposto a abandonar. Por trás das portas do Falanstério, os quatro membros centrais e vários penetras já estão murmurando em ardente exegese, ou se preparando para missões secretas nas quais um dia (quando você estiver pronto) vão te incluir. Como é que você vai saber que está pronto? Você simplesmente vai saber, diz o Nicky. Enquanto isso, ele deixa você acompanhar as reuniões da panelinha de pós-graduandos que se encontra uma vez por semana para falar de Nietzsche com ele. Ele até deixa você ficar por ali para uma aulinha particular depois de mandar os outros noviços de volta aos seus dormitórios e salas de aula. Ainda assim, você fica para trás quando ele e S.G. viajam na perua branca surrada que o Sol roubou de uma firma onde trabalha como lavador de janelas. Sol rouba qualquer coisa que não esteja pregada no chão — o que significa, você supõe, que ele já atingiu a consciência revolucionária. Quanto a você, ainda está tentando se livrar, na marra, do *Farás/Não farás*.

Como virar objetos comuns contra o sistema que os produziu: "Pegue uma toalha de papel e ponha um pouco de farinha de trigo no meio. Aí enrole tudo bem firme com um elástico. Dá pra jogar como uma bola de softball, mas qualquer coisa que ela atinja vai ficar coberta pelo que, até onde sua vítima pode saber, é um estranho pó branco". Ou: "Pegue o telefone. Ligue pra um político e peça pra ele confirmar ou negar determinado boato. Ligue pra outro político pra pedir que ele confirme ou negue a confirmação ou a negação do primeiro". Ou: "Pegue uma agulha e faça um furinho no alto de cada ovo de uma dúzia. Deixe os ovos em algum lugar quente por cerca de uma semana. Aí suba num telhado e faça o que for natural". Não exatamente coisas que possam libertar a espécie dos seus grilhões, né? Mas há muitas coisas que estão além da sua compreensão. Sol Grungy, que entrou em algum momento dessa aula prática, vai ficar sorrindo amarelo, como que pressentindo as suas incertezas, mas o Nicky vai lhe dar um tapa na parte de trás da cabeça. Agora fique olhando pela janela enquanto os dois desaparecem na casinha dos fundos. Ou saem com a perua sacolejante rumo a destinos desconhecidos. Considere: Se você não está pronto agora, com essa vontade toda de ir atrás deles — como é que vai estar?

Como? Ora, você se mata de trabalhar. Eles te deixam com ordens de grampear mais papel-alumínio na parede da frente e nas janelas do Falanstério. O Sol também roubou esse papel-alumínio, trinta ou quarenta rolos — *De cada um segundo suas habilidades* — por motivos que ninguém se dá ao trabalho de explicar. Talvez seja para espantar os pombos? De qualquer maneira, você estende folhas imensas, grampeia com uma pistola. Enfiando nos cantinhos em que o piso se afastou da parede... há algo meio sexual em ação aqui. Algo rítmico, algo raivoso, como o disco dos Stooges na vitrola atrás de você. Você devia estar sentado na aula de trigonometria neste exato momento em Nassau County, mas ninguém lá dá a mínima, nem os monitores de corredor. A sua vida suburbana está se fechando como um diafragma, enquanto a cidade cresce e preenche o céu. Você percebe que faz uma hora que pensou em Sam pela última vez.

Em algum momento, enquanto você lida com as paredes, a Saco de Gosma te traz comprimidos e uma cerveja; o passo dela no piso de tábuas corridas faz "Gimme Danger" pular. Agora imagine o calor do grande corpo branco dela aumentando a temperatura do ar em torno do seu pescoço em alguns graus, logo antes de ela encostar uma lata gelada ali na pele. O fato de vocês dois estarem aqui sozinhos significa que eles estão começando a confiar em você. Você pode completar esta parte do programa revolucionário sem supervisão direta, supondo que a Saco de Gosma não tenha ficado aqui como supervisora — que ela tenha tão pouca noção da situação geral das coisas quanto você. A bem da verdade, é tentador pensar que ela foi enviada só pra te provocar, pra inflar as suas gônadas além do limite humanamente suportável, mas pensar assim é egocêntrico, é neo-Humanista. Olha: Ela não está se recolhendo já para trabalhar lá no seu cantinho de parede ainda sem papel? Os sarrafos ali parecem nus, como ossos.

Mas lá em casa, no espelho, os músculos dos seus braços vão estar um pouco maiores. Como a Mãe ia ficar surpresa se descobrisse que você estava fazendo tarefas domésticas. Voluntariamente!

Como se marcar como alguém diferente: Pegue um pincel atômico da lata de café que fica na sua escrivaninha e copie, até onde a sua memória ajude, a tatuagem que todo mundo parece ter — que o Nicky tem, que o Sol tem, que a Sam tem. A marca da Falange Pós-Humanista que prolifera nas cornijas dos prédios de apartamentos, nas quadras de handebol dos conjuntos habitacionais, nas entradas do metrô, arranhada no plexiglass de uma cabine de telefone, como que mecanicamente reproduzida por todo o East Village, gravada em alguma fábrica da imagem. Uma vez, a caminho da Penn Station para pegar o LIRR para voltar para casa, você vai ver aquilo tatuado no antebraço de um estranho, alguém que você acha que nem sabe o que aquilo representa. Talvez você olhe agora e veja que desenhou de cabeça para baixo. Ainda há o que aprender, obviamente; você ainda não está pronto. Mas o capital que você tem, Nicky diria, é tempo.

O que vai te deixar criticamente mais perto é o spray. Eles chamam de Bomb. Eles dizem para você se vestir todo de preto: moletom preto, jeans preto, balaclava preta. Você podia pensar que a sua mãe ia perceber uma coisa dessas, mas ela só fica satisfeita de ver a que a sua fase Ziggy Stardust acabou.

Vocês trabalham em duplas, um com o spray, um vendo se a polícia chega, e de início você é sentinela, parado na esquina com uma pose forçadamente casual. Moleza. A sua vida toda, ou pelo menos esses últimos anos, foi uma pose forçadamente casual. Ninguém, só a Sam, tinha adivinhado o interior tensionado, o turbilhão na sua barriga. No meio da quadra, de perfil, o cabelo verde do D. Tremens e seus braços móveis diante de um conjunto habitacional, como se ele estivesse fazendo tai chi. Ele não é grande fã seu nem nada. O que ele é, é comprometido com aquilo. E ele confia que você vai estar pronto, se vir policiais, pra disparar no escuro, soltando seu berro guerreiro. Eis a mácula luminosa de uma sirene. Vai, Profeta. Corre.

Os estalidos dos coturnos vão ecoar nas ruas labirínticas vários segundos depois de você ter parado. O seu riso vai te surpreender. Quando foi a última vez que você riu? (Não responda essa.) Eis você aqui, bem no meio de Alphaville, aonde nem os tiras vão te seguir a essa hora da noite. Mas você agora é parte dos fora da lei; isso não pode te machucar. O seu parceiro, que já te alcançou, te passa uma lata de cerveja. Você a levanta no ar. "Um brinde a Mickey Sullivan", você diz, porque usou Mickey de novo como álibi. O revirar de olhos do D.T. pode ser percebido até aqui, sob a lâmpada estourada do poste. "Um revolucionário famoso", você diz, e o seu peito bombeia o riso como se fosse sangue, grandes jorros quase dolorosos de riso que se esparramavam contra as faces dos prédios rumo à lua-marquise.

Aí é a sua vez. É você quem se agacha diante da porta de metal do que durante o dia é uma lojinha barata. É você quem sacode a lata. O baque líquido da bola dentro do cilindro parece ensurdecedor; você está retesado, atento para ouvir qualquer sinal de complicações. Mas tudo foi ajeitado pra você. Há ainda outros níveis, você está começando a perceber, escalões inteiros de atividades além daqueles que você encontrou: os engradados de leite, o papel-alumínio, os sussurros em salas com revestimento à prova de som; a sacola que parecia pesada e que você viu Sol e Nicky carregarem num fim de tarde até a casinha dos fundos; as mudanças que aconteciam por lá, onde só os dois entravam, fora sabe-se lá o que eles iam fazer quando saíam com a perua... mas você sabe que está aqui hoje por um motivo, cravando o seu destino. O jato de tinta soa como a chama de um balão de ar quente. O SISTEMA É SÓ CONCHAVO, você escreve. NÃO VALE UM SÓ CENTAVO. Aí o logo, florescendo do nada, o símbolo que você aperfeiçoou na margem das provas da escola e com corretivo nos bicos de aço dos coturnos: os cinco riscos rasgados. A coroazinha de fogo. Assim:

35

As maravilhas da revista começavam pelo título: uma homenagem a "Land of a Thousand Dances", do mago do Rhythm & Blues Wilson Pickett, que já estava originalmente homenageando Chris Kenner. Se bem que talvez "fanzine" fosse a palavra mais certa, já que suas dívidas formais eram menos para com qualquer revista nacional de papel cuchê do que para com os livretos de tiragens pequenas que tinham começado a aparecer em *head shops* e sebos de LPs no princípio dos anos 70. O xerox barato borrava as imagens, e a prosa de Samantha era igualmente frouxa, testando e abandonando estilos, um atrás do outro. E no entanto, com essas ferramentas toscas, ela tinha conseguido colocar no papel uma história muito mais rica e mais estranha do que as pessoas lá de Flower Hill podiam imaginar que seria o caso. Era como se ela tivesse medo de que a sua vida pudesse sair voando se não fosse esse registro, e saber que o medo era justificado — querer de alguma maneira chegar até ela e avisar — seguramente era parte da compulsão que Richard Groskoph sentia nos últimos dias de janeiro, ao se afundar cada vez mais na *Terra de Mil Danças*.

A maior parte, contudo, era simplesmente a intimidade da leitura. Ler aquilo era como sublocar um quartinho dentro da cabeça de alguém, o que incluía até os símbolos crípticos que ela atribuía aos amigos: S.G., Sol,

N.C. — Iggy? Para quem estava por fora, eles não tinham significado. Mas havia um selo de assinatura no verso de uma das edições, e na terceira noite, depois da sua quinta ou sexta leitura corrida, Richard tinha deixado o nome que estava ali levá-lo à lista telefônica, e aí ao Upper East Side. Ele devia ter adivinhado que Keith Lamplighter seria só mais um riquinho de meia-idade agarrado às últimas lascas da cruz do rock'n'roll. *Pelo seu nome, pelo seu bairro o conhecereis.* Mas o grau da tangência quase não importava; por uns poucos minutos, Richard esteve ligado a alguém que estava ligado a Samantha. Foi só depois, de volta à escrivaninha, que ele começou a recear que o cara realmente pudesse por algum motivo entrar em contato com a polícia, vazando para eles que Richard estava de posse de cópias do fanzine. Ou não — será que o receio na verdade não era de ele ter divulgado para um estranho o nome que vinha tentando proteger?

Provavelmente não, ele decidiu, servindo-se de um drinque. O prolongado anonimato da vítima tinha feito pouco para abafar o fascínio dos tabloides pelo que tinha acontecido naquela noite no Central Park. Talvez o fascínio e o anonimato estivessem até relacionados, de uma forma que negasse tudo que Richard sabia a respeito do que fazia certas disposições de tinta sobre papel ganharem vida para os leitores. Dado o número de vítimas baleadas em incidentes não resolvidos na cidade, era de qualquer maneira impressionante que este tivesse agora migrado dos fundos do caderno policial para a página de opinião, onde, a partir de raros detalhes vagos — sexo feminino, branca, dezessete —, eles extraíram uma ideia dela como um símbolo.

Como o próprio Richard estava extraindo, percebeu, quando devia estar terminando aquele artigo, aquele livro. No passado, episódios de procrastinação tenderam a antecipar um bloqueio mais total. Ele não sabia ao certo se conseguiria sair de mais um. E ainda estava se sentindo eticamente incomodado com a questão dos fanzines — em especial agora que, em meio à bagunça da sua mesa, o terceiro número, o que ele tinha levado para Uptown, não podia ser encontrado. Então na manhã seguinte, quando o efeito do álcool se dissipou, ele lacrou os dois num saco plástico lastreado, enfiou num balde d'água e meteu aquilo tudo no freezer.

Onde deveria ter ficado para sempre, na verdade, em meio a caixas de legumes congelados e fatias de pizza cinzentas de gelo. À medida que os detalhes específicos iam se apagando da memória, porém, a mise-en-scène geral dos fanzines foi ganhando mais nitidez. Ela estava com ele quando ele pegava no sono e de manhã quando abria os olhos: os clubes de rock sebentos, a casa inlocalizável na cidade, que ela descobriu em meados de 1976. Parecia haver toda uma cidade secreta lá fora, a que você chegava atravessando painéis ocultos e portas de mola. Os únicos pontos de contato entre ela e a Nova York a que ele achava que voltava eram um ar de abandono e o onipresente grafite.

Não foi muito antes do Dia de São Valentim que uma das suas caminhadas vespertinas o levou ao sul da ilha e que ele percebeu que as duas Nova Yorks tinham trocado de lugar. O movimento punk tinha arrombado todas as fechaduras e transbordado por sobre as ruas. Meninos maltrapilhos lotavam St. Mark's Place, com roupas sustentadas por fio dental e vagas esperanças. E de toda parte, telhados e varandas e carros que passavam, vinha aquela outra cola social: a música. E não tinha sido a música, também, que libertou Richard, em mais de uma ocasião, de uma vida em que ele se via preso? Os andamentos tinham mudado, mas eles quase não faziam diferença. A questão, tanto agora quanto antes, era se sintonizar em algo maior que você, e sentir em torno de você outras pessoas que se sentiam da mesma maneira.

Ele acabou numa loja de discos na Bleecker Street. Foi onde tinha comprado quase todos os LPs lançados pela Blue Note nos anos 50, e vários compactos da Stax/Volt nos 60. Onde adquiriu as obras completas de Hank Williams e todos aqueles 45 rpm de pop chiclete que alimentavam seu lado auditório-infantil. *Highway 61 Revisited*, no dia do lançamento. *Let It Bleed*, no dia do lançamento. Mas agora, de cara para ele nas paredes, estavam capas que ele não reconhecia. No balcão, um rapaz desgrenhado registrou suas compras. Vejamos. *Rock n Roll Animal. Agharta.* "Anarchy in the U.K."?

"Eu vou levar esse 45 também."

Mas qualquer perplexidade que o balconista tivesse sentido diante das escolhas de Richard se dissolveu quando ele viu as credenciais da **Wrecking Ball**. Ele era do Missouri, acrescentou, por conta própria. Tinha vindo estudar fotografia. Ergueu um dos discos, virou para revelar uma foto preto e branca de três caras com jaquetas de couro e uma mulher uma cabeça mais alta que eles. Encurralados contra a parede de algum beco, eles pareciam prontos para encarar qualquer inimigo e não lutar limpo. "Eu era meio chapa deste aqui, na verdade", o balconista disse, dando tapinhas no menor dos quatro, que mostrava o dedo do meio para a câmera, "Billy Três-Paus."

Era o outro tipo de nome que tinha aparecido no fanzine de Samantha: Podre, Vício, Inferno e Trovão, como algum escritório de advogados do mal. Mas o contexto devocional tinha feito Richard esquecer que os músicos a que correspondiam esses apelidos tinham vidas independentes das necessidades dela. Talvez você devesse esquecer; talvez fosse essa a ideia de um pseudônimo. Fora o fato de que Billy Três-Paus tinha sido o líder da sua banda favorita, Richard não tinha considerado ir atrás de nada a respeito dele. Até agora.

"Bom, até onde eu saiba", o balconista disse, "ele ainda está morando lá em Hell's Kitchen. Porra, o meu chefe provavelmente está devendo uma grana pra ele por esses discos. Eu podia desencavar uma fatura aqui, se você quiser."

O lugar em questão era uma fábrica coberta de fuligem no antigo distrito industrial a oeste de Port Authority; do nível da rua, dava para ver as letras enferrujadas que diziam *Knickerbocker Mints* soldadas num andaime no teto. Como no caso dos prédios em volta, nada ali sugeria que a região tinha se tornado residencial, ou que sequer estava em uso, a não ser um par de Harleys reluzentes na calçada ali em frente, os únicos veículos à vista que ainda contavam com o cromado original. A bem da verdade, os carros que ladeavam a rua pareciam mais abortados que estacionados. Tudo isso Richard contemplou através do plástico transparente pendurado no toldo de uma lojinha na esquina da 10th Avenue, para proteger as flores ali embaixo. Ou, na verdade, as floreiras vazias. Tinha ido direto, a pé, do Village, no frio, parando só ali, nesse último entreposto da civilização antes de começar a distopia. Teoricamente, estava esperando o café que tinha comprado para se esquentar, mas era também possível que ele simplesmente não estivesse pronto para descobrir que não havia interfone na entrada, que a informação era equivocada, e para abandonar mais uma vez aquela sensação de ter uma missão maior, que agora lhe corria pelo corpo. E se não existia essa missão, então por que, poucos minutos depois de começar a vigiar, apareceu um sujeitinho baixo e pálido, que inequivocamente era o da capa do disco, saindo do prédio e se dirigindo para cá?

    Richard já estava quase esperando que ele atravessasse direto a rua, entrasse na lojinha e viesse lhe estender a mão, mas não houve correções de rota. Billy Três-Paus devia estar seguindo rumo ao metrô. Havia algo furtivo no jeito de ele andar. Richard entornou o resto do café e estava prestes a ir abordar o camarada quando outra figura, igualmente furtiva, surgiu do lado de cá da rua: um negro com um macacão que não era do seu tamanho. Esse segundo homem andava com velocidade, mantendo as linhas de carros entre ele e Billy Três-Paus, e no entanto espiando sem parar na direção dele. O que diabos estava acontecendo aqui? Richard estremeceu. Ele era um homem laico no canto de uma imensa catedral, à espera de sua deixa para vir à luz. Quando saiu da sombra, ele pôde ver Billy Três-Paus e o negro chegarem à 9th Avenue. Será que a polícia estava seguindo a mesma pista? Improvável. Enfim, o jeito de descobrir um policial à paisana era olhar os sapatos — e os do perseguidor, quando Richard se aproximou, eram legitimamente surrados, com a parte superior, de lona, se descolando de um calcanhar coberto de esferográfica. Serigrafada no macacão estava uma figura lavando uma janela. O gorrinho do homem estava bem para trás na cabeça. Algum infortúnio tonsorial tinha se abatido sobre o cabelo daquela região; era verde? Antes de Richard poder decidir, no entanto, cabelo, sapatos e macacão estavam atrás de Billy Três-Paus dobrando a esquina da 8th Avenue. E quando Richard chegou até ali, os dois tinham desaparecido na multidão que cercava o terminal de ônibus. Então por que ele se sentia exultante?

36

Mercer gostava de matar tempo, durante seus meses de pós-graduação na chapa de hambúrguer da Route 17, azeitando suas opiniões a respeito da vida e da literatura para o dia em que elas viessem a ornar as páginas da *Paris Review*. Como entrevistador, ele sempre imaginava a mesma pessoa: um homem alto, branco e grisalho, vestido com rigor mas sem formalidade, com sobrancelhas expressivas que contrabalançavam certa frieza que tinha na voz. Parecia, no fundo, uma versão barbada e de peito mais raso do dr. Runcible. Na imaginação de Mercer, ele ficava sentado numa cadeira de diretor, bloco de notas no colo, pernas cruzadas. Sempre que Mercer expunha uma ideia particularmente promissora, o joelho começava a sacudir para cima e para baixo. Mas, na maior parte do tempo, a caneta voava sobre o papel, como que movida por conta própria, soltando laçadas de estenografia diante do brilhantismo ilimitado do Mais Destacado Nome das Letras Americanas — título que Mercer humildemente contestava.

P: *A sua obra parece representar um salto qualitativo em relação a certas tendências minimalistas que entravam em voga entre os jovens escritores daquele período. Alguns poderiam até chamá-la de antiquada.*

R: "Bom, nós vivemos, as pessoas da minha geração, numa era de incertezas. Todo um conjunto de instituições em que nós crescemos confiando, das igrejas aos mercados e ao sistema americano de governo, todas elas pareciam estar em crise. E assim havia um ceticismo de base no que se refere à capacidade de qualquer instituição, até uma instituição como o romance, de dizer algo que fosse verdadeiro."

P: *Mas parece que o senhor quase sente certa empatia pela oposição, Mr. Goodman.*

R: "Eu vejo isso como o meu emprego, basicamente. Sentir empatia. Mas há muito tempo eu venho sentindo, talvez cruelmente, que quando você compara a teoria com a experiência e elas não combinam, o problema deve ser da teoria. Existe a crítica dos fundamentos dessas instituições — justiça, democracia, amor —, mas existe também o fato de que ninguém parece capaz de viver sem essas coisas. Assim, eu quis explorar de novo a antiga ideia de que o romance poderia, sabe, nos ensinar alguma coisa. Sobre tudo."

Depois, contudo, quando o manuscrito de Mercer foi sendo deixado de lado, seu entrevistador imaginário desapareceu. E quando ressurgiu, naquele mês de janeiro, ele tinha mudado. Pra começo de conversa, não se contentava mais em ficar na cadeira, no estúdio, de resto vazio, da cabeça de Mercer. Era tão forte agora a sensação de alguém sempre ao seu lado, gravando imagens do apartamento e do mundo por ali, que Mercer uma ou duas vezes se viu espiando pela janela em busca de câmeras na rua.

Além disso, as perguntas tinham ficado incomodamente pessoais. Um mês se passou desde que o Inspetor Delegado tinha feito aparecer, como que por mágica, um saco de heroína do Casaco de Mil Cores. O motivo putativo para Mercer não ter confrontado William a respeito disso — o fato de estar traumatizado por todo o resto que aconteceu naquela noite — nesse meio-tempo começou a parecer uma desculpa. Isso não queria dizer que, quando fechava os olhos à noite, ele ainda não visse na parte de dentro das pálpebras uma forma sangrenta estatelada na neve. Mas uma semana tinha se passado desde a última vez que ele acordou de chofre antes de o sol nascer com o som de um tiro nos ouvidos e uma película de suor recente sobre a pele. *Então por que*, seu entrevistador queria saber, *ele não dizia alguma coisa agora?*

Bom, pra começo de conversa, como ele ia explicar a William o que estava fazendo no Upper West Side, em primeiro lugar? Além disso, será que era uma decorrência lógica necessária que se 1) o casaco era de William, e 2) a droga estava no casaco, então 3) a droga tinha que ser de William? Porque e se, numa aglomeração qualquer, alguém tivesse metido a droga no bolso de William? Isso acontecia o tempo todo no cinema. E se William estivesse com aquilo de favor para... para Bruno Augenblick, ou... para o ex-membro da sua banda, Nicky Caos, cujo show novo ele tinha ido ver naquela noite? A bem da verdade, ele não tinha dito que foi por isso que saiu da banda, em primeiro lugar? Que não podia dar conta de viver cercado por um monte de junkies?

Ou talvez nem fossem drogas. A polícia na TV não era integralmente contrária a forjar provas quando isso era do seu interesse. Talvez o policialzinho das muletas estivesse querendo dar uma forçada; talvez fosse ligar em algum momento do futuro próximo e forçar Mercer a confessar tudo que sabia sobre os Hamilton-Sweeney.

E eis outro motivo para Mercer ficar de boca fechada a respeito das drogas: teria sido injusto aumentar os problemas de William. Não que eles chegassem a conversar sobre o caso do pai dele, mas ele não teria tido como perder as últimas notícias, e andava agindo de um jeito estranho (mesmo para William) desde as acusações. *Ah, mas e isso não corroborava...?* Beleza. Certo. O entrevistador fantasma de Mercer, que estava se provando insistente pacas, tinha conseguido arrancar dele: ultimamente, William andava agindo cada vez mais como um junkie.

Por exemplo? Bom, por exemplo, ele andava passando um tempo imenso lá no estúdio do Bronx, voltando horas depois da meia-noite. Às vezes, quando Mercer espiava enquanto ele tirava a roupa sob a luz da lua, ou sob a leve poluição que passava por isso, podia jurar que William estava de óculos escuros. E de manhã, William estaria dormindo como um defunto. Ele nunca foi de acordar cedo, enquanto Mercer, nos dias de trabalho, tinha que estar apresentável e razoavelmente consciente às sete da manhã. Mas ultimamente ele chegava em casa perto do pôr do sol e via William ainda de roupão, assistindo a novelas ou jogos e tomando o leitelho meio bege de uma tigela de cereal já açucarado que ele agora consumia a uma velocidade de cinco caixas por semana.

Então tudo bem; do começo. O verdadeiro motivo de Mercer não perguntar se William estava se picando de novo era o fato de estar com medo de confirmar que era verdade.

O que piorava tudo — o que deixava tudo, sim, já que você perguntou, ainda mais difícil de ignorar — era que Mercer já tinha visto isso tudo, quando seu irmão voltou do Vietnã. Ele lembra do Pai perguntando se ele queria dar uma passada na estação de ônibus no sábado seguinte à baixa de C.L., e de como ele tinha agarrado a oportunidade de sair de casa. A Mãe já tinha limpado cada cômodo três vezes àquela altura; se ele ficasse por ali, ela provavelmente ia começar a passar aspirador na camisa dele.

Era pleno verão. O Pai deixou ele dirigir, que era o jeito de você saber que ele estava com a cabeça longe. "Difícil acreditar que em menos de um mês eu vou estar na Universidade da Geórgia", Mercer disse, só para ter o que dizer. O Pai, no banco do passageiro, ficou calado, a não ser pelo ruído leve ou imaginário das mãos que esfregavam as pernas das calças. Os nós dos dedos eram como magma solidificado: negros, inchados, sulcados de terem lidado com a terra por duas décadas, deixando aquela terra segura para porcos e galinhas, para o exuberante milho verde que se erguia à volta deles em todas às direções, manchando o céu de um tom pastel com suas exalações. As mãos de Mercer, por sua vez, às dez para as duas no volante, eram as de um bebê, em termos comparativos.

Desde que o seu irmão tinha partido para fazer o treinamento básico, Mercer desenvolveu uma ideia (parcialmente baseada num comercial da Maxwell House) de que o C.L. ia voltar mudado. Ele estaria esperando por eles com sua roupa verde-oliva bem passada, sacola ao ombro, rosto barbeado expondo facetas elegantes. Esmagaria a mão de Mercer e faria uma continência súbita para o velho e aí assumiria o volante, e Mercer ia pegar no sono na caçamba da caminhonete, vendo as nuvens sujas da Geórgia mal se mexerem enquanto a pacífica conversa dos homens escapava da cabine.

Mas a estação estava vazia quando eles chegaram, e a pessoa que desceu do ônibus quinze minutos depois tinha em comum com as projeções de Mercer apenas uma sacola de lona. Estava com uma camiseta rala. Seu cabelo era uma bola de lã; uma barba quase lhe obnubilava o rosto. O Pai, também ele veterano tanto da Segunda Guerra Mundial quanto de toda uma vida de cortes de navalha, ficou visivelmente enfurecido (ou assustado, ocorria agora a Mercer), apesar de que, para dar crédito a ele, tudo o que disse em voz alta foi: "Vai na caçamba, então". Ao subir, pisando no para-choque, C.L. parecia distante, passivo, quase avoado. Como estaria três anos depois, na manhã em que Mercer o encontrou nu em pelo no campo do norte com um facão na mão, sangue no rosto como uma pintura de guerra, parado diante de um leitão de garganta cortada.

William ainda não estava no ponto da redenção pelo sangue — e quem é que vai saber? Talvez não fossem as drogas, mas sim alguma instabilidade preexistente a responsável por deixar o C.L. num quarto acolchoado em Augusta —, mas ele estava ultimamente com a mesma cara de traumatizado de guerra. Ele também tinha deixado a barba crescer, dizendo que os hematomas das Festas, ainda por explicar, dificultavam na hora de fazer a barba. Quando Mercer observava que ele estava perdendo peso, ele dizia que era porque estava virando vegetariano. Aí um dia Mercer pescou uma embalagem de hambúrguer no lixo. "Eu disse *virando* vegetariano", William disse. "Eu não falei que já estava lá. E o que é que você estava fazendo fuçando no lixo?"

O que Mercer estava fazendo era procurar por alguma última prova, algum *casus belli*. Ele ainda queria imaginar que conseguiria escapar do legado da família Goodman, a desconfiança e o medo em camadas tão densas quanto o floema sob a casca dura de uma árvore. Mas e aquilo tudo não era culpa de William, por esconder as coisas dele? (Isso supondo que William *estava* escondendo coisas dele, não? (E definitivamente estava?)) Mercer ia ter que chegar de uma vez e falar. Ele abriu a boca. "Vamos viajar juntos."

"O quê?"

Mercer não sabia que isso era algo que vinha considerando, mas parecia que tinha pensado em tudo. "Você anda trabalhando demais. Nós dois. O Dia dos Presidentes é feriado emendado." William hesitou por um momento. Teria que dizer não; como é que ele ia conseguir passar três dias sem um pico? E aí Mercer podia lançar sua acusação. Mas em vez disso veio um dar de ombros que fez Mercer ficar pensando se por acaso ainda estava entendendo tudo errado.

"Tudo bem, se é o que você quer."

"É só que eu ando com a impressão de que a gente mal tem conversado."

"Eu falei que tudo bem, Mercer."

"Eu sei." Eles estavam se olhando bem nos olhos. Foi Mercer quem teve que se desviar. "Tem aquela agente de viagens bem legal lá na 9th Avenue. Eu fico com pena dela, porque parece que ninguém vai lá. E a Flórida fica só a três horas de avião."

"Por que a gente não vai pro norte? O Bruno tem uma casa em Vermont que tenho certeza que a gente podia usar de graça."

"Em fevereiro?"

"Eu estou meio curto de grana no momento, Merce. Fora que ia ser romântico. Inverno com neve, só as galinhas por perto da gente... não é essa a ideia?"

"Claro."

"Então deixa eu dar uma ligada pro Bruno quando esse jogo acabar." Quando William virou de novo para os Knicks, Mercer continuou olhando fixamente para o perfil dele, incapaz de se livrar da sensação ter sido derrotado na iminência da vitória enquanto alguém observava logo ao lado. Aí disse a si mesmo: Não, isso é ótimo, perfeito. Eles iam se afastar completamente das drogas ou da família de William ou de tudo que estivesse separando os dois. Algum lugar onde William não ia conseguir se esconder desse jeito, na cara dele. Ou ele ia dar bandeira, e Mercer ia cair matando, ou Mercer ia saber com certeza que tinha sido um completo idiota, que tinha deixado a imaginação levar a melhor de novo.

37

Jenny Nguyen tinha um metro e cinquenta e sete de tênis, peito pequeno, cadeiras largas (ela achava), mas um rosto bonito, inteligente. Em repouso, ele podia parecer desligado, ou desconfiado, mas quando ela ria, o que era frequente, seu corpo todo relaxava. Suas unhas eram roídas, seus dentes retos e vigorosamente brancos. Era uma filha dos subúrbios. E além disso: uma socialista irreconstruída.

Quando veio para a Costa Leste, aos vinte e quatro anos, ela estava havia uns anos enferrujada, e com esperança de que Nova York lhe desse a oportunidade de se tornar de novo um motor da justiça no mundo. Era o coração do império, afinal, um barril de pólvora feito de proletários alienados. Em vez disso, acabou de alguma maneira virando ela própria uma escrava assalariada, que dependia do *rentier* Bruno Augenblick para o seu pão de cada dia, e a alienação que a torturava cada vez mais — muito contra a sua vontade — era a sua própria. Ela concordava com Bruno, por exemplo, que o Dia de São Valentim era uma conspiração de mercado, feito para dar uma sacudida nas vendas no meio de fevereiro, que do contrário seria o buraco do ano todo. Mas isso não significava que fosse especialmente satisfatório passar o dia sozinha.

Ao sair da galeria naquele dia, ela encontrou outro motivo para amaldiçoar sua sorte. Ouvia todo dia de manhã a previsão do tempo na WLRC;

hoje, o meteorologista tinha previsto *mistura de inverno*, chuva que acabava virando neve fina. Mas dentre as várias coisas em que ela continuamente fracassava durante o processo de se tornar nova-iorquina estava sua perpétua incapacidade de lembrar de levar um guarda-chuva — sua suposição, quando o sol brilhava, de que ele nunca ia parar de brilhar. E agora o céu estava prematuramente escuro. Eis um táxi deslizante com a luzinha acesa na capota, mas um táxi era uma extravagância que ela não poderia bancar nem que já estivesse chovendo, então correu para o metrô. Sentiu uma gota, e aí o céu se abriu como a barriga de um grande bombardeiro negro. Quando conseguiu chegar ao seu novo prédio, ela estava ensopada, cabelos nos olhos, bolsa de lona e currículos lá dentro transformados numa barafunda gelada e encharcada.

Algo na aparência absurda dela ou no ar de santuário da luz branca do saguão fez parecer perfeitamente natural que o sujeito alto e barbado que estava verificando a correspondência naquela hora perguntasse se estava tudo bem. Era como se a chuva tivesse deixado a roupa que ela estava usando — competência, cosmopolitismo, objetividade — totalmente translúcida. Como se ele pudesse enxergar o que havia por baixo, se bem que aqueles olhos azuis seriam penetrantes de qualquer maneira. A caixa dele era vizinha da dela, o que significava que também o seu apartamento devia ser. Desde que se mudou no outono ela às vezes ouvia música do outro lado da parede. Tudo bem, ela disse.

A voz dele era a de um locutor, sem sotaques. "Não está, não, você está encharcada."

Houve um momento de constrangimento ali, uma pequena barreira de energia de ativação que podia jamais ter sido ultrapassada.

"De repente eu pego uma gripe", ela disse, "e aí não tenho que trabalhar amanhã. Eu só estou vendo lados positivos."

O trovão abafado da sua risada fez com que a piada ficasse menos tola. O nome dele era Richard, ele disse. E, pela sua experiência pessoal, um pouco de scotch era o melhor jeito de matar aquela umidade. "A velha dose de prevenção."

"Eu acabei de chegar do Lower East Side, tem uns meses. A minha despensa está vazia."

"Eu tenho uma garrafa que no momento está sendo desperdiçada."

Com isso, tudo quanto era bandeira de alerta subiu, histórias escancaradas na manchete do *Post* com letras de três centímetros, a cara do pai dela quando estacionou na frente do primeiro prédio em que ela morou, na Rivington Street, com o caminhão de mudança. Havia todo um conjunto de códigos que governavam as interações de vizinhos de apartamento: você não passava da conversa fiada e achava suspeito qualquer favor. Mas algo a respeito de Richard — o grisalho do cabelo ou os ombros relaxados, os vários jornais embaixo do braço — fazia com que ele parecesse seguro. Quando lhe disse que ia trocar de roupa e se secar, e daí quem sabe aceitasse o convite, ela não achou que estivesse falando sério. E no entanto lá estava ela quinze minutos depois com um moletom taticamente desmazelado, conhecendo o apartamento dele. Ela gostou do fato de ele não trancar a porta quando ela entrou.

Era um apê de dois quartos, um L cujas pernas cercavam o estúdio dela ali ao lado, e no entanto a zona daquela sala delatava sua solteirice: fitas soltas de máquina de escrever e papel-carbono, montanhas de revistas antigas, glaciares de LPs que se projetavam das paredes. Um terrier emergiu desse caos bibliográfico para farejar a barra da calça dela. "Não ligue pro Claggart", Richard disse. "Ele não faz nada." Aí ela enxergou no canto, reluzindo maravilhosamente, uma jukebox Wurlitzer. "Puta que pariu!" Era como estar num trem suburbano atravessando o Bronx e ver entre as pilhas de carros esmagados uma pastagem com um solitário cavalo branco. Richard pareceu quase constrangido. Tinha fisgado aquela ali por cinquenta paus num leilão da polícia, ele disse. Falou para ela pegar uma moedinha da calota de carro colocada em cima da máquina. Resistindo à tendência de se deixar demorar, ela bateu os primeiros números que viu, um Sam Cooke, uma Patsy Cline, e "Drift Away", de Dobie Gray, enquanto ele liberava um espaço no sofá. Surgiram dois copos. Ela fez sinal com a mão para ele parar depois de uns quatro centímetros de bebida terem corrido para o dela. "*Sláinte*", ele disse. Eles beberam e ficaram vendo os anéis de líquido derramado evaporarem da mesinha de centro de imitação de mármore. Ele soltou um suspiro inconsciente depois de engolir. Os radiadores dele, como os dela, eram hiperativos. O cachorrinho, depois de conseguir um lugar no colo dele, ficou quieto.

Jenny teria descrito o silêncio que se seguiu como não incômodo. E teria descrito o homem como alguém elegantemente desgrenhado, com as mangas enroladas até o cotovelo, colarinho aberto, barba bagunçada. Ele tinha trazido o scotch da Escócia, foi o que disse finalmente, com os olhos mansos sob a luz aveludada. Lá eles chamavam apenas de *uísque*. Estava tudo bem?

Estava mesmo, uma chama mansa, uma flor que se abriu no seu peito e se estendeu a partir dali, enviando calor para as extremidades, enchendo-lhe a cabeça de um fogo delicado. Ela perguntou o que ele estava fazendo na Escócia.

Ele corou. "Acho que dá pra dizer que era um sabático."

"Você é professor universitário?"

"Deus me livre."

"Padre?"

"Só um cara que tinha que se mandar de Nova York. Quando tenho que pagar o aluguel, eu escrevo." E antes que ela pudesse dizer alguma coisa: "Mas e você, Jenny? O que é que você faz?".

Segundo a experiência dela com os homens desta cidade, falar do trabalho era o equivalente conversacional de uma anestesia geral. Eles concordavam com a cabeça e fingiam estar ouvindo, mas depois não guardavam nada. O abismo entre o fato gigantesco (para ela) de que tinha se vendido e aceitado o emprego de Bruno e a tênue impressão que isso causava neles a fazia se sentir sozinha. E era por isso que ela tentava não falar de trabalho, se atendo a tópicos comparativamente cintilantes, como o tempo, esporte e aquele velho camarada de confiança, o mercado imobiliário. Além disso, metade dos homens que ela acabava conhecendo pela galeria era gay mesmo. O mero fato de ter dado essa abertura para Richard mostrava o quanto estavam enferrujadas suas habilidades sociais. Mas ele parecia interessado de verdade, e ela ficou surpresa ao se ver discursando longamente sobre o estado lastimável da arte contemporânea e da indústria cultural da qual, de um ponto de vista marxista, ela tinha se tornado indistinguível. "Artistas de verdade são como criaturas mitológicas", ela se ouviu opinar. "Você ouve falar, mas ver mesmo é bem raro."

Violinos pegavam fogo na jukebox. E o Warhol?, ele perguntou.

Ela tinha visto o sujeito saindo de uma loja de donuts na Union Square uma vez, ela disse. E tinha que admitir que o seu coração deu uma aceleradinha. "Claro, tomo mais um pouco sim, obrigada." (O dono da casa, ela percebeu, se limitou ao primeiro copo.) "Mas será que o pop pode mesmo ser a culminação de tudo? Adorno e Horkheimer devem estar rolando na cova." A música terminou. "Meu Deus, eu disse isso mesmo? É bem por isso que eu não devia beber destilados."

Ele sorriu. "Isto aqui? Isto aqui é leite materno. Se bem que só se a sua mãe for uma princesa guerreira celta." Ele levantou para colocar mais umas moedinhas na jukebox. Música de caminhoneiro, música dos cantos mais desconhecidos do dial, de territórios apenas sobrevoados. "E eu vou chutar que a sua não é." Ela estava acostumada com o sem-jeito dos brancos — aquela impaciência disfarçada para saber em que gaveta pan-asiática te enfiar —, então essa relativa franqueza era um diferencial positivo. Além disso, o uísque tinha baixado sua guarda.

"Eu cresci em L.A. A minha família veio do Vietnã quando ainda nem era Vietnã", ela disse. "De avião, não de barco, mas..." L.A. sempre tinha sido fonte de certo fascínio para ele, ele disse. Era um dos poucos lugares em que achava que conseguiria viver. E isso de alguma maneira a fez se abrir sobre o bairro da sua infância, a rádio estudantil em Berkeley, os anos de ativismo — coisas de que nunca mais falava. Sentado numa poltrona sob a luz amarela de um abajur diante de uma janela negra num apartamento cuja única outra fonte de luz era o arco-íris leitoso da Wurlitzer, Richard parecia uma orelha gigante e tolerante. Ou um aparato reflexivo, que lhe devolvia sua melhor imagem. "Pô, isso aqui até que está divertido", ela disse. "Quer que eu dê uma corridinha ali em casa para pegar uma maconha?"

Aí algo crepitou em cima da escrivaninha dele. Richard lançou um olhar para a pilha de papel que estava ali.

"Rato?", ela perguntou.

"Parece que tem um poltergeist ultimamente por aqui. Você acredita?"

"Hmm. Não exatamente."

"Desculpa, é só o meu monitor da polícia."

"Ai, meu Deus. E eu aqui. Você provavelmente tem que trabalhar."

"Não foi uma deixa pra você ir embora."

Porém ela já estava de pé, reafirmando sua independência. "Mas está na hora. Eu também tenho umas coisas pra fazer e tenho que abrir a galeria de manhã pra algum riquinho imbecil entrar e não comprar nada. Mas obrigada pela bebida, Richard. E se precisar de uma xícara de trigo ou de um ovo..."

Houve um lampejo de dor no rosto dele, como se uma enxaqueca há muito evitada agora estivesse voltando, e ela teve a súbita intuição de que de repente era ele quem estava precisando de contato humano. E isso pagou a dívida, eliminou a parte que estava começando a parecer esquisita. Depois, já no seu apartamento, ela pensou ter ouvido pela parede um bis de Dobie Gray. Onde será que aquele cara estava agora?, foi uma das últimas coisas que ela pensou enquanto mergulhava na inconsciência. Porque, falando em arte, "Drift Away" era uma puta obra-prima. Ela estava quase apaixonada por Dobie Gray.

Passaria uma semana antes de ela ver Richard de novo, dessa vez na banquinha minúscula do outro lado da rua, pescando moedinhas no bolso para pagar três jornais diferentes. "Paralaxe", ele disse, misteriosamente, pondo um dedo do lado do nariz como um personagem de um romance. Ficou esperando ela comprar o que queria e voltou com ela para o prédio. Eles ficaram olhando os números iluminados sobre a porta do elevador diminuírem, num silêncio tornado mais rijo por ter sido quebrado antes. Aí ele mencionou, quando as portas se abriram, que eles mal tinham arranhado aquele uísque. Era um equívoco que precisava certamente ser corrigido, ela disse.

Logo eles estavam acostumados a tomar alguma coisa à noite juntos, não toda noite, mas o suficiente para ela passar o dia todo esperando aquilo, e ficava desapontada se não acontecia. *Uma degustação*, ele dizia. *Aparece lá pra uma degustação.* Ela ficava fascinada, em especial, pelo fascínio *dele* por tudo menos ele mesmo — uma qualidade que você raramente encontrava num homem. Ele parecia conhecer a história da vida de todo e qualquer morador do prédio, passado e presente, e contava se ela pedisse. "Espero que não seja porque você convida todo mundo pra uma degustação", ela disse.

"Pra ser sincero, eu tenho uma hora marcada às dez com a sra. Feratovic, a mulher do zelador, se você não se incomodar de andar de uma vez com isso aí."

Ou ela jogava as pernas por cima do braço do sofá e ficava enroscando seus dedos de unhas sem tinta e falando sardonicamente da Califórnia, e de tudo que ela imaginava que a sua vida seria, isso antes de perceber que não ia conseguir salvar a própria família, muito menos o mundo. O jeito de ele ouvir, de fazer perguntas, a fazia se sentir engraçada e encantadora e, por sob tudo isso, necessária. A não ser que fosse só o uísque.

Ou será que, por acaso, ela começou a pensar, ela não estava se sentindo só um tiquinho atraída pelo Richard? Ele devia estar com quase cinquenta, com asas de cabelo castanho já grisalho que lhe desciam na frente das orelhas como se ele fosse um monarca Habsburgo, o nariz dele tinha sido quebrado em dois lugares, e ela tinha decidido na universidade que Freud não era muito amigo das mulheres, e portanto não acreditava no complexo de Electra. Mas, comparado aos homens que ela tinha conhecido até ali em Nova York — festas barulhentas onde você não ouvia ninguém, encontros marcados por telefone no estilo críptico de uma peça de Harold Pinter —, o ritual do uísque parecia o que o pai dela teria classificado de uma solução elegante. E, se ele lhe desse uma cantada, ela não poderia dizer com cem por cento de certeza que teria resistido. Se bem que será que ainda existia alguma coisa hoje em dia que dava pra dizer com cem por cento de certeza?

38

Para a pergunta referente ao que ele estaria fazendo numa perua em ponto morto no lado oeste de Manhattan, o Profeta Charlie não tinha resposta. Nicky certamente não tinha oferecido uma; ele só foi arrancado do trabalho com o laminado num dia em que devia estar na escola e recebeu um macacão que os Pós-Humanistas aparentemente compravam no atacado. *McCoy*, dizia o nome no bolso. Beleza, Charlie pensou: outra excursãozinha. Com um pouco de sorte ele ia trabalhar com a Saco de Gosma dessa vez — quem sabe até ia poder ver ela vestir o seu próprio macacão e tirar aquela camisa vagabunda de hóquei, que agora já estava bem gastinha. Em vez disso, era de novo D. Tremens quem estava esperando na perua parada lá fora. Ele terminou de conectar de novo o rádio aos fios que saíam pelos buracos do painel, bocejou e resmungou alguma coisa sobre ladrões. Aí, sem nem dizer oi, saiu disparado pela esquina.

Também foi D.T. quem lhe passou o binóculo quando eles chegaram ao destino. Ele focalizou uma porta a meia quadra dali, como se alguma coisa grande estivesse para acontecer... mas naquela rua, logo se viu, "grande" era um termo relativo: uma pessoa cheia de sacolas empurrando um carrinho de compras passando pela janela de Charlie; um esquizofrênico gritando sobre uma "caixa de pesadelos"; uma dama da noite mancando com um salto quebrado. É verdade que houve uma vez em que o D.T. se abaixou e sibilou: "Não deixe ele te ver", e quando Charlie olhou para o outro lado da rua viu o imenso mulato tatuado que cuidava da porta do Vault, agora subindo numa moto. Um suspeito! "Ele vai zarpar!", Charlie sibilou de volta, deixando-se levar pelo espírito da coisa. Mas D.T. sacudiu a cabeça. "Ele não é o alvo, Einstein." E as únicas outras alterações foram luzes que acenderam aqui e ali nos prédios lá no alto. Havia um alvo, beleza, mas saber o que isso queria dizer aparentemente era só para o D.T..

Na verdade Charlie começou a pensar que tinha ido junto só para evitar que o seu parceiro enlouquecesse de tédio. O que não era mole, com um parceiro que de saída parecia entediado demais para falar. Quando Charlie tentou dar uma de *deejay* com o rádio, D.T. disse para ele deixar na estação em que estava. E quando Charlie se ofereceu para dar uma corrida até a lojinha a uma quadra dali para comprar comida, a resposta foi um grunhido. "Meu Deus, velho, eu não sou o seu sensei, você não é meu aprendiz. Quer ir, vai." Isso, claro, queria dizer que Charlie não podia ir. Então eles ficaram ouvindo rádio e vendo o céu escurecer, e num dado momento atravessaram algum meridiano secreto, ou (o que daria na mesma) D.T. já tinha visto o bastante, e eles voltaram com a perua para o sul da ilha.

Só que outras tocaias naquele mesmo lugar acabariam mudando a avaliação de Charlie. O problema nem era tanto que D.T. não quisesse falar; era que, quando falava, como agora, o que saía era como que a negação de toda a finalidade de se falar. As palavras favoritas dele eram "não", "merda" e "sério?", seguidas de perto por "nada", "porra", "sei lá" e "cara". Elas se juntavam numa variedade surpreendente de sentenças, mas a mensagem subjacente era sempre a mesma: D. Tremens não dava a menor bola, sacou? Aquilo quase te fazia duvidar do papel dele no Falanstério. Nicky Caos também tinha um lado negativista, mas era um prodigioso criador de conexões. D.T. as negava. Quando Charlie perguntou como ele tinha acabado com a FPH, por exemplo, ele insistiu: "Eu não estou *com* ninguém, beleza? Eu cuido de mim mesmo". Talvez tivesse a ver com aquilo de as pessoas sempre acharem que sacaram qual é a sua por você ser negro. Charlie entendia um pouco disso de as pessoas acharem que tinham te sacado. Mas não disso de ser negro. Aí ele percebeu que estava fazendo a mesma coisa, e se sentiu culpado, e assim basicamente desistiu também da conversa.

Mas havia um lado mais volátil de D.T. que ainda aparecia quando ele estava bêbado, e, na segunda semana de vigilância, isso cobria uma bela parte do tempo. Sua preferência era por cerveja, quanto mais barata melhor, e enquanto as horas iam se acumulando, as latinhas vazias se acumulavam também. Charlie gostava tanto de cerveja quanto qualquer um, mas a pilha de latas amassadas jogadas pela janela do motorista lhe parecia baldar a plausibilidade daquele disfarce. Bom, claro que entre os lavadores de vidros devia haver alguns alcoólatras, exatamente como entre os guitarristas, mas quem sabe, Charlie sugeriu, ele devesse ir catar uma lata de lixo? "Não me venha de novo com essa de Mary Poppins", D.T. disse. "Você há de ter sacado que essa merda toda de fachada é só pra deixar o Nicky feliz mesmo. Ou por acaso ele não te contou do velho dele?"

"Eu sei que o pai dele era Fuzileiro, se é disso que você está falando. E meio guatemalteco."

Pela primeira vez em muito tempo: uma risada. "E eu sou chinês, caralho. Você já ouviu o Nicky tentar falar espanhol, né? Eles passaram um ou dois anos nos trópicos quando ele era pequeno, mas eu tenho quase certeza de que isso foi só porque o Papai trabalhava pra inteligência militar. Que é obviamente de onde o Nicky tira isso tudo. Os disfarces, as senhas, a porra daquele papel-alumínio idiota, como se tivesse mesmo gente plantando escuta..."

"Mas eu achei que o Nicky odiava o pai."

D.T. baixou a janela e mandou uma latinha quicando pela calçada. "*Exatamente*, Profeta. Caralho." Aí, entre goles da próxima cerveja, ele contou uma história para Charlie. Lá em 1974, ele disse, antes de os Pós-Humanistas serem Pós-Humanistas, o Nicky começou a fazê-los acompanhar a vida dos membros da sua banda favorita, o Ex Post Facto. Era o primeiro princípio da abordagem comercial: ele ia descobrir do que os seus futuros colegas de banda precisavam, Nicky disse, e oferecer exatamente aquilo. Sol estava trabalhando de lavador de janelas pra ganhar uma grana. "Então a gente já tinha esses uniformes", D.T. disse, puxando o colarinho. "E a van." E o Nicky acrescentou a isso um cursinho rápido de como evitar ser percebido, a não ser que você quisesse. Usar roupa de careta. Costeletas falsas, se necessário. Mas o D.T. não gostava de receber ordens, sabe como? "Porra, eu comecei a tingir o cabelo em parte torcendo pra ficar gritante demais pro Nicky me mandar nessas de espião. Assim, acho que se essa merda fosse importante ele fazia ele mesmo."

"Não dava pra você simplesmente dizer isso pro Nicky?"

D.T. deu de ombros. "Num mundo perfeito, de repente. Neste aqui, o carinha tem que ter um teto."

Seu histórico de vigilância incluiu a Vênus de Nylon. Teve uma irmã, também, que o mandaram ir ver umas duas vezes. "Mas basicamente ele me mandava ir vigiar o Billy, que já era a obsessão dele naquela época. O Nicky nunca desiste de nada. É por isso que ele é eficiente."

"Espera... você está me dizendo que é o Billy Três-Paus que a gente está esperando aqui?"

"Porra, guri, eles te deixam no escuro mesmo, hein?" Quando não veio resposta, ele suspirou. "Está vendo aquele bloco de concreto lá na escada de incêndio? Aquela ali é a janela do Billy."

O primeiro impulso de Charlie foi ir jogar pedras lá, gritar o que estava acontecendo ali embaixo. Não parecia justo, de algum jeito, pagar por *Brass Tactics* com uma invasão de privacidade. "Mas pra que serve..."

"Mas é isso que eu estou *dizendo*, Profeta. Se o cara usa droga demais, começa a ter essas manias de perseguição." Ele tocou um ritmozinho funkeado de calimba na argola da lata de cerveja. Charlie não conseguiu sacar se aquilo era inconsciente ou queria dizer alguma coisa; a essa altura, D.T. podia até estar falando sozinho. "Mas de repente é contagioso. Quer dizer, o jeito do Billy aparecer na véspera do Ano-Novo falando de explosões de glória... Aquilo podia ser uma indireta sobre as bombinhas que a gente queria usar, mas o Sol jura que ele estava agindo de uns jeitos suspeitos já lá no Natal, e por mais que você queira falar do Sol, é ruim de abalar aquele cara. E aí aquele disco, aquele de o mundo acabar esse ano..."

Isso, Charlie sabia, descrevia uma quantidade surpreendente de discos. "Você está falando do Clash, '1977'?"

"Eu estou falando daquele que o Billy levou pros bastidores aquele dia. 'Two Sevens Clash', né? Uma mensagem, ele disse. Ou uma oferta de paz. E eu também acho que ele anda com uma cara horrível. Não, o Billy definitivamente sabe no mínimo tanto quanto eu." Maravilha, Charlie pensou, mas sobre o quê? Reggae? Numerologia? Mas mesmo que tivesse vontade de revelar a profundidade da sua desorientação, Charlie não teria chance de perguntar, porque bem naquele momento D.T. o mandou calar a boca e ficar na dele. "Olha ele ali." Charlie esperava ver a figura desleixada com uma jaqueta de motociclista. Em vez disso, foi outro negro, bem vestido. "É o namorado do Billy."

Peralá, Charlie pensou. Billy Três-Paus — o cara que criou a letra imortal que dizia *Bêbado, chapado,/ cravado/ nas gotas do seu amor* — era gay? Mas ao mesmo tempo Charlie não tinha aprendido que não devia desprezar os oprimidos como ele? A indiferença de D.T. parecia, sob essa luz, ser quase como a de Sam: o que as pessoas faziam com a genitália era problema delas. "Agora fica olhando. Eu já vi isso. Coisa de meia hora depois que o namorado sai, o Billy sai todo se esgueirando. Ele vai pro Meatpacking District, daí pro Bronx. Ou só pro Bronx. Ele vai direto pro norte, eu nem me dou mais ao trabalho de seguir."

Na verdade, o que aconteceu foi que quinze minutos depois o namorado encostou na frente do prédio com um cupê branco último modelo. Aí Billy Três-Paus, barba por fazer e parecendo ainda mais magro que no Ano-Novo, saiu apressado com uma maleta e entrou do lado do passageiro. D.T. se pôs mais reto no assento. "Mas que porra é essa?" Porém quando o carro foi se afastando, ele estava bêbado demais para sair em perseguição. Fez Charlie trocar de lugar com ele e esperar até o carro estar a uma quadra de distância antes de o seguirem até uma autoestrada perto do rio.

Por vários quilômetros, a presa se manteve exatamente no limite de velocidade, cem metros à frente deles. Só já bem perto da ponte George Washington, depois de terem perdido o cupê branco no trânsito que ia para Jersey, foi que Charlie teve permissão para voltar. E graças a Deus: ele já devia estar em casa mesmo. Ainda assim, enquanto iam lidando com o trânsito da Broadway, ele perguntou se eles deviam ter feito alguma coisa para deter Billy Três-Paus.

"As ordens são: só se parecer que ele vai encontrar o tio ou a polícia. A Força nunca devia ser a primeira opção. Assim, se a gente vê que ele vai entrar no Edifício Hamilton-Sweeney, a gente sabe na hora que ele vendeu a gente, e isso já são totalmente outros quinhentos esporros. Mas, pô... o Nicky não precisa saber que a gente deixou ele escapar do radar agora, beleza? Nada a declarar. Mais um dia mala." E, de uma hora pra outra, era Charlie quem detinha o poder.

Será que isso o tornava automaticamente imortal? Ele reviu os diversos tipos de instrução que vinha absorvendo. "Beleza", ele disse. "Mas só se você me der a real de que porra é isso tudo, então. O Nicky está armando algum lance bem grande, né?"

Eles estavam presos atrás de um ônibus em algum ponto ao norte da Times Square. Buzinas se erguiam em torno deles numa disputa mesquinha. D.T. pareceu segurar a respiração um minuto antes de pegar outra cerveja. "Ó... você sabe que o tio do Billy é um dos maiores figurões de Nova York, certo? Chapinha lá dos Dulles, que o capeta os tenha."

"Não, eu não sabia dessa. Eu estou no escuro, lembra?"

"Pois considere-se esclarecido. Esse sujeito, esse tio, ele tem um dedinho em cada rede de contatos que você conseguir imaginar, pública e privada. Meio assim um reloginho que registra cada oscilação. E com os anos ele fez uns favores pra gente, então dá pra dizer que ele tem um dedinho na FPH também. Claro que a gente não contou essa pro sobrinho dele. Mas quando o Billy me aparece lá no Ano-Novo cheio de indiretas — quando ele simplesmente *por acaso* está lá de bobeira na Grand Central no Natal enquanto o Sol volta de uma missão supersecreta no Queens —, qual que é a inferência lógica, se você é o Nicky? Assim, e se o tio está usando o Billy de agente pra ver se a gente se virou contra ele? O cara é capaz de tudo quanto é manipulação. O Nicky diz que o Billy chamava o cara de Irmão Demoníaco."

Charlie sentiu um arrepio, como se já tivesse ouvido aquela expressão — o título de uma música perdida do Ex Post Facto, ou de uma ainda inédita do Ex Nihilo. Ele se forçou a se concentrar. "Nem. Ainda não saquei. 'Se a gente se virou contra ele?' Por que a FPH ia ter qualquer coisa a ver com um figurão desse pra começo de conversa?" (Ou sinceramente, dado o que ele já tinha visto do lado deles até aqui, vice-versa?)

Um arroto trouxe D.T. de volta ao momento presente — um presente em que ele estava de rabo preso. "Digamos só que antes de você fazer uma aposta com o diabo, é melhor ver o trunfo que ele tem na mão. O Nicky não tinha visto, até novembro. A prefeitura criou aquela Zona de Decadência no Bronx, o que abriu meio quilômetro quadrado pra construção. E aí a coisa com a Sam... nem a pau que o Nicky vai cair de quatro e aceitar que perdeu. A ideia mais recente é que a gente precisa de um Irmão Demoníaco todo nosso."

Espera um pouquinho, Charlie queria dizer. Volta ali. Naquilo da Sam. Fazia um mês que ele nem ouvia alguém dizer o nome dela, nem ele mesmo. Mas eles tinham chegado ao Falanstério e D.T. estava com a porta aberta para sair. Charlie pegou o braço dele. "Como *assim* um Irmão Demoníaco todo nosso?"

"Você pode até ser o escolhido do Nicky, Profeta, mas se eu não estou pronto pra saber todos os detalhes, nem a pau que você está. Escuta, você me perguntou semana passada no que eu acredito. Alguém te ataca, ataca alguma coisa querida, você explode na cara deles — é nisso que eu acredito. Aliás...", ele disse. Puxou do porta-luvas uma pequena bainha de camurça com um cabo de canivete saindo. "O Nicky achou que você podia precisar de uma proteção." Mas isso só mostrava que eles estavam certos sobre algumas coisas, que Charlie ainda não estava pronto, porque ele nunca tinha imaginado que Nicky estivesse falando sério a esse ponto. Ele nunca ia conseguir usar uma faca em alguém, por mais que precisasse. Meteu o canivete, ainda fechado, no bolso do uniforme. D.T., de sua parte, estava ficando sóbrio. O que significava que estava ficando azedo. "Eu falei sério daquilo de ficar de boca fechada, tá? Acho que o Nicky não ia mandar a gente junto se não quisesse que você ficasse sabendo que a gente está vigiando o Billy. Mas se ele souber que eu dei com a língua nos dentes nisso do Irmão Demoníaco", D.T. disse, apontando a cabeça na direção do bolso, "ele provavelmente ia usar um negócio desses em mim."

39

O esconderijo de Bruno, como Mercer não conseguia evitar de pensar naquele lugar, ficava no final de um terreno afundado coberto de tsugas, de modo que acabava sendo invisível da estrada. Mas apesar de William ter cantado as vantagens do lugar a semana toda, as acomodações eram uma estrela na melhor das hipóteses: uns poucos quartos, um tapete de pele de urso diante da lareira, uma prateleira de jogos de tabuleiro que não estavam mais sendo produzidos. Tudo cheirava a naftalina; a casa estava fechada desde o verão passado, Mercer deduziu, ou talvez desde o outro verão. E eles podiam estar na praia naquele exato momento! Ele manteve a decepção guardada, mas não pôde evitar andar por ali abrindo janelas. William aproveitou mais essa oportunidade para comentar como era fresco o ar a cinco graus negativos.

Para o jantar, eles desenterraram de um armário uma caixa de macarrão, com uma década de idade no mínimo, que Mercer preparou com azeite de oliva e um pouco de parmesão enlatado de procedência igualmente dúbia. Aí ficaram sentados lado a lado no sofá de vime jogando War. Eles tinham aquele jogo em casa, mas não abriam a caixa, ao menos era o que ele pensava, desde a noite em que disse a William que o amava. Foi durante a Olimpíada. William tinha passado os pés para o colo de Mercer, e algo naquele gesto o levou a cuspir de uma vez a frase que estava revirando mentalmente havia semanas. A reação de William foi apenas olhar para ele: preocupado com o próximo lance. Agora Mercer ficava pensando se ele estava na fissura por falta de drogas, se é que a gíria era essa. William levou suas tropas para Kamchatka. "Eu sei o que você está pensando, Merce."

"Como assim?"

"Você acha que eu estou pirando. Ficando maluco." Esta última palavra — significativa, no contexto da relação dos dois — pareceu ficar se contorcendo um minuto com o vento.

"Acho que você está se arriscando, de repente. É sempre ruim de defender a Ásia."

"Ah, Mercer. Seja sincero comigo um pouco."

"O que é que você quer que eu diga? Os bons artistas são sempre loucos, de um jeito ou de outro."

"Isso é história pra boi dormir."

"Pode me testar", Mercer disse, levando suas forças para o Leste Europeu.

"Rauschenberg."

"Você sabe que eu não sou bom de pintores."

"Beleza", William disse. "Como que é aquele que você adora. Faulkner."

"Faulkner era dipsomaníaco. E mulherengo."

"Dostoiévski?"

"Jogador compulsivo. Antissemita doente. Mas amava de verdade a mulher." Mercer estendeu um braço desajeitado sobre o encosto do sofá. "Sério, querido, às vezes acho que *eu* é que sou louco." O que era verdade; ele periodicamente suspeitava que estava neurótico, apesar de também ter consciência de que essa suspeita, ela própria fonte da neurose, era indício de uma saúde mental basicamente em ordem. Mas William agora olhava direto para ele, sorrindo.

"Está certo, passou." Ele jogou o tabuleiro no chão, um gesto totalmente cinematográfico, e aí empurrou o jogo e a mesa para longe para liberar um pedaço de pele de urso onde coubessem os dois. "Você vai ter que ir com cuidado", ele disse, "o meu braço machucado ainda está dolorido." Mas, com os cotovelos apontando para fora, com os dedos nos botões, ele estava de novo conduzindo, como nos primeiros dias, e Mercer precisava apenas se deixar levar por ele.

Depois, eles ficaram ali deitados suando, encarando as vigas manchadas do teto. Veias se expandiam, resfriando. Pecinhas do jogo cutucavam as costas de Mercer. Era tudo tão calmo ali — a calma do interior, de que ele percebeu que tinha saudades. Vento nos beirais. Pássaros chamando e respondendo. Aqueles eram alguns dos melhores momentos, nos primeiros tempos, depois de eles terminarem de fazer bobagem, mas antes de ele voltar a si. Ele sentia que sua mente estava mais lúcida, como manteiga espessa exposta ao fogo — alguma espécie de sensação de urgência que se dissipava.

Aí ele deve ter caído num sonho, porque estava num cinema, tentando achar um lugar para sentar. A plateia, inclinada na direção da tela, era de alguma maneira ao mesmo tempo escura e clara. Não havia um par de poltronas vagas, só algumas isoladas aqui e ali. As pessoas ficavam encarando a nuca dele, querendo que ele escolhesse de uma vez, mas e se o teatro contivesse apenas um número finito de grupos e casais, e eles já estivessem aqui? Ele explorou mais a fundo os tortuosos estofados. Achou duas poltronas vazias juntas, mas elas ficavam perpendiculares à tela. Na verdade, todas as poltronas ficavam, só que a tela não estava mais onde ele achava; ela existia em todas as direções. Ele agora estava sentado, à distância exata, nem perto nem longe demais, mas angustiado, porque como é que William ia encontrar ele ali? Ele se virou e descobriu William sentado no corredor ao lado dele, segurando uma pipoca e duas Cocas, e sorrindo paciente. E quando estendeu a mão para tocar a perna de William, como uma criança pequena tenta tocar a mãe, por um pequeno furo no fundo da alma de Mercer ele se viu inundado por um alívio que ultrapassava tudo que já tinha conhecido na vida.

Ele levantou na manhã seguinte ao som de assobios. Não conseguia lembrar a última vez que William tinha sido o primeiro a acordar, mas ali estava ele, ocupadíssimo na cabana. Tinha guardado as peças do jogo, lavado a louça da noite anterior. Uma nevasca uivava do outro lado das janelas, mas ele parecia tão satisfeito de estar de volta àquele lugar — tão nostálgico, talvez — que quase levantava suspeitas. Porém quando foi fazer compras, pediu para Mercer ir com ele. "Não há nenhuma outra pessoa com quem eu desejaria ficar preso na neve e morrer congelado", William disse. O trajeto foi tranquilo, com as estradas bem limpas. Mercer ficou olhando pelo para-brisa cada vez mais branco do carro de aluguel enquanto seu amante corria na direção de uma lojinha interiorana com teto de zinco. Havia outro carro a umas vagas de distância, com o escapamento exalando névoa, mas a faixa de pele sem marcas exposta quando William puxou a jaqueta de motociclista por cima da cabeça para não se molhar de novo lembrou a solidão de Mercer.

No almoço eles assaram salsichas na lareira. Aí, quando a tempestade passou, se entupiram de roupa e saíram para passear na floresta silenciosa. "Tem uma coisa que eu queria te mostrar", William disse. Era uma piscina natural, mirrada, e agora toda congelada. Ele trepou num imenso rochedo negro todo liso de gelo e ficou ali de pé com os braços bem abertos, como que abraçando o espaço todo. Ou todo o tempo — a barba e os óculos escuros o deixavam algo impenetrável. Quando Mercer gritou para ele tomar cuidado, William fez um sinal para ele vir também.

Ele tinha razão: a vista bem merecia um abraço. O céu estava baixo e melancólico, mas daqui, perto da linha das árvores, dava para ver a floresta que se estendia pelo vale, o lago metido ali como um espelho de bolso. "Me explica de novo por que é que a gente não mora aqui."

"Você achou mesmo que eu ia te guiar pro lugar errado?" Aí William apontou para o terreno aberto que ficava além da próxima escarpa. "Nova York está pra lá. A minha bússola não falha."

O tempo ia ficar firme durante o resto do fim de semana. Eles levantavam todo dia com sol, se cansavam com uma longa caminhada pela neve, depois se recolhiam à cabana para uma soneca. Aí era jantar e Scrabble e sexo. William parecia mais feliz do que em todo o ano que passou, saudável e sóbrio e puro, como se fosse só a luz da cidade que o deixasse com cara de viciado. Tristeza das tristezas, no entanto, parte da definição de um idílio é que ele não pode durar para sempre.

Eles voltaram a Nova York na segunda de manhã, para não encarar o trânsito do período da tarde. Como os sapatos dos dois ainda estavam molhados das caminhadas, William tirou os seus quando se enroscou no banco do passageiro para dormir. Eles estavam saindo do Lincoln Tunnel quando o polegar dele veio descansar apoiado no freio de mão. O polegar estava aparecendo por um furo da meia. Ele tinha uns caroços escuros perto da base, como furúnculos. "O que que é *isso* aí?"

"O que que é o quê?", William perguntou, despertando. "Olha a estrada!"

Um caminhão de entregas passou com estrondo, buzina a ar gemendo longa e descendente. As palmas das mãos de Mercer estavam úmidas. "Essas coisas no meio dos seus dedos. Você se machucou?"

William ajeitou a meia para o polegar sumir de novo. Ele estava convidando Mercer a entrar na dança, a fingir que não tinha visto nada, e Mercer podia ter feito bem isso, só que o seu interrogador, calado nesses últimos dias, tinha voltado, mas com uma voz diferente. Era a voz do Pai, exigindo que ele agisse, uma vez na vida, como um homem. "Você está se picando de novo, não está?"

"Por que você está dizendo isso? A gente passou o fim de semana inteiro juntos, Merce. A gente se divertiu pacas, não foi?"

"E antes. No inverno."

A risada de William não teve nada a ver com humor. "Sabe, a gente não é dono um do outro. O meu corpo não é o seu corpo." Ele esticou a mão para aumentar o volume do rádio, mas Mercer estava tentando ultrapassar o nó que tinha na garganta.

"Você não consegue ver que isso é um problemão do caralho?"

"Você está fazendo um teatro imenso."

"Teatro, eu?"

"Eu não vou brigar com você, Merce." A voz dele subiu. "É só que... Olha. Eu acabei de passar um fim de semana inteiro. Isso não te diz alguma coisa?"

"Escute o que você está dizendo!" A mão de Mercer estava doendo. Ele tinha socado, aparentemente, o volante. Claro, era isso que William queria. Ouvir gritos. Virar a vítima. Mercer baixou de novo o volume do rádio, para eles poderem, ele sublinhou, conversar de verdade para variar.

E foi exatamente por isso, William disse, indo para o botão, que ele *aumentou* o volume pra começo de conversa. "E nem venha fingir para mim que você não sabia o tempo todo. Você sempre mentiu mal pacas."

"Isso aqui ainda não acabou", Mercer disse, mas não teve resposta. Ele estava tremendo por dentro, com medo do que tinha feito, mas furioso também. William, no entanto, nunca ficava de mãos atadas. Bem quando você achava que tinha cortado todas as saídas, ele achava uma manobra que levava à liberdade, e agora, num semáforo a poucas quadras da locadora de carros, ele simplesmente saltou do banco do passageiro. A porta bateu atrás dele, ecoando pelos prédios. Ele seguiu para a calçada cheia de gente e desapareceu dobrando a esquina. E aí foi como se o fim de semana nem tivesse acontecido — quase como se eles nunca nem tivessem saído de casa. Mais uma vez, Mercer Goodman mal enxergava o céu.

40

Sherri estava recebendo panfletos de corretores de imóveis já havia algum tempo. Você escrevia uma vez, para um deles, e de repente todos tinham o seu nome e o seu endereço. Fazendas em Connecticut, casas de verão no litoral de Jersey, rústicos retiros nas Adirondack. Claro que, para Larry — apesar de ele nunca ter pensado em contar isso a ela —, aquela casa de três quartos no litoral norte de Staten Island já *era* um retiro. Ele tinha comprado a casa com preços do tempo de Eisenhower no ano do casamento deles, e conforme os aumentos que o Sindicato garantia para o seu salário iam ganhando da inflação, eles conseguiram acrescentar melhorias, como o barzinho no porão e o corrimão na banheira, o recorte na parede da sala de jantar por onde ele podia passar pratos para a cozinha sem ter que levantar da cadeira. Só que nos últimos tempos Sherri tinha começado a pensar seriamente em se mudar. Ele tinha ido com ela, no Dia de São Valentim, para um resort das antigas no norte do estado, e ela quis dar uma volta de carro na manhã seguinte para olhar os imóveis. Diminuindo a velocidade para conseguir espiar alguma no caminho de entrada que se dissipava como um jato de avião por entre as coníferas, ela tinha compreendido que a vida imaginária que estava desenhando para eles — *você podia ter uma oficina, a gente podia alugar o porão* — era na verdade uma maneira de falar de uma aposentadoria precoce. Com o aperto fiscal, a polícia estava mesmo querendo limpar a folha de pagamento, e ela estava cansada de ficar sentada esperando o telefone tocar. A ideia, quando ela se virou para ele, era clara: ele deveria se dispor a começar a tocar a papelada. E aí uma semana depois uma foto da mesmíssima casa na frente da qual eles tinham ficado em ponto morto apareceu no painel de cortiça sobre o telefone de parede da cozinha deles. Ele tinha tentado se imaginar muletando seu caminho por aquela estradinha granulosa e quase vertical para verificar a correspondência. E ter nisso o ponto alto do dia. Voltar todo alquebrado, fazer brinquedinhos de madeira numa bancada.

Ele a encontrou no fundos da casa, à beira da piscina coberta, enrolada num cobertor para cavalos, lendo um livro de biblioteca enquanto uma caneca de chá fumegava no braço da cadeira Adirondack. Não podia estar fazendo mais de dez graus lá fora, mas era o dia mais quente em meses, e Sherri sempre teve essa necessidade de ar livre. Ele se sentou no outro braço da cadeira, fazendo o melhor que podia para não estremecer. Ela lhe fez o favor de mover os óculos de leitura para o alto da cabeça, ainda cor de areia, mas agora rajada de cinza. Ele não teria imaginado que era possível uma mulher ficar mais linda à medida que envelhecia. Ele puxou o recorte que tinha no bolso e o apertou contra a madeira envelhecida pelos elementos. "Achei isso aqui grudado no quadro."

"Claro que achou, meu bem. Eu coloquei ali pra você achar." Ela não se mexeu para pegar o papel.

"Tem alguma coisa que você quer que eu faça com isso?"

"Achei que você podia querer dar uma ligada. Está vendo? Eu circulei o número. Bem transparentinho, em termos de estratégia." Ela tinha fechado o livro. Estava com a leve ruga que lhe aparecia ao lado da boca, como se estivesse provocando, mas a voz era a mais direta. "Você não lembra desta aqui, do Dia de São Valentim? É a que tinha as empenas, a norte de New Paltz."

"Aquele hotel estava cheio de hippie."

"Você disse que tinha gostado."

"New Paltz parece que atrai esse povo. Deve ser alguma coisa de campo de energia."

"Sério, Larry, eu estou começando a achar que você está me enrolando aqui. Sabe quanto tempo você passou em casa esta semana?"

Ele pegou as mãos dela. Fortes, quentes do chá. "Por que eu ia te enrolar?"

"Doze horas, sem contar o tempo de sono."

Era a vez de ele suspirar. Largou as mãos dela, se virando para olhar para a rija pele azul que cobria a piscina. Eles foram dos primeiros ali a fazer uma piscina, quando ainda achavam que iam ter filhos. Cavada, porque Larry tinha dificuldade com escadas. Mas depois que estava na água ele se movia com a mesma facilidade dos outros. Nas manhãs de verão, ele gostava de nadar. De tarde, as crianças do bairro deixavam uma trilha molhada através da cozinha, onde Sherri assava biscoitos Toll House e preparava jarras de limonada. Mas aquelas crianças cresceram, tinham parado de mandar anúncios de formatura e cartões de Natal. Alguns tinham ido parar na Costa Oeste; um estava na cadeia. Uma cerca de metal com uma rede verde para tapar a vista tinha subido de um dos lados do quintal. Nos dias quentes dava para ouvir um novo grupo de crianças por trás dela, rindo, testando palavrões e esparramando água da sua própria piscina.

"Deve ser um caso", ela disse.

"São muitos casos, querida. Aí é que está o problema."

"Não, tem algum caso especial. Ou ia ser o quê? Pode ter certeza que não são os seus chefes que apreciam tanto assim o seu esforço, rá rá. Mas quando você não quer falar de alguma coisa comigo…"

"Foi ideia sua, isso de parar de trazer o trabalho pra casa. Eu sabia que ia te incomodar uma hora."

"E eu vou fazer o quê?", ela disse. "Você sabe que eu nunca quis complicar a sua situação, mas e a minha situação? Se eu não abrir a boca, você vai colocar essa sua coisa paterna na minha frente. É uma criança, né? Ou uma causa perdida. Ou as duas coisas. Ah, Jesus, não me diga que é as duas coisas."

Era verdade. Mesmo antes de New Paltz, o caso Cicciaro tinha começado a jogar os outros para escanteio. Ele não tinha admitido isso para si próprio porque nunca ia resolver o caso. Era infechável. E no entanto era esse que vinha com ele pra casa. Que entrava nos seus sonhos. "Você devia vir trabalhar comigo. Substituir o McFadden."

"Eu te conheço, Larry. Conheço esse seu complexozinho de messias que você acha que é tão secreto. Espera. Me escuta aqui. Eu entendo que você ache que não pode deixar isso de lado. Mas a gente está envelhecendo.

E você passar setenta horas por semana no trabalho não está ajudando a tirar a gente dessa. Sempre vai ter um caso novo."

"A gente está brigando? Isso é algum tipo de ultimato?" Ele ainda estava no braço da cadeira.

Ela colocou uma mão nas costas dele, dedos abertos em torno das vértebras desviadas. "A gente está conversando, como adultos. Olha pra mim, meu bem. Eu não ia ter casado com você se achasse que você era o tipo de homem que precisa de ultimatos."

"Eu juro, Sherri..."

"Ou de juramentos", ela disse, enquanto ele se abaixava para beijá-la.

Mas era estranho; naquela segunda-feira, quando escapou mais cedo do trabalho e foi com o jornal da tarde lá para o Beth Israel, ele ficou com uma pulga atrás da orelha, graças à sensação de que tinha dado a ela sua palavra. Por que outro motivo teria ido até ali, no fim do horário de visita? Ele desligou a Magnavox bege que estava no canto, e que o pai da menina tinha deixado ligada num programa vespertino. A janela tinha que ficar fechada, para evitar que a poeira penetrasse nesse ambiente supostamente estéril, mas Pulaski abriu ao máximo, sete centímetros. Gelo derretia no beiral. A menina nunca veria os pássaros brincando nas poças, mas ele gostava de pensar que em algum ponto bem no fundo, dentro da concha que era aquele corpo, ela conseguia sentir o ar fresco gelado, ouvir os sons dos ônibus da cidade que passavam pelo lamaçal e o comércio de drogas no parque do outro lado e saber que não estava perdendo nada. E talvez ela gostasse do cheiro de tabaco tanto quanto ele. Mas ele mal tinha conseguido acender o cachimbo quando uma enfermeira nervosa apareceu do nada para lhe dizer que não podia fumar naquele andar — ele não viu o aparelho que ela precisava usar para respirar? —, e fechou a janela de novo. Ele resistiu ao impulso de lhe mostrar o distintivo; ela sabia quem ele era. E, enfim, ela tinha razão.

Enquanto a tarde virava noite, cadernos de jornal se acumulavam como depósitos geológicos no chão ao lado dele. O aparelho de respiração respirava. O monitor cardíaco monitorava. Outras enfermeiras entravam e saíam; a cama subia e descia; a bolsa de soro conectada ao braço dela se via vazia, cheia, vazia. A meta era um adeus: menos, não mais imersão. Mas a paciente sob o lençol de alguma maneira era um consolo. Ele tentou imaginar o que Sherri estava aprontando a essa hora, do outro lado da baía de pedras profundas. Claro que ela tinha amigas, tênis, aquele emprego temporário na biblioteca, mas quando foi a última vez que ela almoçou com uma amiga? Ou ergueu uma raquete? Ele ficava aqui, talvez, porque no triste fato da menina à beira da morte sobre a cama automatizada ali ao lado ele se sentia mais perto da solidão de Sherri do que ontem, sentado no braço da cadeira dela. Ela na sua caixinha iluminada lá naquela ilha, ele na sua caixa desta aqui. Por um momento ele achou que percebeu, sob o mundo visível, alguma infraestrutura cega que conectava os dois, ou os três, e que os conectava ainda a outros. Gente que ele nem conhecia.

E você queria fabricar um suspeito a partir desse círculo de conexões, os conhecidos de conhecidos de conhecidos do qual noventa por cento das vezes o culpado emergia. Você ainda não tinha eliminado o rapaz negro que a encontrou, por exemplo, apesar do que deixou ele pensar. (Um dos colegas na escola particular em que ele trabalhava, e que Pulaski abordou discretamente, descreveu o cara como um pouco excêntrico. Se bem que outro disse que achava que ele estava escrevendo um romance, o que explicava muita coisa.) Ou você queria que fosse o pai, um siciliano com uma mão ferrada e uma tendência a dizer o mínimo que fosse estritamente necessário. A mãe desaparecida. O amante da mãe. Quem quer que fosse o responsável por essas flores ultimamente. Um DD-5, era esse formulário que você usava, uma revisão de queixa. Você protocolava três vias. O problema era que o DD-5, com suas lacunas pra você preencher com fatos, deixava tudo o mais de fora. Como a intuição. Como o instinto. Como a pergunta de até onde iam essas conexões. Richard Groskoph. Mercer Goodman. O "Dr." Zig Zigler, que, quando não estava enchendo as ondas do rádio com a depredação da classe empresarial, estava agora deblaterando sobre sacrifícios de virgens e os monstros do Parque. E todas essas linhas, como as linhas de Ley sobre as quais ele tinha lido nos livros de história da Time-Life, convergindo na menina, Cicciaro, que estava ali inconsciente, uma bela num caixão de vidro, cujo reino estava em ruínas. Mas claro que isso valia para todo mundo; quem não existia na convergência de milhares de milhares de histórias? No centro das forças, circuitos, retransmissões, Pulaski podia passar a noite toda sentado daquele jeito e não conseguir se conectar. O que significava que os tiros eram desprovidos de sentido. Um encontro fortuito. Uma coisa à toa. E ele tinha prometido (não tinha?) que ia fazer o possível para se libertar daquilo.

Ou era isso que ele estava pensando quando percebeu pela primeira vez a sombra na nuca da menina, presa contra o travesseiro. Tocá-la teria quebrado alguma regra tácita, mas aí ele percebeu que podia só arrumar o travesseiro, e a cabeça dela caiu de lado — ele estremeceu —, revelando uma tatuagem negra de mais de dois centímetros de diâmetro logo abaixo de onde a gaze tinha sido cortada. Aquilo lhe parecia um ícone, óculos e cabelo espetado. Familiar, de alguma maneira. Por quê? Porque era a mesma imagem que ele tinha visto no papel que encontrou no bolso da calça jeans que estava no Parque.

41

Quando Regan voltou ao apartamento, a única luz na sala de estar era da TV, e a sra. Santos estava numa cadeira de madeira que ela tinha arrastado da cozinha, usando suas agulhas de tricô para transmitir sua crítica silenciosa: já estava escuro, uma mãe devia estar em casa com os filhinhos, e não ficar na rua depois do trabalho. Ao mesmo tempo ela era a única babá em Brooklyn Heights que Regan conseguia pagar. Keith podia achar que ela estava vivendo na flauta aqui, mas sem assumir o controle das contas bancárias das crianças era difícil pagar o aluguel e as mensalidades da escola e o plano de saúde, mesmo com a pensão alimentícia. Pedir para a sra. Santos ficar até depois do jantar hoje significava levar o almoço pronto para o trabalho por uma semana. E os tempos deviam estar difíceis para a sra. Santos também; Regan tinha deixado dez dólares para a pizza, mas havia indícios — pratos sujos de ketchup, cheiro de gordura no ar — de que a velha tinha embolsado a grana e encontrado coisas na geladeira para fazer uns hambúrgueres. "As crianças foram para o quarto?", Regan perguntou, ainda na porta. *Sí*, sim, disse a sra. Santos. "Será que a senhora podia ficar então até coisa de nove horas?" Ela estava prestes a explicar — ela teria tempo direitinho de dar uma corrida —, mas, se a sra. Santos achava o sofá de couro um luxo indevido, imagine o que ia pensar de jogging, por esporte?

Quando foi se trocar, Regan percebeu que a porta de Will estava fechada. Ela abriu e encontrou o filho de bruços no chão, perpendicular a um outro menino, seu novo amigo Ken. Ela queria gostar dele porque morava ali na mesma quadra e o Will precisava de amigos, e porque Ken era japonês, e torcia para os Yankees, mas o menino era tão fechado, ou, mais caridosamente, impermeável à autoridade adulta. Diante dele, Will também ficava fechado. No segundo em que ela entrou, eles varreram as cartas e os dados para as sombras debaixo do peito. Tinham começado com algum jogo de mágica — magos, hobbits, essas coisas. *Eldritch Horror* era o nome. Mães, nem precisava dizer, eram persona non grata. "O que é que vocês estão aprontando aí?"

"Nada", Will disse.

"Oi, Ken."

Ela não soube dizer se Ken resmungou uma resposta ou não. Era esquisito: a mãe dele, no parque, agora era sempre tão simpática. Regan decidiu ver se acabava com esse fingimento de que ele não estava vendo ela ali.

"Bom, seja o que for, querido, eu ia preferir se você chamasse a sua irmã."

"Mãe", Will disse, sem levantar os olhos. "Você. Está. Me. Fazendo. Passar. Vergonha."

"Isso não está sendo mole pra ela."

"Você não está vendo que eu estou com um amigo aqui?", ele disse.

"Já passou das oito. Talvez seja hora de o Ken ir pra casa."

Bastou isso para o menino se pôr de pé, dar um rápido aceno para Will e, com os olhos ocultos pela aba do boné, passar zunindo por ela rumo ao corredor. "Tchau, sra. Santos!" A porta da frente fechou com um clique. Ela ficou esperando que Will dissesse alguma coisa, mas ele só ficou ali deitado, também de boné — os Mets, o time de Keith —, encarando os tornozelos dela. Quando ela o deixou ali, ele estava acrescentando os cartões e os dados de Ken à pilha que tinha embaixo do peito, como um dragão sentado sobre o seu tesouro.

A essa altura, Regan já sabia que era a pior mãe do mundo — era a crista da onda de culpa na qual vinha surfando nas últimas três horas —, mas ela temia que, se não corresse hoje, iria recorrer a outras penalidades, menos inocentes. E elas devem ter sido mais óbvias do que ela achava também, mesmo antes de a crise se tornar pública, ou qual teria sido o objetivo de Keith ao lhe dar um par de tênis de corrida no seu aniversário de trinta e cinco anos, dizendo que ia ser bom para a saúde dela? Ela tinha demorado para admitir, mas ele estava certo. Quase todo mundo perdia peso quando começava a treinar para uma maratona. Desde que Regan começou a se preparar, não muito depois do Ano-Novo, ganhou quase dois quilos, segundo a balança do banheiro. Havia momentos em que ela até chegava a se sentir capaz de viver sem uma balança no banheiro.

Já com os tênis, ela mais uma vez se sentiu daquele jeito, mais livre. Cortou a Promenade na direção dos braços cintilantes da ponte. Respire. Respire. Respire. Respire. Como se fosse Lamaze. Ela ficou pensando: será que era só o divórcio que estava incomodando os filhos? Aquela sensação de abandono que tinham lhe dito que seria inevitável? Ou será que eram as feridas do segundo ano de faculdade, duas décadas atrás, que ainda faziam com que ela se visse maior do que realmente era na mente dos outros? Pelo menos parte do que estava preocupando o Will era o avô. Ao voltar da casa de Keith no fim de semana anterior, ele tinha pedido para ela lhe explicar a diferença entre um *grand jury* e um júri normal. Ele sabia que o trabalho dela era passar a melhor imagem possível da empresa do Vô, então quando ela lhe disse que tudo ia acabar bem, será que ele supôs que ela só estava sendo profissional?

Começou a subir a ponte agora, sangue zumbindo na cabeça. Pensar no trabalho virou pensar em Andrew West, que era o motivo real de ela estar chegando tarde em casa. Ele tinha sido cuidadoso na escolha do restaurante. A decoração casual, maracas e outras coisinhas de mariachis, o anonimato da região, tudo a deixou mais calma. Quem teria a ideia de dar uns malhos comendo comida mexicana? Mas quando, pós-aperitivo, ela tinha abordado a questão de como eles poderiam embasar melhor a posição do Papai nas suas conversas com o Procurador-Geral, ele disse que ela merecia uma folga disso de ficar pensando o tempo todo no trabalho. Ele tomou um longo gole da sua margarita, aí apertou os olhos e esfregou a testa. "Dor de cabeça de sorvete."

Ela estava instilando vinho no seu organismo mililitro a mililitro. Precisava se manter esperta.

"Então, você gosta de música?", ele perguntou, depois que parou de apertar os olhos.

"E quem não gosta?" Aquilo saiu meio defensivo, mordaz, e ela já conseguia sentir que estava murchando. Como ela devia estar ridícula naquele restaurante sem janelas com aquele lindo... digamos, rapaz. "Eu achava que ia participar de musicais da Broadway quando crescesse. Lembro de arrastar o meu pai pra ver *My Fair Lady*." Ela lhe contou como o Papai tinha acabado chorando de tanto rir. O Papai não era muito de rir, nem naquele tempo.

"E você dança?", ele perguntou.

"Por quê? Você dança?"

"Eu ganhei uns prêmios no colegial", ele disse. E aí: "Só brincadeirinha". Mas ele conhecia mesmo uma discotequinha aonde eles podiam ir. Depois da sobremesa, claro — "Eles têm um flan incrível aqui." Agora os joelhos dela estavam latejando. Tinha chegado ao ápice da via de pedestres da ponte, uns cinquenta metros acima da água, mas se não conseguisse fazer aquele quilômetro e meio sem desistir, como é que ia poder dar conta de quarenta e poucos? Por sorte a gravidade podia levá-la morro abaixo, na direção de Manhattan. A cidade duplicada na água lá embaixo. Como aquelas duas imagens do South Bronx. Antes e Depois. Malgrado seus poderes expandidos, ainda havia uma cacetada de coisas que ela não sabia a respeito da empresa que levava seu nome. Ela nem sabia, na verdade, as coisas mais básicas sobre o desconhecido que estava pensando em levar para a cama: onde Andrew West trabalhou antes, quem era seu superior agora... Pelo que ela sabia, ele podia ter sido contratado por Amory para ficar de olho nela, achar algo comprometedor — quem poderia dizer até onde iam as ações do Irmão Demoníaco? —, se bem que Andrew tinha sido um doce até aqui, e Altschul veria nisso um padrão de autossabotagem.

"Andrew", ela tinha dito friamente, quando tiraram a louça do jantar. "Eu estou com medo de ter te dado falsas impressões. Eu e o meu marido acabamos de nos separar, e o que mais quero agora, acima de tudo, é um amigo."

Ele não contestou. Os dentes reluzentes que provavelmente nunca tinham visto uma cárie, as mãos torneadas que distraidamente torciam o ar em busca da raquete de squash que ele tinha deixado lá em Webster Groves... eles podiam ter se enfiado num quartinho de zelador para sete minutos de paraíso ou se separado para nunca mais se verem, ou qualquer coisa entre essas duas, e Andrew West teria ficado muitíssimo bem. E o fato de ele lidar com aquilo com tamanha leveza a chocou. Imbecil! Como é que ela podia ter pensado que aquilo tinha algum significado para ele? Depois de um café e de mais bate-papo, ele tinha lhe dado um casto beijo no rosto e fechado a porta do táxi para ela.

No pé da ponte, ela diminuiu o ritmo. As árvores sem folhas no parque atrás da prefeitura acenavam para ela como mãos negras. Ela queria dar uma paradinha para respirar, mas não ousava; um parque, à noite, mesmo pequeno como aquele, não era lugar para uma mulher sozinha. E foi isso que o tempo tinha acabado por fazer de Regan. Uma mulher sozinha. Ela viu de novo a fita amarela da polícia que se estendia pela extremidade da quadra da casa do pai, ficando branca sob a neve do Ano-Novo. O lençol branco sendo engolido pela ambulância. Estar cuidando das suas próprias coisas, imersa no caos da sua vida, e aí ver tudo ficar preto. Era para isso que supostamente servia a religião, um lugar onde você pudesse depositar os seus medos em relação à possibilidade de não haver mais nada além daquele preto. Ela quis que mais alguém estivesse ali agora. Para ser sincera — e ninguém jamais ficaria sabendo —, quis que Keith estivesse ali agora.

Mas ela deixou que as sombras a afugentassem de novo para a ponte. Com velocidade, os faróis dos carros no nível inferior ficavam borrados e sumiam. A água lá no fundo era uma grande marca de algo que foi apagado. Só havia sua respiração e o ritmo dos pés no chão. Ela podia estar correndo para casa, a outra casa, para um casamento intacto, para filhos sem cicatrizes, só que. Só que não havia mais Manhattan. Ela seguia rumo ao Brooklyn.

Na sala de estar, a sra. Santos estava sentada na sua cadeira dura vendo Telly Savalas olhar um prédio pegar fogo em *Kojak*. As luzes aqui ainda estavam apagadas, e a interação do amarelo que vazava da entrada com o cintilar azul da TV dava àquele ponto, o centro teórico da casa, um aspecto lúgubre e enxaquecoso. Regan avançou até a sala, catando dinheiro na bolsa, espiando o imenso pirulito de Kojak, porque às vezes ela não se sentia bem quando olhava nos olhos da sra. Santos. "A senhora não deixou eles verem isso aí, né? Por que o Will é tão curioso sobre tudo, e eu não sei se ele já tem idade..." Ela percebeu que tinha ofendido a sra. Santos, mas não podia pedir desculpas sem alterar uma dinâmica de forças que já estava

— vamos encarar — toda fodida. Além disso, a tarefa que ela recebeu na terapia essa semana era parar de pedir tantas desculpas.

A sra. Santos continuava tricotando. "Um homem telefona quando a senhora está fora."

A frequência cardíaca de Regan ainda estava elevada, tímpanos dentro do peito "Ele deixou recado?"

"Não, só o nome." Regan estava completamente à mercê dela agora.

"Bom, e a senhora lembra o nome?"

A sra. Santos sorriu para si própria, num momento privado de triunfo. "Nós não temos esse nome em meu país. Merced, é alguma coisa assim. Mas o nome de apelido eu lembro. É *Buen hombre. Good man.*"

42

Na noite fatídica, ou no fim da tarde do dia da Noite Fatídica, Mercer tirou a gravata e a camisa oxford do seu traje de professor e se esparramou de barriga na cama, torcendo para o sono fazer as horas passarem rápido entre as cinco e as oito. Mas ficou de olhos abertos. Os dias estavam ficando mais longos de novo; a essa hora, semana passada, ele não teria conseguido distinguir direito o retrato preso à parede, salvo talvez o cabelo emaranhando em formato de mitra. Agora aqueles olhos que não eram exatamente os de William o acusavam. Ele se virou para o outro lado, para ficar de frente para a janela e a cortina de contas que ocultava o resto do loft. Lá do outro lado, futon e poltrona tinham sido postos um junto ao outro, num canto que apontava para a porta. E havia um lugar de honra para William também, uma cadeira de praia de nylon esfiapado que Mercer um dia encontrou no teto do prédio — e que, pelo que ele sabia, era do William mesmo.

Eles gostavam de ficar sentados lá em noites quentes, William tomando cerveja com o Angel do sexto andar enquanto Mercer ficava empoleirado por ali num balde emborcado, examinando os incêndios que surgiam em Uptown todo verão. Uma vez, o Angel gigantesco chamado Canhão tinha acenado com a lata de cerveja na direção do horizonte em chamas.

"Vocês já ouviram falar desse tal de Maslow? Ele tem um triângulo que eu ouvi no 'Dr.' Zig. Que quando se está bem lá no fundo você não consegue curtir o que é mais elevado. Por isso que pros pretos, meu, você não pode dar nada pra eles. Sem querer ofender." Mercer fez o que o pôde para não se sentir ofendido. O convite para participar das alucinações do Canhão — de que Mercer, na verdade, não era negro; de que ele e William eram apenas bons amigos — era, se enxergado corretamente, um gesto de solidariedade. E, pensando bem, o próprio Canhão parecia moreno pacas na maioria dos ambientes; Mercer não podia saber ao certo se não estava falando de irmão para irmão. Mas William, que tinha decidido que era o Defensor Vicário dos Povos Pardos do Planeta, agora começou a esburacar a teoria da Bala. Eram obviamente os donos dos imóveis que pagavam para dar início aos incêndios. Por causa dos seguros, pra minimizar perdas. E os donos, em grande parte, eram branquelos. O método era bem conhecido; relâmpago judeu era infelizmente o termo usado. Mercer se preparou para a carnificina, caso o Canhão se considerasse branco (ou judeu), mas o Canhão sempre teve um fraco por William. Se Mercer tivesse coragem de pedir, ele provavelmente teria concordado em participar da intervenção — até em fazê-la na casa dele.

Em vez disso, a primeira pessoa para quem Mercer ligou foi Bruno Augenblick, que disse: "Você não entende mesmo o William, não é?".

Ao que Mercer queria ter respondido: *Então me explique, por favor*. "O meu papel é ficar esperando até ele ter uma overdose, é isso que você está me dizendo?"

"É isso que o senhor acha que eu quero, sr. Goodman?"

Mercer tinha suposto, desde aquele primeiro encontro desastroso, que Bruno, ao contrário do Canhão, realmente odiava os negros, ou pelo menos este negro aqui, mas agora não tinha mais tanta certeza. Ele folheava o panfleto do Centro de Tratamento de Abuso de Substâncias na 28th Street. A forma telefônica do silêncio era tão imperfeita quanto a versão telefônica da voz humana. Havia vagos estalidos e rangidos, como bolhas num copo de 7-Up. "Eu francamente não quero nem saber o que você quer, Bruno", ele disse. "O que eu quero é ajudar o Willliam a largar esse negócio. Acho que fui bobo de pensar que você ia entrar nessa comigo, já que vocês são velhos amigos, ou sei lá o que vocês são."

A voz de Bruno continuou rígida, gélida. (Como é que podia existir poesia em língua alemã?) "Eu vou ter que confiar que você é capaz de entender que é exatamente por isso que não posso ter nada a ver com a sua..."

"Intervenção."

"Exatamente", ele disse de novo. E pronto. Nem desejou boa sorte para Mercer.

Agora a cortina da janela estava cinzenta com o crepúsculo. Era azul quando Mercer comprou, um tecido ralo para substituir o papel pardo que William tinha grudado com durex no vidro. Os faróis e luzes de freio dos ônibus que se arrastavam para Port Authority traçavam a história da civilização ocidental no algodão. Era, substancialmente, uma história de fuligem. Apesar de um metro e pouco separar a cortina da cabeça de Mercer, ele podia distinguir partículas individuais de negror, o democrático sem sentido delas ali espalhadas aleatoriamente pelo tecido cinza fino como gaze. Freios a ar soavam como garrafas partidas. Ônibus engarrafados baliam como ovelhas. Ele tinha sido um passageiro lá embaixo, um dia, com a cabeça lotada de uma mistura de fantasia, superstição e dos vestígios da religião da infância, um monólogo contínuo pronunciado para Deus. (*Da ist keine Stelle, die dich nicht sieht.*) E será que ele era tão diferente, inquieto naquele apartamento no fim da tarde, pondo canecas descombinadas na mesa, como se isso não fosse uma intervenção, mas um chazinho? Ele ainda agia como se a disposição adequada das superfícies pudesse evocar a bênção ou a graça. Claro que não havia como saber quando William chegaria em casa, apesar de ele ter prometido (falsamente) que um jantar especial seria servido às oito. Mercer só podia esperar que ele não fosse dar as caras às sete e meia. Ou às dez.

Veio um som como o de um tiro. Deve ter sido um caminhão de lixo passando num buraco — um dos trinta e dois sons distintos que ele tinha categorizado, que atrapalhavam seu sono naquela cidade. Mas os caminhões de lixo vinham com a aurora. Então talvez ele tivesse dormido e perdido a intervenção, e agora fosse de manhã: mesmo trânsito, mesma luz crepuscular. O fato de que "lusco-fusco" pudesse se referir a dois momentos quase contrários parecia indicar alguma coisa, no mínimo o fato de que a membrana entre o real e o cognitivo tinha ficado perigosamente rala. Aí o som voltou multiplicado — wham wham wham wham WHAM —, e ele percebeu que a noite ainda não havia passado. Os Angels tinham deixado a porta interna do saguão destrancada de novo. Alguém estava batendo forte na sua porta.

Antes de ele conseguir abrir a porta inteira, a Vênus de Nylon, o mago do Farfisa no Ex Post Facto, invadiu o apartamento como se fosse seu, e Mercer meramente um mordomo ou valete. Na última vez em que a viu (O viu? A viu? A viu.), ela estava com uma roupa branca de enfermeira e uma perucona de Tina Turner que balançava de um lado para outro quando cutucava o teclado delicadamente. Ela agora tinha feito a barba e raspado a cabeça. Com aquelas argolas de ouro nas orelhas, parecia um Mr. Clean dominicano. Ela pegou uma foto numa prateleira de livros, uma polaroid dele com William na grama maltratada do Central Park. "Bom, coisa mais fofa."

Mercer estendeu a mão. "Nós não nos apresentamos formalmente. Meu nome é Mercer."

Alguma coisa se agitou na sua bolsinha de couro de jacaré. Ela meteu a mão ali dentro e puxou uma bola de pelo branco.

"E eu estou vendo que você trouxe o seu cachorro."

Posto no chão, o monstrinho correu para debaixo do sofá. Veio um ulo e Eartha K. disparou dali e atravessou a cortina de contas no canto da cama. O cachorro deu umas latidas para a cortina, como que cheio de si. "Eu não ia deixar a coitadinha amarrada num poste, se é isso que você está sugerindo." Os olhos da Vênus correram de volta para Mercer. "Sério, nunca entendi por que um Hamilton-Sweeney ia escolher morar nessa região mesmo."

"Como eu disse no telefone, agradeço muito a sua ajuda aqui."

"Eu sabia que o dia ia chegar. O Billy sempre teve que levar tudo até o limite."

"Por favor, sente. Posso te oferecer um café?"

"Rapaz, você é *mesmo* a Donna Reed desse filho de uma puta. Mas eu não tomo café. Coraçãozinho fraco."

A Vênus ocupou o futon, tirando os grandes pés caroçudos dos sapatos baixos e enroscando as pernas sobre a almofada como se fossem a cauda de uma sereia. Mercer não conseguia deixar de imaginar qual seria o corpo por baixo do agasalho de plush. Será que ela tinha feito a cirurgia, o corte final? O modelito estrategicamente frouxo dificultava. Ele lhe entregou o panfleto. A ideia aqui, ele disse, era fazer William ver quanta gente gostava dele, do William de verdade. O William que ele era com os outros.

"E quantas pessoas são, exatamente?"

"Eu tenho três confirmadas, neste momento."

"Três mais você."

"Três comigo."

"Caralho."

"Mas eu consegui fazer a irmã dele vir."

"Eu tenho que te avisar, Mercer, que você podia fazer o próprio Jesus Cristo aparecer e ainda assim não conseguir interromper um vício sério. Eu aprendi isso olhando o Nastanovich. O nosso primeiro baixista, sabe. Eu achei mesmo, quando ele faleceu, que isso ia dar um susto no Billy e deixar ele careta de vez. Ou pelo menos fazer ele voltar pra coca. Mas um junkie vai ser sempre um junkie." Ela encostou na coxa dele. Mercer, subitamente desconsolado, não lembrou de afastar a perna. "Não interprete isso errado. Eu não quero ver o seu namorado em cana ou com uma etiqueta no dedão do pé, mas você tem que aceitar que algumas pessoas acreditam que o eu real delas é seja-lá-quem-for que elas são quando *não* estão com os outros."

Outra batida na porta fez Mercer voltar a si. Ou à versão de si que ele tinha elaborado para conseguir encarar aquilo. "Deve ser a Regan."

Desde a última vez que ele a viu, ela tinha adquirido uma pátina de saúde, como se tivesse tirado férias, ou ido a um desses caixões de bronzeamento novos. Claro que as semanas em torno do solstício eram quando os brancos em geral estavam mais brancos. Regan hesitou um momento antes de atravessar o plano da porta, mas alarme nenhum começou a tocar.

"Aquela é a Vênus, amiga do William", Mercer explicou. Vênus estendeu uma mão com a palma virada para baixo, como que à espera de um beijo. Regan apertou aquela mão e aí, em vez de sentar numa das superfícies à sua disposição, caminhou por ali conferindo a mobília usada, o linóleo arranhado, os ovoides de luminárias nas paredes de gesso rachado. O paletó do tailleur dela era uma armadura quadrada. "Posso guardar isso para você?", ele perguntou. Mas ela estava com frio e quis ficar com o casaco. Ele pediu desculpas pelo aquecimento. "O senhorio gosta de desligar e ver quanto tempo leva pra alguém perceber. Eu estava justamente indo fazer um café fresco."

"Eu ia adorar, obrigada."

"O que eu tenho é esse aqui." Ele ergueu uma lata amarela de Café El Bandito, com cuidado para não abrir a porta do armário a ponto de ela poder ver as armadilhas de pegar barata, com textura de madeira, que ficavam ali dentro. (Mas, sério, por que ele se incomodava com isso? Por que, desde que eles se conheceram, ele estava tão desesperado para impressioná-la?)

Regan se aproximou do cachorro. "Ele morde?"

"É ela. Shoshonna."

Enquanto a cafeteira borbulhava de maneira intestinal, Mercer pegou uns potinhos de creme na geladeira e fez uma sub-reptícia checagem de baratas no açucareiro. Ele tentou confirmar na porta espelhada do armário que seus convidados estavam se entrosando, mas em vez disso Regan tinha ido para a janela e estava olhando para baixo, para o bloco de concreto na escada de incêndio, as flores mortas. A rua lá embaixo, cheia de automóveis travados, seria uma trincheira de luz sangrenta. Vista de lá, pareceria um retrato. "Eu não vejo por que isso aqui não ia funcionar", ela estava dizendo. A voz dela tinha ficado miúda e dura, como se estivesse com uma noz alojada na traqueia. "Ele passou a vida inteira procurando uma casa, e agora tem. Ele não pode querer simplesmente jogar fora isso tudo."

"Mas a escolha é essa?", a Vênus disse. "Ou isso ou aquilo?" Mercer acomodou a bandeja com as coisas para o café. Ele não teve coragem de dizer para Regan que a cadeira de praia em que ela se afundou era originalmente para William.

Aí, no térreo, e a um mundo de distância, a porta do saguão se abriu, e houve um aumento no volume das buzinas dos carros. O cão rosnou. Antes mesmo de o chaveiro assumir seu rítmico chacoalhar na escada, Mercer soube que era William. Seu rosto deve ter deixado isso transparecer, porque Regan e Vênus também enrijeceram, como adolescentes num filme de monstros. Eles ficaram ouvindo os passos dele nos degraus. Ou quem sabe Mercer tivesse lido tudo ao contrário: talvez William fosse a vítima desafortunada para quem a plateia estava gritando: *Não entre por essa porta!* Ele não conseguia lembrar se tinha trancado a porta. Uma mão remexeu na maçaneta e na fechadura, e aí ela se abriu e os olhos de William estavam correndo pela sala. Lá estava a Vênus no sofá, e ele pôde ver William lutando para parecer feliz ao vê-la. Deve ter levado um segundo para ele se ajustar ao paletó e ao penteado, para reconhecer a outra mulher como a irmã que não via havia uma década e meia, mas no instante em que a reconheceu seu rosto se fechou.

E por que ele não podia estar chapado agora?, Mercer pensou. Por que escolher justo esse momento para estar sóbrio? Além disso, por que Regan estava chorando? William ficava em vantagem, ali parado de pé e barbado, com as chaves na mão. "Por que você não senta, que eu arranjo um café pra gente", Mercer disse. Ele queria fugir envergonhado, para a cozinha, para o quarto ao lado, para as escadas de incêndio e telhados e pontos em que a cidade acabava.

"Por que é que *você* não diz pra *mim*, Mercer, o que está acontecendo aqui? O que é que vocês estão fazendo aqui?"

Vênus suspirou. "A sua irmã está aqui, Ó Tão-Amado, porque você está chapadão de novo."

"Ah, não. Ãh-ãh. A gente não vai fingir que isso aqui é por mim, nem de longe."

"William..." A noz na garganta de Regan tinha inchado; ela estava ficando de um vermelho vivo. O cachorro da Vênus escolheu esse momento para ir todo animado investigar os tênis de cano alto de William, que estavam cobertos de tinta como cocô de pombo.

"Eu não estou acreditando nessa porra. Eu vou ali no corredor e vou contar até dez, e aí quando eu voltar tudo vai ter voltado ao normal, beleza? Que tal?" Ele não se mexeu para sair dali. A Vênus, contudo, tinha pegado a bolsa do chão, se preparando para desertar. Não era isso que Mercer tinha imaginado, nem a pau. Mesmo com três contra um, William estava ganhando. (Mas estava ganhando o *quê*?) Foi aí que Regan, Deus a abençoe, levantou. Ela era exatamente da mesma altura do irmão.

"William, eu te amo. Você sabe."

"E o Mercer aqui também, supostamente, então por que será que vocês estão todos caindo em cima de mim?"

"Mas eu te amo mesmo", Mercer disse baixinho.

"A gente discute isso depois, Mercer." Ele se virou de novo para Regan. "Vamos cair na real aqui? Primeiro aquele convite, e agora mais essa. Você achou que eu não ia durar um mês sem você, e isso foi lá em

1961. Então, caralho, por que é que você resolve aparecer de novo assim na minha vida?"

"Foi esse o tempo que eu levei pra te achar!"

"Acho que você não fez muita força pra procurar, Regan."

"Eu tinha um casamento. Eu tive filhos, dois. E agora o Papai está ferrado..."

"E aí... você espera que o outro herdeiro aqui saia correndo pra recuperar o que é seu de direito? Eu nunca quis o que o Papai tem, Regan. Ache ele o que achar. A Mãe me deixou mais do que o suficiente." Foi uma mudança de assunto bem inteligente, mas Mercer estava tão preso naquilo que nem tentou levar o assunto de volta para as drogas.

"Ele cresceu nos anos 30, William. As pessoas não se afundavam em sentimentalismo na época. Isso não queria dizer que você não era o principezinho aos olhos dele. Por que você acha que os Gould queriam que ele te mandasse praquela escola?"

"... coisa que ele fez sem piscar."

No que Regan se envolvia com os braços, ia parecendo menor, com as mãos tentando se esconder no casaco. "Será que você nunca cometeu um erro na vida? Será que você nunca mereceu uma segunda chance? Talvez esteja na hora de tentar perdoar os outros."

"De qualquer jeito, era você que ocupava mesmo a atenção deles, até onde eu me lembre."

"Por favor, não comece..."

"E do lado de quem o Papai ficou na época? Do lado de quem você ficou? Quinze anos, Regan, e você por acaso abriu a boca pra falar do que aconteceu?"

Veio um silêncio. William parecia incapaz de não forçar a mão.

"Você perdeu o direito de dar palpite na minha vida no dia em que livrou a cara dos Gould. Se está precisando de um aliado agora, vá falar com o seu marido."

"Mas e o Mercer não te contou? No Ano-Novo?" *Puta que pariu*, Mercer pensou.

"Contou o quê? O que é que o Ano-Novo tem a ver com alguma coisa aqui?"

"Mercer, você não falou do divórcio pra ele?"

"Isso aqui está meio A *caldeira do diabo* demais pra mim", a Vênus disse. "*Vámonos*, Shoshonna."

"Não, espera", Mercer disse, tentando voltar ao roteiro original. "Olha, a gente te ama, todo mundo te ama. A gente quer que você procure ajuda."

"E quem é que está dizendo que eu preciso?", William perguntou. "É você, Vênus, que usa roupa de mulher e dá mamadeira pro cachorro? Ou você, Regan, que ia preferir uma morte lenta e dolorosa a admitir o que eles deixaram acontecer com você? Ou será que é você?" Ele se virou para Mercer, e sua voz ficou mais suave. "Que não consegue aceitar uma molécula do jeito que ela é? Você não ama as coisas, Mercer, você ama a ideia das coisas. Você está dormindo e nem sabe. Agora se vocês me dão licença..."

O cachorrinho tentou ir atrás dele para o corredor, e ele teve que usar o pé para mantê-lo ali dentro, comprometendo em alguma medida o caráter majestoso da sua saída. Mas, quando a porta fechou, Regan tinha se virado de novo para a janela. As mãos dela, quase perdidas dentro das mangas, ainda estavam bem cerradas; era impossível dizer se ela estava chorando de novo. Mercer se apoiou no balcão, sentindo como se tivesse tomado um soco no estômago. Finalmente, a Vênus se abaixou para pegar o cão. Tinha preservado certa dignidade em meio àquilo tudo e pretendia sair com ela intacta. O cachorro, desconsiderando tudo isso, mergulhou na bolsa e se acomodou ali. A Vênus passou a alça pelo ombro e olhou de novo para eles antes de sair. "Bom, *essa parte* correu direitinho, vocês não acham?"

43

Will sempre teve um sono proverbialmente leve, e o quarto dele ficava logo ao lado da cozinha, então era melhor evitar a cafeteira barulhenta. Em vez disso, de pé já antes de o sol nascer naquele sábado, Keith esquentou o café num bule, no fogão, como eles faziam na universidade. Ferveu antes do que ele esperava; ele se viu correndo de um lado para outro só de meias, procurando alguma coisa para coar a bebida, um filtro, uma peneira ou qualquer outro vaso poroso do qual a esposa talvez não tenha pensado em privá-lo. À medida que o poço de ventilação do outro lado da janela da cozinha ia se tornando mais claro, ele ficou quase frenético, como um daqueles coiotes que de vez em quando acabavam perdidos pelo Upper East Side. Já havia um bilhete na geladeira caso as crianças acordassem — *fui correr* —, mas ele estava com esperança de conseguir voltar ainda antes de eles se levantarem, para não ter que mentir. Alguma coisa com furinhos... O melhor que ele conseguiu foi uma escumadeira. Enrolou uma toalha de papel nela e fez uma bagunça total para coar a mistura fervente numa xícara. O café tinha gosto de água colorida com giz de cera marrom. Ele ficou com pó grudado nos lábios. Seu coração, ele sentia, era um vaso poroso. Ele estava no vestíbulo fechando o zíper da jaqueta quando Will apareceu atrás dele, amarrotado de sono, com o bilhete na mão. "Correr onde?"

"Só dar uma volta no reservatório", Keith disse. "Era pra ser primavera hoje."

"Com essa roupa que você corre?"

Ele olhou para baixo, para os sapatos. "Merda, esqueci. É isso que dá ficar velho, amigão. A cabeça vai desligando." Aí, lembrando o sogro, ele se sentiu um canalha.

Sob o olhar vigilante de Will, ele calçou os tênis. Ia ter que lembrar de enlamear um pouco a sola na volta. Seu filho estava virando o tipo de criança que ia verificar uma coisa dessas. Ele parecia não só fechado com os seus segredos ultimamente, mas desconfiado de que todo mundo também tinha os seus — apesar de que talvez fosse isso que Regan queria dizer quando, citando a terapia, acusou Keith de *projetar* coisas. Enfim, os tênis vinham a calhar; depois de esperar quinze minutos pelo lerdíssimo ônibus local do domingo de manhã, acabou tendo mesmo que correr até o Bryant Park, onde, se o tempo colaborasse, tinha combinado de encontrar Tadelis às sete.

"Olha, Lamplighter", Tadelis disse, ainda antes de Keith se sentar. "Você tem que conversar com eles. De amigo pra amigo, é o que eu te aconselho a fazer. Se fosse seu advogado, eu mesmo te levava lá." Ele tinha comprado bagels, e uma semente de papoula já se achava alojada entre seus incisivos superiores. Keith não estava em posição de lhe dizer isso, no entanto. Por várias semanas entre o Dia de Ação de Graças e o Natal, enquanto os termos do divórcio iam sendo acertados, Tadelis encarou a presença de Keith no seu sofá. E agora, de graça, tinha aceitado dar uma olhada na carta que chegou da Procuradoria dois dias antes, e que precipitou o pânico de Keith. Tadelis era o único cara que ele conhecia pessoalmente que tinha passado por uma investigação por uso de informação privilegiada. Desde que perdeu a licença, ele estava se virando com umas aulinhas de comunicação empresarial no City College. Malgrado isso tudo, ele ainda pronunciava advogado com cinco sílabas.

Keith lhe entregou a carta, que tremeu de leve. "Eu tenho certeza que você já sabe que é o pai da Regan que está sendo acusado. Eu simplesmente acho que não dá pra dizer nada pra esses caras."

"E que mal te faria se você falasse? Você é inocente, lembra?"

Tadelis não tinha mesmo a capacidade de falar baixo, mas as velhinhas na sua conversa matutina a uns bancos de distância tinham lá os seus próprios problemas. De alguma maneira, Keith vivia esquecendo isso no que se referia às outras pessoas, como elas sem dúvida também esqueciam no que se referia a ele. Na superfície, ele era saudável, próspero, talentoso, bonito. Por dentro, no entanto, estava sufocado. Ele não podia permitir que o advogado de Regan no divórcio ficasse sabendo do seu envolvimento potencial no *Caso Hamilton-Sweeney*. E também não podia permitir que a Procuradoria ficasse sabendo do seu envolvimento com a vítima baleada. E quanto ao Irmão Demoníaco, cujo silêncio ele considerava um aviso, Keith não ousou falar dele mesmo para o Tadelis. Se as esferas da sua vida que — mal e porcamente — continham uma confusão ou outra entrassem em contato, a coisa toda explodiria. "Não parece que eles me acham tão inocente assim."

Tadelis, que estava concentradíssimo na carta, ergueu os olhos. "Pense como um promotor um segundo. Você é arraia-miúda. O seu sogro é que é o peixe grande. A gente já sabe que tem um informante confidencial em algum lugar da empresa, certo? Então eles devem ter dado imunidade pra essa figura, achando que vão conseguir montar uma acusação sem furos. Mas a minha leitura aqui é que ou a imunidade liberou a pessoa pra *não* falar, ou as provas são frágeis. Agora têm que conseguir maneiras de forçar o acordo mais barra-pesada que conseguirem pra cima do velho da Regan, então eles apertam quem eles virem pela frente, pra corroborar o que eles já têm na mão. Com esse tipo de atenção da mídia, eles vão querer que ele aceite pelo menos umas acusaçõezinhas, mais um tempo de cana, uma bela multa."

"Você está dizendo que se eu não falar existe uma chance de o Velho Bill conseguir um acordo melhor?"

"Eu estou dizendo que você tem que cuidar do seu lado, Keith. A não ser que tenha alguma coisa que você não está me contando, eu não consigo ver onde é que entra a quebra de confiança — mas, de qualquer maneira, vá lá, fale com eles e, se necessário, você vai estar protegido."

"Mas isso ia ser meio que uma traição, sabe?"

"Uma traição maior do que ser indiciado você mesmo? A gente está falando dos seus melhores anos pra ganhar dinheiro, meu amigo. Você tem que pensar nas crianças. E, em pouco tempo, na pensão. Tá, pega um dos meus."

Do seu próprio maço surrado, Keith só tinha conseguido pescar dois pedaços de um Epicúreo quebrado. O que constituía mais uma coisa que Regan não sabia sobre ele: no outono passado, ele tinha começado a fumar, um lembrete da licenciosidade, do caos que persistia por sob a ordem superficial da sua vida. Às vezes, no fim da tarde, ele descia de elevador até o térreo. O último cigarro do dia era o que bastava para separar aqueles que tinham um motivo para estar ali à toa, às 3h55, às 4h10, dos encostados, dos vagabundos, dos espantalhos sem-teto. Havia uma espécie de coleguismo, jamais manifestado pelo contato visual, exatamente, mas uma noção de relance, de viés, de algo maior que o *eu*. Claro, agora lhe ocorria, que ele já era parte de uma coisa dessas, que se chamava casamento. Samantha pode ter sido o coelho branco que o levou para o Mundo Inferior, mas era sempre Regan quem ele estava procurando. Pois foi só com ela que ele sentiu aquela potente impotência que sabia que era o amor. E era de Regan que ele precisava aqui ao ar livre, na verdade. Do lindo bom senso de Regan. Da mão dela na sua, lembrando-lhe exatamente em que lugar o seu aparente dom para subterfúgios o tinha deixado. Se o problema aqui fosse com qualquer outra pessoa que não o pai dela (e talvez mesmo assim), ela também o teria pressionado para que ele falasse. "Só não esqueça", Tadelis disse, ao redor de um dedo que lhe escavava comida da linha da gengiva. "Os meus conselhos valem cada centavo que você pagou por eles." Mas ele estava certo, Keith acabou decidindo... ele e aquela Regan que continuava dentro dele. Que mal faria marcar uma reunião?

44

O fato de o seu velho amigo e rival ocupar um espaço tão grande no rádio da madrugada sempre tinha parecido miraculoso. Só a boca do "Dr." Zig já devia ser um empecilho; era uma das mais imundas que Richard já tinha encontrado (e a concorrência, entre os jornalistas, era acirrada). Agora, mais do que nunca, dava para sentir ele correndo bem até a beirada do precipício das famosas Sete Palavras Sujas, louco para pular:

> ... até aqui nós já tivemos o Ed de Far Rockaway falando de fornicação em público, a senhorinha do Brooklyn que tinha um mendigo na porta de casa, e aí, daí pra cima, assaltos, estupros, os príncipes do mercado financeiro caindo em desgraça. A linha pra dar Um Plá ainda está aberta no KL5-1PLA — ou seja, 555-9225 pros analfabetos aí na cidade que nunca tomam banho. Mas antes de eu atender mais uma ligação, Nova York, posso ser bem sincero? Eu estou achando que não estão te contando a história toda...

Richard tinha sintonizado pela primeira vez três semanas antes para ver se Pulaski tinha razão. Mas agora ele se via acordando cada vez mais cedo, deixando o receptor AM do seu monitor da polícia funcionando na

WLRC. O "Dr." Zig estava bebendo de novo, parecia. E ele se aproximava demais dos temas, via tudo como algo pessoal, inclusive o que inventava do nada; tinha sido o problema dele no jornal também. Mas, de maneiras que Richard achava difícil explicar, aquilo deixava *Gestalt Terapia* ainda melhor, em termos de rádio. Ele não era o único que pensava assim. Segundo o índice Arbitron de audiência que ele tinha visto pela última vez em 73, os índices de Zig tinham mais do que dobrado. Toda manhã, dezenas de milhares de masoquistas da região dos Três Estados estavam sintonizados para ouvir ele perorar sobre a menor sem nome baleada no Central Park. Ou essa outra coisa agora, algum caso de uso de informação privilegiada. Ou a ligação simbólica das duas coisas com a entropia, com a decadência. Porque a paranoia era o estilo de Zig: De que outro jeito, a não ser através de redes e conspirações, ele ia conseguir criar um alvo grande o bastante para acomodar sua fúria? Richard normalmente achava a paranoia desinteressante, na medida em que ela varria para baixo do tapete os detalhes, que eram o verdadeiro filé de qualquer história. Mas talvez fosse exatamente por isso que ele não conseguia parar de ouvir o "Dr." Zig agora: o programa lhe lembrava que ele ainda estava comparativamente são.

O que andava procurando nessas mesmas semanas, ele ficava se repetindo, não era qualquer conjunto particular de conexões, mas simplesmente contexto, os últimos detalhes dessa história que tinha aparecido de repente diante dele num bar do Norte da Escócia. Claro que ele tinha passado por todas as salas de aula e dormitórios que Samantha havia abandonado, mas a pureza das intenções estava lá; a polícia já tinha registrado todas as pistas. E claro que os lacônicos empregados que varriam as pontas de cigarro da noite anterior nas casas de rock da Bowery pareciam olhar para ele com suspeita, mas ele só queria era que alguém admitisse que lembrava dela. À noite agora ele tinha a vizinha, Jenny Nguyen. Ficava com ela dando golinhos de pássaro no copo de scotch que se permitia e fingindo que aquilo era a sua vida: outro item ou dois de verificação básica que ele podia riscar da lista, alguém carinhoso e engraçado e humano para encontrar quando voltasse para casa.

Mas aí por que é que mais ou menos dia sim dia não ele se via de novo em Hell's Kitchen, naquela lojinha onde sempre tomava café — aquela cujo dono dizia que não existia um Billy Três-Paus? O sujeito não gostava que ele ficasse ali à toa, então Richard tinha começado a ir com Claggart até lá para disfarçar. Bebia um pouco do café e soltava o cachorro do poste ali na frente e, juntos, eles iam na direção da antiga fábrica de balas. Ele ficava se dizendo que hoje seria o dia em que finalmente ia tocar o interfone. Na pior das hipóteses, podia avisar o ídolo de Samantha a respeito daqueles esquisitões de macacão que estavam ali de tocaia. Mas aí Claggart travava, e Richard via uma sombra na frente de uma porta naquela quadra, ou numa van branca, observando. Ele mesmo já teve que recorrer a essas técnicas nos anos 50 e conhecia os truques: esses caras eram tão lavadores de vidro quanto aquele poste era uma máquina do tempo. E no entanto o restinho de foca que ainda havia em Richard ficava voltando, querendo mais.

O que ele tinha determinado, depois de quase um mês, é que Billy Três-Paus quase nunca saía antes do fim da tarde; parecia quase fugir do sol. E se acabava indo até o Automat da Times Square, digamos, comprar comida, os sujeitos vinham depois, invisíveis, meia quadra atrás dele. Se aí ele corria no OTB para fazer uma aposta, eles ficavam na porta. O mais frequente era que ele saísse do apartamento só para ir direto para o metrô, aonde eles podiam ou não segui-lo, dependendo da entrada que ele usasse. Mesmo neste último caso, Richard não acreditava que pudesse seguir Billy pelos túneis; alguém estava sempre olhando.

Só que ele ainda não tinha tentado o nascer do dia, tinha? Então agora, enquanto *Gestalt Terapia* entrava na sua terceira hora, ele saiu correndo com Claggart para um passeio rápido e embrulhou um sanduíche de ovo em papel-manteiga, caso ficasse com fome — a lojinha ainda não estaria aberta —, e seguiu sozinho para o norte.

Assim tão cedo, a rua estava sem vans e sem qualquer vida. Ao se aproximar da antiga fábrica, Richard sentiu de novo o zumbido por dentro, como se estivesse prestes a se dar bem. E talvez estivesse, ainda que não do jeito que supunha, pois a uns dez metros de chegar à porta ouviu um eco de uma doca de carga mais à frente, na mesma rua. Ignore isso, ele disse a si mesmo, mas ele nunca foi páreo para a própria curiosidade. E o que encontrou na doca, coisa de um metro acima do chão, foi uma cena: uma moça revirando uns pallets de carga. Com suas botas de dançarina de aluguel, ela podia ser uma das muitas prostitutas da região, mas a camisa esportiva sebosa por baixo do casaco de pele desabotoado não era o tipo de plumagem que atraía clientes. "Oi", ele disse. "Perdeu uma lente de contato ou alguma coisa assim?"

"Casca fora."

"Não, sério. Está frio aqui. Se você está procurando alguma coisa, deixa eu te dar uma mão." Ele já tinha saltado para a doca; intuiu alguma ligação com os lavadores de janelas, ainda antes de ela lhe dizer que não era uma lente que tinha perdido, mas um binóculo. "Eu venho aqui olhar os pássaros", ela explicou, meio tensa. "É a melhor hora do dia, agora." Por alguns minutos eles procuraram juntos, em silêncio. O máximo que ele encontrou foi um contorno branco indefinido, não exatamente um boneco de palitos, pintado com spray numa parede lateral. Ela ficava se esgueirando na direção da entrada da doca, mas ele fazia questão de ficar entre ela e a rua, caso ela tentasse fugir. Aí ele viu, perto de uns degraus, um saco de dormir. Uma alça de couro saía por cima do rolo. Quando ele puxou, o binóculo saltou dali. Pesado. Artigo militar. "Se fosse uma cobra tinha te mordido."

Ela deu de ombros. "Eu devo ter enrolado tudo junto."

"Mas isso não é pra olhar pássaros de verdade, né?", ele disse. "Você sabe que não devia dormir na rua."

"Por quê? Você acha que algum tarado ia querer puxar conversa comigo?" Mas quando ele lhe devolveu o binóculo, o sanduíche de ovo embrulhado caiu do bolso, e a expressão dela mudou de sarcasmo para interesse. "Ei, você vai comer isso aí?"

"Acho que já esfriou", ele disse, mas parecia que a oferta de comida de verdade era boa demais para ser desconsiderada; ela estava com cara de quem andava vivendo só de Twinkies.

Eles ficaram sentados num degrau enquanto ela devorava o sanduíche inteiro. Fez questão de terminar, ele percebeu, antes de lhe dizer que ele não estava enganando ninguém, que ela já sabia exatamente quem ele era. "Você acha que eu não te vi ali na lojinha? Você é o cara que está escrevendo sobre o pai da Sam, não é?"

Alguma coisa se encaixou para ele. "E você deve ser a Saco de Gosma." A reação dela foi uma que ele tinha visto talvez em meia dúzia de tribunais: um movimento velocíssimo dos olhos para baixo e para a esquerda enquanto o gelo facial se restabelecia. Ele tirou do bolso o papelzinho dobrado em que tomava notas, mas não tinha tempo de consultá-lo. Estava em voo cego agora. "Sabe, eu tenho uma coleção inteira do *Terra de Mil Danças* lá em casa, então fiquei sabendo umas coisinhas sobre você e os seus amigos. Mas o fato de que você está por aqui pra espionar o Billy Três-Paus não tem que estar na história. Você e o D.T. e o Sol, e quem que é o outro, mesmo? Iggy, né? Eu tenho certeza que existe uma explicação racional pro que você está fazendo. Vocês estão tentando proteger o Billy de alguma coisa? Se desse pra você me levar até a casa pra eu conhecer os outros, eu só ia precisar de uns minutinhos do tempo de vocês."

"Eu só vim aqui pegar as minhas coisas, meu. E você? Qual que é a *sua* explicação?"

Ele fez bastante força para lembrar. "Eu estou tentando entender melhor a da Samantha."

"Bom, pode apostar então que você está fazendo isso do jeito mais nada a ver, se ficar aqui nesta região." A figura grafitada pareceu ondular na parede atrás dela, como numa televisão com má recepção. Não estava acenando, como ele pensou. Estava com as mãos no ar. "Em off", ela disse. "Isso existe, né? Quer dizer que você não pode usar o que eu disser."

Num estado menos cafeinado, ele podia não ter concordado tão rápido. Mas ela tinha algo a lhe dizer. Ele ficou pensando se era aquilo. "Existe. E como. Nós estamos em off agora mesmo."

Ela virou o papel-manteiga no colo, examinando como se fosse um espelho. "O que você tem que entender da Sam é que ela era meio doida nisso dos homens. Ela nunca sacava que todo mundo estava apaixonado por ela." Ela ergueu os olhos. "Porra, parece que até você está. E quem está apaixonado não merece confiança. Quer dizer, quando ela arranjava um namorado um tempinho, a gente ficava cagando direto na cabeça dela, como se a gente achasse que o cara não era digno dela. 'Cachorrinho', a gente dizia. O Cachorrinho da Sam. Mas o tempo todo antes do Dia de Ação de Graças, antes de ela voltar rastejando pra morar com a gente..."

"Ela estava morando na casa."

"Só naquele último mês, entre o Dia de Ação de Graças e o Natal. Mas teve uns meses antes disso que ela nem aparecia pra dar um oi, e eu sei que isso doía lá no coração do Nicky. Que ele tem mesmo, apesar do que dizem por aí."

"Nicky? Eu estava achando que o nome dele era Iggy."

Ela fez uma cara confusa. Chocada. "Merda, que horas são? Eles vão começar a se perguntar onde foi que eu me meti. E se ele pensar que andei falando com um repórter..."

Ele *quem*? Aí *o quê*? Mas ele sabia que era melhor não pressionar agora. "Mas como é que posso te achar de novo, se eu deixar você ir?"

"E o que é que te deu a impressão de que você pode me segurar aqui?"

E aí ela estava levando o binóculo com grande precisão para cima dos testículos dele, e ele estava caído de lado no cimento gorduroso, vendo-a se afastar. Ele fez força para falar apesar da dor: "Espere." As botas brancas altas dela se detiveram na beirada da doca, bem onde começava o dia. Ele teve uma sensação de que essa seria de fato a última vez que a via. "Você não me disse por que estava juntando as suas coisas."

"Você não é dos grandes detetives, né, meu velho?" Ela pareceu ter tomado uma decisão final. Se envolveu no casaco de pele. "O Billy Três-Paus sumiu do mapa tem quatro dias. Não voltou mais."

45

Cada vez mais, depois do desaparecimento de William, Mercer se via voltando àquele inverno, tentando localizar algum ponto de virada, algum momento em que ele pudesse dizer: *Tudo começou quando...* A busca não era organizada, nem contínua; ele podia passar horas envolvido com a preparação das provas, com a lavanderia, com os assuntos do Oriente Médio. Mas aí, no metrô ou na fila lá naquele mercadinho no final da rua onde eles iam quando estavam sem papel higiênico — ou melhor, quando *Mercer* estava —, ele era abordado por uma lembrança. Aqui estava William sacudindo um punhado de moedinhas como quem se prepara para jogar os dados. Aqui estava William revirando os bolsos da calça jeans embolada no chão do cantinho da cama atrás de uma passagem — pegando a calça e jogando de lado, sem nunca pensar em colocar no cesto. E aqui estava William, espionado certa vez, lá de cima, escapulindo do prédio na sangrenta hora pré-rush. Se ele estivesse mesmo indo para Uptown para pintar, entraria no metrô pelo lado de lá da 8th Avenue, mas aqui estava ele virando para Downtown. Aqui estava William, em outras palavras, indo embora aos poucos.

A noite fatídica da intervenção — a noite em que ele tinha saído pela porta para não voltar — tinha meramente dado um sentido literal a tudo. Mesmo assim, o efeito sobre Mercer foi pernicioso. Ele segurava as pontas por causa das meninas na escola, mas depois, como nos seus primeiros dias na cidade, ia para casa pelo caminho mais tortuoso possível, dando toda uma volta na direção do Central Park para não ter que encarar o vazio do loft. Estava chegando a primavera, e sob os globos de vidro dos postes as árvores faziam nascer o verde. O som ia mais longe nesse ar rico em oxigênio; ele conseguia ouvir risadas vindo das entradas dos restaurantes do East Side, onde valetes ajudavam pessoas dispendiosas a saírem dos carros. Espiava pelas janelas acesas dos apartamentos em que elas moravam — apartamentos onde ele um dia se imaginou morando. William viera desse mundo, era um aristocrata nato, o que talvez tenha sido o motivo original para Mercer ter se apaixonado por ele. (Quem poderia dizer, no fim das contas? Quem é que pode dizer por que um menino no parque de diversões escolhe determinado animal de cinco dólares preso bem no alto do quadro de cortiça atrás do cara do balcão, aquele determinado animal, e aí gasta dez dólares tentando acertar um balão de gás com uma arma de ar comprimido?) Enfim, para Mercer não haveria transfiguração.

Se adiasse a volta para casa até as nove, acreditava, podia encontrar William ali esperando no futon, balançando para a frente daquele jeito dele, mãos entre os joelhos, penitente. *Eu pensei nisso tudo*, ele diria (pois ele sempre tinha que deixar as coisas penetrarem bem antes de poder ouvir de verdade). *Você estava certo*. Em vez disso, quando Mercer ligava o interruptor ao lado da porta, havia apenas Eartha K. Nos primeiros dias depois de Mercer ter começado a lidar com a comida dela, a gata experimentou levianamente graus menores de alheamento — até se esfregando uma vez em sua perna quando ele entrou. Mas logo aprendeu que só a sua noção de dever já bastava para mantê-la alimentada, e agora eles eram como companheiros de cela, rodando desconfortáveis um em torno do outro, nas mais amplas órbitas que o apartamento apertado permitisse.

Aí um dia depois do trabalho ele foi colocar a latinha de Friskies dela num pires, uma tarefa que William sabia que ele achava nojenta, e não conseguiu encontrar o abridor de lata. Ou o alicate que pensou usar no lugar dele. A bem da verdade, onde é que estava a TV? Ou aquela pilha de calças jeans? Sim, em algum momento do dia de hoje William tinha passado por aqui. Mercer imaginou a figura pálida e corcunda andando pelo apartamento com um saco e catando coisas aleatoriamente. Talvez ele estivesse penhorando aquilo tudo, ou trocando por heroína. Mas, quando examinou mais de perto, o padrão revelava uma inesperada premeditação. Mercer tinha comprado um porta-escova de dentes com quatro lugares, p. ex., para ficar na pia da cozinha. Ele agora tinha um doloroso terceiro lugar vazio. E William considerar a higiene oral significava que ele devia estar pensando seriamente em não voltar.

Mercer sempre foi o que sua mãe chamava de *bom de garfo*, em contraposição ao C.L., mas naquela noite ele mal conseguiu engolir uma refeição. Não havia prazer. E esse aparentemente era o novo estado de coisas. Onde antes ele estaria revirando livros de receitas em busca de desafios para tentar encantar William, agora se satisfazia com os quatro grupos alimentares da solteirice: Congelados, Nozes, Cereal de Café da Manhã e Entrega. O seu nível de energia caiu, e para combater esse fato ele bebia mais café. Havia um bule perpetuamente pela metade, que ia ficando rançoso na sala dos professores, e fazer uma visita lhe dava uma maneira de marcar o tempo. De poucas em poucas horas, entre as aulas e/ou durante elas, ele se arrastava três lances escada acima e ficava ali parado na janela com seu copinho de café. Ninguém mais se importava com o que ele fazia — a não ser que você contasse o policialzinho que aparentemente andou perguntando umas coisas por aí. Lá fora, trabalhadores de escritórios andavam com saquinhos que levavam o almoço que tinham comprado na delicatéssen. Era assim que ele ia acabar também: envelhecido e anônimo e só, numa rua numerada que a luz do sol nunca atingia de verdade.

Uma ou duas vezes, à noite, ele se plantava diante da máquina de escrever, tentando voltar ao livro que tinha ido para Nova York escrever. Era supostamente sobre os Estados Unidos, e a liberdade, e o parentesco entre tempo e dor, mas para poder escrever sobre essas coisas ele precisava de experiência. Bom, cuidado com o que você deseja. Pois agora ele só conseguia era gerar cadeias de sentenças que começavam com *Aqui estava* William. Aqui estava William com sua coragem, por exemplo. E aqui estava William com sua tristeza, sua estatura reduzida, o tamanho das suas mãos. Aqui estava a risada dele num cinema escuro, seu amor nada punk pelos filmes de Woody Allen, não por qualquer uma das maneiras óbvias pelas quais eles agradavam sua sensibilidade, mas por algo que ele chamava de sua *noção trágica*, que ele comparava à de Tchékhov (que Mercer sabia que ele não tinha lido). Aqui estava o jeito de ele nunca perguntar sobre o trabalho de Mercer; o jeito de ele nunca falar do seu e ainda assim parecer andar com ele logo abaixo da pele; a aparência da pele dele sob a luz de sódio que vinha de fora sem as da casa, sem as roupas, sob a chuva prateada; o jeito que ele tinha de corporificar qualidades que Mercer queria ter, mas sem acabar com elas só por querer tê-las; o jeito que ele tinha de se mover como um peixe na água desta cidade; o jeito com que seu gênio transbordava, correndo pelo ralo; o autorretrato inacabado; a suspeita de algum trauma no seu passado, como a guerra que uma cidade bombardeada nunca menciona; seu gosto terrível para amigos; sua total falta de disciplina; sua incapacidade inata para certas coisas básicas que faziam você querer cuidar dele, foder com ele, dar a mão e o braço direitos por ele, aquele menino-homem, aquele americano magrelo; e finalmente esse lado indomável, essa recusa de ser imaginável por alguém.

Falar sobre como isso tudo fazia ele se sentir doente podia ter ajudado Mercer, mas a incapacidade de falar daquilo era um dos sintomas da doença, além de ser uma das causas. Ele era como uma pessoa com uma brotoeja no corpo todo logo abaixo das roupas. O medo de que a brotoeja fosse afastar os outros era mais forte do que a esperança de que o ar fresco pudesse ajudar a curá-la.

Claro que havia uma única pessoa de quem ele não conseguia esconder que algo estava errado. Aos domingos, quando sua mãe ligava, ele enchia o ar morto entre eles com relatos perfunctórios do ensino e das condições meteorológicas e tal, mas não conseguia levar a voz às alturas do registro melodioso do bem-estar. Ela nunca mais perguntou do *colega de quarto*, ele percebeu. Porém continuava a falar com as frases anódinas para as quais ele tinha montado uma tabela tradutória imaginária:

MAMÃE		INGLÊS NORMAL
A gente ia adorar que você fizesse uma visitinha uma hora dessas.	=	Eu queria poder cuidar de você.
Espero que você esteja comendo verdura.	=	Eu estou preocupada com você.
Ainda está frio aí? Não sei como é que alguém aguenta esse clima; nem que me pagassem etc. etc. ad nauseam	=	Eu te disse.

    E ela tinha razão. Parecia impossível que ele tivesse escolhido morar ali, numa latitude em que a primavera era uma variação semântica do inverno, numa malha urbana cuja rígida geometria só um construtor grego de prisões podia amar, numa cidade que fazia seu próprio caldo quando chovia. Os táxis continuavam correndo para o túnel, como os condenados que iam para uma boca do inferno digna de Bosch. Pessoas aos berros passavam cambaleantes lá no chão. Impossível que ele agora bancasse todo o aluguel, duzentos paus por mês pelo privilégio de apertar bem a bochecha contra a janela e ainda não conseguir ter vistas espetaculares do centro da cidade. Impossível que a floreira no bloco de concreto ali na escada de incêndio tenha um dia dado flores.

    O que não o preparou para a ameaça da Mamãe, no começo de abril, de vir *ela* fazer uma visita. Foi a visão dela com roupas de Páscoa e um grande chapéu floral singrando entre as putas na estação de ônibus que finalmente arrancou dele a admissão de que podia conseguir dar um jeito de passar por lá nas férias da primavera. *A gente pode pagar a sua passagem de avião*, ela disse, *se for facilitar as coisas*. Algum sentido que ele não conseguiu traduzir por completo dançava logo além do seu alcance. "Não, Mamãe", ele disse finalmente. "Eu não sou mais criança. Eu posso pagar pelas minhas coisas."

46

Então do meio do nada vieram aquelas semanas de março em que Jenny não ouviu a Wurlitzer do outro lado da parede nem viu Richard no saguão ou no elevador. Ela inventava motivos para ficar mais tempo ali nas caixas de correio quando entrava no prédio, ou para dar uma corrida até o mercadinho onde ele comprava os três jornais do dia: estava precisando de leite, ou de um pedaço de gengibre, ou de uma esponja de aço. (O que será que eles não tinham, metido em prateleiras altas que o gerente alcançava com uma garra mecânica?) Mas ela nunca o via. Talvez tivesse voltado para a Escócia. Talvez passasse o inverno em Miami Beach. Eles mal se conheciam, afinal. Talvez não fossem mais amigos.

Era o meio de abril quando ela o viu de novo. Estava aprendendo ioga sozinha com um livrinho qualquer, determinada a colocar mente e corpo em forma de novo. Tinha se contorcido até chegar à Posição do Elefante: mãos espalmadas sobre o carpete, torso arqueado, uma perna encolhida atrás de si, a outra empinada, trêmula, setenta graus acima. A coisa de um metro do rosto dela, uma celebridade com uma bandana na cabeça sorria orgástica. Aí um som do outro lado da parede a distraiu, e ela desmoronou no chão. Só mais um dos barulhos da cidade, ela disse a si mesma, que veio derrubá-la do cavalo. Nos primeiros meses que passou em Nova York ela ficava sentada e se chapava ouvindo os barulhos, com medo de ouvir a voz dentro da sua cabeça. Aquela voz agora repetia o cântico de centramento que estava no livro: *Tat tvam asi*. Isso queria dizer: *Você é isso*. Como ela podia ter certeza de que a ioga não era só mais uma forma de acomodação mercantilizada? Era um buraco negro às vezes atraente e às vezes frustrante que ela tinha encontrado na dialética: tudo era a superestrutura de outra coisa. E você aqui, pensando que era livre... O som veio de novo, triplicado, pela parede que separava o apartamento dela do de Richard. Era definitivamente uma batida; era para ela. E era a única desculpa de que ela precisava para abandonar suas tentativas de autoatualização burguesa. Meteu um agasalho por cima da lingerie e se mandou para o corredor.

Ela nunca tinha visto Richard bêbado de verdade antes, foi o que percebeu quando abriu a porta. Ela disse algo como "Você voltou", e ele só ficou encarando com um sorriso apertado grudado no rosto como um papelzinho pós-barba. Havia uma única fonte de luz atrás dele, a luminária verde da biblioteca sobre uma escrivaninha agora coberta de jornais. Só quando ela comentou que ele tinha batido na parede foi que o velho cavalheirismo voltou. Claro, sim, entre. Ele abriu espaço para ela no sofá. Aí largou seu corpo comprido na cadeira da escrivaninha, perigosamente perto de derrubar a garrafa ali em cima. "Provadinha?", ele disse.

Levou um segundo até ela lembrar do que ele estava falando. "Desculpa, você estava ocupado? Eu não quero atrapalhar... o que quer que seja que você estiver aprontando aqui."

"Ah, tarde demais pra isso", ele disse. "Eu basicamente já fodi totalmente com isso tudo."

Ela não ia aguentar só ficar ali sentada daquele jeito, encarando-o através da atmosfera escurecida. Levantou para ir olhar pela janela. Grandes recifes de luz se projetavam do sul da ilha. Ainda mais intolerável era a ideia de que eles não se conheciam de verdade. Se ela não conhecia esse cara, então, nessa cidade de oito milhões, não conhecia ninguém. Ela se virou para encontrá-lo aninhando o copo na mão como um menino cujo passarinho de estimação acabou de morrer. "Fodeu com o quê, Richard?"

"Dá uma olhada." Ele puxou um jornal da pilha e o arremessou todo desengonçado na direção dela, no escuro. Não fossem seus rápidos reflexos, aquilo teria atingido a sua cara. Em vez disso, acabou trombando inofensivamente nas persianas. Aí ele estava pedindo desculpas, mas eram as desculpas de um homem, o que significava que ela nem tinha certeza de que ele percebia o que tinha feito errado — ele ainda parecia tão retraído, tão distante. Mas agora os vagões ordenados dos pensamentos dela estavam descarrilando, capotando pelos taludes, pois na capa do jornal havia uma foto de anuário de uma mulher bonita ampliada até o pontilhado das áreas cinzentas ficar visível, um pontilhismo negro que fazia o rosto parecer de alguma maneira instantaneamente nostálgico. Ela tinha visto aquilo em toda banca pela qual passou hoje, percebeu, sem ver de verdade, como você não vê realmente placas de estacionamento, ou anúncios de ponto de ônibus. Era a menina que tinha sido baleada no Central Park vários meses atrás. A que estava em coma. Mas agora ela tinha rosto, biografia, tinha nome. **Cicciaro**, dizia a legenda. Isso mesmo. Houve um falatório sobre isso no rádio hoje de manhã, quando ela estava esperando para ouvir a previsão do tempo.

"É alguém que você conhece? Ela vai ficar legal?"

"Ninguém percebeu ainda que é mais um beco sem saída", foi só o que ele disse, e o jeito como baixou a cabeça e encarou as mãos a encheu de pena. Quando você era jovem, tinha todos os recursos para se reconstruir depois de cada cratera que o destino detonava na sua vida. Mas depois de certa idade, você só conseguia murar o prejuízo e deixá-lo ali. Ela tinha visto isso com o pai. Queria dizer para Richard: Você está errado, não existe isso de beco sem saída, todos os contratempos são temporários. Ou queria mostrar a ele, ou a si própria. A universidade tinha exposto a estrutura ideológica desses desejos, mas sem eles havia apenas o dilema: rondar os bares de solteiros em busca de ficadas de uma noite, ou encarar os meses que ela sinceramente nem lembravam mais quantos eram sem sexo. Ela viu as próprias mãos se apertarem contra o rosto dele. E aí estava puxando aquele rosto para si. As costeletas dele arranharam seu queixo, e ela sentiu gosto de chiclete e Lagavulin. Ele beijava surpreendentemente bem até que, abruptamente, se afastou. "Você não quer isso."

"Você não sabe o que eu quero", ela disse baixinho, ainda segurando a cabeça dele.

"Nem você, Jenny, meu anjo", ele disse.

Se não estivesse suspeitando que ele estava certo, aquilo podia não ter deixado Jenny tão emputecida; ela podia não ter levantado tão abruptamente ou esquecido seu equilíbrio — seu *tat tvam asi*. Mas suspeitava, e ficou, e perdeu, detendo-se apenas para dizer: "Acho que a gente se vê por aí então, Richard".

Coisa que, no fim, estava perfeitamente equivocada.

47

Pulaski espiou de novo o tabloide enrolado metido entre o banco do passageiro e a porta. Tinha posto aquilo ali precisamente para que não ficasse à vista, mas a imagem da menina continuava chamando seus olhos de volta e de volta, como o sangue que a mulher não consegue tirar das mãos naquele *Macbeth* que a Sherri o levou para ver uma vez. Hoje era o primeiro dia em que o caso Cicciaro, agora conhecido assim por todo mundo, era notícia de primeira página. Não seria o último. Ele tinha percebido desde o começo, claro, em algum quartinho dos fundos e muito pouco frequentado da sua consciência, que a identidade dela acabaria vazando, como você pode saber que está com um dente podre bem antes de decidir ir ao dentista de uma vez. Porém, como no caso de um dente podre, tinha esperado, ao ignorar as consequências, que elas talvez fossem embora.

Entre essas consequências estava o fato de que ele estava nesse momento subindo a Central Park West num carro marcado, rumo a um conjunto habitacional no Harlem. O motorista, um policial de rua, era negro. Ou, melhor, afro-americano. Apesar de o caso agora ser oficialmente de Pulaski, e portanto da equipe de Pulaski, o Comissário Delegado tinha espalhado uma parcela considerável de afro-americanos entre as duas dúzias de policiais enviados para a batida dessa manhã, para se esquivar das inevitáveis reclamações de preconceito racial. Assim que Pulaski chegasse às torres Frederick Douglass, os policiais iriam varrer corredores com aquelas suas botas de pisar crânios, batendo em portas, procurando desculpas para abordar todo e qualquer homem na faixa de idade entre quinze e vinte e cinco anos, para arrastá-los e interrogá-los fora do prédio a respeito do seu paradeiro na noite do dia 31 de dezembro. Por que fora? Porque é onde as câmeras estariam. E por que esses meninos? Porque era o conjunto mais próximo da cena do crime. Porque o pessoal de Uptown não votava. Porque algum passageiro dos ônibus municipais, lendo o relato mais detalhado que a Polícia de Nova York tinha praticamente sido obrigada a fornecer, de repente tinha lembrado de ver um negro entrar correndo no parque perto da hora dos tiros. A bem da verdade, essa história parecia reforçar aquela que Pulaski já tinha conseguido com aquele negro, que assim tinha provavelmente salvado a vida da menina. *De smoking, certo?*, ele tinha perguntado ao detetive que pegou o depoimento do passageiro. *Não*, o cara disse. *Vestido... sabe, né, do jeito deles.* Uptown, corpos escuros sentados em pequenos apartamentos, molas de energia potencial, pólvora à espera da chama. Ele já podia ouvir os berros deles: *Mas que porra, eu não fiz nada!* Alguém certamente ia acabar passando dos limites, e algum novato, branco que nem pão de pacote, ia exagerar na reação, o cassetete ia descer enquanto mulheres com roupas de ficar em casa assistiam na calçada, e naquele momento você só torcia para Bill Kunstler e F. Lee Bailey não estarem pegando o telefone.

E, ao mesmo tempo, que escolha ele tinha a não ser ir nessa? Desde que o nome da menina tinha vazado, era como se a cidade fosse uma imensa represa de dor que finalmente tinha rompido a barragem. Eram os detalhes que faziam de um símbolo um mito: sobrenome italiano (neta de "imigrantes trabalhadores"); caloura da NYU ("cheia de potencial", por mais que as notas pudessem ser ruins); vinda de Long Island ("recém-chegada à cidade"; "em busca dos seus sonhos"). E aí vinham as fotos do anuário e do baile de formatura. Ela era "atraente". "Inocente." Porque as vítimas sempre eram. Não que Pulaski fosse melhor, no que se referia a ter privilégios em relação a outras pessoas que estavam sofrendo por aí. Apesar da falta de provas forenses, ele tinha ordenado lá em janeiro que McFadden deixasse em aberto a possibilidade de um ataque sexual; era uma maneira de estender a ela o anonimato concedido em casos de estupro, mesmo depois de ela não estar mais protegida enquanto menor. E apesar de ele ter certeza de que esse ataque nunca existiu, a ideia persistia na visada lúbrica das manchetes. **INOCÊNCIA PERDIDA. VÍBORA DE ANO-NOVO.**

Se bem que foi só quando chegou à cidade hoje de manhã que ele viu o grau em que tudo isso ia complicar seu trabalho. Três equipes de notícias diferentes estavam postadas na calçada da frente do prédio número 1 da Police Plaza. Devem ter vindo correndo do tribunal federal, onde eles praticamente estavam acampando nos últimos tempos. Um repórter tinha estendido guardanapos de papel nos ombros para pegar a maquiagem que caísse enquanto ele retocava o rosto para as câmeras. Outro já estava entoando seu discurso ao microfone, sob um jorro de luz que deixava fosco o dia de primavera. Pareceu que ninguém tinha percebido Pulaski coxeando na direção da entrada lateral sem escadas. O rosto dele não era conhecido, seus casos nunca recebiam muita cobertura, o que era parte do motivo de ele não ser levado a sério pelos superiores do 1PP — de ele ter chegado ao zênite da carreira como Inspetor Delegado.

O escritório dele ficava num corredor esquecido do quinto andar, cuja luz de teto tinha queimado. Ele soltou as muletas dos braços, apoiou cuidadosamente na escrivaninha, deslizou para baixo até a cadeira estofada. As mãos dele estavam curvas por causa dos apoios emborrachados; ele as pressionou contra o mata-borrão da mesa. Deformação era a palavra para o achatamento de três dimensões em duas. Engraçadas as coisas que apareciam na sua cabeça quando você simplesmente aprendia a ficar sentado quietinho. Quem sabe se ele trancasse a porta, desligasse o telefone, fechasse os olhos... mas o telefone naquele momento começou a tocar. Eram os chefes dele dizendo para ele descer.

Uma reunião, foi o que eles disseram, mas ele sabia que era um interrogatório. O escritório do Inspetor Chefe, com seus móveis de nó de madeira e seu carpete grosso, parecia deslocado naquele prédio, como um saguão pré-guerra civil que tivesse caído de paraquedas no brutalismo dos anos 70. Pulaski tinha estado ali talvez duas vezes antes, para testemunhar uma reprimenda num de seus detetives. Dessa vez era ele mesmo o afortunado participante do evento, e eles nem esperaram que a secretária fechasse a porta.

"Parece que você está com uma encrenca fodida nas mãos, Pulaski." Era o Comissário Del., entronado numa poltrona de espaldar alto de imitação de couro bordô. "Eu estou com o escritório do prefeito ligando aqui pra perguntar por que você não segurou o nome da vítima", ele continuou. "Você tem ideia do que isso parece?"

"Parece uma cagada, é isso que parece", disse o Inspetor Chefe, que estava de pé ao lado da sua própria mesa, numa zona de falsa neutralidade. Ele arremessou um exemplar do *Daily News* no mata-borrão. Pulaski sabia que não devia tentar pegar; os chefes eram um tradicional espetáculo de teatro vaudevile, eles não conseguiam se conter, e isso fazia parte do show.

"A gente sabe que não é verdade, claro, que este caso em particular não está em fogo altíssimo no seu fogão, Pulaski, mas, sinceramente, está sendo meio difícil explicar os procedimentos aqui."

"Então por que é que você não explica pra nós, Pulaski?"

Para Pulaski a coisa parecia óbvia. "Vocês estão dizendo que queriam o Quarto Poder enfileiradinho aí na frente meses atrás? Um Filho de Sam já não está bom?"

O Comissário Delegado olhou para o Inspetor Chefe, ou vice-versa.

"Deixa *eu* te explicar um negocinho, seu bosta. Sabe quantos corpos a gente catou na cidade ano passado? Isso supondo que a sua vítima não estique as canelinhas? O pessoal do orçamento federal está em cima da nossa taxa de sucesso aqui. Ano que vem tem eleição."

"Vocês vão tirar o caso de mim?", Pulaski perguntou.

"Puta sujeitinho arrogante. Não, seu merdinha, você vai pra rua e vai botar isso na conta de alguém por aí nem que você morra. Você vai arrastar alguém para a frente das câmeras e vai dizer, graças a Deus agora a cidade está em segurança de novo, e aí é problema da Promotoria. Ou sabe quem que vai se foder?"

Ele tinha uma boa ideia.

"Você é que vai, Pulaski."

"Bom, eu não posso fazer isso tudo sozinho. Vou precisar de uns homens, de umas horas extras."

"Claro que vai", disse o Inspetor Chefe. "Pra começo de conversa, um canarinho vazou pro Canal 5 e pro Canal 9 que você ia conduzir uma batida geral nas Douglass Houses." Ele olhou para o relógio. "Os caminhões de transmissão vão estar na cena às onze, o que te dá coisa de uma hora pra se organizar. Eu quero ver algemas, Pulaski. Quero afros metidos dentro dos camburões. As solicitações de pessoal estão bem aqui. Você só tem que rubricar."

Ele mal teve tempo de passar a mão no casaco e em tudo que ainda pudesse ser necessário. Agora sombras das árvores do Parque, recém-cobertas de folhas, riscavam o para-brisa da sua viatura. Depois de semanas de chuva, o sol tinha saído, uma lâmpada num forno de brinquedo. O café tinha vazado pela tampa do copinho e marcado uma meia-lua nas pernas das calças dele. "Encoste", ele disse, do nada.

O motorista parecia espantado. Os subordinados muitas vezes pareciam ter pouca noção de como reagir a Pulaski, mas ele também não podia ir dirigindo; tinha vindo de balsa de manhã, deixando lá na sua garagem o Plymouth que a prefeitura tinha customizado para ele.

"Só encoste um minutinho, por favor."

Ele abriu a porta, virou um terço do café transbordante nas pedras do meio-fio. Ele formou pequenos canais, correu para a sarjeta. Você não teria dito que havia uma inclinação ali. Enquanto ele tentava pegar as muletas, o rádio chiou no painel. *Kilo, alfa, cinco, nove. Volte.* O motorista olhou para ele, olhos tensos, cenho negro.

"Diz pra eles ficarem paradinhos. Eu tenho que falar com um traficante de H."

Outra vantagem de ser aleijado é que uma hora as pessoas paravam de esperar que você explicasse tudo; elas imaginavam que uma parada não prevista como essa devia ser por causa da sua saúde.

"Quer que eu vá junto?", o motorista disse. "Essa lama aí escorrega. Eu quase quebrei o cóccix hoje de manhã na hora de sair do carro."

"Só fique paradinho aqui", Pulaski disse. "Eu já volto."

Ele levou cinco minutos para chegar à trilha que Samantha Cicciaro tinha seguido naquela noite. Ela não tinha sido arrastada, obviamente, ou isso teria ficado marcado na neve, o que significava o quê? Que ela conhecia o atirador. Já havia umas velas de macumba perto de onde o corpo tinha sido encontrado. Logo aquilo ali ia virar um altar, com pilhas de flores e bichinhos de pelúcia. Mas quando, Deus me livre, ela morresse, ou o caso fosse abandonado, isso aqui voltaria a ser só mais uma trilha, aqueles arbustos, só arbustos. Quem lembrava em que quadra Kitty Genovese morava? Quem lembrava de Daddy Browning, ou da quase criança que ele amava, Peaches?

Ele emergiu no Pasto das Ovelhas quase exatamente no lugar em que tinha ficado três meses antes, na manhã seguinte ao crime. No bolso do sobretudo estava um saco plástico que continha o jeans embolado que ele encontrou naquele dia. Ele tinha mantido a descoberta em segredo porque queria seguir sozinho sua trilha. O que levava à tatuagem. O que levava a nada. No entanto, se ele surgisse agora com aquilo ia parecer suspeito pacas, alguém ia acabar sacando que ele tinha escondido a prova. Mas ele viu de novo uma mãe com roupas de ficar em casa, à sombra de um conjunto habitacional, vendo um cassetete tirar sangue. Ele viu Sherri, a mãe que ela teria sido, arremeter como uma leoa contra aquela confusão. Ele só queria, no fundo, merecer aquela mulher.

Emergiu do parque fazendo o melhor que podia para erguer a prova no ar e ainda manter o controle das muletas. Ele bateu na janela, esperou que o motorista se esticasse para baixar o vidro. "Cancele o baile."

"Como?"

"Diga que foi cancelado, que eu estou cancelando. Mande trazer a equipe inteira pra cá. A gente achou uma coisa nova. Mas vai ter que repassar um pente-fino no parque."

De novo com as sobrancelhas: ceticismo, preocupação... alívio? "Certeza?", o motorista perguntou.

"Claro que eu tenho certeza, cacete. Pega esse rádio — ou não, dá isso aqui. Eu mesmo falo."

48

A mulher atrás da janela estava tossindo sem parar. Dava para ouvir até por cima do *corrido* e dos poucos outros clientes do bar — e isso foi antes de um espasmo de uma violência particular rasgar tão forte seu peito que a cabeça dela acabou batendo no vidro, a menos de um metro do lugar onde um sujeito solitário estava sentado, meditativo, com um copo de gim. A julgar pelo pedaço de papelão que ele tinha visto quando entrou, a história que a trouxe àquele engradado de leite no East Village na espartana primavera de 1977 era bem complicadinha. O cartaz estava pendurado no pescoço dela por um pedaço de barbante, com parágrafos inteiro de pincel atômico narrando fadiga e sofrimento, mas a tosse a interrompia no *Ei, você...* Ele também estava com uma comichão na garganta umas semanas atrás, o que delatava a promiscuidade dos micróbios locais, mas ele não tinha deixado aquilo se tornar um estrondo terrível desses. Ou será que era um ardil, para dar pena? Entre os erros recorrentes que a mídia desta cidade cometia estava negar aos pobres qualquer capacidade de raciocínio. Eles eram como animais, só que piores, já que os animais propriamente ditos tinham a sensatez (com o perdão da má palavra) de não cagar onde comiam. Era uma medida da seriedade de Amory Gould, da sua heroica objetividade, ele saber que isso não era verdade. Por dois anos, quando eram adolescentes órfãos, ele e Felicia moraram numa casa sem eletricidade, queimando os móveis para se aquecer, comendo os enlatados que Amory conseguia pagar com seu salário de contínuo. Eles não eram animais. Só, circunstancialmente, mais próximos do limite da sobrevivência. Mas ali no cérebro reptílico você aprendia que não se negaria a rastejar por sobre outros membros da sua espécie se isso significasse subir. Camaradagem nunca tirou alguém de Buffalo. Nem refez o Bronx à sua imagem. Agora, quando a mulher tossiu de novo, ele pôs de lado as previsíveis manchetes do *Daily News* e foi até o telefone público perto dos banheiros.

O número lhe veio com facilidade. Quando ele pagou para instalarem a linha — ou quando um sub-representante da companhia de tabaco fez isso —, ele não sabia exatamente para o que aquilo serviria. Tinha aprendido àquela altura a simplesmente se dar opções e a usar o que elas acabassem propiciando. Quando o Presidente estava no comando, você trabalhava com o Presidente. Quando o Subcomandante, com o Subcomandante. Mas ele não podia negar certo fervilhar, como um circuito que se fecha, quando ele descobria o motivo de uma coisa ser o que era. Por que esse número? Para ele poder ligar agora. E, no quarto toque, alguém atendeu. Mulher, meio lenta. "Ãh? Fale mais alto."

Havia um leve ruído mecânico no fundo. Calibrando rapidamente, Amory decidiu que era melhor que ela não ficasse com a impressão de que ele tinha percebido. O jovem Nicholas estava? Segundos se passaram. "O Nicky, ãh... ele não está disponível no momento."

"Não está disponível ou não está em casa, meu amor? Eu posso perfeitamente esperar na linha."

Veio o som de um bocal sendo coberto, da vida na outra extremidade se extinguindo. Voltando, depois de dois minutos, sem o ruído. Ela parecia agitada com alguma coisa. "Só que eu não sou seu amor, cara. Quer deixar recado?"

Ele ficou com a impressão de que Nicholas na verdade podia estar até por cima do ombro dela, ouvindo, e fez sua voz ressoar de novo, para poder ser entreouvida. "Diga a ele que o seu benfeitor está na vizinhança." Ele verificou o relógio. "Eu me estabeleci na Taberna Don Jaime. Às cinco e meia da tarde não vou estar mais aqui." Ele desligou, foi para sua mesa e, ignorando a mulher que tossia, devolveu ao bolso o níquel que tinha pegado de volta.

Ele podia confiar que eles conheciam aquele lugar; ficava a menos de uma quadra da casa para onde ele acabava de ligar. E isso também tinha sido calibrado (como o jornal de hoje cedo). A ideia era que a mediação ocorresse à luz da total facilidade com que, a qualquer hora do dia, Amory Gould podia chegar a Nicholas, em comparação com a dificuldade de alguém como Nicholas chegar a ele. Podia até ter dado uma bela mostra de destemor se ele aparecesse direto na East 3rd Street, assobiando, se isso já não fosse demais, e bater na porta. Assim podia perceber qualquer indício de mudança. Aquele barulho, por exemplo. Mas percebeu, intrigado, que tinha certa apreensão no que se referia a entrar de novo na casa. Era a mesma apreensão que tinha lido o silêncio de Nicholas desde meados de novembro como sinal de que o menino era mais perigoso do que parecia. (Apesar de, como no caso de qualquer outro jogo, o silêncio poder ser usado pelos dois lados.) No fim, Amory tinha simplesmente feito questão de passar pela casa a caminho do bar. A porta tinha sido pintada; o cinza no centro era um tom mais escuro que o cinza em torno. De forma a aumentar o ar de abandono, eles tinham feito alguma coisa para atrair aves ao beiral e às janelas, possivelmente espalhando alpiste, de modo que o guano caiava a entrada lá embaixo. E que bom para eles. O que ele não entendeu foi o papel-alumínio nas janelas. Por que não papel pardo, alguma coisa menos chamativa? Talvez pudesse fazer essa sugestão, dar mostras de magnanimidade.

De um jeito ou de outro, um bar era um Plano B mais que decente. O interior escurecido limitava o número de observadores. E ao mesmo tempo era público o bastante para passar uma impressão de tudo azul, de não ter nada a esconder. E se o seu interlocutor tivesse coisas a esconder e ainda assim concordasse com o local, então ele também passaria uma noção de poder. Além disso, ele se sentia em casa entre falantes do espanhol. Eram pessoas que sabiam onde estavam. *El hombre invisible*, eles o chamavam nas suas incursões pelo sul, se bem que com o bronzeado atual ele era quase um deles. Ergueu uma mão para chamar a garçonete. Longe de lhe fornecer o serviço imediato com o qual tinha se acostumado, ela ficou tagarelando com o barman. Mas tudo bem. Isso só demonstrava que Amory tinha sido esquecido.

Quer dizer, até Nicholas entrar e se aproximar da mesa rebocando uma menina — provavelmente a que tinha atendido o telefone. Amory havia muito sabia que as mulheres não eram dignas de confiança (mesmo a palerma da sua irmã); como é que alguém podia ter inferido no que ele disse um convite à presença daquela ali? E eles também não tinham se dado ao trabalho de se vestir à paisana, ou de dar algum jeito de amenizar a diferença entre eles e os latinos com suas roupas baratas mas decentes. Se bobeasse, estaria mais sublinhada. A blusa de moleton de mangas curtas do garoto, leve demais para aquele frio, exibia o milhão de tatuagens. A barba era amishesca. A menina estava com algum tipo insalubre de uniforme esportivo e carregava uma bolsa com o zíper rompido. Detalhes todos eles interessantes, como informação. Eles queriam que ficasse claro (pensou Amory) que não se importavam com os olhares. Que não tinham nada a perder. Bom, vamos ver.

"Que maravilha você ter conseguido me encaixar na sua agenda assim tão em cima da hora." Ele estendeu uma mão.

Nicholas só grunhiu e se largou numa cadeira. Apontou com a cabeça. "S.G."

"O prazer é todo meu", Amory disse. "Peço alguma coisa para a mesa?"

Nicholas começou a negar, mas a menina se manifestou. "Tem comida aqui?" Ele associava o olhar opaco dela a operários de fábrica, mas, agora que a garçonete estava prestando atenção, devolveu seu gim intocado e pediu três copos de mescal e um saquinho de batatas fritas. Tinha percebido os sacos presos num mostruário perto da porta. A garçonete se afastou novamente. Ele ficou esperando Nicholas dizer alguma coisa, mas Nicholas tinha descoberto a primeira regra das negociações. Bom, então, vamos jogar conversa fora. "Você já tinha vindo ao Don Jaime? Eu achei que por ser assim tão pertinho da casa... e depois que você se acostuma, a atmosfera é quase agradável. Dá para imaginar vir sempre aqui..."

"Mas a gente não veio aqui pra falar de botecos, né?" Na verdade era fácil demais cutucar o rapaz. "Assim, a não ser que você esteja querendo comprar isso aqui."

"Quaisquer que fossem os planos, de um lado ou de outro, eu esperaria que eles pudessem ser discutidos em particular."

"A gente pode falar na frente da Saco de Gosma. O que tem pra saber, ela já sabe."

"É claro." Agora a garçonete empurrou o jornal de Amory até a beirada da mesa para abrir espaço para as bebidas. A menina estava lutando com o saquinho metálico quando o garoto o pegou para abrir. Ele queria a atenção dela liberada para o que quer que se passasse entre ele e Amory Gould. Com toda probabilidade, então, ela sabia um quase nada, mas estava ali como uma apólice de seguros, uma testemunha de que em tal data, em tal horário, essa reunião havia ocorrido. Havia uma ameaça implícita, mas isso era parte do motivo de a FPH ter recorrido a ele, para começo de conversa: Quem é que acreditaria em alguma coisa que um deles dissesse?

Nicholas virou o mescal. Não deu sinal de ter percebido o ardido. "Pra ser sincero, eu estou impressionado que você tenha dado as caras por aqui."

"Eu sempre suspeitei que a reputação de criminalidade dessa região tem pelo menos uma parte de histeria. Olhe em volta. Gente da mais fina estirpe."

"Ia mostrar mais coragem se você ficasse até de noite."

"Eu vou lembrar de evitar isso então. Só que isso significa que o nosso tempo é limitado."

"Por que é que você não diz por que veio? Eu achava que a gente já tinha feito o que você queria", o garoto disse.

"Ah. Mas isso era exatamente o que eu estava torcendo para ouvir."

"Ouvir o quê?"

"Por acaso eu em algum momento ocultei que queria alguma coisa de você nas nossas conversas?"

Nicholas pegou uma batatinha. "Não, não. Eu não diria que ocultar era o que você estava fazendo."

Isso devia ter tranquilizado Amory. Mas enquanto a mulher continuava tossindo e um carro passava silencioso, estilhaçando a luz chuvosa, ele lembrou os tempos em que ele mesmo esteve perto de achar que seus planos tinham dado em nada — a primavera de 1975. Ele tinha passado a década anterior enchendo os cofres da sua empresa com dinheiro da América Central. Por dois golpes de Estado seguidos e uma guerra civil, ele tinha mantido a colheita dos grãos do Bandito e o processamento das folhas do Epicúreo e a lucratividade de um mercado negro de munições de fabricação americana. No entanto, a crise fiscal em Nova York, malgrado as oportunidadezinhas que abriu, ameaçava impossibilitar outras, maiores. Só que, de novo, se os problemas de Amory com os filhos de Bill anos atrás tinham lhe ensinado algo, era a não tentar criar algo do nada.

Em vez disso, ele moldava as condições que podiam ser moldadas; quanto ao resto, era esperar.

Aí um dia, enquanto verificava as atividades do sobrinho, ele ficou sabendo dessa casa na East 3rd Street e do intrigante apelido do seu ocupante. Arrancar mais informação da burocracia municipal foi bem fácil, mas lento. Quando os arquivos chegaram até ele, o Ex Post Facto não existia mais. A cópia carbono da ficha criminal de "vulgo Nicky Caos", portanto, não deveria mais ter grandes interesses. Vandalismo, desobediência, posse de drogas. Mas bem quando ele estava prestes a picotar o documento, um item deteve a sua mão: uma prisão por tentativa de incêndio criminoso em Bushwick em junho daquele ano. Houve uma série de incêndios mais bem-sucedidos na mesma área, Amory lembrava, mas neste caso não se pôde discernir um motivo pecuniário; o prédio poupado das chamas já tinha sido condenado. Dois cúmplices fugiram a pé, porém o acusado não deu nem mostras de tentar. Afetado por narcóticos, sem sombra de dúvida. Pois apesar de Nicholas acabar sendo liberado por uma fiança paga à distância, nos arquivos da polícia restou um fascinante conjunto de notas a respeito da noite da detenção. O suspeito não tentou negar a posse de querosene e fósforos. O suspeito somente declarou solidariedade aos oprimidos. O suspeito argumentou que o fogo dramatizava as condições materiais, os complôs, a necessidade de mudança... a terrível banalidade dessas ideias, nessa prosa pedestre, feria os olhos de Amory durante a leitura, e mesmo assim. E mesmo assim. Algo naquelas ambições, sua escala, talvez, tinha feito ele se lembrar de ninguém menos que um jovem Amory Gould.

Foi como ele se apresentou uma semana depois na East 3rd Street: como um homem de ambições. No que se referia aos fins, eles estavam em lados opostos, naturalmente. Ainda assim, tinha sido notável descobrir nas palavras do próprio Nicholas uma potencial congruência de meios.

O garoto tinha se esgueirado de costas pelo vestíbulo, desorientado, mas já, Amory via, inflamado. "Eu não estou entendendo. Nem assinei a confissão. Como é que você conseguiu uma cópia?"

Teria sido possível dizer qualquer coisa aqui, desde que você ficasse sorrindo e falasse rápido e em tom baixo e não parecesse estar conduzindo seu público para a sala. Amplificar o exagero de formalidade na voz. Estabelecer uma dívida. "O sucesso na vida depende de conexões. Eu tenho a sorte de representar, nas minhas transações comerciais, uma família rica em conexões. Por exemplo, acredito que você conheça meu sobrinho. William Hamilton-Sweeney. Billy."

"Mas a gente totalmente se detesta, eu e o Billy."

"Então tenho certeza de que posso contar com a sua discrição a respeito desta visita. E devo acrescentar que, de minha parte, estou agindo por conta própria. Ninguém neste mundo sabe que eu estou aqui."

As janelas naqueles tempos estavam cobertas apenas por pó e por pólen. Uma luz dourada e constante enchia a sala em que eles agora estavam sentados, saturava o queixo anguloso do menino, seus traços ossudos e, por sob eles, seu ar de uma inteligência vivaz. "Ape of God"* era a expressão que lhe ocorria. Como uma criança mais esperta do que as outras ele deve, a exemplo de Amory, ter estado sujeito àquelas provocações no recreio da escola, mas com a total tranquilidade da casa, e o calor — as janelas estavam abertas uns quatro centímetros —, parecia que eles tinham superado isso tudo. Com as mãos nos joelhos, ele se inclinou para a frente. "Cacete. Tio do Billy. Você é a porra do Irmão Demoníaco, então?"

Amory achou o epíteto incômodo quando ficou sabendo. Mas depois enxergou sua beleza. Era um boneco gigante, uma tela em branco que ele podia segurar sobre a cabeça. O medo, o desejo, os outros forneceriam.

O que ele propôs a Nicholas foi uma espécie de aposta. Acusações retiradas, registros lacrados, o garoto poderia retomar sua campanha incendiária, mas dessa vez num Bronx já fervente. E, desde que se mantivesse dentro dos limites que Amory estipulou, ia poder ter certeza de que a polícia não o deteria. Cortes orçamentários tinham deixado buracos nas equipes deles. Na realidade, Amory tinha acesso ao plano de triagem, e informaria a respeito de determinados locais e momentos em que se pudesse ir à caça com imunidade, ele disse. "Ou pelo que entendi você estudou ciências sociais? Pense nisso como um teste comparativo de teorias rivais." Quando os últimos detentores de metragem quadrada incendiada tivessem sido expulsos para a renovação urbanística, segundo Amory — ou quando o espetáculo da negligência do sistema finalmente mobilizasse o proletariado, segundo Nicholas —, ficaria claro qual

---

* Apes of God é um romance da década de 1930 escrito por Wyndham Lewis. Em tradução literal, "macacos de Deus". (N. T.)

visão da natureza humana tinha vencido. Fosse qual fosse o caso, Nicholas poderia ficar naquela casa. Amory tinha tomado a liberdade de fazer com que uma pessoa jurídica ao sul da fronteira afiançasse a hipoteca.

"E se eu não entrar na sua, você vai me chutar daqui? Dar um jeito de eu acabar em cana?"

"Eu não trabalho com coerção, meu rapaz. Quando as pessoas entram numa barganha, elas precisam entrar por sua própria vontade."

"Mas como é que eu vou saber que você vai cumprir a sua parte, depois de os meus incêndios derem certo e você começar a ver o pessoal se revoltando?"

"Da mesma maneira que eu sei que você não vai mencionar a minha visita a esta casa ao nosso alérgeno mútuo, William Hamilton-Sweeney III. Nós estamos entrando nessa de boa-fé."

Nesse caso, óbvio, era o contrário que ele precisava ver agora: que Nicholas, cinco meses depois do decreto de decadência, tinha aceitado a derrota. Pois o que Amory deixou de mencionar foi que ele não precisava controlar o sul do Bronx terreno por terreno: que, assim que os incêndios tivessem ultrapassado certo limite, seus planos se realizariam numa canetada. Para a garota, que tinha acabado rapidamente com as fritas, ele agora inclinava um copo. "Por favor. Beba."

"Não", Nicky repetiu. "Então você me disse como que ia acabar, e aí acho que foi assim mesmo. Você não precisava vir aqui só pra dar uma voltinha olímpica."

"Eu receio que o seu amigo tenha me entendido de um jeito todo equivocado." Ele tinha se virado para ver o que a menina faria. O que ela fez foi acabar com o mescal e aí lançar um olhar desesperado para o copo vazio que tinha nas mãos. Ela preferiria, em outras palavras, estar em qualquer outro lugar. Amory ficou imaginando que domínio Nicholas tinha sobre ela. "Eu estou aqui para garantir que não restam rancores."

"Você acha que era isso que me interessava aqui?", Nicky disse. "Sentimentos pessoais?"

"Nós podemos dizer então que chegamos ao fim do nosso passeio conjunto."

"Meio poético pra mim, mas beleza. O que é que você tem, além da sua palavra?"

"Você não tem ideia do imenso prazer que ouvir isso me causa. E simplesmente como um gesto positivo", e, para que não houvesse laços duradouros entre eles, "eu mandei meu *compadre*, o investidor estrangeiro, queimar a hipoteca da East 3rd Street. A casa é sua, para você fazer o que quiser com ela. Propriedade sua."

"Acho que não tem como se livrar dessa, então." Nesse exato momento uma buzina soou. Uma van surrada tinha encostado na frente de um hidrante. O motorista estava perdido nas sombras, mas não era impossível, em função da luz e dos ângulos, que ele, fosse quem fosse, pudesse ver Amory Gould. "É com você, S.G.", disse o garoto, e, depois de sacudir as últimas gotas de mescal na língua, a menina levantou e jogou a bolsa no ombro. Por sob a borda espiavam volumes maltratados. Ela reteve o olhar dele, e ele ficou surpreso ao descobrir, antes que a máscara dela se restaurasse, que o desespero que ela sentia era ódio, e dirigido somente a ele.

Então ele e seu protegido ficaram face a face, num silêncio que ecoava o de 75. Foi só no outono, ao telefone, que Nicholas tinha pedido desculpas por demorar tanto para decidir, e Amory podia repetir o gesto de indulgência que tinha usado pela primeira vez anos atrás, em Block Island, com aquele outro rapaz que então pensava em usar — o que teria sido uma bela matança de coelhos, em relação ao número de golpes de cajado. O problema, na verdade, era uma percepção inadequada do controle. Você não podia confiar que as pessoas fossem amanhã o que tinham sido ontem. E no entanto ele sabia agora que com o medo, com a fantasia, você nem precisava. Eles se controlavam sozinhos. E se ele tivesse simplesmente notado que esses assim chamados Pós-Humanistas haviam encontrado um novo objeto para a sua raiva, aí ele também por necessidade saberia que eles estavam com medo. Com medo de tudo que Amory sabia. Com medo de tudo que ele podia fazer. Ele parou de esfregar o braço e ergueu a mão para pedir a conta, e quando a garçonete chegou, ele a agradeceu com o mesmo espanhol floreado que usava com o Subcomandante. Então se virou para Nicholas. "*¿Y me olvido de algo primordial, quizás?*"

Estava na hora de o garoto saber que estava com as calças na mão: o pai dele não era nem de origem latino-americana nem da inteligência militar, mas só um ex-médico militar de boa aparência, um cirurgião viúvo que morava em Newton, Mass. E o filho, entre outras coisas, era um fingidor de primeira classe que tinha assistido filmes do James Bond demais.

"Ou seja, tem mais uma coisinha que nós precisamos resolver." Amory tirou as bebidas do meio da mesa e devolveu o *Daily News* ao seu lugar. Ele nunca tinha visto Nicholas sem fala antes. Ficou admirando o efeito da sua mão ali parada, uma aranha branca batucando uma perna. "Esses infortúnios todos no Central Park... Eu sinto que devo assegurar a você que não tive nada a ver com isso. Porque, se tivesse, se um de nós tivesse, isso estaria completamente fora dos limites do nosso acordo e da proteção gerada por ele."

"Que infortúnios? Eu não tenho ideia do que você está falando."

Nicholas olhava nos olhos dele, para evitar olhar para o jornal. O que foi outro erro; o fato de ele achar que precisava mentir aqui era tão revelador. A Zona de Decadência que ele havia ajudado a criar não só não o havia derrotado; ele estava planejando uma retaliação... e algo teria que ser feito a respeito disso. Mas não fazia sentido apressar as coisas. Amory jogou sem pressa. "Não? Nem agora, ideia nenhuma?"

"Nenhuminha", Nicholas conseguiu dizer. "Mas acho que é melhor zarparmos antes que alguém pense bobagem da gente."

Só depois de o rapaz ter ido embora foi que Amory pegou o que restava do mescal. E, nossa, como ardia. A mulher lá fora tossiu de novo. Ele tateou no bolso e encontrou o níquel de logo antes. Claro que ele podia ter mudado para outra mesa, mas você acabava ganhando certo prazer na autoafirmação, uma espécie de orgulho. Para Amory, não havia diplomas de Princeton ou de Yale; ele não tinha as conexões do seu cunhado desmiolado. Porém, desde que comprou a casa em Block Island, ele manteve nas paredes as fotos de família das pessoas que foram donas antes dele, como chefes tribais se apegam a escalpos. E veja só ele agora — encarando, e aceitando, o ardido mais frio que era a vida na terra. Ele ia forçar todos os outros a aceitarem também. Olhou para a mulher do outro lado da janela, bateu com a moeda na vidraça, bem perto da cabeça dela. E quando ela se virou e ele lhe mostrou seu verdadeiro rosto, a tosse morreu em sua garganta. Ele nem precisou fazer um gesto para ela ir andando.

49

No que se referia ao ódio, a Bíblia de Charlie continuava ambígua. O que provavelmente, dada a ambiguidade de todas as outras forças que podiam ter lhe servido de orientação em sua vida desorientada, ele bem podia ter imaginado. Como a sua mãe no primeiro dia do colegial, dizendo para ele *Ser ele mesmo*, ao mesmo tempo que estendia a mão para ajeitar a gravata de prender que o estava obrigando a usar. Ele agora podia ouvi-la no andar de cima, seus pés gerando leves concavidades no que para ele era um teto enquanto ela ia do fogão à geladeira, cantarolando junto com o velho rádio de bancada em que não tinha mexido em anos. Ela deve ter precisado de algo para ocupar o silêncio, já que naquela noite a pessoa com quem normalmente ela estaria ao telefone estava vindo em alta velocidade até eles através da escuridão. Ela tinha mandado os gêmeos para a casa da babá; iam ser só eles três na hora da janta. A qualquer minuto agora ela ia gritar para Charlie subir, o que significava que ele estava ficando sem tempo para descobrir o que devia sentir. Continuou folheando meio desanimado a Bibliazinha verde. Considerada como um todo, ela não oferecia muito daquela bondade caridosa, tranquila e abstrata que ele tinha encontrado em janeiro no décimo primeiro capítulo de Marcos, o amor dos adesivos de para-choque e das velhas canções. Em vez disso, o Deus Pai era em grande medida um deus de meter o pau nos inimigos — "Feliz daquele que pegar em teus pequeninos e der com eles nas pedras" —, e até o manso Jesus ameaçava os infiéis com o fogo eterno.

Uma porta de carro bateu lá fora. A campainha eram os mesmos dois tons animados que alguns anos atrás teriam levado o Pai até o vestíbulo. A casa toda era infiel, Charlie pensou. E lá veio a Mãe gritando o nome dele. Bom, dane-se. Eles que se cumprimentem, troquem apertos de mão, abraços de oi, o que fosse; ele se recusava a sair correndo dali. Catou junto do rodapé a camiseta vermelha que tinha usado na liga infantil de beisebol. Só existia um tamanho, extragrande, porque ninguém queria que os meninos gordos se sentissem destacados. Algumas das letras coladas a ferro de passar tinham começado a descascar, mas ainda dava para ver o número de Charlie, 13, de azar, e o nome do time, que era também o nome do patrocinador, Boulevard Bagels. (*Vai... Bagels!*) No verão passado, ele tinha cortado fora as mangas e feito grandes rasgos do meio do tronco até a axila, expondo tufos de pelos. Ele gostava de como aquela camiseta transformava seu corpo feio numa arma contra o mundo. Como aquilo dizia: *Está vendo o que você fez comigo?* Ficava tão apertada agora que dava para contar as suas costelas. No espelho, espalhou um gel no cabelo que crescia de novo, fez com que ficasse de pé em pequenas fileiras alaranjadas. Ele botou para fora uma língua acinzentada e doente, e colocou sobre ela uma cápsula branca e ovoide. *Bolinha de discoteca*, Nicky dizia, que era o motivo de Charlie ter que lutar com a vergonha toda vez que pedia mais. As bolinhas eram horríveis e sempre seriam, Todo Punk Que Se Preza Prefere Anfetamina — mas o Falanstério era uma espécie de *potlatch* de narcóticos e, tendo escolha, Charlie sempre ia preferir o mergulho lento dos calmantes.

O revestimento do comprimido tinha começado a derreter em sua língua, e logo suas entranhas amargas atingiriam as papilas gustativas, então ele engoliu aquilo a seco, gozando a dorzinha da passagem pelo pomo de adão. Ele fechou a latinha de balas onde mocozava o resto das drogas. (O Mandrix não cabia no pote de balas Pez.) Ergueu seus grandes coturnos negros e subiu estrondoso a escada, adorando o barulho monstruoso de cada passo, imaginando a mãe e o homem sem rosto se encolhendo de medo. Ele se deteve diante da porta, mão na maçaneta. Ainda não era tarde demais para cair escada abaixo, para se machucar a ponto de precisar ir ao pronto-socorro. Seria uma saída respeitável. Em vez disso, ele cometeu uma infidelidade toda sua: abriu a porta.

O homem na entrada da casa não era nem tão grotesco quanto Charlie esperava nem tão bonito quanto ele temia. Só assustadoramente animado no que estendia a mão. Charlie, trinta centímetros mais alto, podia ver a forração abundante da sua cabeça. E a peruca era só uma das várias maneiras pelas quais o sujeito era o contrário do pai de Charlie. Elas também incluíam seus dentes de coelhinho e o medalhão de estrela de davi e a gola olímpica; o Pai nunca usava gola olímpica. "Morris Gold", ele disse. "Pode me chamar de Morrie."

As drogas e o traje estavam fazendo o que deviam fazer: davam a Charlie certa distância e certo poder. Ele ignorou a cara de choque da mãe e agarrou a mão e não soltou. "Eu estava começando a pensar que você era imaginário." Aquilo escorreu da boca dele como xarope congelado.

A Mãe dava risinhos nervosos. "O Charlie normalmente não se veste desse jeito."

"Isso é moda, Ramona, todos os amigos da minha filha estão usando isso aí." A pressão da mão do sujeito era perfeitamente calibrada, nem firme demais nem afeminadamente frouxa; ele não parecia perceber que Charlie estava moendo aquela mão. Na outra mão dele, o gargalo de uma garrafa de um vinho cor-de-rosa parecia diminuto, com o suor umedecendo o rótulo. "Eu não sabia direito se era melhor tinto ou branco, aí eu tirei a média."

"Ponho na geladeira?"

"Deixa que eu ponho." Charlie viu suas próprias mãos, na extremidade de extensões robóticas de dezenas de metros, agarrarem a garrafa. A cabine de comando, seu cérebro, tinha que emitir ordens distintas para fazer com que ele passasse em segurança pelas portas de vaivém. *Rotacionar 110 graus. Estender perna esquerda. Baixar braço.* E aí as longas lâmpadas da cozinha estavam iluminando a bancada da pia como pornografia: varas de queijo suarento cutucando azeitonas de aperitivo, espinafre esparramado em tigelas de madeira, folhas claras de alface crocante apalpando colheradas de salada de atum. Eram seis delas, caso alguém quisesse repetir, e, de sobremesa, as famosas bolinhas de damasco, doces de doer nos dentes. E entre aquilo tudo, irrigado como um campo de arroz pelo seu próprio caldo, o corpo castanho da carne de peito. O cheiro era demais para Charlie.

Ele se agarrou à pia um minuto, esperando o vômito, mas teve a presença de espírito de desligar o rádio, de modo que se as vozes que agora se moviam pela sala de jantar viessem a subir a algo além de um murmúrio, ele ia poder ouvir que impressão tinha causado. Quando ficou claro que não ia vomitar os comprimidos, ele decidiu que precisava beber. Tirou o colarinho de papel metalizado do vinho e ficou encarando o saca-rolhas até ficar claro como era que aquilo devia ser usado. David e Ramona nunca foram de beber muito. Ele nem sabia que eles tinham taças de vinho de verdade, sinceramente, mas lá estavam elas, num armário sobre a coifa. Ele serviu três taças, uma substancialmente mais cheia. Drenou aquela até ficar igual às outras. Aumentou de novo o volume do rádio e o sintonizou numa estação que estava tocando uma das hirsutas bandas punheteiras que seus pares adoravam. Tinha a virtude da estridência, pelo menos. *Ativar polegares. Duas mãos em volta de três pés de taça. Voltar pela porta; rotacionar.*

A primeira olhada para o rosto enrubescido da mãe lhe disse que eles tinham se esquecido completamente dele. Não teria mesmo havido, quando ele se virou, o relance de uma mão que refugava da toalha de mesa para o colo? Ele largou os copos com alguma violência, imaginando os pés se soltando dos bojos, os bojos desmoronando, mas eles não caíram. Nada jamais saía ao gosto de Charlie, assim como ele também nunca estava ao gosto de ninguém. Enquanto olhava do alto os apaixonados, um obstáculo boquiaberto, a Mãe obviamente pesava os prós e os contras de dizer alguma coisa sobre o vinho na mão dele; ele nunca tinha bebido álcool na frente dela, sem contar o Manischewitz no Pessach. Mas, no fim, ela foi a própria imagem da sofisticação. Morris ergueu sua taça. "Aos velhos e novos amigos." Só quando sua mãe foi começar a trazer a comida foi que ocorreu a Charlie que talvez ela estivesse tão assustada quanto ele. E agora ele estava a sós com o pretendente.

Dar um gelo no cara não funcionou. Morris Gold era uma daquelas pessoas que ficam à vontade com o silêncio, acreditando que podiam interrompê-lo a qualquer momento. "Então, Charlie", ele disse, depois de um tempo. "A sua mãe me diz que você é músico."

"Nem", Charlie disse, e tomou um gole de vinho. O vidro tilintou contra os seus dentes.

"Mas de onde foi que eu tirei essa ideia?"

Charlie ressentiu-se com a delicadeza da correção, a maneira de ele tentar eliminar o atrito tratando Charlie como adulto. Tentar ofender esse cara era como tentar ofender um cabide! "Mas eu ouço muita música", ele cuspiu por fim. "A minha mãe detesta."

"Lembro quando eu era menino, os adultos todos achavam que a nossa música era o diabo, também. O Bo Diddley no *Ed Sullivan Show*. Eu acho que é um dos maiores privilégios da juventude, ir se afastando dos pais. Você acha que é um pouco assim?"

Ele tinha aquela pegada bem-intencionada, de-homem-para-homem, que os bons técnicos de equipes juvenis sempre têm, e o coração traidor de Charlie queria muito corresponder. Ele tentou sentir a sombra vigilante do pai ali por perto, mas sentia tão pouco o que queria sentir ultimamente. Por sorte, sua mãe escolheu aquele momento para voltar com as saladas de atum, ressuscitando sua fúria, como uma mão em volta de uma chama agonizante.

Até o prato principal, Charlie fez o melhor que pôde para não demonstrar participação, e para se deliciar com os estranhos buracos que isso abria na conversa dos adultos. Que era basicamente boba mesmo: *Mas que inverno mais comprido! Está disparando o preço do óleo pro aquecimento. Você ficou sabendo que o condado pode cortar o ano letivo pra cento e oitenta dias?* Ele estava quase com pena do sr. Gold. Como ele podia manter o interesse em uma mulher cuja ideia de conversa consistia em recitar o conteúdo do jornal matutino? Aí a Mãe o surpreendeu ao mudar o assunto para a Cidade. A coisa tinha ficado tão feia, disse, que ela estava com medo de mandar o Charlie ir até lá nem que fosse só para uma consulta médica. Teve aquele negócio na imprensa. Daqui mesmo, de Flower Hill. Ele tinha visto? Charlie tentou se concentrar no que ela estava dizendo, mas a cabeça dele parecia entupida de gaze. Como se ninguém pudesse chegar até onde ele estava, ali dentro, onde doía.

"Ah, eu nem sei", disse o sr. Gold. "Acho que se você tiver juízo, e não sair das áreas mais decentes... Foi ainda semana passada que eu comi no Russ & Daughters. Você conhece o Russ & Daughters, Charlie? Um esturjão inacreditável." Ele inspecionou o café com um brilho nos olhos, como se esperasse encontrar um esturjão nadando ali dentro. E então empurrou o prato da sobremesa, rajado pelas entranhas das bolinhas de damasco, para longe de si. "Uma delícia."

A Mãe tocava de leve a boca com o guardanapo — dos bons, de tecido. Baixinho, ela disse: "Sempre foram as preferidas do David".

"Não foram, não", Charlie cuspiu. "Não eram as preferidas dele."

Foi como se ele tivesse estalado os dedos na frente de uma pessoa hipnotizada; foi a primeira coisa que saiu de sua boca em toda a noite que ela pareceu ter ouvido. "Como assim?"

O nome do Pai tinha sido outra facada no plexo solar. Ou não, não foi o nome. Foi a leveza com que ela o ofereceu, com que o sr. Gold o recebeu, *como se eles já tivessem falado de David Weisbarger.* Todo esse tempo tinha se passado com Charlie e sua mãe evitando o tema, o que ele dizia a si mesmo que era por aquilo ainda ser tão doloroso para ela. "O favorito dele era bolo de chocolate recheado com coco."

"Foi um jeito de falar, meu amor. Ele sempre gostou das bolinhas de damasco, como você sabe."

"Pare com isso."

"Parar com o quê?"

"Pare de transformar ele num jeito de falar!" Charlie estava se erguendo agora, e se erguendo cada vez mais, como fumaça de uma chaminé.

"Meu amor, tudo bem com você? As suas mãos estão tremendo."

"Não jogue isso pra cima de mim! É você quem está usando o Pai."

E nesse momento o sr. Gold abriu a boca. "Charlie, por que você não leva os pratos e deixa eu e a sua mãe darmos uma palavrinha antes de eu ir embora."

Estava claro que Charlie tinha vencido. A palavra seria "cedo", assim, *Quem sabe seja cedo demais, Ramona.* Mas em vez de triunfo ele sentia uma espécie de desalento. "Deus odeia os adúlteros, só pra você saber." Um cotovelo preso a Charlie derrubou uma taça, projetando borra de rosé. Impossível dizer se aquilo foi intencional, mas um pouquinho caiu na gola olímpica branca do sr. Gold, que agora também estava de pé, olhando para a mancha que crescia.

"Pai do céu, Charlie", a mãe dele disse. Mas ele já estava descendo com passo pesado, sugado por algum buraco negro onde mal podia ver o que fazia. Ele catou uma pilha de roupas do chão e meteu junto com seu compacto de "Kunneqtiqut"/"Cidade em Chamas!" dentro da mochila. Quase como uma lembrança de última hora, pegou a Bíblia dos Gideões.

No vestíbulo, a Mãe pedia desculpas. "Onde é que você acha que vai?", ela perguntou quando Charlie passou tempestuosamente, mas a voz dela era apenas um ruído na cabeça de Charlie. Ele mergulhou na úmida noite de primavera, sem se dar ao trabalho de fechar a porta. Pensou em correr para o carro, mas ela tinha tirado a chave dele. E a bicicleta estava com um pneu furado, merda. Aí ele viu, apoiada contra um arbusto não podado, uma das BMX grandes demais que o Vô tinha comprado para os gêmeos. Ele teve que pedalar que nem um louco para conseguir ganhar alguma velocidade, e os joelhos ficavam pegando no guidão. As rodinhas de apoio gemiam e cantavam. Mas era quase só ladeira abaixo até a estação. Ele ficava esperando que alguém o chamasse de volta, corresse atrás dele, mas ninguém veio. E daí, ele pensou. Vão com Deus.

Uma hora e meia depois, ele estava na entrada detonada do Falanstério. A chuva que escorria pelos cantos da boca dele tinha um gosto serraginoso que lhe fazia lembrar seu travesseiro vermelho especial, cujo cantinho ele chupava quando estava difícil pegar no sono aos cinco ou oito anos de idade. Devia ser essa a aparência dele agora, um menino de cinco ou oito anos de idade com uma sacolinha mixuruca e um rosto brilhante do que podiam ser lágrimas. Mas Nicky Caos sempre viu mais fundo. Ele estava tapando a porta, apenas um degrau acima de Charlie mas alto como um deus. De trás dos seus ombros tatuados vinha uma corona de luz tornada estranha pelos metros de papel-alumínio destinados a travar câmeras, microfones, o que fosse. Ou será que eram os comprimidos no corpo de Charlie que o estavam fazendo ver coisas? Aquele disco de reggae de que Nicky tanto gostava estava tocando em algum lugar. Havia um tênue laivo desejoso de maconha no ar. "Você disse que eu ia saber quando estivesse pronto", Charlie disse. "Eu estou pronto."

"Ótimo", Nicky disse. "Porque aconteceu um negócio que ia forçar a sua decisão."

Lá dentro estava acontecendo uma festa, gente que Charlie não reconhecia se arrastando como vagabundos da sala para a cozinha e obstruindo escadas e corredores. Gente com cara de músico, gente com cara de drogado e os filósofos pés-sujos das universidades. Uma negra linda com um cabelo

Black Power e uma camiseta do tamanho de um lencinho umedecido passou deslizante sem parecer ter visto qualquer um deles, mas Charlie não teve tempo de se sentir contrariado por não ter sido convidado; eles já estavam lá nos fundos, Nicky abrindo com um backhand a porta da garaginha. Ele resmungou alguma coisa sobre a madeira com a tinta descascando, e várias travas e trancas se abriram num estalo. Uma parede de blocos de concreto tinha sido construída, tapando o fundo da casinha. Do lado de cá, sobre o carpete sem cor, a Saco de Gosma e o Delirium Tremens estavam sentados com moletons pretos de capuz, passando um beque. Entre eles estava um jornal com uma foto, preocupantemente, de... Sam? Nicky pôs uma mão no ombro dele. "O Profeta aqui tem algo a dizer."

O que era que ele tinha a dizer? O Profeta tinha esquecido.

"Ele está pronto. Ele vai com a gente hoje na nossa missãozinha."

"Ele vai dar na cara pra caralho com essa camiseta aí", disse Solomon Grungy, surgindo de trás dos blocos de concreto. Devia haver um outro aparelho de som, outra cópia do disco, porque a música estava tocando aqui fora também. Culture, "Two Sevens Clash". Que, visto de certo ângulo, era exatamente o que parecia ser o logo da FPH, dois setes se chocando. E Sol tinha feito alguma coisa com as sobrancelhas. Raspado, talvez? Nicky estava mandando ele calar a porra daquela boca, mas Sol estava certo: o algodão vermelho berrava entre os zíperes da jaqueta de Charlie como um aviso de perigo. A Saco de Gosma escavou numa sacola. "Tó uma coisa preta."

Desde a última vez que Charlie a viu, a van tinha ganhado um vidro traseiro estourado. Alguém tinha colado um pedaço de papelão, com com durex, onde o vidro deveria estar. Teria supostamente sido outra pessoa quem escreveu PEGAXOTA com spray vermelho por cima do nome da empresa de lavagem de janelas na lateral — a não ser que isso fosse algum tipo complexo de finta de corpo (engrenagens e mais engrenagens) para ninguém suspeitar que os Pós-Humanistas estivessem fazendo sabe-se lá o que de fato estavam tramando. Comprimidos de anfetamina foram distribuídos, engolidos a seco. Aí Sol e D.T. subiram na parte de trás, enquanto Nicky dizia para Charlie e a Saco de Gosma se amontoarem no banco do passageiro. Eles devem ter carregado a van antes, aquele cheiro químico vinha lá de trás, e toda vez que dobravam uma esquina, garrafas tilintavam audivelmente. Nicky manteve os vidros fechados e o braço apoiado na porta, então Charlie fez a mesma coisa. A Saco de Gosma era um cálido mamífero móvel no seu colo. Se ela estava conseguindo sentir a ereção dele, parecia não dar bola. A bem da verdade, ela mudava tanto de posição que ele ficou com a ideia de que pudesse estar fazendo aquilo para ele.

Aí eles estavam voando sobre o East River, com a anfetamina batendo, as luzes da Cidade ficando pequenas como luzes de brinquedo, menores que luzes de segurança, menores que Lite-Brite, e a brisa jogava o cabelo da Saco de Gosma no seu rosto novamente árido. Eles entraram numa via expressa em forma de foice. "Música", Nicky exigiu. "Música é essencial." A Saco de Gosma se inclinou para a frente para ligar os fios do rádio ao painel, apesar de a estrutura metálica da van e das vigas dos elevados e dos sinaizinhos de merda da FM da Nova York metropolitana ferrarem com a recepção. Quando os arrepios da estática deram lugar a um som identificável, era Donna Summer. "Eu odeio essa bosta", Sol grunhiu lá no fundo. Charlie estava pronto a odiar também, mas Nicky estendeu o braço para deter a mão da Saco de Gosma. "Não, essa música é coisa de gênio."

"E a gente já não devia ter chegado?", D.T. acrescentou. "Eu posso não ser um Vasco da Gama aqui, mas..."

"Você sabe que o Nicky curte o caminho com a vista mais bacana", a Saco de Gosma disse.

A energia fluía e se chocava em tudo, mas Nicky parecia ter se recolhido a um microclima todo seu no assento do motorista, e Charlie podia ouvi-lo cantando em falsete, *Aaah... love to love you, bêi-be*, sem jamais tirar os olhos da rua. Eles tinham se enfiado por uma saída em curva bem fechada agora e estavam desfilando diante de gigantescos edifícios desolados. Não eram as melhores regiões da cidade. Nicky diminuiu a velocidade até quase parar. "Está vendo aquilo ali?" Mais à frente havia um velho cortiço com a fachada calcinada. O último andar parecia afundado, e quase todas as janelas estavam sem vidro. Algo se mexeu num dos beirais: um pássaro que escondia a cabeça, envergonhado.

"O que aconteceu ali?"

"O que é que você acha que aconteceu, Charlie?" Parecia que na van só estavam ele e Nicky.

Ah, Charlie se deu conta. *Nós* acontecemos ali.

"Quando falei que a gente estava se preparando pra revolução, eu estava falando sério. Mas nem se grile", ele disse, percebendo o desconforto de Charlie. "Ninguém estava morando ali. Ninguém ficou machucado."

Enquanto eles seguiam com o carro, Nicky foi apontando outros prédios em estado parecido. Era como uma tira de filme: uma paisagem lambida pelas chamas passava num relance, outra tomava seu lugar. "Nós não fomos o primeiro grupo por aqui, Charlie, e podemos não ser o melhor, mas somos os únicos com um programa."

Então era essa a grande rebelião de Nicky? E será que a Sam sabia disso tudo? Será que ela sabia?

"Óbvio que ela sabia, Profeta", Nicky disse. "Só pense onde ela foi encontrada."

Através da névoa, Charlie entreviu um tempo em que pensar nela era a única coisa que ele queria fazer. Tentou estabelecer contato com aquela pessoa. "No Central Park?"

"Central Park West. Coisa de trezentos metros daquela festa."

"Mas de repente ela só estava indo lá pra encontrar o Cachorrinho", a Saco de Gosma disse.

"É, de repente ela ia caguetar a sua mudança de planos."

Nicky, coçando furioso a barbicha do queixo, ignorou essas teorias que vinham lá de trás. "Nem a pau, não com a nossa Sam. Aquelas balas foram um aviso pra gente — aquilo mudou tudo. Está demorando mais do que achei que ia demorar pra gente se preparar pro novo alvo. Mas é melhor a gente contra-atacar, agora que ele está sabendo que a gente sabe. Quando ele tiver calculado ângulos de resposta, a gente já vai estar pronto pra cair em cima de novo, com mais força ainda."

Para Charlie, boa parte disso era confusão. Que novo alvo? E qual era o sentido de incendiar de novo esses prédios abandonados? Antes de ele poder fazer qualquer outra pergunta, no entanto, Nicky tinha desligado os faróis e estava xingando a Saco de Gosma para ela baixar o volume do rádio. Eles tinham encostado na frente de uma cerca de compensado que parecia se estender por quilômetros, tapando a visão do que quer que estivesse atrás dela. *LIBERTY HEIGHTS PRIMEIRA FASE. UM PROJETO HAMILTON-SWEENEY*, dizia uma placa, com uma imagem de torres de vidro. *SE MORASSE AQUI, VOCÊ JÁ ESTARIA EM CASA.* E de repente Charlie até estivesse mesmo vendo certo sentido naquilo. Havia uma sombra com uma arma correndo velozmente ao longo da cerca, e ele quase gritou para Nicky tomar cuidado. Aí viu que era Solomon Grungy, que tinha saltado da traseira da van, e que a arma era um alicate que naquele exato momento ele estava usando no portão. Uma corrente se partiu como um osso da sorte, pontas soltas caindo ao chão. Sol deu um empurrão no portão e aí voltou correndo para a van, que seguiu para a abertura.

A escavação lá dentro era imensa, um buraco com provavelmente mais de quatrocentos metros de comprimento, que tomava todo o terreno entre a rua e o rio. Trailers e banheiros químicos cercavam a borda, além de uma linha de caminhonetes. No buraco propriamente dito, sob a luz amarela da lua, estava uma dúzia, ou mais, de escavadeiras e retroescavadeiras. Aqui e ali, vergalhões se projetavam do concreto.

Charlie seguia seus companheiros Pós-Humanistas. Suas pernas formigavam onde tinham sido esmagadas pela Saco de Gosma; pelo lado positivo, ele não estava mais de pau duro. Ele e o D.T. se ajoelharam atrás da van, metendo trapos no gargalo de garrafas. Sol foi tirando mais engradados de leite da van. Nicky estava em algum ponto bem distante e sem sentir dor. Ele se abaixou, alcançou uma garrafa, tirou um isqueiro do bolso, e aí hesitou. "Quer ter a honra, Charlie?"

"Eu?"

"Você tem coisa de cinco segundos depois que acender o trapo." Charlie pegou o isqueiro e mordeu a boca. "As escavadeiras estão meio longe. Tente mirar naquele trailer ali. A vingança será minha, palavras do Profeta."

Ali perto, a Saco de Gosma parou o que estava fazendo para ver. Sem querer parecer covarde, ele pegou a garrafa de Nicky. Era ou acender logo ou desmaiar com o cheiro. Mas sempre lhe disseram que ele arremessava como uma menininha. Sam, a estrela guia da sua navegação, não oferecia orientações. Nem qualquer deus. Ele não tinha nem encostado a chama no trapo, ainda achava que estava se decidindo, quando veio um zás e uma onda de calor como quando seu pai espirrava fluido de isqueiro na grelha. Ele calculou a distância até o trailer. Imaginou Sam parada exatamente aqui. Isso tinha que ser feito por ela, de alguma maneira. E aí a garrafa secionou a noite, espiralando, o arremesso perfeito que ele nunca tinha conseguido fazer. Ela se estilhaçou no teto do trailer, quase na lateral, e soltou cascatas de fogo que corriam pela parede.

"Lindo", Nicky disse, e lhe passou outra garrafa.

Outras mais assobiavam no escuro à sua volta, dez, vinte, cinquenta garrafas; ele logo perdeu a noção de quais eram as suas. Ao troar do vidro partido, flores azuis de chamas brotavam por todo o canteiro, consumindo os trailers, as escavadeiras, a caixa de fusíveis do guindaste, dois montes de caliça e a caçamba de um caminhão. Um banheiro químico tombou de lado e começou a feder. Pequenas sombras que ele percebeu serem ratos subiam apressadas as paredes cintilantes do poço das fundações. Os diversos sons do fogo se tornaram um silvo só, e as chamas também se fundiram, até que ele conseguiu enxergar com bastante clareza os rostos das pessoas que estavam com ele, não mais chapadas.

Com Charlie olhando, de mãos vazias, Nicky tirou sua própria camiseta, que encharcou com o líquido de uma das garrafas. Eles agora estavam todos assistindo; Nicky era seu capitão, primordial, selvagem. Ele estava enfiando alguma coisa no tanque de gasolina de um dos caminhões. Acendendo a camiseta. Houve uma alteração no ar, um espessamento na qualidade da atenção. Quando ergueu os olhos, ele parecia quase surpreso, Charlie pensou. Quase com medo da sua própria ousadia. Aí eles estavam todos correndo como loucos para a van.

Dispararam pelo portão com uma das portas traseiras escancarada, balançando nas dobradiças; ele podia vê-la aparecendo e desaparecendo no retrovisor, e lá estava o primeiro uivo de uma sirene, como uma brincadeira, como os seus irmãos brincando do que eles chamavam de Emergência no quarto deles no andar de cima. Se a Mãe pudesse vê-lo agora, ele pensou, ou se a Sam pudesse — o poder que ele tinha de atacar de volta o mundo por quem tinha sido atacado. E aí veio o grave soco de canhão do tanque de gasolina explodindo atrás deles, uma concussão que ele sentiria no peito na manhã seguinte. Uma névoa azul que veria de novo quando fechasse os olhos, riscada de estranhas fagulhas de verde.

50

"Então como é que vai a vida na cidade grande?", a Mamãe disse, sacolejante na caminhonete que tinha sido do Pai, na saída do aeroporto. O seu rosto estava cansado mas bonito, com aquela dignidade que o pessoal da geração dela tinha, e quando ela passou a mão sobre a caixa de câmbio para dar tapinhas no joelho de Mercer, sua contração foi um reflexo. A apresentação dela, lá no terminal, tinha sido: "Você está com cheiro de cervejaria". Ele tinha descoberto no seu último voo para cá uma falta de fé na física que mantinha os aviões no ar, e assim uma hora depois da decolagem tinha cedido e pedido uma cerveja. Mas aquilo rapidamente desapareceu no universo mais amplo dos seus fracassos. Aqui na Geórgia o fim de abril tinha cara de junho, mas o braço que ele ofereceu como apoio no estacionamento tropical tinha sido afastado com um tapa. Ainda havia regras, aparentemente: a flecha da necessidade apontava apenas em uma direção.

"Ah, a senhora sabe. *Plus ça change*." Ele abriu um pouco o vidro. Campos semeados explodiram em suas narinas. Ele teve uma visão repentina dos seus pais envelhecendo em alta velocidade, amarrotados em cadeiras de balanço iguaizinhas viradas para um aparelho de ar-condicionado. "Olha só, fiquei acordado até bem tarde ontem corrigindo provas. A senhora se incomoda se eu der uma cochilada?"

"E como é que eu podia me incomodar? Foi pra isso que você veio, né? Pra dar uma descansada?" Era de pensar que ele a tinha acusado de infanticídio.

"Obrigado, Mamãe."

"Sabe, quando você era nenê, o Pai te punha na caminhonete e saía dirigindo pelas ruazinhas mais isoladas na hora de dormir, pra você ficar calmo. A sua cabecinha estava sempre trabalhando."

Mãos invisíveis tentavam espremê-lo de volta na forma do seu corpo pré-púbere, aquela embalagem de que ele tinha feito tanta força para fugir.

"Mamãe? Eu vou só tentar dormir."

Ele fingiu que dormia nas horas que levou para eles chegarem a Altana e nos dez minutos dali até a fazenda. Quando abriu os olhos, estava diante de uma casa simples com teto de zinco, pálida sob a luz do crepúsculo. Podia ser de outra pessoa, não fossem as coisas complexas que fazia com o seu coração. O Pai, que estava vendo TV na sua poltrona reclinável, naturalmente não falou quando Mercer entrou. Mas talvez estivesse apenas esperando que o filho começasse — que oferecesse um relato da sua situação —, porque quando Mercer perguntou como ele estava, ele começou a espremer os braços quadradões da poltrona. "Ah, não dá pra reclamar." Eram as primeiras palavras que ele dizia a Mercer em quase dois anos. "A sua mãe diz que você andou se encrencando lá na cidade."

Mercer pensou no detetive aleijado. Fez o que pôde para ficar bem reto ali de pé. A luz da varanda, do outro lado da porta de tela, inundava os espaços à sua volta. "Nãossenhor. Só estou de visita."

"Não precisa falar tão alto. Eu escuto direitinho."

"A TV está ligada", ele disse, desamparado.

"Estou vendo que você tirou aquele bigode."

A Mamãe e o Pai eram diferentes assim; com ela, a pressão era ampla e constante, uma espécie de piso que você precisava atravessar, enquanto com ele era uma tachinha escondida no carpete. Mercer estava achando difícil não olhar para o pé amputado do Pai. Mas a Mamãe decidiu voltar bem nesse momento da varanda e de sabe-se lá o que estava fingindo fazer lá. "O seu irmão pediu desculpas porque não deu pra ele estar aqui pra te receber. Ele foi lá em Valdosta pra ver uma coisa de uma vitrola. Ele está começando um negócio de vendas pelo correio, sabe."

Desde a alta do C.L. do tratamento, ela tinha falado de ele virar piloto, vendedor de soja, advogado de casos de injúrias pessoais e outras coisas que Mercer não conseguia lembrar direito das conversas dos dois ao telefone. Como é que podiam existir tantas carreiras diferentes para as quais uma mesma pessoa era singularmente não qualificada? "Vocês estão deixando ele dirigir?" Ele olhou para o Pai em busca de algum reconhecimento de que se tratava de uma pergunta legítima, mas no que se referia ao C.L., o Pai ainda estava nitidamente mudo. "Esquece", Mercer disse. "Eu vou dormir pra ver se passa o jet lag."

Parecia ser do interesse de todos agora respeitar essa invenção. Mas o voo tinha sido de apenas três horas e jamais saiu do fuso horário da Costa Leste, e depois, quando seus pais já tinham ido para a cama, ele ainda estaria acordado examinando os painéis enviesados do teto do quarto. O tempo estava ameno o suficiente lá fora para deixar as janelas abertas; a brisa cheirava a asfalto molhado e metais de terras-raras, como cobre, mas não exatamente. Muitíssimo de vez em quando uma caminhonete passava pela estrada, um expresso noturno que ele podia ouvir dois ou três quilômetros antes de chegar. Mas nos intervalos havia apenas seu cérebro, como um rádio com os botões arrancados transmitindo as perguntas de que essa vinda para casa deveria tê-lo deixado livre. Será que ele voltaria a ver William? E, se visse, o que eles se diriam? Será que alguma pessoa ainda o acharia atraente? Será que ele ia conseguir confiar nas pessoas? Será que ia fazer amor de novo, ou até querer fazer amor? E por que amar coisas que você estava destinado a perder? Por que se permitir sentir se os sentimentos não podiam deixar de morrer? (E numa outra frequência distante: será que era possível que a unidade básica do pensamento humano não fosse a proposição, mas a pergunta? Qual era o conteúdo lógico de uma pergunta?)

E aquilo continuou sem parar, mesmo quando algo no seu peito se fez mole e o mundo claustrofóbico à sua volta — sua *Encyclopedia Americana* e sua estante de livros de fotos e a fotografia emoldurada dele e do C.L. fazendo muque com seus bracinhos de meninos em Atlantic Beach e o cavalinho de balanço que lhe cabia na palma da mão, entalhado por Hercule, o gerente da fazenda, logo antes do seu diagnóstico de câncer — começou a derreter na lua de múltiplos tons. Ele tentava evitar fazer qualquer barulho que pudesse vazar pelo piso para o quarto onde seus pais agora dormiam, porque o Pai não conseguia mais subir escadas depois do acidente. Se é que se podia chamar aquilo de acidente. Na manhã seguinte, a manhã da fogueira e da pastagem norte e do porco sacrificado, o C.L. estava chapado de PCP. Como provavelmente estava quando passou com o ancinho por cima da perna do Pai, disse o médico no hospital psiquiátrico do estado. Isso para nem falar do uso confesso de cocaína, haxixe e dos sedativos de que os veteranos recebiam receita. Basicamente, o médico disse para a Mamãe com uma voz tranquilizadora que Mercer mal conseguia ouvir do corredor, o C.L. tinha passado os últimos dois anos tentando queimar todo o córtex cerebral. As coisas que esses meninos viam por lá... E aí uma caminhonete estava se aproximando pela estrada, ou quem sabe um carro. Ou um de cada, o motor grave e o agudo se trançando. No que eles se aproximavam da janela de Mercer, ele conseguiu distinguir a pancada da disco. Até no condado de Ogeechee essa batida quaternária tinha penetrado.

Bem quando deviam ter começado a sumir, os veículos viraram na direção da casa, ainda com velocidade suficiente para derrapar na entrada. Ele ouviu cascas de ostras sendo esparramadas e baterem no chassi, viu romboides de luz se deformarem no teto. Uma porta bateu, mas os faróis ficaram ali no alto pelo que pareceu uma eternidade enquanto o rádio pulsava. *Love to love you, baby.* Nos velhos tempos o Pai teria levantado da cama para espantar com um forcado quem quer que fosse. Vieram vozes. Finalmente, o menor dos dois motores se afastou. Mercer ouviu o C.L. tropeçando escada acima. Quando se deu conta, a luz no teto era a da manhã, e alguém tinha metido o seu cérebro dentro de um saco de papel e sovado com um martelo.

Uma das crenças antiquadas da sua mãe envolvia o poder de cura do trabalho braçal, e apesar de ela apresentar aquilo como um favor que ele poderia fazer por ela, ele sabia que ela estava pensando o contrário quando lhe pediu, no café da manhã, para cortar o capim da pastagem norte. Eles estavam agora só com uma vaca, e o capim estava batendo pelos joelhos, ela disse, coisa mais feia. Coisa mais feia para quem? Bom, para as *pessoas* — as mesmas, supostamente, que ficariam escandalizadas ao saber que um dos meninos dela tinha pezinhos de fada e o outro era ruim da cabeça. Essas *pessoas* eram imaginárias, verdade (os vizinhos mais próximos eram brancos que mal trocavam palavras com os Goodman desde que o Pai tinha arrancado o seu empréstimo para comprar a fazenda tantos anos atrás), mas eram, para a Mamãe, uma ficção necessária. Elas eram a resposta para o problema de como se manter de pé, dada a horizontal eternidade que nos esperava logo depois do figurativo horizonte.

Enquanto conduzia a máquina pelo terreno irregular — ele de fato podia sentir o quanto estavam cegas as lâminas de aço no que elas surravam um canteiro de flores silvestres —, Mercer fantasiava com insurreições. Mas a casa era pequena demais até para conter os dois homens que já brigavam por ali. Enfim (*surra*; ele acelerou para um pedaço todo seco por onde já tinha passado duas vezes, um mato que estava pura e simplesmente morto), o Pai pelo menos estava falando de novo com ele, o que significava que ele ainda estava com saldo positivo, o filho bonzinho.

Depois deixou a máquina na pastagem, caso a Mamãe visse um pedaço que ele tinha deixado passar, e foi pegar água. A trilha passava por sobre a colina, por valas verdes úmidas, campos alugados para meeiros agora que Hercule tinha morrido e que o sonho de autossubsistência que o Pai trouxe da sua própria guerra tinha desmoronado. Gorros verdes do algodão pontilhavam a terra canelada; logo teriam o tamanho de bolas de borracha. Ao chegar ao topo da inclinação, perto da balança de corda, ele ouviu um som como que de pregos sendo batidos na madeira. Era uma bola de basquete, quicando na parede do paiol onde o Pai tinha montado um aro sem rede. Dessa distância a pessoa que seguia o rebote não lembrava ninguém que um dia tivesse jogado ali. Era mais pesado, para começo de conversa. O cabelo dele estava montado num Black Power gigante que a bandana azul não conseguia conter. E estava descalço; botas de caubói estavam largadas lado a lado sob uma árvore de sombra. E o arremesso do C.L. também não era o puro arco estático que Mercer lembrava, correlato objetivo de todas as perfeições inatingíveis do irmão. Era uma linha reta e baixa, sem inocência e sem firulas. Apesar de, para sermos justos, ter entrado.

Sem dizer nada, Mercer entrou em campo e começou a defender. Logo eles estavam gemendo, se trombando. O rosto do C.L. se encovava como o de um menininho quando ele sorria. Era um passo mais lento, graças à barriga de cervejeiro, e Mercer conseguiu meter duas bandejas fáceis nele, mas ele se recuperou com um tiro de longe, e quando Mercer bloqueou a bola no próximo lance, ele a disparou de novo quase rápido demais para Mercer poder pegar. Aquelas covinhas. "Qualé, negão? Eu achei que agora você era um carinha da cidade."

Mercer nunca foi bom nos arremessos longos, e com aquele sorriso bem na sua cara e com sabe-se lá que química que o C.L. estava suando no ambiente, ele não tinha confiança de que iria conseguir encestar de quase dez metros. Ficou quicando a bola, tentando lembrar as fraquezas do irmão e adivinhar quais delas ainda restariam. Fintou para a direita e seguiu pela esquerda, girando o corpo no fim do movimento para proteger a bola. Estava a ponto de mandar um gancho quando C.L. fez uma falta — dura —, retomou a bola e se afastou para cravar uma de virada. "Fechou", ele disse, ainda com aquele sorrisinho imbecil. A pele do antebraço de Mercer ainda formigava, um ferrão fantasma onde o C.L. tinha batido. Havia duas opções — pedir a falta ou não pedir —, e de um jeito ou de outro ele ia perder, mas havia uma emoção aqui neste momento em que o combate real podia ter substituído o boxe com as sombras que ele vinha disputando havia meses com quase todo mundo que amava. Eles se puseram frente a frente, respirando pesado. Aí o C.L. estendeu uma mão curiosa, tocou o braço e, quando viu que Mercer não ia reagir, estendeu-se ainda mais, um abraço de uma mão só que estava a centímetros de virar uma chave de pescoço. "Pô, você ainda manja, maninho."

"Manjo o quê?", Mercer perguntou.

"Se você não sabe, não tem como eu te explicar. Vem."

Isso foi menos um convite que uma ordem, enquanto o braço no ombro de Mercer funcionava também como jugo. Eles acabaram no lado sombreado do paiol, onde o orvalho ainda estava no chão. Antes sempre havia grandes torrões arrancados pelos cavalos que ficavam ali, mas isso era quando o Pai foi o primeiro negro da Geórgia com tantos hectares, e ele e o C.L. eram gigantes que Mercer considerava membros de uma espécie mais invejável. O C.L. abriu a trava de mola da porta perto dos pés de Mercer. A porta deu um chilique. O quadrado de paiol que ela revelou era escuro como um túnel, mas de um frescor abençoado. "Cuidado com as cobras." O C.L. devia vir aqui com frequência; uns pallets acarpetados tinham sido arrastados para perto da porta, e no chão havia latinhas de cerveja empalidecidas pela idade. Recusar o convite do C.L. para sentar teria parecido preciosismo, então eles se largaram em pallets adjacentes e ficaram olhando para a porta aberta. Todos os projetos árcades do pai deles, seus sistemas de manejo do solo, todas as mudanças que ele tinha implementado nesta terra sumiam na vista diante deles: mato e céu e uma macieira mirrada e amarga... O C.L. ergueu seu pallet e pegou embaixo dele um pote de conserva que começou a destampar. Um isqueiro soltou um estalo. O rosto do C.L. brilhou laranja na escuridão, e aí um cheiro familiar cortou toda a densa aura animal dos cavalos desaparecidos. Ele esticou os dedos.

"Dourada de Acapulco. Não aquela merda cheia de semente e de galhinhos que vocês têm lá no norte."

"Eu estou aqui pensando que você não deve ter mocozado um pouco d'água por aqui", Mercer disse.

"Ah, vai, Merce. Basquetinho e um pouco de erva ajudam a eliminar as toxinas."

"Toxinas?"

"Por que é que você acha que está querendo água? Eles põe tudo quanto é química naquela merda pra te deixar fissurado." O C.L. deu outro tapa, continuou a falar sem soltar o ar. "Esta aqui vem direto da terra. Um cara que eu conheço conhece o cara que planta."

O C.L. tinha trazido da sua guerra uma cabeça cheia dessas *idées fixes*, como um baú cujo conteúdo tivesse sido sacudido pela viagem. Pior, ele supunha sempre que você também tinha essas ideias. A recusa de entrar na dele só o deixava mais furioso, e era melhor não deixar o C.L. furioso. Como sempre na família Goodman, alguém aqui ia ter que engolir o que estava sentindo, e era mais fácil que fosse Mercer. Além disso, o horror final daquela noite não tinha apagado completamente suas lembranças de fumar maconha numa varanda com a irmã de William. No fundo, aquilo tinha era ficado mais marcado nele. Ele pegou o baseado, se sentindo bem agora que podia mais uma vez encontrar uma maneira de chegar até o irmão. Uma tosse cresceu dentro dele.

"Isso é bom, tossir deixa mais doido. Dá outro tapinha, se quiser."

Quando prestou atenção nela, Mercer pôde sentir sua mente mais ou menos inflando como um balão, e as pequenas trouxinhas apertadas da tensão se relaxando nas suas juntas. Ele tragou de novo. Quanto tempo fazia, aquela noite na casa dos Hamilton-Sweeney? O espaço intermediário se contraía, aproximando coisas em que ele não queria pensar, mas não havia mais urgência; tinha todo o tempo do mundo. Devolveu o baseado. "Você está feliz, C.L.?"

"Que nem pinto no lixo. E por falar nisso, como é que anda o Carlos?"

"Carlos? O Carlos é meio que um pesadelo."

"É, pior que é, né?", o C.L. riu. "Mas ao mesmo tempo você morou comigo um tempão, então não pode ser por isso que você saiu da casa dele, né?"

"Do que é que você está falando?"

O C.L. estava fazendo algum coisa com o baseado, consertando para poder tragar melhor. "A Mamãe me disse que você encontrou um colega de quarto novo. A gente não precisa ficar de lorota, maninho."

Mercer olhou em volta. Não havia possibilidade de alguém ouvir. Mas as paredes podiam, e a terra, e os fantasmas dos cavalos, e o estado da Geórgia.

"Sério, Mercer, pra mim tanto faz o que é que deixa o seu pinto em pé. Tinha lá uns manos na minha companhia que o pessoal sabia que dividiam um saco de dormir na guerra. A gente está sabe lá Deus onde no escuro, escutando os morteiros caindo, pensando qual deles vem pra cima da nossa cabeça, e eu começo a achar que pelo menos aqueles caras estão juntos. Acaba que dá sim pra ser ateu nas trincheiras, mas ainda assim, querer xoxota não estava me ajudando nadinha." Ele pôs um dedo na frente da boca, ergueu dois dedos na vertical, e aí apontou para os fundos do paiol e a casa lá atrás. "E quem dá alguma bola pra isso ia te dizer o que fazer de um jeito ou de outro."

"Ai, meu Deus. Eles sabem?"

"Se eles soubessem, não iam nem saber que sabiam. Mas é por isso que a Mamãe odeia você lá longe, escapando da asa dela. Ela sabe que você sempre entregou fácil demais esse seu coração."

Mercer catou de novo o baseado, levantou. Estava pensando, por algum motivo, naquela foto no quarto dele, a ida para a praia quando era pequeno, aquela carne linda reluzindo ao sol. O C.L., sempre propenso a se atirar em coisas que não conseguia controlar, tinha ficado com água na altura onde ela lhe batia no peito, explicando a Mercer como pegar jacaré. Como dobrar os joelhos e se agachar e ficar esperando o momento em que a onda começava a te levar. Mas Mercer nunca conseguia pegar o tempo da coisa; ele estava sempre um segundo atrás da onda que quebrava, e terminava encalhado nos baixios, vendo a longa trajetória do irmão o levar até a praia. "A gente morou um ano juntos antes de ele me deixar. William, o nome dele."

"Branco?"

"Jesus amado, C.L."

"Mas é, não é? Cacete. Está aí o seu problema, vai por mim."

"Não é isso. É... olha só, o que é que você sabe de heroína?"

"A droga? Puta treco pesado. Ruim de largar. Neguinho tenta tirar."

"Mas você está limpo agora."

O C.L. lambeu a ponta dos dedos e beliscou a ponta do baseado, gerando um levíssimo fervilhar de apagamento. "Como nunca."

"Ô, você não tem mais dessa erva por aí, né?"

"Você vai ficar quantos dias?"

"Até domingo."

"Pode ser que a gente tenha que ir pegar."

O irmão dele ergueu o pallet em que estava sentado, só que sem se levantar de todo, um feito digno de Arquimedes. Os olhos de Mercer agora eram como os de um gato, capazes de enxergar no buraco que tinha sido cavado ali embaixo. "O que que é isso aí?"

"Isso aí o quê?" O C.L. estava metendo um revólver no cós do jeans. Quando pôs a mão embaixo do pallet de novo, saiu segurando um bolo de notas.

"Isso aí é uma arma?"

"Você tem que aprender a se cuidar, Merce. É um mundinho bem filho da puta."

A maconha vinha de Princeville, uma comunidade negra do outro lado da fronteira do condado. E, mais detalhadamente, de um traficante tetraplégico chamado "Pico". O C.L. foi tratado como um amigo querido. Enquanto isso, como desconhecido que era, Mercer não teve direito de entrar na casa fuleira do indivíduo, e teve que ficar sentado ali na frente com o cachorro acorrentado que tinha o mesmo olhar malévolo do dono. A cachorra dos Goodman, Sally, tinha morrido um ano antes. Será que o

C.L. tinha saído a tempo de enterrá-la?, Mercer ficou pensando, mesmo enquanto ia se preparando para o som dos disparos. Vitrola, pode crer.

Mas ao mesmo tempo, fumada à janela do seu quarto sob as empenas naquela tarde, a erva devolveu o apetite de Mercer para o jantar. Isso já valia o preço do ingresso, que era ter que passar a refeição toda sem olhar direto para a Mamãe ou o Pai, para eles não verem as íris incompletamente coliriadas, ou para o C.L., cujo olhar róseo podia fazer ele cair na risada. E seus pais também não olharam direto para ele, pois perceber uma coisa é se tornar responsável por ela. O que a Mamãe percebeu, sim, foi que ele já estava com uma cara mais fortinha. "Deve ser a comidinha caseira." E no seu estado de espírito favorável, Mercer quase concordou. Você não encontrava uma comida dessas em Nova York: sobrepaleta de porco com feijão-manteiga e pão de milho. Em vez disso tinha o quê? Digamos que esse saleiro e esse pimenteiro sejam o Garden e o Coliseu. Digamos que aquele candelabro alto seja o Edifício Hamilton-Sweeney. Em algum ponto mais para lá, perto do arranjo de flores, uma moça jazia à beira da morte num leito de hospital. As alunas de Mercer só falavam disso por uma semana; ela no fim era ex-aluna de uma escola preparatória rival, e os corredores fervilhavam com boatos a respeito de um "Assassino de Colegiais". Um serial killer, por definição, precisaria de pelo menos duas vítimas, e no entanto os boatos tinham deixado ele com mais medo ainda por causa de William, andando sozinho por aquelas ruas. Mas agora isso tudo tinha ficado para trás, certo? A maconha deixava mais fácil acreditar que sim. Era época de ruibarbo, e as framboesas começavam a aparecer em grande quantidade, e ele repetiu, e repetiu de novo, a torta da Mamãe.

Com o sono, também, a droga ajudava. Arremedando o C.L., Mercer tinha beliscado o beque da tarde e guardado o fim, a bagana, para depois. Tinha pensado que podia tentar escrever um pouco, aqui no quarto em que tudo tinha começado, mas acabou só ficando à toa na cama. Um ou outro dos seus pais agora roncava; ele podia ouvir no piso de baixo. Quantos anos de trabalho de sol a sol, de preocupações, de encheções de paciência e de saco que os filhos lhes davam eles tinham atravessado apenas para chegar a um momento da vida em que era aceitável pegar no sono no meio de um episódio de *The Jeffersons*? Não teria sido justo com eles prestar atenção excessiva na solidão que mais uma vez crescia dentro dele, e agora ele tinha uma alternativa. Que era reacender o baseado. No escuro da primavera, com as janelas abertas e o cheiro das folhas entrando, ele mais uma fez ficou relaxado, se afrouxando como lã molhada. Concebeu um joguinho em que segurava a ponta acesa do baseado entre os lábios e inspirava e expirava, sentindo a temperatura perto do seu rosto a cada respiração. O truque era tirar o baseado logo antes de se queimar. E logo depois de conseguir, ou não, ele sentia o mundo começando a virar um declive sob seus pés, a superfície de uma onda que se formava.

Só uma pulga ainda continuava atrás da sua orelha, ele achava: aquele Berro que o C.L. tinha escondido lá no celeiro. Arrancando mato da horta da Mamãe na manhã seguinte, ele reviu as razões para não se preocupar. Primeiro: Eles dois lidavam com armas de fogo desde a infância, quando o Pai tinha emitido ordens inalteráveis de matar imediatamente qualquer corvo visto a menos de dez quilômetros do milharal. Segundo: Depois de dois anos no Vietnã, quem sabe o C.L. simplesmente se sentisse mais seguro com uma arma por perto. Terceiro: Ultimamente, o C.L. parecia pelo menos tão *compos mentis* quanto o irmão. Por outro lado, Mercer a essa altura já sabia que era uma espécie de catequista das racionalizações. Será que ele não tinha aprendido nada com a sua experiência com William? E com Tchékhov? E se aquilo disparasse e matasse alguém, o mais provável era que fosse o C.L. E assim, naquela última noite antes de pegar o avião de volta para a cidade, ele resistiu à atração do sono. Ficou esperando que os rangidos e arrastos domésticos cessassem. Aí desceu quietinho a escada dos fundos e saiu pela porta de tela, que teve o cuidado de não deixar bater. Os grilos faziam mais barulho ali, e uma lua cheia projetava a sombra da casa sobre metade do quintal; mais longe, as árvores tomavam conta da paisagem, e ele se esgueirou de uma para outra, sombra ele também. Só ao chegar à entrada coberta de conchas foi que olhou para trás. A casa estava escura, a não ser por uma única janela que cintilava no segundo andar. Ele não sabia que o C.L. tinha uma televisão no quarto. Claramente ele não sabia de muitas coisas.

Entrando mais fundo na fazenda, terra azul inchada sob a luz de tantas estrelas, ele se sentia como uma figura de um sonho. A pesada porta do celeiro gritou como um alarme, mas aí veio o velho e confiável trovão da madeira que voltava ao lugar. Enquanto ele tateava por ali no espaço escavado sob o pallet, tentou não pensar nas cobras de que o C.L. tinha falado, ou em centopeias rebolantes, ou insetos moles sem olhos. De início sentiu apenas os potes de conserva com a erva. Não pareciam mais tão valiosos, mas roubar de C.L. teria comprometido a pureza da sua missão-de-sonho. Ele meteu a mão mais fundo, segurando a respiração. Ela encontrou a solidez do metal. Cuidadosamente, orientou o cano para longe de si e puxou a arma dali.

Negras irregularidades na pastagem enluarada lá fora traíam como canetadas numa prova sua negligência ao cortar o mato. Ah, se suas meninas pudessem vê-lo agora... Ele sentiu uma súbita proximidade com elas, com aquela compostura empostada, aquela incapacidade de imaginar as repercussões de escolhas que estavam fazendo naquele momento. Com as mãos, cavou um pedaço da terra úmida, de talvez vinte centímetros de profundidade. A terra que o criou estava embaixo das suas unhas e do seu nariz, como o Pai sempre quis que estivesse. Parecia uma pena deixar aquela terra emporcalhar uma arma de qualidade, então ele usou a camisa que tinha no corpo como invólucro. Ele agora era um sacerdote, pagão, seminu no meio da noite, realizando obscuros rituais de inumação. Ou era o ator principal do seu próprio romance, ou de um daqueles novos jogos de fliperama que o William adorava, compelido a ficar tentando algum movimento totêmico até fazer direito. Só uma vez ele sentiu, como tinha sentido na véspera do Ano-Novo, que alguém estava ali entre as árvores, observando. Bom, que observe, caralho. Algo estava se desenrolando ali, como se fosse essa a missão mais profunda que estivesse clamando por Mercer desde o começo. E agora que tinha completado a tarefa, talvez lhe fosse dada a chance de avançar para o próximo nível, para um mundo em que ninguém tomava tiros.

51

A despeito do que quer que tenha dito à irmã no calor da raiva, William estava tendo dificuldades para cuidar da grana. Se pegava vinte, ou trinta, ou cinquenta paus no banco, torrava tudo num dia só. Por outro lado, certos fins de semana perdidos recentemente nas zonas de guerra dos bairros mais distantes tinham deixado nele um receio grande demais de carregar muito dinheiro. Várias vezes, em ruas solitárias, tarde da noite, ele teve a sensação de estar sendo seguido. Isso tinha começado quando ainda morava com Mercer, na verdade; você sentia que estava sendo observado e aí se virava e não tinha ninguém ali. E aí uma vez, numa barraca de tiro ao alvo infecta em Bedford-Stuyvesant, doido demais até para poder se mexer, ele tinha sentido um amigo de um amigo de um amigo levantar sua cabeça entalhada, e ouvido ele sussurrar para alguma outra pessoa: *Caralho, bicho, você sabe quem que é esse carinha aí?*, como se pudesse haver dinheiro suficiente na carteira de Billy Três-Paus para levar todos eles para uma Viagem Eterna. O que só mostrava que era melhor você se cuidar com os outros por aí.

A regra se aplicava à vida doméstica, talvez. Nas primeiras semanas depois de se mudar, ele ficou no quarto de hóspedes de Bruno em Chelsea. Tinha imaginado que seu antigo benfeitor ficaria satisfeito de vê-lo livre novamente, mas alguma noção das circunstâncias parecia se esconder por trás da contenção austríaca de Bruno. O fato de ele não perguntar o que tinha acontecido parecia não delicadeza, mas avaliação, decepção, e talvez até uma sutil pressão para ele ficar limpo.

Então William disse sayonara e levou as poucas coisas que tinha para o estúdio no Bronx. Claro que ele era o único branco em várias quadras ali, mas ele às vezes sentia que ter sido criado por Doonie fazia dele um negro honorário. Enfim, a cor não era a fonte da neura de William por aqui. Eram as telas semiacabadas que o encaravam das paredes. *Prova*, sua obra-prima se chamava. O título veio antes de tudo. Ele tinha pensado em acabar aquilo antes de dizer grandes coisas a Mercer. Talvez de início tenha invejado a sanidade de Mercer quanto ao seu próprio trabalho, sua recusa de se gabar da sua produtividade, que deve ter sido considerável, com todas aquelas horas que ele investiu. Mas, depois, quando percebeu que estava ele mesmo enrolando, William foi ficando quieto por vergonha. E agora não ter falado sobre a *Prova* fazia a obra parecer menos real. Ele ainda se forçava, pelo menos uma vez por semana, por uma espécie de malevolência, a misturar as tintas. Mas a disciplina cotidiana de pincéis e telas já tinha sido abandonada fazia tempo.

De fato, já em abril sua principal disciplina era inventar motivos para adiar o trabalho até o começo da noite, ou pelo menos o finzinho da tarde, uma experiência infinitamente mais bonita: a caminhada tranquila pela Grand Concourse ou a longa ida até o Deuce para comprar drogas. Como um surfista lê as ondas, ele tinha aprendido a prever os intervalos em que o governo forçava uma diminuição do fornecimento, e também a atravessar os momentos de seca. (Se eles não fossem apenas temporários, os policiais estariam sem emprego.) E tinha aprendido a apreciar a hora do rush, a hora de comprar, quando ele jorrava dali de dentro para estar por uns minutos com o mundo antes de mergulhar de novo em si mesmo — aquela hora tinha o formato da ansiedade, só que desprovida de conteúdo — e a aproveitar bem o ar translúcido das cinco da tarde, as cores do meio por onde ele se movia.

Um dia, quando o fornecimento estava bom, ele estava de volta à Times Square. O horário de inverno tinha acabado de terminar, mas, mesmo assim tão cedo, o néon piscava seduções acima da sua cabeça, *Peepland* em vermelho, *Peep-o-Rama* em azul e vermelho, para combinar com as seduções gritadas de todo lado. "Vermelhinhas." "Das azuis, das azuis." "Dez dólares com a mão; vinte com a boca; cinquenta o serviço completo!" Era um relance de um futuro alternativo: não um holocausto nuclear, ou uma utopia comunista, mas uma vida organizada completamente em termos de princípios de mercado. Ele queria parar e admirar aquela gente toda vivendo como se fosse depois de amanhã. Em vez disso entrou de cabeça baixa na multidão, tentando não ser reconhecido. No bolso da sua velha jaqueta do Ex Post Facto, no buraquinho que tinha feito no forro, estava um envelope de papel com heroína, como aqueles pequenininhos em que eles põem os selos no correio.

Difícil dizer, então, o que atraiu o olhar dele para a marquise de uma casa de espetáculos pornô no que chegava à esquina da Broadway. Ele deve ter sentido uma perturbação logo além do vasto mundo que seus olhos percebiam. Talvez, como os cães, a gente saiba quando está sendo caçado. Enfim, num só relance, ele apreendeu um corpo maior do que os corpos à sua volta, e de alguma maneira distinto deles. Era um branco, um colosso, com uma puta cara conhecida, costeletas e um cabelo esvoaçante e uma mirada levemente fantástica ou espectral que varria a multidão de sob a sombra da aba de um chapéu. William tinha visto essa figura uma vez — da janela do loft, ele achava —, e de repente sua ansiedade era apenas ansiedade de novo; ele *estava* sendo seguido. Era esse o cara que o seguia. Algum tipo de policial da delegacia de narcóticos, ao que parece, com aquele chapéu idiota, o comprimento pouco convincente daquele cabelo. Ele estava esperando para encanar William. Mas ainda não o tinha visto ali.

O instinto de William, estranhamente, foi fazer exatamente *nada* de diferente do que já vinha fazendo. Ou não tão estranhamente. Não era isso que você devia fazer na presença de um animal selvagem? Afaste-se com calma. Correr só vai deixá-lo bravo. William não olhou de novo, mas retomou seu passo de pessoa ocupada pela Broadway. As mãos dele suavam nos bolsos; podia largar as drogas, mas gostava demais delas. Felizmente, a quadra entre esse ponto e a 6th Avenue estava coalhada de nova-iorquinos tão degenerados quanto ele, e quando ele sentiu que se dissolvia entre eles, protegido por eles, olhou para trás e não viu mais aquela pessoa esperando no canteiro entre as pistas.

Depois, trancado em segurança no seu estúdio, ele ficaria pensando se estava imaginando coisas. De qualquer maneira, ia se recompensar por ter mantido a calma com uma dose grande o suficiente para induzir vômitos. Em algum ponto ali perto, uma demolição de prédio estava ocorrendo, o dia todo, mas aquilo se registrava no momento apenas como intervalos de estrondo nas tábuas do piso e uma compaixão pelos ratos desta cidade, cercados por todos os lados por predadores, ficando sem teto em meio à caliça. Claro que não eram os ratos o que ele continuava vendo enquanto se debruçava sobre a colher enegrecida. Ou enquanto o nó dentro dele se afrouxava e o largava no chão poeirento para ficar ali estendido de cuecas para vagar, entrando e saindo do portal que o sol móvel desenhava na parede. Era o rosto encoberto daquele suposto estranho. Não mais estranho, na verdade, que o rosto que ele veria se levantasse agora mesmo para examinar o espelho. Pois William também era assombrado. Assolado, talvez, por algo mais que as drogas. Ou Billy. Ele tinha sido assaltado uns meses atrás, e não tinha vontade de repetir a experiência. Mas tinha perdido a vontade de se mexer, ou possivelmente a capacidade. E daí, ele agora pensava. Foda-se. Eles que venham.

52

Dava para acompanhar o sr. Feratovic, o zelador, pelo som do walkie-talkie no corredor. Em geral ele só pegava transmissões aleatórias de aspiradores de pó e táxis que passavam; a única pessoa que chegava a usar aquilo para entrar em contato com ele era sua esposa — ou foi isso que Richard tinha dito a Jenny, durante uma das sessões noturnas de debates dos dois. Ele podia sintonizar a frequência no receptor da polícia e ouvir a sra. F. chamar sua cara-metade para descer para o jantar. Ele não achava meio injusto ficar bisbilhotando?, ela perguntou. Mas naquele dia de princípios de maio ela tinha uma pergunta sobre uns andaimes que tinham aparecido na frente da janela dela — sobre a possibilidade de as reformas prefigurarem um aumento do aluguel —, então, quando ouviu a típica estática se aproximando da porta, ela abriu a tranca e meteu a cabeça para fora. Encontrou o zelador tentando usar suas grandes botas marrons para encurralar Claggart, o terrier escocês de Richard, num canto.

O coitado do cachorrinho, obviamente traumatizado, deixou que ela viesse em seu resgate. Só que, enquanto ela seguia na direção da porta de Richard, o zelador gritou: "Ele não está, mocinha".

"Como assim?"

O sr. Feratovic era o que você poderia chamar de bem preservado. Podia ter até uns setenta anos de idade, mas usava calções curtos e uma camisa engomada o ano todo, e seus braços e panturrilhas eram nodosos de músculos. Ele apertou os olhos e se inclinou na direção dela, como se enfrentasse um vento forte. A bituca úmida de charuto na sua boca dificultava a decodificação do que ele lhe dizia, a não ser pelo finzinho: "Solte o cachorrinho e veja o que acontece".

Então ela largou Claggart no chão. O sr. Feratovic segurou a porta da escada, e Claggart disparou naquela direção. As botas troaram escada abaixo no encalço dele. Jenny não tinha grandes escolhas e foi atrás. Quando ela chegou ao primeiro andar, Claggart estava sentado durinho no saguão, virado para a rua. Marcas de focinho borravam o vidro. "Está vendo? Eu encontro ele aqui, exatamente assim. O seu amigo, srta. Nguyen, ele não está em casa."

"Nós somos só vizinhos", Jenny disse, imaginando por que tinha se apressado tanto em corrigi-lo.

"Quer que prenda ele até o seu amigo voltar?"

"Não, eu cuido dele." Ela pegou o cachorro e, com receio de olhar para a cara do zelador, subiu meio encolhida. Claggart resmungou um pouco e tentou ficar olhando por cima do ombro dela, coraçãozinho canino batendo forte por causa do esforço. Mas como será que ele tinha escapado, para começo de conversa? O poço da escada ficava atrás de uma barricada de portas de aço. Os botões embutidos do elevador não eram feitos para patas. E, a fim de proteger sua coleção de discos, Richard deixava a porta da frente trancada. Todo mundo deixava agora. Até os socialistas.

Naquela noite, ela ficou esperando ouvir o som do trinco de Richard, as três batidas de palmas com que ele chamava Claggart sempre que voltava para casa, os encantamentos dourados da Wurlitzer vazando pela parede. Porém, quando usou a chave reserva que ele tinha lhe dado e pegou a comida de Claggart, o apartamento ao lado do seu estava frio, escuro e meio medonho. Não parecia a casa de alguém cujo retorno é iminente. Ainda assim, devia haver uma explicação razoável — Richard adorava o cachorrinho, e não o teria simplesmente abandonado. Era uma convicção que permaneceria com ela, por mais que fosse ilógica, mesmo depois que o corpo de Richard aparecesse uma semana depois, encharcado, lívido, trombando contra o píer de uma rampa de barcos no Brooklyn.

Ela ficou sabendo primeiro pelo sr. Feratovic, que tinha ficado sabendo, disse ele, pela polícia. Ela recordaria depois o olhar seriíssimo do zelador para Claggart, que estava abaixadinho atrás dela, rosnando. O jeito de ele passar o charuto apagado de um lado da boca para o outro sem usar as mãos. Como ele tinha desaparecido de repente, com ela ali agarrada à maçaneta, para não cair. Como estava lúgubre aquele corredor, como se ela fosse a única astronauta restante numa estação especial orbitando a Terra. Mas ela não ia chorar, dizia a si mesma, enquanto grandes lágrimas mudas lhe escorriam pelo rosto; não daria esse gostinho ao sr. Feratovic, quando estava claro que devia haver algum engano. Ela passaria horas trocando de estações no rádio, procurando esse engano. Não ficou sabendo mais nada. À meia-noite estava pronta para arremessar o aparelho pela janela, ficar olhando ele se espatifar numa supernova vagabunda na rua negra lá embaixo. Aí lembrou: a porra do andaime ia segurar o rádio.

Era macabramente adequado que o *Daily News*, naquele primeiro fim de semana de maio, registrasse a morte (o "aparente suicídio") de Richard. Depois disso, a notícia correu pelo prédio como um vírus. Era verdade?, os vizinhos diziam. Você ficou sabendo? Mas todos, um a um, se calavam quando Jenny passava. Ela queria cair em cima deles, sentar no peito de cada um até eles confessarem as suspeitas que tinham a respeito dela e de Richard, fazê-los repetir quando ela falasse: "Nós somos só vizinhos!". Até no trabalho ela se sentia vítima de uma conspiração. Clipes fugiam para o fundo da sacola. Pinturas desapareciam no depósito. A claraboia jateada acima dela estralejava com uma chuva que não cessou por semanas. A luz que ainda deixava passar era toldada e aquosa, e ela ficava se imaginando afundada na água também, a luz na superfície se afastando, respiração presa na garganta. Como é que alguém podia desistir assim?, ela pensava. E ao mesmo tempo: Como é que ele podia ter largado o cachorro? A não ser que a morte dele tivesse sido um acidente? Era pior ser idiota ou covarde? Não, covarde era pior. Significaria que ela ia ter que odiar Richard para sempre — e se odiar também, por não ter impedido que ele fizesse aquilo na noite em que eles brigaram. Nunca a ideia de um crime tinha lhe parecido algo a se desejar. Ainda assim, se a carteira dele tivesse desaparecido... Ou se ele, sei lá, estivesse num triângulo amoroso, envolvido com a mulher de um assassino da KGB... Mas ela tinha deixado a paranoia para trás. As desgraças irregulares da vida sobre a terra estavam se provando mais do que suficientes.

Aí um dia, perto do fim do mês, uma xícara de café apareceu na mesa à sua frente — não uma das coisinhas azuis de papel que a delicatéssen usava, mas uma canequinha diminuta de porcelana cheia de espresso, da máquina especial do chefe. O vapor se evolava da *crema*. Ela não ousou erguer os olhos; cinco segundos atrás, estava resmungando sozinha, imaginando que estava só. "Se você quiser, eu posso levar de volta", Bruno disse, finalmente.

"Não, obrigada", ela disse. "É muito simpático da sua parte."

Ele pareceu entender isso como um convite para sentar na cadeira ao lado de sua mesa, seu local preferido para ficar reclamando dos caprichos dos seus artistas — se bem que, até onde ela tinha podido ver, ele passava o dia basicamente em cafés de alto nível. "Alguma coisa está te incomodando, *Liebchen*."

"Está tudo bem."

"Você devia estar dormindo melhor." Ele ia simplesmente adorar cuidar de cada detalhezinho da vida dela, como uma criança com uma boneca. Era a transparência desse instinto o que Jenny apreciava, ou a transparência da transparência; Bruno sabia que vivia vicariamente. A bem da verdade, *ele* ultimamente é que andava ficando com cara de quem tinha alguma coisa perturbando seu sono. "Eu tenho um médico meu amigo que podia te passar uma receita."

"Eu durmo mais do que devia, Bruno. Sou o Wilt Chamberlain do sono. Não preciso de comprimidos."

"Ah. Muito bem. Desculpa, então..." Isso era novo: ele estava oferecendo, como se isso lhe custasse muito, o respeito à sua autonomia. Era uma delicadeza que quase fez Jenny cair de novo no choro. Ela queria recompensá-lo, mas como é que poderia começar a explicar as complicações? As mãos dela se engalfinhavam sobre a mesa. Quando ergueu os olhos, Bruno estava lhe dando aquele olhar de raio X por sob seu domo raspado.

"Sabe, quando você apareceu aqui, Jenny, os homens se viravam quando você passava na rua como se você fosse um ícone das pinturas antigas, com um círculo de ouro em volta da cabeça. Sendo homens, eles iam adorar recolher você. Mas não Jenny Nguyen, eu dizia. Ela é inteligente demais pra se deixar pegar. Claro que não há nada mais atraente que alguém que precisa ser salvo."

"Nossa", ela disse. "Quanto é que eu lhe devo, dr. Freud?"

O olhar fatigado tinha voltado ao rosto de Bruno, temperado talvez por calor, ou tristeza. Ele pegou a xícara e virou o espresso num só gole. E aí, estranhamente (porque Bruno nunca encostava nos outros), deu tapinhas na mão de Jenny. "Você vai acabar entendendo, é só o que eu quero dizer."

Os olhos de Claggart, úmidos e castanhos e cercados de um halo ametista, eram capazes de crescer até deixar o resto do corpo dele parecendo desgraçadamente pequeno e indefeso, e projetar o destilado mais puro da melancolia — uma melancolia de que apenas Jenny poderia salvá-lo, ele teria dito, caso tivesse o dom da fala. Toda noite, ao chegar em casa, ela o encontrava tremendo embaixo do sifão da privada. Carinha enrugada, inteligente por baixo da pelagem. Os olhos erguiam-se lamentosos para ela; para a porta; de novo para ela. Ela queria desmontar no sofá, mas o espectro que tinha soltado o cachorro aquela vez não estava mais por ali, e invariavelmente ela se rendia. "Beleza, espera aí." Talvez o altruísmo lhe rendesse um alívio da dor.

As sete da noite eram uma espécie de horário municipal de passear com os cães, quando hordas de indivíduos ostensivamente autônomos, ainda trajando permutações de roupas de trabalho, saíam correndo dos apartamentos a reboque de coleiras tensas como cordas de esqui aquático, em cuja outra extremidade, puxando como tratores peludos, estavam spaniels, shih-tzus, bichons frisés. Jenny preferiria esperar até mais tarde, para evitar a dancinha de cheiração de bunda que ocorria toda vez que Claggart encontrava outro animal, o embaraçar de correias e o bom humor obrigatório, a conspicuidade com que então precisava ficar parada ao lado dele com um saquinho enquanto ele escolhia um local para evacuar, para que ninguém pudesse confundi-la com um *daqueles*, o imenso exército de donos de cães que transformavam cada calçada numa montanha de cocô ressecado. Melhor, como o porto-riquenho ali da esquina com aquele chihuaha horroroso, esperar até a meia-noite, liberar o cachorro para fazer onde quisesse e deixar ali — uma afirmação de liberdade que ela louvava em segredo. Mas ela precisava ir para a cama o mais cedo possível, porque, apesar do que tinha dito a Bruno, ele tinha razão: ela tinha contraído insônia.

Não era pegar no sono que era o problema; a apenas um andar da avenida, onde a caçamba mal presa de um caminhão basculante podia soar como uma bomba explodindo, ela tinha se acostumado a dormir com um travesseiro sobre a cabeça. Mas alguma coisa dentro dela fazia com que acordasse horas antes de o sol nascer. O lençol grudava nela como um saco engordurado. O coração lhe pulsava dentro da cabeça, nuvem de abelhas incômodas. Ela teria dito que estava tendo um pesadelo, mas não conseguia lembrar sonho algum. Os soníferos que o doutorzinho amigo de Bruno acabou receitando só a deixaram mais ansiosa. O maior risco era você parar de respirar.

O que podia fazer ela se sentir mais calma, ela pensou, era saber quanto tempo teria que esperar para o céu ir ficando claro lá fora, então ela comprou um rádio-relógio novo: uma coisinha barata e atarracada, com uma vaga cara de sapo e um mostrador que brilhava quando você punha as pilhas. O que só mostrava que Jenny não sabia quase nada de insônia. O que o relógio iluminado fazia, na verdade, era ajudar a contar quantas horas ela estava levando para pegar no sono de novo, enquanto a parte rádio do aparelho a fez ficar viciada num programa madrugueiro chamado *Gestalt Terapia*. Ela reconheceu o formato, ou a falta de um formato, da sua passagem pela rádio universitária, e ficou fascinada, apesar de tudo, por aquele colega que ainda dava cabeçadas contra as tolices dos homens. Mas se reconhecer em algo não era a mesma coisa que descansar.

Aí vinha a caminhada matinal, um *slalom* entre os carrinhos de bebê. Eles surgiam em grupos, como que por algum acordo prévio: gordos bebês brancos largados como sátrapas em aparatos de alumínio, lona e elástico. O silêncio dessas crianças lhe dava arrepios. E ela tinha certo rancor por aquelas mulheres que os empurravam, pelos sapatos modernosos, pelas secretas reservas de renda, pelos peitos cheios até parecerem frutos. As pequenas-burguesas. As Bettys, ela dizia, para abreviar. Só que esse rancor tinha começado a parecer menos político do que ela esperava. Era o rancor de uma menina de oito aninhos que queria ser escolhida para o time de queimada no recreio, se não em primeiro lugar, pelo menos não por último. Enfim, as Bettys aparentemente não a viam, nem a cidade que morria em volta delas. A primavera estava no auge, e elas seguiam para a grama nojentinha do parque como donzelas ao sol, em grupos de duas ou três, entoando hinos de fertilidade.

Foi aí que Jenny começou a contemplar a probabilidade de que não tivesse recebido nenhuma missão na história do mundo, ou nenhuma ideia, de que ela não fosse diferente de — o que parecia ser seu jeito de dizer "melhor que" — ninguém. Aos dezenove anos de idade, tinha erigido todo um sistema de crenças em torno da premissa de que havia dois tipos de pessoas, as que lutavam por um mundo melhor e as que só queriam o que todo mundo queria. Agora parecia existir só um tipo de pessoa, passando gradativamente daquela coluna para esta. A bem da verdade, ela tinha começado a ver uma simetria curiosa entre a narrativa marxista do progresso, que ainda queria endossar, e a do capitalismo triunfalista. Quer dizer, as duas pareciam igualmente fantasiosas. Talvez ela tivesse sido uma anta de acreditar em qualquer coisa que não fosse a cega busca ôntica para garantir a sobrevivência dos nossos genes. E se houvesse uma Mão Invisível, seu dedo estaria balançando na frente dela; ela nunca devia ter deixado sua coleira se entrelaçar com a de um alcoólatra de meia-idade. Mas pelo menos havia Claggart. "Vem, cãozinho", ela dizia, e o guiava delicadamente para longe do canteiro de árvore metido a besta que ele estava avaliando como depósito. Eles eram os ofendidos, os dois, e fosse isso o que fosse, agora estavam nessa juntos.

53

Corredores escuros depois do último sino; a luz empoçada das vitrines de troféus; rangido de tênis no piso do ginásio; avisos nos quadros de cortiça agitados por correntes de ar; vapores de amônia; o verão como o relance de uma coxa do outro lado de uma porta que o zelador mantinha aberta... então isso, Keith pensou, era o que uma escola de seis mil dólares te dava. Ele demorou um pouco para achar o primário, e na verdade só ficou sabendo que tinha chegado quando viu Regan numa cadeirinha de plástico lá no fim do corredor. Uma perna, cruzada sobre a outra, balançava impaciente no ar. Mas o que ela queria que ele fizesse? Ele tinha uma reunião por telefone com a Promotoria às duas e meia para estabelecer as regras para um encontro de verdade. Não que pudesse contar isso a ela. Ela manteve a cabeça firme quando ele se abaixou para lhe dar um beijo.

"Desculpa", ele disse. "Trânsito. Você está linda."

Era verdade; um pequeno raio de ciúme percorria o corpo dele toda vez que a via conduzindo uma entrevista coletiva na TV. Ela tinha começado a correr, a Cate havia dito. Ainda estava com a roupa de trabalho agora, o que significava, quem sabe, o quanto estava disposta a abandonar negócios importantes e sair correndo para o norte da ilha por causa das crianças. Se bem que na verdade ela podia até chegar uma hora atrasada que ninguém ali na escola, que tinha uma Biblioteca Hamilton-Sweeney, ia abrir a boca. E se Regan era sempre a Virtuosa, a Pontual, o que restava para Keith, a não ser a irresponsabilidade?

Como só havia uma cadeira, ele se encostou na parede para esperar. Ela obviamente não queria conversar, mas ele devia supor que tinha sido convocado a ir até ali, duas semanas antes das provas finais do semestre, por causa do Will. Ele andava tão fechado ultimamente. Se bem que não era fácil estabelecer uma base de comparação. Uma vez, nos seus anos negros — ou no que ele pensou que fossem anos negros —, Keith tinha ido resolver umas coisas na rua, esquecendo completamente que Will estava no apartamento. Quando voltou, ele ouviu um barulho no quarto, e espiou lá dentro, descobrindo o filho sentado no chão, completamente envolvido em alguma megalópole de brinquedo que estava construindo. Nisso, como em tantas outras coisas, o menino puxava a mãe. Keith estava pensando nas afinidades entre autoapagamento e autoafirmação quando a porta à esquerda de Regan se abriu. "A srta. Spence já pode receber vocês agora."

"Por que você ficou esperando aqui fora?", ele murmurou, seguindo Regan para uma sala de espera lindamente decorada. Cadeiras Eames cercavam uma mesa de brinquedos de madeira austeros e vagamente nórdicos. Os nomes dos brinquedos seriam marcantes, diacríticos: Jûngjø. Fërndl. Na parede, uma tela em branco tinha uma única mancha vermelha, menstrual na mesma medida em que os brinquedos eram suecos. Até a secretária era bonitinha, mas dados os vários dados, dar uma sacada nela teria sido um erro.

Ela queria aparentar unidade, disse sua esposa.

"Certeza que você não estava só tentando esfregar o atraso na minha cara?"

Antes de ela poder responder, eles estavam sendo empurrados — metaforicamente, claro — para um escritório menor.

A diretora não era a que ele estava esperando... não era, no mínimo, a velhota distinta com quem ele tinha brindado no baile dos Hamilton-Sweeney anos antes. Ela era sabe-se lá qual o equivalente feminino de avuncular, e ele tinha sentido tanta confiança de que podia lhe entregar seu filho que fez uma doação para o fundo anual no dia seguinte. Mas aquele evento, junto com o resto dos primeiros anos da década de 70, parecia agora afundado sob várias camadas de hilaridade *tawny*, como uma cereja afogada no fundo de uma taça de champagne, e a mulher que se reacomodava atrás da mesa era, pelo contrário, uma vagem verde. O escritório dela era iluminado por meia dúzia de abajures, como se a luz direta fosse reduzi-la a pó. E, segundo o que estava escrito na porta, ela não era *Diretora*, mas *Gestora Escolar*. Cada nível escolar — primário e ginásio — tinha que ter seu próprio *Sturmbannführer*, sob o comando supremo daquela gorda viúva simpática cuja companhia ele agora desejava.

Como transições eram para os intelectualmente frívolos, a srta. Spence se virou para Keith. "Tenho certeza de que Regan já lhe contou", ela disse, "que eu pedi para conversar com vocês hoje por causa do seu filho."

"Um menino incrível, não é?", Keith disse. "E vocês fizeram um trabalho sensacional com ele. A gente está pensando que com mais um ano ele vai estar preparado para ir para Groton."

"Um de nós está pensando", Regan interpôs. Isso tinha virado mais um motivo de disputa; ele tinha decidido que o internato podia ser exatamente o necessário para fazer Will se abrir, aquela camaradagem dos primeiros tempos da virilidade, a sensação de ser estimado e estimável que nunca se dissipa. Na Nova Inglaterra da imaginação de Keith, era sempre outono, sempre temporada de futebol americano, com a luz castanha vinda das Berkshires riscando com longas sombras verticais os campos perfeitamente cuidados...

"São, obviamente, decisões ainda em aberto, importantes para o futuro de William", disse a srta. Spence.

"Will", Keith disse. "William é o tio dele."

"Mas hoje nós estamos aqui para pensar no presente." Ela passou um documento por sobre a mesa. "Como vocês certamente já ficaram sabendo, eles estão lendo Shakespeare na aula de inglês. Eu queria ver com vocês uma das tarefas recentes."

A neutralidade do tom não disfarçava o fato de que estava prestes a criticar o filho dele; o impulso de Keith foi de defender, de discutir. "Como assim, *Hamlet*? Parece meio pesado pra sexta série."

"Rigor é o que nós temos a oferecer aqui, sr. Lamplighter. O senhor vai descobrir que eles seguem um currículo similar em Groton."

A redação tinha sido datilografada, com poucos erros óbvios, na velha Remington que tinha desaparecido do estúdio depois que Regan foi embora (junto, parecia, com tudo o que antes fazia daquela casa uma casa). Ele reconhecia o *z* torto, o número *1* usado em lugar dos *l*s minúsculos para contornar o problema da tecla quebrada, a tênue sombra de um *t* que assombrava cada *g*: `O HERÓI DA PASSIVIDADE`, dizia o título. E acima disso, em tinta vermelha: venha conversar comigo. Regan fez apenas uma tentativa simbólica de ler por cima do ombro dele. Quando pediu uns minutos para ler, o coração de Keith estava na garganta; ele teve a nítida sensação de uma emboscada.

Além de ser bem datilografado, o texto estava surpreendentemente bem escrito. As frases eram secas e lúcidas, e no entanto o argumento era intricado. Segundo seu filho, *Hamlet* vinha sendo entendido equivocadamente havia séculos. Seu protagonista era vítima da "terrível fortuna" apenas na medida em que a plateia acreditasse na sua palavra. E se, pelo contrário, Hamlet fosse uma espécie de monologante traiçoeiro, que estivesse escondendo de nós — e talvez de si próprio — a verdadeira extensão dos seus impulsos homicidas? Ou seja, e se Hamlet houvesse conseguido exatamente o que queria? A trama, em vez de ser uma mixórdia de vaivéns, podia ser vista como uma série de desejos contemplados. E nisso residia o mais bizarro da peça: cada ato culmina com uma morte que o herói secretamente desejava. `Por exemplo`, Will escreveu,

`O assassinato do pai, que minha pesquisa diz que é o primeiro grande conflito de Hamlet, na verdade resolve um conflito maior. Se olharmos para as pistas textuais que os seus súditos e a sua viúva nos fornecem, o velho Hamlet era um soberano e um marido terrível. (Não precisamos nos deter na sua incompetência como pai, mas por favor percebam a culpa que ele projeta no filho.)`

Keith pulou um pouco.

`Digamos que Hamlet saiba que é Polônio atrás da cortina? O "acidente" elimina tanto uma pessoa que o puniria por ter deflorado Ofélia quanto a`

pressão para fazer dela uma mulher "honesta"
(i.e., sua esposa). Em toda a peça, há uma
parte de Hamlet que quer se afastar do lado
meio vadia natural em toda mulher. Nós podemos
ver isso quando

Wil andava testando comentários como esse a respeito das mulheres em suas visitas mais recentes ao apartamento antigo. Quase como se quisesse ver o que o pai ia dizer. Keith sabia que isso era estática do divórcio, desvios do comportamento delicado e reganesco do menino, mas quando um dia ouviu Will, ao telefone com um amigo, se referir à mãe como *cadela*, ele agarrou seu lindo queixinho aristocrático e insistiu que se ele estava querendo ficar com raiva de alguém, que ficasse com raiva *dele*. De Keith.

Ofélia é mais ou menos o contrário de
Gertrudes. Hamlet vai ficando mais obcecado
por ela à medida que ela não lhe dá o que ele
quer. Assim que ela entrega sua "virtude", ele
perde o interesse. Então o suicídio de Ofélia o
deixa livre para não se sentir mais culpado por
causa do seu tesão. Seria exagero dizer que é
Hamlet quem a mata, mas na morte dela todos os
seus desejos reprimidos aparecem — castigo,
pureza, esquecimento — num "conflito"
simbólico que remove qualquer obstáculo real
que ele poderia ter que enfrentar. O que pode
ser o motivo de a peça precisar só de mais
algumas cenas para resolver todos os outros
"problemas". Ou, na verdade, para o dramaturgo
fazer todos eles desaparecerem com sua varinha
mágica. Como conclusão, se nós considerarmos o
sentido grego original da palavra "herói"
— "escolhido pelos deuses" — Hamlet se revela
um deles, ~~apesar~~ por causa da sua aparente

> passividade. Ou você não diria que se ele quer
> exatamente o que consegue, então ele consegue
> exatamente o que quer?

Keith continuava encarando a folha, intrigado. Quando ergueu a cabeça, finalmente, as duas mulheres estavam olhando para ele como se o texto fosse seu. Ele forçou um sorriso. "Bom, acho que dá pra gente garantir que não foi plágio." A vagem perguntou se ele não achava aquilo incômodo. Ele examinou aquele rosto em busca das entrelinhas, mas não as encontrou, o que lhe deu o direito de ficar irritado. "É uma opinião. Não é esse o objetivo do exercício?"

Ela se reclinou na cadeira. "Há uma atitude para com as mulheres aqui que a professora dele e eu achamos francamente perturbadora."

Engraçado ela dizer isso; a impressão que ele tirou dali foi a de um absoluto desprezo pelos homens. Homens egoístas, descuidados, predatórios. "Eu posso lhe garantir que o Will só tem respeito pelas mulheres. Ele é um menino muito, muito querido."

"E inteligente", disse a srta. Spence. "Ele estava provavelmente torcendo que o senhor visse isso aqui."

De má vontade, porque parecia uma desistência, Keith admitiu que, sim, ele tinha percebido isso.

"A pergunta é, o que ele está tentando comunicar?"

"Eu acho que o que a srta. Spence está dizendo é que a gente precisa fazer mais força pra lidar com o que ele sente em relação ao que está acontecendo em casa", Regan disse. Quando dizia *a gente*, ela queria dizer *você*, ao que Keith queria dizer: *Bom, foi você quem pediu a separação*. Mas a sensação ali já era de eles estarem sentados só com a roupa de baixo, expondo as cinturas já algo frouxas e a pele pálida do inverno diante da impassível Gestora Escolar.

"Eu vou conversar com ele, Regan. Eu cuido disso." Regan olhou fixo para ele. "Eu juro."

Às vezes, a srta. Spence dizia, era difícil para os adultos lembrar como as crianças podiam ser delicadas. Keith odiou o jeito de ela dizer "adultos". E também o jeito que ela tinha de ficar chamando o Will de criança. Ela falava, na verdade, como se ele também fosse uma criança. Com aquela pronúncia mais que perfeita, gesticulando com as mãos preênseis. "O ano que vem é ano de exames, e sem uma continuidade maior entre a família e a escola em termos de ajudá-lo emocionalmente no que podem ser tempos complicados para ele, nós sinceramente receamos que ele possa não estar pronto para os rigores do ginásio."

"Você está brincando? Você viu o Stanford-Binet dele? Além disso, a desgraça daquela biblioteca..."

Regan interrompeu. "Ótimo. Muito bem. A senhorita ouviu o meu marido. Ele vai conversar com o Will."

A srta. Spence parecia ter provado algo amargo. Ele imaginou o rosto dela imobilizado naquela posição, mas isso era provavelmente o tipo de misoginia que ela estava tentando desencavar. Ele teve a desconfortável sensação de que ela tinha ligado seus óculos de raios professorais e estava enxergando tudo nele.

Foi com gratidão, portanto, que ele seguiu Regan para fora dali poucos minutos depois, para o ar fresco e úmido de princípios de junho. Para alguém que estivesse olhando a fachada da escola, eles pareceriam pais comuns numa visita comum, só que Regan ficava um pouquinho à frente, estalando seus passos com os sapatos pretos de salto. Ele tocou o braço dela. "Ei. Obrigado por me defender lá dentro."

Foi só então que viu o sangue que subia para o seu rosto. "Você achou que eu... Você me fez passar vergonha, foi só isso. Sério, Keith, às vezes parece que você que é o adolescente."

"Ela estava exagerando. Ele é um menino ótimo."

"Ele *foi* um menino ótimo. Existe esse tipo de menino que todo mundo adora, mas aí quando faz treze anos..."

"Ele não vai virar o seu irmão." Ela ficou de um vermelho mais escuro. Ele tentou levar a conversa de novo para territórios mais conhecidos. "Sério, eu estou pensando de verdade aqui se o internato não ia ser perfeito pra ele. E aí ele ia ter uma chance decente de entrar em Harvard..."

"Você acha que é em Harvard que eu estou pensando neste exato momento?"

"Claro que não", ele disse. "Eu só estou dizendo... Óbvio que o que a gente quer é que ele seja feliz."

"Então. E ele está parecendo feliz pra você?"

Na verdade, o contrário. Na semana passada, da janela, Keith tinha ficado vendo o Will andar de skate pela rua. E só daquela distância, virando elipses desleixadas entre carros estacionados, com o vento no cabelo comprido demais, foi que ele pareceu se soltar. No internato, ele podia ter a liberdade de sentir o que sentiu ali na rua — livre do espetáculo que era o caso do avô, livre das deprimentes visitas pré-combinadas, livre da presença venenosa do próprio Keith. Ele estava disposto a se privar do filho, se isso significasse a possibilidade de dar a Will o direito de continuar jovem por mais um tempo. Ou será que ele simplesmente queria fugir da noção de que Will talvez de alguma maneira conseguia vê-lo por dentro? "Não, acho que não", ele disse.

"Então não tente me convencer dessa história toda, por favor."

"Eu não estou entendendo essa firmeza toda."

"O William foi pra um internato. Você sabe disso." Ela parecia prestes a dizer mais, mas era Regan, então se conteve.

"De repente a gente podia considerar uma colônia de férias no verão. Como teste…" Parecia que ele não conseguia parar de falar disso. Era a única forma de conexão disponível naquele momento.

Mas ela mantinha um braço erguido, um táxi já desviando para a calçada em que ela estava. "Eu tenho uma coisa pra resolver."

"A gente podia rachar um táxi", ele disse.

"Eu não vou aonde você vai."

"Você não sabe aonde eu vou."

"Seja aonde for, eu não vou pra lá."

Ele ficou olhando-a escorregar para o banco traseiro. Dentro daquela saia sóbria, a bunda dela até podia ser um tantinho mais larga que a da secretária da escola, mas tinha mais personalidade. Sempre foi uma das melhores características dela, e enfim, ele ficava feliz por ela estar com uma cara saudável de novo. A separação lhe fazia bem. Infelizmente, o que fazia bem a ela nem sempre fazia bem a ele. Podia ter sido esse o problema desde o começo. Ainda assim, tinha visto a cara dela lá dentro; ela podia dizer o que quisesse, no fundo tinha saído em defesa dele. Isso não apontava para a possibilidade de que ela ainda o amasse também? E enquanto o táxi amarelo ia se perdendo num cardume de colegas, enquanto ele ficava encarando um vidro traseiro que brilhava sob o sol e podia ou não ser o de Regan, teve um ímpeto de pôr um joelho no chão, beijar o solo, fazer um sinal da cruz para dar sorte. Porque o que ela queria, ela obviamente estava dando indiretas, era que ele desse vazão àqueles sentimentos. Mudasse de vida. Finalmente sacasse como era que ele ia conquistar sua mulher de novo.

54

O que ela queria, de fato, era que uma porta hermeticamente fechada batesse atrás dela, uma clivagem completa, para ela poder ficar com raiva de Keith sem ficar com raiva de si própria. E no entanto as fronteiras ainda eram tão porosas que um mero olhar de relance para trás, para vê-lo diminuindo de tamanho numa esquina, podia deixá-la se contorcendo. Por fora, claro, ela mantinha a compostura; esses últimos meses tinham lhe ensinado a se pôr diante das câmeras, a fornecer cuidadosas respostas que não respondessem nada diante de feixes de microfones. Mas por dentro ela era um animal treinado, inclinado a pular nos braços de Keith no mesmo segundo em que ele demonstrasse alguma delicadeza. A única solução seria criar entre eles algum obstáculo tão grande que nenhum dos dois conseguisse contornar.

O candidato óbvio era Andrew West. Ele estava dando uma ajuda para ela com os recentes "contratempos" em Liberty Heights. (O Bronx estava pegando fogo desde o fim dos anos 60, mas assim que a catástrofe tocava um dos projetos *deles*, uma declaração pública se fazia necessária.) E com as maneiras de convencer a imprensa dos termos do acordo que ia evitar que o Papai fosse parar na cadeia. Bem depois de os outros ocupantes do vigésimo nono andar terem ido para casa, eles continuavam no escritório dela. O aspirador do zelador da noite fazia barulho num mesmo pedacinho de carpete ali perto. A luz se acumulava sobre pilhas de prospectos e recados telefônicos esfiapados. E sobre o pescoço de Andrew, curvado sobre a mesa no mesmo ângulo da luminária articulada. O cheiro dele a fazia se lembrar da loção pós-barba de Keith, que tinha ido com ela num frasco de ccrâmica para a casa nova. Nos primeiros dias depois da mudança, revirando caixas em busca de alguma outra coisa, ela vivia sentindo o logo do barco em relevo, erguendo a tampa e respirando o aroma azul. Mas a simplicidade de Keith era do tipo que gerava complicações para todo mundo. Como o jeito que ele tinha de usar a loção para cobrir o cheiro do cigarro que ela sabia que ele fumava. Que ela mesma tinha fumado, no ano antes de ser resgatada por ele. Andrew, pelo contrário, só usava Speed Stick, e às vezes, agora no calor da conspiraçãozinha dos dois, ela imaginava sentir o cheiro do seu suor. Ele não a tinha mais convidado para sair, depois daquela vez, então ela ia ter que assumir o controle aqui. E no entanto não conseguia fazer isso.

Depois ficava deitada na cama de olhos abertos até o escuro virar um palimpsesto de tons de cinza: cadeira, criado-mudo, a pilhinha cinzenta de peças de teatro que tinha retirado da biblioteca lá em março, determinada a se tornar de novo a pessoa letrada que um dia havia sido. O que tinha acontecido? O casamento tinha acontecido. O indiciamento tinha acontecido. Aquilo com o Will. Trabalho e táxis e jantares e todas as outras benditas coisas que a deixavam aqui largada sobre o lençol, à beira das lágrimas de tão exausta mas ainda despreparada para o sono. Ela andava tendo um sonho ultimamente com um tipo de portão, uma coisa de alabastro tão alta e tão funda quanto o arco triunfal lá na Washington Square, mas com uma passagem central estreita demais para você poder enxergar do outro lado. O portão agora estava destrancado; ela devia entrar. Mas não sabia que cara as coisas tinham lá do outro lado — só sabia que não tinha como voltar para o que você teve que largar para caber na abertura. E se ninguém estivesse à espera para recebê-la do outro lado?

Numa tarde de sexta-feira no coração de junho, ela devia ir se encontrar com os advogados do Papai para examinar os termos de uma oferta revisada de acordo. Decidiu levar Andrew com ela para o escritório Probst & Chervil, lá no Financial District. Ela já tinha ido àquela sala de reuniões, e devia ter espaço de sobra ali, apesar de ninguém ter lhe dito que Amory Gould estaria presente, já ocupando a cadeira extra. Ela ficou mais uma vez impressionada com o quanto ele era pequeno, em função do quanto tinha conseguido lhe parecer grande, na sua cabeça.

"Regan, como é que vão as coisas no 29?" Só alguém que o conhecesse havia muito tempo perceberia o tom de desafio. Ela agiu inabaladamente. Estava tudo bem. Ele com certeza se lembrava do Andrew, não? "Fiquei sabendo que o sr. West esteve lhe dando uma mãozinha", disse o Irmão Demoníaco. "Mas será que ele nos concederia um tête-à-tête? Há uma novidade que pode afetar o seu trabalho."

"Andrew mexeu fundo nos livros, Amory. Seja o que for, ele pode ouvir também."

Um dos advogados se ofereceu para pegar uma cadeira. "Eu não me incomodo de ficar de pé", Andrew disse.

Se isso foi percebido como um golpe, Amory não deu sinais. E ocorreu a ela que ele, também, estava atuando — que tudo ali seria disseminado como fofoca no escritório. "Bom, eu queria que viesse primeiro da família." Ele fez uma pausa. "O seu pai mudou de opinião mais uma vez."

"Como é que é?"

"Sobre o acordo", outro advogado cuspiu. "O seu tio quer dizer que nós vamos levar isso a julgamento."

"Eu sei o que ele quer dizer", ela disse, nós dos dedos ficando brancos nos braços da cadeira. "Mas isso não é o que foi discutido."

"Como nós dois sabemos", Amory retomou, "o Bill anda meio esquecido. Ele agora parece insistir na ideia de não admitir nenhum comportamento ilegal. Compreensivelmente. O risco de expor os bens... E ele ainda espera voltar a comandar a empresa. O que, como você sabe, é cláusula pétrea para o governo."

"Mas se ele ganhar, as pessoas só vão dizer que ele escapou. E se ele não ganhar?"

"Você não acha que ele vai perder, acha? Nada está provado, você mesma disse. E, se ele vai comandar a empresa, com certeza tem competência para tomar as próprias decisões, não é? O julgamento provavelmente começaria no meio de julho. Os nossos representantes jurídicos aqui acabaram de protocolar os documentos relevantes."

Os advogados nitidamente estavam ali para ser o coro de amém para ele, pois cada um para quem ela tentava olhar desviava o rosto. "Eu não estou acreditando nisso."

Amory apontou um telefone na mesa de reuniões ali entre eles, e só agora foi que ela percebeu que ele tinha sido virado para ficar de frente para ela, ainda antes de ela entrar. "Ligue para ele, se você quiser." E lá estava de novo o portão se abrindo diante dela. De um lado, a velha Regan. A nova Regan, apesar de não ter a menor ideia de como ia poder se defender, não ia pedir misericórdia a Amory e suas Gouldettes.

Quando todos cumpriram suas etiquetas e saíram para o fim de semana, ela e Andrew ouviram que podiam ficar o quanto quisessem, para discutir os próximos passos. Mas ela, na sala com a porta que deixaram aberta, tinha a sensação de que todos lá fora podiam ver qualquer mínimo detalhe seu. Andrew pegou a cadeira ao seu lado, e eles ficaram bastante tempo em silêncio. Quando a mão dele quis ir pegar a dela, ela a levou para o rosto. Havia um vazio que lhe percorria o corpo todo, um doce oblívio agora em chamas depois de tantos meses. Ela queria levar a mão à boca, beijá-la, mas quando ele tentou arrastar a cadeira para mais perto, ela se afastou. "Caramba, desculpa", ele disse. O rosto corado dele quase a derreteu de novo.

"Por favor, não diga isso. É culpa minha. Ou não é culpa minha... É só questão de tempo, Andrew. Você consegue ter paciência comigo mais um tempinho?"

55

 O rádio-relógio foi como ela ficou sabendo, no dia em que teve início o barulho, que eles começavam praticamente às seis e meia em ponto: gritos rascantes lá no corredor e atrás dos andaimes de construção lá na frente, o baque pesado de corpos contra uma parede interna. Eles provavelmente tinham sido instigados pelo zelador, mas Jenny se descobria incapaz de pegar o telefone para ligar para ele. Em vez disso se fingia de morta no sofá-cama, deixando a barra por baixo do colchão sutilmente reconfigurar sua região lombar. Estava velha demais para resistir, decidiu. Mais fácil não dizer nada do que dizer alguma coisa.
 Só que gradualmente as vozes lá fora foram ficando mais insistentes. Eram estrangeiros, claro, sendo o Leste da Europa o fornecedor de mão de obra preferido do sr. Feratovic. As esperanças de pegar de novo no sono começaram a parecer a-históricas. Ela levou o outro rádio para o banheiro para poder pegar o finzinho do "Dr." Zig no chuveiro. Mas sua concentração estava abalada. Mesmo quando a bateção no corredor parou, ela estava esperando que continuasse, e depois de enxaguar o condicionador do cabelo, desligou a água e o rádio e colou a orelha na parede do chuveiro. Só pôde ouvir uma espécie de troar baixo, pontuado por distantes estrépitos e estalidos. Ela se afastou; o som morreu. Quando ouviu de novo, lá estava

ele, o ponto morto de um imenso submarino, o som do próprio prédio. Aquilo devia ter sido um susto — a ideia de que aquele som esteve sempre aqui, sem que ela soubesse! —, mas de alguma maneira ela achou aquilo reconfortante, como se deuses indiferentes estivessem cuidando da vida logo ali ao lado. Aí por trás do chuveiro gotejante e do murmúrio do prédio veio o rangido de rodas, ecoando no vazio do apartamento ao lado. O que será que eles tinham feito com as coisas do Richard?

Ela meteu uma camiseta velha por cima da calcinha e saiu procurando as sandálias franciscanas perdidas, e aí, sem conseguir encontrá-las, saiu galopante para o corredor. Dois sujeitos brancos que não podiam ser mais velhos do que ela estavam largados por ali com cintos de levantador de pesos, suas mãos com cigarros soltas por sobre as manoplas dos carrinhos. A mesa de centro de Richard estava equilibrada de pé entre eles. Ela exigiu saber o que eles estavam fazendo. Um disse alguma coisa para o outro no que soou como russo e sorriu forçado na direção dos seios dela. Ela recruzou os braços para garantir que não estava com os bicos aparecendo no tecido e revirou a memória atrás de frases úteis dos seus dias de Brigadas Vermelhas, mas só conseguiu lembrar de *Na zdorovie* e *Komsomol*, e, aliás, quem é que podia dizer que aqueles caras não eram poloneses? Ela acabou por simplesmente passar por eles e entrar no apartamento do falecido. Sofreu ao ver o lugar tão nu sob a luz que brilhava demais. Ao sentir o cheiro da terebintina que um menino desengonçado estava aplicando nos rodapés, e do pó no carpete, que gravava os pontos onde antes houve coisas com um tom de azul mais claro.

Ela foi vestir um roupão. Lá no saguão, o sr. Feratovic estava parecendo um galinho de briga, walkie-talkie inerte. O decote V da camiseta fazia dos pelos do seu peito uma obra de topiaria. No que ele se inclinou para a janela para dar uma olhada no engarrafamento que eram a mobília e as caixas de Richard na calçada, um minúsculo crucifixo brilhou ao sol. "Espero que o senhor não esteja planejando jogar aquilo tudo no lixo", ela disse.

Ele se virou como se só então tivesse percebido que ela estava ali e assim, com ostensiva falta de comentários, voltou o rosto para o clarão. No campo de quem usava quem, a relação zelador-locatário era a mais estranha depois da de político-eleitor. Ou repórter-entrevistado. O charuto dele estremeceu. "Dois meses, srta. Nguyen." O costume que ele tinha de tratá-la com formalidade era servil até o ponto indeterminado em que passava a ser condescendente. Ela também odiava o jeito que ele tinha de fazer seu sobrenome soar como *unguento*. "Ninguém se apresenta para reclamar a porcariada. Enfim, seu amigo não precisa, onde está agora."

Talvez ele se referisse a *uma urna em Oklahoma*, ela pensou, enquanto um operário passava de lado por eles e jogava a mesa de centro como um imenso dirigível na calçada. Mas soava como se ele estivesse se referindo ao *inferno*. "Essas coisas não são suas. O senhor não pode simplesmente jogar no lixo."

"Não é jogar no lixo. É, como se chama... Mobília boa está no apartamento de outro quando chega a noite."

"Aquela jukebox devia estar num museu."

Ele deu de ombros. "Ligue para o museu." Uma menina de aparência amarrotada com a parte de cima de um biquíni, algum tipo de sem-teto voluptuosa, tinha parado, para mexer numa caixa de discos. Jenny não podia simplesmente ficar ali parada; era como ver um urubu mexer na carniça — a bem da verdade, aves de fato pareciam estar de olho no butim, ali na escada de incêndio —, então ela desceu correndo os degraus de roupão mesmo e ergueu a primeira caixa que viu. Era mais pesada do que parecia, mas, sem se importar mais com quem quer que estivesse sacando as suas pernas, ela a levou para o elevador. Não ia ter dinheiro mesmo para renovar o contrato em setembro.

Ao meio-dia, a bagunça do apartamento, maior, de Richard tinha sido reconstituída no dela. Havia torres de livros sobre o sofá-cama e LPs no fundo do armário. Caixas ocupavam todos os balcões da cozinha. Ela teria criado espaço para a Wurlitzer, mas acabou que o sr. Feratovic já a tinha vendido — para cobrir o aluguel dos últimos três meses, ele disse. Da porta, suando nas roupas da galeria e três horas atrasada para o trabalho, ela ficou vendo Claggart correr de um lado para o outro entre as pilhas, como se procurasse alguma coisa. Parecia o apartamento de um maluco, ela pensou, a casa de um irmão Collyer perdido. Ao mesmo tempo, aquela tralha formava um conjunto de provas: Richard existiu. E quem, nesta cidade nos últimos momentos deste século, não era meio maluco?

Naquela noite ela começou a abrir as caixas. Eram do tipo que os advogados usam, lacradas nas extremidades com cordinhas que se enrolavam em botões de plástico. Na primeira encontrou envelopes lacrados com janelinhas estralejantes de plástico transparente, um cinzeiro com formato de Richard Nixon, uma mãozinha de plástico para coçar as costas e um pedaço de pedra cinzenta com um buraco onde cabia um mindinho. Será que este último objeto pelo menos contava como uma posse? Os capangas do sr. Feratovic tinham simplesmente catado pilhas do que estivesse à mão e metido ali dentro, como folhas num saco. As próximas quatro caixas ela meramente destampou e revirou com uma mão.

Num dado momento ela percebeu que tinha esquecido de jantar. O sol dissimulado tinha descido para a metade do céu sem parecer atravessar qualquer parte do espaço no caminho. A poeira pendia dos raios de luz que os andaimes na janela admitiam, e era estranho pensar que pelo menos uma parte desse pó era Richard, deslocamentos de pele, de unhas roídas. Ela estava sentada no chão com a última caixa à sua frente. Desenrolou a cordinha, apenas semilembrando o que era mesmo que estava procurando. Dentro, um monte de pelos embolados e de carne a confrontou. Foi só depois de ter desviado o rosto, nauseada, que ela percebeu que restaria algum cheiro se aquilo um dia houvesse tido vida. Era uma máscara de Dia das Bruxas, um lobisomem, virada do avesso. Uma menina na escola conseguia fazer aquilo com as pálpebras, fazendo com que elas ficassem de um cor-de-rosa lustroso, esbranquiçado. Jenny teve meio que se controlar para tirar a máscara dali, mas sob ela havia uma pilha de revistas. Ela as tirou da caixa e puxou um elástico seco de tão velho que arrebentou antes que ela conseguisse tirá-lo. Um envelope de papel pardo que estava preso junto com as revistas caiu no chão. Ela o colocou no lugar com a pontinha dos dedos, entre as edições de agosto de 1965 e abril de 1966. Ela tinha catorze anos naquele tempo. Tinha quinze.

Eram os arquivos de Richard, e ela passaria boa parte do fim de semana mexendo neles. Os obituários estavam certos. Figuras curiosas — barmen, jogadores de beisebol amador, donos de banhos russos — surgiam das frases dele sem esforço aparente, como se ele tivesse se transformado em cada um deles a cada vez. Na noite da segunda-feira, 11 de julho, só restava o envelope — um datiloscrito que ela já sabia que não era um testamento, mas o que ele estava escrevendo quando morreu: **Os Fogueteiros**. Tinha deixado aquilo para o fim porque ler seria esquisito. E foi. A superfície era mais seca, mais fria que alguns dos seus trabalhos dos anos 60. Mas por baixo disso ela podia sentir uma paixão ainda maior que fazia força para vir à tona. Depois de cerca de quinze ou dezesseis páginas, ela decidiu que precisava ir aos poucos. Marcou o ponto em que parou com umas fotos que ele tinha prendido com clipes, deixou o envelope equilibrado no braço do sofá-cama, apagou a luz e ficou um tempo ali deitada no escuro, mais desorientada do que nunca quanto ao que poderia ter levado aquele homem a se destruir. Um artista de verdade, morando bem ali debaixo do nariz dela.

Ainda assim, era como se através da arte dele ela finalmente tivesse começado a superar. Dormiria direito, aquela noite, pela primeira vez em meses. E quando saísse na manhã seguinte para trabalhar, ia se lembrar de trancar a porta. Ela tinha certeza absoluta disso, diria depois aos policiais. Quando saiu, as luzes estavam apagadas, a porta, fechada, e as janelas que davam para os andaimes, fechadas.

56

Nicky tinha razão: não dava para você entender o Pós-Humanismo antes de ver aquelas garrafas de fogo voando aos rodopios pelos ares. Mesmo agora, Charlie não sabia bem o que achar daquilo tudo. Ou melhor: ele conseguia imaginar o que *devia* sentir, mas não sabia exatamente o que sentia *mesmo*. Ordem, regras e posses eram coisas que ele tinha sido educado para respeitar. Sendo que estávamos nos Estados Unidos, certa rebeldia era de esperar — era até bem-vinda —, mas ninguém duvidava que ele terminaria o colegial, por exemplo, assim como ninguém acreditava em rasgar a Constituição e recomeçar do zero; ele um dia seria contador ou podólogo, com filhos e hipoteca. Em vez disso eis ele aqui, vivendo apenas com uma sacola de roupa suja endurecida de suor no sótão de uma célula revolucionária no East Village. E as coisas no Falanstério tinham mudado nas semanas que se seguiram ao ataque no Bronx. Os pós-graduandos e os fãs de punk rock que viviam por ali fumando a maconha dos Pós-Humanistas e debatendo questões refinadas do *Ecce Homo* com o Nicky tinham desaparecido. Havia uma nova tranca na porta da frente, e dois cadeados na garaginha dos fundos: um por dentro, para quando Solomon Grungy se enfiava por lá — o que era quase sempre —, e um por fora, para quando ele saía.

O que era constante eram os pássaros. Quando o verão começou, o teto lá fora tinha tantos que ameaçava desmoronar, e Sol estava o tempo todo em guerra contra eles. Tinha tentado veneno; tinha tentado instalar uma fileira de espetos nas calhas denteadas, tinha tentado eletrificar as calhas; uma vez — isso foi antes de as janelas dos fundos do Falanstério também ganharem uma cobertura de papel-alumínio — Charlie tinha ficado interessado ao ver Sol andando lá atrás com uma pistola pesada, resmungando sozinho. Depois, quando Nicky chamou Sol num canto e lembrou que eles não podiam ficar chamando a atenção, ele ouviu Sol dizer alguma coisa sobre até as aves estarem dispostas a foder com ele.

Na época, Charlie atribuiu tudo isso ao consumo cada vez maior de drogas. De manhã, Sol engolia punhados inteiros de anfetaminas, e de tarde, quando voltava de sabe-se lá que diabos estava fazendo lá fora, desmoronava numa cadeira com forma de antena parabólica e fumava quantidades industriais de erva. Ajudava, ele dizia, com a mão. Ele tinha machucado o polegar e o indicador da mão esquerda não muito depois de Liberty Heights — tinha queimado a pontinha de um, aparentemente, e quase perdido a porra do outro —, mas se recusava a ir ao médico. Agora ele tirava a luvinha de motorista de couro branco que tinha começado a usar, e a Saco de Gosma se abaixava com o seu biquíni, seios quase encostando no peito dele, e esfregava óleo de cacto nos seus ferimentos e aí, enquanto ele esperava o óleo ser absorvido, enchia o bong para ele e segurava diante da sua boca. "O que foi?", ele dizia, quando via Charlie olhando. Mas as reclamações tinham virado uma espécie de consolo. Se a paranoia de Sol significava portas trancadas e janelas cobertas e estranhos banidos, e se Charlie continuava ali, na sala de entrada, com ele e a sua mina, não era óbvio então que Charlie era parte da família?

E, no entanto, como no caso da sua antiga família, esta, nova, o deixava de lado. Lá um porão, aqui um sótão, mas ainda assim ninguém que o adotava parecia totalmente capaz de esquecer o fato da adoção. E dessa forma, dois meses depois de ter chegado, ainda havia recônditos mais fundos, coisas que Charlie sentia que ainda não tinha direito de saber. Havia, por exemplo, o fato de que a Saco de Gosma também trepava com o Nicky.

Mais de uma vez, enquanto Sol se atarefava na casinha dos fundos, Charlie se masturbou ouvindo seus camaradas mandarem ver, de forma não exatamente sutil, no outro canto do piso. ("Eu te amo", ele ouvia ela dizer sem parar, como que num transe, enquanto Nicky, normalmente loquaz, só gemia.)

E aí havia o que ele encontrou na gaveta de roupas do Sol um dia. Estava fuçando ali em busca de comprimidos, porque estava cansado de receber só uma ração diária, ou de ter que surrupiar um ou dois de cada vez do bolso da Saco de Gosma ou do D. Tremens. E o Sol de fato estava com a carga pesada, codeína azul e Mandrix branco-celeste, cada um no seu potinho. Os comprimidos pareciam joias sob a luz das lâmpadas descobertas, o dia artificial que agora reinava por toda a casa. Porém, quando Charlie meteu a mão mais fundo para ver se tinha Percodan, ele topou com algo duro e metálico. A arma, foi sua primeira ideia, mas na verdade o que ele descobriu, enfiada cuidadosa, quase carinhosamente numa meia esportiva, foi uma câmera Nikkormat preta. O que é que Solomon Grungy, justo ele, estava fazendo com a câmera da Sam? Charlie embalou a câmera de novo, mas não antes de rebobinar e remover o filme.

Foi nessa noite que começou a ouvir conversas alheias de propósito. Bem depois da meia-noite, após escovar os dentes e ficar só de cueca (por não ter pijama), ele se ajoelhava no chão poeirento em que estava dormindo e, em vez de fazer suas orações, ele se via com uma orelha colada à madeira. Talvez estivesse querendo pegar de novo o som distante do sexo (e era engraçado, se você parasse para pensar, que ele nunca ouvia o Sol e a Saco de Gosma trepando). Mas quase sempre não era um negócio planejado, essa escuta. Ou era o que ele dizia a si mesmo. Uma hora estava segurando as mãos na frente do peito; na outra estava recurvado, numa atenção animal, com a corrente de ar que vinha da porta que levava ao telhado gerando-lhe arrepios nas coxas.

Para baixo, sua atenção se voltava para baixo. Para além dos pelos claros que lhe cercavam as Trompas de Eustáquio, para além do volume de ar preso entre orelha e madeira, da superfície lixada do piso e da dureza do seu coração intratável, dos canos de bitola estreita, cabos desfiados, ratos correndo pelas vigas. De olhos fechados, o Profeta Charlie enxergava tudo isso, além de vórtices estrábicos e irregularidades na parte interna das pálpebras, por causa dos comprimidos. (Sua rotina pré-cama normalmente incluía uns analgésicos, para baixar a bola do que tivesse usado naquele dia.) Descendo por tetos de zinco descascado, por gesso e por ripas; desimpedido, ele devia ter chegado até as linhas catexizadas dos serviços e os túneis do metrô. Em vez disso, parava depois de três metros, no quarto onde Nicky dormia, cercado em *Whipped Cream & Other Delights*. Se já fosse bem tarde, conseguia ouvir murmúrios ali, entrecortados, à medida que Nicky e Sol iam esquecendo o fim das frases que diziam, faiscando um baseado cuja essência apimentada se infiltrava lá onde Charlie estava tentando com toda força evitar uma crise de asma.

A voz de Nicky era baixa e insinuante. D. Tremens, quando finalmente dava as caras, posava de espertinho. Mas Sol, para quem sussurrar era um conceito desconhecido, falava em silvos, uma versão concentrada do seu *basso* de sempre, o que significava que sua voz se espremia com mais facilidade pelas camadas intermédias de madeira, tinta e ar. "Você faz a mínima ideia de como é foda circuitar aquelas partes todas com um mínimo de precisão?", Charlie ouvia. E "Bom, era melhor *mesmo* você pensar no assunto, D.T.". E "E o problema todo é a coisa da escala". Charlie achou ter ouvido Nicky dizer alguma coisa sobre geometria, *assim, com mais três zeros*, que era bem simples, mas mil o quê? Centímetros? Segundos? Ele de repente entendeu por que a sra. Kotzwinkle era tão rígida com a coisa das unidades lá na matemática da oitava série. Mas não — ele não conseguia acompanhar porra nenhuma, e agora tinha se babado inteiro. Tinha que dar uma pausa com a codeína.

Aí, um tempo depois do Quatro de Julho, ele entrou na sala e encontrou a porta da frente escancarada, e a Saco de Gosma e o D. Tremens empilhando mobília dentro da van da FPH. Quando Charlie quis saber o que eles estavam fazendo, D.T., arfando com o peso do próprio colchão, lhe deu uma olhada. "Vai ficar fazendo pergunta ou vai ajudar?" Então Charlie pegou umas cadeiras de armar. *Cada um de acordo com seus meios*, ele pensou.

A estética do Falanstério sempre foi espartana, mas agora a sala estava totalmente nua, fora a vitrola e o abajur que o D.T. disse para ele deixar ali. Eles passaram para a cozinha. Nicky, sentado como um buda em cima do balcãozinho, sorria satisfeito enquanto a Saco de Gosma carregava a mesa de baralho onde um dia serviram chá para Charlie. Onde, ainda na semana passada, dez relógios de viagem idênticos tinham aparecido e aí, com a mesma presteza, desaparecido. "Nicky, o que é que está acontecendo?", ele perguntou. "Aonde é que eles vão levar isso tudo?"

"O que não couber, a gente joga no Fresh Kills. Sabe? Um montão de lixo lá em Staten Island, tão grande que tem todo um ecossistema." Ele secou a cerveja, jogou a lata na pia. "O resíduo desaparecido, tornado manifesto. Pro resto, vai saber? Amarillo. Winnipeg. Qualquer um que precise acordar, ou concordar, ou recordar." Ele tinha conseguido mais coca, dava para saber quando ele começava com os joguinhos de palavras. "Você com cara de incomodado."

"Eu só não saquei o que foi que mudou."

"Tudo muda o tempo todo, Charlie. A gente vira quem a gente é. A máscara se funde ao rosto."

"Mas se você se livrar das cadeiras todas, aí os noviços não vão ter onde sentar."

"Não vai mais ter noviços, não aqui. Vocês, os Pós-Humanistas, já trabalharam por muito tempo no escuro. É hora de vocês pensarem maior que Nova York, de vocês irem lançar outros Falanstérios em outros lugares."

"Sair de Nova York? Mas e você?"

"Como você disse, Charlie: eu vou continuar na luz." Era verdade, aquilo soava mesmo como algo que ele diria, mas tudo bem que ele tinha dito muita coisa. Nicky pôs a mão embaixo do corpo e sacou a Bíblia cheia de orelhas de burro que Charlie não lembrava quando tinha consultado pela última vez. Virou páginas até chegar onde queria. "'*Não serviremos a teus deuses nem adoraremos a estátua de ouro que levantaste.*' Você tinha razão, tem uns trecos bem foda aqui. Ninguém escapa no fim. E agora está quase na hora de derrubar a imagem de ouro."

"Eu achei que era isso que a gente estava fazendo em Liberty Heights."

"Você está vendo o caos nas ruas? A Primeira Fase foi só um ensaio de figurino. Comparada com a Operação Irmão Demoníaco, ela vai parecer uma bombinha de festa."

Charlie ficou esperando Nicky desviar os olhos, como se tivesse sem querer deixado escapar uma pista, mas em vez disso ele parecia estar encarando Charlie diretamente. E foi Charlie quem se virou para sair dali, incapaz de suportar a firmeza maníaca daquele olhar. "Ei." Nicky o deteve e estendeu o livro. "Melhor não deixar isso aqui largado onde qualquer um possa encontrar."

E aí tinha mais isso, além de tudo, travando Charlie: dúvida. Houve uma vez um tempo encantado em que, onde quer que ele tivesse traçado a linha que separava acolhidos de marginais, puros de impuros, oprimidos de opressores, sua Bíblia tinha lhe garantido que ele estava do lado dos justos. Essa insistente segunda pessoa insistia em se dirigir especificamente a ele, exatamente como aquela voz na igreja — exatamente como Nicky fazia agora. Era uma proposta sedutora: Você, Charlie, é o tema. O herói. E no entanto, quando passava o efeito dos comprimidos, outra voz, a dele, ainda deixava correr um jorro do que Altschul teria chamado de insegurança. Apesar de todo o lado sexy de ter sido escolhido, e da revolução no coração da cidade, Charlie estava começando a suspeitar que Long Island tinha acabado com tudo aquilo para ele, de algum jeito. Havia algo irredimivelmente ordinário nele.

Pois aqui estava ele no dia seguinte — tendo acabado de receber uma aula direta a respeito da futilidade das posses materiais —, escapulindo para a lavanderia da esquina para lavar seus bens terrenos com uma caixa de sabão comprado na máquina porque a cultura ocidental tinha inculcado nele um ódio pelo seu próprio cheiro natural. Ele imaginava que ia ter que se acostumar a cuidar de si próprio, se o Falanstério estava mesmo, como Nicky tinha sugerido, se desfazendo. A jaqueta jeans cujas mangas ele tinha arrancado e que tinha pintado com o ícone do FPH estava verde de sujeira. Suas meias estavam duras e marrons na sola, como cookies que ficaram tempo demais no forno. Enquanto metia as calças que não estava usando agora na máquina, ele revistou os bolsos, como sua mãe tinha ensinado. Além de uns trocados fiapentos, encontrou o rolo de filme colorido que tinha enfiado e esquecido ali uma semana atrás. E quando passou por uma loja de fotografia logo ali pertinho, ele entrou e, por impulso e antes de poder mudar de ideia, deixou o filme para revelar.

Ele estava se sentindo um trapo agora, se esgueirando de volta para a

East 3rd Street, apesar de não saber ao certo por quê. Dissimulado, talvez. Mas quantas vezes Nicky tinha lhe dito que prestar atenção demais nesses estados interiores era outro sintoma da doença humanista? O que tinha importância, ele queria acreditar ao dobrar a esquina, era o mundo além do eu, o mundo da ação — e foi aí que ele viu o aleijado.

Estava claro que ele estava deslocado. Tinha a camisa, para começar, um modelo xadrez de mangas curtas que era como a ideia de roupa informal que alguém que jamais conheceu a informalidade podia ter, e as calças azuis vincadas que fediam a campo de golfe. Tinha o chapéu de palha antiquado, e o bigodão cinza embaixo, numa região de sol ofuscante. Era verdade que costeletas impressionantes floresciam por todo o Loisaida, mas elas tendiam a ser ou cacheadas, como a dos chassídicos, ou, no caso dos hispanófonos com suas cadeirinhas de armar, de um negror suntuoso, cor de besouro. Aquele cara, em outras palavras, parecia um turista, numa vizinhança da qual os turistas fugiam, aos berros. Ou com aquelas muletas, quem sabe um refugiado de uma das clínicas médico-psiquiátricas da região. Mas enquanto Charlie olhava, ele parecia estar escondido atrás do tronco da arvorezinha meio doente do outro lado da rua do Falanstério, e — sim — tomando notas num bloquinho de jornalista.

57

Depois dos escândalos de Nixon, as várias agências de policiamento tinham se isolado umas das outras para evitar abusos de poder, mas ainda havia núcleos de contato onde favores podiam passar de um lado a outro. Larry Pulaski e um velho amigo seu da Academia de Polícia constituíam um desses núcleos. O amigo — digamos que o nome dele fosse "B." — hoje trabalhava na Promotoria, e assim eles tomavam a precaução de se falar apenas em ambientes informais. Na primeira terça-feira de julho, por exemplo, Pulaski tinha indo encontrar com ele no Yankee Stadium. Foi escolha de B.; na última vez tinha sido Pulaski que, depois de ficar sabendo certas coisas sobre um capo da família Bonanno, ligou e disse: "Vamos ver um jogo dos Jets". B. tinha ganhado uns quilinhos desde então, mas, enquanto começavam a lenta escalada coxeante naquela rampa infinita, Pulaski lhe disse que ele estava com uma cara ótima.

Lá do último anel, a face interna do estádio parecia toda acarpetada, com tufinhos rosa e marrons que se estendiam em todas as direções entre filamentos vermelhos (dos Indians, o time visitante), mas especialmente entre o azul Yankee. Bolas, cachorros-quentes e comentários voavam. Os jogos sempre corriam mais lentamente ao vivo do que no rádio, em especial quando uma sequência de oito corridas no fim da terceira entrada sacramentava o resultado. Ou quando você estava esperando que o seu acompanhante fosse direto na veia de uma vez. Mas foi só no finalzinho da sétima entrada — outro lembrete das limitações físicas de Pulaski — que B. perguntou, pelo canto da boca, como estava andando o caso. Pulaski, pensativo, se fez de bobo: Que caso? Aquele que estava em tudo quanto era jornal, espertalhão. Nesse caso, "andando" não era a palavra mais exata, Pulaski disse.

"Para com isso", disse B. "Vocês estão na moleza. É só prender alguém. Os promotores é que vão ter que condenar o sujeito apesar dessa investigaçãozinha rala." A calíope soprava bêbada por trás de dez mil conversas diferentes. B. se curvou para garatujar um endereço no verso do canhoto do ingresso. Ele o entregou a Pulaski. "Já ouviu falar desses carinhas, a FPH? Um desses grupos mais radicais, que nem o ESL, a OLP."

"Eu vou chutar aqui que o P é de Povo. Ou será que é Poder?"

"Até onde entendi é só um ex-universitariozinho com mania de grandeza e uns amigos. Mas quem é que pode saber do que as pessoas são capazes. Enfim... o escritório anda ocupado com coisa maior, mas, durante as devidas investigações, alguém topou com a sigla, deu uma fuçada pra ver. Não apareceu nada que a gente pudesse usar. Mas dizem por aí que a sua vítima andava com eles." Quando Pulaski lhe deu uma olhada, B. limpou a mostarda que tinha na boca e ergueu as mãos num gesto de *Juro, Excelência, que eu nunca encostei nela*. "Se achar que a pista não vale nada, você provavelmente tem razão. Jogue fora, queime, a minha boca é um túmulo."

"Exatamente de que tipo de fuçação a gente está falando aqui? E quem que é esse 'alguém'?"

"O meu salário é nível GS-9, Pulaski. Eu só pego o que escapa lá de cima." Pulaski levava coisa de um segundo para saber quando algo não estava sendo dito, e B. sabia que ele sabia. Gotículas de mostarda lhe tremiam nas cerdas inferiores do bigode. "Está certo. E FBI? Essa sigla te diz alguma coisa?"

"Mas e qual que seria a jurisdição deles numa coisa dessas?", Pulaski perguntou.

"Como te falei, eles estão trabalhando numa coisa diferente, que não é o que eu vim aqui te dizer. Só achei que talvez você já tivesse visto isto aqui." B. pegou de novo o canhoto. O lápis dele começou a rabiscar dois olhos e uma cabeleira espetada. Ou um número. Uma tatuagem. ⚡. "FPH, sacou?" O som em torno deles pareceu ficar oco, como que se recolhendo a uma lata. Pulaski se sentia exposto. Transparente. Mesmo aqui na sombra de trás da base principal, eles eram visíveis para trinta mil pessoas. Havia câmeras por tudo. As pessoas atrás deles de repente pareceram verossímeis *demais*, com aqueles bonés novíssimos e dedos gigantes de espuma. Aí B. rasgou o pedacinho de canhoto em que estava desenhando, amassou e largou entre os cacos de amendoim. "Não venha me dizer que eu nunca te fiz um favor, cuzão."

Mas e aquilo era mesmo um favor, de verdade? Àquela altura, com os planos de se aposentar aposentados e o Comissário Delegado no cangote dele, Pulaski estava quase pronto a dar ouvidos a Sherri, a ir até o médico que maquiava todo ano o seu atestado de saúde e dizer: Vamos pegar um de invalidez, e pronto. Foi ele, não Sherri, quem combinou de ir de carro para as Catskills, procurar terrenos, já no dia seguinte.

Voltando de balsa para casa, depois do jogo, ele ficou de pé na grade da popa vendo as luzes de Manhattan se recolherem no crepúsculo. A cidade, desse ângulo, era muito pequena. Os prédios de Uptown se escondiam por trás das torres do Battery e se encolhiam até ele poder ocultar todos com o polegar. Sua Jersey nativa eram conjuntos habitacionais emendados e árvores que o calor e o smog do verão cobriam de sombras. Ele tinha passado os últimos meses tentando não pensar em Richard Groskoph, mas agora não conseguia evitar. Os sapatos arranhados. A água batendo lá embaixo. Tinha lidado com vários suicídios. Porém ele nunca conseguia entender como alguém que teve a sorte de nascer neste país, neste século, podia querer alguma coisa que não fosse o máximo tempo de vida que pudesse ter chance de exigir. E Richard deixou um filho! Uma criança de três anos de idade que morava na Flórida, disse o *Times*, o que só mostrava o quanto você nunca chegava a conhecer os outros. Claro que Richard só tinha conversado com ele duas vezes na última meia década, e estava arrasado na última vez, depois que o nome da menina vazou. Mas claro que isso era sintoma, e não causa. Claro que ele, Larry Pulaski, era a última pessoa em quem Richard estava pensando... Umas nuvens de aparência violenta se esgueiravam, vindas do oeste, para ameaçar as torres do Trade Center. A brisa ficava mais pesada. Mas a chuva não vinha, e o fim daquele pensamento foi esfriando dentro dele, estendido sobre alguma terminação nervosa logo abaixo da língua.

Sherri estava dormindo quando ele chegou em casa, mas ele ficou de pé, saqueando cervejas da geladeira da salinha de recreação, cavando uma trilha irregular no carpete com o ritmo das muletas. Vamos supor que isso esteja certo, ele pensou. Vamos supor que a Cicciaro tivesse essas ligações com uns agitadores de esquerda, muito bem. Mas o cara que tinha encontrado o corpo dela era um convidado de uma das famílias mais ricas da cidade, o próprio modelo do Establishment. Pulaski nunca foi muito fã de tramas complexas demais; qualquer emaranhamento que ele pudesse imaginar entre essas duas linhas de raciocínio era forçado a ponto de parecer doido. Ainda assim, seu emprego tinha ensinado que era melhor não acreditar em coincidências também. Que a cem metros do baile de Ano-Novo dos Hamilton-Sweeney (como o "Dr." Zig Zigler nunca cansava de apontar) ela tivesse topado com um assaltante qualquer — isso ele tinha parado de aceitar havia algum tempo. E nitidamente não era um serial killer, segundo o *Post*. Raios de luz refletidos na porta de correr ocultavam tudo que estivesse lá fora, mas ele conseguiu ouvir o chacoalhar dos sinos de vento. O ranger da escada atrás dele. "Querido? Como é que foi o jogo?"

"Ah, estava legal. Você sabe o que eu acho dos Yankees."

"Peixes grandes demais", Sherri disse. "Mas fazer o quê?" Aí ela ficou ali parada de camisola. Ele não entendeu por que até ela dizer: "A gente vai ter um dia puxado amanhã. Você vem deitar?".

Na missa matinal, ele ia fazer força para ficar interessado no sermão, assim como faria força na volta para casa para ficar interessado nas descrições dos imóveis que Sherri ia lendo em voz alta nos classificados. Ele podia ouvir seus próprios monossílabos distraídos, e no entanto não se sentia com mais capacidade de elaborar aqueles comentários do que se estivesse se vendo num circuito fechado de TV. Sherri esperou até eles estarem passando por Port Richmond, Downtown, com o horizonte de Nova York já à vista, para dizer: "Eu imagino que você queira que eu te deixe na balsa". O sorriso dela podia ser sarcástico, triunfante, caso ele não a conhecesse bem o suficiente para ver que ela estava furiosa.

"Só preciso dar uma passadinha lá, uma ou duas horas, querida. Eu devia ter mencionado, eu sei, mas estou de volta na hora do almoço, a gente pode pegar a estrada. Eu juro." No terminal da balsa, ele se inclinou para lhe dar um beijo, mas ela se virou para fazer os lábios dele apenas rasparem seu cabelo.

O endereço no canhoto amarrotado o levou a leste da Bowery, até uma região de antigos cortiços e casas. Era uma área bem violenta já quando Pulaski ainda era policial de rua, mas pelo menos havia vida nas calçadas. Agora, por quadras a fio, o único verde eram ailantos mirrados que brotavam entre os degraus das entradas. De janelas quebradas, pombos entravam e saíam em missões inconcebíveis. Outras janelas estavam fechadas com tábuas. O céu de verão era de um azul além do azul. A fileira de casas geminadas parecia desabitada (apesar de ultimamente ser difícil dizer qual delas, se é que alguma, estava ocupada; será que um cadeado queria dizer que alguém morava ali, ou que ninguém morava?). Ele deu uma lenta volta na quadra, mas qualquer relance dos fundos da casa em questão ficava encoberto pelas outras. Ele voltou e bateu na grande porta sem janelas, que para sua surpresa era de aço, não de madeira. Manchas de tinta verde se agarravam a ela como mofo de jardim. A mão dele, estendida sobre a porta, não tinha uma aparência muito melhor: borrões cor de café derramado. Ele pensou ter sentido cheiro de maconha, mas tudo bem já que o Lower East Side inteiro tinha cheiro de maconha.

Arrombar era uma opção. Ele tentou imaginar suas perninhas deformadas se espremendo por uma janela do porão. Por um lado, ele não tinha mandado, e se os Federais estavam mesmo com essa casa no radar, ele ia se dar muito mal por ter dado bandeira para os ocupantes. Por outro lado, que garantia mais segura de sair do departamento que uma má conduta profissional? Mas talvez Sherri tivesse razão. Talvez ele não tivesse intenção de sair.

Ficou tocaiado no outro lado da rua, à sombra de uma árvore isolada. Quando se curvou para copiar números de placas de carros no caderno, teve uma intuição de que estava sendo observado, mas quando olhou para a esquina com a avenida, não havia ninguém. E aí, por um tempo imenso, nenhum movimento; o calor, impiedoso como um vidro com formol para espécimes, estava fazendo parecer que talvez nunca mais houvesse movimento. Isso para nem falar do quanto ele estava ficando imerso em suor. A vaga sensação de crise que tinha começado na balsa ontem à noite, ou no estádio, não tinha chegado a desaparecer em momento algum. Ele disse a si mesmo que precisava esfriar a cabcça.

Seguiu as velhas ruas rumo oeste e norte, para onde provavelmente haveria uma lojinha. E ainda havia certa vida por esses lados, isso lá era verdade. Uns rapazes lustrosos e dourados que podiam ser qualquer coisa entre porto-riquenhos e egípcios desfilavam pelas calçadas da 3rd Avenue, brigando e flertando, à vontade dentro dos seus corpos. Um rapaz espirrou água tônica na camiseta de uma moça. Placas escritas à mão tomavam a vitrine do Gristedes: *MEIO FRANGO 89 CENT LIMITE QUATRO P/ COMPRA OFERTA CREAMSICLE 12 PK 2-4-1!* Ele lançou um dime no copinho do junkie parado ali na frente, refletindo que por um dólar podia ter comprado meio frango para aquele cara, e também que o sujeito provavelmente não queria meio frango. Não havia dúvida de que a sensação que ele tinha de estar sendo observado não era o FBI, porém sua consciência, que não usava mais o rosto de Deus, mas o de Sherri.

No Astor Place, a malha das ruas se abria para admitir vistas do norte e do sudoeste. Aqui também havia rapazes, mas mais velhos e menos inocentes, com moicanos e alfinetes de fralda, com a cara mirrada de cães vira-latas. Alguns realmente tinham cães vira-latas. Era como se, Pulaski às vezes pensava, os anos 60 tivessem fumigado o país inteiro como uma plantação e aí todos os bichos-grilos tivessem vindo parar no East Village. Ele queria lhes perguntar: Por que vocês continuam vindo para cá? Não dá pra ver que essa cidade está morrendo? — mas talvez no fundo tivesse inveja daquela liberdade. E claro que Samantha Cicciaro tinha sido um deles, ele viu isso nas fotos que agora estavam bem arquivadinhas no número 1 da Police Plaza. Em torno dele, homens com roupas de estampas africanas vendiam incenso e óculos de sol em longas mesas de armar. Drogas e dinheiro trocavam de mãos abertamente. Era como se ele fosse invisível. Encontrou uma delicatéssen e comprou cerveja gelada, que manteve num saco de papel. Ficou algo surpreso com esse comportamento, mas por que não? Era isso a liberdade. Não havia mais leis de verdade por aqui.

Ele não conseguia mais ficar sentado num meio-fio ou numa saída de hidrante — sua espinha não permitiria —, mas lá na frente da igreja de São Marcos havia bancos e algumas velhas árvores imensas de sombra que tinham suportado a passagem dos séculos. Ela tinha um cemitério minúsculo também, um dos poucos na ilha, e ele sempre achou cemitérios lugares reconfortantes, por alguma razão. Uma cidade onde todos moraríamos. Ficou algum tempo sentado enquanto bebia a espuma tépida. A cada gole, o mundo girava um grau, ou um segundo. Ele acreditava mesmo, aparentemente, que neste dia, na sua hora de necessidade, Deus Todo-Poderoso ia descer dos céus e revelar o que tinha acontecido com a menina Cicciaro, mas talvez isso fosse a única coisa que ele ia conseguir: uma lembrança do seu último ano de colegial, quando seu pai tinha ido de carro com ele lá de Passaic para ver o desfile do Dia da Vitória. Depois, num bar fresco com cheiro de levedura e serragem no chão, o Pai tinha dado a ele o seu primeiríssimo chope e dito: "Não conte pra a sua mãe". Aí eles voltaram para o carro. Passando logo atrás do lugar em que agora estava, a menos de dez metros dali, o seu eu de dezoito anos de idade se sentia melhor do que em qualquer outro momento da sua vida até ali. O verão em Nova York, com as nuvens lá no alto ficando cor de cobre e um negro com um trompete tocando por moedas na entrada do metrô, o arrastar dos ônibus ecoando nas fachadas dos prédios altos, como se Deus estivesse numa ligação telefônica direta, dizendo: *Este é o seu lugar*. Ele sempre acreditou que foi essa sensação que o trouxe até aqui. Mas e se o tempo funcionasse ao contrário? E se o que o Larry Pulaski adolescente sentiu naquele momento fosse o fantasma deste aqui, sentado num banco que começava a ceder, fazendo sinal para ele vir para este futuro? Ele entrelaçou as mãos e levou a testa até elas. Quase podia sentir os olhos do pai sobre ele, nadando em bebida. Porém, quando se virou para onde estavam os olhos, não foram fantasmas o que viu. Foi um menino com cabelo de cenoura cortado de um jeito horroroso, encarando pelas barras de ferro forjado.

Foi o jeito determinado com que o menino desviou os olhos e seguiu rua abaixo que disse a Pulaski que ele estava de vigia. Ele foi pegar as muletas, mas o garoto já estava a meia quadra dali. Quando Pulaski saiu manquejando atrás dele, o menino olhou para trás e começou a correr. Pulaski, fora de forma demais para persegui-lo, perseguiu mesmo assim. A cabeça ruiva flutuava já mais perto, e apesar do fato de o menino estar em quase disparada agora, entrevia-se um plano. Pulaski atravessou no sinal errado, sem dúvida parecendo só mais um dos doidos que assombravam aquele lugar. Se suas mãos não estivessem ocupadas com as manoplas de borracha, ele podia ter esticado os braços, podia ter agarrado...

Aí o céu rodou atrás dele e ele foi arrancado do chão, derrotado pela ponta de uma muleta numa grade de esgoto. O asfalto explodiu contra um lado do seu rosto. Pneus cantaram. Buzinas. Um círculo de rostos apareceu acima dele, olhando preocupados. "Nossa, amigo." "Tudo bem aí?" Alguém se ofereceu para pegar água para ele.

"Eu... tudo bem", ele disse. Mas levantar parecia impossível, e ele podia ver que uma sutura estava à sua espera, e que ele ia ter que ligar para Sherri vir levá-lo para casa com o carro da delegacia. Já podia se sentir no banco do passageiro do Fury, com um hematoma que ia doer pacas, sendo levado para longe daquele menino misterioso, e daquele momento em que o mundo e o caso — que a essa altura eram praticamente a mesma coisa — pareceram muito perto de se revelar.

58

Quando a velocidade se aproxima do infinito, o tempo e o espaço começam a entortar, e o que antes parecia compreensível divulga suas estranhezas mais profundas. O que ajuda a explicar por que os toldos e as fachadas pelos quais Charlie está passando agora parecem tão desconhecidos, e por que as quadras são tão maiores do que ele está acostumado. Onde é que ele pode estar? East 5th? East 6th? As placas das ruas foram todas pintadas por cima ou roubadas. Até o instinto por trás da fuga dele — de que a vizinhança vai absorvê-lo, de que ele vai sumir aqui entre os nativos — se revela um equívoco. Velhas com roupinhas domésticas olham feio para o branquelo que voa pela frente das varandas, mas pelo menos elas não chamam a polícia.

E, ao mesmo tempo, talvez não precisem chamar a polícia. O aleijadinho lá atrás na calçada obviamente era policial; Charlie tinha visto, quando olhou para a cara de polícia do sujeito, logo antes de sair correndo de novo. E será que ele devia sentir remorso por isso, por não ter estendido a mão? Outras pessoas pararam para ajudar. Mas isso era acomodacionismo liberal, né? E quem é que podia jurar que aquelas muletas não eram só encenação? A curiosidade tinha sido parte do motivo para ele ter ido atrás. Fora que de repente se ele conseguisse mostrar que tinha aprendido alguma coisinha nos seus turnos de vigia, a FPH ia ver que não estava errada ao confiar em Charlie. Que afinal ele era plenamente Pós-Humano.

Não que espreitar fosse fácil. O trajeto do aleijado tinha sido cheio de paradas à toa — uma longa pausa na Cooper Square, enquanto Charlie ficava agachado atrás de um carro estacionado, fingindo amarrar o sapato —, e aí numa delicatéssen de onde ele saiu com um saco de papel pardo. E aí eles estavam voltando, ao que parecia, para aquela igreja da 2nd Ave., onde a Sam dizia que tinha visto Patti Smith ler "Piss Factory". Não tinha como Charlie ir atrás dele no cemitério cercado sem se mostrar. A postura do sujeito no banco entre os túmulos era largada, derrotada, quase como a de David Weisbarger depois de um dia difícil no trabalho. Charlie tentou não levar isso a sério, como se fosse um truque pensado para fazê-lo baixar a guarda, mas a coisa deve ter funcionado, porque no segundo que se sucedeu ao momento em que o cara se virou e em que os dois se olharam, a única coisa em que Charlie conseguiu pensar foi a fuga.

Agora, já que as sirenes para que ele se preparou não deram as caras, ele diminui o passo e volta a andar. Apareceu uma bolha no seu calcanhar esquerdo, sem meia. Esta quadra é um mistério, mas no fim dela pombos voam em círculos, reluzindo, cegos ou indiferentes à sua desorientação. A ordem dos pombos é a ordem das folhas erguidas por um vento helicoidal. Ou de crianças determinadas a rodar num brinquedo de parque de diversão até acabar com o dinheiro que têm. Ou de alguma outra coisa que o cérebro lesado de Charlie não consegue lembrar. Ele diz a si mesmo que eles não trazem nenhuma mensagem para ele, que ele só calhou de olhar para cima bem no momento do ápice da sua agitação, mas eles ficam girando e girando numa urgente convulsão, até ele reconhecer as árvores sob eles como o Tompkins Square Park. De alguma maneira ele conseguiu dar a volta inteira no parque e agora está chegando a ele pelo lado do rio. Dá mais uma olhadinha para trás para garantir que não está sendo seguido e aí usa o parque para se orientar para... bom, para onde? Não dava para chamar aquilo de casa, exatamente.

A garaginha dos fundos está destrancada, e ele invade até onde ousa se não quiser que gritem para ele ir embora. Um ventilador zumbe do outro lado da divisória de blocos de concreto, e quando ele limpa a garganta, bem alto, duas figuras surgem lá de trás com óculos de proteção. Elas encaram

Charlie através do vidro de segurança, astronautas olhando para uma forma de vida alienígena. Aí Sol usa a mão boa para empurrar a máscara bem para cima do que seriam suas sobrancelhas. Ele tem os olhos altos, doidos. A luva de motorista da mão queimada, empapada toda noite com antisséptico, brilha como um acessório de um dândi futurista. Fora isso, ele parece bem doente. "Você deu um puta susto na gente."

"Estava destrancado", diz Charlie, bobo.

"A gente achou que você era alguma porra, sei lá, de contrainteligência militar."

"Eu nem sei o que é isso", Charlie disse. "Mas olha só, eu vi um cara lá na frente, de olho na casa. Eu segui o sujeito." Ao ouvir isso, os olhos de Nicky subiram também. Charlie pôs as mãos nos joelhos para recobrar o fôlego mais facilmente. Aquele cheiro. Como uma broca de dentista. "Foi coisa de uma hora atrás, eu tinha acabado de sair pra... ãh, comprar um muffin, e eu vi um aleijadinho de bigode sacando a casa parado lá do outro lado da rua, de tocaia mesmo, sério, juro. Aí eu segui o cara."

"E?" O rosto de Nicky está coberto de suor e lhe falta seu sorriso lascado. É nesse momento que Charlie percebe que não vai lhes contar como aquilo acabou de verdade.

"Ele era bem foda. O cara escapou."

"Podia ser aquele repórter", Solomon diz a Nicky, que subitamente empalidece.

"Óbvio que não podia ser o repórter, Sol. Você não lê jornal?"

Outra coisa que Charlie não vai mais fazer: ele não vai mais ficar implorando para eles se explicarem. "Achei que era uma coisa que eu devia fazer..."

"Você fez bem", Nicky diz, "de vir falar dessa sua preocupação, e eu vou pensar direitinho nessa história, te juro. Mas a gente está meio que num ponto crítico aqui, Profeta. Você dá licença?"

Sol já baixou os óculos para voltar ao trabalho, e, depois de dar uma olhada signfcativa para Charlie, Nicky se junta a ele por trás daquele escudo ou barreira de concreto. O ventilador, encaixado numa janela, faz a luz gaguejar como num cinema antigo. Apesar disso, Charlie parece condenado a sair tropeçando no escuro, catando peças de um quebra-cabeça que ainda não consegue enxergar.

* * *

    Naquela noite, quando volta depois de secar as roupas — elas ficaram horas na máquina que funciona com moedas lá na esquina antes de ele lembrar, mas aparentemente ainda eram nojentas o bastante pra ninguém querer roubar —, tudo está como antigamente. As portas foram escancaradas, figurativamente, e no chão da sala nua os pós-graduandos comem uma pizza borrachenta direto da caixa. Eles reconhecem Charlie agora como um dos escolhidos, e acenam para ele enquanto ele vai abrindo caminho com sua sacolinha de roupa limpa. De início, ele acha que os Pós-Humanistas estão fazendo uma festa apenas para os olhos de quem estiver vigiando. Uma distração-mais-álibi: nada demais aqui, policial; só uma rapaziada se divertindo. Mas aí da cozinha vem o cheiro dos brownies de maconha da Saco de Gosma, que não eram o que você serviria se achasse que a polícia estava por perto. Ele provou esses brownies uma vez, mas agora ela fez especialmente para ele, lembrando da asma.

    "Mas qual o motivo especial?", ele diz, com a boca cheia de chocolate acre. "É aniversário de alguém?"

    Ela o segura pelos ombros e gira o corpo dele até ele estar de frente para a porta por onde acaba de entrar. Acima dela, alguém pintou com spray na parede *Dois Setes se Encontram!*, cercado de iterações aladas do logo da FPH. Claro, ele pensa. 7 de julho. 7/7/77. "Meio que é o nosso último fuzuê", ela diz, enquanto ele pega outro brownie, torcendo para que tape o buraco que se abre no seu estômago, "agora que os problemas de sincronia estão resolvidos. Bom, pra falar a verdade, o Nicky diz que pode levar uma semana pra marcar outra reunião. Hoje à noite ia ter sido o momento ideal, mas, sabe, né... *laissez les bons temps rouler*."

    Lá na sala, redondos garrafões verdes de vinho passam de mão em mão em círculo, e Charlie, já chapado e procurando se esconder mais, bebe o dobro do que devia. Ninguém parece perceber quando ele deixa um pouco escorrer pelo queixo. Nem o próprio Charlie percebe direito. A camiseta dele, agora no seu quarto dia consecutivo de uso, tem cheiro de salame estragado ou de carne que está ficando azul, então a mancha que se espalha é, na melhor das hipóteses, uma preocupação distante. Assim como a conversa. Há dez ou doze pessoas ali, quase só homens, o triplo do total histórico do Pós-Humanismo propriamente dito, e a vitrola, que é o único equipamento restante da sala, chora seu reggae. As palavras ditas por sobre a música se decompõem num poema sinfônico:

Eu sei que Hegel disse em algum lugar...
... quer ver o documento, e eu assim, qual é, fidaputa, eu estou tentando pegar aqui...
... otário tava bêbado demais até pra tocar...
... faltava um cara no...
... estêncil ali ...
... e por que que eu preciso de documento? Ninguém nem confere mesmo.

Nicky está sentado num silêncio incomum num canto da sala, lambendo gordura de pizza de um dedo mínimo, a única pessoa com distância suficiente para entender o que os outros estão dizendo. *Eu posso ver com os meus próprios olhos*, diz o cantor daquele disco que ele adora, *É um esquema que divide*. Charlie se convence por um segundo de que Nicky orquestrou *tudo* desse jeito, manteve todo mundo nos seus compartimentos separados. E, durante a mais ínfima subfatia daquele segundo, ele fica pensando se está satisfeito por estar do lado dos que recebem os benévolos cuidados de Nicky. (E se isso constituiria mesmo a liberdade. (E, assim, qual que é a diferença entre isso e a liberação? (E será que a liberdade real é possível mesmo? (E tudo quanto é coisa assim, a maconha sacaneou de novo com o tempo e as ideias dele são como bolas de sinuca em câmera lenta.)))) Mas aí Nicky o surpreende olhando e dá um grande gole de um garrafão que passa e diz para D. Tremens: "Abaixa a música ali. A gente está esquecendo um negócio".

"O que foi?" Charlie não consegue evitar a pergunta.

"Bom, se essa é mesmo a nossa última ceia, você não acha que alguém tinha que dar uma bênção? Senão, pra que é que serviu você estudar tanto a Bíblia? Invoca aí pra nós, Profeta."

O pedido o pega de surpresa, como uma pergunta em sala de aula. Como ser empurrado para uma corda bamba iluminada por um holofote sobre uma multidão que não percebeu que você nunca treinou para isso. Ele nem sabe direito o que Nicky quer dizer com "invocar". Será que ele quer uma confissão? Uma renúncia? Ou, o que seria mais a cara dele, o roubo da linguagem de outros para seus próprios fins? Será que ia ser desonesto simplesmente ler alguma coisa em voz alta? Nem adianta pensar nisso; ele escondeu a Bíblia na sua pilha de roupas no sótão, junto com a câmera que decidiu pegar de Sol no fim das contas. Charlie levanta, vê que é a segunda pessoa mais alta ali naquela sala. Para disfarçar seu constrangimento, ele baixa a cabeça, olha para os pés. Pensa em jogar a toalha de uma vez — na verdade, talvez seja a isso que o estão levando —, mas parece igualmente possível que recuar ali seja a única maneira de reprovar no teste. Um fiapo das Escrituras, lido e relido depois dos tiros, revoa dentro do seu crânio: *O senhor teu Deus está no meio de ti, poderoso para te salvar.* Tem o tom militante que Nicky aprecia; até o D. Tremens aprovaria. E aí como que era depois? *Ele veio derrotar. Também vós, ó Etíopes* — Não, não cabe, com ou sem o reggae. O que mais, o que mais. Ãh... *no meio dela se deitarão manadas e o pelicano vai cantar na janela,* porque, ãh... Não, espera. Isso sim. *Ai.*

"Ai da rebelde e contaminada", ele se ouve dizer para a sala agora calada. "Da cidade opressora." E quando ninguém reage, mais versículos lhe voltam misteriosamente. "A cidade alegre que vivia em segurança, que dizia: *Eu sou*; como se tem ela tornado em desolação! Mas não temais." Não temais! Isso! Eles sempre diziam isso aí, isso é fundamental. Mas e agora como é que ele ia contornar aquela coisa meio constrangedora do Hashem? Bom, que tal isso? "No dia do festival, haverá exultação e canto em altas vozes", ele diz.

> Os que em tristeza suspiram, eu os congregarei, esses para os quais era um opróbrio o peso que estava sobre ela. Eis que naquele tempo procederei contra todos os que te afligem. E salvarei a quem coxeia, e recolherei a quem foi expulso; e deles farei um louvor e um nome em toda a terra em que têm sido envergonhados. Naquele tempo vos trarei para casa.

Primeiro, quando ele ergue os olhos, só há mais silêncio. Aí o Nicky começa a bater palma, lentamente — "Na veia, Profeta" —, e depois a Saco de Gosma, e alguns dos de fora, e até o febril Sol Grungy, parece, com seu apêndice aleijado. "Pro-fe-ta! Pro-fe-ta!", entoam os noviços. Uma onda de som que você nem veria que era de sacanagem, se não pudesse ver o rosto deles. Mas, por dentro, Charlie se sente de novo instável. Ameaçado, de alguma maneira, pelo seu rebanho. Talvez sejam as drogas, mas não era para aquilo ali ser irônico, era para ser uma forma de santificar o que eles estavam fazendo. Ele pede licença e sobe para tomar um comprimido e dar uma deitadinha.

Mais tarde, a Saco de Gosma vai aparecer sozinha no alto da escada do sótão. Ela já está sem a parte de cima do biquíni, e é isso que o faz sentir que está sonhando. Sob a lua que atravessa o alçapão, os peitos dela parecem dois balões azuis e macios. Os mamilos são maiores do que ele imaginava. Até o umbigo dela grita por sexo — uma invaginação, uma elipse oculta. Antes de ele conseguir perguntar o que ela está fazendo, ela já atravessou o quarto e está com a mão na fivela do seu cinto. Ele está com medo de que, se ela o vir sem roupas, pode não querer continuar. Mas ela já está com as calças dele pela altura dos tornozelos, e uma mão lhe tateia determinadamente a cueca, como quem tenta pegar um peixinho dourado no aquário. Com a mão livre, ela leva as dele para aqueles peitos e sacode o cabelo para um lado, e aí a sua boca está na dele e eles estão caindo de novo no colchão.

Com que frequência e com que infinitas variações ele imaginou esse momento? Mas alguma coisa está errada. "Espera", ele diz, sem fôlego, e remexe entre as roupas para achar a bombinha. Toma uma dose enorme.

A Saco de Gosma olha para ele com uma expressão que ele não consegue enxergar direito, respirando, ela, com regularidade. "O que foi?"

"Eu não consigo fazer isso."

"Por quê? Você não me quer, Charlie?"

"Claro que eu gosto de você. Mas…" Ele agora está sentado, olhando para a escuridão, com o cobertor da cama embolorada cobrindo sua metade inferior exposta. "Mas é lealdade, sabe como?"

Ela fica um minuto olhando firme para ele. E aí começa a rir. "Ah, Charlie, o problema é o Sol?"

"Eu achei que você estava com o Nicky agora."

"Por que é que você acha que ele me mandou aqui?"

"O Nicky te *mandou* aqui? Bom, maravilha. Eu achava que *você* gostava de *mim*."

"Não, não é bem assim." A voz dela fica mais suave. "Escuta, aquilo lá que você falou, Charlie, do opróbrio e da vergonha... Você tinha razão. Eu senti as coisas mudando de posição ali na hora que você falou mesmo. Algum peso que sumiu. Eu queria achar um jeito de te agradecer, e o Nicky disse que tudo bem se eu viesse. Ele falou que espera que você enxergue que você é mais duro na queda até do que você acha." Ela passa os dedos pelo cabelo dele como uma mãe, e ele pode sentir seu corpo se retraindo, irritado.

"E o Sol? O seu namorado? Ele sabe disso aqui?"

"Bom, e a Sam sabe? Ou ela não é mais a única na sua vida?"

"A quem é que você acha que eu estou sendo leal?"

"Charlie..." Ela põe a mão por baixo do cobertor para achar a virilha dele, mas ele rola para o outro lado, para a parede, queimando como uma fornalha no meio da noite. A Saco de Gosma deita atrás dele, sem encostar, e fica desse jeito durante muito tempo. Ela não é de todo ruim. Seu nome de escrava, ela um dia lhe disse, era Jain, com um *i*. Mas quando a manhã chegar ela vai ter sumido do lado dele, como todo mundo sempre faz, o que parece sugerir que não é tanto a insegurança que o tortura, mas a lucidez quanto ao futuro.

Mas ele não deve estar totalmente determinado, porque quando uma semana se passa sem que nada mais aconteça, ele tanto fica quanto não fica desapontado. Acima de tudo, se sente de novo por conta própria. O dia 12 de julho seria o dia em que o filme da Sam ficaria pronto, e naquela manhã ele vai até a loja de fotografia. Em troca dos seus últimos dólares terrenos e de mais umas moedas, eles lhe entregam um envelopinho vermelho de papel-cartão com algumas fotos, 12 por 9, o mais barato. Só que por algum motivo ele não consegue abrir o envelope. Se as fotos são da Sam, são a única coisa que sobrou dela, e, assim que ele as vir, assim que as consumir, ela realmente terá ido embora.

Ele volta para o Falanstério e encontra Nicky esperando. Há um último trabalho que eles precisam fazer, ele diz, uma tarefa para dois; ele quer saber se Charlie encara. Charlie mete o envelope das fotos num bolso, torcendo para que Nicky não pergunte nada, e, meio motivado por um sentimento de culpa, diz: *E por que eu não ia encarar?* Afinal, quanto estrago dois carinhas podem fazer?

Logo eles estão zunindo rumo ao norte da ilha com os vidros abertos e o rádio no último volume, o compartimento traseiro vazio baqueando toda vez que eles acertam um dos buracos selvagens da 6th Avenue, um envelope tamanho ofício escorregando de um lado para o outro sobre o painel. Ele está de novo no banco do passageiro, pela primeira vez em meses. Não o Sol, não o D. Tremens, mas ele, Charlie Weisbarger. Ou *McCoy*, se for atender pelo nome do seu uniforme. Quem sabe, ele pensa, possa ser até o momento de perguntar ao Nicky a respeito da Operação Irmão Demoníaco. Mas, quando pergunta, Nicky só encosta no envelope e sorri. "A gente vai colocar o convite no correio na volta."

Eles por pouco não acertam o parquímetro ao lado do qual estacionam. Charlie coloca um níquel e Nicky verifica o relógio de mergulhador que às vezes usa, agora que a van não tem relógio. Aí ele passa para Charlie uma mochila militar que parece estar cheia de compras. "O que é que tem aqui dentro?"

"Curiosinho hoje, hein, seu Charles?" Nicky tira da mochila outro macacão que veste por cima dos jeans. Nenhum passante presta qualquer atenção nele. Alguém apagou o *PEGAXOTA* da lateral da van, pra que ela voltasse a parecer o carro de uma empresa de lavagem de janelas, Charlie vê, e agora Nicky, também, está com o uniforme para combinar, apesar de ser o antigo uniforme do Sol, e consequentemente vários tamanhos maior do que ele. *Greenberg* está bordado no bolso. Espera lá. Será que o *Sol* é judeu? Mas perguntar seria provar que Nicky tem razão.

Ele segue Nicky até a 23rd Street, uma larga confluência de ruas. O prédio enorme da esquina tem um andaime de construção entre o primeiro e o segundo andares, uma passarela de compensado com paredes que vão até a cintura. Metade dos prédios da cidade tem essas coisas, e no entanto nada parece ficar pronto. As sombras embaixo da estrutura são frescas. "Você primeiro", diz Nicky, acenando com a cabeça para as vigas de metal. Isso parecia contrariar o espírito do anonimato; é raro ver operários realmente trabalhando em alguma coisa. Mas provavelmente Charlie podia começar a gritar que estava sendo assassinado, e ninguém ia se dar ao trabalho de prestar atenção.

565

Ele trava a um metro e meio do chão, agarrado às estruturas em X. É mais ou menos até aí que consegue escalar antes de a acrofobia bater. Nicky está olhando em volta, tenso. "Anda", ele sibila. "Sobe de uma vez." Charlie estica bem o braço, um pouco mais, e agarra a beirada do compensado. O mais provável é que os braços larguem antes, os mesmos bracinhos magrelos de frango que eram a sua danação quando era a sua vez de escalar a corda na aula de educação física. Só que num dado momento o medo de ser pego ali passa por cima do medo de altura, e talvez renda uma onda de adrenalina, porque aqui está ele se contorcendo pela borda e caindo como um pacote na passarela, um andar acima, oculto dos olhos dos outros.

Em segundos, Nicky está ao lado dele, de costas. Eles estão encarando um céu emaranhado de cumulus, mas de resto de um azul superaquecido. Parece que não são as nuvens, mas os prédios que se movem, tontos, querendo cair. Aí Nicky está dizendo para ele se sentar mais reto, para não amassar a mochila. Dela, ele produz uma fina tira de metal. Charlie o fica vendo introduzir aquela faixa prata entre os painéis da janela mais próxima. O significado de um termo que nunca fez muito sentido ganha foco repentinamente: gatuno. Tem esse tipo de rapidez. Num momento Nicky está aqui; no momento seguinte, Charlie está sozinho.

Deve haver no mínimo cem janelas acima deles do outro lado da rua. Ele faz uma pequena oração para que nenhuma das pessoas que moram ou trabalham ali atrás deles olhe para onde ele se estende. Claro que ele podia simplesmente agir como se ali fosse o seu lugar, ninguém ia pensar duas vezes, mas Charlie Weisbarger, pelo menos desde que seus irmãos nasceram, nunca soube o que era estar no seu lugar. Em vez disso, estava sempre com medo de que este mundo que o envolve — a música cotidiana da rua lá embaixo, o queimado oleoso das castanhas que assavam num carrinho — a qualquer momento viesse a ser roubado. E de que não fosse haver outro. A verdade é que bem no fundo o Profeta Charlie é um puta covarde todo borrado. Seus medos são uma rocha tão grande que nem Deus conseguiria erguer. O que significa, claro, que ele não merece misericórdia. Ele rola de modo a ficar esticado junto aos trinta centímetros de compensado que se erguem na borda da passarela e se enfia o máximo que pode no que seria sua sombra, se o sol não estivesse batendo como um holofote de muro de prisão. Quando olha de novo para onde estava estendido, percebe o envelope vermelho de fotos que lhe caiu do bolso. Ele rasgou onde havia um grampo ou alguma coisa assim, e uma pilha de fotos começou a escorregar.

São fotos de prédios queimados, janelas sem vidros, marcas de chamas em paredes, ele vê, mas nunca, por algum motivo, da FPH, ou dos incêndios propriamente ditos. Em uma foto, uma ambulância passa veloz por uma loja de artigos esportivos e uma calçada borrada pela fumaça — a não ser que seja o próprio enquadramento que esteja borrado. A lente balançou. Passando para a frente, ele consegue ouvir a voz de Sam, clara como um sino e rouca, chamando-o de um ponto que fica tão perto dele quanto a sua nuca: *Acorda, Charlie*. A última imagem é de um porão. Profundidade de campo, luz das primeiras horas. Sam nua sobre um colchão amarfanhado, espantada, lençóis arrancados. Isso aparentemente exporia alguma coisa dela e da pessoa que tirou a foto, um boneco tatuado no espelho, mas quem de fato fica exposto é Charlie. Nicky também estava trepando com ela. O que mais ele se negou a ver? *Acorda*, ela diz de novo, enquanto Nicky sai pela janela. Ele tem na mão um daqueles despertadores que brilham no escuro. "Não deu pra achar o que eu queria", ele diz. "Mas esses aqui nunca são demais."

A testa dele brilha de calor, e ele já está indo para a borda do andaime quando Charlie lhe agarra o braço. Mostra a foto. "Você quer me dizer o que é isso aqui?"

Por um décimo de segundo, Nicky se espanta. "Está na hora de parar de se fazer de bobo, Profeta. Não combina com você." Aí, num piscar de olhos, ele rouba a pilha de fotos e mete no bolso. "Beleza. Vamos zarpar daqui."

Um farfalhar chama a atenção de Charlie de volta para a janela aberta do apartamento. O cheiro que está sentindo, ele percebe, é de fumaça. "Tem alguma coisa queimando?"

"A gente não tem tempo pra isso, Charles. Ou o negócio que a gente queria está lá dentro ou não está, e agora não vai fazer mais diferença."

Charlie se ajoelha ao lado do beiral. Há um lírio tristonho num vaso e, o que é mais tocante, um livro de ginástica sobre a mesinha de centro. Pode-se ouvir um latido insistente que vem de trás da porta. "Ei, Nicky? Tem um cachorro ali dentro."

"Às vezes a gente tem que quebrar uns ovos."

Anda, acorda. Mas acordar e ver o quê? O fato de que em vez de heróis bondosos eles são somente punks. Ele pensa em Sam naquela cama. Em Sam focalizando a lente naquela calçada, como que para lhe enviar um sinal. Numa casa toda tapada, despida de todos os confortos, é fácil voltar a sua raiva pra fora, atacar esta cidade em cujo centro ele está, com sua rebeldia e sua contaminação e sua opressão, mas, sério, Nova York é a única coisa que nunca o abandonou. Ele diz: "Você estava mentindo, né?".

"O quê?"

"Esse tempo todo, você não está nem aí pras consequências. Você nunca se importou com quem pudesse se machucar."

Quando ele se vira, Nicky está com uma perna já para fora da passarela. "Charlie, eu juro por Deus, se você entrar lá, eu te deixo aqui." Mas Nicky já fez isso, não é? Deixou ele aqui fora atado àquela rocha. Uma brisa sopra as cortinas, alimenta o fogo; o rosto de Charlie é uma almofada, quente de um lado. Os olhos de Nicky são brasas negras e quentes. O disfarce de trabalhador faz com que ele pareça o desconhecido que de fato é. "Eu vou contar até três. Um."

O cachorro está se matando de latir agora, alguém vai ouvir, e as chamas estão correndo da pilha de papéis na cozinha para o lado da janela.

"Dois."

Por que é que o alarme de incêndio não começa a tocar?, ele pensa. Porque Nicky desligou o alarme, é claro. A fumaça faz seus olhos se encherem d'água. "Você sabe por que é que você vai acabar no inferno, Nicky? Você não tem amor no coração." E, antes de Nicky poder responder — porque não precisa responder —, Charlie está mergulhando de cabeça na janela aberta, seguindo a voz de um cachorro que o leva ao coração mais faminto do fogo.

INTERLÚDIO — A IMPOSSIBILIDADE DA MORTE NA MENTE DE ALGUÉM AGORA VIVO

TERRA DE 1000 DANÇAS

25 ¢

peça
empreste
roube

NESTA EDIÇÃO:

RESENHAS DE COISAS BARATINHAS

ANARQUIA, REBELDIA, ANGÚSTIA ADOLESCENTE

MAIS FORMAS DE FODER COM O SISTEMA

BEM-VINDOS À LINDA NYC

GRAFFITI (SP?)

BOMBAS NOS SUBÚRBIOS

E MAIS:
PÓS-HUMANISMO: O QUE É ISSO?

PUNK RAWK!

GRALHAS!

+FALATÓRIOS SEM SENTIDO QUE NÃO TE INTERESSAM

VOCÊ QUER ISTO AQUI

LANCHONETE DA LENORA

número 3
set. 76

"um oásis de raiva num deserto de complacência"

01
meu nome é

geek

este número é dedicado a K, pela "passagem" + a C, esteja onde estiver

UMA NOTA DA SUA EDITORA[1]

colegial, irving place, 1976... ainda faltam 73 dias pra formatura, mas as cartas das universidades já começaram a chegar.[2] o diretor diz que não é pra ninguém levar as cartas pra escola, mas dá pra ver o povo na frente dos armários deixando uns envelopões gordos caírem no chão. dartmouth, smith, williams – ops, fui eu que derrubei esse? ainda assim, o negócio é que se você quiser nomear a vibe que deixa as risadas quebradiças entre as aulas, é medo. aqui estamos nós nesse paraíso da juventude em busca de conformidade, com suas hierarquias e suas piedades, & a ideia de que perder isso tudo está gerando esse imenso espasmo reacionário. eu tenho deixado a minha argola no nariz[3] ultimamente, p. ex., em vez de tirar no trem, porque francamente eu não dou mais a mínima, mas daí então eu tô lá fazendo o meu papel de objeção-consciente na educação física ontem & uma veterana chega em mim e: "ô, sa<u>mantha</u>, tem um negócio aí no seu nariz" & eu meio assim, boa sorte em princeton ano que vem com aqueles carinhas da fraternidade ou o hóquei de grama ou sei lá o que que você faz pra se distrair dessa sua vidinha medíocre. está vendo, leitor, a escola na américa é acima de tudo uma questão de <u>segurança</u>::::a segurança que você ganha quando renuncia à <u>liberdade</u>. só que a ironia da coisa toda é que esta sua correspondente aqui, que está, sério, <u>desesperada</u> pra se mandar de lá, até agora só recebeu 2 envelopinhos, bem magrinhos, ambos do tipo não obrigada tenho nojo. o maior sonho do meu pai era me ver em algum lugar fora deste estado & escapando dos costumes tradicionais ancestrais dos cicciaro (pra nem falar da minha mãe). mas pra ser sincera eu não fiz exatamente um puuuta esforço pra impressionar o comitê de seleção de boston, porque, sério... boston? então ultimamente depois da aula em vez de ficar de bobeira com sg eu me vejo voltando às pressas pra lõgailand pra ver se na minha caixinha de correio me aguarda o envelope que oficializa a coisa toda – o da columbia ou pelo menos da nyu (que aparentemente aceita qualquer um). não rola & não rola, mas eu me digo que vai rolar. eu finalmente vou morar nessa cidade que eu vejo quando fecho os olhos de noite. aqui em volta de mim agora na aula de cálc tem umas meninas sacanas tentando fazer a senhora boswell virar do quadro & me pegar rascunhando isso aqui em vez de tentar resolver umas antiderivadas. pode ser verdade que eu só estou prestando meia atenção, mas isso eu já entendi: a partir de qualquer ponto, linha ou curva, é possível subir um nível de abstração. assim, digamos que eu sou um ponto. o tempo é uma linha. o ritmo com que muda a passagem do tempo é uma curva. a antiderivada dessa curva seria, o quê? o ritmo com que aceleração do futuro vindo para o presente acelera. e aí eu sou uma mudança mudada cuja mudança muda, & o que se segue é um documento. e se vocês não conseguirem me acompanhar, crianças, bom, fazer o quê...

1. pra falar a verdade, ninguém vai levar isso a sério, né? sou só eu aqui, editora, escritora, designer, então me mandem alguma coisa — resenhas, artigos, poemas, sei lá. joia? joia.

2. só pra você ver o tipo de sádico que administra o sistema educacional deste país.

3. ver número 2.

t.d.m.d.
a/c Sam Cicciaro
2358 outer bridge
flower hill, ny
11576

índice

introdução	2
índice	hã ...
as memórias de tdmd	4
viagem	8
resenhas – shows	10
poemices	12
política?	12
resenhas – dishcosh	14
resenhas – humanos	15
conto i	17
editoriais convidados	18
conto 2	20
outré...	23

VOCÊ É MINHA IRMÃ E EU TE AMO DEMAIS... MAS VOCÊ TEM UMA MENTE MÁ!

L.E.S. CONFIDenTIAL

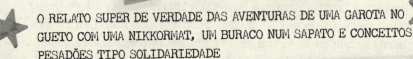

O RELATO SUPER DE VERDADE DAS AVENTURAS DE UMA GAROTA NO GUETO COM UMA NIKKORMAT, UM BURACO NUM SAPATO E CONCEITOS PESADÕES TIPO SOLIDARIEDADE

E a gente estava em algum lugar a leste da Bowery quando as drogas começaram a bater... sendo que as drogas, no meu caso, eram uns cigarros de cravo, o pó Bayer pra dor de cabeça que eu estava usando pra lidar com a ressaca da noite anterior e um fininho que a SG tinha achado num bolso do casaco. Coisa leve, pode até ser, mas eu queria estar com a cabeça em ordem. Apesar de falar horrores quando o meu pai resmungava sobre o Estado de Bem-Estar Social, eu nunca tinha estado de verdade num conjunto habitacional e estava meio nervosa, fora que eu estava com umas esperanças secretas de que eu ia conseguir tirar alguma coisa das explorações daquela noite pra poder usar no meu projeto final da aula de arte. Ainda assim, o que a SG estava fumando devia ser coisa pra lá de boa, porque contra o céu morto mais a leste onde os números começavam a virar letras os táxis que iam passando pela Delancey de repente ficaram de um amarelo lindo. Faróis como gotas de leite no chazinho fraco daquele dia. Táxis todos apontados pra nós. Em fuga.

A SG na verdade tinha ficado me esperando desde antes de as aulas acabarem - eu tinha visto ela pela janela da sala meia hora antes do último sinal, encostada na cerca de metal do prédio do outro lado da rua com aquele casaco seboso de imitação de pele, e no segundo que levou pra eu me encher de coragem e virar punk de novo a ansiedade dela quase me deixou com vergonha. (Mas ao mesmo tempo de repente não era ansiedade, mas tédio. As aulas dela na NYU não devem ser muito pesadas, porque parece que ela nunca vai.)

Só pra garantir, eu fui no banheiro e soltei o trinquinho da esquadria. Pus de volta a argolinha do nariz. Subi no aquecedor e passei as pernas pela janela e pulei de quase dois metros de altura pra cair no canteiro congelado de florzinhas lá fora. Umas mães que estavam esperando pra pegar os filhinhos menores ficaram me olhando como se eu tivesse que pedir desculpa, sei lá, mas eu só coloquei os meus óculos escuros bem grandões e passei dando a maior gelada nelas, e lá se foi a gente. O Sol, namorado da SG, estava vindo de um trampo pago num prédio em midtown e ia se encontrar com a gente no L.E.S., onde eles estavam com uma coisa que queriam me mostrar. Não esquece de levar a câmera, eles disseram.

Agora eu estou pensando que o conjunto habitacional na verdade era o dele. Assim, do Sol. Eu já sabia que ele tinha nascido pobre (tinha uma puta mancha de invejinha por baixo daquele monte de encheção de saco que ele mandou pra cima de mim quando descobriu que eu era de Flower Hill, sendo que eu podia dizer pra ele que não tinha motivo pra inveja ali), e toda vez que eu dava alguma indireta que eu precisava de uma cama pra passar a noite, ele e a SG ficavam tão vagos sobre aonde que eles iam de noite depois dos shows que comecei a suspeitar que eles estavam dormindo naquele tempo lá na van dele. Pra dizer o mínimo, o Sol andava pelo pátio do conjunto como se aquilo ali fosse o lugar dele. Pra mim, foi meio intimidador. Eu gosto de pensar que sou cabeça aberta, mas tinha uma cacetada de negros e de porto-riquenhos sentados ali nuns bancos na frente do conjunto, encarando ou fazendo questão de mostrar que não estavam encarando a gente, as brancas, mas o Sol só passou direto e ninguém abriu a boca. Acho que os dois SGs têm uma puta cara foda juntos. Acho que faz parte da ideia do cabelo raspado e dos alfinetes. E eu fiquei com orgulho dos meus amigos, e aí de mim também. Isso aqui não era a América das escolas particulares, dos subúrbios. Isso aqui era de verdade.

O elevador do prédio estava quebrado. As escadas tinham cheiro de xixi e não acabavam nunca. Lá no teto tinha um casal dando uns malhos num colchão velho, mas a gente só fingiu que não viu eles e vice-versa. Aí a gente contornou a central gigantona do ar-condicionado e lá estava, nos tijolos, em branco, amarelo, & azul (que vocês iam ver nestas fotos se eu pudesse xerocar colorido):

PÓS-HUMANOS AO VIVO!

A SG sabia que eu curtia grafite, acho, porque desde que a gente começou a andar juntas ela me via tirando foto dos pixos. A gente podia estar lá sacaneando com o lixo do Señor Wax e eu via um caminhão-baú passar com uma belezura do lado, brilhante que nem um sol elícito, e lá ia eu porta afora pra fotografar. Tags em caixas de correio, throw-ups em cabines de telefone, ônibus bombados, fora aquela fachada incrível do Vault lá na Bowery. No outono, quando comecei a prestar atenção de verdade nas pichações que cobriam tudo, eu fui começando a ficar com um medo de que por algum motivo aquilo tudo fosse desaparecer com a mesma velocidade com que apareceu, que nem uma polaroide ao contrário, aí eu quis um documento, alguma prova de que por um minuto intenso a vida e a arte tinham estado quase se tocando. Agora me ocorreu que isso pode ser em parte um jeito de você se transformar num observador passivo. Mas também se eu tivesse uma tag ia ser tipo SAM HEMPSTEAD PIKE ou sei lá, e eu não confio no meu corpo pra não foder com qualquer coisa maior que escrever com canetinha no banheiro da escola.

Talvez fosse por isso que eu fiquei surpresa que o Sol tivesse feito o blow-up grandão que estava na nossa frente agora. Não era o

grafite mais tecnicamente perfeito que você podia ver por aí. Se você prestasse atenção, como eu fiz na sala de revelação, tirando do banho químico as fotos que eu tinha batido, você começava a ver que no fundo existia toda uma estética gráfica bem bacana que aquilo ali não tinha, exatamente. Mas o que faltava de estilo ele compensava com tamanho, e ele estava com um sorriso na cara que nem um cão de caça que tivesse largado um coelho na minha frente. "Postumanos", eu disse. "Isso era pra ser 'humanos' que são 'póstumos'?"

Ele disse que tinha pegado a palavra com um chapinha dele. "É um negócio que ele diz da gente, dos punks. Que a gente é pós-humano." Aquilo soava tão meio atipicamente filosófico ou coisa assim que eu nem consegui tirar sarro dele. "Aquele chapinha de que a SG vive falando, você quer dizer. O cara misterioso que acabou com o Ex Post Facto e agora não pode aparecer em nenhum show."

p. 7

    Mas taí uma coisa que tenho que me cuidar, esse reflexo de sacanear com os outros, porque por um segundo o rosto azedo e alfinetado do Sol meio que desmontou e eu vi que aquilo significava alguma coisa a mais ou alguma coisa diferente pra ele, do que eu tinha pensado, e a SG estava com cara de quem podia me jogar do telhado. Ou um de nós, pelo menos. Foi o momento de máxima separação, como se eu ainda estivesse lá presa nos subúrbios do coração, com paredes e janelas e inibições e medos entre mim e a cidade. E eu não sabia mais o que fazer, então recuei e me agachei e comecei a tirar fotos. Aquilo já estava começando a ficar com uma cara mais impressionante. Não tinha sido feito, na real, pra ser avaliado assim de pertinho; lá da borda cercada do teto, eu podia ver como é que as pessoas iam ver aquilo lá de baixo, onde agora os carros vinham na nossa direção, também, com os faróis se arrastando pela FDR na direção do Brooklyn. E aqui estava o Sol, esse punkzinho assalariado, que tinha realmente pensado em <u>fazer alguma coisa</u>. Era superdescolado, eu disse finalmente, percebendo que era o que ele queria desde o começo.

    Depois disso a gente comprou umas garrafas de cerveja vagabunda só por solidariedade e ficou sentado nos bancos lá da frente um tempo, se embebedando e falando alto demais, mas ninguém estava entendendo exatamente o nosso gesto. O DT tinha encontrado a gente e trazido Mandrix, então a gente acabou indo pra quadra de handebol pra tomar os 'drix e ficar vendo uns carinhas chineses jogarem handebol enquanto a noite caía. Mas logo antes de ela cair — logo antes de as linhas que separavam a gente se dissolverem e a gente se fundir numa poça só — eu lembro de pensar como era engraçado que a gente ainda precisasse da química pra isso rolar. Naqueles meses todos, depois que a gente descobriu a nossa ligação via NYU (ela matriculada, eu inscrita) e tinha começado a sair por aí, eu nunca tinha entendido direito se era eu que estava tentando convencer ela e os amigos dela que eu era foda e podia ser do grupinho deles, ou se eram eles que estavam tentando provar pra mim que eles valiam a pena. O que eu acho que só mostra que os Estados Unidos do Punk Rock são um ideal, e não um direito de berço. Todo mundo aqui ainda está trabalhando pra aperfeiçoar o negócio. Aí o Mandrix bateu, com o céu violento e o pock suave das bolas na quadra e as risadas efervescendo o nosso sangue e a cidade se erguendo em volta da gente, e era exatamente isso que a gente estava vendo que era: perfeito.

diários de viagem do t.d.m.d.

BEM-VINDOS AO LINDO
VILLAGE

o lugar mais legal!

dedicamos a seção de viagens desta edição aos lugares bacanas ao sul da 14th street, com gratidão por terem nos ajudado a sobreviver ao último ano de escola.

1. señor wax

existe mesmo um señor wax de verdade? se existe a gente nunca viu o cara. o que tem são os empregados eternamente tentando te passar uma cantada. ainda assim, pro roquenrol mais da hora, el señor é o estabelecimento perfeito. & não só por ser a única espelunca da cidade que é tão vagabunda que vende essa coisa que você está lendo agora...

2. exército da salvação da second avenue

se estiver disposto a encarar as pulgas, você vai ficar chapado com as coisas geniais que dá pra comprar por menos de um dólar. (caveat emptor: todas as calças devem ter sido feitas pra alguém de um metro e vinte & 150 quilos)

3. túneis do metrô

se junte com os seus drugues numa ponta da plataforma. aí um ou dois de vocês passam pianinho enquanto o resto fica por ali pra segurança não sacar. ratos, terceiros trilhos, camadas de fuligem de metrô & trens significam que você tem que se cuidar, mas é meio que um museu do pixo lá embaixo. daqui a milhares de anos, os humanos ou pós-humanos do futuro vão andar em grupinhos conduzidos por docentes com capacetinhos roxos. e este é um legítimo TAKI.

4. sex shops

EU·ESPIONO

de longe o melhor lugar para ficar olhando gentes é na frente das sex shops a oeste da 7th Avenue, porque você ia ficar bem chocado com as figuras que vão comprar consolos.

5. o parquinho desconhecido na bleecker com a sixth

um dos meus preferidos. quase só junkies, velhinhos, e tanto pombo (é melhor dar uma olhada nas árvores antes de escolher um banco), mas quieto que nem uma igreja, sem contar o trânsito, que meio que vira só um rumor oceânico. é verdade que pode ser legal ficar sentado num parque batendo nas latas de lixo com uns pauzinhos & cantarolar umas coisas & só torrar a paciência dos outros, mas eu nunca levo os drugues ali. um lugar excelente pra ir com um livro que você acabou de comprar na...

6. mcaleery & adamson (uma quadra ao norte da st. mark's place)

essa livraria de porão é ruim de achar (não tem placa) e fede que nem cachimbo velho, e os vendedores ficam tão fundamentalmente ofendidos com a ideia de você achar que está à altura de comprar ali que podem fazer você chorar. e eu acho isso tudo estranhamente confortável. é o que acontece com você quando passa a vida inteira dentro dos livros & nunca sai: a vida real começa a te irritar em comparação.

t.d.m.d. saúda: lenora

O fato de essa "lanchonete" ficar aberta 24 horas é apenas um dos motivos de ela ser o máximo. Considere também:

- xícaras de café sem fundo

- uma ~~porssão~~ porção de pós-graduandos, reclusos, estivadores, velhões pinguços que gostam quando você faz careta com eles etc.

- os garçons: quer uma cara feia com esse creme de ovo?

- eles vendem bialy

e você acaba conhecendo o pessoal mais esquisito do mundo! que neeem quando eu estava lá com a sg e a gente começa a conversar com o pessoal ali da foto e o cara diz: "Eu tenho mais ou menos o grau de estabilidade de um frasco de nitroglicerina" e eu digo: "E por quê? eles caem fácil, por acaso?", e ele diz: "Nããoo, cê só pinga um pouco dessa porra e o negócio faz [assobiozinho descendente bem bacana]... PUM!" é, meu, a noite toda, sem parar.

RESENHAS ÚTEIS – MÚZIKA AO VIVO

artistas da fome / voidoids no cbgb, 26 jan.

teve um certo falatório na imprensa supostamente alternativa sobre a revelação que é ver uns rostos femininos no palco, mas isso é bem condescendente, se você parar pra pensar. o negócio é que as artistas da fome fazem um dos sons mais fodidos por aí & estão detonando o circuito local desde o compacto de "deface the music". um show transcendente no posto 719 da american legion no outono passado mostrou que noli mettanger pode encarar de frente não apenas debbie harry mas praticamente qualquer cantora do planeta. hoje em comparação foi apenas excelente. pra mim a grande descoberta foi a banda de abertura, os voidoids com vocais do bad boy richard hell (ex-television). dizem as más línguas que vai rolar uma miniturnê pela costa leste, então se eles passarem pela sua cidade, pode ir com certeza.

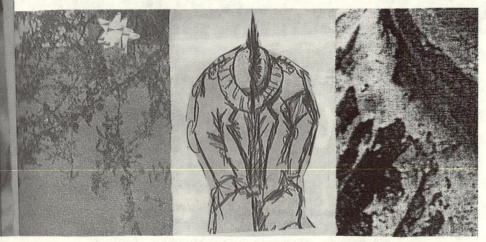

heartbreakers / outra banda que eu não lembro, no underground, 20 fev.

beleza, posso dizer uma coisa? dá pra exagerar nessa coisa de heroin chic, tá? johnny thunders era lindo, mas mesmo com a exposição toda errada da foto que eu tirei dele nesse show, ele está parecendo o porra do keith richard. "chinese rock" é de tirar o fôlego, mas não se chape com a sua própria droga, sacou? quanto à banda que eu não lembro... o que é que eu posso dizer? alunos da facul de arte, acho que alguém mencionou, então pode ser que os caras tenham futuro, ou passado. mais memorável, de longe, foram o dt & sol barbarizando lá na são marcos antes do show e causando escândalo nos corredores estreitos daquelas lojinhas idiotas. aí na frente de uma delas o sol tira do bolso aquela gargantilha de coleira de cachorro que eu estava de olho. eu expropriei isso aqui pra você, ele disse. que era uma palavra cabeça pra roubar, disse o dt; o sol tinha pegado aqui com o amigo dele, o nc, apesar de eu viver pensando que esse nc lá deles é meio imaginário, já que eu nunca vi o cara.

patti smith na igreja de são marcos na bowery, 2 abril   p. 11

cheguei nessa esperando música & ganhei foi poesia, mas é a patti, então quem é que vai reclamar? juro que quando aquela voz dela foi esquentando & quicou por tudo enchendo o teto daquela igrejinha dava pra ouvir jatos de avião, dava pra ouvir guitarras & bandas de percussão inteiras & provavelmente até os ateus saíram de lá se sentindo um tiquinho mais perto de deus. uma puta cena, mesmo, com coisa de um milhão de bilhão de gente & todo mundo de bobeira lá fora depois palpitando quanto era bem mais legal dois anos atrás no teto do apê de fulano de tal, lá antes da warner brothers & do lenny kaye, antes de neguinho saber quem ela era. essa palpitagem, aliás, é o jeito de você saber que a patti é o ó, & isso eu copiei quase verbatim de três carinhas meio mestrandos que vi passando um baseado entre os túmulos. eu fui tirar uma foto deles — um momento decisivo perfeito com um poste de luz inclinado em cima deles num ângulo maluco — mas eles ficaram ali só de ei qual é e tal & me cercaram geral com uma de qual que é parece polícia e tal. paranoia geral. & aí o sol, que eu nem sabia que estava por ali, aparece abrindo caminho legal entre aquele povo c/ a sg & o dt com ele & o dt todo "algum problema aqui?" eu sinto cheiro de violência & todo mundo sente também. o meu camaradinha canhão, um hells angel que sempre cuida da porta do vault, foi contratado pelo empresário ou sei lá o que da patti como segurança, & eu já estou vendo ele passar pelo povo, uma gente magrela voando longe que nem uns pinos de boliche & é o sol que ele quer, que parece o instigador ali. opa, beleza, eu digo pro sol & pra provar que eu não sou tira & diminuir a tensão & livrar a cara do sol + mandar um foda-se tudo ao mesmo tempo, eu pego o baseado do mestrandinho & chupo tudo de uma vez só, de estourar pulmão mesmo. o sol não sabe como agir quando tem mulher por perto, o que o fato de ele nem gostar da patti só comprova. ao mesmo tempo, se ele não curte a patti, o que é que ele veio fazer aqui, pra começo de conversa?

BRIGA NO ESTACIONAMENTO

um carinha dando cavalinhos
na neve com a van do chefe
sem parar até ficar tudo
de um preto oleoso e lustroso

e dois sujeitos que saem
de uma caixa acesa logo ali,
dizendo ô e ô
e ô que porra é essa
que você está fazendo

e a menina na tampa lustrosa
de uma lixeira, assistindo,
enquanto um detona a cara
dos dois, não gosta
dos chutes que não param
quando você está no chão

não gosta dessa luz de freio, ô,
desse escapamento, ô, desse balanço
da porta aberta na neve,
mas ao mesmo tempo, ela nunca
esteve do lado de quem vence,
e, ô, sério, quem é que pode
dizer quem não merece?

---

anarquia \a-nar-QUI-a\ [[lat. *anachia*, do grego *anarchos*, que não tem comandante, de uma raiz *archos* comandante] 1. uma sociedade utópica composta de indivíduos que não têm governo e que gozam de completa liberdade] ✱

um perigo muito real

A PÁGINA DE OPINIÃO
- política? -

Parece que todo mundo ultimamente está falando dela, de "Anarchy in the U.K.", até o pessoal do "Up Against The Wall, Motherfuckers". Você passa no Vault numa noite de sexta qualquer e vê no mínimo três carinhas com camisetas brancas idênticas detonadas com o A maiúsculo dentro de um círculo pintado na frente. Pô, até eu acho que vou comprar uma dessas. Porque essa coisa toda do punk em certo sentido é uma questão de liberação. Mas aí quando eu fui olhar a definição lá em cima e meditei mesmo sobre o negócio todo, comecei a ver uma tensão que de cara não achei como resolver. Por um lado: Liberdade total. A liberdade de ser quem eu quiser. De me expressar como eu quiser. De morar onde eu quiser. De fazer o que eu quiser. Sintonizar a música que eu quiser no meu rádio. Mas ao mesmo tempo, se eu quiser, de pegar o seu rádio, de te privar da sua música. Da sua utopia. Isso assim de cara parece uma objeção infantiloide; é só você inserir na sua constituição anarquista ou sei lá o que que o limite da liberdade é o que começar a cercear a liberdade dos outros. Mas vejamos um caso um pouquinho mais complicado. Digamos que eu esteja casada com alguém que eu não amo. Ou sei lá qual que é o equivalente anarquista de estar casado. Digamos que a gente tem um filho. É direito meu né – né? – me libertar disso e simplesmente me mandar. Mas se eu for, eu vou machucar o meu filho. Ou se eu levar o filho, vou machucar o marido. Mas se eu escolher não machucar nenhum dos dois, eles num certo sentido estão me machucando. O cerceamento, em outras palavras, está em toda parte, e esse negócio de liberdade é bem mais enrolado que parece assim de primeira.

Um jeito possível de achar a quadratura desse círculo, ao que me parece, tem a ver com aquela outra parte da definição supra, "composto de indivíduos". Eu fico pensando o que é que ia acontecer se a gente começasse a pensar em unidades maiores que isso. Como se o coletivo não fosse alguma coisa que vinha depois do indivíduo, mas a coisa que vem antes. Que possibilita o indivíduo. E se a gente pudesse simplesmente definir "gozar de total liberdade" de uma forma mais coletiva? Será que isso é possível? Não sei, mas a alternativa atual parece sugerir mesmo que o imperialismo do eu já infectou até essa nossa cenazinha aqui. Incito meus parceiros de camiseta a começar a pensar sobre isso tudo, a sério, porque esse treco que a gente está construindo aqui, juntos, no fim das contas só vai sobreviver — talvez a gente só vá sobreviver — se a gente conseguir ultrapassar esse mimiMIM. Esse Eu Eu Eu.

p. 13 — as crônicas de flower hill, vol. i

2/4/76
vim da escola direto pra casa. agora são oito horas & o Feiticeiro ainda está na oficina, então parece que vai ser comida de micro-ondas de novo.

4/4/76
aveia pela décima quinta manhã seguida & o pai esqueceu de colocar açúcar. quando eu aumentei o volume da guitarra até o 10 & fiquei tentando tirar cretin hop ele nem reclamou. ainda está deprimido por ter perdido os contratos.

10/4/76
sábado, mas eu não vou pra cidade. vou ficar de gobeira & me chapar & fingir que não estou sozinha: dá pra fazer isso sozinha & economizar a grana do trem.

6/5/76
aconteceu um treco superdoido hoje. eu estou ali à toa no señor wax, tentando fazer o sol & o dt ficarem parados pra tirar fotos deles, quando esse garoto que eu começo lá de flower hill me aparece todo esquisito na vitrine. pior ainda: é a segunda vez em um mês; acho que nem ia ter visto o carinha de outra forma. eu decido que o universo está tentando me dizer alguma coisa, & enfim, eu preciso sair dessa, então eu largo o sol & o dt e ajo como se a gente fosse amigo das antigas & levo o carinha pra tomar café na lenora. mas pior ainda: parecia mesmo que a gente era amigo das antigas. uma long island mental, de repente. eu disse que a gente devia sair mais. ele disse, na ilha, não, não, digo eu, a ilha é maior deprê. deixa eu te mostrar a cidade. a minha cidade.

9/5/76
o que eu lembrava do c daquele dia no campo de beisebol? cabelo foguinho, só. mas acaba que ele pode ser a pessoa mais engraçada que eu já vi na vida. acho que ele nem se liga nisso, mas eu mal consigo olhar pro cara sem rachar o bico. uma patetada emendada na outra. hoje a gente ficou 40 minutos de conversa no telefone de noite, sobre nada, nada filosófico nem nada, mas só... nada mesmo. de repente era pra eu ter tido um irmãozinho menor.

7/6/76
eles passaram uma semana fazendo a gente ensaiar, como se fosse hipercomplicadão subir naquele praticável & pegar o diploma quando eles estendiam o bicho pra gente. por baixo da beca eu estava de calça jeans e com a minha camiseta do television, & no último minuto, tarde demais pro cara da comissão perceber, eu deixei a argola no nariz. eles iam dar um diploma pra samantha de verdade ou não iam dar diploma nenhum. lá da entrada do ginásio eu tinha bisoiado o meu pai, mas agora eu perdi ele. mas dava pra ver ele, na imaginação, de braço cruzado fazendo um sim com a cabeça, um só, como quem diz, então, você fez o que tinha que fazer, mas não fique muito cheia de si. o resto dos aplausos foi por educação. & aí, do alto das arquibancadas, bem quando o diretor estava apertando a minha não: um grito indígena de guerra. o meu coração deu um pulo.

* definição de anarquia tirada de... foda-se, eu não tenho que te contar, porque eu sou anarquista

resenhas musicais

rezzenhaz úteis: graaahv-ações

★ = um horror. evite.

★★ = pode comprar que eu não vou tirar sarro

★★★ = genialidade destilada. ande, não corra.

the clash, seen on the green (pirata) ★★★

dizem as más línguas que o líder, joe strummer, começou numa banda de bar & só foi virar punk no ano passado. mas a) quem que era punk antes do ano passado? e b) com uma música dessas, que diferença faz? a longa apresentação ao vivo aqui é só a segunda apresentação da banda, mas cada refrão que voa ali pelo ar era bem capaz de levar a mensagem pras massas: londres está pegando fogo. viva a nova onda! mesmo que os enfeitinhos pop ainda pareçam meio deslocados & que tenha um reggae esquisitão no terço final (& mesmo que estejam dizendo que o show do 4 de julho no black swan parece que foi melhor) esse negócio ainda assim, sério paças, vale os seus tostões.

"faniquitos ululantes", de get the fuck out, + "soylent glue" de johnny panic & the bible of dreams

uma colaboração entre uns vizinhos do village, mas, como no caso da maioria dos compactos divididos, nem todo mundo sai por cima. os "faniquitos" ficam incomodamente perto de parecer um monte de guinchos. tem um monte de parolagem teórica na capa — mas punk rock não é coisa de intelequitual; era pra ser um treco visceral. só que o lado b é zilhões de vezes melhor. johnny panic tem lá uma coisa casca-grossa, maximalista e pan-musical, com uns momentos poéticos que me lembram o melhor do ex post facto — ou o que eu tenho que imaginar que era o ex post facto no seu melhor. gilly três-paus, toda uma nação vira seus olhos saudosos para ti...

berlin, de lou reed

é a música mais deprimente do mundo:
"estão levando seus filhos embora
porque disseram que ela não é uma boa mãe
estão levando seus filhos embora."
lou! que sacanagem!

---

1. ~~Horses~~ Brass Tactics
2. ~~Brass Tactics~~ Horses
3. Radio Birdman (importado)
4. Moder Lovers: Modern Lovers
5. (empate) Ramones: "Blitzkrieg Bop"
   Iggy: "No Fun"

pela primeiríssima vez
rizzōñas últees: seres humanos   p. 15

S.P.

c.

O que falta de experiência a este ser humano, ele compensa em entusiasmo. Você pode mostrar pra ele um prédio que você acha legal, ou uma árvore, até, e pra ele aquilo vai ser o prédio ou a árvore mais incríveis que ele já viu na vida. Quando você conta uma história pra ele – qualquer história –, o rosto dele se ilumina como uma girândola e qualquer coisa que ele diga quando você acabar vai ser tão completamente ingênua (sp.?) que você quer pegar ele no colo e proteger do mundo feio e malvado. Ele parece uma esponja ou uma câmera enorme (em resumo, o leitor ideal do TDMD.)

Quer ver? Eu lembro do dia depois da formatura, quando a gente estava ali no Señor Wax, e o C. quer umas músicas pra ouvir enquanto dirige para Nassau County. Nenhum de nós tem grana pra uma fita de Horses além da pilha de discos, então a gente racha. Eu recebo uma ligação dois dias depois: Patti é a maior artista pop de todos os tempos, maior até que Bowie, o que na C-lândia, pelo que eu vi, é um megaelogio. Ele realmente diz <u>artista pop</u>.

E eu nunca vou esquecer a cara dele quando saiu do metrô na Sheridan Square no fim de semana depois que eu fiz ele se ligar no Ex Post Facto. Era só a segunda vez que a gente saía de verdade, mas ele tinha rasgado a calça de cotelê e espetado o cabelo todo vermelhão. E eu disse pra ele naquela hora o que eu digo pra ele agora – o que é um jeito, quem sabe, de dizer pra mim mesma. Você está chegando lá, rapaz. Tenha fé.

Dinka Tradicional

O magnífico ~~touro~~ Weisbarger

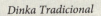

Meu ~~touro~~ Weisbarger é branco como os peixes de prata no rio
branco como a gaivota cintilante na margem do rio
branco como leite fresco!
Seu troar é como o trovão do canhão turco[1] na praia inclinada.
Meu ~~touro~~ Weisbarger é negro como a nuvem de chuva na tempestade.
Ele é como o verão e o inverno.
Metade dele é negra como a nuvem de tempestade.
metade dele é clara como a luz do sol.
As costas dele brilham como a estrela da manhã.
O rosto dele é rubro como o bico do Calau.[2]
A testa dele é como um estandarte, chamando de longe as pessoas.
Ele se parece com o arco-íris.

Eu vou levá-lo para beber no rio.
Com a minha lança hei de afastar os inimigos.
Eles que levem seu rebanho para beber no poço:
o rio é meu e do meu ~~touro~~ Weisbarger.
Beba, meu ~~touro~~ Weisbarger, do rio: estou aqui
para te proteger com a minha lança.

1. **Canhão turco**: durante o século XIX boa parte do Sudão foi ocupada por forças turcas e egípcias.

20/6/76

hoje pizza & uns comprimidos (c não pode fumar por causa da asma) & a gente acaba numa galeria que está expondo umas coisas sadô-masô em p/6 de um cara que um dia foi namorado da patti. o c. não abre a boca mas fica vermelho que nem um balão de festa & chupa um monte aquela gominha. eu tento não rir. aí na frente de uma foto de um cara pelado c/ uma jeba do tamanho de um cavalo, eu simplesmente racho de rir, & aí o c. racha de rir, acho que por alívio. a gente ri tanto que a menina da recepção diz que a gente tem que ir embora. bem na porta, a gente vira & mostra o dedo pra ela & sai correndo. eu fiquei surpresa quando percebi o quanto fiquei nervosa na hora de mostrar as minhas fotos pro c. depois disso, mas eu trouxe a pasta na bolsa, não a de piromania, pólvora & pancada, mas a que tem todas as fotos que eu tirei em shows no inverno passado. algumas daquelas bandas já viraram lenda. o que não garante que as fotos não sejam uma merda. a gente fica sentado na entrada de uma casa no west village entupidos de bolinhas, & ele vai ficando quieto enquanto vira as páginas, piscando como se estivesse difícil focalizar, & eu meio que me reclino ali & o céu está azul & com jeito de verão & se movendo lá em cima & eu estou com medo de ele me dar algum elogio fingido, que nem eu dei pro grafite do sol aquela vez, mas ele para numa foto do johnny thunders & lhe dá uns tapinhas com a polpa do indicador com tanto carinho que eu nem reclamo da digital de gordura de pizza que fica no plástico. sabe o que é que está faltando aqui?, ele diz. um puta de um pintão, bem aqui. eu digo pra ele que quando eu entrar na universidade no outono ele pode vir dormir no meu quarto, & a gente vai ser o rei e a rainha de nyc. a gente vai dominar essa cidade.

30/6/76

topei com o sol no show dos dictators ontem à noite & ele me convidou pra uma festa de 4 de julho numa certa casa notória do east village. o amigo invisível dele tinha finalmente decidido me conhecer, o sol disse, & ele me deu uma coisinha especial, também, pra fazer a noite ser bem inesquecível. ele me disse pra não tomar aquilo até a gente se conhecer. beleza, eu disse, mas eu também vou levar um amigo. o sol ficou roxo de uns três tons diferentes nessa hora. ciúme: a emoção menos punk do mundo.

10/7/76

toda vez que eu ligo pra casa do c. agora é a mãe dele que atende. ele está de castigo, ela me disse na primeira vez. eu disse, por quanto tempo? ela disse, quem é, e aí eu desliguei. agora eu simplesmente desligo já quando escuto a voz dela. eu estou morrendo de vontade de contar pra ele da FPH. eu não acho que a mãe dele esteja mentindo pra mim, mas ainda assim, sem ter notícia dele parece que ele está bravo comigo por alguma coisa, ou que eu estou traindo ele, deixando ele de lado por esse mundo do punk rock bem que nem a gente ficava inventando que eu ia acabar deixando tudo de lado. largar largar largar.

OS SOFRIMENTOS DA PSILOCIBINA

Era para ser uma grande noite – o Bicentenário – mas quando Gloria Buonarotti acordou na manhã seguinte, era como se ela estivesse voltando de uma abdução por alienígenas do espaço que tinham extraído toda a umidade dos olhos dela e aí dado umas rés com a espaçonave em cima da cara dela só pra garantir. Aqui estava ela, com a roupa de ontem, no frio piso de concreto de um porão cuja janela mais próxima dava para a parede de tijolos da casa ao lado, a menos de trinta centímetros dali. A câmera dela, graças a Deus, ainda estava na bolsa. Havia um colchão, as costas de um sofá, um som de respiração ali perto. Ela fez o que pôde para evitar essas três coisas, abrindo caminho para a lembrança das escadas. Aparentemente os aliens tinham deixado sua estrutura deambulatória básica intacta, porque ela chegou ao topo da escada com apenas um tropeção. Basicamente todos os mitos da história da humanidade recomendavam não olhar para trás, mas agora ela não conseguiu se conter. Nas sombras, três pares de pernas embolados no colchão. Jesus Cristo, o que será que ela tinha feito?
O andar de cima era uma zona de guerra: corpos largados pelos cantos e estendidos ao longo dos rodapés. Buracos – frescos? – nas paredes. A noite tinha concentrado os cheiros de chope de barril e de cigarros e erva e misturado todos eles numa única coisa. Foi a necessidade de fumar que a levou à cozinha. Lá estava um cara parado diante da pia, moreno, não desinteressante, copiosamente tatuado, enxaguando um pincel no que um dia foi uma embalagem de Cool-Whip. Ele não pareceu nada surpreso ao vê-la. "Guten Morgen", ele disse, com o cigarro balançando na boca e espalhando cinzas pela água. Os óculos dele eram dos pequenininhos, com armação de aço, como se fossem dos anos 20. Aí ele apertou a água das cerdas do pincel, com certa pose, quase como se estivesse copiando o gesto. "A gente se conhece?", ela perguntou. Ela estava na casa dele, ele disse. Ah. Ela se apresentou, apertou a mão dele, seguiu seu olhar até o cavalete perto da janela, onde uma tela estava colocada para pegar a luz do sol. Ainda estava molhada, mas era totalmente incoerente, um monte de linhas atravessadas pelo meio e aí um vazio, fora duas palavras: "Capitão" mais alguma coisa ilegível, no canto. Ela teve a sensação esquisitíssima por um segundo de que tudo aqui, a pintura, o cigarro, o fato de ele estar ali esperando com aquela familiaridade lúbrica, tinha sido preparado só para ela. Ela ergueu a câmera. Havia algo icônico nele, com a luz da manhã de verão entrando pela janela dos fundos ele podia até estar de boina de uma vez – ou quem sabe fossem só as histórias que os amigos dela contaram e que agora pareciam pesar sobre ele... mas ele disse que a regra ainda era nada de fotos. "Você sabe ir pra casa daqui?" E ela pensou: bom, boa pergunta. E eu sei?

Ei, você.

EDITORIAIS CONVIDADOS

terror inofensivo, vulgo "detournement", de anônimo

1) Engula um pouco de soro antiofídico aí vá pra sua junta de alistamento militar. O soro (a maioria é inofensiva & por favor pegue desses) vai te fazer vomitar. Vomite no carpete todo, na mesa, nas roupas etc. Aí peça todas as desculpas do mundo.

2) Dá pra fazer um detonador bem eficiente inserindo um cigarro sem filtro numa caixinha de fósforos pra ele acender alguns fósforos quando queimar até lá. Aí amasse um pouco de papel em volta dos fósforos e dos cigarros pra eles não ficarem aparentes. Jogue numa lata de lixo ou em qualquer outra área com muita coisa inflamável. Leva coisa de 5 minutos para detonar e aí você já pode estar bem longe, mas com sorte não longe demais pra ficar olhando.

3) Peque um pouco de líquido para treinar cachorros em qualquer aviário — ele tem cheiro de urina concentrada. Se você não consegue pensar em alguma coisa para fazer com isso, então não devia nem estar lendo isto aqui.

4) Invente gigantescas buscas em calçadas movimentadas por lentes de contato "perdidas", dizendo para as pessoas não andarem por ali ou "você pode pisar nela". Fingir que perdeu alguma coisa é um grande disfarce para tudo quando é tipo de comportamento subversivo.

5) Deixe bilhetes por toda a cidade dizendo: "Ontem é o dia".

ring
ring
alô você ligou para os estados unidos da amerikkka. um caos explosivo misturado com tensões inter-raciais numa audiência do congresso. e ainda às onze assalto à mão armada em protesto contra uma passeata de algum grupo extremista radical que não gosta de alguma política diz o conselheiro de relações públicas para o presidente aprovou um decreto salários aumentam. se você não paga o salário diminuiu de novo por causa de guerra em algum país estrangeiro e nós temos que intervir nesse ato odioso para este boletim especial enquanto vamos ao vivo com você para a cena do crime. Relatório policial do suposto estupro, assassinato, saque e atravessou fora da faixa. Logo será adaptado para a TV astro do cinema encontrado na cama com fulana de tal que rompeu com sicrano de qual decadência urbana nas quadras deu ré quando um cano de gás principal atração evento na nossa disputa local de prefeitos para a loja de conveniência mais próxima assaltada de novo por um homem mascarado e um time de esporte ganhou do outro time em ranking apesar de os dois virem da mesma fábrica dispensas como resultado da estagflação está melhorando os benefícios das taxas de desemprego em queda o valor do dólar subiu vinte por cento risco de doença cardíaca centro de controle emitiu um relatório de que não há atividade ilegal precisa ser detida no centro da cidade a poluição legislação para pôr um fim da linha para criminosos que recebem educação superior...

CANTINHO DA ECONOMIA DOMÉSTICA
Os Brownies Milenares de SG

O segredo para um bom brownie não é o brownie ... pegue qualquer mistura pronta de caixinha pra começar. O que você tem que prestar atenção mesmo é na erva. Essencialmente, você vai cozinhar na manteiga em fogo extremamente baixo por 1-2 horas. Aí quando a erva estiver bem macia, tire do fogo e pique bem fininho até a coisa virar basicamente uma pasta. dica: não jogue fora a manteiga, pra poder incorporar à massa. tem montes de thc ali.

Havia uma igreja antiga de que alguém tinha ficado sabendo. Você tinha que pular a cerca e entrar por uma janela quebrada nos fundos e aí estava lá dentro, tentando deixar os olhos se acostumarem com a luz da lua. Uns passos à frente e você se via embaixo de uma cúpula imensa que quando você olhava para cima parecia estar respirando. Outras pessoas deviam conhecer aquele lugar, porque de lá da sacada do organista dava para você ver lugares enegrecidos entre os bancos onde alguém acendeu fogueiras para cozinhar ou se aquecer. Em outros lugares havia quase que uns projetos artísticos, colagens de guarda-chuvas velhos e carrinhos de supermercado e espelhos. Gloria Buonarotti sempre achava aquilo lindo, essa necessidade de fazer alguma coisa e aí deixar num lugar onde ninguém fosse ver. Como os murais que ela fotografou em túneis abandonados. Ela estava aqui para fazer a mesma coisa, ela pensou: deixar grandes marcas de grafite correndo pelas colunas – gárgulas, trepadeiras –, e aí preservar tudo com a câmera.

    Esses bombardeios, como o Iggy dizia, tinham levado o grupinho dela várias vezes ao Bronx nos últimos tempos. Era onde as mentes das pessoas podiam ser abertas mais facilmente, ele dizia, mas era mais provável que fosse porque a polícia tinha desistido daquele lugar, e os artistas tinham liberdade para fazer o que bem entendessem. As únicas pessoas que podiam aparecer ali eram os caras que ficaram encarando na frente das lojinhas quando eles encheram a van. Num certo nível ela tinha medo desses caras. Em outro, num nível diferente, ela sabia que isso era errado. Ela também não sabia, afinal, o que era se sentir hostil e abandonada? Vista lá da Ilha, a cidade parecia um lugar de total liberdade e vida e coisa e tal, mas era bem assustador ver lá da via expressa, quando o sol ia descendo – Iggy gostava que ela ficasse no banco do passageiro, pra eles poderem discutir enquanto ele dirigia – os quilômetros quadrados de prédios abandonados, vizinhanças. E enquanto a luz da sua lanterna surfava nas entranhas da igreja, ela começou a criar um catequismo: O que é a igreja, afinal? O corpo de Cristo, que também é o povo. Gloria não acreditava mais em Cristo, mas não tinha desistido do povo. Ela sacudiu o spray, com uma imagem da obra já chegando. E se desse pra pôr umas bandas pra tocar aqui no altar, enquanto os bancos iam se enchendo do pessoal da região, atraídos pela música? E se desse pra montar exposições de fotos nos coros, estúdios de pintura no porão? Uma despensa, uma clínica grátis? E se as crianças pudessem vir pra cá depois da aula pra descobrir no que que elas eram boas? Uma casa de oração para todos. Uma espécie de comuna ou Falanstério, só que virado do avesso, que nem naquela brincadeira que as crianças faziam: casa, casinha; janela, janelinha. Era uma ideia grande demais pra ela fazer com aerosol, imagina na vida real, mas agora ela tinha amigos. Aí ela baixou os olhos e viu os amigos andando por entre os bancos, jogando neles uma coisa que saía de uns latões e que ela achou que devia ser tinta até o momento em que alguém acendeu um fósforo. Como se eles fossem mesmo só os vândalos que os reacionários desprezavam.

Mas Iggy, claro, tinha uma teoria. O mundo tinha virado uma imagem de si próprio, ele explicou no carro, na volta para o centro, e naquela imagem nada de real podia acontecer. Era preciso libertar as pessoas pra enxergar as falhas geológicas.

Eu achava que era pra isso que servia a arte, ela disse. Como a sua pintura.

Nhé, no fim das contas eu não presto pra isso.

Para ser artista, Iggy teria que conseguir criar, disse alguém lá do fundo da van.

É exatamente isso que eu estou tentando dizer aqui pra Gloria, espertinho. Você tem que achar algum jeito de criar uma descontinuidade. Rasgar a máscara. Sacudir quem está dormindo.

"Mas sem machucar ninguém. Que nem aquele incêndio."

"Isso, certo, exatamente."

E agora a outra menina, a que Iggy chamava de Sogra Gorda, falou, apesar de não ficar exatamente claro com quem. Eu te disse, ela falou. Não me diga que eu não te disse.

20/8/76

confusa & contrariada — o pessoal, o político: o político, o pessoal. parece que eu passei tanto tempo me preparando pra finalmente ter um lugar, & agora que me conduziram ao círculo mais interno eu não sei se é aqui que eu quero estar. tudo isso é invisível pra FPH claro. pra eles, entrou está dentro, & eles simplesmente acham que eu vou ser a presença constante que sou agora. tudo isso me vem hoje quando eu encontro esse playboyzinho bem lindo de terno e gravata na entrada da casa enquanto eles estão todos na garaginha lá dos fundos. ele veio entregar alguma coisa, mas acaba me dando uma carona pra uptown & a gente conversa & por um minuto eu não só estou vendo toda uma outra vida de que eu podia fazer parte (quando ele pede o meu no. de tel), mas também vendo que cara a minha vida atual, ou aparência de vida atual — a minha trajetória de cruzeiro, digamos — podia ter se fosse vista por alguém de fora dela. & cadê o meu c, com quem eu podia ter falado disso tudo? ainda de castigo em nassau, isso sim.

27/8/76

escrevendo isso no meu quarto do dormitório. as aulas só começam dia 7, mas eu disse pro pai que ontem era o único dia que dava pra fazer a mudança, porque eu tenho que sair de casa já-já. vindo pra cá, a gente ficou parado no trânsito do centro por uma hora & não falou nada. ele parecia triste, de um jeito que eu não via desde que o cara da revista começou a vir fazer aquelas entrevistas pra um artigo sobre fogos de artifício. & é ridículo, não é que a gente tenha tido alguma vez grandes conversas, & ultimamente a gente mal se via. é só a ideia da filha que ele ama. ainda assim, eu me senti uma merda vendo ele ir embora, mas aí, pelo menos, um lugar todo meu.

28/8/76

sol & dt vieram hoje lá da casa pra ver o meu cantinho novo; eu tenho que evitar que eles quebrem alguma coisa no corredor senão eu me ferro. eu tenho a última garrafa de uísque de sequoia roubada lá de flower hill & eles acabam matando tudo & o sol decide que quer pichar a minha parede. não, eu digo. o meu pai é fiador se tiver qualquer prejuízo & a parede nem é minha. o dt, aquele merdinha, percebeu em algum momento que eu não estou bebendo muito, & começa a me sacanear, meio, qual é, será que a universitariazinha acha que é melhor que a gente? o que eu não tenho coragem de dizer pra eles é que eu tenho um encontro amanhã de noite & eu ia preferir que o quarto não estivesse com cara de toca de bicho selvagem. eu acabo deixando o sol trabalhar num pedacinho da parede em cima da minha cama & agora a porra do quarto está com cheiro de spray, o que é o motivo de eu estar acordada tão tarde escrevendo (ou será que é nervosismo? a sensação de que alguma coisa, de novo, está pra mudar?)

extrodução

o futuro ainda não foi escrito

p. 23

Para concluir, leitor, eu vou contar pra você a única coisa interessante que o professor falou numa das poucas aulas da universidade que eu consegui frequentar até o presente momento (uma das primeiras e, cada vez parece mais, uma das últimas). Ele disse que o nosso conceito de tempo não é uma coisa que nasceu com a gente, mas algo específico à nossa cultura. "O tempo do relógio tem a idade do relógio." A coisa remonta aos monges, ele disse, com as matinas e completas e tal. E à medida que a nossa capacidade de dividir a nossa vida em pequenos incrementos melhorou, o tempo por si próprio acelerou. O professor acabou inventando uma megadiscussão do cérebro dos anjos por causa disso, mas eu já tinha me desligado, grudada naquela ideia: a divisão do tempo em cada vez mais caixas que a gente tem que encher, e como isso pode distrair a pessoa. A pergunta que você tem que dar um passo pra trás e se fazer, eu acho — a pergunta que você não para de se fazer, presa nessa velocidade toda —, é assim: onde é que você vai estar daqui a vinte anos, ou trinta? Ou quando você olhar para trás, no leito de morte: onde é que você vai ter estado?

Os incrementos que me distraem da minha situação mais ampla, eu estou começando a perceber, são essas coisinhas de três meses que praticamente servem pra gente acertar o relógio, até. Primeiro Passo: eu descubro alguma coisa nova. Segundo Passo: eu penso: isso, finalmente, agora a minha vida vai começar, esse aqui é o meu lugar. E aí três meses depois saio de um tipo de transe e vejo que eu estava me enganando de novo. Parece que os meus impulsos ou os meus apetites estão sempre uma estação do ano na frente do meu cérebro.

Depois que eu troquei de escola no segundo ano, a coisa nova foi sexo. Eu levei umas duas semanas pra dormir com Brad S. — e basicamente estragar a chance de qualquer menina ali vir a ser minha amiga. Acho que o tamanho do apartamento dele me impressionou, ou na época eu estava precisando sentir que aquilo era o meu lugar. Eu gostava que os pais dele nunca estavam em casa, então era como se aquilo fosse dele, como um adulto. E eu gostava que ele parecia saber o que estava fazendo. Com quem mais eu não devia ter dormido: o representante dos veteranos. Eu aprendi muito com isso tudo, mas não fiquei feliz. (De repente é uma boa política não dormir com gente que não me faz feliz.) E quando aquilo acabou, eu já estava em outra.

Eu lembro do balconista do Señor Wax tentando me impressionar pondo pra tocar uma cópia de imprensa de Radio Ethiopia e dizendo que eu fazia ele lembrar da Patti. Mas foi pelo som que me apaixonei. Eu ia virar musicista (malgrado a minha grotesca falta de aptidão musical). Ou pelo menos uma devota apóstola. Eu ia me mudar pra Cidade, ser engolida pela cena. Agora que penetrei os mistérios do East Village, no entanto, e comecei a ver o seu lado negro, eu estou pensando de novo o que será que eu estou fazendo. O que me deixa nervosa com o que é que vem depois. E se daqui a três meses eu quiser cair fora?

Mas o negócio é que eu comecei a pensar que não dá pra só dizer não. Não dá pra só destruir as coisas e supor que o que nascer no lugar vai ser melhor. Em algum momento você tem que construir. Tem que se envolver. Não era isso o objetivo do punk? Uma coisa assim de não se desespere, povo. Vocês ainda podem pegar uma guitarra e umas baquetas e fazer alguma coisa. Nada de Futuro — aquilo era só o conteúdo. A forma dizia: AQUI é o seu futuro. Acho que até a SG e o DT e o NC têm que enxergar isso em algum registro. Já que o pessoal e o político são algo de certa maneira indissolúvel na estufa que é aquela casa, rolou um certo ciúme por causa do tempo que eu andei passando com alguns deles ultimamente. Mas a essa altura, depois de ter sentido o que é uma relação adulta de verdade, se eu continuar interessada na FPH não é do jeito que eles podem pensar. O que me interessa agora são mentes. Especificamente: mudar mentes.

eu sei, eu sei... você está pensando "como é que eu posso participar de um treco tão incrível, bom, manda aí alguma coisa, a gente fica de braços abertos:

artigos
colunas
poesia
prosa
arte
quadrinhos

& se você tiver uma graninha sobrando, mande doações, porque eu estou ficando totalmente dura por causa disto aqui. Pra receber o próximo número, por favor mande $ e selos.

p. 25

**OBRIGADO
LIGUE NOVAMENTE**

Nós agradecemos a preferência e esperamos continuar a merecê-la. Se conseguimos te agradar, avise os amigos. Se não, nos avise. Nossa missão é satisfazer.

Oi

meu nome é

Keith Lamplighter (sp.?)
investimentos lamplighter
501, 5th Avenue, 12º andar
Nova York, ny 10017

VALOR INSUFICIENTE

t.d.m.d.
2358 outer bridge
Flower Hill, NY 11576

LIVRO IV

MÔNADAS

1959-1977

Eu também tinha sido derrubado da balsa para sempre mantida em solução,
Eu também tinha recebido identidade por meu corpo.

Walt Whitman, *Folhas de relva*

59

A balsa para Block Island atrasou, e já estava escuro quando Regan chegou à imensa casa de férias dos Gould naquele último fim de semana oficial do último verão dos anos 1950 — o começo do seu terceiro ano na universidade. Os carros na frente da casa pareciam pérolas cultivadas sob a luz da lua, ou uma linha de brasas que esfriam. Nas janelas iluminadas, homens contratados com paletós brancos se apressavam de um lado para o outro. Riso e ruído das ondas do mar e o baque das raquetes de badminton vinham lá dos fundos; devia ser onde todo mundo estava. Mas onde estavam os Gould era certo que o seu irmão não estaria, então ela entrou com a mala e perguntou para uma mulher alta que estava com a lista de convidados onde podia largar suas coisas.

A mulher a levou até um quarto sob as empenas do terceiro andar, o mais distante dos adultos que era possível. A cômoda onde Regan colocou as roupas que trouxe de Poughkeepsie tinha um vago cheiro de talco e, por baixo disso, de podridão. Ela estava ajustando para baixo sua estimativa da fortuna pessoal de Felicia quando, no corredor, uma voz conhecida começou a contar de trás para a frente a partir de sessenta. Criancinhas, os rebentos não supervisionados dos convidados que estariam lotando a casa e o único hotel da ilha durante aquele fim de semana, faziam um imenso tropel sobre as tábuas cansadas do piso. Ela encontrou William na outra ponta do corredor, num quarto que era o espelho do seu. Ele estava estendido na cama embarrigada com seu blazer e a gravata da escola desatada. Estava de olhos fechados. "Quarenta... trinta e nove... oi, Regan."

"Você está espiando?"

Ele deu tapinhas na colcha ao seu lado. "Vem aqui dar um beijo."

"Eu não acredito que você está espiando. Não pare de contar! Você vai estragar tudo pras crianças."

"Pode ser, mas pelo menos eu ganhei um tempinho de tranquilidade até eles perceberem."

"Você é um monstro."

"Anda. Beijo."

Na sua jornada de um ano através do sistema digestivo das mais prestigiosas escolas do país, William andou testando e descartando várias personalidades, mas nessa sua última encarnação havia um elemento de imprudência, de tentar ver o quanto ela aceitava encarar. Quando ele fez um biquinho para ela, ergueu-se um cheiro azedo. "Jesus amado, William. Você está absolutamente fedendo a álcool."

Ele sorriu e abriu o blazer para revelar uma garrafa de rum. "Ia ser mal-educado não aproveitar a hospitalidade da aniversariante, você não acha?"

Eles ficaram um tempo sentados na cama passando a garrafa enquanto ele ria da decoração genericamente náutica do quarto e dos babacas cujo riso continuava subindo em rajadas pela janela aberta. E, claro, da pose dos Grudes. Toda vez que ele pronunciava errado o sobrenome ela ouvia uma dor. Ela também a sentia, obviamente. Por outro lado, também sentia, como cada vez mais nesses últimos anos, a diferença de idade entre eles. Sim, ela teria preferido que o pai tivesse entrado para um monastério, mas os dois eram adultos, e se o Papai preferia ter uma... uma *namorada* (ainda que a palavra lhe espetasse a garganta como uma espinha de peixe), a coisa elegante a se fazer era sorrir e concordar com a cabeça e não ficar no caminho. Talvez também ela imaginasse certos benefícios decorrentes dessa diligência filial. O Karmann Ghia que ela ganhou de Natal não era um deles? Na mais-que-perfeita congruência do carro com os possíveis desejos de uma moça de vinte e um anos, ele nitidamente tinha sido escolhido pela consorte do Papai, mas quem sabe o impulso maior tenha sido dele. Talvez, pela primeira vez, a maturidade superior dela estivesse sendo reconhecida. Apreciada, até. E quando as criancinhas vieram reclamar com William a respeito da sua recusa em ir atrás delas, Regan deixou ele ali se virando para sair na base da lábia da confusão em que tinha se metido e desceu para se juntar ao grupo.

A área coberta de areia atrás da casa se estendia por uns dez ou quinze metros. Como esse era o ano em que tudo que se referia ao Sul do Pacífico estava na moda, o perímetro tinha sido demarcado com tochas de palhinha que bufavam e espirravam sob um vento cada vez mais forte. Cristas quebravam cinzentas além das dunas, quase invisíveis, enquanto dentro do círculo encantado reluziam os rostos de executivos com suas esposas e dos diversos amigos dos Gould. O Papai, elegante com seu terno de lã fria, deu-lhe um beijinho na bochecha. Ela estava esperando um abraço, mas ele estava com um copo na mão, e isso aqui era mais cosmopolita — coisa que, com Felicia olhando, era provavelmente uma vantagem. Ela pediu para um garçom dar um coquetel a Regan, num copinho com formato de deus tiki. Aí o irmão, Amory Gould, ofereceu-lhe o braço. "Venha, querida. Tem algumas pessoas que eu gostaria que você conhecesse." O sorriso do Papai pode ter vacilado um pouco aqui — Regan nunca iria conseguir decidir direito —, mas, quando ela girou no seu eixo para encarar a névoa de álcool e flamas e o negro mais profundo das nuvens de tempestade que se acumulavam no leste, uma espécie de zunido tomou conta dela.

A mão de Amory, suave em suas costas, a impulsionava através de grupos cerrados de convidados. Ela ficava esperando que uma hora ele perdesse a paciência, mas ele vibrava com uma intensidade toda sua. Mal era mais alto que Regan, mas já naquele tempo, antes de fazer quarenta, tinha a impressionante cabeleira branca, e aqueles modos insinuantes; aquele jeito de apresentá-la como "a filha do Bill — um encanto, ela, não?" a teria feito corar, não fosse o fato de parecer que ela nem estava ali. Eles acabaram chegando à órbita mais externa dos convidados, onde um rapaz desajeitado com um suéter náutico estava parado fumando. Ele não era feio, lá de um jeito meio sem graça, meio Igreja Episcopal, mas seus únicos traços distintivos de verdade estavam nos óculos com armação de chifre e no cabelo, tão louro que era quase branco. Regan ficou surpresa ao perceber o leve espasmo da mão às suas costas, a não ser, claro, que estivesse imaginando.

"Regan Hamilton-Sweeney, permita-me apresentar...", e então Amory disse o nome que Regan depois iria expurgar da memória, deixando apenas a inicial L. "A Regan aqui está na... Vassar, não é? Eu sempre confundo as Sete Irmãs." Eles riram mais porque aquilo tinha o ritmo de uma piada do que por ser engraçado. L., disse Amory, era de Harvard.

"Então nós praticamente somos primos." A pausa de L. foi para que Regan soubesse que ele também estava vendo o atabalhoamento de Amory, e ela sorriu, de verdade dessa vez. Era só disso que Amory precisava para se enfiar de novo entre as pessoas. L. ficou olhando fixo para as costas dele. "Nada sutil, ele."

"Ah, ele não é tão ruim", ela disse. "É com a irmã que você tem que se cuidar. É o aniversário dela que nós estamos comemorando."

"Quer dizer, eu acho que ele está supondo que porque a gente tem mais ou menos a mesma idade..."

"Você acha que ele está dando uma de cupido?"

O que fez os dois rirem de novo, ansiosos. Isso não devia nem passar pela cabeça dele, L. disse. O pai dele era presidente de uma holding rival na Cidade e, obviamente em particular, chamava William Hamilton-Sweeney II de todo tipo de coisa que era melhor nem repetir. "O meu pai sabe ser bem filho da puta, com o perdão da palavra. Eu fiquei surpreso até de a gente ter sido convidado."

"Bom, os, ãh, foram os Gould que organizaram tudo", ela disse. "É a casa deles, afinal."

"É, a gente já veio aqui algumas vezes este ano. Você já deu uma olhada na água? A gente devia dar uma passeada."

E como a alternativa era passar mais meia hora falando sobre os pais, como bons filhos da classe dominante, ela aquiesceu. L. pegou mais um par de copinhos de tiki com um garçom que passava e, sem que ninguém parecesse perceber, eles saíram discretamente pela trilha enluarada que levava às dunas.

Andaram talvez uns quatrocentos metros, até onde um pontão de pedra quebrava a curva da praia. Por impulso, ou quem sabe em função de os deveres de anfitriã adjunta terem passado para ela, Regan tirou os sapatos e entrou na água com sua saia curta. Estava fria, mas ela ficou com água só até as panturrilhas, deixando que os arrepios lhe subissem para além dos joelhos. Relâmpagos distantes esfaqueavam o mar. "Sabe", L. disse, entrando na água com ela, sem se dar ao trabalho de enrolar as calças. "Até que você não é ruim, pra uma Hamilton-Sweeney."

Enquanto ele encarava o perfil do seu rosto, ela foi se sentindo como se sentia cada vez mais ultimamente: empolgação e nervosismo e transgressão, tudo misturado a ponto de você não conseguir dizer o que era o quê. Ela secou o copo — o terceiro ou quarto da noite, tinha perdido a conta — e soltou o tiki na correnteza, mensagem engarrafada. "Acho que eu senti um pingo de chuva." Ele tentou pôr a culpa nas ondas, mas ela sabia que se ficasse ali ele ia querer beijá-la, e ela não sabia direito se gostava dele desse jeito. "É melhor a gente voltar."

Eles retornaram ao quintal e encontraram todos amontoados, virados para a larga varanda da parte de trás da casa, o proscênio onde estavam seu pai e os Gould. O Papai sorria duro, mas seu desconforto com falas em público não era algo que Felicia compartilhasse. Ela ergueu seu cálice pagão no ar. Sua voz, de onde tinham sido higienicamente eliminados quaisquer vestígios de suas origens em Buffalo, era capaz de uma penetração notável. "Quando o Bill fez o pedido, eu não posso dizer que tenha hesitado", ela estava dizendo. Regan pensou em Lemuel Gulliver ali deitado educadamente enquanto lilliputianos de pezinhos leves subiam e desciam com suas cordinhas minúsculas. E aí nas moedinhas com um búfalo gravado que a mãe guardava para as idas até a praia, para dar para ela ou William, para quem visse o oceano antes. "Embora seja sempre uma tarefa complexa reunir duas famílias, teremos todos os nossos amigos e colegas para nos ajudar. Eu não conseguiria pensar em pessoas mais queridas para celebrar conosco, e nós certamente queremos ver todos aqui no casamento." *Casamento?* Não foi à toa que L. ficou surpreso; aquilo não era uma festa de aniversário, afinal, mas de noivado. Regan procurou freneticamente por William, mas talvez ele já tivesse pressentido aquilo, ganhado a moedinha que ninguém mais estava ali para dar, porque ele ainda não tinha descido do primeiro andar. Que foi onde ela finalmente o viu, ou pensou ter visto, uma cabecinha infantil numa pequena janela quadrada.

Se o Papai gostava de verdade de Felicia ou estava meramente sendo varrido por suas energias, isso vinha sendo um tema regular de conversas entre Regan e o irmão, pelo menos quando ele ainda morava em casa. Podia ser alguma mínima vantagem o fato de que finalmente a coisa se resolveu a favor de Regan. Mas naquela noite, quando ela lhe deu a notícia, William a acusou de estar do lado de Felicia desde sempre, o que não podia estar mais longe da verdade.

A verdade era que ela teria sido a primeira a jogar a diplomacia no lixo e se somar a ele naquelas fulminações contra os Gould se não tivesse visto como o Papai andava se sentindo só. A Mãe tinha morrido em 51, e, durante quase toda a década seguinte, ele tinha abandonado jantares, a ópera e os eventos sociais que eles frequentavam. Ele se entregou completamente ao trabalho, às vezes até chegando em casa às oito da noite. Mas não dava para separar tão facilmente o trabalho do prazer numa cidade tão cheia das duas coisas quanto Nova York. Uns anos antes ele tinha voltado à vida pública, e Felicia chegou logo depois, trazendo a reboque seu irmão e assecla. Quando não podia evitar falar sobre ela, o Papai se referia a ela como sua "amiga", como se Regan e William ainda fossem crianças cujas sensibilidades essa meia verdade pudesse poupar. A bem da verdade, aquilo só tinha agravado a sensação de terem sido traídos, na medida em que permitiu que o Papai sentisse que estava sendo mais solícito em relação aos sentimentos deles do que de fato estava. Ele não acreditava em sentimentos, no fundo — nem nos seus próprios. Era já quase uma ideologia com ele, agora. Regan só tinha o visto chorar uma vez por conta da morte da mãe, e mesmo assim foi pela porta entreaberta do escritório na manhã do memorial, quando ele e Artie Trumbull ficaram ali com a garrafa de conhaque sobre a mesa entre eles (se bem que, como William diria, ela não podia ter certeza de que o brilho nos olhos do Papai não fosse efeito da luz ou da memória).

Mas pelo menos num assunto era William quem estava certo: o álcool fazia o noivado descer mais fácil. Regan tinha tomado dois Bloody Marys com o café da manhã no dia seguinte, e o almoço foi igualmente etílico. Irmão e irmã poderiam ter trocado um olhar conspiratório, cada um em sua respectiva mesa no gramado, não fosse o fato de que o irmão se recusava a descer para comer; passaria boa parte daquele final de semana entocado no quarto, ou sabe Deus onde, segundo o princípio de que o maior castigo que podia impor aos seus opressores era o de privá-los da glória que era o grande William. Não que o Papai tenha percebido; na sua própria mesa, cercado por desejos de felicidades, ele parecia um pouco bêbado também. E assim Regan acabou sorrindo para L., que estava sentado à sua frente, sob a oscilação da borda branca solta de uma tenda erguida para a possibilidade de uma chuva.

Depois, quando as mesas estavam limpas e uma banda de sete músicos tinha sido convocada para evocar levemente os sucessos dos tempos dourados de Felicia, eles dançaram juntos três vezes. Regan naquele tempo ainda adorava dançar, ainda adorava o que a dança fazia com ela. Tinha feito o papel de Cyd Charisse na montagem de *Brigadoon* no segundo ano da universidade, e, enquanto seus pés corriam sobre a grama áspera, ela imaginava que estava lá de novo, atrás da ribalta. Mais uma vez, porém, ela se encolheu quando L. quis lhe dar um beijo, supostamente por estar àquela altura tonta demais para sentir que estava no controle, mas talvez no fundo porque experimentava em suas mãos caminhantes uma impaciência que a fazia pensar duas vezes.

Foi naquele mesmo pedaço arenoso do terreno que alguns dos rapazes mais jovens montaram uma partidinha de futebol americano no fim da manhã de domingo, antes de um almoço para todos os convidados no único restaurante simpático da ilha. Tenha sido por uma imprudência contida ou por seu segundo coquetel de champagne e suco de laranja ou pela instável interação das duas coisas, Regan decidiu participar. Dois dos vice-presidentes juniores da Empresa escolheram os times, e em deferência ao Papai ela foi escolhida logo, mesmo sendo a única menina. Ela e L. estavam em times opostos. Eles acabaram um marcando o outro, ataque e defesa.

E como é que ela pôde ter deixado de perceber o quanto L. era adequado, no fundo, a seu modo genérico, com panturrilhas bronzeadas de verão sob as calças cáqui enroladas entrando velozes em ação, revirando a areia em milhões de cacos de luz? Ao mesmo tempo, talvez essas ideias estivessem de alguma maneira emanando do seu futuro tio, que estava na varanda dos fundos, tendo recusado aquela diversão por ela ser "muito física". Porque depois que a bola foi passada para ela pela primeira vez em toda aquela manhã; depois de o ardor ou o espírito combativo de L. terem levado a melhor e de ele cair em cima dela, fazendo-a ir ao chão, numa flagrante violação dos protocolos das partidas amistosas; depois de ela se ver estendida de costas na areia, sem fôlego e com o cabelo indo para todo lado e o hálito de cerveja de L. no rosto e a coxa dele como uma coluna de mármore entre suas pernas; quando ela virou a cabeça como uma criancinha para ver como os outros iam reagir antes de decidir se ria ou chorava, foi em Amory, a cerca de cinquenta metros dali, que os olhos dela pararam. O outro homem na varanda — L. Sênior — tinha se virado para ele, desconsiderando os gritos de falta que vinham da areia. Mas Amory, com as mãos na balaustrada, estava inequivocamente concentrado *nela*. Ela começou a rir, e o rapaz em cima dela riu também, com o rosto dourado enrubescendo. Era quase como representar. Você decidia sentir certa coisa e aí sentia. Ela podia ver as lentes partidas dos óculos de L. e os poros do seu lábio superior. Os corpos arfantes dos dois se afastaram e caíram juntos, e aí ele rolou para ficar de costas. Eles ficaram deitados com as costas das mãos se tocando e riram como crianças enquanto olhavam para um céu que se fechava.

Foi Amory, também, quem propôs que os dois times, vencedor e vencido, fossem para o restaurante antes que começasse a chover. Regan sentia que não era ela, mas alguma força maior que agia através dela que agora murmurava algo a respeito de tomar uma ducha. Ela não podia dizer em que grau algo semelhante operava em L., quando ele, também, decidiu não ir.

Na cozinha vazia, bebendo gins-tônicas, eles confirmaram mais uma vez que não restava rancor. "É só que às vezes uma coisa me domina", o rapaz disse. Enquanto ele ia se aproximando dela na frente da bancada, ela se afastava cada vez mais e dizia que precisava mesmo de um banho. Ainda estava com areia nos dentes.

Sob a água quente, o tempo andava rápido demais e não andava rápido o bastante. Ela não conseguia decidir se queria que a expedição do almoço ficasse por lá ou voltasse. Ia sair quando a temperatura do banheiro se equiparasse à da sua pele.

L. a flagrou no corredor quando ela estava apenas enrolada numa toalha, como se estivesse esperando ali. Aos beijos, tateantes, eles andaram pela casa cinzenta. No andar de cima, no quarto de sabe-se lá quem, contorcendo-se de costas e rindo. Só que agora já não tão silenciosos. Do telhado veio o primeiro toque furtivo da chuva. *Plinc*. Ela tentou se levantar de modo que a parte nua das suas costas agora pressionava a madeira fria. "A gente mal se conhece", ela cuspiu. Riu de novo um pouco nervosa e apertou mais a toalha que ele puxava. "Anda", ele disse. "Vai ser bacana."

O silêncio que se seguiu foi incômodo. Na cidade, o zumbido e o estrépito constante de carros, aviões e do maquinário industrial te faziam lembrar que o mundo exterior ainda existia, e, dessa forma, que você existia para ele. Agora, apoiada na cabeceira, ela conseguia ver, do outro lado do ponto cruz das gotas presas à tela da janela, somente o céu... e assim não conseguia saber ao certo o que era real. Será que sua risada quando ele pôs a mão gelada na sua coxa era real? Ou os joelhos que lhe empurravam o torso no quartinho sem abajur? Para algum eu mais sóbrio a cena seria sinistra, como algo numa tela de cinema que faz a plateia cochichar: *Pare*. "Pare", ela se ouviu dizer. Mas ele não deve ter ouvido. Estava com as calças abertas, a toalha embolada na altura da cintura dela. Naquele momento, o mundo lá fora tornou-se imaginário; se pudesse ter descido, ela teria descoberto que tudo, gente e dunas e postos de salva-vidas e pontão, tinha sido enlevado por um clarão atômico. Ela estava enlouquecendo? Tinha se deixado beijar de início, ela lembrava, orelha, pescoço, enquanto entre suas coxas a mão dele mais parecia procurar um chaveiro perdido. Ou será que era influência do gim? Será que era o gim que lhe pressionava a virilha? O corpo dela estava submerso num líquido que impedia seus movimentos, enquanto a cabeça voava solta pelo espaço. Será que ela devia pedir socorro? Ninguém ia acreditar que não era o que ela queria. Ela estava bêbada demais. E talvez ele estivesse bêbado demais também para saber o que estava fazendo. De qualquer maneira, ninguém estava ali para ouvir. Até os criados tinham saído. "Pare", ela implorou, acrescentando uma risadinha falsa para ele saber que ela o perdoaria se ele simplesmente parasse. Mas ele agora a segurava pelos pulsos com suas mãos surpreendentemente fortes, e não olhava para o seu rosto, e não parou, até parar.

Quando ele saiu, ela se esgueirou seminua até o seu quarto no terceiro andar, agachada ao passar pelas janelas, e se trancou ali, pronta a se fazer de morta aos primeiros sinais da volta dele. Deixou que seu choro se tornasse audível só depois de ouvir uma porta bater no térreo. Ele tinha agradecido calorosamente depois, como se ela tivesse lhe dado um presente. Mas, se tinha mesmo sido um presente, por que será que doeu tanto? O que ela queria agora era o pai, ou o irmão, mas estava envergonhada demais para ir atrás deles, e com medo de que *ele* fosse voltar antes. Acabou metendo suas coisas na mala e descendo as escadas dos fundos meio manca, parando nos patamares para escutar. Correu para o carro sem deixar um bilhete. Os limpadores de para-brisa eram inúteis para conter a chuvarada que tinha chegado. Ia ser um trajeto difícil com a balsa. Ela ia passar o tempo todo trancada no banheiro, ajoelhada diante da privada. Só no continente, num banheiro atrás de um posto Sinclair, foi que ela descobriu o pequeno círculo perfeito de sangue na calcinha.

Houve uma pausa ao telefone quando o Papai conseguiu falar com ela em Poughkeepsie naquela segunda, um grande bolo de vergonha e raiva e ódio que lhe travou a garganta. "Eu estava me sentindo mal do estômago", ela mentiu. "Aí decidi voltar mais cedo. Desculpa não ter dito nada; eu não queria ser a desmancha-prazeres." Ele não pensou em sondar as fragilidades lógicas dessa história — só disse, do seu jeito distante, que esperava que ela já estivesse melhor. Depois de passar todo o trajeto da volta ensaiando o papel que agora lhe caberia encenar, ela lhe disse que estava.

Ia levar mais um mês, passado praticamente inteiro na cama, para ela decidir contar ao pai o que tinha acontecido de verdade naquele fim de semana. E aí um mês depois disso, e outro período perdido, para juntar os fiapos de coragem et cetera. Ela sabia que não ia conseguir dizer as palavras no telefone comum da casa da sororidade, e assim, numa sexta-feira de meados de novembro, foi até Sutton Place. Só que o que encontrou ali era estranho: na entrada normalmente imaculada da casa havia centenas de folhas amarelas, com esqueletos que lembravam contornos negros. Regan recordou, por algum motivo, que ela e William recolhiam essas folhas, e que a Doonie passava as folhas a ferro entre pedaços de papel-manteiga polvilhado com raspas de giz de cera. Vitrais, eles diziam. O motivo era que ela estava enrolando.

O primeiro andar estava em silêncio, fora a cozinha. Ali, ela topou com Doonie curvada sobre uma embalagem para postagem, com uma mecha de cabelo lhe escapando do coque, mais branco do que era antes. Parte dela queria enterrar o rosto nas costas largas da cozinheira, sentir aquele cheiro robusto e conhecido, deixar suas lágrimas empaparem o algodão. Mas Regan agora também era mais velha.

"Srta. Regan", Doonie disse, erguendo os olhos. "Eu não esperava você por aqui."

"O que é que você está fazendo?" Regan apontou com a cabeça para o pacote embrulhado em jornal nas mãos de Doonie, odiando o tom de ordem que entrou na sua voz. Doonie pareceu igualmente surpresa ao descobri-lo ali também.

"Tem umas panelas e umas coisas aqui que eu fui comprando com o meu dinheiro esses anos todos. A Kathryn e eu sempre dissemos que eu ia levar isso tudo comigo quando fosse embora."

"Mas você não está indo embora, né?"

Doonie levou um dedo aos lábios e fez um gesto na direção da porta aberta. "Não é escolha minha, Regan, mas em trinta e cinco anos nunca preparei uma *haute cuisine*, e não é agora que eu vou começar. Você vai ter que falar com o seu pai sobre isso."

Regan entrou como um foguete no saguão. Eles iam se livrar da Doonie agora, também? Indecente, aquilo era indecente. Tinha quase esquecido o seu objetivo ao vir aqui quando entrou na sala de estar e viu a silhueta que encarava a *bay window*. Do outro lado, no jardim, um bordo japonês havia explodido em carmins, enchendo de fogo os quadrados da esquadria. Amory Gould. O nervosismo que ela sempre sentiu perto dele agora tinha removido sua máscara. Era repulsa. Seu instinto foi correr, mas naquele momento algo o fez se virar, e um sorriso sem peso substituiu o que quer que se encontrasse no rosto dele. "Ah, Regan! Deixe eu lhe servir uma bebida." Sem qualquer gesto no sentido de acender as luzes — sem, na verdade, parecer perceber que estavam apagadas —, ele se dirigiu ao aparador.

"Eu..." Ela engoliu. "Obrigada, mas eu não estou com sede."

"Mas certamente você veio celebrar as boas notícias, não?" Quando ela não reagiu, ele lhe pôs um copo nas mãos. O maior concorrente da empresa, ele disse, tinha concordado ainda hoje de manhã em ceder seu controle acionário. "Isso acrescenta vastos empreendimentos da América Central aos nossos interesses. E vai acabar fazendo de você" — ele bateu com seu próprio copo no copo que pendia entre eles — "uma moça muito rica."

"Quem?"

"Quem o quê?"

"O concorrente", ela disse, apesar de já saber a resposta. O vinho era doce a ponto de ser enjoativo, nauseabundo. Ela bebeu não por simpatia, mas pela coragem.

"Eu apresentei vocês na festa de noivado. O filho pareceu gostar bastante de você. Eu tinha certeza que vocês iam combinar direitinho." O rosto dele subiu boiando na escuridão, lampreia vinda das trevas. "Ou será que foi mais um equívoco? De qualquer maneira, tudo acabou dando certo, Regan, e você vai aprender que às vezes interesse próprio significa colocar a segurança de longo prazo à frente das questões do coração. Enfim, vamos beber à saúde do seu pai. Eu estou certo de que nada poderia estragar esse momento para ele. Eles estão no escritório do primeiro andar agora mesmo, assinando a papelada." E, caso ela não tivesse entendido a dica, que era fique com essa boca imensa bem fechada, ele bateu de novo com o copo no dela, com tanta força que um pouco do vinho dele saltou para o seu copo. Quase como se ele quisesse infectá-la, ela depois pensaria.

60

A bem da verdade, o nome dela não era Jenny. Era uma situação que ela dividia com bilhões de outras pessoas vivas naquele momento, mas a maioria nem pensava no assunto, enquanto Minh Thuy Nguyen lembrava disso pelo menos uma vez ao dia. O pai e a mãe dela emigraram do Vietnã antes mesmo que as pessoas soubessem que deviam sentir pena deles. Não que houvesse algum motivo para pena, dizia o Pai — o país estava entrando e saindo de guerras havia mil anos, como quase todo o resto do mundo, e de qualquer maneira os Nguyen não estavam morando em algum vilarejo indochinês bombardeado, mas numa ampla casa branca estilo rancho num cantão não municipalizado do Vale de San Fernando onde não pagavam impostos à prefeitura e onde, no começo da noite, quando a luz mirava baixo sobre as montanhas e o caminhão de DDT passava para protegê-los dos mosquitos, os borrifadores sincronizados dos jardins podiam parecer as fontes de Versalhes, desperdiçando a sua abundância sobre a ridícula grama desértica. Mas acabou que os brancos também eram pródigos com sua piedade; já na escolinha, as outras crianças começaram a olhar para ela com aquela expressão que dizia: *Vietnã... Ui!* E assim, no primeiro dia da sexta série, quando o professor Kearney fez a chamada, Minh Thuy o corrigiu. "É Jenny."

"Jen-yi?", ele arriscou.

"Jenny." Ela só tinha doze anos, mas já entendia que ele não dava a mínima para o nome que ela escolhesse. A Califórnia era linda exatamente por isso: desde que você mantivesse a grama verdinha e as notas em ordem na escola, podia fazer qualquer coisa esquisita que quisesse. E Jenny era cem por cento californiana.

O novo nome dividiu sua vida em duas partes. Havia, de um lado, o lar: o mundo escuro onde ela continuava a atender por *Minh Thuy*. Sua mãe, que sofria de enxaqueca, deixava cortinas semitransparentes abaixadas nas horas mais claras do dia, de maneira que a sala de estar de piso rebaixado continuasse à sombra. Minh Thuy mal conseguia enxergar o Buda de jade e o crucifixo que ficavam instalados como seguradores de livros sobre a lareira, as fotografias de parentes de além-mar ou os volumes de Victor Hugo sobre a mesa na qual seu pai compunha sua carta semanal para o editor do *West Covina Times*. Podia ouvir o pai na cozinha picando vegetais, o baque da faca sobre uma tábua de corte feita de algum polímero da era espacial, enquanto a mãe jazia numa esteira de palha ao lado da mesinha de centro com uma toalha sobre os olhos, como se estivesse morta. (A maciez das camas americanas era demais para ela quando estava tendo uma crise, ela dizia, ainda que certamente pudesse ter encontrado um lugar menos gritante para se deitar.) As enxaquecas propiciavam um álibi conveniente para explicar por que Minh Thuy nunca convidava as amigas, para o motivo de toda vez que elas dormiam na casa de alguém ou faziam uma das reuniões das escoteiras isso ter que ser na casa da Mandy, ou da Trish, ou da Nell. Só mais tarde ela foi perceber que os seus pais também usavam as enxaquecas como desculpa. Ela ia se lembrar do bar do Pai, uns cem dólares de garrafas de bebida das quais ele tirava o pó com um paninho todo sábado, como se a qualquer segundo a casa pudesse se encher com seus colegas na Lockheed. Pensava no som hi-fi comprado a prestação na Sears, usado apenas para as transmissões de ópera do Metropolitan nas tardes de domingo. Na Mãe e no Pai sentados rigorosamente imóveis no sofá davenport, ouvindo *Sansão e Dalila*. Ia lembrar dos estranhos cheiros das casas das amigas, uma que parecia comida de peixe, uma que lembrava queijo cottage; ela não conseguia lembrar qual era qual, mas, se elas tinham um cheiro esquisito, que cheiro teria a casa dela para as amigas? O mundo de Minh Thuy era como um odor que, aterradoramente, ela mesma não conseguia detectar. Mas entre aquelas paredes ela se manteve uma criança obediente, fazendo suas orações, tomando sopa no verão, estudando violino na garagem para não incomodar a mãe.

Só que ela foi crescer, de fato, no outro mundo, o mundo de Jenny, com seus quilômetros de estradas, seus drive-ins, praias e buganvílias, chaparral, Tastee Freez, incêndios no mato, estuque, cineplexes, carrinhos bate-bate, piscinas, loteamentos pré-planejados nos sopés com malhas de ruas asfaltadas e bueiros e postes de luz, como se alguém tivesse esquecido de erguer as casas, ou como se alguma bomba de filme B tivesse vaporizado todas elas. No colegial, ela ia de carro até ali com Chip McGillicuddy depois de uns filmes ou de uma cervejada. Com a boca meio cansada de beijos, eles estacionavam num dos becos sem saída desertos e ficavam olhando os becos sem saída correspondentes lá embaixo. Essa para ela era a atividade californiana básica, olhar sua vida bem de longe, tentar inferir a partir das árvores e das estradas e restaurantes com a forma da comida que serviam qual era a sua casa. (Isso foi antes de ela se mudar para Nova York e descobrir que reconceber a vida em termos cinematográficos era um fenômeno nacional, possivelmente mundial.) Daquela altura, e com o smog enquadrando num foco firme as lâmpadas de sódio, a casa dela parecia a de qualquer um. E quando Chip conseguia meter a mão sob a sua camisa e manuseava desajeitadamente um seio pequeno, como um abacate que estava testando para ver se estava maduro, ela podia ser a namorada de qualquer um, podia ser qualquer uma, o que na época parecia ser o que ela queria. Ela se reclinava no assento e encarava o teto de courvin da perua da família McGillicuddy e agradecia a Deus pelo Oeste Dourado.

Ela ficou no estado para cursar a universidade, com uma bolsa para Berkeley. O pai dela soltou muxoxos e leu em voz alta um editorial sobre maus comportamentos recentes no campus, mas era devoto da ideia da educação pública como só um imigrante com um doutorado pode ser, e sabia que era a melhor universidade do sistema. Ela e Chip continuaram firmes, apesar de ele estar na U.C. Santa Barbara e de ela estar preocupada com o destino daquela história. Ele era uma daquelas pessoas que, se saem andando na direção de um dado ponto do horizonte, vão continuar em linha reta sem nem perceber que o horizonte nunca ia chegando mais perto.

Teria seguido a passo firme para o casamento, ainda que o que ele quisesse dizer naquelas vezes em que falou que a amava não tivesse a menor chance de ser o que ela queria dizer quando pensava em ser amada.

A universidade despertou nela certo desprezo por virtudes como a gentileza e a persistência. Ela podia parecer uma pessoa gentil e persistente, mas uma dieta constante de filmes de Antonioni e um curso de introdução ao existencialismo a tinham feito perceber que queria mais do que isso. Queria ver sua reinvenção como Jenny do Vale em termos teóricos, como forma de resistência, ou uma capacidade negativa heroica — provavelmente porque em algum lugar lá no fundo estivesse com vergonha. Foi doloroso ser duas. Havia uma guerra civil dentro dela. As conversas ao telefone foram ficando tensas.

Aí, em dezembro, Chip convidou a família dela para a festa de Natal da sua — uma proposta que pareceu um ataque de guerrilha, já que o convite, que se dirigia a *Os Nguyen*, chegou pelo correio enquanto ela ainda estava terminando as provas no norte do estado, e ela não teve a chance de evitar que seu pai abrisse e atendesse imediatamente ao RSVP. Sua mãe agora estava se tratando com um quiroprático, as dores de cabeça pareciam mais espaçadas e com intensidades e durações mais suaves, e quando eles foram juntos de carro, atravessando toda a coisa estranha que era a temporada de festas no sul da Califórnia, a neve falsa nos tetos das casas, pinheirinhos na vitrine de postos de gasolina ladeados de palmeiras, a imensa dissonância cognitiva gerada pela cultura do consumo, pela falácia cartesiana, e assim por diante, Jenny viu a Mãe titubear um segundo quando o Pai estendeu o braço para lhe segurar a mão.

Ficou olhando os dois na festa também, uma coisa burguesa onde homens com camisas coloridas com hibiscos ficavam à toa bebendo quentão de rum com manteiga enquanto as mulheres circulavam irrequietas e os jovens reconheciam o terreno lá nos fundos perto da piscina para olhar os aviões riscarem o céu sobre o vale e ficar chapados. A lua do deserto ficava aparente por até dezoito horas a cada dia. O próprio deserto podia, assim, parecer a superfície da lua.

Depois de ignorar as insinuações de Chip de que eles deviam dar uma volta de carro, ela voltou e encontrou a mãe cercada por um time inteiro de maridos. O inglês da Mãe não era uma maravilha, em função dos seus anos de isolamento, encontrando os Estados Unidos através da telinha, mas você não diria isso ao olhar para ela. Ela ria quase silenciosamente das piadas dos homens. Havia certa condescendência no rosto do pai de Chip, como se ele estivesse dizendo para os amigos: Veja como é mole fazer esses celestes rirem. E claro que ele estava bêbado. Era alcoólatra, segundo o filho, e essa era a primeira vez que Jenny o via *inter pocula*, mas as implicações para Chip e para a vida geral da família pareciam se perder na comparação com a nítida injustiça de eles terem que encenar um papel para essas pessoas como se fossem macacos treinados, ou de ela ter que ser Jenny, e não conseguir se lembrar direito do país que supostamente era o seu, sobre cujo povo malfadado o fascista do Nixon estava jogando suas bombas nesse exato momento. Ela apertou o cotovelo da mãe. "A gente tem que ir."

"Mas nós nos divertimos tanto", a Mãe enunciou, como se fosse uma frase aprendida num livro.

"Eu não estou legal. A gente tem que ir."

Ela ficou deitada no banco de trás na volta para casa, fingindo cólicas menstruais e vendo luzes coloridas deslizarem pelo vidro. Enquanto a Mãe continuava treinando seu inglês — *Que adorável lar* — e o Pai fingia que eles retribuiriam o convite, ela ficava vendo o jeito de eles se curvarem quando riam, como brinquedinhos de mola. Ficava ouvindo as pequenas crises de tosse que eram as risadas deles.

De volta à universidade, começou a se apresentar como Minh. Se um dia a vietnamidade dos pais foi algo que precisava ser escondido, ela agora gerava nos outros — isso depois de ficar estabelecido, por decorosas sugestões delicadas, que ela na verdade não era chinesa, nem tailandesa — uma espécie de reverência. Era algo que ela tinha conseguido, em vez de algo que ela era. Não parecia que valesse a pena mencionar que o seu pai, que era católico, tinha apoiado o regime de Diem. As notas dela caíram, mas só de leve, como resultado dos comícios, festas e círculos de autocrítica e híbridos de todas essas coisas que ela começou a frequentar, e das noites que passou fazendo sua pequena parte no futuro da revolução sexual. (Até isso, ela considerou depois, não era uma coisa univocamente positiva, na medida em que criava uma imagem nada realista do mundo que estava por vir. Mas o que é que não criava, ultimamente?) Como Mãe Montanha, ela aparecia semanalmente na estação de rádio de dez watts dos alunos, pontuando excertos de *Minima Moralia* e filípicas sobre a indústria aeroespacial e os aparelhos de cozinha modernos com apresentações de Stockhausen no seu violino desafinado. Em relação ao resto do corpo discente, sua ingestão de drogas era de-moderada-a-considerável. Ela ia menos para casa. Foram tempos inebriantes.

Aí veio a ocupação do prédio da reitoria, e a prisão, e o Pai aparecendo sozinho para pagar a sua fiança. No começo da longa viagem de carro rumo sul ele lhe contou que sua mãe estava se separando dele — por causa do quiroprático.

Jenny virou o rosto para o vidro, sentindo finalmente a força total de algo que devia estar escondendo de si própria por muito tempo mesmo. Como se a ponta da lâmina não estivesse apontada para ela, mas para fora. Queria que aquilo não doesse, já que a instituição do casamento era uma escapatória heteronormativa covarde e coisa e tal. Ou será que era possível amar alguma coisa e odiar ao mesmo tempo? Que a liberdade fosse tirânica e a tirania, libertadora?

Eles chegaram em casa e encontraram tudo vazio, e finalmente, depois de tanto tempo, ela conseguiu sentir o cheiro, como que sal e papel. Não era nem mais nem menos estranho do que o da casa da Trish provavelmente parecia para a Mandy, ou o da Mandy para a Nell, e ela quis ligar para todas com um convite tardio, para ela não ter que chorar sozinha, mas não falava com Nell ou Mandy ou Trish havia muito tempo, e agora tudo que tinha era o pai, e depois, na casa-barco do quiroprático do outro lado da 405, a mãe, e os dois Valiums que tinha levado escondidos dentro de uma sacola de roupa suja.

Aparentemente a filosofia exigia que você se posicionasse diante das questões que agora se reapresentavam. Tradição vs. progresso. Razão vs. Paixão. Ser vs. Tempo ou vs. o Nada. Afinal, ela era Minh Thuy, ou era Jenny? Mas o tempo em que havia uma diferença significativa entre as duas passaria a parecer um bairro minúsculo onde você não conseguia decidir qual casa era a sua. O que parecia importante quando você olhava lá de cima, você achava, no sopé dos morros, mas não tanto da distância mais real, de um continente, onde as vidas que você levava, e os lugares de onde você vinha, sumiam num só ponto no horizonte, no passado incorrigivelmente longínquo.

61

Nevasca dos diabos aqui. Pelo para-brisa, Regan não conseguia enxergar a estrada, nem as árvores, além do esqueleto dos seus troncos. Ficava antevendo o carro escorregando com ela dentro por entre os troncos, rumo ao nada. Com o acendedor de cigarros do painel. Com Kotex e manteiga de amendoim e um pacote de chicletes secos por causa do frio. Repetidamente ela percorria sua lista, como a menina da oração no conto de Salinger. Ou os meninos que cantavam aquela música no rádio. Quantas vezes aquilo tinha tocado nas horas em que ela estava dirigindo? Tinha ouvido até as vozes estúpidas e delicadas deles começarem a doer demais, e aí desligado até isso doer demais, e aí de novo, e lá estava a música mais uma vez. Podia contar que ia ouvir ainda várias vezes, por acaso, na borda da floresta, enquanto se aquecia com o acendedor e sugava os últimos nutrientes do chiclete. Neve se acumulando na capota de lona. Ar que escurecia com o cair da noite. A perdição nuclear era um pesadelo desde a infância; agora ela sabia que era o que merecia. Nesses últimos dias, o que havia no seu útero tinha aparentemente se mexido. Provavelmente isso, também, era apenas sua imaginação, mas tinha lhe forçado a rever suas opções. Digamos que ela na verdade tivesse esperado demais. Nunca poderia contar a L., muito menos casar com ele, como o Papai, ainda no escuro, desejaria. E uma criança sem pai a deixaria agrilhoada à fortuna impura que planejava largar assim que a carreira de atriz a sustentasse. É bem verdade que podia trocar de nome, ir para algum lugar bem distante de Nova York. Mas e se odiasse a criança por obrigá-la a levar uma vida triste na província, assim como odiava ter aquilo dentro de si, aquela coisa feita não de amor, mas de dor?

    Lá no outono, quando falou pela primeira vez com um dos rapazes simpáticos do teatro, filho de um obstetra, o ódio estava mais próximo do pânico. Tinha perguntado se podia fazer umas perguntas discretas, em nome de uma menina da sororidade que tinha se encrencado. Ele voltou com os nomes de alguns lugares perto da cidade, mas se a discrição era relevante, ele achava que ela podia se dar melhor — a irmã, ele queria dizer — atravessando a fronteira para Ontário. As leis por lá eram ainda mais duras que as dos Estados Unidos, mas o pai dele tinha um colega... Só mais tarde, consultando um atlas, foi que ela percebeu o que se estendia entre ela e Ontário. Continuava pensando sobre seu último encontro fortuito com Amory Gould. Ele contava que ela, como a filhinha obediente do Papai, fosse entrar na do pretendente escolhido, fosse lhe mostrar que os Hamilton-Sweeney não eram tão ruins assim. Mas *A gente já veio aqui algumas vezes este ano*, L. tinha dito. Então será que Amory já sabia de antemão o que L. era? No mínimo soube depois do fato e não abriu a boca. Talvez para ele fosse indiferente. Talvez, ao não abrir a boca, também ela estivesse ainda agora entrando no jogo dele. Havia somente um segredo, ela achava, que ainda era só seu: a gravidez. Ela não podia deixar o Irmão Demoníaco descobrir o que estava prestes a fazer a respeito daquilo. Com aquilo. E qual era o único lugar do mundo de onde ele tinha afastado seus olhos que a tudo viam? Lá estava, no mapa diante dela. A cidade de onde ele vinha. Buffalo.
    Como a tundra não conseguiu detê-la, ela chegou lá logo depois do meio-dia. As ruas do centro eram brancas e tinham pouco trânsito, desamparadas sob enfeites de Natal que uivavam com o vento. Ela pegou a ponte para o Canadá e se registrou num hotel de beira de estrada com suas coisas. Aí chamou um táxi e foi esperar na sacada congelada. O táxi que chegou não era amarelo. Ficou em ponto morto no estacionamento, sem ter visto que ela estava ali, na neve. E assim ainda havia tempo para decidir, ela

pensou, naquela sacada. E no táxi. E na clínica. Ela tinha total liberdade, disse a enfermeira que mediu seus sinais vitais, para mudar de ideia a qualquer momento. Regan queria saber se era possível que o que estava dentro dela já fosse uma vida. Em vez disso, ela falou: "Por que você está me dizendo isso?". Mas a resposta era óbvia. Era o mesmo motivo pelo qual a sala de espera por onde a fizeram passar era tão horrendamente distinta, com seus vasos de plantas e sua música ambiente: era para ela saber que o que aconteceria depois que eles lhe colocassem a máscara sobre a boca e o nariz e ligassem o gás era unicamente culpa dela.

A princípio você devia trazer alguém pra te levar para casa, pra cuidar de você pelas próximas setenta e duas horas, mas Regan, de propósito, não tinha trazido ninguém. Até onde as pessoas que ela conhecia soubessem, ela tinha ido depois do Natal não para o Canadá, mas para a Itália, passar um semestre estudando a commedia dell'arte. Ela começou a preparar as bases da história no Dia de Ação de Graças; essa antiquíssima ritualística teatral, ela disse, sobrevivia em sua forma mais pura em vilarejos pedregosos do Piemonte que mal tinham acesso a telefones. Ainda parecia possível, até então sem qualquer espasmo interno, que as coisas fossem acabar sendo diferentes, que ela levasse a gestação até o fim e entregasse a criança para adoção. De qualquer maneira, não podia ficar tão perto de casa. O Papai ficou preocupado como sempre, mas Felicia lembrou, de repente: "Mas e o casamento? Você vai estar de volta em junho? Nós sempre falamos em casar num mês de junho".

"Mas o Papai disse que vocês tinham concordado em esperar o William se formar primeiro", Regan apontou. "E isso é uma oportunidade única pra mim. Se vocês quiserem casar em junho, vão ter que esperar até 61." No que William ergueu os olhos do guardanapo em que estava rabiscando e formou, com os lábios, a palavra "Obrigado".

Agora, deitada na cama na manhã seguinte ao procedimento, ela pensou em ligar para ele e confessar tudo. William estaria num avião em questão de horas e nunca iria mencionar nada. Em vez disso, ela trocou os dois absorventes que tinha encharcado de sangue durante a noite e se apoiou para olhar pela janela. O hotelzinho era tão vagabundo que eles tinham desligado a placa que dizia que havia vagas para economizar dinheiro, e atrás da placa ela via uma nesga do lago Erie, com o vento encrespando cristas nas ondas. O quarto tinha duas televisões, uma em cima da outra, mas só uma funcionava. Ela deixou o aparelho ligado a tarde toda para cobrir o choro — não que houvesse alguém para ouvir — e comeu manteiga de amendoim direto do pote.

Quando já estava boa para dirigir, ela voltou para Buffalo. O endereço em que os Gould cresceram ficava na Essex Street. Ela estava esperando algo mais imponente que uma casa dilapidada num terreno minúsculo. Desceu do carro e verificou as tábuas que cobriam as janelas. Os pregos estavam firmes; nada ali dentro ia conseguir sair. Então ela foi falar com um corretor e assinou um contrato de aluguel de seis meses de uma casinha perto da universidade, sem nem olhar. Na medida em que se pudesse dizer que ainda tinha algum plano, estava certa de que aquela casa estaria ótima, e estava. O encerado que cobria um pedaço destelhado da casa permaneceria ali durante todo o período em que ela ocupou a casa, mas havia uma banheira bem funda e uma lareira na sala, e lojas e restaurantes para pessoas da idade dela ali por perto. Ela começou os anos 60 matando uma pizza inteira diante de um fogo que tinha feito com as próprias mãos na lareira. A mãe dela costumava torturar os dois até eles irem para os bancos da igreja de São João Mártir para a missa de Ano-Novo; o que você faz no primeiro dia do ano decide o que você vai fazer durante o resto dele, era a superstição que ela sustentava. Regan não sabia bem o que significava pizza ordinária de Buffalo, a não ser que, no futuro imediato, ela ia fazer muita coisa desacompanhada.

Acabou chegando a suportar bem a cidade. Era mal-ajambrada, surrada, deprimida, mas resoluta. E, fora a pizza, a comida era surpreendentemente decente, se bem que talvez qualquer coisa que não chegasse a ser horrenda teria parecido decente. Se Regan tinha fantasias de investigar mais os Gould, de reunir provas de que eles não eram o que pareciam ser, não foi atrás disso. O que significava que não havia plano, que ela não tinha motivos reais para ainda estar ali. Matava as horas sem fim em lanchonetes locais e cafés, ou na sua banheira alugada, comendo porco *mooshu* direto da caixa, sentada no chão enquanto ia lendo o tipo de peça que a livraria da universidade tinha a oferecer. Em Vassar, ela era uma shakespeariana, mas essas peças eram basicamente contemporâneas, aquele teatro que ela desconsiderava por ser absurdo apenas para ser absurdo. Agora ele lhe parecia uma forma mais elevada de realismo. Aqui estava Regan, afinal, num palco despido de outras pessoas, sem qualquer caminho lógico pela frente. Só tempo desprovido de sentido, vinhetinhas estáticas separadas por "blecautes" — que na página, paradoxalmente, tomavam a forma de um espaço em branco entre negros intervalos famélicos de texto.

    Fim de tarde, uma funerária no East Side de Manhattan. Filas de cadeiras de armar vazias diante de um caixão. O carpete é escuro, as paredes, rosa-salmão. Entra: uma menininha, usando o uniforme da escola particular que não frequenta há uma semana. Seu irmão mais novo, também em casa, foi informado de que ela tinha ido visitar uma amiga ali na mesma quadra, mas na verdade ela veio para cá, uma hora antes do começo de um velório que nenhum deles vai ter permissão de assistir, dizer adeus à mãe. Foi esse o meio-termo a que ela chegou com o pai, depois de recorrer a lágrimas, pois ele não consegue suportar vê-la chorando. Agora, enquanto ele se deixa ficar à porta, ela se aproxima do caixão. O vestido prata. O cabelo ruivo, os olhos só um pouquinho encovados. Eles fizeram um belo trabalho com o rosto dela; é só que, bem, tem alguma coisa errada com a boca. A da Mãe era tão viva, sempre em movimento, sempre com um sorriso ou um suspiro irônico — eles deviam ter pedido que William posasse para eles copiarem.

    Ela foi o único grande ato rebelde que o Papai, descendente de duas longas linhagens de presbiterianos, tinha conseguido realizar: Kathryn Hébert, uma católica nascida em New Orleans. E ultimamente, à medida que Regan ia entrando na própria fase de resistência, a Mãe tinha dito que o que parecia ser um problema seu às vezes vinha do fato de você não prestar mais atenção nos dos outros. Regan pensava muito nisso. Tinha um cara sem metade da língua que passou uns meses sentado na entrada da estação de metrô perto da escola, sacudindo um copinho para pedir trocados. Toda vez que Regan passava por ele, vinha um segundo em que o desejo de dar alguma coisa quase era maior do que ela. Mas pôr a mão na mochila para pegar a carteira significaria deixá-lo ver que ela tinha uma carteira, o que significaria que teria que dar alguma coisa amanhã, e depois de amanhã; e olhar para ele sem pegar a carteira significaria que ela não dava bola; e usar a outra entrada do metrô significaria admitir que tinha vergonha daquilo que afinal de contas todos sentiam nesta cidade, então ela aprendeu sozinha a passar correndo sem ver. Aí uma noite, quando elas estavam voltando de uma montagem de *By Jupiter* na escola, na companhia de outras meninas com suas mães, a Mãe parou na entrada para remexer na bolsa. Vinte anos de Nova York, e ela ainda podia ser tão torturantemente turistoide. Ela olhou nos olhos do homem, colocou uma cédula na mão dele, e aí elas foram entrando de novo no seu mundinho privilegiado, a não ser Regan, que ficou para ver o homem puxar sua própria carteira, enfiar a cédula ali dentro, e aí continuar sacudindo. A crença que a mãe dela tinha na ideia de que você podia saber qualquer coisa que fosse a respeito dos problemas dos outros lhe parecia tanto presunçosa quanto claramente equivocada — como a crença de que Deus seria piedoso, mesmo quando você não estava pedindo. Será que a Mãe não tinha sofrido, bem no final? Ela tomou uma pancada na traseira num cruzamento em Westchester, a caminho de um almoço. O carro entrou derrapando na estrada. Um caminhão pegou o lado do motorista. Não devem ter sobrado dentes, porque o problema que Regan detectou na boca à sua frente é a dentadura. A Mãe sofreu bastante. Essa é a outra mentira que eles contaram para o William, que foi tudo rápido e indolor; por dois dias, enquanto ela resistia, o Papai ficou com ela no hospital, direto. Foi quando a Doonie virou a Doonie, e a Mãe deixou de ser a Mãe. O que Regan sabe: o universo não tem um autor. E nem a mãe dela, agora. E assim não há de quem se despedir aqui, quando o Papai pega na mão dela.

Na primavera que se seguiu ao seu aborto, Regan frequentou a missa na capela carmelita perto da casinha que tinha alugado. Segundo a própria igreja, seus atos eram desprovidos de sentido, até condenáveis, mas o serviço era em latim, o que significava que ela não tinha que ouvir aquele falatório todo sobre Deus, e as freiras, que eram quase as únicas ocupantes dos bancos, davam uma sensação de aconchego. As irmãs, as pessoas da cidade diziam, como se elas fossem intercambiáveis. Elas nunca perguntavam o que a trazia ali. Talvez soubessem que não iam poder entender. Mas não, ela decidiu, isso também era presunçoso. Então, nas noites de quarta-feira, começou a fazer a ronda com uma caminhonete fuleira que entregava refeições para quem precisava. Dando copos de café e quentinhas de alumínio pela lateral aberta da caminhonete, ela via a mãe no metrô. Ela se forçou a olhar para o rosto daqueles homens e mulheres que dormiam em becos e estacionamentos a menos de um quilômetro de mansões construídas por industriais e depois abandonadas pelos subúrbios. Aquelas casas *tinham* que permanecer vazias, ela percebeu, para evitar uma queda abrupta do valor dos terrenos... mais ou menos como certa quantidade de americanos em idade de estar empregados tinha que ser mantida sem emprego para garantir que a demanda ditasse as regras no mercado de trabalho. Então quem sabe a Mãe tivesse razão pelo menos quanto a isto: Que tipo de graça, exatamente, Regan Hamilton-Sweeney via em ficar com peninha de si própria?

Ela voltou para Nova York, e depois para a faculdade, acreditando que tinha descoberto o que a manteve esperando por lá — uma retomada das proporções. Seis meses de distância deviam bastar. Mas, entre pessoas que não sabiam o que tinha acontecido, ela se sentia pesada de novo, como se mais de uma vida continuasse dentro dela. E, como Felicia insinuava vez por outra, aquele peso não era apenas imaginário. O corpo dela ainda estava desejando o que a sustentou lá em Buffalo. Ela ficava se olhando na cafeteria da universidade, derrubada por algum impulso, se entupindo de purê de batatas e bolo de chocolate sem graça e leite da máquina quadradona de aço. Depois se trancava no banheiro sem janelas do sótão da sororidade. Com as luzes apagadas, ela se lembrava daquelas outras irmãs, as carmelitas, e fantasiava que tinham ajudado no parto de uma menina — uma trouxinha morna horrorosa no colo, aqui na privada da Chi-O, com soluços perfeitamente calibrados com os receptores de dor de Regan. Outras vezes era um menino. De vez em quando ela cantarolava, tão baixinho que ninguém conseguia ouvir, aquela musiquinha sem sentido que o Papai cantava quando o William estava no carrinho de bebê. E agora ela começava a se sentir gorda de vergonha. Gorda de vergonha. Finalmente, ela se forçava a vomitar, como uma outra aluna tinha lhe ensinado a fazer em tempos mais inocentes.

Lá por meados de novembro seus dentes tinham começado a ficar esquisitos ao toque, o cabelo caía na escova, e via que tinha perdido seis quilos quando se pesava, o que era diário. Aquilo não podia ser bom para ela — ela era inteligente o bastante para saber disso, mesmo quando a porta estava fechada e a louca emergia de dentro dela —, mas parecia que aquela vergonha não tinha fundo.

Foi nesse dezembro que ela conheceu Keith, na festa da última representação de *Noite de Reis*. O palco era agora o único lugar que lhe parecia seguro e, apesar de a equiparação, à la Sylvia Plath, de autenticidade e sofrimento já lhe parecer bobagem adolescente, a dor tinha deixado suas atuações mais densas. Ou o papel: Regan sumindo em Viola sumindo em Cesario. Ela ainda estava com a maquiagem de cena quando percebeu o sujeito de ombros largos e desmedidamente bem-apessoado que a observava lá do outro lado do porão do diretório acadêmico. No hi-fi estava tocando "I Only Have Eyes for You" dos Flamingos, e a música e a fumaça e os corpos em torno deles já estavam se fundindo num túnel de vidro sinestético.

Era importante o fato de Keith ser tudo o que o outro rapaz não era. Fisicamente, ele podia ter quebrado L. ao meio em cima do joelho. Ela só foi descobrir no primeiro encontro oficial dos dois que ele já tinha jogado futebol, mas isso não foi uma surpresa; a graça inconsciente do atleta, aquele bem-estar no próprio corpo, a fazia sentir que nada estava oculto. Quando ele disse que podia ir caminhando com ela até a sororidade, se ela quisesse, o que estava sendo oferecido era simples proteção. Companhia. E se a maioria dos caminhantes cuidava do chão, Keith Lamplighter olhava para a lua.

Ele estava para se formar na Universidade de Connecticut, estudando para ser médico, mas parecia que o estudo não lhe tomava muito tempo. Só durante o período de exames ele foi de ônibus para Poughkeepsie duas vezes para levá-la ao cinema. No segundo desses encontros, pediu o seu endereço em Nova York. A brevidade e a leveza do cartão de Natal que chegou lá na semana seguinte seriam seu esteio durante umas férias externamente horrorosas. Amory tinha voltado do exterior para ajudar na preparação do casamento, e Felicia tinha pressionado Regan para ela aceitar provar vestidos de dama de honra. Mas os Gould não conseguiam entrar na cabeça dela, ou nos pensamentos com que Keith tinha enchido aquela cabeça.

Quando ela levou Keith para conhecer o Papai e o William — quando enfrentou Amory e sua inacreditável autoconfiança —, ela estava com o peso estabilizado e tinha começado a sentir, por mais improvável que fosse, que estava sendo salva. Queria dar algo em troca a Keith, recompensá-lo por ser tão bem ajustado, generoso, bonito, inteligente, descomplicado. O que ela daria, acabou decidindo, era ela mesma.

62

O que Nicky aparentemente não entendia era que a música tinha sido uma sacanagem, uma piada. William e Big Mike, ambos pintores, já passavam o dia todo se levando a sério demais. A Vênus cortava cabelo para ganhar a vida. Até a crise do petróleo de 74, Nastanovich trabalhava numa enlatadora de peixe em Union City, Nova Jersey. Eles não *queriam* tratar a banda como um emprego. Escolheram o nome com um tabuleiro de ouija, cacete. Inventaram a lista das faixas do primeiro LP antes de escrever uma única música:

```
LADO A                        LADO B
Alistador Militar             Brass Tactics
VHF                           Lá no chão do banheiro
Egg Cream Blues               Desfile canino na Avenue B
Quem tiver mais de 30         É tão bom quando eu paro
    toma no pescoço           Um dia desses, camarada
Zumbis do East Village/           Fourier (A canção da
    Grudes do UWS                 limonada)
```

Quase tudo foi gravado num take só, com William declamando poesia espontaneísta com aquele sotaque londrino fajuto porque ele não tinha ideia de como era cantar de verdade. A capa construtivista, os uniformes que a Vênus fez para os shows, o manifesto cujos trechos William lia em voz alta antes de cada show, e na verdade toda aquela cena revolucionária eram só para dar uma desanuviada, para ferrar com a cabeça dos outros. Se eles conseguiram chegar ao coração de um carinha lá no fundo do Vault ou num apê do East Village ou sabe lá onde foi que o sujeitinho ouviu *Brass Tactics* pela primeira vez, foi pelo menos parcialmente sem querer. Ou será que a música, em dado momento, deixava de pertencer a quem a fazia? Porque aqui estava Nicky, com a garganta travada, tentando mostrar para William como reproduzir aquele soluço da sua própria voz em "Desfile Canino", onde eles tiveram que juntar dois takes de vocais — exegeta excessivamente literal do que para ele, quando não para os outros membros da banda, era um texto sagrado.

Depois de Nicky usurpar completamente os vocais, cada ensaio virou quase um teste para a Filarmônica. Se dependesse dele, eles não paravam nem pra mijar. Ele ia pra um canto da garagem no meio de uma música, abria o zíper e urinava numa lata de tinta velha, ainda gritando no microfone. E dizer o quê, na real, diante de tanto comprometimento? Enquanto Nicky praticava a mesma frase de três compassos, sem parar, até a melodia perder o sentido, William só conseguia ficar olhando os cabos da guitarra enroscados densamente pelo chão. Às vezes, como uma espécie de exercício de escola de arte, ele tentava mentalmente desembaraçar os cabos, mas as etiquetinhas sebosas de fita-crepe que marcavam o Canal 1 e o Canal 2 não adiantavam para nada. Já era impossível dizer qual cabo levava à sua Danelectro e qual ao baixo Jazzmaster de Nastanovich e qual ao Farfisa da Vênus e qual à imitação de Fender Mustang que Nicky usava como um talismã sem nunca nem encostar nela.

Não que William estivesse pintando muito ultimamente, de qualquer maneira. Ele tinha meio que dado num beco sem saída mais ou menos na época em que percebeu que ninguém ia dar tanta importância ao que ele fazia com um pincel quanto mil adolescentes aos berros pareciam dar ao que ele e os seus amigos inventaram num fim de semana com duzentos dólares de tempo de estúdio e um monte de equipamentos importados.

Fora que o portfólio dele até ali era superpalha. Há meses, Bruno Augenblick estava atrás dele para convencê-lo a participar de uma exposição coletiva na galeria. Queria passar no loft para escolher duas ou três coisas, mas para William, sob a luz de inverno que atravessava a janela fuliginosa, tudo aquilo parecia reacionário, redundante, embasado no funcionamento de um sistema imenso demais para ser compreendido, como a rotação do planeta altera o movimento da água que escorre pelo ralo. Outro jeito de dizer seria argumentar que ele estava passando por um bloqueio, mas isso levantava questões em que ele não queria pensar. Ele considerava aquilo, na verdade, como uma falta de interesse, a cada segundo, em continuar.

Quando seu ombro começava a doer sob a correia da guitarra, William fazia contato visual com a Vênus e aí criava alguma interrupção — ir comprar cerveja, fumar um cigarro —, sabendo perfeitamente bem que Nastanovich ia usar esse fato como desculpa (*Bom, já que o Billy vai fumar, eu vou aproveitar e bater um sanduba...*), e que a ausência dele lhes garantiria uns quinze ou vinte minutos de folga. Porque não era realmente um sanduíche que o baixista queria quando se esgueirava noite adentro; era sua dose.

Diante do mais tênue convite, do mais mínimo reconhecimento da sua irmandade de carência, William teria ido com ele. Mas tinha jurado manter seu uso em segredo, como que para negar que a heroína tivesse mudado qualquer coisa. Depois daquela primeira vez, transformadora, no escritório do andar de cima da loja de discos, ele tinha resolvido esperar uma semana antes de usar de novo. Era como esperar para ligar para um telefone que alguém tinha metido no seu bolso depois de uns malhos num show. E quando, depois de apenas trinta e seis horas, ele voltou enfim à trouxinha, primeiro tentou cheirar como coca, enquanto Eartha K. ficava olhando lá do futon. Em algum ponto do passado, H teria sido exatamente o tipo de droga em que ele ia se atirar de cabeça. Mas era como se ele pressentisse a gravidade do limite que estava sondando com a pontinha dos pés. Tinha visto uns carinhas na Christopher Street que vendiam o corpo para pagar a droga, aqueles braços esburacados, sorrisos infernais marrom-acinzentados que denotavam dentes apodrecidos desde a raiz. Alguma parte dele queria preservar, enquanto fosse possível, a opção de cair fora, para no fim revelar que estava apenas brincando com a degradação.

Infelizmente, cheirar H não dava o mesmo barato. Era beleza se você queria ficar vendo TV, mas ele sentia falta das visões, da parte religiosa. Passou a fumar, com resultados similares, e aí usou injeções subcutâneas, e finalmente começou a injetar entre os dedos dos pés, como fazia um dos traficas. Ah. Finalmente. Ele podia estar na viagem mais louca e ainda contemplar braços lisinhos e brancos como presas de elefantes, braços que podiam estar numa porra de um museu, dizendo para o mundo que ele ainda estava no controle. Ultimamente tinha começado a carregar a parafernália e uma trouxinha auxiliar com ele no estojo de barba do bisavô, só para garantir. E, se antes tinha decidido só ficar doido sozinho — ele nunca gostava de dividir —, já em fevereiro estaria agachado com Nastanovich naquele quintalzinho esquisito atrás da casa onde eles ensaiavam.

Era estranho, ele sempre pensou: aquele bolsão de terra sem dono cercado por prédios, como que predado pelo resto da cidade. Você chegava ali se espremendo para passar por um pedaço entortado da cerca de metal entre duas casas que por algum motivo não tinham sido construídas grudadas. A lateral de cada casa era como que de giz, calcária, e elas iam se aproximando quanto mais você entrava, de modo que se você estava carregando, digamos, uma bateria, começava a pensar se ia rolar. Aí você passava, chegava ao quintal, que dava para uma construçãozinha baixa de tijolos, como uma casinha de zeladores num parque municipal. Não ficava claro a qual das casas em torno aquilo pertencia. Lá pelo outono, sob o céu nunca-exatamente-escuro, o chão ao redor daquilo era uma zona, um matagal que cintilava de garrafas de refrigerante e frasquinhos quebrados, mas tudo isso tinha desaparecido sob uma nova camada de neve. Varais se entrecruzavam loucamente no alto. Ninguém jamais reclamou do barulho. Nastanovich catou uma bola de neve do tamanho de um limão com a colher que tirou do bolso e usou um dedo para aparar o excesso. Do outro lado da parede onde eles se apoiavam, William sentia o tremor de notas que não conseguia identificar: a Vênus, entediada ou impaciente, explorando os registros mais graves do órgão. "Sério, Nastanovich", ele disse. "Isso é um nojo. A gente vai acabar doente por sua causa."

"E o que é que as socialites usam pra injetar, Billy? Água benta? Sem contar que eu não estou vendo torneira por aqui." Nastanovich fez um vago aceno na direção do ambiente sórdido em que eles estavam, mas sua atenção estava na chama do isqueiro que era como uma língua tocando o fundo da colher. Isso você tinha que reconhecer: ele era mais esperto do que as pessoas achavam. Até, aparentemente, mais esperto que William, que podia ter insistido na esterilidade, mas que nunca tinha ficado chapado com Nastanovich, e não queria foder com a chance de haver uma próxima vez.

Ele esfregou as mãos para se esquentar e se agachou também e ficou concentrado na lambida, na lambida da chama. Estava se sentindo, num certo sentido, observado; qualquer pessoa que se desse ao trabalho de olhar pela janela dos fundos naquele momento podia tê-los visto ali, dois degenerados encolhidos num círculo de luz. Claro que era mais provável que só vissem o isqueiro (alguém tinha dado um tiro no poste de luz solitário do quintal, muito tempo atrás), mas o que é que eles iam fazer? Tinha gente fazendo isso no East Village inteiro. Provavelmente até em alguns daqueles quartos. Enquanto você estivesse em segurança no seu apartamentinho, por que entornar o caldo? Neve derretida e droga ferviam e estalavam no côncavo da colher e soltavam um vapor gorduroso. As mãos de Nastanovich continuavam sólidas. Na experiência de William, a etiqueta ditava que o convidado fosse o primeiro, mas quando ele estendeu a mão para soltar o nó do cadarço do tênis, Nastanovich perguntou que porra ele estava fazendo. "Para com essa merda", ele disse, quando William tentou explicar. "Me dá o braço aí, bicho." Ele pôs a seringa entre os dentes e pôs o garrote em William.

"Jesus amado", William se ouviu dizer enquanto o êmbolo descia. Era a primeira vez que ele metia nos canos desde aquele dia em cima do Señor Wax, e não estava preparado para o beliscão no braço, o calor e o estremecimento que o levaram por sobre o infinito limitado daquela neve. Só percebeu que Nastanovich também já tinha injetado quando o baixista levantou de novo, fungando, e dobrou a esquina meio trôpego indo para um paralelograma de luz que tinha se aberto. William bateu a neve dos fundilhos das calças e foi cambaleante atrás do colega de banda.

Lá dentro, a lâmpada descoberta, que antes parecia fria e insuficiente, ainda estava igual, só que agora havia algo totalmente específico naquela luz, como uma memória já vivida. Não eram os pés *de William* que estavam se movendo sobre o concreto manchado. Eles eram de alguma pessoa precedente cujas escolhas ele já tinha deixado para trás. Assim como o sorriso que lhe voava da cabeça, como uma margarida no seu caule. Assim como as mãos aferradas à guitarra, arrastando-se pelas pestanas de "Zumbis do E. Vill." e de um cover de "Horrors of the Black Museum" dos Nightmares e de uma nova gema lírica chamada "Make Me Sick". Agora, quando Nicky Caos, ainda insatisfeito, queria dar uma passada na introdução de "Brass Tactics" pela vigésima vez — "só que mais rápido... e será que dava pra vocês deixarem a coisa menos suingada? Era pra soar que nem uma marcha prussiana" —, William conseguia simplesmente mergulhar nos laços e espirais dos cabos amontoados no chão, como um peixinho que se esconde em leitos de algas, ou como um avaliador que de pertinho inspeciona as curvas fractais do que podia ou não ser um Pollock.

Quando Nastanovich morreu, em junho, William não estava por lá, e não ficou sabendo até que apareceu na garagem para ensaiar um dia, ainda meio alto, com o estojinho de couro escondido no estojo da guitarra. Todo mundo estava sentado em amplificadores, encarando o chão. Até Sol Grungy, o operador de som pessoal do Nicky, parecia encolhido. "O que foi?"

O Nastanovich tomou uma overdose, disse alguém.

"Ah. E ele está legal? Ele está legal, né?"

"A mãe dele encontrou o cara quando ele não desceu pra tomar café", a Vênus disse, olhando direto para William. Ela estava com a parte branca do olho toda cor-de-rosa, como se por conta do cloro de uma piscina. "Ele ainda estava com o cinto enrolado no braço."

William não sabia o que fazer. A metade de cima do seu corpo pesava uma tonelada. Ele se afundou no concreto frio, em todos aqueles cabos redundantes. "Caralho."

"Acho que a gente ainda devia tocar hoje", Nicky disse, depois de um tempinho. "É o que ele ia querer. Se tivesse uma vida depois da morte, ele ia estar olhando pra gente, sentado num apartamentinho barato lá no céu, dizendo pra gente mandar ver. Então eu acho que a gente devia tocar."

"Eu acho que você devia ir se foder", a Vênus disse. William acompanhava o voto da relatora, mas não sabia como dizer, então levantou e foi embora.

Fazia muito tempo que ele não preparava uma tela, e a caixa de ferramentas estava no fundo de uma prateleira tapada por um carrinho de supermercado que ele tinha achado em algum lugar, que agora estava lotado de velhas edições da *Cosmopolitan* e da *Wrecking Ball* e de livros de anatomia roubados da Strand. Ele não conseguia puxar o carrinho — não era mais tão forte quanto já tinha sido —, então teve que esvaziar tudo e achar um novo lugar para os livros, o que levou metade da manhã. Mas acabou conseguindo pegar as ferramentas para montar uma tela de 1,20 por 1,20 (um reflexo vestigial, maldita Nova York: ele ainda tinha a convicção de que a arte americana tinha que ser Grande). Esticou a tela, grampeou para formar uma superfície em branco, tenso tambor branco. E talvez a disputa entre pintura e droga não fosse tão desequilibrada quanto parecia, porque nos dois dias seguintes, enquanto esperava que as camadas de gesso secassem, William se virou com meros dez dólares de drogas.

Decidiu se voltar para dentro, pintar o que encontrasse lá, e, quando a tela estava pronta, ele a cobriu de guache preta. O que veio em seguida foi um polígono deslocado, baixo e mais para a direita, de oito lados, cortante. Ele não estava satisfeito com a cor, um marrom de sangue seco, então preparou um azul translúcido e refez os contornos. Construiu o interior com amarelos e depois aplicou um vermelho carro de bombeiro. Só que no exato momento em que o vermelho apareceu na tela, ele se sentiu fisicamente mal. Não tanto uma náusea, mas uma coceira em todo o corpo. Porque o octógono era a morte, William achava. Uma figura ferrugem do tamanho de um chapéu-coco, cercada de uma voltagem azul. Um apagador de velas como o que ele usava quando era coroinha, isso antes de a sua mãe morrer e de ele parar de acreditar em Deus — só que visto de baixo, quando vinha abafar a chama. Ele pensou em Nastanovich concentrado, pegando colheradas de neve, pensou no tom monocórdio e dopado das suas linhas de baixo, numa pasta incolor de peixe espremida em latinhas numa linha de montagem e no quartinho de paredes de estuque no Middle Village onde ele morava com a mãe. Foi uma vida que não valeu muito, vista de fora. As coisas também não estavam lá essa maravilha para William, no momento atual. O que ele queria acima de tudo era fugir, ir chupar algum carinha num banheiro, ir ficar tão doido que o topo da cabeça saltasse fora, mas ele devia ao amigo morto isso de ficar aqui e se forçar a esperar que algo lhe dissesse o que fazer. Quando então iria de novo pegar o pincel.

Desse jeito, da primeira vez, William conseguiu largar a heroína de uma pancada só. Ele ficou no loft com o telefone fora do gancho. Vomitou um monte e passou uma semana só conseguindo comer sorvete napolitano, primeiro a faixa de chocolate, depois o morango, e finalmente o creme queimado pelo freezer. Quando as mãos perdiam a firmeza, ele ouvia rádio. Quando recobravam, ele pintava. No fim daquele mês, quando começou a se sentir normal de novo, estava mergulhado no trabalho. O fundo preto tinha ganhado peso e textura, como a escuridão ondulante que você vê logo antes de perder a consciência, e o primeiro plano já tinha bordas mais claras. Ele sentia que agora estava pintando de memória, preenchendo sombras e luzes. Havia uma fonte de luz em algum lugar, uma fonte específica de uma luz de verão específica que se destilava num clarão bem no meio do octógono, como um flash visto no espelho. E enquanto ele ia pintando as bordas, acrescentando traços verdes e azuis àquele flash, deu para ver letras. P A R E. Mas não era aquela coisa morna, inerte, da arte Pop, a caixa de Brillo, a lata de sopa. Se bobear era o contrário: uma placa de *pare* cujo esfumado irrepetível de sujeira urbana — cujo poste verde descascado, texturizado na tela, cujo reflexo da luz da manhã perto de um rio no verão — fazia William querer chorar. Era a placa de *pare* no fim de Sutton Place, que ele tinha visto pela última vez através do vidro de um carro roubado na manhã em que saiu de casa para sempre. Uma pista, mas do quê, isso ele não sabia.

Ele tinha meio que suposto que a morte do baixista e o sumiço do guitarrista seriam o fim do Ex Post Facto; o telefone dele não tocou nem quando voltou para o gancho, e ele não se deu ao trabalho de contar para ninguém. Estar livre da banda era, secretamente, uma satisfação. Para começo de conversa, isso significava que Nicky Caos nunca iria realizar o seu desejo mais ardente: fazer um show como líder da banda. Ele se descobriu surpreendentemente amargo no que se referia a Nicky, que de alguma maneira considerava culpado por Nastanovich, se bem que, claro, se fosse para procurar alguém pra culpar, ele podia começar por si próprio. Aí um dia, saindo do prédio, ele encontrou Nicky na escada. Ele devia estar esperando, apesar de saber que ninguém ia poder imaginar quando William ia sair. Talvez tivesse passado a noite ali. "Opa, Billy, guentaí — dá pra gente dar um lero?" William continuou andando para a esquina; Nicky foi atrás dele. "Você está com uma cara boa."

"Obrigado."

"Olha", Nicky disse. "Já tem uns meses e tal, eu estava pensando que era hora de a gente juntar a banda de novo."

"Não tem mais 'a gente', Nicky. Não tem como você fingir que não sabe. Não tem mais banda."

"Beleza, saquei, eu respeito e tudo, mas isso aqui é maior que uma pessoa. Aquela meninada toda lá sem ter pra onde ir, só esperando alguém pra poder seguir…"

"Vai ter que ser outro cara; não eu." Eles estavam chegando na escada do metrô agora. "Eu estou fora."

"O Sol acha que consegue montar o som na Tompkins Square, fazer um gato num poste. Acho que a gente devia só fazer um último show de graça, juntar uma grana, montar uma coisa de caridade, igual o Concerto para Bangladesh. Só que ia ser o Concerto para Nastanovich. De repente a gente gravava ao vivo."

"'Concerto para Bangladesh?' Acho que não tem nada menos punk."

"E aí a gente dava a grana pra mãe dele. Ela está superabalada, sabe. Ou de repente você nem sabe. Acho que você não foi no enterro, né?"

William sentiu ódio por ele por um minuto. Um ano atrás, Nicky mal conhecia Nastanovich de nome. "Eu tenho que zarpar, Nicky. Deixa eu dar uma pensadinha e eu te falo, certo?"

"Eu não vou aceitar um não como resposta, sabe."

"Eu sei que você não vai", William disse. "Só que eu ainda não estou exatamente disposto a te dar o prazer de um sim." E sem mais uma palavra, ele entrou no subsolo.

63

"O negócio com os Nguyen", disse o pai dela, no banco do passageiro, "é que a gente sempre tem que aprender as coisas do jeito mais difícil." Eles estavam em algum lugar a leste das Rochosas, num caminhão alugado com uma transmissão pouco confiável. Na última meia hora ele vinha lendo as placas de limites de velocidade em voz alta, e Jenny supôs que era só mais um jeito de dizer para ela diminuir. Mas quando ela aumentou o rádio ele voltou a ficar quieto, encarando seu país adotivo, seus confusos outodoors planos e seu coração verde no tempo das colheitas.

Olhando para trás, porém, algumas coisas chamariam a sua atenção. Uma era que ele estava falando tanto de si próprio quanto dela. A outra era que de repente ele tinha razão.

Umas semanas depois de lhe autorizarem a formatura, ela voltou para casa, no Vale, toda cheia de si com a ideia de que a sua presença iria ajudar o Pai a encarar o divórcio, mas aquilo foi tão inútil para ele que ela podia ter até entrado para a Legião Estrangeira, ou ido para a Lua. Enquanto isso, o mundo que ela queria tanto mudar — o mundo *lá fora* — ia deixando-a para trás. A única coisa que ela conseguia fazer, quando voltava à noite depois de jantar com a Mãe e o Sandy, era ficar sentada com o pai no aquário que era aquela sala de estar para assistir a uma recapitulação dos sofrimentos de seu adorado Dick Nixon. Ela levou mais de um ano para lhe dar a notícia de que queria se mudar para Nova York.

Eles chegaram agora à cidade no quarto dia da viagem, em grande medida graças ao seu pé de chumbo. Ainda assim, só tinham algumas horas para descarregar a mobília dela (por pouca que fosse) antes de ele ter que entregar o caminhão e pegar o voo de volta para casa. Uma dessas horas eles gastaram cruzando um ninho de ratos de ruas de mão única até ela encontrar o endereço na Rivington onde tinha conseguido alugar um apartamento. O prédio era pardacento, um emaranhado de escadas de incêndio que eram como um aparelho para dentes ruins. As janelas tinham grades até o quarto andar, e fazia eras, provavelmente, que alguém tinha lavado aqueles vidros. Mas Jenny não era marinheira de primeira viagem na miséria; tinha cumprido quatro anos na Berkelyunca, afinal. Lá dentro, a porta do 3F tinha ficado entreaberta. Era menos o *apartamento júnior de um quarto* que tinham lhe prometido ao telefone do que um armário grandinho. A banheira ficava ao lado da geladeira. O pai dela espiou pela janela os tipos que sacavam o caminhão lá embaixo. Como é que alguém podia cobrar o equivalente de uma prestação de hipoteca e não oferecer nem uma sala de estar? Ela sabia que tinha sido um erro lhe dizer quanto ia pagar. Ela apontou que a cidade inteira seria sua sala de estar, o que fazia do apartamento uma pechincha, se você pensasse bem. A lógica desse clichê na época era impressionante para ela. O que ela tinha esquecido de considerar era o fato de que a sala de estar da maioria das pessoas não tinha clima, enquanto na dela podia chover por dias a fio. Isso para nem falar de todas as outras formas em que a confusão de interno e externo ia trabalhar contra ela, como quando criaturas da floresta com seis patas saíram tranquilas pela grelha na primeira vez em que ela acendeu o forno.

Por outro lado, aqui era mais fácil achar maconha. Tinha um lugar a poucas quadras dali, parecia uma lojinha comum, visto de fora, mas quase não tinha coisas à venda nas prateleiras. Afundada numa parede ficava uma porta com um cadeado e uma janelinha, como a guarita de um castelo. Você ia lá e pedia verduras, e o dominicano taciturno nas sombras lá dentro te dava uma olhada bem séria pra garantir que você não era da polícia e aí passava um baseado já enrolado por baixo da telinha de arame. Não era da boa, propriamente dita, mas quebrava um galho. Enquanto um recorde de chuva caía lá fora, Jenny ficou sentada à mesinha ou escrivaninha que tinha instalado como isolante entre o colchão e a banheira e viajou, imaginando que o apartamento era uma arca onde uma fauna esquecida, ratos e pombos, carrapatos e traças, podia se abrigar aos pares durante o dilúvio. Ela imaginava o sr. e a sra. Cucaraccia, o casal que vivia embaixo do fogão, passeando de braço dado pelo passadiço, o marido erguendo o chapéu de palha para ela quando chegava ao topo, a mulher realizando uma complexa reverenciazinha.

Outras vezes ela se divertia prestando atenção no barulho. Era mais ou menos uma constante, que penetrava por paredes e tetos até ser difícil dizer exatamente qual vizinho produzia aquele som. No fim do primeiro mês ela tinha elaborado todo um retrato auditivo da vida deles: pés, grandes e pequenos, correndo e andando; programas policiais e salsa; batidas nos canos do aquecimento; um telefone que toca; treino de sapateado, treino de tuba, alguém uivando um canto tirolês; gente trepando, ocasionalmente; gente brigando, constantemente; gritos para as crianças *Venham jantar, caralho*, portas de forno, batidas de portas. Quando passava pelos vizinhos na escada mal iluminada, claro, ela fingia que não tinha ouvido nada. Eles eram tão capazes de te esfaquear quanto de te dizer oi. Às vezes ela precisava quase literalmente morder a língua para conter a vontade de parabenizar a ucraniana do andar de cima cujos orgasmos sucessivos tinham impedido seu sono na noite anterior, ou de oferecer um ombro para alguém que tinha ouvido chorando ao telefone. A coisa mais incrível era como a vida deles era mais rica do que ela tinha imaginado. Essa gente toda extravagantemente viva nesses contextos que a cercavam, enquanto ela, solteirona, restava só.

O que faltava — em termos vulgarmente materialistas — era um emprego. O dinheiro que o seu pai tinha depositado na conta para ela começar a vida estava minguando e sustentaria, na melhor das hipóteses, só mais uns meses de cigarros soltos e lámen e aluguel. Mas no outono de 1974 não havia empregos, pelo menos não para uma formada em filosofia que tinha ficha criminal. Ela passou uns dias angariando dinheiro para o Greenpeace, mas achava difícil bater em portas que sabia que iam fechar na sua cara. Aí pegou um trabalho temporário numa agência. O trabalho consistia em ler as letrinhas miúdas no pé dos anúncios de jornal, centenas de milhares de letrinhas, parecia, que estavam envolvidos num processo coletivo contra um empreiteiro do mal. Numa espécie de penitência, ela torrou metade do dinheiro numa livraria perto da Union Square, juntando uma pilha de livros de teóricos da Escola de Frankfurt, mas aquilo não fez com que ela se sentisse melhor, então simplesmente não foi mais trabalhar no dia seguinte, ficou em casa e ficou ultramegachapada. O que foi bom, também, porque foi nesse dia que o telefone tocou por causa de um emprego para o qual ela nem lembrava mais que tinha se inscrito, numa galeriazinha de arte no SoHo.

O dono era austríaco, com óculos de aro de tartaruga e cabeça raspada. Se era possível alguém ter cara de um Michel Foucault menos alegrinho, então era ele. Era obviamente homossexual, e preferia, foi o que lhe disse na entrevista (muito atento à reação dela), a companhia de gente jovem. Também era, ela chutou, podre de rico. Mas eles tinham o mesmo gosto pela arte conceitual, e ele concordou em lhe adiantar o primeiro salário e lhe dar responsabilidades sérias já de cara. Ela era sua única empregada, afinal.

Ele a levou até o que seria a sua mesa — na verdade, uma longa mesa de jantar que tinha colocado perto da porta de entrada, para que qualquer pessoa que quisesse roubar as obras expostas tivesse que passar sob os olhos atentos de Jenny. A ideia era cômica de pelo menos dois jeitos diferentes. Um: Supondo que fossem ladrões típicos — homens, corpulentos, doidões de pó de anjo —, como é que Jenny, de quase cinquenta quilos se estivesse com botas pesadas, ia ser capaz de impedir o roubo? E dois: Quem além de Jenny ia mesmo querer roubar aquelas obras — esculturas feitas com bitucas de cigarro; gelatina em formatos homoeróticos; uma pilha de trapos num canto que você podia tomar por lixo? Bruno tinha uma das caras mais inabaláveis do mundo, mas gostava do seu atrevimento; ela sabia por causa do jeito de os olhos dele brilharem por trás dos óculos. "Dissuasão, *Liebchen*. Dissuasão." Ele bateu uma vez no tampo da mesa.

Ela sentou, para ver como era o lugar onde passaria seus dias. Havia um telefone, claro, e uma lista mimeografada dos preços das obras em exibição, e uma pequena máquina de escrever elétrica para as cartas, mas, considerando que a área toda devia ser de quase dois metros quadrados, a mesa parecia definitivamente austera. Dessa maneira, combinava direitinho com o resto da galeria, que numa encarnação anterior tinha sido uma oficina de funilaria. Um único painel de vidro reforçado tinha sido instalado onde antes ficava a porta da garagem. Vigas expostas emolduravam uma claraboia. O piso era de concreto lixado. Todo austríaco, ela pensou, era minimalista. (Mais para a frente, numa missão de verificação no Metropolitan Museum, ficaria chocada ao descobrir a reprodução de uma sala de jantar vienense do século XIX, montes de porcelana floral e elaborados entalhes. Mas claro que a dimensão do trauma que ocorreu entre a geração dos avós de Bruno e a dele era incalculável.)

Para sua surpresa, ele não diria nada sobre a zona que passou a cobrir aquela mesa. Para começo de conversa, ela estava praticamente *morando* na galeria. Trinta e duas horas por semana! Mais ainda, ninguém entrava ali, a não ser um ou outro investidor mais antenado que comprava só com hora marcada. Até os vernissages eram umas coisinhas tristes, com Bruno e os artistas e Jenny parados à toa bebendo vinho de caixinha com um ou outro vagabundo que aparecia da rua, atraído pela percepção extrassensorial de todo bebum para bebida grátis. Jenny sempre insistia em servi-los.

No fim, a maior parte do trabalho dela era escrever pedidos de bolsas em nome dos artistas de Bruno, já que nenhum deles, ele mesmo admitia sem titubear, jamais conseguiria se sustentar no mercado. *Então como é que você espera ganhar dinheiro?*, ela queria perguntar. A indiferença de Bruno em relação à contabilidade era parte do motivo de ela poder trabalhar para ele com uma consciência mais ou menos limpa, mas, agora que os destinos dos dois estavam atados, ela ia gostar de ter visto um pouquinho mais de empenho empresarial. Ela mesma, incitada por ele, tinha começado a se vestir de uma maneira que ele dizia que era *mais profissional.* Quando decidiu dar uma olhada no espelho de manhã (com uma *camisa*, meu Deus do céu), ela se sentiu uma vendida, mas pelo menos agora tinha algum motivo para sair da cama de manhã.

Os compromissos eram uma bola de neve. No seu segundo fevereiro ela tinha assinado um serviço de encontros. Você preenchia um questionário, mandava uma polaroide, e por 12,99 dólares recebia um dossiê de questionários e polaroides de homens cujos interesses tinham sido comparados aos seus via cartões perfurados. Era constrangedor — supondo que alguma coisa acabasse dando certo, como é que vocês iam explicar aos amigos como tinham se conhecido? —, mas o fato de Jenny não ter amigos foi o motivo de ela ter se inscrito naquilo para começo de conversa. Só que os cartões perfurados se provaram pouco dignos de confiança. Os solteiros do dossiê dela eram de leão e de gêmeos; suas preferências incluíam teatro, dança e fondue. Ela se ateve a encontros centrados em bebidas, fáceis de fugir. Se tudo fosse moderadamente bem, ela convidava o cara para o apartamento. Interpretava como um sinal auspicioso a capacidade de atravessar a Bowery sem sair correndo de medo.

Não havia muitos lugares onde se sentar em seu apartamento, se você considerasse que dois não eram muitos, o que era a opinião dela. Tinha tentado sentar na cama uma vez, com um taurino chamado Frank que parecia meio swinger, mas talvez os uivos de prazer da vizinha ucraniana que vazavam pelo teto tenham posto muita pressão nos dois, porque Frank tinha se despedido depois de um copo de Cold Duck, e nunca mais deu notícias. Aí ela tentou beber demais, para facilitar a transição para o sexo, mas isso também saiu pela culatra. Era como se, na sua renúncia pós-McGillicuddy aos ritos burgueses da corte e da monogamia, ela tivesse esquecido como se jogava aquilo. Uma noite, ela se ouviu explicando para um homem com quem estava saindo, lá na Broome Street, com os cumins tirando a primeira leva de lixo da noite e os jogadores do clube de mahjong juntando as pedras como artesãos que separam ossos de baleia, a situação de quem precisasse se sentar na casa dela, e como aquilo podia deixar as pessoas sem graça, e que provavelmente era melhor eles passarem direto para a trepada. "Jesus amado, eu estou parecendo bem neurótica, né?" Ben era o nome daquele. Sujeitinho bacana, de verdade. Aluno de doutorado em primatologia em Columbia, que podia ter sido capaz de elucidar certos antigos mistérios do acasalamento preferencial, se tivesse durado mais tempo. Mas ele deixou um recado no serviço de secretária eletrônica dela na manhã seguinte dizendo que não podia mais vê-la.

Ela desligou o telefone e se largou sobre a mesa, onde estava editando uma inscrição para uma bolsa Guggenheim. Brechas na sua fortaleza de papéis e livros deixavam passar a fresca luz da manhã lá na rua. Ela encarou os slides coloridos que estava examinando, tentando desencavar precedentes para as meticulosas réplicas de pinturas de hotéis do Meio-Oeste que aquele artista fazia. Supostamente era a mudança de contexto, o leve choque da correção de rumos da percepção, que transformava aquilo em arte. Tinha acabado de largar a cabeça nos braços quando a metade superior de uma pilha de *catalogues raisonnés* levitou diante dela para revelar a cabeça raspada de Bruno, que nunca tinha um pelinho a mais de um dia para o outro. "*Morgen*", ele disse, antes de largar os livros de novo. Ele seguiu direto para o seu minúsculo escritório nos fundos da galeria, em que até onde ela sabia ele passava o dia inteiro bebericando espressos e lendo as notícias de uma semana antes no jornal alemão que pedia por encomenda especial numa banca da 6th Avenue. Só que exatamente embaixo da claraboia ele se deteve. "Tem alguma coisa errada."

"Não."

"Pare com isso. Eu me recuso a ouvir mentiras. Algum rapaz te fez mal, não foi?" Vindo de uma pessoa que renunciava, por questão de princípios, a mera possibilidade de uma moralidade transcendente, ela pensou, era uma escolha interessante de palavras.

"Todos eles se mandam antes de terem tempo de me fazer mal, Bruno."

Ele fez um gesto de desprezo. "O amor romântico é uma ficção mesmo. Um mito para vender cartões poéticos." Ainda assim, ele parecia disposto, se tivesse o nome e o endereço, a ir desafiar o malfeitor, como algum pai da era feudal que fosse defender a castidade da filha. Isso tudo só nos olhos, claro. O resto do rosto permanecia perfeitamente composto. "Se você quer saber qual é o problema, é aquele seu apartamento. Eles veem aquele lugar e criam uma opinião injusta sobre você."

"Quem foi que disse que eles chegam a ver? Você nunca viu."

"Por favor, querida. Eu ponho o seu contracheque no correio. Rivington Street?" Ele estremeceu.

"Olhe em volta, Bruno. Não parece que essa região aqui seja lá essas maravilhas."

"No caso de um endereço comercial, um ponto central projeta certa imagem, declara certo *vous savez quoi*. Mas eu não tenho que levar isso para a vida particular. Você acha que o seu adorado Herr Adorno nunca via televisão? Eu sei por fontes confiáveis que ele nunca perdia um episódio de *A ilha dos birutas*. O problema aqui com os americanos é essa obsessão por consistência." As palestrinhas de Bruno, ela tinha decidido, eram oitenta e cinco por cento irônicas. A noção de que ela se daria melhor sob a tutela dele gerava uma diversão quase lamentável. "Nem hoje, nem em Nova York vocês aprenderam que consistência não vai proteger ninguém. Eu moro em Uptown, descaradamente. E você também devia morar. Os rapazes vão correr atrás de uma mulher que aparentemente não precisa deles." Ele parecia ter se convencido de alguma coisa. "A bem da verdade, vou te dar um aumento para cobrir a mudança."

"Bruno, isso é ridículo. Vamos começar tudo de novo. Bom dia."

"Não. Eu insisto." Ele ergueu uma mão. Estava com o talão de cheques na mão.

"Você está me deixando com complexo de culpa aqui, como se eu tivesse manipulado você pra conseguir alguma coisa, e eu só estava era no meio de uma manhã de merda, só isso."

Ele pensou um segundo. "Uma experiência, então. Você vem comigo agora no domingo jantar com um velho amigo meu. Ele nunca aceitou os meus convites. Ou seja, ele vive numa fantasia, acreditando no mesmo tipo de mundo alternativo que você não consegue largar. Você dá uma olhada nos olhos dele e decide se é isso que você quer. Se não for, a gente muda você para Uptown."

"Domingo? Não é o dia do Bicentenário?"

"Você já tem planos? Vai para a rua sacudir a altiva bandeira do império? Não? Foi o que eu pensei mesmo."

O jantar foi uma desgraça. Ela tinha suposto que Bruno estava tentando dar uma de cupido, e assim não tinha se dado conta, até o artista aparecer puxando o namorado pela mão, de que ele era gay. Em vez de entrar automaticamente em sintonia, ela teve que ficar vendo os três homens se empurrarem e se trombarem por mais de duas horas. Foi só como uma espécie de castigo que ela disse depois ao seu empregador: "Joia, eu deixo você me mudar de bairro, mas não vou ao norte da 23. E você pode pagar o caminhão".

Ela disse para si mesma que não estava abandonando o Lower East Side, não estava deixando para trás suas liberdades proletárias em nome dos aparatos da classe média. Afinal, o prédio novo, apesar de todas as vantagens, estava longe de ser uma fonte de urbanidade. As pessoas no elevador tratavam Jenny exatamente como os ocupantes do prédio antigo. E não tinha menos barulho ali para mantê-la acordada de noite.

A diferença era que agora era tudo *lá fora*: o trânsito irascível a toda hora da noite, os táxis na frente dos restaurantezinhos etíopes, os estrondosos caminhões de lixo meio dinossaurescos. Quando ela acordava de manhã no meio da nenhuridade que minguava raiada da luz das persianas, tudo tinha ficado desorientadoramente quieto, e ela ficava uns segundos imaginando que estava de novo lá naquele mausoléu daquela casa estilo rancho no Vale de San Fernando. Ela se preparava para ouvir o som do fouet de metal do pai numa tigela de aço inoxidável, o raspar dos nós dos dedos dele contra a porta do quarto. E, enquanto o preto se fazia claro, ela pensava o que aquilo significava. Será que tinha deixado coisas por resolver na Califórnia? Ou será que era simplesmente o fato de que um lugar em que você morou tanto tempo deixava marcas nos tecidos ainda macios do seu cérebro? Ou, ainda mais simples, será que ela estava com saudade daquela casa em que você podia ouvir um alfinete caindo, e onde eles a chamavam por um nome diferente? Houve um tempo em que ela se acreditou capaz de viver sem os confortos convencionais — carreira, bens, uma cara-metade —, mas o seu exílio autoimposto estava revelando que ela era frustrantemente humana. Isso não queria dizer que tivesse abandonado o sonho de que a situação mais ampla pudesse ser alterada, ou pelo menos analisada. Mas, quando veio a conhecer Richard, ela já tinha começado a aceitar a ideia defendida por Bruno, de que, se a revolução um dia acontecesse, seria sem, ou antes de, qualquer alteração dos contornos da existência individual dela. Aqui estava ela depois de dois anos em Nova York, apenas começando a redimensionar as expectativas para o tamanho da sua vida real. Era como tentar desespremer a pasta de dente para dentro do tubo.

64

    Regan ia passar seus primeiros anos depois de completar trinta cismada com a convicção central dos seus vinte anos. De onde foi que ela tirou a ideia de que o amor podia resolver qualquer problema, por maior que fosse? Mas isso provavelmente era só mais um jeito de ela se criticar; uma pergunta melhor podia ter sido: De onde foi que ela *não* tirou essa ideia? Para onde quer que você olhasse naqueles anos, era paz e amor e casais protestando na cama, "Love me Do" e "When a Man Loves a Woman". Não tinha como você ser uma cidadã do seu tempo e não acreditar em algum nível que o amor, como outra música dizia, era tudo de que você precisava. Ela ficou bem agarradinha ao amor durante as alegrias e tristezas dos anos 60. Durante a briga final entre o Papai e o William, durante o casamento do Papai e o seu, durante a mudança de carreira de Keith, o nascimento do Will, da Cate... Talvez fosse por isso que ela tenha sido tão lenta para ver a infelicidade voltando a se instalar depois que eles se mudaram para o Upper East Side. Ou para reconhecer, para si própria ou para o marido, que tinha visto. Ela era tão mais infeliz no passado pré-Keith; ainda lhe era grata por tudo de que ele a tinha salvado. A bem da verdade, ainda ia se perguntar se não era aquela infelicidade de que nunca lhe falou, a criança que não nasceu, o que agora ficava entre eles.

Mas qualquer que tenha sido a causa, Keith um dia começou a se afastar. Às seis horas ela normalmente ouvia a valise dele batendo no chão, normalmente ouvia ele se esgueirar até a sala de estar para agarrar as crianças antes de elas poderem se dar conta de que ele estava em casa. Agora parecia andar na ponta dos pés por outros motivos: para ganhar o máximo de tempo antes de ter que falar com alguém. Ia direto para a cozinha preparar uma bebida, que enxugava com uma expressão cerrada. Ele não era o tipo de homem que iria reclamar da bagunça que as crianças tinham feito, mas a boca dele em repouso era uma careta de desgosto, e ela podia sentir que ele estava remoendo alguma coisa.

Tinha perdido o interesse por sexo também. Isso podia ter sido um efeito bem-vindo, já que o interesse dela também estava sumindo. Ou talvez interesse não fosse a palavra certa, mas ela vivia exausta na hora de ir para a cama: inchada, nada sexy, desencarnada. Uma ou duas vezes por semana ela o fazia gozar embaixo dos lençóis. Ele a esfregava por cima da camisola e ela fingia que gozava logo antes de saber que ia mesmo, e ele não questionava. Mas a condição para ela não querer o marido, parecia, tinha sido o fato de ele a querer. Assim que ele parou de procurar a sua mão, ela descobriu que precisava ser tocada por ele.

Um dia eles estavam em algum evento profissional, para arrecadar dinheiro para alguma organização de caridade que cuidava de crianças, uma daquelas coisas com um cardápio de degustação e umas bebidas, onde você come em pratinhos de sobremesa e conversa com clientes e clientes potenciais. Regan odiava essas coisas, não porque a ideia de crianças abandonadas não fosse um problema que ela conhecesse de perto, mas porque não era boa em comer de pé. Equilibrar comidas pesadas num pratinho minúsculo, dar conta de garfo e guardanapo e de uma bebida que você não tinha onde largar e ainda ter que conversar com homens que invariavelmente conheciam o seu pai ou, pior, o seu tio... Devia ter um jeito de fazer uma doação para *não* ir a um negócio desses. E de repente Keith estava conversando, rindo, com uma mulher que não podia ter mais de vinte e quatro anos. Parecia uma criatura mitológica, uma selkie ou uma dríade, cabelo louro comprido e um vestido decotado em que seus seios, sem qualquer meio aparente de sustentação, estavam oferecidos como sedutores canapés. Aquilo era mais ou menos o ideal universal de beleza feminina, de que

Regan cada vez mais se afastava, tragada na direção da Região Mamãe. Enquanto isso, Keith só ia ficando mais bonito. Como é que o amor dele, em que ela tinha investido tanto, podia encarar aqueles primeiros grisalhos, aquela bunda cada vez maior, aquelas estrias e rugas?

Ela começou a ir sempre a pé aonde ia: reuniões de Pais e Mestres, deixar a Cate na escolinha, ir ao salão com seus secadores supersônicos. Um dia foi a pé até a Union Square e comprou um livro de exercícios da livraria de quatro andares que ficava ali, onde uma seção de fitness tinha brotado assim de repente. Em casa, colocou Carly Simon no aparelho hi-fi de Keith e praticou alongamentos isométricos, esfregando um rolo de macarrão no abdome. Aí, quando isso não a deixou se sentindo nem um pouquinho melhor, meteu um dedo na garganta e, pela primeira vez desde Vassar, se forçou a vomitar.

Ela não saberia dizer quando foi que aquilo virou uma rotina diária. Era como se houvesse dois mundos, separados um do outro pela porta do banheiro. Quando não estava fazendo aquilo, ela não pensava no assunto. Ou pensava, mas só em algum lugar lá no fundo do cérebro, enquanto aqui na frente nem reconhecia que estava já pensando em como seria bom fazer de novo, já ensaiando os passos. Primeiro ela abria a torneira do banheiro e ligava o rádio que eles deixavam na soleira da janela ao lado do cesto de roupa suja, porque não havia um ventilador para cobrir o barulho. Aí abria um pouquinho a janela para deixar o barulho da rua entrar, mas não tanto que a deixasse visível para o mundão lá fora. Mantinha aberta a porta que dava para a cozinha, para que o mundinho interno, nuclear — Will, Cate —, visse que ela não tinha nada a esconder. E quando estava tudo em seu lugar, esse construto de linguetas e encaixes, de sons, água corrente mais conversa de rádio mais o ruído de vidro estilhaçado de uma retroescavadeira quatro andares abaixo, ela fechava a porta e a trancava com um gancho de metal que toda uma década de entortamentos e consertos tinha deixado impossível de tirar do batente.

Ela admirava o pragmatismo medieval daquele gancho. E admirava a balança, com sua cobertura pontilhadinha de borracha. Aquele se apresentava como o único lugar sólido do mundo onde ela podia se pôr de pé. Mas o giro do mostrador intricadamente hachurado, o borrão dos números e os segmentos de reta quase idiográficos, a guinada lateral entre valores positivos e negativos, tudo a fazia sentir que estava menos sobre um chão sólido do que feita ao mar, numa minúscula gávea, tantos graus fora de prumo que se caísse nada estaria ali para detê-la, só o azul. Ela sentia de uma maneira avassaladora o quanto tudo em volta dela, rádio, gancho, balança, tinha sido preparado apenas para aquilo — uma desliberdade ao mesmo tempo esfuziante e geradora de náusea.

Ela sempre fazia questão de sair da balança antes de olhar no espelho, porque você não podia confiar num espelho. Havia, por exemplo, a questão da duplicação. Para cada coisa refletida, o espelho fabricava duas imagens, uma na superfície e uma na folha de prata. Você vai ver se um dia tocar num espelho que, à medida que o seu dedo se aproxima, um dedo fantasma surge em volta dele, e mesmo com a pontinha do dedo encostada no vidro, você não vai ter chegado ao dedo preso ali embaixo. E você também não deve contar com os olhos. O mundo na verdade está de cabeça para baixo. Regan a essa altura estaria se sentindo nauseada de verdade. Nauseada como se por sexo febril com um desconhecido. Nauseada como se de uma vergonha úmida, gosmenta.

Prendia o cabelo com grampos. Ajoelhava diante do vaso de porcelana. Via sua sombra na água e fechava os olhos. *Puxar o gatilho*, as meninas da Chi-O diziam. Era quase um clubinho, de início, você saía do banheiro com a sensação de que tinha provado alguma coisa. No rádio, um doutor que não era doutor entrava em associações livres a respeito da greve dos lixeiros. Ratos mordendo bebês no East Harlem. Havia filas para gasolina em Jersey e para água em Biafra. Quantos litros desperdiçados a cada cinco minutos que a torneira ficava aberta? Ela às vezes achava que tinha ouvido passos na cozinha fazerem a tampa do prato do bolo tremer. Devia ser o Will, andando pelo apartamento em longos arcos urgentes, por ter intuído que ela tinha, sim, algo a esconder. Ela ficava esperando que os seus passos se afastassem e fechava os olhos e passava o indicador pelos dentes e pela cobertura molhada da língua e pelo furo lá de trás, quase sexual, quase como ser bebê de novo, além do leve sinal de alerta que a fazia querer morder, com força, mas o que é que ela tinha provado, se não que era forte, que estava no controle, aquilo que os homens temiam porque não podiam tocar, atingir, feri-la, a ponta do dedo dela estava no gatilho, ela engolia o som, delicada, um gatinho tossindo.

O vômito saía dela tão rápido que era uma vantagem ter treinado tanto. Ela tirava o dedo de lado bem a tempo, e mesmo naquela tontura ácida e quente garantia que a cabeça não saísse de cima da privada, onde um outro eu boiava e se enlameava junto com a água. Ela era uma menina tão boazinha que o único som era o baque de líquido contra líquido, mas doía horrores não fazer barulho. Outro espasmo. Lágrimas pequenas no canto interno dos olhos. E quando acabava, ela estava com a temperatura elevada, um fino suor pós-coital sobre a pele. Seus antebraços faziam uma ponte sobre a fria frente do vaso, propiciatório onde pousar a testa, o cheiro logo sumiria.

Aí vinha a audição concentrada, em que ela conseguia ouvir cada camada de som e, por trás de todas elas, o vento e suas lamúrias contra as bordas do buraco que ela agora abriu dentro de si. Como as bordas de um encerado esticado sobre um furo num telhado em Buffalo. A parte mais triste, talvez, era que os segundos que se seguiam eram a melhor parte do seu dia. O teto se erguia de sobre o cômodo e as paredes se estendiam telescópicas para o céu como um imenso funil, e ela sentia seu filho perdido lá fora, as irmãs angelicais, sua mãe indo embora. Sua mãe morta cutucando a gola do seu suéter cósmico e virando o rosto. "Onde quer que você esteja, ela está te vendo", o Papai disse naquele dia, apertando a sua mão e olhando para o caixão. Era para ser um consolo. Foi praticamente a única menção. E aí vinham os dez segundos em que Regan se odiava mais do que nunca. Hora de rasgar dois quadrados de papel higiênico e limpar a borda do vaso e o fundo da pia. De enxugar os dentes com uma cerdada de Gleem. De dar a descarga de novo e encher a tampinha do Listerine com metade Listerine metade água. De gargarejar e beber um copo de água da torneira, soltar os grampos, dar mais uma espiada no espelho. Janela fechada, rádio desligado, acender um fósforo. Não arriscar uma terceira descarga. E às vezes, enquanto a caixa enchia de novo depois da segunda, ela ouvia passos de meias correndo para um canto distante do apartamento, como quem foge.

65

O verão em Nassau County eram vaga-lumes e foguetes de garrafa e gatos mandando ver à sombra dos carros estacionados e cartas de baralho presas com grampos de roupa aos raios das rodas das bikes — essa merdarada Norman Rockwell —, então pode apostar que o pessoal *adorou* a porra do Bicentenário. Pela tela da janela do seu quartinho no porão, ao meio-dia, Charlie já sentia o cheiro sulfúrico dos fogos. Se bem que era engraçado, se você pensasse bem: aquelas bandeirinhas elegíacas tremulando no jardim dos vizinhos eram só propagandas, basicamente, plantadas ali por um vendedor local de seguros cujo nome estava impresso nos pauzinhos. Pra se aproximar minimamente dos reais herdeiros da Revolução, os punks, você tinha que ir até a Cidade. Não que ele jamais fosse pôr as coisas nesses termos para a Mãe. Em vez disso, ele lhe disse que queria ir ver os navios enormes. Com uns *amigos*, ele disse — um álibi que ela estava mais do que disposta a aceitar. Eles não tinham discutido como ele chegaria lá; depois, ele podia dizer que ela não tinha entendido. Mas ela queria que ele estivesse em casa às onze. "Mesmo que os fogos forem até mais tarde. Onze — repita pra mim, Charlie."

"Pô, Mãe. Pega leve." Ele saiu da sala antes de ela poder mudar de ideia. Isso foi ontem.

649

Agora, no banheiro do primeiro andar, ele usou uma tesoura para atacar a cabeça. Cortar o próprio cabelo era mais difícil do que você podia pensar, e ele quase deu para trás quando viu o primeiro tufo grudado como um cardo arruivado no canto da pia, mas aí imaginou o sorrisinho da Sam quando o visse. Com a torneira aberta para cobrir o barulho, ligou a máquina elétrica do pai e torceu para ela estar funcionando. O motor chiou. Cabelos choveram carmim sobre a fórmica. Aquilo parecia tão foda na capa do *Brass Tactics*, que ele tinha colocado na bancada para ter uma referência — a tira de cabelo que saltava desafiadora de um crânio pelado —, mas no espelho, sobre o fundo bucólico do cortador de grama de algum vizinho e o estalo dos primeiros fogos por trás de tudo, parecia que um roedor famélico tinha caído em cima da sua cabeça.

Ele usou uma bola de papel higiênico para varrer os cabelos da bancada para dentro da pia, e daí ralo abaixo. Aí se ajoelhou para ver se tinha ficado algum no piso. Antes de terminar, um som chapinhante o fez se virar, e o que ele viu quase lhe deu um ataque cardíaco. A pia estava transbordando. *Caralho*. Ele catou uma toalha do porta-toalhas. Quando conseguiu chegar à torneira, o excesso de água já serpenteava pelo piso inclinado, por baixo da porta, para o corredor. *Puta que pariu*. Na pressa, tinha pegado uma das tolhas com monograma da Mãe, mas agora não tinha volta. Ele fez o que pôde pra enxugar aquilo tudo e aí foi pescar no ralo, tentando não perceber a textura melequenta dos canos. Sacou dali um pérfido bigodinho nazista de cabelos. Embolou aquilo num lenço de papel, jogou na privada e deu descarga.

Já no corredor, com a toalha na mão, ficou tentando ouvir a Mãe. Abraham, três anos de idade, apareceu na porta do quarto onde os gêmeos deviam estar dormindo. A boquinha inocente se abriu quando Abe percebeu a água no chão e o escalpo detonado do irmão. Ele bateu com uma mão na bochecha e apontou só para garantir que Charlie ficasse sabendo que ele sabia. "Se você me dedurar eu te deixo com um roxo", Charlie disse. "Agora vai lá terminar essa porra dessa soneca." Não era justo, isso de ter irmãos novinhos demais pra você poder ficar puto com eles. E era a grama do quintal *deles* que estava sendo cortada lá fora; a Mãe deve ter ficado cansada de esperar o Charlie e decidiu ir fazer de uma vez. Ele largou a toalha e a esfregou um pouco no chão com o pé e aí embolou no fundo do armário. Ficou esperando o cortador passar para o quintal. Aí desceu correndo as escadas e saiu pela porta da frente, catando a chave do carro da Mãe do seu ganchinho ao passar, torcendo desesperadamente para ela não ver.

O jeito da Sam falar do pai deixava Charlie meio com medo do cara. Então, apesar da cena com jeitão de baile de formatura que tinha imaginado — tocar a campainha, ouvir que devia esperar na sala de estar até a Sam emergir ruborizada dos fundos da casa —, ele ficou em ponto morto na rua e buzinou até ela sair. Se ela estava pensando naquilo em termos de um encontro romântico, não se percebia pelas roupas. Estava com a mesma camiseta velha do Television. É verdade que ela disse que o cabelo dele estava incrível, o que de imediato fez tudo basicamente valer a pena. Ela tinha levado a fita de *Horses* que era dos dois, e no caminho eles ouviram a fita toda duas vezes, cantando junto enquanto desciam a segunda metade da Ponte Q-Boro como uma bomba arremessada contra o centro da cidade: *Coming in/ in all directions,/ white,/ shining/ silver...*

Charlie estava com medo que roubassem a perua da Mãe se ele a deixasse estacionada oito horas no Village, então eles pegaram uma vaga pra lá da 14th e seguiram a pé até onde era para um amigo da Sam estar saindo do trabalho. Ela estava dando golinhos de uma garrafa embrulhada num saco de papel pardo. Ele estendeu a mão e, depois de ver se havia policiais por perto, tomou um gole. "O cara que a gente vai encontrar é alguém lá da sua sessão de fotos na loja de discos?"

"Ele mora com os caras que vão dar a festa. Eles nunca nem me deixaram ver a casa, então pode se sentir honrado por eu ter conseguido te levar. Sabe quem que eu ouvi dizer que pode estar lá? Billy Três-Paus."

"Não fode."

"Sério. O amigo do Sol, esse Nicky, aparentemente conhece todo mundo."

Eles foram sem pressa rumo sul, passando de mão em mão a garrafa chamejante de uísque irlandês O'Shakey. A cidade naquele dia parecia um parque de diversões: marujos de uniforme branco aglomerados nas esquinas, calçadas tão cheias que os turistas estavam andando na rua mesmo, motoristas irritados sentando a mão na buzina. A cada dez metros, mais ou menos, uma densidade de maconha o atingia direto no nariz. Viva a América. Todo mundo, até o pessoal mais ferrado da 3rd Avenue, que era meio que a capital mundial da ferradice, parecia estar trajando vermelho, ou branco, ou azul.

Todo mundo, isto é, menos Solomon Grungy. Eles o encontraram na frente de um restaurante ao sul da Houston, passando o que parecia ser um limpador de para-brisas pelo vidro da vitrine, deixando caudas de cometa de espuma descolorida. Ele era mais alto até que Charlie, mas sólido e castigado e tão cheio de brincos que seu rosto parecia quase perfurado, e não parecia que sob aquela bandana ele tivesse qualquer cabelo. "Espera aqui um minuto", disse a Sam, então Charlie se deixou ficar para trás, se acomodando numa grade de ferro para esperar o sinal que diria para ele se aproximar e ser apresentado. O gosto da bombinha era amargo. Logo Grungy estava desaparecendo num restaurante de subsolo, e ela tinha voltado para junto de Charlie. "Mudança de planos." Ela teve que gritar para se fazer ouvir sobre dez mil motocicletas que estavam passando naquele exato momento a uma quadra dali. "O lavador de pratos largou o emprego, então eles vão deixar o Sol dar uma tentada. Quer dizer que ainda vai levar mais umas horas pra ele bater o cartão."

"Ele é o que aqui, lavador-geral? Assim, é só dizer que eu lavo? Janela, prato, qualquer coisa?"

"Ele precisa da grana, tá, Charlie? É ou isso ou continuar roubando. A gente devia era ir esperar em algum lugar."

O Washington Square Park, onde eles acabaram parando, estava uma zona. Hippies tocando violão no chafariz seco. Crianças em todo lugar. O sol sobre Jersey era quase malpassado. Num banco que dava para o playground, eles comeram cachorro-quente que compraram num carrinho. Aí ela desencavou um saquinho plástico molambento do bolso e tirou dali o que pareciam uns pedacinhos de massinha seca. "Cogumelo alucinógeno", ela disse. A cor deixou Charlie intrigado — mas também hesitante, pois tinha ouvido em algum lugar que era impossível distinguir os cogumelos venenosos dos comestíveis. Ao vê-la virar um bocado goela abaixo, ele quis avisar. Mas ela parecia estar legal, então ele mandou ver a metade do que ela tinha passado para ele, e quando ela não estava olhando meteu o resto no bolso. Eles enxaguaram o gosto de serragem com um pouco de Coca que ela tinha misturado com O'Shakey e aí se reclinaram de novo no banco.

"Lembro que antes eu ia com o meu pai e os caras dele lá nas barcaças pra ajudar a detonar o espetáculo do Quatro de Julho, quando eu já estava grandinha. Ele ia querer que a gente fosse", ela disse, "mas ele não vai cuidar dos fogos da cidade este ano. Não conseguiu baixar tanto o preço."

"Que bosta", Charlie disse.

"É, mas provavelmente foi melhor assim. É só um botão pra apertar, não é nada de isqueiro e tal, e você tem que usar uns óculos idiotas. Além disso, você consegue imaginar o que ia ser ficar ali grudado num monte de fogos, viajandão? Dizem que tem um telhado nesta festa de hoje, que todo mundo pode ir lá pra ver."

Um clima de benevolência generalizada massageava nervos que deviam ter ficado tensos aqui. Ou quem sabe fossem os cogumelos. O céu de um rosa-amarelado tinha se abaixado para passar o polegar pela bochecha dela, e havia um azul logo abaixo disso, perto da argola do nariz. Toda a região do pescoço e do ombro dela, na verdade, estava emitindo espiraizinhas glicerinadas de cor enquanto ele via minúsculos patriotas conquistarem a encosta. Ele encostou no ombro dela. Ela virou como quem diz: O quê?, mas aí os olhos dos dois se encontraram. Os dela não eram mais castanhos, como ele achava, mas de um verde-dourado, como a luz da primavera — um sol líquido, lambível. "Puta que pariu", ele disse. Ele estava *vendo os sentimentos dela*, de verdade.

"Pois é", ela disse. Como se também estivesse vendo os dele. Supondo que ao menos houvesse alguma diferença.

Eles ficaram várias vidas vendo criancinhas, como flores, brotarem dos brinquedos do parquinho sob o alento das árvores. Eles de alguma maneira *viraram* essas crianças; não precisavam falar sobre isso. Sam pegou a mão dele na sua, suarenta, e ele simplesmente *soube* exatamente o que ela queria dizer. Aí as luzes dos postes se acenderam, fazendo os dois lembrarem dos fogos e que eles deviam voltar para encontrar Sol Grungy. Ela estava meio bamba, atravessando a Houston, mas Charlie a ajudou.

Agora era hora da janta, e as grandes janelas do restaurante que ficava no nível do jardim estavam cheias de criaturas de pescoço comprido com trajes de verão, mas Charlie podia ver que elas só pareciam pérfidas porque estavam sozinhas. Dentro, tocava música clássica. Música clássica era o máximo! Ele se sentia como um raio de ouro, deixando tudo translúcido, vendo até o esqueleto das coisas. Com sua espada de luz ele rachou o restaurante e Sam entrou pela fresta. Ignorando os garçons, eles foram abrindo caminho pelo corredor. Ela meteu a cabeça pela cortina que separava a cozinha, onde três pessoas rodopiavam feito loucas. "Pssst. Sol!"

"Mas que porra é essa?", alguém disse. "Tirem esses dois merdinhas da minha cozinha."

Charlie sussurrou, bem alto: "A gente é amigo do Sol". Sol ficou um momento encarando fixamente a caixa de prata fumegante e uivante diante da qual estava. Aí tirou as luvas de borracha e a redundante redinha de cabelo e veio até o saguão.

"Jesus Cristo. Eu disse que ia demorar. Eu mal comecei e você vai fazer os caras me demitirem."

"E daí?", ela disse, embolando as palavras. "Você odeia esta bosta. Vamos pra festa."

"Você está vendo a trabalheira aqui dentro pra nós? Vocês não podem ficar aqui."

"Escuta o que você está dizendo, bicho. 'Nós'?"

Charlie estava cantarolando aquele Vivaldi, ou sei lá o quê, sem se preocupar com o fato de que o Sol estava procurando uma maneira de se livrar deles. "Olha. Voltem aqui às dez, alguém vai vir me liberar. Eu levo vocês lá."

"Mas a gente quer ver os fogos. Eu quero conhecer esse Capitão Fulano lá de vocês." Charlie nunca a tinha visto desse jeito, choraminguenta, implorante, com a testa coberta de gotas de suor.

"Sério. Se vocês ficarem por aqui eu encho vocês de porrada. Os dois."

Lá na rua, a única coisa a fazer era acabar com o uísque. Aquilo nem fazia cócegas mais no Charlie; ele estava poderoso demais. Mas Sam continuava arrotando e, quando eles chegaram à esquina, pôs as mãos nas coxas, se inclinou para a frente e cuspiu calombos na sarjeta. Uma mulher com uma saia comprida resmungou alguma coisa em iídiche que Charlie devia ter entendido. O cotovelo da Sam estava frio e ossudo na mão dele. Ele não estava mais conseguindo ver os sentimentos dela. "Você tá legal?"

Ela se sentou rígida no meio-fio, bem ali no meio de tudo. Estava com as pálpebras pesadas, lábios cinzentos (se bem que de repente era só porque estava ficando escuro). "Anda, Sam. Ei." Ela se pôs de pé toda tonta, caiu por cima dele. Algo estava definitivamente errado. Normalmente ela conseguia misturar cerveja com maconha e comprimidos numa tarde só e ainda estar perfeita na hora da janta. Era Charlie quem tinha que se cuidar, ou ter que se apoiar no braço dela até a Penn Station pra pegar o trem das sete e cinco para casa. Ele a levou de volta para o restaurante. A vitrola estava entre músicas ou alguma coisa assim. A moça de recepção dessa vez estava preparada e se pôs à sua frente enquanto um cliente tirava sarro do cabelo dele. "Olha, a gente pode esperar lá fora", Charlie disse. "Ou a gente pode ficar sentadinho bem aqui, você que manda, mas era melhor você ir chamar aquele lavador de louça novo."

Sol foi se encontrar com eles lá na frente, sob um poste em curto. Parecia pronto para arrancar a cabeça de Charlie, mas Charlie cortou direto a onda dele. "Eu estou achando de verdade que tem alguma coisa errada com a Sam." Ao ouvir seu nome, Sam sorriu mas não abriu os olhos. Sol se agachou para dar uma olhada nela.

"Caralho. O que foi que vocês botaram pra dentro?"

"Sei lá. Um cachorro-quente, batata frita."

"Não, mongo. O que foi que vocês *botaram pra dentro*?"

"Ãh. A gente bateu uns cogumelos antes?"

"Vocês comeram os cogumelos?"

"Mas só um pouquinho."

"Um pouquinho quanto? O chapéu ou o cabinho?"

"Só os cabinhos, acho, eu pelo menos. Só um nadinha."

"Jesus Cristo. Eu falei pra ela esperar." Solomon Grungy ficou encarando Charlie. "Bom, eu não posso me mandar aqui desta porra sem receber a minha grana. É melhor você ir levando ela na frente pra casa, não é longe. Não deixa ela chegar perto do telhado. Leva ela pro porão, dá uma água pra ela, vê se ela vomita de novo. Ela pode dormir na cama que tem lá quando passar. Eu vou lá encontrar vocês."

"Mas não tem uma festa? Quanta gente sabe que a gente está convidado?"

"Que porra você acha que aquilo lá vai ser, meu? O Country Club? É uma festa, caralho. Você simplesmente vai entrando."

Charlie meio caminhou e meio arrastou Sam para o endereço que tinha recebido. Lá dentro tinha gente gritando, música vindo dos andares de cima, uma sala iluminada por luz negra onde só dava pra você ver os barris de chope alinhados contra uma parede sem estuque e dentes cintilantes grudados na cabeça de uns sr. Cabeça de Batata. A fumaça estava tão densa que ele teve que pegar de novo a bombinha, mas pelo menos ninguém percebeu que eles tinham entrado. Ele encontrou uma escada e carregou Sam para o porão. Teve que se abaixar para não trombar com os canos. As janelas estavam escuras. Os fogos iam começar a qualquer minuto. Ele queria colocá-la na cama, mas quando acendeu o único abajur que conseguiu encontrar, uma lâmpada fraquinha sem cúpula, ela ainda tinha vômito no rosto, e ele não podia deixá-la dormir daquele jeito.

Um banheiro do tamanho de uma cabine de telefone tinha sido construído num canto daquele cômodo — era para lá que corriam os canos. Talvez uma chuveirada fosse ajudar. Ele ligou o chuveiro e ficou esperando até sair vapor e aí acomodou Sam na tampa da privada. "Eu vou te deixar sozinha aqui. Eu quero que você entre no chuveiro. E não morra afogada." Incrível o quanto ele conseguia soar impositivo.

Mas, assim que ele a largou, ela caiu contra a parede. "Nãmedexaqui." A pele das pálpebras dela estava quase translúcida. Dava para ver o contorno dos olhos por baixo.

"Beleza, mas você tem que entrar no chuveiro, Sam. Vai te deixar melhorzinha. Eu não olho." Ele ficou parado na porta, de costas, mas não conseguia ouvir nada por cima do zumbido do ventilador, amplificado pelas paredes vagabundas. Quando deu uma espiada, os dedos dela se atrapalhavam com o botão das calças.

"Tudo bem. De pé." Aquele poder todo que os cogumelos tinham induzido nele se mostrou uma impostação; o que ele estava mesmo era com medo. Tentou o quanto pôde não relar a pele macia da barriga dela enquanto a ajudava com o zíper, não levar em consideração as pernas reveladas quando puxou os jeans para baixo. Ele já tinha visto pernas, não tinha? Ele se agachou para fazer os rolos de brim passarem pelos tornozelos dela. Ela pôs as mãos no ombro dele e gemeu quando ele removeu meias felpudas tão ralas quanto as suas próprias.

Ela estava agora parada lá no alto com uma camiseta preta desbotada e calcinhas tão de menininha que eram quase chocantes, um algodão branco fino com uma parte felpudinha por baixo. De olhos ainda fechados, ela balançava de um lado para o outro, em obediência à música que vinha pelo teto. Claro que ela não estaria de sutiã. "Você não consegue tirar o resto sozinha?"

Por um minuto ela não reagiu — podia estar dormindo —, mas aí mordeu o lábio e sacudiu a cabeça. Ele ergueu a camiseta dela. O coração dele ia simplesmente pular pra fora do peito. Lá estavam os peitos dela, perfeitas maçãs clarinhas, com os cabinhos duros por causa do frio do porão. A calcinha ela ia ter que tirar sozinha — nem a pau que ele ia dar conta. Ele se virou de costas, atrapalhado pela turgidez, e a mandou entrar no chuveiro. Só se virou de novo quando a cortina estava fechada e o corpo dela era uma mancha por trás do plástico embolorado. "Tudo bem aí?" Ela cuspiu em resposta. Para os dois, os cogumelos pareciam estar dando vez a uma simples bebedeira.

Sam estava ali dentro havia alguns minutos quando lhe ocorreu que ela ia precisar de uma toalha. Não tinha armário ali, nenhum lugar onde uma toalha pudesse se esconder. Ele se esgueirou para o cômodo maior, mas ele era desprovido de qualquer indício de domesticidade, fora o sofá, o abajur, um espelho de parede, um colchão amarelado no canto. Voltou para o banheiro e tirou a própria camiseta. O espelho, misericordiosamente, estava embaçado, poupando-lhe do choque de ver sua pele branca e suas costelas contáveis. O corte de cabelo que ele agora culpava por ter criado essa confusão. "Beleza, desligue o chuveiro", ele instruiu. "Eu vou te passar a minha camiseta por cima da barra." O fato de ela ter pegado a roupa foi encorajador. "Você pode se secar com isso aí." A única coisa que separava a sua nudez da dela era a cortina do chuveiro e a calça e a cueca dele, mas qualquer insinuação de sexo tinha desaparecido. Era, em vez disso, como se eles fossem criancinhas, brincando de algum tipo de faz de conta. Ou como se ela fosse a criança, e ele, o pai. Ele entregou as roupas por cima da vara da cortina e deu tempo para ela se vestir. Ela passou a camiseta de volta. Ele a torceu e largou por cima do ombro e abriu a cortina. Ela precisou de ajuda para abotoar de novo o jeans impossivelmente apertado. "Respira fundo", ele disse. Aí ela o empurrou do caminho e se ajoelhou na frente da privada e vomitou uma gosma marrom espessa, uma, duas, três vezes, até nada mais sair. Ele ficou sentado ao lado dela, segurando-lhe o cabelo para trás.

E agora? Ela estava com uma corzinha melhor, tinha recuperado o dom da fala — *Desculpa, Charlie*, ela disse —, mas mal parecia pronta para o mundo lá fora. E ele também não queria ter que explicar a presença dos dois para os punks mais velhos lá em cima. O colchão, com seus lençóis embolados, parecia um criadouro de percevejos, então ele a levou até o sofá e a cobriu com uma manta imunda. De alguma maneira, no processo de fazê-la deitar, acabou com a cabeça dela no colo. Lá fora, fogos de artifício explodiam: dos pequenos, localmente, e aí bem no fundo o imenso estrondo da prefeitura. Ele apagou a luz. Estava mais escuro do que ele imaginava que pudesse ficar nesta cidade. Quando ela tateou para achar o rosto dele, ele percebeu pela primeira vez como as mãos dela eram minúsculas. "Charlie?"

"Opa, Sam."

"Eu já te contei a história do Homem mais Solitário do Mundo?"

"Do quem?"

A voz dela estava extrarrouca por causa do vômito. No futuro, ela estava dizendo, eles iam ter um monte de tecnologia, e ninguém ia perceber que estava sozinho, porque essa ia ser a situação de todo mundo, a vida toda. Só uma pessoa ia conhecer o segredo.

"O Homem mais Sozinho do Mundo?", ele chutou.

Ela bocejou, arqueou as costas como um gato, ficou quieta. Ele achou que ela tinha caído no sono, mas aí ela falou de novo. O Homem mais Solitário do Mundo, ela disse, só tem espaço no coração pra uma pessoa, e se ele não pode ter essa pessoa, ele se fecha pra todo mundo. Ele diz a si mesmo que ninguém ia poder amar ele, mas na verdade é ele que se nega a amar os outros. Com os lábios quase imóveis, ela podia estar falando dormindo. "Está ouvindo?"

Ele tinha afastado o cabelo dela pra cima do braço do sofá, pra não cair no rosto. Agora ele encostou no cabelo. "Shh. Descansa um pouco."

Ela bufou de leve. "Cala a boca, Charlie. Me escuta. Esse cara não se permite... nem quem estiver meio *berrando* amor na cara dele. Todo mundo por ali, eles só querem amar o cara."

"Por que é que você está me dizendo isso?"

"Eu fico preocupada com você", ela disse com a voz enrolada.

"Você fica preocupada comigo? Engraçado, Sam. Você fica preocupada que de repente eu possa desmaiar no porão de um desconhecido e morrer afogado com o meu próprio vômito?"

"Eu me preocupo que você esteja se deixando ficar sozinho, porque..."

"Eu não estou sozinho", ele disse, ou respirou, e aí, como que para provar a afirmação, ele se abaixou e deu um beijo nela. Por segundos, seus olhos ficaram fechados; mais fácil assim imaginar que ela sabia que era ele, que era isso que ela queria, os lábios dos dois colados, os dela ainda algo ácidos, e que era por isso que ela não o detinha. Na verdade, ele descobriu quando se afastou, era porque ela tinha apagado, com a cabeça a centímetros da braguilha dele. Ele ficou um tempão sentado no escuro depois disso, tentando vê-la com clareza.

"Merda merda merda." Ele sacudia a cabeça para acordar. Estava com as pernas dormentes, rosto grudento. O estalido dos fogos tinha parado fazia tempo. Que horas eram? A Mãe ia *matar* ele por causa disso.

Ele acordou Sam e a fez subir a escada com ele, em parte porque tinha medo de ir sozinho, mas em parte para ver se ela conseguiria. Postes de luz e ailantos de um verde elétrico boiavam nos para-brisas de carros estacionados. Alguma estranha insígnia na porta cheirava a tinta fresca. Ela ia ficar, ela disse. Tinha certeza de que Solomon Grungy viria, ou já estava aqui. Ela pegava o trem mais tarde.

Mas como é que ela ia pra casa, da estação?

Existia táxi, ela apontou. Ônibus.

De repente ele lhe dava uma carona.

"Está tarde, Charlie. Você disse que tinha que ir, então vai." O jeito de ela dizer aquilo — constrangida, sem olhar nos olhos dele — foi uma pá de cal na conversa. Ele não sabia o que fazer, lhe dar um empurrãozinho de camarada ou pegar sua mão ou tentar beijá-la de novo, então por fim, enquanto ela ficava olhando da entrada da casa desconhecida, ele abriu caminho por entre as sombras desordenadas e seguiu aproximadamente rumo norte, na direção de onde esperava que a perua ainda estivesse.

Uma hora depois, ele estava na grande artéria da L.I.E., dentro da capa proteica do carro da mãe. Luzes de sódio, veladas de umidade e de mosquitos, deixavam a paisagem alienígena. Grandes colônias de prédios de apartamentos surgiam intervaladas, desertas a não ser pelas luzes acesas em andares aleatórios. Quatrocentos anos atrás, tribos indígenas se deslocavam entre as árvores negras que beiravam a rodovia. O Ex Post Facto tinha uma música que falava disso, ainda que de maneira elíptica. Tinha aquela música "Egg Cream Blues", com aquele verso que falava de "chutar pedras num cemitério protestante". Ou será que era "chutar *peças*"? O mono tosco da gravação e o sotaque esquisito do cantor dificultavam a coisa. Charlie mascava a embalagem de papel-alumínio de um chiclete para não cair no sono. Ele supunha que na verdade era com Sam que estava puto. Depois de cuidar dela com tanto cuidado, ela tinha decidido ficar com os amigos que a haviam deixado pra trás. Ele tirou o EPF e tateou embaixo do assento em busca de uma fita velha do T.Rex que tinha escondido ali pra ela não tirar sarro dele. Quando chegou ao lado B, o trânsito do fim da noite tinha ficado lento e se estreitado para uma só pista. Havia acontecido um acidente; homens de uniforme parados sob a flor fúcsia das lanternas de emergência, deixando passarem os carros um a um. E se calhasse de eles darem uma olhada ali dentro? Será que ele parecia bêbado? Chapado? E estava? Colocou o boné dos Mets pra cobrir o moicano. Baixou o vidro e se inclinou sobre o volante e deixou o pé postado no pedal do freio.

Quando chegou a Flower Hill, sua mãe estava esperando na poltrona anciã do Pai. Ele tinha praticamente certeza de que ela tinha apagado todas as luzes em nome do momento dramático que isso criaria quando ela puxasse aquela cordinha. "Você sabe que horas são, Charlie?"

"Será que não dava pra gente conversar sobre isso tudo de manhã?" Ele já estava andando na direção do porão; podia ouvir a delicada retirada dos pezinhos no carpete lá em cima, onde seus irmãos estavam fora da cama, ouvindo. Mas agora a sua mãe também estava de pé, um redemoinho de tergal.

"A gente pode conversar agora mesmo, mocinho. Sobre o motivo de a sua camisa estar toda molhada, só pra começar."

"A gente devia dormir, pra olhar isso tudo com com mais clareza." Ele tinha quase conseguido passar pela porta que dava para o porão quando ela acendeu de vez a luz do teto, para vê-lo melhor.

"Charles Nathaniel Weisbarger — o que foi que você fez com o seu cabelo?"

Ele podia sentir a pele nua que aparecia por sob o boné e congelou, com uma mão na maçaneta, assim como se congelou a sua sombra. As coisas de repente ficaram muito sérias. Se ela xingasse o seu cabelo agora, ele nunca ia conseguir perdoá-la. Ela estendeu a mão e tirou o boné de sua cabeça. E agora estavam os dois congelados, a não ser, talvez, pelas lágrimas idiotas que se acumulavam nos olhos dele.

A voz dela saiu delicada. "Qual que é o seu problema?"

Ele escolheu um ponto na parede e não tirou os olhos dele. "Eu não sei. Eu não sei qual que é o meu problema."

"Charlie, esse cheiro é de bebida?"

"Um pessoal que estava comigo estava bebendo." Foi só quando aquilo lhe saiu da boca que ele percebeu que a defesa do Espectador Inocente — perfeitamente razoável quando ela sentiu o cheiro dos cigarros da Sam nele lá em maio — não fazia nenhum sentido para um produto que era líquido, não gasoso. *Pelo menos eu não comi cogumelo*, ele queria apontar. *Não tanto quanto a Sam, enfim.*

"É bebida! Você bebeu e aí saiu dirigindo o meu carro."

"Não."

Ela se virou para ele e lhe deu um tapa. "Não me venha com *mentiras*. Você estava com quem?"

Ele estava sentado no chão acarpetado — não porque ela tivesse machucado de verdade, mas por um desejo de não tomar outro tapa. Cobriu a cabeça com os braços, e toda a frustração fervente do dia foi inchando e tremendo dentro dele e parecia que qualquer coisa podia acontecer. Mas ele não podia tolerar a ideia da sua mãe pensando o pior dele. "A senhora não conhece ela", ele disse. Se achou que o alívio dela por ser uma menina o motivo de ele chegar tarde mitigaria aquela fúria, estava enganado; no dia seguinte, acordou de castigo. E no seguinte, e no seguinte, e assim por diante outono adentro.

66

Mais tarde, quando o tempo tinha virado uma coisa gosmenta e mutável, Keith ia pensar: será que só fazia mesmo três meses que tinham dito para ele ficar esperando na entrada detonada daquela casa da East 3rd? E também: Por que ele não tinha obedecido? Se bem que na hora mal teve tempo de pensar. A moça da entrada tinha seguido direto para os fundos da casa, onde um telefone estava tocando, e antes de saber o que estava fazendo, ele tinha ido atrás dela já até a porta da cozinha. Um lençol pregado numa janela transformava o sol da tarde em geleia. Depois de largar as pilhas de LPs que trazia, ela ficou ali junto do telefone de parede com as costas viradas para ele, ou ao menos as partes das costas visíveis onde a gola e a barra da camiseta tinham sido cortadas com tesoura. A música que vinha do outro lado das paredes abafava tudo que ela estava dizendo, mas quando ela trocava o fone de uma orelha para a outra, ele podia ver o volume do quadril lá embaixo e os belos músculos que subiam onde os ombros se encontravam com o pescoço, peixinhos ágeis sob a vítrea placidez da pele. Não lhe ocorreu que ela devia saber que ele estava olhando, com aquele jeito de se esticar e bocejar, deixando-o beber seu comprimento inteiro.

Aí ela repôs o fone no suporte da parede e apoiou uma mão no estuque descascado. Como que em resposta a isso, o barulho fez silêncio. "Então", ela disse, virando para ele. "Você disse que precisa de alguma coisa da correspondência?" Ele estava sem fala. "Algum otário provavelmente levou pra garagem. O que é que eu vou procurar mesmo?"

"Sei lá. É um envelope de papel pardo. O código postal é 10017."

"Fique aqui e não encoste em nada. É só um minutinho." Ela se deteve a caminho da porta dos fundos. "Você tem nome, caso alguém pergunte?"

"Desculpa", ele disse, como um idiota. "É Keith."

Cinco minutos depois ela voltou com o envelope dele e com uma câmera a tiracolo. Ele disse que ela tinha salvado a sua vida e ofereceu em troca o envelope que tinha na pasta.

"E o que é que eu faço com isso?"

"Eu sou só o mensageiro — nem sei o que tem aí dentro."

"Não é todo dia que a gente encontra um mensageiro de terno e gravata, Keith. Especialmente por aqui." Ele tinha quase esquecido que ainda estava com a roupa do trabalho; teria lamentado, não fosse pela impressão de que ela estava flertando. Ela levou o envelope até o nariz que tinha uma argola e cheirou a cola. "Você não tem nem a menor curiosidadezinha sobre o que tem aqui?"

Ele deu de ombros. Não entendia por que Amory simplesmente não pagava um contínuo, mas ainda assim não perguntava. Ou talvez pressentisse que a resposta seria alguma coisa que era mais fácil ele não saber. Em algumas coisas era melhor não cavoucar demais. Olha lá o que o Nixon tentou fazer com aquele Daniel Ellsberg. Com o Daniel Schorr. "Não é problema meu. Eu só estou fazendo um favor pra uma pessoa."

O envelope aterrissou na pia. "Bom, eu vou te liberar, então. Tenho que zarpar."

"Você acabou de chegar."

"Eu tenho que ir para Uptown tirar umas fotos enquanto a luz ainda está legal."

"Eu estou indo pra lá também", ele disse, por impulso. "A gente podia rachar um táxi."

"Eu não uso táxi. Táxi não é coisa de punk."

"Eu pago." Ele pegou o envelope. "Eu te devo essa, afinal de contas."

Ele ficou imaginando o que ela pensava dos seus motivos, ali avaliando a postura dele, e a bem da verdade o que ele mesmo pensava desses motivos. Talvez fosse só isto: ele gostava daquele sorrisinho dela, da ruga no alto do nariz, a boca um tantinho grande demais para o rosto. "Sam", ela disse, estendendo uma mão, e ele tinha recuperado o suficiente da velocidade de raciocínio para perceber que ela estava lhe dizendo o seu nome.

Achar um táxi era mole àquela hora; todo mundo estava sumindo do sul de Manhattan como se a região estivesse pegando fogo. Envolvidos por couro que cheirava a aromatizador de ambientes, eles foram engolindo a 3rd Avenue em grandes bocados de nove ou dez quadras. A luz do sol estava com aquele tom complexo que adquiria nas tardes de verão, aquele vermelho que deixava mais azul o azul. *Dê uma olhadinha, dê uma olhadinha*, os mascates de rua diziam quando eles paravam num sinal. Ela tinha baixado o vidro para acender um cigarro. A fumaça criou complexas volutas num raio de luz entre os prédios altos, e aí o táxi de novo se pôs em movimento e os padrões foram tragados, apagados pelo cheiro de lixo azedo. "Então você é fotógrafa?"

Estudante de fotografia, ela disse animada. E antes que a reestimativa da idade dela ficasse desconfortável demais, ela acrescentou: "Na NYU. Faculdade de artes. Eu me formo no começo do ano que vem, a bem da verdade". Eram uns amigos dela, os donos lá daquela casa. Um pessoal que ela conhecia da cena local. Eles precisavam meio que de uma mãe às vezes.

Ele lhe perguntou sobre essa *cena*, que ele achava que tinha sido mencionada uma vez nas colunas de estilo, e quando ela tinha terminado a explicação, eles estavam lá no começo das ruas 80 e ela estava se inclinando para a frente para dizer para o taxista parar. Do outro lado da rua, onde a transversal entrava no Parque, alguém tinha pintado um cone de controle de trânsito para parecer o Super Mouse. As sombras começavam a ficar mais negras. A escola do Will ficava em algum lugar por aqui. "Escuta", ele disse. "Eu sei que aqui parece coisa de bacana comparado com Downtown, mas não é exatamente seguro sair passeando pelo Parque sozinha. A gente fica ouvindo falar de assaltos o tempo todo."

"E o que é que te garante que eu não vim aqui pra catar carteira de turista?"

"Qual é."

"Falta só meia horinha antes de ficar escuro demais pras fotos, enfim. Eu me cuido."

"Deixa eu ir com você", ele disse.

"E como é que você vai pra casa?", ela disse.

"Eu moro aqui pertinho." Nunca tinha nem lhe passado pela cabeça ficar minimamente envergonhado por causa disso. De um jeito ou de outro, ela deixou que ele fosse atrás dela, sob as densas árvores de meados do verão. Passaram pelo Reservoir e fizeram uma curva para o norte, trilhas que ele não pegava havia anos. Quanto mais longe iam, mais tinta spray ele via: alienígenas prateados combatendo no encosto dos bancos, latas de lixo de tela metálica engolidas pelas chamas. Para ela, cada uma era um espécime. Ela se agachava e levava a câmera aos olhos enquanto ele ficava de pé atrás dela, tentando lembrar a aparência normal das pessoas paradas de pé. Para qualquer um que os visse ali naquele momento, ele dizia a si mesmo, eles nitidamente não fariam um par, ele com a pastinha, ela de jeans rasgado. Não que houvesse muito mais gente por ali.

Eles acabaram na casa dos barcos perto do Harlem Meer. A prefeitura tinha fechado a casa lá durante a crise fiscal, e desde então a estrutura da WPA tinha desaparecido sob camadas do que ela chamava de "tags". Deviam ser centenas, rabiscadas às pressas por cima dos tijolos em alguns lugares, mas em outros traçadas em letras pacientes do tamanho da tampa de uma lixeira. Na parede oeste, alguém de verdadeiro talento — alguém que em outras eras podia estar fazendo afrescos para papas — tinha cuidadosamente pintado um nu alado, de dois metros e meio de altura. E era isso, essa deusa do parque, que Samantha parecia determinada a registrar. De repente ela estava por toda parte ao mesmo tempo, tentando de todos os ângulos, se agachando para fotografar e também se pondo de pé para avaliar a luz que diminuía. Os únicos sons, além dos estalos do obturador, eram buzinas distantes e pássaros tagarelando na vegetação do solo. Um verso de um poema que ele teve que decorar na aula de alemão do segundo ano pressionava incoerentemente a parte frontal do seu cérebro. Ele tentou se concentrar na parede, na imagem pintada. Cintura afilada que se enchia em quadris. Seios como mangas doces reluzentes. Uma cabeça virada de lado e para trás, lábios abertos extáticos. Houve um tempo em que Regan se parecia com ela, pelo menos na visão dele. Mas o corpo dela tinha mudado, ficando frouxo por causa das crianças, e aí como que se depurando, numa espécie de transição da maternidade para a carreira. Se o corpo que agora mais uma vez se adiantava para inspecionar a parede tivesse se oferecido a ele, o que ele teria dito? E naquele mesmo instante ela se virou para lhe perguntar o que ele achava. Ele achava que provavelmente era hora de ir embora, era isso o que ele achava.

Na próxima vez em que um envelope apareceu em sua mesa, ele esperou vários dias antes de levá-lo para a East 3rd Street. Amory não tinha falado nada de prazos, e Keith receava — ou sabia, de alguma maneira — que Samantha estivesse lá. E estava, quando ele finalmente foi e bateu na porta. "O que é que você está fazendo aqui?", ela disse, em resposta.

Ele entrou. Ela recuou para a parede. Ele pôs o envelope nas mãos dela. Ela se inclinou ao seu ouvido, de modo que ele pudesse realmente sentir suas palavras, sentir como elas davam forma ao ar. "Você me deixa com medo." Era como algo que ela tivesse aprendido numa novela de televisão. E foi ele quem ficou com medo.

Keith só conseguia ir à igreja umas poucas vezes por ano ultimamente, e Regan, por motivos obscuros, sempre evitou ir, mas naquele domingo, depois da missa das dez, ele combinou de conversar em particular com o padre Jonathan, o vigário. Quando, após algumas idas e vindas, confessou que tinha começado a perceber seus olhos mais propensos a se desviar (ele não conseguiu ser mais específico que isso), o padre recomendou que ele conversasse com um profissional. "Era o que eu achava que estava fazendo", Keith disse.

Um analista, foi o que o padre falou que queria dizer. Ele não tinha cabelo, tinha uma aparência quase pré-pubescente, não detectavelmente irônica. "Eles podem ajudar demais com essas coisas. Você e a sua esposa estão casados há muito tempo?"

Era uma pergunta retórica; o padre Jonathan não esperou a resposta, mas seguiu em frente. Havia uma outra pessoa na paróquia, ele disse, que trabalhava com psicologia e tinha acabado de publicar um livro; talvez Keith conhecesse a coluna dela no *Times*. Keith fez um sim cuidadoso com a cabeça. Conhecia mesmo aquele nome. O padre Jonathan explicou que aquela paroquiana e o marido, também ele psicólogo, tinham recém-completado bodas de prata. Eram *vinte e cinco anos*. No livro, ela sugeria que o segredo para aquela longevidade era que eles saíam para jantar toda terça-feira, há um quarto de século. "Terça: veja bem. Não segunda, que é a reentrada da semana, mas ainda não quarta, o calombo que você precisa superar. Terça. Eles simplesmente não permitiam que nada atrapalhasse aquilo."

Um fogo pareceu se acender sob o rosto pastoral liso como o leite. Keith imaginou como devia ser aquilo de renunciar a prazeres que você nunca teve chance de conhecer, de morrer de desejo por alguma mulher da paróquia, de ficar vendo-a cuidar da salada de macarrão no bingo do fim de semana, corpo rijo dentro de um vestidinho de verão — sentir a mão dela no seu braço e saber que você ia acabar sozinho à noite, dando comida para os gatinhos da sacristia. Ou, pior: ouvir outro laico egótico lamentar as brasas mornas do seu casamento perfeitamente invejável. Mas aí um outro Keith, a pessoa faminta que tinha sentido a respiração de Samantha na orelha, teve vontade de agarrar aquela partezinha branca do colarinho lá do outro lado da mesa de mogno e dizer: *Não me trate com condescendência, cacete.* Por um momento, pareceu que a salinha podia se rasgar por causa dessas contradições. Que ele, como o indômito Jonas, podia ser engolido.

Mas, ao mesmo tempo, aquilo ali era o século xx. Não existia mais esse tipo de justiça. Assim, na terça-feira ele levou Regan até o antigo restaurante italiano preferido deles, do outro lado da cidade. Luz de velas e molho de tomate. Alguma coisa ali tinha mudado, mas Keith levou um minutinho para localizá-la: sobre o bar eles tinham instalado uma tv, que o barman deixava ligada enquanto ficava enxugando copos. Apesar de não poder ouvir o som, apesar de não estar nem aí para o beisebol da Liga Americana, Keith se viu incapaz de resistir àquela distração. As bordas de copos emborcados refletiam a luz azul-acinzentada e levavam seu olhar, de onde quer que estivesse, de volta à tela, até que ele percebeu que Regan estava com os olhos cravados nele. "O que foi?", ele disse.

"Eu te fiz uma pergunta, meu bem. Você não estava ouvindo nada do que eu estava dizendo?"

E pronto: sorte lançada, *jeux faits*. A noite levou não a um quarto de hotel, como era sua esperança secreta, mas a pagar a babá e a ajudar com a lição de casa e lidar com a ladainha de queixas pré-hora-de-dormir da Cate e ler uma história para ela, e aos dois caindo no sono quase antes de baterem na cama. No dia seguinte, num escritório vazio da LCA, ele viu seu dedo discar o número que Samantha tinha lhe dado. O que não é o mesmo que dizer que ele estivesse preparado para ela atender.

Aquilo realmente o fazia voltar ao passado, seu antigo bairro, apesar de ter mudado — alguns diriam degenerado. Travestis caminhavam abertamente pela 7th Avenue, se misturando com meninos certinhos de classe média que faziam o que podiam para parecer sem-teto, e com estudantes e turistas e editores com blazers de tweed. Mas a condescendência de Keith não era convincente, nem para ele mesmo. Ele tinha saudade daqui. Por que eles tiveram que se mudar?

Viu Samantha meia quadra antes de chegar à quadra combinada, onde ela estava sentada na entrada de uma casa com um sorvete Carvel e um cigarro. Estava de saia, e a visão daquelas pernas compridas anguladas sobre as pedras da calçada eliminou qualquer pensamento doméstico, completamente, de sua cabeça. Ela não fez nenhum gesto de que ia se levantar, nem quando ele estava já ao seu lado — simplesmente apertou os olhos para enxergar em meio à fumaça. Mas era um bom sinal ela ter cuidado da roupa. Aquilo devia significar que ela gostava dele.

No jantar ele foi um perfeito cavalheiro, um tio rico que passava o fim de semana na cidade. (Presumivelmente, nem todos que ele um dia conheceu ali tinham se mudado.) Foi Samantha que insistiu para beber mais vinho, e quando o joelho dela se insinuou entre os seus sob a mesa, ele se afastou por reflexo, como se tivesse sido um acidente. Aquilo era loucura! Qualquer um podia estar olhando! Você ainda não fez nada de errado, ele se fazia lembrar. Deus bem sabe que ele já tinha tido oportunidades de sair da trilha, com diversas mulheres. Ele tinha se provado fiel, não foi? Mas agora parecia estar sob algum encantamento poderoso. Lá em cima, a menina continuava falando de Diane Arbus e Danny Lyon e da dádiva que a fotografia foi para a pintura — um colapso nervoso, ela disse; lá embaixo, o pé dela encontrou o dele.

E aí eles estavam no quarto dela na universidade, uma coisinha minúscula para solteiro que ela não tinha terminado de arrumar desde a volta das férias. A maioria dos seus colegas ainda não tinha voltado, mas ela já havia dado um jeito de pedir pra um amigo, um desses artistas de grafite, pintar uma parede. Ele ainda podia sentir o cheiro. "Dançou o seu cheque caução", ele disse nervoso, virando-se para ver as garatujas em preto e prata que rastejavam para o telhado. Quando ele olhou para trás, ela estava apoiada na mesa com uma expressão franca no rosto. A camiseta, a mesma, de gola rasgada, que ela estava usando quando eles se conheceram, tinha escorregado pelo ombro. Ele se aproximou e colocou uma mão na curva acima do osso do quadril dela, deu um segundo para ela ter chance de desistir. Ela, em vez disso, foi abrir o cinto dele.

Foi bem ali, de pé, com Samantha reclinada sobre a mesa com a calcinha pelos tornozelos e a saia no pescoço. Ele não estava preparado para a agressividade que podia ter, se devidamente liberado para isso. Depois que o Will nasceu, Regan parou de querer desse jeito. Mesmo quando ela estava grávida da Cate, com a barriga no meio do caminho, era papai e mamãe, dez minutinhos, e ultimamente nem isso mais. Ele estava com raiva, no fundo estava com raiva dela, descobriu, por se esquivar assim. Por colocá-lo nessa situação. Aí os gemidinhos delicados de Samantha, o suor do pescoço dela na sua boca ou a mão que se estendia para fazê-lo entrar mais fundo o faziam voltar a si. Eles estavam num dormitório de universidade, alguém estava batendo na parede para eles fazerem menos barulho, e essa mulher de vinte e dois anos de idade estava estremecendo embaixo dele, com a mão agarrada à borda da mesa, enquanto ele escorria para a eternidade. Os milagres da educação mista. Tudo que você pudesse desejar, e só lhe custava a alma.

Eles caíram na cama bagunçada dela, riscada pela luz que entrava pela minipersiana. "Isso foi..."

"Mm", ela concordou, aparentemente saciada demais para falar.

Havia um chuveiro comunitário no corredor, mas ele não tinha como usar (afinal, era um andar só de meninas), então ele se limpou como pôde com a toalha que ela ofereceu e começou a se vestir.

"Eu não quero ser... você sabe. Mas a gente pode se ver de novo?"

Ela lhe disse quando ele podia ligar de novo. Parecia de alguma maneira íntimo demais lhe dar um beijo de boa-noite. Ele se esgueirou para os elevadores.

No aço das portas que se fechavam, ele parecia corado, desgrenhado, aceso, mas por dentro uma frieza já se espalhava. Ele não olhou nos olhos do garoto de calça de moletom que desceu com ele, que provavelmente planejava dormir com Samantha também — e como não planejar? —, nem nos do segurança sentado à sua mesa no saguão de resto vazio. Emergindo na noite úmida, andando por sob as árvores do Washington Square Park, Keith na verdade se viu pensando nas historinhas que um dia leu para o Will. Os heróis viviam se desviando de trilhas bem iluminadas para algum bosque. Ou talvez fosse sempre o mesmo bosque: o lugar escuro onde morava tudo de que eles mais tinham medo. E assim, ele reafirmava, ele tinha a vantagem de já saber como aquilo tinha que acabar. Tinha parado para admirar uma flor, tinha se desorientado por causa das sombras, mas em momento algum haveria de voltar para a trilha, renovado e rededicado. Pois não era para isso que servia o bosque?

67

Resta uma foto daquele outono, preto e branco, de Samantha Cicciaro no canteiro central coberto de mato da Houston Street, a poucas quadras da West Broadway. É de dia, tarde, um sol forte vindo do oeste, talvez já quase na hora do rush. Dos dois lados dela o asfalto transborda de sedãs último tipo, com suas luzes de freio estreitas e suas grades quadradonas. Um ônibus encostou no meio-fio para um passageiro descer, homem ou mulher, difícil dizer dessa distância. Em algum lugar mais lá no fundo há um edifício cujas vigas se projetam para fora das paredes e ocupam o espaço vizinho. Ainda mais no fundo, o prédio que era o favorito dela, uma estrutura alta, vitoriana, de tijolos à vista presidida por uma estátua dourada sobre seu pórtico, um deusinho sacana.

O pai dela tinha lhe dado a Nikkormat de aniversário um ano antes. (Você tinha que se cuidar, ela disse uma vez para Charlie: se você mencionasse uma coisa dessas perto dele, ou às vezes só olhasse com uma cara encantada algo numa vitrine, ele comprava pra você, e aí você não ia conseguir usar direito o presente, porque ia ficar o tempo todo pensando se o tinha deixado com sentimento de culpa e o feito gastar mais do que podia na verdade.) Agora, nas tardes em que Keith conseguia liberar a agenda, eles saíam andando pelas quadras selvagens a leste do Central

Park ou ao sul da Bleecker, tirando fotos. Nesse caso, ele tinha apontado a câmera para ela. Porém, apesar da cidade fervilhando em tudo, ela parece estar sozinha no visor. A camiseta dela está cortada curtinha para mostrar uma faixa do diafragma; por cima ela usa um blazer masculino, mangas enroladas e presas com alfinetes de fralda. Cortou o cabelo na altura do queixo e tingiu de uma cor que nessa foto vai parecer cinza-pombo, mas que na verdade é preto, com raízes escorrendo dali como raios mais claros. Há um chapeuzinho *pork pie*. Os braços dela se enlaçam atrás do poste onde está encostada, como que acorrentada ali, e o rosto, de boca entreaberta, está virado para cima, para pegar a luz. Como uma chama refletida numa janela, o rosto parece pertencer a uma dimensão diferente do resto da imagem. E é a isso, aos olhos, à boca, que você fica voltando. O que ela estava pensando?

Olhando daqui, há muitas possibilidades. Naquele verão, ela tinha conseguido se colocar na interseção de todo tipo de linhas de força e vetores de poder, alguns dos quais conhecia, outros, não. Ela podia estar pensando, por exemplo, que devia haver algo errado nisso de seduzir um homem com o dobro da sua idade — aquele homem bem ali, Meritíssimo, agachado no matinho com uma câmera no lugar da cara. Ou nos envelopes pelos quais ela enchia o saco dele por nunca abri-los, que ela tinha ouvido dizer que continham a grana que Nicky recebia de algum parente rico. Ou naquela casa da East 3rd, e na lealdade que você porventura devesse a amigos que estavam tão obviamente fodendo com tudo. Podia estar pensando no fato de que agora era terça-feira depois do Dia de Colombo e ela não ia a aula alguma desde o fim de setembro. Ou no pai, que teria ficado chocado, uma menina católica direita como a sua Sammy. Afinal, manter a filha longe disso tudo não era o motivo dele quando a pôs no ensino privado, para começo de conversa? Mas o Pai, incitado por Richard Groskoph com seu papel e caneta, cada vez mais existia num mundo todo seu, onde o pai e os irmãos dele ainda estavam vivos, e fogos de artifício em Nova York ainda eram sinônimos do sobrenome Cicciaro. Era o que ela pescava, pelo menos, dos seus telefonemas. Ela podia estar pensando em qualquer dessas coisas, ou em todas.

Mas era verão fora de hora na cidade, os dias que ela passava o resto do ano esperando, e ela tinha aprendido desde cedo que não adiantava nada ficar se preocupando com coisas que estivessem além do presente imediato. Como um poeta que ela gostava escreveu: *You just go on your nerve.** E assim, no instante que o obturador abriu, ela estava pensando basicamente num sanduíche do cardápio da sua lanchonete favorita: salame salgadinho e copa empilhados com uns dois centímetros de altura, pão do bom, queijo bem branquinho, uma maionese que babava pelos lados e no papel-manteiga do embrulho quando você apertava com os dedos.

Ela faria Keith acompanhá-la até lá naquela tarde. Era parte do encanto daqueles dias: ver até onde se estendia o seu poder sobre ele. Havia algo em Keith, alguma parte dele que ela sentia que estava sendo contida, que gerava nela uma voracidade por provas de que ele gostava dela. Eles se sentaram a uma mesinha de plástico injetado longe o suficiente da janela para ninguém lá fora o reconhecer; ele tomou uma Coca e a ficou vendo comer. Entre uma mordida e outra ela foi rasgando o papel em que o canudinho dele veio embrulhado e largando os pedaços no cinzeiro. Pegou o isqueiro e tentou pôr fogo no papel. Finalmente, ele estendeu os braços e segurou os seus pulsos com uma rispidez maravilhosa. "Pare", ele disse. "Assim vão acabar expulsando a gente daqui." Por um minuto, o Keith real tinha vindo à tona. Ela queria prendê-lo num pote, estudar, ver se ele estava disposto a se destruir por ela.

Não achar que ele estivesse era o motivo de ela amá-lo.

Havia, claro, também o sexo: espasmódico, explosivo, assustadoramente vulnerável. Ela tinha decidido muito tempo atrás que o orgasmo provocado por outros era um boato, uma fofoca, e tinha se resignado às destrambelhadas oferendas do macho adolescente. Mas às vezes, com Keith, num comecinho de noite, quando eles voltavam para o quarto dela, ou para um hotel vagabundo a leste da Grand Central, ela se sentia quase chegando àquele lugar escuro das lendas. As mãos dela corriam pelo corpo dele, ou as dele pelo dela, até ela quase não saber dizer quem era quem, e ficava com medo que ele a fizesse parar, ou ela a ele, mas ninguém fazia. Era como uma balança em que ela ia cada vez mais alto, por um mecanismo que não era consciente, mas simplesmente o desejo de um ar mais livre.

---

* Frank O'Hara: "Você só segue a sua audácia". (N. T.)

A bem da verdade, de repente amor era a palavra errada — para amar uma pessoa, você tinha que ter respeito por ela, e havia momentos em que ela não exatamente respeitava Keith. Quando ele tentava tratá-la com delicadeza, por exemplo, ela ficava meio enojada. Mas aqueles relances da raiva por sob todo o exterior contido a levavam a achar que faria de tudo pra agradar aquele cara. Ela chuparia o pau dele num chuveiro de hotel? Ela se colocaria de quatro para ser comida que nem numa revista de pornografia? Sim e sim, porque era essa a fonte do poder que tinha sobre ele: não ser real de fato. E tudo isso — ou quase tudo, enfim, higienizado para exibição em qualquer horário — ela queria muito contar para o Charlie. Havia momentos em que ela ainda tentava ligar para ele. Mas claro que o Charlie, como todos os homens de sua vida, a tinha deixado pra trás assim que viu que ela não ia ser o que ele queria.

Noves fora, aquela fase de sua vida deve ter durado uns meses, apesar de ela às vezes sentir que tinham sido anos, e às vezes, meros dias. Talvez fosse aquele jeito de o quartinho de hotel ficar ressurgindo de volta o que fazia o tempo parecer menos uma linha que um círculo, que se dilatava e contraía. Eles nem sempre conseguiam o mesmo quarto, claro, mas todos os quartos de hotel não eram iguais? As mesmas queimaduras de cigarro e as mesmas cortinas com cheiro de fumaça, o mesmo travesseiro de espuma e os mesmos lençóis ásperos. No fim da noite, ela voltava para o Falanstério para fumar maconha e relaxar, mas uma nota de um complexo *ressentimento* tinha entrado na relação dela com os Pós-Humanistas. Ela não saiu mais na van com eles depois de agosto, quando eles incendiaram uma igreja abandonada só de sacanagem e ela escreveu uma primeira versão de um conto sobre aquilo tudo, que depois deixou a Saco de Gosma ler. Não foi o sacrilégio de incendiar uma igreja que incomodou Sam, foi mais o puro desperdício, porque em algum lugar bem lá dentro ela não conseguia aceitar simplesmente que a própria vida fosse um desperdício. O que era exatamente o problema dela, Nicky teria dito. Isso e escrever coisas demais.

Aí, uma semana ou duas antes do Dia de Ação de Graças, os cinco foram para uma sessão noturna de *Taxi Driver* no cineminha acabado da St. Mark's Place. O cinema estava lá no topo da lista de vírus para o corpo político que Nicky mantinha, junto com a televisão e Casey Kasem, mas nesse caso ele estava disposto a abrir uma exceção. O cartaz tinha aparecido várias semanas antes, Robert De Niro com a sua jaqueta do Exército e um corte de cabelo apache, e você só tinha que passar a uns dez metros daquela imagem para ver que aquilo era um filme feito para *eles* — que, como Nicky dizia, Scorsese estava usando as ferramentas do mestre para desmontar a casa do mestre. Na sala escura, o braço dele ficava roçando no dela entre as poltronas, mas ela mal se dava conta. Porque no fim *Taxi Driver* era sobre a própria Samantha Cicciaro. Havia a origem siciliana-católica do diretor, todos aqueles pontos de referência inefáveis. Havia o lindo Bobby D., com aquele queixo do tamanho de uma Frigidaire, a semelhança com os olhos de seu namorado. E aí havia Jodie Foster que, apesar da camiseta sem mangas e dos shortinhos, era uma criancinha. E o que Scorsese queria que Sam sentisse em relação à ideia dos dois como um casal? Pena? Nojo? O que você não podia fazer era imaginar que o encanto de Travis Bickle por aquela menininha fosse são, ou normal, ou durável. Que não fosse acabar em lágrimas.

Naquela sexta, quando Keith tinha combinado de sair do trabalho na hora do almoço, Sam o fez ir ver o filme com ela, num cinema mais novo perto da ONU. Durante boa parte da segunda metade ela ficou olhando o rosto dele, e não a tela. Mas quando eles emergiram para a fraca luz do sol das três da tarde de um mês de novembro, ele só piscou, sacudiu a cabeça e disse: "Troço pesado".

"Não te disse nada?"

"Do que é que você está falando?"

Ela agradeceu mais uma vez pela ingenuidade dele. Outro teste em que ele tinha sido aprovado. Ela lhe agarrou o braço. "Vamos pegar um quartinho de hotel."

"Você tem um quartinho", ele disse.

"Mas é lá longe, Downtown."

"Eu deixei a carteira em casa, especificamente pra você não me fazer torrar mais dinheiro."

Um plano estava se formando. "Bom, então a gente vai ter que pegar essa carteira, né?" Ela deixou o torso pressionar o braço dele e sussurrou no seu ouvido algumas coisas que ia deixá-lo fazer com ela, se a levasse a um hotel bacana.

"Pelo amor de Deus, Samantha. Tem gente olhando." Mas aquilo ali era Nova York; você tinha que fazer coisa bem pior do que isso pra fazer alguém olhar. E o rubor que se espalhava até a ponta das orelhas dele significava que ele já estava na mão.

Na frente do prédio, ele lhe disse para ficar no táxi, que ele já voltava, mas, quando viu ele passar pela mesa do porteiro, ela saiu correndo do banco traseiro, tomada mais uma vez pela necessidade de saber exatamente até onde podia levar as coisas. Ela resmungou um número de andar para o porteiro, que mal tirou os olhos do jornal. Ninguém suspeitava das meninas. Ela alcançou Keith na frente dos elevadores, onde meteu uma mão no bolso dele. "O que é que você está fazendo?", ele sibilou.

"Eu quero ver a sua casa. Acho que eu mereço."

Ele estava olhando por sobre o ombro dela na direção da fita clara que era a rua, como quem calcula a probabilidade de conseguir fazê-la voltar despercebida pelo saguão. Ela estava com uma aparência relativamente não-tão-sensacional hoje, e sabia, de calça jeans e com um cardigã esburacado, mas se fosse uma sobrinha ia parecer suspeito ela ir saindo assim tão cedo. Um elevador soou. "Certo", ele disse, e a meteu na caixa vazia.

Lá em cima, ele a posicionou logo depois da porta do apartamento. "Está vendo? É isso. Agora não se mexa até eu voltar pra te levar embora." Veio uma onda de déjà-vu. Ela podia ouvir luzes acendendo, gavetas gemendo, enquanto ficava esperando nesta entrada que cheirava vagamente a mil refeições, como se alguma massa doce gigante tivesse sido enfiada nos poros das paredes. Havia um capacho para limpar os pés, um porta-guarda-chuva, uma mesa com um pratinho cheio de moedas, uma pintura ou uma gravura emoldurada de um arlequim — era difícil dizer, manchas de luz provenientes das janelas lá do outro lado deixavam o vidro opaco aqui e ali. Um único brinquedinho de metal aparecia semioculto num canto do tapete, como se alguém o tivesse deixado ali para que ela visse. Tinha imaginado, por alguma razão, que a outra vida dele era tão contingente quanto a que vinha levando com ela. E na verdade era sólida, densa, e seria mais difícil do que ela tinha imaginado arrancá-lo dali — supondo que ainda era isso que ela queria.

Ela se deixou levar pela entrada até aquelas janelas. Como aquilo tudo era imenso! A sala de estar tinha aquela mesma aparência insuportavelmente usada, como se a qualquer momento a mulher e os filhos de Keith pudessem vir pegar o gibi dobrado em cima da mesinha de centro, a caneca de chá frio, o saquinho de chá gordo e tristonho largado num pires que ele mesmo molhava. E talvez fosse por isso que ele queria que ela ficasse ali na porta, pronta para uma saída de emergência, mas ela não conseguia se conter e precisava parar diante das estantes embutidas com todos aqueles porta-retratos, mais fotos do que ela tinha batido em todo o outono para o *Terra de Mil Danças*. Com certeza não foi Keith quem arrumou as fotos ali. Ele era descuidado demais. Foi alguém como ela, alguém que precisava do conforto que vinha do incontestável. Aqui estava uma fotografia, por exemplo, de uma família numa mesa de piquenique à beira de um lago. A menininha estava borrada por tentar se liberar do abraço do colo de Keith. Mas a mulher, com aquele cabelo ruivo Kodachrome, na verdade era linda, com a beleza da prata do lago ao fundo e do abeto verde-escuro.

E aí o porta-retrato estava sendo arrancado das mãos dela e colocado na prateleira. "O que foi que eu te disse?"

"Não é aí que fica", ela apontou.

"Então põe onde tem que ficar, cacete."

Ela nunca tinha visto ele tão emputecido assim, e apesar de doer, também era empolgante, como se tivesse plantado uma bandeira uns cinco metros colina acima, em relação a onde estava um minuto atrás. "E você vai fazer o quê?", ela perguntou. "Vai me castigar?" Enquanto o puxava para o sofá, podia sentir o animal dentro dele querendo assumir o controle.

Só que dessa vez as coisas estavam esquisitas desde o começo; assim que entrou nela, ela pôde sentir que ele amolecia. Quando perguntou se ele estava legal, Keith disse que não estava sentindo nada. Ela mudou de posição. E agora? "Eu não estou sentindo nada", ele repetiu, meio em pânico, como um asmático que diz: *Eu não estou conseguindo respirar*. Era enrolação, ela pensou. Ele estava sentindo alguma coisa; só não era o que ele queria sentir. E ele achava que *ela* era criança. Finalmente, ele escapuliu de dentro dela e ficou sentado cabisbaixo na borda do sofá, com os punhos apertados contra os olhos, e, sob a luz crespuscular daquela quase-hora-do-rush, ela parecia sentir o apartamento inteiro vibrar com a tensão do corpo dele, toda aquela rigidez inútil. E foi por isso, quando ouviu uma tábua ranger num corredor, que ela não se preocupou muito. Ela contaminava tudo que tocava, estava pensando, e aqui tinha feito tudo de novo: pegado o que devia ser um jogo, um experimento, e, graças à escala impossível da sua carência, ou graças à pura curiosidade, levado aquilo mais longe do que podia.

68

    Ele reagir de maneira exagerada parecia algo inevitável, em retrospecto, mas não tinha sido por isso que Regan não contou nada. Não, o motivo era que dizer aquilo em voz alta ia significar admitir que algo estava errado, o que Regan não estava disposta a fazer antes da terceira ou quarta terça-feira dos dois no velho restaurante italiano. E que Keith, a se julgar pelo rubor do seu rosto na semiescuridão napolitana, não estava disposto a fazer nem nesse ponto. Fora que ela vinha se sentindo excluída da vida dele havia tanto tempo — aquela grande vida pública, tão diversa da sua própria existência compacta — que sempre que algo acontecia com ela e não dizia respeito a ele, ela se sentia inclinada a manter aquilo oculto, como um contrapeso. Quando ele pôs o copo na mesa, ela pensou que podia se estilhaçar. "Como assim, se encontrando com uma pessoa?" Só agora o duplo sentido lhe apareceu: ele pensou que ela estava *se encontrando* com alguém. E de repente veio a culpa — exatamente o que vinha tentando evitar.
    "Eu estou falando de um analista, meu bem. Eu tenho me encontrado com uma pessoa, eu estou fazendo análise." O rubor demorou para sair do rosto dele. O barman tinha parado de enxugar o balcão e estava fingindo não prestar atenção. "A gente conversou sobre isso no começo do ano, lembra?"

"Sobre você fazer análise?" Era verdade que ele nunca tinha feito qualquer pergunta específica sobre a perda de peso dela, provavelmente porque ela tinha dado tudo quanto era pista de que não queria essas perguntas. Ela já estava com menos de quarenta e oito quilos quando entreviu sua imagem real no espelho — só um relance, mesmo, antes de a falsa visão se restabelecer, mas um relance bastou.

"A gente não fica falando de problemas conjugais, Keith, se é isso que te deixa preocupado. No fundo é só um monte de coisas chatas de famílias-e-origens, tudo de antes de você." O que não era a mais plena verdade, de fato, mas quando o que estava em questão era a redução ou a resolução de alguma tensão, a fidelidade dela à honestidade não era inflexível; essa era uma das coisas que Altschul a tinha ajudado a perceber. "Lembra? Umas semanas antes de eu começar a trabalhar, você disse alguma coisa sobre isso de as pessoas acharem a análise útil. Na verdade foi Altschul quem me mostrou que você tinha razão, que eu devia fazer alguma coisa profissionalmente em vez de passar o dia sentada em casa esperando as crianças voltarem da escola."

"Eu não sabia que você achava que tinha alguma coisa errada."

Claro que o garçom ia escolher aquele momento para trazer as entradas: ravióli para ela e, para o cavalheiro, *linguine vongole*. Uma cortina de vapor de salmoura ergue-se entre eles. Ela pôs colheradas de parmesão na massa, e então deixou a mão descansar com a palma virada para cima na toalha xadrez enquanto o queijo ficava laranja. Ela tentou pensar em outra coisa. Em como teria sido fácil, por exemplo, ele pegar aquela mão.

"Você gosta dele, pelo menos?"

"É a outra Altschul. A esposa."

"Bom, e você gosta dela?"

"Você está com ciúme? Eu não estou acreditando nisso. Você está com ciúme."

"Eu só estou meio... você podia ter vindo conversar *comigo*, Regan."

Houve uma janela aqui, em que eles podiam ter abordado a questão de quem devia ter conversado com quem; ele estava segurando há *anos* o motivo, qualquer que tenha sido, que fez aqueles milhares de dólares sumirem da poupança das crianças aquela vez, antes de ressurgirem de maneira igualmente mágica. Era uma conversa que a dra. Altschul teria encorajado, mesmo que o resultado final fosse a revelação de que tinha sido Regan, e não Keith, a guardar o primeiro segredo. Mas ela ainda não tinha saúde para lhe contar isso tudo. Usou o lado do garfo para cortar os raviólis em quadradinhos menores, deixando a faca intocada. Era um hábito antigo: suje o menor número possível de pratos, limite a quantidade de incômodo que você gera para as outras pessoas. "A gente está conversando agora", ela disse. "Isso é bom."

Eles terminaram de jantar num silêncio quase absoluto (ou ele terminou enquanto ela beliscava seu prato), como aqueles casais idosos que você via às vezes, que nunca se olhavam nos olhos. Ela antigamente ficava pensando como era que eles chegavam a ficar daquele jeito. Um dia você simplesmente virava aquele casal, era a resposta. No entanto, quando a conta chegou, Keith sugeriu que eles voltassem a pé, em vez de pegar um táxi.

Era uma noite fria de novembro, com folhas secas farfalhando por trás do muro do Central Park. Aqui e ali, luzes elétricas abriam esferas mais amplas de verde e dourado no emaranhado de resto azul-escuro dos galhos. A hesitação com que ele pegou a sua mão fez com que ela se lembrasse da primeira vez em que saíram juntos, e ela gostou disso; ele a estava vendo de novo como uma pessoa com uma disposição diferente da sua. Chegou até a perguntar que caminho ela queria pegar, em vez de simplesmente decidir, e ela tinha escolhido a 59th Street; hoje em dia, você tinha que ser louca pra atravessar o Parque depois do pôr do sol.

Mas aparentemente você tinha que ser louca pra ir a pé, ponto. Na metade do caminho, seguindo o perímetro sul do Parque, com o fedor dos cavalos das carruagens atrás deles, ela tomou consciência de um outro ruído de passos, seguindo. A cada trinta e poucos metros, um poste criava longas sombras que se encolhiam cada vez mais e aí cresciam depois que eles passavam ali por baixo, e nos extremos limites daquele crescimento, ela conseguia distinguir, além da cabeça de Keith e da sua, o topo da sombra da pessoa que os seguia. Ela sabia pelo braço rígido de Keith que ele também devia estar vendo. Eles aceleraram. A sombra manteve o ritmo deles, e agora no chão ela podia ver seus ombros. Logo haveria torso, braços, faca, uma voz exigindo todo o dinheiro deles. Só que bem quando parecia que a sombra ia alcançá-los, Keith deu meia-volta e perguntou: "Você quer dizer alguma coisa?". Ela se virou a tempo de ver um menino negro e magro congelado no meio da calçada, a talvez uns cinco metros dali. Um tufo de cabelo verde espetado lhe saía por baixo de um gorro de meia. Seus olhos estavam cravados nos de Keith. Pareciam tão espantados que ela não conseguia saber ao certo se não era apenas um outro pedestre num passeio noturno. De qualquer maneira, ele pareceu decidir que Keith não era boa coisa, e girou nos calcanhares e sumiu rapidinho.

"Nossa", ela não pôde deixar de dizer. "De onde foi que veio essa?" Ele deu de ombros, constrangido. E logo as pernas dela viraram geleia e ela estava se rachando de rir. Mal conseguia ficar de pé; era gostoso rir. Aí ele estava rindo. Eles ficaram ali um apoiado no outro, sem fôlego, aliviados.

E depois de pagar a babá e pôr as crianças na cama e escovar dentes e vestir pijamas, eles ficaram deitados no escuro revivendo aquilo tudo. "Você foi incrível", ela lhe disse. Estava com a cabeça no peito dele. "*Você quer dizer alguma coisa?* Eu sempre quis fazer uma coisa assim."

"Regan, olha aqui", ele disse — coisa que ela obviamente não podia fazer, sem mexer a cabeça. "Sei que eu nem sempre fui a pessoa que você precisava que eu fosse. Ou, francamente, merecia que eu fosse."

"Keith..."

"Não, deixa eu terminar. Eu já devia ter dito isso tudo muito antes. Eu vivo os meus dias, meu bem, eu lá pensando, eu, eu, eu, mas-e-quanto-a-mim, o-que-isso-significa-pra-mim, e de alguma maneira na minha cabeça você ainda está em casa, e as crianças estão brincando no tapete e eu estou pensando, bom, pelo menos tem uma parte da minha vida com que eu não preciso me preocupar..."

Ele estava fazendo tudo de novo agora — *eu, eu, eu* —, mas pelo menos estava tentando. "Mas com o que é que você *tem* que se preocupar, meu bem?"

O peito dele subiu embaixo dela. Se deteve. Desceu. "Isso não tem importância agora. O que é importante é que eu sei que houve problemas, e sinto muito, e eu vou me esforçar mais daqui em diante." E aí, depois de se livrar de um fardo que ainda não entendia, ele beijou o alto da cabeça dela. "E você tem razão. É bom você conversar com alguém."

Ela disse de novo — *Você quer dizer alguma coisa?* —, mas dessa vez só ela riu. A mão dele, que tinha achado um caminho por baixo da blusa dela, roçava um mamilo. Ela podia sentir seu corpo respondendo, tensionado, aberto, mas seu cérebro não queria arriscar o que de resto seria a primeira noite boa dos dois em muito tempo — reduzir o fato de ele a ter defendido e de ter exposto sua alma daquele jeito a uma mera campanha por sexo. Tocou o pulso dele. Ser mais direta era outra coisa que ela vinha praticando com Altschul. "Meu bem, eu estou podre de cansada, e a gente tem que trabalhar amanhã cedo. Quem sabe outra hora?"

Claro, ele disse, e lhe fez mais um carinho antes de retirar a mão. O rosto dele ainda estava visível acima dela. Quem sabe outra hora.

As quartas-feiras eram da dra. Altschul. Ela tinha dito para a nova secretária que aquele horário fixo era com um ortopedista, porque parecia imperativo que ninguém na empresa suspeitasse que ela era doida, mas quem será que ficaria tão empolgada com uma consulta ortopédica? Na manhã do dia da consulta ela não conseguia fazer nada direito. Seus olhos percorriam várias vezes o mesmo press release, por exemplo, mas sua cabeça estaria ensaiando o que dizer à analista, à *sua* analista. Ela estava certa ao esperar até encontrar uma mulher, e adorava a sensação de entrega que tinha ali, reclinada no divã. A neutralidade empática da voz terapêutica. Ela adorava até o consultório de Altschul, uma salinha de pé-direito baixo no porão de uma casa do West Village, que ela freudianamente dividia com o marido neojunguiano. Regan sabia que esse sentimento não era de verdade, que ele se chamava *transferência*, mas ainda assim estava tentando respeitá-lo. Nessa semana, em particular, ia relatar o jantar com Keith e como ela tinha se afirmado, e a médica teria orgulho dela. Mas a voz atrás do seu ombro só disse: "E isso te fez sentir o quê?".

"É só pra eu dizer o que senti, assim?"

"É isso que você acha que eu quis dizer?"

O que a analista estava mesmo querendo desencavar, Regan tinha quase certeza, era Amory Gould. Já havia várias sessões elas estavam se concentrando no período de tempo em torno do segundo casamento do Papai, quando a casa de Sutton Place foi vendida e William desapareceu e ela conheceu Keith. A cronologia agora estava uma bagunça, mas tudo o que a afligia parecia começar por ali. Foi só na semana passada que ela finalmente abordou o tema Block Island, e estranhamente ela se ouviu falando sem parar não sobre... sabe-se lá o nome dele, mas sobre o Irmão Demoníaco. *Você acredita que esse homem de alguma maneira é responsável pelo seu es-*

tupro, a médica disse, com toda essa secura. *E por encobrir tudo. E agora você trabalha com ele.* "Bom, ele nunca está no escritório. Ele no fundo é mais um fantasma", ela apontou, porque nunca teria ido trabalhar para o Papai em tempo integral se achasse que Amory ia estar por lá, não é? Mas era verdade que logo depois de ela assumir as Relações Públicas, Amory tinha sido promovido da sua obscura posição de *consigliere* para a de Vice-Presidente Executivo de Operações Globais, e de repente estava em toda parte, transportando seus tubos com plantas baixas pelo Edifício Hamilton-Sweeney. Ela sabia que a médica sentia que Amory era um risco, apesar de fazer parecer que era Regan quem sentia... a não ser que Regan estivesse *projetando* de novo, uma palavra que a fazia pensar num Irmão Demoníaco gigante, bidimensional, pairando acima e logo atrás dela até aqui dentro, na santidade dessas quatro paredes.

"A senhora quer saber o que ele faz para me atormentar?"

"Você sente que o seu marido te atormenta?"

"Amory. O meu tio. Desde que eles tiraram todo mundo dos andares mais altos pra uma reforma, o escritório dele fica no 30, não longe do papai. Mas ele desce até o 29 ao menos duas vezes por dia para usar o bebedouro mais próximo da minha porta." Regan ficava examinando as paredes do consultório, as máscaras africanas que tinham sido afixadas ali para distrair os pacientes. Estava chovendo lá fora. As gotas que rolavam pela janela faziam a luz ondular sobre as máscaras como se elas estivessem vivas. Ela se viu encarando uma que tinha uma única sobrancelha vermelha, focinho de porco, dentes triangulares por entre os quais uma longa língua escapava. "Lembro que logo depois que eu casei, ele convenceu o Keith a largar a faculdade de medicina. Por que é que ele ia fazer uma coisa dessas, se não fosse pra me atormentar?"

"E isso era importante pra você? O Keith se formar em medicina?"

Aquilo era análise ou inquisição? "Não. Mas isso foi bem na época em que eu estava tentando começar a minha própria família, tentando me separar da família em que cresci. Eu sei, de repente eu devia ter me mudado pra mais longe, mas o Keith sempre quis ficar em Nova York."

"Você falou pra ele?"

"Amory?"

"Keith. Que você queria se mudar."

"Não."

"Mas você ficou com raiva dele por ele não querer."

As mãos de Regan pareciam inertes, ali estendidas no colo. E na verdade, apesar de não dizer isso, ela agora estava furiosa era com a dra. Altschul. (Ou seria *por causa* dela?) Porque ela finalmente estava fazendo tudo o que podia para se abrir com Keith, e não era isso que contava?

Ela ia perder a consulta da semana seguinte. Consultas perdidas significavam uma evasão, e podiam levar a um período de progresso interrompido, segundo o que ela leu (se bem que todos os livros sobre psicanálise tinham sido escritos por psicanalistas, o que mostrava certo conflito de interesses). Mas era véspera de Ação de Graças, e francamente ela achava que já merecia uma folga. Já fazia vinte e seis semanas que não metia mais o dedo na garganta.

Na manhã de quinta, eles levaram as crianças para o desfile da Macy. Will estava velho para aquilo, provavelmente — ele enfiou a cabeça dentro da jaqueta, como que para evitar ser visto por alguém da escola —, mas Cate, empoleirada nos ombros de Keith, mal podia segurar a vontade de sair pulando. Quando o Woodstock passou por eles, bem acima das copas das árvores cercadas, uma rajada de vento o fez se inclinar para a frente. "Manhê!"

"É, querida. Eu vi! Ele fez oi pra você!"

"Você viu, Papai?"

Keith, lá embaixo, mal pareceu ter ouvido, porque alguma coisa tinha acontecido e ele se distraiu de novo. Aquilo só ficava mais acentuado em casa. Quando eles se sentaram para comer o peru, ele parecia incapaz de deixar os olhos parados em alguma coisa por mais de um segundo. Will teve que pedir duas vezes para ele trinchar mais um pouco de carne branca. "O que que foi, Pai?", ele disse, ácido. "Você está com algum compromisso?"

"Não, não, é só que..."

Era uma frase que ele jamais terminaria. Regan não conseguia entender; será que ela tinha feito alguma coisa errada? Talvez fosse a comida. Quis contratar uma cozinheira quando começou no emprego novo em maio, mas era exatamente o tipo de coisa de que ela tinha jurado se libertar quando resolveu tantos anos atrás que ia deixar de ser uma Hamilton-Sweeney. Eles já tinham uma empregada, e Regan se recusava a fazer a empregada trabalhar no Dia de Ação de Graças. E, assim, a pilha de louça que eles criaram, eles mesmos tinham que lavar. Keith e Cate pegaram o primeiro turno, mas depois de meia hora ela se ofereceu para assumir o trabalho, e eles acabaram na sala de estar assistindo TV. Ela só foi perceber que o Will não tinha ido ficar com eles quando sentiu os olhos dele sobre ela, lá do outro lado, como se ela fosse um problema de matemática que ele estava tendo dificuldade para resolver. "Os pais do Carl estão se separando", ele disse, abruptamente.

"Puxa, sinto muito", ela disse. E aí, como não queria que ele herdasse os subterfúgios WASP que a limitavam, ela roubou uma frase do manual básico do psicanalista. "E o que isso te faz sentir?"

Ele parou para refletir. Ela teve um súbito impulso de se virar e arrancá-lo daquele poleiro, cobri-lo de beijos. Mas ele estava entrando naquela idade em que essas coisas melosas só causavam vergonha. Seus braços e as pernas pareciam toda manhã ter crescido um centímetro, e a postura dele de repente ficou desajeitada. Logo moitas de pelos inexplicáveis brotariam naquele corpo imaculado e estranhos desejos o agarrariam como punhos gigantes. Era um fato agridoce, que a fazia querer lhe dar um beijo. Só que ela sentia que, mesmo enquanto ele virava homem, a seriedade com que tinha nascido não iria abandoná-lo, e isso permitia que ela continuasse de costas, com as mãos revirando a água morna ensaboada. "Sei lá", ele disse, finalmente. "Com pena do Carl, acho."

E foi aí que ele lhe perguntou, à queima-roupa: "Você é feliz, Mãe?". A resposta honesta era *Não*. Mas ela podia ouvir por baixo do tom monocórdio da voz dele uma angústia que a fez sentir que tinha decepcionado o filho. O que só mostrava os limites de visão que tinha a dra. Altschul: se ela se expressar significava machucar as crianças, como é que ia conseguir? Ela se virou, mãos ainda escorregadias, e atravessou a cozinha até onde Will estava sentado e pôs as mãos nas suas bochechas. Inclinou o rosto dele até pegar a luz da pia, contando que quanto melhor ela o visse, melhor ele ia poder vê-la. "Eu sou feliz, meu bem", ela disse.

Ele ergueu o punho da blusa para enxugar o rosto molhado. "Eca, Mãe. Água de comida."

Ela espirrou mais água no rosto dele e sorriu. "Você me deixa muito feliz."

"Que nojo!"

* * *

Aqui estavam as origens da mágica, da religião, ou das duas coisas: havia certas palavras que, depois de pronunciadas, tinham o poder de criar a coisa que representavam. Pois Regan *foi* feliz naquele fim de semana, não foi, lá do seu jeitinho limitado? Certamente pareceria que sim, mais tarde. Ela ficou feliz de levar as crianças ao zoológico na sexta, feliz de não fazer a janta naquela noite, feliz de ter a chance anual de usar purê de batata frio como condimento de sanduíche, e feliz sábado de manhã (ela disse depois para Altschul), enquanto via o marido e o filho vestirem as jaquetas para irem à aula de jiu-jítsu do Will. Feliz até o momento em que a correspondência chegou.

Estava jogada, como sempre, numa pequena explosão sobre o piso do vestíbulo; o porteiro separava as cartas e distribuía pelo prédio. Revista, catálogo, conta, catálogo, catálogo, solicitação... mas aí ela viu um envelope comercial sem selos nem endereço. Havia algo de sinistro no seu nome ali sozinho no longo retângulo branco.

Ela certamente já sabia, naquele momento, o que estava lá dentro. Certamente tinha percebido, em algum registro, como Keith ligava para inventar desculpas por estar atrasado, ou chegava em casa quando ela fingia estar dormindo e ia direto para o chuveiro. Aquele ângulo em que ele ficou sentado na ceia de Ação de Graças, com uma perna para o lado, como se a qualquer momento fosse ter que saltar para bloquear a porta, ou desligar a campainha do telefone. Senão por que ela teria se trancado no banheiro para ler?

Contra a luz, o envelope revelava uma única folha solta, destacada, de papel. Ela já sentia vontade de desistir, de se fazer vomitar, de perder em menos de um minuto tudo que tinha construído com tanto esforço. Mas agora podia ouvir Will e Keith voltando do jiu-jítsu, abrindo o zíper das jaquetas, sapatos raspando o capacho de boas-vindas onde a empregada estava quinze minutos antes, lá quando ainda era possível fingir que a vida dela não tinha mudado. Ela sentou na borda da banheira, rasgou o envelope, soprou nele, tirou o papel. Era isto o que ele dizia, em caracteres minúsculos que não estavam retos na linha:

`ele está mentindo para você.`

69

Ao deixar Keith no parque coberto de pedrinhas lá da 1st Avenue quatro dias antes do feriado, Sam estava tão acelerada que quase tropeçou na escada. Liberdade! Só que quando a noite caiu ela percebeu que tinha sido ela a abandonada. Então será que ela foi, para ele, só uma adolescente boba? Será que ele só queria — será que todo homem queria apenas isso — uma superfície para refletir o eu que ele queria ver? Ela se viu pensando nessas coisas de novo naquela quarta, quando Nicky Caos tentava convencê-la a passar o Dia de Ação de Graças no Falanstério. Um verdadeiro Pós-Humanista trataria aquele dia como qualquer outro, ele disse. Pense bem: a sujeição da terra, dos animais e dos peles-vermelhas transformada numa grande orgia consumista. Mas uma orgia consumista soava exatamente com o que Sam queria agora, e assim, antes do fechamento dos dormitórios para o fim de semana prolongado, ela meteu um monte de roupas numa mochila e pegou o trem para Flower Hill.

A primeira coisa que fez por lá foi verificar a caixa de correspondência, caso houvesse algum aviso da diretoria esperando o Pai. *Vimos por meio desta informar que Samantha Cicciaro não vem frequentando...* Está certo. Até parece que alguém estava dando grandes bolas para como ela se virava; o conceito todo de *in loco parentis* tinha sido detonado em alguma espécie de encontro nacional por volta de 1973. E quando ela deu a volta na casa para ver se o seu responsável de verdade estava aqui, o quintal parecia não ter sido tocado em meses: antena externa enferrujada e casa da árvore abandonada, grama tão morta quanto o céu, L.I.E. resmungando por trás das árvores como fazia todo dia desde que ela tinha três anos de idade. A caminhonete não estava, a lâmpada sobre a porta da oficina, apagada. Você queria tanto que tudo mudasse e aí não queria mais. Ela fuçou no bolso para encontrar a chave e tocou a placa no batente, um reflexo antigo, como mergulhar os dedos na água benta antes de entrar numa igreja.

O espaço interno tinha sido imaculado um dia, válvulas limpas e intricações ordenadas de encanamentos. Agora tudo estava bagunçado. Pedaços de tubos negros boquiabertos, desconectados de qualquer coisa. Uma carabina estava sendo usada como peso de papel. Nitrato de prata cobria o chão como poeira. Era a oficina de um homem que está perdendo o seu ganha-pão. E no entanto era também a chance de fazer o favor que Nicky tinha pedido quando ficou claro que ela não ia passar o feriado com ele, comendo feijão enlatado. "Ele é o cara dos fogos, né, o seu pai? Você acha que dava pra afanar alguma coisinha pra gente quando você estiver por lá?"

Por quê?, ela disse. Pra ele poder explodir umas latas de lixo? Amarrar rojões no rabo dos gatinhos?

"Pega leve, Sam. Ou você ainda está chateada por causa daquela igreja? Eu achei que a gente tinha superado." Nicky parecia mais irritável do que o normal, rolando uma fruta velha nas mãos como se fosse massinha de modelar, mas ele realmente tinha superado. Estava tentando pela última vez reunir o Ex Post Facto, ele lhe disse (se bem que, fora umas histórias de improvisações com a Venus de Nylon e o Billy Três-Paus lá nas antigas, havia poucas provas de que a banda um dia tenha sido dele). Um show de reunião estava marcado para a noite de Ano-Novo. Isso é que era feriado arbitrário, ela disse. Esse mundinho de merda ficou um ano mais velho; comemorar o quê? "É, mas o Billy sempre foi meio esquisito com isso. Eu lembro que ele dizia, como for a primeira noite, assim será o resto do ano. Ele jurou que ia estar tocando todo Réveillon, na hora da meia-noite, até morrer ou até o mundo acabar, o que viesse antes." O plano de Nicky para o show de reunião era fazer uns fogos para acender no fim da última entrada da banda — uma coisa bem espetacular. "Eu estou achando que um quilo de pólvora negra dá pro gasto", disse, mas nitidamente ele não lidava bem com o sistema métrico. Um quilograma ia obliterar metade do East Village se você não tomasse cuidado e, de qualquer maneira, o Pai nunca ia deixar uma quantidade dessas largada lá em Flower Hill, nem nos seus piores dias. Ela decidiu que ia só pegar uma pitada daquele polverone de combustão lenta, e torcer pra que, com aquela zona, o Pai não sentisse falta.

O pó vivia numa caixa hermeticamente fechada nos fundos da oficina. Como num sonho, ela se viu bater um, dois, três gramas numa proveta, fechar com uma rolha, esconder na mochila. E agora umas estrelas, pra dar um brilho. Quando era pequenininha, ela teve que decorar o conteúdo das mil gavetas de seis centímetros quadrados que cobriam a parede leste, como itens da tabela periódica. Aprendiz de feiticeiro, o Pai dizia, e ela adorava o olhar enciumado que sempre ganhava da Mãe quando os dois subiam o morro na hora da janta. Depois, quando a Mãe já tinha ido embora, Sam renunciou aos negócios da família, mas os nomes e as precauções não a abandonaram. Potássio — *Manter afastado da água* — Arsenato de prata — *Fatal quando ingerido*. Ela pôs colheradinhas de nitratos numa troica de tubos e embrulhou cada um deles numa camiseta para o vidro não quebrar. Depois de uma última olhada geral, apagou as luzes e foi para a casa. Ninguém por ali para vê-la. Ela meio que queria, na verdade, que o Pai viesse de uma vez pra casa. Mas o céu do outro lado da janela do quarto dela ia ficando escuro, e ele não chegava e não chegava. Ela não tinha dito que vinha pro Dia de Ação de Graças? O sentido todo da coisa era não ter que se sentir só.

Mas de manhã ela ficou dormindo o quanto pôde, e aí achou milhões de coisas pra fazer dentro do quarto. E se o Pai tivesse passado pela oficina logo cedo e descoberto o roubo? Mas, quando finalmente saiu para encará-lo, ele ainda estava de camiseta de baixo, assistindo a uma comemoração do Quatro de Julho do começo dos anos 70 no videocassete com o volume quase no zero. Da vitrola vinha um Frank Sinatra do fim da carreira. E talvez ele tivesse mesmo esquecido que ela vinha, porque perguntou se ela podia ir pegar um peru pra janta. "Isso porque o senhor está tão ocupado." Uma secura no limite do sarcasmo era um dos códigos que eles dividiam, mas aquela piada tinha dentes; ela estava ficando com a impressão de que o trabalho dele ultimamente em grande medida envolvia requentar antigas glórias para aquele perfil jornalístico que não acabava nunca.

Voltando do mercado, ela matou uma hora ou mais andando por ruelas sonolentas, enquanto o peru ia derretendo no banco do passageiro ao lado dela. Ela quase estava querendo ir visitar Charlie Weisbarger, mas não sabia onde era casa dele. Voltou para a sua para encontrar o Pai ainda na poltrona diante da TV, agora com uma daquelas camisas de lã felpudas e vagamente sulfurosas que eram o que a palavra "lar" remetia a ela. Será que ele tinha ido além do seu não-tão-secreto isopor de cervejas no pátio? Será que ele tinha descoberto? Impossível de dizer. Quando ela disse que tinha achado um peru legal, aquele grunhido podia significar que ele estava pensativo, ou distraído, ou segurando a raiva.

Ela foi para a cozinha nervosíssima, o que não era jeito de cozinhar, e aí ficou andando sem parar entre ali e o quarto, mas o peru que emergiu do forno três horas depois, empalado no seu termômetro de plástico, estava incrivelmente marrom. O pai sentou na frente dela na mesinha da cozinha, encarando a comida, com o garfo e a faca presos em manzorras neolíticas. "Deixa eu te perguntar uma coisinha, Sammy."

Ai, caralho, ela pensou. Então ele tinha entrado na oficina, afinal de contas. "Manda brasa."

"Quando você chegou em casa ontem, por acaso você notou alguma coisa diferente?"

"Ãh-ãh." Ela teve que tomar um gole d'água antes de conseguir perguntar por que ele estava perguntando, quando a pergunta de verdade era: Ele tinha chamado a polícia? Mas claro que não tinha. Gerações de Cicciaro teriam se erguido da terra aos berros para ir atrás dele com forcados e tochas.

Ele resmungou alguma coisa para si próprio. "O quê?"

"Eu disse que eles só vão parar quando tirarem tudinho que eu tenho."

"O que é que está acontecendo, Pai? O senhor está falando do quê?"

Ele estava falando da concorrência, ele disse. Esses atos de espionagem industrial. Eles obviamente queriam lhe dar um recado. Mas aí foi como se a forma concreta da refeição, a proximidade entre o purê e o ideal platônico na caixa, o chamassem de volta para o presente. "Olha eu aqui cuspindo fogo, e você veio lá de longe. Esqueça que eu falei disso." A mão dele, esfregada com sabonete até ficar rosa, segurou a dela. "Por que é que você não me diz por quais coisas está dando graças?"

"Eu?"

"É, querida. O que é que a gente está comemorando aqui?" Era uma coisa que a Mãe fazia eles dizerem. *Gratidões*, ela chamava. Mas o que é que a Sam ia agradecer? Keith estaria naquele momento sentado com a mulher e os filhos. Nicky provavelmente estava no ápice com a Saco de Gosma, que estava se ocupando dele nas costas do Sol pelo menos desde outubro. O coitadinho do Charlie ainda estava de castigo. E o Pai, a mero meio metro dali, continuava distante, afastado dela pelos frascos que estavam na mochila. Roubo, desonra, desobediência, dois ou três pecados numa cajadada só. Ou será que ela estava lendo ao contrário: será que era a distância que causava o pecado? As velas que tinha encontrado embaixo da pia do tanque reluziam. Uma única lágrima quente lhe escorreu pelo rosto.

"Tudo bem com você?", ele disse, como se ela tivesse dado uma topada com o dedão.

A lágrima lhe chegou à boca, salgada. Ela fungou. "Tá, tá tudo bem."

O cheiro gorduroso da carne lhe encheu as narinas, tornando difícil não pensar que Nicky tinha razão, ao menos no que se referia aos animais. Mas perceber que ela mal tocou na comida seria ter que falar do assunto — então o Pai mandou ver, e aí ela também, pensando, o tempo todo, quem *sou* eu?

No dia seguinte, seu pai foi para a cidade falar com Benny Blum. A melhor vingança, ele tinha decidido, era pegar os contratos de volta. Assim que ele saiu, ela foi até o tatuador na Main Street. Aquilo tudo fedia a incenso, e folhas de celofane azul presas às janelas tingiam o lugar de uma luz de morgue. O tatuador tinha seus trinta e poucos anos, frouxo igual roupa velha, com uns pelinhos discretos no bigode. O lado positivo, ele não pediu pra ela provar que era maior, e os preços começavam em quinze paus. Ela tinha vendido o cartão de refeições do semestre pra outra aluna ainda em outubro. Boa parte do dinheiro tinha sido pra comprar ingressos de cinema e cigarro, mas sobrava o bastante pra um desenho do tamanho de uma moedinha de cinquenta centavos. Num bloco de receitas que por algum motivo estava largado em cima do balcão de vidro, ela esboçou o que queria. "Bem aqui", ela disse, e pôs o dedo no lugar, logo abaixo do occipital.

O tatuador a levou para uma salinha de fundos ainda mais medonha que a da frente — uma salinha pra fotos pornográficas ou sequestro de criancinhas —, e meteu a cara dela num anel de couro que parecia um assento estofado de privada, e que sem dúvida era tão higiênico quanto. Ela podia sentir a respiração dele na nuca, mas não abriu a boca quando ele encostou no seu cabelo, ou quando aumentou o Pink Floyd na vitrola, nem quando a primeira agulha entrou, apesar de ele ter reclamado por ela tensionar os músculos. A sensação era exatamente a que se podia esperar de um espinho quente que te penetrava o pescoço. Ainda assim, às vezes a dor podia ser iluminadora.

Quando o cara da revista apareceu naquela tarde em busca do Pai, ela teve um impulso de lhe mostrar o que tinha feito — de dizer: Encaixe *isso aqui* no seu texto. Mas foi só no dia seguinte, na East 3rd com a Saco de Gosma, que ela tirou o cabelo da nuca e removeu o band-aid do Snoopy que tinha dito ao Pai que colocara por causa de uma picada de inseto. Ela estava esperando um assobio de admiração, ou, na pior das hipóteses, um expletivo que significasse *orra*. Em vez disso, sentiu mãos nos seus ombros, que a guiavam para uma luz mais forte. "Isso aí é pra ser o quê?"

Sam queria acreditar que tudo isso — o apertar de olhos, a suspensão de opiniões — era impostado, mas, apesar de a Saco de Gosma ser um monte de coisa, e muito, ardilosa ela não era. Enfim, um efeito imprevisto da localização da tatuagem era deixar quase impossível que a própria Sam a examinasse. As únicas superfícies refletoras na casa ficavam no porão de Nicky, e ela iria tentar, por meio de diversas conjunções do espelho rachado na parede com o espelhinho que ele usava para a cocaína, enxergar o logo que ele tinha lhe mostrado lá em julho, mas só conseguia ver um borrão que podia ser resultado da falta de jeito do tatuador ou da sua sua própria mão trêmula. Aí um Nicky miniatura, duplamente refletido, apareceu na palma da sua mão. "Quem foi que *te* arrastou pelo espinheiro?"

"Valeu, babaca. Nem todo mundo tem um amante riquinho em Uptown que te deixa sempre em forma."

Por um segundo, o olhar dele ficou opaco. Aí ele se recuperou. "Mas, sério, você meteu a mão mesmo nas minhas paradas? Você está com os olhos meio cor-de-rosa."

"Eu estou com um pouco de dor." Ela destapou a tattoo.

A única coisa que ele disse foi: "Legal. Escuta, pegou as minhas tralhas?".

Ela levou um instante pra lembrar do que ele estava falando, e quando pegou as provetas na bolsa, ele pareceu desiludido por causa da aparência insignificante do polverone, ali empelotado no fundo. Ela prometeu que ia ser mais do que o suficiente para deslumbrar uma plateia pequena.

"Eis a questão. Eu não quero deslumbrar uma plateia pequena."

"Você entende que explosão é progressão geométrica, né? Em quilos ia dar, sei lá, isso aqui elevado à milésima potência. Enfim, o que você quer não é uma carga explosiva, mas uma combustão lenta que vai detonar essas coisinhas aqui periodicamente." Ela lhe mostrou as estrelas, foi passando as instruções de manuseio. Os nitratos tinham que ficar secos, e apesar de ela ter trazido os menos voláteis, vermelhos e laranjas e um pouquinho de verde, era melhor manter aquilo tudo embrulhado em alguma coisa acolchoada, pra não sacudir demais. "E tome todíssimo cuidado com eletricidade estática. Se eu tivesse trazido a fórmula especial do meu pai, você ia ter que se preocupar com a desgaseificação, mas o pior que pode acontecer com o polverone é você pegar fogo e não se explodir."

A atenção dele parecia ter se deslocado para aquele outro pó, que alinhava na mesa. "Mas que porra, você que manja disso, parece. Quer uma bola?"

Ela e Charlie tinham um acordo de cavalheiros de ficar longe das drogas pesadas. Isso seria para salvá-los do destino dos espantalhos que ocupavam essa parte da cidade. Ainda uma hora atrás, ela tinha visto um deles semiagachado no meio da 2nd Avenue, atrapalhando o trânsito, enfeitiçado pelo pirulito vermelho-cereja que derretia na mão dele. Mas e essas regras arbitrárias não eram outra forma de dependência? Foda-se, ela pensou, por que não?

E foi assim que, enquanto o ano do Bicentenário ia chegando ao fim, a perda de Keith Lamplighter a colocou de volta no círculo dos amigos, ainda que meio inconsciente das consequências. Virou uma coisa natural: enrolar uma cédula, tapar uma narina, e aí a neve voando cabeça adentro, refrescando tudo. O travo alcalino. O pó branco. A cédula se afrouxando no espelho.

Nicky, não por coincidência, estava um dínamo. Os ensaios da banda na casinha dos fundos podiam durar três ou quatro horas. Os novos músicos incluíam D. Tremens na guitarra solo e um cara chamado Tutu no baixo. Às vezes um dos doutorandos com quem o Nicky gostava de ficar filosofando vinha manipular loops de fita. Sam não podia deixar de imaginar uma resenha desses ensaios para o seu fanzine. *Uma surda brincadeira de telefone sem fio. Toda a fúria do Ex Post Facto e nada do som*. E ao mesmo tempo, o que era "bom", afinal? Ela teria curtido se apresentar para preencher a vaga de segunda guitarra — a Fender pendurada no pescoço de Nicky parecia puramente decorativa —, mas ele já tinha lhe dado o cargo de Ministrix da Informação, que basicamente envolvia tirar fotos dele fazendo poses de Iggy Pop sem camisa. Entre as músicas, a Saco de Gosma lançava uns olhares podres para Sam. Agora estava claro quem era a favorita.

No geral, o nível de ciumeira na casa estava mais alto do que no verão. Como forma de paranoia personalizada, isso era compreensível — eles todos estavam fumando quantidades bisonhas de erva, pra baixar a bola da coca. Mas aquilo estava começando a contagiar até o Nicky, apesar de ele ter tagarelado com tanta eloquência a respeito do fim da propriedade, da ilusão da individualidade. Um dia, quando ele e a Sam estavam se chapando no porão, ele levantou os olhos do espelho entre eles. "Você sacou por que está de volta pro redil, né?"

"O quê?"

O único motivo de ela estar passando tanto tempo ali ultimamente, ele disse, era a chance remota de topar com *ele* de novo.

"Topar com quem?"

"O quê? Quem?", ele repetiu, com uma voz aguda, feminina. O rosto dele cresceu no espelho lá embaixo e aí se inclinou para trás, de olhos fechados. Ela tinha lido em algum lugar que os tubarões conseguem sentir o cheiro de uma gota de sangue em um milhão de gotas d'água, ou sentir o gosto, ou sei lá o que os tubarões faziam. "Eu estou falando do tiozinho.

Você obviamente não leu aqueles livros que eu te passei. Essa sua viagem com esse amante é uma servidão, Sam, pura e simplesmente."

Ela foi até a vitrola e se ajoelhou para revirar as pilhas de LPs. Quem ela queria ver, agora, não era Keith, mas sim o bom e velho Charlie W. Por mais que fosse doer, ele pelo menos teria feito um esforço básico pra entender como ela estava por dentro, e era disso talvez que ela mais sentia saudade, da total falta de defensividade dele. Aquele olhar devoto, quase enfurecido, que ele tinha lhe dado nesse mesmo porão, logo antes de lhe dar um beijo... Que dificuldade tinha, fingir que você estava gostando, se isso ia fazer alguém como o Charlie feliz? Mas mesmo cogumelada até não poder mais, ela podia ver como seu hábito de seguir adiante teria aniquilado o coração dele, e assim fingiu apagar naquela noite. Agora, do meio daqueles discos de Herb Alpert que o Nicky colecionava, ela liberou uma cópia de *Brass Tactics*. Sabia que ele ia ficar puto, por aquilo ser indiscutivelmente superior a qualquer coisa que ele um dia fosse conseguir criar. Era a vingança dela pela expressão "servidão", que tinha entrado na sua carne como um cardo. Ele precisava saber que ela não estava nem aí com a ideia de impressionar, que ela estava escolhendo de livre e espontânea vontade. Enquanto o riff de abertura de "Alistador militar" explodia nos alto-falantes, ela se virou. "A gente vai cair nessa ou não?"

Poucos minutos depois, eles estavam com a roupa de baixo. Ela deixou Nicky bater uma trilha de pó na pele plana entre seu umbigo e o elástico da calcinha. A sua cabeça era uma fortaleza onde ela estava trancada, enquanto ele se divertia com a paisagem lá embaixo. Quando ele começou a se contorcer dentro dela, ela produziu uns gemidos. Como se ligasse. Mas ao menos tinha conseguido. Tinha se dominado. "Está vendo?", ela disse, quando eles estavam calados já havia algum tempo.

"Vendo o quê?"

"Eu te falei que tinha esquecido o carinha."

"Sei não. Será que você consegue me convencer de novo?"

Brincadeiras à parte, parece que foi isso que decidiu a questão da lealdade dela para o Nicky. Não a tatuagem, nem o roubo de três gramas, nem ela estar se abstendo, nesses meses todos, de meter demais o nariz no que a

FPH estivesse exatamente querendo alcançar. Foi deixar ele trepar com ela. Deixada de fora das "missões de bombardeio" deles desde agosto, ela agora se viu de volta ao grupo, penetrando cada vez mais nos bairros. Ela ia no banco do passageiro, apesar de o silêncio que vinha dos fundos sugerir que a sua presença não era universalmente bem-vinda. Ainda antes de a van parar, D.T. e Sol caíam como paraquedistas da porta lateral para se infiltrar em ruas desconhecidas, latinhas de spray (supunha ela) batendo nas mochilas. Nicky ligava o rádio e acendia um fino enquanto, por trás dos óculos espelhados, entrava em estado de alerta máximo. Ela sabia pelo fato de ele parar de tentar passar a mão nela. Ele até a deixava levar a câmera — caso houvesse tempo para documentar os grafites —, apesar de ainda proibir que ela imprimisse os resultados no fanzine. Ela em geral fotografava qualquer *throw-up* que percebesse enquanto esperava, mas às vezes o Nicky pedia pra ela bater uma foto de alguma coisa específica. "Você consegue pegar aquela garagem ali? Aquela com as marcas de fogo?" Ou dirigia a atenção dela pra um aviso de demolição na porta da garagem, ou para o topo de uma cerca de construção, com sua concertina de navalhas, devidamente reluzente sob a luz moribunda. Ela ainda ia até a NYU pra usar a sala escura, foda-se a sua situação acadêmica, e vendo as provas secarem — murais em suportes de pontes, caixas de correio chamuscadas, All Stars amarrados um no outro enfeitando, como laços de fita, os olmos secos —, ela tentava se convencer de que ele tinha razão. Talvez toda forma de vandalismo tivesse sua estética própria. Várias vezes, em tempos recentes, tinha pensado que eles não estavam a mais de uma ou duas quadras daquela igreja que tinham encharcado de gasolina; ela teria gostado de ir lá ver de novo aquele lugar. Mas, se não perguntasse ao Nicky o que tinha sobrado ali, não teria que lidar com uma resposta. Então ela só lhe entregava suas cópias das fotos, que ele guardava dentro de capas de disco vazias e prendia com tachinhas na parede da sala de guerra do andar de cima.

Aí uma tarde eles estavam em ponto morto perto do entroncamento de duas avenidas com uma via expressa. Era quase Natal, e um Papai Noel num terreno baldio estava se oferecendo para aparecer em fotos por cinco dólares. A pele que lhe enfeitava a roupa estava meio carcomida, como se tivesse sido desencavada de uma lixeira, mas as jovens mães estavam numa fila de cerca de dez pessoas na calçada, segurando a mão das criancinhas para entrar no terreno. Sam observava pela lente. Crianças negras e latinas eram uma fixação dela; ela podia transmitir a elas a boa vontade que sentia para com as pessoas de cor sem ter que sentir a culpa que acompanhava esse sentimento. Um ônibus encostou na calçada, tapando sua visão, e aí seguiu em frente. Do meio do nada veio um estrondo. Uma nuvem de fumaça se estendia de uma loja de materiais esportivos a dois terrenos dali. Mulheres gritavam, e houve como que um tropel de gente se afastando do Papai Noel. "Caralho. Tinha cano de gás aqui", Nicky disse, e aí ficou olhando fixamente para Sam com uma expressão curiosa, como quem estava esperando pra ver o que ela ia fazer. Mas antes de ela conseguir responder, D.T. e Sol estavam entrando apressados na van. Uma sacola esportiva novinha, vermelha, azul e branca, foi passada para a frente. "É do tamanho certo?", Sol perguntou, sem fôlego. "Foi a maior que deu pra achar."

"Jesus", Sam disse. "Vocês estavam lá *dentro*? Tudo legal com vocês?"

"Essa foi meio por pouco demais, Sol. Mas parece que ninguém se machucou." O tom de Nicky se perdeu sob as sirenes que começavam a uivar. A câmera dela girou para a saída da via expressa, onde uma ambulância estava travada no engarrafamento. Clique.

"Opa, vocês dois não são, assim, meio responsáveis por isso aí, né?" Eles se juntaram à massa de carros que tentava se afastar da explosão. Com a noite caindo, os fundos da van estavam na sombra.

"Por uma explosão de tubulação de gás?", Nicky disse.

"A porra da Con Edison, meu", Sol acrescentou.

Algo entre a loja de material esportivo e a ambulância tinha entrado no visor dela, um momento decisivo. Ela estava apertando o botão quando bateram em seu cotovelo, ferrando com a foto. "Será que dava pra parar com isso?" Era a Saco de Gosma, surtada. "Sério, Nicky, eu não sei por que você quer trazer essa aí."

"Você quer saber quem é responsável mesmo?", Nicky perguntou. "Olhe em volta, Sam. É a porra do país todo. As pessoas têm que acordar pra ver que ninguém está cuidando delas." Era verdade que enquanto outra ambulância urrava na expressa, as putas no acostamento pareciam levar tudo na boa, como você aceita buracos no asfalto, ou as guerras do Terceiro Mundo que, segundo Nicky, garantiam bananas baratinhas. No alto, placas rajadas de sal do asfalto passavam deslizando. Port Morris, Melrose, Mott

Haven — esses lugares *eram* países de Terceiro Mundo, praticamente. Ainda assim, era o tipo de conversa que a tinha deixado se sentindo tão pouco à vontade no fim do verão passado. "Mas nem se grile, Sam. A gente está do mesmo lado. O nosso destino agora é um só."

Será? Mesmo? O Nicky estava começando a tratá-la como uma namorada, mas ela não sabia nem se *gostava* dele. Além daquela mania de grandeza, ele tinha cheiro de salame. Ela ainda estaria macambúzia no dia do Natal, colocando a mesa para a ceia, quando o Pai recebeu a ligação que mudou tudo. O que a fez ficar atenta foi o silêncio dele, o jeito de ele ficar ouvindo sem abrir a boca. Quando ela arriscou espiar, ele estava pálido. A primeira coisa que passou por sua cabeça foi que alguém, de alguma maneira, tinha ouvido dizer que ela havia roubado coisas dele na última passada em casa. A segunda foi que ele havia recebido uma negativa na questão de recuperar os contratos. "Sei. Ãh-rãh. Entendi." Ele desligou o telefone com tanta força que ele tocou de novo, pendurado no ar.

"Tudo certo?", ela disse, tentando soar como ele. Seca. Fria. Mas não dava mais.

"Aqueles merdinhas."

"Que merdinhas, Pai?"

O eco pareceu fazê-lo lembrar que ela estava ali. Então pelo menos a questão ali não era o Dia de Ação de Graças. Ou será que era? "Era o Rizzo. Ele passou em Willets Point uma hora atrás pra pegar alguma coisa, o cadeado do Paiol 13 está estourado, e o vigia do vizinho acabou de ver um gigante de uniforme de hóquei correndo pro trem. Pegaram a gente de novo, Sammy. Eles estão me deixando sem nada."

"O polverone." Só que ela já sabia que não era polverone. Se ela pudesse simplesmente rever aquelas fotos que tinha tirado, a igreja destruída, a loja de materiais esportivos, a cor daquela fumaça, a sacola dos Rangers... mas ela não devia estar cheirando tanta coca. Onde foi que a porra da câmera foi parar? O pai segurou a mão dela.

"Pólvora negra, querida. Alta potência. Devia ser uns dez quilos. Eles limparam o paiol inteirinho."

70

Havia um período, logo depois de a inevitabilidade da catástrofe aparecer no horizonte e logo antes de ela destroçar a quilha da sua vida, que era a mais pura liberdade que se pode provar. As decisões terríveis já tinham sido todas tomadas por alguma distante figura histórica, um você que não existia mais. E o você que um dia ainda teria que viver as consequências também não tinha nenhuma semelhança, além das ideias mais gerais, com o você que você era hoje. O forno estava aquecendo, mas a sua batata ainda não estava assada. Enquanto isso, não fazia a menor diferença se você atacava seus opressores ou saía por aí assinando cheques pra todo mundo que tivesse ofendido na vida ou qualquer coisa no meio do caminho. E tinha que significar alguma coisa, Keith viria a pensar depois, que o que ele decidiu fazer com toda aquela liberdade não foi voltar com a Sam, mas resolver de vez as coisas entre eles. Por que, então, isso fez ele se sentir pior? Naquelas últimas manhãs da sua vida de casado, ele se pôs diante da cômoda com espelho como sempre, expondo os dentes para procurar vestígios de muffin, vendo suas mãos navegarem o complexo origami de um nó duplo-Windsor. Mas a conhecida música matinal — o frigir dos ovos na cozinha, o *chugs--plash* da água na penteadeira onde Regan passava a maquiagem — ganhava uma carga extra de presença graças à sua convicção de que aquilo logo deixaria de existir. A qualquer segundo ela entraria no quadro do espelho bisotado segurando um cabelo tingido de preto que tinha tirado de uma almofada na sala de estar, ou aquela chave de hotel que ele tinha perdido.

Na verdade, foi só no domingo depois do Dia de Ação de Graças, seis dias após finalmente ter rompido com Samantha, que começou o naufrágio, ou o incêndio a bordo, ou sabe Deus o que aquilo era. Ele estava sentado na cama, lendo John le Carré à luz do abajur. Ela estava encarando as páginas da *New York Review of Books*, que tinha assinado um mês antes, depois de pegar a revista para ler na sala de espera da analista. Ela parecia gostar exatamente das coisas que ele achava mais irritantes na *New York Review of Books*: aquele tédio sem nenhum remorso, aquela privilegiada hostilidade a todos os privilégios. Mas os dois gostavam da segurança quase olímpica dos anúncios pessoais. Ela disse que queria ver o que ele achava de um agora. A voz dela estava estranhamente presa. "'HBC. Inteligente, em forma, trinta e seis anos. Política, cinema, corrida. Procurando mulher atraente para companhia e mais.' Você acredita numa coisa dessas?"

"O que é que tem de inacreditável?"

"'HBC' é Homem Branco Casado, Keith. E se a mulher dele for ler isso aqui?"

O peito dele ficou apertado, como se uma corda estivesse sendo puxada. "E ela ia saber que era o marido?"

"A mulher tende a saber quando alguma coisa está acontecendo, Keith."

"Ah, é?" Tinha uma teia de aranha no canto do teto; como foi que ele não percebeu isso? "Então por que você está com essa cara escandalizada?"

"É pelo efeito dramático, Keith. Você não acha que está na hora de a gente discutir o quanto você anda mentindo pra mim?"

Surtiu um efeito estranho, essa calma dela: ele ficou puto. Levantou e foi se sentar na poltrona, para poder vê-la direito, e descobriu que ela estava tremendo. "Não sei. A gente vai fingir que é tudo culpa minha?", ele disse. E aí a linda compostura dela foi desmoronando, e ela estava cobrindo o rosto com um travesseiro para as crianças não ouvirem, soluçando tão forte que por um tempo enorme nem conseguiu falar. Era horrível.

Se bem que as horas que se seguiram foram piores. Ele só aceitava falar da sua infidelidade em termos abstratos, e ela não lhe dizia como tinha descoberto. Em vez disso, o que eles foram despedaçando em sussurros afogados foi o próprio casamento. Ou, na verdade, dois casamentos: a versão dele e a dela. Eles passaram e repassaram cada pequena mágoa, como alguém que anda sobre brasas, até a dor parecer quase um consolo. (Pelo menos nisso, na dor, na repetição, eles ainda estavam juntos.) E quando os lixeiros começaram a bater as latas lá fora, prenunciando o fim dessas trevas sem fim, eles fizeram amor, exaustos, mal se movendo, como se tivessem o dobro da idade que tinham. Ele nunca tinha se sentido tão perto dela, jamais; o fato de ter estado dentro de outra pessoa (ou, a bem da verdade, a ideia de outra pessoa dentro de Regan) não podia mudar a profundidade com que eles se conheciam. E se fosse isso o que ele tinha que descobrir: como eles ainda podiam ser próximos? E se ele lhe dissesse isso? Mas era tarde demais, o sexo não mudaria nada. Ele provavelmente nunca mais estaria tão próximo de outra pessoa na vida.

E dois dias depois eles estavam sentados diante dos filhos na sala de estar. Parecia impossível que uma semana antes eles estivessem juntos na 7th Avenue vendo balões balançarem brilhantes no céu, sabendo que as sombras que passavam por cima deles eram apenas isso, que logo eles sentiriam o sol mais uma vez. Aquilo foi um completo desperdício no que se referia a ele! Como ele podia se permitir sofrer, no que seria o último fim de semana daquela família, por causa do que tinha feito com Samantha Cicciaro — uma criança, basicamente, que nem era filha sua? Nos segundos antes de Regan começar a falar, William parecia abatido. Mas ela era ainda mais brilhante quando o que estava em jogo era importante: firme, compassiva, no comando. Inclinando-se para segurar a mão deles, ela começou a explicar que *às vezes as mamães e os papais...* O rosto de Cate se enrugou como um papel jogado no fogo. Keith queria dizer alguma coisa, mas, quando abriu a boca, ele se descobriu à beira, também. Estava apenas agora percebendo que só veria os meninos em dias pré-combinados, fins de semana e quintas-feiras pares ou alguma coisa igualmente insuportável. Quando ele pensou em perder tudo, *tudo* não significava isso. Não essa Regan, a Regan lá do fundo, por quem ele tinha se apaixonado. Não os filhos.

Ele passou as primeiras noites da separação num hotel, por conta da firma. Depois do seu desastre com os títulos municipais, ele tinha se consagrado novamente à ética profissional, mas ia ter que tomar cuidado com o dinheiro por um tempo, agora. Ele não tinha lembrado de trazer a navalha, então seu rosto estava áspero contra o travesseiro. O que tinha lembrado foi de meter entre as mudas de roupa uma das fotos emolduradas que Regan tinha feito deles alguns verões atrás, no lago Winnipesaukee. Ele a colocou no criado-mudo, como se pudesse mergulhar de novo no passado, onde nada podia dar errado.

No quarto dia, o porta-retrato voltou para a valise e depois foi retirado mais uma vez e colocado na mesa de centro da sala de estar dos Tadelis, depois que o dono da casa tinha ido dormir. Tinha sido uma surpresa, francamente, quando Keith descobriu que Greg Tadelis era seu amigo mais próximo. Eles não se viam desde os dias que passaram juntos na Renard. Mas quando ele ligou e explicou que estava com problemas no casamento, Tadelis disse: "Por favor, Lamplighter. O nosso sofá é sofá-cama. Fique o quanto você precisar".

A sra. T. foi menos acolhedora. Parecia tacitamente feliz por ver o casal-modelo, com o endereço chique e os rebentos em escolas caras, levar seu castigo, e Keith suspeitava que ela estava se pondo do lado de Regan. Ele nunca tinha pensado muito em Doris Tadelis lá quando eles iam juntos aos piqueniques da firma, mas agora lhe incomodava a ideia de que ela simplesmente ia supor que era dele a culpa da separação. Claro que era — mas como é que ela podia *supor* uma coisa dessas? Talvez ele nunca a tivesse enganado.

Ele jantava toda noite no Oyster Bar da Grand Central, preferindo passar pela vergonha e pelo gasto de ficar ali sentado sozinho do que encarar aquela mulher amedrontadora do outro lado da mesa da cozinha. Ainda assim, quando ele entrava e pedia desculpas por chegar tarde, ela bufava de leve, como quem diz: "Você se acha bom demais pra minha carne de panela, né?".

Ele tinha que sair dali, obviamente, mas procurar uma casa para ele, nem que fosse um apartamentinho de um quarto com um contrato curto, significaria admitir que a separação não era temporária. Aí, na semana anterior ao Natal, ele chegou no antigo prédio para sua visita agendada às crianças e encontrou Regan lá na frente, cuidando do trabalho dos carregadores enquanto eles viravam o piano dele, agora dela, para caber na goela aberta da van. Ela tinha cortado o cabelo bem curto, joãozinho, ele achava que as pessoas diziam, como quando participou de *Noite de reis*. O fato de o cabelo poder estar curto já havia dias sem que ele soubesse foi como uma punhalada. Quando perguntou o que estava fazendo, ela virou o rosto. "O que é que parece que eu estou fazendo?" A voz soava como se ela tivesse chupado uma pastilha para tosse. "Eu achei um apê em Brooklyn Heights."

"Pela madrugada, Regan. Brooklyn? Até onde a gente vai levar isso tudo?"

"Não na frente das crianças." Ele olhou para o lado e viu os dois assistindo a tudo pelo espelho do saguão. Tomou consciência, também, dos carregadores, nitidamente fazendo que não o viam. Ela sussurrou: "A nossa *casa*, Keith. Você trouxe a menina pra nossa *casa*".

"Mas do que é que você está falando?" Porém ele sabia exatamente do que ela estava falando. Regan de alguma maneira tinha entendido uma das muitas coisas que ele omitiu — que ele a tinha traído sob seu próprio teto, ou tentado —, e agora ela estava se mudando. Como combinação de problema e solução, era a cara de Regan.

Ele podia ficar com o apartamento ou vender, ela disse, ou a merda que ele quisesse; ela só não queria mais pôr os pés ali dentro.

E como é que eles iam pagar um outro apartamento?

"Eu não dependo mais de você, Keith, lembra? Eu tenho um emprego."

Eles ficaram ali, separados por menos de um metro e meio, ela de braços cruzados, os dele pendurados como carne de açougue ao lado do corpo. O que quer que estivessem pensando de tudo isso, os carregadores e o porteiro não iam deixar vazar — eram nova-iorquinos. Até as crianças, por trás da fatia de rua que boiava no vidro, tinham dominado a arte de fingir que não viam.

Claro que, superficialmente, ficar com o apartamento facilitava as coisas para Keith. (A pessoa que ele era, como começava a perceber, era alguém para quem as coisas eram superficialmente fáceis.) No fundo, era exatamente o contrário. A sala de estar, na ausência do piano e do tapete e do sofá, tinha uma cara de abandono. As camas das crianças tinham ido embora também. Ele teria que comprar outras, mais um golpe nas suas finanças já apertadas.

Ela tinha deixado o grande colchão de crina de cavalo na suíte master, talvez sem acreditar que ele não tinha comido a amante ali, mas sentimental demais para jogar fora. Tinha sido da avó dela, e aí da mãe, e depois do casamento do pai, Felicia Gould tinha corrido para se livrar dele. Eles tiveram que desmontar a cama para conseguir fazer aquilo entrar no elevador do seu apartamentinho de recém-casados no Village. (Era maior que king size, e provavelmente anterior a tamanhos-padrão de colchões.) Ele pegou emprestados uma marreta e um pedaço de camurça do zelador, embrulhando uma no outro. Ele podia sentir Regan se encolhendo por dentro a cada vez que ele descia a marreta nos encaixes, mas ela nem abriu a boca. Eles se divertiram horrores naquele colchão, fazendo o tipo de baderna que ela nunca ia se permitir depois, quando paredes finas como papel eram a única coisa que os separava do nenê. E ele nunca tinha imaginado que crina de cavalo pudesse ser tão confortável, com aquele jeito de se adaptar a você caso você dormisse o sono dos justos, como Keith, ou se virasse sem parar como Regan. Agora a impressão do corpo dela jamais iria desaparecer, assim como a lembrança dos barulhinhos assustados que ela emitia da profundeza dos seus sonhos.

Na primeira noite depois de ela ter se mudado dali, ele acordou de um sonho de que estava caindo de um prédio, apenas para se descobrir rolando para o declive que ela tinha deixado. Por um momento, no escuro, pensou que ela ainda estava ali ao seu lado. E assim teve que reviver a perda mais uma vez.

Ele começou a dormir no sofá depois disso. E quando as crianças vieram, depois do seu Natal de verdade com Regan, para a sua imitação ordinária de Natal e a sua primeira noite de custódia, Cate ignorou a cama de dossel que ele tinha comprado para ela e correu para o colchão de cavalo. Ela gostava dele pelo mesmo motivo que o impedia de dormir ali: cheirinho da Mamãe. De resto, parecia tensa. Tinha enchido sua mochilinha de personagem de desenho animado até ela ficar lotada de roupas e brinquedos, como se estivesse se preparando para uma expedição polar. Ela fazia a mesma coisa para ir dormir na casa das amiguinhas, ele lembrava, quando sempre ligava para eles no meio da noite, reclamando de dores e mal-estares pouco específicos. Quando então ele se vestiria e iria buscá-la. Agora ele quase contava que, à meia-noite ou uma da manhã, ela insistisse em ligar para Regan.

Will, por outro lado, parecia legal, pelo menos numa primeira impressão. Depois do jantar, eles montaram juntos o pinheiro comprado numa loja e instalaram umas luzes (já que Regan tinha levado as caixas dos enfeites), e quando os presentes já estavam abertos e Cate estava na cama, eles ficaram acordados trocando de canal em busca de Jimmy Stewart. Passaram por uma reprise de um especial de Natal do *Saturday Night Live*, e ele pôde ver Will se inclinando para a frente, como que para absorver o quanto pudesse antes de aquilo ser tirado dele de novo. Regan nunca deixava ele assistir aquilo, embora ele dissesse que outros meninos da escola viam, que ele ficava culturalmente alienado, então Keith decidiu deixar o botão do canal onde estava. Tinha preparado uma gemada esvaziando metade da embalagem e completando com um pouco de rum de qualidade duvidosa. Agora oferecia um gole ao filho. No passado, Will teria entortado o nariz e recusado. Aí Keith podia provocar. *Ah, anda. Vai fazer crescer cabelo no peito.* Dessa vez, Will pediu um copo. O que é que um Pai podia fazer, além de servir um ou dois dedinhos? Will não ficou visivelmente tonto; no fundo, parecia mais controlado, como se tivesse realizado sua ambição permanente de subordinar cada terminação nervosa solta no seu corpo a um comando central. Ele ria até das piadas que não entendia — ria exatamente com a duração e a empolgação das risadas do pai. Isso de ser permissivo não era tão mau quanto diziam, Keith pensou. Ele estava curtindo a ligação que provinha da situação. Ele se serviu de mais gemada e tentou centrar sua atenção nisso, nessa ligação, e não em Regan. Aí o telefone tocou. Era quase meia-noite; parecia impossível que alguém fosse ligar agora, ou que a ligação fosse presságio de qualquer coisa boa, mas em vez de deixar tocar e acordar a Cate, ele foi correndo atender na cozinha. Fazia quase um mês que não ouvia a voz de Samantha, mas ela não precisou se identificar. Ele podia falar?, ela disse.

Da sala vinha o troar da risada da plateia no estúdio. Não havia a menor chance de alguém — nem mesmo Will — poder entreouvir. Ainda assim, quando ele falou, foi como que um sibilar. "Você não pode me ligar aqui, está entendendo? Isso aqui é a minha *vida*." Recolocou o telefone no gancho com um pouco mais de força do que tinha pretendido e ficou ali olhando para ele, como você pode ficar olhando uma cobra que não tem certeza se é venenosa. Ficou esperando que tocasse de novo. Quando, depois de uns minutos, ainda não tinha tocado, ele voltou para a sala de estar.

O gordo do *Saturday Night Live* estava perseguindo um cabeludo com uma espada de samurai, e Will estava de joelhos, assistindo. "Quem era?", ele perguntou, sem se virar.

"Engano", Keith disse. E aí começaram os comerciais. "Você consegue fazer essas coisas de verdade, né, Will? O chute de judô e tal."

"Judô e jiu-jítsu meio que são duas coisas diferentes, Pai. Fora que eu só sou faixa verde."

"E isso quer dizer o quê, faixa verde?"

Will deu de ombros.

"Não, sério", Keith disse, ou o rum disse, ou seu ódio da sua própria falsidade e de como aquilo o distanciava de outras pessoas disse. "Vamos ver o que você consegue fazer."

Will lhe deu uma olhada, como que para avaliar sua sobriedade. "Beleza", ele disse finalmente, mas eles iam ter que afastar a mesinha de centro. Ele fez Keith parar no meio do tapete e fazer uma reverência. Isso era para os dois saberem que não queriam machucar um ao outro. Aí ele estendeu a mão para segurar a de Keith, como se fosse cumprimentá-lo. Em segundos, Keith estava de joelhos, e seu braço estava entre as omoplatas, onde seriam as asas, e brotava ali uma dor rubra e quente. Então por que eles chamavam aquela faixa de verde? E mais importante: o braço dele ia quebrar? Quando ele esticou o pescoço para olhar para trás, pôde ver seu filho de pé sobre ele, de cabeça para baixo, rosto corado pelo esforço. E lá estavam eles de novo à esquerda, cercados por um milhão de luzes de Natal piscantes, numa pose gráfica que ele podia ter jurado que já tinha visto. O Homem Prostrado. O Menino Feroz.

INTERLÚDIO

Bem-Estar Adulto

Data de hoje: 25/2/03 Nome: William H. Lamplighter Data de Nascimento: 18/8/64

Nas últimas duas semanas, com que frequência você sofreu dos seguintes problemas	Nenhuma	Vários dias	Mais da metade dos dias	Quase todo dia
1. Falta de interesse ou de prazer para fazer as coisas	0	1	**(2)**	3
2. Tristeza, depressão ou falta de esperança	0	1	**(2)**	3
3. Nervosismo, ansiedade ou tensão	0	1	2	**(3)**
4. Incapacidade de deter ou controlar a preocupação	0	1	**(2)**	3

Houve por acaso algum período em que você não se sentiu o mesmo e...	Não	Sim
5. ... se sentiu tão bem ou **[PONTE E TÚNEL]** não estava normal ou tinha	✗	☐
6. ... ficou tão irritável que	☐	✗

Durante o ano passado:	Não	Sim
7. Você tomou 4 ou mais doses de bebida (mulheres)/ 5 ou mais doses (homens) por dia?	✗	☐
8. Você usou alguma droga ilegal ou um remédio por alguma razão não médica?	✗	☐

Durante as últimas quatro semanas:		Sim
9. Você teve algum problema de sono mais do que ocasionalmente? (Isso pode incluir: dificuldade para adormecer, acordar com frequência ou dormir demais.)	☐	✗

10. Circule o número ou a descrição que descreve mais precisamente as suas atividades diárias, atividades sociais e saúde geral nas últimas quatro semanas.

ATIVIDADES DIÁRIAS
Quanta dificuldade você teve para fazer suas atividades ou tarefas diárias, tanto dentro quanto fora de casa, em função da sua saúde física e emocional?

Dificuldade nenhuma		1
Pouca dificuldade		2
Certa dificuldade		3
Muita dificuldade		**(4)**
Não consegui		5

ATIVIDADES SOCIAIS
Sua saúde física e emocional limitou suas atividades sociais com família, amigos, vizinhos ou grupos?

Nada		1
Pouco		2
Moderadamente		3
Consideravelmente		**(4)**
Extremamente		5

SAÚDE GERAL
Como você classificaria sua saúde em geral?

Excelente		1
Muito boa		2
Boa		**(3)**
Razoável		4
Ruim		5

11. Por favor, descreva no espaço abaixo outros sintomas que você possa estar sentindo, inclusive detalhes relevantes quanto a seu início, frequência, recorrência etc. Anexe as páginas necessárias.

O principal sintoma, basicamente, é um sonho que eu vivo tendo. Eu estou andando por uma cidade onde é o fim da tarde. Tem uma parte de mim que sabe que o pessoal que trabalha das nove às cinco devia estar na rua fumando o último cigarro do dia, mas não tem ninguém por ali. As calçadas são intocadas, que nem um anúncio de calçada. No alto tem uns prédios grandes cujos últimos andares pegam a luz do sol. E é aqui que eu sei que é um sonho: cada um deles está coberto, do teto ao térreo, por um véu de linho. Os véus são todos de cores diferentes, limão não maduro, rosa, laranja cone de trânsito, e se alternam sem qualquer padrão que eu possa identificar. De cada nova esquina, tendo esquecido como eu cheguei ali, posso ver os véus se inflando e baixando, como se por trás deles não houvesse prédios, mas algo que respira. Olhando. Ou esperando. Num dado momento eu começo a correr. Sei que se eu virar de lado, do jeito como você dá uma viradinha pra ver o seu reflexo nas vitrines, na vida real, os véus vão se dissolver e me deixar cara a cara com o que quer que esteja escondido lá atrás. Mas umas mãos gigantes já estão pressionando a lateral da minha cabeça, fazendo ela virar. Tento pedir socorro, mas não tenho mais boca. Tento resistir, mas não controlo mais o meu corpo. Bem no momento do ápice do medo — bem quando eu estou prestes a ver o rosto nu da Coisa Que Espera — eu acordo, empapado de suor, respirando pesado. Eu não durmo uma noite inteira há quase meio ano.

E o negócio é que eu já tive esse sonho. A primeira vez foi quando eu estava no segundo ano do colegial, o meu primeiro ano no internato. Eu lembro do meu colega de quarto tirando sarro da minha cara por causa disso no refeitório, depois da quinta ou sexta ocorrência. O nome dele era Sean Baldwin. Ele era um sujeito ruivo e com uma cara bizarramente adulta, um menino bolsista lá de Roxbury, Mass. E, além disso — apesar de eu não saber como a gente está definindo "relevante" aqui —, uma pequena celebridade com as meninas do outro lado do pátio. Mais de uma vez eu voltei para o quarto e encontrei o cantinho da sua bandeira do IRA saindo por baixo da porta, segundo o código que a gente tinha combinado quando aquilo ainda parecia só brincadeira. Talvez por causa disso, os outros caras meio que evitavam o Sean. Eu não era exatamente um pária; por volta de 81, ser da Nova York propriamente dita (e não, digamos, de New Canaan, ou Nova Jersey) te dava certa vantagem social. Mas eu era fechado por natureza, e a gente normalmente comia sem mais ninguém junto. O Sean me oferecia as histórias das suas conquistas. Foi pra me provocar, por causa da qualidade unilateral dessas conversas, acho, que ele mencionou os barulhos que vinha ouvindo lá no meu lado do quarto depois de a gente apagar a luz, que ele caracterizou de "gemidos". Ele não ia dizer nada, eu lembro de ele falar, mas aquilo já estava durando quatro noites seguidas. "Acho que é algum sintoma de inflamação nas gônadas. A gente precisa te arrumar uma trepada, meu velho."

A bem da verdade, eu estava envolvido com uma menina do quarto ano desde setembro, uma californiana, apesar de fazer ela entrar escondida no dormitório dos meninos não ser nem o meu estilo nem o dela. Foi, na verdade, a integridade essencial dela como pessoa que me deixou louco por ela. E assim ela continuou, como tudo o que na época era importante pra mim, como um segredo — algo que eu praticava no bosque à luz da lua, quando devia estar estudando. Mas aqui estava o Sean, olhando na minha cara, segurando as pontas do cachecol da escola longe do corpo como se fossem os disparadores de um paraquedas que acaba de abrir. Ele provavelmente teria até pulado de um avião por mim, mas eu não sabia bem até onde podia confiar nele, se é que isso faz sentido. Ainda assim, e contra os meus instintos, eu me aproximei dele e comecei a explicar a coisa do sonho. A forma como, quanto mais aquilo acontecia de novo, mais eu precisava saber: O que estaria ali atrás, por trás do véu?

"Já ouviu falar de vagina dentada?", ele perguntou.

Ele às vezes era bem cuzão, e eu disse isso.

Se ele tivesse barba, estaria cofiando. "Só que a coisa toda me soa supersexual."

"Tudo soa sexual pra você", eu disse.

"Tudo bem. Quer saber mesmo o que eu acho?" As pontas do cachecol caíram, e a persona pareceu deslizar um pouquinho. "Você disse que está numa cidade, certo?" No sonho, ele queria dizer. "Eu acho que você está nervoso por causa das férias que estão chegando e por ter que voltar pra ver a sua família em Nova York."

Eu disse que não estava nervoso. Por que eu estaria nervoso?

"E eu é que vou saber?", ele disse. "Eles pareciam supernormais no Fim de Semana dos Pais, mas você obviamente tem um puta de um problema com o seu pai."

"O meu problema com o meu pai é que ele é um filho da puta. Ele e a Mãe deviam ter se separado faz um tempão. Enfim, eu não estou procurando etiologias. Estou procurando é sono."

O Sean disse que tinha descoberto que eram as coisas em que ele não estava pensando conscientemente durante o dia que apareciam nos sonhos. "De repente antes de fechar os olhos você devia fazer uma bela força pra pensar bem no que te dá mais medo." Isso parecia bem plausível ali com a luz suave de uma manhã de começo de inverno, mas é claro que eu não tinha a menor ideia do que me dava esse medo, estava aí o problema, e naquela noite o sonho voltou com uma intensidade nova, me acordando logo depois da meia-noite. Quando chegou a época das provas do fim do semestre, eu estava um caco.

Eu também devia apontar como coisa de possível relevância clínica que eu vinha abusando bem constantemente de substâncias controladas desde o ano em que completei treze. Isso foi em 1977, o ano do blecaute. Do apagão. E foi também um ano que eu bem preferia apagar. Os meus pais tinham acabado de começar a morar em apartamentos separados. Aí, na manhã seguinte à queda da luz, a Mãe e o Pai de repente estavam juntos de novo, sem qualquer explicação do que tinha acontecido com eles durante a noite, enquanto a cidade pegava fogo.

Mais alguma coisa aconteceu no fim daquele ano, que eu também não sei explicar: Um final de tarde, depois do começo das aulas no outono, eu voltei pra casa depois do treino de basquete e encontrei os meus pais dividindo uma cerveja na mesa da cozinha. Aquilo tinha virado um tipo de ritual. Só que entre eles agora estava um estranho: um sujeitinho magro, quase vampírico, com uma jaqueta de couro e a calça suja de tinta e um cigarro, que mais ninguém teria podido fumar dentro de casa. Eu sabia antes até de a minha mãe me apresentar o cara que ele era o Tio William, irmão dela, meu xará. Durante a minha vida toda, até ali, ele era só um boato. Mas agora ele estava me cumprimentando com a cabeça, como se a gente tivesse se visto milhões de vezes. Eu acabei indo pro meu quarto, mas nunca vou esquecer o choque de ver o sujeito pela primeira vez em Brooklyn Heights. Ele era um drogado em recuperação, meu pai tinha "deixado escapar" umas semanas depois. Isso era pra esvaziar a bola do meu evidente fascínio pelo Tio William, provavelmente, mas só reforçou tudo. Porque ele também era um artista de verdade, o que eu tinha decidido que queria ser. E depois, ainda, quando descobri numa cesta de discos em liquidação uma cópia do LP que ele tinha gravado com a sua banda punk em meados dos anos 70, eu basicamente ouvi aquilo até furar. Aquelas músicas iam passar a representar, nas minhas fantasias, o distante planeta de arte e sexo e possibilidades que me esperava logo ali do outro lado da Ponte, e agora me ocorre que foi isso — a possibilidade dessas possibilidades — que me liberou para as minhas próprias incursões noturnas.

O que exatamente eu encontrei por lá ia ser uma coisa difícil de explicar pra alguém que não tenha estado por ali naqueles anos cinzentos de fins do período Carter/princípios da era Reagan, mas acho que a ideia aqui é tentar. Cortes orçamentários e criminalidade e desemprego tinham brutalizado a cidade, e dava pra você sentir nas ruas essa sensação de uma anarquia azedada, de uma Utopia fracassada. Mas por mais que aquilo fosse triste, era de várias maneiras o playground ideal pra uns aluninhos do nono ano com famílias ocupadas demais e carteiras de identidade falsas. Dava pra você ouvir os primeiros discos de rap ou os últimos da New Wave, ou a coisa em que a Disco Music estava se transformando em certos clubes ilegais onde pretos e pardos e brancos e gays e héteros ainda se misturavam abertamente. O meu chapa Ken Otani e eu, depois de dizermos em casa que íamos um pra casa do outro, a gente comprava o que desse pra achar — analgésicos, ácido, black beauties* — e saía marchando pelo sul da ilha viajandíssimos, tentando achar o barulho de alguma festa dentro dos prédios escuros. E às três ou quatro da matina, cambaleando de volta pro Brooklyn, a gente ouvia a nossa voz ecoando pelos prédios até preencher a abóbada do céu. Como se existissem trilhas secretas de liberdade que o meu tio havia cavado na cidade uma década

---

* Precursor da metanfetamina. Uma combinação de anfetamina com dextroanfetamina. (N. T.)

antes, nos Maus e Velhos Tempos. O que provavelmente foi o motivo, apesar de eles nunca terem me confrontado diretamente quanto ao que eu andava aprontando, pros meus pais me mandarem para o St. Paul.

Mas de volta à cidade, naquelas férias de inverno de 81, as minhas explorações recomeçaram. E descobri que se calibrasse a minha ingestão de substâncias controladas — pegar mais leve com os comprimidos, mais pesado com a bebida —, eu conseguia começar a dormir a noite toda de novo. Automedicação, se vocês quiserem. Eu dormia toda hora que podia. Na hora do almoço, com o pretexto de ir jogar um pouco de basquete, eu descia até a Promenade e ficava bebendo vodca num copinho de papel, aí voltava pra casa e me trancava no quarto e apagava até a minha irmã mais nova esmurrar a porta. A minha mãe queria que eu brincasse com ela, mas o Pai dizia pra me deixarem em paz — supostamente porque ele estava do meu lado, mas na verdade porque essa soneca da tarde eram duas horas a menos a cada dia que ele tinha que correr o risco da minha companhia. E, quando eu voltei pra escola, tinha esquecido completamente os pesadelos. Era o meu grande talento, esse esquecimento, eu achava.

Enfim, o segundo "episódio" foi quando eu estava com vinte e quatro anos e já aqui em L.A., dormindo no sofá da casa de um amigo e basicamente passando por um tempo bem ruim da minha vida — um tipo de colapso ou de depressão média-grande. Eu tinha me mudado pra cá pra trabalhar como ator (o que depois de dois anos de papéis minúsculos em espetáculos empresariais já era depressivo por si só), mas também por causa da Julia, minha namorada do colegial, a quem eu já tinha seguido na universidade. A gente se mudou junto, pra dividir o aluguel de uma casinha com um limoeiro na frente. Ela estava fazendo uma pós pra conseguir a licença de professora. Eu trabalhava de garçom. Como eu trabalhava até tarde e ela acordava cedo, a gente acabava se vendo praticamente só no fim de semana.

Só que uma noite eu cheguei em casa e encontrei ela acordada, sentada me esperando no nosso futon. Eu sabia que alguma coisa estava errada já antes de ela me dizer para eu me sentar. Há meses, ela disse, ela vinha se sentindo confusa. E ela não sabia como aquilo tinha acontecido, mas tinha dormido com outra pessoa.

Eu não conseguia entender; traição era a única coisa que eu tinha dito pra ela, anos atrás, que seria imperdoável. Ela sabia, ela disse, mas isso era parte do que estava confuso para ela, o mero fato de eu ter dito isso, como se ela não fosse um ser humano de verdade com a liberdade de agir, mas algum personagem num roteiro que só existia na minha cabeça. Eu tinha lá esse jeito de fazer as pessoas mais próximas a mim se sentirem sós, de alguma maneira. Alguma frieza essencial no núcleo do que era eu.

Pra encurtar um pouco a história, acabei dormindo no sofá da casa de uma amiga, uma mulher, porque por alguma razão quase todos os meus bons amigos eram mulheres. Eu não estava envolvido com ela sexualmente, mas ficaria feliz se a Julia achasse que sim. Como eu estava indo, a Julia perguntava, nas raras ocasiões em que a gente conversava ao telefone, como se ela desse bola. Como se fosse possível uma pessoa dar alguma bola pra outra e ainda tratar ela desse jeito. A verdade era que eu estava um trapo. Depois de vários anos segurando as pontas, eu estava bebendo demais e aquilo nem me derrubava mais, e enfim, eu não estava tendo problemas pra conseguir dormir, esse é que era o negócio, mas pra ficar dormindo. As almofadas do sofá da minha amiga eram de algum tipo de veludo emborrachado, as janelas não tinham cortinas, e às cinco da manhã os pássaros piavam feito loucos e a luz, a luz de L.A. de que ninguém deixa de falar, estava bem nos meus olhos da Costa Leste. Ah, Nova York, eu pensava, Mas quando Nova York veio, foi com unhas e dentes, num sonho do qual agora eu acordava gritando.

Espera. Acabei de perceber que a altura dos prédios nessa versão do sonho era exatamente a dos prédios na Broadway entre a 8th Street e a 4th, onde eu passava horas na Tower Records. Mas claro que eles não tinham mesmo como ser prédios específicos, porque por mais que eu corresse quadras e quadras, eles continuavam os mesmos. Pense num rato num labirinto. E quando os véus se soltam deles, puxados para a frente ou chupados para trás, agora vinha um som raspado. Se prestasse muita atenção, podia conseguir discernir palavras de verdade, mas eu não queria ouvir o que elas estavam dizendo. Eu não queria olhar pro lado e descobrir que a coisa faminta que estava escondida ali, que um dia me pareceu tão imensa, agora tinha o mesmo tamanho que eu.

Essa recaída, ou seja lá o que for, durou mais: dois meses, cinco ou seis noites por semana. Os gritos, em particular, levaram a todo tipo de atrito com as pessoas que moravam com a minha amiga. Eu os ouvia murmurando do outro lado das paredes à noite, ou do outro lado da porta de correr que dava pro pátio onde eu passava o dia inteiro embaixo de um guarda-chuva jogando um dos primeiros video games portáteis. (Sendo que essa era praticamente a única coisa que eu me sentia capaz de fazer; eu tinha pedido demissão do restaurante um mês antes e estava vivendo da minha grana no banco.) No vidro, quando eu me virava, eu estava esquelético. Nunca fui um sujeito fisicamente grande, mas agora estava com uns sessenta quilos.

Aí, em julho, eu recebi uma ligação. O Tio William de algum jeito tinha conseguido o número. Ele estava na cidade pra sua exposição individual no L.A. County Museum of Art, ele disse. (Àquela altura ele tinha passado da pintura pra fotografia e tinha ficado semifamoso com isso.) A abertura era na terça. Comecei a inventar desculpas, porque não queria que o estado em que eu estava chegasse aos ouvidos da minha mãe, mas ele insistiu que a gente pelo menos se encontrasse depois pra tomar alguma coisa. "Você é a única pessoa que eu conheço em L.A., Will, e até aqui você é o meu único motivo pra não odiar esta cidade." "Pois o problema é esse", pensei em dizer. "Você <u>não</u> me conhece." Mas ele já tinha desligado.

Então fui me encontrar com ele umas noites depois disso, num clube noturno que tinha poucas chances de mudar a opinião dele a respeito da Costa Oeste. Fiquei sentado esperando pelo menos uma hora, curiosamente desinteressado da cerveja na minha frente com seu copo congelado. Do que mais eu me lembro? De cada lado do centro rebaixado do ambiente tinha um aquário, com uns betas cor de lata numa água exuberante esverdeada. Eles me lembravam umas pinturas que um dia foram do meu avô. Terra caindo sobre um caixão; bandos unissex flertando num balcão de bar. Às dez da noite, vinte dólares de cerveja tinham me desaparecido goela abaixo sem eu nem perceber direito. A garçonete, outra atriz que de início ficou com pena de mim, ficava passando com um passo pesado, um tácito lembrete de que havia outras pessoas que gostariam daquela mesa. Por um momento, consegui de verdade me sentir envelhecendo, seguindo na direção do ponto em que só me restaria metade da vida, aí menos de metade, e lá estava ele, o meu tio, ainda com aquela jaqueta de motociclista, tanto tempo depois. Indelevelmente nova-iorquino, apesar das mangas emboladas pra relevar os antebraços.

"Meu sobrinho preferido", ele disse, sentando na banqueta.

O seu único sobrinho, repliquei.

Ele pediu um suco de cranberry pra garçonete, sem gelo, e aí se virou de novo para mim. "Bom, você está com uma puta cara horrível." Eu tinha treinado improvisação cênica suficiente pra ainda provavelmente conseguir ter me virado em trinta minutinhos de e-aí-meu-camarada-como-vai. Só que, curiosamente, o impulso foi mais forte que ele mesmo. Quer dizer, aqui estava a pessoa cujas defesas eu tinha estudado tão detalhadamente nas dezenas de encontros prévios que a gente teve e nas letras que ele um dia escreveu. O cara que de alguma maneira serviu de modelo para as minhas. E tudo saiu basicamente voando de dentro de mim — até, no fim, a parte a respeito do colega da minha namorada, que eu não tinha contado nem pra amiga com quem eu estava ficando.

Depois de um tempo, o fato de ele não estar dizendo nada começou a me incomodar. Acho que tentar não perder uma boa mulher não era coisa que o Tio William tivesse que considerar. Eu mencionei que ele era gay? Era parte da mística dele, a sensação de uma liberdade ultrajante que ele levava pra onde ia. Mas lá ia eu de novo, transformando as pessoas em símbolos. Uma forma, talvez, de agressão sublimada. "Pode reagir quando quiser, o.k.?" Eu queria que isso soasse sarcástico, mas enquanto riscava com a unha do mindinho o gelo da parede do meu quinto copo, me senti chegando a um abismo.

"O que é que eu posso dizer?", ele disse. "Fico preocupado de te ver assim, e nem preciso te dizer, por experiência profissional, que não é bebendo que você vai sair dessa…"

"Não é a cerveja, é o sono. Dormi de repente umas quinze horas nos últimos cinco dias. Às vezes até acordado, agora eu vejo umas alucinações, uns rastros luminosos, coisas que não existem. E aí de noite eu fico tendo pesadelos."

"Mas e o que é que você espera que eu faça, Will?" Embora eu estivesse envergonhado demais pra olhar nos olhos dele, podia sentir que ele estava me olhando. "Conselhos, controle de catástrofes, isso sempre foi a esfera da sua mãe, não a minha."

"Tio William, uma pessoa que eu amava trepou com outra pessoa."

"Acontece. Não, olha. Eu não estou tentando ser espertinho aqui, mas você ainda ama essa menina, não ama?"

Eu me concentrei na cerveja, mas não encostei nela. Fiz que sim com a cabeça, triste. Claro que amava.

E lá estava de novo: a bizarra mistura de ferocidade e pasmo que era a cara dele. "Escuta, você sabe como é que um falante de zulu cumprimenta outro falante de zulu?"

"Como é que é?"

"Eu fiquei sabendo disso recentemente, e a coisa me pareceu insanamente linda: a palavra pra oi ou tchau em zulu literalmente significa 'eu estou vendo você'. E a resposta é 'eu estou aqui'. Você entendeu? '<u>Sawubona</u>.' Eu estou vendo você, Will." Ele não fez nenhum gesto de quem ia sair da mesa. Ou pagar pelo suco de cranberry, eu poderia acrescentar. Mas eu pude sentir uma mudança no nível molecular, como se ele já tivesse ido embora. "Diga. Não funciona se você não disser."

"Eu estou aqui", eu disse. E alguma coisa saiu de cima de mim, não totalmente, mas o bastante.

Eu sei que estou detonando a pilha de papel de vocês aqui. A versão condensada do que aconteceu depois disso foi que fui ver a Julia, e a gente conversou. A gente falou do passado, e a gente falou do futuro, e a gente falou de maneiras de este não necessariamente repetir aquele. A gente treinou a nossa capacidade de confiar um no outro. Eu parei de beber de vez. E um ano depois a gente estava casado.

E década e meia passou — sem pesadelos. Fui estudar direito. Nós tivemos uma filha. Nós ficamos em L.A. Eu dei as costas à história, que era o que eu achava que as pessoas vinham fazer em L.A. Eu voltava a Nova York só de quatro em quatro anos, mais ou menos, quando ficava impossível não dar um Natal ou um Dia de Ação de Graças aos meus pais, e a gente ficava num hotel, em vez de ficar no quarto de hóspedes em Brooklyn Heights, em função de certa estática que ainda havia entre mim e o meu pai. E num dado momento, entre trabalho e paternidade e a falta de glamour da vida comum nos subúrbios do sul da Califórnia, eu estava tão cansado quando punha a cabeça no travesseiro que nem sonhava mais. E por tudo isso, de alguma maneira tão estranha que nem eu entendia, eu tinha que agradecer ao meu tio.

Acho que foi difícil pra mim aceitar que ele morreu. Não porque eu conhecesse bem o sujeito — não conhecia mesmo —, mas porque lembro dele, apesar de toda a esquisitice, como uma pessoa incrivelmente viva. Ele recebeu o diagnóstico de HIV no fim dos anos 80, mas ninguém ia perceber; o coquetel de drogas que receitaram pra ele fez com que ele quase nunca parasse no hospital. E quando a gente acabava indo pro Leste, a gente ia visitar o Tio no apartamentinho maluco dele lá em Hell's Kitchen, que ele se recusava a reformar mesmo depois de tudo por ali ter virado condomínio. A minha filha adorava ele. A Julia, especialmente, adorava o cara. Mas, no começo de 2002, a minha mãe me disse que ele andava tendo uns problemas de saúde, e ele decaiu rapidinho depois daquilo.

O galerista dele pôs a culpa no que tinha acontecido no outono anterior. "Eu não estou falando de causalidade, necessariamente", ele me disse. "Mais como se o que aconteceu com a cidade dele tivesse que encontrar um espelho nele. Houve certo estado elegíaco de espírito naqueles primeiros meses. Ele vinha fingindo ser imortal havia tantos anos, e de repente estava vendo pessoas que o ajudaram largarem mão."

Mas eu estou adiantando as coisas. O nome do galerista era Bruno Augenblick, e eu falei com ele em setembro passado, logo antes de os meus sintomas voltarem. Ele tinha uma galeria lá na Spring Street, e montou uma retrospectiva com umas telas dos anos 70 do Tio William. Prova I, dizia o convite que recebi pelo correio. O enterro tinha sido no túmulo da família em Connecticut, e eu não voltava à cidade propriamente dita havia vários anos, e ao sul da ilha havia mais tempo ainda. Mas eu senti que devia isso ao meu tio, dar as caras na abertura.

Na minha cabeça, no avião, me permiti imaginar que as quadras ao sul do Houston ainda eram aquele lugar onde eu tinha me sentido tão livre, mas, no chão, tsunamis de investimentos tinham arrasado tudo. Agora era arte a cada metro e meio, junto com brasseries e tudo quanto era coisa feita à mão, todos eles às oito da noite entupindo a rua com os seus frequentadores. A galeria, quando eu consegui achar, era uma extensão disso tudo, basicamente jovens com jeans caros e, de certa forma, isso era reconfortante. Nenhum deles tinha motivo pra suspeitar que eu, com a minha roupa fuleira de veludo, não fosse só um turista que se perdeu.

Em algum lugar lá dentro de mim, no entanto, eu ainda devia estar esperando que a cidade me salvasse, ou como é que eu ia poder explicar a escala da minha decepção com as telas que de fato estavam na parede? O Tio William sempre teve aquela grandeza de espírito que atraía as pessoas. E aquelas pinturas, pelo contrário, eram nulidades minimalistas — inteiramente brancas, a não ser por perturbações de superfície que ficavam mais nítidas quando você chegava mais perto, pingos de alabastro e saliências leitosas de pincel. Você podia se convencer de que alguma imagem estava lutando pra emergir daquela alvura, mas nenhuma veio. A única coisa remotamente interessante nelas eram os formatos.

Eu estava encarando um polígono de oito lados, branco sobre branco, me sentindo convolutamente desolado, quando uma voz falou logo atrás do meu ombro. "Você sabe o que é isso aí, não sabe?"

A camisa de Augenblick era ofuscante e totalmente lisa, óculos elegantemente pesados, cabeça calva, e havia algo de frenológico no ângulo em que ele mantinha aquela cabeça, como se estivesse avaliando o meu crânio. "Um fantasma numa tempestade de neve", eu disse. "Sei lá. Desisto."

"É uma placa de Pare." Ele estendeu um dedo que quase tocou a parte de baixo da pintura, cujos oito lados ele retraçou. "Ele roubou de um poste. Cobriu de branco. Claro, em geral as pessoas não lembram que ele era mais que apenas um fotógrafo" — um beicinho de desgosto aqui? —, "mas mesmo assim você consegue entender o que se passava na cabeça do seu tio. Mas me desculpe. Você é o sobrinho, não é? Quando recebi a sua confirmação, imaginei que você viria com a sua mãe."

"Acho que a Mãe tem lá suas dúvidas sobre isso de você vender obras que ele mesmo nunca expôs."

"Você é o embaixador dela, então."

Ergui as mãos. Eu não sabia bem o que eu era.

"De qualquer maneira, há algumas questões que nós podemos esclarecer. Por que você não vem comigo?" A pergunta era retórica; ele já estava atravessando o piso de cimento.

O escritório dele, atrás de uma parede branca, era nu como o resto da galeria. Uma mesa de pedra, uma máquina de espresso, um laptop tão fino que mal estava ali. Eu aceitei a cadeira que ele indicou com a cabeça, mas Augenblick não se sentou. Ele parecia emitir um vago zumbido. "É inquietante mesmo."

"Perdão?"

"Cuspido e escarrado, acho que se diz. Vinho?"

Eu não bebia, eu lhe disse, com aquela sensação constrangedora que tinha quando algo me fazia lembrar que eu tinha um corpo, que eu parecia qualquer coisa.

"Bom, não é dos melhores mesmo. Está aí uma coisa que a gente aprende: quanto mais barato o vinho, mais cedo os parasitas seguem para as outras aberturas. Mas pelo menos você não vai recusar um cafezinho."

Ele se virou pra ir fuçar na máquina atrás dele. Veio um baque, um atrito, um estrondo. Foi aí que ele falou aquilo do espelho. O meu tio, ele concluiu, era como uma daquelas árvores que crescem por cima da cerca que as contém. Quando fazem um buraco na cerca, o que acontece com a árvore? Aí, como se nada disso tivesse acontecido, ele se virou e colocou na minha frente, numa xícara branca com um pires branco e uma colherinha tamanho casa de boneca, uma poção negra com um preciso halo de espuma caramelo. Me ocorreu que isso era exatamente o que eu precisava pra me sacudir do estado em que estava desde que desci do avião, dessa estranha sensação de uma vida paralela. "Claro que é a obra dele o que nós devemos discutir", ele disse. "Espólios podem ser umas coisinhas complicadas, e quando eles envolvem arte, sempre acaba havendo vários executores."

"Você tem que entender que isso ainda é difícil pra Mãe", eu disse. "Ele era o único irmão dela."

"Você também está sofrendo."

Eu procurei o meu reflexo na colherinha. "Eu não diria que nós éramos exatamente próximos. Eu não voltei muito pra cá depois dos meus dezoito, e o Tio William quase nunca saía daqui."

"Bom, o seu tio podia ser meio... difícil. Ele era prolífico quando estava embalado, e tinha dificuldade para editar as ideias. Isso valia para muitos artistas daquela época, mas torna particularmente difícil trabalhar com ele. O díptico das Provas me pareceu bem ambicioso, depois que eu entendi o escopo da obra toda. Mas também havia aquela música dele, que para os meus ouvidos não tinha nada de música. E aí alguma coisa fez ele pegar uma câmera, e nós já estávamos brigando, e eu tive que insistir: 'Não, William, isso não é arte. O seu talento vem com certas responsabilidades...'. Então ele encontrou outro representante para as fotos. Eu mantive os direitos exclusivos de vender suas obras em tela — apesar de, até onde o meu conhecimento alcança, ele só ter tentado concluir uma depois de 1977. O testamento dele estabelecia a mesma regulamentação dupla para exposições e vendas póstumas. Mas no mês passado, mexendo no apartamento de William, a minha assistente encontrou uma coisa que eu não sei bem como tratar. Você me dá licença um minuto?" O que é que eu devia dizer? Eu tinha bebido o espresso do cara e estava começando a perceber que ele nunca parava pra esperar respostas mesmo.

Ele sumiu por trás de uma outra parede ou divisória, e, quando voltou, voltou com uma caixa, do tipo em que vêm as resmas de papel. Na tampa, alguém tinha escrito Prova III com um pincel atômico preto, e eu senti o mesmo buraco no estômago que tinha sentido quando estava vendo as pinturas do Tio William. "Era nisso aqui que o seu tio estava trabalhando de outubro de 2001 até o fim. Havia um bilhete na caixa. Acredito que ele queria que o que está aqui dentro fosse divulgado de uma ou outra maneira. Ele queria que isso fosse o seu legado." A caixa, quando a ergui da superfície de mármore entre nós, era pesada. Eu não sabia dizer que idade tinha a fita adesiva ou se ela tinha sido deslocada.

"Então por que não emoldurar isso tudo de uma vez também? Você tem uma galeria inteira aqui."

"Para começo de conversa, William — posso te chamar de William? —, a Prova III ainda está inacabada. Além disso, não é o tipo de coisa que você emoldura. É de natureza documental. Ou talvez conceitual. O que significa, tecnicamente, que o seu lugar é entre a parcela do espólio que não cabe nem a srta. Boone nem a mim."

"Acho que eu vou levar isso para a minha mãe, então."

"Ah, mas eis o problema, William. O bilhete que eu mencionei — ele estipulava, de maneira bem definitiva, que a caixa e as decisões quanto ao seu conteúdo passariam para você."

Eu aterrissei em L.A. na tarde seguinte, depois de ganhar três horas no ar, e cheguei em casa antes de a Julia voltar do trabalho, ou de a minha filha chegar da escola. Vista do táxi parado ali na frente, a nossa casa parecia tanto exatamente igual a quando eu saí quanto completamente alterada. Antes de poder pensar no que estava fazendo, deixei as malas perto da porta da frente e fui com a caixa pra casinha da piscina, onde enfiei aquilo entre as tralhas que você acumula depois de passar muitos anos num lugar só. A minha filha me perguntou da viagem no jantar, naquela noite, mas só forneci os contornos da história. No que se referia à minha família em Nova York, eu sempre fornecia só os contornos. Só que, depois, quando dormi, eu me vi de novo lá, nas ruas de pesadelo daquela cidade, vazias como se uma praga ou uma catástrofe tivesse acontecido. E na noite seguinte, e na outra, por meses.

Dessa vez, o sonho estava ligado à caixa, de alguma maneira. Quase parecia que no fundo ele sempre esteve. Às vezes eu ia até a casinha da piscina quando todo mundo estava dormindo, pra postergar a hora de ir deitar, e acendia a luz e ficava olhando aquilo. <u>Prova</u> III. Eu pensei em tirar a fita e mergulhar de vez ali, nessa dádiva ou maldição que tinha a finalidade de me atrair pra aquele tempo do qual todos nós lutamos tanto pra escapar. Pensei em beber. Pensei em jogar a porcaria toda na piscina. Mas no fim, sempre, eu voltava pra casa, porque, francamente, era mais fácil encarar o sonho.

E aí uma semana atrás, depois de uma noite em que acordei chorando de pavor, quando eu tive que descer na pontinha dos pés pra chorar na lavanderia com a secadora ligada pra encobrir o barulho, eu voltei a dormir um pouco depois de o sol nascer, e a Julia desligou o meu despertador. Quando acordei, não havia nenhum barulhinho reconfortante do tipo preparação-pra-ir-pra-a-escola, só o gotejar da chuva na soleira da janela, e a luz estava toda errada. Eu desci e a encontrei prendendo com tachinhas uma bandeira azul de nylon com uma pomba na bay window da mesinha do café da manhã. Eu recordava vagamente, através da placa de uma gosma de pesadelo que ainda cobria o meu cérebro, de uma conversa sobre um encontro com ativistas pacifistas da igreja dela. E também que o país estava entrando de novo em guerra. "Eu liguei pra avisar que você estava doente", ela disse.

"Por que você fez uma coisa dessa?"

"Porque você está doente, meu bem."

A gente sentou na bancada e almoçou junto. Quando foi a última vez que a gente fez isso? Eu estava na faculdade de direito. Ela devia estar grávida. Eu engoli uma mordida do sanduíche. Pedi desculpas pelo barulho que pudesse ter feito de noite. Contei que os pesadelos tinham voltado. Um minuto passou. "Você vai dizer que eu devia tentar fazer uma terapia", eu disse.

"Eu não entendo o que você tem contra a terapia."

Eu não tenho nada contra a terapia, diga-se de passagem; é uma maravilha pros outros. É só que, pessoalmente, vejo a coisa toda como algo que procede das mesmas premissas que causam os problemas que ela quer tratar. Pra vocês, o que eu sou, fundamentalmente, é um sistema fechado, um invólucro de ego e id e imperativos biológicos. Que eu não seja nada disso pode até ser uma ficção, mas, se não consigo imaginar um ponto de referência maior do que eu, moralmente falando, aí pra que tudo isso? Aquela bandeira na janela — será que aquilo também é só ego e identidade e personalidade? "Digamos que é um bloqueio meu."

"Você acha que conversar com um profissional vai te deixar vulnerável."

"É esse tipo de insight poderoso que eu devo esperar ter na terapia?"

"Pare. Pare com isso. A ideia toda é só liberar você pra falar, Will. Você tem tanto medo que alguém te diga que tem alguma coisa permanentemente errada com você, sabe, mas no fundo é só alguém te fazendo perguntas."

"Que tipo de perguntas?"

"Tipo, quem exatamente você é nesse seu sonho? Você ainda é menino?"

Pra ser honesto, pensar naquilo me incomodava. A luz da piscina tartamudeava no teto da nossa cozinha. "Eu já te falei. É mais tarde. Quando eu estou no colegial."

"E qual é a diferença, na sua opinião?"

"Na minha opinião de quê?"

"Da diferença entre um menino e um colegial. A maioria das pessoas acha que um colegial é uma criança."

"Não onde eu me criei, lá não." E de alguma maneira eu estava lhe contando uma coisa que eu nem percebia que lembrava: que em 77, no meio do grande blecaute, quando eu estava com doze e a Cate com seis, meu pai deixou a gente sozinho nas ruas de Manhattan.

"Jesus amado. O seu pai..."

"Não, foi só uma daquelas coisas, sabe? Um mal-entendido sobre quem é que ia pegar a gente na colônia de férias. Mas ainda é a noite mais longa da minha vida. Dali em diante, eu soube que ia ter que me cuidar sozinho."

"Eu não estou acreditando que você nunca me disse isso."

"Por quê?"

"Você foi abandonado, Will. Você obviamente ficou morrendo de medo. Parece familiar?"

"Acho que parece mesmo o sonho", eu admiti. "Mas o que eu estava sentindo agora mesmo, desencavando isso tudo? Era o contrário do que sinto quando estou tendo o pesadelo. Como se houvesse um momento lá atrás, bem na época do blecaute, em que tudo estava parecendo prestes a virar uma outra coisa. E agora não consigo imaginar uma vida diferente dessa."

"Talvez atrás dos véus haja um espelho. Talvez você esteja com medo de olhar e ver o seu pai."

Eu soube aí que tinha falado demais. Que tinha machucado a Julia. "Não é o que eu quis dizer, Julia. Eu não sei o que eu quis dizer. Eu te amo. Eu amo a Agnes. Eu amo ter, sabe, uma graminha ali atrás e abacates bons o ano todo. É só o lugar onde fica o limite o que me dá medo. Eu estou com quase quarenta anos."

"Bom, eu também estou com medo", ela disse. "Por que eu te amo, Will, mas não sei mais quanto a gente aguenta disso tudo. Seja lá o que for que está lá atrás, você vai ter que encarar."

E assim eu vim parar aqui, anexando uma página atrás da outra, aparentemente incapaz de parar. Comecei a me sentir como se estivesse preso agora dentro do sonho. Como se estivesse enlouquecendo. Eu fico pensando, enquanto dirijo, enquanto cozinho, enquanto preparo documentos no escritório, numa cidade velada, que esconde alguma coisa. E eu fico voltando à noite do blecaute, e à questão do que exatamente teria mudado ali, no escuro.

E aí tem a última coisa que Bruno Augenblick me mostrou antes de eu sair da galeria naquela noite. Ele tinha insistido em chamar um táxi pra me levar de volta ao meu hotel, em função do volume da Prova III, e movido por alguma estranha cortesia europeia ele tinha ido comigo até a rua. Estava mais fresco ali. Nós ficamos esperando no fim de um dia de outono, ouvindo as buzinas dos carros singrarem fachada acima pelos prédios, vendo faróis rasgarem a avenida, enquanto atrás de nós, lá dentro, a exposiçãozinha continuava. E finalmente, só pra dizer algo, eu lhe disse que algumas coisas eu ainda não entendia. Como o título: "Prova" de quê? "E aí, se aquelas placas brancas na parede lá dentro são a Prova I, e esta caixa é a Prova III, o que aconteceu com a Prova II?". Quando ouviu isso, ele deu seu sorrisinho clínico, leve mas sem calor, e apontou pra alguma coisa na rua. De início eu não soube dizer o que estava sendo mostrado, mas aí eu vi: o que estava preso ao poste da placa de PARE não era uma placa, mas uma tela, imperfeitamente octagonal e só aproximadamente vermelha. Eu me aproximei mais. Logo acima e à direita do "R" havia o halo azulado de um sol, e quase toda a parte esquerda inferior estava salmilhada de sombras de folhas. O que eu quero dizer aqui é que aquilo que de início parecia ser uma placa comum era na verdade uma pintura. Olhar direto pra ela, ao pôr do sol, era vê-la de baixo, à luz do dia. Impressionismo, acho que é a palavra. Dava pra ver as pinceladas, a mão do artista, o falecido que tinha assinado aquele trabalho: Billy III. Uma fissura parecia ter se aberto no espaço objetivo, ou no espaço subjetivo, ou em algum terceiro espaço diferente, e por um segundo, enquanto eu ficava ali olhando, essa qualidade factícia se espalhou e contaminou a placa de poço de elevador do prédio do outro lado da rua — igualmente falsa, ou real — e o cartaz amarelo de obras ao lado de uma entrada do metrô mais afastada. O meu tio não queria cobrir de branco a cidade; ele queria reimaginá-la. Trocar o que tinha na cabeça pelo que estava fora dela. Quem podia saber, na verdade, quantas outras obras da <u>Prova</u> ɪɪ eu tinha visto no caminho da vinda, sem nem perceber? Quem podia ter certeza, assim tão longe do horizonte alterado dos prédios, que ele não tinha enfiado arranha-céus de papelão entre os outros, feitos de aço? Quem sabia em que cidade eu estava? Era 2003. Era 1974. Era 1961. Eu quis perguntar a Augenblick a escala daquilo tudo, até onde ia a <u>Prova</u> ɪɪ, mas, quando me virei, ele tinha desaparecido.

LIVRO V

O IRMÃO DEMONÍACO

12-13 de julho, 1977

O despertar iminente é como o cavalo de madeira dos gregos na Troia dos sonhos...

Walter Benjamin, *Passagens**

* Na tradução de Irene Aron e Cleonice Paes Barreto Mourão. (N. T.)

71

A colônia de férias que Regan tinha escolhido ficava lá no fim da East 82nd Street. Isso foi no inverno, quando as vagas estavam sumindo rapidinho, e parecia importante que as crianças tivessem alguma sensação de continuidade com a antiga vizinhança. O que aquilo não teve, especialmente, foi lógica. Ela não estava pensando nos quarenta minutos de trem para deixar as crianças e aí mais quinze na volta para o trabalho no Edifício Hamilton-Sweeney. Quando era da idade do Will, ela andava sozinha de metrô, mas hoje em dia era mais fácil você arranjar de vez um vício em drogas e uma arma carregada para os filhos. Se eles não estivessem de banho tomado, roupas vestidas e café da manhã na barriga às dez para as oito, era mais jogo colocar os dois num táxi. Agora eram 8h23, dia 13 de julho, dois dias depois do começo da onda de calor. Ela estava vendo o Will trabalhar para isolar um Cheerio na ponta da colher. "Você acha que dava pra dar uma acelerada, querido, de repente?"

Ele fez uma trompa querúbica com a boca e chupou o Cheerio. O que azedou tudo foi o dar de ombros que veio depois. A conexão entre eles um dia foi clarividente; ele se materializava ao seu lado sem ela nem ter ouvido ele se aproximar, como se pudesse sentir a pressão que se acumulava dentro dela e não tivesse outra forma de aliviá-la. A bem da verdade, ela suspeitava que era esse jeito esquisito que ele tinha de ver por dentro de você o motivo de Keith querer mandá-lo para um internato. Mas ela não tinha sido capaz nem de mandar o Will para uma colônia permanente, e agora ele parecia estar se vingando dela por isso. Nas vinte e quatro horas que antecediam uma visita do pai, ele se ressentia até das suas sugestões mais delicadas. Ele preferia não, o dar de ombros parecia dizer.

Aí a Cate veio saltitante do banheiro, que no apartamento novo, por algum deslize arquitetônico, dava para a cozinha. "Posso comer Cheerios?"

"Você comeu ovo, querida, não tem nem quinze minutos. Acendeu um fósforo?"

Ela fez que sim, e Regan decidiu não comentar as meias diferentes e o ninho de ratos na cabeça dela, onde o cabelo parecia ter sido tragado por uma descaroçadora de algodão. "Vai pegar a mochila, fofinha." Sem sombra de dúvida o pessoal da colônia ia olhar para ela e pensar: *Mãe negligente*, mas tudo bem, era tudo penitência, além disso ela não tinha tempo. Em sessenta e quatro minutos, Andrew West estaria em seu escritório para eles revisarem a declaração que tinham esboçado. Às 13h30, eles iam pegar o elevador para a sala de imprensa recém-reformada no quadragésimo andar para dizer aos microfones ali reunidos que, diante das acusações de fraude fiscal e uso de informações privilegiadas, o pai dela registraria uma declaração de inocência. O Promotor Público aparentemente ainda levaria horas para finalizar um acordo de delação premiada com um outro informante mesmo e, depois que isso acontecesse, a chance de o Papai negociar as suas condições chegaria ao fim, junto com o poder simbólico de se negar a negociar.

Tudo que ia acontecer ia acontecer hoje.

Sessenta e três minutos.

Ela se forçou a não dizer nada, sabendo que se dissesse o Will ia reduzir ainda mais a marcha, para algo entre deliberado e geológico. Ela tentou reabrir a conexão entre eles. *Anda, querido.* Claro que, como ele era homem, a frustração era só mais uma maneira de amá-lo. A ribana desbotada daquela camiseta. A ponte sardenta daquele narizinho só um pouco arrebitado. O cabelo comprido, aquele cabelo provavelmente sujo, que lhe caía descuidadamente sobre os olhos.

"William Hamilton-Sweeney Lamplighter, você tem exatamente dez segundos pra terminar de comer."

"Não dá."

"Como?"

Ele ergueu as mãos, como que para mostrar que estava desarmado. "Eu estou cheio."

"Então *andiamo* de uma vez." Ela fingiu não ver que ele deixava a tigela ali em cima para ela juntar depois.

Eles estavam na porta, Regan com um braço dentro do paletó, quando ela percebeu que alguma coisa estava faltando. "Cadê a mochila com as suas roupas, Will?"

"Ai."

"Você não fez a malinha?"

"Você não me lembrou."

"Eu também não te lembrei de vestir as calças, mas você deu algum jeito de se virar com essa."

De novo, *o dar de ombros*, que tinha adquirido um itálico na cabeça dela. O seu relógio dizia 8h34, e ela sentia que se lhe dissesse mais uma só palavra ele ia saber que tinha vencido. Ela se ajoelhou e abotoou a camisa polo da filha. Foi-se o tempo em que seria a Cate arrastando os pés e o Will todo prestimoso. "Meu bem, me diga que o pai de vocês tem uma muda de roupa pra cada um."

Cate sorriu e se livrou dela com uma contorção. Em algum momento, ela tinha perdido um dente. "Agora a gente tem cada um uma televisão no quarto."

"É verdade", Will disse. "Ele deixa a gente assistir quanto a gente quiser."

"Caramba, Will, você pode fazer isso ou eu mesma faço, e eu vou escolher umas roupas que vão te fazer lamentar. Não me faça contar até três." Nunca lhe passou pela cabeça que talvez não fosse a ela que ele estivesse resistindo. Que talvez, secretamente, ele de fato não quisesse ir.

O que fazer com os filhos no verão era uma questão em que ela nunca tinha prestado muita atenção, antes desse *annus horribilis*. Mesmo trabalhando em período integral na empresa, ela recebia férias pagas, e o período entre o Memorial Day e o Dia do Trabalho supostamente seria uma sucessão de fins de semana prolongados no lago Winnipesaukee com os filhos e o marido dela brincando na água, dias passando tranquilos como veleiros por trás do cordão azul entre as boias.

Agora o fato de que a colônia só ia das nove às três, com o horário extra depois disso sendo cobrado à parte, parecia uma espécie de roubo. Ela tinha ligado antes para avisar ao pessoal da colônia que era Keith quem ia pegar as crianças hoje. Ele ia levar os dois a um jogo dos Mets e aí ficar com eles direto durante o fim de semana, e, apesar de ela ficar com saudade, como sempre ficava, tinha uma parte dela agora, e isso devia representar alguma espécie de progresso, que pensava, vamos ver como é que *ele* lida com tudo isso, com os banhos longos demais do Will e os pesadelos da Cate, com a ideia de acordar à meia-noite com a Cate andando à toa pelo corredor e perguntando com a vozinha mais desolada do mundo: *Posso dormir com você hoje?*, como se já não estivesse supondo que a resposta era sim. O problema era que aquilo provavelmente nem ia incomodar o Keith. Ele era um sujeito que tinha dificuldade com a noção de causa e efeito. Atraso na hora de sair pra colônia? A gente resolve. Roubou um pote inteiro de vaselina? Coisa de menino.

Não, o problema na verdade era que ela sentia saudade dele. Da risada dele, de como ele a contrabalançava, sentia saudade de às vezes não ter que ser a pessoa que deixava as coisas passarem, e quando a Cate botava a carinha na porta, ela tinha que garantir que estava com o rosto seco, porque com as luzes apagadas, exceto a risca de luz que vinha dos postes por entre as cortinas, ela ficava revirando a sua vida familiar, tentando encontrar o ponto exato em que o chão tinha se aberto sob seus pés. *Vem, fofinha*, ela dizia.

Quando pensava agora em dividir a cama com Andrew West, Andrew da pele sem poros e do cabelo de modelo de propaganda de xampu, o que ela sentia era mais um tipo de indulgente amor materno do que a fome que queria sentir. Tinha evitado o momento de mencioná-lo para as crianças por diversas razões, sendo uma delas o fato de que o Will podia vê-lo como um rival, e outra o fato de que provavelmente havia certa verdade nisso. Andrew tinha apenas vinte e oito anos. Ela também tinha evitado o momento de dormir com ele. Ainda assim, tinha decidido que hoje, quando tudo tivesse terminado, ia deixar que ele fizesse o que quisesse dela. Esperava que o Will não tivesse percebido o pernil de cordeiro e a garrafa de Chardonnay na geladeira quando foi pegar leite. Ou, já que as crianças eram sua única via de acesso ao marido, talvez torcesse para ele ter percebido, sim.

Foi lá na Henry Street, brincando de quem via um táxi primeiro, que Regan percebeu que não tinha dinheiro para pagar a corrida toda até o norte da ilha. Will também não tinha dinheiro — ele havia torrado a mesada naqueles cartões desgraçados dos magos —, então as opções dela eram se atrasar para a reunião com Andrew ou pôr os dois sozinhos no metrô. Uma leve névoa rósea coroava o topo dos prédios, umidade misturada com fumaça de escapamento e a cinza que jorrava dos guetos. Montículos de pássaros pairavam estáticos, brancos. A meteorologia previa temperaturas recordes para hoje, e ela já podia sentir a blusa começando a grudar no corpo. Deu uma olhada em Will. Ele ainda era um bom menino, ela pensou, um menino bom e esperto e corajoso, e a essa hora só haveria gente indo para o trabalho no metrô. Ela começou com toda uma ladainha sobre como evitar estranhos, mas ele a interrompeu.

"A gente anda de metrô sozinho o tempo todo quando está na casa do Pai, Mãe."

"Eu vou fingir que não ouvi essa", ela disse, querendo dizer que não tinha como saber se era só bravata. Quando tentou ir atrás dele na estação para ver se eles entravam no trem certo, Will grunhiu. Ela lhe deu um beijo na cabeça antes de ele conseguir se afastar, e aí um para a Cate, e ficou vendo os dois desaparecerem no chão. Mas por que, segundos depois, ela se viu seguindo a uma distância discreta? A roleta não a deixava passar sem pagar, então ela ficou ali de um lado das barras, vendo sua progênie esperar na plataforma, flanqueada por crianças mais velhas que se agarravam em plena fúria hormonal e por mulheres do Caribe com sapatos de enfermeira e por pessoas nos bancos que já pareciam bêbadas. Numa mão, o Will estava com a sacola amarela, com o brasão da escola do lado e um botão de flor formado por uma camiseta presa para fora do zíper, como um matinho na calçada. Na outra mão, ele segurava a da irmã.

Regan desejou, pelo que não era a primeira vez, que ela fosse outra pessoa, alguém que conseguia confiar nessas crianças nitidamente competentes, e que assim não teria que segui-las até ali, como quem quer pular a catraca no último minuto, para pegar os dois no colo e evitar que continuassem crescendo. Mas enquanto eles entravam no trem e sentavam virados para ela em meio ao grafite entrópico que agora cobria completamente as janelas, ela não conseguia desviar os olhos. A Cate viu que ela estava ali e acenou antes de as portas fecharem, mas o Will só ficou encarando com a cara inalterada como qualquer outro adulto que tinha mais o que fazer — como William, de certa forma, o tio que nunca tinha conhecido. Entre os dois, de qualquer modo, havia espaço para mais uma criança. E ela soube, enquanto o trem se afastava, que todas essas crianças que sumiam diante dela seriam a imagem na sua cabeça quando falasse diante das câmeras a respeito do futuro da empresa que era a família dela, e depois, enquanto ficasse vendo seu colega e subordinado e pretenso sedutor se atrapalhar com o saca-rolhas, e finalmente no escuro, quando ele começasse a roncar e Regan ficasse de novo sozinha, como aparentemente estamos sempre.

72

Se você jogar uma banana na parede, há uma pequena possibilidade de ela atravessar a parede. Ou, pelo menos, era o que Jenny Nguyen pensava, pendurada na alça de um ônibus para o norte da ilha treze horas antes. Foi uma coisa que ela ouviu no rádio naquela manhã. O "Dr." Zig Zigler estava perorando a respeito dos levantes nas ruas, ou da sua ausência, e apesar de Jenny conhecer na pele a inutilidade da desobediência civil, o seu bizarro exemplo de eventos de baixa probabilidade (por que jogar uma banana na parede?) parecia evocar com eloquência a probabilidade de ela um dia não estar só. Seu mais recente encontro pré-agendado, de onde estava voltando, tinha sido com um sujeito grande de cabelo castanho-avermelhado e ansioso como um setter irlandês, o que, em comparação com ela, só a deixou se sentindo contraída e pré-menstrual. A coisa toda, entre eles sentarem e dividirem a conta, tinha durado menos de meia hora. Agora prédios e carros lustrosos escapavam dos contornos dela na janela do ônibus. Ela não era *totalmente* repulsiva, achava — tinha depilado as pernas; o novo antitranspirante estava dando conta do recado naquele calor de trinta e dois graus —, e se ela só pudesse não ter essa cacetada de *opiniões*... mas por que ficar lidando com contrafactuais? O que a Jenny da janela estava fazendo era carregar uma sacola cheia de pedidos de bolsas de estudo de volta para o seu apartamento sem ar-condicionado para pedir comida chinesa e passar mais uma hora trabalhando, e aí, quem sabe, como recompensa, se permitir ler mais umas páginas do manuscrito do vizinho morto antes de dormir, acordar, fazer tudo de novo. Por um lado, você não podia dar nada por garantido; por outro, num dado dia qualquer, a mudança era uma possibilidade remotíssima.

Talvez isso até fosse uma coisa boa, porque dois meses e meio depois da última vez em que alguma coisa *tinha* mudado, ela ainda sentia o choque da perda toda vez que pisava no prédio, uma espécie de assinatura de espectro gama que cintilava pela divisória de metal entre a caixa de correspondência dela e a da de Richard e irradiava detrás da porta que ela ainda concebia como sendo a dele. Ela não tinha percebido ainda que o corredor lá em cima estava mais quente do que devia, com ou sem a onda de calor. O buquê de querosene ela atribuía à culinária étnica do 2-J. Ainda assim, houve uma leve hesitação entre enfiar a chave na fechadura grudenta da sua própria porta e abrir — um segundo em que o apartamento continuava a ser uma caixa preta. Um/zero. Foi/não foi. Envolvido/não envolvido.

Aí ela estava agindo antes de pensar, mãos voando para as narinas. Uma janela estava aberta, soltando uma corrente cruzada nos papéis enegrecidos que cobriam todas as superfícies. A fumaça subia para as lâmpadas. As gavetas pendiam em ângulos doidos. Grumos úmidos de roupas e papéis se grudavam nos balcões como confetes em para-brisas depois da chuva. As caixas que ela tinha empilhado tão cuidadosamente no canto — caixas e mais caixas com as coisas de Richard! — tinham sido incendiadas e aí empapadas, ao que parecia. Claggart, encaixadinho num canto do sofá-cama, parecia meio remelento, mas de resto intacto. Ela estava prestes a chamá-lo quando percebeu que o incendiário podia ainda estar escondido no apartamento, ouvindo a sua respiração.

Catou o cachorro e saiu correndo para o saguão, descendo a escada de incêndio de dois em dois degraus. Era para isso que as escadas de incêndio estavam ali desde sempre. Mas qual tinha sido a probabilidade de elas atenderem a esse propósito? Ao mesmo tempo, talvez as chances dependessem de você jogar contra ou a favor, fosse a banana ou a parede.

Os policiais, quando finalmente chegaram, estavam pensando em roubo. Ela tinha tentado mostrar que nada sumiu. Aliás, pra que tocar fogo? O mais alto dos dois segurou a cortina para afastá-la da janela, examinou os andaimes lá fora. "Normalmente eles vão procurar uma TV."

Ela não tinha TV, ela disse.

"Como é que vocês acham que ela ia enfiar uma TV aqui, com esse monte de caixas?" O sr. Feratovic estava parado na porta de braços cruzados, espargindo o napalm da sua desaprovação por toda parte. Tinha sido ideia dele, apesar da oposição de Jenny, isso de envolver a polícia, e agora ela via por quê. "Se você guarda esse monte de coisas, é risco de incêndio. Policial, o senhor concorda que isso aqui é um risco de incêndio?"

"Policial", ela disse, "o senhor concordaria que aqueles andaimes ali são um convite pros ladrões?"

"Junkies querendo dinheiro fácil", o policial mais alto continuou, como se não tivesse ouvido. "Os caras viram que não iam conseguir o que queriam, aí decidiram acabar com tudo aqui." Quando Jenny perguntou se ele estava pensando em recolher impressões digitais, ele só riu.

Depois, o sr. Feratovic trouxe uns ventiladores pra ajudar a tirar a fumaça. Já tinha visto coisa pior, ele disse. De manhã, ela nem ia perceber o cheiro. Mas na verdade ela ia acabar descobrindo naquela noite que não conseguia dormir com as janelas abertas. A ideia de que alguém tinha estado ali, pisando no carpete dela, respirando o ar dela... aquilo a deixou balançada. E havia centenas de invasões de domicílio todo dia na cidade, segundo o policial mais baixinho — e se aqueles ladrões quisessem voltar? Bom, pelo menos o manuscrito de Richard não tinha sofrido danos; quando ela abriu o sofá-cama, ele estava jogado no espaço ali embaixo, onde deve ter caído na noite anterior.

Decidiu agora acender uma luz. Claggart ainda estava um pouco úmido por causa do xampu que ela tinha usado pra tirar a fumaça, mas ela o pôs ao seu lado em cima do colchão invertebrado e equilibrou uma taça de vinho no braço do sofá como um amuleto para prevenir outros problemas. Folheou até a altura das fotos que tinha usado para marcar a página 17, onde tinha parado de ler "Os Fogueteiros". O vinho ia derrubar Jenny em poucos minutos, mais umas páginas, ela pensou. Só que, horas depois, ela estaria acordada relendo, com o coração aos saltos, segura de que a invasão não tinha sido algum evento improvável. Alguém queria eliminar o que estava nessas páginas — e possivelmente não só isso. Ela ia ter que tomar providências de manhã. Ou será que já era manhã? Foi só quando se virou para verificar o despertador que percebeu que alguma coisa tinha desaparecido, afinal.

73

Não tinha demorado muito, depois da sua volta de Altana, para as fissuras reemergirem na vida de Mercer. As meninas da Wenceslas-Mockingbird — umas meninas boazinhas, no fundo, com um aplomb raso como gotas de orvalho — ficavam lhe lançando olhares de comiseração. Aí um dia, no espelho do banheiro dos professores, ele viu por quê. A insônia lhe deixara uma bagagem pesada embaixo dos olhos. Ele tinha esquecido de barbear pedaços do rosto. Era o terceiro dia seguido que ele vestia aquela mesma camisa, e o colete de lã que vinha usando para esconder o amarrotado já tinha começado a amarrotar também. Depois de secar as axilas com toalhas de papel, ele voltou para o corredor. Havia uma imobilidade quente e amarelada que sempre estava no ar nos minutos que antecediam o último sino, como se estivesse ficando cada vez mais rígida, para poder ser estilhaçada. Vozes ali perto conjugavam *vouloir* em uníssono. De uma sala de zeladores vinha o cheiro de alguma coisa queimando. A porta tinha sido deixada destrancada, e, quando ele abriu, duas meninas com seus uniformes de hóquei de grama se afastaram rapidamente da janela. Onde é que estava o passe delas para estarem no corredor? O Técnico Curtis sabia que elas estavam aqui? E que cheiro era aquele?

"Que cheiro?", uma delas disse, no instante em que sua cúmplice, incapaz de segurar mais tempo, tossiu uma nuvem de fumaça marrom-azulada. "Senhor G., seja bacana, por favor. A gente vai se formar em coisa de um mês."

Ele estendeu uma mão. Devia estar parecendo levemente doido; apesar de elas terem jogado as provas pela janela, ainda pareciam assustadas, como se ele fosse não um professor de inglês, mas o próprio Assassino das Colegiais. "Cadê o resto?" A cúmplice cuspiu que estava no armário dela. Ele se ouviu propor um acordo. Elas tinham até as três da tarde para lhe entregar a maconha para ele jogar fora. Desde que jurassem nunca mais ceder à tentação, ele não ia abrir a boca.

Provavelmente ele pretendia mesmo destruir a droga, mas não estava preparado para o volume que aquelas filhas das elites iriam trazer: uma trouxinha do tamanho da cabeça dele, que parecia uma pena desperdiçar. De início, ele foi usando só no fim do dia, como sonífero, mas logo tinha acrescentado também um uso matutino. (E incineração não era um método de jogar alguma coisa fora?) Sua pedagogia foi ficando errática. Ele podia sentir as secundanistas da primeira aula da manhã olhando a camisa dele sair do cinto enquanto ele elucidava algum refinamento do *Retrato do Artista* no quadro-negro. A causa FORMAL de alguma coisa — ele escreveu a palavra em grandes maiúsculas — era o fato de ela atender à sua própria definição. (*Por que William tinha ido embora? Porque William não estava mais morando com ele.*) E a causa FINAL de tudo, segundo ARISTÓTELES, era o motor imóvel. ὃ οὐ κινούμενον κινεῖ. "Vulgo Deus." Naquele exato momento, o dr. Runcible apareceu na porta da sala. Deve ter alegrado o coração dele ver um legítimo *wunderkind* afro-americano ensinando grego para aquelas meninas caucasianas. O que Runcible não pôde ouvir, pelo vidro jateado, foi Mercer explicando que as duas primeiras causas eram típica baboseira aristotélica. Mais crucial, e não por acaso quase impossível de se isolar, era a causa EFICIENTE de alguma coisa — o *x* que tinha provocado aquele *y*. Ou será que o bom doutor tinha ouvido, afinal? Porque agora ele estava com o corpo para dentro da porta, perguntando se Mercer podia dar uma passada na sala dele depois da aula. Mercer pressentiu o que estava chegando, mas como que de uma grande distância. Um ano de aulas entupia o quadro-negro na altura dos olhos, nebulosas marcas de apagador, e, por sob elas, a barafunda borrada de riscos de giz como trilhas de elétrons. Um dia, ele e William seguiam em alta velocidade um na direção do outro; no dia seguinte, disparavam para longe. Mas por quê? Por que *y*?

In camera, Runcible tinha dispensado a conversa fiada. Houve uma reclamação. "Duas das suas meninas, numa reunião do comitê que distribui os prêmios de mérito, disseram ter chegado a um acordo com você, em espécie, a respeito de um esquema que tinham montado para abastecer de maconha toda a turma das veteranas. Um testemunho que parece corroborado pelo seu comportamento recente. Você quer tentar me explicar isso tudo? Porque, francamente, eu estou perdido."

Não era um relato preciso, inteiramente, mas Mercer não via como *poderia* explicar. E nem podia reclamar que não tinha sido avisado.

"O que você faz da sua vida é uma coisa, Mercer, mas eu não estou achando que você entende a seriedade desse elemento de conspiração aqui. O código de conduta do corpo docente me deixa de mãos atadas. Isso está no seu contrato. Eu não posso pedir para a Diretoria renovar o contrato para o outono, a não ser que haja alguma circunstância atenuante da qual você possa querer me informar."

"Eu não vou tentar colocar tudo na conta de duas colegiaizinhas, se é isso que o senhor está dizendo."

O dr. Runcible suspirou. "Eu aprecio você ter o seu próprio código, Mercer. Ahab também tinha, mas você deixaria a sua filha sob responsabilidade dele? Posso tentar dar um jeito de não suspender o seu salário antes da semana de provas, desde que você tome jeito e fique de boca fechada. Agora, no campo pessoal..." Mas Mercer tinha decidido não ouvir o campo pessoal, pois o dano já estava causado. Ele não só estava solteiro de novo, como também não tinha mais emprego. Tinha duzentos e quarenta e sete dólares na conta do banco. A Selectric estava lá, fora da tomada, no loft, com uma folha de papel em branco. Fosse como fosse que você queria medir aquilo tudo — material, emocional, esteticamente —, sua estada em Nova York tinha dado em nada, e, assim que a sua conta chegasse no zero, seria Grande Ogeechee, eis-me aqui.

Desde o fim das aulas, então, a única coisa que ele realmente esperava todo dia era o momento de subir até o terraço do prédio. À noite era sempre melhor. Se afundar numa cadeira de armar, ler as mesmas duas páginas das *Folhas de relva* sem parar, ficar chapado, esperar. E, quando vinha a escuridão, os incêndios do verão começavam a cintilar infernais no horizonte, o que o distraía da patética pequenez da sua vida. Perto do começo de julho, no entanto, o Canhão estava dando umas festas muito loucas lá embaixo, e na noite do dia 12, só porque era uma terça-feira, os Angels acabaram vazando para o terraço. Mercer tinha decidido adiar sua ascensão até a manhã seguinte, quando podia ficar totalmente solitário lá em cima.

Como agora estava. Nem era meio-dia e aqui no alto já era Götterdämmerung, cadeiras quentes demais pra você sentar, o O gigante da placa da Knickerbocker mais ou menos derretido lá em cima. Ele largou o livro. Deu uma tragada. Ficou olhando uns pombos cutucarem argolas de latinhas fundidas no piche. Um veio rebolante até ele, piscando em código morse, balançando a cabeça para a frente e para trás como um minúsculo egípcio antes de enfiá-la no telhado. Claro que ele só conseguia ter pena dessa estupidez por certo tempo, porque tinha lá seus próprios problemas, igualmente intransponíveis, e ficava batendo a cabeça contra eles.

O grito de uma sirene em algum lugar da malha infinita o atraiu até a borda do telhado. O panorama era estonteante: latas de lixo como alvos seis andares abaixo, um poste com o espaguete variegado dos cabos escorrendo da base, um eletricista descendo da van, rumando para o prédio da frente... e, sim, o primeiro rastro de fumaça do dia, lá do outro lado do parque. No verão passado, com William, tinha sido mais fácil imaginar que aquelas manchas negras eram floreios de pincel sobre o céu. Mas, agora que até o Harlem estava sucumbindo aos incêndios, era mais difícil esquecer que havia gente de verdade envolvida naquilo, e que sob o espetáculo da cidade que ardia jazia a estante de LPs de alguém, ou as almofadas do sofá de alguém, ou, Deus o livre, o filho de alguém. Talvez a sirene fosse um carro de bombeiros? Mercer não conseguia ver ninguém ali, mas, como um saltitante são Bernardo do domínio metafísico, não conseguia abandonar totalmente a crença de que devia haver uma realidade objetiva lá fora, além dos limites da sua cabeça.

Ele deu um passo a mais para perto da beira e deu uma bola imensa, de estourar pulmões, e jogou fora o baseado e abriu os braços como o Jesus do Rio de Janeiro. O que era preciso era um gramofone com uma corneta do tamanho de um sino de igreja, a diva Leontyne Price cantando a grande ária do terceiro ato de *Madama Butterfly*. Não, o que era preciso, mesmo, era que a cidade, ou qualquer dos seus habitantes, visse como se sofria. Claro que, como se tratava de Nova York, eles provavelmente lhe diriam para Passar por cima. Será que era isso que aquela ave estava tentando comunicar? Será que era possível que o último mês tivesse sido uma espécie de julgamento, por ele um dia ter ousado fingir que alguma coisa tinha algum sentido? E, aliás, que porra aqueles eletricistas estavam fazendo naquela região, onde nenhum poste funcionava desde a administração Nixon?

Foi um tesourar de asas que fez os devaneios dele em fiapos. Depois de algum sinal que ele perdeu, os pombos estavam em movimento. Havia centenas agora, ao que parecia, uma confusão imensa de pombos subindo e batendo asas em volta da cabeça de Mercer. Ele tentou espantá-los com os braços, mas acabou se debatendo no espaço vazio, tentando tossir e gritar ao mesmo tempo. No redemoinho plumado, ele não sabia dizer se tinha girado cento e oitenta ou trezentos e sessenta graus, e seu corpo, em pânico, deve ter decidido que a única maneira de evitar uma queda de trinta metros era se jogar de barriga no piche, porque foi onde ele acabou, de cara no terraço.

O mundo precisou de várias respirações para ficar sólido de novo. Havia uma dor na base da mão dele, onde uma tampinha de garrafa tinha feito um corte. A coisa de um metro dali, seus óculos jaziam ancorados em trapezoides de luz. Quando os colocou de novo, pôde ouvir Eartha K. empoleirada num umbral, com o rabo se contorcendo de desdém. E, embaixo dela, a figura que tinha assustado os pombos: aquela vietnamita retraída do Bicentenário.

"Jenny Nguyen? Você percebeu que quase que eu morro aqui, né?"

"Fiquei horas batendo na sua porta. Quando eu tentei a maçaneta, o gato fugiu."

"Bom, você me ajuda pelo menos a levar a gatinha pra baixo? Eu não quero que ela pule daqui."

Aparentemente a definição que Jenny dava para "ajudar" era ficar olhando com cara de cética enquanto Mercer fingia ter alguma coisa deliciosa na mão que sangrava. Eartha estreitou os olhos quando ele se aproximou — os dois sabiam que o gato era a criatura superior lá —, mas se deixou ser levada de novo para o santuário do loft. Ali Mercer umedeceu uma toalha e limpou a sujeira das mãos, esfregou o rosto suarento. No espelho sobre a pia, parecia mais negro do que naquele dia, no banheiro dos professores, apesar que de repente isso era por causa do sol que ele vinha tomando. Com as costeletas que já enfelpavam seu pescoço e os óculos agora torcidos, ele podia ser a versão negra de Allen Ginsberg. Jenny limpou a garganta atrás dele. "Mercer, eu tenho que conversar com o seu namorado. Você sabe quando ele volta?"

"O Bruno não te disse?"

"O Bruno não me diz nada. É assim que a coisa funciona entre a gente."

"O William e eu dançamos. Ele saiu de casa há quatro meses."

"Você quer dizer que ele ainda não voltou? Puta merda." Quando ele se virou para Jenny, ela estava examinando o autorretrato de William. "Mas ele deve estar em algum lugar."

"Acho que o bom senso meio que declara que sim. Mas eu sei tanto quanto você."

"Você não tem a menor ideia de onde ele está?"

No que ela seguia na direção do futon, perdida em alguma preocupação particular, seus olhos não o viam mais. E como ela parecia estar achando tão difícil a notícia da separação deles, ele descobriu que não desgostava dela tanto quanto pensava. "Tudo bem, senta um pouco." De alguma maneira, ele tinha deixado de perceber até ali a pasta que ela trazia. "É alguma coisa sobre uma pintura?"

Ela ergueu os ollhos. "Não, mas é importantíssimo eu encontrar o William."

"Você vai me dizer por quê?"

"Você ia achar que eu fiquei louca."

"E quem foi que disse que eu já não te acho louca?", ele falou.

Ela levantou para ir até a janela, mas algo a deteve a meio caminho. E agora ela estava falando velozmente, encarando o vidro. "Mercer, me escuta bem. O William está metido numa encrenca feia. Eu ainda não entendi a coisa toda, mas alguém estava vigiando ele."

"Quem foi que disse? E como assim vigiando?", ele perguntou, enquanto lembrava do Natal, dos ferimentos inexplicados de William.

"Espionando. De tocaia. Eu vim pra avisar que ele pode estar correndo algum risco. Achei que de repente ele podia saber quem era o perigo. Provavelmente os mesmos merdinhas que entraram no meu apartamento ontem, tentando achar este manuscrito aqui. No fim, eles vão acabar aparecendo de canivete..."

"Deixa eu ver."

Ela agarrou a pasta contra o peito. "Agora não é hora pra isso, Mercer. A gente tem que sair daqui."

"Sabe o quê? Deixa pra lá. Eu estou achando mesmo que você está louca."

"Bom, era melhor alguém avisar o seu amigo ali." Ela fez um gesto para Mercer. No teto do outro lado da rua estava um negro de macacão, o eletricista que ele tinha visto antes. Ele podia até estar procurando uma caixa de junção, mas seu cabelo era todo comprido, de um verde-limão reluzente. E o que estava reluzindo na mão dele? "Não, fique aí", Jenny estava dizendo, mas, quando ela o empurrou para o lado, o sujeito aparentemente girou na direção da janela em que eles estavam.

"Acho que ele me viu", Mercer soprou.

"Agora se pergunte por que você está sussurrando."

Bom, porque havia algo inequivocamente malévolo naquele eletricista. Aquele rostinho escuro e vazio dele. Se bem que isso ainda podia ser efeito da maconha. Por favor, Causa Final, Mercer pensou. Deixa eu me livrar dessa hoje, que eu juro que paro. Aí ele estava brevemente num cemitério, com Regan encarando através de janelas escurecidas a pessoa que ficou ali tagarelando enquanto William estava lá fora em necessidade. "Talvez seja gente das drogas", ele disse.

"Gente das drogas?"

"Traficantes que não receberam. Ou cobradores? Você sabe que ele é junkie, né?"

"Como eu falei, não sei muita coisa do William, ou sei lá como é que ele se chama hoje em dia, a não ser pelo fato de que ele teve uma vida dupla como Billy Três-Paus — e o que está nesta pasta aqui. Agora, tem como sair desse prédio sem ser pela frente?"

"Por quê?"

"Mercer, se ele se mudou há quatro meses e eles ainda estão vigiando, então você obviamente está enrolado nessa também."

Ele podia continuar combatendo essa lógica surreal, Mercer sentia, mas pra quê? Jenny Nguyen simplesmente iria para outro ponto do loft e sacaria algum outro artefato que ele não queria saber que estava lá desde sempre: uma bolota plástica, um ninho de ratos, uma cabeça em decomposição. Então ele a conduziu até o elevador de carga.

O porão era mais fresco, mais escuro, e vagamente mentolado sob suas poucas lâmpadas. As poucas caixas que ainda restavam dos tempos da Knickerbocker se alternavam com bens de moradores que tinham fugido ou sido expulsos, tudo isso formando um labirinto em que um rádio distante matraqueava. Mercer descobriu que a ideia de um outro eletricista o deixava com medo, mas era mais provável que um dos Angels tivesse apagado em cima de um pallet. As portas de metal que davam para a rua estavam quentes, e por um segundo houve uma resistência, mas aí a coisa qualquer que as segurava se soltou, e o fio de navalha da luz do dia foi se abrindo numa fatia de mundo. Aqui na fachada norte do prédio, a rua estava vazia, depósitos lacrados como tumbas.

"Nós vamos pro leste", ela disse, decisiva. Só que, sem imóveis comerciais onde pudessem se meter, sem becos, eles estavam indefesos contra qualquer um que lhes quisesse mal. Quando Mercer hesitou, logo depois da esquina da 10th, Jenny disse pra ele não olhar para trás. "Continue andando. Uma quadra a mais e a gente vai começar a ver táxis." Aí um borrão passou disparado pela avenida atrás deles. Ela congelou. "Merda. Era a van deles?"

"Como é que podia ser a van deles?", ele perguntou. "O cara ainda está lá no telhado." Mas dez minutos atrás eu também não ia ter acreditado que eles estavam no telhado, ele estava pensando enquanto pneus cantavam, e a van branca que ele tinha observado lá de cima voltava de ré em alta velocidade. Ele estava imaginando o clarão de sol contra metal na janela enquanto a van entrava exatamente nesta rua? "Anda", ele disse, e agarrou o braço dela.

Eles saíram atropeladamente para o próximo cruzamento, as perninhas curtas dela lutando para acompanhar o passo dele. Apesar de ele não ter olhado para trás, podia ouvir o motor ficando mais alto. Mas aí o sinal estava liberando o trânsito perpendicular na 9th Avenue, e ela estava agarrando a maçaneta de um táxi, e ele se apertando ao lado dela, dizendo para o taxista simplesmente ir andando. Ele rezou para a van continuar presa no vermelho, onde ficou mesmo até pelo menos eles zarparem rumo sul, e nem sinal de perseguição, nada de balas estilhaçando o vidro traseiro. Se

Jenny, ao lado dele no banco, não tivesse visto a van também, ele teria pensando que tinha sonhado aquilo tudo. Depois de umas dez quadras, eles pararam num sinal. A expressão do taxista no retrovisor era gélida. Outro estranho casal. "A gente está indo em algum lugar especial, pessoal?"

"A delegacia mais próxima é qual, a da 34th?", ele perguntou a Jenny, mas ela apertou mais forte a pasta.

"Nana-nina, nada a ver. Chega de polícia. Sem contar que aquele pessoal não era o que você estava chamando de gente de drogas. Gente de drogas não tem vans e disfarces."

"Então eles eram o quê?", Mercer disse.

Jenny olhou para trás pelo vidro do carro. Por um segundo, ela pareceu tão desmoronada quanto ele se sentia. "Eu não quero botar o carro na frente dos bois, Mercer, mas estou começando a achar que se eu soubesse a resposta a gente ia estar ainda mais ferrado."

74

Discutir com um ex-cliente era não apenas contra as cláusulas de privacidade, Keith sentia, mas também contra certa ideia de lealdade, e no entanto cá estava ele, numa sala climatizada de um andar alto da torre norte do Trade Center, tentando não encarar fixamente o documento de cabeça para baixo largado na mesa entre as mãos do advogado do governo, ou as mãos propriamente ditas, umas coisas pálidas e fúngicas intocadas pela luz do trabalho honesto. O documento lhe garantiria imunidade nas acusações, mas para Keith a noção de lealdade ainda tinha algum significado. E, caso ele olhasse suas próprias mãos, mãos que um dia agarraram bolas de futebol americano, martelos, volantes, e descobrisse que elas, também, tinham ficado pálidas por falta de uso, talvez não conseguisse levar isso aqui a cabo.

Por sorte não havia muito, deste lado da mesa, para as mãos ficarem fazendo. Havia um copo d'água, agora já em temperatura ambiente. Havia uma esferográfica. Ele teve que entregar a pasta na entrada, de manhã, como se fosse o acusado aqui, coisa com que imaginava que teria que se acostumar. Ninguém confiava num vira-casacas. Mas isso era só mais uma operação de venda, ele se fez lembrar: informação em troca de segurança. Ele estava assegurando o futuro do Will e da Cate, como certamente desejaria o avô deles (contra quem o caso, segundo disseram a Keith, era brincadeira de criança agora, "mesmo sem o seu testemunho"), e ainda assim ele se sentia instável. Tinham colocado Keith sentado de frente para uma grande janela, como quem quer dizer: Tudo isso pode ser seu, só assine de uma vez, mas o que Keith via lá fora, por trás dos prédios dispostos como aperitivos numa bandeja, eram caras como ele, caras que foram seus colegas de escola, com maçaricos de soldador na mão, com bisturis, com as esferas negras de bilhar das alavancas dos guindastes, testando a força da cidade em comparação com suas bolas de demolição. O que nele havia de irlandês lhe dizia para amassar o documento, correr o risco, ser homem. Contratos, pensou, contradição. Com traição. Certamente havia algum outro jeito.

O procurador assistente que tinha andado atrás dele nas últimas semanas sumiu, deixando Keith sozinho com esse jurista careca, quase sem sobrancelhas, que falava num murmúrio, como se cada coisa que lhe saísse da boca já não fosse confidencial. Cada vez que ele ia se aproximando de uma das grandes questões, o acordo de delação premiada ia chegando mais perto sobre a mesa; cada vez que Keith deixava de dar uma resposta satisfatória, o documento deslizava para mais longe. Mesmo com repetidas objeções, Keith insistiu em vir assinar o documento sem seu advogado, tanto porque não tinha como pagar uma representação que não fosse a de Tadelis, até ter prestado seu depoimento, quanto por não conseguir suportar a ideia de passar uma imagem de culpado. Agora, diante de uma nova pergunta a respeito dos seus negócios com Hamilton-Sweeney *père* — "só pra gente recuperar o que já deu pra entender aqui" —, ele tentou ganhar algum tempo. Lembrou a primeira vez que falou com o sujeito, as cadeiras de espaldar alto da sala de jantar, os ancestrais pintados a óleo. "Foi a primeira vez que eu vi um *consommé*. Eu ficava procurando a carne escondida no fundo da vasilha. Mas o Velho Bill nunca deixou eu me sentir inadequado para aquela mesa. Ele é um sujeitinho pra lá de decente depois que você quebra um pouco o gelo com ele. Mal-entendido, de repente. Acho que a decência vive sendo mal entendida."

Mas e de quem teria sido a ideia de colocar o "Velho Bill" num rolo tão grande com títulos municipais?

Isso não tinha sido coberto pelo depoimento de outra pessoa?, Keith disse.

Os dedos do advogado se uniram numa ponte sobre o documento, um gesto curiosamente marionético. Keith gostava mais do chefe. "O senhor pode perceber que nós ficamos voltando sem parar a essa questão dos títulos."

"De repente você podia me explicar de novo o que é que vocês acham que o Bill fez de errado. É um mercado com umas regulamentações bem frouxas." Eles não podiam incriminar Keith sem a presença de um advogado, certo?

"O princípio aqui é o do valor de troca, sr. Lamplighter. A noção de que a informação pode ser convertida em valor. Informação não disponível para todos na praça."

Interessante, como esses tipos do governo evitavam a palavra "dinheiro". "Eu sei que é uma coisa difícil de entender, mas comprar títulos públicos não é que nem jogar nos cavalos. Em 72, 73, os papéis municipais estavam parecendo um investimento dos mais sólidos."

"Mas em meados de 75, como o senhor sabe melhor do que eu, a cidade estava efetivamente falida. A dívida — no seu próprio caderno de corretagem àquela altura, nós já verificamos — estava próxima de nulificar seu valor. E mesmo assim o senhor consegue transferir tudo para o seu sogro a oitenta e nove centavos por dólar, registrar a diferença como perda e, três meses depois, quando vem o resgate federal, os títulos são descontados pelo valor de face, mais os juros."

"Com um investimento dessa monta, ainda foi uma perda gigantesca."

"Se não fosse, sr. Lamplighter, quem estaria se preparando para um julgamento seria o senhor. Aliás, isso ainda pode ser corrigido. Mas nós estamos falando dos doze por cento que a operação rendeu aos Hamilton-Sweeney. São novecentos mil dólares. E, segundo a nossa fonte, o seu sogro tinha informações de que o resgate viria."

Ou, mais provável, Amory Gould tinha, ele, para quem a informação era quase um fim em si mesma — mas a informação que Amory tinha a respeito de Keith (aquele monte de envelopes, cheios sabe Deus de quê) deixava impossível *dizer* isso sem arriscar se expor mais. E parecia mesmo a assinatura do Bill, ainda que trêmula, na cópia carbono do memorando que eles lhe mostraram. Lembranças de cartões de boas-festas em que tinha visto aquela assinatura levaram a lembranças de Regan, que ao telefone ontem estava insinuando bem claramente que ia se encontrar com algum cara... e aí com as crianças, que ele ia levar hoje à noite ao jogo dos Mets. Em termos de dor, foi uma longa ladeira associativa, só que dessa vez ela terminou em inspiração. "Olha só, você está com fome?"

O advogado piscou, sem entender. Era como se houvesse uma parede invisível, Keith pensou, que só podia ser atravessada se você desse as costas para toda a sua vida animal, todos os desejos da carne. No futuro organizadinho que os burocratas federais estavam preparando junto com os Amory Gould, os Rohatyn e a Comissão Trilateral, as pessoas seriam incorpóreas como números, sumindo no azul. Mas e não foram exatamente as transações animais, obter e gastar, que fizeram os números dispararem rumo ao céu pra começo de conversa?

"Fome. Apetite. Necessidade de alimento. Já deve ter passado da hora do almoço. Se você quiser continuar computando as horas de serviço aqui enquanto eu dou uma escapadinha pra comer, não conto pra ninguém."
Ele levantou e se virou para a porta. Talvez o advogado estivesse surpreso demais com a impertinência de Keith para perceber que ele tinha levado a caneta do governo. Keith nem saberia dizer por quê; era uma porcaria, e quando chegou ao térreo já tinha jogado fora.

Aqui embaixo, o mercúrio tinha disparado uns dez graus. Um vendedor de cachorro-quente estava sentado no encaixe do trailer logo além da sombra da torre norte, suando em bicas. Pombos, com uma ou outra gaivota e algumas espécies que Keith não reconhecia, engoliam as migalhas de pão que o vendedor jogava. Keith não era nenhum franciscano, e lhe parecia um ato de narcisismo dar comida para os pombos, que no fundo iam durar mais que a gente no mundo. Mas será que valia mesmo a pena interromper aquilo por causa de um cachorro-quente? Ele ia era dar uma caminhada até aquela lanchonete lá no Village. No mínimo ia ganhar mais tempo com isso.

Seguiu rumo norte por Chinatown, cujo fedor era o verão, era a própria cidade, seu crescimento e sua decadência. Mulheres com carrinhos de compras e homens esguios com cigarros passavam apressados. Gente enfiava objetos no seu campo de visão, guarda-chuvas, malas, pato inteiro, um sujeito alucinado agitando cartazes numa linguagem semafórica que ele não precisava falar para entender. Aí, na frente de uma daquelas lojas que vendiam tudo que estava anunciado além de joias e eletrônicos, a calçada se fez mais lenta. As pessoas se reuniram para ver uma TV na vitrine. Ele desceu o meio-fio e caminhou pela sarjeta, mas a catarata também tinha se espalhado até ali. Na altura da Canal Street, ele nem conseguia se mexer.

A próxima transversal tinha sido privada de carros, e centenas de pessoas atravessavam o cruzamento, ou talvez milhares. Alguma espécie de funeral, ele disse a si mesmo, uma coisa meio New Orleans, uma daquelas procissões em honra de algum santo de cera que os italianos inventavam fim de semana sim, fim de semana não. Mas esse pessoal era casual demais pra ser religioso. Os homens estavam usando jeans e camisetas sem manga ou camisas de trabalho com brasões de sindicatos. As mulheres tinham um bronzeado profundo, cabelo em penteados altos. A mítica etnia branca, o retorno dos oprimidos, mas e contra o que esse pessoalzinho ia protestar? Uma vergonha obscura tomou conta dele enquanto tentava ler as poucas faixas. LOUCURA TOTAL. NÓS NÃO VAMOS ACEITAR. RECONQUISTE A MAÇÃ.

E foi quando uma coisa extraordinária aconteceu. Do meio da multidão emergiu aquele velho da véspera do Ano-Novo, Isidor, o empurrador de carrinho de mercado. Ele estava seguindo agora num ritmo normal. Ou, na verdade, tudo à sua volta tinha desacelerado. A coisa de dez metros dali, sem perder o passo, ele se virou, e, com um estranho langor subaquático, mirou um dedo bem contra o peito de Keith.

Mesmo depois de o homem ter passado, Keith ainda sentia o dedo ali, queimando. (*Dê allah ihr*. Foi isso que ele tinha dito?) Tudo se destacou nitidamente em clarões e sombras, as sólidas geometrias de fachadas de prédios e grades de metrô cobertas de fuligem, bandos isolados de que ave é aquela ali em voo raso sobre o centro da cidade e aí mudando de ideia, virando negror num girar de corpos como o quadro de horários na Grand Central. O trânsito, livre para seguir de novo, corria como rio rumo ao túnel no fim da Canal. E como seria simples meramente seguir. Passar uma perna sobre a cerca de metal da passarela. Descer para o frescor do pixe. Luz de freio riscando as lajotas sujas. Quando chegasse ao continente, o sol estaria escorregando céu abaixo, atraindo-o para longe das conversas entre nós de gravatas e dos inumeráveis postos de gasolina de Nova Jersey para o lugar onde a terra era mais ampla e mais macia, e onde tudo bem você comer quando tinha fome, trepar quando tinha tesão, descansar quando os mocassins começavam a apertar. Quarenta horas e uma passagem de ônibus depois, ele estaria saindo das trevas de um quartinho de hotel a oeste de Oklahoma City para o doce ar das pradarias, depois de escapar de sua própria vida.

Mas isso supondo que o homem fosse uma criatura racional, e Keith não sabia mais tão ao certo qual parte dele, racional ou animal, estava no comando. Talvez a própria ideia de partes já fosse uma racionalização. Tinha começado, pelo contrário, a sentir que era governado por um congresso de pessoas totalmente dissimilares — Keith aos dezessete, Keith aos vinte e cinco —, todas elas gritando para que algum Keith, final e autêntico, aparecesse no último segundo para salvá-las.

E era agora, possivelmente.

E era ele.

Déjala ir? Por que seu espanhol não era melhor?

Do orelhão mais próximo que estava funcionando, ele ligou para o escritório da Promotoria Pública. Deixou um recado com a recepcionista. (O subassistente tinha mesmo ido almoçar.) Ele aceitava encarar o que fosse necessário, disse, mas eles nem precisavam esperar que ele voltasse hoje. A pasta podia ficar com eles, não tinha nada dentro mesmo. De resto, não havia mais acordo. Eles teriam notícias dele pelo seu advogado, assim que ele achasse um advogado. Aí desligou o telefone e subiu correndo a rua para onde a passeata tinha ido, um homem levado adiante por espíritos.

75

Com algum tipo de pesadelo de trânsito enroscando todas as ruas do SoHo, Jenny e Mercer acabaram tendo que sair do táxi e seguir caminho a pé. Ainda assim, ela não estava disposta a sabotar sua missão, a missão de Richard. Mercer tinha declarado, para sua surpresa, que se alguém sabia onde estava William era provavelmente o patrão dela. Mas agora, na frente da Galerie Bruno Augenblick, eles discordavam de novo, dessa vez quanto a quem ia ter que entrar. Bruno o odiava, Mercer insistia. A sugestão de Jenny, de que ele estava sendo paranoico, não desceu lá muito bem. "Desculpa", ele disse, "mas quando uma porra — desculpa, mas basicamente uma porra de uma completa desconhecida entra de rasante no seu prédio e do meio do nada você está na *Operação França*, isso acaba te deixando meio paranoico mesmo." Por outro lado, Jenny tinha ligado de manhã para dizer que estava doente, e devia estar de cama naquele exato momento com gastroenterite, então acabou esperando na esquina enquanto Mercer entrava para descobrir o que pudesse.

Ela vinha imaginando que aquilo seria coisa pra dois, três minutos de trabalho, mas aparentemente ia demorar mais. Quanto ele estava contando a Bruno? Ela tinha ido ver se dava para espiar lá dentro, quando a porta se abriu de um golpe, fazendo-a voltar para trás da proteção de uma lixeira. Era Mercer, com uma cara pasmada. Bruno veio atrás dele, estendendo um chaveiro. "Mercer, um táxi ia custar uma fortuna, o metrô mais próximo daqui fica longe pra dedéu, e o carro vai ter que sair daqui pra varrerem a rua mesmo. É o laranja, bem ali na esquina. Só devolva quando você acabar."

Jenny esperou até Bruno sair para emergir do seu esconderijo. Mercer estava olhando freneticamente em volta. "Será que dava pra você parar de simplesmente se *materializar* desse jeito? Eu achei que o pessoal da van tinha aparecido e te raptado."

"Não posso deixar o Bruno pensar que sou mentirosa. Fora que eu tinha razão, está vendo? Nem a pau que ele te odeia, Mercer, se ele te deu a chave do carro."

"Isso não é afeto, é pena." Mercer explicou o que tinha ficado sabendo: que por um tempo, depois do rompimento, William ficou morando com Bruno. "É tão óbvio, pensando bem. Claro que ele ia voltar correndo pra lá. Mas o Bruno aparentemente se nega a se envolver em suicídios, mesmo os graduais, então acho que ele expulsou o William." E agora Jenny realmente se sentiu meio tonta. Então era esse tipo de coisa que esperava seu chefe em casa toda noite.

"E ele disse aonde o William foi depois?"

"Ele tem um estúdio no Bronx. Eu nunca fui, mas o Bruno me deu um endereço, na 161st Street."

"Melhor me passar essas chaves, então", ela disse, estendendo a mão.

"Eu sei dirigir", ele disse.

"Você está de brincadeira? Esse negócio é o amor da vida do Bruno. Se você der uma arranhadinha num para-choque, ele nunca mais se recupera. Enfim" — ela lhe passou a pasta com o manuscrito de Richard — "isso vai te dar um tempo pra ler."

O carro não era nenhuma maravilha da engenharia germânica, mas um AMC Gremlin alaranjado; o amor de Bruno por ele, como seu amor por quase tudo, tinha provavelmente sido temperado por certa ironia. Mas enquanto ia liberando o carro do engarrafamento da Houston para entrar na West Side Highway, ela pôde ver como a ironia e a sinceridade podiam coexistir. Lá no Hudson, marrom e salmilhado, barcos jaziam em calmaria, inocentes. Ou como que em calmaria. Como que inocentes.

Eles levaram quase uma hora para sair de Manhattan, e quando conseguiram, as páginas estavam de volta dentro da pasta. Mercer passou uma mão pelo rosto. "Isso é inacreditável. Você sabe que fui eu que encontrei a menina, né?" E, vendo a cara de Jenny: "A menina Cicciaro, a filha. Na neve, naquela noite. Eu estava saindo da festa dos Hamilton-Sweeney".

"E como é que eu ia saber, Mercer?"

"E se eles estiverem achando que fui eu que dei os tiros?"

"O artigo deixa mais do que claro que é atrás do Billy Três-Paus que eles estão."

"Só que eu ainda não entendo como foi que isso aqui foi parar na sua mão."

"O Richard, o repórter que escreveu isso aí — ele mora do lado do meu apartamento. Ou morava. Ele morreu em abril", ela se ouviu dizer, sem graça. "O que está me deixando louca é como ele não liga Billy Três-Paus a William Hamilton-Sweeney."

Mercer pegou a deixa. "Não é uma distração tão rara quanto você pode achar. Quer dizer, foi só naquele jantar no verão do ano passado que... mas peraí. O tempo todo, enquanto ele o Bruno ficavam tagarelando sobre as corporatocracias e blá-blá-blá, eu vi que você estava mordendo a língua, como se um capitalista que odeia o capitalismo fosse o pior tipo de pessoa. Você é daquelas do tipo todo-poder-para-o-povo, né? E de repente você agora está se arriscando por William Hamilton-Sweeney Terceiro?"

Ela suspirou. Eles agora estavam mais ao norte do que ela jamais esteve desde que trabalhou pros ecologistas, depois de passarem por saídas de estrada e contornarem rotatórias e descerem em zigue-zague por entre as torres de apartamentos como caixas de biscoitos do Bronx. Unidades de contenção, era o que de fato eles eram. Armazéns. Prisões, com ar preso entre eles, reluzindo. Aí vieram quadras totalmente incendiadas. E no entanto ainda havia gente, gente com sacolas de compras, gente com carrinhos de bebê, gente parda e gente preta, basicamente, esperando os ônibus que desciam lentos o longo V da rua. E se o desejo de Jenny fosse apenas uma espécie de saudade do lugar em que ela não podia enxergar que já estava? E se aquele outro mundo já estivesse *dentro* deste, de alguma maneira?

Só que um mundo único, transcendente, não teria três East 161st Streets diferentes. Aquela, que eles procuravam, era impossível de localizar.

Todas as ruas eram de mão única, na mão errada. Metade das placas tinha sumido, e as que restavam não faziam sentido. Em que altura a 163rd Street virava 162nd? Como é que a 169th Street podia cortar a si *própria*?

Levou quase uma hora para localizarem o cortiço isolado com B. T. *Paus, Artista* sob um quadrado de laminado embolorado ao lado da porta. Um aviso de demolição tinha sido recém-colado logo acima. Por um momento, Mercer pareceu paralisado, mas quando ela estendeu a mão para apertar a campainha correspondente, ele a deteve e apertou as que estavam em volta. A porta abriu, e eles passaram para a luz de mictório de uma escadaria.

O cheiro ia ficando cada vez mais difícil de ignorar à medida que você subia: comida podre, gordura animal azedando no calor. Por trás e por baixo, portas se abriam o que lhes permitiam as correntes e fechavam de chofre. Envelopinhos de papel farfalhavam sob seus passos. Ela pôde sentir a ambivalência de Mercer voltando ainda antes de ele bater na porta do apartamento da mansarda. Não houve resposta. "Parece que o William também não está aqui", ele disse.

"Será que a gente dá uma olhada lá dentro pra saber?" Ela tinha percebido um grampo de cabelo retorcido pendendo da fechadura. Quando empurrou, a porta bateu na parede com mais força do que ela pretendia.

Mercer a pegou no rebote. "Isso é tão errado", ele disse, espiando lá dentro. Era um único cômodo, surpreendentemente grande, entupido de espelhos antigos e mobília quebrada, jornais torcidos coalhados de tinta. Nada que sugerisse que alguém estivesse morando ali, no entanto, a não ser que você contasse uma embalagem pela metade de wafers Necco. Nada de saco de dormir. Nada de coisas de banheiro. E nada de aparatos visíveis de drogas.

Então Mercer acendeu a luz, e ela quase se esqueceu do que estava procurando. As paredes, com três, três metros e meio de altura, estavam cobertas de placas, do tipo que você podia ver nas plataformas do metrô, ou presas com fita adesiva no vidro à prova de balas de uma lojinha. Algo parecia estranhamente errado com elas, mas Jenny levou um segundo para perceber o que era: a escala. Uma placa de estacionamento permitido era trinta centímetros maior do que devia. Uma placa de Pare estava torta, ângulos escorçados em perspectiva. Num pôster de recrutamento, o Tio Sam era mais alto do que ela e não tinha um olho. Um adolescente podia ter rasgado um pedaço do pôster para revelar o azulejo do metrô por baixo dele, mas isso era *trompe-l'oeil*; tudo aquilo, quando você olhava de perto, era tinta a óleo. Era como se William Hamilton-Sweeney, apesar de até onde ela soubesse nunca ter vendido uma só tela, estivesse tentando recriar o rosto da cidade inteira, bem aqui neste sótão. Ela não sabia dizer se aquilo era bom, exatamente, mas ninguém podia argumentar que não era ambicioso.

"Me ajuda a erguer esse aqui." Ela apontou para uma tela que estava com a face voltada para baixo sob alguns membros de manequins. Era uma obra em andamento, um quadrado azul quase monolítico, mas, quando soprou a poeira, ela pôde ver outras cores, pretos e laranja e verdes, que se alçavam como fagulhas lá de dentro. A tinta ainda não estava totalmente seca ao toque. Ela estava prestes a mencionar esse fato quando uma voz à porta disse: "Eu falei procês não voltarem aqui".

A velha que estava ali parada de camisola era escura e atarracada como um hidrante, se um hidrante pudesse andar com um taco de beisebol.

"Eu já liguei pros polícia, melhor cês deixar as coisa desse coitado aí."

Jenny, mãos ao alto, tentou raciocinar com ela — eles eram amigos do coitado —, mas Mercer interrompeu. "A senhora tem razão. A gente não devia estar aqui."

"Tá bão, então." A velha recuou para trás da sua porta.

Jenny podia sentir o prédio todo ouvindo enquanto eles desciam desanimados, e Mercer também deve ter sentido, porque foi só no vestíbulo que ele se permitiu um grunhido. Ela não tinha ouvido? Alguém já tinha passado por ali, provavelmente os eletricistas. "Então é isso", ele concluiu. "Tudo está perdido. Fim."

No alucinado transcorrer daquela tarde, ela quase chegou a gostar dele, mas esse derrotismo só a irritava. E a irritação era provavelmente recíproca, ela achou, enquanto tirava do bolso o que tinha arrancado de sob a borda da tela. "Isto aqui estava no chão." Uma receita médica, emoldurada num azul horrendo. Carimbado no alto estava o logotipo do farmacêutico. NEPTUNE AVENUE estava escrito.

76

A ficha de registro era um formulário preso numa prancheta em cima do balcão do posto de enfermagem, com brancos para o seu nome, a hora de entrada, e toda aquela parafernália do Sistema que um punk de verdade ia preferir morrer a ter que encarar. Mas a enfermeira de plantão estava olhando esquisito para ele, então Charlie se curvou e deixou um rabisco ali onde devia ficar seu nome, e de novo no espaço em que supostamente você diria quem tinha vindo visitar. Assim que a enfermeira se afastou, Charlie dobrou à esquerda, para o corredor em que achava que Sam estava. Foi arrancando prontuários presos ao lado das portas para verificar os nomes. A porta ao lado de *Cicciaro* estava aberta uns quatro centímetros. Como as outras, era larga para uma maca poder passar, ele pensou. Ou um caixão, antes de mandar seu cérebro calar a boca, porque esse cérebro acabava de lhe custar quantos meses, mesmo?

A cama junto à porta estava vazia, então ela devia estar na que ficava perto da janela. Ele ficou parado talvez um minuto, mexendo com os dedos na cortina que tinha sido puxada para dar privacidade para a ocupante do leito. Finalmente, ele a abriu de um golpe, mas o que viu o fez desejar não ter feito isso. A luz fria que se refletia em todas aquelas coisas de um verde pasta de dente parecia se empoçar e afundar os cavos na pele de

Sam. O pescoço dela, projetando-se da camisola hospitalar, era só pele sobre tendões, como papel sobre as varetas de madeira de uma lanterna japonesa. O cabelo tinha voltado ao tamanho que tinha no Ano-Novo, mas havia uma parte raspada, de onde eles tinham tirado as balas. A coisa mais triste era o vaso de flores baratas, porque deviam ser do pai dela. Não, no fundo a coisa mais triste era o band-aid que cobria o lugar em que a agulha entrava nas costas da sua mão. A modéstia daquilo. A mão, com todas suas terminações nervosas, furada. Ah, Sam. Como é que você pôde se colocar nua na cama dele?

Charlie achou que viria até aqui, finalmente, para perguntar. Mas aquela dor carne e osso dela deixou as respostas sem sentido. Não importava mais.

Ele apagou as luzes e se sentou com cuidado na margem da cama que o corpo dela deixava disponível. Tinha jogado o macacão com cheiro de fumaça numa lata de lixo lá fora. Com a camiseta enrolada até o peito, conseguiu sentir como ela ainda estava quente por baixo da camisola e pôde apertar a barriga contra o quadril dela e lembrar dela ali deitada aquela vez com a cabeça em seu colo. Não era feio fazer isso, ele sentia, mostrar a ela o quanto ele queria ficar próximo. Mas depois de um tanto a coisa ficou fisicamente desconfortável, então ele se retirou para a outra cama, de onde, se ela estivesse consciente, podia ter ficado segurando a mão dela. O rosto dela, de perfil contra a janela iluminada, estava em paz. Mas isso era uma coisa que você dizia dos mortos também.

Uma imensa exaustão tomou conta dele. Tinha passado a noite anterior encolhido na escada de uma igreja qualquer, protegido dos passantes apenas por uma placa de compensado de tapume. Toda vez que faróis passavam, ele percebia a mão apertar mais firme o cabo do canivete que tinha lembrado que estava no bolso do macacão. E entre essas passagens, tinha tido a mesma discussão consigo mesmo de agora. De um lado, Nicky tinha razão; a fé de Charlie na causa era imperfeita, havia máculas em suas vestes, ou senão por que ele estaria tão surtado? De outro, esse tipo de coisa acontecia. Prestes a sair para um passeio, você descobria a meleca do inverno passado na manga da blusa, e não podia ter certeza de que não a tinha usado desde aquele dia. Fora que ele lembrava, da Bíblia, que profeta nenhum era perfeito. Jeremias era famoso por ser encostado. Jonas basicamente deu as costas e se mandou. E o Pós-Humanismo no fim das contas era constrangedoramente humano. Olha onde ele foi parar: num apartamento desconhecido, olhos ardendo, jogando água da pia em cima da fogueira que o Nicky tinha feito no chão. Maculada, mundana, aquela história toda. Pelo menos tinha conseguido salvar o cachorrinho.

Árvores suspiraram lá fora e nuvens preguiçosas sopraram pelo céu, e a sombra de um vaso de flores oscilou de oeste a leste sobre a mesinha de plástico. Ninguém estava vindo dar comida para Sam, porque ela não conseguia comer. Às vezes ele imaginava que estava falando com ela, e ela respondia. Às vezes, sem se dar conta, cantarolava. Às vezes ele fechava os olhos, mas não rezava. Talvez tenha até apagado um tempinho, porque quando uma voz de homem falou no corredor, ele levou um segundo para ouvir de verdade. *Só dar uma olhadinha aqui nela*, a voz disse...

Ai, caralho. Como é que ele ia explicar a sua presença? Charlie era excelente para fazer coisas escondido, mas era horrível na hora de mentir. A voz, e outra voz, aquela enfermeira ou uma médica, estavam bem na porta. Ele tinha ainda alguns momentos para puxar a cortina que cercava a cama onde estava. Por um costume infantil, cobriu a cabeça com o cobertor. Aí vieram os passos. Aí a reclamação do metal contra o piso quando uma cadeira foi puxada para perto da cama de Sam. Aí a cadeira, a centímetros dele, rangendo com o peso de alguém. Aí nada.

Não podia ser o sr. Cicciaro; ele conhecia aquela voz do telefone, e os sussurros que vieram pareciam mais educados. Não, Charlie compreendeu subitamente — pois *a compreensão era dada em visões e em sonhos* — que a pessoa com quem estava preso ali tinha que ser a que deu os tiros. Voltando à cena do crime. Ou ao corpo, o que no fundo era a mesma coisa. Por trás da porta fechada, máquinas soltavam pios, rodas chacoalhavam, relógios de ponto eram acionados. Será que ele devia correr para o posto de enfermagem para dar o alarme? Jesus, ele estava sufocando aqui. A luz que atravessava os pontos ralos do cobertor era malévola, verde. Ele tentou não pensar nas aflições de todos os ocupantes anteriores da cama, que nevavam aqui sobre ele nesse submundo. Tentou não imaginar que era assim que a Sam se sentia havia cento e noventa e dois dias, desde que aquele cara a fez vir pra cá, mas não conseguia evitar: era como ser enterrado vivo. Tateou no bolso em busca da bombinha, mas em vez disso achou o canivete. Umas moedas escorregaram e caíram com estrondo na cama e no chão, e só para garantir ainda rolaram por tudo antes de parar. O silêncio que se seguiu foi do tipo em que você consegue realmente sentir o peso da atenção do outro: a atenção do cara, a sua, o esgarçamento do tecido que separa vocês dois. E a última ideia consciente do Profeta Charlie Weisbarger, antes de o assassino abrir a cortina de um golpe, foi, dane-se a bombinha. Ia ter que ser de faca.

77

Chegar a Coney Island levou mais vários séculos. A Triboro na hora do rush era uma catástrofe de proporções milenares, assim como a via expressa Brooklyn-Queens, a qualquer hora do dia ou da noite. (E não era verdade que o tempo sempre passava mais devagar, de qualquer maneira, quanto mais você se aproximava do que desejava?) Em algum ponto, já perto da ponte Verrazano, o motorzinho de dois tempos do Gremlin começou a chiar. Olhando do assento do passageiro, Mercer viu o ponteiro do combustível flertar com o vazio. Aí uma fileira de flâmulas que lembravam pipas de cores primárias tremulava diante de uma enfiada de lojas falecidas, atrás das quais estendiam-se gaivotas, e o mar.

Eles encostaram num estacionamento quase vazio. Ele ouviu o motor morrer. Do outro lado da rua ficava o lugar que eles tinham vindo procurar, uma pilha abandonada de blocos de cimento com uma porta de aço impenetrável e uma tela metálica pesada nas janelas. Um sujeito barrigudo de calça camuflada dormitava na escada. No calor ao lado dele jazia a espinha de um cão, de onde pendia a pelagem. A placa da clínica mal era legível. *Metadona*, Mercer pensou. Uma droga que você usa pra parar de usar outras drogas. William, que não se deu ao trabalho de largar a heroína por ele, largou por Bruno. Mas por que aqui, tão longe?

Ele saiu e sentou no capô do carro. Estava um milhão de graus, mas foda-se. Ele se sentia como uma marionete largada, ou um prédio que desmorona, um andar de cada vez. Jenny se acomodou ao lado dele, leve demais para a suspensão do carro perceber. "E agora?"

"Como assim, e agora? Isso aqui está obviamente fechado."

"A gente podia ir ver se tem alguma janela aberta."

"Claro que podia, mas e pra quê? Ele não vai estar lá dentro. A única coisa que a gente pode fazer é ficar esperando ele vir pegar uma dose."

"Você acha mesmo que a gente tem tanto tempo assim?"

Até agora, Mercer vinha tendo dificuldade para não desviar os olhos quando encontrava os dela. "Eu li o artigo também, Jenny. Eu vi o cara no telhado. Mas o William não está no estúdio, não está no SoHo, não está aqui. E, além do mais, o que é que você vai fazer se a gente achar ele primeiro? Trancar o cara numa torre em algum lugar?"

Ela passou o polegar pela borda da pasta que tinha no colo. "Eu só fico achando que a gente tinha que avisar ele."

"Vocês praticamente não se conhecem, Jenny, você mesma disse. Ninguém é tão altruísta assim."

"Estou tentando não fugir da responsabilidade. É uma escolha que eu fiz."

Mas isso era desviar da questão. "Às vezes não dá pra escolher", ele disse.

"Quando foi que você não pôde escolher, Mercer? Tudo bem, o cara que você ama é viciado. Você ainda não tem uma escolha?"

Bom, foram-se as entrelinhas, Mercer pensou. Ele colocou os braços deitados no colo e deixou a cabeça pousar neles. Houve uma pausa aqui, um silêncio, em que ele podia sentir Jenny lutando com alguma coisa. "Mercer, não é só que esses caras entraram no meu apartamento. Você entende o quanto é raro você ter uma chance de verdade de salvar uma pessoa? Não dá pra simplesmente desconsiderar... vai por mim. Isso aqui pode ser a nossa chance de a gente se redimir, mas você tem que parar de ficar minando a coisa toda. Você tem que se deixar pensar."

O que Mercer estava pensando era que na distorção do cromado do para-choque, com aquela barba idiota, ele estava parecendo uma pessoa virada do avesso — superficialmente macia, mas com uma casca dura onde os tecidos deviam estar, contendo o vazio interior. Podia ouvir os baques das bolas batendo nos tacos nas gaiolas de treino e uma voz entediada num megafone, *É aqui, é pra ti, mulheres de verdade ao vivo*, e um órgão espectral que evocava alguma coisa da sua juventude, apesar de ele não conseguir lembrar o quê. "Você não é má pessoa", Jenny acrescentou delicada, como se pudesse ouvi-lo.

"Sabe, todo mundo vive me dizendo isso." Quando ele ergueu a cabeça, o sol parecia impossivelmente próximo. Ficção cientificamente próximo. Ele não ia se surpreender se lá em cima, atrás da névoa amarela, houvesse duas ou três luas, e estrelas-d'alva mutuamente excludentes. Mas mesmo nesse estranho cosmos novo ainda não havia vestígios do antigo? "Acho que tem, sim, mais uma coisa que a gente pode tentar", ele disse finalmente. "Eu só acho que você não vai gostar."

78

    Pulaski não tinha sofrido ferimentos graves na queda da semana passada. Ou *tropeço*, como tinha dito no carro, no longo trajeto de volta para casa, saindo de um PS no centro da cidade. Só uma contusão de tecidos profundos na coxa e, ele brincou, alguns arranhões no orgulho. Sherri não viu graça. Já em Port Richmond, com o motor arrefecendo, ela contorcia as mãos no volante customizado e ficou encarando o painel de ganchos da parede da garagem pelo para-brisa. Será que ele sabia como era receber aquele telefonema? Será que ele fazia a menor ideia do que lhe passou pela cabeça, no tempo que levou pras enfermeiras passarem o telefone pra ele? Claro que ela não precisava dizer. E nem precisava lembrar que, na condição dele, ele podia ter pedido uma aposentadoria por invalidez anos atrás. Que os chefões dele no 1PP tinham armado pra ele fracassar; que ele não tinha motivos válidos pra revistar a casa da East 3rd, e nem pra supor que os Federais não estavam segurando informações a respeito disso tudo. Nem a pau que eles conheciam aquela cidade melhor do que ele, e o ruivinho que ele tinha perseguido pela 2nd Ave. podia facilmente ser o único membro, ou um produto da necessidade de Pulaski de acreditar que... Quando se passou um minuto sem que Sherri dissesse alguma coisa, ele percebeu que era sua vez de falar. Sugeriu que eles ligassem pra ver se aquela casa em

New Paltz ainda estava no mercado. Aí ela estava chorando. "Pelo amor, Larry. Eu não quero que você faça isso porque quero que você faça. Eu quero que você queira."

Ele tirou as mãos dela do volante e as aninhou entre as suas garras horrendas. "Mas eu quero", ele disse.

Agora que tinha apresentado a papelada, ele até descobriu que era verdade. Pulaski não tinha percebido o quanto vinte e cinco anos de trabalho podiam desgastar um corpo, ou como podia ser revigorante começar a guardar em caixas as suas coisas do escritório. No fundo das caixas ia tudo que estava nas pilhas de arquivos que ele ia levar pra casa. Depois vinham os estojinhos de camurça para onde voltavam suas canetas especiais, desmontadas, e seu cachimbo de madeira de lei. Aí as fotos. Outras pessoas tinham fotos dos filhos; Pulaski tinha Sherri e o papa Paulo VI e sua falecida mãe. A última dúzia de caixas foi para os livros. Ele tinha juntado uma biblioteca respeitável ao longo dos anos, através de um serviço de encomendas pelo correio que vivia esquecendo de cancelar. A coleção de História da Time-Life. Foram as lombadas uniformes e identificadas por cores diferentes que chamaram a sua atenção, inicialmente, quando ele viu a oferta especial na quarta capa do *TV Guide*. Ele andava mesmo pensando em repovoar as estantes embutidas que tinha herdado do Inspetor Delegado anterior. Você precisava de livros, nem que fosse só pra lembrar aos subordinados, que iam ser os únicos a te ver dentro do escritório, que você sabia mais do que eles. Só que com os anos ele foi descobrindo que gostava de ler os livros também. Ser policial nesse período tão tardio da história era ser, por definição, um nostálgico; do outro lado da grande janela que ficava atrás dele, as ruas fervilhavam, anárquicas, e ainda assim todo dia de manhã ele pegava a insígnia e o revólver e jurava defender leis impostas geralmente antes de ele nascer. E mesmo enquanto ia metendo todos nas caixas, ele se via desejando olhar detalhadamente aqueles livros mais uma vez, como quem se despede de amigos de juventude. *O império Mogol. Pagãos das ilhas britânicas*. Provavelmente estava só cansado.

Mas agora o fervilhar da janela aberta começou a parecer mais um cantarolar. Ele usou a borda da mesa para fazer a cadeira girar. A vista estava inalterada — caixas-d'água e a estrutura da ponte —, mas, quando ele esticou o pescoço para a direita, uma coluna de pessoas minúsculas estava entrando na praça calçada ali embaixo. Cabeças pareceram se erguer para a janela de Pulaski. A distância embolava as palavras de ordem, então ele não conseguia ouvir direito o que eles pediam. Havia semanas já, ele sabia, o "Dr." Zig Zigler vinha incitando seus ouvintes a recuperar sua cidade, mas sem efeito — até hoje. E recuperá-la de quê, do caos? Pulaski quis rir. A própria manifestação era um caos e, de qualquer maneira, aquilo não o atingia mais. Ou será que isso tudo era, como ele um dia imaginou, a máscara que alguma ordem mais profunda usava? Porque naquele momento, quando Larry Pulaski estava prestes a fechar a janela e terminar de guardar suas coisas, o telefone começou a tocar.

79

Ela era três anos mais velha, mas, mais ou menos quando as lembranças desconexas de William se fundiram na pessoa contínua e singular que agora estava com ele — ou seja, no período que se seguiu à morte da mãe —, ele tinha decidido que Regan precisava da sua proteção. No Parque, aonde Doonie os levava de tarde, ele eliminou os outros meninos em qualquer brincadeira: Polícia e Ladrão, Índios e Caubóis, Peter Pan. Um analista podia ter umas coisinhas interessantes a dizer sobre isso. Havia, p. ex., a possibilidade de que a mulher lá em cima, na sala de imprensa do quadragésimo andar, toda iluminada para as câmeras, fosse na verdade a protetora *dele*. Mas William acreditava que a psicanálise era na melhor das hipóteses um conjunto de sacadas que você podia ter sozinho, e na pior uma bobajada riponga. Foi um dos motivos de ele se sentir tão ameaçado pelas tentativas de Mercer de achar alguma ajuda pra ele no fim, ele estava lembrando, quando um flash na região do seu cotovelo o salvou de ter que lembrar mais alguma coisa. Tinham chegado à parte das perguntas na coletiva, e apesar de a declaração preparada por Regan ter sido perfeitamente clara, a etiqueta exigia que os repórteres fingissem ter acabado de ficar sabendo de alguma novidade chocante. Um boneco do Ken, louro, com o cabelo pelos ombros (será que o Papai andava menos exigente?), apontou alguém no grupo e o clamor morreu, e um dos repórteres repetiu a pergunta. Câmeras se viraram. Para trás. William conhecia lojas de penhores em que uma câmera dessas podia valer centenas de dólares. Mas não, o que lhe interessava, em termos psicológicos, era a própria sensação de continuidade, a insistência da mente de que aquela era a mesma Regan que ele conhecia aos oito anos de idade; se alguma coisa acontecesse com ela, a Regan que ele perdesse seria a que naqueles tempos ficava empoleirada nas pedras negras do parque, com todos seus futuros por dentro.

O braço dele estava começando a ficar com comichão depois de tanto tempo no ar, ou talvez fosse apenas o último espasmo da abstinência, quando o cara lhe deu a vez. "Isso. Freddy Engels. *Daily Worker*", William disse. Ele não fez nenhum esforço para consultar um bloquinho estenográfico imaginário. Só cruzou os braços e se encostou na parede. "Os meus leitores querem saber quanto dinheiro a empresa matriz já gastou com a defesa e se isso vai levar a cortes nas várias subsidiárias."

Regan apertou os olhos para enxergar com aquela luz. Ele tinha certeza de que ela tinha reconhecido sua voz, apesar de estar meio arranhada por causa do vômito. Irmãos conheciam esse tipo de coisa. Houve meses, no passado, em que ele sentia a preocupação dela lá de longe. Anos em que ele soube que ela estava morrendo por dentro. Ela cobriu o microfone com a mão e sussurrou alguma coisa para o homem, como um mafioso num julgamento. O homem se inclinou para a frente. "Acho que já chega de perguntas." Houve mais um clamor perfunctório e o espocar de flashes, e, protegido pela luz, William se esgueirou para o corredor, para esperar.

O Edifício Hamilton-Sweeney, apesar da altura, datava da era das trevas, de antes do ar-condicionado, e as reformas nessa parte do andar pareciam inacabadas. O bisavô dele nitidamente acreditava na ideia de que o mármore tinha propriedades refrescantes, mas em dias como esse, os dias de julho em que cães morriam, hidrantes estouravam e a energia elétrica era sugada, o mármore parecia prender o calor, e a única coisa que os ventiladores podiam fazer era soprar o calor de um lado para o outro. Na plataforma de um lavador de janelas do outro lado de um vidro aberto, um par de aves fazia o que podia para evitar movimentos desnecessários, mas, quando William foi ver de que tipo eram, elas decolaram, como se soubessem melhor do que ele o que havia no seu coração. Dando um rasante sobre parques e ruas, Madison, Park, Lex, elas atingiam uma beleza improvável. Mas em volta delas se erguiam prédios que não estavam ali quando ele era menino, mais milhares de pessoas entupidas em caixas, e lá no fundo duas torres tremulando na névoa. Parecia impossível que isso tivesse sido construído por mortais. Homens teriam o tamanho de mosquinhas-das-frutas lá em cima, trombando contra os portões trancados do paraíso. Era mais provável, pensava William, que as torres tivessem sido esculpidas de um bloco maciço de granito e que em alguma pedreira de Vermont buracos gêmeos se afundassem quatrocentos metros no leito rochoso.

Aí sua irmã disse atrás dele: "Você é muito cara de pau. E é proibido fumar aqui". Ela tentou arrancar o seu cigarro, mas ele a afastou. Repórteres iam saindo da sala de imprensa e romperam o silêncio. Ela esperou que eles passassem. "Sério, William, parece que você acabou de aprender a andar nas patinhas traseiras", ela continuou, quando eles tinham sumido. "E você parece a morte, só que mais morninha. Mas quer saber?" Ela ergueu as mãos. "Eu não vou me deixar entrar nessa de novo, depois de todo aquele seu chilique de rejeição. Tenho mais o que fazer."

"Eu estou te fazendo passar vergonha."

"Não finja que não era exatamente isso que você estava tentando fazer ali dentro."

Você adora isso, ele queria lembrá-la. *Você me adora*. Mas ela já estava a meio caminho do elevador, e ele ficou pensando de novo se algo estava errado com a sua memória. Olhou para ela e ainda viu a Princesa Tigrinha grata por ter sido resgatada, mas aparentemente a recusa dele a crescer não era mais uma vantagem. "Eu sinto muito", ele disse agora.

"Sente o cacete. Você nunca sente por nada. O problema é bem esse."

"Por tudo."

Ela se virou para escrutinar o seu rosto, imaginando o que significaria "tudo". Ele mesmo tentava imaginar. Às vezes as coisas simplesmente saíam. "O que é que você quer, William? Você não estaria aqui se não quisesse alguma coisa."

Touché, ele pensou, enquanto as portas do elevador se abriram e revelaram uma mulher roliça de roupa xadrez que segurava uma árvore-da-borracha. William podia muito bem esperar o próximo, mas Regan já estava se espremendo de um lado da mulher, então ele entrou do outro. Aço escovado devolvia seu reflexo. Regan tinha razão, ele não era nenhum Valentino. Tinha perdido peso, e havia pequenas fendas vermelhas onde seus lábios estavam rachados. Ele precisava fazer a barba. E também não estava com um cheiro maravilhoso.

A área na frente do prédio transbordava de humanidade, mulheres segurando com uma só mão a comida que compraram em carrinhos enquanto matilhas de jovens sem paletós as examinavam. "O seu almoço é só agora?", ele disse. "Porque está perfeito. Você pode me levar para almoçar, a gente pode conversar."

"Se você queria conversar, William, a hora foi quatro meses atrás. As coisas ficaram meio loucas de lá pra cá. Ou será que você não ouviu a coletiva?"

"Não tem que ser almoço." Ele olhou de novo em volta para garantir que não estava sendo seguido. "A gente podia tomar um café também. Você que paga."

"Eu não tenho tempo pra isso. Eu tenho uma vida, sabe. Eu vou encontrar alguém pra jantar."

"Maravilha. Eu sempre tive cá as minhas dúvidas quanto ao fulaninho lá." Claro que ele sabia o nome de Keith; era só que não conseguia se conter. Mas quando ela lhe deu as costas, uma vergonha tardia caiu sobre ele. Era aqui que ele supostamente deveria estar aos trinta anos, um desses janízaros do estado corporativo. Em vez disso, passou quase a primavera toda apagado no estúdio, cercado pelo que a maioria das pessoas chamaria de lixo. Mesmo agora, limpo há três semanas e meia, ele continuava passando a mão em todo tipo de sinalização municipal que coubesse embaixo da caminha na casa de recuperação, e aí levava tudo pro Bronx. Persistir num projeto que você sabe que parece louco: Será que isso significava que você era louco, ou o contrário?

Bem nessa hora, a mulher do elevador marchou até uma lata de lixo já transbordante e largou sua árvore-da-borracha bem no meio. "Ei!" William disparou pelo pátio, abrindo caminho aos trancos entre secretárias e bancários. "Ei! O que é que você está fazendo?"

"Ela está morrendo", ela disse.

"Bom, mas não é motivo pra jogar fora."

A mulher lhe deu um olhar do mais puro desprezo. Ele estava formulando algo pérfido para lhe dizer quando sua irmã o alcançou. "Você ficou maluco?"

Tinha sido a pergunta de Mercer também, mas Regan conseguia fazê-lo pensar duas vezes. Ele podia até ter pedido desculpas para a gordinha, caso ela já não tivesse se fundido ao calor vítreo. "É dinheiro, né?", Regan disse. "Se é dinheiro, só peça o dinheiro. Não me faça passar por isso tudo." Você supunha que tudo que era vívido para você era vívido para os outros e vice-versa, mas ela ia fazê-lo dizer com todas as letras, pela primeira vez na vida de qualquer um deles.

"Se você precisa mesmo saber, Regan, o que eu vim pedir foi a sua ajuda." Aí ele pegou a árvore-da-borracha do lixo e, com grande e torturada dignidade, seguiu rumo oeste. Não parou para ver se ela tinha vindo atrás. Não parou, na verdade, até chegar a um banco sob os sicômoros secos atrás da biblioteca da 42nd Street.

"Quinze minutos", ela disse, tirando o relógio e o colocando entre ele e a planta. "Você só vai ganhar isso."

"Eu não estou entendendo por que você está tão puta."

"O que é que você quer que eu diga? Ah, graças a Deus, o meu irmão finalmente decidiu que está pronto pra me receber? A vida não funciona assim, William. Você não pode desaparecer por anos a fio e aí bater os tamanquinhos de rubi e fazer tudo desaparecer."

"Agora você sabe como fiquei quando você apareceu na minha casa aquele dia."

"Não fui eu que fugi!"

Ela estava sendo obtusa de propósito, ele pensou. Ela soube todas as vezes que ele foi a um jantar de família bêbado ou chapado, e soube quase antes de ele saber que ele era gay. Então como é que podia não ver o inferno por que ele estava passando? "Escuta só. Eu não estava falando sério do Keith. Sinto muito que vocês estejam numa hora ruim." Ele meteu a beirada de uma escama de tinta embaixo da unha e ficou fuçando nela, pensando em agulhas que furavam seus dedos. "Talvez a gente simplesmente esteja basicamente destinado à infelicidade."

"Eu não vejo sentido em olhar as coisas desse jeito, William. É adolescente."

Ele podia sentir a língua inchando na boca, as juntas das mãos desesperadas pelo doce alívio que jamais voltaria a sentir. "Eu estou dizendo, quando você olha essa família, você está se divorciando, eu estou com trinta e três e a minha vida está basicamente arrasada... Meio que te faz pensar, só isso."

"Se é isso que a gente merece?"

"Não era isso que eu queria dizer, Jesus amado. Talvez até o contrário. Eu quero dizer que por mais que você mereça outra coisa, que você corra atrás, o seu destino continua grudado no seu calcanhar." Os olhos dela cintilavam, mas por alguma razão ele não conseguia estender a mão e lhe tocar. Era como se certos gestos fossem tão simples que estivessem fora do seu alcance. "Ei, pare de ficar com pena de mim um minutinho, o.k.?"

"Não é de você que eu tenho pena, imbecil. Você já parou pra pensar no que ia ser pro Papai se alguma coisa te acontecesse? O que ia ser pra mim?"

Todo mundo tinha que morrer uma hora, ele disse. E o Papai ia ficar aliviado.

Aparentemente William não entendia nada. *Nada*.

"Bom, eu fico feliz de te ouvir dizer isso", ele disse. "Porque, justamente, o que me fez vir pedir ajuda é que tem alguém tentando me matar."

Ela fungou. Sorriu um pouco contra a vontade. "Você sempre teve esse efeito nos outros."

"Não, sério." E ele lhe contou tudo que sabia.

Depois daqueles cagaços noturnos nas ruas das profundezas do Brooklyn e de um encontro verificável na Times Square, o homem que seguia William tinha tomado posição em algum ponto próximo à fronteira entre a vida desperta e os sonhos, que, dada a quantidade de drogas que William estava usando na época, eram duas regiões já meio difíceis de distinguir. Bastava alguém incomumente alto na sua visão periférica, a sensação de uma sombra se movendo, e ele tinha certeza que o Espectro — tinha tirado o nome de um gibi que gostava de ler — estava de novo no seu encalço. Ele girava nos calcanhares e encontrava apenas uma árvore farfalhante, ou uma mancha de sombra com formato de rosto no para-brisa de um carro estacionado. Mas aí algum amigo ou algum vizinho (na medida em que ele ainda tivesse algum) mencionava que um cara com uma credencial de imprensa tinha aparecido, perguntando pelo nome dele. Ou, na verdade, pelo apelido.

Um dia, à noitinha, no fim de abril, depois de uma ou duas semanas assim, ele estava num trem quase vazio voltando da Union Square para o norte da ilha quando viu o Espectro espiando pelas portas que separavam os vagões. Ou possivelmente um outro Espectro, com roupas parecidas, blazer e chapéu. De qualquer maneira, dessa vez ele era de verdade. Como foi que William soube? A estatura, pra começo de conversa: aquela cabeça que se alçava e tapava a luz. E a barbinha grisalha bagunçada escondendo a boca. Mais apavorantes, através das lentes sujas, eram os olhos. Eles de alguma maneira eram inteligentes demais para aquele Espectro ser um tira, como William tinha pensado. E, no entanto, eram de alguma maneira opacos, danificados. Distantes. Como se já tivessem perfurado até o reverso da tela. E aí ele entendeu que esse homem viera até ele ali. Matá-lo. Um sino soou. As portas do metrô correram, ou uma correu, já que sua irmã gêmea estava travada. A droga que ele tinha provado no sul da ilha havia virado chumbo dentro das suas veias. Ele podia ter ficado ali sentado, ter se deixado consumir por aquilo, e até estava em alguns registros inclinado a fazer exatamente isso, mas por sob todo o peso morto devia haver algo nele que ainda vivia, e quando essa coisa falou, foi com a voz de Mercer: *Corra*. Quando a porta entre os vagões se recolheu, ele se enfiou na estreita abertura que o levou à plataforma. Sabia que era melhor nem olhar para trás.

Acompanhando os trilhos enegrecidos de fuligem, escada acima, e aí à esquerda, por um corredor forrado de cartazes de filmes. Era uma daquelas horas estranhas no sistema de transporte público em que as multidões de sempre desapareciam, deixando atrás de si somente bolas negras de chiclete e passagens que pareciam se estender para sempre. Impossível dizer se era o eco dos seus passos que fazia os ratos lá na frente correrem para a toca, ou a visão do seu Espectro como uma lua má atrás dele. Virar-se para olhar só ia fazer ele andar mais devagar. Aí seus dedos estavam se fechando sobre o metal do portão da saída, que gemeu ao se pôr em movimento... e parou. Grossas laçadas de corrente mantinham o portão fechado. Seus passos ecoavam por tudo.

Ele se virou para se defender. O Espectro, na metade do túnel de luzes piscantes, estendeu mãos longas, como você poderia fazer para acalmar um texugo acuado na toca. Particularmente se você pretendia deixar o texugo quietinho só até ter tempo de esganá-lo. William viu ao lado dele mais uma saída, essa abençoadamente destrancada. Um trem que vinha do sul ganhava embalo num túnel próximo, preparando-se para a plataforma. Ele fazia uma força dos diabos para lembrar o mapa da estação, mas seu cérebro era um pedaço de queijo em que os ratos tinham roído buracos. Ou os buracos foram criados pela droga que prometia preencher todos eles. Ele correu, passou pelo portão e subiu a escada de três em três degraus. Na rua, não olhou se vinham carros antes de atravessar; um carro derrapou, buzinas gritaram, alguém o chamou de idiota, e aí ele chegou ao outro lado da 8th Avenue. Descendo a escada sul, metendo a mão no bolso, por favor, uma passagem. E aí ele ouviu o suspiro de um trem que chegava e tinha parado um nível abaixo de onde estava. Disparou pela passagem, com uma cãibra lhe esfaqueando as costelas. Quase perdeu o passo nos degraus, mas conseguiu entrar no último vagão do trem, onde dois Satmars lhe deram uma olhada cética. Ele tentou fechar as portas com o pensamento. Ah por favor ah por favor ah por favor. E, com um estalido, elas se fecharam. Abriram. Fecharam.

O Espectro tinha conseguido chegar à plataforma, mais magro agora que na lembrança dele — William podia ver seu chapéu molenga pelo vidro traseiro do trem —, mas estava encolhendo ainda mais, até que as trevas do túnel o engoliram.

Era um trem expresso, William disse, e ele foi até o fim da linha, apavorado demais para descer. Passou a noite num diner em Ozone Park, Queens, tomando café sem parar, vendo o sol aparecer por sobre as velhas fábricas de tecidos. Mercer tinha razão. Ele não sabia viver. Mas como foi que ele um dia se convenceu de que queria outra coisa? De que não se borrava de medo de morrer?

Não tinha planejado entrar em tantos detalhes sobre tudo isso com Regan, ou sobre como acabou sendo difícil entrar para a reabilitação — ia parecer demais que ele estava tentando impressionar —, mas depois de começar não conseguiu parar. "É verdade. A procura é maior que a oferta. Você precisa passar por quatro exames de urina seguidos pra entrar no programa de metadona da 14th Street, como se precisasse provar que está ferrado e tal. Mas na altura do terceiro ou do quarto dia, eu não ia mais querer largar. Então acabei indo lá pra Coney Island. Entreguei a carteira e as chaves pra eles, eles me trancaram num quartinho emborrachado por uma semana enquanto tentavam calibrar a minha dose. Sei que eu devia ficar feliz depois, mas o que senti era luto total. Na primeira vez em que eles me deixaram sair sozinho, fui pra praia e só deitei na areia e chorei. Não sei se um dia eu parei de chorar."

Quando ele ergueu os olhos, a cor tinha sumido do rosto de Regan. Ela estava de novo com vinte anos. "Mas e esse pessoal que você diz que quer te matar, William?"

"Só que aí é que está", ele disse. "Eu larguei a metadona em junho, e estou ficando numa casa de recuperação em Sheepshead Bay. Mas ainda passo às vezes no meu estúdio no Bronx pra deixar umas coisas que posso querer usar, se um dia eu começar a pintar de novo. Aí ontem de noite eu vejo um aviso de demolição ali na porta. E tomo consciência de que enquanto eu estava lá doidão, me sentindo caçado, o bairro inteiro estava sendo arrasado em volta de mim. Como uma Zona de Decadência Urbana." Regan franziu a testa, como um juiz que ouve uma exposição. "Você não vê que as coisas estão ligadas? O empreendimento de Liberty Heights, aquele incêndio enorme em abril, o Papai sendo acusado, o assassino de aluguel. E eu acho que sei como parar isso tudo. Mas é aí que preciso da sua ajuda."

E então a voz dela fez o que sempre fazia: "William, eu não vejo *como* é que posso te ajudar".

"Claro que vê", ele disse. "Você pode me levar pra ver o Papai."

80

Desde aquela primeira vez em janeiro, sem que mais ninguém soubesse, e quase sem saber ele mesmo, Keith Lamplighter estava voltando uma vez por mês para a cadeira de plástico ao lado do leito hospitalar. Ele entrava rapidinho de manhã cedo, antes de ir trabalhar, com medo de ser visto; o seu costume de assinar um nome falso indicava o quanto a ideia era terrível. Só que não ir não era uma opção. Não que ele ainda esperasse que Samantha acordasse, ou que ainda se sentisse próximo dela, mas ela era de alguma maneira uma responsabilidade sua, e essas vigílias solitárias tocavam algo bem no fundo dele que a igreja não conseguia alcançar: exatamente a coisa que o maluco do carrinho de supermercado tinha apertado com um dedo ectoplásmico.

Agora ele se inclinou para a frente e apertou as mãos e tentou localizar a transformação que sentia nascer dentro dele depois daquele encontro — como uma porta que se abre num sonho. *Déjala ir*: Vá até ela? Vá para *longe* dela? Será que ele tinha que se despedir de Samantha antes de conseguir voltar com Regan? *Só me diga o que eu preciso fazer*, ele pensava. Não, espera. Talvez fosse esse o problema, bem ali na sua frente. Desde que se conhecia por gente, ele sempre pensava primeiro em si próprio. Ia tentar colocar outra pessoa em primeiro lugar para ver o que acontecia. Apertou bem os olhos e mirou firme a coisa ainda informe dentro de si. *Me mostre como eu posso ajudar*, ele estava pensando, ou murmurando — *Fazei de mim um instrumento de vossa vontade* —, quando ouviu o barulhinho de moedas por trás da cortina, onde a cama, em todas as visitas anteriores, estava vazia.

Ele temeu que a pessoa que agora dividia o quarto com Samantha estivesse tendo algum ataque ali atrás, mas a emergência que o recebeu quando ele abriu a cortina foi um garotinho espinhento com roupas bem urbanas, chutando os lençóis com os coturnos e algum tipo de implemento na mão.

"Opa", Keith disse.

O menino não tinha um rosto ruim; por baixo das espinhas e do cabelo cortado em casa havia traços que exibiam sentimentos como um outdoor. Nesse caso, pânico. Ele pulou para fora da cama, sacudiu a coisa que tinha na mão como quem quer afastar demônios, e disparou para a porta. Keith, cujos reflexos de bloqueio nunca tinham desaparecido totalmente, se mexeu para cortar o caminho dele. Um tantinho menos pronunciadas eram suas habilidades de luta livre, e assim, quando lhe agarrou um braço, mandando o implemento para o outro lado do quarto, a única coisa que conseguia fazer era evitar que o menino fosse atrás daquilo. "Opa! Calma! Nada aqui está pegando fogo!"

"Fogo?" O menino não olhava para ele.

"Eu estou dizendo, pra que a pressa?"

"Se você não me soltar eu vou gritar pra chamar a segurança."

O menino se libertou, mas Keith alcançou primeiro a coisa no chão. Era um cabo de canivete, que nem estava aberto, preto com um botão prateado. "Por que é que eu devia me preocupar com a segurança? Não sou eu quem está com uma faca."

O menino ficou um tom mais pálido. "É pra defesa pessoal. Eu sou amigo da paciente."

"Ah é? Eu também."

"Então como é que eu nunca ouvi falar de você?"

"Conhecido, talvez seja melhor." Agora foi a vez de Keith se contorcer um pouco. "Sabe o quê? Eu estava justo indo pegar uma comida, então por que você não fica aqui e faz a sua visita? Eu insisto."

Foi fácil convencê-lo, já que estava segurando a arma do menino. Ele fez uma barricada diante da porta com o corpo até o menino voltar cabisbaixo para a cadeira de plástico perto da cama de Samantha. Mas alguma coisa não estava certa aqui — mais ainda o que aconteceu quando ele testou o botão da faca. Com um olho no quarto para garantir que o menino não ia sair, Keith foi em silêncio até o posto de enfermagem, temporariamente vago, e pegou o telefone. Não havia motivo, de verdade, para ele estar com aquele cartão comercial amassado que o repórter lhe passou em fevereiro — usá-lo seria reconhecer o papel que ele teve na vida de Samantha. Mas talvez ele estivesse apenas esperando a hora certa de se entregar. Pois agora discou o número impresso ali e rezou para alguém atender, para ele poder informar ao **DETETIVE INSPETOR LAWRENCE J. PULASKI**, fosse ele quem fosse, que havia alguém aqui que ele podia estar bem interessado em encontrar…

81

O camarada que ligou insistiu em deixar o nome, mas não estava fácil ouvir, com aqueles cincerros e apitos, o matraquear dos tambores de guerra lá fora. E apesar de Pulaski sempre poder fechar a janela, o som parecia proibir esse gesto. Ele girou a cadeira para entrar no paralelepípedo de sol quente. Aplicou um polegar a uma pálpebra, um indicador à outra. Lamplighter. Lamplighter? "Eu conheço o senhor?" Provavelmente não, o sujeito admitiu. Mas ele estava agora mesmo na ala da UTI do Beth Israel Hospital, onde deteve alguém que podia ser de interesse. E bum, pronto, Beth Israel. Isso aqui não ia ser uma daquelas pistas falsas que escapam do anzol na última hora, a revelação da quiromante, a van suspeita vista a quilômetros do crime. Sem contar que: "Deteve, o senhor disse?".

Bom, não exatamente, o sujeito concedeu, mas ele estava *bem na frente* do quarto da menina Cicciaro, e foi onde topou com um jovem escondido.

Veio um ganido elétrico lá de baixo, como de metal contra uma lousa. Pulaski o reconheceu (com certa satisfação diante da reação que isso provocaria no Comissário Delegado) como um megafone. Os manifestantes tinham trazido um megafone. Daqui a pouco estariam declarando exigências. Toda aquela multidão inquieta parecia segurar a respiração. "Um jovem?"

"Um adolescente. Um menino."

Pulaski espremeu mais. "O senhor pode descrever o rapaz, por favor?"

O homem ao telefone enxergava como um homem, sem atenção real aos detalhes, mas cada cutucão — altura? peso? compleição? — rendia mais informação, até que as elipses de uma cor inominável por trás das pálpebras de Pulaski viraram um rosto gorduroso emoldurado por ferro forjado. Uma cabeça ruiva que ele tinha visto semana passada na 2nd Avenue. "Tem alguma coisa bem suspeita nesse menino", o camarada concluiu. "Ele estava com o que parece ser uma faca."

Tem alguma coisa suspeita no fato de o senhor ter o número da minha linha direta, Pulaski pensou, mas isso estava acontecendo rápido demais para ele se ater a um protocolo que numa ou duas semanas, de qualquer maneira, não teria mais aplicação. "Tudo bem. Eu vou mandar alguém trazer o menino pra um interrogatório. Enquanto isso, tente garantir que ele não saia daí, tá? Compre uma coca pra ele, chame os guardinhas, sei lá. Mas, sr. Lamplighter... Lamplighter? Não vá se machucar."

Ondas de percussão de novo cresciam no pátio lá embaixo, e no segundo que antecedeu o momento em que abriu os olhos, Pulaski sentiu a estranha serenidade que um pescador deve sentir, tragado para alto-mar. Ele pegou o aparelho mais uma vez e mandou a operadora ligá-lo com a 13ª DP. Dali, ele disparou uma viatura para ir ao hospital buscar não apenas o menino, o mais rápido possível, mas também o sujeito que tinha ligado. Aí colocou o rosto na mesa. *O que é que você está fazendo?*, Sherri teria perguntado. Deixando-se cair novamente numa espécie de imagem especular, era isso. Idêntica à sua vida real em todos os aspectos, só que invertida, e sem uma dimensão crucial. Ou quem sabe duas, pois sua testa mal tinha tocado o mata-borrão quando o intercomunicador soou no seu ouvido. "Senhor? Chegaram visitas."

"Pode mandar entrar."

Recobrando forças, ele ficou olhando para a porta à espera do primeiro sinal do menino do cemitério. Mas o que apareceu foi um negro que ele levou um segundinho para reconhecer. E, nas sombras onde a luz estava queimada, uma menina oriental. Moça, ele devia dizer. "Está uma loucura lá fora", disse Mercer Goodman. "Espero que não seja uma má hora. Mas o senhor disse no Ano-Novo que se alguma coisa aparecesse..."

Como em outros momentos de estupefação, o instinto de Pulaski foi o que o salvou. "Não se preocupe com isso", ele disse, fazendo um sinal para eles entrarem. "Ou com a bagunça aqui." Não parecia típico de Goodman atacar primeiro, mas também já fazia meses. A menina parecia menos segura de si, abrindo caminho entre o labirinto de caixas semiabertas. Mas atraente, daquele jeito casualmente andrógino das mulheres da sua geração. Cabelo de príncipe valente, calça jeans, uma camisa social masculina abotoada no punho, pasta embaixo do braço — era *ela* o que tinha aparecido para Goodman, aparentemente. Em tempos idos, Pulaski teria agradecido por qualquer pista nova. A questão agora era se, já desviado do seu plano original para aquele dia, ele podia bancar mais essa. "Sentem, por favor." Ele tinha se posto de pé para ajudar os dois a arrastarem as cadeiras, mas sentia um impulso de evitar que a menina visse sua enfermidade. "Eu estou no meio de umas coisas aqui, como vocês podem ver, mas quem é a sua amiga aqui?"

"Esta é Jenny Nguyen. Vocês têm um conhecido em comum, a gente acha." Ele esperou. "Richard Groskoph?"

Mas era o *último* nome que Pulaski queria ouvir! Eles que lhe viessem com Cicciaro, que lhe viessem com mais dados sobre o menino... Não, calma; mantenha o controle. "Vocês eram colegas?" Só chutando, por causa das roupas dela.

"Vizinhos", ela disse baixinho. "Eu herdei o cachorro dele e alguns documentos."

Próximos pra dedéu pra meros vizinhos, então. Pulaski puxou um cigarrinho envelhecido da gaveta central e bateu o filtro contra a mesa. Tinha passado havia muito tempo para o cachimbo, mas achava os cigarros úteis para manter o personagem, ou construir uma noção de proximidade. Ou dar um tempo para traçar estratégias. "Conheci o Richard quando ele era repórter de rua, e já naquela época estava claro que ele ia longe. Num minuto você estava escolhendo canções na jukebox, e no minuto seguinte já estava lhe contando a história de um peixinho dourado que morreu quando você tinha treze anos. Ele era mestre absoluto na arte de fazer as pessoas se abrirem." Ele dirigiu tudo isso a Goodman, basicamente a fim de sacar melhor a menina. Quando ela tinha amaciado um pouco, ele se voltou para ela. "Mal posso lhe dizer o quanto lamentei quando soube o que aconteceu."

Mas foi cedo demais; ela instantaneamente reergueu a guarda. "Isso não é uma visita de pêsames."

"A gente veio aqui porque a gente precisa de ajuda", disse Goodman. "Ele estava escrevendo alguma coisa sobre a menina do Réveillon no parque..."

Claro, Pulaski pensou. *Eles* precisavam da ajuda *dele*. "...e acabou colaborando com o romancista em formação que a encontrou ali, imagino? Depois de jurar que ia deixar aquele crime em paz?" O que lhe dava mais nos nervos era a presunção desses tipinhos que escreviam, como se não houvesse gente de verdade no mundo, com empregos, horários, esposas, mas apenas material de pesquisa. "Espero que vocês estejam me trazendo o nome do criminoso, porque se vocês estão só levando adiante a missão de Groskoph, receio que isso seja uma perda de tempo para todos os envolvidos. Um caso aberto não é algo que eu possa discutir. Como o Richard sabia mais do que bem."

"Então o senhor não gostaria de ver o texto desse artigo dele aqui?" A menina brandiu a pasta que segurava. "E o senhor já deve estar sabendo do namorado do Mercer."

"Colega de quarto", Goodman corrigiu, com uma expressão compungida. Ela o ignorou, colocando a pasta na borda da mesa de Pulaski, quase o desafiando a não pegar.

"Dizem as más línguas que a vítima andava se metendo com um pessoalzinho da pesada."

"Nós já fomos atrás dessa historinha. Os Pós-Sei-Lá-O-Quê. Me diga alguma coisa que eu ainda não saiba."

"Que tal o fato de que o mesmo pessoal agora está atrás do namorado do Mercer? Desculpa. Colega de quarto. O William. Ele foi embora em março, depois de eles brigarem, e está desaparecido desde então."

Agora Goodman ignorou a correção. "Eu sei, me pareceu loucura também", ele disse, "mas aí eu vi. Uns caras disfarçados de eletricistas, de tocaia na frente do nosso apartamento. Ou um cara, pelo menos."

"O que é que faz vocês pensarem que esses supostos bandidos ainda não encontraram o seu colega de quarto?"

"Isso foi agora de manhã. Eu vi os caras com os meus próprios olhos."

A pilha de páginas na frente de Pulaski parecia tremer. Uma visão de conexões de metrô apareceu de novo diante dos seus olhos, só que invertida. Uma construção altíssima como uma árvore ornada de luzes, cintilante, mutante, e no meio uma escuridão — o objeto ou conceito que mantinha coeso o visível. Mas o mais provável era que fosse a bateção de pés dos manifestantes na frente do prédio fazendo tudo tremer. Enfim, esses dois pareciam drogados. O que é que o namorado, colega de quarto, William Wilcox ou sei lá que nome ele tinha (as anotações da entrevista de Goodman estavam numa dessas caixas), podia ter a ver com Samantha Cicciaro? Na rua lá embaixo alguém estava explorando o repertório de ruídos prontos do megafone, seus uivos e grunhidos. "Srta. Nguyen, sr. Goodman. Talvez se vocês tivessem vindo me dizer isso antes do meio de julho..."

E agora o mundo interior e o exterior começaram a se fundir, como se a cacofonia não estivesse na rua, mas no corredor, do outro lado da porta. "Foi só no meio de julho que alguém invadiu e tentou incendiar o meu apartamento! Por acaso mencionei esse detalhe? Eles tinham que estar atrás do artigo, ou talvez dos fanzines."

"O que que é um fanzine? Olha. Eu sinto muito que vocês tenham tido que passar por tudo isso e tal, mas vocês estão na delegacia de homicídios, pessoal. Se vão ficar mais tranquilos deixando isso tudo comigo, mando alguém da Furtos e Roubos acompanhar o caso..."

Mas ela era mais rápida que ele e catou de volta a pasta. "Nem fodendo."

"É assim que o sistema funciona. Você pega uma senha, entra na fila."

"Parece que tem uns nova-iorquinos bem putos lá fora que estão começando a duvidar que o sistema funciona mesmo." Nervos de aço, aquela ali. Num outro dia, ele podia ter admirado esse fato. "Vocês conseguem achar as pessoas, não conseguem?", ela disse. "Então vocês vão ajudar a gente a achar o William. A gente vai dar um jeito de ninguém mais morrer nessa história."

Mas ele também tinha seus nervos, por mais que estivessem retorcidos. "Conseguem ouvir o que vocês estão dizendo? Disfarces? Gente sendo perseguida? E quem foi que morreu? A menina Cicciaro ainda está viva."

"O senhor não está percebendo? O Richard, é a sua resposta. Está na cara que ele foi..." Ela não conseguiu terminar a frase, mas por um segundo Pulaski entreviu sob toda aquela raiva, aquela teimosia, a necessidade bruta de acreditar. E talvez até ele tenha podido se identificar com aquilo. Será que ele também estava lendo tudo do avesso?

"Acho que eu posso arranjar uns minutinhos. Vou dar uma olhada rápida nesse artigo antes do meu próximo compromisso, que tal?" Ela afrouxou os dedos que seguravam a pasta. Ele se afundou na cadeira e a abriu, tentando fingir que não havia gente olhando. A primeira coisa que lhe chamou a atenção foi a ausência de erros de datilografia. Tinha esquecido a facilidade com que Richard escrevia, já no tempo em que sua coluna era semanal. A lucidez, a confiança. Só que talvez em excesso. Ainda assim, Pulaski se sentia confirmado na sua desconfiança e algo desiludido; por coisa de dez, doze páginas, "Os Fogueteiros" podia ser um dos seus livros da Time-Life, com um falatório sobre pirotecnia, China, Marco Polo... De onde é que esses dois estavam tirando aquela conspiração homicida? E como foi que ele quase caiu nessa, nem que tenha sido por um segundo? Será que estava precisando tanto assim de uma fuga?

Uma tosse o fez erguer os olhos. O barulho tinha mesmo entrado no prédio, pois ali estava um policial uniformizado, com cara de desorientado. "Senhor? Eu trouxe aquele pessoal que o senhor pediu." Logo atrás dele estava um homem com um paletó de alfaiataria. E ali, à esquerda, olhando melancólico para as algemas, estava o menino cujo cabelo ruivo, e tudo mais, Pulaski tinha quase esquecido. "O senhor quer que eu leve os dois pra detenção?"

Pulaski fechou a pasta. "Não, aqui está ótimo pros dois."

O policial fez o detento sentar com certa rispidez na única cadeira que restava. Mas antes de Pulaski encontrar uma maneira respeitosa de dizer para os outros dois se mandarem, o menino levantou o rosto e empalideceu. "Ei! Mas que porra que *você* está fazendo aqui?"

82

E de repente estavam todos em volta dele, em cima dele, como crianças na escola, e ele quase não conseguia mais respirar, e estava quase esperando que eles começassem a bater com os punhos cerrados nas mãos, entoando *Briga! Briga!*, só que ele não sabia bem quem ia brigar. Tinha aquele atletinha mentiroso de paletó, o idiota, que o Charlie ia adorar tentar socar, nem que isso só lhe rendesse um olho roxo, e tinha o policialzinho que levou os dois do hospital. Tinha o paisano que parecia um caranguejo eremita. Tinha o namorado do Billy Três-Paus e do lado dele a moça, com uma cara meio incomodada. Aí o eremita achou um caminho pra se mexer, e o escudo cravado no couro na altura da cintura dele estava bem na cara de Charlie. "O que é *quem* está fazendo aqui, garoto?"

Merda. Aquilo tinha escapado. O sangue de Charlie ainda estava fervendo por causa da multidão que eles tiveram que atravessar lá embaixo, e de tentar escapar na recepção (daí as algemas). Mas agora era um joguinho tipo Pense Rápido. Explicar que ele estava se referindo ao negro — isso ia revelar que ele andou de tocaia. Ao mesmo tempo, admitir que reconhecia a asiática de uma foto no apartamento ontem ia revelar sua cumplicidade num incêndio criminoso. Não, se havia uma resposta que podia evitar que ele fosse parar na prisão juvenil era o próprio crustáceo, com quem ele esteve cara a cara semana passada, no East Village. "Você", Charlie disse. "Eu estava falando de você."

"É o meu escritório. Claro que eu estaria aqui."

Antes de Charlie poder reagir a isso, o homem estava levantando para receber um objeto, o canivete fechado dentro da bainha. "Isto é cortesia do seu informante", o policial disse a ele. "Diz que pegou do menino. Melhor o senhor dar uma olhada."

Charlie tentou parecer inalterado, mas estar com as mãos atrás das costas tornava difícil ele sentar reto, o que o forçava a uma paródia de deformidade. Se isso virasse um ataque sério de asma, ele ia estar fodido de verdade. Ouviu o subordinado limpar a garganta. "Ãh, senhor? Tem um informe aqui dizendo que é pra todo o pessoal fardado se apresentar no térreo pro controle de multidões. Pergunto se eles podem liberar uns caras da Homicídios?"

Seu superior chegou a alguma decisão. "Acho que dadas as circunstâncias aqui eu me viro sozinho."

"Sim, senhor." E lá se foi um dos cinco. Então por que Charlie não se sentiu vinte por cento mais à vontade? Porque o eremita estava se curvando de novo. O rosto dele, que tinha parecido meramente cansado, agora tinha sulcos e cânions. "Olha aqui, meu filho. Você sabe com quem está falando?"

"Claro." A voz de Charlie escolheu bem aquele momento para rachar; aquilo saiu como um pio. "Você é um polícia."

O sorriso do policial nem se alterou. "E isso te deixa em que situação?"

"Cagado de medo, é claro", a moça disse, em algum ponto atrás dele. "Por que é que você não deixa o menino respirar, Jesus? E será que precisa mesmo dessas algemas?"

Charlie começou a declarar que nunca sentiu menos medo em toda a sua vida, mas para seu alívio os três homens estavam se afastando, na medida em que houvesse espaço para onde se afastar. O escritório, semiencaixotado, não era maior que a área de penalidade de um rinque de hóquei.

"Ele falou no carro que o nome dele era Daniel", disse o Idiota.

"Não disse, não", Charlie mentiu, pra irritar o cara. "O meu nome é Charlie."

"O.k., mas você é *quem*, Charlie? O nome não diz muita coisa. Por exemplo, eu sou Larry Pulaski, mas eu também sou Inspetor Detetive na Polícia de Nova York. O que quer dizer que estou aqui pra resolver crimes."

"Isso aqui ainda é a América", Charlie disse. "Eu não tenho que te dizer nada."

O Idiota antes parecia agitado, com um olho na janela e na manifestação lá fora, mas agora ele se recompôs. "Por falar nisso, Inspetor Pulaski, o senhor esqueceu de mencionar no telefone que estava com planos de me arrastar até aqui."

"É uma formalidade. Eu tenho certeza que não vai demorar." Pulaski parecia considerar o sujeito um desvio em relação ao seu objetivo principal. Mas será que não valia a pena perguntar, só em termos de resolução de crimes mesmo, o que tinha levado aquele Idiota até o quarto da Sam no hospital, só pra começo de conversa? O próprio Charlie teria perguntado, mas ele não acreditava em dedurar nem os inimigos.

"Pode ser uma formalidade, Inspetor, mas eu tinha que ir pegar os meus filhos na colônia de férias às três e meia. Eles vão pensar que alguma coisa aconteceu comigo."

"Alguma coisa deve ter acontecido mesmo. Já passava das quatro quando o senhor me ligou do hospital."

O homem enrubesceu, mas não desistiu. "Eu perdi a noção do tempo. Isso lá é motivo de prisão?"

"Ninguém está falando em prisão."

"Que bom. Porque vocês ficaram com o meu nome, eu estou nitidamente mais que disposto a conversar o quanto vocês quiserem mais tarde, mas agora eu vou sair pra ir pegar os meus filhos. A menorzinha tem seis anos."

Charlie tentou transmitir um raio de pensamento. *Diga não. Deixa ele sofrer um pouquinho também.* Mas Pulaski só perguntou como podia entrar em contato com ele. O homem fuçou nos bolsos do casaco, tirou um cartão. Enquanto o negro e a asiática ficavam olhando, Pulaski examinava o cartão. "Espere alguma novidade amanhã. Até lá, acho que eu não posso mais segurar o senhor."

Inacreditável! Se Charlie tivesse um cartão, será que seria mandado embora assim tranquilo, sem mais perguntas? Não, porque não ia conseguir pegar o cartão; a porra das mãos dele ainda estavam presas atrás das costas.

Pulaski batia na mesa com o cartão, considerando. "Eu podia fazer umas apresentações. Charlie, esta aqui é a srta. Nguyen..."

"Será que não dá pra pelo menos dar uma água pra ele?"

"... e este é o sr. Goodman, que encontrou a menina no Réveillon."

Ele *o quê*? Charlie não conseguiu evitar se sobressaltar. Mas era difícil comparar o negro, esse pós-adolescente cansado, com a forma agachada ao lado da Sam na neve, esperando a chegada dos policiais. E quando ele se virou de novo para a mesa, Pulaski estava apoiado nela, com cara de quem sabia de tudo o que tinha acontecido com Charlie de lá pra cá. Ele pôs uma mão na pasta ao seu lado. Documentos sobre a fph? Estranhamente, essa ideia o deixava mais calmo. O que Nicky andava preparando nesses meses todos seria revelado ao Profeta Charlie finalmente. E ninguém ia poder culpá-lo por nada.

"Então, agora que você está atualizado", Pulaski disse, "eu preciso te fazer umas perguntas, Charlie. A começar por Samantha Cicciaro. Você a conhecia, não?"

Ser honesto não podia piorar a situação de Charlie, uma vez na vida. "Ela era a minha melhor amiga."

E ele sabia quem tinha atirado nela?, Pulaski perguntou.

Isso provavelmente tinha a finalidade de deixá-lo meio em pânico de novo. Ainda assim, a resposta era não.

"Tudo bem, trocando a marcha, então. Dá uma bela olhada nestes dois aqui." Ele tinha certeza que nunca tinha visto a srta. Nguyen ou o sr. Goodman antes? "E por acaso o nome Richard Groskoph quer dizer alguma coisa pra você?"

O negro se manifestou: "Será que alguma hora a gente vai voltar ao William?".

Mas eram as perguntas erradas! Nada de Liberty Heights, nada dos dois setes em choque nem de Pós-Humanismo nem da casinha dos fundos. O Inspetor Pulaski, tão poderoso cinco minutos atrás, nem parecia estar no caso certo! "Olha, como comentei com o policial, eu só estava visitando a minha amiga no hospital, e isso é tudo o que eu tenho a dizer. Se vocês forem me segurar aqui, parece que tem que ter um motivo. Então..."

"Que tal posse de uma arma proibida? Será que pode ser?", perguntou Pulaski, cuja onisciência, agora ficava claro, se limitava a maneiras de torturar Charlie.

"Isso é asneira. Vocês não iam estar fazendo isso se eu fosse algum idiota riquinho. Eu não tenho direito a um advogado?"

Pulaski pesava a bainha na palma da mão. "Você tem consciência de que ocultar uma lâmina de mais de sete centímetros é ilegal no estado de Nova York?"

"Você está blefando."

"Está vendo, é disso que eu estou falando" — a mulher tinha se intrometido de novo — "gente correndo por aí com canivetes."

"Agora onde será que eu meti a minha fita métrica..."

Mas, quando Pulaski apertou o botão do canivete, parecia até que tinha decepado um dedo, tamanha a cara de surpresa de todos eles. O que apareceu ali não foi uma faca, mas um pente barato demais pra poder ser usado de verdade. E naquele momento Charlie se sentiu mais longe de entender alguma coisa do que jamais esteve em toda a sua vida. Empatava direitinho com a hora em que ele encontrou a Sam, ou com o enterro do Pai. Porque e se ele tivesse precisado mesmo da faca pra deter alguém, não algum otário de terninho, porém alguém capaz mesmo de... Mas, por favor, como é que você pode ser tão cego? A pessoa que ele tinha que deter, desde o começo, era o Nicky. Ele ficava se dizendo que a violência da FPH era puramente um meio, mas aquele pente, exatamente pela sua inutilidade, parecia colocar num relevo definitivo a questão dos *fins*. Assim... e se as fantasias do Nicky o estivessem levando a um lugar tão perigoso que ele não confiava nem que seus aliados mais próximos o seguiriam até lá? E se, ao menos neste último ponto, ele estivesse certo?

Charlie se virou para a moça. "Eu posso só dizer que sinto muito?"

"Sente por quê?"

"Eu sei que foi no seu apartamento que a gente entrou ontem. Eu vi a sua foto na geladeira."

"Seu merdinha!" Mas aí ela se virou para Pulaski. "Está vendo? Eu sabia que não era um roubo comum."

"Certo", Pulaski disse. "Exatamente como você sabia que isso aqui era uma faca."

Charlie fingiu não ter ouvido. "Não foi ideia minha tocar fogo em nada."

"Mas pensando bem isso não é totalmente verdade", ela continuou. "Vocês levaram, sim, alguma coisa."

"Eu não levei nada, moça. Eu salvei o seu cachorro. O fogo é coisa do Nicky."

Ela pôs a cabeça de lado. "Também conhecido como Iggy, certo? O manuscrito usa os dois. 'NC quer dizer Nicky?"

"Ãh, total, acho. Nicky Caos."

"Opa lá." Ela ergueu uma mão. "Espera aí. Esse cara é o Capitão Caos, o pretenso artista?"

Outro deslize fatal — será que ele já era oficialmente um dedo-duro?

"Jenny, você está falando de um cara que tocava na banda do William", o negro disse. "Por que é que ele ia estar metido em alguma trama pra matar o colega?"

Matar o colega? A moça agora veio até ele e agarrou um braço da cadeira. Ela se agachou diante do Charlie. Estava com um reloginho digital preto bem barato, e a bem da verdade era muito bonitinha, apesar de cansada. "Isso aqui é sério, Charlie. Eu entendo que você está desolado por causa da sua amiga..." Mas era um estratagema; ele tinha lido a *Penthouse Forum*, ele sabia o que rolava. Ela ia ficar sozinha com ele e ia dizer que sentia muito por ele e se sentia atraída por ele e ia se oferecer pra chupar o pênis dele se ele fizesse o que tinha que fazer. E o diabo é que ele ia provavelmente lhe contar tudo o que sabia. Que ainda era um quase nada. Ele levantou e meio que manquitolou até a janela. Ninguém o segurou. O chão fervilhava com um formigueiro de reacionários. O rio lá longe, morrendo com o sol. Um raio rubro nos cabos da ponte, ameaçando fazer com que ele se lembrasse de alguma coisa, mas a altura o deixava com medo demais para pensar.

Pulaski, zombeteiro, estava folheando a pasta que tinha na mesa, mas o negro o interrompeu. "Não, não, o senhor tem que começar depois das fotos. A parte do Billy Três-Paus só vem no finzinho."

Pulaski folheou de novo, olhos correndo pelas páginas e aí, numa das últimas, parou. "O.k., aqui eu estou perdido mesmo." Como Charlie — perdido, sem dormir, furioso e envergonhado. Mas Pulaski parecia estar se referindo ao trecho que tinha embaixo do indicador. "As iniciais 'NC' podem certamente apontar para várias direções, Nervoso Charlie sendo uma possibilidade, Não Crível, mas e esse tal de Irmão Demoníaco? Ele é um Hamilton-Sweeney?"

"*William* é um Hamilton-Sweeney", o negro disse.

As luzes ficaram brevemente mais fracas, mas ninguém percebeu. Nem Charlie, que tropeçava naqueles cabos entrecruzados. Ele agora pensava em fotos. Em sobrancelhas ausentes e pontas de dedo aleijadas, relógios roubados. Sentindo um cheiro químico que esteve ali o dia todo. Puta merda, como ele era lento. "Não", ele se ouviu dizer. "O Irmão Demoníaco é a arma do Nicky. O Irmão Demoníaco é uma bomba."

Veio uma pausa. Outra piscada das lâmpadas. Do negro, um gemido. Aí Pulaski disse: "Bela tentativa, garoto, mas eu não estou exatamente engolindo nada aqui. Se estivesse querendo matar o amigo do sr. Goodman, você ia dar um tiro nele. Ou uma facada, como a srta. Nguyen ia preferir".

Não estava claro se a moça tinha ouvido ou dado bola. "Você está deixando muito difícil acreditar em você, Charlie, você tem que entender isso. O Capitão Caos tem uma bomba?"

Ele fez o que pôde. "A, ãh, detonação devia estar planejada pra 7/7, eu acho, só que por algum motivo ela foi adiada uma semana."

"Bom, que fofo. Uma semana assim meio 'Eu te ligo semana que vem', ou uma semana assim de sete dias?"

"E como é que eu vou saber?"

"Você estão vendo o que estou dizendo?", Pulaski disse. "Um plano de assassinato, uma ameaça de bomba, e ele não consegue nem inventar uma data."

A moça o ignorou. "Porque sete dias depois de 7/7 seria 14/7. Que é amanhã."

"Ou daqui a algumas horas", o negro disse.

"O.k., beleza, meia-noite", disse Jenny Nguyen. "A gente ainda pode avisar a cavalaria, Charlie, é só você dizer onde é que eles vão pôr a bomba."

Ele olhava de um rosto para o outro. Para o rosto cheio de dúvida de Pulaski. E pensava se naquele momento até o seu próprio rosto parecia convencido. Era uma maldição, estar preso ali daquele jeito. Porque, honestamente, ele não tinha ideia.

83

    Regan tinha passado tantas vezes pelas imensas pinturas de planos de cores aqui no Edifício Hamilton-Sweeney que elas viraram simplesmente parte do seu mobiliário mental. Mas dizia algo a respeito do seu irmão (ou a respeito da compreensão que ela tinha dele), de todas as coisas a que ele teve que renunciar anos atrás, no seu ato de orgulho disfarçado de lealdade, o par de Rothkos foi provavelmente a mais difícil para ele deixar para trás. Ela estava já na metade do saguão quando viu que ele tinha se deixado ficar para trás, boquiaberto. "Você vem?", ela perguntou.
    "Só me dá um segundinho."
    Ela parou perto de uma pequena janela que dava para o oeste. O sol estava baixo e imenso, como se tivesse chegado a engolir Nova Jersey. Não era de estranhar que estivesse tão quente. "William!"
    "Chegando."
    Quando ela se virou para confirmar, as vozes dos dois desalojaram uma mulher com uma cor meio acastanhada de um corredor adjacente. Regan não a reconheceu, e nem ela pareceu reconhecer Regan. Mas isso nada tinha de novo; Felicia tinha dificuldade para manter as empregadas. Quando lhe perguntaram do Papai, a mulher pareceu intrigada. "Papai?"
    "O meu pai."

"O sr. Ham?"

Depois de mais negociações, a mulher os conduziu para o segundo andar e por um longo corredor. Que, também, parecia desprovido de vida, mas da porta na outra extremidade escorria um fio de vozes. Regan ficou surpresa ao descobrir que uma delas era a sua. Uma grande televisão de madeira tinha sido arrastada até o centro da biblioteca desfolhada e ligada à tomada através de uma extensão. Ela estava no momento retransmitindo a coletiva de hoje. Do outro lado, numa poltrona que alguém tinha puxado para o lado do visitante da mesa, o pai dela estava de bermuda. Varicosidades violeta corriam umas atrás das outras por suas pernas branco-azuis. Um pé tinha um tênis branco de lona. O outro estava nu. O cheiro era colônia de barba tendendo ao gim. Mas que horas eram? O noticiário certamente já teria acabado a essa hora. "Papai, o que é isso?"

"Regan? Eu só estava assistindo você." Ele deu batidinhas no braço da poltrona, como se ela ainda fosse pequena e pudesse se sentar ali. "Você sabe mesmo o que está fazendo, querida. Deixe aqueles filhos da puta de sobreaviso."

Ela se ajoelhou no tapete diante dele e pegou suas mãos e tentou lembrar a última vez que o ouviu dizer um palavrão. "Cadê todo mundo? Cadê a sua esposa? O senhor não devia estar bebendo com todos esses remédios, o senhor sabe." Em algum ponto atrás dessas preocupações residia a consciência de que William ainda não tinha chegado e de que ainda havia tempo de preparar o Papai para o surgimento dele. A não ser que fosse William quem precisasse ser preparado. Quanto uma pessoa podia mudar, mesmo nuns poucos meses... "O senhor entende o que nós fizemos hoje, não é mesmo?"

"Ah, sim", ele disse. "O Amory acabou de me explicar tudinho." Os olhos dele não tinham saído da televisão. Será que ele tinha começado a ter alucinações, além de tudo?

"O Amory não está aqui, Papai."

Ele piscou uma ou duas vezes, como quem desperta de um sonho, e se virou e olhou para a mesa, para a cadeira atrás dela, vazia a não ser por uma máquina de videotape que Regan achava que tinha visto uma vez na produtora onde os comerciais do Café El Bandito foram editados. Houve um ligeiro engasgo na imagem. "Talvez ele tenha ido pegar as minhas malas. A Felicia desceu pra abrir a casa de veraneio ontem, depois que o último envelope chegou dos advogados. É uma boa ideia eu ficar por lá nessas semanas, enquanto o Estado pensa numa oferta melhor, você não acha?"

"Onde?"

"Block Island."

"Foi isso que eles lhe disseram? Que vai aparecer uma oferta melhor?"

"Mas, Regan, você podia vir junto com a gente! Você e a Cate e o..."

"Will", ela disse, mas ele estava de novo perdido na TV. As portas-balcão tinham ficado abertas para deixar o ar entrar. Ela seguiu na direção da sacada quase esperando ver a minúscula imagem do irmão dezessete andares lá embaixo, entrando de novo na Columbus Avenue, depois de ter mudado de opinião no último minuto. Mais longe e mais ao norte, alguns aviões atrasados ou estrelas adiantadas cintilavam a centímetros do horizonte. A vista seria basicamente a mesma na sua sala de estar no Brooklyn, onde ela devia estar neste exato momento servindo os queijos, vendo Andrew West tirar o lacre de uma garrafa de vinho. Um telefone em algum lugar tocou. Parou. Se isso aqui ainda fosse se arrastar demais, ela ia ter que ligar pra ele e cancelar. Aí ela se pôs a ouvir, profundamente, estendendo a atenção aos cantos mais distantes do apartamento e até aos abismos dentro de si própria, onde tudo estava quieto. "Papai?" Como quebrar o gelo. Como deixar algo se quebrar. "Eu não vim sozinha."

"Você trouxe o Keith? Pois está aí um rapaz com quem eu queria trocar umas ideias."

Ela desejou que o gim que ainda sentia no ar estivesse mesmo por ali. "Papai, por favor..."

Mas veio uma confusão do interior do apartamento, alta a ponto de se fazer ouvir por cima da televisão. "O senhor fique aqui", ela disse. "Eu vou ver o que é isso." Ela saiu pelas portas da parede leste e foi para o mezanino que percorria três lados da sala de recepção. Sem as centenas de pessoas que a sala podia conter, ela parecia oca. Mas um dos bares da festa de Ano-Novo continuava lá, e Amory Gould estava parado atrás dele com uma camisa de colarinho aberto. Ou na verdade andando em torno dele, copo alto na mão. Diante dele, também andando em torno, estava uma figura desgrenhada que brandia uma ferramenta da lareira. Amory olhou para ela lá em cima. "Minha querida! Perfeita sincronia! Nós íamos justamente tomar alguma coisinha!"

Se o objetivo dele era criar uma distração, não funcionou. "Você é o diabo, caralho", a figura dizia, distintamente. Mas o que quer que se tenha seguido ficou perdido, porque o Papai apareceu ao lado dela para perguntar quem era aquele homem ali embaixo.

"É o Amory", ela disse, corando. "O senhor tinha razão."

"Não, o mendigo", ele disse.

"Era o que eu estava tentando lhe dizer", ela falou. "É o William, papai. Aquele ali embaixo é o seu filho."

84

Primeiro o menino estava cuspindo uma história sobre uma bomba; depois estava dizendo que não sabia onde. Mas como, Jenny pensava, ele podia não saber, quando a vida dela toda tinha levado àquele momento? Será que era possível alguém inventar aquilo tudo? Aí o detetive, que deve ter visto a cara dela, se manifestou salomonicamente. Por mais que fosse bacana ter a informação do local do dispositivo suspeito, ele disse — mais fácil assim mostrar que a coisa toda era uma enrolação —, o Charlie tinha ferrado com tudo; no momento em que você mencionava uma bomba, obrigava a polícia a esgotar toda e qualquer possibilidade de pista que você tivesse dado. E o menino já tinha dado muita coisa. Com a manifestação se dissolvendo lá embaixo, logo ia sobrar muita mão de obra para ser enviada ao East Village, onde Charlie tinha sido observado semana passada. "Se existe alguma coisa por descobrir, nós vamos descobrir. Eu vou mandar uma falange inteira lá pra apresentar um mandado contra aquela casa, trazer qualquer um que esteja por lá."

"E o que faz você achar que eles vão falar com vocês?", o menino disse.

Pulaski parecia bem-intencionado, pra um policial, mas ela pensou ter sentido um mínimo ajuste de persona. "Charlie, nem todos os meus colegas têm a paciência que eu venho tendo com você hoje."

"Assino embaixo dessa", resmungou Mercer, abatido.

Bom, se o coitado não ia continuar insistindo, Jenny ia; a paciência dela já tinha acabado havia muito. "Eu fico feliz de ver que o senhor está levando ao menos uma parte disso a sério", ela disse ao detetive. "Mas e como é que fica a questão do William Hamilton-Sweeney?"

"Quem é William Hamilton-Sweeney?", o menino perguntou.

"William Hamilton-Sweeney é o Billy Três-Paus."

"*Ai.*" A cabeça dele caiu.

"Bom, isso explica a sua presença no baile", o detetive disse a Mercer. "Mas o seu amigo é uma outra história. O menino aqui está inventando."

"Não estou. Tem uma bomba lá. Por que é que vocês não me escutam?"

Eu estou tentando, Jenny pensou. *Você não está me dando grandes coisas*. E, no entanto, em torno do menino restava uma urgência nebulosa que só ela parecia sentir. Em voz alta, ela disse: "Será que dava pra gente não ficar só de conversinha aqui? O William ainda está por aí".

"Eu vou dar um aviso pro pessoal dos Desaparecidos" — Pulaski ostensivamente continuava a se dirigir a Mercer —, "mas eu não posso dizer que eles sejam famosos pela velocidade. É uma cidade grande. Isso se esse tal de William não estiver só de férias. A parte boa é que, caso se confirme a possibilidade remota de que alguém esteja mesmo atrás dele, eles também não iam conseguir encontrar o sujeito. Vocês tentaram a família, na Central Park West? Tenho certeza de que as nossas telefonistas conseguiriam achar um número."

"O William detestava a família", Mercer disse. "E com motivos." As luzes sumiram um segundo.

"O que me lembra uma velha frase que eles ficavam martelando na gente na academia. Quando você está investigando uma mulher, procure quem amava essa mulher; se for um homem, o ódio quebra o galho. E quem ia estar mais preocupado se William Hamilton-Sweeney desaparecesse? Descontado o lado mais dramático da coisa, a experiência sugere que as pessoas que estavam vigiando o seu apartamento antigo estavam trabalhando pra família. Eles podem pelo menos ter notícias mais recentes do paradeiro."

"Então por que é que *vocês* não ligam pros Hamilton-Sweeney?", Jenny disse. "Você é que é o detetive."

"Era detetive. A minha aposentadoria começa a valer no fim da semana. Gastar os nossos recursos com uma coisa dessas já não melhora muito a minha ficha. Se eu me enrosco com a política dos ultrarricos, eles provavelmente me seguram aqui pra sempre, de castigo. Toma, eu tenho um telefone." Depois de uma troca de instruções com a telefonista, ele passou o fone para Mercer. Charlie tinha se recolhido a lamúrias frustradas. Mercer esperou que a ligação se completasse.

"Não estão atendendo."

"Talvez você possa tentar de novo mais tarde. Mas agora o que eu tenho é que começar com o interrogatório do nosso amigo Charlie, aqui, então vocês vão ter que largar da minha saia."

"A gente está com o carro", Jenny se viu dizendo a Mercer. "Acho que dá pra eu te levar lá, pra falar com os Hamilton-Sweeney."

"Maravilha", Pulaski disse, mas para ela aquilo soou como *tanto faz*. E enquanto Mercer seguia para o corredor, ela percebeu que a pasta ainda estava em cima da mesa.

"O senhor não quer que a gente fique por aqui?"

"Se eu tiver alguma pergunta depois de ter lido direitinho, sei onde o Mercer mora. Mas já foi coisa de louco só eu ter deixado vocês dois aqui junto com o menino. Então, a não ser que você tenha alguma coisa em mente..."

Jenny se deixou ficar à porta. O menino solitário ergueu os olhos para ela, aí se afundou ainda mais em si mesmo.

"Srta. Nguyen?", o policial disse.

"Ah, esquece", Jenny disse, porque, desde que Pulaski estivesse reagindo com todo o empenho da sua posição oficial, quem ia ligar se ele estava convencido da ameaça?

O raciocínio se sustentou enquanto ela seguia Mercer até os elevadores, e (pensando melhor) pelas escadas, e na verdade até o momento em que ela e Mercer saíram do prédio. Mas aí as desconfianças voltaram, duplicaram, se amalgamaram: a manifestação. Longe de se desfazer, ela tinha se espalhado até ocupar todo o espaço disponível. Era como uma coisa de Kafka que ela tinha lido na universidade, um súdito solitário que tinha que entregar uma mensagem de um rei moribundo, um império lotado demais para permitir a passagem. A dianteira da massa, que pressionava o cordão de policiais diante da porta, a varreu para a frente e para longe dali. Ela pensou, sentindo certa culpa, na sua própria mensagem, abandonada naquele escritório, e na pequena sutura que unia as duas metades do artigo — merda, ela devia ter lembrado disso antes —, mas agora já estava na metade do pátio, e ia ficando cada vez mais difícil voltar. E o problema nem era esse. O problema era que sem alguém que a recebesse não existia mensagem. Pulaski não era imbecil, ele ia ver os encaixes com a história do menino mesmo que ela não os apontasse, mas ia fazer tudo se encaixar numa realidade que ainda vinha em blocos separados. Merda, quem dera saber, cinco andares acima dela, se aquelas caixinhas ainda resistiam. Houve um roubo e houve tiros, isso estava claro. Mas o que ela tinha visto na pasta, o que a tinha deixado com tanto medo já de cara, era o que ela não continha exatamente: uma perturbação tão imensa no universo a ponto de conectar Samantha Cicciaro e William Hamilton-Sweeney. Uma ruptura tão grande que já tinha engolido três vidas. E qual dessas imagens se encaixava com a realidade que a cercava agora, o despertar, o caos humano, o mar de carne que ainda estaria mantendo a mão de obra extra de Pulaski ocupada às onze da noite, ou mais tarde ainda? O movimento se deteve quando ainda lhe restava meio pátio a percorrer, e em seguida, depois de um arco que atravessava um prédio, as ruas. Aparentemente eram estes os fatos: em algum lugar lá fora estava uma quantidade indeterminada de pólvora roubada, pronta para cavar um rombo comensurável com essa insanidade. E ela ia ficar aqui, presa, esperando. Podia ouvir as pessoas perto do arco instalando alto-falantes em suportes, mas o que ainda se podia querer? Aí, como que em resposta, veio um guincho, e um eco, e uma voz que ela quase tinha esquecido, voltando em loops obsessivos:

... mas quando é que você vai se superar, Nova York? Como é que eu posso te fazer enxergar? Sei que eu não devia estar berrando num teatro lotado, mas, sério, tem alguma coisa pegando fogo? Tem o adiantado da hora, é um jogo de cartas marcadas, o paciente está sendo mantido vivo artificialmente... e se alguém vai fazer a gente sair dessa, vai ter que ser vocês. Vocês, ouvintes desde sempre, gente ligando pela primeira vez, vocês, cagões — vocês precisam sair aos milhares, às dezenas de milhares, e ir direto até a fonte da doença. Vocês têm que dizer: "Esta cidade é minha. É a minha cidade, cacete". E vocês vão ter que fazer alguma coisa pra pegar ela de volta.

85

Cinco andares acima, Pulaski levava o menino por um corredor e através de um escritório de plano aberto. Isso se revelou complicado, com a coisa das muletas e com a pasta dos papéis metida no bolso, mas as algemas presas às costas do menino ajudavam. Seus colegas, como de regra, pareciam nem prestar atenção. Ficavam nos seus cubículos e com suas mangas de camisa e datilografando, ou aglomerados nas janelas tentando sacar o que estava rolando no pátio, na escuridão que ia aumentando. Bom, que seja. Ele logo precisaria deles, quando seis ou oito fossem enviados para a East 3rd Street, se mijando de rir do canto de cisne de Pulaski, sua última Hora Extra Especial. Eles nunca entenderam que cautela é um bem precioso. Mas agora ele e Charlie iam ter uma conversinha, e ele precisava aplicar o tipo de pressão que ninguém, nem mesmo o próprio Pulaski, julgava que ele ainda era capaz de usar. Seu instinto continuava lhe dizendo que essa parolagem de vilões e explosões era só uma tentativa de distrair. No que lhe dizia respeito — a parte relativa a Samantha Cicciaro —, Pulaski ainda estava se sentindo sacaneado. "Você não vai dizer alguma coisa?", o menino perguntou, enquanto as portas do elevador se fechavam. "Ou, tudo bem, entendi. Vai me dar um gelo aqui."

"Eu não vou te dar um gelo", Pulaski disse. "Eu estou pensando no que fazer com você."

"Comigo? Mas eu estou te dizendo que os meus amigos têm uma bomba. Alguém pode se machucar."

"Não tem nada que a gente possa fazer agora que não dê pra fazer de um jeito mais eficiente quando o pessoal der uma sumida aí da frente." As portas correram e revelaram o porão de concreto chamado de Detenção Temporária. Ele conduziu o menino manietado, passando pelo telefone onde normalmente haveria outro policial, e aí pelas celas abertas onde os detentos confabulavam. Alguns deles colaboraram com Pulaski fazendo barulhos lúbricos na direção do menino. "Você já esteve numa cela de prisão, Charlie?" Pulaski o empurrou para uma vazia, a alguma distância dos outros, e o fez sentar num banco de concreto e foi fechar a porta. Dava pra sentir o coração da multidão lá no pátio, mas só através da laje e de sabe lá Deus quantos metros de xisto. Pulaski sempre se sentia mais tranquilo aqui embaixo. Até as luzes ficavam atrás de grades. "Agora fique aí e sinta o ambiente, enquanto eu dou mais uma olhadinha nisto aqui." O menino tentou com as mãos algemadas tirar alguma coisa de um bolso, mas ela caiu no chão, longe dele. Uma bombinha de albuterol. Pulaski, ignorando o objeto, se largou em outro banco e pegou o manuscrito, abriu na página com as fotos presas por um clipe como se fossem um marcador, no meio do caminho. Beleza, dava até para ver aqui o pedaço que podia inquietar um pouco a srta. Nguyen, meio inclinada de início a cair na patacoada do menino. Só que alguém lá em cima nitidamente não queria que ele terminasse de ler, porque as luzes ficavam se apagando, de modo que a leitura garantia uma dor de cabeça instantânea. Esse dia todo era uma dor de cabeça instantânea. E agora ele estava atrasado pro jantar. Mas esquece. Ele sabia o que estava procurando. Abaixou-se dolorosamente para pegar a bombinha e aí a segurou a centímetros do menino, como uma cenoura na frente de um cavalo. "Charlie, quem foi que deu os tiros na Samantha?"

"Você já me perguntou isso. Você não me escuta quando eu te falo da bomba, mas no que se refere a Sam eu sou onisciente?"

"Você é o elo perdido. East 3rd Street, a menina…" Ele enumerava em dedos contorcidos. "Se eu tivesse como determinar que você estava lá, eu diria que foi você mesmo."

O rosto do menino estava quente. "Retire isso!"

"Já ouviu falar de Guilherme de Occam, Charlie? Ele só tinha uma ferramenta no estojo, mas ela era duca. Eu vou te contar o que ela diz. Ela diz que você está morando naquela casa sozinho. Ela diz que não existe esse tal de Capitão Caos. Ou que você é o Capitão Caos. Eu fico topando sem parar com você, garoto. E só com você."

"De repente alguém quer que você fique topando comigo, já parou pra pensar?"

E as luzes atrás de suas grades começaram a piscar mais rápido. Acende apaga acende. Apaga, por vários segundos — acende de novo. Era de matar.

"Você acredita mesmo nessa história, né, Charlie?"

"Caralho, isso aí provavelmente é um deles, alguém que veio me tirar daqui."

86

Com toda sinceridade, William tinha esquecido dos Rothkos. E mesmo que não tivesse, teria imaginado (esperado?) que suas associações dolorosas tivessem levado o Papai a vender os quadros, ou enterrá-los debaixo de um cortinado em algum lugar das entranhas do Edifício Hamilton-Sweeney. Em vez disso, o azul foi a primeira coisa que viu quando saiu do elevador. Só aquilo já podia bastar para fazê-lo sair correndo de volta pro sul da ilha, caso não tivesse esquecido ainda uma outra coisa: como ficar parado diante daquela tela era igual a aprender a enxergar pela primeira vez. Planos azuis que se dissolvem em quadrados sobrepostos, idênticos por seu peso, distintos por seus tons. Êxtase e movimento, a pureza da coisa meramente vista — exatamente o que ele andava procurando, apertando seu pincel molhado contra a tela, tanto tempo atrás. Ele podia ainda estar lá. Ou mais longe, na véspera do casamento do Papai, quando todo o campo temporal jazia aberto à sua frente.

Sua mente continuava cambaleando por esses espaços perceptivos enquanto seu corpo seguia o da irmã escada acima e por um longo corredor. Portas à esquerda eram poças de cinza inerte, enquanto as da direita se abriam em romboides de luz. No quarto onde ele dormiu num certo verão, as camas de hóspedes estavam arrumadas, apertadas como espartilhos. Ele voltou para o corredor e descobriu que tinha sido despistado de novo por Regan. Ele nunca aprendeu a se orientar aqui. Mas não sentiu receio; tentou uma porta e depois uma outra e aí desceu uma escada, certo de que encontraria outra escadaria que o faria voltar a subir à outra ala. E foi ali, atravessando uma sala de recepção vazia e lunar pela luz que enfraquecia, que ele viu as malas, três, alinhadas junto ao bar. Uma criança remexia no armário do móvel, de costas para ele.

Só que não era uma criança. Era o Irmão Demoníaco. Ele não tinha mudado em quinze anos, William viu, quando ele levantou e se virou. Nem as roupas, nem o rosto, nem o cabelo prematuramente branco que, como o próprio William tinha visto com seus primeiros grisalhos recentemente, tinha o efeito perverso de fazer Amory parecer estar ficando mais jovem. "O que é que você está fazendo aqui?", William disse. Houve um brilho nos olhos dele, mas nenhum sinal maior de reconhecimento.

"Ora, eu moro aqui. O que é que *você* está fazendo aqui?"

Era a solicitude de uma pessoa que conversa com um bebê: *O que é que sossê está fazendo aqui?* E William pôde sentir sua miraculosa clareza desmoronando. Isso tudo era um erro. "Você não lembra mesmo de mim?"

"William?" Amory tirou óculos de um bolso do paletó, colocou, se inclinou para a frente. "Mas você devia ligar antes de aparecer! Infelizmente eu estou de saída para Block Island com o seu pai. Eu já estou perdendo uma reunião, mas acho que nós dois ainda temos um tempinho para tomar algo. Que coisa mais atenciosa você aparecer aqui, depois de tantos anos." Ele se recolheu para o outro lado do bar, se abaixou de novo, e de repente garrafas estavam aparecendo no balcão. "O que é que você prefere? Nós temos scotch, gim, é claro, rum do Haiti..."

Os músculos de estrangulamento nos braços de William tinham se enrijecido. "Eu não bebo mais. E não vim aqui ver você."

"Não, claro que não. Se bem que, no que se refere ao seu pai, uns meses atrás uma visitinha podia ter sido bem relevante, mas a gente agora anda evitando deixar ele agitado." Amory se deteve, como se alguma coisa estivesse lhe ocorrendo. "Eu devo supor que a Regan não lhe contou da situação dele? Imagino que ela também esteja aqui." Ele abriu um dos uísques. A garrafa estava tremendo? Foi essa leve dica, ou o fingimento de uma dica, que levou William a exagerar na mão.

"E os Espectros, Amory? Você informou tudo pro pai?"

O outro homem ergueu os olhos da bebida que servia com legítima surpresa. "Os Espectros?"

"Esses capangas que você mandou pra garantir que eu ficasse pra sempre por fora das coisas da família."

"Sério, William. Que tipo de criatura você acha que eu sou?" Depois de devolver os óculos ao bolso, Amory agora estendia a mão livre para receber o atiçador de lareira que de alguma maneira tinha substituído a árvore-da-borracha na mão de William. William pôde sentir a ferramenta lhe escorregando dos dedos. Por um segundo, o rosto diante dele começou a mudar. Aí o atiçador escapou, e um barulho o fez olhar para o mezanino. William se virou e viu Regan parada um andar acima e, ao lado dela, o pai deles, iluminado pelo último rubro losango do sol. De alguma maneira, inundado pelos projetos, pelas lástimas e ilusões que o moviam, William tinha perdido de vista a questão do impacto que representaria ver o Papai de novo. Mas o que você esperava sentir, caralho, além dessa mistura de fúria e desconsolo, a infância se repetindo todinha? Tudo de irrecuperável se desnudou num relance, enquanto Amory Gould, o porra do diabo em pessoa, voou escada acima até a sacada sem derramar uma gotinha da bebida.

William só podia seguir, arrastando o atiçador de lareira. Talvez ele, também, parecesse mais amedrontador do que era, porque quando chegou ao alto da escada, Regan perguntou o que ele estava fazendo, e seu pai estava dizendo: "Diga ao seu irmão que isso não pode continuar assim".

Amory estava ao lado do Papai, virando o corpo dele para as janelas que escureciam. "Era bom a gente se apressar, Bill, se a gente quiser pegar a última balsa."

Mas Regan, virando aquele corpo de novo, disse: "Não, Papai. O William precisa conversar com o senhor". Então ela estava do lado dele. Ainda.

O Papai também deve ter percebido isso, porque se deteve, em suspensão. Amory mudou de abordagem. "Por que nós não passamos para a biblioteca, então, e conversamos como cavalheiros?"

"Acho que o William está pensando numa conversa a sós."

William fez que sim, entregando-se à orientação dela, mas o Papai já estava seguindo Amory pelas portas francesas e se dirigindo à mesa. "O que o seu irmão tiver a me dizer, ele pode dizer na frente do seu tio."

"O senhor quer parar com isso?", William disse. "Ele não é meu tio. O senhor não vê o que esse merdinha fez com a nossa família?"

A onda de personalidade pareceu recuar enquanto o rosto enrugado do Papai boiava sobre a mesa, se bem que isso podia ser o problema a que Regan tinha feito referência no carro. Enfim, se o Papai não ia sentar, William também não sentaria. Mas então, quase laboriosamente, a onda cresceu de novo. "Mas que bobagem, querida", o Papai disse a Regan. "O Amory só nos fez bem. Foi o seu irmão que nos abandonou."

"Eu fui descartado, pai. É isso que os Gould fazem. Primeiro colocaram a Regan no lugar dela..."

"Foi escolha dele, Regan, e eu respeitei." A voz do Papai tinha se levantado. As pessoas viviam levantando a voz para William. Se bem que talvez a respiração do seu pai, aquele quase arfar, fosse motivo de preocupação. Enquanto isso, Amory continuava à janela, olhando para a cidade crepuscular.

"... e agora eles vão te descartar, Papai. Eu estive na coletiva de hoje. O senhor vai ser condenado, e aí vai ter que ceder o controle da empresa. O senhor acha que é por acaso? Pense, quem é que fica pra assumir as rédeas?"

"O seu irmão podia ter ficado com elas, Regan. E o filho dele, e o filho do filho dele."

Filho. William tinha quase certeza de que Regan tinha mencionado o filho dela. Será que era ele ali, na foto em cima da mesa? Um menino pequeno e uma menina menor, e ele era tio — mas a inércia o carregava. "Papai, o senhor por acaso já parou pra pensar se fez mesmo alguma coisa errada?" O fato de ele ter certeza de que o pai nunca tinha parado para pensar nisso era a diferença entre ele e a irmã. "Regan, você perguntou? Bom, e *fez*, Papai? O senhor desrespeitou a lei?"

O cabeça grande se sacudia lenta, novamente escurecendo. Ou fingindo escurecer. "Eu não... eu não lembro."

"Mas alguém desrespeitou, não é? Se fizerem qualquer investigaçãozinha minimamente competente, a coisa vai desembocar numa certa pessoa, até o senhor tem que reconhecer isso. A mesma pessoa que fará todo tipo de força pra uma investigação interna dessas nunca chegar a acontecer. Eu estou dizendo isso simplesmente como um espectador que conhece os jogadores."

Amory, que parecia não estar contemplando nada mais sério do que o luar no seu drinque, agora se virou. "Isso, um espectador. Eu mesmo não teria dito melhor. Agora, se essa criancice toda já acabou, William — só que com você não vai acabar nunca, não é? Você continua eternamente com dezessete anos. Soa tão bonito numa música, mas em carne e osso é meramente constrangedor. Bill, eu não tenho mais como ficar aguentando essas insinuações. Eu vou descer. O seu carro está esperando. Mas, quer saber, acho que vou acabar dando uma passada naquele meu compromisso prévio e amanhã eu te encontro."

O Papai parecia inseguro.

"Não, escuta, Pai. Tem gente aí tentando me matar. Os caras têm quase dois metros de altura. E bem quando um projeto da Hamilton-Sweeney começa a ser construído no Bronx e o senhor está sendo acusado, um deles quase me pega. Isso não pode ser coincidência, o senhor está entendendo? Aquele sujeito ali, o seu cunhado, ele precisa eliminar o antigo-e-futuro herdeiro se quiser conseguir dar o seu golpezinho de Estado."

Amory bufou. "Baboseira. Sem dúvida consequência das drogas. E ele já não fez essa ceninha? William, você já fez o seu pai perder bastante tempo."

"Um golpe de Estado", o Papai disse. Ele apertava os olhos, tentando se reorientar. "Essas acusações são coisa séria."

"Alucinadas, eu diria, Bill. Sonhos de ópio."

"Eu não estou drogado agora, Papai. Eu estou tentando fazer o que posso pra entender a minha vida." Ele ouviu sua voz ficar presa num nó, se odiou por causa disso; passou por cima. "Se abandonei o senhor nas mãos dos Gould, tá, eu assumo a responsabilidade por isso. E talvez seja essa uma das razões de eu ainda não conseguir montar o quebra-cabeça todo. Mas o senhor não devia precisar que eu viesse aqui dizer que o senhor está correndo perigo. O senhor mesmo já viu. Eu estou dizendo que eu também estou. O seu filho. Se o senhor me mandar embora, nunca mais vai me ver."

"Ora, por favor", Amory disse, apesar de parecer ter pressa para sair. "Você não pode mesmo me achar um monstro tão grande assim."

"Ou o senhor pode fazer ele parar."

O Papai do meio do nada virou um velho, muito velho, piscando sob a luz da luminária. Olhos azuis mutáveis como naquela pintura, ora aturdidos, ora acesos. Como se alguém tivesse escolha. Eram os olhos de William, também. Há quanto tempo os dois não se olhavam desse jeito? E William lembrou, ou seu pai lembrou, ou a lembrança nasceu de algum ponto entre eles, de um céu impressionista, azul, que se sacudia ao ritmo do carrinho de bebê, e nele o cheiro do creme de barba Burma e uma mancha cor de pêssego com aquelas mesmas elipses azuis diante dele, enquanto uma densa e límpida voz de barítono entoava:

O rei do Sião
É tudo que eu sou
É tudo que eu sou, e jamais serei.

Aí a janela onde estava Amory sacudiu, como que atingida por uma bola perdida de softball. O papai se virou para ela, fazendo força para virar de novo aquele homem, crescendo para cima dele. Tudo em volta se calou. "Talvez nós devêssemos adiar a nossa viagem por um ou dois dias, Amory, enquanto resolvemos essa questão." E mal houve tempo para perceber o alívio no rosto de Regan e o espanto no do Irmão Demoníaco — seguramente uma visão inédita — antes de a sala e a janela e os prédios iluminados lá fora sumirem. Um carro cantou pneus em algum lugar. Vidro estilhaçado. Mas em toda parte a cidade tinha mergulhado nas trevas: o mundo que eles sempre conheceram, assim, sem mais nem menos, apagado.

Calçada Interditada Use A Outra. Fornecedores de Carnes de Primeira Qualidade. Proibido Estacionar e Ficar Parado. Não Vire. Não Atravesse. Somente Ônibus. Não Funciona. Não Funciona. Atravesse. Use a Passarela. Use a Rota de neve. Zona Vermelha. Zona de Sal Começa Aqui. Jogue Pipoca Somente Aqui. Agora Finalmente servindo comida quente! Siga Este Caminhão Para o Melhor Picadinho de Fígado de Nova York. Um Gostinho Único. O Serviço no Pátio Têm Espera de 20 Minutos, Com Um Sorriso. Nem Neve Nem Chuva Nem Calor Nem as Trevas da Noite Impedem Esses Mensageiros de Cumprir Com Agilidade os Horários Determinados. Lubrificante A Jato. Massagem Discreta. Conexão Siamesa. Louca de Prazer! ArrebatAAAAAtdora! Proibido Menores Desacompanhados. Nosso Prazer É Servir... Há Muitas Flores Lá Dentro. Proibido Tocar Sexualmente. Só Mercadorias Compradas Podem Ser Levadas ao toalete Obrigado. Leia a Bíblia a Palavra de Deus Todo Dia. Chance Única Bolada Agora 08 Milhões.
    Quer Saber Como Evitar PIOLHOS??????? Entre e PERGUNTE. Casa da Ortodontia. Casa de Vigília. A Casa do Alvejante. Última Lavagem 20h. Faltam Só 3 Dias! Última Chance! Sede Sábios e Arrependei-vos. O Tempo É Chegado. O Fim É cumprido. O Sábio Ainda Procura Por Ele. O Tio Sam Precisa de Você... Para Conseguir DINHEIRO! NÃO SEGURA DINHEIRO, QUER SORTE, QUER A VOLTA DA PESSOA AMADA, QUER PARAR COM OS PROBLEMAS DA NATUREZA ou QUER SE LIVRAR DE ESTRANHOS MALES? Se procuras uma mulher garantida pra fazer as coisas de que precisas ou QUER OBTER AJUDA FINANCEIRA ou PAZ, AMOR e PROSPERIDADE, existe uma MULHER QUE VAI RESOLVER ISSO PARA VOCÊ BEM DEPRESSA. ELA CONTA TUDO ANTES DE VOCÊ DIZER UMA PALAVRA. ELA traz o ESPÍRITO DO ALÍVIO e do CONTROLE a todos teus atos. Não atravesse. Fique

atrás da linha amarela. Não Deixe o Lixo no Corredor, Fede, e Atrai Baratas. Os Ratos estão Procurando Toca Para o Inverno. Não Dê Comida Aos Pombos. Proibida Conversão Nova. Não Envie Dinheiro. Sério: Proibido Estacionar. Atravesse Não Atravesse. Risco de Choque, Não Atravesse o Trilho. Proibido Buzinar a Não Ser Em Situação de Perigo. Espere Até A Plataforma Em Movimento Não Estar Em Movimento. Quem Desobedecer Esta Placa Será Processado. Todas as Visitas Têm que se Identificar. Por Favor Banheiro é SÓ para uso dos Clientes e Empregados. NÃO é para Fazer mais NADA ali dentro. Se nós percebermos algo estranho ali, vamos pedir para a pessoa sair e não usar mais o Banheiro. Não Funciona. Lixo. Proibido Rádio. Em Conserto. Sem Conserto. 3,81 m... É Sério! O Seu Cachorro é Problema Seu, Então o Que Sai Do Seu Cachorro Também. Sorvete! Sorvete! Sorvete! Hotel Avant-garde. Funerária Guido. Consultoria para Cremação. Devido um Incêndio de Pequenas Proporções, Estaremos Fechados. Não Atravesse. Quente demais—frio demais—seco demais—úmido demais— ou é só que não está legal? ESTA É A PORTA QUE LEVA AO NADA. Aviso: Cuidado Com As Estrelas.

LIVRO VI

TRÊS TIPOS DE DESESPERO

1960-1977

Um aluno foi até um mestre zen e disse: "Qual estado mental eu devo treinar, a fim de poder encontrar a verdade?".
Disse o mestre: "Não existe mente, então você não pode colocá-la em qualquer estado. Não existe verdade, então você não pode treinar para ela".
"Se não existe uma mente para eu treinar, e nem uma verdade para eu encontrar", disse o aluno, "por que esses monges se reúnem aqui à sua frente todo dia para estudar?"
"Mas eu não tenho nem um centímetro de espaço aqui", disse o mestre, "então como é que os monges iam poder se reunir? Eu não tenho língua, então como é que eu ia poder ensinar?"
"Ah, como é que o senhor pode mentir desse jeito?", perguntou o aluno.
"Mas se eu não tenho língua para falar com os outros, como é que eu posso mentir para você?", perguntou o mestre.
O aluno disse com tristeza: "Eu não posso seguir o senhor. Eu não consigo entender o senhor".
"Eu mesmo não consigo me entender", disse o mestre.

Koan Zen

87

Eles esperaram até o Dia dos Fundadores para contar a William Hamilton-Sweeney que ele não seria bem-vindo para o último ano. Ele estava sentado num escritório com a gravata do colégio embolada no bolso, mala feita já no tapete ao seu lado. O reitor, uma eminência parda com um rosto de tumba, aparentemente esperava uma reação e, como teria sido falta de educação não corresponder a essa expectativa, William lutou para ficar também com uma cara séria. *Não ser bem-vindo* era, é claro, um eufemismo para *expulso*. Àquela altura ele já tinha aprendido todos: *hiato acadêmico, dispensa sem prazo, inadequação de perspectivas...* Seu sobrenome, com suas implicações de munificência, encorajava cada escola nova a acreditar na ilusão de que eles poderiam ter sucesso onde outros fracassaram. Mas uns meses de colchão vazio na hora do toque de recolher e de brigas com outros alunos e de algumas aparições inebriadas na capela da escola tendiam a alterar essa previsão. A mais recente gota d'água era uma ausência não autorizada. Ele tinha sido pego voltando escondido para o campus antes de o sol nascer na noite do bota-fora de Bruno Augenblick. Depois de ter cambaleado os últimos seis quilômetros da volta de Boston a pé, ele estava cansado demais para oferecer alguma desculpa, ou qualquer explicação a respeito de como se viu de posse de uma garrafinha de prata com iniciais que não eram as suas. E ele também não tinha a menor intenção de apresentar uma defesa agora, malgrado as insinuações do reitor de que isso poderia levar a uma sentença mais leve. Naquele exato momento, Arthur Trumbull, um amigo do Papai, estava vindo em alta velocidade aqui para o norte para pegar William para o que pensava serem apenas as férias de verão; caso William lhe deixasse qualquer margem de manobra, Trumbull faria pressão para ele ser reaceito na escola. E a verdade era que William não tinha a menor intenção de voltar para a Nova Inglaterra no outono. Ele observou o que lhe pareceu ser um período adequado de silêncio, como quem pesa suas opções. A luz que vinha dos campos de beisebol da escola extraía um fogo acarvalhado das garrafas no aparador. Aí ele passou a mão na garrafinha que era a Prova A e estendeu uma mão na direção do reitor pasmado. "Bom, meu chapa, ninguém vai poder dizer que vocês não tentaram de tudo comigo." Já encostando na longa trilha que passava na frente do prédio estava o Coupé de Ville com chofer que ia levá-lo de volta a Nova York.

Assim começava o verão de 1960. Regan ainda estava passeando à toa pela Itália, e o Papai mal pareceu perceber que William tinha voltado. O fato de a empresa ter recentemente absorvido seu maior rival havia criado uma pilha de trabalho extra, e depois de dias intermináveis no escritório, ele muitas vezes jantava na nova cobertura de Felicia do outro lado do parque. William tinha a sensação, devida a certos silêncios entre a criadagem, de que seu pai podia até estar dormindo por lá, mas não podia provar; quando descia de manhã o Papai estava sempre no seu lugar de costume à mesa do café da manhã. O que não significava que este, o único momento que era realmente deles, ficasse livre das invasões de Felicia. Ela chegava na metade da refeição, não para comer (ela nunca comia), mas para azucrinar o Papai com planos para o casamento enquanto ele ia se afundando atrás do *Times*. William tentava espantar a mulher dali com caras feias, mas Felicia Gould era, até onde se pudesse ver, inespantável.

Sua última tentativa veio em meados de julho. Regan supostamente voltaria da Itália naquele dia, e William estava determinado a tirar Felicia dali pelo menos por uma tarde. Ele veio para o café da manhã usando um quimono frouxo que tinha encontrado num brechó do sul da ilha e cuecas bem branquinhas. Ficou sentado bem reclinado, longe da mesa, cruzando e descruzando as pernas, deixando as coxas aparecerem sugestivamente. Essa velha tática nunca falhava quando se tratava de enfurecer um colega de escola. (*Maricas?* Então saca só o que é *maricas*.) Mas a única coisa que ele conseguiu agora foi o Papai espiando por cima da seção de negócios, como um ornitólogo que encara uma ave vagamente divertida. "Você precisa é de um bom terno."

William já tinha ouvido isso — as virtudes dos trajes formais eram uma das aproximadamente seis coisas sobre as quais o Papai conseguia falar com ele —, mas o que aquele assunto evocava para os dois era o terno negro tamanho infantil ainda pendurado no armário, os lírios havia muito mortos que ele tinha metido no bolso em vez de jogar fora, e o Papai acabou largando mão. Agora que tinha ficado claro que a primeira grande esticada de William, um ano antes, também seria a última — que ele tinha parado em 1,67 —, o Papai deve ter sentido que era hora de tentar de novo. Ou será que ele estava só se exibindo para a sua prometida? "Eu lhe dou o número do meu alfaiate. Você podia cuidar disso hoje à tarde."

"E pra que é que eu preciso de um terno?", William perguntou. "Eu não preciso de um terno."

O papai olhou significativamente para Felicia. "E a gente devia arranjar um smoking para você, por falar nisso. Você vai precisar para o casamento." Ah. Pronto. Com William tendo concluído o quinto ano, o Noivado Mais Longo do Mundo tinha virado uma variável finita.

"Eu estou ocupado hoje."

"Posso imaginar", o Papai disse, e começou a redobrar o papel como sempre — meticulosamente, para não restar indícios da sua leitura.

"O senhor não lembra? A Regan desembarca à uma em Idlewild."

"É mesmo?", Felicia trinou. "Bill, meu amor, por que foi que você não me contou? Você devia tirar uma tarde de folga. Nós podíamos ir todos até lá receber a Regan…" E aí, como se a mera menção do seu nome tivesse poderes mágicos, a voz da sua irmã estava no vestíbulo. Antes de William conseguir pôr a cadeira no lugar, o Papai já estava correndo para a porta.

Regan sempre foi a favorita dele, e William suspeitava havia muito tempo do ciúme de Felicia. Se ela apenas confirmasse agora essa hipótese graças a algum ajuste nervoso dos talheres, ou a uma de suas piadas sem graça, isso podia compensá-lo, em alguma medida, pelo ciúme omnidirecional que ele mesmo estava sentindo. Em vez disso, ela se inclinou para a frente. Seus únicos defeitos visíveis eram rachaduras na base aplicada em volta da boca. (Isso ele lembrava do rosto da mãe: sorrir nunca gerou crises ali.) "O que o seu pai estava tentando lhe dizer, William, é que nós finalmente marcamos uma data. Vai ser em junho do ano que vem, assim que você se formar." Pois era bem essa a questão, ele quis dizer; ele não ia se formar. Mas o que quer que tenha resmungado foi prontamente esquecido quando o Papai trouxe Regan até ali.

Ela olhou nervosa em volta, por trás dos óculos escuros. "Nós pousamos mais cedo. Eu vim de táxi."

Ela parecia ao mesmo tempo mais magra do que William lembrava e mais frouxa, como um balão esvaziado, se bem que talvez fosse só o cardigã. Ainda assim, quando ele lhe deu um abraço, o cheiro era imaculado — sais de banho e doces flores brancas e mais alguma coisa que ele não conseguia identificar. Ele deixou sua cabeça descansar no oco onde o cabelo levemente úmido dela caía no ombro, enquanto o Papai ia pegar a câmera. "Tire os óculos de sol, querida, para todo mundo poder ver os seus olhos." Eles estavam vermelhos e arregalados, mas afinal era por isso que chamavam esses voos madrugueiros de corujão.

Depois de deter o mordomo que levava sua bagagem para cima, ela pegou os presentes. Para o Papai, havia uma pasta, um pouco *à la mode* para o gosto dele, mas feita de um couro macio como caramelo. Felicia soltou *uuhs* e *aahs* de verdade enquanto a pasta era passada pela mesa. Para Wiliam, havia um violão de cordas de nylon e um livro pesado sobre Michelangelo, com capa de tecido. Ele ficou meio desapontado porque as pranchas não eram em cores (e percebeu que a etiqueta de preço, estranhamente, estava em dólares), mas ficou com o livro no colo durante o resto do café, o que levou Felicia a dizer para ele tomar cuidado para não derrubar o café. Finalmente, foi a vez dela.

"Para mim? Mas não precisava", Felicia disse, enquanto suas mãos famintas arrancavam da mesa um pacotinho. Ela era uma daquelas pessoas que se dão mesmo ao trabalho de desatar a fita, que metem o dedo por baixo das abas do embrulho para não rasgar. De uma caixa estreita veio um tubo que dizia *Italia* na lateral. "Uma caneta", ela disse. Em outras palavras, o presente mais ordinário que se podia imaginar, esvaziado das intenções que contavam. "Era do free shop", Regan disse. E em silêncio William comemorou: não estava tudo perdido! Aí sua irmã pediu licença; ainda tinha que desfazer todas aquelas malas.

Regan marcou outro ponto para a resistência naquele fim de semana, quando informou ao Papai que não ia se juntar a ele em Block Island, onde ele planejava se retirar com os Gould durante o mês de agosto. "Mas e quando é que nós vamos poder te ver, querida?", ele disse. "Você mal voltou e vai estar na universidade depois do Dia do Trabalho."

"Acho que eu escrevi pra falar disso."

"Falar do quê?"

"Eu não mencionei? O estágio que consegui começa segunda. É num teatrinho lá no Village."

Aqui, Felicia, que estava retocando o batom no espelho da entrada, se virou. "Mas e o que é que você vai fazer lá?"

"O que eles me pedirem pra fazer, Felicia, é por isso que se chama 'estágio'." Para o Papai, ela disse: "Eu não posso desistir a essa altura; teve gente me escrevendo cartas de recomendação".

O Papai só repetia a palavra, "estágio". Como um álibi, era uma coisa linda: seus matizes de responsabilidade, de aspiração de progresso, eram perfeitos para dar um curto-circuito nele. *Bom, sabe como é, nós te compramos uma passagem no primeiro voo espacial tripulado, mas se você tem isso do* estágio...

Por outro lado, aquilo ameaçava destruir completamente os planos de William. Amory Gould tinha ido de carro uma semana atrás para abrir a casa de veraneio e agora esperava lá. O que significava que, a não ser que Regan reconsiderasse sua decisão, ia ser o pai, o filho e os dois Grudes, sozinhos. Ele se ouviu cuspir: "Eu também vou ficar".

"E o que, exatamente, você está pensando em fazer da vida no resto do verão?"

"Não sei, Papai. Andar. Pensar. Ser um ser humano."

"Isso é um absurdo. Eu dei férias aos empregados. Quem ia fazer comida para vocês dois? Quem ia lavar a roupa?" Mas Regan já tinha anexado a causa de William à sua.

"Papai, ele está com dezessete anos. Ele consegue lavar a própria roupa."

"Bill", Felicia disse, com uma mão no braço dele. "Se você achar mais fácil, os meninos podem ficam na Central Park West. Como um tipo de teste para o ano que vem, quando fundirmos as duas casas. Aquilo lá é grande demais para simplesmente abandonarmos por um mês inteiro mesmo."

Regan parecia cética. "Quem mais vai ficar lá?"

"Só a minha criada, Lizaveta. Ouso dizer que ela é tão boa cozinheira quanto essa Doonie de vocês."

O Papai estava perdido, e sabia, mas ainda tentou uma última vez; se você não soubesse das coisas, ia ter achado que ele *queria* ter o filho por perto. "A Regan tudo bem, mas se o William vai insistir nessa ideia de não fazer nada de útil, ele pode muito bem não fazer nada de útil na praia."

"Mas talvez eu não fique à toa", William disse. "Talvez eu siga o exemplo da minha irmã mais velha aqui. Procurar algum tipo de..." Como era mesmo aquela palavra? "Estágio."

Se já era esquisito se mudar para o outro lado da cidade por um mês — por que a empregada não podia simplesmente ir até Sutton Place? —, o acordo que Regan traçou com Lizaveta deixava tudo mais esquisito ainda: ela ficava de folga quase todo dia, Regan mantinha a geladeira cheia, e as duas deixavam Felicia no escuro. E assim, durante todo aquele agosto, os jovens Hamilton-Sweeney ficaram ilhados naquela cobertura imensa do outro lado do parque, animais sobre o monte Ararat.

O fato de eles serem dois diminuía muito pouco a solidão. No fim das contas, William e Regan passavam ainda menos tempo juntos do que ele passava com o Papai. O estágio dela começava já às nove, e quando ele se arrastava para fora da cama ela tinha saído. Ela muitas vezes ainda estava na rua na hora do jantar, e fazendo alguma dieta maluca ainda por cima, que devia ter aprendido na Europa. E quando voltava pra casa ela ia para a grande biblioteca do segundo andar, ou para o quarto de hóspedes logo ao lado, onde estava ficando. A única hora em que ela sempre dava um jeito de estar por ali era nas tardes de sábado, quando o Papai ligava. "Ah, tudo bem por aqui", ela dizia. Fora isso, a mensagem era clara. Ela tinha coberto a fuga de William de Block Island por ele, não por ela, e agora queria ficar em paz.

De início, William preencheu as horas vagas com novelas de televisão. Tinha começado a seguir *As the World Turns*. Mas o mero tamanho do apartamento em que ele ficava matando tempo (pago, ele tinha certeza, com o dinheiro do Papai) o fazia se sentir decadente, e não no bom sentido. Ele sempre tinha achado que a sua família era simplesmente bem de vida, como os vizinhos de Sutton Place. Dinheiro era uma coisa boba, mas não uma coisa *errada*. Aqui, pelo contrário, os habitantes dos andares mais baixos, por mais endinheirados que pudessem ser, ficavam ocultos, como se ocupassem um plano de existência diverso daquele em que viviam os ricos de verdade. E outras rachaduras iam surgindo onde quer que ele olhasse. O noticiário que vinha depois de *Guiding Light* mostrava imagens de rebeliões comunistas na Indochina. De garotos negros de gravata tomando tapas em balcões de lanchonete. De ônibus cheios de manifestantes seguindo para o sul. Ele pensava na Doonie, forçada a se aposentar mais cedo. Onde ela estaria agora? Ainda naquele bairro horroroso da periferia onde o tinha ensinado a dirigir? Certamente não seria um lugar como este, com seus hectares de tapetes persas.

Ele começou a ir a piscinas públicas nas horas mais quentes, antes do pôr do sol, só para se sentir ligado às vidas de outras pessoas — para se liberar, de alguma maneira, da prisão que era sua classe social. A sua preferida era a da 145th Street, aonde iam os negros. De início eles ficavam ceticamente encarando seu calção frouxo e seus músculos murchos e o romance grosso que ele fingia ler para esconder o nervosismo. Mas o clima aqui era de viva e deixe viver, e já no terceiro dia William tinha sido aceito como um fato da vida. Ele apoiava o livro no peito atordoante de tão branco e, protegido pela capa, admirava os corpos reluzentes dos homens estendidos no concreto a poucos metros dali.

Um dia, à tardinha, depois de tomar uma ducha para tirar o cloro do corpo, ele foi até a biblioteca procurar por Regan. O aposento estava deserto, com suas janelas abafando o barulho da hora do rush mais para o sul. O sol invadia tudo, tornando carmesins as capas dos velhos livros da Mãe. Deviam ter sido trazidos recentemente para cá, como tudo um dia seria. Bibliotecas nunca foram muito a cara de William. A vastidão do ambiente fazia com que a pequena braçada de livros que uma pessoa conseguiria percorrer numa vida parecesse insignificante, e as próprias estantes viravam meramente bastiões improvisados contra o fogo lento do ácido sobre o papel, a grande e rubra bomba H da mortalidade. Ele estendeu a mão para a maçaneta da porta-janela e saiu para uma sacada. Na sacada ao lado, talvez a cinco metros dele, Regan estava sentada, com um macacão jeans, joelhos contra o peito e um cigarro numa mão pendente. Ela o fez pensar na *Pietà* do seu livro de Michelangelo — uma efígie de uma perda tão desorientadoramente funda que fazia a sua parecer uma banheira de pássaros. Pior: ele não sabia por quê. "Oi."

"Oi, aí." Ele ficou um pouquinho irritado com o fato de ela conseguir ficar imediatamente casual.

"Isso aí é coisa das estranjas, o cigarro? *Un'affectazzione?*"

Ela deixou uma poça de fumaça boiar diante da boca aberta. Sugou rapidamente pelas narinas. "Se você está querendo um, pode esquecer."

"Você sabe muito bem que eu fumo há anos", ele disse. "Eu vou passar aí."

Só que quando eles se viram lado a lado na sacada, o silêncio prevaleceu de novo, descontado o trânsito lá embaixo. Ele queria que ela soubesse que, fosse o que fosse o motivo da sua dor, ela podia dizer, mas isso de repente pareceu impossível. Só conseguiu passar um braço em volta dos ombros dela. De novo, o cabelo da irmã tinha aquele cheiro que ele não conseguia localizar direito. Devia ser algum xampu novo, ele percebeu. Italiano. "Olha, posso te perguntar uma coisa? Quando você voltou do aeroporto aquele dia, o seu cabelo ainda estava molhado. Como foi que você teve tempo de lavar antes de chegar aqui?"

"Está parecendo que eu estou a fim de conversar?" Ela deve ter percebido o quanto soou rude, porque depois de um minuto, como que num pedido de desculpas, ela ofereceu um trago do cigarro.

Mas ele viu enquanto tragava que o verão ia acabar sem qualquer entendimento mais profundo entre eles. Ela ia voltar para Poughkeepsie, e ele ia ser mandado para outra escola, com a intercessão do Tio Artie. Em resumo, você não podia confiar nos outros. Se fosse haver algum amadurecimento aqui, algum sentido, ele ia ter que forjar sozinho.

Escapulir à noite depois de Regan ter ido para a cama era moleza: era só atravessar direto o saguão, passando pelo porteiro que nunca abria a boca. William frequentava bares, irregularmente, desde os quinze anos de idade, mas sempre com a bandeira da animação juvenil. Agora uma espécie de fúria nefasta estava no controle. Se antes ele preferia bares de estudantes e clubes de jazz que não cobravam couvert artístico, ou o icônico Cedar Tavern, na esperança de entrever De Kooning, agora começou a consultar o atlas de points de azaração e de bares escurinhos que vinha semiconscientemente compilando havia anos. Ele sabia desde sempre que era homossexual — tinha feito muito pouco para esconder esse fato, e às vezes até queria esfregar na cara dos outros, como uma arma contra quem procurasse fazê-lo se sentir mal. Mas a designação continuou em grande medida teórica até o ano anterior, quando, com um veterano bonito mas confuso de Westport, Connecticut, ele teve seu primeiro encontro físico. O rapaz colaborou animadamente com a espeleologia que eles realizaram um no outro ali num depósito atrás do auditório, mas a reputação de William já era atroz, e depois disso o rapaz o evitou. William não podia saber ao certo, mas achava que a reclamação feita pelos pais do rapaz podia ser o motivo daquela expulsão. De qualquer maneira, estava vivendo havia meses como um camelo sexual. Agora era a hora de ir mais longe.

A arte da azaração se dava principalmente pelos olhos. Normalmente bastava uma troca de olhares. Você sentia alguém te olhando, e no segundo em que devolvia o olhar ele desviava os olhos... e aí quando ele sentia você olhando e devolvia o olhar, você baixava a cabeça e fitava a superfície do manhattan que tinha pedido porque havia posto na cabeça que era isso que os adultos bebiam, e as cartas estavam na mesa. William podia sentir as pernas sacudindo embaixo da mesa; depois, ele e o seu alvo se encontravam na frente do bar, em carros com o motor já ligado. Se era pra falar a sério, ele teria que dizer que o perigo era parte do barato. Mas suas conquistas em geral se revelavam desanimadoramente corteses: sujeitos de Nova Jersey, tímidos, casados, cuja única e maior fantasia era trocar masturbações com um adolescente. Ele acabava embaixo da West Side Highway, encarando o Hudson vazio, e no instante da ejaculação os dedos pálidos ali embaixo se dissolviam e ele sentia, paradoxalmente, uma suspensão de sua solidão, uma ampliação da sua vida, que virava algo maior, mais claro. Aí o frio e a umidade se faziam sentir, e ele se sentia mais só do que nunca.

Quando os bares deixaram de parecer assim tão perigosos, ele passou para o Parque. Comprava benzedrina dos chapados, dissolvia em xícaras de café de rua e ficava esperando embaixo do seu poste preferido. Aí, na escuridão sob as árvores, seu repertório foi se expandindo. Havia jovens no parque, além de homens mais velhos, negros além de brancos, e ele descobriu que queria esses mais que os outros. Queria que fossem duros com ele, que o castigassem por alguma coisa. Por querer aquilo, talvez. Depois ele ia achar um milagre que o pior que lhe aconteceu tenha sido uma irritação cutânea. Em setembro de 1960, quando chegou à sua nova e última escola afinal, ele trouxe consigo mais experiência, mais consciência de como conseguir dos outros o que buscava, mais do que podia ter adquirido numa dúzia de estágios.

O lado negativo era que, de novo longe de Nova York, ele não estava mais atrapalhando o casamento. Acabou conseguindo se formar, e no começo do verão do ano seguinte, um ano depois de a ideia ter sido aventada, William se viu no provador de um alfaiate judeu encarquilhado cuja postura de ponto de interrogação parecia perfeita para lhe poupar o trabalho de se abaixar para tirar as medidas. O Papai tinha insistido em trazer William aqui pessoalmente, como se fosse algum rito de passagem, as provas da armadura que iria cingir mais um Hamilton-Sweeney para os campos de batalha da alta burguesia. De dentro do provador, William podia ouvir o pai lá na loja. "Nós também vamos precisar de uns dois ternos, sr. Moritz, além do smoking. O William tem uma entrevista em Yale." O que era ridículo; ele era um Hamilton-Sweeney. Mas se o sr. Moritz percebeu, não deixou transparecer. A loja dele tinha uma atmosfera de clube de cavalheiros, ao mesmo tempo lustrosa e mofada. Mulher alguma pisava ali desde o tempo dos Bórgia. A porta da frente, aberta por causa do calor fora de hora, soprava para dentro uma brisa de fumaça de charutos e couro. "E o smoking é para sexta-feira, se o senhor conseguir. Ele aceitou ser meu padrinho."

O William do espelho estava só de cuecas samba-canção e com uma camiseta desbotada debaixo das mangas. Ele estava com aquela camiseta ontem à noite, nos arbustos perto do Ramble. Pedacinhos de folhas ainda estavam presos a ela. Estava com cortes nas pernas, por causa dos galhos. Tentou lembrar se seu pai tinha visto aquelas pernas, nos anos depois de elas terem ficado peludas — imaginou se ele seria sequer capaz de reconhecer aquele corpo como o do seu filho, ou o que sentiria se soubesse o que outros homens estavam fazendo com ele no Parque, no escuro.

"Pronto aí, William?"

Ele ergueu a calça do smoking e vestiu a camisa para tapar o corpo ofensivo. O pai, aparentemente sem perceber a sobra quando William entrou bamboleante na loja, concordava com gestos de cabeça. William quase deu um tapa na mão do sr. Moritz quando ela subiu paralítica com a fita métrica até a sua virilha. Lá fora, capitães de indústria passavam, inalterados pelo ar festivo. "O meu assistente vai entregar pessoalmente", o alfaiate disse, enrolando de volta a fita métrica com uma precisão irrefletida. "As meninas não resistem a um camarada com roupa de festa."

"É isso que eu vivo dizendo", o Papai falou, enquanto William desejava, calada e ardentemente, que o dia do casamento fosse ainda mais quente que este.

O smoking chegou na sexta, conforme o prometido. Ele não podia dizer que parecia diferente da empulhação toda frouxa que o engoliu naquela loja, mas, quando provou, serviu. Ele ajeitou o colete cinza-foca, olhou no espelho da porta do closet. Estava elegante. Estava — era bom admitir — sexy. O que era bom augúrio; o noivo de Reagan, que ele tinha conhecido em abril, vinha pro jantar de ensaio de hoje à noite, e apesar de William não ter exatamente planos de seduzir o noivo (foi o seu próprio noivado que pareceu arrancar Regan da tristeza do verão passado), William de fato achava que Keith Lamplighter era basicamente o homem mais lindo em que já tinha posto os olhos. Um único olhar de admiração bastaria, e gerar esse olhar era exatamente o projetinho de que ele precisava para se distrair desse fiasco matrimonial.

Ele tinha se virado para se olhar de trás quando ouviu um choramingo vindo do closet. Foi investigar. Atrás das roupas penduradas havia um cantinho, que lhe batia pela cintura, onde ele e Regan brincavam quando eram pequenos. Em tempos mais recentes, tinha sido um lugar conveniente para esconder bebida. Foi onde ele a encontrou agora, na mesma posição do verão passado, lá na sacada: enrodilhada, testa apertada contra os joelhos. Um pouco contrafeito com o que aquilo podia causar a suas calças novas, ele foi de gatinhas até o lado dela. Será que ela estava hiperventilando? Quando ele quis pegar suas mãos, ela as colocou embaixo do corpo, encolhendo ainda mais as pernas. Ela parecia querer recolher toda e qualquer expressão de si, virar um ovo branco imóvel. Ele perguntou se ela precisava beber alguma coisa. A única resposta foi o riso dos convidados em algum lugar da casa. "Porque pode apostar que eu estou precisado." Ele remexeu na valise em que escondia as bebidas e achou a garrafinha de prata que tinha roubado da festa de Bruno, como lembrança. O bourbon ardeu. Ele deixou a tampa desrosqueada, estendeu a garrafa para Regan. O cheiro, pelo menos, podia fazê-la voltar a este mundo. "Meio tarde agora pra derrubar o casamento, na minha modesta opinião."

Ela virou o rosto, como se tivesse medo de que ele o visse. "Vai se foder."

Bom, essa era nova. Não que ele não tivesse lhe dito a mesma coisa dúzias de vezes. "Eu sei que no fundo o que você quer dizer é que me idolatra, Regan, então eu vou esquecer que você disse isso. Mas você vai me dizer o que está acontecendo, ou vai só ficar descontando em mim?"

"Como é que eu posso te contar", ela disse, possivelmente para si própria, "se eu ainda nem contei pro Keith?"

"Não contou o quê pro Keith?"

Ela olhou de volta, examinou o irmão na semiescuridão do closet. Suas bochechas estavam manchadas e vermelhas, mas surpreendentemente secas. "Você tem que jurar que isso vai ficar entre nós. Jure." E aí, aninhada sob as roupas penduradas, ela revelou que não tinha ido à Itália.

"Eu sabia!", ele disse. "Por isso que você não quis me deixar usar o seu carro."

"Não, escuta. Por favor. É por causa de uma coisa que aconteceu no começo do terceiro ano. Um mal-entendido, com um cara. Eu estava... grávida..."

"... Jesus. O quê?"

"E eu tive que ir embora pra cuidar de tudo."

"Você teve um filho?" Isso era bizarro. "Cadê o bebê?"

"William, por favor. Não existe bebê."

Ele se largou contra a parede. E agora, ela disse, o carinha responsável por tudo tinha aparecido na festa do casamento, tomando posse dos quartos reservados para os convidados. O único herdeiro da empresa que o Papai havia engolido. Ele tinha ficado umas vezes em Block Island naquele verão, antes da fusão. Depois disso ele entrou pra Diretoria.

"*Aquele* cara? Ele é manjadíssimo, Regan. Ele estava uns anos na minha frente quando eu estudei em Exeter. Ou talvez tenha sido Choate. Ia ter sido melhor você falar comigo antes de deixar esse camarada entrar na sua cama."

No fim, ela pegou a garrafa. "Eu acabei de ver o sujeito ali embaixo conversando sobre negócios com o Amory Gould. Não posso deixar ele me ver aqui, William."

"Por quê? O cara se negou a pagar? Ou ele foi canalha com você depois?" William fez um elenco mental das armas próximas: facas de carne, pesos de papel, a velha carabina de safári do bisavô que adornava a parede da sala de jantar. "Eu juro que se ele foi grosseiro, de qualquer jeito que seja..."

"William, ele já tinha se mandado faz tempo quando eu atrasei uma menstruação..."

"Uuf, Regan. Sintaxe, por favor."

"Ele não sabe de nada, é isso. E agora, com o Keith me pedindo em casamento, isso tem que ser um segredo nosso." Ela ficou calada bastante tempo. "Mas tem alguém que eu tenho medo que já saiba. A pessoa que nos apresentou."

Ele percebeu imediatamente. "Amory. Filho da puta. Só que, espera: sabe quanto?"

"É difícil dizer. Eu andei pensando muito nisso depois que voltei. O jeito que ele fica me olhando. E se ele descobriu que eu estava grávida? E aí não. Ilegalmente." Outra pausa. "Você não acha que ele ia contar pra alguém, né? Ou tentar usar a informação de algum jeito?"

"Bom, pode apostar que eu é que não ia querer esse cara perto dos *meus* segredos. Só se pergunte como foi que ele fez aquela fusão acontecer. Isso pra não falar da fusão Papai-Felicia, ou daquela babosseira de carreira que ele tentou usar pra engambelar o seu namorado. O sujeito é supermanipulador." Parecia que algo novo e incômodo estava se revelando para Regan. Mas ele tinha se empolgado com essas ideias de justiça, e não

831

conseguiu parar para prestar atenção. "Por que é que as pessoas como o Amory guardam um segredo, se não for para usar depois? Ele podia estar te dedurando pro camarada nesse exato momento, e juntos eles têm dois assentos na Diretoria. Pense no poder que eles têm sobre o Papai. O único jeito de garantir que isso não seja usado mais cedo ou mais tarde é você contar primeiro."

"William, não! O que o Keith ia pensar de mim?" Ela tirou as mãos de baixo do corpo, começou a alisar a saia. "Só me dê uns minutos, pra eu me recompor."

Só que eles eram irmãos — tinham praticamente ido à guerra juntos —, e assim a função dele, de novo, era protegê-la. "Você não estaria me contando isso tudo se não estivesse planejando fazer alguma coisa a respeito."

"Você jurou", ela lembrou a ele.

"Mas e você quer mesmo passar a vida toda escondendo a verdade?"

"Eu não sei mais o que eu quero", ela disse.

"O impulso de esconder do Keith eu entendo, mas se você acha que o Amory descobriu, você precisa falar com o Papai. Regan, olha aqui. Você pode confiar nele, ele é o nosso pai. A gente devia conversar com ele."

"Acho que você tem razão." Ela enxugou o rosto com a base da mão. "Tudo bem. Tudo bem. Você tem razão."

Embora o resto da semana tenha sido tão abafado, o dia estava incongruentemente lindo, um céu alto e tranquilo acima da capota aberta do carro de Regan. E mais alguma coisa tinha se partido com o calor, alguma ordem inviolada sob a qual eles viviam. William estava se sentindo quase maníaco, à beira de ter visões. Não era tarde demais. As coisas ainda podiam mudar. No quadragésimo andar do Edifício Hamilton-Sweeney, eles passaram voando pela secretária só para encontrar o Papai sozinho no escritório, como se aquele fosse um dia qualquer, e não a véspera do seu novo casamento. A máscara de oxigênio em que ele estava ditando caiu assim que ele viu os dois. "Que surpresa agradável."

"O senhor tem que cancelar o casamento."

"William...", Regan disse. Ela não tinha se dado conta de que ele iria tão longe tão rápido. Talvez ele também não tivesse, completamente. Mas dava na mesma; estava tudo voando da boca dele, o quanto ele tinha certeza de que Amory estava escondendo do Papai um segredo potencialmente nocivo, um escândalo... só que aquilo não estava tendo o efeito que William desejava, porque ele não podia dizer qual era o segredo — podia? — e quem agora ficava de boca fechada era a sua irmã. Sem contar que por que será que ela não tinha pelo menos contado pro cara que a engravidou? Um telefonema bastava. O circuito dos internatos estava cheio de histórias parecidas, sempre abafadas em silêncio. Ela não estava mesmo ajudando a explicar aquilo ali. "Anda, conta pra ele o que você me contou, Regan. Do protegidinho do Amory na Diretoria. Da gravidez."

Quando ele se virou, ela estava mais vermelha do que ele jamais tinha visto — apesar, ou por causa disso, a cabeça dele continuava voltando àquela fofoca de vestiário de meninos sobre o amante da irmã. Não era fácil lembrar, ele provavelmente estava bêbado quando ouviu, mas não tinha uma história de uma menina da cidade, lá em Nantucket, cuja família levou uma grana depois que ele... ah.

Ah, Regan.

E se a coisa que ela estava ocultando, a violação que Amory podia usar, fosse mais fundo?

Nesse caso ele teria razão para insistir? Ou recuar?

"Papai, o senhor tem que me ouvir agora. O Amory colocou a sua filha numa armadilha..."

"Você já disse mais do que o suficiente por enquanto, William", ele disse.

"A coisa da gravidez, desculpe, mas vocês dois vão ter que superar. Mas o Amory. O merdinha do Amory..."

E aí, só marginalmente menos cortante: "Parece que eu e a sua irmã precisamos conversar". William tentou apelar a Regan, mas quando ela olhou para ele, ele descobriu que não conseguia não abaixar a cabeça. "Sozinhos", o Papai disse. Quando William percebeu, já estava na sala de espera.

O que se seguiu foi a meia hora mais longa da sua vida. Ele ficou ali sentado sob o olhar corrosivo da secretária que tinha ignorado cinco minutos antes. Tentou entreouvir o que estava sendo dito por trás da porta, mas só conseguia escutar o murmúrio de um Dictaphone tocando e o mascar veloz das teclas da máquina de escrever, como um cardume de piranhas esqueletificando uma vaca. Na parede mais distante estava o outro Rothko: um gigante plano de cor, marrom ferrugem e vermelho aórtico e o branco da parte branca de uma bengalinha de açúcar. Seu par, azul sobre azul, tinha surgido na parede da cobertura de Felicia no começo das férias de fim de ano, enquanto cada vez mais caixas vindas de Sutton Place iam chegando até lá. William não havia entendido por que até eles saírem do elevador. *Puta que pariu*, ele não conseguiu evitar dizer. E aí: *Qual que é a pegadinha?* "Que pegadinha? A Regan me disse que você adora arte, aí eu pensei numa coisa para deixar isso aqui com mais cara de casa quando a gente se mudasse. Comprei um pro escritório também. Esse é bom? Eu não consegui me forçar a comprar aqueles dos pingos." William queria dizer que tinha odiado, mas não conseguia exatamente como não conseguia dizer agora que estava recuando, que tinha sido fraco, que nunca quis ser o padrinho do casamento do Papai. E tudo isso era secundário, ele se fez lembrar, em relação ao que quer que ela estivesse revelando ali dentro. A tinta parecia pulsar sob a pressão do seu olhar, com o vermelho chorando pelos cantos, derramando-se sobre si próprio como uma fonte. Aí a porta abriu. Regan andou com cuidado, voltando na direção da mesa atrás da qual o Papai ainda estava sentado. William estava de novo com quatro anos de idade, sendo chamado a responder por algo que tinha quebrado, um vaso, um espelho.

"Filho." Toda a cor que um dia o rosto do Papai teve sumiu. A voz dele tremia. "Eu sei que você é contra esse casamento. Tentei falar com você de diversas maneiras. E estou vendo que não consegui. Mas usar a desgraça da sua irmã para tentar vilipendiar o irmão de Felicia é simplesmente errado." A outra parte — que a mãe dele ficaria com vergonha — ficou por ser dita, como sempre. Entre as várias coisas que William não conseguia mais lembrar estava o motivo de ele ter desejado que aquilo se desenrolasse dessa maneira.

Parada ao pé da janela, Regan não conseguia se virar para olhar para ele. Agora era ela quem estava sendo covarde, ainda segurando alguma coisa... ele sabia. Ele sabia, caralho. "Eu imagino que ela tenha lhe dito como a gravidez acabou, no fim das contas. E, Papai, os Gould devem ter percebido o tempo todo o transtorno dela e esconderam do senhor, pra não ferrar com a fusão..."

834

Regan entrou na conversa. "William, eu nunca disse que a Felicia..."

"E os detalhes têm relevância aqui? Basicamente, eu estou tentando dizer pro senhor que a sua filha tem medo deles. E o senhor ainda está fingindo que não ouve. E ela vai entrar na sua direitinho, se o senhor deixar. É o que os Hamilton-Sweeney sempre fazem."

"Isso é entre mim e a Regan", seu pai lhe disse.

"Mas eu confiei no senhor. Achei que o senhor ia saber consertar tudo."

"Você obviamente está embriagado, William, e não está em posição de me dizer o que fazer. E eu desisti de tentar lhe dizer o que fazer. Você pode comparecer ao jantar hoje à noite sóbrio e apresentável, ou pode não ir. A escolha é sua."

"Regan?" Se de fato ela ainda manteve alguma coisa escondida, ainda havia uma chance de ela se abrir completamente, de dividir sua desgraça com a família e de salvar a todos eles. Mas Regan iria depois, o Papai disse, com o carro. A conversa deles ainda não tinha acabado.

E pronto. Quando William viu a irmã de novo, no jantar de ensaio, o herdeiro rival tinha sido expulso da Diretoria, e Regan tinha sido convidada a preencher sua vaga. Ou era o que diziam as fofocas no restaurante que eles tinham alugado no Central Park, onde William daria as caras apresentável, vá lá, mas substancialmente menos sóbrio, com a garrafinha acomodada no bolso. Esses jantares de ensaio não eram restritos à família? Parecia que metade de Nova York estava aqui, saindo do banco traseiro de seus carros, entupindo a entrada, como se aquilo fosse um dos horrendos retiros praianos de Felicia. Ele tentou localizar Amory Gould, ou identificar o protegido, mas fracassou, e fracassou. Também não tinha ideia do que podia fazer com eles. E quando sua garrafa secou, ele se sentou no bar, cada vez mais bêbado, até que o mal que eles fizeram a sua irmã virasse uma certeza. Inacreditável que tudo fosse continuar assim, sem mudanças. Ou não, porque Regan aceitou a paga. Ela virou uma *deles*.

Quando a comida chegou, ele descobriu que tinha sido colocado na Sibéria. Deve ter perdido seu lugar à mesa dos noivos. Sua irmã, na mesa central, se negava a olhar em sua direção. Seu namorado bobo e lindo ficava esfregando as mãozinhas dela. Mas não seria William quem ia se levantar e pedir desculpas. Se alguém ali tinha sido traído, agora parecia que era ele.

Quando chegou a sobremesa, ele se sentia encharcado de borgonha, preso numa bolha rubicunda. Pelo menos tinha decidido o que fazer. Sons pareciam flutuar em tudo, mas ele não conseguia alcançá-los ali de onde estava, e mais nada conseguia chegar a ele, a não ser o tinido dos dentes dos garfos contra seu copo mais recente. E lá veio ele de novo, urgente, insistente, como dinheiro, até que o salão todo ficasse calado. O Papai olhou para lá. Regan, não. Um microfone tinha sido colocado perto da mesa central, quando ainda esperavam que ele fizesse o brinde, mas William conseguia falar bem alto sem amplificação.

"É costume nessas ocasiões dizer umas palavras sobre o noivo", ele se ouviu anunciar, impressionado com sua própria eloquência. "Mas agora que a hora é chegada, eu estou meio sem orientação. Todo esse papel de ser padrinho vai contra a ordem natural das coisas. Quer dizer, o que é que um filho tem direito de dizer sobre o pai?" Vieram risos nervosos. Se ele tentasse encontrar a fonte do riso, tudo estaria perdido. "O seu velho. Pater. O patriarca sem o qual nada é possível." William deu com os olhos desorientados de Keith Lamplighter. Ao lado dele, Regan encarava fixamente as mãos. Tentou se concentrar no copo que tinha nas suas, que refratava o brilho rubro de uma placa de saída acima do bar. "Vocês podem pensar que isso é um modo de dizer, mas não pensariam assim se estivessem com a gente quando a minha mãe morreu." O braço dele, sustentado a cento e tantos graus do prumo, tinha começado a arder. "Se vocês tivessem visto a gente ali, iam ter pensado que aquilo ia acabar com a gente. Ou, na melhor das hipóteses, que a nossa noção de respeito próprio ia exigir que a gente não tentasse tapar o buraco que ela deixou. Mas nada é impossível para o meu pai. Espera-se que um pai mostre ao filho o que significa ser um homem e, Papai, por mais que a gente tenha as nossas diferenças, isso definitivamente o senhor fez." A vez de William rir. Sua voz estava recobrando a sibilância exagerada que ele lembrava de certas noites no Village, com seu pulso virado ficando mais mole. "Acho que é por isso que aparentemente fui me desviando da masculinidade, como sei muito bem que vocês todos aqui já perceberam e ridicularizaram. Eu só lembraria aqui que as aparências não são tudo. Eu não sou só aquilo que você acha, beleza? E tem coisas mais complexas no meu pai também, e na Empresa, e em Felicia e Amory Gould. A coisa mais forte que acho que eu ou qualquer pessoa pode dizer é que todo mundo aqui se merece. Então, senhoras, senhores, o que os Gould uniram, que o homem não separe. Não fiquem encabulados agora. Um brinde." E dessa forma, William III, o último dos Hamilton-Sweeney, levou a taça à boca, sabendo que assim que esse último gole tivesse lhe sumido garganta abaixo, ele iria correr para a saída e para o que quer que pudesse estar à sua espera do outro lado.

88

A Mãe tinha zarpado com o professor de ioga numa bela manhã de quinta-feira da primavera de 71, quando Sam estava com as freiras e o Pai estava no Queens para os testes dos disparos daquela semana, apesar de aquilo provavelmente ter mais a ver com oportunidade do que com cálculos racionais. Os registros factuais num ou noutro sentido eram mínimos. O bilhete que ela deixou na pia da cozinha tinha apenas duas linhas. Só o que bastava pra ninguém pensar que ela tinha sido sequestrada, o Pai disse, quando Sam perguntou o que estava escrito. Depois, verificando os armários, ela percebeu que a Mãe não tinha levado nem uma muda de roupa. O Pai aparentemente considerava isso um sinal de que ela poderia voltar. Mas Sam, que vinha prestando mais atenção, achava o contrário. A Mãe obviamente queria o mínimo possível de laços com Long Island, com esse desvio da sua vida. A confirmação veio já em agosto, na forma de uma carta postada em Idaho. A Mãe tinha usado uma caligrafia Palmer toda enfeitadinha pra escrever o nome de Sam no envelope, pro Pai não saber de quem era a carta. A extensão da carta foi outra surpresa, mas o sentido geral estava já na primeira página. Sabendo da dor que havia causado, dizia a Mãe, ela tinha evitado escrever, mas aí viu uma página dupla de Quatro de Julho na revista *Life*, com aquela multidão boquiaberta diante da obra-prima do Pai lá na ponte do Brooklyn, e sentiu que tinha que explicar pra Sam que *todo mundo* merecia a felicidade — não só as pessoas que você nem conhecia tão bem a ponto de poder negligenciar. O maestro pede um *pianissimo*: *não posso te dizer o que fazer... não estou dizendo que você não pode vir comigo...* e o quê? Ir plantar batata? Mudar o nome pra Brisa, ir sendo passada de mão em mão que nem doença venérea? Não era segredo o que rolava nas comunas. Mesmo nas que assinavam a *Life*. O que ela nunca descobriu era o que as páginas de dois a cinco da carta diziam, porque antes de o Pai chegar em casa ela tocou fogo naquilo tudo. Pegou o papel com as tenazes da oficina dele e ficou revirando em cima de uma vasilha baixa de metal até as chamas tocarem todas as bordas, pra ela não sentir nenhuma tentação de salvar o que restasse.

Não é uma coisa assim tão fácil queimar uma mãe no seu coração, mas Sam acabou encontrando o equipamento certo para essa tarefa também. Cigarros, fotos, músicas. A Mãe tinha feito sua escolha, tinha ido atrás de algum ideal desprovido de atrito, e boa sorte pra ela. Sam sinceramente achava, na altura do Bicentenário, que mal pensava mais na Mãe.

Mas nos últimos dias daquele ano, ela de repente não conseguia mais pensar em outra coisa. Era como se mal *houvesse* outra coisa. Como se a premissa de que qualquer unidade maior do que o eu pudesse ser distinguida das outras — de que o *próprio* eu não fosse corruptível — tivesse desmoronado. Sua vida na ilha, sua vida na cidade: agora tudo se misturava, e tudo o que seus olhos, mãos ou lábios tocassem podia explodir a qualquer momento e virar lembrete.

Nada tinha mais facilidade de detonar essas bombas que o Pai, o que era estranho, porque ele quase nunca estava por ali. No dia seguinte ao grande roubo em Willets Point, ela se viu forçada a ficar ouvindo ele deblaterar a respeito dos quilos de pólvora, da Ranger fantasma que corria pra Flushing. Ele tinha se convencido de que esse roubo, como o de novembro, era um ato de espionagem industrial. E no entanto continuava se recusando a falar com a polícia. "Os sedativos que eles deram pros cachorros quase mataram um, Sammy", ele dizia. "Mas vou te dizer uma coisa, eu ainda tenho umas cartas na manga, eles vão ver." Ela quase cuspiu que aquele *eles* também a incluía, mas ele não ia conseguir aceitar uma coisa dessas. Então agora era ela quem estava virando a Mãe. Ela antes ficava pensando como alguém tão sentimental podia ter abandonado o pai dela, mas no fim o fato era que o amor incondicional de verdade era sufocante, na medida em que mal percebia quem você era de verdade.

Aí, de manhã, quando ele saiu, ela voltou a si de novo. Voltou, quase, aos seus doze, aos seus treze anos, tentando achar um jeito de inventar uma vida. Pegou a máquina de escrever, o estilete e o pote de cola e os vários pedaços do que seria a edição 4 de *Terra de Mil Danças*. Mas quando ela pegou as fotos daquele outono pra editar, as dúzias de fotos que tinha pendurado no barbante frouxo da sua parede também eram lembretes. Seu significado estava todo emaranhado de alguma maneira com uma pilha de retratos de família que ela enterrou no quintal aos catorze anos, porque havia certas coisas — quase todas — que não conseguia queimar. Ela não lembrava de ter prestado tanta atenção nelas antes, mas de que outra maneira elas teriam se gravado assim a fogo nos seus olhos? Sua mãe de calça cáqui enrolada na praia num crepúsculo com a cor corrigida no laboratório, segurando uma varinha com um marshmallow na ponta e rindo — seria possível? — de alguma coisa que seu pai tinha dito. Ou de biquíni perto de um hidrante aberto em algum ponto do Queens, não muito mais velha que a criancinha que brincava nas poças d'água atrás dela tinha chegado a ser.

E aí Flower Hill: ela deve ter sido a coisa mais incandescente que já caiu sobre essas ruas. Sam ficou pensando se a incandescência era um traço herdável; se o jeito esquisito como as pessoas aqui da cidade a tratavam não antecedia a delinquência, aquele novo cabelo estranho, a tatuagem. Ela saía para comprar mais cigarros no meio da tarde, e as persianas das mulheres da vizinhança tremiam quando ela passava. Outras vezes elas fingiam que nem viam você. Numa ocasião, naquele outono, ela tinha visto a perua da família Weisbarger passar lenta, dirigida pela mulher com quem tinha falado ao telefone. Era impossível saber se a recusa da sra. Weisbarger de virar a cabeça era intencional ou não. E como as coisas podiam ter sido mais fáceis, Sam pensou, se ela simplesmente pudesse amar Charlie também, em vez de simplesmente gostar dele, como uma irmã mais velha ou uma prima glamorosa. Talvez sua mãe também visse a si mesma desse ângulo: uma personagem presa no inferno mecanicista da mitologia grega. Ter esse poder acidental sobre todo e qualquer rapaz que você encontrasse

(Charlie, Keith, Sol, Brad Shapinsky) e, quando fosse exercê-lo, ver os caras se dissolverem e virarem nada.

E aí houve Nicky Caos. O primeiro mandamento punk, pintado com tinta spray logo acima de *Loud, Fast Rules* e *Morte à ralé hippie*, era *Não dedure os amigos*. Nicky estava contando que ela fosse se lembrar disso, ela sabia. Era possível que o roubo daquela montoeira de pólvora fosse só o seu mais recente teste para a sua lealdade. Mas a lealdade, como qualquer outro valor teórico — liberdade, justiça, beleza —, se cortava na própria carne na prática. Ela era punk, mas também era Cicciaro. A diferença era que os Pós-Humanistas eram mais atentos que o Pai. Até onde ela pudesse saber, a van de Sol estava de novo na rua, em ponto morto no beco sem saída ali da frente, monitorando as cortinas de batique do seu quarto. Se estava se sentindo dividida atrás delas, com a semente da dúvida plantada bem no meio da testa rebelde, tinha que evitar que seus amigos ficassem sabendo.

O Natal foi num sábado. Na terça, ela ligou para o Falanstério. Nicky sempre evitava o telefone, como se alguém fosse ouvir na extensão. Agora ela podia ver que ele estava escolhendo as palavras mais arroz-com-feijão. "Eu achei que você ia entrar em contato antes."

Por que foi que você fez uma coisa dessas, de verdade?, ela queria perguntar. *Por que correr o risco de um segundo roubo, um crime? Foi só pra me sacanear por eu ter trazido os três gramas no Dia de Ação de Graças?* "É, mas não", ela disse, igualmente cautelosa. "Só que eu tive que lidar com umas merdas aqui da minha família."

"Dá pra imaginar. Mas essas merdas da família aí não vão, assim, mudar nada, né?"

"Não seja cretino. Provavelmente eu vou dar uma passada aí amanhã, na verdade. Acho que deixei a câmera no porão na última vez em que a gente foi conversar lá." Atenção, grampeadores: isso era um código pra trepar. "Ou, enfim, o negócio é que não está na minha bolsa. Eu vou precisar da câmera se eu ainda vou fazer as fotos do Ex Post Facto no Réveillon."

"Agora é Ex Nihilo, o Billy está se negando a entrar nessa. Mas você vai fazer as fotos. E quando chegar a hora, você vai fotografar o nosso Irmão Demoníaco também." Ela não tinha ideia do que esse código queria dizer.

"Vai ser um belo de um espetáculo. Enquanto isso, a gente vai estar por aqui, se você quiser, sabe como, conversar mais."

Ela pensou na qualidade rebrilhante, mineral, que os olhos dele adquiriram recentemente, como se desbastados pela coca até virarem pura pupila. Num certo sentido, a escala do estrago que Nicky pretendia fazer era apenas uma questão acadêmica. Com a quantidade de pólvora que agora sem dúvida estava guardadinha naquela casa dos fundos, você ia precisar ser um expert pra não acabar matando alguém. Fora que era só olhar o que ele tinha feito com *ela*. "Sério, aparece aí, Samantha."

"Apareço, sim", ela prometeu, e desligou. Mas o quanto ela estava sendo franca com ele dependeria de quanto ele foi franco com ela. Será que tudo o que ele disse era mentira, ou só metade? As provas agora mofavam dentro da sua câmera, e provavelmente podiam, de qualquer maneira, como no caso da partida da mãe, ser lidas de várias maneiras.

Nicky não era de todo mau, claro. Ele tinha sofrido na infância, e foi uma das primeiras pessoas que ela conheceu a entender como *Brass Tactics* tinha mudado a sua vida. (As letras, ele disse, tinham sido uma grande influência intelectual para ele.) Mas agora, quando ela voltava ao disco em busca de ideias, de esperança, ele parecia maculado pela associação. A única coisa que ela conseguia ouvir hoje, por trás da fúria e da bravata de Billy Três-Paus, era o desespero do qual ele audivelmente tentava escapar.

O que ela ainda tinha — o que nunca te decepcionava, Charlie um dia defendeu — era a Patti. Pois *Horses*, mesmo nos seus momentos mais negros, não falava de fuga, ou não apenas. Sim, a vida era plena de dor, como a Patti agora cantava na vitrola. E a vida era plena de buracos: olhando os recortes amontoados no carpete grosso do quarto, Sam só podia concordar. Mas também tinha todo aquele lado marcial, aquele lado sacerdotisa dela, o lado católico, *como uma Joana D'Arc deslocada*. Ou isto aqui: *E o anjo olha para ele e diz: Ah, menino bonito, será que você só tem sua rendição para me dar?*.

Dois dias antes dos tiros, Samantha sonhou com Patti Smith. Ela, Samantha, estava numa sala completamente escura em algum lugar. Não conseguia ver nem tocar as paredes — não podia se mexer —, mas a sala parecia pequena. E tinha uma janela por perto, ela sentia, um panorama de montanhas e mares e minúsculas pessoas que remavam em canoas e só meio que cuidavam da vida, se ela conseguisse enxergar. E aí a Patti apareceu no alto encasulada numa fraca luminescência azul e lhe informou que estava chegando um momento em que ela teria que escolher.

Escolher o quê?, Sam perguntou.

Escolher que eles sejam salvos, a Patti explicou — referindo-se a todas aquelas pessoinhas, remando sem parar —, *ou você*. Ou seja, Sam podia se mover para o alto e entrar nas trevas, ou para baixo, para o panorama, mas o momento estava quase chegando, em que se deixar estar entre os dois pontos não seria mais permitido.

Sam sentia que isso era totalmente nada a ver. Além de ser arbitrário pra cacete. Fora que o que era aquilo de *se deixar estar*? Ou, a bem da verdade, *salvos*?

Boa pergunta, a Patti concedeu, numa voz que agora soava suspeitamente como a da mãe de Sam. *Mas é aí que nos encontramos. Tendo que escolher, com base em informações imperfeitas. Se isso te consola em algum grau, eu também posso te dizer que o tempo só existe na sua cabeça.*

Você está me dizendo que ou vou eu ou vão eles? Você voltou aqui pra me dizer só isso?

O que eu estou te dizendo, querida, é que você, pessoalmente, só pode solicitar uma ou outra isenção. E vai chegar um momento, por assim dizer, em que você vai ter que escolher.

E essa isenção que você está dizendo que eu ganho...

... Que você solicita.

... Tanto faz. Você está dizendo que se eu usar em outra pessoa, eu não posso ficar por aqui pra ver o que rola?

Se você for embora, a Patti disse, *a única coisa que eu posso te dizer na verdade é que você vai acabar ficando muito, muito próxima das pessoas. Você tenta estar na vida, e pode conseguir, por um momento, mas esse momento tem que passar. Uma maneira melhor de dizer isso é que o tempo não existe na sua cabeça, exatamente — eu disse isso basicamente porque queria que fosse verdade —, mas que ele é sinônimo da vida. Quem deixa um, deixa o outro. Deixa tudo a que você vai estar agarrada.*

843

Sam ficou pensando nisso. *Mas e eu não ia sentir falta? Da vida?*
Ah, claro. Isso, baixinho. Com toda certeza.
Eu não estou entendendo. Por que eu?
Porque sim, Samantha. Vez por outra alguém se vê preso a meio caminho, e ou vai ter sorte ou vai ter azar. É por isso que se chama uma condição. Vai se chamar, na verdade. Você pode escolher, uma coisa ou a outra. Mas também, você tem que escolher.
Você teve que escolher?
Eu não teria tido a força necessária pra desistir de você.
Mas você desistiu de mim. Ou será que era uma pergunta? Espera um minuto, não era pra você estar lá no oeste, Mãe?
Mãe? É isso que você precisa que eu seja pra você?
Sam ou não entendeu exatamente ou não quis exatamente entender. *Então depois que você vai embora as pessoas que você ama ainda conseguem saber que você está bem perto delas?*
Não, querida. Só você que está perto pode saber. É um dos paradoxos.
Mas eu sei que você está aqui agora.
Isso é um sonho, Samantha.
Mãe? (Patti?)
Eles nos sentem muito raramente, quase sempre em sonhos.

Quando Sam acordou, era quarta, sua fronha estava úmida, e ela estava só. O Pai tinha ido trabalhar, se é que voltou pra casa, e do outro lado da janela restava outro dia cinzento. Todo dia aqui na ilha era fosco e derretido como esse, um cocho de sorvete cinza que escorria pelas bordas. Mas depois de abrir as cortinas Sam se sentiu estranhamente empolgada, porque viu lá fora o que nunca antes poderia ter visto: o fantasma do seu eu enfurecido que passou tantos anos percorrendo aquelas ruas, negando-se a ceder, a cessar, a assentir. O momento em que ela chegou mais perto foi o Natal, quando entrou na sala de casa, ainda nauseada pela notícia do roubo, e encontrou, na cesta de cartas, o fanzine que o correio tinha devolvido. Foi nessa noite que ela ligou para a casa de Keith e que ele desligou na cara dela, nervoso. Mas hoje ela via que, como o pai dela, ele estaria trabalhando. E era lá que, se ligasse agora mesmo, poderia falar com ele: a coisa mais próxima de um adulto de verdade na sua vida e também a pessoa mais persuasiva que já tinha conhecido. E *essa* devia ser a escolha de que a Patti ou sei lá quem estava falando, pois *quem agarra as possibilidades, vê todas as possibilidades*. Keith ia ficar torturado demais pela culpa se se negasse a se encontrar com ela no Réveillon, se Sam aplicasse a pressão exata. (Porque ele *era* culpado, lá do jeito dele, por ter entregado aqueles envelopes, aqueles que ele nem se deu ao trabalho de abrir.) Lá, no Vault, ela ia explicar o que tinha acontecido e aí fazê-lo se reunir com a FPH finalmente, e o Keith, que conseguia vender bifocal pra cego, ia falar pela Sam. A pólvora seria devolvida anonimamente para Willets Point, sem levantar perguntas, e os incêndios no Bronx iam parar. Todos os incêndios, em toda parte. Só faltava uma peça, mais uma possibilidade, que o cérebro dela deve ter agarrado, porque quando ela pegou o telefone, em vez de ligar direto para a Lamplighter Capital Associates, os seus dedos discaram um número diferente, e miraculosamente não foi a mãe dele, mas o próprio Charlie Weisbarger quem atendeu. Antes mesmo de ela conseguir cuspir que precisava vê-lo com urgência, que ia precisar da ajuda dele pra salvar a cidade, ele lhe deu aquela saudação maravilhosamente grosseira que ela não ouvia desde o verão: "Mais um dia no paraíso, para onde devo transferir a sua ligação?".

89

O plano era simples. Especialmente depois de uma ou duas doses para afogar qualquer dissensão. Abrir o freezer. Pegar o balde de plástico lá do fundo. Virar de cabeça pra baixo, forçar os lados do balde como se fosse uma fôrma de gelo normal. O bloco embaçado lá dentro se partiu no contato com o chão, deixando um saquinho plástico que se semiprojetava do gelo estilhaçado. O próximo passo era Richard entrar no metrô. Depois de finalmente ter concluído o artigo, ele ia entregar os fanzines ao seu amigo Larry Pulaski. Só que aqui entrou aquela outra amiga, a Complicação. Pulaski não estava no escritório, onde sempre estava, mas em casa, em Staten Island, disse sua secretária. Richard podia simplesmente ter metido um pacote no correio, mas os fanzines tinham certo poder sobre ele, exigindo ser entregues em mãos conhecidas. Além disso, ir para rua e se mexer sempre ajudava com a deprê pós-parto. Mínima mudança de planos, então: enfiar o saquinho numa mochila, que seria presa ao quadro da bike. Quem sabe junto aqui com essa garrafa.

A despeito de uma frente fria de fins de abril, Richard pedalou até o embarque da balsa, em Bowling Green, cerrando os olhos contra o vento. Contudo, mesmo já do outro lado do porto, ainda não estava exatamente preparado para abrir mão dos fanzines. Às vezes você ainda não era a pessoa que precisava ser para fazer o que era necessário. E, nessas horas, ele descobriu que a melhor coisa era ir até o cemitério mais próximo e passar uma tarde andando entre os túmulos. Ele não estava longe, na verdade, do cemitério que frequentava antes de sair de Nova York.

Era um lugar antigo, com as datas mais antigas nas lápides remontando até o fim do século XVIII e ainda com carvalhos em volta, que não tinham sido derrubados pra abrir espaço pra algum shopping. Os enterros tinham minguado décadas antes de ele começar a vir aqui, então quase nunca havia alguém por perto, além dos mortos. Evelyn Steward. Edward Woodmere. Hibernia Ott. Esses nomes, civilizados, aliviavam seu medo de não ter dado em nada. Entre eles e entre os anjos obstinados e as flores silvestres que rasgavam a terra, Richard de novo podia ser um em meio a muitos.

Era essa a questão central do trabalho que ele fez na Escócia também, ele lembrava enquanto caminhava a esmo: o anonimato, o afastamento. Mas tentar recuperar a disciplina nesse último mês desde o vazamento de informação tinha sido como tentar erguer as paredes de uma cabana durante um furacão. Vigílias à luz de velas, atualizações às dez da noite, um possível serial killer hipoteticamente à solta, todo esse *sturm und drang*, esse trabalho de sonho, e só Richard tinha alguma noção do que realmente estava em jogo. Bom, Richard e Zig Zigler. Ele tinha sido uma besta de desconsiderar as jeremiadas matutinas que Zig pronunciava com o mesmo brio que levava à mesa de pôquer. Mas, também, que bem Zig tinha feito? Aquela ladainha toda sobre a moribunda e a Cidade Justa nunca chegou a gerar exigências específicas. Era como se exigências específicas fossem relíquias de tempos passados. Ou como se, Richard pensou, nós nunca tivéssemos mudado — como se o véu do presente tivesse sido afastado, e nós estivéssemos de novo nos desertos campos feudais de três mil anos atrás, onde os mortos eram honrados com roupas rasgadas e pranto. Ivory St. James. Pierre Motell. Ele passou uma mão sobre o topo arredondado das lápides confeitadas de chuva. Tinha começado a chover uma hora antes, primeiro de leve, depois mais grosso. *Amada esposa. Finalmente repousando. Todos os caminhos da glória.* Onde uma gavinha de hera úmida cobria uma frase, ele a soltava. E aí tomava outro gole de uísque.

Não, ele estava sofrendo de algum tipo de cegueira, desconsiderando as obsessões de Zig, quando na verdade Zig tinha razão, naquela última vez: Quem era mais obcecado do que Richard? Isso podia te fazer enxergar com mais clareza do que os outros, ou não enxergar de todo. Ele ainda mantinha, como uma memória sensorial, a empolgação que sentiu quando viu "SG" naquela doca de carga, lá em março. A sensação, no momento em que viu o brilho da camisa de hóquei entre as lapelas dela, de que algo estava prestes a se partir, e de que ele queria aquilo, fosse o que fosse, para si próprio. Ficou pensando se isso, e não seu código profissional, era o motivo de ele não ter conseguido colocar a menina na metade final do que tinha decidido intitular "Os Fogueteiros". Mas a chuva agora estava caindo forte. O termômetro estava despencando. Ele recorreu de novo à garrafa.

O que lhe causava mais culpa era Carmine. A abjuração final do fogueteiro tinha centralmente a ver com os próprios tiros, nitidamente, mas ainda assim não podia ter sido só uma coincidência. Richard chega na sua porta um dia, um emissário do mundo vasto mundo, e subsequentemente a sua vida ordeira e segura explode totalmente. Pai. Marido. E, no entanto, Richard tinha se permitido acreditar que a história que estava seguindo seria capaz de alçá-lo além do alcance dos seus próprios demônios. *Esse texto está salvando a minha vida*, ele vinha dizendo a si mesmo, até a última virada, anteontem. Desde então, tudo tinha parado. Os fanzines não traziam mais respostas. SG sumiu. Carmine não retornava as ligações. Richard nunca ia descobrir quem tinha puxado o gatilho na noite de Ano-Novo, ou o que o Irmão Demoníaco tinha a ver com tudo isso. O que lhe restava na cabeça eram os pressentimentos que tinha ou não conseguido transformar em arte; dúvidas profundas a respeito da importância de conseguir ou não; e a última música que ele tocou na Wurlitzer hoje pela manhã antes de sair. A água tinha encontrado uma costura do sapato, e sua meia esquerda estava molhada. O resto dele encontraria o mesmo destino se ele não achasse logo um teto. Assobiando para si próprio, ele se esforçou vacilante morro acima.

O mausoléu do cemitério era menos imponente do que seu nome fazia supor, uma espécie de arcada alongada. Uma excentricidade, você poderia pensar, num contexto menos terminal. Pelo centro da estrutura passava um corredor que tinha a altura exata para permitir que Richard ficasse de pé. O céu tinha escurecido para um tom de grafite número 3, e enquanto Richard chegava ao fundo da garrafa, ele largou sua chuva mais densa.

Entrando mais no corredor, ele viu mostras da passagem de outras almas em outros dias. Garrafas vazias, uma lata de Pringles, a inevitável embalagem de camisinha. Percebeu que precisava mijar. Os corpos aqui estavam nas paredes, não debaixo da terra; ainda assim, teria sido uma profanação regar esta terra. Mas será que ele conseguia mesmo chegar até aqueles carvalhos lá longe, na chuva? Lembrando uma banda de rock em turnê que ele entrevistou um vez, ele catou uma garrafa. Quando tinha terminado de urinar ali dentro, estendeu as mãos para que a chuva as enxaguasse. *Anda, Richard*, ele pensou. *Volta, camarada.*

Foi quando baixou as mãos que ele viu o punk. Estava ali entre os túmulos, talvez a pouco mais de cem metros dele, um garoto musculoso com tatuagens e o que pareciam óculos à la Trótski. Ele também estava malvestido para aquele tempo, com a cabeça raspada toda molhada, mas não parecia se dar ao trabalho de ficar seco. Ou de evitar ser visto. Richard não o reconheceu, mas ele reconheceu Richard. O olhar dele era nu, ominoso. (E não era isso que Richard estava querendo? Saber como era estar dentro da história?) Quando ele começou a recuar para o outro lado da estrutura, o punk se moveu também, como se algum sinal tivesse sido trocado entre eles. E quase não fazia mais diferença qual fosse o ponto de origem dos sinais, que davam as ordens a esses vários hoplitas. Das duas últimas pessoas que chamaram a atenção deles, uma tinha sido baleada e a outra sumiu.

Richard se virou, quis correr, mas percebeu seus pés pesados graças ao álcool e ao solo molhado. Estava fora de forma. No topo da elevação seguinte, ele parou para se agachar atrás de um memorial, arfando. Olhou para trás. O garoto vinha, implacável, escorregando de uma lápide para outra sem dar sinais de qualquer pressa. Richard se deixou cair, apoiou-se na pedra. Os carrinhos dos zeladores tinham todos desaparecido. Eles devem ter ido embora quando a chuva veio, o que significava que ele estava sozinho aqui, cercado por terras vazias, sem uma testemunha externa com quem comparar sua sanidade. A não ser que você contasse o punk. E quando Richard espiou de novo, só viu outros túmulos. Alguém podia estar escondido atrás de qualquer um deles. E aí uma mão estava no seu ombro.

Um homem de pele escura mais ou menos da sua idade com uma pá na mão. Terra nas botas. Usava uma capa plástica transparente, com um capuz igual sobre o chapéu. "Tudo bem, amigo?"

"Você não percebeu..." Mas Richard estava com dificuldade para tomar fôlego, e viu a imagem que devia estar passando. "Tudo, tudo bem." Deixou que a mão imensa do homem o pusesse de pé. Na frente, só descendo o morro, havia um estacionamento enlameado, uma cabine de telefone. Algo lhe ocorreu. "Meio úmido pra cavar, não está não?"

"Melhor úmido que congelado. Diz que vai baixar de zero hoje de noite."

"Eu vou te deixar trabalhar então." Richard se afastou, constrangido demais para olhar para trás. Já no vale, ele ficou atado ao orelhão. Se o punk desse as caras de novo, Richard alertaria a polícia, talvez até o próprio Pulaski, mas por dez minutos, ou mais, o único sinal de movimento foi aquele cisco lá na encosta, à prova de chuva e solitário, curvando-se e se erguendo ao lado de uma cova. Um coveiro cavando. Ainda assim, Richard não ia voltar para pegar a bicicleta, do outro lado do mausoléu. Hoje não. O mais seguro era chamar um táxi.

Quando o táxi chegou para pegá-lo, ele estava tremendo. Não tinha vestido roupas pesadas o suficiente, e tinha drenado o potencial térmico da bebida. Nem a secura do carro conseguia tocá-lo. Eles seguiram lentos na direção da balsa no que já começava a ser a hora do rush. Donna Summer no rádio. Entre depósitos e lava-jatos erguiam-se as torres da Battery, engolidas a meio caminho por lúgubres coroas de neve. Ele se virou para ver se não estavam sendo seguidos. "Tudo bem aí, camarada?", o taxista disse. Por que é que todo mundo ficava lhe fazendo a mesma pergunta? Aí o taxista limpou a garganta. "Vomitou no meu táxi, vai pagar a limpeza."

Havia, graças a Deus, uma loja de bebidas perto do terminal, e pareceu mais que prudente comprar umas garrafinhas de avião enquanto durava a vigília pela janela, em busca daquela cabeça raspada, daqueles óculos. Faltando um minuto para a uma e meia, ele correu pelo passadiço. O portão bateu atrás dele, os motores troaram lá embaixo, e ele foi colocar a garrafa reserva no bolso interno do paletó, o que o fez lembrar: os fanzines, a porra dos fanzines. Ele nem chegou a tirar da mochila. Não era nem uma coleção completa — a terceira edição ainda estava faltando. E será que ele não sabia, quando congelou os outros dois, que Pulaski, que podia ter entendido o que eles representavam, não fazia ideia de que eles existiam? Agora eles não serviam pra ninguém, amarrados a uma Schwinn em Staten Island. Ou, melhor, nas mãos do punk que o pôs pra correr — que obviamente tinha ido roubá-los. Puta que pariu, Richard. Uma coisa, uma única coisinha concreta que você podia ter feito pra proteger o Billy, pra ajudar a Sam. E, como com o texto, você fracassa.

Com o barco em movimento, a luz em volta dele tinha ficado de um branco nauseabundo. Nenhuma das pessoas encolhidas nos outros bancos lhe devolvia um olhar, para lhe dizer que tudo ia dar certo. Eram como uma daquelas pinturas medievais de multidões. A Morte Branca, por toda parte. E eis mais uma coisa que já estava na hora de ele admitir: Samantha Cicciaro ia morrer. Talvez ela acordasse antes, talvez não, talvez fosse daqui a cinquenta anos, mas, com ou sem o seu artigo, ela em algum momento ia morrer, e Richard também. Cosmicamente falando, então, do que era que ele estava correndo? Como um acólito na Primeira Igreja Episcopal de Tulsa, esperando o momento de tocar o sino consubstanciante, ele tinha pensado na morte como uma daquelas estantes de livros pivotantes que davam em corredores secretos nos gibis. Você deitava, cruzava os braços em cima do peito, fechava os olhos, e quando abria os olhos de novo, era pra ver uma vida nova e eterna. Shazam! Não era bem assim, claro, mas se as pessoas de cabeça boa tinham razão, e não existisse nada mesmo depois da sua morte — *nada* —, bom, como é que ele ia poder imaginar uma coisa dessas? Como negror? Como vazio? Também eram metáforas, tão fantásticas lá à sua maneira quanto um caixão de fundo falso. O nada de verdade não tinha precedentes na vida dele. E, no entanto, agora podia senti-lo, logo atrás dos outros passageiros: o nada que não podia ser posto em palavras. E talvez tivesse sido essa a fraqueza do seu texto o tempo todo. Ele queria que o tema fosse a perda, as coisas que nascemos amando e depois perdemos. Mas se as coisas sobre as quais ele escreveu não fossem evocadas do nada, mas sim geradas pela página, a perda era mais como a perda de uma manga de camisa bem cortada do que, digamos, do braço que fica dentro dela. Que era o grau de realidade de que Richard, para bem ou para mal, sempre necessitou. Será que ele tinha francamente acreditado que se conseguisse dar certa realidade a Samantha no papel ia poder trocar uma vida pela outra, resgatar a Sam cativa da cama metálica?

Aí ele viu o punk de novo, matando tempo atrás de uma coluna. E Richard realmente ia vomitar. Enquanto os motores rodavam pelo porto, ele correu para o convés. A neve imprevista de abril já era agora pesada a ponto de erguer uma tela porosa alguns metros a estibordo, e tinha expulsado daqui quem quer que ainda estivesse logo antes. E, no entanto, ele não conseguia sentir o frio. A porta atrás de si demorou demais para fechar. O punk tinha passado, embora continuasse na sombra. Por que esses Pós-Humanos não vinham pegá-lo de uma vez? O guarda-corpo simbólico que tinha sido soldado aqui em nome da segurança estava liso de neve. Ele passou, sem problemas, para uma plataforma pouco menos de um metro abaixo. Parecia razoável contar que isso lhe desse uma vantagem. Ele era mais alto, afinal. Quando a luta começasse, só ia precisar levar o oponente até ali. Ou talvez estivesse tentando atraí-los. Nada aconteceu. Nas janelas, as pessoas encaravam jornais ou o chão. O garoto tatuado não estava mais à vista. Nem as aves marinhas que normalmente seguiam na esteira no barco. Havia apenas Samantha, olhando lá do lado seguro do guarda-corpo, a um metro dali. A qualquer momento o punk tomaria o lugar dela; mas nesse exato momento ela estava como estivera naquela foto dele, a que ela tinha prendido com um clipe dentro do terceiro volume, tinta escura, chapéu, o que foi que ele fez quando tirou aquela foto dali? O rosto dela estava cansado, triste e calado. Ou será que agora era a sua vizinha Jenny Nguyen que o repreendia pelo que podia ser dela se Richard caísse? Ele viu de novo o estado em que tinha deixado a mesa naquela manhã. No centro da zona Groskoph estava uma organizada pilha de papel, trinta e uma folhas de papel de gramatura 105. Caso essa luta acabasse com ele sendo jogado do barco, elas podiam formar um raio X da parte interna da sua cabeça. Jenny podia ler aquilo e ver por que ele estava como estava, e eles podiam ter um futuro. Mas isso era uma falácia, outra forma de ingenuidade literária, e de qualquer maneira algum paradoxo se escondia ali. Ela quase podia ser sua filha. Supondo que fosse uma filha. Ele sempre tinha suposto. *Me deixe em paz*, ele pensou. *Saia da frente do que tem que acontecer*. Mas, como sempre, havia hesitação. Jamais encarar seu rebento. Jamais tocar a seda negra do cabelo de Jenny. Jamais sentir o calor que subia de uma mulher, ou da calçada no verão. As calçadas por onde ele corria voltando da igreja para casa com os braços esticados e o barulho de um Spitfire saindo dos lábios, como o barulho que fazia agora quando tinha bebido demais. E tinha bebido demais, estava bem torto aqui com os movimentos do barco e todo aquele esforço e aquela decisão jorrando dentro da cabeça. O punk continuava não vindo, mas agora uma voz como a do "Dr." Zig ressoava por baixo de tudo: foda-se. Fodam-se os taxistas e vizinhos e plutocratas e engenheiros sociais e o Capote e a banca do Pulitzer e o aluguel como uma armadilha chinesa de dedos. Foda-se a ideia de lutar tanto e tanto tempo contra isso. Foda-se, Richard. Foda-se foda-se foda-se. O barco bateu em mais uma onda, e ele sentiu um puxão primal — uma promessa de certa decisão final que lhe estava sendo tirada das mãos. Uma resposta ou a falta dela. Isso é só o álcool, algo na sua mente dizia. Você devia era deitar e tirar uma soneca. Não tem mais ninguém aqui com você. Não tem nem neve. Mas as mãos que se agarravam ao guarda-corpo podiam ser de outra pessoa. Os pés podiam ser de outra pessoa. A faixa de janelas acesas na lateral do barco era uma fita que se desfiava na água negra. Ele estava agora na borda da borda, desdobrando-se, como se alguém pudesse ler o fim da sua própria história. O que aconteceu, o que acontecia? Será que não havia mesmo alguém além dele que viria lhe fazer mal ou ajudar? Será que ainda havia diferença? Mas isso aqui era Nova York. Aquele monte de vidas lacradas. E por um momento, logo antes de a próxima onda chegar e de Richard Groskoph soltar o guarda-corpo, essa cidade que ele amava e odiava estendeu-se diante dele no horizonte, toda sua uma vez mais, de modo que, ao contrário do que alguém possa ter pensado, ele não se sentia nem sombra de solidão quando começou a cair.

INTERLÚDIO

OS FOGUETEIROS, SEGUNDA PARTE

acor
roul
mes
len
na
sig
a f
con
en
No
co
fo
le
t
frente começaram a subir.

MAS AÍ, HAVIA UM DUPLO DE CADA COISA. DUAS MEIA-NOITES,
dois Cicciaro, duas balas, duas oficinas... duas cargas
em cada foguete que estourava no céu e, tecnicamente,
dois pavios. Era um mistério que eu confrontaria
repetidamente nos meses em que a filha de Carmine
estave no hospital, e um mistério que complicaria
consideravelmente as minhas tentativas de compreender
como ela tinha ido parar lá: cada coisinha que tocava
a menina parecia emaranhada em uma outra metade
eclipsada.

Mais para o fim de janeiro, por exemplo, eu consegui
obter uma coleção completa do fanzine que o pai de
Samantha tinha mencionado, <u>Terra de Mil Danças</u>. Longe de
se referir às lendas do Soul sulista, como eu de início
pensei, o título afinal era um tributo à cantora de rock
Patti Smith. E os artigos e resenhas e pequenos
fragmentos como que de um diário ali dentro retratavam
uma acólita em busca de uma vida grande o bastante para
lhe dar substância -- uma busca apenas insinuada, até

ali, pelo cabelo diferente de Samantha e por aquelas fotos na parede do quarto dela.

Ela tinha começado a trabalhar no fanzine durante o seu último ano numa escola secundária particular na cidade. Na altura da segunda edição, tinha se juntado a um grupo de jovens das margens da subcultura que surgia por ali. O "punk rock" oferecia uma lente que lhe permitia examinar tanto a si própria quanto ao mundo ao redor. A visão se complicava, como tendem a se complicar as visões, por sexo e classe social e ideologia e atitude, mas de maneira lenta e hesitante Samantha foi se entregando ao tumulto de "Downtown". Enquanto eu e o pai dela ficávamos sentados num pátio em Flower Hill especulando a respeito de suas aulas, a filha mais do que provavelmente estava fumando maconha e ouvindo discos em algum ponto do East Village. No período entre o Dia de Ação de Graças e o Natal de 1976, ela parece ter se mudado para a casa coletiva deles.

O fanzine não registrava o número ou a rua da casa; ainda assim, a primeira coisa que eu fiz ao ler naquele inverno a respeito da existência desse coletivo foi tentar ir ao encontro dele. Passei o dia seguinte ao aniversário dela andando por todas as quadras entre a Houston e a 14th Street, da Lafayette até os conjuntos habitacionais junto ao rio. Como a casa em que ela cresceu, a que eu estava procurando teria um galpão nos fundos. Havia também, supostamente, uma fresta de cerca de trinta centímetros entre ela e a casa ao lado. Era o tipo de coisa em que Samantha via beleza -- parquímetros guilhotinados, caixas de correio psoríticas, carros sem vidros e rodas, o fato de que, por trás do rosto aprumado que Nova York mostrava ao mundo, nada estava de fato alinhado --, mas era difícil pensar em termos de apreciação estética quando a máxima durante o dia era de oito graus negativos. Em vez disso eu estava com esperança de usar a fresta como marca de identificação,

mas no fim de contas havia frestas como aquela por toda
parte. Estranho eu nunca ter percebido isso antes. Nas
lojas em que eu parava para me esquentar, ninguém a quem
eu mencionei o coletivo parecia falar inglês, ou pelo
menos entender o que eu estava perguntando. Ao cair da
noite, desisti e voltei para casa.

    O que não quer dizer que eu não tenha ido mais longe
nas semanas seguintes. Comecei a ligar para qualquer
pessoa que pudesse se lembrar da filha do fogueteiro. Um
dia, um ex-professor de matemática a descrevia como só
mais uma menina macambúzia no fundo da sala; no dia
seguinte, um professor de fotografia na NYU me falava da
tristeza que sentiu ao ver a sua "artista promissora"
abandonar a disciplina. Lá em Flower Hill, eu fiz
inúteis perguntas a respeito de "C", um rapaz que ela
tinha mencionado ter conhecido no verão antes de ir para
a universidade. (Eu tinha ouvido falar dele pela
primeira vez em agosto, quando perguntei a Cicciaro se
ela estava namorando. "Nossa, espero que não", ele
disse. "Tem um carinha que veio pegar ela aqui umas
vezes com uma perua Buick, mas ele parecia um daqueles
meninos dos anúncios antigos do Charles Atlas, com os
outros chutando areia em cima deles.") Eu então passei
horas no East Village, procurando os outros "drugues",
também identificados basicamente por iniciais. Samantha
nem sempre se dava bem com os amigos da cena local, eles
tinham certa tendência destrutiva; se o volume 3 é uma
descrição fiel, o que a atraía tanto quanto a repelia.
Mas enquanto observava o habitat deles, recordava o que
ela tinha escrito e abordava punks em St. Mark's Place,
que escapavam de todas as perguntas, eu passei a sentir
a minha própria espécie de afeto exasperado por essas
personagens dela, SG e DT e NC, às vezes chamado de
"Iggy". Quando as pessoas me perguntavam por que eu
estava procurando por eles, eu me desviava da verdade;
o nome de Samantha não tinha chegado à imprensa, e eu

odiava nublar a objetividade de uma fonte. E no entanto, apesar dos meus escrúpulos, ou talvez por causa deles, eu estava começando a sentir que sabia menos do que já sabia no Ano-Novo. Houve duas Samanthas Cicciaro. E se eu quisesse respostas -- não quanto a quem deu os tiros nela, pois isso era um assalto que tinha degringolado, eu achava, mas quanto ao possível significado de sua perda --, então essa outra vida, esse segundo eu, parecia ser a fonte.

CLARO QUE O EFEITO CENTRAL DE UM BOM FANZINE É FAZER ATÉ o leitor mais desinformado se sentir mergulhado na cultura que retrata. É uma lição que alguns escritores levam uma vida toda para aprender: o que faz a gente dar importância às coisas são as outras pessoas que também dão. E o que Samantha achava mais importante até que a escola ou os amigos ou o seu novo lar punk na cidade era a música. Para ela, Patti Smith e Joey Ramone e Lou Reed não eram vozes nos alto-falantes da vitrola; eram santos salvadores. E pairando logo acima de todos eles nas margens do fanzine, por ser mais acessível (ou mais nuamente vulnerável), estava um homem chamado Billy Três-Paus, vocalista principal da banda protopunk Ex Post Facto.

Sobre a história da banda, eu não consegui descobrir quase nada: o punk rock de 74, mesmo três anos depois, era como uma colônia perdida, e Billy Três-Paus era um colono que sumiu no interior. Eu encontrei e ouvi o único LP que ele gravou, mas, apesar da estranha sensação de já ter ouvido aquilo, achei a música dissonante, e as letras, apesar de toda a emoção, ininterpretáveis. "Kunneqtiqut/ Mas que porra/ Ligue os pontos/ Embaralhado/ Entortado/ Pela esquina/ Sozinho, Atlântico/ Antigo fim." E também não consegui decifrar a casca que era aquele sobrenome, Três-Paus. Mas, na loja em que comprei o disco, eles me deram um endereço. Fui lhe fazer uma visita.

    O velho edifício de uma fábrica que eu encontrei em Hell's Kitchen estava tão longe das coisas descritas no fanzine que me vi pensando o que seria mesmo que esperava encontrar ali. Estava ponderando que estratégias adotar quando, finalmente, tive sorte. Ou, na verdade, tive sorte duas vezes. Antes de poder atravessar a rua para procurar uma campainha, um sujeito baixo e moreno com uma jaqueta de motociclista saiu do saguão. Era Billy Três-Paus. Ele seguiu, de cabeça baixa, na direção do IND da 8th Avenue. Talvez fosse apenas o frio que o fazia se recolher dentro de si próprio, mas ele parecia tão misterioso que eu não pude deixar de segui-lo.

    Aí, uma quadra antes da entrada do metrô, eu percebi um segundo sujeito, negro, e usando uma espécie de macacão de operário, acompanhando o passo de Billy Três-Paus do outro lado da rua. Concentrado na sua presa, ele parecia não me ver. Quando olhei de novo, Billy Três-Paus tinha entrado no metrô. O sujeito de macacão também estava descendo, até que havia apenas um gorro de meia que tinha se esgarçado na parte de trás para revelar um fugidio relance verde. Ele não era um operário, mas um "punk" -- talvez até um amigo de Samantha. E, se fosse isso, então esses seus "drugues" não eram simplesmente os ferrados simpáticos da <u>Terra de Mil Danças</u>, mas também algo mais, que explicava sua presença aqui: à espreita, vigiando, espionando.

FIZ VÁRIAS OUTRAS VIAGENS ATÉ A ANTIGA FÁBRICA, MAS toda vez encontrava lá o sujeito verde antes de mim, observando. Ou um skinhead gigante de cara feia com um macacão igual ao dele. Ou uma menina com um casaco

seboso de pele, à espreita numa doca de carga. Ou apenas
o para-brisa brilhante de uma das vans brancas
grafitadas que ultimamente vinham sendo tão frequentes
quanto os pombos. O próprio Três-Paus era uma visão bem
mais rara, restrito a um circuito limitado e até
compulsivo: vestíbulo-metrô-vestíbulo, com ocasionais
desvios até uma casa de apostas bem afastada ou até a
Lavanderia Automática da Times Square.

    Quanto a mim, eu agora estava a anos-luz do que quer
que tivesse planejado escrever. Mas eu reconhecia uma
história boa quando a via. O ídolo de Samantha
obviamente estava encrencado de alguma maneira; será que
também tinha sido o caso dela? Eu voltava para casa à
noite, tomava uma dose com a vizinha, não dizia palavra
a respeito do drama que se desenrolava diante dos meus
olhos. No entanto, no dia seguinte, quando me levantava
da escrivaninha para uma caminhada, meus passos se
dirigiam a Hell's Kitchen. Eu fantasiava entrar
escondido no prédio atrás de outro residente e ir de
porta em porta. Ou, se isso não desse certo –– porque
esses residentes pareciam todos ser motociclistas que
podiam me quebrar em dois ––, eu iria tocar todos os
interfones. Depois de ter avisado a Billy Três-Paus que
ele estava sendo seguido, a simples gratidão o levaria
a me dizer coisas. Ele podia me levar, talvez, até
a casa onde Samantha vivia antes dos tiros, ou pelo
menos lembrar a sensação de ter sido, ele também, um
jovem punk. Mas os vigias estavam sempre ali, e quando
finalmente se recolheram a ponto de me permitir chegar
até o interfone, numa manhã de uma quinta-feira de
março, o rosto tatuado de um motociclista apareceu numa
janela lá em cima segundos depois de eu ter tocado.
Expliquei que estava à procura de Billy Três-Paus,
e recebi a confirmação do que já sabia (no mínimo pela
falta de uma plateia) que devia ser verdade: eu não ia
encontrá-lo em parte alguma.

"Você está dizendo que ele simplesmente desapareceu?", eu gritei. Aí, encorajado pela solidez dos tijolos e da escada de incêndio entre nós: "Ele é seu vizinho. Você não ficou preocupado?".

O sujeito sugeriu, não sem certa verve, que eu fosse cuidar da minha vida. Eram sete da manhã. Tinha gente morando aqui.

PENSANDO AGORA, ESSE FOI PROVAVELMENTE O MOMENTO EM QUE eu devia ter chamado a polícia de verdade. Mas o que é que eu tinha na mão que eles não iam conseguir estragar? Não só eu nunca mais voltei a ver a van branca em Hell's Kitchen, como Billy Três-Paus, que eu tinha achado que seria meu passafuoco, aquele que me levaria até Samantha, também estava desaparecido. Era março. Eu tinha passado um mês indo e vindo num beco sem saída, quando devia ter ficado indo a Long Island para fazer companhia a Carmine, ou pelo menos terminar as nossas entrevistas. E agora não podia fazer nenhuma das duas coisas.

O que eu quero dizer é o seguinte: depois de Billy Três-Paus ter se entocado, toda a energia que tinha tomado conta de mim naquele inverno evaporou. Eu mergulhei no pior bloqueio criativo de uma carreira que já tinha visto vários. Eu levantava pela hora do almoço e, em vez de sair em busca de informações, ou de sentar para escrever, eu me servia um drinque. Era impressionante, eu agora redescobria, o quanto você pode beber a mais se estiver disposto a começar ainda com o dia claro, e como era outro o caráter dessa bebedeira. Uma vez eu tinha sentido a justeza da gíria "onda": enlevo a explosão da concha do eu. Agora, sob a triste luz branca do fim do inverno, meu apartamento era um Alasca. Do outro lado das paredes vinha um infinito de sons, o bip-bip dos caminhões dando ré, o chocalhar e os resmungos de um triturador de lixo na rua e, mais perto, o suspiro do motor do elevador, as frequências fantasmas do walkie-talkie do zelador, o barulho, real ou imaginado, da minha vizinha, outrora companheira de bebida, batendo portas de armário ali ao lado. No entanto, dentro de mim, no lugar de onde deveria sair minha voz, havia um silêncio tão denso que chegava a ser puro potencial. E por trás disso, como o fundo de um espelho: a morte. Que fazia até uma expressão como "em coma num leito hospitalar" parecer sentimental.

Eu saía do apartamento só para comprar todos os jornais que pudesse encontrar -- um costume, ou vício, que vinha dos meus tempos no World-Telegram. Agora que só restavam três jornais diários em Nova York, acho que eu podia ter feito assinaturas, mas isso não teria graça. A graça não era ler, mas comprar. Sentir, enquanto você catava mais uma moedinha, que alguma coisa importante podia ter acontecido desde a última vez que você espiou. Assim você combatia o vazio angustiado que ocupava o centro da sua cabeça, a sensação de que nada debaixo do sol jamais seria de fato novo, e de que nós todos, portanto, estávamos condenados às vidas que tínhamos.

E foi assim, mais de um mês depois do início dessa bebedeira toda, que eu descobri a foto de Sam Cicciaro na capa do New York Post. Ela não parecia nada com a imagem que tinha na vida real. Estava com um vestido tomara que caia, para começo de conversa. Tinha o cabelo elaboradamente trançado e emplastrado, cabeça de lado, sorriso de lábios entreabertos, como se o fotógrafo do álbum da escola tivesse dito algo que a fez rir. Eu pisquei e ainda ela estava lá. Servi outro drinque. Ainda ela estava ali. Esvaziado, eu ficava pensando. Alguém me esvaziou.

Uma hora depois eu estava ao telefone, ligando para o meu velho amigo Larry Pulaski da Polícia de Nova

York, que agora era inspetor delegado. Por trás da telefonista que me atendeu, eu lembro, telefones tocavam como máquinas caça-níqueis. Todas as luzinhas do painel deviam estar acesas, esperando procedimentos.

"Eu estava aqui pensando se você ia me ligar", Pulaski disse, depois de eu ter sido transferido. "Mas você devia ter usado a linha do escritório."

"Eu estou aqui olhando o Post", eu lhe disse. "Quer o Post ou o Daily News? Porque o nome dela está nos dois."

"Você está parecendo bêbado."

"Como é que você pôde liberar o nome, Larry? O Carmine ainda está lá sozinho. Se eu fosse você, ia estar com medo de ele achar que algum repórter é assaltante e você acabar com outro sujeito baleado."

"Eu vou te dizer o que é que me preocupa mais, Richard, se você quer saber. Você está perdendo a objetividade."

Mas e quanta objetividade eu podia ter? Nós estávamos falando da primeira página da p___ a do Post. Provavelmente era só estática na linha, mas eu podia jurar que ouvi o clique de um alicate, a divindade meticulosa no outro lado da linha aparando as unhas. "Richard, você acha que eu gosto de gente enxerida andando pelas minhas cenas de crime? Você acha que eu gosto do seu amigo lá do rádio urrando que quer o meu sangue?" Uma pausa aqui quase fez parecer que ele estava esperando uma resposta.

"Você jura que não teve nada a ver com isso?"

"Foi um vazamento, é o que eu estou te dizendo aqui, Richard. Vários degraus acima de mim, provavelmente."

"Por que é que alguém ia querer vazar isso?"

"Eu mesmo ia adorar saber, mas no fundo o negócio é que o departamento aqui é grande, essas coisas acontecem, e neste exato momento eu tenho montes de fogueiras pra apagar. Eu faço o que eles me pagam pra fazer. Sugiro que você largue a garrafa e faça a mesma coisa."

ACORDEI NO DIA SEGUINTE COM UMA VAGA SENSAÇÃO DE criminalidade. Eu tinha sido injusto com alguém, mas não sabia ao certo como. As persianas estreitas ao lado do sofá onde eu tinha apagado estavam em V no meio, como se algo tivesse trombado contra elas. Na minha mesinha de centro havia um menisco de pó. Mas lá estava meu cachorro andando incontinente diante da porta, que sovava com a cauda a cada passada. E quando eu cheguei à rua, lá estavam as árvores que se cobriam de folhas. Primavera. Vida. Isso fez uma lembrança vir à tona. Não tinha alguma coisa de "não existe beco sem saída"? De qualquer maneira, Pulaski tinha razão: eu tinha um trabalho a fazer.

Tinha descoberto, tanto quanto podia até ali, duas avenidas que levavam aos disparos. A primeira, conquanto a conexão permanecesse obscura, ainda era Billy Três-Paus. Eu não tinha dado sorte na casa dele, mas desisti cedo demais. Então comecei a procurar por ele em outros pontos possíveis. A única coisa que encontrei, vez por outra, foram os caras que estavam atrás dele. Eles tinham voltado. E quando eu observei o maior deles, agora disfarçado com um blazer ridículo e uma barba, todo encolhido numa cabine da lavanderia, usando um canivete de dez centímetros para tirar uma atadura empapada de pus da mão, minha busca começou a parecer uma emergência. Eu a ampliei para outras casas de apostas e lavanderias, para Chelsea, partes do Upper West Side. Passei dias inteiros andando, parando, me agachando atrás de bancas de jornal, implorando que a cidade me pusesse em contato com Billy.

Se estava em casa, eu trabalhava ao telefone. O nome "Samantha Cicciaro" parecia ter vazado simultaneamente para todos os jornais e canais de televisão: era impossível dizer quem tinha chegado a ele primeiro. Mas quando o <u>World-Telegram</u> fechou, espalhou os meus colegas por todo o firmamento midiático, e agora eu liguei para todos eles, pedindo que me apontassem uma fonte. Quase todos recusaram -- alguns com veemência --, mas no fim eu achei alguém que me atendeu. Ele não podia me dar nomes, disse. Mas tinha uma estranha ideia de que a história dos tiros no parque havia sido liberada a fim de derrubar alguma outra coisa das capas. E ele sabia que o amigo dele que tinha dado o furo tinha contatos nos altos escalões do Edifício Hamilton-Sweeney.

    O nome disparou um alarme. Pois o principal concorrente de Carmine Cicciaro, eu sabia, era uma subsidiária que pertencia à Empresa Hamilton-Sweeney. Quando ele sugeriu, no Ano-Novo, que esses concorrentes estavam envolvidos no desaparecimento de três gramas de polverone da sua oficina, eu não o levei a sério: sua teoria atribuía um ímpeto por demais personalizado ao que normalmente ele chamava de "a grana". (Na medida em que eu nem sequer tinha pensado nisso desde então, eu tinha decidido que provavelmente foi a própria Samantha quem pegou os três gramas, num momento de rebeldia, ou de desprezo, ou como alguma espécie de oferenda aos seus amigos da pesada.) Eu sabia, também, simplesmente por prestar atenção no rádio, que a Empresa Hamilton-Sweeney estava com problemas legais, mas eu havia suposto -- como o banco mercantil dinástico tinha se metamorfoseado num conglomerado nos anos 60 -- que o concorrente de Carmine era um braço separado, e que a superintendência do todo caberia a algum círculo secreto burocrático anônimo demais para se dar ao trabalho de "dar um recadinho" a um fogueteiro isolado. Mas não; quando consultei o jornal, aparentemente havia um sr. Hamilton-Sweeney sentado na cadeira da presidência, e agora indiciado. Seria loucura demais imaginar que ele podia saber alguma coisa desse vazamento? Dessa invasão?

Alguns dias se passaram. Eu fiquei quietinho com a minha pista, mas continuei investigando o caso Hamilton-Sweeney. Aí, duas noite atrás, quando eu estava voltando de metrô do Village, o milagre aconteceu. Do outro lado da porta que separava o meu vagão do seguinte, eu por acaso percebi uma jaqueta surrada de motociclista. Billy Três-Paus. Era como se o fato de eu ter parado de procurar o tivesse trazido a mim. Mas ele deve ter me visto também, e até me reconhecido de alguma maneira, porque quando passei pelas portas que separavam os vagões, ele disparou para a plataforma e escada acima. Eu gritei para ele esperar, fui atrás dele por um corredor. O portão no fim do corredor ficava trancado à noite. Finalmente nós podíamos nos conectar; nós ainda podíamos salvar um ao outro. Tentei pegar no ombro dele, quase paternalmente, mas, quando ele se virou, aquele cara magrelo, que na capa do disco não parecia ter passado um dia dos vinte anos de idade, estava tão pálido que parecia já morto. Um portão lateral tinha ficado aberto, e ele correu por ali para subir a escada, e antes de eu conseguir alcançá-lo e explicar o perigo que temia que ele estivesse correndo, ele estava num trem rumo sul, cujas portas se fechavam atrás dele.

NÃO HAVIA ESCOLHA; EU TINHA QUE TENTAR A ABORDAGEM VIA Hamilton-Sweeney. Na manhã seguinte, então, dei mais uma olhada na foto do jornal. Tomei uma ducha. Catei uma camisa quase limpa, imaginando que uns vincos aqui e ali me deixariam com uma cara menos ameaçadora. Pus uma gravata. Dobrei uma folha A4 em oito partes, meti no bolso do peito, tirei do gancho o meu velho fedora e atravessei a cidade até o Edifício Hamilton-Sweeney, onde ia tentar falar com William Hamilton-Sweeney II naquele mesmo dia. Era melhor, às vezes, não deixar um potencial entrevistado ter tempo demais para pensar. O primeiro impulso, mesmo do mais altivo dos figurões, diante do megafone da mídia de massas é agarrar e falar.

Só que em vez de me deixar passar para o 30º andar, o recepcionista gordinho a quem eu mostrei uma credencial antiga me mandou sentar, dizendo que o seu chefe ia ter que ligar para a assessoria de imprensa. Alguns minutos depois, um elevador expeliu um baixote que não lembrava nem de longe nenhum assessor de imprensa que eu já tivesse visto, muito menos o CEO retratado na Times. Seu cabelo perfeitamente branco dava uma falsa primeira impressão; à medida que se aproximava, vi que ele não podia ter passado muito do começo da meia-idade. De qualquer maneira, não tinha rugas nem superfluidades. O próprio homem parecia um produto de alfaiataria. "Senhor Groskoph, imagino."

Aí uma mão estava nas minhas costas, me guiando para um movimentado pátio na frente do prédio. Eu tinha poucas perguntas, eu lhe disse, assim que chegamos ali. Mas ele na verdade me propôs que eu respondesse uma pergunta: "Sr. Groskoph, quanto o senhor imagina que vale?".

"Perdão?", eu disse, ou coisa que o valha.

"Eu estou pedindo para o senhor se imaginar forçado a liquidar tudo que possui, hoje. Quanto capital resultaria desse processo? Quanto o senhor acha que vale?"

Ele nunca chegou a tirar os olhos da rua para me olhar, mas eu me senti empurrado para longe. Era melhor, decidi, ser direto -- admitir que eu não fazia ideia.

"Compreenda que eu estou de olho no senhor há algum tempo. O senhor esteve investigando certos contratos nossos." Parecia que havia uma fina camada de gelo em torno dele, mas talvez eu estivesse apenas de ressaca.

"A Empresa tem um pronunciado interesse em privacidade. Houve tempo em que todos os americanos tinham. Agora eu posso pegar uma revista e ver a ex-sra. Kennedy em trajes de banho. Problema dela, lógico, mas os Hamilton-Sweeney não pretendem se juntar a ela."

"No traje de banho?", eu disse. "E o senhor se incomoda de me dar o seu nome?"

"Vejo que o senhor não terminou de investigar ainda. Mas eu terminei. Desde a sua ligação para a prefeitura no verão passado, eu me determinei a ler praticamente toda e qualquer palavra que o senhor escrevesse, sr. Groskoph. Ou, melhor, publicasse. E eu devo lhe dizer que fiquei impressionado. O artigo sobre o programa Apolo, especialmente. Eu disse a mim mesmo: trata-se de um homem de inteligência considerável, em algum momento ele vai perceber em que posição se encontra de fato. Francamente, eu fico surpreso de isso ter chegado até esse ponto, mas estou aqui para lhe dizer, cara a cara: este é o momento."

"Desculpa", eu disse. "Que momento?"

"O momento em que o senhor para, desiste."

"É um país livre."

"Deveras. Um país cujo código civil protege a pessoa jurídica contra qualquer tipo de assédio, calúnia e outras incursões contra a liberdade. Essas questões são de julgamento muito difícil, claro, e muito custosas. Como processos de paternidade. Como cálculos de compensação, pensão alimentícia."

Ele de alguma maneira tinha descoberto, era o que estava dizendo, a filha que eu tinha gerado na Flórida no começo dos anos 70, com uma comissária de bordo que eu tinha deixado depois de uma briga. Ela devia estar já com três anos de idade. A criança. Eu podia não ter acreditado, ainda, que aquele sujeito ia se rebaixar a ponto de entrar na oficina de Carmine em busca de três míseros gramas de pólvora, nem que fosse para dar algum recado; isso estava abaixo dele. Mas não havia nada que, naquele momento, eu pusesse além dos limites dele.

"Financeiramente, esta família há muito se prepara para tais eventualidades. O que eu estou tentando estabelecer aqui é se o senhor também estaria preparado."

"Eu receio que tenha havido algum mal-entendido."

"Pelo contrário; nada poderia estar mais claro. Seja qual for a história que trouxe o senhor até a nossa porta, por assim dizer, ela acaba nesta manhã. Acaba aqui. E, agora, questões mais urgentes exigem a minha presença." Ele começou a se afastar.

"Mas a quem eu atribuo isso tudo, só para constar?", eu gritei, alto a ponto de fazer outras pessoas no pátio olharem para mim. Mas ele não se virou, e o brilho dos vidros do saguão já o devorava, uma caixa de metal que chegava para transportá-lo direto para o céu. O recepcionista, suando no uniforme, deve ter visto alguma coisa no meu rosto no que eu empurrei de novo a porta, me aproximei da corda de veludo junto dos elevadores, porque ele me detém com uma espécie de gesto desmoralizado dos ombros. "Não é à toa que chamam o cara de Irmão Demoníaco." Aí, quando eu quis arrancar um nome, de verdade, ele me disse que tinha certeza que um bom repórter ia conseguir descobrir. Além disso, estava na hora de eu ir embora.

NA CONTRACAPA DA TERCEIRA E ÚLTIMA EDIÇÃO DO SEU fanzine, ou ao menos do exemplar que estava comigo, Samantha Cicciaro prendeu com um clipe uma foto sua de caloura, recém-chegada à cidade. A edição propriamente dita sumiu de modo inconveniente entre os meus papéis, mas a fotografia deve ter caído antes disso, porque eu a encontrei em fevereiro no chão -- e hoje à noite, depois de ter ficado tempo demais sentado no mesmo lugar, tentando encontrar uma linguagem não delimitada pelo tempo, eu a coloquei de pé na mesa, à minha frente. Lá no canteiro central da Houston Street, o sol é tão intenso que é difícil distinguir os detalhes daquele rosto erguido. Vai ser ainda mais difícil, eu sei por experiência prévia, se eu apagar as luzes do apartamento. Aí, sob o brilho mutável da jukebox do outro lado da sala, ela vai virar minha colega, minha coconspiradora, filha perdida, melhor amiga. Mas digamos que eu pudesse mesmo conhecê-la. Digamos que eu conseguisse encontrar as palavras perfeitas para expressar o que agora vejo de relance na minha mente: a cadeira de praia enferrujada onde ela estava sentada no último dia de 1976, preparando-se para tudo que o novo ano pudesse trazer. As andorinhas que o vento desviava da rota sobre o jardim onde sua mãe um dia estendeu o varal. O cigarro secreto apagado nos tijolos do pátio. A própria menina, cada vez mais encolhida dentro do casaco disforme de inverno. Aí onde isso ia parar? Quantos caracteres de texto seriam necessários para levar ela dali para a pequena estação municipal de trens, para o trem, o Central Park? Eu podia encher um livro inteiro só com aquele dia -- podia descobrir quem atirou nela --, e isso não faria justiça às sutilezas da vida humana, quem dirá revelar o que elas significam. Um milagre, o universo, uma vez ouvi um rabino dizer. Qualquer um de nós, escolhido dentre os oito milhões. Entre os vários bilhões.

Não, aquele sujeito, fosse quem fosse, tinha razão. Eu nunca ia chegar até o fim da história dela. Nunca ia descobrir quem queria lhe fazer mal, ou ao Billy Três-Paus. Nunca ia ter outra chance de chegar assim tão perto dos dois, ou de descobrir aquela segunda casa, ou a outra, a casinha dos fundos, a verdade ou verdades horrendas que eu agora tenho certeza de que Samantha ou sua gêmea fantasma descobriram por acaso. Tudo está em excesso. Há muitos de mim, inclusive. Eu quis aqui escrever um perfil que seria o espelho do enigma que buscava resolver: como, de recipientes de um material inerte do tamanho de potes de café, padrões de cores reluzentes vinham encher o céu. Eu me imaginei elaborando, a partir de textos separados, uma explosão singular. Em vez disso, vejo agora que estava tentando regredir a partir de uma coisa só, reconstruir de uma dispersão aleatória de elementos uma bomba singular. Uma bomba impossível, na verdade, na medida em que não existe a frase perfeita, ou a linguagem privada, e na medida em que o tempo só corre numa direção.

SÓ VOU ACRESCENTAR QUE FUI, SIM, DE NOVO ATÉ AQUELA CASA no Nassau County para ver Carmine Cicciaro mais uma vez. Isso foi no começo de abril, semanas depois do início da minha recaída. Quantas vezes, nos meses anteriores, eu tinha imaginado um retorno triunfal, com um manuscrito que imediatamente desculparia minha distração e minha negligência. Sim, sim, eu fui negligente com você, mas olha só o que eu descobri! Em vez disso, só levei um par de confissões: primeiro, que eu tinha roubado os fanzines do quarto da filha dele lá em janeiro; e, segundo, que com a confusão mental desta manhã, tinha esquecido de pegar onde tinha guardado as duas edições que restavam -- que só havia percebido que estava de mãos vazias quando já estava na metade do caminho até Flower Hill.

Encontrei Carmine Cicciaro sentado no pátio dos fundos, quase como se ainda estivéssemos em agosto. Só que ele não era mais o objeto inamovível que naqueles dias quase me expulsou da sua casa. Sobre os tijolos, entre seus sapatos, havia uma latinha de cerveja, e sem um único comentário a respeito da minha longa ausência, ele meteu a mão no isopor e me pescou outra. Nós brindamos pensativamente com as latas e aí ficamos sentados em silêncio nas nossas cadeiras igualmente encardidas, olhando na direção da via expressa, perdidos cada um nas suas ideias. Do nada, ele disse: "Te falei como que os chineses chamavam os foguetes deles?".

Eu fiz que não com a cabeça.

"Eles olham pro céu e simplesmente inventam uma história sobre o que eles veem quando a bomba estoura. Pura bobagem, mas saem uns nomes lindos. Criança que Espalha Flores, A Rã Dourada Bate um Gongo -- eu sempre adorei esse aí."

Do que será que eles nos chamariam?, fiquei pensando. Eu não sabia o que dizer.

Quando ele falou de novo, foi para me dizer que estava fechando o negócio, colocando a casa à venda. A hipoteca estava quase paga, e ele estava querendo sublocar um apartamento na cidade, para ficar mais perto do hospital. E foi aí que eu decidi, se não tinha sido antes. Que bem viria de eu lhe confessar que tinha traído a confiança dele? Acrescentar um ato de má-fé às suas dores?

Então eu terminei rapidinho a minha cerveja e me levantei, sabendo que, se ficasse, ia ter que tomar mais uma. Carmine amassou sua latinha e a arremessou morro abaixo, na direção da oficina. Uma corrente enferrujada, enrolada onde a maçaneta deveria estar, mantinha a porta vigorosamente fechada. Os ventiladores estavam desligados para sempre. Até a oficina seria abandonada. Pois o que Carmine Cicciaro tinha aprendido até ali, e suponho que eu também, se referia não apenas à atordoante multiplicidade de todas as coisas, mas também à sua não menor integração. Não há arte que baste, nem a dita Grande Arte Americana, para te elevar acima, ou te isolar das divisões e dos cataclismas da vida comum. Ainda assim, quando me virei para lhe apertar a mão e dizer que a gente se via, eu ainda não

conseguia me livrar completamente da sensação que tinha
quando esperava pelo espetáculo de Quatro de Julho, lá
no úmido gramado de Tulsa onde cresci. Como, lá no
coreto, um quarteto vocal local ia estar se aquecendo,
com os paletós listradinhos virando uma mixórdia rosada
no calor. Como eu me deitava de costas no cobertor,
levemente separado dos meus primos, sonhando. Num dado
momento, os Irmãos Rutabaga ou as Irmãs Lemon nos
punham de pé e puxavam algum cântico patriótico, e aí
começava: luzes sinalizadoras que escalavam o céu,
duas, três, uma dúzia, cem. Eu não tinha então outras
associações para o som dos morteiros, para as cascatas
de cor que subiam para encontrar suas contrapartidas na
face do inchado rio marrom. Eu só queria mais, mais,
mais. E me perguntava a cada rajada, num êxtase de
expectativa: será que era a última? Será? Mas talvez
seja isso, no fim, que faz aquela arte em particular se
aproximar mais da vida do que suas parentes mais
miméticas jamais poderão conseguir -- o que eu tinha
entrevisto no verão de 1976, vendo a celebração do
Bicentenário numa TV a quase cinco mil quilômetros
dali: cada espetáculo de fogos é totalmente preso ao
tempo. Uma singularidade. Sem passado e sem futuro.
Fora o próprio fogueteiro, ninguém jamais vem a saber
que o grand finale é o grand finale até tudo estar
acabado. E naquele momento, onde quer que se esteja,
você jamais terá estado em algum outro lugar.

LIVRO VII

NO ESCURO

13 de julho, 1977 - ∞

*Ouvimos o soprar, errando pelas trevas,
Que faz tremer a escuridade;
E vemos de um relance, em noites insondáveis,
À luz de brilhos formidáveis
A janela da eternidade*

Victor Hugo, Contemplações

No escuro,
Somos só você e eu.
Som nenhum...
Não há um só suspiro.
Só as batidas do meu pobre coração
No escuro.

Lil Green, "In the Dark"

90

EM ALGUM LUGAR EMBAIXO DE MORNINGSIDE HEIGHTS — 21H27

No instante em que ocorre o blecaute, o "Dr." Zig Zigler está encarando um par de grous canadenses que deram um jeito de entrar no trem local da linha CC. Ou talvez sejam colhereiros. De qualquer maneira, é hipnotizante, aquela cara bicuda, meio sábia que eles têm. E nitidamente alguma inteligência, possivelmente o único tipo que existe, teve que dar conta das catracas e plataformas e do processo de embarcar no último vagão de um trem de verdade. Aconteceu na 34th Street, e desde então eles estavam cuidando lá da sua vida como verdadeiros nova-iorquinos, empoleirados bem no fim de um banco de plástico encardido, abrindo as asas de vez em quando como quem sacode um jornal para abrir. Os outros passageiros mantêm a mesma zona de isolamento de uns dez metros que iam manter se fossem mendigos; Zig é o único que está percebendo, mas tudo bem, ele está acostumado. Vem percebendo coisas há semanas que provavelmente seria mais saudável não ver. Pavões nas passarelas. Uma garça-azul, uma vez, empoleirada no campanário da Grace Church, na Broadway. Podia ser só efeito da dexedrina, mas ele *gosta* dessa ideia de ver desmoronarem os muros que separam natureza e cultura, os animais assumindo o controle do zoológico: vai ficar perfeito, ele pensa, no programa de amanhã. Se houver programa amanhã. Se até lá a Comissão Federal de Comunicações não tiver arrancado as credenciais dele e os animais em questão não tiverem destruído os estúdios da WLRC... e é aí que o mundo fica escuro e os freios começam a gritar e a bunda dele escorrega para o vazio.

O negror persiste mesmo depois de o trem ter parado. Há cheiros e sons, mas nada que os costure num todo. A falta do barulho do motor nunca é um bom sinal. *Caraaaalho*, diz uma voz, mas não parece que alguém esteja ferido, ou em pânico — pelo menos ninguém fora o próprio "Dr." Zig. Quando as aves se mexem de novo, aquele pequeno estalido de bico ou de garras, ele fica pensando se elas também estão prestes a se virar contra ele, porque francamente esse ano foi daqueles: a menina baleada no Parque, essa coisa com o seu velho adversário. E por fim o levante dos seus ouvintes, que afinal não eram intelectuais descolados, que sacavam a ironia da persona que ele oferecia, mas a mesma Maioria Não-Tão-Silenciosa que congestiona a Linha do Plá todo dia. Ele pode sentir a massa reunida lá fora agora, numa rebelião que pretende levar Nova York de volta a um imaginário ano de 1954. Será que ninguém consegue ir além do tédio superficial e ouvir seu coração que sangra? 1954 foi horrível! Ele foi mal compreendido! Se bem que provavelmente também isso é efeito dos remédios.

Delicadamente, pra não incitar as aves, ele tateia até achar a barra do teto e vai abrindo caminho no escuro. Pode sentir a bainha de calor em torno de cada invisível corpo preso à barra. Quando chega à frente do vagão, está encharcado de um suor de anfetamina. Em volta dele conversas nascem ou são retomadas, de início baixo, depois mais alto, vozes negras e hispânicas dessas partes da cidade. Alguém quer abrir as janelas; cocô de pássaro: é esse o cheiro aqui.

Outra pessoa diz que não, que eles têm que manter o que sobrou do ar-condicionado aqui dentro.

¿A quién le importa? Isso vive acontecendo, daqui a pouco a gente vai estar andando de novo.

Cadê os caras da linha? Por que é que eles não estão consertando isso aqui?

Caraaaalho. Os fidaputas não iam conseguir consertar nem a cara deles.

O tempo tem sua velocidade própria aqui embaixo. Anda assim, deve ser quase dez. Para poder estar de pé ao raiar das três da matina — um dos privilégios de estar na rádio antes de o pessoal entrar nos carros —, Zigler deveria estar na cama há horas, mas ele não dorme direito desde maio, desde a notícia do Richard. Qualquer um que tenha passado dez minutinhos ouvindo *Gestalt Terapia* (e até o produtor, Nordlinger, que normalmente usa tapa-ouvidos depois do tema de abertura e passa o resto do tempo olhando revistas pornográficas) há de ter entendido que o "Dr." Zig anda planejando embarcar numa viagem só de volta, pra encerrar o espetáculo. E aí não é que o ex-indicado ao National Magazine Award me vem com essa e passa a perna nele de novo. Comprimidos pra emagrecer sempre foram o segredo de Zigler pra encarar quatro horas no ar, mas ultimamente ele tem deixado que eles o levem de roldão pra longe da cabine de transmissão quando o programa acaba até os bares vagabundos ao sul da Times Square, onde dá pra ficar bêbado antes do meio-dia. Às vezes, no começo da noite, chega um ponto em que a anfetamina baixa e ele sente o taxímetro rodando, mas o seu sono já está acumulando um atraso tão além do que pode conseguir recuperar que ele acha que bem que podia tomar mais um comprimido, beber mais alguma coisa, porque o que é mais uma hora no bar diante de um milhão de horas? O que é uma ressaquinha diante da ressaca infinita?

Alguém acende um fósforo, fazendo rostos surgirem das trevas e, opacas, no fundo deserto do vagão, plumas. Quando o negror se restaura, Zigler sente cheiro de tabaco. Devia ter dado uma olhada no relógio quando teve chance. Tem que haver algum limite natural pro tempo que alguém consegue passar assim, num supositório negro de alumínio enfiado no cu da terra. Assim: Quanto calor corpóreo tem que se acumular antes de as pessoas começarem a desmaiar? E quanto tempo antes de alguém surtar de verdade?

Ele abre um botão, alça a camisa do peito. O ar se nega a andar. Aí, pela janela da porta de comunicação, ele vê um daqueles peixes sem olhos das águas profundas, com dentes hipodérmicos, uma luz mais forte que se aproxima. Zigler dá um passo para o lado bem quando a porta abre e uma lanterna entra flutuando, seguida por uma fresca rajada de ar do túnel. Formas brincam estranhas nas paredes e nas janelas. Uma delas recorta a fonte de luz. É o chinês que apareceu antes vendendo pilhas que trazia num saco de lixo. Aparentemente ele também tinha uns isqueiros ali dentro, ou talvez seja um saco diferente que está oferecendo de um lado pra outro. Enfim, assim que um isqueiro é retirado, ele passa para a próxima pessoa. Quando Zigler vai pegar a carteira, o chinês sacode a cabeça. Enquanto isso, detrás da lanterna, uma voz ribombante com nuances caribenhas anuncia que eles não podem estar a mais de (*nao pôdem* estar a *mas* de) umas duas quadras da 110th Street. Os acentos caem em lugares estranhos. "Se nós formos cuidadosos (cuiDAdôssos), podemos sair pela frente do vagão, caminhar pelos trilhos até a estação (EStaçao)." A lanterna gira até acertar a porta do vagão seguinte, os corpos que se movem mais além. "Mulheres primeiro, a não ser que tenha alguma criancinha." *Eu sou uma criancinha*, Zigler quer dizer — *Primeiro eu!* —, mas se alguém reconhecesse sua voz, isso inevitavelmente ia acabar em porrada por causa de alguma merda que ele disse no ar. E é por isso que toda vez que volta pra casa nesse trem, ele agora tem medo de abrir a boca. O voto de silêncio do fanfarrão do rádio. E se a energia voltar?, alguém diz. "E se não voltar?", ribomba o jamaicano. "Vocês já estão aqui tem quarenta minutos." Isso parece resolver a questão. As pessoas acendem os isqueirinhos Bic, seguem na direção da porta. Mas o "Dr." Zig Zigler, por razões que até ele teria dificuldade para articular, está tentando abrir caminho na marra até os grous lá no fundo do carro. Talvez eles ataquem, caiam em cima dele, rasguem seu fígado já em frangalhos, mas e daí? Pelo menos seria uma saída de cena que Richard Groskoph não ia conseguir roubar. Ele imagina que pretende calçar a porta de popa, caso as aves queiram fugir. Mas quando chega lá e consegue fazer o isqueiro funcionar, elas parecem ter desaparecido completamente.

1 POLICE PLAZA — 21H27

"Está vendo?"

"Ver o quê, Charlie? Eu não estou enxergando droga nenhuma. Deixa ver se eu tenho fósforo."

"Isso é mais que manjado. Você apaga a luz lá na caixa de fusíveis, ou desrosqueia todas as lâmpadas antes de a pessoa chegar em casa…"

"Isso é a Companhia Elétrica, garoto. Isso é o resultado de oito milhões de pessoas usando ar-condicionado numa rede de mais de oitenta anos."

"... e quando você chega, bum! Ou será que você não viu O *poderoso chefão II*?"

"Olhe em volta, Charlie. Acho que isso aqui não ilumina tanto assim, mas você está sentado num dos recintos mais seguros da cidade de Nova York. É exatamente onde você ia querer estar se alguém estivesse tentando te apagar. E ninguém está. E se você simplesmente me desse uma mão com a coisa do atentado contra a Samantha, eu podia conseguir ficar de olho em você assim mais a longo prazo. Ai!"

"Você não desiste, né? Parece uma fixação."

"Bom, as luzes vão voltar cedo ou tarde. A vida real vai recomeçar."

"Quantas vezes tenho que dizer que não fui eu que dei os tiros nela?"

"Maravilha. Como você quiser. Digamos, só por dizer, que o seu amigo invisível, o sr. Caos..."

"Também não foi o Nicky. Ele não ia fazer uma coisa dessas. Com qualquer outra pessoa, eu sei, uma bomba faz pensar nisso, mas não com a Sam."

"Mas de novo essa história da bomba, Charlie! Era melhor você já ficar sabendo que a única coisa que eu vi que faz algum sentido com essa sua história é uma menção de passagem no artigo do Richard, um pouco de pólvora que sumiu lá de Flower Hill." Outra chama morre. O ar já está denso de enxofre. "Imagino que se ela soubesse do roubo, isso podia pôr a menina em perigo."

"Bom, está aí."

"Mas só nas mãos desse bandido fantasma, garoto, que você acabou de eliminar. Enfim, três gramas mal dá pra encher um dedal. Com certeza não há de bastar pra matar esse tal desse William, nem que a gente aceitasse a sua versão da coisa toda."

E o Billy Três-Paus também não corria risco, desde que mantivesse distância do tio, o D.T. tinha dito. E dentro de Charlie, agora, um dedal começava a se esvaziar: um pequeno formigueiro de pó negro, um minúsculo clímax frustrado. Mas aí por que o Nicky teria passado meses lidando com circuitos e temporizadores? Algo está escapando dele. Um soluço de choro-barra-tosse-alucinada. "Eu não sou maluco, tá?"

"Ninguém disse que você era."

"E eu não sou bandido. Eu sou um cara leal. Eu sou leal com quem me trata legal."

"Charlie, eu estou tentando ser legal. Você não está me vendo aqui queimando a meleca dos meus dedos pra você acreditar que não tem ninguém vindo te pegar?"

"Mas não, não é verdade, eu sou a pior coisa. Dedo-duro. Está ouvindo isso? São os passos... eles estão vindo me dar o que eu mereço."

"Isso são só os caras das outras celas ficando incomodados e, pra te falar a verdade, garoto, melhor eles baterem no concreto que um na cara do outro. Olha, está vendo isto aqui?"

"Não."

"Eu estou com o meu último fósforo, então olhe bem. Esse aqui é são Judas. Ele está pendurado no meu pescoço desde antes de você nascer. Ou seja, eu tive anos pra pensar nisso. Justiça não significa quebrar o indivíduo porque ele fez alguma coisa errada. Às vezes significa dar uma chance pra ele consertar as coisas. Eu estou tentando te dar... ai, pelamorde..."

"Espera, como é que é?"

"Eu vou precisar de uma pomada aqui."

"Não, a outra coisa. Da justiça. Ah, merda. Puta merda. Agora é que eu entendi." Porque pode esquecer o D.T.; o que Nicky disse na semana passada, naquela casa despida até dos seus poucos bens de valor, foi que *todo mundo* ia ver. Charlie pensou na hora que era mais uma figura de retórica — *Ninguém escapa no final* —, mas, se não fosse, aquilo resolvia de uma vez o problema da sincronia: enquanto os outros Pós-Humanistas fugiam cada um rumo ao seu destino, o Nicky ia *permanecer na luz*. "É por isso que você usa uma bomba, e não uma faca. Por isso que você rouba pólvora... várias vítimas, ao mesmo tempo."

"Menino. Um de nós tem uma fixação, até aí eu concordo com você, Charlie. Mas essa divagação toda está te afastando do assunto. Gramas, era o que dizia no artigo. Aquilo não vai explodir nem uma boneca de brinquedo."

Só que Charlie mal está aqui agora; ele está entrando cada vez mais fundo nas trevas, pensando de novo na sra. Kotzwinkle falando da importância das unidades. Ouvindo vozes do outro lado da laje. "Então, de quanta pólvora você ia precisar pra matar três pessoas de uma só vez, e de repente detonar uma casa? Quilos?"

"Charlie, isso não tem graça. Com um quilo de pólvora dá pra detonar um quarteirão inteiro."

"Mas e isso enche uma sacola de ginástica?"

Pela primeira vez, Pulaski parece angustiado. "Agora você está falando de um bairro inteiro, quase."

"Eu mesmo vi a sacola dos Rangers, indo pra casinha lá dos fundos. Merda. Eu até ajudei a preparar o caminho, sequei o piso, abri espaço pros ventiladores. E quando eu deixei o Nicky lá ontem, ele estava indo entregar um convite pro tio do Billy. Pra amanhã. Ou hoje à noite. Operação Irmão Demoníaco. A sacola está cheia de pólvora negra, quilos e quilos."

"Mas ainda falta motivo, Charlie. Me dê um motivo pra isso tudo."

"Por que ele estava apaixonado pela Sam. Você mesmo disse que é o melhor motivo. Eles estavam apaixonados, e ela tomou um tiro, e o Nicky de algum jeito acha que é culpa dos Hamilton-Sweeney, mas dele também, por ter se metido com eles. Ele estava comendo ela, tá?"

"Não é a mesma coisa."

No entanto, Charlie sabe que ele também iria se explodir, se tivesse mesmo amado Sam de verdade, ou se estivesse levando a sério a ideia de se redimir. "Pode até não ser, eu é que não sei. Mas estou te dizendo que essa é que é a ideia de justiça dele agora — foder com tudo. Esse tal desse Irmão Demoníaco vai passar na East 3rd Street, e ele vai dar um jeito de atrair o Billy Três-Paus também. Assim que os três estiverem na casa, ele vai mandar todo mundo pras cucuias. E você ainda não mandou os policiais pra lá."

"Eu não tenho policiais pra mandar, Charlie. Não agora, com esse blecaute. Não por uma história que nem essa, sem nenhum fiapo de prova."

"Eu sou o fiapo. Por que é que você não me escuta? Você tem que escutar."

De novo, o barulho de um baque. Como um gigante batendo na porta de uma fortaleza. Aí: "Poxa, garoto. Eu queria era que você tivesse juntado esses dois mais dois antes do apagar das luzes".

DOWNTOWN & PONTOS MAIS AO NORTE — C. 20H

A primeira coisa que Keith faz depois de sair da delegacia é encontrar um orelhão. Ele sabe que ninguém vai atender na colônia de férias; os horários de começo e fim do programa de atenção extra depois do fechamento, até ali tão difíceis de lembrar, agora estão gravados em néon no seu lobo frontal. Mas, depois de ficar esperando à toa na linha, ele vai mesmo assim de táxi até a escola, caso as crianças ainda estejam esperando na frente... e não estão, porque desde quando as coisas têm a simplicidade de que Keith precisa? Mas pelo menos ele consegue, depois de bater insistentemente, fazer alguém destrancar a porta. As luzes da rua já se acenderam, e um apito brilhantinho pende na semiescuridão. Preso a ele está um homúnculo de calção de ginástica cujas sentenças, todas, terminam em interrogação. Talvez haja uma explicação simples? Talvez Will e Cate tenham simplesmente decidido voltar a pé pra casa? Vendo que o Papai estava duas horas atrasado? Ou vai ver que eles foram pra casa do vovô, que nem na última vez? O temperamento calmo que Keith se orgulha de ter está se evaporando. A raiva jorra dele, ainda intocada pelo medo. Há insinuações de responsabilização. Ele pode até chegar a usar a expresão "imperícia educacional". Quando da proposta, no entanto, de que o homúnculo o leve até o escritório da Conselheira Assistente para eles tentarem entrar em contato com a mãe, Keith vê que tomou um xeque-mate. Não, sim, ele está exagerando; provavelmente eles voltaram pra casa mesmo. Para onde ele agora concorda em se dirigir, e não há por que colocar Regan de novo na história.

Mas aquela casa — apartamento, na verdade — está tão morta quanto uma tumba. A secretária eletrônica não tem mensagens. Uma ligação impulsiva para a casa dela também não é atendida. Ele tem uma súbita visão de uma cidade inteira de telefones sem uso, fones pendurados de cabos como homens enforcados em casas abandonadas. Claro que, se as crianças tentaram ligar para cá a qualquer momento nas últimas dozes horas, elas também não iriam ter encontrado ninguém. Aonde é que *ele* iria, se fosse o Will? O que se passa por trás daquela cara alerta sempre foi um mistério. Mas o Will puxou a mãe, racional acima de tudo, e como não tem ninguém na casa de Regan, a coisa racional, Keith enxerga, seria os dois realmente irem esperar na casa do avô, onde pelo menos com certeza vai haver empregados para abrir a porta, e que fica infinitamente mais perto, a pouco mais de um quilômetro da colônia de férias se você cortar caminho pelo Parque. Isso, eles vão estar lá esperando na casa do Bill e da Felicia, ou vão estar chegando lá, e nesse caso de repente ele consegue chegar ainda antes deles pra evitar que isso tudo acabe alcançando sua logo-ex-esposa.

E assim o cair da noite o encontra no Center Drive, andando num passo considerável se lembrarmos que ele está de sapatos sociais, procurando as crianças. Miçangas de eletricidade ardem entre as sombras. Os sicômoros têm aquela qualidade dourado-esverdeada em que as folhas engolem a luz. Outras folhas, já secas no meio do verão, explodem sob seus pés. Corredores passam velozes num borrão de suor, sorrindo amarelo para o homem que desajeitadamente anda-corre com roupas de executivo. Ele mesmo já deu inúmeras voltas correndo no Reservatório nos últimos anos, mas sempre com a ideia de ser o tipo de pessoa que corre em volta do Reservatório. Não poucas coisas na sua vida, a bem da verdade, operaram segundo esse princípio. Talvez seja por isso que as pessoas o consideram raso. Ou, se isso for forte demais, de alguma maneira menos... *dimensional* que elas. Inclusive Regan. Inclusive, e como, o Will. Como se ele não tivesse desenvolvido plenamente sabe-se lá qual seria a terceira coisa além de ego e id, e portanto precisasse basicamente ser conduzido de leve pra não se complicar. E será que essa sensação de ser tratado como um adolescente não podia explicar todo um histórico em que ele agiu como tal? Houve um momento, antes da separação, em que ele mergulhou num lugar tão fundo dentro de si que quase não estava mais em contato com o mundo dos adultos.

Aí, como que a sugerir que ele nunca mais voltaria à tona, os iluminados prédios de apartamentos para onde ele se dirige, o Dakota e o San Remo, escurecem, assim como a rua, e todos aqueles sicômoros dourados. Maravilha. Acabou a luz. Ele não consegue ver nada. Com medo de quebrar um tornozelo num buraco se continuasse, ele para e põe as mãos sobre a cabeça e respira fundo, rascantemente, esperando que as luzes voltem.

E não voltam.

Não voltam.

E, à medida que os segundos vão se acumulando, ele sente um buraco se abrir dentro de si, uma lâmpada negra que consome o filme claro da vida. Os filhos dele estão por aí. Mesmo que, digamos, estejam logo à sua frente, atravessando o Parque. Você pode se machucar feio ali, no escuro. Ele já lhes falou disso? Provavelmente não, provavelmente trata-se de um tema que ele tem evitado por completo. Provavelmente ele perdeu o rastro de Will e Cate há muito tempo, trocando os dois por símbolos tamanho-filho e -filha, como os travesseiros que as crianças amontoam em cima da cama antes de escapulirem de noite.

Só que é estranho como, nas circunstâncias certas, determinada superficialidade pode ser uma vantagem. Porque em vez de cair de joelhos bem ali no asfalto — *Minha filha! Meu filho!* —, Keith toma uma decisão. Ele tira o paletó e começa a correr de novo. Mas a correr *mesmo*, agora, danem-se os buracos, gritando os nomes dos dois na direção dos minúsculos alfinetes de faróis de carros que consegue distinguir onde espera que seja a Central Park West. "Will! Cate!" Ele deve estar soando como um lunático; pássaros assustados saem pulando como pulgas por entre os aros dos faróis, rodopiando contra a lua. Mas e daí se ele estiver mesmo soando assim? É como se, em vez de se tornar mais profundo com a culpa, Keith Lamplighter tivesse ficado ainda mais raso do que suspeitava. Nada mais fundo que a dor no seu joelho bichado. Nada mais grosso que as solas dos sapatos que agora gasta.

UPPER WEST SIDE — 21H28

A primeira regra do gerenciamento de crises é simplesmente vencer os primeiros três segundos. Olhando de lá — depois que você encontra alguma narrativa onde encaixar as coisas —, você vai esquecer o que sentiu nesses primeiros momentos em que o futuro era o que você mais temia. E assim, quando a cobertura fica escura, Regan começa a contar. E quando chega a três, sabe que a cidade inteira deve estar sem luz; senão a poluição luminosa estaria argenteando as cortinas da biblioteca.

O irmão dela, em termos delicados, não é exatamente o tipo que espera-pra-ver. O que quer que ele esteja sentindo num dado momento é o que ele sempre esteve e sempre estará sentindo. E assim ele foi correndo de uma vez para a sacada, imaginando que o baque que ouviu lá fora e a escuridão subsequente são novos aspectos de uma conspiração mundial contra ele. Mesmo quando grita que está tudo tranquilo através da porta aberta, sua voz está meio trêmula, como se ele não acreditasse exatamente no que está vendo. Ou não vendo, neste caso.

"O que aconteceu..."

É o Papai, soando de alguma maneira diminuto, atrás de Regan e à sua esquerda. Ela se vira, estendendo os braços para o nada. Encontra um corpo: um ombro. Uma mão, fresca naquele calor. Ela a segura, tateia para encontrar uma cadeira para onde guiar o pai. "Está tudo bem, Papai. É só um blecaute. Lembra daquele de 65? Eles vão arrumar tudo em poucas horas, se tanto."

Uma sirene solitária. "Não tem ninguém aqui fora", William grita de novo.

"A gente sabe que não tem ninguém aí, William, o universo não gira em torno de você. Agora, será que você podia vir aqui me dar uma mão?" Para o Papai, sentado, ela diz que não se preocupe, que ela vai achar alguma luz. Ainda está efetivamente cega, mas parece lembrar de um candelabro lá na parede norte. "Amory, eu estou imaginando que ainda tem velas aqui em cima?"

Assim que ela larga a mão do pai, no entanto, ele começa a resmungar de novo, como se estivesse com um transistor com defeito (*O que é que está acontecendo?*), então ela tem que narrar. "Siga a minha voz, Papai. Eu estou andando às cegas aqui, bem devagar, pra não trombar com nada…" Na verdade, as coisas que ela toca no escuro imediatamente vão ao chão. Deve ter batido numa estante de livros. Mas vai tateando até encontrar o sólido aparador, resgatado da casa do bisavô em algum momento do passado distante. "Tá, parece que o candelabro está vazio, então agora eu estou tentando achar umas velas nas gavetas. Amory, William, será que um de vocês podia *por favor* ir ajudar o Papai?"

A gaveta do meio só tem uns documentos, mas na da direita há cilindros de cera, pavios intactos. Ela localiza sua bolsa. Ainda está com o isqueiro da cabeleireira, por alguma razão. A roda gera somente centelhas. Uma… duas… Ela passa um dedo pela ponta do isqueiro, encontra fiapos no buraco onde deveria estar a chama, pinça os fiapos dali, tenta de novo. Finalmente: fogo. Em contato com a ponta de uma vela, ele é forte a ponto de a forçar a apertar os olhos. Ela se vira e vê o Papai ainda na sua cadeira e, logo junto às portas-janelas, sem esboçar qualquer movimento para perto dele, William. Ela acende uma outra vela de primeira, enfia as duas no candelabro, que ergue, mas não há sinal de que outra pessoa tenha estado ali com eles.

"Onde é que ele foi parar, Regan?", William exige saber. "Cadê o Amory?"

A luz mal chega às paredes mais distantes. "Procurar uma lanterna?"

"Deve estar quase na Penn Station, mais provável. Irmão Demoníaco do caralho."

"O que é que ele ia fazer na Penn Station?"

"Se liga, Regan. Esperar a luz voltar. Fugir, claro."

"De quem? De nós? E se for isso mesmo, e daí?"

"Eu vou atrás dele, isso sim."

"E vai fazer o quê, prender o cara em nome da lei?"

"Você já percebeu que está sempre de coadjuvante dele?" Ele agora já está ao alcance de tirar uma vela do suporte — ela já pode ver que ele não vai responder bem a qualquer argumento. "Está na hora de alguém parar de deixar ele se safar de tudo."

Ela ia lhe perguntar se ele não tinha vergonha, e também, de repente, de onde ele tinha tirado aquela palavra, "coadjuvante", que ela achava que nesse contexto era a cara da dra. Altschul, só que ele já está se digirindo para a porta. "Papai...", ele diz, como se o pai ainda fosse alguém a quem se pudesse recorrer, o ídolo de rosto sério da sua juventude. Mas a luz da vela corroeu aquela solidez; ele é um velho desorientado. E William III, o irmão que ela achava que tinha reconduzido à segurança, agora é apenas uma centelha no escuro, além da porta.

NA ESTRADA — 21H58

Quando o encontro acontecesse, eles já estariam praticamente em Chicago, Nicky prometeu. Ou pelo menos em South Bend. E antes de a polícia começar a procurar por eles — antes de os caras terem montado um pedaço do quebra-cabeça que já desse pra saberem que existia algum "eles" —, eles já iam estar escondidinhos na terra da folha de bordo, lá em Manitoba. Tão longe do que tinham feito, pensava D. Tremens, que seria quase como se aquilo nunca tivesse acontecido. Mas a praga que caiu em cima deles nesses últimos meses não ia desaparecer só porque o Nicky mandou. A bem da verdade, Murphy ou Gumperson ou sei lá quem era o legislador que estava lá em cima cantando os passos da quadrilha sendo dançada na galáxia hoje à noite parecia estar queimando os miolos só pra foder com a FPH.

Tem a van, por exemplo. Na primeira vez em que D.T. a viu, ele fez uma piadinha sobre arames e elásticos velhos, e o Nicky disse: Nada a ver, o que mantinha aquele carro de pé era a mais importante das forças da história mundial, a vontade humana. Ele deve ter tirado isso de algum livro por aí; ele tinha montes de livros, cheios desses vocábulos que pareciam impressionantes e faziam você querer ser seguidor do cara, nem que você não soubesse direito o que eles queriam dizer. Contra-hegemônico. Quaquaversal. Nem que você não soubesse direito se *ele* sabia o que eles queriam dizer. Mas aqueles livros agora são só umas caixas de vinte quilos que sacolejam perigosamente a cada buraco da estrada e impedem que a van atinja qualquer velocidade acima de setenta e cinco quilômetros por hora. E aí, bem quando parece mesmo que eles estão quase escapando de tudo, eles têm que encostar pra deixar o Sol vomitar. Na sarjeta da Canal Street na hora do rush. Num posto de gasolina do lado de lá do Holland Tunnel. (Nem pergunte ao D.T. o que ele acha do Holland Tunnel.) E uma hora depois, aqui estão eles nesse estacionamento de shopping em — caralho, onde é que eles estão mesmo?

"Parsipanny." A resposta vem flutuando por sobre o asfalto desocupado, desde a janela aberta da van. Aí Nicky recomeça a assobiar uma versão desafinada de "Right Back Where We Started From". E claro que ele ia ficar assobiando, com um baseado na boca e o mapa aberto sob a luz do poste que bate no painel e aquele despertadorzinho a pilha que ele pegou sabe Deus onde. O D.T. é quem tem que ajudar o Sol a ir até o lugarzinho gramado onde os insetos subnutridos de Nova Jersey zumbem como as ideias dentro da cabeça dele. Porque essa é a outra coisa: o Profeta Charlie mijou pra trás (como era de esperar), e a Saco de Gosma, quando finalmente era hora de ir embora, não estava em lugar nenhum. No fim, são só eles três, o trio primário, os verdadeiros Pós-Humanistas. O que teria soado bacana, lá no começo. Você só precisa de três caras pra mudar o mundo. Veja o caso dos bolcheviques, ou do Jimi Hendrix Experience. Mas não, não é bacana ficar pingando de suor lá em Manhattan enquanto o sol vai caindo, só porque o Nicky tem que resolver alguma coisa de última hora com a van. E não é bacana ficar sentindo o cheiro de pus seco no macacão do seu amigo podre enquanto você ajuda o cara a ficar de joelho porque ele não está achando nem os joelhos sozinho. E não é nada bacana saber que se estendendo daqui até o Canadá, se você um dia chegar lá, fica uma cadeia de paradas separadas por coisa de sessenta quilômetros, onde qualquer testemunha podia ter visto um negro de cabelo verde arrastando outro carinha, com uma única mão enluvada e apertando a barriga, bem ali onde dá pro senhor ver aqueles respingos cor-de-rosa, Policial.

A bem da verdade, isso é bobagem. Se o D.T. fosse ser bem honesto, as dúvidas que agora se amontoam em sua cabeça vêm da noite passada, quando o Nicky o levou até a divisória de cimento na garagem e lhe mostrou pela primeira vez na vida o que ficava atrás dela. Você só ia precisar era ver o tamanho daquilo, o volume prenhe, pra saber o tipo de sofrimento que o negócio ia gerar. Enquanto ele tentava fazer cara de admirado, imaginava se a Saco de Gosma também tinha visto aquilo — se foi o fator decisivo. Ela andava esquisita no mínimo desde maio. A visão de D.T. na época era que você fazia o que tinha fazer, e que eles mal podiam esperar que o Nicky escapasse da regra. Mas essa obsessão pelo Irmão Demoníaco estava levando o grupo todo muito além do domínio tático, além da cultura e da revolução e até da vingança, e era difícil dizer quando o Nicky tinha ultrapassado esse último limite, ou onde aquilo ia parar. D.T. ficou acordado até depois da meia-noite lembrando toda a brincadeirinha de capa e espada que eles ficaram mantendo depois que o Billy se entocou. E hoje cedo, com o Sol gemendo na sala e o Nicky lá nos fundos soldando as baterias na trava de segurança, D.T. saiu com a van a pretexto de trocar o óleo e foi até o Bronx. Ele não conseguia imaginar o tipo de coisa que, fora uma montanha de heroína, ia conseguir fazer o Billy Três-Paus dar as caras de novo no Village. Ainda assim, D.T. ia lhe dizer pra ficar o mais ao norte da ilha que pudesse nas próximas vinte e quatro horas. E ao ver que o estúdio continuava apagado, abandonado, ele deu uma passada em Hell's Kitchen na volta. O Billy provavelmente nunca mais ia voltar pra cá, também, mas a lembrança daquele chegado todo cheio dos tweeds, o namorado dele, parecia dizer algo, pessoalmente, ao D.T.. É só você botar mais de uma pessoa numa sala que nasce um monstro de opressão, tudo bem. Mas, sozinho, quase todo mundo sentia algum tipo de bota na garganta. O que de repente explicava a reação do namorado à ideia confessadamente ordinária do D.T., de começar a espiar de binóculo, em vez de ir direto bater na porta do loft. E agora não tem jeito de avisar ninguém, ele está preso aqui com os miasmas do vômito no nariz, o corpo pesado que está erguendo até a van — na medida em que o Sol um dia foi erguível —, e, olha só, quando foi que as estrelas ficaram tão brilhantes? Ele gira na direção do leste, ou do que devia ser o leste, e o céu acima do centro comercial fechado é exatamente tão negro e tão claro quanto qualquer outro pedaço de céu. Parece que todo o lado luminoso do planeta foi eliminado. Um universo igualmente vazio em todas as direções.

Ele não menciona isso pro Nicky enquanto os dois vão se sacudindo de volta à estrada. Em vez disso, anuncia que começou a aparecer sangue misturado com o vômito.

Bom sinal, Nicky diz, em termos médicos. "Que nem quando você está gripado e começa a eliminar aquela coisa mais escura. Produtivo."

"A não ser que o que está consumindo a mão dele seja uma coisa mais de gangrena", D.T. aponta. "Nesse caso, é bem preocupante, em termos de sinalização."

À luz de uma praça de pedágio, ele tira a luva que Sol não o teria deixado tocar antes. O tecido em volta dos dedos detonados está quase preto, e o inchaço já se espalhou até o ombro dele. Deveria ser a Saco de Gosma aqui, dando uma de Flo Nitghtingale. Mas, ao mesmo tempo, ela estava trepando com o Nicky tinha meses, no fim. Talvez fosse com essa traição que ela não conseguia mais viver. Ou talvez tivesse descoberto que ela, também, era só uma substituta em alguma grande cadeia de substituições. A Saco de Gosma queria o Nicky; o Nicky queria a Sam; a Sam queria o Cachorrinho, que o Nicky nunca tinha visto mas detestava mesmo assim; e o Sol, mesmo depois da chegada da Sam, no fundo nunca tinha deixado de amar a Saco de Gosma. Foi o 32 *dele* que foi afanado da van naquela noite — mas o Sol nunca chegou nem a pensar na possibilidade, e o revólver já estava de volta embaixo do banco do passageiro antes de os últimos fogos brilharem no Vault. O amor é o ponto cego de todo mundo. Ou amor e medo. Era como se eles todos tivessem subestimado o poder do sentimento puro de foder até com o sistema mais perfeito. E, enquanto eles vão se afundando mais nos Estados Unidos, até o Nicky parece sentir sua capacidade de manter a unidade da FPH só com a força da vontade sumindo gradualmente. Ele está com dois ou três baseados acesos agora, pra baixar a bola da anfetamina. "Ô, Nicky?", D.T. diz, finalmente. "Ainda era pra gente estar vendo as luzes da cidade daqui?"

"Como é que eu ia saber, caralho?"

"É você que está com o mapa."

Nicky liga o rádio de novo e começa a surfar pelas estações fantasmas em busca de um noticiário. Claro que agora já é impossível saber quanto daquilo é só pra constar. Talvez ele já tenha ouvido as respostas que procura e talvez seja por isso que está tão confiante de que a operação vai rolar — ou já rolou. O maior medo do D.T. é que aquilo de algum jeito seja ainda maior do que ele supôs, maior que o Billy e maior que o tio. Ah, meu, nem fodendo que é bacana ter esse reloginho bem no meio da cabeça e saber que não dá pra fazer mais nada. Por outro lado, ele não sabe se ia se sentir melhor se eles estivessem um pouco mais perto de sabe-se lá o que iam precisar fazer pra deter aquilo tudo. E será que ia ser tão errado, numa hora dessas, o D.T. largar o pulso que estava segurando e estender a mão pra pedir um tapinha? Pra abrir uma cerveja e aí mais outra? Até pros caras mais barra-pesada, saber que você tinha destruído um monte de vidas é coisa pacas pra você guardar no que um humanista das antigas ia chamar de consciência.

Ou, a bem da verdade, só saber que você tinha destruído uma.

DOWNTOWN — 22H01

Na sua cabeça, Mercer já está quilômetros ao norte dali, tremendo diante de uma cobertura sombria, quando a percepção de que eles passaram da rua o põe de volta no melaço elétrico da Centre Street. Faróis engarrafados brincam nas placas da rua. "Não ia ser bem mas rápido entrar à esquerda? Da Hudson a gente vai direto pro norte."

Jenny parece vacilar, mas talvez seja só uma ilusão. "Você escolheu uma hora genial pra ficar batendo boca sobre o trajeto, Mercer." Aí ela pede desculpas. Tem uma coisa que queria ter tido coragem de dizer a ele cinco quadras ou quinze minutos atrás, tanto faz — quando ainda havia luz. "Mesmo que o blecaute acabar, eu não vou poder te levar até a casa dos Hamilton-Sweeney. Eu tomei uma decisão. Eu tenho um encontro marcado com o East Village."

Ele espera mais explicações, mas elas não vêm. "Você vai me arrastar pra tudo quanto é canto abandonado dessa cidade, né?"

"Eu não vou arrastar ninguém. Eu te deixo onde você quiser. Mas já tive bastante tempo pra pensar nisso. Sei onde encontrar o Capitão Caos, eu lembro pra onde foi que mandei o cheque daquele quadro que o Bruno vendeu. E você ouviu o que o menino falou."

Pra ser sincero, Mercer está tentando deixar o blecaute apagar aquilo da sua cabeça. Mas devia ter percebido que ela não ia facilitar. "Àquela altura o Charlie teria dito qualquer coisa", ele diz. "Ele está complicado com a polícia, e nitidamente tem problemas com a coisa toda de dizer a verdade." Um bloqueio na Foley Square — uma briga entre dois caras de camiseta branca sem manga — está mandando os dois para a esquerda de um jeito ou de outro, ele se alivia ao perceber.

"A gente não leu o mesmo artigo, por acaso? 'NC'? A pólvora?"

"Os homens da minha família são todos do Exército, Jenny. Eu posso te dizer que três gramas de pólvora pura não valem quase nada, a não ser que você tenha um arcabuz antigo à toa na mão."

Apesar de isso parecer mais hipotético que desdenhoso, ela parece desistir. Na verdade, está só juntando forças.

"Você nunca cometeu um erro de datilografia? Ou recebeu alguma informação truncada? A gente sabe que o pai da menina faz fogos de artifício, a gente sabe que ele andou tendo problemas de segurança, e agora a gente fica sabendo que existe uma bomba. Será que é tão difícil assim acreditar que Nicky Caos tem toda a quantidade de explosivos que pode precisar usar pra machucar o seu namorado, desculpe, colega de quarto?"

Ele alisa vincos da camisa, se esforça para recuperar alguma dignidade. "Por que é que você não encosta aqui mesmo na esquina. Eu vou ver se os ônibus estão rodando."

"O que eu estou dizendo é: por que ficar andando perdido no escuro do norte da ilha, Mercer, se você pode ir direto até a fonte da ameaça?"

"É pra isso que serve a polícia", ele diz, enquanto abre a porta e passa os pés para a calçada. Mas no mesmo momento em que se põe de pé, ele vê que seu raciocínio estava errado. Pois onde antes era a manifestação que travava o trânsito em volta deles, agora eram as luzes azuis das próprias Fúrias que empurravam tudo para o canto. O prédio todo da polícia lá no fundo está se esvaziando sobre Lower Manhattan, se abrindo num leque que seguia Deus sabe para onde. Defender os bancos, impedir assassinatos nos túneis, fazer cara de ocupados para dar chance de argumentar se alguma coisa acontecesse. Ele está começando a soar como Jenny Nguyen. Ainda assim, parece exagerado pensar que tudo que o inspetor mencionou, uma falange, esteja saindo para verificar a história do menino. O que, se ele pensar de verdade em "Os Fogueteiros", é menos improvável do que ele esperaria. "O que é que você está fazendo?", ele pergunta, ouvindo um bipe atrás de si.

"É um timer. Estou ajustando pra meia-noite no relógio."

"Jenny, eles não vão esquecer essa história da bomba por causa de um blecaute. O Pulaski vai fazer o que tem que fazer. Ele vai estar em cena bem antes da meia-noite."

"De onde é que você tirou essa certeza?"

"Você tem que conhecer o cara", ele diz, porque o motivo real, a delicadeza com que Pulaski o tratou no dia do Réveillon, é ainda menos confiável. Contudo, parece que a pessoa que ele quer convencer é ele mesmo.

"Se você estiver certo", Jenny diz, "e a polícia estiver lá, a gente pode estacionar no parque ali na esquina e ficar vendo a batida. Mas talvez eles não estejam lá. E se tiver mesmo uma bomba..."

"A bomba é o motivo de eu estar te dizendo, por favor, que isso tudo é uma má ideia." Nicky Caos pode se explodir sozinho, daria na mesma para Mercer, e Jenny provavelmente ainda pode ser convencida a desistir de ir impedi-lo. Qualquer outra vítima a essas alturas já pode simplesmente estar fora do alcance da intervenção de Mercer. Mas do que é que a gente chama uma pessoa que pensa duas vezes até sobre as coisas em que já pensou duas vezes? Porque, antes de conseguir dizer as palavras, Mercer está se enfiando de novo no carro e batendo a porta. William é a pessoa que "NC" vem perseguindo, o que significa que de alguma maneira William vai ter que acabar por lá também. E, se for esse o caso, então que escolha Mercer tem? Se ele ama William de verdade, tem que impedir que isso aconteça. Tem que ir.

Só que, agora, grupos erráticos de manifestantes, trânsito que ainda sobrou da hora do rush, carros de polícia, pedestres isolados e o próprio blecaute estão forçando os dois rumo oeste, oeste, até meia cidade estar entre eles e o seu destino. Seguindo com a maré, Jenny acelera rumo à margem do rio, onde os carros ainda passam velozes. Os semáforos sumiram. Postes escurecidos chispam pela janela do carro. Na água são relances de luar. Ela vai cortar pela 14th e voltar, é o que lhe diz, enquanto as ruas calçadas de pedra do velho Meatpacking District começam a maltratar a suspensão do Gremlin. Eles devem estar a cem por hora, numa rua de quarenta. Curvada para a frente, a silhueta dela mirando o escuro lembra, ela própria, um gremlin.

"Deixa eu te perguntar uma coisa", ele diz. "Você já conheceu o Nicky Caos?"

"Só por telefone. Mas eu conheço o tipinho."

"E a gente vai baixar lá com os nossos incríveis poderes de persuasão na esperança de que ele mude de opinião? Se alguma coisa der errado, você pelo menos tem alguma coisa pra se defender?"

"A inspiração chega sempre pros espíritos preparados", ela diz. E ele está no meio da sua fala que avisa que ela vai ter que ser a linha-dura ali, que ele só está pensando no William, quando percebe uma poça imensa aberta sobre as pedras. Não faz sentido, ele pensa, que alguém tenha aberto um hidrante aqui nessa parte abandonada da cidade — e de súbito ele se dá conta de uma cortina de água que tromba com o para-brisa, e de uma sensação como que de flutuação, de um estrondo alto que detém seu progresso enquanto outra coisa surge e lhe ataca a parte de trás da cabeça. Sua mente, ainda voando para a frente, só tem tempo de emitir uma atabalhoada prece de amor. E aí o blecaute, para Mercer Goodman, fica ainda mais negro.

UPPER WEST SIDE — 22H10

Ele percebe a forma abaixada atrás das chamas quando estava prestes a passar por cima: William Hamilton-Sweeney. Nos anos que se passaram desde a última vez que Keith o viu, ele ficou ainda mais magro, mas ainda com aqueles traços nobres. O braço dele, quando Keith o agarra, parece pegajoso. Cera endurecendo. Justo ele. "Oi... você está descendo de lá? Os meus filhos estão aí?"

William demora a reagir, como se estivesse acordando de uma visão. Parece ainda mais suarento que Keith. Ali perto, o porteiro continua a estender a linha de sinalizadores de segurança na beira da calçada. A fumaça sobe como sangue que saísse de uma seringa. Sombras paradas a distâncias contidas, todas, parece, obedecendo à mesma convocação de sair para a noite. Mas no espaço atrás do seu ombro, que William mira fixamente (*Onde será que ele foi parar?*), só há pássaros.

"Oi, é o Keith, o seu cunhado. Eles estão lá em cima? Você falou com eles?"

Aí William volta a si. "As crianças não, mas a Regan sim." É a pior resposta possível. "Mas não era pra você estar aqui, Keith. Ela disse que vocês se separaram."

A corrida de Keith está começando a cobrar seu preço. Uma cãibra lhe dá uma facada do lado da barriga, sua respiração sai em soluços curtos; ainda assim, ele tenta manter a voz firme. Durante esse tempo todo, Regan desejou a volta do irmão. Se ele assustar William agora, ela nunca mais vai tê-lo de volta. "É uma história comprida. Melhor eu mesmo contar pra ela."

William se aproxima para olhar direto para ele. É difícil enxergar muita coisa na penumbra rosada dos sinalizadores, mas Keith fica incomodado. A última vez que os olhos deles se cruzaram foi no meio do discurso autoimolador do padrinho William, quando, por um segundo, Keith sentiu certa atração por parte do rapaz. Do lado dele havia a força do que Regan sentia pelo menino; tudo que ela amava, Keith não conseguia deixar de amar. Foi por ela que ele foi correndo atrás de William num corredor depois que ele fugiu do salão do banquete. Ele quase conseguiu agarrar o ombro do paletó. Aí, com um movimento de zigue-zague, William desapareceu por uma saída de incêndio e sumiu pelas duas décadas seguintes. Meia vida atrás, mas só, o quê, cento e cinquenta metros de distância? Como se já naquele momento eles estivessem correndo para este. Tudo bem, William finalmente diz; o telefone ainda funciona num blecaute, ele vai entrar e ligar para ela.

No saguão escuro, Keith desaba num daqueles quase tronos em que provavelmente ninguém jamais sentou, enquanto William se debruça sobre o balcão do porteiro e disca. Parece encontrar certa resistência do outro lado da linha. "Fala pra ela que é sobre as crianças", Keith diz. Aí William desliga e senta para esperar também, enquanto o porteiro, o nome dele é Miguel, volta para dentro. A conversa fiada de beisebol que Keith sempre tinha com ele seria frívola agora. A única coisa que alguém pode fazer aqui é ficar olhando as sombras do outro lado das imensas janelas de vidro laminado. É como estar na corte de Luís XVI, esperando que as paredes do palácio desmoronem e que alguém os arraste para o cárcere. Ainda dá tempo de reverter aquilo, Keith se faz lembrar, mas não dá; uma porta se abriu. A lanterna de Regan desliza do rosto de William para o dele. Acabe com isso de uma vez, ele pensa, e se vê explicando que as crianças sumiram.

Tudo fica calado por um segundo enquanto a lanterna bate num espelho de parede inteira, dobrando a luz. "Você *perdeu* os meninos, Keith?"

Ela faz aquilo soar como se tivesse sido de propósito, quando na verdade ele apenas se atrasou um pouquinho para ir pegá-los. Uma olhadela para William rende um dar de ombros empático.

"No meio disso tudo. Você perdeu os meninos." Ela se vira para Miguel. "O carro ainda está esperando aí na frente?"

"Ele já foi embora, senhorita. O seu tio, ele veio pegar enquanto eu procurava os sinalizadores."

"Aquele filho de uma puta!", William explode. "O que foi que eu te disse?"

Mas Regan já se controlou. Ela ordena que o irmão suba enquanto ela vai tentar achar um táxi. "Isso é importante, William, um de nós tem que ficar. O Papai não está em condições de ficar sozinho."

O velho William a teria mandado ir se ferrar, e de fato há uma pausa aqui, durante a qual ela rosqueia melhor a lente da lanterna e a desliga e liga de novo antes de passar para ele. "São os meus filhos. A sua sobrinha e o seu sobrinho. Por favor." Ela tem toda uma gravidade, uma clareza plena de objetivos que a faz ser maior do que é, e algo deve ter mudado em William, porque ele de fato obedece, pegando a lanterna e sumindo. Ela está quase na porta quando Keith percebe que vai ser deixado para trás se não abrir a boca. O melhor que ele consegue achar para dizer é: "Como é que você vai achar um táxi?". Ela não responde, mas também não o proíbe de ir atrás dela.

É claro que os carros ainda estão grudados um no para-choque do outro, nenhum táxi vazio. E aí um troar vem surgindo de algumas quadras de distância, com uma força que sacode os edifícios. É difícil discernir uma direção; parece vir de todos os lados. Ele tenta seguir o ruído, no entanto, e depois de alguns segundos fingindo não perceber, ela vem e fica atrás dele. Vendo formas negras correndo como besouros mais à frente, ele vai apressado até a esquina. São motos, descendo a Columbus como um exército invasor. Devem ser centenas. Eles espremeram todos os carros para uma só pista. Lá em cima, na avenida escura, ele consegue ver os faróis acesos dos táxis que se ligaram a tempo e seguiram o fluxo, como às vezes fazem com uma ambulância. Ilegal, claro, mas as regras que regem a vida de todos parecem estar suspensas. O que, apesar de tudo, dá alguma esperança a Keith. Ele pisa direto no intervalo entre os últimos motoqueiros e os táxis que os seguem, basicamente pedindo para eles o atropelarem. No primeiro que para ele entra, e antes de Regan ter alguma chance de falar, diz para o motorista que tem duas notas de cinquenta no bolso, e que é pra ele seguir pra onde a moça quiser ir — e rapidinho.

HELL'S KITCHEN — 22H27

Os Angels do West Side não precisam da sombra de uma Vincent Black Shadow projetada no céu contra as nuvens como convocação, nem de nada dessas bobagens tipo Liga da Justiça. Eles meio que simplesmente sacam, quando a luz acaba, que alguma coisa vai rolar, e assim, de toda a ilha de Manhattan, eles saem rumo ao mocó do Líder Máximo. Faróis, como objetos rígidos, contornam carros imobilizados, percorrem vielas em alta velocidade, como em algum jogo gigante de intimidação. (Parte de ser do Clube é jamais deixar os outros saberem o que você pensa de coisas como seguros contra colisão. Capacetes são uma afetação. Você senta na máquina como se a morte não existisse.) E lá no Líder Máximo, como se podia prever, a festa de ontem à noite praticamente ainda não acabou. Motos enfileiradas na frente, onde os motoqueiros trocam garrafas de Rheingold. A se julgar pelo som, duas ou mais pessoas já estão mandando ver numa doca de carga. Uma colher dobrada prende a tranca da porta do prédio. A grade interna, como sempre, fica presa por uma corrente, que você só consegue ver com o farol de uma Harley que alguém levou direto até a entrada e deixou em ponto morto na frente da escada, virada para fora, como se, quando for a hora certa, o Líder vá descer como o Último Mahdi para reclamar sua posse. Seu motor solta fumaça de escapamento sobre cada canto da velha fábrica decrépita de balas, mas quem é que vai reclamar? Não fica nem claro quem, além do Líder, mora aqui — e, de novo, não é o estilo dos Angels pensar nessas coisas.

O apartamento do sexto andar está escancarado, caixa cheia de luar, mas, se o Líder Máximo está aqui, no escuro, ninguém consegue achar.

Ele sempre foi, apesar daquele ânimo meio ameaçador, uma espécie de enigma. Por exemplo: ele é branco ou é negro? (Ou possivelmente meio Maori, com aquelas tatuagens no rosto?) E: Como é que ele conseguiu viver tanto tempo sem mobília, sem telefone, com (alguém lembra, de quando as luzes ainda estavam acesas) uma geladeira que não tinha porta? Sob as sombras gigantes que se arrastam para dentro e para fora esmigalham-se os detritos restantes de ontem. Garrafas rolam pela escada, calam-se, e depois de uma pausa de dois segundos, estouram cinco andares abaixo, onde alguma menina fica gritando: *Filha*dap*uta!*.

Mas o quente mesmo é o teto. Aqui, depois da subida trevosa da escada, tem luz pra uma festa — lua gorda, estrelas improváveis, uma fogueira feita num carrinho de mão, e pequenos raios de faróis que nadam pela surrada calha metálica —, se bem que visibilidade baixa mais bebida mais teto é uma equação que pede desesperadamente algum equilíbrio. Angels em variados graus de embriaguez jogam Roda a Faca, acomodam cigarros acesos entre os dedos em testes de resistência, discutem as origens do blecaute e aí se reúnem no lado norte do teto para ver um depósito pegar fogo dez quadras mais ao norte. Duas louras Donzelas do Reno tiraram a camiseta para dançar, seus peitos brancos à luz da lua, e ao som de uma rádio que toca essa banda nova, Chic, num loop contínuo. Música de veado, alguém resmunga, mas ninguém lhe dá atenção.

Em cima de uma lata de lixo emborcada perto da fogueira, os estoques de bebida logo são consumidos. Uma delegação de pernas bambas é enviada até o nível do solo para catar mais. Eles não conseguem passar da esquina, daquela lojinha ordinária cujas prateleiras de compensado parecem sempre conter exatamente três de cada coisa. Três rolos de papel higiênico de folha simples; três latas empoeiradas de feijão-preto fora da validade; três pacotes a vácuo de Café El Bandito; três caixas de veneno de barata. Isso tudo é basicamente fachada; há anos, a função real da loja vem sendo a de manter o Líder e o seu pessoal abastecidos de cerveja. Mas agora ela resta calada contra o portão metálico de segurança que os Angels socam com os punhos. Isso até alguém ter uma ideia brilhante.

Lá na fábrica de balas, um motor acelera. Uma moto zumbe pela rua como uma abelha inchada de veneno. Parece prestes a trombar direto com o portão de segurança, mas para no último segundo, e o motoqueiro a leva de ré até o pneu traseiro quase tocar a lojinha. Alguém oferece uma corrente dos seus adornos, e dentro de um minuto a moto já está presa ao portão. Como são engenhosos esses Angels! Era arranjar umas licenças de corretagem pra eles, em vez das motos, e você ia ver nascerem milionários. Ele acelera uma só vez, engata a marcha, e com um guincho que pode ser ouvido por toda a 10th Avenue, a folha de metal se dobra e se rasga como as asas de uma mariposa presa por alfinetes, e aí solta fagulhas na rua para onde o motoqueiro a arrasta.

Ele foi dar uma volta olímpica quando um porto-riquenho com uma cara conhecida sai correndo do carro que acabou de frear cantando pneus. Os Angels se espalham num semicírculo, num raio coberto pelo movimento do cano de uma espingarda. Num inglês esotérico e agudo, o sujeito que segura a arma lhes diz que eles acabaram de lhe custar mil dólares de conserto e que basicamente sumam da porra da frente dele.

Há um momento aqui em que as coisas podiam ficar sérias e/ou físicas. O porto-riquenho selou o seu destino, os Angels selaram o seu, dependendo de quem for responsável. Ou talvez ninguém seja responsável; foi esta cidade, afinal, que espremeu todo mundo junto ali. Mas se tem uma coisa que um Angel pode respeitar é o camarada que defende os seus direitos. Eles se afastam, confiando que o domínio imperfeito que aquele cara tem da língua vá evitar que ele saia falando dessa misericórdia. Eles saem ruidosamente em busca de provisões.

O dono da lojinha, enquanto isso, entra no estabelecimento, fecha a porta e senta num banquinho, no escuro, chorando. Fica agarrado à espingarda como se fosse um cachorrinho — tarde demais, mas vai saber? Podem vir outros vândalos. Quanto àqueles Angels: Nunca mais vai confiar neles. *Nunca jamás.* Do outro lado da rua, eles ainda estão chegando dos bairros mais afastados, Angels e mais Angels convergindo como mísseis guiados por calor para o West Side que arde em chamas. E lá no teto, as vestais de torso nu não pararam de bambolear — *Aaah... Freak out!* —, esperando que o L. Máximo, seu Wotan acinzentado, saia de moto e reúna os mortos.

91

LOWER WEST SIDE — 22H27

Quanto a Jenny, não está nada claro o que ela está esperando no escuro, com essa arritmia fluida surrando o para-brisa rachado à sua frente. Nem mesmo está claro, na verdade, se ela está esperando. A última colisão deve ter sido com o hidrante. O cinto de segurança a salvou na ida para a frente, mas ela bateu forte no recuo, e isso fez alguma coisa com a sua noção de tempo. Dez minutos se passaram, ou um. Aí vem uma voz, como um sinal pirata que rouba sua frequência de transmissão. *Acorde*. Ela se vira, surpresa ao perceber seu pescoço só um pouquinho dolorido. Uma luz que pisca na saída de uma rua próxima delineia a sombra recurvada no banco do passageiro. "Tudo bem com você?", ela pergunta. Por um tempo não há resposta.

Aí Mercer ergue a mão para sentir a parte de trás da cabeça, como que surpreso ao perceber que ela ainda está ali.

"Eu apaguei um minuto", ele diz devagar. Ou o que parece ser devagar. "Nenhuma fratura, se é isso que você quer saber. Mas um puta galo. O que é que você tem aí atrás, um monte de pés de cabra?"

"Raquetes de squash", ela admite. "Do Bruno."

Talvez ele esteja tonto demais para assimilar. "E você... você está legal?"

"Você quer dizer além do fato de eu provavelmente ter perdido o emprego."

"É por isso que eles não tiram racha em rua de pedra. Jenny, onde é que você estava com a cabeça?"

"Eu estava pensando, muito razoavelmente, ao que me parece, que de repente a gente devia correr. E aí não sei. Com a água eu não enxerguei mais. Agora será que dá pra gente acabar de uma vez com isso?"

Mercer, incapaz de abrir a sua porta, tem que sair todo atrapalhado por cima do banco do motorista. Ainda assim, parece que o lado dela sofreu mais com a batida. Do hidrante onde o farol se esmigalhou, a água jorra vertical, um penacho argênteo que sobe rumo ao nada e aí despenca de novo. Uma chama pequena sobre os pneus da frente surge e some. A cascata de gotículas sobre os faróis faz a própria pintura do carro parecer estar em chamas. E, embaixo dela, o capô sanfonado. É, o Bruno nunca mais vai falar com ela. Os sapatos e as roupas dela já estão semiempapados, e ela sai do alcance da água. E é aí que percebe a forma caída junto ao meio-fio, como uma arvorezinha podada pelo para-choque. O primeiro baque que ela sentiu. Ai.

Mercer, imediatamente ao lado do corpo, está de novo agindo de maneira estranha — tentando sentir se há sangue, ela percebe. "Por favor, me diga que ele está respirando."

A pessoa que ela acertou é alta, atlética, longilínea, com uma camisa aberta no pescoço. O rosto dele, inerte a meia-luz, parece fechado de preocupação. Ou será dor? A mão de Mercer vai até a luz do farol. Só água. "Ele parece fisicamente intacto, mas está totalmente inerte."

"A gente devia chamar uma ambulância."

"Com o quê? Os orelhões aqui estão todos sem os fones."

Ela mesma vai levar o cara para o pronto-socorro, ela diz, se ele couber no Gremlin.

"Nem a pau." A chave ainda está na ignição, mas antes de ele a enfiar no bolso, descobre que o motor não liga. Pode ser que as velas estejam molhadas, ele diz, mas o único jeito de saber de verdade ia ser ficar ali esperando pra ver se elas secam. E o negócio do East Village? Falta coisa de uma hora pra meia-noite. Será mesmo que ainda dá tempo?

Bem a cara dela, ela pensa, ter acabado sem médico numa parte deserta da cidade. Ou quase deserta, porque tem um fogo ardendo de novo numa transversal, e ela continua sentindo cheiro de querosene. "Beleza, tudo bem. Caralho. Fica aqui um minuto. Eu já volto."

Triangulando entre os faróis e o fogo, ela entra numa rua menor que dobra direto para o rio. Essa região um dia foi um porto ativo, mas agora parece, enquanto ela patrulha a escuridão, uma reserva de caça para assaltantes. Um mato úmido, na altura da cintura, salta pelas frestas da calçada. Não há um único pedestre, a não ser aquele que, no seu ímpeto de salvar vidas, ela pode ter acabado de matar. E o que é mesmo que ela está procurando? Um paramédico de folga? Analgésicos perdidos? Uma velhinha bondosa que vai dizer pra ela entrar e usar o telefone? Cada ideia parece mais idiota que a outra, e no entanto Jenny aparentemente ainda precisa acreditar que alguma mão invisível está agindo, equilibrando a contabilidade. A qualquer minuto agora este presente fodido vai estourar, e seu futuro de verdade vai voltar para ela, aquele em que ela redime a sua vida, ou a de Richard Groskoph. Ou talvez seja ela quem deve arrebentar o presente. Voltar atrás. Mas lá vem o querosene de novo. Cães latindo. Vidro estilhaçado. Mais que retidão, ou caridade, é o medo que a faz seguir em frente. Aí outra pancada a joga de cambulhada sobre o mato. Vem uma leve dor de onde ela caiu, mas não faz diferença, porque acima dela, iluminada por trás pelos astros, surge a coisa em que ela tropeçou: um carrinho de supermercado abandonado.

Claro que toda solução traz as sementes de novos problemas. Nesse caso, tem o barulho que o carrinho faz na rua. Ela preferia não chamar a atenção, mas, perto de onde deixou Mercer, pedras do calçamento emergem por entre manchas de asfalto tonsurado, e quando as rodinhas batem nelas até parece que ela está espancando uma lâmina de metal com uma barra de ferro. Mas foda-se. Ela toma fôlego e corre, empurrando o carrinho para o cruzamento que vai se iluminando. "Rápido, me ajuda a pôr ele aqui."

"Um carrinho de supemercado?"

"Foi o que deu pra achar."

"Não dá pra levar um ferido desse jeito."

"Mercer, já deu pra eu dar uma olhada geral aqui. Poder para o povo e tudo o mais, mas eu não queria *mesmo* estar aqui quando aquelas tochas que você está vendo lá chegarem." Ela vira o carrinho de lado. Não há maneira delicada de colocar um corpo adulto lá dentro, e é necessária a força dos dois — travando as rodas com os pés e puxando a barra — para pôr o treco de pé de novo. Ela queria ter algum pedaço de papelão ou uma camisa velha que pudesse usar para amaciar o contato com as vértebras do cara, mas se estiver com uma hemorragia interna ele não vai se incomodar. Segue-se uma breve discussão para eles decidirem se seguem até o hospital mais próximo daqui ou continuam rumo ao East Side, e uma discussão ainda mais breve para decidir se levam ou não umas raquetes de squash. A sua posição é a de que ela ia se sentir mais segura com elas; a dele, depois de ver o que ela é capaz de fazer desarmada, é que ia se sentir mais seguro sem. A luz das tochas agora está bem perto, contudo, então ela o deixa ganhar essa também. "Vamos. Empurra."

O peso combinado devia deixar a merda do carrinho menos barulhento, mas só faz amplificar o ruído. Ela faz Mercer dividir o comando e, juntos, eles encontram uma velocidade entre trote e corrida. "Para de gemer", ela diz. "Você está entregando a gente." Mas ele não deve ter ouvido por causa do clamor que se aproxima, o bater de correntes, a acre inalação de outras chamas. Ele não espera para descobrir se o barulho são saqueadores, ou revolucionários, ou cidadãos que só querem saber onde foi parar a energia. "Empurra!", ela grita, e a barra salta à frente, quase escapando de suas mãos. Ela não teria pensado que Mercer Goodman era capaz disso. De um jeito ou de outro, sejam quem forem as pessoas que levam este fogo do inferno para as ruas, elas devem ter ficado pasmadas com o estranho míssil que era o carrinho, ou com a dupla ainda mais estranha que seguia atrás dele, porque, bem quando outra colisão se torna inevitável, o barulho diminui, as chamas se abrem, e Mercer e Jenny e o corpo diante deles recebem o direito, intocados, de passar.

UPPER EAST SIDE — 22H49

Eles tomam cuidado para não trombar um com o outro enquanto sobem escadas e descem corredores, passam por portas que os vizinhos deixaram bem trancadinhas por medo de algum transtorno nas ruas lá embaixo — a não ser que esses mesmos vizinhos tenham saído para se juntar ao transtorno. De um jeito ou de outro, o sentimento é de evacuação. O homem procura as chaves nos bolsos, mas a mulher já tem a sua na mão. (O que pode querer dizer o fato de ela não ter guardado as chaves?) Aí a sua lanterna varre a porta aberta e penetra um saguão que ele queria ter preparado para a vinda dela. Uma coisa que ele quase certamente teria feito é tentar gerar alguma aparência de que é capaz de viver sem ela. No estado atual de coisas, o raio crítico parece pousar sobre toda a porcariada que ele deixou exatamente como estava desde que ela foi embora. O arlequim emoldurado. O prato de seixos da Nova Inglaterra. A fila de sapatos junto à porta, a que ele agora acrescenta o mocassim. Por outro lado, não ter mudado nada significa que as coisas para emergências ainda estão onde ela sempre deixou, na prateleira mais baixa do armário do corredor. Mal ele pensou nisso e ela já está lhe dando uma lanterna também. Um toque no botão, e um segundo feixe corre para se perder no dela sobre o chão. "Will?" ele chama. "Cate?" Resposta nenhuma. "Eu te disse que eles não estavam aqui."

"E agora eu sei que é verdade."

Os fachos se separam. O dela sonda as profundezas do apartamento; o dele corre para a cozinha. Não há sinal de que alguém tenha mexido desde hoje cedo na geladeira, que está a uma temperatura ambiente, e não há bilhetes na porta. Quando ele segue para o quarto deles — dele —, tudo lá está iluminado. Regan está sentada na grande cama de pelo de cavalo, de costas para ele, com uma agenda ao lado. Ele hesita em se meter nos pensamentos que ela pode estar tendo, mas aí vê que ela está com o telefone do criado-mudo na orelha. "O serviço de Emergência só dá ocupado."

"Será que as crianças podem ter voltado pro Brooklyn?"

"Eu acabei de tentar a minha casa, e a dos Otani. Ninguém atendeu. E você já ligou, lembra? Você disse que tentou de tudo. Eles não tinham dinheiro pro metrô."

"Eles podem ter pedido emprestado."

"E aí podem ter ido pra qualquer lugar. Eles podem ter ido ao jogo sem você."

"As entradas estão bem aqui no meu bolso."

"Não é lá muito difícil comprar, Keith. É um jogo dos Mets." Ela não se vira, nem sua lanterna se afasta da colcha cor de mostarda onde ficou largada, mas as coisas em torno dela estão ficando mais claras. "Cacete, onde é que você estava?"

"Preso no trabalho." É a mesma meia verdade que ele usou com a história da Samantha, mas contar para Regan que ele já lidou com a polícia uma vez hoje ia levantar todo tipo de dúvidas que ele não quer responder. Enfim, ela nem parece notar. Está desabotoando a blusa.

"Bom, eu é que não vou voltar lá fora no escuro com esse terninho, praticamente com um alvo pintado nas costas. Cadê aquele agasalho que eu usava pra fazer exercício? E por acaso o Will deixou algum tênis por aqui?" A lanterna dele fica nela enquanto Regan tira os brincos de prata e os larga na cama e se dobra para trás para tirar os sapatos de salto que mal chegou a gastar. Ela se vestiu para impressionar sabe-se lá quem era a pessoa com quem esperava passar a noite. Constrangido ao descobrir quanto já deduziu, ele se vira para o armário e joga o abrigo num arco pelo quarto escuro. Aí encontra os seus shorts de corrida. Coloca a lanterna na cama entre eles e tira o cinto, a calça. Quando a camisa sai, os olhos dos dois se encontram. O umbigo dela é uma exígua cesura entre a anágua rendada e o sutiã; ele está de cuecas. Eles são como crianças brincando de verdade ou desafio, ele pensa — e aí, dada a gravidade da situação, sente vergonha de novo. "O que foi?", ele diz. "Vai te atrasar se eu me trocar também?"

Ela o ignora e veste a calça de malha.

"Mas o que é que você pretende fazer, exatamente?"

"Se eu não consigo falar com a polícia pelo telefone, vou falar com eles pessoalmente."

"E se não der pra fazer isso também?"

"Eu mesma viro a cidade do avesso."

Indubitavelmente ela quis que isso soasse como um larga mão, mas ele vê aqui uma chance de se reafirmar como o marido que ainda é, tecnicamente. "Então me dá um minutinho pra eu achar os meus tênis de corrida também", ele diz, "porque você tem razão, as coisas podem ficar bem mais feias lá fora, e nem a pau que eu vou te deixar andando sozinha por aí."

UPPER EAST SIDE — ANTES

Quase toda tarde, naquele verão, Will e Cate foram largados lá na colônia de férias depois do horário, enquanto a Mãe se esfalfa lá no escritório pra salvar o Vovô, e o Pai faz lá as coisas do Pai. Mas naquele dia em particular, eles são levados no fim das atividades normais até a cantina, onde os normais são apanhados pelos pais. Na ausência dos detalhes do ano letivo, de cozinheiras e bandejas estrondosas, certas coisas ficam mais claras. Que a solidão, por exemplo, tem cheiro de leite achocolatado cuspido. Isso fica extranítido para William, que é uma das crianças mais velhas aqui e é orgulhoso demais para confraternizar com os pequenos. Isso deixa sua irmã tendo que treinar sozinha a brincadeirinha com barbantes que aprendeu na aula de artes. "Para", ele diz toda vez que o cotovelo dela, acidentalmente, entre aspas, tromba com o dele. Aí a Conselheira Assistente entra para buscar mais um amontoado de alunos cujos pais ou babás pontuais acabaram de chegar.

De saída são talvez umas quarenta crianças. Aí ficam só vinte e oito. Aí quinze. Aí cinco. Aí ficam só ele e a Cate, e eles são levados para fora da cantina, recidivistas que perderam direito a condicional. Na entrada da sala onde ficam depois do horário, a CA pergunta se o seu pai sabe que hoje é dia dele. Com certeza, Will tem certeza. Por acaso ele não ouviu a Mãe falar no telefone da cozinha ontem à noite, quando estava fingindo que não ouvia? Pelo menos duas vezes ela pediu pro Pai repetir — que ela tinha "planos para aquela noite", e pra ele não se atrasar. Mas, ao mesmo tempo, às vezes precisa mais do que ficar repetindo pra lembrar o Pai das responsabilidades dele.

Às 18h30, as crianças que ainda estão por ali são levadas para a fornalha absoluta que é a hora do rush lá fora para esperar em frente à escola, para os zeladores poderem começar a limpar lá dentro. O céu, como sempre, está tórrido. Mais longe e mais ao norte, smog escala a atmosfera. E ainda assim nada do Pai. William já pode ver onde é que isso vai dar: ligações telefônicas, constrangimento, os planos da Mãe sendo ferrados. (Talvez seja isso que o Pai quer.) Mas e eles não podem simplesmente sair em patrulha de reconhecimento? Ele está com quase treze anos, cacete. Quando a CA vai usar o banheiro, William se aproxima de um Conselheiro-em-Treinamento todo cabeludo e aponta para uma figura lá no fim da quadra. "Acho que eu vi ele ali. É o nosso pai." E quando Cate abre a boca para contradizer, ele lhe dá um beliscão, forte. O seu grito parece distrair o CET o suficiente para ele não olhar demais para o cavalheiro em questão. O que vem bem a calhar, também, já que William agora consegue distinguir um xale de orações e um quipá. Ele apressa a irmã, que esfrega o braço e a faz descer os degraus.

É só uma caminhada de uns quinze minutos até o apartamento antigo, se bem que pelo tanto que a Cate reclama dos pés, você podia pensar que eram quinze mil. Ele está meio nervoso com isso de ir até lá sem avisar, mas dá pra ver da rua que não tem ninguém em casa. As luzes continuam apagadas, apesar do fato de já estar escurecendo. Provavelmente o Pai esqueceu a chave extra na casa da Mãe. Ele sempre podia pedir pro zelador deixá-lo entrar, mas isso ia significar livrar a cara do Pai, quando isso é tudo que ele não merece. Acaba decidindo que eles vão a pé até o Brooklyn. Se fizerem em média uma quadra por minuto, podem chegar ao pé da ponte às oito. Ou, tudo bem, vai que seja pelas oito e meia. Será que é tão difícil assim?

O que ele deixou de levar em consideração foi a Cate tendo que parar de cinco em cinco quadras pra usar o banheiro, ou tomar água num bebedouro, ou pedir pro Will usar sua última moedinha pra lhe comprar um bagel. Na 42nd Street, ela faz os dois pararem na biblioteca pra poder ficar sentada vinte minutos ali na frente esfregando os pés doloridos. Ela sempre adorou saber que o nome do vô deles está gravado numa parede do terceiro andar, lá dentro, como iniciais bordadas na roupa de baixo. Ele tem a ideia de transformar a caminhada numa brincadeira pra ela, mapeando os marcos pessoais pelos quais eles vão passando. Mas, à medida que vai ficando cada vez mais escuro, ele vai ficando com medo de ter tomado a decisão errada. Ele nunca andou por essas ruas; as pessoas ficam olhando das portas das casas, com que intenções ele não sabe dizer. Ele e a Cate já andaram demais pra voltar atrás, mas não parecem nem remotamente próximos do Brooklyn, e ele não tem mais dinheiro nem pra um telefonema. É apenas a ideia de que o Pai está andando alucinado de um lado para o outro na frente da colônia de férias que o mantém animado — a ideia da justiça finalmente sendo aplicada.

Está vendo, o Will suspeitava do que estava acontecendo até antes de ficar sabendo com certeza. Ele agora fica pensando se foi isso que o fez voltar ao apartamento naquele dia em que ele matou aula no outono passado, antes da separação. Tinha ido ler na cama e acabou dormindo ali. Acordou com barulhos vindos da sala de estar, como se alguém estivesse sendo ferido. Mas até uma criancinha sabe a diferença entre prazer e dor; se fosse esta última, por que Will estava ficando duro? Ele foi pé ante pé até a porta, se odiando por querer ouvir mais, mas talvez fosse a Mãe ali com o Pai, e estivesse tudo em ordem, apesar de ser meio nojento. Só que uma tábua do piso rangeu, e ele congelou. O que veio em seguida foi a voz do seu pai. Ele parecia puto com aquela mulher. E o que é que ele podia fazer ainda se pegasse o filho de olho nos dois? Will se recolheu ao seu closet e entrou no cesto de roupa suja e puxou uma pilha de lençóis velhos pra cima de si. Ficou ali esperando, quase sem conseguir respirar, até ouvir os dois saírem. Aí esperou mais dez minutos, para garantir que eles não iam voltar.

Agora prédios surgem sobre eles como senhorinhas cheias de joias numa festa. Ele leva Cate pela mão, passando por manicures de luzes acesas, lavanderias e padarias kosher, dizendo a ela de poucas em poucas quadras que agora faltam poucas. Ela tem que fazer xixi de novo, diz ela. E está cansada. Ele passa a mochila lotada dela pelo ombro, onde ela bate na sua sacola. As placas das ruas vão diminuindo para dígitos simples, e começa a parecer que eles podem chegar mesmo até a ponte. Mas em algum lugar depois da 14th Street vem uma espécie de sensação de um jato de ar, e tudo em volta deles, menos os carros, se escurece.

Eles levam um minuto inteiro, grudados no meio de uma calçada do sul da cidade, para entender o que aconteceu. A se julgar pelo súbito silêncio, com os carros parados no meio da rua, Will não é a única pessoa com medo. Ele pode sentir as pessoas se movendo por trás e pelos lados dele, cada uma delas agora parecendo uma ameaça em potencial. Sirenes, ondulantes, tingem quadrantes distantes de azul. "Está tudo bem", ele diz trêmulo a Cate. "Só caiu um fusível em algum lugar."

"Eu quero voltar para a biblioteca."

"Isso foi uma hora e meia atrás, Cate."

"Mas é que eu tenho que fazer xixi, *muito*." Ele lembra de ter visto um estacionamento mais na frente e diz que ela vai ter que se abaixar entre dois carros pra fazer. Ele fica de guarda e, quando ela acaba, diz que ela é ponta firme e lhe dá um aperto de mão e explica o que aquilo quer dizer. Eles começam a andar de novo. Devem estar seguindo rumo sul, porque tem umas luzes piscando em cima do Trade Center lá na frente. Só que, quanto mais longe eles vão, mais altos se erguem os prédios do meio do caminho, até ele não conseguir mais ver as luzes. Eles estão a leste, enfiados demais do lado leste, no Village. Por aqui os faróis espreitam como tubarões por cruzamentos sem sinal, acendendo faixas bizarras de paisagem urbana nas ruas: latas de lixo, joelhos, hidrantes que jorram insensatos. Numa quadra, um homem surge da escuridão com uma TV no ombro. Em outra, a música soa alta. Atrás da cerca de ferro forjado de um parque, negros de peito suado se contorcem ao som da disco music. Ele faz Cate olhar para o outro lado, mas não consegue deixar de ficar encarando o portão. Quando faz isso, um homem que usa apenas um chapéu de caubói e um suporte atlético está ali parado, olhando bem para os dois.

Will está se borrando. Ele dobra à direita quando a cerca acaba, e de novo à direita. Está seguindo por instinto, tentando não cair nem na desordem que cresce nem nos bolsões de luz onde os dois iam parecer gazelas separadas da manada. Só que, quinze minutos depois, quando tenta endireitar a rota dos dois entrando à esquerda duas vezes, a malha das ruas se rompeu. Ele está começando a se sentir como um dos seus avatares em Reinos de Eldritch, o Mago Cinza, condenado a errar sozinho pelo labirinto escuro de uma civilização que um dia foi grandiosa. Ou nem sozinho, na verdade. Porque quando olha de novo para trás, lá está o cara com o suporte e o chapéu preto, menos de uma quadra atrás deles.

OUTRA MÃE

Lá em Long Island, Ramona Weisbarger estica o pescoço na direção do aparelho de televisão, onde de poucos em poucos minutos a sóbria sala do noticiário é trocada por imagens de toda a Cidade. Fachadas detonadas, carros queimados, gangues de mestiços ameaçadores empoleiradas nos degraus das casas escuras. Todos os bairros ficaram no escuro, o âncora repete quando volta. *Então como é que as câmeras de vocês ainda estão funcionando?*, Ramona quer saber, mas Morris Gold já decidiu que devem ser geradores. Então ele foi meio contrariado até a cozinha para preparar mais um saquinho de chá gelado em pó, "pro caso de o jogo voltar, uma hora". Ela está fazendo o que pode, há uma hora e meia já, para não comprometer a ilusão de que dá a mínima para os Yankees. Mas se nega a levantar e ir ajudar, porque lá vem ela de novo, a Cidade cintilante pela tela, e ela sabe, com a Percepção Extrassensorial das Mães, que o seu Charlie está lá no meio daquilo tudo.

Morris também fez grandes discursos sobre isso, nesses últimos meses — que não é culpa dela, que o menino tem que aprender as suas lições. Se bem que "discursos" provavelmente não é a palavra mais justa, o método dele é mais, como-é-que-chama... aquele em que você fica fazendo perguntas. *Não era verdade que... Ela não achava que...* Normalmente, ela reage como uma mulher ajuizada, em vez da criatura torturada pela culpa que acabou virando. E parte dela sabe que ele tem razão. Charlie é praticamente adulto, e é mesmo culpa dele, por ter fugido. Para encobrir a dor que portanto não devia sentir, ela tentou se acomodar. E, depois daquelas primeiras semanas de desorientação e desconsolo, passou várias outras tentando se acostumar com a nova ordem das coisas. Ou simplesmente tentando se distrair (ela agora percebe) para não perceber a ausência no coração dessa nova ordem. Ela mostrou casas, duas vezes foi cortar o cabelo, ficou sentada com um sorriso rígido durante os aniversários a que os gêmeos foram convidados, renovou a receita de Valium que o seu médico lhe deu lá no começo dos problemas cardíacos do David. Estava até começando, sem que nenhum deles reconhecesse isso formalmente, a deixar Morris Gold dormir ali em certas noites em que vinha jantar. Uma família de esquilos morreu nos dutos do ar-condicionado dele no fim de semana prolongado do Quatro de Julho, e com a umidade subindo todo dia de lá para cá, aparentemente os caras da assistência estão com uma fila de espera. Os dois ficam sentados no sofazinho ao lado do aparelho da janela e assistem a jogos que são transmitidos de outros fusos horários, apesar de ela mal saber distinguir um RBI de um APR em beisebol.

Isso aqui é outra coisa.

Morris volta, carregando um copo cuja perspiração escorre em riscos claros quando ele bate na borda com uma colher. Ele não sabe quanto açúcar colocar, nunca consegue chegar direito ao ponto de saturação, mas ela aceita o chá e deixa que ele recolha seus pés no colo dele. O Pelotão de Notícias do Canal 5 está dando que os saques já chegaram a Brownsville, ao Harlem, a Washington Heights e ao Lower East Side. A companhia elétrica está agindo, diz o repórter no local, e espera fazer a luz voltar até de manhã. Ele está parado numa incongruente zona clara na frente do quartel--general da Con Ed, um negro bem-apessoado de gravata e jaqueta. Atrás dele, o que parecem ser manifestantes entrando abaixados em viaturas da polícia à espera. Cuidado com a cabeça deles!, ela pensa. Mas quem é que pode garantir que o repórter não está num estúdio em algum lugar, e que os rapazes esquálidos que desfilam algemados diante dela não são apenas efeitos especiais?

"Onde é que fica Brownsville mesmo, exatamente?"

O seu mapa mental da Cidade, como a própria Cidade, se esfrangalhou depois que ela e David se mudaram para cá, em busca de um quintal de verdade para o bebê poder brincar; ainda assim, ela está tendo dificuldades para entender como alguma coisa "se espalha" de Hell's Kitchen para o Harlem sem passar pelo Upper West Side. Morris massageia seu pé e diz que ele acha que fica em algum lugar do Brooklyn, por quê? Como se ele não soubesse por quê. Tem livros na biblioteca sobre esses rapazes que desaparecem e largam a escola. Ela ficou sabendo que eles se reúnem nas áreas mais pobres e mais f—didas do centro da cidade; que eles acabam no vício, ou na prostituição, ou nas duas coisas. Isso a faz pensar que foi dura demais com Charlie, se bem que aqui Morris ia retornar ao modo interrogativo: *Não é possível que isso seja só uma coisa dos anos 70?* Ela nunca admitiu para ele que votou em Jimmy Carter, a quem ele culpa por ter tolerado uma *cultura da permissividade*, e agora ela fica pensando se por acaso ele não tem razão, se esse presidente não é meio molenga demais. Ainda assim, Morris não tem ideia de como fazer massagem no pé de alguém, e às vezes ela deseja que ele simplesmente perdesse a compostura e começasse a gritar.

A reportagem se dissolve numa fusão e o âncora retorna, e aí rapidamente voltamos aos comerciais — mesmo durante uma emergência cívica, é preciso vender manteiga de amendoim —, e quando uma embalagem pernuda de Jif tromba com a tela e se esfrega ali, ela ouve risadinhas na entrada da sala. Chama os nomes dos gêmeos e dois pares de pezinhos galopam escada acima. Eles param no alto. Ela os chama de novo. "Abe, Izz. O que foi que eu falei sobre vocês saírem da cama?"

A música da manteiga de amendoim ocupa o vazio enquanto eles dialogam naquela inquietante linguagem sem palavras lá deles. E aí: "A gente não consegue dormir. Será que o tio Gold pode ler uma historinha?".

Não, o tio Gold não pode, ela começou a dizer, mas Morris já está com as mãos nos joelhos para se levantar. "Nem se preocupe. Eu ponho os safadinhos pra dormir."

Quando ele sai, ela consegue sentir o passado saindo também, quando teria sido David, de quem os meninos agora só fingem lembrar. Charlie era o único deles que sabia viver a dor. Mas o que é que ela podia fazer: deixar ele se embebedar, bater o carro, ir e vir quando quisesse? Olha o que aconteceu com aquela menina, lá no jornal! Vizinha, ali perto. Ela ainda quer acreditar que antes de o Charlie se meter com esse tipo de coisa, antes de ele sair injetando drogas ou vendendo o corpo desajeitado que ela... ela não consegue completar a ideia. E sabe, subitamente, que não pode ser a única pessoa com a respiração presa hoje à noite, por causa de seja lá quem for que ela ame mais. Que isso pode ser a única coisa que a escuridão deixa mais clara: quem faz mais diferença é quem você está mais desesperada para ver. Às vezes, de manhã, quando o jornal cai nos degraus da entrada (mais fácil ficar renovando a assinatura do David do que explicar para o pessoal do *Newsday* ao telefone por que é que quer interromper), ela se ergue do calor do sono convicta de que vai ser ele. Ela vai descer as escadas de camisola e destrancar a porta e ver seu filho ali na entradinha de pedra, tão alto, mesmo com aquela postura, e ele vai estar tremendo quando ela o abraçar. Todos os apaixonados são uma mãe. Todos os pais são um lar. E ela tentou ser isso para ele desde o momento em que a mulher do orfanato lhe ofereceu aqueles paninhos embolados em formato de feijão. Aquele rosto vermelho gritalhão, a pele da cabeça tão enrugada por baixo do cabelo fino acobreado que ela ficou com medo de que ficasse para sempre daquele jeito. Ela foi com um crucifixo, apesar das objeções de David, para convencer a Madre Superiora de que eles eram bons católicos. Tinha começado a pensar o que exatamente estava fazendo quando a mulher o entregou. E agora Ramona sobe mais um nível na direção do seu eu diurno, e o jornal é apenas a lembrança de um jornal. Ela não vai mais repetir o vazio que sentiu naquela única manhã em que chegou mesmo a descer e abrir a porta que dava para aquele orvalhado império de gramados sucessivos, pássaros mergulhando para ciscar sementes, nenhum outro ser humano à vista. Ela vai é ficar aqui plantada no sofazinho, pensa agora, e ficar de sentinela, desejando que não aconteçam coisas ruins com esses jovens escuros enfurecidos em todos os cantos órfãos da cidade. Ou com o filho dela, o seu Charlie. Onde é que ele está?

UPPER EAST SIDE — 23H11

 O blecaute pode ter semeado a rebelião em outras partes, mas, depois já de algumas horas, a Lexington Avenue está se acomodando de maneira inconsútil. Alguns cafés até arrastaram mesinhas com velas para a calçada, camarotes para assistir ao espetáculo daquela noite. Quando um menino hispânico tromba numa dessas mesas com sua bicicletinha diminuta, o casal que está ali junta ele do chão e lhe dá uma escovada e o faz sentar para tomar uma grappa com eles. Keith para e pergunta se eles viram uma menina e um menino passarem; ela tem seis anos, o menino tem doze, mas mais parece ter dez. Porém Regan não espera uma resposta, depois de tê-la ouvido de uma dúzia de jeitos diferentes numa dúzia de quadras. (*Não, Desculpe, Pardon.*) Muito melhor tentar entender onde é que vai aparecer a próxima viatura. Elas têm passado bem de vez em quando, mas sempre uns cem metros à frente deles, numa das transversais. Quando a próxima sirene solta seu grito de guerra, no entanto, ela errou a estimativa; as luzes estão passando de leste para oeste por trás dela, do outro lado da brasserie. "Por que você não fez sinal pra eles pararem?", ela reclama, alcançando Keith de novo.

 "Você não me viu pulando com os braços pra cima?", ele diz.

 "Como é que eu ia poder ver alguma coisa?"

 "O problema é que nós estamos na parte errada da cidade."

 "Eu não sei de onde você está tirando essa."

 "Pense como um policial um minuto, Regan. O seu pessoal acabou de engolir um corte de orçamento de quinze por cento, e de repente acaba a luz e você tem que evitar que a cidade inteira surte. Onde é que você vai concentrar a sua força? Não no Upper East Side."

 "Tem muitas propriedades valiosas aqui."

 "Isso, e tem quem proteja. Porteiros, seguranças, todos os maîtres... É nas áreas mais sujeitas que os policiais vão achar que precisam estar."

 "E quando foi que você virou especialista, Keith? Mas deixa pra lá. A gente tem é que pensar como o nosso filho. E se você parar pra pensar um minuto, vai ver que ele vai querer estar onde tem gente, porque é onde ele vai se sentir mais seguro."

"Você acha que eu não estou pensando como ele? Estou dizendo que estou pronto pra me jogar na zona de guerra. Mas a gente tem que decidir se vai procurar as crianças ou a polícia."

"Por que a gente não se separa? Um pra cada coisa?"

"Eu já te disse, nem a pau."

Ela devia ter insistido lá no apartamento — ele não pode simplesmente decidir essas coisas *por* ela agora —, mas a verdade é que a convicção dela está se abalando. E agora um apito de polícia silva bem no meio do próximo cruzamento, e, antes de o seu cérebro conseguir desemaranhar seus sentimentos, os tênis de Will já a levam para a frente.

Só que não é um apito de polícia; é uma menina de patins, cuidando do trânsito. Os faróis que passam por trás dela deixam transparente sua roupa fininha. Ela não tem nada por baixo, e Regan não precisa olhar para saber que Keith vai estar de olhos cravados nela. Por favor, ela pensa. É uma *criança*. Claro que, no antigo quarto dos dois, se trocando, ainda agorinha, ele mesmo parecia uma criança, e mesmo assim ela também não quis muito que ele viesse pôr as mãos nela. Você pode cobrar das pessoas o que elas fazem, mas não o que elas são, e Keith é isto: a ligação, o desejo, o puxão amoral na direção da luz. Mas espera — aquela luz de ré logo à frente na avenida... é um carro sem placa?

Enquanto ela se aproxima, o motorista se afunda mais no banco. Ele também estava de olho na patinadora, aparentemente: um cara grande, com o que a lanterna dela revela ser uma camisa havaiana. Mas de fato há uma sirene em cima do painel, um globo de neve escurecido. Ela tem que dizer "Perdão" três vezes antes de ele reagir. "Senhora, tire essa lanterna do carro."

"Policial..."

"Detetive."

"Eu preciso que o senhor me ajude."

"A senhora não está vendo que eu não estou de serviço?"

Mais uma vez, não, mas, quando ele desce do carro, Keith já chegou. "Os nossos filhos sumiram", ele cospe. "Dois. A gente acha que eles devem estar em algum lugar por aqui."

O detetive tira um maço de cigarros do bolso do peito da camisa, bate contra o carro, extrai um cigarro. "Vocês têm um aviso de pessoa desaparecida?"

"Perdão?"

"É disso que vocês precisam, vocês precisam de um aviso de pessoa desaparecida."

"O que eu preciso é achar os meus filhos, caralho", Keith diz.

O detetive abaixa o isqueiro, sem ter encostado a chama no tabaco, e lhe dá uma sacada. Intimamente, Regan também tem vontade de xingar, mas a demonstração retardada de emoção por parte de Keith só está piorando as coisas. "Querido…"

"Não, sério. Onde é que eu devia ir registrar um aviso? Você é o primeiro policial que a gente viu em uma hora, se é que você é policial. E quando é que eu devia ter feito isso? Eles só sumiram há umas horas."

"Então como é que o senhor sabe que eles sumiram? Eles provavelmente estão só comendo uma fatia de pizza."

"No meio dessa zona?"

O mundo oscila nauseabundo enquanto três faróis se reacomodam.

"Por favor. O senhor deve ter um rádio. Será que não dava pra perguntar pros seus colegas se alguém viu os dois?"

O detetive faz um gesto na direção do cruzamento. "Está vendo aquilo ali? Está vendo aqueles carros todos e aqueles motoristas?" Quando Regan se vira para olhar, é em parte para não ter que presenciar a réplica de Keith, e em parte para nenhum dos homens perceber o tamanho do medo que agora toma conta dela. Ela estava se conduzindo com a premissa de que este organismo, sua cidade, é essencialmente benévolo, mas agora ele revela seu caos mais fundamental, sua deriva rumo à falta de sentido. "Esse é que é o problema com gente que nem você", o detetive está dizendo.

"E o que é que isso aí quer dizer?"

"Com esse vinho cor-de-rosa e essas roupinhas pra correr. Vocês acham que os problemas de vocês são mais reais que os dos outros. Mas neste exato momento tem milhares de outros nova-iorquinos precisando chegar em casa."

"Aí você fica sentado no seu carro tocando punheta?"

"Está a fim de ir passear comigo, camarada? É isso que você quer?"

"Por favor, policial. O meu marido não sabe o que está dizendo."

O detetive se acalma. A luz de um carro que passa faz seus óculos parecerem escuros, quase azuis. "Olha. O máximo que eu posso fazer por vocês é o seguinte: se os meninos não tiverem aparecido de manhã, vocês vão até a delegacia mais próxima e pedem um aviso. Mas, enquanto isso, a gente está bem ocupado. Agora, se vocês me dão licença..." E ele volta para o carro sem identificação e engata uma primeira.

"Bom, não era assim que a gente estava planejando", Keith diz tenso, enquanto o carro abre caminho na rua.

"Não depois de você meter as patas e tentar controlar tudo!"

"Você não disse pra eu não me meter."

"Que diferença faz o que eu te digo, Keith? Você nunca presta atenção mesmo."

"Isso não é bem verdade, e você sabe."

"Eu disse: vamos dividir as tarefas. Você me ignorou."

"Por estar preocupado com a sua segurança", ele diz, com aquela equanimidade irritante.

E pensar que ela estava pronta a perdoar! "Tudo é sempre tão simples pra você, né? Tudo que acontece, acontece e pronto. Quem é que precisa se explicar?"

"Sobre o que é que a gente está discutindo de verdade aqui, Regan?"

"Você não sabe pedir desculpas, né? Por que é tão difícil simplesmente admitir que você estava errado?"

"Eu nunca entendi que vantagem podia ter pra gente."

Em vez de se dar ao trabalho de responder uma coisa dessas, ela começa a andar de novo, se afastando do cruzamento. Pode sentir os olhos de Keith nas suas costas, entre as omoplatas, na nuca. A expressão *ter olhos nas costas* não chega a fazer justiça ao intenso aspecto físico que deriva de se conhecer tão bem um homem — o que ele está pensando, como está parado, como seu coração bate no alto do peito. E de ser conhecida. Ela tenta dizer a si mesma que é apenas um efeito das sombras; ele não tem ideia do que está dentro de você! Mas aí como é que ela já sabe que ele não vai vir atrás dela aqui, nas regiões mais escuras? E por que dói tanto o fato de ele desistir assim tão fácil, deixá-la ir embora?

OUTRO PAI

É verdade que as coisas às vezes travavam quando ele ia conferir alguma função da prefeitura, abertura da temporada júnior de beisebol, o Dia de Casimir Pulaski no bairro polonês de Nova Jersey. Esses espetáculos pequenos ele podia deixar com o Rizzo. Ainda assim, Carmine Cicciaro Jr. podia ir até lá de qualquer jeito ainda antes da primeira detonação, pra ver o tipo de efeitos que estava conseguindo. Tinha umas partes do subúrbio que viam tão pouca diversão que o trânsito engarrafava por quilômetros em volta do lugar — com gente simplesmente encostando no acostamento e desligando o motor pra ficar olhando a loucura das luzes no céu. E quando Carmine não conseguia mais dirigir, ele descia e seguia a pé, se metia entre os espectadores, examinando rostos, única vivalma a não olhar para cima.

Isso aqui é outra coisa.

Meras duas horas atrás ele estava na oficina, ajudando o mais jovem dos Zambelli, que veio lá de New Castle, a encher uma van com duas grandes placas Cicciaro, a assinar a papelada do resto. Estava trancando a casa quando tudo ficou escuro. A sua primeira reação foi de alívio, por já ter feito o que precisava fazer. Aí seus pensamentos voaram para Sammy. A máquina de respiração. E, apesar de o telefone estar onde sempre esteve, no Galpão 8, ele não conseguiu fazer ninguém na merda do hospital atender. Então aqui está ele agora, numa rampa de acesso à ponte de Queensboro, onde as buzinas começaram a soar exatamente no momento em que ficou claro que não fazia sentido buzinar, porque não há mais para onde ir. Outros motoristas se esticam pela janela dos carros para contemplar o mistério além do rio, onde os volumes brancos de Midtown sempre se ergueram antes. Depois de mais dez minutos de culpa, Carmine decide. Abandona a caminhonete. Desce a pé uma rampa de saída, seguindo as fagulhas azuis que as viaturas semeiam por entre a estrutura da ponte a mais de um quilômetro dali.

É só depois de chegar ao nível da rua que ele para e pensa na sua própria segurança. Hoje em dia, se você passa por baixo de um elevado, mantém as portas trancadas até de dia. E, afastado dos carros lá na pista, o ar agora se enche do cheiro da fumaça, com a escuridão se espalhando numa planície vasta e calçada. Nada de orelhões, só umas figuras encolhidas em volta de intervalos de fogo na calçada. Correndo entre elas. Duas pessoas cheirando alguma coisa em cima de — aquilo é uma carroça velha? — olham para cima para ver o que esse velho idiota está fazendo. Ou talvez ele só imagine isso tudo; esses últimos meses foram como se ele estivesse de volta aos primeiros dias da época em que foi corneado, sempre sendo encarado. É ele. O marido. O pai.

Mas *porca miseria*, cada coisa que a noite faz com o tempo. Em vez de uma sequência gravada nos circuitos, é mais como se tudo ficasse misturado. Pois agora, ainda enquanto ele sacode a cabeça e leva suas reservas até o próximo grupo de carros engarrafados, está voltando de um lugar ainda mais fundo a lembrança do seu pai, que o trazia a este mesmo trecho do Boulevard, quando precisava de mais folhas onduladas de metal para os galpões, ou de rolos de mil metros de arame. O mundo inteiro de Carmine até ali era o Lower East Side, apartamentos de três cômodos empilhados um ao lado do outro por quadras e quadras e atados entre si por roupas penduradas em varais. Depois da morte do seu avô, eles tinham alugado o térreo, o que restringia os movimentos de Carmine, forçando o menino a se recolher ainda mais dentro de si. Ele imagina que seus primeiros espetáculos pirotécnicos, esboçados a lápis de cor num pedaço secreto da parede, atrás da sua cama, foram um resultado direto disso. (E será que foi isso que a Samantha encontrou com aquela revista dela, a saída?) Mas aí do meio do nada seu pai aparecia e estendia a mão para aquela sua solidão e o trazia até este outro lado do rio, e ele ouvia os vendedores dizer: Carmine Cicciaro! E este aqui deve ser o pequeno Carmine... De lá pra cá eles alargaram a estrada pra oito pistas. Sua fachada está alterada não só pelo blecaute, mas também por silhuetas quadradas que estão onde não deviam estar e gritantes ausências onde deveria haver alguma coisa. Ali estava a loja de ferramentas Rafetto, com seus milhões de gavetas de parafusos diferenciais. E logo ali o motel que cobrava por hora com as janelas cheias de meninas nada impressionantes que, agora lhe ocorre, eram prostitutas, então de repente as coisas não mudaram tanto, afinal de contas. A escuridão só afrouxa a máscara. Aguça a visão da mente. Faz a cor recordada de um lápis, de uma marca de vermelho de cera numa parede rachada de estuque, parecer tão nítida quanto aquela luz de freio a alguns metros dali.

Mas isso deixa o futuro mais próximo, também, sob a forma de uma ponte desenhada num negror mais denso contra a noite. E, no que ele segue a subida mais uma vez, um abismo dentro dele o devolve ao que o trouxe até aqui — a sensação de que deve ter feito alguma coisa que irritou os poderes em que ele não consegue exatamente acreditar, nem abandonar. Foi por isso que ele nunca falou para o repórter daquelas caminhadas noturnas pelo acostamento de estradas azuladas, em comunhão com a sua arte. Teria parecido uma violação. Você não devia ser a sua própria plateia, na mesma medida em que não iria ao próprio enterro, nem tentaria ofuscar seu Deus. E agora Richard, o coitado, se foi, e a Sammy pode estar indo embora, e Deus nunca atendeu as ligações dele, e aqui está Carmine nesta ponte, com estrelas que já esqueceu caindo por entre as vigas, cintilando nos carros acesos. Ele está começando a ficar com dor nas costas — o trabalho não pega leve com a coluna. A ausência do contorno dos prédios o faz duvidar se um dia vai chegar aonde está indo e, atrás dele, o lugar de onde vem podia até não estar mais lá. Ele não pode saber ao certo se quando voltar, se voltar, sua caminhonete não vai ser apenas um chassi queimado e sem calotas. Ou se, na outra margem, não há uma fileira de policiais montados esperando para fazer todos os recém-chegados darem meia-volta. Se depois de todos os carros que agora estão atrás dele terem voltado de ré para Long Island, eles não vão explodir as pontes e levar a ilha de Manhattan navegando para seu enterro no mar, à moda viking. Mas por trás das chamas, Carmine se faz lembrar, tudo já vai estar morto mesmo. Tudo, exceto sua filha. Então ele vai continuar se arrastando ponte acima entre mundos possíveis, escalando essa ruína escangalhada de luzes, tentando imaginar que pode fazer diferença ele chegar ao outro lado.

EAST VILLAGE — 23H13

Bem-aventurados os pobres de espírito, Charlie relembra, enquanto, do outro lado da janela, um bebum com um facão anda todo torto pelo meio da Bowery. Lá na esquina da East 3rd, um futon arde em chamas até virar só o esqueleto. Tem gente aglomerada em volta dele, segurando o que parecem ser antenas quebradas de carro, com espetinhos de carne na ponta. O inspetor tem que ligar a sirene só pra fazer o pessoal andar, e mesmo assim eles em geral só ficam encarando a luz azul que chicoteia.

E quem pode culpar? As viaturas policiais por aqui, quando existem, existem pra manter as pessoas acorrentadas, e andar numa delas — mesmo que ele também esteja acorrentado, por assim dizer, no banco de trás — deixa Charlie com a marca de um traidor da sua classe. Aí um não sei quê carnudo, uma salsicha ou quem sabe um consolo, bate forte no vidro perto da cabeça dele, e ele sente uma onda de empatia para com o aleijado, com aquela alavanca especial montada no volante e o freio de acionar com a mão. *Bem-aventurados os pacificadores...* "O quê?" Nada, diz Charlie. Não é nada.

Na frente do Falanstério, perfeitamente inescrutável no escuro, as algemas são abertas. "Sem rancor, tá?", o inspetor diz, guardando a chave no bolso. "As algemas são padrão, e eu já estou desobedecendo um monte de regulamentos. Mas lamento o desconforto."

Charlie odeia ser boiola, mas não consegue evitar e tem que esfregar um pulso no outro enquanto segue a lanterna balouçante de Pulaski. Depois de ficar com uma orelha um minutinho grudada na porta da frente, Pulaski vai manquejando até uma janela do porão. Ele empurra o compensado. "Está sentindo? Não está muito firme." Assim como a determinação de Charlie. O que todos os seus tendões estão gritando, em todos os momentos centrais aqui, é *Corra*. E se ele saísse correndo de novo dessa vez, não haveria o que essa forma retorcida protegida pelas fogueiras pudesse fazer para impedir.

Em vez disso, ele dá um tranco no compensando. Os pregos cantam, depois gemem. Essas lascas vão doer pacas amanhã. Ele tem que pedir pra usar o pé da muleta de Pulaski pra arrancar a madeira completamente, criando uma abertura nas sombras. "Por que é que eu não posso ficar com uma lanterna também?"

Mas eles já falaram disso, só tem uma, e o inspetor não vai deixar Charlie cuidar dela. "Você está entendendo que isso aqui é tudo gentileza, certo? Eu ainda não estou dizendo que acredito numa palavra do que você disse." Ele faz o facho de luz correr pela beira da janela, como uma mão tremeliquenta que tateia em busca de lascas de vidro ou de pregos que tenham ficado meio presos. "Eu estou supondo que você conhece os caminhos. Você vai direto pra porta da frente e me deixa entrar, e a gente revista tudo junto aqui, pra ver o que a gente descobre."

Mas não era assim que era pra ser. Era pro inspetor transmitir as alegações de Charlie pra uma equipe da SWAT, e eles iam convergir aqui com M16s e helicópteros, e a sacola seria apreendida, e aí o Nicky e o Sol, se o Sol ainda estivesse aqui, enquanto o Charlie observava de uma distância segura onde eles não podiam ver quem tinha dedurado, e aí... e aí a Sam ia sobreviver. Ele saca que a total implausibilidade dessa história, somada ao blecaute, exigiu certas alterações nos planos, mas ele não estava esperando ser justo ele a pessoa a invadir a casa, sozinho, no que já devia estar chegando perto de ser a Hora H. "E se alguém tiver ficado montando guarda?", ele pergunta.

"Eu odeio cortar o seu barato, mas não estou vendo grandes chances. Está um silêncio mortal aqui."

Charlie viu com seus próprios olhos que o porão em que é forçado a entrar está nu, sem móveis, mas, no que cai com os pés e as mãos no chão, sua memória lhe parece pouco confiável, e aquele quadradinho de luar parece tão distante. Ele faz força para ouvir alguma voz, mas o inspetor tem razão: esse blecaute está silencioso como um cemitério. O que não quer dizer que não haja alguém ou algo à espreita. A bem da verdade, ficar silenciosamente à espreita seria exatamente o que você ia tentar fazer. Ele queria que a merda daquela lanterna iluminasse aqui embaixo, mas está com medo até de sussurrar por cima do ombro. Fora que quem é que vai dizer se o inspetor ainda está lá em cima. Quem é que vai dizer se Sol Grungy já não se esgueirou de onde estava escondido e cobriu a boca de Pulaski e meteu o policial nos fundos da van. As pessoas se revelam capazes de praticamente qualquer coisa, o que deixa apenas duas posições razoáveis: esperar o pior de todas elas ou levar as coisas na base da boa-fé. A essa altura, parece noventa e nove por cento provável que nada que mereça boa-fé exista neste mundo. Que Charlie tenha perdido sua única chance de se encaixar por conta de alguma bobajada na cabeça sobre a santidade da vida humana. Até essas beatitudes que ele cantarola para se acalmar são só propaganda ideológica, como o Nicky sempre disse. Se há algum pecado, é do Charlie também. Mas ele não pode simplesmente ficar aqui sentado como uma isca no anzol, então respira fundo na bombinha e encontra a escada, as paredes cobertas de papel-alumínio, a sala da entrada. Quando consegue abrir a porta — graças a Deus —, o inspetor está do outro lado, ou a sua luz está, sacudindo para cegar Charlie.

"Por aqui, é onde eles iam estar."

A escada dos fundos faz o inspetor ficar para trás, assim como o piso irregular cortado pela foice da sombra de Charlie, velhos quadros de bicicleta incrustados de tétano em emboscada em meio à grama alta. Gatos selvagens miam de ardor ou de fúria. Alguém grita lá do alto de um prédio invisível pra eles se mandarem do terreno dela ou ela vai chamar a porra da prefeitura. "Tudo bem, moça", o inspetor silva. "Nós somos da prefeitura." Mas agora ele está mesmo assim com a pistola na mão. Não se trata exatamente de uma entrada discreta.

Na frente da casinha dos fundos, a luz só se reflete no que há de lata nas janelas, a camada de poeira, o escuro. Um cadeado novinho e reluzente está jogado na terra perto da porta. Alguma outra coisa também está diferente, ou não está ali, mas Charlie não consegue identificar o quê. Pulaski emparelha lanterna e arma, empurra a porta e grita: "Todo mundo parado!", e o facho de luz gira e revela... lhufas. A divisória de cimento foi desmontada e retirada. Até o carpete sumiu. Há só um monte de cordas de guitarra e um bumbo com o pedal e a palavra "Nihilo".

Pulaski bate no bumbo. Está vazio. "É isto? Esta é que é a sua grande conspiração?"

Nunca ocorreu a Charlie que Nicky não fosse estar aqui — que até essas últimas epifanias pudessem ser traiçoeiras, ele pensa, catando alucinadamente qualquer lugar em que se pudesse mocozar uma bomba. Que o Nicky é narcisista demais pra se matar. Quem sabe em vez de afundar com o navio ele tenha colocado a pólvora num lugar mais seguro e sumido do mapa. Será que ainda há minutos no relógio pra revistar a casa toda? "Não, não, só me dê um tempinho."

Ele vai na frente até a escada dos fundos, e aí sobe, andar por andar, esperando a subida dolorosamente lenta do inspetor, que ainda é o único com a luz. Os interiores que essa luz roça parecem distorcidos, como num corpo reduzido ao seu esqueleto. Tábuas cobertas de fuligem no piso, tijolos esfarelados nas paredes... É como se Charlie tivesse sonhado tudo o que viveu aqui. Como se fosse ele quem está preso a uma cama, com a morfina no soro. Não há onde esconder uma sacola. Ele queria pelo menos estar com aquele pacote de fotos, para mostrar ao inspetor que não está louco, que realmente existe uma FPH, mas só no sótão eles encontram alguma coisa, e aí é só a porcariada que ele deixou ali ontem, achando que ia voltar em apenas uma hora, o colchonete, as roupas amontoadas, e a câmera sem filmes da Sam. Ele vê suas mãos pegarem a correia. Ele a passa pelo ombro e pelo pescoço, resiste a uma tensão interna crescente. Com as janelas fechadas, isso aqui é uma sauna. A chaminé está fechada com tijolos. Ainda assim, ela o faz lembrar que há um andar acima daquele.

Ele está na metade da escada que leva para o teto quando o inspetor diz: "Onde é que você acha que está indo? Eu não consigo subir aí".

"Então espere aqui. Mas eu vou precisar da lanterna."

"Charlie, eu já vi o que tinha que ver hoje. Eu estava curioso. Fiz uma aposta. Perdi."

"Por favor... você disse que ia me dar uma chance. Eu confiei em você de boa-fé."

Pode passar mais algum tempo. Aí, para surpresa de Charlie, Pulaski lhe passa a lanterna.

Charlie já abandonou o último degrau da escadinha vertical quando a sensação da altura se abate sobre ele. Ele tem que se abaixar, de quatro, como um bebê. Daqui, a lanterna não vê nada mais sólido que um ninho de pombos destruído. Por entre as tábuas e os cabos vem a luz humana das ruas — carros e fogueiras e outras lanternas —, e, além disso, o sonho erótico de Nicky: todo o distrito financeiro apagado. Ou quase todo; luzes vermelhas cintilam no alto de duas torres fantasmas, já que mesmo num blecaute você precisa alertar os aviões. Rastejando na direção de Midtown, ele mal consegue entrever o Empire State, barra negra contra as estrelas, e a agulha do Chrysler Building. Aí algo cintila entre eles. Um romboide reluzente que brilha rubro diante dos seus olhos.

"Me diga o que você está vendo aí", vem pelo alçapão atrás dele um grito lá de baixo.

"Nada", ele tem que admitir. "Eu não estou vendo nada."

"Não existe o nada, meu filho. Me diga o que é que você está vendo." Charlie nivela o facho fraco como se ele pudesse chegar até o norte da ilha. O que o faz lembrar uma exposição que o seu pai o levou para ver uma vez no Museu de História Natural. Você apertava um botão e uma luz disparava do alto do prédio; oito segundos depois, ela chegava à lua. Em torno do aranha-céu distante com o teto brilhante, parece que há fumaça — é isso que está gerando a cintilação, cinza sobre ouro —, só que ela não está se comportando como se esperaria que a fumaça se comportasse. Em vez de pairar, ou subir, ela oscila de um lado para o outro como um véu. Merda. O que estava faltando lá na garagem dos fundos, e agora no teto, são as aves do Sol. E lá estão elas, circulando aquela torre a mais de um quilômetro dali, como os macacos voadores de Oz, ou as aves do céu, desesperadas para lhe dizer alguma coisa. "Eu estou vendo só um prédio com as luzes de aviação acesas, ainda", ele diz. "Aquele que tem um pagode dourado em cima."

"O Edifício Hamilton-Sweeney, então."

E por um segundo Charlie tem uma nova noção do que, exatamente, está em jogo hoje à noite. Como era aquilo que as pessoas diziam, quando ainda não existiam arranha-céus? Quanto mais alto o prédio, mais perto… Ah, meu Deus.

92

BETH ISRAEL HOSPITAL — C. 23H50

Depois do último blecaute, em 65, oito dos nove maiores centros médicos de Manhattan investiram pesado na modernização de seus geradores. Adivinha só qual não estava entre eles. Isso mesmo: o Beth Israel, no momento, ainda depende de um único improviso antiquado, movido a diesel, que fica num anexo à sala da caldeira. O plano de emergência registrado com a prefeitura inclui uma visita de cortesia do pessoal da Con Ed em caso de queda de luz, para que o circuito principal possa ser acionado, mas hoje não houve visita, e toda a imensa superestrutura fica imediatamente cega. Aí algum zelador deve ter decidido ir por conta enfrentar os círculos do inferno que são os subporões de qualquer hospital urbano e encontrar a chave manual — porque a luz está voltando aos andares superiores, junto com um troar que antes não estava ali. As janelas se sacodem nas esquadrias. Latinhas com porções individuais de salada de frutas cheia de calda saracoteiam por bandejas oblíquas. Conquanto atenuado por camadas de lajes e sapatos de solas grossas, o troar chega até as enfermeiras no que elas andam guinchantes pelos corredores de um rosa cirúrgico.

A noite de quarta é normalmente a mais lenta da semana, e neste momento a maioria dos médicos está acabando de jantar em Westchester. Como no caso dos policiais, muitos serão reconvocados para a cidade nas próximas horas. Vão formar aglomerados agonísticos nas salas de espera, discutindo quem é responsável pelo quê, mas são as enfermeiras, na verdade, as pacificadoras deste coração em curto-circuito. O primeiro item da ordem do dia delas é visitar cada um dos 937 pacientes internados para verificar se os seus equipamentos voltaram a funcionar. É uma tarefa intimidadora, mas essas mesmas mulheres pesadas do Leste da Europa e do Caribe, que podem transformar a sua vida num inferno se acharem que você foi arrogante com elas, dominam esses protocolos até do avesso. Elas verificam sinais vitais e trocam soros de glicose e ventilam manualmente os pacientes cujos respiradores piraram quando a luz voltou. Andam pelos corredores com uma rispidez que para qualquer observador pareceria majestosa, como bombeiros ao som de um alarme.

É duplamente difícil, então, explicar as horas que alguém levou para verificar o quarto 817B. Ou triplamente difícil, já que as enfermeiras do oitavo andar — Magdalena e Fantine e Mary e Mary Pat — vêm demonstrando um interesse quase maternal pela sua ocupante, que com cento e noventa e quatro dias aqui já é a paciente mais antiga. Elas fechavam a janela em noites frescas quando o pai dela a deixava aberta, e abriram de manhã quando havia alguma coisa que ela, em teoria, gostaria de ver. Elas a lavavam com esponjas douradas, do tipo que os maridos bondosos usam na perua da família no fim de semana. Elas trocavam a roupa dela e a limparam e, no sentido mais técnico do termo, lhe davam comida também. Fantine e Mary Pat cantavam para ela; as outras não são do tipo que canta. Mas todas tocavam na sua mão ou no seu rosto para dizer *Oi aí dentro* e *Até depois* e *Descanse um pouco, Bela Adormecida*. Foi Fantine quem criou o apelido. E, pensando melhor, talvez tenha sido por isso que ela levou tanto tempo: quanto mais perto uma coisa está de nós — quanto mais parte de nós ela é —, mais fácil é perdê-la de vista.

Já passa de meia-noite quando Fantine finalmente entra empurrando o novo suporte de soro, e mal guinchou três passos no quarto quando uma faca lhe corta o peito. É difícil dizer o que ela vê primeiro: o respirador morto no canto, ou a montanha de carne dourada destacada sobre a cama.

Uma roupa hospitalar está se abrindo nas costas, revelando garras tintas ou asas que escalam vértebras até o pescoço e o crânio. Deve ser o homem que deu os tiros nela, Fantine percebe — o Assassino das Colegiais, que voltou para terminar o trabalho. As mãos dele continuam com seus gestos estranguladores enquanto ele se vira para reconhecer a fonte do ruído. As tatuagens se estendem até o rosto; ela nunca viu uma coisa assim. Da orelha lhe pende uma minúscula adaga. Aí, como algum predador poderoso demais para se dar conta de uma migalha como ela, ele volta para sua lida.

Ainda em janeiro, aquele sujeitinho todo torto da polícia tinha reunido toda a equipe de enfermagem na hora da troca de turnos e dito pra elas ficarem especialmente atentas à Bela Adormecida. Parecia que só porque a pele dela era branca eles lhe davam mais valor que aos outros pacientes. Apesar de os jornais não terem dado o nome dela, ela já estava sendo transformada num tipo de história sobre o que estava errado com a cidade, quando em East Flatbush, só indo a pé do trem pra casa tarde da noite, você ouvia tiros o tempo todo e ninguém dava bola. Algum filantropo anônimo daqui a pouco aparecia pra cobrir a conta do hospital da menina. Mas isso foi antes de a menina ter algum significado pessoal para ela, e agora Fantine vê a dimensão do seu próprio fracasso. Alguém disse que houve alguma confusão aqui durante o dia; ela devia ter ficado mais atenta. Ela segura mais firme o suporte de soro, como se fosse um arpão. Tenta não pensar no que as mãos daquele homem poderiam fazer com ela. Aí elas se mexem de novo, e vem um som que ela reconhece, como uma caixa de leite vazia sendo amassada. Ela entrevê a bolsa azul de uma bomba respiratória manual. E o homem diz, absolutamente como se eles se conhecessem: "Você vai assumir aqui, ou não? Os meus braços estão um trapo".

Seus modos tranquilos a autorizam a disparar para o outro lado do quarto como não conseguia um minuto atrás. Quem diabos ele pensa que é? O que é que ele está fazendo aqui? Isso aqui não é a… ela procura uma palavra pesada. "Isso aqui não é a sua jurisdição!"

"Bom, era melhor um de nós dois lidar aqui com esse treco, moça, porque essa máquina de respiração aqui está ferrada tem horas." Mas, no que ele lhe oferece a bolsa, um reflexo a faz dar um tapa na mão dele, e o fole azul que gera vida cai no chão. Todos os outros motivos de preocupação na mente dela desaparecem diante do horror do monitor cardíaco começando a uivar. Ela cai de quatro no chão. E aí está de pé de novo, ajeitando a máscara de plástico transparente por cima do nariz e da boca da menina, bombeando furiosamente. Depois de algumas respirações, ela ordena que o intruso ponha o polegar no pulso da menina.

"Agora conta, cacete", ela diz, ainda se esforçando. "Só pare quando eu mandar."

Os seios dela estão a apenas quinze centímetros dos ombros imensos dele, braços que explodem como pernis gigantes das mangas de um roupão pequeno demais. Entre as tatuagens há uma suástica que ela finge não ver. Depois de quinze segundos, ela calcula uma frequência cardíaca de quarenta e quatro batidas por minuto, que é o que o eletrocardiograma diz também. Ele para de soar. O ar entra, sai, embaça o plástico. No frasco envidraçado do respirador, ela pode ver sua própria carranca. "O horário de visita acabou, sabe. A-ca-bou."

"Eu não sou visita. Eu sou paciente."

"Ah é?"

"Eu estou aqui pensando que vocês me fizeram usar essa bata para que eu possa andar por aí se estiver a fim. E por acaso a Samantha aqui é uma amiga minha das antigas. Sorte sua que eu vim dar uma visitada, senão eu não ia ter ouvido aquela medidora de coração ali bipando que nem doida quando a luz voltou."

Ela não consegue olhar para a cara dele. "Você devia ter chamado uma enfermeira."

"Você está vendo algum telefone aqui?"

"Tem um botão. A gente tem todo um treinamento. Você tem todo um treinamento?"

"Caralho, não precisa ter diploma pra ver que a Sammy não estava respirando. Eu vi esse treco aqui do lado da pia e estou sentado aqui direto, bombeando na carinha bonita dela." Fantine olha para tentar ver que tipo de safadeza há naquele demônio, mas a tinta negra enroscada como um caranguejo em volta da boca e de um dos olhos torna difícil dizer que ele não esteja sendo sincero.

"Essas tatuagens, isso faz mal, sabia."

"É o que a Mãe sempre dizia, que descanse em paz."

"A tinta entra no sangue, pode dar hepatite."

"Eu não sou mais deste mundo mesmo, querida. Câncer de testículo." Ele dá um apertão gratuito na parte da frente da roupa, mas faz uma careta. "Amanhã eu entro na faca. Talvez eles cortem o esquerdo também, só pra garantir. Mas você não conta pra ninguém, né? Porque eu ia ter que te matar. Ou sumir da cidade, uma coisa ou outra."

Ela o examina.

"Mas também, e você com isso, né? Isso não é sua jurisdição, que nem isso aqui não é a minha. Era melhor eu descer que nem um menininho bonzinho e fazer o meu gargarejo de bário."

"Não", ela se ouve dizer, para a sua própria surpresa. "Você fica aí mesmo. Você tem que ficar." Aqui no 817B, essa falha luminosa sobre uma cidade escura, ela se sente como um molusco despejado da concha. Uma trêmula vida cinzenta. Mais um só encontro de olhares ou mais uma só colisão de pele com pele e esse sujeito rude e cintilante vai saber tudo que ela sempre tenta esconder do mundo e de si própria. Como ela se sentiu quando enfiou a faca de manteiga no primeiro marido naquela noite em que ele bateu tanto nela. Como se sentiu a cada dia, depois daquilo, sabendo o que tinha feito. *Acorde*, uma voz diz em algum lugar, com grande nitidez. E ela está tentando. Ela está tentando. "A gente tem que ver se houve alguma lesão. Alguém tem que ficar bombeando enquanto eu vou chamar o médico."

Claro que o Canhão podia ir chamar, mas ela lhe mostra a técnica correta com a bomba, onde pôr os polegares para não forçar a musculatura do pulso. Só quando já está na porta é que se permite olhar direito pra esse fulano mestiçado com jeito de motoqueiro, de tatuagens e com aquela corrente comprida como brinco. Ela quer avisar que é melhor ele tirar aquilo antes de fazer qualquer exame de imagem, mas as palavras lhe são subtraídas pela metamorfose que testemunha. Com que impossível delicadeza ele verifica de novo se a máscara está bem justa contra a boca da menina. Com que seriedade ele observa o lerdo ponteiro dos segundos do relógio da parede, à espera do próximo apertão.

MIDTOWN — NÃO EXATAMENTE ÀS 21H27

"Vinte minutos, e aí chega", o inspetor diz, fechando a porta de Charlie, mas já está difícil saber o que quer dizer "vinte minutos". O relógio do banco do outro lado da rua está parado às 21h27. Dentro do carro, cujo rádio morreu mais uma vez, a sirene gira muda. Faixas de azul varrem o lixo não recolhido junto ao meio-fio. De resto, as trevas restam imperturbadas até que, a poucos metros do saguão, Charlie vê um lampejo vermelho no alto. E lá estão eles, três campos de futebol acima: aqueles pássaros que ele viu pela última vez lá da casa, a quilômetros dali. É como se o próprio tempo estivesse suspenso. E não é assim que os mistérios devem acabar, ele pensa. Mas e se ele tiver razão? Quantas toneladas de pedra desmoronando, criando uma cratera do tamanho de um estádio em Midtown? Quantas pessoas nos apartamentos em torno mortas pelos escombros, ou pelas chamas? Ele quase pode ouvir o ar que vibra assustado. No nível do chão, o inspetor não está tendo sorte com as portas giratórias do prédio, que qualquer imbecil teria dito a ele que estariam trancadas. Ele abre o distintivo, raspa o metal contra o vidro. Sua lanterna mal consegue penetrar. "Polícia!" Charlie fica inquieto, olhando em volta, de novo usando a bombinha. Essas quadras estão medonhamente quietas, sem ônibus ou portões de carga motorizados nem um único avião no céu. Aí surgem passos, solas duras contra um piso duro, e o olho em resposta, uma luz lá dentro.

O portador da luz, quando a porta abre, é um gordo com um bigodinho vagabundo. Felpas no macacão aveludado. Esses uniformes antes eram tão elegantes quando Charlie vinha para sua limpeza odontológica anual. Ele lembra de ficar parado diante dos elevadores, tentando não entrar em pânico, com a Mãe lhe apertando o braço. Agora é Pulaski quem aperta, resmungando para Charlie ficar de boca fechada. Aí alguma coisa estala quando o inspetorzinho se põe de pé. "Nós precisamos inspecionar o local." Nem a pau que eles iam conseguir enganar assim à luz do dia.

"Vocês são o quê, da imprensa?"

"Polícia."

O inspetor puxa de novo o distintivo quando uma mão tenta pegar.

"Então por que a câmera?" Indicando Charlie.

"O meu parceiro aqui está disfarçado..."

"A gente precisa dar uma olhada no quadragésimo andar", Charlie diz. Tem que ser cara de pau, considerando-se o olhar de raiva de Pulaski, mas ele lembrou de outra coisa, a placa de latão com os nomes dos ocupantes e, acima do dr. DeMoto, *Empresa Hamilton-Sweeney, Conjunto 4000*. É como se nada, ele pensa, tivesse realmente sumido — como se os cacos só ficassem escondidos em algum lugar dentro dele, esperando para ser reencaixados. Ele podia achar isso um consolo, se lhe dessem tempo para refletir, mas o recepcionista gordo ainda está bloqueando a entrada.

"Vou ter que ir chamar o administrador do prédio."

"Receio que a gente não tenha tempo pra isso", Pulaski diz.

"Então *eu* receio que vocês tenham que me mostrar um mandado."

O negócio com esses funcionários aqui na cidade é que é melhor você evitar que eles estabeleçam uma posição, porque quando estabelecem, eles defendem até a morte. Mas o inspetor está soltando alguma coisa perto da axila, iluminando ali com a lanterna. As palavras dele continuam corteses, mas seu timbre é mais duro. "Me parece que há certas circunstâncias atenuantes. As nossas máquinas de escrever são todas elétricas. Isso pra não falar de como é difícil encontrar um juiz às, que horas são mesmo, quinze pra meia-noite? Então digamos que num espírito de colaboração cívica você mostre pra mim e pro meu parceiro o jeito mais rápido de chegar até o último andar. Não, eu estou falando guiar mesmo, fisicamente. E nem se preocupe com o seu chefe. Quando a hora chegar, a gente vai dizer pra ele como você foi sério."

Acaba que um arranha-céu é bem parecido com uma pessoa. Tem a face externa, com todos os seus enfeites impressionantes, e aí de repente a vulnerabilidade: nesse caso, um painel de bordo com dobradiças atrás do balcão dos seguranças. Ele se abre a um toque do recepcionista. As duas lanternas traçam oitos e riscos sobre trechos de concreto cru, cinzeiros e cartas de baralho espalhadas, um balde de sobras zelatoriais. Um poço de escada leva a uma escuridão que podia ser infinita. Os pulmões de Charlie se tensionam de novo. "Você quer dizer que o elevador aqui não está ligado num gerador?"

"Bicho, se tivesse gerador, você acha que eu ia estar aqui comendo bola com essa lanterninha?"

Faz bastante sentido, mas aí como explicar aquela luz vermelha lá em cima? Isso é, a não ser que aquilo na verdade seja o sinal que Charlie está aguardando há todos esses meses, uma convocação para que ele comece sua escalada.

BETH ISRAEL HOSPITAL — C. 23H50

Mas talvez tivesse sido melhor eles irem para o St. Vincent. O cara do carrinho é tão mais pesado do que ela supôs, e as quadras entre as avenidas são tão mais compridas. Eles acabaram de passar por uma das duas regiões que concentram lojas de iluminação na cidade; ela um dia achou maravilhoso o fato de haver quantidade suficiente de um mesmo tipo de comércio para constituir um "distrito" (flores, moda, diamantes). Mas hoje não havia luz no Distrito da Iluminação, apenas o escuro, formas vagamente hominídeas que se moviam isoladas ou aos pares, e aí, chegando mais perto, vindo de trás, sirenes, estilhaçar, odor de chamas. Quanto mais rápido ela e Mercer empurravam, mais a calçada sacudia o carrinho, até quase parecer que o corpo lá dentro estava se mexendo. Houve pausas periódicas, também, para resmungos. Mas agora há alívio, árvores, folhas que farfalham sem estarem plenamente visíveis nos seus cercados — e, no alto, o imenso hospital, janelas empilhadas e todas acesas, a única luz de verdade à vista.

O que ela não estava esperando era a fila. Ela parece se estender até a 2nd Avenue. Homens de uniformes flanqueiam as portas de entrada das ambulâncias. Paramédicos, com pranchetas. "Eu já volto", ela diz a Mercer, e vai falar com eles. Passa por cadeiras de rodas, braços com talas, estômagos com dores, uma pessoa debruçada vomitando num arbusto, outra com o que parece ser uma pancada de tacape na cabeça. Os enfermeiros, pelo contrário, estão atentos e imperturbados. Podiam ser gêmeos. *Onde é que vocês estavam uma hora atrás*, ela quer perguntar. *E agora, com essa gente toda...?* Ela imagina que o PS deve estar com pouco pessoal — uma suposição que os enfermeiros confirmam. Cada sala de exame, cada maca, cada assento está ocupado. A não ser que você esteja com alguma coisa que fique no alto da lista de triagem, pode muito bem ficar aqui na frente até o sol nascer. "Não sou eu", ela diz. "É um dos caras ali comigo. Ele foi atropelado. Está inconsciente desde o acidente."

"A senhorita viu o acidente?"

Como dizer. "De certa forma."

"Ele está sangrando?"

"Não que eu veja, mas…"

"Se o cara está respirando, está melhor que todo mundo que está ali dentro. A gente vai mandar alguém pra dar uma avaliada, mas é quase certo que ele vai ter que esperar."

Voltando até a esquina, ela imagina uma campanha para trocar todo o aparato de reação a catástrofes da cidade por gente especialmente convocada, como no caso dos júris. Bom, não os bombeiros. Era você mostrar um bombeiro, e a Jenny punha a mão no peito e te cantava o hino dos Estados Unidos. Bem quando ela está tentando explicar a Mercer que eles vão ter que esperar um pouquinho, vem um leve bipe eletrônico.

"O que é isso?" Biiiipe. "É o seu relógio, não é?"

Uma acusação. Ela lhe entrega o relógio. A língua dela parece grudada no céu da boca. "É o botãozinho ali do lado. Mas a meia-noite não necessariamente quer dizer alguma coisa, Mercer. Você não acha que a gente ia ter ouvido se uma bomba disparasse no East Village?"

"Não sei. Eu não sei o que a gente ia ter ouvido."

"O horário era um chute, lembra, e alguém pode ter chegado antes lá pra deter os caras. Você não falou…"

"Mas o alvo não, isso não era chute! A gente sempre soube que o William estava em perigo. E no entanto olha a gente aqui, com esse outro carinha."

"Espera, escuta… esse barulho é de sirene?" De novo, se ela não tivesse juízo, teria dito que a figura no carrinho se mexeu. "Não, desculpa. É a mesma. Enquanto não rolar um êxodo enorme de ambulâncias ali daquela fila…"

Outra sirene geme. Outra pausa. Cinco segundos. Dez.

"Isso aqui é uma piada", ele diz, "essa expedição toda aqui. Eu tenho que ir embora."

"Mercer, a gente não pode deixar esse cara todo ferrado. Pelo menos não antes de o médico chegar."

"Você não me venha com essa, como se eu fosse indiferente ao sofrimento. Eu estou te dizendo que preciso achar o William. Eu tenho que saber, de um jeito ou de outro."

"Eu não pedi nada disso", ela diz, já ouvindo na sua cabeça que ele está certo. E o quanto aquilo soa egoísta. "Mas acho que não é problema nosso. Eu sei que você precisa descobrir o que aconteceu. Só se cuide, beleza?"

Mercer está quase na esquina quando ela percebe que o cara branco no carrinho está sentado, vendo ele ir embora. "Você está acordado!" Mas quando olha de novo para Mercer, para ver sua reação, ele sumiu da luz.

"Você é quem?", o cara pergunta. "Eu te conheço?"

"Cacilda... E você está conseguindo falar! Você está no hospital." Talvez seja melhor mesmo isso de ele aparentemente não estar conseguindo lembrar o motivo. "Teve um acidente, um carro. Olha. Quantos dedos eu estou te mostrando?"

"Eu não estou enxergando merda nenhuma. O que foi que você fez com a luz?"

"É um blecaute. Espera, para de se mexer, é melhor você não se mexer." Mas ele já está de pé, tão alto ali no carrinho que outras pessoas na fila se viram para olhar, boquiabertas. Ele parece meramente surpreso com a quantidade de gente — como um fantasma pode se sentir ao descobrir que existe mesmo vida após a morte. O que de certa forma é o caso, Jenny apenas tem tempo de pensar antes de ele pular para o chão, cair. Levantar e começar a ir embora tranquilamente. Tem um ar de total leveza, mas pés bem menos leves. Quando desmonta de novo, meia quadra mais ao sul, ela está poucos metros atrás. Mais ao fundo, as pessoas olham, atônitas. "Ei. Ei." Ela pega o braço dele: "Você conhece a expressão 'o triunfo da esperança sobre a experiência'? Alguém praticamente passou por cima de você. A gente tem que levar você pra um exame".

Com a luz de um carro que passa, ele parece mais jovem que antes, uma boca tão delicada quanto a de uma criança. Que se cerra, concentrada. Ela consegue ouvir as engrenagens do cérebro dele pegando embalo, até que isso vira alguém tentando ligar outro carro que morreu na quadra. Aiã iã iã. "Eu tenho que ir pra casa." Ele tem certo sotaque sulino, como Mercer. Se eu não conseguir obrigá-lo fisicamente a voltar pro PS, ela pensa, pelo menos consigo passar uma conversa nele, mas aí uma outra voz fala de novo — ou não tanto uma voz quanto uma ideia, implantada em sua cabeça. Como é que ela sabe que a voz não é dela? Porque ela diz *Largue isso*, e a de Jenny nunca fez uma coisa dessas na vida.

"Bom, como é que vai ser? Você obviamente não está conseguindo andar sem se apoiar em alguma coisa."

Ele tenta demonstrar que vai fazer exatamente isso, mas seus joelhos fraquejam em poucos metros. "Merda!"

Ela espera que ele peça ajuda, deixá-lo ali um minuto. Será que ela tem que fazer tudo sozinha? Aí suspira e passa o braço dele por cima do ombro. Vai ser bem mais tarde, ou pelo menos vai parecer bem mais tarde, antes de ela sequer pensar em perguntar aonde é que eles vão.

UPPER WEST SIDE — ANTES

Bem no fundo, William Hamilton-Sweeney sempre acreditou que caso ele um dia fizesse um relato honesto do que sente para o pai, o mundo entraria em combustão espontânea. Mas o que acontece de fato é exatamente: nada. As paredes da biblioteca não caem, nem chega a haver qualquer mudança na respiração audível do Papai. Ele continua. "É verdade. Eu tenho certeza que a Regan já inventou um milhão de motivos pra eu ter ficado longe, ela é uma superracionalizadora, mas a realidade, Papai, é totalmente simples: o senhor é um merda. E, se eu tenho que ficar aqui sentado — coisa que só concordei em fazer como um favor pra ela, diga-se de passagem —, não quero que haja nenhuma tentação pra qualquer um de nós aqui, de não saber o que está no coração do outro."

Uma dúzia de minimiçangas de chamas cintila atrás do divã onde seu pai está acomodado. A não ser que a palavra seja canapé. Os empregados parecem ter abandonado o navio ainda antes de Amory (isso se ele não mandou matar todo mundo também), então deve ter sido o Papai quem se acomodou desse jeito, colocando caras almofadas sob os cotovelos à maneira de algum juiz do Antigo Testamento. Mas não acenderam velas deste lado da sala, e sua careta diante da inconveniência de William continua quase imperceptível. "Tudo bem que ia ser o estilo Hamilton-Sweeney, não é? Eu devia ter imaginado que o senhor ia ficar aí sentado sem nem abrir a boca."

E, num certo sentido, a desaprovação tácita é pior que qualquer explosão. William se dirige para um gaveteiro na parede norte, ostensivamente procurando mais luz, mas na verdade esperando outra infusão de coragem, ou de sinceridade, ou seja lá o que é aquilo. É como se uma grande força inescrutável, o poder superior a quem ele vem se dirigindo nessas últimas semanas, o tivesse conduzido de volta para onde tudo começou, e agora ele precisa muito que essa força lhe diga o que fazer. Ele inclina a cabeça de lado, tenta se perder nas lombadas dos livros. "Reparações" é a palavra que Bill W. usa no Livro. Talvez ele deva usar o próprio silêncio para arrancar do Papai as reparações que quer, mas a única coisa que consegue é o som do Papai limpando a garganta, aquele tique cartilaginoso que sempre foi irritante pra caralho.

"A ironia é que eu estava a poucos quilômetros durante esses anos todos. O Amory também não mencionou isso, né? Mas pode acreditar, eu tenho certeza que ele estava ligado. As drogas, tudo. O senhor podia ter me encontrado molinho, mas pra quê? Eu estava lhe fazendo um favor não estando aqui para fazer o senhor lembrar as coisas que nós dois sabíamos. É como se a gente estivesse morando em duas cidades diferentes. O senhor aqui em todo esse conforto marmóreo, e eu lá, me matando em câmera lenta."

Um dos preceitos do Bill W. é que falar dos seus comportamentos mais vergonhosos, expor a bunda deles ao ar, vai fazer você se sentir melhor. Só que, na prática, enquanto ele não fizer mais do que pigarrear diante da possibilidade de que valha a pena ouvir aquelas coisas, quem está por cima da carne-seca é Bill H-S. E ele sabe, os dois sabem.

"Sendo que uma dessas coisas é o fato de eu ser homossexual, Papai. Ou como era aquilo que o senhor dizia quando o Liberace aparecia na TV? Transviado. Sei que isso não é grandes surpresas, mas só pra constar: eu gosto de homens. Eu faço sexo com eles", William se ouve dizer. "E já que estou pondo as cartas na mesa, acabei achando alguém por quem eu podia me apaixonar. O senhor quer chutar o que aconteceu daí? Eu fodi com tudo, claro. Eu menti. Eu me omiti. Eu fui frio e orgulhoso e fiquei dentro de mim mesmo. E essa merda toda eu carrego por causa do senhor, eu não conseguia largar isso tudo, porque não sabia mais onde isso terminava e o resto de mim começava. Fiquei agarrado a essa tralha que nem um náufrago que acha que não sabe nadar direito."

Agora lhe vem uma onda de calor na nuca, como se outra pessoa tivesse entrado com uma tocha na sala, mas, quando ele se vira, descobre só mais trevas. É só ele e o rosto inescrutável à sua frente, um silêncio em que há mil tons. Hamiltons, ele pensa, Sweeneys. Ele se deixa cair de novo no silêncio, que consegue sustentar por um tempo impressionante, minutos inteiros, talvez. Mas todo impulso cedo ou tarde fica insustentável.

"O senhor percebeu que nunca mais encostava em mim, Papai, depois da morte da Mãe? Parecia que eu tinha pegado alguma doença. O senhor tinha montes de chances de bagunçar o meu cabelo, ou me abraçar, ou me dar soquinhos, até, mas o melhor que eu conseguia era um aperto de mãos. Lembro de ter ganho um aperto no ombro no enterro, mas foi o Tio Artie. Sei muito bem que isso parece mais infantilidade, mas naquele tempo eu ainda via o senhor como um deus cujas mãos imensas podiam me resgatar, era só eu conseguir fazer elas tocarem em mim."

Sobrou uma única vela na gaveta mais à direita, e uma caixa de fósforos que ele usa para acender um cigarro. Ele entrecerra os olhos por causa da fumaça.

"Uma das coisas que a recuperação me ajudou a ver é como eu sempre tentava me pôr em posição de ser resgatado. Normalmente era a Regan quem chegava com o cavalo branco, mas um dia, eu achava, se eu simplesmente conseguisse dar um jeito de o problema ser grande demais pra ela, o senhor ia ter que intervir. Mas o senhor não conseguiu fazer isso nem pela Regan, né?"

O que ele mesmo não consegue fazer, depois de ter ido de novo para quase dois metros de distância, é olhar nos olhos do Papai. Há um cheiro acre que parece amônia, mas ele ignora.

"Acho que o senhor sabe que eu tinha razão aquele dia, aliás, apesar de tudo que a Regan tenha decidido esconder. O dia em que a gente foi falar com o senhor, antes do jantar de ensaio. O senhor sempre teve coração mole, no que se referia a ela. E o senhor não é estúpido. A sua filha ficou grávida, sem qualquer opção boa, e totalmente por conta própria." Ele teve uma vida quase inteira para dançar em torno da ideia do que poderia ter sido uma resolução justa. "O senhor devia ter suspendido a fusão, pelo menos, se não o casamento. O senhor devia ter metido a cabeça do cara numa estaca, e a do Amory. Não queira se convencer de que manter a Regan por perto, fazer ela virar Diretora ou sei lá como que vocês chamam, era a mesma coisa que dar o que ela precisava. Ela estava sofrendo tanto com o que aconteceu que se forçava a vomitar. O senhor sabia disso? Eu não via a

Regan havia quinze anos, e eu basicamente sabia. O senhor gosta de se ver como um homem que cumpre os seus deveres, mas quando o senhor está com um dos seus filhos com um dedo na garganta e o outro metendo a herança nas veias... é difícil não dar uma duvidada. E agora o Amory deixou o senhor prontinho pra cair, pelo que eu pude ver. Isso pra nem falar que ele tentou me apagar. E qual é o seu primeiro instinto quando eu venho lhe contar? O senhor defende o cunhado."

Só que de alguma maneira, quanto mais perto William chega da justiça, pior ele se sente. Tem aquela "enfermidade" que as pessoas não param de mencionar; de repente o Papai não lembra nada disso. De repente, na verdade, foi a dor da fuga de William que deu início ao seu declínio. E nesse caso quem, no fundo, deve reparações a quem? E quem seria a imensa consciência impessoal que ele sente por aqui, pelas bordas, olhando, aguardando, desaprovando? De repente é apenas ele mesmo. De repente *lá fora* está aqui dentro.

"E tem mais. Eu vivo tendo uma fantasia, de que estou na margem de algum rio ou um canal bem largo. Posso erguer os olhos, e do outro lado tem um outro eu, melhor que esse, de mãos dadas com o Mercer — é o nome dele, do meu ex —, e eles dois ficam vendo eu me contorcer aqui, ficam me olhando lá da vida que eu devia ter. Quando foi que ficou impossível ir daqui pra lá? Quando foi que caiu essa ponte? Até a noite de hoje, eu teria dito que foi na véspera do seu casamento, com a Regan e o brinde e tudo mais, mas agora eu estou pensando que é agora mesmo. Quer dizer, nós dois estamos aqui pela primeira vez em anos, eu estou falando de o senhor nunca ter encostado em mim, e enquanto isso a sua mão está aí, a um metro, e o senhor ainda não consegue esticar o braço e eliminar o que separa a gente pra encostar no senhor. Em mim."

Ele fica ali um tempo sentindo as implicações desse erro, como um homem que passa a língua sobre um molar frouxo. O tempo está fazendo aquela coisa esquisita que ele não sabe dizer quanto já passou. O espaço também: as paredes escurecidas parecem ter se afastado sobre trilhos, como cenários rumo às coxias, deixando os dois sozinhos nessa circunferência cintilante. Tem que haver *alguma* maneira de ferir o papai. De fazê-lo sentir a crueldade que Amory Gould presidiu. Mas William levou anos para entender ele mesmo essas coisas intricadas, e só depois de ter conseguido deixar de lado a crença de que Amory tinha reunido recursos que estavam além da sua compreensão da natureza humana. Anos que o Papai não ia gastar. Ou não tinha. O que significava que Amory não precisava presidir, não no fundo. E em algum lugar, William ainda deve ter dezessete anos de idade, o menino que corre para se lançar sobre os trilhos do seu destino, porque sente que finalmente chegou a ele, à parte que faz diferença, à parte que deve ser vista. (Enquanto em outro lugar ele vira o rosto, porque não consegue aguentar olhar aquilo.) Tente de novo, William. Faça tudo se encaixar. Agarre a faca e torça.

"Foi estupro, Papai. Foi num estupro que ela engravidou. O filho do cara com quem o senhor fundiu as empresas. Um estupro que eu trouxe até o senhor no seu escritório naquele dia, quando eu só conseguia pensar era em ferrar com a porra do casamento. Errados, no fim, nós dois — e se eu consegui dar um jeito de postergar a usurpação em uma ou duas décadas, que mal faz? De qualquer jeito que a coisa acabasse entre a Regan e o seu *protégé*, o Amory ia sempre terminar com pauzinhos na mão pra mexer. Mas ele não estava mexendo pauzinhos quando fiquei aqui na sua frente, insensível, usando o sofrimento de Regan pros meus próprios fins egoístas. Eu me convenci de que, se você se recusava a enxergar um problema, de repente ele sumia. Papai, eu sei que o senhor me entende. Sei que o senhor está me entendendo."

Só que na verdade ele não sabe. Porque quando, finalmente, por impulso, estende a mão para pegar a do pai, o que sai daquele corpo não é um pedido de desculpas, ou uma condenação, mas um ronco. O Papai está dormindo já há algum tempo, para nem falar daquele cheiro. O que significa (William pensa — e isso o mata por dentro) que ele vai escapar ileso.

EAST VILLAGE — 00H12

Orfeu vagabundo que é, Mercer resistiu a dar uma última olhada no hospital lá atrás. Mesmo que o carrinho de supermercado pese mais do que você podia pensar, mesmo que o sujeito lá dentro esteja paralisado, a Jenny vai ficar bem, ele sabe; sem contar a sua Mamãe, ele nunca viu uma mulher mais cabeça-dura. Enfim, o que foi que o dia de hoje lhe ensinou, senão que tudo que ele puder fazer pelos outros vai no fim dar em quase nada? Se William estiver morto, ele está morto.

No entanto, acontece uma coisa estranha enquanto ele vai seguindo rumo sudeste: nada. Ou, melhor, tudo. Há mais de uma maneira de se estar fora de hora, ao que parece, e agora ele está ilhado entre dois mundos, um em que uma bomba explodiu e outro em que não, pelo menos não aqui. A se julgar pelo que está de pé à sua volta, William ainda está vivo. Mas, na medida em que isso só significa menos resolução e mais dor, Mercer nem sabe mais direito se é neste mundo que quer estar. Se um dia amou o William o suficiente.

No bolso do peito da sua camisa está o último baseado do estoque. Ele nunca se ajustou direito ao fato de que em Nova York você pode andar pela rua fumando aquilo ali abertamente, mas agora pensa dane-se, ele está invisível mesmo. Ele acende. Tosse. Traga de novo. Aquilo não o deixa na mão. Se em geral o barato cria conexões mentais que levam elaboradamente para longe do momento em que ele está, este aqui o puxa de volta direto da beira do futuro. Uma fachada na 14th Street criou um buraco, através do qual entram e saem outros buracos, carregados de compras gratuitas. Alarmes e sirenes uivam em tons desconcertados, mas ninguém percebe até os policiais estarem em cima deles.

Ele segue em frente, passando por lanternas e cigarros flutuantes, ficando o mais perto da rua que consegue. Mal reconhece essas aqui como as mesmas calçadas por onde andou quando morava com Carlos, não só por causa do blecaute, mas porque uma parcela tão grande do que via na época ele se recusava a admitir que via. Os meninos de jeans andando de patins, os michês em pares ou em trios com seus olhares sedutores. Todos eles, como William, estavam dispostos a aceitar certa quantidade de perigo em busca do prazer, ou vice-versa. Um ciclomotor solitário passa num zás, com o farol riscando as barras de uma cerca de ferro forjado. A palavra que lhe ocorre, "espectral", provavelmente não é a certa para o que Mercer sente. Ele se sente como uma bola humana de "pinball". Aí uma voz no meio da escuridão soa rascante: "Ei, você aí". Ou seja, eu, ele pensa. Ou seja, ele.

Ele chegou, até onde consegue determinar, até a entrada norte do Tompkins Square Park, onde um dia ouviu o Ex Post Facto tocar. É estranho ele não ter pensado em procurar por William aqui antes de hoje; o lugar é manjado (ele posteriormente ia fingir que nunca tinha ficado sabendo) como um lugar de azaração e de drogas e de coisa pior. Das densas sombras além do portão vem o estalo de pele contra pele, seguido por risadas e passos rápidos que crescem entre as árvores. Música em algum lugar. A voz se manifesta de novo. "Ei, você. Tem mais disso aí?"

"Mais disso o quê?"

"'Mais disso o quê'", diz ele. Mercer não sabe direito se isso foi para ele ou para algum terceiro, também invisível. "Isso que você está fumando, Vossa Majestade."

Ele hesita. "Como é que você sabe que eu não sou da polícia?"

Diante disso, a risada se ramifica no que definitivamente é mais de uma voz. Elas já soam semichapadas. A bagana de Mercer cria um arco de néon quando ele a estende, menos por alguma noção de camaradagem que na esperança de satisfazer aquele pessoal e assim encerrar a interação. O baseado brilha, estralejante, e ele apenas consegue entrever os olhos líquidos num rosto que sua mãe teria chamado de "bem amarelo". Aí, como os do gato de Cheshire, eles somem. Em vez de voltar para ele, o baseado vaga mais para longe, para ser tragado por outro homem, ou rapaz, pelo som. O rosto de Mercer está esquentando, mas por que ficar com vergonha? A Mamãe não está ali para ver, não que ela pudesse, se estivesse. "Só pra você saber, eu estou sem grana", a sua boca diz, porque alguma parte irracional dele ainda pensa que vale a pena pôr isso às claras. Mas seus interlocutores aparentemente estão cagando pra isso. "O fim está próximo, amigo. A gente só está tentando curtir."

Ai-ai-ai. Se mande agora, Mercer pensa. O negócio é que ele criou certa ligação com aquele baseado. E assim, como se algum narcótico forte tivesse sido misturado à droga, ele se vê seguindo as vozes e o botão de flor de laranjeira que some com elas pela trilha. Há uma curva, que quando ele contorna abre o caminho para mais luz, mil penas que se enroscam pelas folhas. Aí a vegetação se abre, e ele consegue discernir corpos, pesados, peludos, alguns sem camisa. A música soa estrondosa num aparelho portátil enfiado na virilha de uma árvore. Uma bola de discoteca esfoliada balança entre os galhos, e um homem com perneiras de couro e um boné de maquinista faz a luz de uma lanterna brincar sobre ela, que é de onde vem a luz. Bom, dali e de uma lata de lixo onde alguém acendeu um desaromático fogo. Onde a luz bruxuleante mal chega, homens se abraçam e dançam. Mercer pisca pra ver se eles vão sumir. "Quer uma cerveja, ou outra coisa?", diz o rapaz que segura o baseado. A camisa dele está aberta no colarinho, mostrando um peito que brilha como latão derretido.

"Beleza." Mercer espera que a distração permita que ele dê as costas e vá embora. Mas descobre que não consegue, nem depois de o rapaz ter sumido no escuro atrás de um banco.

Esperando, ele tenta não parecer deslocado, não fazer contato visual demais ou de menos — ou seja, tenta não ver a fusão de corpos no mato, quase todos escuros como o seu, os chocantes relances róseos de línguas e palmas. Isso de não ver ele já treinou muito. Havia uma trilha de pedras entre a cozinha da Mamãe e a horta. Numa certa primavera, chuvas pesadas soltaram as pedras do chão, de modo que dava pra ver em volta de cada uma uma fresta simplesmente perfeita pra um canivete. Ele teve a ideia de erguer uma delas, e quando ela se soltou — um som úmido e chupado —, ele encontrou o verso fervilhando de bichinhos de dorsos reluzentes que se esbatiam na lama mais negra. Uma das coisas que ele mais temia é que por trás da alvenaria da sua própria consciência houvesse algum carnaval similarmente primevo de apetites, e assim, desde o momento em que passou pela Port Authority, ele vem patrulhando as fronteiras dos seus pensamentos, pisando com cuidado nas tábuas do piso, mantendo tudo fresco, seco e organizado. E talvez (isso lhe ocorre agora) se segregando do que está à disposição para a sua arte. Ou será que explode?

"Eu te truce isso." O rapaz voltou. Uma garrafa de cerveja, rótulo molhado e descolando, se insinua nas mãos de Mercer.

"Trouxe."

"Ãh?"

"É o correto." O rapaz encara desorientado seu perfil que as chamas lambem. Mercer fica pensando se William pensava nele desse jeito: como um rapaz. *Eu não bebo*, ele quer dizer agora, como disse então, mas o que Walt Whitman faria? Obviamente o velho Walt ia carregar o fardo, lidar com aquilo. Levando a garrafa aos lábios, ele quase lasca um dente.

"Você tem que... aqui, deixa eu..."

O rapaz faz uma coisa em que usa sua própria garrafa para remover a tampa da de Mercer. Mercer repete o movimento de arco com mais cautela. O que está lá dentro até parece mijo de cavalo envelhecido em barris de faia, mas nas últimas vinte e quatro horas ele foi perseguido, interrogado, e quase saiu voando por um para-brisa, tudo isso em jejum; pode ser perdoado por estar com a boca seca. "Que idade você tem?"

"Que idade *você* tem?", o rapaz pergunta.

"Eu perguntei primeiro. Vinte e cinco."

"Dezenove", o rapaz diz, o que, como Mercer não nasceu ontem, provavelmente significa a mesma idade das suas alunas, quinze, dezesseis. Ex-alunas, melhor dizendo.

"E é aqui que você passa o seu tempo, aos dezenove anos?"

"Você quer dizer com os meus amigos? E por que não? Eu não sou um enrustido que tem que voltar pro armário toda noite."

"Desculpa. Eu só não tenho muita experiência de como essas coisas funcionam."

"A gente podia dançar, pra começar. Você gosta de dançar?"

Não gosto mais, Mercer pensa, quando o rapaz o empurra para o meio dos corpos que se esfregam. Entre dois prédios além da linha das árvores, a lua deveria estar luminosa e precisa, só que a fumaça oleosa da lata de lixo não para de interferir. *You can dance...*, o rádio insiste, mas o melhor que ele consegue é meio que ficar passando de um pé para o outro no compasso das piruetas mais expressivas do rapaz. Quanto mais perto chegam das chamas, mais quente fica, e o menino abre mais um botão da camisa. O torso dionisíaco se aproxima mais. Mercer toma mais vários goles de cerveja, tentando usar o cotovelo do braço que segura a garrafa como um defletor, mas o rapaz, escolado nas artes da sedução, encontra um caminho, e enquanto o coração de Mercer se aperta, a parte de baixo daquele corpo o traz tão perto que ele consegue descansar os pulsos nos seus ombros, consegue traçar com um dedo o contorno da sua nuca. Ele fecha os olhos no que pode ser lido como entrega. Talvez a questão aqui seja ele *não* ver com clareza. Seja ele nunca ter visto com clareza.

Aí uma luz azul lhe pulsa por trás das pálpebras. Ele tem uma sensação de que a sua fonte é algo que ele prefere não querer saber, mas, na medida em que o mundo exterior vai ficando mais ruidoso, não pode deixar de abrir os olhos. Atrás dos ombros do desconhecido, fachos altos correm por uma trilha que leva ao parque, deixando o ambiente nem próximo de ser tão emaranhado ou secreto como Mercer vinha imaginando. Outro lampejo azul. *O parque está fechado*, diz uma voz num megafone. E aí o que soa como: *Não coma cogumelo*. Nas bordas do círculo, alguns dos homens mergulham no mato, mas a maioria fica firme onde está, atordoada pelas luzes da polícia. E entre eles, a cerca de dez metros, ele percebe pela primeira vez uma mulher sozinha: Será que ela também é alguma coisa da polícia? Parece de qualquer maneira improvável que ele fosse cruzar com a lei várias vezes num só dia. Mas, ao mesmo tempo, e se não for a lei, e se a busca dele por William tiver sido só mais uma projeção? E se na verdade fosse atrás *dele* que eles estavam o tempo todo, essas forças com seus diversos disfarces?

NA ESTRADA — ?

No que se refere ao Irmão Demoníaco — ou Grude, ou sabe-se lá o que ele era na sua vida secreta —, essa parte tinha sido simples. O sujeito se revelou uma espécie de mestre das artes negras, mas no fundo a extorsão era apenas a função da força do material que você tinha. E o material que ele tinha a respeito de Amory Gould faria até um anjo chorar. Ele manteve um arquivo cuidadoso das relações deles desde o começo; o que enviou ontem foi, como ele descreveu na carta anexa, "só um aperitivo". Mas não conseguia mais saber ao certo como pôde um dia ter a certeza de que ia conseguir atrair o Billy Três-Paus, também, pra um andar alto do prédio da família. Ou não lembrava direito por quê. De certos ângulos, aquilo parecia até uma coisa ingrata. Na terra devastada da região metropolitana de Boston, com treze, catorze anos, seu grande sonho era uma arma na cabeça, acabando com seu sofrimento — um sofrimento que no segundo ano da universidade já era indistinguível do dos outros. *Brass Tactics* tinha mostrado uma saída para tudo isso. Fazer arte. Então tá, houve um tempo em que, pra proteger Billy, ele ia ter se atirado na granada. Mas sua educação ainda devia estar ocorrendo, porque agora ele está fugindo, e nem sabe dizer por quanto tempo; a pilha roubada do seu relógio acabou em algum lugar lá ainda no Delaware Water Gap. Estava tentando encontrar a hora certa no rádio, na verdade, quando pegou aquela coisa do blecaute. Explicava o sumiço das luzes da cidade — e parecia cimentar seu triunfo. Aí mais morros ferraram com todo o sinal. Ele tinha pré-enrolado uma dúzia de baseados pra baixar a bola dos comprimidos, mas estava era queimando fumo pra marcar o tempo até a Hora H. Só que agora só resta um, e ele está sentindo uma onda de insurreição lá nos fundos da van. Talvez o que eles precisem é de uma paradinha, pelo menos até de manhã, quando podem se organizar de novo, com as falanges insubmissas se cerrando num só punho. E olha: tem uma parada de ônibus chegando.

    Ele sai da estrada e pega uma via que passa por entre umas árvores. Vê um estacionamento vazio coberto de pedrinhas, mesas de piquenique sob um solitário poste de luz. O pequeno banheirinho está fechado à noite, mas a máquina de venda de comida lá na frente ainda está acesa, só à espera de alguém com o devido desprezo pela propriedade privada e de um caso grave de larica aparecer e estourar o vidro. Mas primeiro ele não pode deixar de ligar de novo o rádio e ficar tentando achar outras notícias de Manhattan. Aqui você sintoniza pregadores evangélicos e rock comercial e propagandas e mais propagandas — e, à medida que a analgesia da maconha vai passando, ele descobre que tem um oco por dentro. Ou um oco no oco com que saiu daquele prédio. Tem certeza que isso vai desaparecer depois que ele confirmar que finalmente realizou alguma coisa — uma explosão no coração do mundo civilizado. Sem pedinchar, sem destrocar, os meninos diziam. Pastilhas de antiácido criam uma película protetora. *Crystal Blue Persuasion, hey hey*. Nós vamos facilitar ao máximo a sua compra de uma caminhonete nova ou usada. Mas ele está pilhado demais pra se concentrar em alguma coisa agora, o dial continua girando. Aí, em meio ao fluxo descontextualizado de informação, a sensação da bagana lhe chamuscando os dedos o faz acordar para o fato de que não está só. Ele abre a porta. Deixa aberta, para os alto-falantes estourados poderem continuar enchendo a sua cabeça com aquela merda em que talvez a pepita que ele espera resida. A coisa que ele fez: a vingança pela Zona de Decadência Urbana, pela Sam, pela fodeção geral da sua vida. Ele desce para ir se juntar aos amigos.

    Está fresco aqui, um cheiro que parece de um arbusto de lilás ou alguma coisa assim. As estrelas iluminam o suficiente para ele ver que o D.T.

estendeu o Sol no chão. E as estrelas, elas sempre deram arrepios em Nicky, o fizeram se sentir um nada. "Eu acho que a gente devia era acampar aqui mesmo. A gente senta o pé daqui a umas horas, quando a gente sacar como é que as coisas estão por lá." Ele está consciente de certa frouxidão no raciocínio, mas não consegue identificar qual seria. É como quando ele era pequeno, naquele ano lá na Guatemala, e o Pai quebrou o queixo dele porque ele tinha voltado do POR EXEMPLO com *jamón* em vez de *jabón*.

D. Tremens ergue os olhos, que estavam onde Sol agora vomita. "Sossega a onda", ele diz, tão delicadamente que parece que andou treinando. "Eu sei que você ficou sabendo da coisa do blecaute."

Então o sinal não tinha caído tão rápido, afinal. Talvez isso explique os sussurros. D.T. também sente: a sensação de um destino cumprido. "É, mas e daí, D.T.? Se a cidade está uma zona, isso só deixa a gente mais perto de onde a gente quer chegar."

"Você não fica encucado que alguma coisa possa ter dado errado lá?"

"Eu estou te dizendo que alguma coisa deu certo... *Weltgeist* em ação."

"A moça do jornal não falou nada da bomba. Já passou legal de meia-noite."

E é verdade que ainda tem umas pontas soltas que ele não conseguiu se convencer a aparar direitinho. (Por acaso a Saco de Gosma achou que ele era algum monstro?) Mas era por isso que você isolava as coisas na cabeça, pra começo de conversa. O D.T., por exemplo, tinha ficado no escuro não só quanto à localização, mas também quanto ao horário de verdade em que tudo ia acontecer. Meia-noite teria sido mais simbólico, idealmente na virada de 7/7, se ele tivesse dado um jeito de encontrar o Billy, mas todo sistema, se não quiser desmoronar por causa das suas próprias contradições, precisa de certa aleatoriedade embutida. Um clinâmen. Às vezes o sistema chega até a gerar essa aleatoriedade sozinho.

"D.T., seu gênio. Você ainda está de relógio? Eu podia te dar um beijo. Já são duas e meia?"

"Nicky, eu estou só me guiando pelo fato de que a gente está no meio da Pensilvânia. Vocês destruíram tudo que era relógio que a gente tinha pra fazer o negócio funcionar, lembra?"

Caralho.

"Mas tudo bem, digamos que são duas e meia, que são quinze para as três, quatro da manhã, que diferença faz? Não deu pra perceber que a gente tem que levar o Sol pro médico?"

O próprio Sol nem fala, mas seus olhos suplicam para os céus, como os de um cachorrinho que acha que você deve ser seu dono só porque lhe deu um chute ou dois. Talvez o D.T. estivesse certo desde o começo, talvez eles devessem dar um tempo no fluxo de três mil anos de história do pensamento ocidental e arranjar um espaço pro camarada poder ficar deitado decentemente no carpete esfrangalhado lá atrás. Mas ele tem uns voluminhos especiais pra emprestar pra quem quiser pensar que a História é feita de milhares de pequenas gentilezas.

"Isso, vamos dar uma dormida e aí sentar o pé. Qual é, Sol... está a fim?"

Sol leva apenas alguns segundos para forçar seu polegar intacto a fazer um vago sinal afirmativo.

"Está vendo? O Sol compreende a magnitude do que a gente alcançou. A gente tem que ficar na estrada, faz parte do que vocês — espera. Quieto."

"Ninguém está falando além de você, Nick. Ninguém está falando."

Só que ele já está agachado ao lado da porta do motorista, para ouvir melhor uma notícia extra. A bomba? Não, o que ele ouve de novo é apenas: queda de energia. A Costa Leste no meio do maior blecaute da história. Só que dessa vez com um motivo, relâmpagos em Westchester, dois, uma coincidência bizarra. E agora está voltando, aquele outro lance de pura estocástica. O laranja daquele barco. O branco. Aquelas garrafinhas. Não que não fosse necessário agir pra eliminar uma ameaça, mas ele soube, ao ficar vendo o repórter ali sentado pensando atrás de uma pilastra, que ele nunca foi uma ameaça de verdade. Só mais um bêbado, como o D.T.. Outro mané, como a S.G.. Um artista fracassado, um sonhador miserável, um assustado demais. Ele não queria que o cara morresse — ele nem estava com o terceiro fanzine. Mas aí lá no convés, lá estava aquele corpo frouxo caindo pela amurada. E enquanto ele olhava para a veloz água negra lá embaixo, parecia de novo que não havia lado externo, que o vazio não tinha fim. O mundo era o mundo, perpendicular a qualquer tentativa de se fazer ou criar qualquer coisa que não fosse prejuízo. E foda-se o Billy, ele pensou, por querer pensar diferente. Por aquele jeito de conseguir ficar só encarando os sapatos e preenchendo o espaço em que estivesse. Foi ali que ele soube por que tinha que ir de novo atrás do Billy, e atrair o cara de algum jeito pra cena, também. O que significa, simultaneamente, o instante em que as rodas começaram a balançar. Como agora balança sua atenção, porque, bem quando uma voz está dizendo: *Ao soar o sinal, a hora certa será...*, o Sol começa a tagarelar de novo, alto, largado nas pedrinhas. E com a mesma presteza com que voltou, o sinal retorna à estática. *Caralho*. Foi só uma sílaba, que eles disseram, não foi? *Duas* horas? Ou será que já são três?

"Alguém aí pegou a hora?" Ele espera que um deles se concentre de novo no problema de verdade aqui, mas agora D.T. e Sol são só imobilidade agachada e vômito, respectivamente, e ele só precisa disso pra lembrar que pode realmente haver algo que os une. O D.T. não é tão tonto quanto parece, e pode nem estar tão doido. Talvez tenha convencido o Sol de que eles foram traídos, proposto um apressado plano B. Talvez ir para que fossem se juntar com a Saco de Gosma, onde quer que ela tenha ido parar. O Sol vai estar doente demais pra continuar com eles ali, e eles vão tentar pegar a van, deixando-o ali que nem um bicho, no escuro. "Você sabe que a polícia não vai pegar mais leve com vocês só por cair fora depois de tudo."

"Quem foi que falou em cair fora?", diz o D.T.. "É o que eu estou te falando, cara. A gente está nessa juntos. A gente tem que achar alguém pra ajudar o Sol."

"O Sol vem comigo. Né, Sol?" Mas o Sol finge que apagou. O que é que está acontecendo aqui? Por que é que tudo está sempre indo pras cucuias?

"Pode ir, Nicky, se é disso que você precisa. Mas deixa a van com a gente, pelo menos."

Está aí, se ele ainda estivesse dando bola: a prova da conspiração dos dois. Ele olha para o outro lado do terreno. Ali, entre o quiosque e o riacho que borbulha no seu valezinho, fica um orelhão numa base de concreto, com a lâmpada da cabine queimada, estourada, ou inexistente de todo. Ele agora percebe, com suas faculdades mais elevadas, que o D.T. mentiu naquela última parada pra vomitar sobre não ter mais grana. A primeiríssima coisa que eles vão fazer depois de deixá-lo ali vai ser ligar pra polícia. Quanto tempo ele ia conseguir sobreviver aqui, no mato, caso isso virasse uma caçada de suspeitos? Não muito, é a resposta, porque ele não consegue tirar a cidade do sangue. "Fodam-se vocês. A van é minha."

Ele percebe que está falando sério. Se a Operação Irmão Demoníaco realmente naufragou, então a Econoliner e os livros lá dentro são tudo o que ele tem na vida, e ele não vai deixar isso tudo com eles, nem se a van, na maioria das leituras, for do Sol. E, antes de a ideia poder se finalizar, ele está se movendo para cortar as trajetórias deles até o carro.

"Anda, Nicky. Você não está em condições de dirigir mesmo. Por que é que você não me dá a chave?"

"Não dou", ele repete. "A chave é minha."

"Você está ouvindo o que você está dizendo?"

Ele quase cai nessa. Mas a consistência, como disse alguém, é um elfo, e você não pode deixar ela te passar a perna, não se quer fazer alguma coisa nesse mundo. E há quanto tempo Nicky Caos vem tentando ensinar aqueles dois a não serem tão crédulos. Até num motim eles estão basicamente pedindo licença. Quando a única coisa que existe, ele vive dizendo, é o poder de vontade. Rapidamente, antes de eles conseguirem se ajustar, ele volta pro banco do motorista e já está fechando a porta, lidando com a chave, naquela escuridão mais funda dentro do escuro. Palmas de mãos sovam as janelas como zumbis, achatam-se lívidas contra o vidro. Alguém grita por cima da estática. Aí a anfetamina passa por cima da maconha, o motor pega, e ele sai derrapando sobre as pedrinhas, deixando para trás seus antigos vassalos, D.T. e o coitado do Sol Grungy de triste figura. E finalmente só um longo rastro de poeira que engorda sob a luz da lua.

LITTLE ITALY — ??

Não é exatamente que eles estejam deixando rastros de fogo, de tão velozes, mas, entre paradas e retomadas, o ritmo deles melhorou, assim como a memória do cara. Mike é o nome dele. Idade? Vinte e sete? Não, vinte e oito. De West Virginia, originalmente. E, nos últimos anos, Bay Ridge. Quando ela pergunta por que eles estavam indo na direção de Chinatow, ele parece travar. Ele teve que encontrar um apartamento novo de uma hora pra outra, explica, e estava com a grana curta. O emprego dele — ele ganha a vida lendo relatórios governamentais e condensando os textos em relatórios um pouco menores — mal paga as contas. Estava indo a pé pra casa hoje pra poupar o dinheiro do metrô. Mas podia ser pior; ele tinha uns primos que moravam num trailer. Enfim, ele pode tranquilo ir sozinho, não está com dor nenhuma... apesar de haver, Jenny pensa, algo meio dolorido nesse Mike, ou no mínimo algo oprimido. E de vez em quando ele para e meio que aperta os olhos no escuro na direção onde o rosto dela deveria estar.

Eles estão descendo para a parte mais velha e mais estreita da cidade quando encontram uma barreira mais séria. Um magote de várias dezenas de rapazes se reuniu numa esquina, de camisetas sem manga, uma espécie de Cavaleiros de Columbus Avenue, iluminados por carros parados. O instinto dela é virar para o leste, passar bem longe, mas o caos já começou a se organizar em linhas. Há uma estranha compulsão nova-iorquina, em momentos de desorientação ou fúria ou medo, de fazer fila, que ela também deve ter. À medida que se aproxima, ela vê algo sendo passado de mão em mão na frente de uma loja. Será que são os primeiros e calmos estágios de um levante? Ou será que os proprietários dessa padaria, com as geladeiras desligadas por causa do corte de energia, decidiram tratar aquilo como uma oportunidade promocional? De qualquer maneira, dentro de um minuto, algum mafioso estagiário lhe entrega um pratinho de papel. E mais outro. Sobre eles suam pesadas fatias de cheesecake amarelo-clarinho. Pequenos gemidos de prazer falam mais alto que as buzinas. "Cacete." Ela se vira de novo para Mike, que se apoiou num parquímetro. "Toma. Come. As calorias vão fazer bem pra nós dois."

O cheesecake é do tipo italiano, feito com ricota ou quem sabe mascarpone, e tão delicioso quanto Jenny lembra de outros tempos, mas também mais complicado, como o presente tem costume de ser, por uma doçura que quanto mais ela tenta saborear, mais vira prazer. Sem garfo, ela tem que usar os dedos. E enquanto o recheio de textura exuberante lhe recobre o palato com uma película, o desconhecido ao seu lado parece estar lembrando também. "A minha namorada fazia uma coisa que tinha esse gosto. Só que era usbeque", ele acrescenta, como se o gosto estivesse levando sua mente ao passado. Ele dá uma última mordida. Procura uma lata de lixo. "Uns pasteizinhos, meio parecidos com *blintz*, com aquele queijo doce. Depois de uma noite dançando no Odyssey, duas da matina, a gente chegava em casa e comia direto da geladeira."

Ele recomeça a caminhar, totalmente embalado. "Agora, bum, a minha vida virou isto aqui, sozinho de novo. Eu nunca me vi morando sem ninguém num porão em Manhattan, mas acho que tudo nesta cidade é diferente do que eu imaginava." Ele se vira para ela. "Desculpa se estou te enchendo o saco. A mesma história de sempre."

Não, ela quer dizer, pode falar. Mas lá na frente surge um lamento agudo, um estalo, uma conflagração em azul e vermelho. "Mais luz!", uma criança está gritando do lado de lá do que devia ser a Broome ou a Grand. Um velho se abaixa para encostar um fósforo comprido no montículo de escuridão à sua frente. Do topo do montículo vem uma erupção de milhares de fagulhas, como uma catarata de trás para a frente, iluminando os patamares mais baixos das escadas de incêndio antes de sucumbir à entropia e à noite. É uma redução, mas é verdade: em qualquer dado momento, os vendedores de Chinatown hão de estar vendendo, os jogadores de mahjong, mahjongando, peixes indolentes à toa nos tanques que são a fachada dos restaurantes de frutos do mar. E ocasiões especiais, isso lá desde os Tang, pedem fogos de artifício. Um surto de lembrança. Ou será a recuperação da imagem daquele outro homem que a examina, tentando atravessar as trevas? "O que foi?"

"Nada", ele diz. "Só que aqui é a minha quadra." Enquanto a luz de novo vai minguando, ele aponta para a placa de uma rua que ela não sabia que existia. Ou uma viela — com asfalto indo até a fachada dos prédios.

Ele adentra manco as sombras que se encerram, e ela o segue no mesmo passo. Para pessoas como o pai dela, vendo de fora, a superpopulação parece o grande problema da existência urbana, mas na verdade é o mundo deserto que inspira cuidados. Grandes grupos se acumulam sob cintilantes fagulhas a poucas quadras dali, mas aqui as luzes estão todas apagadas, todas as lojas trancadas. Ela devia garantir a segurança dele. Chaves tilintam, aí param na frente de uma porta. "Acho que aqui a gente se separa."

"Eu pelo menos queria ver você entrar direitinho", ela diz, depois de um momento.

"Mas você não pode ficar aqui parada esperando. Qualquer lunático pode aparecer."

Ela sabe que eles mal se conhecem, mas se a história recente serve de guia, é o Mike quem devia estar nervoso. "Então parece que eu vou ter que entrar com você."

"A minha casa é meio caída."

"Ponto extra pela honestidade", ela diz, entrando atrás dele numa sala cinco graus mais quente que a rua. Pelo cheiro, parece que alguém está criando gado aqui dentro. De dois ou três andares acima vem o som de uma pessoa de idade cantando em chinês, mas sem lua nem estrelas ela não enxerga nada. Isso nitidamente não é problema para Mike, que encontra a mão dela e a coloca num corrimão angulado para baixo. Cuidado. Os degraus são estreitos.

Depois de uns dez eles emergem numa sala iluminada apenas pelo piloto sob um aquecedor de água. Até onde ela possa ver, é um apê de solteiro igualzinho a todos os outros. Tem uma estantezinha de livros, um frigobar. Numa parede, uma minicozinha. "Deixa eu pegar uma água pra você", ela oferece. Mas Mike já sentou no colchão, com um gemido que parece estar se formando há anos. Incapaz de encontrar o lugar onde ele guarda os copos, ela se conforma com um pano. Molha o pano na pia e o leva até ele e se ajoelha para colocar em sua testa. Ele segura o pulso dela. Sua mão já está mais firme. Por um segundo, ela fica com medo. Ele diz: "Você não precisa ficar fazendo isso, Jenny".

"Ah, para com isso."

"Eu só estou dizendo que a coisa do carrinho e tal, aquilo já foi bem mais do que se podia esperar."

"Eu te devia pelo menos isso." Aí ela morde o lábio. Ele ainda está segurando sua mão livre, mas aonde, ela imagina, será que ela iria se ele soltasse aquela mão? Será que alguém espera que ela caminhe quarenta e tantas quadras pra voltar pra casa, no escuro? E por que ela está se incomodando com isso? Não pode ser menos arriscado do que o que ela está fazendo agora. "Já que fui eu a responsável, pra começar. Mike, fui eu que te atropelei."

A mão cai. "Como assim? Você disse que foi um acidente…"

"E foi."

"Eu podia ter morrido. Que merda! Eu sabia que tinha alguma coisa."

"Você está legal, você mesmo disse. Só meio sacudido. E se você pensar no que eu te falei, vai ver que não menti. Eu só… suprimi."

"Entrou na minha casa com uma conversa furada, foi isso que você vez. Qual que é o seu barato?"

Ela contém um chilique. Dobra de novo o pano para esconder o lado suarento, mas ele já se sentou de novo, e não a deixa voltar a pôr a mão em sua testa. "Olha, você estava me dizendo como isso aqui é diferente dos Apalaches", ela diz. "Bom, imagine crescer na periferia de L.A. com um pai que projeta aviões e uma mãe que mal fala inglês. Eu passei a vida toda tentando sair do mapa que prepararam pra mim. Você conhece o conceito de utopia?"

"Você está mudando de assunto."

"Não estou, estou tentando explicar. Eu passei a minha adolescência maconheira e os meus vinte e poucos presa a essa ideia de um mundo melhor. Depois disso eu tive que dar uma diminuída e fiquei com a ideia da cidade. E aí, mais ainda, até chegar a quase nada, mas acho que fiquei tão ligada a essa ideia de meio que *fazer* alguma coisa pelas pessoas que eu tinha na cabeça que acabei não prestando atenção nas que estavam bem na minha frente. E uma delas acabou sendo você."

"Jenny, você pediu pra alguém ver o seu coração e se você está respirando? Porque o que você está dizendo não faz sentido."

Bom, óbvio, porque fazer sentido ia exigir mais explicações: Mercer e William, Pulaski e Charlie e, por sob isso tudo, aquelas noites em que ela ia para o apartamento de Richard e ele tirava pilhas de papéis de cima do sofá para dar espaço para ela se esticar. Sempre mais coisas a explicar. E ela solta o ar. "Eu não imagino que você tenha lido os Upanixades."

"Eu não tenho nenhum fetiche pela Ásia, se foi isso que você entendeu aqui. Sei que você é…"

"Americana. Os meus pais são vietnamitas."

"Eu ia dizer uma pretensa intelectual, ou alguém que quer corrigir o que está errado. Mas eu não entendo o que isso tem a ver com você me atropelar e aí me engambelar pra entrar na minha casa."

Alguma coisa está se revirando na cabeça dela. "De repente eu mesma não entendo."

Por mais um momento, ele fica calado no colchão. "Você está condenada à sua versão da noite, e eu vou ter que ficar condenado à minha, é o que você está dizendo."

"Não, não é isso. O que estou dizendo, por mais que eu comece por isso ou por aquilo, ou por mais que eu doure a pílula, é que decidir a questão da culpa aqui não vai ajudar a gente. Então de repente às vezes é melhor simplesmente seguir a intuição que te diz que você não é nem mais nem menos real ou livre ou ferrado que os outros. Quer dizer, a gente está aqui neste apartamento, você com os seus machucados e eu com a minha impressão de que eu devo estar com algum tipo de traumatismo craniano, mas pelo menos você está vivo. Está fazendo sentido agora?" Ela estende a mão para encostar no rosto dele, naquele rosto triste, lívido, confuso. E aí, talvez confusa ela mesma, se inclina para lhe dar um beijo, na boca.

MIDTOWN — 2H19

Isso é bem o tipo de tentativa de mascarar os problemas que o ortopedista dele disse que era melhor evitar. O garoto na frente, o recepcionista no meio, e ele, Pulaski, apertando os olhos lá atrás, numa infinita coluna negra que vai ficando mais quente com sua respiração irritada. A bem da verdade, o pé dele está tendo dificuldades para chegar direito a cada degrau, trombando que nem um imbecil com a beiradinha. Se estivesse com a cabeça no lugar, ele teria trazido uns amendoins pra dar energia. E água. E outra lanterna; no começo da subida, Charlie tinha pedido para ele requisitar a do ascensorista, mas Pulaski, que estava se sentindo mal por ter apertado o cara, disse que não, que isso seria errado. Agora, se o garoto olhasse para trás, a única coisa que veria são dois fachos brancos, e não o fato de Pulaski estar colocando seu pobre corpo em risco.

Isso sem nem falar da pensão. No carro, vindo pra cá, o rádio ficava chiando com pedidos de que todos que não estivessem de serviço se dirigissem à delegacia mais próxima. Até aquela altura, Pulaski podia ter se considerado culpado apenas de certas liberdades quanto ao protocolo, mas agora estava entrando direto no campo da má conduta administrativa. Ou, depois de ter mostrado a arma ali embaixo, um delito Classe D. E por quê? Uma história tão mal contada que não colava nem num filme, muito menos com o Escritório de Questões Internas. Quanto pode ser real essa bomba, afinal, se Charlie continua parando de tantos em tantos lances de escada pra chupar aquela bombinha? E lá vem aquilo de novo, um eco fantasma. Que dupla, essa deles, o aleijado e o asmático. E quando eles recomeçam a subir, Charlie anda grudado à parede, longe do corrimão — acrofóbico, além de tudo.

Mas, em defesa dele: você precisa pesar as probabilidades em contraste com as consequências. Até um único quilo de pólvora num andar alto podia fazer a estrutura toda desabar em cima das quadras ali em volta, onde a construção de residências tinha acelerado demais nos anos de prosperidade. Ah, pó, pedras cadentes, fogo. Não que ele tivesse imaginado que teriam colocado assim tão alto. Mesmo assim, a primeira coisa que Pulaski fez ao tirar o garoto da cela foi ligar pra Sherri e dizer que podia demorar. Não, ele não podia explicar, querida, não agora — só que ninguém atendeu. Enquanto a linha tocava sem parar, ele foi sabendo que ela finalmente tinha decidido. Tinha ido para a casa da irmã na Filadélfia. Tinha ido embora. Então pode acrescentar a Sherri, a única família que ele tinha, à pilha de fichas que ameaçava desmoronar sobre essa mesa desgraçada.

E agora as mãos dele estão se agarrando mais ao corrimão, içando seu corpo com músculos que anos de voltas no quintal tinham enrijecido. O ascensorista espera num patamar, arfando, mas Pulaski o faz seguir adiante. E quando Charlie aproveita mais uma pausa, uma meia dúzia de andares acima, para catar a lanterna cada vez mais fraca do ascensorista, Pulaski deixa. Quem é que está ligando, a essas alturas, pras Questões Internas? Aquele músculo hipertrofiado, sua mente ou coração, está se sentindo livre como não se sentia havia anos. E isso, pelo menos, aquela Sherri que sabia como ele era poderia aprovar. Ele estende a mão agora através das paredes sólidas do poço da escada e por sobre oito milhões de histórias e por sobre o porto e os aterros, para onde ela deve estar agora, um par de faróis sumindo rumo sul na Jersey Turnpike. *Volta*, ele pensa. *Eu vou ser melhor.* Quer dizer, se ele não acabar na cadeia. Ou morto. Quando a lanterna furtada de Charlie começa a querer apagar lá na frente, nem o escuro mais tem importância. Larry Pulaski carrega sua própria luz. Ela jorra de seus poros, ele sente, e permite que ele leia o número da porta contra a qual o ascensorista está apoiado, arquejante. **40**. "Se afaste", ele diz, e saca a arma, e entra.

Ele não sabe exatamente o que estava esperando, mas não era isto: um quadro de avisos com uns anúncios, um ventilador elétrico morto, e um estranho zumbido, como que de um motor. Ele não consegue localizar a fonte, e de resto o saguão parece vazio. "Onde é que nós estamos?"

"Sei lá", o recepcionista consegue dizer entre uma respiração e outra. "Eu trouxe um pessoal da imprensa aqui hoje cedo. Mas fora essas coletivas, acho que ninguém usa este andar desde 75. Os executivos se mudaram todos pro 30 pra eles poderem começar a reforma."

"Você não podia ter mencionado isso dez andares antes?"

"O senhor estava armado."

O zumbido fica mais alto, e, quando Pulaski se vira, sua lanterna encontra uma janela que devia estar fechada mas está entreaberta como uma porta. Uma forma se liberta das listras de luz que riscam o vidro e vêm pairando baixo pelo saguão. É imensa e negra, como que mergulhada no pixe. E quando os três se abaixam, uma nova voz, feminina, soa dentre as sombras. "Ah!" A luz corre de um lado para o outro. Quando se acomoda, é sobre uma menina com uma camisa dos Rangers, agachada atrás da porta que dá para a escadaria.

EAST VILLAGE — C. 2H

... E o que você está sentindo então é...

Desespero. Desespero absoluto.

Que você está sugerindo que tem ligação com uma noção trágica, que até aí você estava dizendo que achava que te faltava.

É disso que a gente está falando?

É.

Desculpa, Mercer pensa, mas parece que eu perdi o fio da meada.

Já se passaram anos, e ao mesmo tempo não. Ele está encostado num transformador num parque do East Village, protegendo os olhos com a mão, por causa das ondas azuis das sirenes policiais. Ele também está, simultaneamente, num cômodo acarpetado de carmim em algum lugar, numa cadeira de armar colocada diante da cadeira de armar do sujeito que lhe faz as perguntas. Durante sua ausência, o entrevistador imaginário mudou de novo — ele agora é um homem magro, de cabelo escuro que começa a ficar grisalho nas têmporas, com uma postura fechada e um tipo de rádio no bolso do peito. Só o rosto (e, claro, o estatuto ontológico disso tudo, da sensação de Mercer, que é de grande compaixão e sabedoria a respeito dele mesmo, olhando daqui) continua indefinido.

Você disse...

E aqui um facho branco vindo das viaturas da polícia cria uma chaga na noite. Ele acaricia desconhecidos em diversos graus de à vontade que estão parados por ali esperando para ver o que vai acontecer, enquanto pedacinhos de papel queimado vêm voando pelo ar, de algum lugar, finos como parafina. Enquanto isso, o entrevistador imaginário revê suas anotações. Ele aparentemente tem um registro de cada ideia vaga que já passou pela cabeça de Mercer. Deve haver duas dúzias de blocos empilhados no colo das calças de veludo dele. Uma voz amplificada que vem de trás da luz fala alguma coisa que inclui a palavra "dispersão". Mercer não consegue ouvir direito por causa da voz do entrevistador. Que escolheu, é preciso reconhecer, uma horinha bem esquisita pra voltar.

Você disse que, para você, o dever do poeta, "conspicuamente" foi a palavra que você usou, era o de encontrar coisas para louvar, mas que esse louvor tinha que ter um pano de fundo, uma tela onde ele existiria. E aqui você diz que essa tela tem que ser, e eu cito: "uma noção pessoal da probabilidade aterradora de que não exista coisa alguma". Ou seja, a noção trágica. Enquanto o que você tinha era meramente "autopiedade adolescente". Fim da citação.

Eu disse isso?

Eu posso lhe dar uma data, se você quiser. Isso foi no fim de outubro de 1977.

Mas ainda é julho.

Hmm...

O entrevistador se recolhe a uma névoa arquivística. Ainda assim, Mercer fica pensando: será que agora ele tem essa noção trágica? Quando olha para a multidão que se dispersa por aqui, será que a solidão que sente é realmente uma aberração, ou será que é a norma? Só que a multidão parou de se dispersar. A bem da verdade, um dos passantes está se dirigindo para a viatura: a mulher sozinha, a que ele achou que estava disfarçada. A postura dela é séria, resoluta, como a de um caubói de cinema, e se ainda resta nela algo de oculto, ele não consegue determinar o que seja; aquela cerveja lhe subiu direto para a cabeça. "Mãos ao alto! Mãos ao alto!", o carro diz. E agora, no capô brilhante, pode-se discernir o reflexo dela, contra um fundo de chamas líquidas que vêm da lata de lixo. Alta na vida real, ela parece impossivelmente pequena quando duplicada pela luz, o azul, o laranja. Ela estica um braço para erguer um pouco a minissaia. Ou melhor, ele estica. Mercer sabe o que virá a seguir um instante antes de aquilo acontecer de verdade.

Aí o primeiro jato de urina bate no capô do carro, e com todo o devido respeito ao motor, ao ABBA, e ao murmúrio dos homens à sua volta, é o único som. É definitivamente um troar. Mercer pode ver minuciosamente a cara da mãe quando a delegacia de costumes ligar para dizer que o filho dela foi preso numa batida. Atentado ao pudor, posse de drogas, resistência à prisão... Não, não aquele filho; o bonzinho. Ainda assim, ele não pode deixar de admirar o que está acontecendo. O travesti está pacientemente sacudindo as últimas gotas bem na frente do para-brisa negro e sem rosto. Aí, de algum lugar sob as árvores, alguém lança uma garrafa contra o carro da polícia. Ela erra feio e se estilhaça no chão, mas a próxima acerta na mosca, quebrando um farol. E o cara da minissaia merece respeito. Mesmo quando a sirene soa, mesmo quando o megafone ganha vida crepitante novamente, ele(a) continua paradinho(a). Uma fuzilaria de garrafas gera estouros efervescentes por toda parte.

Quando então o carro sai apressadamente de ré, motor chiando, luzes desgraçadas ainda girando. Tem gente batendo continência com o dedo médio, e quando tudo acaba, eles todos rompem em gritos de alegria. E, como o vácuo que os policiais deixaram atrai mais gente, o aplauso não cessa, mas se torna generalizado, rítmico, ganhando força à medida que os que fugiram para os arbustos retornam. Alguém sobe num banco e ergue as mãos juntas como Muhammad Ali, e se ergue então um grito que provavelmente pôde ser ouvido a quadras dali.

"Eles acharam que as regras antigas ainda estavam valendo, mas se foderam, não foi?" Vozes gritam incompreensivelmente em resposta. Mercer não consegue dizer direito qual é a sua — só que quem agora exorta a multidão não é mais o travesti, cujo rastro ele perdeu. Há algo de poder. Algo de pertencimento. E, por fim: "Hoje a gente vai tomar posse da cidade de novo".

Uma formação já corre na direção dos portões do parque, como se pudesse haver mais policiais ali que precisassem ser confrontados. Ou formação é a palavra errada, é mais uma força da natureza, pressão que jorra de uma fonte subterrânea. O cara tem razão: as ruas aqui fora agora são deles, se já não eram antes. E não são só as bichas do East Village; quando Mercer olha, ele vê punks, de cabeça raspada, e umas latinas que vieram do outro lado, e até uns mendigos insalubres vão se perfilando, uivando para a lua.

    Mas aí na esquina da Houston eles encontram um uivo igual e oposto ao seu, e que segue na outra direção. É aquela manifestação pela lei e pela ordem que começou hoje de tarde e está dez vezes maior. Velas e lanternas e tochas, camisetas empapadas de querosene e amarradas em cabos de vassoura balançam como barcos num mar de trevas. Ou como um único barco, um Navio Fantasma, assombrando o sul da ilha pelas últimas sabe-se lá quantas horas, à espera de algo com que colidir. Aqui, no meio da Houston congestionada, eles encontraram esse algo. De um lado do bulevar para o outro, sobem as palavras de ordem. *NÓS VAMOS RECUPERAR!* De qual metade da multidão elas vêm é difícil dizer, porque a outra metade acompanha, mais eco que resposta. *NÓS VAMOS RECUPERAR! NÓS VAMOS RECUPERAR!* Mercer não está tão bêbado a ponto de não perceber a ambiguidade quanto a quem exatamente iria recuperar alguma coisa, e de quem. Mas talvez isso seja uma virtude, porque pela altura da quinta ou da sexta iteração, *mirabile dictu*, os grupos opostos se fundiram. Já é difícil na escuridão separar a pequena burguesia de mendigos chiques — ou de saber em que campo ele mesmo se encaixaria. É como se as duas metades tivessem finalmente se alinhado, e se orientado, como sempre acontece com as mentes coletivas, na direção da restauração.

93

MIDTOWN — 2H23

O negócio é que ela nunca quis fazer nada disso. Ela é uma boa pessoa, você tem que acreditar — isso é tudo um monte de coisa que ela já quis contar praquele repórter naquele dia. Ela lembra das palavras enchendo a boca como bolas de chiclete que ela não teve a velocidade necessária pra morder de volta: *Você pega uma pessoa boa, mexe bem durante a infância, aí a puberdade...* Beleza, ela já sacou, é aquela tentativa clássica de ganhar compaixão, dava pra dizer a mesma coisa de gente que saiu matando a machadadas, mas pelo menos desde aquele primeiro inverno depois de chegar de carona a Nova York, quando ela encontrou o Sol e eles ficaram morando na parte de trás da van, ela literalmente não era capaz de machucar uma mosca. Até aquelas formiguinhas idiotas que ela encontrava de bobeira no ombro dele de manhã ela catava e jogava pela janela de trás em vez de esmagar, porque vida é vida; isso a mãe dela ensinou. Depois, ela e a Sam iam gostar de ficar tirando sarro das doidices das mães hippies. Acampadas no Lenora, agarradas a uma xícara de café até as garçonetes as expulsarem dali, elas jogavam A Minha Era Pior. A Saco de Gosma sempre ganhava, claro, mas quem é que estava competindo? Todos os Pós-Humanistas tinham pelo menos um dos pais doido — pelo menos até chegar o Profeta Charlie, que tinha um pai morto. Um pai doido, na experiência da Saco de Gosma, gerava uma de duas reações, rebeldia ou identificação. A mãe dela tinha um desejo ardente de tratar bem o universo, seja lá o que isso quisesse dizer a cada semana, e passava a ideia adiante. Então a Saco de Gosma era uma pessoa boa, basicamente.

E, sério, apesar de viver resmungando, o Sol também era. Se bem que, pô, como eles estavam na merda naquele inverno, inverno de 74. Eles tinham que entrar escondidos no Vault, pela janela do banheiro, ou às vezes o Angel que cuidava da porta deixava eles pagarem o couvert ficando de leões de chácara por coisa de meia hora. Eles ficavam até o apagar das luzes e o surgir dos esfregões e até o Canhão berrar aquela coisa de que você não tinha que ir pra casa mas não podia mais ficar aqui. (Aquilo basicamente poupava, pra todo mundo que ouviu, um semestre inteiro de *Ser e tempo*, Nicky disse mais tarde.) Fora a música, que lhes dava alguma coisa pra esperar no fim do dia, o clube era suarento e vivo e a alternativa era a van, onde eles precisavam vestir todas as roupas que tinham e se amontoar embaixo de uma pilha de cobertores pra se esquentar. Às vezes ela ouvia gente fuçando do lado de fora, apesar da folha de papel grudada com durex na janela e que dizia claramente sem grana, sem rádio. O Sol ficava horas acordado aninhando-a de um jeito protetor, com o berro logo do ladinho. Ninguém chegou a ponto de invadir, o que foi sorte, ela pensava, porque o Sol definitivamente era capaz de puxar o gatilho. (Ela não sabia, naquela época, que todo mundo era capaz.) E de manhã eles tinham que limpar tudo, porque o chefe do Sol ia demitir o cara se descobrisse que eles estavam dormindo na van. Os negócios estavam lentos naquela época, com a cidade inteira desmontando nas primeiras páginas dos jornais, congelando como se o sol tivesse se apagado. Nem se o Sol estivesse recebendo por hora em vez de por janela eles iam ter dinheiro pra arranjar um apê pra eles, e ele se negava a voltar a morar com a mãe no conjunto. A sra. Greenberg era horrível. Polonesa, originalmente, e ciumenta, e um terror quando bebia. Ninguém sabia onde o sr. Greenberg tinha ido parar. Então tinha tudo isso, de atenuante. A pobreza de marré e as dificuldades e o frio ficção científica daquele tempo antes do Pós-Humanismo — o sabor que aquilo acabou deixando na boca já lhe parece quase doce.

E tinha isto, também: Nicky Caos, e a dívida que ela tinha com ele. Só ele percebeu como ela e Sol estavam pálidos, e como eles precisavam de coisa de vinte minutos, depois de entrar no clube, só pra parar de tremer, e levou os dois pra casa. Tudo bem que talvez não fosse exatamente uma casa, e nem era dele — ele estava ocupando, beleza? —, mas pelo menos ele tinha dado um jeito de não cortarem o aquecimento, ou alguém tinha. O Nicky nunca falou nadinha de algum patrocinador naquela época. O que ele fazia era contar sem parar aquelas histórias do já lendário Ex Post Facto, e os olhos dele brilhavam, e aqueles dentes brancos, perfeitamente imperfeitos, e toda a desgraça que a S.G. tinha encarado simplesmente sumia. Era como se um pouco da lenda já tivesse gastado, polvilhando de dourado o cabelo espetado do Nicky. E quando ele começou a falar de tentar entrar pra banda, e curtia aquelas coisas todas de oficina que o Sol tinha aprendido lá na PS 130 (a própria Saco de Gosma tinha largado a escola aos quinze anos, quando sua mãe se convenceu de que ela estava sofrendo uma lavagem cerebral), e o colocou atrás da mesa de som na garagem lá dos fundos, o Sol começou a ficar um pouco mais ereto, como se tivesse recebido o seu orgulho de volta.

Por algumas dessas razões, ou todas, tudo que o Nicky dizia automaticamente ganhava peso pra Saco de Gosma, e ele era bem radical no que se referia à ideia de que o imperativo semikantiano que levava os hippies a fazer o bem e serem bons sem esboçar qualquer definição mais precisa dessas categorias levava a uma espécie de paralisia moral. Por exemplo, e se um trem estivesse chegando em alta velocidade no trilho e ameaçando matar duas pessoas, e se você baixasse uma alavanca ele ia passar para outro trilho e ia matar só uma? Ou, por exemplo, e se os números fossem maiores? Um milhão, digamos, versus cento e poucos mil? E se o trem fosse o sistema sustentado pelo humanismo liberal? E se a alavanca fosse? E se a paralisia moral fosse todo o fim e a *raison d'être* do sistema, propaganda enganosa, um truque barato de cartas? O sistema guardava para si todas as ameaças, em compartimentos lacrados. Esconda a possibilidade de ação, e você ia conseguir ser culpado sem jamais ter sido responsável, ou responsável sem jamais ter sido livre, ou livre apenas na medida em que não sacou a sua própria culpa. Com o passar dos meses, esses termos — culpa, responsabilidade, liberdade — passaram a fazer parte do ar que a Saco de Gosma respirava. Mas não lhe ocorreu naquele tempo que ação significasse qualquer coisa diferente de tocar fogo numas coisas. Ela gostava só de ouvir o Nicky falar. Ela teria ouvido o que quer que ele tivesse pra dizer.

Só depois de fazer a ligação entre o Nicky e a Sam foi que ela começou a imaginar se no fundo era assim uma pessoa tão boa. Porque, francamente, ela ficou muito puta. Vendo-o tirar a sua amiga de canto pra uns debates particulares sobre a teoria e a práxis do Pós-Humanismo, ela pensou que a *Sam no fundo não era sua amiga*, e foi assim que o que ela sentia pelo Nicky veio à tona. Não que ela não pudesse ter percebido. Foi como quando ela decidiu fugir pra Nova York, apesar de a Mãe, por mais doida que fosse, dar um teto pras duas e pôr comida na mesa, e apesar de as perspectivas da Saco de Gosma serem manifestamente horríveis. Será que preferir a possibilidade condenada ao fracasso em vez da segura contava como rebeldia ou como identificação? Ruim de dizer, porque a mãe dela não era uma pessoa só. Ela passava metade do tempo andando por todo lugar com o espanador; na outra metade ficava esperando os marcianos. De qualquer maneira a Saco de Gosma queria que os olhos negros do Nicky pegassem fogo por ela de vez em quando. Aquela primeira explosão grande no Bronx no outono do ano passado, o fato de que alguém podia ter se machucado... isso não a impediu. Na pior das hipóteses, aquele desejo físico ganhou corpo com a noção de que algo real estava em risco. Ela queria o cabelo de porco-espinho de Nicky cutucando a parte de dentro das suas coxas o tempo todo. Queria esfregar o esperma dele na pele como uma loção transfiguradora. Quando acordasse, e a película se rompesse, ela seria poderosa e unificada e pura. Mas toda vez que eles trepavam agora ele sempre parecia estar em outro lugar. E quando ela descobriu, depois que o Cachorrinho sumiu, que o Nicky também estava comendo a Sam, aquilo lhe cavou um buraco no peito, essencialmente, um rasgo e um talho, meteu a lâmina na carne branca e macia e correu a faca por ali até não ter restado quase nada da pessoa que ela achava que era. Como tinha feito com o Sol, ela sabia (se bem que, como o Nicky diria, mutatis mutandis. O Sol tinha como que uns olhões de lobo de desenho animado pela Sam desde que eles começaram a ver a menina nos shows). Isso não significava que não houvesse mais amor entre os dois S.G.s. Há uma ligação que se forma entre pessoas que tiveram que depender uma da outra pra sobreviver, e o Sol era acima de tudo leal, no sentido de jamais abandonar. A bem da verdade, ela tinha passado a ver isso como a parte central do que o prendia ao Nicky, uma lealdade que não era ideológica, mas instintiva. E lá do seu jeito bruto, o Sol sentia que ela estava sofrendo. Ele perguntou algumas vezes no escuro, na cama — ou, mais precisamente, no chão —, se ela estava legal, e ela respondeu, obviamente, do que era que ele estava falando? Mas a atmosfera na casa agora parecia instável, como se todo mundo já estivesse com uma arma apontada pra todos os outros.

Foi pra essa atmosfera que o Sol voltou no dia do Natal com a camisa dos Rangers e a sacola esportiva estourando de tão cheia. Ele tinha costume de roubar qualquer coisa que não estivesse acorrentada, mas, mesmo sem esse disfarce vagabundo, ela teria ficado sabendo, pelo jeito com que o Nicky o interrogou, que aquele roubo em particular tinha sido premeditado. E de maneira similar ela sacou o segredo que estava dentro da sacola bem antes de o Sol dar com a língua nos dentes. Como ferramenta pra reverter o que tinha acontecido com a Zona de Decadência Urbana, aquilo era genial, mas também dependia de a Sam não caguetar — dependia de uma lealdade que o Nicky devia ter visto nos fanzines que não existia. Claro que aí a Sam ficou sem grana. Tudo bem que era na época das festas, mas aquilo parecia uma confirmação, e a Saco de Gosma não podia reclamar com o Nicky, porque no que se referia a Sam também não dava pra confiar nele. Entre os Pós-Humanistas, o D.T. sempre pareceu o mais ambivalente — quando ele dizia "revolução", quase dava pra você ouvir as aspas e o medinho —, mas foi para ele que ela acabou confidenciando seus medos, e, pra sua surpresa, ele estava no mesmo barco. Os dois tinham visto a Sam fotografar aqueles bombardeios no começo de setembro. Entre o que estava na câmera e o que eles acabavam de tirar do pai dela, ela provavelmente tinha material suficiente pra botar todo mundo no xilindró por um tempão. Ou pelo menos o Nicky e o Sol.

E assim, no dia do Réveillon, quando o Profeta Charlie deixou escapar que ia encontrar sua melhor amiga Sam Cicciaro no norte da ilha, ela encontrou o olhar do D.T. do outro lado do porão ensebado do Vault. Ele tinha fingido que estava bêbado demais para ir tocar a segunda parte do show, o que significava que ia ser só bateria, baixo e um punhado de fogos meio defeituosos pra cobrir o segredo terrível do Ex Nihilo — o fato de que o Nicky era clinicamente desprovido de ouvido musical —, mas a banda já era uma nota de rodapé.

Ela lembra de passar por uma festa dos Hamilton-Sweeney do outro lado de uma rua do Upper West. Mais perto da esquina, amontoado sobre a neve ainda não recolhida, havia um crochê de pegadas, como que de muita gente que cruzou caminhos. Ou de uma uma única pessoa que mudou de rumo várias vezes, incapaz de decidir pra onde ir. Aí ficaram S.G. e D.T. indo e vindo, borboleteando pelo parque, só pra garantir, e, quando eles chegaram de novo perto da rua, a primeira profecia do Profeta se verificou correta. Lá estava a Sam num banco. Esperando alguém que devia estar na festa — não havia outro motivo pra ela estar tão ao norte da ilha assim. E quem podia saber o que a Sam era capaz de revelar? Quem podia saber o que alguém ali ainda era capaz de fazer?

Tinha sido ideia do D.T. pegar a pistola da van, caso a Sam precisasse ser convencida de que eles estavam falando sério. Mas ali no Parque, os punks acabaram passando a arma de um pra outro como num filme mudo enquanto a Sam os mandava largar mão, porque estavam sendo bobos. "Assim, todo mundo aqui já fez a sua escolha, não é?" Dava pra ouvir aqui um eco do Nicky, dos colóquios sussurrados dos dois no porão, só que virando o contrário do que ele queria dizer. E alguma coisa mudou naquele segundo pra Saco de Gosma também. A arma acabou caindo nas mãos dela, enquanto as mãos da Sam subiam diante dela como pássaros ao luar. "Calma aí", ela disse. "Eu ainda sou sua amiga."

O disparo pareceu ocorrer sozinho, ela achava que a trava estava presa, eram coisas que a Saco de Gosma se diria depois, mas na verdade a Sam sempre foi uma ameaça. Ela tomava posse de tudo, quando a Saco de Gosma não tinha praticamente nada — a não ser, ao contrário do que todo mundo parecia pensar, volição. A dar com o pau. Então ela sabia o que ia acontecer quando puxasse o gatilho? Talvez o que ela quisesse, desde o começo, fosse descobrir. E lá estava a sua amiga, na neve, com sangue jorrando, um ruído rascante como se estivesse morrendo. Havia luz suficiente pra ver o D.T. pegar a arma e colocar perto da orelha da Sam e, virando o rosto pro outro lado, disparar o segundo tiro. Isso foi porque o primeiro tinha sido uma merda, ele diria depois, e às vezes você tinha que ser cruel pra ser bom. Acabou que o próprio D.T. tinha feito merda também, mas na hora eles não sabiam, quando saíram correndo na direção do metrô, contando que a neve apagasse as pegadas. E apagaria, desde que entre ela e os túneis lá embaixo fosse grama, concreto e um pouco de terra. Mas a Saco de Gosma já estava começando a entender a verdadeira substância em que tinha deixado sua marca. Ou por acaso essa cidade não era a soma de todos os pequenos gestos egoístas, de todas as ignorâncias, de todo ato de preguiça e falta de confiança e indelicadeza que todos que já moraram aqui cometeram um dia, assim como de tudo que ela pessoalmente chegou a amar?

E tudo isso ela chegou a um fio de cabelo de vomitar pra aquele repórter lá na doca de carga. Alguma coisa no rosto sob aquela barba dizia que ele tinha lá suas noções de sobrevivência. Ela ficou olhando pro pedaço de papel-manteiga engordurado que ficava revirando nas mãos. Quis lhe falar daquele instante de quase alegria, sentindo a arma recuar, sabendo que era tarde demais pra desfazer. Era possível, ainda era, que ela não acreditasse totalmente nisso... mas, quando sua boca se abriu, foi pra encontrar um motivo para ir embora.

Seu ímpeto confessional ia crescer sem parar durante o que se seguiu. Quando o repórter apareceu morto, ela sabia intimamente que tinha sido o Nicky quem acabou com ele. O que já elevava a dois o número de vidas pelas quais ela era responsável, duas vidas não muito felizes, parecia, mas ainda assim. E a pólvora dele ia destruir o que restou, quando nada que possa ter levado àquele ponto valia a pena pra ele. Porém, na noite em que os dois setes se encontraram, alguma coisa mudou de novo. O Profeta Charlie tinha entendido, ela achava, o que ela estava encarando. Ela foi até o sótão com a intenção de tirar a virgindade dele, como uma espécie de pedido de desculpas, e aí ela lhe roubaria também sua falta de noção, e talvez juntos eles pudessem fazer alguma coisa pra deter o Irmão Demoníaco. Ou Irmãos.

Talvez ela ainda pudesse deter, nem que fosse sozinha. Foi isso que a levou naquela tarde ao Edifício Hamilton-Sweeney. Só que não tinha escritórios no 40, como a planta dizia que tinha; só essa imensa sala de imprensa. Depois que os câmeras foram embora, ela se trancou ali dentro e procurou a bomba por todo lugar. Ela ficava imaginando um som de relógio, mas não encontrou o local onde o Nicky tinha escondido. Uma hora ela percebeu que seria este o seu destino — morrer aqui sozinha. Então apagou as luzes e deitou no escuro pra ficar esperando o que tinha mais do que feito por merecer. Responsabilidade, culpa e liberdade se chocando novamente. Desastre e vergonha e renovação. Ela não tinha percebido que o resto do mundo também tinha ficado no escuro, até que o som das vozes a despertou e a fez ir até o saguão. E agora, enquanto o facho da lanterna se afasta dela de novo, ela vê Charlie Weisbarger de pé na beira de uma janela, agarrado na esquadria. O aleijado com a lanterna está correndo na direção dele, ou coxeando, gritando *Não*. Mas é pouco provável que Charlie possa ouvir em meio ao ruído constante do que devem ser dez mil gaivotas ou pombos rodopiando lá fora. E ele também não vai ver nada disso, porque está com os olhos apertados, como se estivesse em contato direto com o cosmos. Como se fosse mesmo um profeta de verdade, meu Deus, prestes a dar o passo que vai mudar a vida deles pra sempre.

"AQUI" — 2H30

    Detonações estouram logo ali, como paredes que delimitam um vácuo que a contém. Ou ondas que arrebentam na mudança que ela tentou ser, na cidade que desejou se tornar. É a concussão de outras pessoas, de dez mil espiras que agora desmontam no mar. Como se um rádio de repente ficasse impossível de sintonizar. Ou como se algo no coração se partisse. Ao mesmo tempo, tudo está sempre se partindo, e estouros também podem celebrar: taças pisoteadas ou jogadas na lareira, tinidos concêntricos de colheres sobre vítreos tampos de mesa, seguidos de esquírolas de riso. Então respire, Jenny. Junte essas folhas na cômoda do eu e tente ajeitar de alguma maneira. Em que você acredita agora? Você acredita que essa escuridão fervente é um porão. Você acredita que o corpo sob você sabe de coisas que você ignora. Tateie, encontre no escuro um caminho até qualquer rosto úmido e encoste esse rosto no seu. Ela está cansada demais a essa hora para sequer tentar entender o que faz, mas uma língua também é linguagem, mesmo com gosto de jejum, de chiclete prestes a perder o gosto. *Você tinha apagado*, ela diz, subindo para respirar: *Eu juro...*
    E será que ele pode ter certeza de que ela não está certa? É possível que ele nem tenha estado aqui. Houve aquele primeiro dia que ele passou neste quarto, sem querer ir mais longe. Sem querer se colocar na tempera-

tura do frigobar vazio, ou da vodca que arde quando afinal de contas está apenas fazendo seu trabalho. Mas como explicar essa outra pessoa que agora dá um jeito de entrar? Costelas contra costelas, seios pequenos e macios, boca na sua boca. Como é que você pode sentir dor por tudo e ainda assim não impedir aquela mão de mexer no seu cinto? Ele sente uma jaula, abrindo, sente. Como um tigre esquálido e cativo, por mais que custe ao tigre cada vez que é visto. E o querer se acumula como pressão, como fome de querer comprimi-la indolor contra qualquer parede à mão. O tigre treinado levaria uma pomba na boca sem rasgar uma só pena. Ou será que ainda é ele quem é carregado? Difícil ter certeza de qualquer coisa a não ser o corpo dela no escuro, cheiro, língua pequena, alento quente que lhe encontra o ouvido interno. Ele está com medo de ainda estar no chão, mas encontrar o botão da calça dela é estar lá dentro, lá embaixo no liso calor que cabe direitinho na mão para que foi feito, zona proximal do fogo mais fundo. Estar de volta à negra incompreensão hirsuta dos bosques onde um dia andou, à neblina em que você se perde e se encontra. A respiração dela como o mar numa concha, encontre. Encontre o que se esconde. Encontre o cerne em que some o externo em segredo e em segredo suma ali.

Quero dizer, eu achei que você estava morto. Eu achei que estava te vendo morrer.

Por um segundo, a calcinha branca arde como uma vela no escuro. A cabeça dela mira o teto onde nadam faróis que penetram a janela atarracada, brancura triangular na garganta. Ela está simultaneamente por baixo, segunda pessoa. E eles se fundem de novo. Ela tem consciência do atrito do colchão contra os joelhos, mas também, estranhamente, nas costas, enquanto um move o outro pela roupa de cama. São como a escada que se escala sozinha. Como crianças cruzadas numa balança, indo cada vez mais alto. Há uma força dentro de você que jamais se expressou. Que talvez não se possa exprimir. E deve ser por isso que, às vezes, fodida é a palavra mais linda de todas. Um rojão branco lhe dói como um ombro mordido, e um bando de pontos brilhantes que afluem destrói o que eles viram que não pode ter mais fim... e aí, uma vez mais, ela é apenas ela. Livre para fazer todo o barulho do mundo.

EAST VILLAGE — 2H30

Um estalido como de uma lâmpada queimada arranca Mercer de suas elucubrações. Um parquímetro logo à sua direita foi decapitado. Na esquina da Avenue A, uns homens com lanternas de bolso gritam: "Não! Por aí não! Por aqui!". Ele mal consegue ouvi-los em meio aos gritos (*Nós vamos recuperar! Nós vamos recuperar!*), mas, quando a multidão toda se encaminha para o oeste, ela o ultrapassa.

Latas de lixo amassadas cospem fogo como vulcões na Houston. Mais à frente ele vê uma cabine de telefone derrubada diante da entrada de uma ruela, supostamente para deter os policiais, e aí uma barricada de cavaletes de madeira. Pode-se ouvir semeado entre as palavras de ordem o som do metal rasgado. Na esquina da Broadway há uma loja Modell's cujo grande portão de segurança não vai aguentar muito tempo mais sob o peso do contingente de adolescentes que agora o escala. Sobe um troar quando ele desmorona, e mais uma vez quando o vidro laminado cai ao chão como uma cortina pesada. Um homem alto corre para a luz que o fogo gera com uma camiseta coberta de pontinhos brancos. Ele corre na ponta dos pés, como uma pantera que foge de uma árvore para a outra, carregando um taco de beisebol. Então vêm tacos de croquet e raquetes de tênis. Alguém coloca alguma coisa na mão de Mercer, e quando ele ergue os olhos vê um taco de softball.

Ao lado dele, um homem da sua idade discute com uma mulher com um lenço na cabeça. "Por favor!", ela está dizendo. "E se alguém invadir o apartamento?"

"Me deixa em paz", o sujeito replica. "Eu estou esperando isso há anos. Você sabe onde fica a arma, você dá conta da segurança."

Um branco barbado ao lado deles perora para quem quiser ouvir sobre a teoria histórica de Hegel, sem jamais parar de bater com um taco de golfe, detonando as janelas dos carros estacionados de uma maneira tão metódica quanto a de um joalheiro com seu martelinho. Uma voz de menino lhe pergunta se há mais tacos de golfe. "Se manda, garoto", o sujeito diz. "Isso aqui é uma revolução, não uma ida às compras."

Fogo gera fogo, e agravamento gera agravamento. Enquanto a massa se acumula em LaGuardia Place, lojinhas e bancas de jornal viram alvo.

Algumas partículas isoladas decidem se vingar nas caixas de correio. Uma facção deu algum jeito de fazer a luz alta de um táxi acender e ergueu o carro no ar como se fosse a maior lanterna do mundo. A luminosidade varre a Washington Square, que está cheia de gente. Grandes rolos de papel higiênico cumprem, como esperma, sua trajetória elíptica por entre os sicômoros negros. Tinta spray — *Fora Fascistas! Minha Cidade Com ou Sem Razão* — floresce incoerente no arco do triunfo. Quanto aos fascistas de fato, ou seja, a polícia, eles surgem aqui e acolá nas margens, mas só com as luzes das sirenes apagadas, tendo recebido ordens de ficar na moita.

Mercer antes disso já tinha visto os policiais tentarem fazer um cordão de isolamento em volta daquela mercearia lá na 14th Street. Enquanto os comandantes pediam reforços, enquanto seus superiores tagarelavam a respeito de estratégias, mulheres ficavam emergindo com carrinhos cheios de Similac e Pampers. Tinha gente rindo ou assobiando na porta de casa. Outras pessoas vendiam pilhas a três dólares cada. Outros ainda atacavam esses exploradores, com o dedo metido na cara deles. O vigia noturno, inspecionando as ruínas, gritou: "Ah, ralé, animais, filhos de uma puta!". De um lado para o outro seguiam as viaturas, mas Mercer tinha sentido até a inutilidade das tentativas de restaurar a ordem; havia algo de errado bem no fundo da própria ordem.

Agora ele sacode tentativamente seu taco — que corta o ar com um som brutal. Alarmes disparam na University Place, e tambores começam a bater, a não ser que seja seu coração. A multidão penetra em escritórios administrativos, levando máquinas de escrever e resmas de arquivos que se espalham pelo chão. Mercer se vê segurando uma cadeira ergonômica como se fosse alguma espécie de troféu até que, depois de uma ou duas quadras, seus braços se cansam. Lá na frente fica a Union Square. Um parque de junkies, dizem; talvez o William esteja *ali*? Mas não. Sem essa, agora. Como um sinal de pontuação, ele pega o taco e acerta um parquímetro. A cabeça se mantém, mas o vidrinho em formato de rim se quebra, jogando moedinhas pela rua. Um grito de comemoração se levanta de entre os homens que o cercam. Eles todos ficaram brancos — skinheads, ao que parece —, mas talvez ele também tenha ficado. O mundo físico se dissolve no negror, e os últimos fiapos da noção que Mercer tem de quem ele é parecem ter se desintegrado junto com ele. Não há mais entrevistador imaginário para lhe perguntar o que está sentindo, mas, caso ainda houvesse um Mercer para responder, ele podia dizer que se tratava de um alívio, como deve ter sido um alívio para o C.L. no campo de treinamento, na primeira vez em que se atirou de um avião. Como se estivesse ao mesmo tempo olhando para baixo de uma altitude transcendente e se entregando à gravidade.

Mas será que é mesmo possível entregar o eu? Pois aqui, diante da pequena vanguarda em que se encontra, surge um algo em meio ao nada: uma peça de calcário anglicano lapsário que reluz sob a luz da lua. Ele não precisa olhar a inscrição entalhada no lintel para saber o que ela diz. Pois pode sentir o edifício fazendo-o voltar ao seu corpo, cravando seu corpo no passado, passando uma sentença; é a Escola para Moças Wenceslas-Mockingbird.

UPPER WEST SIDE — ANTES

À luz da coisa galhada de velas que William pegou, as pálpebras pesadas do seu pai são como vidros de uma janela antiga, finas no alto e ficando cada vez mais espessas com a gravidade. O corpo pesado, sempre tão correto, parece desconfortável, com a rótula apontada para um lado. Sono fingido é uma defesa excelente contra as pedras e pontapés da responsabilidade. Como uma criança de quatro anos que tapa os ouvidos e repete *Eu não estou escutando*, sem parar. Só que quanto é fingido? As calças do Papai estão mais escuras na virilha, e o veludo do divã está úmido ao toque. William leva os dedos ao nariz. Opa. É mijo mesmo. Bom, ele que se foda. *Ele* que se foda. Os criados que lidem com isso. Mas, ao mesmo tempo, não há criados. Levar as velas mais perto dele não gera reações no pai adormecido. Está um forno aqui dentro. Ele tenta estalar os dedos perto de uma orelha, depois da outra. Só quando agarra o bíceps murcho do Papai é que as janelas antigas se erguem chacoalhantes. "William? É você?" É como se a última hora e meia — a última década e meia, caralho — nunca tivessem acontecido. Ele não ouviu nada.

O telefone está funcionando; ele podia chamar o médico, se conseguisse encontrar um número, mas parte dele não abandona a ideia de que o Papai está fingindo. Ainda assim, ele tem que ativamente puxar pra botar o Papai de pé, e aí as pálpebras balançam de novo, olhos azuis em pânico na semiescuridão.

"William?"

Ele suspira. "Anda, velho. Vamos lá pro seu quarto."

Claro que ele não tem a menor ideia de onde seria o tal quarto, mas em certos momentos o passo do Papai fica fluente, e William sente que está sendo guiado, descendo certas escadas e subindo outras e descendo um outro corredor até um quarto que tem todo o charme de um centro de convenções. A cama parece intocada; talvez ele e Felicia passem para um quarto novo toda noite, como beduínos endinheirados. Ele posiciona o Papai diante do espelho de uma cômoda, diz pra ele se despir, vira as costas. Lâminas luminosas emergem inclinadas das cortinas brancas, provindas dos carros que de novo passam lá embaixo. Gritinhos juvenis repicam nas ruas. Esta casca de opulência é fina como a de um ovo — isso ele aprendeu, pelo menos. Ainda assim, quando você está dentro, ela é persuasiva pra caralho. E ele se sente tão incapaz. Incapaz, p. ex., de não dar uma espiada nas bermudas acumuladas em volta dos tornozelos, nos braços atrofiados, em como seu pai se perde com um botão da camisa, mesmo quando parece que ninguém está olhando. Ele imaginava que a cabeça do Papai ia cair como a de uma das esposas do Barba Azul se ele sequer afrouxasse a gravata. Agora ele é só um velho patético, com um tufo de cabelo hirsuto brotando da gola da camiseta e aquela mancha molhada lá perto da barra. William larga a coisa de velas no chão e vai ajudar o pai a se equilibrar. "Não, Papai, não sente na cama, o senhor vai..."

"É você, William?"

Usando toalhas do banheiro, ele faz o que pode para enxugar a urina da colcha. Espalha mais toalhas e faz o Papai sentar nelas. É um horror, o que acontece com o corpo de um homem. Um dia vai acontecer com o de William também, só que, no ritmo em que a coisa vai, ele provavelmente não vai viver tanto, então que ninguém me venha dizer que não há lá suas vantagens. Ele se ajoelha para desamarrar os sapatos, puxar a bermuda amontoada pelos pés, ele ajuda com a camiseta. Põe uma toalha no ombro do Papai e o manda para o banheiro levando uma cueca limpa que tirou da cômoda. A porta ele deixa aberta, esperando que a vela ilumine o bastante para o Papai terminar de tirar a roupa sem cair e quebrar o quadril. De um jeito ou de outro, William não vai trocar a cueca mijada do pai. Ele já despiu homens, dezenas, mas há baixezas a que nem ele vai se degradar.

Quando começam os barulhos molhados da escova de dentes, ele acende um cigarro numa vela. Esses tubos-de-morte, essas muletas ou pavios: úteis pra te ajudar a passar por tudo quanto é coisa que você não quer enfrentar. É por isso que são tão populares na casa de recuperação. Cada vez que ele inala o ar, um balão de calor se infla no quarto imaculado. Mas já está fazendo um milhão de graus aqui dentro. Ele bate a cinza no carpete, foda-se a Felicia, e vai até as cortinas em busca de ar.

O motivo de ela cobiçar um lugar como este é óbvio. A altura significa que você enxerga tudo. Não há uma sacada neste quarto, mas, quando ele se debruça na janela, pode ver até os limites setentrionais avermelhados do parque, o Harlem e o Bronx pegando fogo na escuridão. É ali que ele devia estar: no estúdio, atrás de três trancas de porta, com uma chama imensa se aproximando e sem rádio nem telefone com o seu nome real, e, assim, sem maneiras de alguém lhe avisar que ele está prestes a ser incinerado.

Aí ele se vira e encontra o Papai de roupa de baixo limpa, ao lado da cama, com cara de quem não sabe direito pra que ela serve. "Ah, Jesus amado." William vai até ali e o ajuda a entrar entre os lençóis com uma quantidade indecente de fios de algodão. Parece que alguma cerimônia ainda seria necessária, mas o que é que ele vai fazer: se abaixar e lhe dar um beijinho na testa, como se o Papai fosse mesmo uma criança? Ele não consegue nem ver o rosto mais. Nos seus sonhos, este é sempre um leito de morte. "Eu não odeio o senhor, sabe?", é o que ele diz. A fala do Papai deveria ser: "Eu sinto muito". Mas por um segundo, agora, William se vê como seu pai deve vê-lo, iluminado por trás pelas velas e cortinas, e compreende que o Papai provavelmente estaria pensando algo mais parecido com "Me odiar por quê?". A mesma lenga-lenga de sempre entre pais e filhos, como se mais nada no mundo existisse — irmãs, amantes, mães. E, na verdade, o que vem a seguir é barulho roncado de novo. Digamos ronco de uma vez.

Só depois, quando William apagou todas as velas menos uma, para voltar no escuro até a biblioteca, é que uma voz coaxa de entre as sombras: "Tem uma coisa pra você na cômoda".

Ele imaginou aquilo? William fica esperando pra ver se ouve mais alguma coisa, mas o ronco retornou, o mundo voltou ao que era, e a única coisa que ele consegue encontrar na cômoda é a caixinha de jacarandá com chave que o Papai usava pra guardar as abotoaduras e os alfinetes de gravata. Só que está aberta, e dentro dela há um envelope, com o nome inteiro dele escrito na frente numa letra cursiva rebuscada. O papel parece definitivamente velho, amarelado pelo tempo, mas é possível perceber uma sombra ali dentro. Há uma sombra por dentro de tudo, ele está começando a sentir. Talvez seja melhor não olhar muito de perto. Mas ao mesmo tempo ele já sabe que, seja o que for aquele documento, ele provavelmente vai ficar até o nascer do sol lendo aquilo à luz de velas. Isso se é que o sol há de brilhar mais uma vez.

BETH ISRAEL — 2H35

Quando o desconhecido aparece, o respirador está consertado, ainda que com um rangido angustiado no meio de cada bombeada, onde o fole roça o vidro. Ou pode bem ser que a angústia seja do Canhão. Ainda imóvel numa cadeira junto à porta, ele sente o adiantado da hora com uma nitidez que se reserva aos moribundos. Assim como esse cara com a barba por fazer ali na porta, ao que parece. O Canhão tem uma sensação indesejada de não saber ao certo se conseguiria encarar o sujeito numa briga, se chegasse a tanto. Mas aí certo reconhecimento se dá entre eles — ou seja, o Canhão reconhece que deve ser o pai da Sammy, e o pai decide supor que nada de esquisito andou acontecendo aqui. O Canhão se põe de pé com certo esforço e um gemido. "Toda sua, chefia."

Seria fisicamente impossível, mesmo com a porta extralarga, que o tatuado se espremesse para passar por Carmine Cicciaro sem forçá-lo a se mexer. Ele não pode pesar muito menos de cento e cinquenta quilos, e Carmine, que também não é magrelo, ganhou uns oito ou dez no último semestre, de tanto comer porcaria. Mas ele já passou horas abrindo caminho na marra até chegar aqui, e não pretende recuar.

E nem, depois de ter se instalado na cadeira ainda morna, Carmine vai se levantar, nem uma vez, para visitar as máquinas de venda de comida que zumbem num cantinho que dá para a sala de espera. Aqui é um lugar onde ele consegue passar longos períodos sentado sem pensar em muita coisa.

Algumas das coisas em que ele não está pensando agora: o seu próprio corpo se jogando entre a filha e a arma, em vez de estar ancorando uma barcaça de fogos de artifício no cu do mundo de Nova Jersey. As latinhas vazias de Schlitz que o cercavam umas horas depois, quando o telefone o arrancou da cama. O sujeito que levou sua esposa embora, e como aquele rosto, tão satanicamente juvenil quanto o de Dick Clark, tinha voltado à sua memória logo antes de ele atender a ligação, às quatro da manhã do primeiro dia de um novo ano. O protetor de orca, ele pensou que ela disse, naquela primeira vez em que o mencionou de passagem. Mas aí, fazia anos que ele apenas a ouvia pela metade. Estava muito ocupado exigindo seu espaço... e nem depois de ela ir embora ele conseguiu entender. Quando perdeu a cara de bebê, a Sammy ficou idêntica à mãe, até naquele jeito de fechar a boca distraída como quem guarda um segredo. *Você fez o que podia por ela*, o repórter disse. *Sacrificou muita coisa para ela poder se educar.* Mas o que era que Richard sabia, no fim? Merda nenhuma. Carmine nunca esteve mais do que meio presente na vida da filha também, e vê isso como culpa sua — ou veria, se fosse pensar nisso, mas não vai. E será que ela está pensando? Não se formos acreditar nos médicos.

Lá vem um agora, com aquela cara de uma versão jovem de Jawaharlal Nehru. "Vamos ver", ele diz, consultando a planilha que carrega. "Ah. Cicciaro." A brusca eficiência com que pronuncia cada sílaba mostra a falsidade do seu envolvimento. Carmine tem uma nítida fantasia de meter aquela papelada goela abaixo daquele homem. Em vez disso, faz a mesma pergunta que faz toda vez que encontra um médico novo, como se isso pudesse mudar a resposta. Quanto tempo isso vai durar?

O estado ve-ge-ta-ti-vo?, Nehru pergunta. Há aqui certa ausência de gestos, do coçar de cabeça e do virar de rosto com que Carmine se acostumou. Existem casos, casos mi-ra-cu-lo-sos, em que o paciente desperta, mas os dados registrados são quase categoricamente contrários. E Carmine não é re-li-gi-o-so, ou é? Não, ele bem pensou mesmo. Ela pode ficar assim por anos, corporalmente, mas sem essas máquinas, ela já estaria morta. "Me desculpe", o homem diz então, como se uma pessoa diferente e profundamente comovida tivesse tomado posse da sua laringe, mas quando tenta tocar no braço de Carmine, a única coisa em que ela consegue pensar é em jogar o cara no chão entre as bases com rodinhas de todo aquele equipamento e descer a chibata nele com aquele estetoscópio até *ele* precisar de uma máquina pra poder respirar.

A Sammy não está sentindo dor, claro — disso o Nehru tem certeza. A careta que Carmine às vezes acha que vê é apenas uma combinação de reflexo muscular e do impulso que a sua própria mente tem de gerar significado. Os médicos vivem lhe reafirmando isso: ela não está nem aqui nem lá, nem com raiva nem misericordiosa, e certamente não está com dor. E por meses, já, em vez de lamentar pela alma da filha, ele está tentando simplesmente vê-la desse jeito, como um casco, uma concha. A vaselina lustrosa que as enfermeiras colocam em volta das narinas, a manteiga de cacau que ele põe nos lábios, a pele seca que a manteiga não consegue prevenir de todo. A desidratação é um perigo. As escaras são um perigo. Perda de peso: um perigo constante. Ele puxa o lençol que fica preso embaixo do colchão pelo menos uma vez a cada visita para verificar as pernas dela, que é onde você devia esperar perceber. Toda vez ele imagina que ela vai ter se mantido firme graças aos médicos (que agora vêm dar uma olhada nela a cada dez minutos, daria pra acertar o relógio por eles, porque aparentemente houve algum problema hoje com o equipamento de respiração). E toda vez, pelo contrário, resta um pouco menos dela. Ele olha de novo. Com a penugem crescida de novo, as pernas podiam ser as de um menino magro. Os tornozelos parecem lápis. Por mais que eles neguem, ela está sofrendo, e são os pecados do pai, seus pecados contra a própria ideia de paternidade, que ela está pagando.

Ele só precisaria dizer pra eles desligarem as máquinas, e ninguém poderia culpá-lo por essa decisão; foi isso, ele finalmente percebe, que o Nehru não teve coragem de insinuar. É o que eles vêm insinuando de um jeito ou de outro desde janeiro. Ela nunca vai melhorar. Mas Carmine sabe que ele ia se culpar. Ia passar o resto da vida como se tivesse sido mergulhado em polverone e arsênico branco e incendiado, soltando fagulhas.

O Nehru, voltando com um colega, finge que não enxerga mais Carmine. O colega cerra o cenho enquanto examina as conexões do respirador. O Nehru traça marquinhas na planilha e diz alguma coisa sobre quanto tempo a máquina ficou desligada, sobre o potencial de maiores danos encefálicos. Carmine não consegue ouvir direito, por causa das palavras de ordem que surgiram do outro lado da cidade. Sete batidas: *Dada dada dada DAH*. É aquela manifestação de que ele ouviu falar no programa do "Dr." Zig hoje de manhã. Ainda deve estar animada, mas, quando ele se levanta para olhar, está tudo escuro lá fora, a não ser por uma luz de alerta numa torre de escritórios a quase um quilômetro dali. Como um olho que o vê — que vê o que lhe vai no coração. E veria mesmo que todos os outros estivessem loucos de vontade de aceitar que, de alguma maneira, a tecnologia que a mantinha viva também tinha falhado. Erro mecânico, uma coisa dessas, estava na hora, vontade de Deus, agora não sente dor. Melhor assim. Será que ele é homem, é a pergunta de verdade. Será que ele é homem de ficar aqui sentado olhando a filha engasgar como um peixe fisgado e não voltar atrás? Porque, se ele decidir fazer isso, não vai sair do quarto até acabar.

Não, a multidão lá fora está gritando, enquanto os médicos recuam de novo. *Não vá se precipitar*, ou talvez que ele *Não vai se recuperar*. Ele achava antes que sacrifício era alguém abrir mão da própria vida. Nada a ver. É abrir mão da dela. E ele quer que doa mais do que qualquer coisa já doeu na vida, mais do que ela sentiu dor, se é que sentiu, e que aquilo o aniquile de dor. Ele quer a pólvora por tudo, quer que ela o consuma de fora para dentro, mas nunca chegue até o cerne, que vai continuar gritando lá dentro por toda a eternidade. Aqueles outros pais foram homens. Abraão. Jeová. E agora aqui está Carmine Cicciaro, pondo a mão naquela máscara.

AS QUATRO VISÕES DE CHARLIE WEISBARGER

A primeira visão, prólogo de todas as outras, refere-se à estreiteza de todas as visões anteriores — ao fato de elas nunca terem chegado muito além dos limites do crânio de Charlie. O que significa que elas certamente nem eram visões. Ou, pelo menos, não assim. Pois agora é o mundo exterior que se transforma. O que parecia ser janela vira porta.

A segunda é um barulho. Uma voz. Você tem que decidir se atravessa, ela diz. Para despertar. Mas há um problema: os pássaros estão bloqueando a porta, então ele não consegue enxergar com nenhuma clareza o que há lá fora. Com os outros distraídos pela presença da Saco de Gosma (como ele também podia estar, em circunstâncias diferentes), ele fecha os olhos e se força a passar para a soleira da janela. A correia da câmera força o ar a lhe sair dos pulmões. Um punho de aço lhe espreme o coração. Ele não precisa olhar para saber como a rua está longe lá embaixo, e esses pássaros parecem putos. Eles se esbatem logo na frente da janela como uma máquina vingadora, com o vento ríspido que sopram jogando seu cabelo para todo lado. Mas ele não consegue se convencer a abrir os olhos. Ou talvez não precise. Talvez isso fosse apenas diminuir o efeito da visão seguinte, a que agora se desfralda dentro dele.

Essa envolve um futuro, ou futuros. Ele flutua sobre Midtown, a torre de escritórios a seus pés é ruína antiga, junto com tudo mais num raio de várias quadras. Mais além, para lá do muro intacto do Distrito Financeiro, resta o porto. As águas de início são plácidas, reluzentes, mas então se agitam sob a pressão de algo que vem do noroeste. O que Charlie presencia quando se vira, lá de cima do que um dia foi o Edifício Hamilton-Sweeney, é incrivelmente veloz e brilhante, mesmo a trinta quilômetros dali, um par de pequenos sóis, falhas áureas contra o azul. Elas deixam um tempo exíguo demais para que se faça algo para detê-las — apenas o bastante para ele compreender que o 14 de julho era apenas um gume da faca, que a KGB ou a OLP ou outras letras levarão a culpa, e a retaliação, e re-retaliarão, e sofrerão outras re-retaliações, até que por fim tudo que ele já viu tenha sido consumido. Qual será a cara do fim dos tempos? Sua mãe, à janela da cozinha, olhando o céu ficar branco como um flash. Seus irmãos, dormindo, transformados em cinzas ou ar. Tudo que ele não amou como devia, tudo que esqueceu de continuar escolhendo a cada segundo, porque se trata evidentemente da única vida que recebemos: o contorno dos prédios e as pontes e o mato em Long Island, e o pedaço de granito que deveria carregar o nome de seu pai para o futuro, tudo morto. Nesse futuro, a Sam morreu também. E esses últimos segundos ele passa completamente só com o que conhece. E no outro — naquele em que ele decide se atravessa?

A última das quatro visões de Charlie Weisbarger é apenas um relance de qual foi seu erro. Ele estava procurando uma forma de mudar o que é, mas isso nunca virá de fora. Isso estava no Gramsci que Nicky lhe deu, e no Marx, e até em algum lugar da sua Bíblia. "Ninguém jamais viu a Deus." A única mudança possível estava dentro dele o tempo todo, onde as linhas entre indicação e invocação ficam totalmente bagunçadas. Ele está esperando que um dedo aponte, mas Deus é mais o sentido da dêixis — uma coisa cuja existência depende do observador. Aja como se não houvesse coisa maior que você, justiça, piedade ou comunidade ou qualquer outra coisa, e não vai haver. Ou você pode de alguma maneira fazer isso existir. Há Paradoxos aqui em cujo bolso você pode desaparecer completamente, e ele chega a sumir por um segundo, mas aí sente de novo a lanterna gerando aquela caverna cor-de-rosa na parte de trás das pálpebras, e pode ouvir a ponta emborrachada da muleta do inspetor batendo no chão, uma, duas vezes, vindo resgatá-lo, e quando abre os olhos ele consegue entrever além do ponto branco de luz o recepcionista gordo e a Saco de Gosma. *Não faça isso! Agora não é a hora!* Mas a hora, o tempo, é apenas a língua que Deus fala. Ou é o que ele lhes diria, não fosse o fato de não querer que suas últimas palavras fossem uma besteira, e não há mais tempo de decidir se isso é besteira. Não há nem tempo mais, na verdade, para ainda ter medo, quando Charlie se vira para encarar aquele mundo exterior e as penas lhe afagam o rosto e ele luta para retomar o fôlego e se arremessa entre elas, entre as asas, entre braços que também são nada.

MIDTOWN — 2H20

Por um tempo, Keith fica diminuindo o passo para conversar com os passantes num volume apenas suficiente para Regan saber que ele ainda está atrás dela, que ela não conseguiu fazê-lo desistir. Só que uma hora ele para de se dar ao trabalho. Ele sempre soube que ninguém vai ter percebido duas criancinhas no escuro aqui de fora. Provavelmente isso aqui é tão eficaz quanto voltar a fazer o que estava fazendo uma eternidade atrás, antes de as luzes se apagarem: pondo as mãos em volta da boca e gritando. "Will! Cate!" Meia quadra à frente, perto de uma catarata de luzes de freio, Regan enrijece. Ele está chamando a atenção. Mas é exatamente essa a ideia, e logo ela está fazendo também. "Will! Cate!"

Eles são uma equipe curiosa, ela na frente, ele atrás, os dois separados pela rua no meio do caminho. Podiam ser desconhecidos, não fosse por como suas vozes se cruzam e se separam naquele calor com cheiro de lixo. (*Will, Cate. Willcate. Ali. Cá. Alicate. Até. Lá.*) Carros passam lentos mas não buzinam, e às vezes oferecem um pouquinho de visibilidade. Ele consegue ver, por exemplo, que eles já estão a menos de uma quadra do Lickety Splitz Gentleman's Club na esquina da 53rd com a 3rd. Se ela virar à esquerda, vai levar os dois exatamente até o lugar onde ele ficou parado na neve do Réveillon e decidiu não ir encontrar a amante no sul da ilha. Houve tempo em que ele teria desejado se deter aqui, fazer uma genuflexão, mas quando Regan segue direto em frente, ele apenas solta o nome dos filhos para que ricocheteiem entre escadas de incêndio e latas de lixo.

Por uma hora, eles ziguezagueiam de norte a sul, de leste a oeste, passando por locais cada vez menos prováveis. Passando pela plaza epônima do Plaza, pelas entradas dos apartamentinhos, pelos sepulcros embranquecidos da ONU. Ele nunca pensou nessas coisas como se tivessem qualquer relação, mas no escuro tudo surpreendentemente se encaixa. Talvez a vastidão de Manhattan seja apenas uma espécie de ficção contábil que você usa para justificar a sua própria insignificância, a sua própria incapacidade, o fato de que quando você liga ninguém atende. Uma sensação de coação já se insinua quando Regan mergulha na caverna que é a Grand Central, ainda mais escura que a noite lá fora. "Will! Cate!" Ele nunca ouviu um silêncio como o que vem em resposta. O teto se foi, mas a luz das estrelas que se filtra pelas janelas em arco dos dois lados do saguão revela sombras como abutres amontoadas sob os quadros que anunciam os horários das partidas. Ou talvez sejam ladrões, atentos à presença deles. Eles farfalham, prontos para fechar as saídas, mas ele se junta a ela: "Will! Cate!". Ele está descobrindo que não há inferno em que não fosse capaz de entrar com ela...

E de novo eles se veem a céu aberto e quente. Passam por um bloco de sombra que ele reconhece como a biblioteca, e pelo parque atrás dela, onde os acadêmicos compram heroína. Há um acidente de carros na 6th Avenue; alguém abalroou a fachada de uma loja. Policiais passam apressados pela espiral de discoteca das luzes azuis e vermelhas, mas parecem concentrados no fato de que o carro está pendurado metade para fora da vidraça estilhaçada, e Regan os ignora. A quadra seguinte, se não lhe falha a memória, devia ser um corredor polonês de cantadas elétricas, peep shows e cinemas pornográficos, mas o blecaute obliterou aquilo tudo e, sem a promessa da carne viva, quase não há pedestres. Mais adiante, no entanto, eles se adensam. Ele consegue distinguir os rostos. E aí de repente, entre os cardumes negros de prédios de escritórios: a luz.

Sempre há luz na Times Square, é verdade, mas era pra ser uma cobertura de bolo incandescente vindo das marquises no alto. Em vez disso, a luz é branca e mineral em sua intensidade, e onde a 42nd desemboca na Broadway ele consegue ver que ela jorra de dois discos tamanho-família pendurados em guindastes há vários andares do chão. Embaixo se revolvem legítimas massas, dezenas de milhares, que enchem as ruas por onde carros normalmente passam. Canteiros de trânsito perfuram a multidão de poucos em poucos metros, e em cada um deles ergue-se uma plataforma, coberta de tecido vermelho, com uma gaiola circense antiquada no alto. Uma abriga uma pantera iluminada. Outra, uma águia careca num galho. Mais próximo dele e de Regan, a umas dezenas de metros, está um urso-negro arrepiado que deve ter uns três metros de altura, mesmo corcunda ali naquele banquinho. Nesses anos em que está na cidade, Keith já topou com várias filmagens de cinema para saber que deve ser isso o que está vendo, mas a escala aqui é à la Cecil B. DeMille, ou aquela versão soviética de *Guerra e paz*. E, além de tudo, cadê as câmeras? E será que as pessoas em volta dele são pessoas, ou atores fazendo papel de pessoas? Será que algum *deles* viu seu filho?

Ele está prestes a perguntar quando um longo acorde soa lá do alto do centro de recrutamento do Exército. Ele não percebeu, mas há todo um coro lá em cima, enfileirados com robes cinzentos de que ele apenas enxerga os ombros. Um regente de fraque gesticula de costas para ele. Como que recebendo ordens dele, o resto da praça se cala e fica imóvel, todos exceto uma sacola de supermercado que bate asas numa corrente ascendente. Keith podia gritar, e provavelmente a praça toda ouviria, mas ele se sente sob uma pressão incrível para ficar calado. Regan também deve sentir, pois até ela parou de gritar.

A canção que agora começa é lenta e triste e numa língua que não é a deles. Russo, ele diria, por causa dos baixos graves. Os prédios lançam o som para o céu e o borram, obscurecendo suas bordas. Keith fica pensando se em algum lugar lá na árvore genealógica dos Lamplighter existe sangue eslavo, porque cala fundo no seu peito, aquela elegia, se é que é isso mesmo. Um réquiem. Ele quer, de repente, estar de pé à beira de algum grande precipício, olhando para algo imenso — quando colocava aquele seu LP *O melhor das gaitas de foles e dos tambores escoceses* pra ganhar uns minutos pra pensar, no fim do dia, fazer as crianças saírem correndo para cantos distantes do apartamento com as mãos em cima dos ouvidos enquanto ele ficava parado junto à janela, com a luz que tinha no coração da mesma cor da luz que atravessava o scotch que tinha no copo. Lá embaixo, na rua, as pessoas na hora do rush corriam para casa. A sua própria vida individual parecia uma camisa que encolheu na lavagem... mas agora ele receberia bem essa constrição. Por que é que sempre tinha que ficar correndo de um lugar em que nunca esteve pra um lugar onde jamais estaria? O que seria necessário para ele simplesmente ficar onde está? Ele quer, quase, ser seu próprio fantasma, projetando sua sombra sobre o mundinho em que essas outras pessoas se deslocam. E quer Regan ao seu lado — ali onde ela está, a poucos metros de distância. Ela nem tenta esconder as lágrimas que lhe rolam pelo rosto iluminado pelos holofotes. Está congelada ali, numa nota que os coloca fora do fluxo do tempo. E o querido há tanto contido lhe é dado: Keith consegue ouvir, ele pensa, o que está por dentro dela. *Querido*, ela está pensando. *Eu estou com medo.*

Ele quer dizer pra ela não ficar com medo, mas faz todo sentido ele não conseguir esconder dela o seu próprio medo.

Onde é que eles podem ter ido? O que é que vai acontecer aqui?

Eu não sei, ele pensa. *Quem é que sabe? Mas eu tenho que acreditar, Regan, que eles vão estar bem. A gente vai achar os dois.*

Eu queria ter força pra acreditar, ela pensa.

É desconcertante, e ele não consegue dizer exatamente por quê, até que consegue. *Mas você tem*, ele pensa. *Você é a pessoa mais forte que eu já conheci. Você é a única que podia ter força pra me fazer chegar.*

Fazer você chegar aonde?

Isso o obriga a pensar com mais força. Ela precisa que ele faça mais força. E se ele consegue fazer toda essa força para pensar e mesmo assim ela não ouve, será que ainda consegue tocá-la? *A isto, Regan. A uma vida sem proteção.*

Aí, abruptamente, a nota sustentada se encerra, e alguém berra: "Corta!". A música acabou, os discos planetários de luz se desligam lá no alto, e sombras se deslocam pelo rosto deles. O urso rosna uma vez, cabisbaixo, na escuridão que aumenta, como quem diz: *Eu sabia desde o começo*. E aí a Times Square, aquele monumento insano, desapareceu em volta deles, o que no fundo já é quase o bastante para partir o coração de Keith. Ele não consegue encontrar a mão dela. "Desculpe", é o que lhe restou. "Desculpe mesmo."

"Não, fui eu que te meti nisso tudo", Regan diz, em algum lugar.

"Eu estou falando disso tudo. Sempre." Mas, em voz alta, aquilo parece mais amor-próprio.

Aí as mãos dela se prendem às suas. "A gente pode conversar depois sobre isso tudo, Keith, mas não vai ajudar a achar as crianças." É a velha Regan e a nova, as duas juntas, honesta, responsável, sofrida — o eu real que ela só vai te deixar ver nas mais duras circunstâncias. O que pode ser verdade para todo mundo. Ele queria mesmo poder ver o rosto dela. "A melhor coisa que a gente pode fazer agora é voltar pra casa do Papai e ficar lá. Dar um alvo fixo pra eles. Descansar umas horas, limpar a cabeça, e se eles ainda não tiverem aparecido de manhã cedo, a gente começa a tentar de novo com o telefone. Mas chega de pensamento mágico, tudo bem?" Ela aperta a mão dele uma só vez, com que proporções de materno e conubial é difícil dizer. E começa a puxá-lo por entre os extras, que agora se mexem de novo, como que depois de um sonho. A cidade toda parece se esticar para suspirar. Ele ouve por um momento o bater de asas, um bando de pássaros que passa no alto como demiurgos incompetentes, não mais capazes de suster a trama deste mundo. É como se a ordem pagã estivesse desmoronando, abrindo caminho para o que quer que esteja por vir. Mas provavelmente é isso que ela está chamando de pensamento mágico.

GREENWICH VILLAGE — 3H22

Era uma vez uma visão que Mercer Goodman tinha. Isso naqueles primeiros dias depois de ir morar com William, quando o sexo o deixava tão inebriado que ele não conseguia dormir horas depois. Ele ficava acordado na cama pensando numa cidade em que as pessoas conseguissem de fato comunicar seus desejos e desilusões e sonhos, e assim ultrapassar a ilusão de que eram desconhecidas e inconhecíveis, quando à luz dos faróis dos ônibus que passavam, o autorretrato inacabado se iluminava e morria. Mas depois Mercer tinha começado a pensar se a sensação de ilusão não era também uma ilusão. Porque havia tanta coisa que ele jamais entenderia a respeito de William. E havia o seu próprio trabalho, o manuscrito de que nunca falava. Uma das razões para ele ter começado a evitar aquilo, pra começo de conversa, era a contradição cada vez maior entre o mundo e o romance como ele o imaginava. Na sua cabeça, o livro não parava de crescer em termos de extensão e complexidade, quase como se tivesse assumido a tarefa de suplantar a vida real, em vez de evocá-la. Mas como era possível que um livro fosse do tamanho da vida? Um livro como esse teria que alocar trinta e poucas páginas para cada hora de vida (porque isso era quanto Mercer conseguia ler por hora, antes da maconha) — o que dava coisa de oitocentas páginas por dia. Vezes trezentos e sessenta e cinco, isso dava cerca de duzentas e oitenta mil páginas a cada ano: digamos três milhões por década, ou vinte e quatro milhões numa vida humana média. Um livro com vinte e quatro milhões de páginas, quando Mercer tinha levado quatro meses para escrever uma primeira versão das suas quarenta páginas — páginas bem mais que imperfeitas! Nesse ritmo, ele levaria 2,4 milhões de anos para acabar. Duas mil e quinhentas vidas, todas consumidas pela escrita. Ou as vidas de dois mil e quinhentos escritores. Isso era provavelmente — 2500 — o número de bons escritores que já existiram, de Homero pra frente. E nitidamente ele não era nenhum Homero. Ele não era nem uma Erica Jong. Ele estava escrevendo por motivos totalmente equivocados, para o futuro, para *The Paris Review*, para a capa da *Time* (o ápice da realização cultural, na opinião dos outros Goodman) — por tudo, menos pela liberdade que um dia descobriu na tinta sobre a página.

Isso tinha levado à primeira de várias resoluções de abandonar sua cidade dos sonhos e as loucas ambições que o tinham feito vir para o norte.

Mas tudo fica voltando, não é? Os velhos desejos, os velhos medos e ilusões, como um labirinto de onde você jamais vai conseguir escapar — não por causa da sua concepção, mas por você ser quem você é. Nesse tempo todo em que achou que era livre, ele estava atado ao destino, ou ao que quer que seja o contrário do destino, a força que o jogou de volta em seu Waterloo. Uma luz cintila numa das altas janelas da escola. Alguém que tem uma vida toda sua, uma vida sobre a qual Mercer não pode saber mais do que os outros sabem da sua. Ou do que ele mesmo sabe dele mesmo. Ou do quarteto de skinheads que agora vai chegando até onde ele está. É até possível que eles nem sejam skinheads, mas Marines de folga, ou alopécicos — à luz da lua é difícil ver muita coisa além dos escalpos nus. Ele se prepara enquanto eles chegam até a base da escadaria. Um acende um isqueiro, que solta uma fagulha mas não pega. Aí a sensação de retorno de Mercer se vira do avesso, assim como sua noção de opacidade. Assim como aqueles crânios, parece, e por apenas um minuto eles também são consciências nuas, trêmulas na presença umas das outras. Veado, eles estão pensando. Caipira. Crioulo. Mas, de novo, trata-se de uma ilusão; não é atrás dele que eles estão. Um pergunta: "O que é isso aí, é um taco de softball?".

Outro ri. "Sai da frente, camarada. A gente tem umas coisinhas pra resolver."

A pessoa que fala está segurando um bloco de concreto. Não, uma lata de gasolina. Ah. Eles querem.. E devem estar pensando que ele... mas a condescendência, o desdém, fazem algo se soltar dentro dele, algo que o ódio declarado só teria reforçado. "O que é que esse prédio fez pra vocês?", ele se ouve perguntar. "É só uma escola."

"Você está brincando? Onde é que você acha que a classe dominante arranja a ideia de que eles são melhores que a gente, pra começo de conversa?"

"Eu quis dizer, pra vocês, pessoalmente."

"Não é nada pessoal. Se bem que pra você devia ser. Você acha que eles aceitam o seu povinho?"

"Bom, a bem da verdade a diretoria fez grandes esforços nessa área. Eu trabalhei aqui um tempo..."

"Despenca na real, bicho. Olha em volta. Essa merda desta cidade inteira parece uma fábrica de injustiça. De repente eles te compraram com alguma coisinha que você fica com medo de perder, um contracheque ou uma TV em cores, mas você nunca vai chegar aonde eles tão. Enquanto isso, o seu mano está apodrecendo numa cela por aí. A sua irmã tá colocando água no cereal do café da manhã das crianças porque não tem grana pro leite. Precisa mesmo te recitar a coisa toda, no meio de um levante? A versão curtinha é que você tá gamado numa coisa que nunca vai te amar também."

Trata-se de um diagnóstico curiosamente bem informado, mas esse não é o problema principal. O problema principal é que ele, na maioria das coisas, está correto. Pois a Wenceslas Mockingbird é o quê, senão um arsenal da ordem dominante? Uma ordem que é ao mesmo tempo injusta e falsa. E, enquanto o mundo continuar sendo este mundo aqui, ele continua sendo o infeliz do Mercer de sempre. Então ele se afasta, e a malta ao fundo ganha foco novamente e ataca as portas. Pandemônio total. Amotinados de todas as partes invadem corredores e salas de aula, derramando gasolina, queimando painéis de nogueira e pinturas a óleo e os volumes encadernados em couro da biblioteca. E aí é rumo à prefeitura, a Wall Street, ao Empire State e ao Edifício Hamilton-Sweeney. Quando o sol nascer daqui a poucas horas, será sobre uma cidade na qual não se podem mais ler vestígios do passado.

Só que não é isso o que acontece. Mercer na verdade não se afasta, mas ergue de novo os olhos para a única janela acesa lá no alto. Podia ser o dr. Runcible, aquele velho enrustido, dialogando com Matthew Arnold à luz de velas. Podia ser só um zelador. Ainda assim, em meio a todas as ossificações fodidas de todo o conceito do Iluminismo liberal, resta a pessoa humana. Uma alma que você pode não conseguir salvar se não destruir seu corpo primeiro, mas que quase certamente não vai conseguir salvar se o destruir. Isso é ridículo, ele pensa — será que ele vai mesmo defender uma escola preparatória? Ainda assim, Mercer gastou meses com aquele pássaro voando, e, quando o sujeito tenta empurrá-lo, ele empurra de volta.

E toma um tranco. E então se vê jogado no concreto duro, enquanto os skinheads o imobilizam. Seu punho dispara e ele sente que atingiu alguma coisa — não como nos filmes, com um estalido, mas com a incarnalidade dos sonhos. Aquilo é bom. Como é bom, de algum jeito maluco, tomar um direto no nariz.

Enquanto dá e recebe esses socos, sem parar, é quase como se ele fosse o outro cara, em guerra contra si próprio, curtindo o gosto do próprio sangue. Em toda parte agora, à sua volta, pessoas trocam golpes, enquanto a violência se alimenta do grupo. Toma uma no queixo por tudo que é nobre e valioso e que gera sonhos, e mais uma na orelha por todo o sofrimento que esses sonhos chancelam. Ele sabe que está ficando tonto, se afastando do cobre que sente na boca e da dor no rosto todo. Premonições de paralelepípedos lhe zumbem logo ao lado da cabeça, mas os amigos do cara também devem estar tendo dificuldades pra entender quem está por cima. Ainda assim, a qualquer minuto... As estrelas que espiam entre os corpos vão escurecendo.

E aí um ruído rasga a noite ao meio e é como se uma bola de boliche tivesse trombado com os pinos. Uma lata se achata no asfalto, um taco está rolando, passos se espalham, e uma voz, oniricamente familiar, está mandando os skinheads voltarem pra pegar o amigo, que jaz gemendo a alguns metros dali, na calçada. Quando Mercer vira a cabeça, aquele corpo está sendo arrastado dali. De início, ele pensa que alguém finalmente tomou um tiro hoje — mas a arma que fez o barulho está virada direto para o céu como uma pistola de largada. Não, o que feriu o skinhead foram os punhos de Mercer. A pistolinha, mera sombra, desce rumo à bolsa que a aguarda. A própria bolsa desce. Os amotinados no largo centro da rua retomaram sua marcha, se é que de fato tinham parado, e parecem não ter percebido que alguma coisa tenha acontecido aqui. Difícil dizer em que futuro ele acabou.

Aí uma chama ganha vida aos poucos bem acima de sua cabeça, e acima dela, no meio da fumaça, boia a cabeça da Vênus de Nylon. Ela está sentada agora nos degraus da entrada da escola, pernas cruzadas de maneira elegante, e o espia com uma espécie de interesse vago. Nenhum cabelinho da sua peruca está fora do lugar. "Parece que você viu um fantasma."

Mercer se põe sentado, abraça os joelhos. Seu corpo inteiro dói. Especialmente o nariz, que parece quebrado. Sua voz, quando ele fala, é adenoidal. "Jesus. Foi você. Você foi o máximo."

"Se eu ganhasse uma moeda pra cada homem que me diz isso, eu me aposentava em Aruba."

Algo ocorre a ele. "Não, espera. Você estava lá no parque talvez, não estava?"

"Isso já é só uma hipótese."

"Eu não tinha ideia que você era capaz disso." Será que ela é alguma deusa? Um demônio? Alucinação? O rosto que surge quando a brasa de novo acende é triste, e de alguma maneira, por sob o batom e o rouge, infinitamente velho.

"Ninguém é, Mercer, até chegar ao limite."

Ele cospe um pouco de sangue na calçada ao seu lado. "Acho que hoje eu cheguei ao meu."

"Engraçado", ela diz. "Porque eu teria dito que você era só um bebezão. Espero que eles não tenham arrancado isso de você a tapa, aliás. Se bem que parece que acertaram de tudo."

"Está feio assim?"

Ele não recebe uma resposta, e imagina que ela o vê tão mal quanto ele a ela, agora que a chama sumiu. Ele se ergue.

"Mas se você está aqui, cadê o William?"

"Era pra eu estar procurando? Grandes grupos nunca foram o barato dele, afinal, como você há de lembrar." Claro que ele lembra, Mercer pensa, enquanto se abaixa para catar seus óculos pisoteados e para tocar na pedra que quase lhe esmigalhou a cabeça. Isso aqui também não há de ser o barato da Vênus, porque assim que ele se endireita, ela já está de pé — imensa, na verdade — e esfregando os fundilhos da micromíni. "Eu tenho que ir pra casa. A Shoshonna não anda muito bem."

"Espera", ele diz. "Eu ainda preciso achar o William. Tem uma coisa que eu tinha que dizer."

"Está vendo? Só um bebezão. No fundo não é uma qualidade muito desinteressante, se você souber usar direitinho."

"Mas você era amiga dele. Onde é que eu ainda posso procurar?"

"Só se pergunte aonde é que você iria, se você pensasse que era a sua última noite neste mundo." Sem olhar pra trás ela ondula leve os dedos, *Tchauzinho*. Aquelas pernas longas estão seguindo clique-claque rumo à Union Square, e aí ela vira apenas um leve aroma de tabaco. Talvez já esteja ficando claro, porque a pedra nas mãos dele na verdade é um tijolo. Ele o coloca bem no centro do degrau de calcário — O dr. Runcible pode tropeçar ali de manhã, e pelo menos ficar pensando o quanto aquilo chegou perto do vidro —, e aí retorna ao nível da rua. E enquanto a multidão sibila em milhões de línguas à sua volta, como se uma panela tivesse sido posta sob uma torneira fria, Mercer Goodman sai mancando para o norte, na direção do que agora é, ou um dia foi, sua casa.

BROOKLYN HEIGHTS — 2H35

Quando o táxi larga os dois, o ar no apartamento está negro e ensopado e a cerca de um milhão de graus, porque não há eletricidade para refrescá-lo. Will acende umas velas e começa a abrir janelas. O Brooklyn está desacordado lá embaixo. A Cate, também, está sonolenta. Os dedinhos dos pés dela, especialmente, estão tão cansados que ela não sabe como ia poder ter conseguido chegar ali se o cara de cueca e de chapéu preto não tivesse finalmente alcançado os dois e perguntado onde eles estavam tentando chegar. Por outro lado, como é que ele ia poder alcançar os dois se ela não estivesse tão cansada. O Will ficava grunhindo pra ela *andar mais rápido*, mas ela estava quase se esticando bem ali no meio da calçada. Agora ela está no sofazão novo de couro que gruda nos braços e nas pernas. Ela consegue ouvir na cozinha o barulho do irmão abrindo a geladeira, tinindo uma coisa de vidro noutra coisa de vidro. Aí ele está na frente dela no escuro com uma bebida na mão. É a palavra preferida dela. Bi bi da. "Anda, mocinha. Hora de escovar os dentes."

"Você não está escovando."

"Alguém tem que ficar acordado pra esperar a Mãe."

"Jura que ela vai voltar pra casa?"

"Claro que uma hora ela vai voltar pra casa. Só que ela não esperava que gente fosse estar aqui, só isso." A voz dele tem alguma coisa esquisita. A boca dele está com o cheiro da boca da sra. Santos. "É a única noite dela livre dos pirralhos."

"Você vai se encrencar."

"Por quê, por isso aqui?" Ele olha para a bebida como se alguém tivesse colocado aquilo na sua mão. "É que tudo ali na geladeira vai estragar mesmo. Alguém pelo menos podia aproveitar. Agora vamos. Eu te deixo dormir na cama grandona."

Todo mundo sabe que, desde a mudança, a cama da Mãe é o lugar preferido da Cate pra dormir. A melhor coisa nem é o tamanho, mas as janelas dos dois lados do quarto. Elas fazem umas formas angulosas e douradas nas outras duas paredes, postes e faróis de lá debaixo e luzes dos outros prédios e dos prédios do outro lado da água, e quando a Cate acorda no meio da noite, elas deixam entrar luz suficiente pra ela poder enxergar o próprio braço e saber que ela é de verdade mesmo. A coisa preferida dela é quando chove e as gotinhas ficam grudadas que nem adesivo de strass. Só que não hoje. Hoje não tem Mãe, nem luz. E sabe como pode ser difícil pegar no sono às vezes se alguém te assusta bem quando você está quase, quase pegando no sono? Bom, ela está assim. O Will deixou a porta aberta só um tiquinho. Ela fica ali deitada ouvindo-o esperar. É o som — bem quando ela pensa que talvez ele tenha pegado no sono que nem a sra. S. e ela possa sair e dar uma voltinha — de mais bebida caindo no copo, das bolhinhas de ar estourando dentro dos cubos de gelo.

Tem um monte de não podes que o Will tem e faz mesmo assim. Ele gosta de ir guardando, e aí quando todo mundo esqueceu, ele gosta de revelar um, que nem um tio que fica fazendo coisas com os braços e com a voz pra te fazer esquecer que a moeda que você deu pra ele não está na mão esquerda, mas na outra, a que ele está metendo no bolso. *Vuá lá!*, ele diz. *O Pai deixa a gente andar sozinho de metrô!* Ou *Vuá lá! O Pai deu uma TV pra cada um, pro quarto de cada um!* Tudo bem, a Cate também tem os seus segredos. Por exemplo, que a Mamãe ainda adora o Papai. Que é por isso que a Mamãe pode ficar tão brava com ele por causa dessas coisas assim. Ou, por exemplo, que tem um monte de não podes que ela sabe que é mais vantagem fingir que nem conhece.

A parte ruim é que, de luz apagada, não tem nada pra ficar olhando. É por isso que ela levanta e vai até o cantinho onde as duas janelas se encontram. Primeiro só consegue enxergar duas coisinhas cor-de-rosa piscando no alto das torres do outro lado da água. Só que aos pouquinhos as estrelas aparecem, e tem outras torres de alturas e formatos diferentes amontoadas lá embaixo que nem criança em volta das pernas dos adultos, e o vago rubor transforma a água em água, em movimento. Será que o céu está ficando mais claro? Será que eles ficaram tanto tempo na rua? Ou isso são só os olhos dela se acostumando com o escuro?

Aí ela vê que o beiral lá fora não é pedra, mas um monte de pássaros cor de pedra. Aquilo lhe dá um susto tão grande que ela pode nunca mais pegar no sono. E lá embaixo, no parquinho onde eles esperam o Papai, as duas árvores: não são folhas, são pássaros. Devem ser uns mil ali. Mesmo enquanto dá um passo para trás, voltando à escuridão, ela sabe que se eles vierem atrás dela não adianta resistir.

Quando ela junta a coragem necessária pra ir olhar de novo, eles são ainda mais numerosos do que ela achava. E agora os reforços caem do céu, como que pendurados por cabos, se encaixando nos espaços vagos nas fachadas e no teto dos prédios, encontrando um lugar onde não tinha lugar. Os prédios parecem rostos, móveis, vivos, e tem todo tipo de tipos, pombos mas também pardais estorninhos falcões e aqui, na frente desta mesma janela, o que ela reconhece sob a luz da lua como um periquito azul. Algumas corujas mergulham nos brinquedos do playground, e grandes colônias de gaivotas pousam como espuma no porto, e minúsculos corvos que parecem pontinhos se erguem por entre a luz rósea que pulsa mais além. Eles são numerosos demais só pra ela, ela agora entende. Ela sente que eles não lhe querem mal nem bem, a não ser talvez o periquito, que com seu pescoço rotatório olha pra trás como se dissesse pra ela ficar quietinha. E ela fica. Será que tem mais alguém acordado pra ver? Será que ela está? Deve ter tanto pássaro ali quanto tem gente na cidade, e eles estão todos *congregados*, esperando que alguém ou alguma coisa apareça no parquinho, que de alguma maneira é o centro. Aí uma águia careca enormona com umas penas sujas de fuligem e sem um olho e com umas asas que medem coisa de cinco metros de ponta a ponta pousa no alto do escorrega, vira a cabeça duzentos e setenta graus. Ela imagina que a águia dá os comandos da marcha: *Irmãos e irmãs!* Ou também pode dizer que eles estão dispensados, que seu trabalho aqui acabou.

Só agora é que ela lembra do pássaro que eles encontraram ali no inverno do ano passado, ela e a Mamãe e o Will e o Ken, amigo do Will. Ah, ela pensa. Ah. Os outros demoraram esse tempo todo pra descobrir onde foi que ele caiu. Será que eles estão bravos com ela por ter pegado o corpo? Não, ela decide. Eles só vieram pra... como foi que a Mamãe disse, quando eles foram até o enterro da Mamãe do Papai, e o Papai gritou com a Cate e com uns primos por eles ficarem mongando no saguão dos Veteranos onde serviram a comida? Pra dar o último adeus. De manhã, quando a luz chegar e a fizer acordar, os pássaros vão ter se espalhado, e aí ninguém vai acreditar se ela contar. E, enfim, sendo meio Hamilton-Sweeney, ela nem vai contar mesmo.

94

DISTRITO FINANCEIRO — 8H46

À medida que os anos iam passando, e aí se agrupando em décadas, as memórias de William no que se refere ao grande blecaute de 1977 iam virando fiapos. Sua irmã falando brava com ele quando as luzes apagaram — isso ele lembrava. Lembrava, também, que o que ela disse, seja lá o que tenha sido, machucou. Mas as palavras propriamente ditas continuariam inacessíveis, como o passado em termos mais gerais, sobre o qual tinha aprendido a não ficar pensando.

Aí um dia de manhã ele se viu no escritório de uma firma de corretagem de ações no World Trade 7, supervisionando a colocação de uns retratos clicados lá nos anos terríveis. Qualquer coisa anos 80, qualquer coisa Downtown, tinha recentemente adquirido uma espécie de aura milenar — em especial entre as pessoas que eram responsáveis pelo declínio da região. Clientes, era o termo técnico. Seu lema tinha sido *Non serviam*, mas os químicos de revelação não eram baratos naqueles tempos, nem (depois de vários processos terem canibalizado o patrimônio do Papai) o aluguel. Além disso, qualquer um que pudesse acusá-lo de ter se vendido, ou tinha se vendido ainda antes ou estava morto. E os Médicis não pagavam as contas de Rafael? O seu próprio pai não tinha subsidiado as contas de terapia dos filhos dos Rothko? "Um pouquinho mais pra baixo", ele disse ao instalador de obras de arte, um ectomórfico de olhos azuis que, dois anos depois de se formar na Bennington, estava ganhando sessenta e cinco dólares por hora. William tirou mais um quadradinho amargo de Nicorette do seu sarcófago com fundo de papel laminado. Aí, quando se pegou olhando a faixa lombar que aparecia cada vez que a camisa do menino subia, ele se ajoelhou para forçar a tampa do último caixote.

Você chega a certa idade em que consegue encontrar seu trabalho antigo sem sentir grandes coisas. Ele deve ter visto essas imagens umas mil vezes, em clippings e ampliações e bonecos de páginas de revista: antigos amigos e amantes, quase todos já mortos, encarando tristes de sob a prata coloidal. Ou tá bom, de repente foi impreciso sugerir que ele não sentia *alguma* coisa, mas fosse o que fosse, aquilo brilhava por baixo de várias camadas de torpor, como as sensações de uma obturação no dentista. Você sentia a pressão, mas não a dor. É claro que ele mantinha parte de si afastada mesmo naquele momento dos rostos ali do outro lado da lente.

Foi exatamente essa qualidade de abstenção, ou "maturidade", que finalmente conquistou para ele a estima do mundo da arte ao fim da longa sequência de desastres pessoais e profissionais que foi a década de 70. Antes até de a *Artforum* declarar que ele era um fotógrafo nato, ele montou um laboratório de revelação e jogou todos os seus pincéis de cerdas endurecidas em sacos plásticos e pôs tudo na calçada pra esperar a coleta de lixo da terça-feira. O Mercer teria reclamado, mas Mercer àquela altura estava em algum lugar da Europa. E talvez tenha sido por isso que aquela última pintura inacabada jamais tenha dado certo: sem o Mercer, não havia mais ninguém em Nova York que acreditasse na Arte com A maiúsculo. O próprio William já estava perdendo sua capacidade de pensar como pintor, mas tentou, pela última vez — isso deve ter sido no verão de 81 —, trabalhando de memória, desistindo da oportunidade que sempre adorava de contratar um modelo pra ficar parado na sua frente e se despir ou mais, dependendo dos sinais que rolassem entre eles. Ele começou dessa vez com jornais presos à tela. Pintou de preto, mas não tão preto que não desse pra distinguir os anúncios. Grampeou um retalho triangular de camisa branca ali, deslocado do centro, com grandes grampos bem visíveis. Ele sempre gostou do efeito meio Rauschenberg de uma coisa de verdade que simula uma representação, em vez de ser o contrário. Que este tecido seja o corpo, o torso cuja forma tinha, fugindo do espaço em negativo. Mas, quando chegou à parte da pintura, o rosto, ele não conseguia fazer a imagem ficar clara na sua cabeça, porque o escuro foi tão escuro naquela noite, apesar da ferocidade com que ele tentava enxergar. Ele se sentia como Whistler lutando com os proto-Ab-Ex fogos de artifício em *Noturno em preto e dourado*, que John Ruskin, supostamente seu chapa, tinha comparado a um "balde de tinta jogado na cara do público". Quem precisava se dar a esse trabalho? Ainda assim, parecia agora a William, ilhado entre os sussurros e os cliques do capital fictício, que alguma coisa tinha se perdido lá atrás. Seu vício, claro, mas também alguma outra coisa, alguma coisa possivelmente de valor. "Está bom assim?", o instalador de arte perguntou, enquanto o nome da coisa lhe tremia perto da raiz de uma língua amortecida pelo chiclete.

Os cigarros de verdade tiveram o destino da carne vermelha e do sexo anônimo já em princípios de 87, logo antes da sua primeira grande exposição individual na Costa Oeste. Bom, ele vinha tomando mais cuidado com a vida sexual já alguns anos antes disso, ainda que não fizesse os exames; ele não queria espalhar nada, mas também não queria a confirmação que aquilo estava nele. A plataforma política de William, na medida em que ele tivesse uma, basicamente poderia ser chamada de antimortismo, porque a outra opção disponível, o socialismo, era dura, e requeria dividir coisas, enquanto a morte era tão obviamente estúpida que a oposição aceitava qualquer um. Cada vez mais, amigos dele se juntavam ao grupo. E eram esmigalhados. E William, entre sua imprudente segunda recaída na heroína e o grande festim manicomial de 79, estava esperando ser esmigalhado também, só que uma coisa estranha aconteceu pós-diagnóstico. Eles lhe deram remédios, as coisas ficaram numa gangorra, mas ele sobreviveu. Sobreviveu. Era como uma sala de espera onde eles insistiam em não chamar o seu nome. Até hoje de manhã, quando olhou para baixo no banho e viu a lesão no peito que significava que os remédios atuais tinham deixado de fazer efeito. Outros remédios já tinham deixado de fazer efeito antes, mas ele já sabia que dessa vez era diferente. Ele ainda ia levar uma semana para ir ao médico, mais por incapacidade que por medo. Tanto fazia se você localizava o *fin* daquele *siècle* em 1999 ou em 2000 ou se ainda estava no calendário Juliano, William tinha sobrevivido a ele. Ele nunca esperou ver a primavera de 2001. "Está bom?", o menino repetiu. O que estava bom?, ele estava prestes a dizer, quando percebeu que ele se referia ao alinhamento.

"É", ele disse. "Dá pra encarar."

E o tempo, longe de estar escoando, estava virando poeira. Parte dele estava dando um high five no instalador de arte, levando o rapaz até o elevador, oferecendo-se para levar os dois, ele e o namorado, para tomar café da manhã no Balthazar. Parte dele estava mais de dez mil quilômetros acima da superfície da América, voltando da exposição em L.A., sem ter dito a ninguém lá o que o teste finalmente revelou. Mas uma parte significativa, ele via, ainda estava no Central Park West, meia hora depois de começado o blecaute de 77, apertando os olhos para ver a figura que corria desesperada e surgia de dentro da noite. Daqui a segundos ele ia descobrir que o conhecia bem, mas naquele momento o rosto de Keith parecia um rosto que você só vê em sonhos. E digamos que Regan tivesse razão — digamos que reuniões coletivas quatro noites por semana ainda não tivessem enfiado na sua cabeça que ele, William Hamilton-Sweeney III, não era o centro do universo —, ele pode ter imaginado por um instante que aquele retalho branco de algodão da Brooks Brothers era um mensageiro que vinha apenas para ele. Um terrível fantasma, ou anjo, que veio lhe trazer mais vida.

MIDTOWN — 3H25

É só quando a adrenalina começa a baixar que Pulaski descobre o que era aquilo o tempo todo: adrenalina levando seu corpo retorcido a subir trinta e nove andares, adrenalina detonando aquele último salto condenado na direção da janela, e adrenalina — bom, isso e o recepcionista, e a menina com a camisa dos Rangers — ajudando-o a entrar no carro quando tudo acabou. O fato de que essa noite *não* o curou miraculosamente fica claro ainda com a chave na ignição. Os espasmos nas pernas pioram a cada segundo. Assim como uma tensão interior. Da mesa do recepcionista, ele ligou para seu velho amigo da Promotoria e pediu para ele avisar o Bureau da cena lá no quadragésimo andar. Parecia mais são, embora contradissesse anos de intransigência jurisdicional, não trazer a mão pesada do seu próprio

Departamento, fazendo o tipo de perguntas quanto a protocolos de procedimento que acabam te pondo na rua sem pensão. E se é assim que ele vai lidar com isso, B. avisou (nada satisfeito por ter sido acordado por um telefonema às três da matina), é importante que ele se afaste da localização atual o máximo que for humanamente possível. E, no entanto, só catar aspirinas no bolso já consome todos os recursos materiais de Pulaski.

Por sorte, ele tem bastante prática com tampas à prova de crianças. A meia dúzia de comprimidos que tomba na palma da mão dele está empoeirada, possivelmente fora do prazo de validade, mas ele engole tudo a seco e fecha os olhos e faz o que pode para esquecer os fiapos de roupa na língua. Se ele danificou de maneira permanente as pernas, a Sherri nunca vai perdoar. Cacete, ela pode nunca mais perdoar de um jeito ou de outro. Ele tenta esfregar as pernas, mas não consegue fazer como ela fazia. A dor ficou glacial, uma dor de cabeça que parece um sorvete latejando funda em cada coxa.

Só que, gradualmente, a aspirina derrete as arestas um pouco, e ele ganha consciência de um som afogado que vem do banco do passageiro. Em qualquer outra noite um suspeito podia berrar "Tiptoe Through the Tulips" quatro oitavas acima do dó central e Pulaski não ia nem se alterar, mas esse som específico é do tipo que tem toda a capacidade de arrepiar os seus pelos que saem pelo colarinho da camisa. Pra começar, ele tinha quase esquecido que precisava decidir o que fazer com outros dois corpos. Mais ainda, um deles — o menino — está chorando. E eis um segredinho de Larry Pulaski: na hora do vamos ver, nos últimos segundos de jogo, com vidas em risco, ele é um gênio, mas na escala mais íntima em que a vida normalmente transcorre ele não tem ideia do que está fazendo. E nem a menina da camisa de beisebol, aparentemente, que fica calada no banco de trás. A única coisa em que ele consegue pensar é em oferecer um cigarro ao menino.

Vem uma ingestão de saliva, ranho, lágrimas; "Ãh?".

Pulaski se concentra no sinalizador vermelho que ainda pulsa sobre o Edifício Hamilton-Sweeney, logo além do limite superior do para-brisa. A dor não é dele. "Eu deixo um maço no porta-luvas pra emergências. Isso aqui acho que vale como emergência, se você quiser dar uma fuçada ali dentro."

O menino resmunga alguma coisa sobre a asma, mas o que mais Pulaski devia fazer por ele? Passar o braço sobre o espaço que os separa, essa vastidão de courvin que fede a aromatizadores em formato de pinheirinho de Natal, e segurar a mão dele? Ele provavelmente ia tomar um processo. Quer dizer, isso se é que já não vai. "Bom, eu vou pegar um", ele diz. "Eu normalmente sou mais de cachimbo. A patroa atura porque ela gosta do cheiro. Faz ela lembrar do avô. Mas se chegar em casa cheirando a cigarro, eu durmo no sofá. Isso aqui normalmente é pra testemunhas. Você ia ficar chocado com o quanto as pessoas se abrem."

O maço foi fabricado no Réveillon, e talvez a idade tenha deixado os cigarros mais fortes, ou talvez faça simplesmente muito tempo que ele não fuma um cigarro, porque na última vez em que o tabaco bateu tão forte ele ainda era menino, fumando escondido atrás da garagem em Passaic. Aquilo está fazendo tudo que a aspirina não pôde fazer. As pernas dele estão sumindo. A cabeça boia como uma armadilha de lagostas até o quadragésimo andar, onde ele vê de novo como no momento crítico ele falhou. Como seu corpo o deixou na mão. Como o menino se jogou da janela. Como, depois de ter se posto de pé de novo, ele, Pulaski, espantou aqueles pássaros (ou será que eles já estavam se afastando?) até estar encarando as luzes piscantes dos carros bem lá embaixo. Ele tinha batido a lanterna pra ela voltar a funcionar. E — Jesus amado — aquelas luzes afinal estavam piscando por entre as tábuas estreitas de uma plataforma de lavadores de vidros, coisa de cinco metros abaixo do beiral da janela. Lá estava o menino de costas como um contorno de giz, olhos fechados. Ele não tinha como saber que a plataforma estaria ali pra amparar a queda, tinha? Estava escuro demais, isso sem nem falar dos pássaros. Mas em cada mão ele segurava um despertador. E, ao lado dele, a talvez meio metro de onde tinha caído, uma sacola com cabos soltos escapando pelo zíper.

O sinalizador tinge de novo a parte de cima do para-brisa. Uma textura de súplica. "Eu sei bem como é, Charlie, isso de tentar conter tudo por dentro."

A menina no banco de trás interrompe. "Está parecendo que ele quer falar disso tudo? Acho que ele não quer falar, não."

Pulaski não tem mais o talento, parece, de arrancar qualquer coisa de qualquer um. Ele se antevê brevemente sendo dispensado pelos seus superiores, que foram dispensados pelos seus superiores, mais acima na hierarquia. E, no entanto, algo o fixa ali. E quando percebe os outros veículos se movendo no escuro, não pode deixar de pegar no bolso da porta o seu binóculo.

Quando ligou para B., ele estava esperando agentes federais com terninhos baratos e carros pretos. Mas o que surge agora das vielas laterais são vans brancas sem marcas, coisa de meia dúzia, sem sirenes, sem luzes — só motores envenenados em alta velocidade. Elas se detêm diante do Edifício Hamilton-Sweeney numa formação perfeita, nariz apontado para o meio-fio, de modo que seus faróis altos atravessam o pátio. Um sujeito louro salta da segunda van e parece, por um segundo, olhar na direção de Pulaski. Ele se curva para o walkie-talkie. Aí macacões atravessam os fachos dos faróis. Eles vestem balaclavas — todos menos o sujeito do walkie-talkie. Com luzes sinalizadoras, com cintos de ferramentas reluzentes, eles desaparecem por trás do vidro, deixando apenas as vans e alguns cones de trânsito alaranjados. Se estivesse apenas observando, você podia imaginar que estavam cuidando de alguma questão de manutenção obrigatória do prédio.

"Quem que são *esses* aí?", diz a menina do banco de trás.

"Acho que é melhor a gente nem perguntar."

"Também nem faz mais diferença", diz Charlie, finalmente. Um halo vermelho se expande em volta dele. Escurece. "Ela não conseguiu."

Quem não conseguiu? Pulaski quer perguntar. Aí ele lembra a cara do menino quando eles o puxaram de volta. Eles passaram um cabo de extensão elétrica por baixo dos braços dele para içá-lo pela janela, sem parar de falar e tentar animar o rapaz o tempo todo — *não olhe pra baixo agora, você está quase chegando* —, mas nem fazia sentido; ele só abriu os olhos quando já estava lá dentro. Era como se algo que ele viu lá fora tivesse mudado Charlie. Algo que ele tinha medo de perder se piscasse.

Pulaski ainda está analisando as ramificações quando alguém bate na capota. Uma luz branca surge do nada do outro lado da janela semiaberta, apesar de ele não ter visto ninguém se aproximar. "Posso perguntar o que é que vocês estão fazendo aqui?"

"Polícia de Nova York." Pulaski vai pegar o distintivo e percebe que o pôs no bolso errado. Está aqui. "Você se incomoda de virar esse treco pra alguma coisa que não seja a minha cara?"

O globo branco paira um momento antes de correr para a rua. Um sujeito de aparência atlética se agacha para olhar pela janela. Ele é jovem — jovem demais, como aquelas pessoas que são assustadoramente boas no que fazem — e fede a Speed Stick. Seu macacão, aberto até o umbigo, revela uma gravata, como se depois disso ele fosse voltar pra bater ponto lá na sua outra vida. Mesmo com a luz fraca, o cabelo louro que cai por cima do colarinho pontudo da camisa tem um brilho excepcional. Por que isso deveria ser uma surpresa para Pulaski é algo difícil de dizer. "Eu estou vendo o seu distintivo, sim, e de repente ficar de bobeira no carro conta como trabalho pra você. Mas e a desculpa deles?"

Pulaski se arrepia quando a menina do banco de trás fala de novo. "Quem que você acha que avisou do perigo aqui, meu? Se não fosse *ele* você nem ia estar aqui."

"Ah. Então você é o famoso Inspetor Detetive Larry Pulaski."

"E eu estou levando esses dois comigo", ele diz. "Mas não era pro meu nome entrar nessa história toda."

"A gente tem certa facilidade de conseguir informação. Como, por exemplo, que você se aposentou adiantado. Eu pensei em dar uma passada aqui e dar meus parabéns enquanto o meu pessoal cuida da coisa toda. Mas aí eu descubro que você nem está aposentado, afinal. Por que será, Larry?"

Boa pergunta.

"Então se aposente de uma vez. São quatro da manhã. Esqueça que isso aqui aconteceu e você nunca mais precisa ver a minha cara de novo. O que você pode apostar que ia ser bem ruim pros seus planos futuros."

Não tem como os macacões estarem saindo de novo — Pulaski não acabou de terminar o cigarro? —, mas lá estão eles, mais gente do que devia caber em três vans, se movendo com a agilidade de paramédicos, se bem que pode ser o volume que carregam, do tamanho de uma criança, o que o faz pensar nisso. A sacola. Um coro de igreja começou a lamentar ali no meio da noite, a não ser que ele esteja imaginando isso também.

"E isso vale em dobro pros dois vadios aí. Eu não devia contar isso, mas o Tio Sam tem um acordinho extraoficial com certos governos estrangeiros. Vocês sabem o que esses caras fazem com os prisioneiros? A não ser que vocês pretendam passar o resto da vida descobrindo, lembrem: nada aconteceu aqui. Deu pra entender? Você vai explicar bem direitinho pra eles entenderem, detetive? Isso aqui foi só um pesadelo." Ele não espera uma resposta. Outra batida na capota, e ele some, esse rapaz que Pulaski agora tem certeza de que opera ordens de magnitude acima do seu nível salarial. O que deve significar — ele tenta fazer contato com o coro espectral, a base distante da sua dor —, o que deve significar que quase aconteceu mesmo. Ele ainda consegue ver dois despertadores idênticos, ponteiros parados às 2h26, onde o que está ali em cima do banco diz 9h27. As horas do meio do caminho ele pode jamais chegar a entender.

Mas não precisa, como percebe quando a primeira das vans vai embora. Chega de imaginar que existem respostas. Ele vai se mandar e esquecer que isso tudo aconteceu. Isso nunca aconteceu.

"Como eu estava dizendo, Charlie" — ele tenta encontrar o ponto onde tinha parado —, "sei bem como isso é. Você precisa é lidar com uma coisa de cada vez. Comece dormindo. Vá pra casa e tome um banho quente e caia na cama."

"Você não vai prender a gente?" A menina parece desapontada.

"Se você tem alguma coisa pra confessar, querida, eu francamente não quero ouvir. O camarada tinha razão. O melhor é ninguém saber que vocês estavam envolvidos nisso tudo."

"O melhor é ninguém saber que *você* estava envolvido", Charlie resmunga. "Foi você que meteu uma arma na cara do sujeito do elevador."

"Isso aqui é a sua chave pra escapar da cadeia, garoto. Não olhe os dentes." O coro está sumindo. Ele se espanta com a realidade do motor quando gira a chave.

"Quer que eu dirija?", a menina pergunta. E aí: "As suas pernas".

"Tudo bem com as minhas pernas." Ele passa a alavanca para D, range os dentes enquanto acelera. "Só me digam onde é que eu deixo vocês. Vocês devem ter uma casa em algum lugar."

"Pra falar a verdade...", ela está dizendo, quando o menino interrompe: Isso, ele diz. Pra falar a verdade tem um lugar onde ele quer ficar.

UPPER WEST SIDE — 4H27

De início, sob a película fosca do que podia ser a aurora ou só mais umidade, a coisa num banco na frente do prédio do Papai parece um saco de lixo, ou uma pilha de andrajos, ou algum outro dentre os milhões de tipos de dejetos em que esta cidade se especializa. Siga em frente, Regan se diz, porque ajudar os outros é uma história pra quem tem coração mole. Só existe a eficiência, a busca do que nós mesmos desejamos. Vejam o marido dela, que já está na metade da Central Park West. Mas era exatamente ali que aquelas ambulâncias estavam no Réveillon. E talvez naquele exato momento alguém do outro lado da ilha esteja passando por duas crianças com cara de perdidas, pensando se deve intervir. Enfim, tem muito de humano, a coisa no banco, o bastante pra ela já subir de novo na calçada.

"Regan, que diabo?", Keith diz atrás dela, mas ela diz pra ele subir e ir dar uma olhada no William e no Papai. "Eu já estou chegando." Ele para. "Por favor." Ela passou a noite toda à procura de algum sinal de que ele aceita sua independência... e agora, para sua surpresa, ele lhe dá o sinal. Sai. Ela se agacha ao lado do banco. A coisa é de fato humana, encolhida na postura de queixo-no-peito de um bebum do metrô, mas ela sente cheiro somente de tabaco e suor. Ela tem um impulso de tocá-lo, mas lhe falta coragem. "Oi." E quando ele ergue os olhos, o coração dela pula. É só um menino: cabelo cortado a faca, pele clara, os ocos de um rosto. Uma correia de câmera fotográfica lhe atravessando o peito. "Oi", ela diz, agora mais baixo. "Você está perdido?"

"Será que eu posso?", ele diz. "Eu estou tentando me concentrar aqui."

Mas isso é carma. Tem que ser. "O meu pai mora ali do outro lado da rua. Por que você não entra ali que é seguro, pelo menos até a luz voltar?"

Sem mais uma palavra, o menino levanta e se esgueira na direção das sombras da entrada do parque; ela só está piorando as coisas. "A gente tem qualquer coisa que você queira", ela grita. "Tem comida, chuveiro..."

Ele para. "E um rádio? De pilha."

"Eu tenho certeza que a gente consegue achar um rádio pra você. O importante é você não ficar aqui no escuro, é perigoso. Anda. Deixa eu te dar uma mão."

Ela deixa o menino ir na sua frente para o saguão. Um abatido Miguel se levanta, mas ela acena com a cabeça: tudo bem. O menino chega primeiro à escada e começa a subir com o cansaço de uma pessoa bem mais velha. Ela estava com alguma esperança de que Will e Cate tivessem dado um jeito de chegar à cobertura, mas, quando entra, tudo está quieto. Um rebocador distante é o som mais solitário do mundo. Os homens devem estar no andar de cima. O menino, enquanto isso, parou para examinar o Rothko. Para Regan, ele é só parte da mobília do mundo, outra coisa no seu caminho, mas ali, parada ao lado dele, tentando mostrar que não vai fazê-lo ir além de onde quer ir, a pintura fica completamente diferente. O azul no seu coração é na verdade um violeta machucado, se bem que isso pode ser efeito do milhão de velas que William acendeu. Enfim, esse calor não pode fazer bem para o quadro. Ou para o menino, cuja respiração é rascante. "Isso aí está com um barulho feio. Vamos pegar um copo d'água pra você."

"É só asma", ele diz. "Eu devo ter derrubado a minha bombinha em algum lugar."

"Água não faz mal a ninguém. A cozinha é por aqui."

Ela não consegue lembrar a última vez que não houve empregados aqui. Tem que dar toda a volta abrindo armários só para encontrar copos, e quando abre a torneira nada sai. Eles estão no septuagésimo andar, e não há energia para bombear a água. Ela sente os olhos do menino nas suas costas. Na geladeira escura ela encontra uma jarra, mergulha um dedo nela para sentir o gosto. "Uma limonada serve? Está morna."

"Tudo bem", ele diz. Ele está com o rosto vermelho. E aí: "Por que você está fazendo isso?".

"Não sei", ela admite, mas tem uma sensação de que o conhece de algum lugar. Ela devia perguntar o nome dele. Em vez disso, ela se serve uma dose do Grand Marnier que descobriu no seu giro pelos armários. É nauseabundo de tão doce, mas o bom é que vai direto pra cabeça. O menino larga a câmera no balcão. Eles ficam sentados num silêncio complicado por um ou dois minutos. Aí ela pergunta o que ele achava que estava fazendo ali na rua — "se você não se incomodar de eu me meter". Quando ele não responde, ela toma mais um golinho. "Quer dizer, eu aposto que você tem as suas razões. Quase todo mundo tem. Mas você não está dormindo lá na rua, né? Porque aqui tem assalto. As ruas são uma loucura."

O olhar fixo dele é incômodo, então ela se vira e começa a fechar as portas dos armários que abriu. "Eu estou falando por experiência própria aqui. Os nossos filhos se perderam quando estavam voltando da colônia de férias hoje, e a gente deve ter andado uns quinze quilômetros procurando os dois, eu e o meu marido. Mas fico pensando que eles devem ter ido pra algum lugar seguro." Há uma mesinha que a cozinheira pode usar para escrever cardápios, e no armarinho acima dela há porta-retratos, inclusive mais uma do milhão de cópias daquela foto do lago Winnipesaukee. Ela a entrega ao menino. "São eles." Ele tem aquele tipo de pele clara que fica rosa com o menor movimento do sangue.

"Espera. *Esse aqui* é o seu marido?"

"Ex-marido. Ou quase. Nós estamos separados. Era ele quem devia pegar as crianças." Aí a coisa mais estranha acontece: o menino vai pegar o copo dela, e por um segundo os dedos deles entram em contato. Quando ela solta, ele vira o que sobrou do Grand Marnier na limonada. Vira tudo. Fecha os olhos e não abre a boca por um minuto. "Era melhor ir todo mundo pra casa", ele diz afinal.

"Como assim?"

"Você falou que não mora aqui, né? Uma criança vai sempre querer ir pra casa."

"Você está legal? Você está meio pálido."

Eles se olham por um minuto. Claro que ela conhece aquele menino, ela pensa. Ele também perdeu alguém. Eles são iguais, ele e ela. "Posso usar o telefone?"

O telefone fica numa salinha estofada de veludo embaixo da escada. O menino fecha a porta sanfonada de vidro com cuidado quando entra, e ela se retira para um ponto mais distante em nome da discrição. Por entre as galáxias de chamas no vidro, ela pode ver sua má postura, seu rosto virado para a parede. *Eu estou na casa de um ricaço*, ele pode estar dizendo no fone. *Tragam a fita adesiva e as armas.* Mas ela acha que tem certeza de que ele está ligando para os pais. Pedindo, ela pensa, para virem pegá-lo.

"Sua vez", ele diz um minuto depois, emergindo ainda mais amarrotado que antes.

"O quê?"

"Os seus filhos", ele diz. "Ligue pra casa. Ligue sem parar."

Ela se pega prestes a explicar a esse menino todos os motivos pelos quais ligar de novo pra um apartamento vazio desafia qualquer lógica. Mas o que é que ela pode fazer, na verdade, senão pegar o fone e se espremer entre ele e a porta para entrar na salinha? O interior da cabine agora tem o cheiro das meias de ginástica do Will. Ela está fechando a porta quando ele a faz lembrar do rádio. "Com pilha. Você prometeu."

"Tem uma sala de exercícios mais pro fim daquele corredor. Acho que tem um ali." E aí o menino desaparece, e Regan está se enviando pelos buraquinhos do bocal. Cada toque é uma pedra que cai na água escura. Círculos plúmbeos, nove ou dez, que se espalham para longe sem jamais tocar algo sólido. Mas aí, incrivelmente, surge o Will, e o que ele diz não é alô mas "Mãe? É você?".

A voz dele soa algo embolada, como se explosões internas tivessem amortecido a audição dela. Ainda assim, ele é oxigênio; o ar não pode sofrer de excesso de Will. "Will, meu anjo, onde é que você está? Meu Deus."

"Ãh... foi você que me ligou, lembra?" Mas ela ligou para tantos lugares hoje à noite que já esqueceu qual é aquele. "O apartamento novo? Predião grande? Um riozão? Faz sentido?"

"Mas onde é que você esteve a noite toda? A sua irmã está bem? Eu estou acabada por causa disso tudo, a gente estava procurando…"

"A Cate está dormindo na sua cama." *Chtá drmind*. "A gente está bem, sim. Nossa, se você quiser ficar brava com alguém, fique brava com quem tem culpa nessa história."

"Eu quero que você fique bem aí", ela diz, supresa com sua própria firmeza.

"São quase quatro da manhã, Mãe, onde é que a gente podia ir?"

"Corta essa. Chega. Eu estou saindo agora mesmo da casa do Vovô."

"O que é que você está fazendo no Vovô? Ele está legal?"

"Tudo bem, mas eu não sei dizer quanto tempo o seu pai vai levar pra achar um táxi pra nós."

"O Pai está aí?"

"Claro que o Pai está aqui." Ela uma vez ouviu alguém descrever a órbita espacial como uma contínua queda livre. O silêncio dele agora é um pouco assim, ela está caindo pelo universo na sua capsulazinha de vidro. Aí ela bate em algo sólido: Keith. Ele está com raiva do Keith esse tempo todo. "Querido?"

"Não sei por que ele tem que vir. Foi ele que deu bolo na gente pra começo de conversa."

"Will. O seu pai te ama mais que tudo neste mundo." De novo aquela pausa, enquanto ela percebe que isso é verdade. "Nós dois te amamos. Seja um pouquinho mais humano."

"Tá. Mas se eu estiver dormindo quando vocês entrarem, não me acordem. Foi uma noite horrorosa." Ele desliga e, pela primeira vez, ela agradece os excessos de Felicia Gould, a fantasia de elegância que ela fez todos que a cercam engolirem, pois agora a porta pode ficar fechada enquanto Regan precisar. Ela não sabe por que ainda tem tanto receio de deixar os outros ouvirem seu choro, a não ser pelo fato de que supostamente o sol vai nascer aqui em algum momento, e o mundo do passado, que não viu com bons olhos essas demonstrações abertas de emoção, vai estender a mão para tocar o mundo do futuro, como um acrobata que encontra o próximo trapézio, ou uma pessoa adormecida que lembra quem é quando acorda.

Quando ela consegue encontrar Keith, ele está numa das escadas em espiral do salão, descendo do segundo andar. Ele começou a relatar que o pai dela está num sono profundo e que William está lendo, quando ela grita do outro lado daquele espaço aberto que finalmente conseguiu falar com eles.

"No Brooklyn", ela diz. "No apartamento novo."

Ele senta ali onde está, poucos degraus acima do parquê.

"Eu disse pro William que nós dois estamos chegando. Imaginei que você ia querer ver os dois", ela fala.

Os olhos dele estão exatamente no nível dos dela, separados apenas pelos balaústres da escada. Sim, ele quer ver os dois, ele diz. Muito.

Isso significa deixar o fugitivo de Regan esperando a carona. William pode tomar conta dele, ver se ele não rouba a prataria, mas ela sente que devia pelo menos avisar que eles estão indo embora. Que é algo que precisa fazer sozinha, ela diz, determinada por algum motivo a evitar que ele e Keith se cruzem. Se o marido dela tem alguma objeção, ele não as levanta. (É assim que as coisas vão ser agora? E isso é bom ou é ruim?)

Antes, ela pensou que William estava de sacanagem, fingindo que não lembrava onde ficavam as coisas na casa, mas o lusco-fusco redistribuiu os corredores laterais, e por um minuto ela também se perde. Aí um rádio pia lá na frente, e depois de dois closets e uma sala de charutos, ela encontra a sala de exercícios. A luz da vela atinge uma máquina Nautilus e uma esteira, e não uma, mas duas balanças. As sombras desse equipamento nas paredes parecem instrumentos para mortificação da carne. Há um momento em que ela quase se sente triste por Felicia. Aí ela vê o menino. Ele está num tapete de luta livre no chão, com as pernas dobradas embaixo do peito e a cabeça ao lado do rádio, como um daqueles taxistas muçulmanos que você vê puxarem um papelão dobrado do porta-malas na hora da oração. É o que ele estava fazendo no banco lá fora, ela percebe: enviando seus pedidos para Meca ou sabe-se lá onde.

Agora ele ou está mergulhado no falatório do rádio — precisando ouvir certa coisa —, ou dormindo. Montículos de vértebras lhe empurram a camiseta nas costas. Ele está quente e úmido, mas não febril. A mão dela, repousando ali, parece a de outra pessoa. Parece a lembrança de uma mão.

E aí se passaram vinte anos, e tudo isso é irrelevante. Ela está acordando de uma soneca, no meio-quase-fim da tarde, primavera, pedacinhos e fatias dela escorrendo dos cantos de um quarto ensolarado e se reunindo novamente para formar a pessoa que ela é agora. Aquela cãibra na mão esquerda é artrite. O zumbido que ela sonhou que era um avião é na verdade o aspirador da empregada na sala. Do outro lado de uma janela aberta pássaros piam e ônibus suspiram, mas mesmo quando já consegue perceber essas coisas com certa autoridade, ela continua deitada, com um travesseiro suarento em cima da cabeça. Não que alguém esteja para vir acordá-la. Cate tem um expediente longo numa firma em downtown, e Regan ultimamente tem a sensação de que ela é mais uma pessoa que vem de visita tomar o brunch aos domingos. Keith está em Rye hoje à tarde; aposentado, ele começou a se interessar por golfe e pelos republicanos (o que dá na mesma). E o Will... Will é uma secretária eletrônica do outro lado do país — e muito de vez em quando, quando ela consegue pegá-lo em casa numa hora tão estranha que ele não pode deixar de atender, uma voz, reticente, pixelada por satélites. Ainda assim, Regan não mudaria a vida que construiu. Ela tem o irmão de volta, e parece que ele ainda vai ficar por aqui um tempo. E o Segundo Ato do seu casamento foi bem melhor que o Primeiro. A eventual implosão da empresa não só deixou ela e Keith em situação mais parecida, mas também a deixou livre para pensar o que queria fazer da vida. Motivada por ele, ela mandou currículos, e no ano seguinte foi contratada como chefe de Relações Comunitárias no Hospital Infantil St. Mary, em Bayside, Queens. Fazer dinheiro gerar mais dinheiro nunca foi uma coisa que a deixasse satisfeita; isso aqui é. Mais importante ainda, ela aprendeu a viver consigo mesma, o que agora sabe que é o prelúdio para se aprender a viver com os outros. Às vezes, no começo da noite, ela ergue os olhos de uma revista e encontra Keith numa poltrona na diagonal da dela, só olhando. "O que foi?", ela pergunta, e ele diz: "Nada", mas com uma espécie de pasmo. Dá pra erguer uma vida sobre essas fundações: duas pessoas que conhecem os defeitos uma da outra e escolhem mesmo assim ficar sentadas juntas, de meias, à luz de um abajur, lendo revistas, tentando não olhar muito além do dia que acabou de passar, ou do que vem pela frente. Só nas fronteiras do sono, de fato, é que ela vai se ver fuçando em passagens cobertas de mato em busca de um lugar em que sua vida atual se dividiu em duas. E o que ela encontra, na maioria das vezes, é essa fantasia que um dia teve, de ter recuperado o filho ou a filha que perdeu, como se aquela noite inteira tivesse sido uma imensa máquina de Goldberg para lhe mostrar que o que ela quer não é o que ela achava que era.

Sob sua mão, o menino não se move. Por alguns segundos, as coisas podiam tomar qualquer rumo. Enquanto ela ficar de olhos fechados, não é impossível que ela diga mesmo alguma coisa, e o que vier a acontecer depois daquilo terá se transformado no seu futuro, e este aqui será o sonho. Mas ela passou a acreditar ou lembra de ter acreditado que tem que escolher: ou o caminho que não seguiu dezessete anos atrás, ou o caminho que leva a seus filhos de verdade, em oposição aos imaginários. E este menino aqui tem sua vida, como ela. Foi um erro ela um dia ter pensado que não tinha.

Ainda assim, ela deixa a mão nas costas dele por mais alguns segundos. Tenta memorizar as linhas claras de couro cabeludo que se ramificam por entre seus cabelos. Ela se agarra àquela sensação até ela ter exatamente o tamanho do seu corpo, e então a deixa ir. Está acordada há vinte e três horas. Está com os olhos secos. O céu lá fora fica mais claro, ou não. As empregadas do turno matutino logo vão estar chegando. Sob uma das mãos inertes do menino ela coloca um bilhete. *Sinta-se em casa. William (meu irmão) no andar de cima, pode ajudar com a comida. Eu estou neste número se você precisar de alguma coisa.* Mas já sabe que ele não vai ligar. Ela nunca mais vai voltar a vê-lo. E depois de uma última olhada, ela se prepara para voltar à realidade, perseguida pelas deblaterações do louco no rádio, como uma voz que vem de um sonho.

ÚLTIMA TRANSMISSÃO

"... Enfim, todo mundo estava lá, de mão no ombro. Este que vos fala acabou enfileirado entre uma mulher com um treco árabe na cabeça e um judeu ortodoxo que parecia estar com medo que eu fosse passar a mão na bunda dele. O túnel? Nunca achei que um túnel pudesse ficar tão quente. As chamas mal chegavam ao grafite e àquele resíduo marrom esquisitão que os trens deixam, como se a gente estivesse dentro do cano de uma arma. E aquilo até tem cheiro, aliás, meio de cogumelo e de suor e metálico, tudo ao mesmo tempo. Você já sentiu esse cheiro e achou que era outra coisa. Eu estou só começando a me perguntar se a gente está caindo numa emboscada quando a parede da esquerda vira um vácuo negro cheio de eco. A plataforma. O cara atrás de mim tira a mão do meu ombro. Aquele monte de luzinhas se afastando. Nós somos só um bando de gente normal voltando do trabalho. E aí eu subo e saio por uma porta aberta, colocando a máscara de todo dia. Porque lá em cima, tudo está no limbo. Quadras inteiras tão negras quanto o trem. E no nível da rua, claro, matizes de Juízo Final. Eu vou poupar vocês do meu relato presencial; vocês também acabaram de passar cada um pela sua versão. Mas digamos apenas que, muitas horas e muitas quadras depois, quando vejo uma luz nas janelas da WLRC — não deixe ninguém te dizer que o Zig não pensa primeiro em você, Nova York —, eu imediatamente penso, ladrões. Aí me ocorre que a estação tem um gerador. E às quinze pras cinco da manhã as quadras ao sul da Canal são tão de cidade fantasma que já consigo ouvir a música que sai da janela: puntch puntch puntch. E de novo no alto da escada.

"Vá dar uma olhada num LP de discoteca uma hora quando a luz voltar. Cada lado parece uma música só, esticadinha pra cobrir tudo, porque Deus o livre, mas mesmo com guerras e criancinhas passando fome na Eritreia, nada há de te impedir de sacudir as cadeiras. Aquele lado já está pela metade, e tem mais um disco preparado na vitrola ao lado, pra troca poder rolar sem pausas. A cabine de transmissão está deserta, mas tem um cigarro queimando num cinzeiro. Eu penso que o Lobisomem Jerry, o nosso cara que faz da meia-noite às quatro, deve estar por aqui. Quanto a mim, vou é sentar e ficar esperando o Nordlinger chegar pra me dizer se eu estou na lista negra por incitar a revolta, ou se ainda posso entrar no ar.

"Pra matar o tempo, eu dou uma olhada nessas cartas que vivem chegando aqui na estação. Panfletinhos de promoção, claro, mas também tem fotos de publicidade e autógrafos, aquela autopromoção sem fim. Quem sabe uma das malucas aí me mandou umas fotos de topless, fico pensando, ou pelo menos uma ameaça de morte — *alguma* coisa. Mas toda vez que eu dou uma olhada pra ver quanto tempo ainda falta no disco, a faixa de sulcos entre a agulha e o rótulo giratório ficou menor. Cinco centímetros, dois. Vocês vão ficar espantados com isso, meninos e meninas, mas a coisa está deixando o 'Dr.' Zig meio nervoso. Esta estação está transmitindo sem interrupções desde coisa de 1923, mas alguém vai ter que vir trocar de disco logo, logo ou vai ficar só o silêncio, aquela tossezinha irritante da agulha no sulco. E a gente está pela boa aqui, a coisa de um centímetro do centro, meio centímetro, alguém rabiscou 'Fusões Velozes' na capa, a qualquer segundo agora a batida vai parar, então no último instante possível eu me debruço ali e ligo o *fader*. Qualquer imbecil consegue fazer isso, aliás, tuím, aperta o botão, plim, liga a chave, e você gerou mais sete minutos e quarenta de vida. O que não significa que discoteca deixe de ser uma merda. Deixa eu só tomar um golinho d'água aqui pra engolir.

"Ah. Melhor. Eu estava falando do quê? Realizações, era isso. A minha sensação de realização durou mais ou menos o mesmo que dura o barato de um cigarro depois de você apagar a bituca. Mais ou menos o mesmo que o bem-estar pós-relação sexual, antes de as vozes começarem a fervilhar de novo na cachola. Bom pra ela? Bom pra mim? Quem vai embora primeiro? Quanto é cedo demais? Porque a minha suposição do que está acontecendo acabou de mudar: não há mais estação. Nada de Lobisomem Jerry, nem de Nordlinger. O que significa que sou só eu no controle. É pressão pacas, eu vou te contar, e tem poucos lugares menos medonhos que uma estação de rádio vazia com o microfone quente desse jeito e os monitores com o volume bem alto, porque não dá pra ouvir nada além da sua voz. Assim, se o Assassino das Colegiais ou o Filho de Sam estivesse chegando de mansinho por trás de mim agora, eu não ia ouvir. Você pode acabar com medo só por ficar falando essas coisas e se virar...

"Mas espera aí. Quem foi que colocou esse disco pra começo de conversa? De quem que é esse cigarro? Eu começo a pensar — não ria agora, cidade de quiromantes e jesusinhos no painel dos carros —, mas a pensar se isso aqui é mal-assombrado. Mencionei o meu chapa que deu um mergulhinho tem uns meses, né? E que ele veio falar comigo? Quatro anos de silêncio, e lá me aparece ele na porta, bêbado, com uma fotografia e umas perguntas sobre um vazamento de informação. Talvez até tenha me dado um pouco de prazer dizer: Você errou a mão, amigo, eu não tenho nada com isso. Eu não acredito que nunca mencionei isso aqui. Esses comprimidos devem estar carcomendo a minha cabeça inteira. Enfim, agora estou com essa sensação esquisitíssima de que ele está bem aqui no estúdio comigo. Ou alguém está. A qualquer segundo agora ele vai aparecer boiando na minha frente, ou cintilando, ou sei lá o que é que os fantasmas fazem, não sei mesmo, porque eu sempre tive certeza que eles são só um jeito de a gente não ter que se encarar — só que então por que, meninos e meninas, eu estou com tanto medo? Talvez porque eu tenha acabado de andar quase dez quilômetros no escuro numa cidade que quer me ver morto?

"Ou talvez porque, na hora do vamos ver mesmo, o 'Dr.' Zig é que era o cagão o tempo todo. É, eu odeio desiludir os pretensos disk-jóqueis aí na audiência, mas essa cabine de transmissão aqui é só uma cerca, uma camada de vidro que te protege do horror que são os outros. E se meter com esse horror foi o que ferrou com esse meu amigo. E eu estou sentindo que ele está a coisa de centímetros de distância agora, prestes a relar a mão em mim, a começar a sussurrar no meu ouvido, assim, se em verdade as coisas estão tão perdidas quanto você diz, Zig, por que não ter a coragem das suas convicções de uma vez, puxe o gatilho... e quer saber? Eu não estou mais pronto pra ouvir isso aí. Então saio correndo da salinha da WLRC, que no fundo é só um cubículo com um sofá. Eu ainda tenho uns minutinhos antes da hora do programa pra me refazer, recompor sei lá qual mensagem pretendo passar pra vocês hoje de manhã, Nova York, quando de repente: um estrondo na privada. Ah, Zig, eu fico pensando. Seu, com o perdão da palavra, bostinha neurótico. O tempo todo você aqui pensando que estava sozinho e tinha um colega ali usando o banheiro. Ou algum bandido aí da rua.

"Como assim — vocês estavam esperando uma história de fantasmas mesmo? Eu posso ser covarde, mas também sou um empiricista. Eu vou bater na porta, aço oco, não sei bem por quê, se bem que se você parar pra pensar, o banheiro tem uma das duas únicas janelas do estúdio inteiro, então de repente tem mais alguém preocupado com uma invasão também.

O que explicaria a trava com cadeado do meu lado da porta. Lembrem, acabei de atravessar quinze dos meus próprios levantes e me descobri chocado demais pra entrar na deles. Mas não vou mais ser covarde. Alguém vai ter que trocar o disco de novo no que meus instintos acuradíssimos me dizem que são três minutos ponto cinco, e de um jeito ou de outro isso aqui vai ter que se resolver antes de eu voltar pra aquela cabine, ou seja, a cabine de onde estou falando agora. Então eu respiro fundo.

"Vem comigo agora, Nova York, se você ainda está aí. Ombro a ombro. Ombro contra o aço. Ouça de novo aquela barulheira. Agora empurre.

"Eu preciso de uns segundos pra entender o que está acontecendo do outro lado da porta. A janela, a que eu vi lá de fora, está aberta. Papel higiênico por tudo, encharcado de água. E ali, se batendo no chão, tem um pombo todo detonado. Ele ficou preso numa daquelas armadilhas de cola que a gente usa pra pegar rato. Fazia anos que elas ficavam espalhadas pela estação, porque a gente anda com um problema de ratos. Ou que a gente achava que era um problema de ratos. E os ouvintes leais terão consciência do axioma de Zigler, de que por baixo das penas o pombo e o rato são o mesmo bicho. Agora tem pena e uns fiapos nojentos voando por tudo; só me resta dar um bom de um pisão na coisa e acabar com isso de uma vez. Que coisa mais bárbara, vocês diriam, e eu respondo, não, trata-se da própria essência da civilização. Uma disposição para ser quem pisoteia, antes de os animais morderem os seus filhos e contaminarem os seus grãos.

"Mas no que eu ergo o sapato, o bicho dispara pro lado da privada como se soubesse que o fim se aproxima. Ele não está conseguindo voar direito porque uma asa ainda está grudada na armadilha, e fica fazendo um barulhinho arrulhado, um som de lamento, mas com um tom de total emergência. O que é que eu vou fazer? Devem estar sobrando só uns minutinhos no disco agora, eu tenho que voltar pra cabine, e não quero deixar a coisa ali sofrendo.

"Vocês já tentaram pegar um pombo? Esse ali basicamente surta e caga na minha mão, aí eu viro a placa com a cola de cabeça pra baixo, lembrando que isso é um truque de falcoaria, só que nada a ver. O bicho é surpreendentemente leve, mas aquelas asas conseguem gerar uma puta de uma força, e eu estou bem abalado, o meu instinto é segurar aquilo meio que com a pontinha dos dedos, mas isso só ia dar numa queda. Então eu levanto o treco longe do corpo, tentando evitar que o bicho me mate de bicada, e eu subo na privada meio bamba e bem devagarzinho, quando as asas param um pouco de bater, passo o bicho e a placa e aí a minha cabeça pelo gio, onde o sol está nascendo bem naquela hora, louvado seja o JC dos painéis dos carros, rubra aurora, ruas começando a se articular de novo, mas não dá tempo ali de aproveitar a sua vista, Nova York, eu solto a asa da cola, e aí tenho que soltar as perninhas também, mas devagar, pra não rasgar nada, o que gera outro torvelinho, e de repente fico emputecido com a posição em que eu me encontro, não sei se estou me referindo ao banheiro ou à cidade ou enquanto ser humano ou sei lá o quê, mas eu estou lá berrando: 'Fica quieto, caralho' — e tudo que eu já contei pra vocês aqui é mentira se não é que a coisa fica completamente imóvel, puxãozinho daqui, dali, as pernas desgrudam, e sem pensar eu abro a mão e ele simplesmente... despenca. O meu sapato entra na privada, eu estou aqui com a meia molhada ainda, mas e daí, porque eu acabei de tirar a vida de uma coisa viva. Só que: quatro andares abaixo, a poucos metros da calçada, a porra do bicho lembra que tem asa, e com umas duas batidinhas ele some no céu. Não tenho tempo de processar aquilo tudo, como eles dizem por aí, o disco está morrendo, *Fusões Lentas*, esse aqui, então saio manquitola com o meu sapato molhado até a cabine e me debruço pra alcançar o microfone, sem fôlego, que é quando você chega, seja lá você quem for, e é por isso que a gente está aqui já tem quase duas horas, processando tudo isso assim no ar.

"Ou tudo bem, beleza, vocês me pegaram, de repente não foi bem assim. Ou é uma fantasia pra esconder outra coisa que aconteceu mesmo — não faz diferença. O que faz diferença é o sinal que essa história traz enquanto nós vamos chegando à hora cheia, que é o seguinte: o 'Dr.' Zig errou o diagnóstico de vocês aí, *Damen und Herren*. Eu estava com as informações corretas, quase todas, veja bem, mas ainda assim de algum jeito a história que eu estava montando está cheia de furos, porque nunca acreditei de verdade que vocês podiam mudar. E neste exato momento eles estão reescrevendo a história, achando jeitos de dizer pra vocês que o que vocês viram não existe. A cidade enorme, má e anárquica, o pessoal saqueando lojas, uga-buga. Melhor confiar nos empreiteiros e nos tiras. Mas não deixem ninguém dizer que vocês não mudaram e viraram outra coisa ontem à noite, Nova York, ainda que só por um tempinho. Foi o que bastou pra eu mesmo pensar que de repente também posso mudar. Então quero que vocês me façam um favor. São 5h58 da manhã. Eu quero que vocês desliguem o rádio. Sei que era pra eu ficar aqui até as sete, mas se cada um de vocês aí simplesmente me desligasse, agora mesmo, eu podia calar essa porra dessa minha boca e ninguém ia nem ficar sabendo. Que nem o *Peter Pan*, só que de cabeça pra baixo: é só vocês pararem de bater palma que eu posso sair pela porta. De repente a gente até se encontra lá fora, eu e você. A gente não vai ter que se reconhecer, desde que a gente não fale. Vai ser igual começar do zero. Então tirem essa bunda municipal aí do sofá, Nova York, e por favor, *por favor...*"

WEST SIDE — 5H58

A essa hora da manhã, caminhões das últimas fábricas que restaram em Manhattan deviam estar aglomerados no Battery Tunnel, fazendo os carros desviarem pelas ruas de superfície, mas o engarrafamento é mínimo; quem quer que estivesse a fim de sair da cidade já se foi. O que acaba fazendo Pulaski desviar é a ideia de ter que descer de novo para a escuridão, com o sol finalmente tendo começado a se erguer. Em vez disso, depois de desligar o rádio, ele corta por Chambers até a ponte, e logo decola por sobre o porto, e dali segue para uma via expressa que pra variar até está merecendo o nome. As passarelas de pedestres passam velozes. As placas da Verrazano estão emporcalhadas mas legíveis. No carro há apenas o zumbido constante do asfalto, pontuado por juntas de expansão. Em todo o resto do mundo, na água, nas janelas, nas correntes enferrujadas, há luz, há luz, há luz.

Aí, bem quando ele chega a Port Richmond, as luzes que pendem sobre a ponte se acendem. O céu atrás delas é da cor de uma borracha de apagar — tende a ficar assim no verão, alguma coisa a ver com gases de estufa acumulados na Terra —, então o brilho não é exatamente forte. Ainda assim, ele fica com um nó na garganta. Os nove pinos de néon na frente da pista BowlRight piscam nos seus ângulos de quebra. Lâmpadas espocam numa daquelas placas sobre rodas, *AGORA ABERTO DIAS DE SEMANA ÀS 10*, que se referem ou ao pub irlandês Shenanigans ou à igreja ortodoxa grega logo ao lado. Nas baias do lava-jato, logo antes da entrada da subdivisão, duas esponjas giram como sheepdogs sarnentos, com as tranças querendo pegar um carro que não está ali.

Algum tipo de circuito deve ter estourado no abridor da garagem dele também, pois quando ele vai encostando na entrada a porta fica abrindo, fechando, abrindo de novo. Ele pode ver o Thunderbird da Sherri ali dentro, o que é estranho, a não ser que a Patty tenha vindo da Filadélfia ontem à noite pra pegar a irmã. Ele estaciona na frente da garagem. A batida da sua porta soa extra-alta, até para ele, e espanta umas carriças da sebe que dá privacidade ao vizinho. É possível que ele também esteja um pouco assustado. Lembra aquele ditado: "Hoje é o primeiro dia do resto da sua vida?". Tem alguma coisa horrenda nesse ditado. "Fique aqui", ele fala sem som através da janela, para a forma ainda calada no banco do passageiro. Ele fica parado e olha a porta da garagem subir e descer, e subir e descer mais umas vezes antes de entrar na casa.

"Sherri?" Ele faz, por costume, o gesto de colocar o revólver de serviço na gaveta com chave da mesa que fica ao lado da entrada, mas aí reconsidera e verifica a trava de segurança. Na cozinha, a resistência da cafeteira ligou com a volta da energia, arrancando do café de ontem um aroma talhado de padaria, mas ninguém está aqui. O quarto deles também está vazio, a cama feita profissionalmente. Ele sobe a escada, se apoiando com força no corrimão, mal percebendo outra batida de porta lá fora. O quarto deles era aqui em cima até cinco anos atrás, quando a Sherri reclamou que era grande demais — uma forma de poupar os sentimentos dele — e eles chamaram uma empresa de mudanças para levar tudo lá pra baixo, pro quarto menor onde um filho ou uma filha teriam dormido. Agora ela chama o quarto antigo de "um quarto todo da Sherri". Ela gosta de ficar sentada na sua poltrona de vime com uma colcha nos meses de inverno quando a piscina está coberta, para tomar chá e ler um livro. As cortinas que nunca estão fechadas estão fechadas, e a sala tem cheiro de cera de velas, e é aqui na cadeira redonda que Pulaski encontra a esposa, enroscada no sono com o fone do seu radinho transistorizado no ouvido.

Ele segue manco até ela, com o carpete grosso engolindo todo e qualquer som, e quando está bem perto ele tira o fone de ouvido. Não há som. Ou a bateria acabou ou ela desligou. "Sherr?" Ele abre uma das cortinas. A luz da piscina se dobra no teto, gravando onduladas linhas brancas ali, ondas de luz que se chocam contra o cômodo reduzido. Ele quer ficar mais perto dela, mas se ajoelhar agora é basicamente impossível. Está condenado a ficar olhando de cima, apesar de parecer que é ela quem está no alto.

Ela abre os olhos. O azul daqueles olhos ainda é um espanto. "Você passou a noite toda acordado?", ela diz. Não é uma pergunta com raiva, mas talvez ela tenha passado desse ponto.

"Eu liguei. Achei que talvez você tivesse ido pra casa da Patricia."

"Por que você não vai dormir, Larry? A gente conversa direitinho de manhã."

Mas ele não pode simplesmente ir para a cama. Ela esteve bem aqui o tempo todo, a pouco mais de quinze quilômetros do Edifício Hamilton-Sweeney. "Já é de manhã", ele diz. "Conversar sobre o quê?"

"Você sabe sobre o quê."

"Olha pra mim, querida." Ele tenta achar palavras. "Vai ser diferente daqui pra frente. Eu vou ser diferente."

"Larry, como é que eu posso confiar em você?" Segue-se um longo período em que os dois se olham. Ainda assim, ele não consegue ler direito o que passa pelo rosto dela. Porque isso também dá trabalho; quando foi que ele esqueceu. Aí ela ergue a mão para pegar a manga do blazer dele. "Eu não acredito que você ainda está usando isso aí, com esse calor", ela diz. "Você sabe que perdeu um botão."

Ele quer que ela não largue seu braço, mas é tarde demais para dizer alguma coisa. Ele vai manquejando até a janela, tira o distintivo do bolso. O sol parece ter fome daquele metal. Como você se identifica: com o brilho do objeto. Ele ergue a persiana e lança o distintivo com uma facilidade que é uma surpresa para ele. Ele traça uma parábola, batendo a capa de couro como se fosse uma asa machucada até que se perde de vista na luz, e aí cai, com um plop perfeito, na parte rasa da piscina. "Ei!", uma voz de menina fala lá fora. "Quase pegou a minha cabeça!"

Ela está embaixo de uma catalpa em flor; o máximo que ele consegue enxergar por entre a cortina de verde é o brilho da camisa dos Rangers. "Velhote?", ela grita. "É você? Tá na hora da minha entrada?"

Ele se vira para olhar para a Sherri. "Querida, lembra que você falou que estava precisando de uns projetos pra preencher as horas vagas, se a gente for se mudar pro norte? Tem alguém que eu acho que você devia conhecer."

O OUTRO LADO DO PAÍS — TRÊS SEMANAS DEPOIS

Ele sempre achou aeroportos meio tranquilizantes. A liminaridade. Tantos corpos, superficialmente diferentes, correndo pelos terminais. Depois do seu primeiro passo em falso, durante uma década de semiexílio, ele passou meses nesses lugares, quase tanto tempo quanto passou no ar. ATL. TGU. MIA. Impressionante, mesmo no temido Paris-Orly, você se sentir precipitado de um grupo de dez mil outras pessoas meramente por recusar a pressa. E, como o tempo perdido era o criado da pressa sem sentido, ele ia usar essa suspensão não para ficar à toa, mas para se preparar para sua volta. Seus traços não ficavam na memória. Lentes lhe diluíam os olhos. Um chapéu escondia sua cabeça vazia. Sua bagagem era simples e funcional como apenas malas podem ser e não tinha o seu nome. Ele podia ficar sentado diante de um portão que não era dele e assumir a postura de um vendedor que seguia para Cleveland, com uma pastinha cheia de amostras de carpete. Ou de um leiloeiro de Kent. Padeiro de Spokane. Ou num bar de um dos saguões, começar uma conversa com a pessoa com mais cara de solitária, e nem uma única palavra que lhe escapasse da boca teria peso, e isso nem faria diferença. O que fazia diferença era estabelecer uma meta, por mais que fosse arbitrária, logo nos confins do território do possível: o alvo lhe pagaria uma bebida, digamos, ou levaria suas malas até o portão. E como era que ele calibrava essas metas, atingia o máximo disponível e evitava a violenta penalidade de não realização que tinha estabelecido para si próprio anos atrás? Através de uma cuidadosa avaliação dos segredos dos seus companheiros de viagem. Eram os segredos que uniam as pessoas, ele acreditava. Segredos sempre prestes a se entregar. Tantos segredos diferentes e, por baixo — em virtude de seu sigilo —, o escândalo de sua similaridade. Este aqui é sexo, aquele é bebida, ou alguma outra vergonha melancólica.

E será que essa similaridade ainda cobria tudo, à luz do seu fracasso mais recente? Chegando no LAX para o próximo trecho do voo, Amory Gould começava a ter dúvidas.

Quando desceu do táxi para a calçada iluminada na frente do saguão, uma consternação de passageiros, fraldas de camisas batendo no ar, passagens na mão, estava amontoada em torno de um balcão de companhia aérea. Deviam ser dezenas, o bastante para encher um avião. Ele compreendeu, bem rápido, que houve novos contratempos, nessa época de problemas sistêmicos. Um mainframe que caiu ontem nas Rochosas e atrasou umas conexões, cancelando outras. Um efeito dominó em todos os aeroportos principais. E como ele normalmente chegava horas adiantado para o check-in, e como essa irrupção por sua mera diferença já gerava uma espécie de interesse, resolveu se deter aqui na beira da beira, por assim dizer, e examinar o que recentemente o intrigava mais que qualquer indivíduo: a psicologia de uma multidão. E no entanto, quando foi sentar perto de um cone pesado, encontrou outra pessoa já instalada ali, contemplando a refrega. Uma mulher pequena de ascendência asiática. A bagagem dela estava perto dos pés. Os tênis não chegavam a tocar direito o chão. E o que chamou a atenção dele foi menos isso que uma insinuação de afinidade, como se ela existisse bem ali com ele, fora. Acima. Se muitos nem iriam perceber sua aproximação, ela deu uma olhada para ele, atenta. Bom, é claro. Da perspectiva dela, pareceria que era ele quem procurava companhia. Ele riscou um fósforo. Curvou-se para tragar seu cigarro. "Que espetáculo, hein?"

"É mesmo?" O estado de alerta dela agora se revelava como parte exaustão. "É, acho que é sim."

Quando ela declinou de sua oferta de um cigarro, ele devolveu os fósforos para dentro do maço e o maço para dentro do bolso do colete. Deu uma tragada longa, de derreter. E a avaliou mais uma vez. Não, ela parecia uma cobaia promissora, se ele conseguisse entender o que ela podia ser levada a fazer. "Negócios ou prazer?"

Ela parecia perplexa. "Perdão?"

"Por favor, me permita. É uma brincadeirinha que inventei para passar o tempo, com todas as viagens que o meu trabalho me obriga a fazer. Procuro um outro passageiro e tento adivinhar: ele está aqui por causa de negócios ou prazer. Aí eu tento descobrir se acertei."

"Ah. Eu só vim visitar a família no fim de semana. Eu não sei mais se vale como uma das duas coisas."

"Família tende a cansar."

Ela parecia um pouco constrangida. "Todo mundo aqui estava programado pra voltar pra Nova York ontem num DC-10 que, até onde eu saiba, ainda está reabastecendo em Wichita. É a segunda noite que eu viro num mês."

Ele tragou de novo. O tremor de um nervo exposto. O que seria? Fora alguns encontros com empregadinhas e em máquinas de gelo de átrios de prédios, fazia algum tempo que ele não conversava com um ser humano de carne e osso. Possivelmente seus reflexos estavam mais lentos. Mas era por isso que era bom treinar. Enfim, o que ela lamenta, por si só, não interessava; mas sim como isso podia se transformar em moeda. "O curioso", ele disse, "é que eu estou chegando de Nova York. Bom, cheguei há algumas semanas já. Logo depois do blecaute. Você devia estar lá também."

Ela olhou para ele.

"Está vendo, eu sabia que tinha alguma coisa em você", ele continuou. "Mas acho estranho mesmo que alguém da sua idade, com toda a vida pela frente, ainda se dê ao trabalho de voltar. A bem da verdade, foi o que me convenceu a levantar acampamento. Uma cidade toda, efetivamente, irredimível."

"Engraçado, porque houve um tempo, não muito antigamente, em que eu fiquei com uma ideia de que os mocinhos podiam estar voltando pra tomar conta da coisa toda. Uma coloniazinha de luz..." Ela se deteve. Mas será que aquilo ainda era esperança ali na voz dela? "Enfim, eu não tenho muita escolha; preciso voltar. Eu começo o meu mestrado no fim do mês. Mas e você? Encarando coisas melhores?"

"Hong Kong", ele disse, o que era verdade, ainda que provisório. Como isso aqui foi provisório, essa longa estada numa cidade que ele detestava, enfiado naquele hotelzinho ordinário do aeroporto, esperando a batida na porta que significaria agentes federais, e enquanto isso pendurado no telefone. Tinha imaginado que sua nova vida o levaria para o sul, à sombra do Subcomandante. Mas todo mundo ficou sabendo que Amory Gould perdeu estima de seus financiadores. O banco mercantil a quem um antigo conhecido tinha encaminhado seu currículo forjado às pressas ficava na Ásia. A Ásia, sobre a qual ele estava tentando ser otimista. E talvez fosse mais do que otimismo, fosse mais uma força que ele fazia, mas percebia agora que podia convencê-la, e ao fazer isso podia se provar para si próprio. "Imagino que você não conheça."

"Nunca fui a oeste de Mendocino. Não depois dos três anos de idade." A expressão dela tinha endurecido um pouco. Talvez ele estivesse mesmo errado sobre as mulheres. Ela era obviamente inteligente. E aquilo foi um anúncio, soando por trás dessa malta indomável? Ele deixou a voz suave, confessional.

"Sabe, a sua mala já está feita, se você preferir passar as suas últimas semanas de liberdade numa aventura de verdade, em vez de voltar para aquela cidade difícil." Agora não tem mais volta; cuidado. "Há voos transpacíficos saindo, neste exato momento..."

"Você já tentou trocar uma passagem assim em cima da hora?"

"Você pode dizer que é uma excentricidade, mas talvez eu possa ajudar."

"Você tem razão, é uma puta excentricidade." E lá estava de novo, a esperança. Hesitação. A pressão do que está contido.

"Digamos apenas que eu tive sorte na vida", ele diz. "Sorte e empenho. Nada me deixa mais feliz que ajudar uma pessoa jovem com o mesmo tipo de motivação. Você podia voltar para a universidade no outono com pelo menos um pouco mais de mundo no currículo. E nós passamos por alguma coisa juntos, eu e você. Há certa confraternidade. De qualquer maneira, não seria exatamente um presente, e sim um empréstimo."

"Eu não ia saber pra onde mandar o pagamento. Você nem me disse o seu nome."

"Ou eu tenho certeza também que seria possível marcar uma passagem com a volta em aberto. Uma passagem de ida não é o que gente como nós quer, no fundo?" Por trás da imediata confiança de que ele ainda era o homem que tinha sido, ele já estava vendo um futuro em que em cinco ou dez ou quinze anos isso ia virar uma vantagem para ele, esse favor, através da malha de conexões que ele estenderia por sobre selvas e planícies. Ele estava sendo forçado a se reinventar — a não ser, é claro, pelo fato de que você estava sendo sempre forçado a se inventar —, e ia precisar semear favores nesse novo quadrante do mundo, pessoas que pudessem ajudá-lo a traduzir suas ambições em realidade. Ou para que isso tudo servia? Ainda assim ele cuidava de não desistir do seu Epicúreo, a brasa tonta. A beira da beira da beira...

"É uma oferta generosa, mesmo, amigo, pra uma coisa impulsiva pra caralho", ela disse. Ela meteu uma carteira na bagagem de mão. Aí deu de ombros. "Só que a gente não é igual. Nem que eu leve um tempão desgraçado pra descobrir o que é, ainda tenho umas coisas pra descobrir por lá. Então obrigada, mas era melhor eu ir comprar um doce e uma revista. Parece que eu ainda posso ficar esperando um tempo aqui."

E ela saiu do cone antes de ele conseguir responder, mergulhando na massa de manhattoes e turistas que se amontoavam em torno do pobre do funcionário da companhia, que não controlava avião algum. Era como se ela jamais tivesse estado ali de verdade. Amory se concentrou. Tentou enviar seus pensamentos para o funcionário. Ou por sobre a multidão, até aquela menina. Pode ser que no fundo estivesse mesmo com algum problema. Ao longo do braço agora ele podia sentir os firmes círculos por baixo do tecido branco macio, o pequeno mapa que eles criavam das suas correções, a mais fresca com menos de um mês de idade. Ele não teria imaginado que tão cedo acrescentaria outra. Mas Amory Gould era cima de tudo cabeça-dura, e já estava se desviando ligeiramente da multidão, e sem olhar para baixo já começava a retirar a abotoadura da manga amarrotada mas ainda linda. Você consegue fazer qualquer coisa diante dos olhos do mundo, desde que não olhe para baixo.

HELL'S KITCHEN — SEMPRE

Mas agora ainda falta um tempo para o sol nascer. William Hamilton-Sweeney está sentado num futon que mal consegue ver, afagando a Nikkormat que o menino deixou na cozinha lá na Central Park West. Faz anos que ele não encosta numa câmera, mas sabe que o botão não vai funcionar se você não empurrar aqui essa alavanquinha. Faz um barulho de machado quando ele empurra com o polegar. Talho, faz o obturador. Machado. Talho. Ele provavelmente devia ter conferido pra ver se está gastando filme de verdade, mas às vezes quando ele entra nessas é quase impossível parar. É basicamente pra se distrair do fascínio do botão, então, que ele leva o visor ao olho. A janela do loft já se iluminou o bastante desde que voltou pra ele poder distinguir a gata empoleirada no beiral, mas quando diz o nome dela, ela não olha. Ela não é mais dele, se é que um dia foi. Ele faz uma panorâmica até a almofada preta do futon, onde a carta do seu pai está jogada vincada em três partes. Ele quase se convence a queimar o papel, mas isso ia servir pra quê? Certas linhas já se instalaram fundo demais no seu cérebro pra ele poder queimar sem também destruir uma parte de si. O que ele está descobrindo que não está a fim de fazer. Talho. *Você arrisca uma parcela menor... daquele mundo todo lá dentro...* Sério, o problema que essas frases levantam é o da perspectiva. Não é que ele estivesse errado quanto ao que havia no coração do seu pai, mas sim que o universo dos seus próprios sentimentos continua expulsando todo mundo. É uma luta constante, enxergar os outros como pessoas, e não como habitantes de uma dimensão que fica um andar abaixo daquela em que ele está condenado a ficar vagando, imperialmente só. Que alguém próximo dele possa neste exato momento estar acordado numa outra parte da cidade, sentindo uma dor tão real quanto a sua... ele consegue *pensar* isso, mas não consegue lembrar. E será que "lembrar" é a palavra certa pra uma coisa de que você não tem nenhuma prova empírica? Postular, talvez. Imaginar. Ele corre a lente até a janela, onde a gata ainda não se mexeu. Seu rabo sacode. Uma ideia ameaça tomar forma, mas não.

Aí há uma barulheira na escada. Provavelmente algum Angel desgarrado. Havia vários deles desmaiados na escada quando ele chegou, e dava até pra saber só pelo esmigalhar líquido sob os pés e o fedor espiritual dos roncos que houve muitos, muitos mais ali durante a noite, fazendo o que os Angels fazem. Mas, quando alguma coisa começa a chacoalhar a fechadura do outro lado do vidro granulado, ele de repente fica com medo. A luz da claraboia emoldura um homem de cabeça imensa. Ele percebe bem quando a porta abre que a cabeça é cabelo — que o homem é Mercer — e tem apenas um microssegundo para parecer normal. E o que podia ser mais normal, em Nova York, que uma pessoa com uma câmera diante do olho? O circulozinho focal flutua sobre óculos rachados. Um olho roxo. Uma barba. Um lábio cortado. É como se William estivesse com a lente de alguma maneira ao contrário, devia ser ele ali parado, contemplado e gerando pasmo. Não que ele consiga dizer isso. "Olha, parece que alguém teve uma noitada para se lembrar."

Há uma pausa impossível. Aí, como se William nem estivesse ali, Mercer se arrasta até a janela para cumprimentar Eartha. Enquadrada pelo visor, a sala com todas suas sombras parece grande demais para ele atravessar, mas William está de pé, e atravessando. Ele consegue sentir o cheiro do suor de Mercer, e o aroma picante de... isso é maconha? Ele põe a mão num ombro dele, tentando não se sentir empolgado. "Não, sério. O que aconteceu, Merce?"

Mercer se afasta do alcance da mão. "Você não tem o direito de estar aqui."

"Mas eu queria te ver", William diz, coisa que tem a virtude de ser verdade. Isso ia ser mais fácil se eles conseguissem ver o rosto um do outro. Mais fácil ou mais difícil — uma ou outra coisa.

"Ah, uma vez na vida, William, será que dá pra gente não fingir que você tem a menor ideia do que você quer? Você meramente segue impulsos, é isso que você faz. E assim que você sentir um impulso de sair correndo daqui, você vai sumir de novo." Mercer continua se movendo para a esquerda e para a direita, tentando chegar à porta. Finalmente, ele escapa. "Eu vou sair de novo. Quando voltar, não quero você aqui."

Ele bate a porta com tanta força que parece que o vidro pode quebrar. Mas os pés na escada, em vez de descer, sobem para o telhado. E William fica ali parado como um idiota. De alguma maneira há água entre as folhas da janela. Ela se condensou em gotinhas num canto e deixou o resto do vidro granulado como um tigre fantasma. Do outro lado, a floreira de concreto de Mercer é um cemitério. O céu tem o roxo-acinzentado escuro de um hematoma. De novo, a ideia ameaça vir. Alguma coisa a respeito de mostrar versus dizer. Mas como indicar com um gesto a coisa que faz o gesto? Café... será que é isso?

Cinco minutos depois, a escada úmida de novo chia debaixo do seu All Star. A porta lá em cima está semiaberta, as garrafas reunidas no último degrau queimam com a iminência da manhã. Era aqui que ele vinha antes para saborear seu isolamento. Como toda tela ampla, sua cidade exigia isso: um lugar com alguma distância, para ele se afastar e contemplar. Ele topava com o Canhão aqui, podia até sentar do lado dele e tomar uma cervejinha ou três, e ainda assim certa interioridade surgia. Ele era um gourmet daquela interioridade. Ainda é. Mas sua cidade está mudando agora. Haverá levas de novos pioneiros, como os Angels esticados aqui e ali sobre o pixe, dormindo a ressaca do blecaute. Ou diferentes deles, quem pode saber? E onde Mercer foi parar? No topo do "O" gigante da placa das balas Knickerbocker. Ele está ali sentado como um índio, a dois metros e meio, três metros de altura, como uma tachinha que prende ao passado este presente. Já há luz suficiente para lhe dar uma aparência meditativa, solitária. Adulta.

William fica parado ali embaixo. "Puxa, olha só a gente. Virando a noite." A expressão sempre teve um tom heroico para ele, mas Mercer nunca — nem nos primeiros tempos dos dois — conseguiu chegar acordado ao nascer do sol. E agora ele não abre a boca.

"Enfim, eu te trouxe uma coisa." Na ponta dos pés, William se estica para colocar o café que trouxe lá debaixo ao lado de Mercer. Aí, inclinado para a frente para não perder o equilíbrio, sobe pelo suporte diagonal que sustenta o O. Ele se acomoda do outro lado da letra, talvez a um braço de distância, com o café entre eles. É El Bandito solúvel, mas está com um cheiro tão gostoso que ele se sente tentado a provar. O N.A. o fez se acostumar com a lavagem mais vagabunda, que sai das maiores urnas com mais cheiro de queimado. Vem a ideia de falar das reuniões para seu amante irresponsivo, e ele fala. Desde que largou a metadona, está indo quase todo dia, firme. "É meio que trocar um tipo de vício por outro. Mas eu acabei de ganhar a minha primeira ficha. Limpo e sóbrio há trinta dias. Achei que era melhor você saber antes de me passar uma descompostura."

Mercer olha para o outro lado. A luz aumenta constantemente em volta dele, como que operada por controles deslizantes em alguma mesa cósmica de mixagem. Objetos ganham sombras. Mais ao sul ficam as torres do Trade Center, a mais distante escondida atrás da mais próxima como uma criança atrás da mãe. William ergue a câmera. Abaixa.

"Tem outra coisa, eu vi o meu pai. Assim, não só vi ele. Passei quase a noite toda sentado com ele. Ele está meio que fora da casinha."

Diante disso, Mercer finalmente se vira para olhar pra ele. Um olho está quase fechado de tão inchado. O outro é tão castanho que parece preto.

"No fundo até facilita as coisas. A saída da casinha, quer dizer, não a sobriedade. Se bem que eu acho que deixou o Papai vulnerável a umas pessoas que não pensam muito nele. Uma categoria que possivelmente me inclui. Enfim, parece que a gente pode se ver mais de agora em diante, então já é alguma coisa, né?" Um clarão vermelho surgiu no alto da torre cinza ao norte. "Que bom que eu falo silenciês com tanta fluência, Mercer."

"E o que é que eu ainda tenho pra te dizer, William? Não sei como é ficar maluco de drogas, e você obviamente não tem ideia da sensação de ficar de bobeira quase seis meses esperando o seu namorado ligar."

William fica pensando se existe tempo de exposição que dê conta de captar todo o escopo de olhares que Mercer lhe lança. "Então me ajude a entender."

"Entender o quê? Que cada vez que o telefone tocava o meu coração parava? Que eu quase quis que você estivesse morto numa sarjeta por aí? Porque já ali eu devia estar sabendo que na verdade era isso que ia acontecer. Você ia voltar e ficar batendo sem parar na porta e me convencendo a te deixar entrar. Mas quando é que você ia *me* deixar entrar, William?"

Ah. Então está aí: Mercer não ignora mais o problema central. Ele descobriu suas dimensões exatas — que o seu corpo é uma morada construída para apenas um. Mas William sente agora, no seu desejo de tocar Mercer, que está topando com uma porta. Porta que, esse tempo todo, esteve trancada por dentro. Talho.

"Eu não estava te dizendo essas coisas porque esperava que você me recebesse de volta, Merce. Eu só queria ver o que você me dava. Provavelmente fui lento demais pra ver. Sei que tinha alguma coisa que eu demorei demais pra ver."

O borrão vermelho, tinto pela distância, corre pela borda leste do Trade Center na velocidade da rotação da Terra. É como se o prédio estivesse em chamas. *Fotográfico*, ele pensa. *Escrito com luz*. E aí, levianamente: *Pornográfico. Escrito com pornô*.

"Você vai me obrigar a dizer, né?"

"Dizer o quê?"

"Não, você tem razão, provavelmente não faz diferença." Ele tenta tocar a quente mão marrom que descansa na borda do zero, mas ela já escapa de debaixo da dele enquanto Mercer se deixa cair no teto, largando o café ali. Ele está se movendo com tanta determinação que William tem medo que ele possa simplesmente correr e pular dali, como o papa-léguas dos desenhos animados. Ou (a imagem surge com uma lucidez magritteana) abrir os braços e voar para uma outra vida. Nesta aqui, claro, nada disso é possível — Mercer vai parar no parapeito, o mais perto que pode chegar de seu primeiro nascer do sol nova-iorquino —, mas William ainda não está pronto a se ver limitado pela mera possibilidade. Ele quer congelar a imagem de Mercer Goodman exatamente assim, como a vê na câmera, contra a cidade que some. Por trás dos ossos de seus prédios, uma linha rubra nasce lá longe, o gume de uma curva que podia continuar se arqueando para sempre. Os minúsculos pontos negros contra ela podem ser os primeiros pássaros da manhã ou os últimos da noite... ou as cinzas de mil incineradores, ou uma cegueira incipiente, ele ainda não sabe o quê, mas decerto há ali uma mensagem, basta olhar com força. Uma pista. Uma vista. Um fim ou começo. Ele espera para apertar o botão mais um segundo, mais um segundo. E mais outro ainda. Porque se usar bem as cartas que tem na mão, William sente, se simplesmente conseguir parar de tentar fugir de si próprio, um desses momentos vai acabar sendo decisivo.

PÓS-ESCRITO

ESTA CIDADE, QUE NÃO CONTEMPLAR SERIA COMO A MORTE

Nada morre; tudo se transforma.

Balzac, *Pensamentos, temas, fragmentos*

PARA: reganlamplighter@hotmail.com
SUBJECT: Partilha de Espólio/Prova III
27/08/03, 4h52
ANEXO: ECQNCSCAM.doc

Primeiro, Mãe, deixa eu te dizer que eu estou te devendo um pedido de desculpas, no mínimo pela demora em responder o seu email de 14/07. Se for de alguma ajuda, você estava certa sobre quase tudo, inclusive sobre quanto isso ia demorar mais do que eu imaginei. Parece que preciso acreditar que uma tarefa vai ser mais fácil do que é pra poder começar. O que é no mínimo duplamente verdade aqui, na medida em que a gente está falando de mais de um tipo de trabalho. Nas últimas semanas, fiquei no notebook o dia inteiro e até altas horas da noite só pra conseguir transcrever os meus cadernos. Mas a boa notícia é que assim que eu enviar esse e-mail, o trabalho acabou, acho. E eu finalmente resolvi de que maneira apresentar a terceira parte do tríptico para não trair o que o Tio William estava buscando. Augenblick me apresentou a um programador de computador que ele conhece lá em Murray Hill. Agora tem um programinha aqui que registra cada toque no teclado. Inclusive estes.

Você vai perceber que todos os vestígios da U.R.S.S. não desmontando em 89 e do John Travolta virar o líder do mundo livre foram eliminados do documento em anexo; você tinha razão sobre isso também e eu peço desculpas por ter explodido com você depois daquela sua reação àquele esquema inicial, mais alucinado. Eu não estava nos meus melhores dias. Estava achando que a sua resistência por princípio a qualquer exposição póstuma estava anulando a sua capacidade de ver o que eu precisava fazer ali. Em minha defesa, em termos artísticos, acho que na verdade eu estava tentando demonstrar a possibilidade de as coisas serem diferentes do que são. Mas é claro que acabei aprendendo que não se pode provar a maioria das coisas importantes; parece ser uma violação das regras, que em vez disso exigem que você sonhe. Além do mais, a natureza da vida na Terra é tão empolgantemente não esquemática. Acabou sendo mais limpo e mais honesto, de alguma maneira, deixar a questão toda da ontologia em aberto, preservar certa liberdade no jogo. Quer dizer, eu e você sabemos o que aconteceu de verdade — eu estou com a documentação aqui —, mas venho descobrindo que até num tribunal, os documentos vêm tendo cada vez menos chance de persuadir os impersuadíveis. E, pensando em questões de ressarcimentos legais, pra nem falar de implicações mais amplas, talvez seja melhor deixar um espaço pras pessoas que ainda precisam imaginar que a "Prova III" é algum tipo de conto de fadas. Certamente, pra mim, ela foi isso, entre outras coisas: um caminho que levava a algum lugar diferente do horror em que eu estava no inverno passado.

Eu tenho consciência de que estou caindo nele agora, aquele costume que você me apontou. A esperteza como mecanismo de defesa. "Intelectualizar." Ou será que era melhor dizer procrastinar? O grande fato sobre o qual estou evitando escrever é que depois do nosso longo verão separados, a Julia volta amanhã à noite, o que já é hoje à noite. (Dá pra você ver pelo registro da hora lá no alto como eu ando dormindo bem, mas fico feliz de informar a ausência de pesadelos.) E quando eu penso no avião dela pousando, na voz dela, no fato de que talvez depois da última vez que a gente se falou ela tenha mudado de opinião quanto a estar disposta a fazer o que fosse necessário — me entregar por três meses a esse mitsvá —, eu fico nervoso. Se bem que às vezes o nervosismo é um bom sinal. Espero que seja o caso. A verdade é que eu morri de saudade dela, Mãe. Estou morrendo de saudade.

Mas, enfim, no que se refere à primeira parte do seu e-mail, o plano é: vitrines. Aqueles contêineres de plexiglass como na instação de d. Hearst (Hurst?) com o tubarão. O Augenblick vai mandar fazer dezesseis nas medidas que eu pedi, umas coisas compridas e baixas com molduras de madeira de demolição. O material da "Prova III" vai ficar distribuído entre elas e lacrado permanentemente lá dentro — todos os arquivos de 77, os fanzines e os manuscritos de Groskoph etc., mas também a correspondência, as transcrições das entrevistas do tio William no outono de 2001, quando ele estava retomando contato com o que o diário chama (com um nível de sarcasmo que o texto não permite determinar) de "o pessoal da antiga". Segundo aquela ideia de deixar espaço pras Nova Yorks dos outros, vai ser possível ver nessas vitrines a trilha de documentos que segui aqui, ainda que não inteira. Os documentos vão estar forrando a primeira sala da galeria, a da entrada.

Na outra sala, a maior, as paredes vão continuar como grandes blocos brancos. No centro vai haver fileiras de cadeiras viradas em quatro direções, e também quatro projetores. Na noite da inauguração, Augenblick vai apertar "play" no computador dele e o programinha que mencionei lá atrás vai tocar como uma pianola. Nos dez dias seguintes, as paredes vão ficando cheias de projeções de páginas deste anexo, cerca de 220 páginas por parede, como se um fantasma estivesse escrevendo. E aí, no meio da exposição, o que é o mesmo que dizer quando o documento inteiro tiver sido "digitado" na parede, o programa começa a correr pra trás, e nos últimos dez dias, letra a letra, página a página, a coisa toda some.

Augenblick deu um jeito de deixar a galeria aberta noite e dia durante esse tempo: as pessoas podem entrar e sair a toda hora. Depois, acho que a gente vai vender as vitrines, isso se o FBI não aparecer por lá e apreender tudo pra meter na Área 51 ou sabe-se lá onde é que eles enterram as coisas que querem simplesmente esquecer. Todos os lucros, menos a comissão dele, vão ser acrescentados ao espólio do Tio William, e assim passam pra você. Mas eu já disse ao Augenblick que ele não vai ficar com o meu fim do texto, anexado aqui. (No qual, na esperança de que você não ache ruim, eu também vou colar este e-mail como P.S.) A partir de 30 de setembro, a sua caixa de entrada vai ter a única cópia. O que acontece depois disso deixo ao encargo das suas opiniões quanto aos procedimentos. O que é importante pra mim, eu quero crer, é pôr todos os fantasmas pra dormir. Sentir que acabou.

Quanto ao nosso itinerário, a Julia marcou de a gente voltar pro LAX no dia 12, o dia seguinte à inauguração. Sei que ela tem razão. Está na hora. Mas, de certa forma, por mais que eu agora esteja sentindo uma gratidão incrível e totalmente inesperada pela vida que tenho — e por mais que eu queira nunca mais deixar ela ir embora —, eu queria que a gente pudesse ficar em Nova York durante toda a "Prova III." Eu tenho uma curiosidade, especialmente, de ver quem ocupa as cadeiras. Principalmente os discípulos de Augenblick, com seus jeans pretos, eu acho, e algumas pessoas da imprensa. Mas, por mais doido que possa parecer, estou imaginando que Mercer Goodman também pode ir. Eu só falei com ele uma vez, naquele Dia de Ação de Graças, óbvio, mas achei que ele foi incrivelmente compreensivo e colaborativo ao telefone, e (se bem que talvez você já saiba) ele e o marido, Rafe, aparentemente vieram de Paris bem no fim pra ajudar o Tio William com a cozinha e a limpeza e a descer de vez em quando até o parque novo às margens do Hudson pra ver o pôr do sol. E eu convidei os Pulaski, e insisti que houvesse um espaço pra cadeira de rodas por causa deles. E talvez Charlie Weisbarger tenha recebido o meu e-mail afinal e goste da ideia de tirar uns dias de folga do seu trabalho com menores infratores em Boston. Eu queria conhecê-lo pessoalmente. E não há nada que fosse me dar mais prazer, Mãe, do que ter a chance de reapresentar vocês dois.

E isso me leva à coisa mais inesperada de todas: as pessoas cujo rosto eu mais queria olhar enquanto elas veem a coisa se desdobrar (sem contar a Julia) são você e o Pai. Talvez você tenha sentido o tempo todo qual seria o resultado desse verão — talvez tenha sido por isso que você ajudou a arranjar este apartamento —, mas descobri que não estou mais bravo com vocês. Não consigo parar de tentar achar um caminho que me leve até vocês, na verdade.

Eu me vejo relembrando, em particular, como na manhã seguinte ao blecaute vocês dois voltaram juntos a Brooklyn Heights. Você lembra? A Cate estava roncando na cama de casal, fazendo aquele casulo de sempre com as cobertas. Eu estava esticado no pé da cama, fingindo que dormia. A luz estava em tudo. Foi o Pai que viu no beiral da janela a garrafa de vinho que eu deixei pela metade no fim da noite (e que — sejamos honestos — eu provavelmente deixei ali pra ser encontrada). Pelas frestas dos olhos, vi ele virar para você, girando o líquido lá dentro. E foi você que deu de ombros. Por favor, Keith, só deixe eles dormirem. Você estava com os meus tênis. Você tinha um jeitinho de tirar os sapatos, erguendo as pernas atrás de você antes de tirar com a mão. Eu fiquei vendo você trocar o moletom que estava usando por uma camiseta de decote V que o Pai pareceu surpreso por reconhecer que era dele. E aí você entrou na cama e se encolheu no espaço que ficava entre mim e a Cate e fechou os olhos. Hoje fico pensando se você quis que ele sentisse que era um teste. Fique ou vá? De um jeito ou de outro, a noção do que ele tinha feito iria atrás dele. De um jeito ou de outro, haveria constrangimento. Agora me ocorre que no fundo a vida adulta é uma questão de quais constrangimentos a gente quer aceitar.

Ainda havia uma faixa estreita na beira da cama, eu lembro, do outro lado da Cate. Ele se agachou pra desamarrar os sapatos e aí se esticou ali de lado, delicadamente, como se a gente fosse acordar a qualquer momento e lhe dizer que ele tinha que ir embora. E foi bem aí que pensei numa história que ele me contou quanto eu tinha nove ou dez anos, quando perguntei se ele acreditava de verdade em Deus. A história era do dia em que a Cate nasceu; de início não vi a ligação. Mas tudo tinha ficado mais lento nos estágios finais antes de ela coroar, ele disse, e os médicos que entravam periodicamente na sala de espera pareciam preocupados. Um deles mencionou uma opção cirúrgica, se alguma coisa não mudasse nos próximos minutos. Você estava exausta, acho, e eles estavam com medo que um trabalho de parto assim tão longo fosse prejudicar o bebê. "Eu não sabia bem se eu acreditava ou não", o Pai falou, "mas quando aquele médico saiu, eu fui pro banheiro e me tranquei num cubículo e me ajoelhei no chão mesmo assim." Ele já te contou essa história? A oração, o que é a cara dele, foi uma espécie de negociação. "Se esse nenê ficar bem, e se a Regan ficar bem, eu não penso em mais nada na vida."

Deus, desconsiderada a questão da existência, aparentemente, cumpriu a sua parte do contrato, mas hoje eu acho que o Pai, nos anos que se seguiram, ficou se sentindo meio descumpridor. Eu não estou inventando desculpas, me entenda. Só estou dizendo que consigo entender. Mas aí, será que Deus seria um Deus de verdade, se pedisse pra ele não pensar em mais nada — se quisesse tudo? Talvez o que o Pai tenha aprendido na noite do blecaute foi que de fato ele não pensava em mais nada, pelo menos não do jeito que pensava em mim e na Cate. E em você. Do jeito que eu acho que ele ainda pensa. Sei, pelo menos, que enquanto eu fingia dormir naquela manhã, eu podia sentir o corpo dele travado ali de lado, tentando voltar lentamente pra perto das pessoas que estavam bem ali, respirando.

E agora eu estou aqui na mesmíssima situação, neste apartamento bom demais na West 16th Street. Tateando. Sentindo, enquanto o sol nasce sobre a calçada lá fora. Eu estou me imaginando na Galerie Bruno Augenblick, em algum terceiro espaço, assistindo por um buraco na parede enquanto o Pai lê estas palavras, e você. Eu estou tentando entender o que quero que elas digam aqui, onde a maré de caracteres subiu mais alto nas paredes, antes que o branco comece a comer de novo o texto e a merda toda vá minguando até virar um nada que ou não tem sentido, ou tem. Ou não; eu estou imaginando nós todos aqui, nesse terceiro espaço, juntos. É um espaço privado, ou meio privado, mas finalmente um espaço onde cabem outros. O Pai está aqui, e a Julia, e a Cate e o Mercer e a Samantha e o Profeta Charlie. E você está aqui no escuro bem do meu lado, Mãe, segurando a minha mão. Esperando o fim. Do jeito que a gente se conhece, eu provavelmente não ia precisar dizer nada em voz alta. Mas acho que o que eu queria terminar deixando com vocês — a coisa de que eu queria oferecer alguma Prova, para combater toda uma vida de pistas do contrário disso — se resume simplesmente a isto: Vocês são infinitos. Eu estou vendo vocês. Vocês não estão sozinhos.

Agradecimentos

Um livro é uma obra conjunta. Muitos agradecimentos por este livro vão para Diana Tejerina Miller, sua editora, e para Chris Parris-Lamb, seu agente.

Um agradecimento muito grande também a seus colegas: Andy Kifer, Rebecca Gardner, Will Roberts e toda a Gernert Company; Maggie Hinders, Chipp Kidd, Paul Bogaards, Nicholas Latimer, Maggie Southard, Amy Ryan, Lydia Buechler, Andrew Miller, Carol Carson, Andy Hughes, Roméo Enriquez, Oliver Munday, Loriel Oliver, Betsy Sallee, Robin Desser, LuAnn Walther, Sonny Mehta e todos da Knopf; o editor na Inglaterra, Alex Bowler, Joe Pickering e toda a equipe da Cape.

Apoio e inspiração vieram ainda de: Naomi Lebowitz, Nossa Senhora da Boa-Ideia de St. Louis; o corpo docente da Washington University; Brian Morton; todos da NYU/CWP; a New York Foundation for the Arts; Matthew Elblonk; Scott Rudin, Eli Bush, Sylvie Rabineau; C. Max Magee e *The Millions*; meus primeiros leitores, que foram Buzz Poole, Janice Clark, Jordan Alport, Fridolin Schley e Jürgen Christian Kill; Gary Sernovitz, Ron Hibshoosh e a New York Public Library (especialmente David Smith e Jay Barksdale) por não pouco trabalho de verificação in loco; Patti Smith, Lou Reed, the Clash, Springsteen, the Who, Talking Heads, Fugazi;

Woodley Road '96 (D.T., M. M., Walker Lambert, Chris Eichler, Barton Seaver, Nuria Ferrer, Daron Carreiro, Kevin Mullin, the Sports); MDG; NYC; Vicki e Claude Kennedy; Bill e Christy Hallberg; Rachel Coley; Amos e Walter Hallberg.

Por fim, e sempre, a dívida mais profunda é para com Elise White.

Uma nota sobre as fontes

Paige Harbert e Derek Teslik tiveram a bondade de autorizar a mistura de elementos (imagens, escolhas editoriais, duas colunas de convidados e uma ida à lanchonete) de seus respectivos fanzines, *Firefly Cupboard* e *Helter Skelter*, que já eram obras de arte construídas a partir de elementos que vinham desde os Yippies. Apesar de equívocos e fantasias completas poderem ser atribuídos a Richard Groskoph e seu autor, "Os Fogueteiros, Primeira Parte" está cravejado de detalhes, folclore, taxonomia, mise-en-scène e bibliografia pirotécnica tirada de *Fireworks*, o belo livro de George Plimpton sobre o assunto. Em particular, os três parágrafos de Richard a respeito da fabricação de uma "bomba" servem-se fartamente do relato de Plimpton. As fotografias nas páginas 345 e 857 também apareceram em *Fireworks*. Vários incidentes menores e uma fala de personagem do LIVRO VII foram narrados em *Blackout*, de James Goodman. Embora o texto do romance use livros, canções, filmes e gente demais para se poder registrar aqui (e possivelmente em qualquer lugar), *The Streets Were Paved with Gold*, de Ken Auletta, *Ladies and Gentleman, the Bronx Is Burning*, de Jonathan Mahler, *Mate-me por Favor*, de Legs McNeil e Gillian McCain, *Um caso arquivado*, de Philip Gourevitch, e as "Sentimental Journeys", de Joan Didion, e as antologias *New York Calling* (Marshall Berman e Brian

Berger, orgs.) e *Up Is Up, but So Is Down* (Brandon Stosuy, org.) estiveram entre as principais fontes — assim como, num outro registro, *Gödel, Escher, Bach*, de Douglas R. Hofstadter, e *Steps to an Ecology of Mind*, de Gregory Bateson. A koan zen é uma condensação de uma que é citada frequentemente por Hofstadter. Um ouvido imperfeito ou alguma falha de memória podem ter dado o tom das citações de letras de músicas; certas citações bíblicas do romance se desviam levemente das traduções de que dispomos; e o título do terceiro interlúdio (com uma ou outra palavra alterada) vem de uma obra de Damien Hirst. Por fim, deve-se registrar que quem quiser encontrar o texto-base da versão icônica de Nina Simone em "In the Dark" deve procurar a canção com seu título original: "Romance in the Dark".

Agradecimentos adicionais

Agradecemos aos proprietários pela permissão para reproduzir os seguintes materiais previamente publicados:

Alfred Music e Williamson Music: Letra de "Give It Back To The Indians", letra de Lorenz Hart e música de Richard Rodgers, copyright © 1939 por Chappel & Co., Inc., copyright renovado por Williamsom Music e WB Music Corp. nos EUA, Canadá e territórios BRT. Copyright internacional garantido. Todos os direitos reservados. Reproduzido com permissão de Alfred Music e Williamsom Music.

Hal Leonard Corporation e Back 2 Da Future Music Ltd.: Letra de "Two Sevens Class" por Albert Walker, Roy Dayes e Joseph Hill, copyright © por Back 2 Da Future Music Ltd. e Kassner Music. Todos os direitos reservados. Reproduzida com permissão de Hal Leonard Corporation e Back 2 Da Future Music Ltd.

Hal Leonard Corporation e Music Sales Corporation: Letra de "Romance In The Dark", letra de Big Bill Broonzy e Lillian Green, música de Lillian Green, copyright © 1940 por MCA Duchess Music Corporation. Universal/ MCA Music Limited. Direitos de publicação controlados nos EUA por Hal Leonard Corporation. Direitos eletrônicos e de reprodução fora dos EUA administrados por Music Sales Corporation. Copyright internacional garantido. Todos os direitos reservados. Reproduzido com permissão de Hal Leonard Corporation e Music Sales Corporation.

Patti Smith: Letra de "Kimberly" e "Land: Horses, La Mer (de)" por Patti Smith. Reproduzidas com permissão de Patti Smith.

Créditos das imagens

Boyer/ Roger Viollet/ Getty Images: 345, 857
Brown University Archives: 345
© Buddy Mays/ Alamy: 876
Chip Kidd (ilustração): 569
© Jennifer Booher/ Alamy: 596
© por Ken Regan/ Camera 5/ Getty Images: 184
© Kike Calvo/ vwpics/ Alamy: 18
Maggie Hinders (ilustrações): 570-94, 709
Oliver Munday: (ilustrações): 401
© Randy Duchaine/ Alamy: 346
© Roger Humbert/ Moment/ Getty Images: 730
Roméo Enriquez (fotografias): 167, 325, 813, 816, 855, 1029

ESTA OBRA FOI COMPOSTA POR OSMANE GARCIA FILHO EM ELECTRA E
IMPRESSA PELA GEOGRÁFICA EM OFSETE SOBRE PAPEL PÓLEN SOFT
DA SUZANO PAPEL E CELULOSE PARA A EDITORA SCHWARCZ
EM ABRIL DE 2016